Peter Mennigen

# ABYSSUS

## Der Abgrund

*Für Eleonore*

www.schenkbuchverlag.de
www.schenkverlag.com
www.schenkverlag.eu

Peter Mennigen

# ABYSSUS

## Der Abgrund

Mystery-Thriller

SBV

SCHENK VERLAG • Passau

Die Deutsche Bibliothek verzeichnet diese Publikation
in der Deutschen Nationalbibliographie;
detaillierte bibliographische Daten sind im Internet
über http://dnb.ddb.de abrufbar.

ISBN 978-3-939337-55-3


Umschlaggestaltung: Susy Navratil • Satz: Tibor Stubnya



Printed in Hungary

## I. KAPITEL

# Sterben Sie wohl, Monsieur Osborne

*21 Uhr 13 – JFK-Airport, New York*

Mit provozierender Behäbigkeit kroch eine Kakerlake von der Größe einer Vogelspinne unter der Toilettentür hindurch. Langsam, vorsichtig, pirschte sie an dem Türsockel vorbei und spähte um die Ecke. Ihre Fühler, zwei organische Fäden, die frei schwebend auf der Stirn eines erbsengroßen Kopfes befestigt waren, beschrieben kreisförmige Schwingungen, als wären sie keinerlei Luftwiderstand oder Schwerkraft ausgesetzt. Die Augen des Insekts glichen winzigen Höhlen; wie in verfaultes Gummi getriebene Löcher, in die jemand zum Scherz zwei Stecknadeln mit vorquellenden Köpfen gestochen hatte. Sein mattbrauner Chitinpanzer reflektierte das trübe Licht grünlich fluoreszierender Leuchtstoffröhren von der Decke und warf hüpfende Schattenstrukturen auf urinbesprenkelte Fliesen. Die schorfige Bauchunterseite raschelte scharf über den Steinboden wie grobkörniges Schmirgelpapier auf einer Schiefertafel.

Beim Anblick des unerwarteten Besuchers legte Alan Osbornes Herz automatisch einen höheren Gang ein. Versteinert hockte der Computerexperte auf der Toilettenschüssel und richtete seinen Blick auf das Insekt, als wäre es der einzige Fixpunkt im Universum, als hätte er nie etwas so Schreckliches gesehen. Er blinzelte, als könne er damit die Schabe auflösen. Aber ihre Realität ließ sich nicht bestreiten.

Aufreizend träge nahmen die fünfgliedrigen Fadenbeinchen Kurs auf die blank polierten Guccis. Hier bahnte sich eine Auseinandersetzung zwischen einem arglosen Anzugträger mit Aktentasche und einem penetranten Insekt an.

Seit gut einer halben Stunde okkupierte der Amerikaner die Kabine der Flughafentoilette und mühte sich mit einer Mahlzeit, die sich seit letztem Abend ihren Weg durch seinen Verdauungstrakt wühlte. In gewisser Weise war er selbst schuld daran, dass sein Magen rebellierte. Vielleicht hatte er doch nicht gut daran getan, gestern einen Schnellimbiss namens »Joe's Diner« aufzusuchen. Die kulinarischen Delikatessen – er hatte einen opulenten Eiersalat auf Toast genommen – erschienen ihm schon vor dem Verzehr von eher zweifelhafter Qualität. Möglicherweise war aber auch nur die Nervosität wegen des bevorstehenden Flugs nach Paris Ursache seines momentanen Unwohlseins.

Wer den Mann so zusammengekrümmt auf dem nach beißendem Ammoniak riechenden Klosett kauern sah, hätte kaum erraten, dass er einer der großen Pioniere auf dem Gebiet der KI-Forschung war. Alan Osborne hatte als Erster Bewusstsein – künstliche Intelligenz – nachgebaut, das Computern eigenes, verantwortliches Handeln ermöglichte. Er hatte ein außergewöhnliches Computerprogramm entworfen, das biologische Systeme realistisch simulierte und Mikrotechnologie mit synthetischer Sinneswahrnehmung kombinierte. Sehen, Hören, Geschmacks- und Geruchssimulation, Tastsinn, Gefühl für Gewicht, Raum und Zeit. Technisierte Natur unter Ausschaltung des Faktors »menschliches Versagen«. Dieses Programm ermöglichte Einsichten in neue Vorstellungen, die zu komplex für das menschliche Gehirn waren. Perfektion durch genaueste Analyse möglichst vieler Daten. Geschaffen zur Lösung der großen Probleme der Menschheit.

Bei seinem momentanen Schaben-Problem konnte ihm allerdings kein Computer helfen. Höchstens als Wurfgeschoss.

Noch immer gelähmt von der unerwarteten Schreckenserfahrung durch die Begegnung mit dem Ungeziefer, stemmte sich der Wissenschaftler gegen die paralysierende Trägheit. Im ersten Affekt suchte er nach etwas, womit er dem Insekt einen tödlichen Schlag versetzen konnte. Die Kakerlake schien zu ahnen, was auf sie zukam. Die beiden fühlerähnlichen Extremitäten an ihrem Hinterleib, die Cerci, registrierten im Verbund mit den Kopffühlern variierende Schallwellen, Erschütterungen und Veränderungen des Luftdrucks. Diese Informationen leiteten sie an das innere Warnsystem weiter. Abrupt blieb die Schabe stehen und richtete ihre vorderen Zehn-Zentimeter-Fühler auf.

So schnell wie die Mordgedanken gekommen waren, verwarf Osborne sie wieder. Es widerstrebte ihm grundsätzlich, ein Tier zu töten. Da bildeten auch Unterklassen wie Insekten keine Ausnahme. So widerlich die Kakerlake auch aussah, er sträubte sich dagegen, sie einfach tot zu klatschen, zumal diese Spezies keine Unbekannte für einen echten New Yorker war. Jetzt hatte sich eines dieser Tiere in die Toilettenkabine des JFK-Flughafens verirrt. Regungslos stand es da und harrte der Dinge, die da kommen würden. Doch es kam nichts. Das Einzige, was es sah, war ein seltsamer Mann, der es mit vorquellenden Augen anstarrte, so als suche er einen rettenden Anker, der ihn vor der Verdammnis bewahrte.

Während Osborne wie gelähmt da saß, tat ihm die Kakerlake den Gefallen und verschwand. Ihr oval abgeflachter, für ein Leben in engsten Ritzen und Fugen optimal ausgestatteter Körper glitt hinter den Spülkasten.

Der Wissenschaftler saß wie fest gemeißelt auf dem WC. Er verdrehte den Kopf, um einen Blick in die düstere Nische hinter sich zu werfen. Die

Kakerlake war irgendwo dort. Flach auf den Boden gepresst versteckte sie sich vor ihm. Sie wartete. Sie war nicht geflüchtet. Sie lauerte. Er ahnte das in einer Art dumpfer Gewissheit. Doch trotz der enormen Verrenkung konnte er den ungebetenen Gast nirgendwo entdecken. Alles ruhig. Nichts geschah.

Dadurch einerseits beruhigt, andererseits aber auch nicht, wartete er einige Sekunden, dann wandte er sich wieder nach vorn. Im selben Moment nahm er zu seinen Füßen eine Bewegung wahr.

Die Kakerlake schnellte aus ihrem Versteck hervor. Sie sauste unter der Toilettenschüssel hervor und schoss auf den Schuh zu. Vor Schreck vergaß dessen Besitzer seine Verdauungsbeschwerden. Was sollte er tun? Während er noch grübelte, unternahm die Kakerlake etwas. Zielstrebig krabbelte sie an den Schuh heran, stellte sich auf die Hinterbeine und betastete mit ihren vorderen Tarsen die Ferse. Nach mehreren Anläufen fanden die saugnapfartigen Haftlappen endlich Halt auf der spiegelglatten Lederoberfläche. Emsig erklomm das Insekt den Schuh. Bei dessen Besitzer brach die schiere Panik durch. Angewidert schüttelte er heftig den Fuß. Die Kakerlake sauste durch die Luft, landete rücklings auf den Fliesen und schlidderte mit wild in der Luft radelnden Beinchen unter der Kabinentür nach draußen. Mit einer gewissen eitlen Selbstzufriedenheit genoss der Sieger seinen Triumph.

Der Computerspezialist hatte sich noch nicht richtig von dem Schreck erholt, da kehrte sein hartnäckiger Widersacher zurück. Diesmal krabbelte das Ungeziefer, diese Kreatur der Hölle, aber nicht zögerlich abwartend. Aufgestachelt von loderndem Zorn machte es sich daran, seinen Feind in Kamikaze-Manier zu attackieren. Ohne Stocken flitzte das Insekt auf direktem Weg Richtung Schuhe. Diese Annäherung erfolgte zweifelsohne weniger als Zeichen freundlicher Verbundenheit mit dem Toilettenbenutzer, sondern als Angriff. Bevor der Bedrohte recht begriff, was sich da zu seinen Füßen abspielte, hatte der Eindringling auch schon die linke Schuhspitze erreicht.

Ohne langes Nachdenken überwand der Angegriffene seinen Ekel und griff nach der Schabe. Normalerweise war das kein einfaches Unterfangen. Zwar wirkte das Insekt behäbig, aber wenn es darauf ankam, beschleunigte es aus dem Stand auf stramme 5,4 Stundenkilometer, was in etwa 1,30 Meter pro Sekunde entsprach. Der Überraschungsmoment war diesmal auf der menschlichen Seite. Offensichtlich rechnete die Schabe nicht mit einem direkten Angriff von oben. Ehe sie sich versah, klemmte sie mit zappelnden Beinchen zwischen einem Daumen und einem Zeigefinger. Osborne hob das Insekt hoch und stand vom Toilettensitz auf. Durch die heruntergelassene Hose in seiner Bewegungsfreiheit behindert, überlegte er, wo er das verfluchte Vieh entsorgen sollte. Wollte er es nach draußen in den Waschraum tragen, musste er sich zuerst die Hose hochziehen, was mit nur einer freien Hand kein leichtes Unterfangen war. Als Alternative blieb nur, das Tier mit Schwung über die Kabinenwand zu werfen. Die Gefahr, dass es einen anderen Toilettenbesucher traf, war relativ klein, denn beim Betreten des Waschraums war dieser menschenleer gewesen. Und in den vergangenen Minuten war auch niemand eingetreten.

Also holte er Schwung und schleuderte die Hand hoch. Aber die verflixte Schabe dachte nicht daran, den Finger loszulassen. Leidenschaftlich umarmten ihre sechs Beine ihn in einem gnadenlosen Klammergriff. So wild die Hand auch durch die Luft schüttelte, die Kakerlake klebte beharrlich wie Kaugummi mit geradezu tintenfischartiger Zähigkeit an ihr.

Schließlich hielt der Computerfachmann inne und überdachte seine Taktik. Ehe er zu einem Ergebnis kam, spürte er einen stechenden Schmerz. Das Insekt hatte ihn tatsächlich gebissen! Es besaß zwar keinen Mund, dafür aber kräftige, mit einer Speicheldrüse bestückte Kiefer, die mit zwei vorstehenden Greifern verschmolzen.

Vor Schreck stolperte der Gebissene rückwärts. Er prallte so heftig gegen die Kachelwand, dass ein Schwall kleiner weißer Sterne vor seinen Augen explodierte. Für einen Moment blieb ihm die Luft weg.

Das Vieh hielt seine Insektenbeinchen weiter fest um den Finger geschlungen. Immer wütender schlackerte Osborne mit seiner Hand, bis ihm die Schultermuskeln schmerzten. Aber sein eigensinniges Anhängsel ließ einfach nicht los. Stattdessen bohrte es die spitzen Kiefer noch tiefer in das Fleisch, was so wehtat, als stieße eine Stricknadel der Länge nach durch die Fingerkuppe den Zeigefinger hinauf.

Der lodernde Schmerz entflammte den Zorn des Gepeinigten noch mehr. Wütend versetzte er dem Insekt mit der freien Hand einen Schlag. Benommen klappte es die bis dahin fest auf dem Rücken anliegenden Vorderflügel auseinander und entfächerte gleichzeitig die darunter liegenden dünneren Hinterflügel. Ungelenk flatterte es hoch, flappte mit weichem Klatsch gegen die Wange seines zweibeinigen Widersachers und stürzte ab. Am Boden platschte es in eine Urinpfütze und ruderte verzweifelt kreiselnd darin. Als der Kakerlake klar wurde, dass sie den letzten Fehler ihres Lebens begangen hatte, sauste von oben bereits ein Absatz herab. Urin spritzte nach allen Seiten weg. Unter der Schuhsohle knirschte es leise wie zerbröselnder Krokant. Vorsichtig hob der Wissenschaftler seinen Fuß in Erwartung einer platt gestampften Schabe hoch. Doch unter der Schuhsohle klebte sie nicht. Auch auf dem Kachelboden entdeckte er nirgendwo Rückstände des Insekts. Es schien wie vom Erdboden verschluckt. Bekanntlich waren Kakerlaken wahre Phänomene, was die Kunst des Überlebens anging. So schlug ihr Herz selbst bei abgetrenntem Kopf noch dreißig Stunden weiter. Und auch gegenüber extremer Hitze, Kälte oder radioaktiver Strahlung zeigten sie sich resistent. Einen Atomkrieg würde diese Spezies, im Gegensatz zur menschlichen, mühelos überleben. Nicht umsonst existierte sie schon seit fast dreihundertfünfzig Millionen Jahren. Wahrscheinlich bevölkerte sie die Erde noch, wenn der Homo sapiens längst ausgestorben war. Dass sie sich offenbar unsichtbar machen oder in Luft auflösen konnte, war neu. Konsterniert ließ sich Osborne auf die Toilette plumpsen. Da alles Grübeln über dieses Phänomen zu nichts führte, legte sein Gehirn den Fall zu den ungeklärten X-Akten, zumal ihn etwas anderes als ein vermisstes Ungeziefer beschäftigte. Sein Finger brannte nämlich immer noch höllisch. Hoffentlich hatte ihn das Viech nicht mit Tollwut oder sonst einem heimtückischen Virus angesteckt.

Ein leises Geräusch riss ihn aus seinen düsteren Gedanken. Nebenan quietschte die Waschraumtür. Jemand trat ans Waschbecken und wusch sich die Hände. Das Rauschen des Wassers übertönte fast das erneute Türquietschen. Das Wasser wurde abgestellt. Jemand sagte etwas auf Französisch. Zu leise, um es zu verstehen. Urplötzlich explodierte etwas abnorm laut gegen Osbornes Toilettentür. Vor dem Türschlitz tröpfelten winzige, sternförmige rote Sprenkel auf den Kachelboden.

Der Wissenschaftler starrte wie betäubt auf die Farbflecke, die sich in großer Geschwindigkeit vermehrten. Sie verschmolzen zu größeren Lachen, flossen ineinander und bahnten sich einen Weg durch den Türspalt auf seine Fußspitzen zu. Eine rostige Ausdünstung von Blut entstieg dem Boden und löste einen Würgreiz in ihm aus. Einem kurzen Augenblick der Stille folgte ein ohrenbetäubendes Geräusch gegen die Tür. Als ob Knochen splitterten. Eine gelbliche Masse tropfte zäh in die Blutlache vor der Tür.

In der Kabine saß Osborne mit verkrampftem Körper auf der Toilette. Obwohl er heftig atmete, schienen seine Lungen nicht genügend Luft zu bekommen. Sein Herz dröhnte mit mächtigem Dampfhammerpochen dermaßen laut in den Ohren, dass es beinahe das Gepolter im Waschraum übertönte. Dort scharrten jetzt Schuhe über den Steinboden.

Er wurde sich des Umstandes bewusst, dass jenseits des dünnen Türblattes zwei Unbekannte miteinander kämpften. Oder waren es mehr? Angestrengt horchte er nach draußen. Gleichzeitig stieg eine fürchterliche Angst in ihm hoch: Was, wenn sie ihn entdeckten? Was würden sie mit ihm anstellen? Er wusste es nicht. Er konnte nur das Beste hoffen und das Schlimmste fürchten. Regungslos saß er da und wartete, was passierte.

Nur wenige Zentimeter von ihm entfernt mussten sich schreckliche Dinge abspielen. Instinktiv griff er nach seinem Handy, verwarf die aufkeimende Idee aber sofort wieder. Ganz gleich, wie leise er telefonieren mochte, seine Stimme würde ihn verraten. Wer immer sich in dem Waschraum befand, sollte besser nicht wissen, dass er alles belauschte.

So lautlos wie möglich stand er auf, stopfte das Handy in eine Tasche des Jacketts und zog seine Hose hoch. Dann kletterte er umständlich auf die Toilettenschüssel, wo er in gebückter Haltung verharrte. Immer krampfhaft bemüht, auf der glatten Oberfläche des Porzellans nicht auszurutschen. Sollte jemand durch den Türspalt spähen, konnte er ihn nicht auf den ersten Blick entdecken. Andererseits genügte eine ungeschickte Gewichtsverlagerung, und er würde vermutlich ziemlich laut auf dem Boden landen, was an sich ein relativ kleines, aber durchaus lebensbedrohendes Malheur sein konnte. Er war nicht erpicht darauf, sein Leben auf den kalten Fliesen einer öffentlichen Toilette auszuhauchen. Seine Oberschenkel, die derartige Übungen nicht gewöhnt waren, begannen schon jetzt empfindlich zu ziehen. Er spürte, wie ihm die Hitze in die Muskeln stieg und dort ein loderndes Brennen entfachte. Während er mit dem Körper permanent seine Hockestellung ausbalancierte, wollte er sich am liebsten die Ohren zuhalten, damit das röchelnde Wimmern und die dumpfen Schläge nicht mehr bis zu ihm vordringen konnten. Da hörte er, wie einer der Männer etwas sagte. Es war nicht mehr als ein Flüstern, das an sein Ohr drang. Trotzdem stießen die fünf gezischelten Worte wie Rasierklingen in seinen Gehörgang und zerschnitten das Trommelfell: »Sterben Sie wohl, Monsieur Osborne.«

Im ersten Moment glaubte Osborne keine Luft mehr zu bekommen. In seinem Kopf dröhnte ein Orkan. Er begriff überhaupt nichts mehr. Aber sein vorherrschendes Gefühl war nicht Verwirrung, sondern eine alles überwältigende Angst. Wer ihn so versteinert da hocken sah, hätte vermutet, ihn habe der Schlag getroffen. Und irgendwie stimmte das auch. Mit kalkweißer Haut und heruntergeklapptem Kiefer stierte er auf die Tür, als könne er sie mittels Röntgenblicks durchleuchten und so zu dem grauenvollen Geschehen durchdringen, das sich hinter ihr abspielte.

Nein, das konnte einfach nicht sein. Er musste sich verhört haben. Niemand außer ihm wusste, dass er hier war. Abgesehen von seinen Kollegen. Ob die ihn vielleicht suchten? Andererseits klangen die Geräusche im Waschraum nicht danach, als ob dort einer stand und jemanden suchte. Ein Suchender hätte den Namen nicht geflüstert, sondern laut gerufen, damit der Gesuchte sich meldete. Und keiner seiner Kollegen hätte »Sterben Sie wohl« gesagt, denn er hatte keine Feinde, weder beruflich noch privat.

Der Computerexperte fuhr sich mit der Hand nervös durchs Haar. Da entdeckte er voller Entsetzen seine am Boden liegende Aktentasche. Wer unter der Tür durchsah, konnte vielleicht nicht seine Füße, wohl aber seine Tasche sehen, was im Endeffekt auf dasselbe rauslief. Vorsichtig streckte er sich so tief wie möglich herunter und schob sie mit einer Hand in den hintersten Bereich der Kabine. Hatte jemand das Scheuern auf den Kacheln gehört? Osborne lauschte versteinert. Nichts rührte sich. Seinen ganzen Mut zusammennehmend, beugte er sich so weit vor, wie er es von seinem Sitz aus vermochte, wobei er sich mit beiden Händen an den Seiten der Zarge abstützte. Er presste ein Ohr gegen das Türblatt, in der Hoffnung etwas zu hören, was ihm mehr Klarheit verschaffte. Stattdessen vernahm er nur das Rauschen seines wild pumpenden Blutes, während es aus seiner Erinnerung schrie:

*Sterben Sie wohl, Monsieur Osborne!*

Er konnte seine Gedanken nicht von diesem einen Satz abwenden. Vor der Kabine war immer noch das Keuchen und Stöhnen der Kämpfenden zu hören, während drinnen ein Wissenschaftler krampfhaft versuchte, zusammenhängend zu denken. Als ihm das halbwegs gelungen war, stürmten eine ganze Menge Fragen gleichzeitig auf ihn ein. Doch es fehlten ihm die nötigen Hintergrundinformationen, um auch nur eine von ihnen annähernd zu beantworten. Es gab ja auch wirklich keine logische Erklärung dafür, weshalb ihn jemand hier und heute ermorden wollte. Aus dieser Erkenntnis formte sich ein neuer Gedanke, der, genau genommen, so neu eigentlich gar nicht war. Unterbewusst war er seit der ersten Schrecksekunde da gewesen. Er hatte nur etwas Zeit gebraucht, bis er sich durch die Panikattacke an die Oberfläche des Bewusstseins gewühlt hatte: Er hatte sich verhört. Ja, es konnte gar nicht anders sein. Er musste sich verhört haben! Diese Möglichkeit beruhigte ihn ein wenig, wenngleich auch nicht in dem erhofften Ausmaß, denn er hatte immer noch schreckliche Angst, dass er sich vielleicht doch nicht verhört hatte.

Wieder war ein lautes Poltern gegen die Tür zu vernehmen, gefolgt von einem dumpfen Schlag. Sekunden später quietschte die Tür des Waschraums, fiel ins Schloss, dann war alles still. Aber es war keine natürliche, sondern eine bedrohliche Stille – wie nach einem alles verwüstenden Orkan.

Der Computerspezialist zählte in Gedanken bis hundert. Als danach immer noch Ruhe herrschte, kletterte er von dem Toilettensitz herunter, ergriff die Aktentasche, zückte sein Handy und trat dicht an die Tür. In einer Hand hielt er die Mappe und in der anderen das Handy, als wollte er beides notfalls als Schlagwaffe benutzen. Er lauschte, aber außer dem leisen Glucksen in den Rohrleitungen hörte er nichts. Vorsichtig tastete er nach dem Türgriff, drückte ihn und zog daran. Die Tür klemmte. Erneut drückte er die Klinke und zog mit aller Kraft daran. Mit einem hässlichen Geräusch sprang die Tür ruckweise auf.

Der Amerikaner trat aus der Kabine. Auf dem Boden und an den Wänden klebte überall Blut. Eine unglaubliche Schweinerei. Es sah aus wie in einem Schlachthaus. Vor den Urinalen lag seltsam zusammengekrümmt ein Mann inmitten einer immer größer werdenden Blutlache. Er war tot. An seinem Kopf klaffte eine riesige Wunde, aus der Blut und Fettgewebe austrat. Sein Hals war von einem Schnitt durchtrennt.

Osborne starrte fassungslos auf das Blut. Mit äußerster Mühe kämpfte er gegen einen Brechreiz. Der Drang, sich übergeben zu müssen, verging nur langsam, aber er verging. Es blieb das Gefühl, als glitte der Boden unter ihm hinweg. Sein Verstand fasste keinen klaren Gedanken mehr. Nur noch Bruchstücke. Aber nicht nur sein Gehirn verweigerte den Dienst, er konnte auch seinen Körper nicht mehr bewegen. Regungslos stand er im Zentrum seines allerschlimmsten Albtraumes.

*Sterben Sie wohl, Monsieur Osborne!*

Vermutlich war das nur ein Streit gewesen. Oder ein Überfall? Dann hätte es allerdings auch ihn treffen können. Hätte er wenige Minuten früher die Toilette verlassen, läge jetzt seine Leiche in ihrem Blut.

Er musste es der Polizei melden. Unbedingt und sofort. Wenn er es nicht tat, machte er sich selbst verdächtig. Er würde alles zu Protokoll geben, was er wusste. Andererseits, was wusste er überhaupt? Was sollte er den Ermittlern erzählen? Dass er auf der Toilette einen grimmigen Kampf mit einer Kakerlake ausgefochten und nebenbei merkwürdige Geräusche aus dem Waschraum gehört hatte?

Er atmete tief ein und stieß die Luft langsam wieder aus. Mehrmals ließ er sich alle möglichen Szenarien durch den Kopf gehen. Eines stand dabei fest: Viel sagen konnte er der Polizei nicht. Trotzdem würden sie ihn auf dem Revier in die Mangel nehmen und wieder und wieder nach allen möglichen Einzelheiten löchern. Vielleicht stunden- oder gar tagelang.

Die Kardinalfrage war: Hatte er den Mörder oder zumindest den Tathergang gesehen?

Die Antwort war ein eindeutiges Nein. Er hatte nichts gesehen, absolut nichts; er hatte nur etwas Undefinierbares gehört.

Er riskierte einen weiteren Blick auf den Toten in der Blutlache. Dass dieser eine verblüffende Ähnlichkeit mit ihm hatte, wollte er sich nicht eingestehen. Stattdessen formulierte sein Hirn weiter pseudologische Ausflüchte. Wozu sollte er Kommissar spielen? Wegen einer solch' falsch verstandenen Zivilcourage konnte er es unmöglich riskieren, seinen so enorm wichtigen Flug für nichts und wieder nichts zu verpassen. Wem würde das nützen? Der Aufklärung des Falles? Mit Sicherheit nicht. Weshalb sich also ein schlechtes Gewissen machen? Er hatte nichts gesehen und somit lag von seiner Seite auch keinerlei Vertuschung vor.

Nach Abwägung der Fakten entschied er sich, den Ermittlern den Fall allein zu überlassen. Sie kannten doch die einschlägig Verdächtigen hier besser, weshalb sie den Fall ohne ihn schneller und sicherer lösen würden. Kaum hatte er sich zu diesem Entschluss durchgerungen, schlug sein Herz wieder ein bisschen ruhiger. Unter dem Diktat seines jetzt glasklar agierenden Verstandes achtete er peinlichst genau darauf, in keinen der verstreuten Bluttropfen zu treten. Unauffällig schlüpfte er zur Tür hinaus in einen breiten Gang. Die Toiletten befanden in einem Seitenbereich des Terminals, der weniger frequentiert war. Zwar gingen auch hier Fluggäste vorbei, schenkten ihm aber keinerlei Beachtung. Ein Mann kam von der Toilette, was gab es daran schon Beachtenswertes? Nichts! Das war das Stichwort für seinen Abgang.

*22 Uhr 18 – JFK-Airport, New York*

Über zwei Stunden irrte Osborne ziellos durch das Terminal. Seine Haltung drückte eine so abgrundtiefe Verwirrung aus, dass es kaum jemandem entgangen wäre, der ihn beobachtet hätte, was in dem hektischen Betrieb zum Glück nicht der Fall war. Sein Kopf war immer noch erfüllt vom fleischigen Geruch des frischen Blutes und dem verzerrten Gesicht des toten Mannes, dessen Eingeweide inzwischen bestimmt schon schwarze Fliegen als Eiablage benutzten. Diese Vorstellung war das Ticket für eine emotionale Achterbahnfahrt. Die grausige Erinnerung sank wie bittere Galle in die untersten Tiefen seines Hirns, wo sie einen trügerischen Bodensatz bildete, auf dem er angenehmere Gedankenbilder zu errichten versuchte. Im nächsten Augenblick schossen die grausigen Erinnerungen aber wieder an die Oberfläche, explodierten in buntgrellen Bildern und zersplitterten jede andere Imagination, mit der er sich abzulenken versucht hatte. Der schrille Albtraum hatte seinen Verstand so im Klammergriff, als wollte er ihn nie wieder loslassen. Er ließ sich genauso wenig wegsperren wie der furchtbare Satz:

*Sterben Sie wohl, Monsieur Osborne!*

Hatte wirklich jemand versucht, ihn umzubringen? Diese Überlegung löste in seinem Hirn jedes Mal von neuem das Echo aus: Nicht dich. Niemand will dich umbringen. Wieso auch? Es gibt kein Motiv!

Allein die Vorstellung, irgendwer habe es auf sein Leben abgesehen, war dermaßen abstrus, dass sich sein Verstand mit fast pathologischer Beharrlichkeit weigerte, die Möglichkeit überhaupt in Betracht zu ziehen. Stattdessen förderte er Argumente vom tiefsten Grund der Logik zu Tage, weshalb er sich einfach verhört haben musste. Mit der Zeit übernahm das normale Denken wieder das Kommando an Bord, um endlich das zu beenden, was dem Computerexperten auf dem vorherigen WC verwehrt geblieben war.

Begleitet von einer Reihe Befürchtungen wagte er sich noch einmal auf eine Toilette des Flughafens. Allerdings suchte er nun gewissenhaft die belebteste von allen in Frage kommenden Herrentoiletten auf. Am liebsten hätte er sogar die Kabinentür sperrangelweit offen gelassen, um sicher zu gehen, dass mindestens ein Dutzend Personen den Waschraum frequentierte. Aber diesen Vorschlag seines überstrapazierten Nervensystems legte er gleich wieder zu den Akten.

Während er auf der Toilettenschüssel hockte und ängstlich jedes Geräusch analysierte, das von draußen an sein Ohr drang, hämmerte es unentwegt durch seinen Schädel:

*Sterben Sie wohl, Monsieur Osborne!*

Doch die innere Stimme wurde langsam leiser und auch die dadurch ausgelösten Angstschübe ebbten ab. Sie verblichen wie bei einem Traum. Kurz nach dem Aufwachen erinnerte man sich noch an Details, doch nach wenigen Augenblicken versanken diese wieder im Unterbewusstsein; zurück blieb bloß der Nachhall eines vagen Gefühls, das man mit dem Traum verband.

Nur zögernd verließ Osborne die trügerische Sicherheit der Kabine und trat an die Wand mit den Waschbecken. Unsicher tastete er nach dem Wasserhahn, ohne dabei einen der anwesenden Männer aus den Augenwinkeln zu lassen. Sein Verstand fuhr Karussell mit ihm und ließ dabei eine Lücke im Gedankendschungel seiner Verdrängungsversuche frei, aus der sich der Instinkt mit unbarmherziger Angst zurückmeldete: Ob der Mörder unter ihnen war? Doch sofort fuhr der Verstand seine Beruhigungsstrategien auf und verwies den Instinkt ins Nebulöse zurück: Eher unwahrscheinlich. Nach dem Gemetzel vorhin musste der Killer von Kopf bis Fuß blutbespritzt sein. (Es sei denn, er hatte vorgesorgt und die Kleidung gewechselt.)

Während sich der Wissenschaftler das kalte Wasser über die Hände fließen ließ, fand um ihn herum ein ständiges Kommen und Gehen statt. Nur zwei Männer in Overalls verweilten länger, weil sie an den Rohren neben den Waschbecken herummontierten. Ein Flughafenbediensteter leerte gerade die Abfalleimer in einen riesigen Müllsack, den er hinter sich herschleifte. Das hatte alles nichts Bedrohliches. Das war herrlich monotoner Alltag; alles war so, wie es auf einem Flughafen sein sollte. Dies sollte kein Ort sein, an dem jemand mit Darmproblemen ausgerechnet im würdelosesten Moment, wenn er die Hosen heruntergelassen hatte, überfallen wurde. Womöglich fand dieser Umstand dann später auch noch Erwähnung auf dem Grabstein: »Hier ruht Alan Osborne. Es erwischte ihn auf einem Flughafenklo in New York«.

Nachdem der Computerspezialist sich die Hände abgetrocknet hatte, stand er einen Moment lang still da. Mit beiden Händen umklammerte er den Rand des Waschbeckens, als wolle er die Erde am Drehen hindern. Verbissen kämpfte er gegen Befürchtungen, dass man ihm immer noch auflauerte, dass man ihn womöglich schon vorher heimlich beschattet hatte. Seine Beine zitterten. Nach knapp einer Minute hatte er sich wieder im Griff und er konnte ohne Schwanken den Waschraum verlassen.

Wahrscheinlich würde er nie wieder im Leben unbefangen eine Toilette aufsuchen. Sein Vertrauen in diesen Ort der Stille würde nie mehr das alte sein.

*23 Uhr 53 – JFK-Airport, New York*

Alan Osborne stand vor der wichtigsten Reise seines Lebens. Ungeduldig saß er im Warteterminal auf einem unbequemen Plastiksitz, einen Plastikbecher halbvoll mit Plastikkaffee auf einem Plastikbeistelltisch neben sich. Gedankenverloren starrte er auf die großen Panoramafenster. Die von Westen aufgezogenen zarten Wolkenschleier verdichteten sich zu violettschwarzen Regenwolken. Draußen rollte eine Boeing Richtung Startbahn vorbei. Träge hob der plumpe Eisenvogel ab und verschwand dann immer schneller zwischen den Wolken. Der Computerexperte dachte über den Wahrscheinlichkeits-Quotienten von Unfällen bemannter Flugkörper nach.

Der Wissenschaftler stammte aus einer Familie von Ärzten und Juristen. Eine dicke Hornbrille kaschierte sein unscheinbares Gesicht, das Frauen nicht unbedingt in einen rauschähnlichen Zustand versetzte. So blass und farblos wie er war, fesselte auch sein restlicher Körper kaum die Blicke des anderen Geschlechts. Als der liebe Gott die Attraktivität verteilte, glänzte er durch Abwesenheit, weil er sich gerade eine Extra-Portion Hirn geben ließ. Zum einen war er mit knapp Einssiebzig nicht gerade ein Hüne, zum anderen ging sein Körper nach fast fünfzig Jahren langsam aus dem Leim. Der immer schon latent vorhanden gewesene Bauchansatz entwickelte sich allmählich zu einem Miniatur-Rettungsring. Es war aber nicht so, dass er sich gleichgültig mit diesem Schicksal abgefunden hätte. Auf Anraten seines Arztes hatte er es mit einer ganzen Reihe Sportarten versucht. Wer den ganzen Tag am Computer saß, für dessen Gesundheit war angeblich eine Freizeitbeschäftigung mit viel Bewegung förderlich. Deshalb probierte er es zuerst mit Tennis. Dabei holte er sich einen Tennisarm, der ihn wochenlang bei der Arbeit behinderte. Dann stieg er auf Radfahren um. Bei einem Sturz in den Straßengraben brach er sich das Schlüsselbein. Beim Joggen biss ihn ein Hund in die Wade. Badminton bescherte ihm eine Meniskusoperation. Letztendlich kam er zu dem Schluss, dass nichts förderlicher für seine Gesundheit war als absolute Bewegungslosigkeit.

Trotz aller beruflichen Erfolge trat Osborne privat weiter auf der Stelle. Er war ein Workaholic und wie alle Workaholics ziemlich langweilig und nicht sehr beliebt. Im Laufe der Jahre hatte er sich tief in seine Arbeit verkrochen und von der Umwelt abgekapselt. Auf andere wirkte er distanziert. Er hatte nie wirkliche Freunde gehabt. Diejenigen, die ihn kannten, hielten ihn für eine Art Sonderling, mit dem man besser nicht näher in Kontakt trat, um nicht auch so einer zu werden oder für einen solchen gehalten zu werden.

Seinen Außenseiterstatus hatte er aber nicht immer innegehabt. Während der Schulzeit war er ein Star gewesen. Seine Lehrer hatten ihn über den grünen Klee gelobt und die Mitschüler beneideten ihn wegen seiner super Noten. Der soziale Absturz kam mit der Pubertät. Plötzlich zählten in der Schule andere Statussymbole als nur ein gutes Zeugnis. Coolness war angesagt. Und er war alles andere als cool.

Seine Schüchternheit Frauen gegenüber verbarg er später hinter der Fassade des emotionslosen Rationalisten. Seine Gedankengänge waren analytisch, funktional, fernab jeder romantischen Schwärmerei. Nicht zuletzt deshalb hatte er bei Stanton & York, dem führenden Institut für Grundlagenforschung auf dem Sektor »künstliche Intelligenz«, rasch Karriere gemacht.

Heute wohnte er in einem noblen Haus in Scarsdale, einem feudalen Vorort im Norden New Yorks. Sein Leben spielte sich in dem engen Radius zwischen seinem Heim und seinem Büro, wo er im Team mit hochtalentierten Programmierern arbeitete, ab. Reisen störte ihn. Vor allem, weil es ihn von seiner Arbeit abhielt. Wie alle Programmierer war er todunglücklich, wenn er nichts zum Programmieren hatte. Abgesehen davon fragte er sich allerdings ab und an, ob er in seinem Leben vielleicht nicht etwas übersehen hatte. Zwar war die Liste der Dinge, die er besaß, ziemlich lang, denn sie umfasste nicht nur ein eigenes Haus mit Garten, sondern auch Designermöbel, unzählige Bücher, DVDs, einen Fünfzig-Zoll-Fernseher und sonstigen technischen Schnickschnack. Aber was war mit den Dingen, die von den Leuten als Grundvoraussetzung für ein normales Leben betrachtet wurden, wie beispielsweise eine Frau oder zumindest eine Freundin?

Sein Geschlechtsleben war in jungen Jahren von einem etwas flatterhaften, stets viel zu kurze Röcke tragenden Mädchen namens Emma Jones verpfuscht worden. Dabei hatte es mit ihnen auf der Universität in Seattle durchaus viel versprechend angefangen; sie waren sogar zusammengezogen. Osborne war zwischenzeitlich der irrigen Ansicht gewesen, sie würden eines Tages heiraten. Damals glaubte er noch an die ewige Liebe und dass er um seiner Selbst gemocht wurde.

Zur traumatischen Wendung war es dann gekommen, als er einmal früher als gewöhnlich aus dem Seminar nach Hause kam. Schon beim Betreten der Wohnung hatte er gestutzt. Im Flur herrschte ein irritierendes

Durcheinander. Der Staubsauger stand einsam und verlassen mitten im Weg herum, auf dem Läufer lagen allerlei Kleidungsstücke verstreut und aus dem Wohnzimmer drangen merkwürdige Geräusche, die er zunächst nicht einordnen konnte. Als er dem Gestöhne auf den Grund ging, saß die bezaubernde Emma Jones nackt auf dem Sofa und drehte sich überrascht zu ihm um. Sie strich ihr Haar aus dem Gesicht, während der Kerl, der unter ihr lag, fragte: »Was ist denn das für ein Vogel?«

Gedemütigt, unfähig irgendwas zu sagen, wankte er ins Schlafzimmer und packte seine Koffer. Als er ging, brach Emma Jones nicht etwa in Tränen aus; sie hatte ihn ausgelacht und verspottet.

Bis über die Grenze des Erträglichen erniedrigt, stahl er sich aus der Wohnung. Er wusste nicht, was er tun oder wohin er gehen sollte. Ziellos streifte er umher und grübelte darüber nach, warum ihn die lustvollen Verheißungen auf ein glückliches Leben so bitter betrogen hatten. Steve Rodgers, einer seiner besten Freunde, hatte mit seiner Warnung Recht behalten: »Ein so heißes Teil wie Emma Jones ist ein paar Nummern zu groß für dich, Alter.« Genauso wenig wie die mahnenden Worte der wahr gewordenen Prophezeiung konnte er die Erinnerung an Emmas Umarmungen aus seinem Kopf vertreiben. Doch jetzt hatten ihre Liebesbekundungen von früher einen schalen Beigeschmack. Für kurze Zeit hatte sie ihm das Paradies gezeigt und ihn dann brutal daraus vertrieben. Er konnte sich nicht daran erinnern, jemals so verzweifelt gewesen zu sein. So sehr er sein Gedächtnis auch durchwühlte, das war damals mit Abstand der schwärzeste Tag in seinem Leben gewesen. Vermutlich hatte Emma ihm – warum auch immer – die ganze Zeit etwas vorgespielt, während seine Gefühle für sie ehrlich gewesen waren. Sein ganzes Leben kam ihm nur noch sinnlos vor.

Auf einem Spielplatz hatte er eine Zeitlang spielende Kinder beobachtet. Er beneidete sie wegen all der Möglichkeiten, die noch vor ihnen lagen. Wenn es nur jemanden gäbe, mit dem er darüber reden könnte. Aber seit er sich mit Steve Rodgers wegen seiner Prophezeiung, die Emma Jones betraf, überworfen hatte, war er ziemlich knapp an Freunden. Nirgendwo in Seattle gab es eine Menschenseele, der er sich anvertrauen konnte. Während ein Teil seiner Gefühle für diese ... diese Schlampe vor Eiseskälte abstarb, verwandelte sich der verbliebene Rest in Ekel und Hass.

Am Ende seines langen Spazierganges kam er zu der Überzeugung, dass seine Wunden schneller verheilten – falls sie überhaupt verheilen konnten –, wenn er auf möglichst große Distanz zu deren Verursacherin ging.

Am nächsten Morgen wagte er in New York einen Neuanfang. Er setzte sein Studium an der Columbia University fort und schlug sich mit unterbezahlten Nebenjobs mehr schlecht als recht durch. Während andere die wilde Studentenzeit genossen und endlos Party feierten, arbeitete Osborne hart und diszipliniert – beinahe mit der permanenten Besessenheit eines Irren – an seiner Karriere. Zwar gab es hier und da schon mal eine Anwärterin für sein Herz, die er jedoch unbewusst immer abgeblockte hatte, noch ehe sich etwas Ernstes entwickeln konnte. Inzwischen war sein Sexleben zum größten non-Event des Planeten mutiert. Die Trennung von Emma Jones, vor allem die Art und Weise, wie sie zustande gekommen war, hatte ihn bis zum heutigen Tag nachhaltig erschüttert. Trotzdem machte ihn diese Enttäuschung nicht wie viele seiner männlichen Leidensgenossen zum Frauenhasser. Er behandelte das andere Geschlecht weiterhin mit viel Respekt; mit dem gleichen Respekt, den er einer Anakonda entgegenbrachte. Liebe mochte ja etwas Wundervolles sein, aber wenn sie zerbrach, dann ging man durch die Hölle. Deshalb hatte er sich damals geschworen, nie wieder sollte irgendetwas sein Leben so aus den Fugen und dermaßen in Unordnung bringen. Ein Vorsatz, der relativ leicht umzusetzen war. Schließlich besaß er nicht gerade das Aussehen, das Frauen bei ihm Schlange stehen ließ. Aber er hatte Verstand und Ehrgeiz. Ihm selbst war es nie in den Sinn gekommen, dass er vielleicht zu jenen Genies gehörte, die eines Tages mit dem Nobelpreis ausgezeichnet wurden. Den Verantwortlichen von Stanton & York war das jedoch bei seiner Bewerbung nicht entgangen.

Damals war Stanton & York eine junge, aufstrebende Firma in der IT-Branche gewesen, die hauptsächlich Software und Netzwerklösungen für Großfirmen entwickelte. Wenige Wochen vor seiner Einstellung hatte man eine neue Entwicklungsabteilung, einen »Think Tank«, gegründet. Anfangs fristete diese Abteilung eher ein Nischendasein innerhalb des expandierenden Unternehmens, denn dort arbeiteten nur Einsteiger, ein halbes Dutzend Nerds, Eierköpfe, die niemand so richtig für voll nahm. Ihr Büro – falls man den Kellerraum so nennen wollte –, besaß keine Fenster. Die Luft war so schal und feucht wie in einer Pyramide, die seit Ramses II. nicht mehr gelüftet worden war. Von der Decke blickten die von Desinfektionsmitteln ausgebleichten Überreste eines Schimmelpilz-Freskos herab. Darunter drängten sich sechs Mitarbeiter an zusammen gequetschten Arbeitsplätzen. Es war so eng, dass selbst die Kakerlaken den Bauch einziehen mussten, wenn sie das Zimmer durchqueren wollten. Fast wöchentlich kam es hier unten zu Stromausfällen, weil die Sicherungen der Untergewölbe nicht für den Stromverbrauch der hoch gezüchteten Super-Computer ausgerichtet waren. Kontakte zu anderen Abteilungen, die in den oberen, hellen Stockwerken angesiedelt waren, gab es so gut wie keine. Falls doch, dann erfolgten sie per Emails oder über Hausmitteilungen.

Vermutlich wusste in den anderen Etagen schon längst niemand mehr von der Existenz ihres »Think Tanks«. Wahrscheinlich hätten sie noch etliche Jahre weiter ungestört vor sich hinforschen können, denn in Zeiten der Hochkonjunktur konnte man sich den Luxus einer Abteilung leisten, die kein Geld abwarf. Doch nach einer niederschmetternden Halbjahresbilanz wurde plötzlich an allen Ecken und Enden gespart. Von Restrukturierung zur Steigerung des Unternehmenswertes war jetzt die Rede; von Customer Relationship Management, Post Merger Integration, Outsourcing und Strategic Market Realignment, von nachhaltigen Wettbewerbserfolgen durch flexible Anpassung des Unternehmens an die veränderten Anforderungen des Marktes. Um dies zu gewährleisten, engagierte Stanton & York einen so genannten Innovator, einen Value-Manager von Advise & Partners, der eine detaillierte Prozessanalyse aller Unternehmensbereiche erstellte. Die Umsetzung seines Berichtes sollte die Firma leistungsfähiger machen. Oder einfacher ausgedrückt: Der Mann deckte nicht rentable Bereiche des Unternehmens auf und empfahl deren Schließung. Er lotete die Möglichkeiten zur Rationalisierung und Einsparung unnötiger Kosten aus. Dem Prüfer war natürlich aufgefallen, dass Osbornes Abteilung nur Geld verschlang, ohne dass dabei bisher etwas Zählbares herausgekommen wäre. Und genau das würde in seinem Bericht stehen. Alle Mitarbeiter der Abteilung waren ziemlich sicher, dass sie sich auf der Streichliste mit den entbehrlichen Posten wiederfinden würden.

Nachdem sie einige Zeit darüber diskutiert und nachgedacht hatten, traten sie die Flucht nach vorn an. Als Abteilungsleiter entschied sich Osborne für das kleinere der beiden Übel. Er hasste es, mit seinen Vorgesetzten zu diskutieren. Andererseits hatten sie ihm bisher einen Freiraum bei seiner Arbeit ermöglicht, den er sonst wohl nirgendwo finden würde. Nach einer Entlassung war es außerdem fraglich, ob und wann er einen neuen Job bekam. Deshalb wollte er die Arbeit seines Teams bei seinen Chefs zur Sprache bringen. Das Problem bei der geplanten Aussprache bestand darin, den wahren Stand ihrer Forschungen so zu verschleiern, dass ihre Arbeitgeber keinerlei Verdacht schöpften, ihr Geld würde für irgendwelche Spinnereien verpulvert. Das würde ziemlich schwierig werden. Aber was war im Leben schon einfach?

An einem heißen Nachmittag im Juni vor knapp zehn Jahren hatte Osborne den für ihre Abteilung zuständigen Mister York um ein Gespräch ersucht. Vom düsteren Kellerlabor benötigte der Aufzug knapp eine Minute bis zu der lichtdurchfluteten Chefetage, von wo aus man einen grandiosen Ausblick auf die Madison Avenue genoss. Unterwegs kam ihm das Sprichwort von den schlafenden Hunden, die man nicht wecken sollte, in den Sinn. Aber wenn er sie nicht weckte, dann würde es die Kosten-Nutzen-Analyse der Firma tun.

Als er den Aufzug im Keller betrat, war er noch der festen Überzeugung, dass er seine Mission erfolgreich beenden würde. Als er in der neunten Etage ausstieg, war sein Enthusiasmus schon gedämpfter. Denn falls Stanton & York nicht gefiel, woran er und seine Leute forschten, würden sie möglicherweise noch heute entlassen. Entsprechend hämmerte sein Herz beim Betreten von Mister Yorks Büro.

Der große Raum wirkte eher zurückhaltend als opulent. Die Einrichtung lag im Trend. Alles erstrahlte in modischem Schwarzweiß. Sessel, Schreibtisch, Arbeitsgeräte – aus Aluminium oder Kunststoff – waren nach ergonomischen Gesichtspunkten gestaltet. Eine Klimaanlage surrte leise. Geschlossene vertikale Jalousien tauchten den Raum in ein gedämpftes Halbdunkel.

Mortimer York war ein großer, extrem korpulenter Mann Ende vierzig. Wabbelig wie ein überdimensionaler Wackelpudding thronte er – bekleidet mit einem makellosen grauen Anzug – in einem ergonomischen Drehsessel. Seine schmalen Augen flackerten unruhig hinter dicken, randlosen Brillengläsern. Nachdem er seinen Besucher mürrisch begrüßt hatte, nahm der an dem weißen Schreibtisch Platz. York galt nicht gerade als Inbegriff für Sensibilität und Rücksichtnahme. Außerdem gab es für seine schlechte Laune gute Gründe. In den vergangenen Monaten waren immer mehr Dotcom-Firmen aus dem Boden geschossen, die ihnen mit Dumpingpreisen die Hölle heiß machten.

»Sie wollen mich sprechen, Mister Osborne?«, fragte York. »Entschuldigen Sie, dass ich Ihnen keinen früheren Termin geben konnte. Wenn Sie die Wirtschaftsnachrichten in den vergangenen Wochen überflogen haben, wissen Sie vielleicht, dass unsere Firma gerade einen finanziellen Engpass durchschreitet. Vor ein paar Jahren hätten unsere schlechten Bilanzen an der Börse ziemlich hohe Wellen geschlagen. Heutzutage stecken jedoch so viele Firmen in der Bredouille, dass wir nicht weiter auffallen. Wir befinden uns sozusagen in allerbester Gesellschaft.«

»Schuld daran ist nur die Rezession.«

»Sie sagen es. Aber von der Erkenntnis wird mein Magengeschwür auch nicht kleiner. Also, mein Guter, was führt Sie zu mir?«

»Meine Arbeit. Oder besser gesagt, die Arbeit unseres Think Tanks.«

»Ja, ich erinnere mich«, bemerkte sein Boss. »Ich habe mir vor dem Meeting die Unterlagen angesehen, die Sie mir geschickt haben. Ich muss sagen, Ihre Arbeit hat mich nicht sonderlich beeindruckt. Wie lange forschen Sie jetzt schon an dem Zeug?«

»Fast vier Jahre, Sir.« Das stimmte nicht ganz. Eigentlich arbeiteten sie schon fast doppelt so lange daran. Aber vier Jahre erschien ihm nahe genug an der Wahrheit.

Yorks tief liegende Augen mit den schweren Lidern musterten ihren Gegenüber.

»Warum tun wir das?«

»Wie bitte?« Osborne konnte nicht ganz folgen.

»Warum buttert unsere Firma jedes Jahr ein Vermögen in Ihre Abteilung?«

»Um neue Einkommensquellen zu erschließen, Sir.«

»Und? Haben wir bisher welche erschlossen?«

»Nicht direkt, Sir, aber ...«

»Also nicht«, murmelte er in einem Tonfall, der verriet, dass er nicht viel von dem Projekt hielt. »Wenn Sie schon mal hier sind, dann verraten Sie mir doch bitte, warum ich etwas weiter finanzieren soll, was in vier Jahren noch keinen Cent Profit abgeworfen hat.«

»Wir arbeiten an etwas, das nicht nur die Computerbranche, sondern unser aller Leben von Grund auf verändern wird.«

»Mit künstlicher Intelligenz?«

»Ja, Sir.«

»Vergessen Sie's. Das Thema ist tot. Ist Ende der Achtziger gestorben. Dieser McDingsda vom Massachusetts Institute of Technology arbeitete doch daran und scheiterte grandios, oder?«

»McLursky, Sir. Aber wir beschreiten andere Wege als er. Sein Fehler war, dass er ein falsches Bild von Denkvorgängen und der Intelligenz hatte. Er suchte die Lösung von Problemen durch formale Regeln; eine künstliche Vernunft, die mit abgespeicherten Fakten operiert. Doch wir gehen in eine völlig andere Richtung. Weg von starren Regeln und hin zur Improvisationsfähigkeit in einer Welt voller Variablen. Menschliches Wissen ist ganz anders strukturiert, als McLursky seinerzeit annahm. Unser Programm basiert auf impliziertem Wissen über Zusammenhänge, das intuitiv angewendet wird. Simpler ausgedrückt: Wir programmieren auch Unvorhersehbares. Oder anders gesagt: Wir statten die Rechner mit menschlichen Instinkten aus. Ich bezeichne meine Theorie über neuronale Netze, die auf der Architektur biologischer kognitiver Systeme basiert, als Konnektionismus. Unsere bisherigen Erfolge beweisen, dass wir damit definitiv richtig liegen. Und jetzt die gute Nachricht: Die Weltpatente liegen allein bei unserer Firma.«

»Weltpatente von Spinnereien? Wo zum Teufel finde ich in Ihren Unterlagen irgendwelche Ergebnisse? Das sind doch alles nur Grundlagenforschungen. Soll ich Ihnen mal verraten, warum wir in dieser Firma tun, was wir tun? Um damit Geld zu verdienen. Wir wollen nicht die Welt verbessern. Wenn das als Nebeneffekt dabei rausspringt, gut. Aber unser Ziel sind Profite. Das ist das Ziel jeder Firma. Sonst kann sie nämlich Konkurs anmelden. Das hat nichts mit Gier oder Macht zu tun, sondern mit Überleben. Mir tut es weh, Leute auf die Straße setzen zu müssen, wenn eine Abteilung unprofitabel wird. Aber ich muss es tun, denn sonst reißt dieser eine faule Apfel alle anderen Abteilungen mit ins Verderben. Verstehen Sie, worauf ich hinaus will?«

Für einen Augenblick starrten sich die Männer an. Im Zimmer war es totenstill. Langsam griff Osborne in sein Jackett, zog ein Blatt Papier heraus, das er quasi als Rettungsanker mitgenommen hatte, und legte es auf den Schreibtisch. York nahm es und überflog den Text.

*„Wer will schon öde Trauer tragen*
*solange süße Hoffnung blüht*
*beim Versiegen unserer letzten Tage*
*wenn Schatten der Sterne Glanz überzieht.*

*Drängend ruft die ewige Nacht*
*mit lauter Woge des Unheils Donner rollt*
*zu Staub zerfällt alle Erdenpracht*
*wenn der Endlichkeit Tribut gezollt.*

*Raben nahen auf schwarzen Schwingen*
*uns zu tragen an einen mystischen Ort*
*unsterbliche Seelen dorthin zu bringen*
*wo alles Leben auf ewig tot verdorrt."*

Las er vor, dann warf er den Ausdruck auf den Schreibtisch.

»Was ist das für ein Mist?«, knurrte er.

»Ein Gedicht.«

»Ein Gedicht? Herr im Himmel, eine Ode an die Vergänglichkeit? Oder habe ich bei diesen Versen irgendwo einen tieferen Sinn übersehen?«

»Nein. Das haben Sie treffend formuliert. Eine Ode an die Vergänglichkeit. Es ist ein bisschen sentimental, aber dennoch lyrisch, finden Sie nicht?«

»Nicht sentimental, es ist hirnrissig. Sind Sie jetzt völlig durchgeknallt, meine Zeit mit solchen Kinkerlitzchen zu verschwenden?«

»Falls Ihnen das Gedicht nicht gefällt, beschweren Sie sich beim Verfasser im Keller. Es ist ein Rechner, der mit dem neuesten Upgrade unserer KI-Software läuft.«

York fixierte Osborne misstrauisch aus der Tiefe seines Sessels heraus.

»Sie meinen, eine Maschine hat das geschrieben? Das ist ja …«

»Kreativ.«

York rutschte auf seinem Sessel zurück und dachte einen Augenblick lang nach. Dann sah er seinen Mitarbeiter finster an, tippte mit seinen Wurstfingern nervös auf der Schreibtischplatte und sagte: »Wissen Sie, was mich Ihr dichtender Roboter am Tag kostet?«

»Nein. Aber falls Sie die Möglichkeiten dieser Maschine nicht erkennen, könnte vielleicht jemand aus einem anderen Unternehmen auf den Gedanken kommen, dass damit viel Geld zu verdienen ist. Ich kenne die Bilanz unserer Firma und kann verstehen, dass Sie darüber schockiert sind. Aber deswegen sollten Sie nicht in blinde Panik verfallen.«

»Sondern?«

»Sondern erst einmal analysieren, welche Projekte die besten Zukunftsaussichten bieten.«

»Die bisherigen Erfolge Ihrer Abteilung sind aber eher dürftig.«

»Das stimmt. Und ein Unternehmer in Panik würde sie sofort abstoßen. Dagegen würde ein Mann mit Weitblick vielleicht noch ein paar Monate warten und dann mit den Ergebnissen an die Öffentlichkeit gehen. Mit ziemlicher Sicherheit werden danach Ihre Aktien wieder steigen. Gewinne sind nicht das einzige Kapital einer Firma. Know-how gehört ebenfalls dazu. Wir betreiben Forschung. Wir eröffnen völlig neue Märkte. Wenn Sie unsere Abteilung schlössen, wäre das ein schlimmer Fehler. Ein Rückschritt. Und Rückschritte hemmen den Fortschritt. Wir sind doch ein fortschrittliches Unternehmen, oder, Sir?«

»Warum kommen Sie damit erst heute zu mir?«

»Ich hatte keine Zeit.«

»Oh. Sie hatten keine Zeit?«, höhnte York. »Und jetzt, wo Ihre Abteilung schon so gut wie tot ist, haben Sie plötzlich Zeit, ja? Soll ich Ihnen mal was verraten: In ein paar Tagen werden Sie und Ihre Kollegen so viel Zeit haben, dass Sie nicht wissen, wohin damit. Vielleicht nutzen Sie diese erholsame Zeitspanne und eruieren rückblickend die Frage, ob es vielleicht nicht klüger gewesen wäre, sich früher mehr Zeit zu nehmen und Ihre Arbeitgeber in Ihre Arbeit einzuweihen.«

Osborne schwieg ein paar Augenblicke.

»Wir waren noch nicht so weit«, sagte er schließlich.

»Ach, und ausgerechnet heute sind Sie so weit, Ihre weltbewegende Erfindung der Öffentlichkeit zu präsentieren.«

»Nein. Dafür ist es immer noch zu früh. Ich bin nur hier, um mit Ihnen Argumente über das Für und Wider unserer Abteilung auszutauschen. Es geht nicht um die Öffentlichkeit, es geht nur um Sie und mich. Wenn Sie Sinn und Zweck unserer Forschungsarbeit bezweifeln, wie sollen wir dann eine Öffentlichkeit vom Nutzen der künstlichen Intelligenz für die Menschheit überzeugen?«

»Und worin genau besteht hierbei der Nutzen für die Menschheit?«

»Die Antwort auf Ihre Frage liegt in der Gegenfrage: Haben Sie eine Ahnung, in welchem Maß die Menschheit inzwischen von Computern abhängig ist?«

»Ich vermute mal, dass sie ziemlich abhängig ist.«

»Kein Apparat, kein noch so kleines Küchengerät, von hochkomplexen Maschinen ganz zu schweigen, funktioniert heute ohne Chip. Auch wenn bei von Mikrochipsgesteuerten Maschinen der Faktor menschliches Versagen ausgeschlossen ist, sind sie noch lange nicht unfehlbar oder unverwundbar.«

»Über Computerviren brauchen Sie mir nichts zu erzählen.«

»Computerviren, Manipulationen, fehlerhafte Programmierungen. Es gibt unzählige Möglichkeiten, weshalb ein Computer Fehler macht. Trotzdem legen wir alle unser Schicksal in die Hände von Maschinen und liefern uns ihnen aus.«

»Finden Sie nicht, das klingt eine Spur zu pathetisch?«

»Ich finde, das klingt noch nicht ansatzweise pathetisch genug. Stellen Sie sich bitte vor, irgendwelche Viren lösen in den Computern des Pentagons grundlos einen atomaren Erstschlag aus, oder sie blockieren sämtliche computergesteuerten Verteidigungseinrichtungen, während ein feindlicher Angriff läuft. Oder Hacker löschen alle Daten in den Computern der Ministerien und Konzerne. Nicht wenige Experten prognostizieren einen bevorstehenden IT-GAU, ein Horrorszenario, bei dem Viren, Computerfehler und Bugs innerhalb der nächsten zwanzig Jahre zur Katastrophe und zum Ende unserer hoch technisierten Zivilisation führen sollen. Und das sind nicht irgendwelche Spinner, sondern anerkannte Experten. Sie mahnen, dass nur ein radikales Umdenken der Computerindustrie im Bereich der Sicherheit dieses weltweite Chaos noch verhindern könne. Glauben Sie mir, unsere heutigen Virenattacken, denen wir ständig ausgesetzt sind, sind erst der Anfang. Ich rechne in naher Zukunft mit fast einer halben Million dieser Angriffe pro Jahr auf die Rechner. Und so, wie die heute programmiert sind, enthalten die Millionen Code-Zeilen ihrer Programme genügend Fehler, die sie angreifbar machen.«

»Schon gut, ich hab's kapiert. Würden alle Computer auf einen Schlag ausfallen, hätten wir ein Problem.«

»Es genügt eigentlich schon, wenn ein wichtiger Rechner falsch arbeitet, denn alle wichtigen Rechner sind vernetzt. Das bedeutet, er löst eine Kettenreaktion aus, die im Extremfall unsere schöne Erde in einen glühenden Feuerball verwandeln könnte.«

»Verstehe. Würden die Computer in unserer Firma ausfallen, dann wäre schon das ein ziemliches Chaos. Es würde zwar nicht den Untergang der Menschheit bedeuten, könnte der Firma aber schaden.«

»Sie wären pleite.«

»So schnell nun auch wieder nicht. Aber ich muss zugeben, dass unsere Zivilisation auf computergesteuerten Füßen und somit relativ labil dasteht. Wäre nicht der erste Fall, in dem allzu blindem Vertrauen in die Technik ein böses Erwachen folgte. Und Ihre künstliche Intelligenz verhindert so was?«

»Ja, eben weil sie intelligent und somit autonom ist. Sie erkennt Manipulationen, Fehler oder Viren und steuert eigenständig dagegen, so dass die ursprüngliche Programmierung nicht destabilisiert wird.«

York betrachtete stirnrunzelnd diesen zerzausten Wissenschaftler, der ihm einen Vortrag über künstliche Intelligenz und das Wohl und Wehe seiner Firma hielt.

»Na gut, gehen wir mal davon aus, ich sehe in dem, woran Sie forschen, so etwas wie eine Perspektive. Wie lange brauchen Sie, bis dieses Programm kommerziell nutzbar ist? Möglicherweise als interaktives Spielzeug.«

»Spielzeug? Sir, das ist kein Spielzeug! Wir sprechen hier von einem virtuellen menschlichen Gehirn. Von einer hochintelligenten Maschine mit eigenständigem logischen Denkvermögen, mit intellektuellen Denkprozessen. Einem Rechner als Individuum!«

»Wie auch immer, nur mal so aus Neugierde: Bekommen Sie noch dieses Jahr etwas Vorstellbares zustande? Eine Art Dummy?«

»Das weiß ich nicht.«

Yorks Miene wurde schlagartig wieder verschlossen.

»Hängt davon ab, was Sie darunter verstehen. Kann sein, dass wir in ein paar Monaten eine Maschine vorstellen können, die simple, aber eigenständige Denkvorgänge abwickelt.«

»Das klingt nach einer reellen Chance.«

Für den Wissenschaftler klang das eher nach einem Rettungsring für seine Abteilung. In der nächsten Stunde diskutierte er mit seinem Chef über die Einsatzmöglichkeiten eines intelligenten Rechners in der Praxis.

Schließlich lehnte sich York im Sessel zurück und legte die Stirn in Falten. Er wirkte besorgt. Osborne sah einen Ausdruck, der ihm gar nicht gefiel. Am liebsten hätte er sich in irgendein Mauseloch verkrochen. Dann umspielte plötzlich ein merkwürdiges Lächeln den Mund seines Chefs. Er war so erleichtert, ihn lächeln zu sehen, dass er ihn am liebsten umarmt hätte.

»Rational betrachtet sollte ich Ihre Abteilung schließen«, murmelte York. »Aber irgendwie haben Sie es tatsächlich geschafft, mir begreiflich zu machen, was Sie vorhaben. Es ist mehr ein Gefühl, das mir sagt, dass es falsch wäre, jetzt aufzuhören. Stimmt's?«

»Ja, natürlich.«

»Wenn das verdammte Ding, an dem Sie rumbasteln, überhaupt jemals funktioniert ...«

»Es wird funktionieren. Ich verspreche es Ihnen.«

»Na schön.« Sein Boss grinste jetzt breit. »Dann werden wir weiter daran basteln. Wir müssen nur bis zum Ende des Jahres etwas Konkretes in den Händen haben, das wir der Presse zum Fraß vorwerfen können.«

Osborne blieb noch eine Stunde im Büro und besprach ein paar Einzelheiten. Als er erschöpft und bis aufs Hemd durchgeschwitzt mit dem Lift zurück in den Keller fuhr, war er müde. Er sollte jetzt nach Hause gehen und schlafen. Außer ihm hatten schon alle Feierabend gemacht. Alles in allem war es doch noch ein schöner Tag geworden.

Als in den darauf folgenden Jahren der Softwaremarkt noch kleiner und damit heftiger umkämpft wurde, wurde die Entwicklung neuer, innovativer Techniken immer wichtiger. Ihr exotischer »Think Tank« entwickelte sich zum viel versprechendsten Hoffnungsträger von Stanton & York. Inzwischen waren sie längst aus dem Abstellkeller in eine elegante, lichtdurchflutete Büroetage von der Größe eines Fußballfeldes in den fünften Stock umgezogen. In diesem Kokon, abgeschirmt von der realen Welt, hatte Osborne den größten Teil der vergangenen Jahre verbracht. Hier tüftelte er an einer künstlichen Intelligenz, die der menschlichen weit überlegen sein sollte.

Den Durchbruch brachte aber erst eine Revolution des »Think Tanks« auf dem Hardwaresektor: der Quantencomputer. Er ermöglichte Berechnungen, die dem gebräuchlichen, auf Silizium basierendem Computer unmöglich waren. Der klassische Computer war für die Lösung komplexer Probleme, die eine künstliche Intelligenz mit sich brachte, nicht schnell genug. Viele mathematische Probleme konnten aufgrund der begrenzten Lebenszeit des Menschen deshalb gar nicht gelöst werden. Beispielsweise, wenn die Faktorisierung einer Zahl eine Million Jahre dauerte. Anders lag der Fall dagegen bei der Quantenphysik. Sie besaß Möglichkeiten, die weit über die althergebrachte Physik hinausgingen. Ein Quantencomputer rechnete parallel mit unendlich vielen Zahlen und damit mit einer unvorstellbaren Leistungskraft. Mit ihm besaßen sie nun einen leistungsfähigen Körper, der nur noch mit Intelligenz erfüllt werden musste.

Der zweite entscheidende Schritt nach der Entwicklung des Supercomputers war die digitale Schaffung des wichtigsten Teils des menschlichen Gehirns: Der Kortex war der für das Lernen, die Sprache und die Erinnerung zuständige Bereich, der ungefähr fünfundachtzig Prozent des Hirns ausmachte. Sie bauten Schritt für Schritt das Labyrinth der Neuronen-Verbindungen in ihr Modell ein. Dazu erhöhten sie die sowieso schon enorme Rechenleistung ihrer Rechner. Deren Prozessoren arbeiteten nun mit einem Tempo von 22,8 Teraflops aufwärts. Oder anders ausgedrückt: mit 22,8 Billionen Operationen in der Sekunde. Dadurch wurden komplexeste Simulationen realisierbar. Erst das ermöglichte die notwendige Berücksichtigung hunderttausender

Parameter, womit der Replikant endlich auf einer Stufe mit der kompliziertesten Struktur des Universums, dem Gehirn, stand.

Zur Simulation des menschlichen Gehirns musste nun »nur« noch dessen gespeichertes Wissen einprogrammiert werden. Der Clou ihrer Innovation war, dass die ungeheuere Datenfülle an Informationen durch ein ausgeklügeltes System vom Rechner autonom abgerufen und ausgewertet werden konnte. Primär ging es um Bildung. Wissen allein genügte nicht. Wissen allein war nichts anderes als eine Datenbank, in der blanke Informationen lagerten. Was den menschlichen Geist ausmachte, das war Bildung. Das Abrufen und/oder Kombinieren verschiedener Informationen zur Bildung neuer Gedanken und Erkenntnisse, aus denen er dann Schlüsse zog.

Allein die Programmierung der Datengrundlagen hatte ein Jahr in Anspruch genommen. Dass der Computer darauf selbstständig zurückgriff und daraus eigene Vorstellungen entwickelte, hatte die dreifache Arbeitszeit abverlangt. Als nächstes folgte der Schritt vom einfachen Sein zum Bewusstsein, zur Selbsterkenntnis, um Wahrnehmung und Speicherung von Erfahrungen in Denkprozesse und das Verhalten einfließen zu lassen. Bewusstsein bestand aus unzähligen Belanglosigkeiten, Fragmenten aus Erlebtem, Gefühlen und auch Informationen aus zweiter Hand. Die Summe all dessen fügte sich im Kopf zu einem unendlichen Kosmos zusammen und ergab ein komplexes und einmaliges »Ich«. Eine perfekte Einheit von Vorstellung und Formulierung, das Zusammenbringen von Wörtern und Bildern, die Verbindung einer Bezeichnung oder eines Namens mit dem Aussehen eines Gegenstandes oder einer Person. Sehen, Erinnern und Beurteilen als Rechenprozess. Flankierend dazu entwickelte Osbornes Team innovative Hardware wie Sensoren als optische und haptische Werkzeuge des Rechners. Das Programm musste nun aus einem Wirrwarr von Konturen, Farben und Bewegungen einen Zusammenhang erkennen, analysieren, interpretieren und eine Sinnhaftigkeit festlegen, denn ein Stuhl war nur für jemanden, der ihn als Möbelstück kannte und nutzte, ein Gegenstand zum Hinsetzen. Für alle anderen Lebewesen war er ein Ding ohne irgendwelchen tieferen Sinn. Auf diese Weise – indem es Dingen einen Sinn gab –, erschuf das Hirn eine ganze Welt. Zudem stand es auch in permanenter Wechselwirkung mit anderen Gehirnen; so entstanden Sprache und Kultur.

Wie das menschliche Gehirn so zerlegte auch der entwickelte KI-Computer die Realität in unzählige winzige Bausteine und stellte sie bei Bedarf mosaikartig wieder her. Bei einer 1:1-Speicherung aller Eindrücke wäre auch die Speicherkapazität des menschlichen Aufnahmevermögens völlig überlastet. Die Aufsplitterung und Zusammenstellung immer neuer Kombinationen des Gespeicherten war ein kreativer Prozess. Konvergenzzonen schalteten beim Erinnern zahlreiche Muster zusammen und rekombinierten diese winzigen

Bausteine zu einem Bild. Wörter zum Beispiel setzte das Hirn aus Phonemen zusammen. Es speicherte keine kompletten Wörter ab, sondern zerlegte sie in kleinste Einheiten, um diese dann bei Bedarf als das gesuchte Wort wieder zusammenzusetzen. Dies geschah in einem komplexen Organisationsgeflecht auf der Großhirnrinde. Somit erforderte es ähnliche Strukturen im Prozessor des Rechners, wenn die Rekonstruktion der Vorgänge im menschlichen Gehirn erzielt werden sollte: Mikrochips als Gehirn, Software als Psyche.

Die Anfänge der KI-Forschung waren ermutigend, aber schon bald stießen die Wissenschaftler an Grenzen. Sie konnten einen Rechner so programmieren, dass er mit künstlichen Armen und Werkzeugen etwas zusammenbaute, doch was die Lösung unbekannter oder gar abstrakter Probleme anging, so steckte der »Think Tank« lange in einer Sackgasse. »Vernunft« lautete das Stichwort. Sie mussten dem Rechner vernünftiges Handeln und somit auch ein gewisses Improvisationstalent beibringen, damit er zum Beispiel auf Unvorhersehbares reagieren konnte. Die Lösung waren »neuronale Netze« ohne zentralen Prozessor, ohne feststehende Regeln, die ähnlich wie die Nervenzellen des menschlichen Hirns in dynamische Interaktion miteinander traten.

Aus bescheidenen, aber verheißungsvollen Anfängen entwickelte sich schließlich ein einzigartiges und letztendlich auch kommerziell sehr viel versprechendes Forschungsprogramm. Zu Beginn verfügte der »Think Tank« über einen Jahresetat von ein paar hunderttausend Dollar, der jedoch im Laufe der Jahre auf ein zweistelliges Millionenbudget angewachsen war. Trotzdem war Osbornes Name nur wenigen Auserwählten in der Fachwelt bekannt. Er hätte natürlich ein Buch über seine Theorien und Forschungsarbeiten schreiben können, das mit Sicherheit nicht nur bei Kollegen viel Beachtung gefunden hätte. Außer den Buchtantiemen wären vermutlich auch einige ebenso lukrative wie verlockende Angebote von anderen Unternehmen, die inzwischen auf den KI-Zug aufgesprungen waren, auf seinem Schreibtisch gelandet. Doch die damit verbundene Popularität hatte ihn bisher vor diesem Schritt abgehalten. Deshalb waren einige wenige Veröffentlichungen in diversen Fachmagazinen alles, was von seiner Arbeit publik geworden war.

Inzwischen war man im »Think Tank« so weit, dass die mit der KI-Software bestückten Computer sogar unterschiedliche Persönlichkeiten entwickelten. Manche arbeiteten mit überschwänglichem Elan, andere eher mürrisch oder gar zickig. Doch die Entwicklung ging noch weiter: Vor zwei Monaten hatte man eher zufällig festgestellt, dass die Versuchscomputer auch noch im abgeschalteten Zustand aktiv blieben. Testreihen ergaben, dass sie auch dann noch Informationen aus den Datenbänken abriefen. Dieser Prozess lief völlig automatisiert ab. Zwar weigerten sich die

Entwickler dabei von »träumen« zu sprechen, aber eine andere Erklärung für diese Funktion im Off-Modus der Rechner gab es eigentlich nicht.

*02 Uhr 35 – JFK-Airport, New York*

Jetzt wartete Osborne schon fast neun Stunden länger als geplant am JFK-Airport, weil der Flug nach Paris mehrmals verschoben worden war. Während seine Gedanken durch die Räume der Erinnerung wanderten, hatte er das Gefühl, noch nie im Leben so müde gewesen zu sein. Seit halb Vier morgens war er auf den Beinen und hatte seitdem so gut wie keine ruhige Minute gehabt. Ungeduldig fuchtelte er mit der Boardingcard in seinen Fingern herum und versuchte, seine Gedanken ganz auf seinen Auftrag zu konzentrieren.

Er musste nach Paris reisen, weil seine französischen Kollegen Schwierigkeiten mit dem von ihm entwickelten KI-System hatten. Die Entscheidung, dass er nach Paris fliegen und dort Feuerwehr spielen sollte, war sehr plötzlich gefallen. Er war kein Freund plötzlicher Entscheidungen; er hasste Veränderungen. Besonders hasste er die Fliegerei. Deshalb hasste er Flughäfen aus Prinzip und nicht, weil er Flugangst hatte. Das Herumsitzen in den Wartezonen machte ihn krank. Dass niemals eine Maschine pünktlich startete, brachte ihn zur Weißglut.

Vor den Abfertigungsschaltern bildeten sich immer wieder Menschenschlangen. Passagiere kamen und gingen. Das dumpfe an- und abschwellende Gemurmel der Wartenden lullte ihn ein. Wortfetzen vermischten sich mit bläulichem Zigarettendunst. Aus Lautsprechern rieselte leise Musik. In unregelmäßigen Abständen kehrte ein Reinigungstrupp lustlos zwischen den Stühlen herum.

Hin und wieder verirrte sich Osbornes Blick auf die große Abflugtafel. Keine Frage, er war sehr nervös. Aber inzwischen weniger wegen des bevorstehenden Fluges. Vielmehr nagte die bange Ungewissheit an ihm, ob ihn nicht doch ein Polizist ansprechen würde. So sehr er sich auch umschaute, nirgendwo war ein Beamter zu sehen. Das war merkwürdig, denn inzwischen musste jemand die Leiche auf der Toilette entdeckt haben. Von der vagen Hoffnung ausgehend, dass es wohl noch nicht geschehen war, machte er sich daran, einen Plan X zusammenzuschustern. Er dämpfte seine innere Stimme, die ihn vor möglichen bösen Konsequenzen, vor allem vor dem Aspekt, dass er sich dadurch zum Tatverdächtigen Numero Uno machte, warnte und bauschte dafür eine ziemlich weit hergeholte Argumentationskette auf, der er noch eine Prise Pseudo-Logik beimengte.

Ich habe nichts gesehen, wiederholte seine innere Stimme wie ein Mantra. Ich bin kein Zeuge. Und ich habe auch niemandem etwas getan. Das alles spricht mich von jeder Verantwortung frei.

Aber was, wenn ihn eine Überwachungskamera beim Verlassen der Toilette gefilmt hatte? Ausgeschlossen, dieser abgelegene Bereich wurde sicher nicht überwacht. Und wenn doch? Na und? Gab es irgendein Gesetz, das den Toilettenbesuch verbot? Sollte ihn eine Kamera ertappt haben, würde er einfach behaupten, dass zum Zeitpunkt seines Toilettenganges im Waschraum alles in Ordnung gewesen sei. Kein Blut, keine Leiche. Aber angenommen, die Spurensicherung fand etwas von ihm – ein winziges Haar, eine Hautschuppe oder sonst ein Fragment seines Körpers, das seine vollständige DNS enthielt –, im Blut des Opfers. In Kombination mit einer Filmaufnahme würde das Indiz sein Lügengerüst jämmerlich zusammenbrechen lassen und er wäre erledigt.

Osbornes Blutdruck stieg wieder, und die Angst, die in den letzten Minuten eine kleine Ruhepause eingelegt hatte, ließ ihn erneut zittern. Seine selbstzerstörerische Seite suhlte sich in den verschiedenen Vorstellungen, wie man ihm auf die Schliche kommen könnte. Der Gedanke, man könne ihn für den Täter halten, setzte sich in seinem Gehirn fest, wodurch er sich zwischen zwei Instinkten hin- und hergerissen fühlte. Einerseits wollte er hier möglichst unauffällig und somit unverdächtig warten, was allerdings zur Folge haben konnte, dass ihn früher oder später ein Ermittler ansprechen könnte. Andererseits drängte ihn eine innere Stimme, den Flughafen auf dem schnellsten Weg zu verlassen, was wiederum die Gefahr beinhaltete, dass ihn eine kopflose Flucht aus dem Terminal außerordentlich verdächtig machte. Für und Wider beider Alternativen verkrallten sich hoffnungslos ineinander und neutralisierten sich gegenseitig.

Schließlich siegte die Trägheit, verbunden mit der Hoffnung, dass er in einer Stunde auf dem Weg zu einem anderen Kontinent und somit weit weg vom Zugriff der US-Behörden sein würde.

Doch diese elende Warterei zehrte an den Nerven. Immer wieder zauberten Panikschübe Schweißperlen auf seine Stirn. Wenn er die Augen schloss, hatte er manchmal das Gefühl umzukippen. Zu dem Schwindelgefühl gesellten sich heftige Kopfschmerzen. Waren das vielleicht erste Symptome eines Herzanfalls?

Endlich wurde über Lautsprecher der Flug New York-Paris aufgerufen. Wie von einer Tarantel gestochen sprang er auf. Anstatt nach links zu den Abflugterminals, wandte er sich nach rechts den Toiletten zu. Etwas zwang ihn in den Seitengang und zurück zum Tatort. Mit jedem Schritt pumpte sein Herz heftiger. Der Geruch, die abgestandene Luft und der graue Bodenbelag weckten erneut die schreckliche Erinnerung an den Mord. Als schleppte er eine schwere Last, näherte er sich dem Waschraum. Die Tür stand weit offen.

Osborne atmete schwer. Er sollte und wollte zurückgehen, seine Beine gehorchten ihm jedoch nicht. Gegen seinen Willen folgten sie der eingeschlagenen Richtung. Wie an einer Kordel gezogen trat er durch die Toilettentür.

Als erstes stachen ihm die blutbespritzten Wandkacheln ins Auge. Auch die Blutpfütze am Boden war noch da. Nur die Leiche war verschwunden. Dafür rollte ein uniformierter Polizist gelbes Absperrband von einer Rolle aus, damit niemand versehentlich in die Blutlache trat. Ein zweiter Polizist stand daneben. Gelangweilt, mit ausdrucksloser, desinteressierter Miene betrachtete er die Wand. Das war's. Kein Ermittlungsteam, kein leitender Kommissar, keine Spezialisten von der forensischen Spurensicherung, die mit Geräten aus ihren Laborkoffern die Toilette Quadratmillimeter für Quadratmillimeter absuchten; nicht einmal ein Polizeifotograf interessierte sich für den Mord.

Einer der Polizisten drehte sich zur Tür um. Mit gerunzelter Stirn betrachtete er kurz den Wissenschaftler, der ein einfältiges, fast entschuldigendes Lächeln aufsetzte. Das sah der Gesetzeshüter schon nicht mehr, weil er ihm wieder den Rücken zugewendet hatte. Es schien, als wäre das Ganze den beiden Polizisten die Mühe nicht wert, überhaupt hergefahren zu sein. Als wäre der Mord irgendeine Lappalie.

*03 Uhr 15 – JFK-Airport, New York*

Mit über zehn Stunden Verspätung rollte die Boeing in Startposition. Der Pilot gab Vollgas. Mit donnernden Triebwerken raste die Maschine über das Rollfeld, hob hinter dem Tower ab und streckte die Nase dem tintenschwarzen Dezemberhimmel entgegen. Die Positionslichter an den Tragflächen bohrten sich in die Nacht, die sich bis in die Unendlichkeit zu erstrecken schien. Bei einer Flughöhe von dreißigtausend Fuß erlosch das »Fasten Seat Belt«-Zeichen. Allmählich löste sich auch Osbornes innere Spannung. Er atmete tief durch, öffnete den Sicherheitsgurt und entkrampfte sich. Seine Gedanken drifteten weg von dem albtraumhaften Erlebnis in der Flughafentoilette und beschäftigten sich zunehmend mit seiner eigentlichen Mission in Paris. Neben der Bordküche plauderten zwei Stewardessen. Die ältere wünschte den Passagieren einen angenehmen Flug. Dann verschwand sie in der Bordküche, aus der sie wenig später einen Servierwagen mit Spirituosen und alkoholfreien Getränken schob.

Das Wetter sah gut aus. Ein paar Wolken bis zur Küste, danach trübte nichts mehr den sternenklaren Himmel.

Osborne saß am Fenster. Der Mann neben ihm war Mitte fünfzig und sehr nervös. Seine Hände umklammerten die Armlehnen so fest, dass die Knöchel an seinen Händen bleich hervortraten. Während des Fluges trank er eine Menge. Noch ehe sie ein Viertel der Strecke zurückgelegt hatten, hatte er bereits mehrere doppelte Scotch intus. Den ganzen Flug über blieb er eisern angeschnallt und lauschte mit krankhaftem Argwohn den Motorengeräuschen. Misstrauisch registrierte er kleine Unregelmäßigkeiten und litt still und nervös vor sich hin, den erlösenden Moment herbeisehnend, an dem die Räder wieder festen Beton berührten. Ein paar Mal sah der Wissenschaftler seinen Sitznachbarn verstohlen an. Die Nervosität des Mannes gefiel ihm nicht, weckte seinen Instinkt vor drohender Gefahr. Als er Osborne jedoch mit unsicherem Lächeln ein »Flugangst, ich habe Flugangst, wissen Sie?«, zuraunte, konnte er nur mit Mühe einen Seufzer der Erleichterung unterdrücken. Sein Nebenmann widmete sich wieder seinem Scotch. Was gäbe er dafür, wenn er auch mit drei, vier Worten seine Ängste einfach einem anderen anvertrauen könnte. Alleine trug es sich verdammt schwer an der Last, am Horror des Erlebten. Hinzu kam die Ungewissheit, was ihn in Paris erwartete. Er versuchte, sich seine innere Unruhe wegen seiner Mission nicht anmerken zu lassen und vertiefte sich in ein Buch über Paris, das er gestern gekauft hatte.

Während des Lesens hatte Osborne erhebliche Mühe, sich auf die Details seines Stadtführers zu konzentrieren. Es hieß zwar so schön, die Vergangenheit sei tot und begraben, aber manchmal besaßen begrabene Dinge die fatale Neigung, völlig unerwartet wieder an der Oberfläche zu erscheinen; so wie die schrecklichen Bilder von der Flughafentoilette, die aus den Tiefen des Gedächtnisses immer wieder empordrängten und ihn nach jeder Attacke zwangen, bereits gelesene Zeilen zu wiederholen. Mit quälender Regelmäßigkeit überdeckten diese blutigen Erinnerungen die gegenwärtige Vorstellung von Paris als angebliche Stadt der Liebe.

Unbehaglich klappte er den Reiseführer zu. Er fühlte, wie sein Magen erneut rebellierte. Langsam, in tiefen Zügen, atmete er durch, denn er wollte seinen Kopf nicht in eine dafür vorgesehene Papiertüte versenken, um sich so leise wie möglich zu übergeben.

Nachdem die Stewardessen die Mahlzeit abgeräumt hatten, von der er nicht einen Bissen angerührt hatte, wurden die Lichter gedämpft. Allmählich tauchte die Boeing in die ersten Ausläufer der Morgenröte. Die meisten Fluggäste an Bord schliefen. Einige schauten sich einen Film an. Es war ein ruhiger Flug. Normalerweise konnte er in Flugzeugen nicht einschlafen. Vor allem nicht, wenn in seinem Kopf immer und immer wieder die Sorgen um mögliche Probleme abrollten. Diesmal entspannte er bemerkenswert schnell und schlummerte ein, kaum dass er den Sitz nach hinten geklappt hatte. Sein Bewusstsein machte Feierabend und sein Unterbewusstsein übernahm die nächste Schicht. Es präsentierte ihm auch gleich ein unterhaltsames Programm.

Im Traum verharrte Osborne andächtig vor einem atemberaubenden Panorama. Vor ihm dehnte sich ein Tal von ergreifender Erhabenheit aus;

friedvoll, weit, still, von überirdischer Klarheit. Völlig hingerissen stand er inmitten dieser beschaulichen Offenbarung von Stille und Reinheit, die alles irdische Leid aufhob und allem Kummer die Schwere nahm. Losgelöst von der Wirklichkeit trat er weiter durch den traumhaften Zustand der absoluten Vollkommenheit.

Bedächtig wanderte er über einen betörend schönen Hügelkamm, den eine magische Regenbogenbrücke überspannte. Zarte Nebelschleier stiegen aus dem leuchtenden Grün der Wiesen empor und breiteten ihr schillerndes Tuch aus. Ihre seidigen Dunstfäden trieben immer höher bis hinauf zu den Baumkronen, wo sie sich wie Geister sanft im Wind zum Tanz drehten. Strahlendweiße Wolkengebirge spielten mit goldenem Licht, während sie unter dem lapislazuliblauen Firmament dahinschwebten. Lautlos glitten ihre Schatten aus farblosem Grau über die gleißende Landschaft und vollführten ein anmutiges Spiel zwischen Licht und Dunkel.

Dass es ein Traum sein musste, war dem Träumer bewusst. Im realen Leben setzte er selten einen Fuß vor die Tür, geschweige denn unternahm er überdimensionierte Spaziergänge. In seinem Traum folgte er leichtfüßig einem geschwungenen Pfad, der zu den Gestaden eines kristallklar sprudelnden Baches führte, dessen jenseitiges Ufer schattige Pappeln säumten.

Obwohl es ein wunderschöner Traum war, verspürte der Träumer kurz ein fast überwältigendes Bedürfnis aufzuwachen. Möglicherweise lag das daran, dass ihm der Traum außerordentlich real erschien. So real, dass ihm ob des ungewohnten Gewaltmarsches bald die Zehen brannten. Aber er konnte einfach nicht stehen bleiben. Eine unsichtbare Kraft zog ihn auf dem eingeschlagenen Weg weiter. Und genau das gefiel ihm nicht. Andererseits, solche Dinge passierten in Träumen eben. Manche Träume waren einfach nur surreal, andere waren schlichtweg paradox und voller logischer Sprünge und Widersprüche. Deshalb sollte man sie lieber nehmen, wie sie kamen, und das Beste daraus machen. Das hieß in diesem Fall, die Reinheit des Augenblicks zu genießen: Das saftige Grün der Wiesen und Bäume, welches der wunderschönen Landschaft einen fast poetischen Charakter verlieh. Die weiche Luft war erfüllt vom berauschend süßen Duft farbenfroher Blumen und Wildkräuter, deren Pracht die sanften Hänge in dicht gewebte Blütenteppiche verzauberte. Großblättrige Schlingpflanzen umrankten uralte Baumstämme und malten fein abgestufte luftige Grüntöne in allen nur denkbaren Facetten. Unter ihren schützenden Blättern entfalteten dichte Büsche mit zitrusgelben und purpurrot gemusterten Blüten ein betörendes Aroma. Aber da war noch mehr als nur das Reale, das Sichtbare. Eine Form von Unvergänglichkeit. Die Gerüche lösten bei dem völlig hingerissenen Träumer das Gefühl des Einsseins mit seiner Seele aus, ließen ihn in unbekannte Tiefen seines Selbst vordringen, so dass ihm alles

Irdische bedeutungslos erschien. Die Summe dessen, was er hier sah, fühlte und roch, tröstete ihn über erlittene Verluste hinweg und heilte die Wunden seiner Psyche.

Losgelöst von aller Realität tauchte Osborne immer tiefer in diese himmlische Offenbarung aus Licht, Farben und Düften. Nie zuvor hatte er eine vollkommenere Region der Erde gesehen. Eine Zeit lang folgte er den sanften Wiesen entlang des Bachlaufs, bis er das Rauschen eines Wasserfalls vernahm, der sich in ungezähmten Kaskaden eine Felswand hinab in einen kristallklaren See ergoss. Auf der tiefblauen Oberfläche glitzerte und tanzte die Sonne, so dass die Reflektionen auf den gegenüberliegenden Uferhängen ein bestrickendes Lichtspiel vorgaukelten. Über einen gewundenen Pfad gelangte der Träumer hinab zur Talsohle, wo er eine weitläufige Senke durchschritt, in der lichtdurchflutetes Gras sanft im Wind wogte. Unzählige exotische Gewächse entfalteten ihre Pracht, während uralte Bäume mit Wipfeln bis in die Wolken stolz zum Himmel ragten. Von Westen her kam etwas Wind auf. Auf seinem Weg durch einen Hain schüttelte er weich die Baumkronen, so dass das Laub melodisch raschelte. Vorsichtig hob die Brise die Töne auf und trug sie mit sich fort. Zurück blieb eine bedeutungsvolle Stille. Besinnlich senkte sie sich über den Träumer, versetzte ihn in einen anderen Bewusstseinszustand und schenkte ihm nie gekannte innere Ruhe, Harmonie und Einklang. Er schloss Frieden mit sich selbst, als erführe er in diesem allumfassenden Schweigen das Geheimnis der Schöpfung, des Glücks und der Erfüllung. Erst umhüllte es ihn wie ein schützender Kokon, durchdrang ihn dann und breitete sich in seinem Innersten aus. Gedanken begannen zu fließen. Sie gingen eine Symbiose mit dieser Ruhe ein. Gefühle, Bilder, Phantasien, Assoziationen und Erinnerungen durchfluteten den Träumer. Er fühlte sich befreit von Zeit und Raum auf einer Reise durchs eigene Ich, durch die innere Welt seiner Gedanken bis ins Zentrum des spirituellen, ultimativen Glücks.

Die einzigartige faszinierende Schönheit und der Frieden dieser Landschaft und die durch sie ausgelösten Gefühle erschienen wie eine Verheißung des frisch aus dem Schöpfungsschlaf erwachten Paradieses. Ja, das erfasste es: Der Träumer hatte das Paradies vor Augen. Überall keimte und spross das Leben.

Plötzlich veränderte sich die Vegetation. Statt blühender Schönheit säumte nur noch verdorrtes, verfaultes und abgestorbenes Gestrüpp den Pfad. Statt weicher Moose bedeckte nun kalter Schlamm den Boden. Der vormals milde Wind blies jetzt eisig. Der Träumer ging nur äußerst widerstrebend weiter, bis der Weg schlagartig an einem Karstloch von gigantischem Ausmaß endete. Direkt vor Osbornes Füßen fiel jäh eine zerklüftete Steilwand ab. Das Loch schien kein Ende zu nehmen; es war bodenlos. Der

Träumer ließ den Blick schweifen und stellte fest, dass das gar kein Loch, sondern ein gewaltiger Abgrund war. Sowohl nach links als auch nach rechts verlief er endlos bis zum Horizont und noch weiter darüber hinaus. Der Abgrund war gigantisch. Er war so breit, dass der Betrachter die andere Seite mit bloßem Auge nur erahnen konnte. Und wenn er in die Tiefe schaute, dann war das, als blicke er in ein Nichts. Nach einigen Metern verloren sich die senkrechten Steilwände zwar in schwarzgrüner Finsternis, trotzdem beschlich den Träumer das ungute Gefühl, dieser Abgrund sei so tief, wie nur etwas tief sein konnte. Der unheimlichen Schwärze entstieg eine Ausdünstung von Moder und Verderbtheit. Aus ihrer Unergründlichkeit ertönte plötzlich ein grässlicher Laut. Er klang so unwirklich, dass ihn kein Geschöpf dieser Welt von sich gegeben haben konnte, weder ein Mensch noch irgendein Tier.

Das war kein toter Schlund, der da klaffte. Irgendwo in dieser Finsternis verbarg sich etwas Furchtbares, Bösartiges, dessen nach Verwesung riechender Leichenatem die Luft verpestete. Kein Wort, keine Beschreibung vermochte es mit dem Schrecken aufzunehmen, den diese Dunkelheit verbreitete. Bei ihr handelte es sich um mehr als nur um den Verlust des Lichtes. Die Schwärze schien mit eigenem Leben erfüllt zu sein, begierig darauf, mit geheimnisvoller Kraft durch das Auge ins Herz und den Geist des Betrachters zu dringen, um dessen Willen zu löschen.

Der Drang des Träumers, sich in die ungewisse Tiefe hinabzustürzen, wurde erschreckend stark. Trotzdem empfand er im ersten Moment keine wirkliche Angst. Erst als sich etwas aus dem bodenlosen Dunkel heraufbewegte, sickerte klamme Furcht in seine Eingeweide. Der sich emporreckende Schatten besaß die Form einer pechschwarzen Kugel in der Größe einer Männerfaust und befand sich am oberen Ende eines dürren, sich schlängelnden Fadens. Es sah so aus, als ob das Ding das vorhandene Licht um sich herum schluckte. Irgendetwas in dem Gebilde bewegte sich, schien sich zu dehnen. Irgendwelche Partikel oder ein Gas.

Der Träumer verharrte regungslos und sah gebannt auf die schwarze Kugel. Wie hypnotisiert streckte er die Hand aus und berührte das Objekt. Es bot keinerlei Widerstand. Seine Finger verschwanden in der Schwärze; sie kribbelten ein wenig. Die Kugel zerfloss über seine ganze Hand. Eisige Dunkelheit umpresste seine Finger. Erschrocken versuchte er die Hand aus der Substanz zu ziehen, aber es gelang ihm nicht. Langsam kroch die Masse den Unterarm herauf. Ihr Druck nahm beständig zu. Lange konnte er ihm nicht mehr standhalten. Aber schlimmer noch als das war der hohe dünne Singsang aus dem Abgrund, der wie eine Natter durch seinen Kopf glitt. Erst war es nur ein schlängelndes Zischen, dann suchten sich Laute voller Bedrohung in sein Bewusstsein zu brennen. Als wollte ihn die Stimme, die sie aussprach, zu einem Teil ihrer Selbst machen; sein ganzes Denken und Fühlen in Beschlag nehmen. Etwas versuchte seiner habhaft zu werden. Etwas, das mit tödlicher Gewissheit wiederkehren würde. In diesem Moment merkte er, dass ihn immer mehr dieser schwarzen Nebelstränge aus dem Abgrund ergriffen, um ihn in die Tiefe zu ziehen. Er kämpfte verzweifelt, um den Umklammerungen zu entgehen, doch dann verließen ihn die Kräfte. Er stürzte in die Schlucht und ...

In diesem Moment weckten die überspannten Nerven den Träumer mit einem Ruck. Erst fuhr Osborne mit Wucht in seinem Sitz hoch, dann folgte ein Schrei. Und zwar ein ziemlich unnatürlicher. Er stammte von seinem bis vor einer Sekunde dahindösenden Sitznachbarn.

»Entschuldigen Sie bitte«, murmelte der Computerexperte, der sich zu orientieren versuchte. Im ersten Moment hatte er glatt vergessen, wo er sich befand.

Unbeweglich und stumm starrte ihn sein Nachbar an, als wartete er voller Bangen darauf, was wohl als nächstes passieren würde.

Doch bis Paris passierte nicht mehr viel. Osborne versuchte, sich an den schrecklichen Traum zu erinnern, aber er bekam nur noch lose Bruchstücke zusammen. Allerdings blieb ein ungutes Gefühl, das ihn noch ein gutes Stück nach der Rückkehr in die Wirklichkeit begleitete. Ein hartnäckiges Überbleibsel seines Unterbewusstseins, das ihm mit der heutigen Auswahl des Unterhaltungsprogramms wirklich keinen großen Gefallen getan hatte. Es sorgte dafür, dass er die restliche Flugzeit über kein Auge mehr zumachte.

## II. KAPITEL

# Über die Pflaster von Paris

*15 Uhr 30 – Aéroport Charles de Gaulle*

Immer tiefer schwebte die Maschine beim Landeanflug über Paris. Der Pilot gab bekannt, dass es regnete und die Temperatur ungefähr sieben Grad betrug, was unter den Passagieren ein Aufstöhnen hervorrief. Das Flugzeug drehte eine Schleife über der Stadt, die in einer schmutzigtrüben Suppe lag. Die Wolken hingen tief und waren von jenem düsteren Grau, das den Betrachter unwillkürlich in Depressionen stürzte.

Zäh schälte sich der Aéroport Charles de Gaulle aus der Nebelbrühe. Mühsam durchdrangen die Lichtkegel der Rollbahnbeleuchtung den Dunst. Die Boing glitt auf die Landebahn zu. Es nieselte allerdings kaum noch, als ihre Räder aufsetzten. Gelblich trübes Kunstlicht fiel durch die großen Panoramascheiben des Flughafengebäudes und spiegelte sich in bunt schillernden, Öl getränkten Regenpfützen.

Im Gänsemarsch verließen die Passagiere den Flieger. Mit verschlafenen Gesichtern betraten sie die Gepäckhalle, fischten ihre Koffer vom Transportband und drängten zur verchromten Absperrung der Zollabfertigung. Anschließend zockelten sie durch eine riesige Halle nach draußen. Vor dem Terminal warteten Taxis. Osborne winkte eins heran, ließ den Fahrer das Gepäck im Kofferraum verstauen und nannte sein Fahrziel.

*16 Uhr 45 – Rue Saint-Sulpice*

Seine Firma hatte ihm bereits ein Zimmer reserviert. Das Hotel, das Basislager für die Mission, lag im 6. Arrondissement am linken Ufer der Seine, dem »Rive Gauche«. Genauer gesagt in der Rue Saint-Sulpice unweit des Boulevard Saint-Germain, also mitten im Herzen des Stadtteils Saint-Germain-des-Prés, jenem in zahllosen Chansons besungenen und eng mit dem Existenzialismus der fünfziger Jahre verknüpften Bezirk. Damals, als Jean-Paul Sartre mit Simone de Beauvoir tagtäglich das legendäre Café de Flore besuchte, wo er »Das Sein und das Nichts« schrieb.

Wie ein letztes Überbleibsel dieser Epoche stemmte sich Osbornes Hotel mit seinem schrägen Dach, der abgeblätterten Fassade und den verwitterten Fensterrahmen gegen die Zeit. Im Innern trieben die mit vergoldeten Zierleisten und plüschigen Teppichböden kaschierten schrägen Wände und Böden jedem Innenarchitekten die Tränen in die Augen. Die Wände, die mit Stuckwerk und Samttapeten mit rubinroten Rokoko-Rocaillie-Muster überladen waren, verdankten ihr Aussehen einem Tapezierer mit einer fatalen Neigung zum Pompösen.

Osborne wusste, seine Firma musste sparen; deshalb hatte er keine Suite im Hilton erwartet. Aber etwas Großzügigeres als diese bessere Absteige, in die er gezwungenermaßen eincheckte, hatte er sich doch vorgestellt. Wenigstens gab es eine Art Aufzug. Wenngleich der Klapperkasten gerade einmal die pygmäenhafte Größe einer Telefonzelle besaß.

Schicksalsergeben drückte er den Knopf mit der Fünf. Gemächlich rumpelte der Lift los. Er nahm sich Zeit, ehe er den Computerspezialisten im fünften Stock ablieferte. War das trübe Licht in der Kabine schon ziemlich schummrig gewesen, so war der Flur im fünften Stock ein dunkler Schacht. An der Decke kämpfte lediglich eine verstaubte Glühbirne wacker gegen die Düsternis. Nach rechts führte der Korridor zu den Zimmern. Hinter einer Tür stritt ein Paar so laut, dass die Stimmen über mehrere Etagen zu hören waren. Links neben dem Aufzug gelangte man über eine gewundene Treppe nach unten. Die ausgetretenen Stufen mit dem abgenutzten Läufer, aus dem überall dunkelbraunes Netzgewebe hervorquoll, waren dermaßen schmal, dass kaum zwei Leute nebeneinander passten.

Der Flur zu den Zimmern erschien ebenfalls erschreckend eng. Ein übergewichtiger Mensch hätte wohl Schwierigkeiten, sich da hindurchzuzwängen. Vermutlich hätten ihn die altersschwachen, bei jedem Schritt verdächtig knarrenden Dielen sowieso nicht getragen.

Nach kurzem Zögern wagte sich Osborne in den düsteren Schlauch. Sein Zimmer befand sich am Ende des mottenzerfressenen Läufers. Es war eine winzige Mansarde. Bis auf ein Bett mit Eisengestell, einem Schrank, einem Gebilde, das man mit gutem Willen als Tisch bezeichnen konnte, und einem Holzstuhl, der – wie alle anderen Möbelstücke – schon bessere Tage gesehen hatte, war das Zimmer nackt und ziemlich abgewohnt. Auf der in Ehren vergilbten Tapete erblühten ausgeblichene Blumensträuße. Die Wände waren genauso renovierungsbedürftig wie der abgetretene Holzfußboden. In den Zimmerecken hielten dicke Staubflusen Versammlungen ab. Die Deckenbeleuchtung funktionierte – wie sich später herausstellte – überhaupt nicht. Lediglich eine Nachttischlampe verbreitete ein tuberkulöses Licht. Eine schmale Tür führte in ein spartanisches Badezimmer, das diese Bezeichnung kaum verdiente, mit einer rekordverdächtig winzigen Duschkabine. Der einzige Lichtblick des Zimmers war die verglaste Flügeltür, die auf eine kleine Terrasse führte.

Osborne stellte seinen Koffer auf den Tisch, öffnete ihn und hängte zwei Ersatzanzüge zum Entknittern in den Schrank. Dann trat er hinaus auf die

Terrasse mit Blick über die Dächer von Saint-Germain-des-Prés bis hin zur imposanten Kirche Saint-Sulpice. Unwillkürlich dachte er an die, zugegebenermaßen, bescheidene Kirche seines Heimatortes und an seinen ersten Kuss.

Voll trauriger Sehnsucht erinnerte er sich an die endlos scheinenden Tage, die er mit Dreizehn verlebte. Damals war er total in Nora Petersen, ein Mädchen aus seiner Klasse, verschossen. Nora war unglaublich hübsch, eine junge Natalie Portman. Da er keine Chance sah, ihr Herz auf normalem Weg zu erobern, rief er höhere Mächte um Beistand an. Nachdem er genug Taschengeld zusammengekratzt hatte, wollte er in der Ortskirche allen erdenklichen Heiligen eine Kerze aufstellen. Vielleicht erbarmte sich ja einer von ihnen und bot ihm bei seiner Mission Impossible Unterstützung an.

Er setzte sein Vorhaben an einem frühen Nachmittag in die Tat um. Um diese Uhrzeit war die Kirche ein menschenleerer Ort; er hätte Ochsenfrösche im Mittelschiff hüpfen lassen können, ohne dass es jemand bemerkte. Beim Betreten des Gotteshauses lag eine süße Mischung aus Weihrauch und Holzpolitur in der Luft. Gerade als er die erste Kerze vor dem Standbild des Heiligen Bonifatius aufstellte, ließ ihn infernalisches Orgelgedröhn zusammenfahren. Sein Schrei unterbrach abrupt das intonierte Musikstück. Augenblicke später schaute Nora Petersen von der Orgelgalerie zu ihm herunter; ihr Vater, der Küster, erlaubte ihr manchmal auf der Kirchenorgel zu spielen. Sie schauten sich beide kurz an, dann verschwand sie aus seinem Blickfeld. Keine Minute später tauchte sie unten in der Tür der Sakristei wieder auf. Wortlos zog Nora Petersen die Schuhe aus und kam barfuß über den kalten Granitboden zu ihm herüber. Er erinnerte sich noch gut, dass sein Herz eine Reihe wilder Sprünge machte, als sie ihm dabei direkt in die Augen sah; nicht herablassend oder spöttisch, sondern so, dass es ihm schier den Atem raubte.

Sie trat dicht vor ihn, löste ihr Haarband, befeuchtete ihre Lippen mit der Zunge und sagte: »Küss mich!«

Er sah sich irritiert um, ob niemand in Sichtweite war, und stotterte: »Hier?«

»Küss mich! Jetzt!«

Rasch brachte er einige Einwände vor, dass er sich unwohl fühle, wenn der Heilige Bonifatius ihnen beim Küssen zusehen würde.

»Los! Küss mich!«, forderte sie unerbittlich.

Er tat es. Wenngleich auch mit dem unguten Gefühl, dass er dafür bestimmt einige Jahre Fegefeuer aufgebrummt bekommen würde. Aber das war ihm der Kuss allemal wert. Während er noch mit der Standfestigkeit seiner weich gewordenen Beine kämpfte, lächelte sie ihn ein letztes Mal an und ging davon. Nora Petersen hatte nie wieder ein Wort mit ihm gesprochen.

Noch heute musste er bei der Erinnerung an damals tief durchatmen.

## *17 Uhr 10 – Rue Saint-Sulpice*

Osborne fröstelte. Auf der Terrasse wehte ein kalter, feuchter, schneidender Wind die ganze Traurigkeit der verregneten Stadt herüber. Glutrot und neongrün schimmerten Lichtreklamen trüb im Regendunst. Tief unten auf der nassen Schwärze der Rue Saint-Sulpice wogte reges Treiben. Auf den Trottoirs wuselten unentwegt Touristen mit Stadtplänen und Kameras umher. Daneben quetschten sich Taxis und Lieferwagen Stoßstange an Stoßstange die enge Fahrbahn voran.

Im Zimmer nebenan stritt immer noch das Paar. Ein schrilles, aber unmissverständliches Kreischen, gefolgt von neuen Schimpftiraden einer Frau war zu hören. Von irgendwo unten beschwerte sich ein Gast in gebrochenem Französisch über den Lärm. Daraufhin stürmte eine hochgewachsene, dunkelhäutige Mademoiselle auf die benachbarte Terrasse und beugte sich so weit über das Geländer, als ob sie sich kopfüber in die Tiefe stürzen wollte. Beim Anblick ihrer ungewöhnlich hageren Gestalt mit ihren klapprigen Armen und schrecklich dürren Beinen musste Osborne unwillkürlich an eine in die Länge geschossene Magersüchtige denken. Seine hervorragenden Französischkenntnisse brachten ihn in den Genuss einer recht farbenfrohen Terminologie, mit der seine Nachbarin das Ansinnen des unter ihr wohnenden Hotelgastes beantwortete. Abrupt drehte sie sich nach dem unflätigen Redeschwall um, sah ihren amerikanischen Zimmernachbarn und riss die Augen vor Überraschung weit auf. Dann zuckte sie leicht mit der Schulter und ein strahlendes, fast entschuldigendes Lächeln huschte über ihr knochiges Gesicht. Osborne brachte ein schüchternes Schmunzeln zustande. Im nächsten Augenblick verschwand die Unbekannte türknallend in ihrem Zimmer und setzte drinnen den unterbrochenen Disput fort.

Der Computerexperte ging in sein Zimmer zurück und packte weiter Koffer aus. Anschließend schloss er seinen Laptop an einer Telefonbuchse an. Übers Internet rief er die aktuellen Seiten der großen New Yorker Zeitungen auf. Bei seiner Suche konzentrierte er sich auf die Polizeiberichte. Hastig überflog er die Sites. Stand irgendwo etwas über einen Mord am JFK-Flughafen? Über einen unbekannten (oder inzwischen identifizierten) Augenzeugen, nach dem die Polizei fieberhaft fahndete?

Er fand nichts, nicht einmal eine Randnotiz darüber. Sein dunkles Geheimnis blieb im Verborgenen. Ungeheuer erleichtert loggte er sich wieder aus und klappte den Laptop zu. Eine halbe Ewigkeit war seit dem Mord vergangen und nichts war passiert. Offensichtlich hatte die Polizei den Fall bereits unter der Rubrik »ungeklärt« abgehakt. Somit konnte er es wohl auch tun. Die beglückende Erkenntnis beruhigte und stärkte ihn für die bevorstehenden Aufgaben, die ihn auf der IT-Messe morgen erwarteten.

*17 Uhr 45 – Saint-Germain-des-Prés*

In relativ guter Stimmung verließ Osborne das Hotel, um sich ein wenig die Umgebung anzusehen. Während der vergangenen halben Stunde waren die Regenwolken aufgerissen und machten zunehmend einem fast ungetrübten Firmament Platz. Paris überspannte ein schwarzblauer Himmel, an dem die versunkene Sonne die letzten versprengten Wölkchen milchigblau funkeln ließ. Das Kopfsteinpflaster schimmerte allerdings immer noch feucht vom nachmittäglichen Regen. Jenseits des Boulevard Saint-Germain schlängelten sich schmale Gassen zwischen grauschwarzen Fassaden, beleuchtet vom Licht der Straßenlaternen und Schaufenster. Die Häuser bis zur Seine verströmten beharrlich die Atmosphäre vergangener Epochen.

Am Flussufer schaute er nach rechts über das Wasser hinweg zur Spitze der Île de la Cité, wo Weiden ihre Zweige bis in den Fluss hinabhängen ließen. Dann wandte er sich nach links und folgte einer niedrigen Mauer bis zur ersten Steinbrücke der Stadt, der Pont Neuf, der »Neuen Brücke«. Auf halber Strecke begegnete ihm eine blutjunge Latina mit großen dunklen Augen und glänzend schwarzem Haar, das sie hochtoupiert hatte. In dem Rollstuhl, den sie schob, saß eine alte Frau mit hohlwangigem Kopf, leichengrauer Gesichtsfarbe und runzelig zerknittertem Truthahnhals. Ihre schlohweißen Haare standen widerborstig in alle Richtungen ab. Die von der Gicht verbogenen Hände ruhten in ihrem Schoß. Zwischen den welken Fingern mit den grellrot lackierten Nägeln hielt sie eine lange Zigarettenspitze aus Perlmutt. Ihr Blick war so starr, dass sich Osborne allen Ernstes fragte, ob die Dame noch lebte. Im Vorbeigehen warf ihm die Latina einen flüchtigen Blick zu. Er lächelte verlegen, wandte sich ab und schaute auf den dunklen Spiegel der Seine, in dem sich die Lichter eines vorbeifahrenden Touristenbootes mit verglastem Oberdeck kräuselten. Kaum war das Schiff vorbeigezogen, tanzten auf den Wellen die sich widerspiegelnden Sterne wie flirrende Glühwürmchen. Osbornes Blick ruhte auf dem verzaubernden Lichterspiel. Er trat ganz nahe an die steinerne Brüstung und lauschte eine halbe Ewigkeit dem klatschenden Geräusch der Wellen.

»Haben Sie sich das auch gut überlegt?«, riss ihn eine Frauenstimme plötzlich aus den Gedanken.

»Wie bitte?« Osborne schreckte herum und starrte auf eine kleine, stämmige 17- oder 18-Jährige. Sie stand direkt neben ihm und machte durch ihr übertrieben schwarzes Make-up einen leicht überdrehten Eindruck. Ihre glatten Haare waren so schwarz wie der bodenlange weite Mantel, den sie trug. Darunter lugten schwarze Stretchstrümpfe und anthrazitfarbene, abgelaufene Schuhe mit Blockabsätzen hervor. Sie stützte sich mit den Ellbogen in gleicher Weise auf der Brüstung ab wie der Amerikaner. Trotz der Dunkelheit trug sie eine Sonnenbrille. Mit nach vorne geneigtem Kopf blickte sie auf den Fluss hinab, wodurch ihr das Haar wie ein Schleier im Gesicht hing.

»Ich habe gefragt, ob Sie sich das auch gut überlegt haben«, antwortete sie. »Den Sprung.«

»Was für einen Sprung?«

»Na, in die Seine. Wenn Sie Ihrem Leben ein Ende bereiten möchten, muss ich Ihnen von dieser Stelle abraten. Hier brechen Sie sich bestenfalls bloß die Beine und landen ansonsten wohlbehalten im Hospital. Ich kenne da ein weitaus besseres Sprungbrett ins Jenseits. Was ist denn der Grund? Liebeskummer?«

»Da muss ich Sie enttäuschen. Ich hatte nicht im Entferntesten die Absicht, meinem Leben ein Ende zu bereiten.«

»Nicht?« In ihrer Stimme klang Bedauern mit. »Schade.«

»Sie sind wohl eine Freundin dramatischer Szenen, oder wie soll ich das verstehen?«

»Ich hätte das wirklich romantisch gefunden. Wie im Film.«

»Im Horror-Film.«

Die Unbekannte schien fasziniert von dem Wasser zu sein. Sie beugte sich weit und tief über das Geländer. »Wussten Sie, dass die Zahl der Selbstmorde mit dem Erscheinen von Kometen zunimmt?«

»Das ist mir völlig neu. Müssen das ganz besondere Kometen sein, oder ruft jeder diesen Lemming-Effekt hervor?«

»Am einflussreichsten ist der Halleysche Komet. Er erscheint alle sieben Jahre. Niemand kann sich seinem Einfluss entziehen. Es ist besser, Sie stehen nicht gerade auf einer Brücke, wenn er über Sie hinwegzieht.«

»Verstehe.«

»Ich vermute mal, Sie nehmen mein Angebot nicht an, Ihnen beim Freitod behilflich zu sein.«

»Erraten. Nicht, dass ich Ihre Offerte nicht zu schätzen wüsste, Mademoiselle. Aber ich bin nur ein Tourist und die Selbstmordrate ist bei Urlaubern sehr niedrig. Besuchen Sie eigentlich jeden Abend die Pont Neuf und warten auf potenzielle Selbstmörder?«

»Wo denken Sie hin? Ich kam nur zufällig vorbei. Wenn ich Selbstmörder sehen wollte, würde ich weiter flussaufwärts warten.«

»Sie wissen, dass Sie ein bisschen merkwürdig sind?«

»Jeder in Paris ist ein bisschen merkwürdig, Monsieur. Der eine mehr, der andere weniger.«

»Apropos, warum tragen Sie eigentlich diese Sonnenbrille? Ist es dafür nicht schon etwas zu dunkel?«

»Sie dient nicht zum Schutz meiner Augen, sondern zum Schutz meiner Umwelt. Das Schicksal hat mir eine schwere Bürde aufgehalst, die mir jede Chance auf ein normales Leben raubt.«

»Wie darf ich das verstehen?«

Eine kühle Brise strich sanft wie ein Flügelschlag von der Seine herauf und ließ die Luft würzig duften.

»Ein Fluch lastet auf meiner Familie, der von einer Generation an die nächste weitergegeben wird«, antwortete sie, während sich ein trauriges Lächeln in ihrem Gesicht festsetzte. »Er begleitet jeden von uns ein Leben lang.« Sie richtete sich auf und wandte sich ihrem Zuhörer zu. Die Hand, mit der sie sich immer noch am Geländer festhielt, zitterte. »Wenn ich Sie ohne Sonnenbrille anschauen würde, würde etwas Schreckliches passieren.«

»Und worin genau besteht dieser Fluch, wenn ich fragen darf? Besitzen Sie den Blick der Medusa? Verwandelt sich jeder in Stein, der Ihnen zu tief in Ihre zweifellos hübschen Augen blickt?«

»Tauschen Sie die Begriffe ›Stein‹ und ›Unglück‹ und Sie haben es.«

»Sie bringen Pech?«

»Nein, ich bringe kein Pech, wie Sie es ausdrücken. Aber wenn Sie mir direkt in die Augen schauten, wäre das Unglück von diesem Augenblick an ein treuer Weggefährte.«

Die Unbekannte schaute ihn so ernst an, dass er fast laut losgelacht hätte.

»Sie grinsen? Ich schleppe Schuldgefühle mit mir herum, weil meine Vorfahren und ich schon aus Unwissenheit, Leichtsinn oder wegen eines unglücklichen Zufalls viele Menschen in ihr Unglück gestürzt haben und Sie finden das amüsant?«

»Entschuldigen Sie, ich wollte Ihre Gefühle nicht verletzen. Wen haben Sie denn schon auf dem Gewissen?«

Sie zögerte, ehe sie antwortete: »Meinen ersten Freund. Unvorsichtigerweise nahm ich die Brille ab, als er mich küssen wollte. Damals glaubte ich selbst noch nicht daran, dass ich den Bösen Blick geerbt hatte. Am nächsten Tag wurde er von einer Jugendbande totgeschlagen. In der Schule bestand eine Lehrerin darauf, dass ich die Brille während des Unterrichts absetzte. Eine Woche später verunglückte unser Bus bei einer Klassenfahrt. Sämtliche Mitschüler wurden mehr oder minder schwer verletzt.«

»Alle landeten im Krankenhaus, nur Sie nicht?«

»Nur meine Lehrerin und ich nicht; sie saß vorne und wurde durch die Windschutzscheibe geschleudert. Sie endete in der Leichenhalle. Als ich einmal das Photo eines Filmstars ohne Brille anschaute, erwischte ihn noch am selben Tag seine Verlobte im Wohnwagen mit einem Starlet. Sie beendete seine viel versprechende Hollywoodkarriere mit einem Schrotgewehr, das er aus Angst vor Überfällen allzeit griffbereit an der Wand hängen hatte.«

Osborne fand es lustig, wie die junge Frau in ihren närrischen Einbildungen aufging. Er kaschierte aber seinen unbändigen Zwang zum Schmunzeln hinter vorgehaltener Hand und tat so, als müsse er gähnen. Trotzdem blieb der Erzählerin nicht verborgen, dass er sich innerlich köstlich über sie amüsierte.

»Ich merke schon, Sie glauben mir nicht«, sagte sie verbittert. »Nun denn, lassen wir es auf ein kleines Experiment ankommen.« Sie nahm die Sonnenbrille ab und schaute ihn mit kristallblauen Augen an. »Meine Augen erspähen mehr, als Sie erahnen. Materie blockiert sie nicht. Ich sehe durch Substanzen bis zu ihrem innersten Kern.«

»Tut mir Leid, wenn ich Sie gekränkt haben sollte.«

»Das braucht es nicht, Monsieur.« Unheilvoll senkte sie ihre Stimme, während ihr Zeigefinger direkt auf seine Brust deutete. »Wenn hier irgendwer jemandem Leid tun sollte, dann sind Sie es. Denn Sie haben das Unglück herausgefordert. Ihre schlimmsten Albträume werden zum Leben erwachen und Sie verdientermaßen für Ihre Ungläubigkeit bestrafen. Ihr Leben, das bisher noch heiter und unbeschwert vor Ihnen lag, gibt es nicht mehr. Es bricht die Zeit der Tränen und Leiden an. Jetzt, von diesem Augenblick an, sind Sie verflucht.«

Sie setzte die Sonnenbrille wieder auf, drehte sich um und schritt davon. Er lächelte und schüttelte den Kopf. Die junge Mademoiselle war der lebende Beweis, dass hier wirklich Verrückte frei rumliefen. Er hatte vorher schon gehört, dass es in Paris von Irren wimmelte. Jetzt konnte er selbst eine abgedrehte Geschichte zu diesen Gerüchten beisteuern.

Er schaute der Unbekannten nach, bis ihre Silhouette mit der Dunkelheit zu einer Einheit verschmolzen war. Dann ging er zur entgegengesetzten Straßenseite, Richtung Saint-Germain, und tauchte in die malerisch verwinkelten Gassen ein, die von uralten Fassaden, aber auch von luxuriösen Modeboutiquen, Kunstgalerien und Antiquitätenläden gesäumt wurden. In dezent ausgeleuchteten Schaufenstern boten sich Schmuck, Dessous, Gemälde und Antiquitäten den Blicken der Schaulustigen dar.

Vor einer Galerie stand eine üppige Brünette im dunkelroten Kleid, die einen kleinen Spiegel in der Hand hielt und ihren Lippenstift auffrischte. Für einen flüchtigen Moment erschien es Osborne im Vorbeigehen, als fixierte ihn die Unbekannte in ihrem Spiegel.

Aus Bars drangen Musikfetzen auf die Gassen, durch die ein immerwährender Touristenstrom floss, bis er auf einen der kleinen Plätze schwappte, wo Feuerspucker, Straßenmusiker, Akrobaten und Taschendiebe ihrer Kundschaft harrten. Eine etwas pummelige, dunkelhaarige Frau mit tiefbraunem Teint wollte dem Computerexperten für nur fünf Euro die Zukunft voraussagen. Er erkundigte sich, ob sie ihm eine bessere Zukunft versprechen könne, wenn er ihr das Doppelte gab.

»Sie halten mich wohl für eine Betrügerin?«, schalt sie ihn halb im Scherz.

»Nein, das wäre ein zu harter Ausdruck. Könnten wir uns auf Bauernfängerin einigen?«

»Klingt auch nicht viel besser. Aber wo sollten Sie auch Manieren her haben? Bei so einer Mutter.«

»Was hat meine Mutter damit zu tun? Sie kennen Sie nicht.«

»Sie war eine sehr strenge Frau, nicht wahr?«

»Woher wollen Sie das wissen?«

»Weil ich aus Ihren Händen auch die Vergangenheit lesen kann.«

Erschrocken zog Osborne seine Hände zurück und verschränkte sie außer Sichtweite hinter dem Rücken.

»Trotzdem war sie eine gute Mutter«, erwiderte er beinahe trotzig und streckte ihr nach kurzer Bedenkzeit eine Hand entgegen. »Na schön, beweisen Sie mir, dass Sie die Kunst des Handlesens wirklich verstehen. Was erwartet mich morgen auf der IT-Messe?«

»Oh«, erschrak sie, während ihre Fingerkuppen über seine Handlinien glitten. »Wer hat Sie mit einem Fluch belegt?«

»Aber, das ist doch Unsinn.«

»Leider nicht.« Die Wahrsagerin drehte sich um und eilte davon. »Sie sind verdammt, Monsieur. Ich möchte nicht in Ihrer Nähe sein, wenn das Unglück Sie ereilt.«

Osborne starrte ihr nach, bis sie in der Menge verschwunden war. Er wusste nicht, ob er über das Gesagte bestürzt oder belustigt sein sollte. Ihn beunruhigte, was sie über seine Mutter gesagt hatte, und die Sache mit dem angeblichen Fluch. Das war wirklich sehr rätselhaft und beschäftigte ihn noch eine ganze Weile.

Er ging weiter und blieb bisweilen an Schaufenstern stehen. Eine Zeitlang ließ er sich ziellos durch die engen, belebten Straßen von Paris treiben, bis die Enthüllungen dieser Wahrsagerin immer unwichtiger und schließlich kaum noch wahrnehmbar waren. Dann machte er einen Abstecher in die nicht minder hektische Rue de Buci mit ihren überfüllten Straßencafés. Nach einer Weile planlosen Herumschlenderns stellte er fest, dass er sich verlaufen hatte.

Osborne bog um die nächste Ecke. Dort saß eine Spaziergängerin, groß, flachbusig und in mittleren Jahren auf den Stufen einer Treppe. Sie hatte einen ihrer Pumps ausgezogen und massierte sich den geröteten Fuß. Er konnte nur zu gut nachempfinden, was sie durchlitt.

In Manhattan hatte er sich einmal zum Kauf von Schuhen überreden lassen, die ihm zu eng erschienen. Aber der Verkäufer meinte, die Schuhe passten wie angegossen; dass sie drückten, läge nicht an ihnen, sondern an seinen Füßen. Außerdem würde sich das Leder mit der Zeit dehnen. Tat es aber nicht. Stattdessen quetschten sie wie Schraubstöcke. Nach ein paar Blocks bestanden seine Füße nur noch aus rohem Fleisch und Blasen. Vornübergebeugt hinkte und humpelte er mit Ach und Krach bis zu einem Taxi. Noch ein paar Schritte mehr, und man hätte ihm die Füße amputieren müssen. Seitdem behandelte er diese Körperteile mit größerem Respekt. Schließlich waren sie das Einzige, was ihn mit der Erde verband.

»Fühlen Sie das auch?«, sprach ihn die Frau völlig unerwartet an. »Das Ozon. Es zieht ein Gewitter herauf.«

»Das glaube ich nicht. Es ist doch keine Wolke mehr am Himmel.«

»Doch, glauben Sie mir. Es wird ein Unwetter kommen. Bald.« Sie zog den Schuh an, strich eine Haarsträhne aus der Stirn und lächelte ihm zu, bevor sie wortlos verschwand.

Ein paar Meter weiter stieß er auf den Boulevard Saint-Germain mit seinen eleganten Jugendstil Cafés, dessen Trottoirs von unzähligen Schaufensterbummlern beherrscht wurden. Auf dem Weg zurück zum Hotel verlief sich Osborne erneut und landete mitten im quirligen Quartier Latin. Das Neuland, das sich ihm erschloss, war gespickt mit Touristenfallen. Er betrat eine Bar, deren rot und pink aufblitzende Neonreklame über der Tür für Longdrinks warb. Der relativ kleine Raum war gerammelt voll. Osborne kämpfte sich bis zur Bar vor, wo ihn eine Frau in einem paillettenbestickten Kleid bediente. Er bestellte einen Pastis, weil er unbedingt ein original Pariser Getränk probieren wollte. Die Bardame gab ihm ein hohes Glas, in dem ein wenig grüne Flüssigkeit schwappte, und stellte zusätzlich eine Karaffe Eiswasser vor ihm auf die Theke. Er verdünnte den Anisschnaps mit dem Wasser. Das Getränk schmeckte wie flüssige Lakritze. Er nahm noch einen Schluck, in der Hoffnung, es würde jetzt besser schmecken. Tat es aber nicht. Dafür stieg ihm der Alkohol mächtig in den Kopf.

Plötzlich stutzte er. In einer schummrigen Ecke bemerkte er eine Blondine, die ihn intensiv, beinahe herausfordernd beobachtete. Ob sie wohl an ihm interessiert war? Sollte er die Unbekannte ignorieren oder ansprechen? Die Frage beantwortete sich von alleine, denn als er kurz weg und dann wieder in ihre Richtung schaute, war sie verschwunden. Nach einem winzigen Moment der Enttäuschung kam er zu dem Schluss, dass es an der Zeit war, ins Bett zu gehen.

Er zahlte, legte noch ein üppiges Trinkgeld auf den Tresen und ging dann leicht beschwipst zu seinem Hotel zurück.

*22 Uhr 19 – Rue Saint-Sulpice*

In seinem dunklen Hotelzimmer wälzte er sich im Bett herum. Er war von den vielen neuen Eindrücken ziemlich aufgekratzt. Die fremde Umgebung und die nagende Ungewissheit darüber, was ihn morgen auf der IT-Messe erwartete, förderten nicht gerade seinen Schlaf.

Hinzu kam das schleichende Gefühl, dass etwas in dem Zimmer nicht stimmte. Es ließ ihm keine Ruhe, bis er das Licht anknipste und aufstand. Er ging ins Badezimmer und überprüfte anschließend beide Türen und sogar den Kleiderschrank. Da war nichts. Doch statt sich zu beruhigen, wuchs sein Unbehagen. Er ahnte, dass sich etwas im Zimmer befand. Etwas Lebendiges, das nicht hierher gehörte. Ein zweites Mal kontrollierte er die Terrassentür und das Schloss der Zimmertür. Nachdem er sich vergewissert hatte, dass beide fest verriegelt waren, kehrte er ins Bett zurück und löschte das Licht.

In diesem Moment raschelte etwas unüberhörbar in der Finsternis.

Was war das?

Irgendein Geräusch eben, dachte er. Vielleicht arbeitete der Holzfußboden, oder es knarrten Schritte draußen auf dem Flur. Möglicherweise war es auch nur Einbildung gewesen. Trotzdem richtete er sich im Bett auf und lauschte angestrengt. Warum regte er sich nur wegen des Scharrens so auf? Es war doch albern, deswegen wach zu bleiben. Er war Wissenschaftler und als solcher sollte er es nicht zulassen, dass eine unbegründete Angst seine Logik fraß. Also legte er sich wieder auf den Rücken, streckte sich erneut aus und schloss die Augen.

Da! Irgendetwas schlüpfte durch die Dunkelheit und verursachte dabei ein scharfes Rascheln, ein hohes dünnes Schaben und Kratzen, so leise und heimlich, dass man es kaum vernehmen konnte. Es schwoll an, dann wieder ab. Es kam näher und entfernte sich wieder.

Osbornes riss die Augen auf. Sein starrer Blick war in die Dunkelheit geheftet. Er lag ganz still und lauschte. Er spürte eine Gegenwart. Kein Zweifel: Etwas war hier. Doch was? Die Ungewissheit erstickte ihn fast. Was immer es war, es konnte nicht groß sein. Zwar sickerte nicht viel Licht durch die Terrassentür, aber genug, dass er den Schatten einer Gestalt hätte erkennen müssen.

Es ist nichts Sichtbares, schoss es ihm durch den Kopf, denn er konnte es zwar hören, jedoch nicht sehen. Aber das war natürlich Unsinn. Unlogisch. Nichts Unsichtbares lebte.

Eine Ratte, kam es ihm in den Sinn. Wie sollte sich eine Ratte in sein Zimmer verlaufen haben? Indem sie sich unter den Türspalt quetschte? Ratten waren sehr flexibel, aber ein höchstens zwei Zentimeter hoher Schlitz dürfte auch ihr Potential übersteigen. Aus den tieferen Schichten seines Verstandes meldete sich die Frage: Was war mit der Toilette? Stiegen Ratten nicht aus der Kanalisation heraus? Kletterten sie nicht Steigrohre empor und krochen irgendwann aus der Toilettenschüssel? Gegen diese Theorie sprach allerdings die verschlossene Badezimmertür, die auch während seiner Abwesenheit geschlossen gewesen war. Der Spalt unter der Tür war noch schmaler als der an der Zimmertür. Da quetschte sich kein Regenwurm durch, geschweige denn ein ausgewachsenes Nagetier. Womit er wieder zum Ausgangspunkt seiner Gedankenreise kam: Alle in Frage kommenden Eingänge des Zimmers waren von innen verschlossen. Deshalb war es völlig unmöglich, dass irgendwas hier eingedrungen war.

Er zog die Decke bis ans Kinn hoch und lauschte weiter den schrecklich klaren Geräuschen, die an sein Ohr drangen: Leises Scheuern glitt durch die Schatten. Etwas raschelte lauter. Etwas war ganz nah. Etwas schlich um das Bett.

Da er nicht die ganze Nacht in Ungewissheit verharren wollte, richtete er sich auf, knipste das Licht an und zuckte entsetzt zusammen.

Er sah sofort, was da auf dem Boden neben dem Bett kroch und zu ihm hochschaute. Das konnte nicht sein! Das war völlig unmöglich! Doch ein zweiter Blick beseitigte jeden Zweifel. Auf dem Bettvorleger hockte eine Kakerlake. Falsch! Nicht irgendeine Kakerlake! Sondern *die* Kakerlake.

Osborne wusste nicht, woran er es genau festmachte, dass es sich bei diesem Tier um dasselbe handelte, das ihn auf der Toilette des New Yorker Flughafens attackiert hatte. Doch er war sich sofort hundertprozentig sicher. Es war dieselbe Schabe! Nicht ein Detail an ihr war anders. Diese dünnen, eigenartigen Fühler, dieser winzige, oben leicht abgeflachte Kugelkopf, die gezackten Polypenbeinchen, diese irisierende Farbe des Panzers und die markanten schwarzen Adern auf den Flügeln.

Er stieß einen Schrei aus, weil ihn der Anblick des Insekts aus seinem Zustand dumpfer Ungewissheit riss, und weil ihn die Kakerlake – wie auch immer – hierher verfolgt hatte. Ja, das war sie. Ohne Zweifel. Die Art, wie sie ihn anstarrte. Als fände sie es selbst merkwürdig, ihm hier zu begegnen.

Er schwang sich aus dem Bett; er musste der Sache auf den Grund gehen. Vermutlich ahnte die Kakerlake, was ihr alter Widersacher vorhatte. Ihre Stecknadelaugen funkelten ihn böse an. Wenn es nicht völliger Schwachsinn gewesen wäre, hätte er schwören können, dass das Ungeziefer tatsächlich spöttisch kicherte.

Noch immer leicht unter Schock stehend, sprang er vor, wild entschlossen, die Schabe zu zerquetschen. Noch ehe der niederfahrende Fuß sein Ziel erreichte, sauste das Insekt flink unter die Nachtkommode. Sein Verfolger ließ sich auf die Knie sinken und presste die Wange so fest auf den Boden, dass er unter das Möbelstück schauen konnte. Nichts. Keine Schabe. Was war mit dem Fußboden? Er kniete neben der Leiste und suchte nach verborgenen Spalten oder Nischen. Kreuz und quer kroch er durch das gesamte Zimmer, kontrollierte jede Ritze und Ecke und schaute unter Bett und Schrank. Er suchte jeden Winkel ab und nahm sogar das halbe Bett auseinander. Trotzdem fand er keine Erklärung dafür, wohin das Insekt entschwunden sein könnte. Außer, er hatte es sich nur eingebildet. Ja, das war eine gute, weil die einzig nachvollziehbare Begründung. Während er sein Bett machte, glaubte er beinahe sogar, was er sich da einredete. Er kroch unter die Decke, löschte das Licht und beschwor sich ein letztes Mal, dass er das Auftauchen der Kakerlake nur geträumt hatte.

Aber insgeheim, ganz tief unten in den dunkelsten Winkeln seines Herzen wusste er, dass dem nicht so war. Sie war da gewesen. Er wusste es. Die Kakerlake war zurückgekehrt.

*09 Uhr 25 – Rue Saint-Sulpice*

Der Tag fing schon nicht gut an. Sowohl von seiner biologischen Uhr, als auch vom hoteleigenen Weckdienst schmählich im Stich gelassen, wachte Osborne auf und tastete benommen nach der Armbanduhr auf dem Nachttisch. Atemlos starrte er auf die Ziffern und Zeiger und glaubte sich einem Herzinfarkt nahe. Etwa um diese Zeit sollte er eigentlich längst auf der IT-Messe sein.

Hektisch kletterte er aus dem Bett, taumelte ins Liliputanerbad, tastete mit schlafverklebten Augen nach dem Wasserhahn und wusch sich den Schlaf aus dem Gesicht. Vorsichtig riskierten seine roten, angeschwollenen Augen einen Blick in den Spiegel auf ein zerknautschtes Gesicht mit einem zotteligen Zerzausel auf dem Kopf. Mit einer Hand strich er die widerspenstigen Strubbelhaare glatt. War es möglich, dass ein Haaransatz über Nacht um drei Zentimeter zurückgegangen war? Wo kamen plötzlich diese prallen Satteltaschen unter den Augen her? Vorsichtig massierte er die Tränensäcke und hoffte, dass die zumindest etwas verschwinden würden. Nach der Dusche und einer Rasur im Eilverfahren schlüpfte er in einen neuen Anzug, zog einen Mantel darüber, schnappte sich die Aktentasche mit allen wichtigen Unterlagen und verließ das Zimmer. Um nicht noch später zur IT-Messe zu kommen, verzichtete er auf den Luxus eines Frühstücks auf seiner Terrasse. Stattdessen fuhr er mit dem Lift nach unten, wo es neben der Rezeption ein zwergenhaftes Frühstückszimmer gab. Dort herrschte bereits reger Andrang. Ein halbes Dutzend Gäste bediente sich an dem Büfett, das größtenteils aus Croissants mit unterschiedlichen Füllungen bestand. Den Kaffee durfte man sich selbst aus Isolierkannen einschenken. Er schnappte sich zwei Croissants und bat den Portier, ihm ein

Taxi zu bestellen. Dann ging er hinaus auf die Straße, aß seine Croissants und wartete auf das Fahrzeug.

Es war ein klarer, kühler Wintermorgen. Die Straße erwachte allmählich zum Leben. Auf der gegenüberliegenden Seite schlenderten die ersten Spaziergänger an Antiquitäten- und Buchläden vorbei. Lieferwagen, die vor allem Obst und Gemüse zu den umliegenden Märkten transportierten, hatten die Fahrbahn noch fast ausschließlich für sich. Deshalb stach das Taxi ihm sofort ins Auge, als es in die Rue Saint-Sulpice einbog.

*10 Uhr 03 – Rue Saint-Sulpice*

Als Osborne an den klapprigen Renault mit der rostzerfressenen Lackierung trat, fühlte er sich wie gerädert. Sein Zeitgefühl hatte sich immer noch nicht den neuen Gegebenheiten angepasst und seine Sinne waren völlig überreizt. Das Öffnen der Autotür bewirkte eine wahre Geräuschexplosion. Er war sich sicher, dass jeder im Umkreis von einem Kilometer durch das Kreischen und Quietschen der Scharniere aufgeschreckt worden war. Müde setzte er sich auf den abgewetzten Rücksitz des Taxis.

»Bon Jour, Monsieur«, grüßte der Fahrer, ein kleiner, dünner Mann Mitte fünfzig im dunklen Anzug. Er hatte ein markantes, wettergegerbtes Gesicht mit weißem, wild zerzaustem Haar, kurzen Bartstoppeln und kleinen Augen, in denen eine gewisse Verschmitztheit funkelte. Trotz ihres humorvollen Zwinkerns hatten sie etwas Eindringliches, die Aufmerksamkeit Fesselndes. Beim Anblick des Taxifahrers musste Osborne unwillkürlich an den Schauspieler Harvey Keitel denken.

»Wohin soll die Reise gehen, Monsieur?« Seine Stimme klang ruhig und gelassen.

»Nach Porte Maillot zum Palais des Congrès, bitte«, antwortete er, während eine schwache, muffige Ausdünstung von Erbrochenem aus den Fußmatten in seine Nase stieg.

»Sie sind schon so gut wie da.« Der Fahrer gab dermaßen Gas, dass es seinen Fahrgast in den Sitz drückte.

Während der Kurverei durch enge Nebenstraßen bremste er immer wieder ohne Vorwarnung, so dass es den Amerikaner ohne Gurt gegen den Vordersitz geschleudert hätte. Dann rauschten sie – so schnell es der Verkehr und die Geschwindigkeitsbeschränkung erlaubten –, den Boulevard Saint-Germain entlang.

»Sind Sie zum ersten Mal in Paris?«, erkundigte sich der Fahrer.

»Ja«, antwortete er. »Es ist eine sehr schöne Stadt.«

»Ohne Touristen wäre sie noch schöner. Entschuldigung, war nicht so gemeint.« Der Taxifahrer warf einen Blick über die Schulter und zwinkerte schelmisch. »Nein, im Ernst, Paris ist eins der romantischsten und elegantesten Fleckchen auf dieser Erde und hat internationales Flair. Leute aus allen Erdteilen schlendern über die Boulevards. Sie können hier jede erdenkliche Sprache hören, jedes Haus erzählt eine interessante Geschichte. Da drüben zum Beispiel, auf der linken Seite, das ist das legendäre Café Les Deux Magots.«

Osborne warf einen Blick aus dem Seitenfenster zu einem Eckbistro mit grünen Markisen, verspiegelten Wänden und mahagonifarbenen Sitzplätzen, zwischen denen unermüdlich Kellner mit flatternden, knöchellangen Schürzen kurvten, wobei sie halsbrecherisch voll beladene Tabletts balancierten. Er erinnerte sich, dass sein erstes Date mit Emma Jones in einem ähnlichen Bistro stattgefunden hatte. Damals interessierte sie sich sehr dafür, was er am liebsten trank. Sie meinte, dass das, was jemand trinke, eine Menge über seinen Charakter verrate. Er hatte eine Diet Pepsi bestellt. Was das wohl über ihn aussagte?

»Hemingway und Picasso gingen dort jeden Tag ein und aus«, plapperte der Taxifahrer munter weiter. »Und direkt nebenan ist das Café de Flore. Dort schrieben sich Sartre und Beauvoir täglich die Finger wund und diskutierten sich die Münder fusselig, bis ihnen der Trubel hier zu viel wurde und sie ihre Zelte in einem ruhigeren Café aufschlugen.«

Trotz der morgendlichen Kälte genossen die meisten Bistrobesucher ihren Café au lait unter freiem Himmel. Die kleinen runden Tische auf dem Gehweg waren ausnahmslos besetzt.

»Sind Sie geschäftlich hier, oder suchen Sie ein romantisches Abenteuer?«, erkundigte sich der Fahrer. »Mit ein bisschen Glück erwischen Sie vielleicht schon an der nächsten Ecke die große Liebe. Wenn Sie Pech haben, erwischen Sie dabei noch etwas ganz anderes, wenn Sie verstehen, was ich meine.«

»Keine Bange«, antwortete sein Fahrgast, während er die Zeit damit verbrachte, die vielen Passanten zu beobachten, die den Boulevard rauf und runter flanierten, vorbei an Cafés, Bars, Discos und Kinos. »Ich bin geschäftlich hier.«

»Das ist wirklich bedauerlich, Monsieur, denn Paris ist die Stadt der Liebe und des Lasters. Nun, um ehrlich zu sein, ist es in erster Linie die Stadt der Staus.« Wie zum Beweis veranstaltete er ein wildes Hupkonzert, weil einige Autos quer stehend die Fahrbahn versperrten. »Glauben Sie mir, diese Straßen sind der reinste Dschungel, in dem kein Verkehrsteilnehmer auch nur den Hauch von Rücksicht auf seine Mitmenschen nimmt. Auf dem Pariser Asphalt herrscht Anarchie.«

An einer Kreuzung bogen sie nach links auf den Boulevard Saint-Michel Richtung Seine. Am Fontaine Saint-Michel, wo die Straße in die Place St.

Michel mündete, stieg der Taxifahrer vor einer roten Ampel heftig in die Bremse und brachte den Wagen schlitternd und so ruckartig zum Stehen, dass sein Fahrgast erneut in den Gurt gepresst wurde. Anschließend steuerte er holpernd auf Resten eines alten Kopfsteinpflasters über die Pont au Change. Unter den Brückenbögen klatschen die tintenblauen Wellen der Seine, auf denen hier und da lange Ölspuren schimmerten, träge gegen die Kaimauer der Île de la Cité.

Vor seiner Abreise aus Scarsdale hegte Osborne die schlimmsten Befürchtungen, die ein Mann nach jahrelanger Einsiedelei in seinem Labor gegenüber einer hektischen Großstadt in Europa hegen konnte. Jetzt stellte er fest, er mochte die Boulevards, das Arrondissement, die altehrwürdigen Häuser. Überall kleine Läden und nirgendwo hektische, irgendeinem Stress ausgesetzte Passanten. Ihm fiel auf, dass die meisten paarweise über die Trottoirs schlenderten. Er war allein. In den vergangenen Jahren hatte man ihn oft gefragt, wann er sich endlich eine nette Frau zum Heiraten suchte. Vielleicht wäre eine feste Freundin wirklich nicht so übel. Das Problem dabei war nur, dass er keine feste Beziehung wollte. Eine feste Beziehung bedeutete nämlich Veränderung; seine lieb gewonnenen Gewohnheiten würden mit ihren lieb gewonnenen Gewohnheiten verwässert und heraus käme irgendwas Neues, Unberechenbares. Womöglich würde sie ihn an den Wochenenden ins Kino schleppen, wo er dann Begeisterung für Filme heucheln musste, die ihn nicht interessierten. Oder noch schlimmer: Sie erwärmte sich für Hip-Hop-Musik. Eazy E, Ice Cube, Kool G Rap oder N.W.A. Er hasste Hip-Hop und sah es schon förmlich vor sich: Ein romantisches Dinner im Kerzenschein, während aus den Boxen »Yo Motherfucker, fuck you!« wummerte.

Vielleicht hielt die Zukunft ja etwas Ernstes bereit. Irgendwann, aber nicht im Augenblick.

»Sie wirken ein wenig angespannt, mein Freund«, rief ihn der Fahrer aus dem Reich der Tagträume zurück. »Hat Ihnen Ihr Arzt nicht verraten, dass Stress mitunter zu Herzschlag führt? Sie müssen Druck abbauen. Trinken Sie ein paar Jim Beam. Unverdünnt.«

»Ich soll Stress mit Alkohol abbauen?«

»Alkohol entspannt. Entspannte Menschen haben keinen Stress. Also trinken Sie ruhig. Das ist wie Medizin.«

»Wo sind wir hier eigentlich?«, irritiert blickte sich der Amerikaner um.

»Das hier, Monsieur, ist eine Insel. Und zwar nicht irgendeine Insel, sondern wir befinden uns am Ursprung von Paris. Sie sehen den ältesten Teil der Stadt. Hier siedelten zuerst die Kelten, später hatten dann die römischen Gouverneure auf der Insel ihren Sitz. Zur Zeit der Merowinger befand sich an diesem Ort das Zentrum der Macht Frankreichs, sowohl der königlichen, der gerichtlichen, als auch der religiösen.«

»Und heute?«

»Heute herrschen hier vor allem Restaurants, Hotels und Boutiquen vor. Für uns Pariser war die Insel von jeher ein beliebtes Ziel für unsere Sonntagsspaziergänge. Vor allem früher, als an der Südspitze noch das Leichenschauhaus, die ›Morgue‹, stand.«

Im Kopf des Wissenschaftlers spukte noch die unangenehme Vorstellung von aufgeblähten Wasserleichen, als er den Mittelpunkt der Insel erspähte: die imposante Kathedrale Nôtre Dame. Während das Taxi den Vorplatz passierte, bewunderte er den atemberaubenden Anblick, den ihm ihre Kulisse mit dem glitzernden Flussbett der Seine zu ihrer Rechten bot; mit den flach abgeschnittenen, von Dämonen aus Stein gesäumten Zwillingstürmen und dem Chor mit seinen prächtigen Streben, durch deren feines Gitterwerk der wolkenlose blaue Himmel hindurchschien.

»Es ist schon erstaunlich«, meinte der Taxifahrer, während er die Geschwindigkeit drosselte, damit sein Passagier die Aussicht in vollen Zügen genießen konnte. »Da setzt man einfach einen Stein auf den anderen und schafft auf diese Weise etwas so Vollkommenes, dass es einem den Atem raubt.«

Osborne nickte nur stumm, ganz von der Wirkung des Bauwerks eingefangen. Er fühlte tiefe Demut und auch Stolz darüber, zu welchen Leistungen der Mensch fähig war.

»Ohne unhöflich sein zu wollen, könnten Sie bitte schneller fahren?«, fragte er plötzlich mit leicht hysterischem Unterton und entsetztem Blick auf seine Armbanduhr. »Ich bin schon viel zu spät dran.«

»Kein Problem, Monsieur«, versprach der Fahrer und brauste mit einem Ruck los.

Das Taxi passierte einen kleinen Platz, wo gerade eine dicke Frau einen Stand auf dem Blumenmarkt aufbaute. Über den Boulevard du Palais näherten es sich allmählich dem anderen Ende der Île de la Cité, wo der Platz Vendôme und der gewaltige Justizpalast, der Palais de Justice de Paris, dominierten. Irgendwas an dem Klotz erinnerte Osborne an die Friedhofskapelle seines Heimatstädtchens. Vermutlich die Spitzdächer der Ecktürme.

Es war im Winter vor fast vierzig Jahren gewesen, als seine Eltern bei einem Autounfall ums Leben kamen. Sie wurden knapp zwei Meilen von dem Anwesen beerdigt, in dem sie gewohnt hatten. Auf dem Weg zum Spielplatz war er früher oft an dem Friedhof vorbeigekommen, ohne auch nur einen Gedanken daran zu verschwenden, dass eines Tages der Grabstein seiner Eltern hier stehen könnte. Es war ein kleines Begräbnis, bei dem nur die engsten Verwandten anwesend waren. Eine bescheidene Zeremonie ohne großes Tamtam. Er war in Begleitung seiner Großeltern, die ihn bei sich aufgenommen und später großgezogen hatten. Eigentlich erinnerte er sich nur noch daran, dass er an diesem Tag nicht viel sprach. Innerlich fühlte er sich völlig stumpf und leer. Dies schmerzte ihn mehr als der Tod seiner Eltern. Er betrauerte das Fehlen seiner Trauer.

Am rechten Ufer der Seine, dem »Rive Droite«, manövrierte der Taxifahrer sein Auto durch das chaotische Verkehrsgewühl am Quai de l'Hôtel de Ville. Es war nicht leicht hier durchzukommen, um dann in die Rue de Rivolli, eine der verstopftesten Arterien, die die Stadt durchpulste, einzubiegen. Dort ging es dann vorbei an klassizistischen Protzbauten und modernen Häusern ohne jeglichen Charakter. Schöne, kunstvolle Bauwerke wechselten ab mit geschmacklosen Gebäuden. Überall bevölkerten Touristen die Bürgersteine.

Die Fahrt entwickelte sich zunehmend zum Geduldsspiel. Auf der Straße staute sich allmählich der Verkehr. Autofahrer benutzten ihre Lichthupe, als würden sie dafür bezahlt. Als Fahrgast sah man auf diesem Teilstück nicht viel von Paris; lediglich unterschiedliche Automarken, die sich links und rechts vorbeiquetschten. Jeder Fahrer nutzte jedes sich bietende Quäntchen Freiraum zwischen den Stoßstangen. Dann rührte sich die Autoschlange minutenlang nicht vom Fleck. Zweifellos war dies hier das echte Paris, das nichts mit der entspannten Beschaulichkeit des linken Seine-Ufers gemein hatte.

Inmitten dieses Chaos fragte sich Osborne, ob er wohl in so einer hektischen Stadt leben konnte. Nun, Oscar Wilde und Hemingway hatten hier gelebt, warum sollte er es nicht auch können? Zumindest seinen Urlaub könnte er hier verbringen. Bei dem Gedanken erinnerte er sich plötzlich an seinen ersten richtigen, weil bezahlten Urlaub in Aspen. Schon als Junge hatte er davon geträumt, einmal in diesem exklusiven Skigebiet mit seinen schneebestäubten Berghängen, dem azurblauen Himmel und strahlendem Sonnenschein Ferien zu machen. Und dann flog er tatsächlich dorthin, wo sich die Schönen und Reichen tummelten. Anfangs bedauerte er, dass er nur eine Woche Urlaub hatte. Danach wusste er, dass sich eine Woche bis zur Ewigkeit strecken konnte.

Er arbeitete damals erst seit einem halben Jahr bei Stanton & York und hatte die Trennung von Emma Jones noch immer nicht richtig verdaut. Im Nachhinein war es ein Fehler gewesen, alleine wegzufahren. Er hatte die Warnung seiner inneren Stimme ignoriert und versucht zu verdrängen, was nicht zu verdrängen war. Er hatte geglaubt, die verlorene Liebe hinter sich gelassen zu haben. Doch unerbittlich drängte sich ihm in Aspen, wo es ihm an der gewohnten Ablenkung durch seine Arbeit mangelte, der ganze Schmerz über den Verlust wieder auf. Dabei hatte er überhaupt keine Lust, sich mit dem Thema zu beschäftigen, schon gar nicht in seinem Urlaub. Dennoch schwammen seine Gedanken lustvoll im dunklen Meer der Selbstzerfleischung. Er hockte in seinem Hotelzimmer auf dem Bett und starrte in regelmäßigen Intervallen das Telefon an. Nach langem Zögern nahm er den Hörer und wählte Emma Jones Nummer. Am anderen Ende der Leitung meldete sie sich. Nach peinlichem Herumgestotter entspann sich ein durchaus höflicher, sachlicher Meinungsaustausch. Es war ein undramatisches Gespräch. Nichts Bedeutungsvolles. Ein distanzierter, von ausgesuchter Vorsicht geprägter Plausch, bei dem niemand auf die Tragödie des Anrufers zu sprechen kam. Elegant umschifften sie die peinlichen Klippen ihrer Trennung. Mit jeder Sekunde, die das Telefonat dauerte, zerrannen seine Hoffnungen auf etwas, das er selbst nicht klar definieren konnte. Am schlimmsten waren die erschreckend langen Pausen zwischendurch und das Warten auf etwas, das nie kam. Während er noch sprach, war für seinen Verstand bereits alles klar. Es dauerte aber noch ein paar Minuten, bis sein Denken auch sein Handeln beeinflusste. Zum Schluss hörte er ihr gar nicht mehr richtig zu. Sie sprachen über das Wetter, über ihre Jobs, über Filme. Er sagte etwas, sie entgegnete etwas, er fragte, sie antwortete. Zwischendurch dachte er an Lawinen. Wie wäre es, wenn er sich nachher an einen steilen Skihang stellen und auf eine Lawine warten würde, die ihn und seine Leiden für immer unter sich begrub? Er bot seiner Resignation noch eine Minute Widerstand, dann kapitulierte er, holte tief Luft und legte den Hörer auf, ohne Abschiedsgruß, einfach so. Als der Hörer auf die Gabel klackte, wusste er endgültig, dass alles, was ihn und Emma Jones vielleicht einmal verbunden hatte, dahingeäschert und Staub und Rauch war. Kurzum: Der Zauber, der sie mal verbunden hatte, war weg.

Noch während er im Taxi den letzten Gedanken zu Ende dachte, wunderte er sich, wie oft er seit seiner Ankunft in Paris an seine erste große Liebe denken musste. Mehr als in den vergangenen zehn Jahren zusammengenommen. Er schalt sich, dass er nicht ganz normal war, ausgerechnet heute in diesen trüben Erinnerungen zu schwelgen.

Demonstrativ verbannte er die bitteren Betrachtungen aus seinem Kopf und wandte diesen in Höhe des Louvre nach links, dorthin, wo sich die wuchtige Fassade des ehemaligen Königssitzes präsentierte. Die Sonne stand noch relativ niedrig. Sie warf goldene Lichtstreifen auf den Vorplatz und spiegelte sich in hohen Fenstern. Gerade strömte eine neue Busladung Touristen auf das Museum zu und folgte blindlings dem Reiseführer, der sich rücksichtslos einen Weg durch das Gedränge der Warteschlange vor dem pompösen Haupteingang pflügte.

»Sehen Sie das?« Der Taxifahrer deutete aus dem Seitenfenster Richtung Louvre. »In den Achtzigern wurde im Innenhof ein neuer Haupteingang in Form einer Pyramide gebaut. Sie besteht aus 666 Glasvierecken. 666 ist die Zahl des Teufels. Wenn das kein Wasser auf die Mühlen von Verschwörungs-Theoretikern ist, was?«

Das Taxi ließ den Louvre hinter sich. Der Autostrom floss zäh vorbei am Jardin des Tuileries. Gehetzt quetschten sich Passanten selbstmörderisch zwischen den Stoßstangen auf die andere Seite der Fahrbahn. Hinter den Tuilerien mündete die Straße auf den achteckigen Place de la Concorde, dem »Platz der Eintracht«, dem Mittelpunkt der Stadt. Je näher ihm das Taxi kam, desto mehr stockte der Verkehr. Manchmal ging überhaupt nichts mehr. Mühselig zog sich die Blechlawine an Paris' sehenswertestem Platz vorbei, der zu einer Zeit geschaffen worden war, als Despoten noch uneingeschränkt in Frankreich herrschten. Im Schritttempo kurvte das Taxi um eine schwülstige Frauenstatue. Ein Hund schnupperte gerade an der feuchten Spur eines Artgenossen, die dieser an dem Sockel hinterlassen hatte.

Sie erreichten ein weiteres Symbol der Stadt: die Avenue des Champs-Elysées, die Hauptlebensader der Stadt. Platanen säumten die aus zwei vierspurigen Fahrbahnen bestehende Prachtstraße. Osbornes Blick fiel auf eine der Bänke. Darauf schlief ein gestrandeter Alt-Punk seinen Rausch aus. Den Anblick des menschlichen Wracks ignorierend, schlenderten Touristen vorbei. Sie machten einen großen Bogen um den armseligen Lumpen. Blind für die Schattenseiten der Stadt, erfreuten sie sich lieber an den vornehmen Häusern mit luxuriösen Gittern aus Schmiedeeisen und verschnörkeltem Messing. Die Gebäude hatten Fassadenverkleidungen aus verschiedenfarbigem Marmor und waren mit Zuckerstuckwerk überladen. In Paris hatte hier der Luxus immer noch seinen ersten Wohnsitz. Es gab sündhaft teure Boutiquen mit exklusiver Haute Couture, elegante Hotels und vorzügliche Restaurants im Überfluss. Doch auch hier spukte zunehmend das Gespenst der Gegenwart. Wo einst vornehme Adelige flanierten, drängten nun Touristen in Jeans, quietschenden Turnschuhen und mit McDonald's Tüten in den Händen. Hektisch hetzten sie über den Bürgersteig, obwohl es nichts gab, was diese Eile rechtfertigte. Ausgehend von der Innenstadt spülten Fast-Food-Ketten und Ein-Euro-Billigläden die ersten Ausläufer ihrer Vorhut bis an die Ufer der Champs. Auf ihrem Weg überwucherten diese verschandelnden Zeugnisse eines neuen Zeitalters mit erschreckender Zielgerichtetheit jede Tradition und hinterließen einen Plastikfriedhof.

Osborne dachte unwillkürlich daran, dass dieses exklusive Ambiente voll und ganz den Geschmack der bezaubernden Elizabeth Witherspoon getroffen hätte. Ihr New Yorker Apartment war in einer ähnlich feudalen Nachbarschaft angesiedelt. Wenn er es recht überlegte, war sie seine letzte ernsthafte Verabredung gewesen. Danach war er für die nächsten Jahre von Dates kuriert.

Er hatte Elizabeth Witherspoon auf der Geburtstagsfeier seines Chefs kennen gelernt. Sie gehörte zu Mister Stantons erweitertem Bekanntenkreis. Am Büfett waren sie ins Gespräch gekommen und hatten ein bisschen Smalltalk gemacht. Ein belangloses Wort führte zum anderen, bis sie irgendwann ihre Telefonnummern austauschten. Elizabeth war eine überaus damenhafte Erscheinung, die bei ihrer ersten Begegnung ein eng geschnittenes, sehr elegantes schwarzes Kleid und keinerlei Schmuck trug. Das Haar hatte sie kunstvoll hochgesteckt. Durch ihr gekonnt aufgetragenes Make-up, das die zweifellos vorhandenen Fältchen geschickt abmilderte, war ihr Alter schlecht abschätzbar. Nach einigen eher unverfänglichen Telefonaten verabredeten sie sich schließlich zu einem offiziellen Date, von dem er sich zugegebenermaßen einiges versprochen hatte. Deshalb hatte er große Mühe auf sein Aussehen verwendet und sich sogar einen neuen Smoking zugelegt.

Elizabeth Witherspoon wohnte mitten im Zentrum von New Yorks feudaler Park Avenue, östlich des Central Parks, in einem Hochhaus, das von prächtigen Jugendstilfassaden eingerahmt war. Es besaß einen dieser lang gestreckten Baldachine mit Messingstützstangen, die den Eingang bis zur Straße überdachten. In der Lobby mit rosafarbenen Marmorsäulen gab es sogar einen livrierten Portier, der über das Haustelefon Mrs. Witherspoon von seinem Kommen informierte und ihn dann zum Lift geleitete. Ihre Wohnungstür im vierten Stock war nur angelehnt. Sie machte sich noch im Bad zurecht, von wo aus sie ihm zurief, er solle im Wohnzimmer auf sie warten. Sein erster Eindruck beim Betreten der Wohnung war: Die Dame hatte Geschmack, sowohl einen exquisiten als auch sehr teuren. Es gab mehrstöckige Lüster, Sideboards und Vitrinen mit Antiquitäten, luxuriöse Sitzmöbel, Tapeten mit Jugendstilornamenten und überall Vasen voller blühender Orchideen. Ein süßer Hauch von Parfüm hing in der Luft.

Er wartete wie geheißen im Wohnzimmer. Allerdings stand die Tür zum Schlafzimmer etwas offen, so dass er die Dusche im Bad rauschen hören konnte. Auf dem französischen Bett lagen ein weinrotes Samtkleid und daneben in gleicher Farbe ein BH und ein Spitzentanga. Es dauerte eine halbe Ewigkeit, bis seine Verabredung endlich aus dem Schlafzimmer trat. Aber das Warten hatte sich gelohnt. In dem roten Kleid hatte sie eine Bombenfigur, schlank und doch an den richtigen Stellen üppig.

Er hatte im Oceana, einem Luxus-Restaurant, einen Tisch reserviert. Während Elizabeth dort an ihrem Chardonnay nippte, erzählte sie sehr detailliert von ihrer unerquicklichen Scheidung vor knapp zwei Monaten. In ihrer rauchig, kehligen Stimme war die Verachtung über ihren Mann unüberhörbar. Außerdem versicherte sie gut ein Dutzend Mal – untermalt von einem Schwall farbenprächtiger Schmähungen –, dass sie ihn aus innigstem Herzen sehr-sehr-sehr hasste. Bei jeder Erwähnung seines Namens – er hieß Ralph – zog sie ihre schöne, leicht gebogene Nase kraus, als habe sie einen ekligen Gestank gerochen. Dabei rutschte sie die ganze Zeit nervös auf dem Stuhl herum, was Osborne die Frage aufdrängte, ob sie vielleicht immer noch nicht so ganz über die Trennung hinweg war.

Alles in allem hätte es trotzdem ein bezauberndes Rendezvous werden können, wäre nicht plötzlich aus heiterem Himmel ihr frisch geschiedener Ex-Mann aufgetaucht. An seinem Arm hing eine kichernde Blondine. Er hatte schon eine andere! Eine jüngere! Auf diese unerwartete Begegnung reagierte seine Verflossene erst überrascht und dann mit loderndem Zorn.

Vermutlich wollte Ralph hier nur einen romantischen Candle-light-Abend verbringen. Daraus wurde nun leider nichts, denn seine Geschiedene deckte ihn über mehrere Tische hinweg mit ziemlich herben Flüchen ein. Und das mit einem Lächeln auf den Lippen, das Attila dem Hunnenkönig eine Gänsehaut über den Rücken hätte laufen lassen, während sie ihm gleichzeitig am liebsten das Fischbesteck in sein untreues Herz gestoßen hätte. Stattdessen sprang sie vom Stuhl auf, riss sich einen Goldring, vermutlich das wertlos gewordene Symbol ihrer Ehe, vom Finger und schleuderte ihn nach seinem Kopf. Sie verfehlte ihn um gut einen Meter, traf dafür aber ein paar Tische weiter ein Champagner-Sorbet.

Als Entschuldigung für ihr extrovertiertes Verhalten mochte vielleicht die unbestreitbare Tatsache gelten, dass die aufgetakelte Schlampe an der Seite ihres Ex mit ihren auf Körbchengröße D aufgepumpten Brüsten um einiges attraktiver aussah als sie. Und als die auch noch vermittelnd in die Auseinandersetzung eingreifen wollte, schob Elizabeth »die blöde Gans« (Zitat) einfach beiseite. In der Aufregung stieß sie dabei eine Weinflasche vom benachbarten Tisch. Man konnte nicht behaupten, dass Osborne an diesem Abend gar keinen Beitrag geleistet hätte. Immerhin fing er die fallende Flasche mit geradezu katzenhaften Reflexen auf. Inzwischen sah er sich aber eher als unwichtigen Teil dieser Inszenierung und hielt sich deshalb klugerweise weit genug vom Geschehen entfernt, um nicht hautnah von irgendwelchen Auswirkungen betroffen zu sein.

Plötzlich griff Elizabeth Witherspoon über den Tisch hinweg und versuchte den Schlips ihres Ex zu packen, um ihn daran quer durch das Lokal zu schleifen. Gleichzeitig schwang sie mit der anderen Hand ihr Designer-Abendtäschchen aus hochglanzpoliertem Leder von Forzieri, als wollte sie ihm damit den Schädel spalten. Inzwischen war ihr Begleiter zu der Ansicht gelangt, dass sie alleine ganz gut aufgehoben sei. Ohne den Ausgang des illustren Abends abzuwarten, stahl Osborne sich aus dem intensiven Durcheinander weg und zur Tür hinaus. Als wäre dieses Date nicht schon schlimm genug verlaufen, nahm das Drama draußen auf der Straße erst richtig seinen Lauf.

Unheil fällt entweder schlagartig über einen her, oder es bahnt sich allmählich an. Osborne bekam es vor dem Restaurant mit einer Mischform aus beiden Varianten zu tun. Zwar hatte er den in Lumpen gehüllten Bettler beim Hinaustreten bemerkt, doch als dieser ihm sturzbetrunken auf den Rücken sprang, kam das völlig überraschend. Mit beiden Armen umklammerte der übelriechende Penner seinen Hals und biss ihm mit dem zahnlosen Mund ins Ohr. Erschrocken stolperte Osborne weiter, wobei er den Betrunkenen wie ein festgewachsenes Anhängsel ein paar Meter mitschleifte, ehe er selbst die Balance verlor. An einer Hauswand Halt suchend, spürte er, wie sich die fremden Arme von ihm lösten. Dafür klammerten sich nun zwei Hände um seinen rechten Schuh und rissen ihn vom Fuß. Beflügelt vom Erfolg hüpfte der Bettler, den erbeuteten Schuh wie eine Trophäe über dem Kopf schwenkend, in die Nacht davon.

Während der Bestohlene auf einem Schuh und einer Socke nach Hause humpelte, blieb ihm zum Schluss dieses verheißungsvoll begonnenen Abends nicht einmal mehr ein bittersüßer Nachgeschmack, sondern nur Bitterkeit.

Osbornes Taxis erreichte das obere Ende der Champs-Elysées, wo sie als eine von insgesamt zwölf Straßen in den Kreisverkehr der La Place de l'Etoile-Charles de Gaulle, dem »Platz am Großen Stern-Charles de Gaulle«, mündete. Auf dem Bürgersteig zog ein Mann seinen Hund, einen Dobermann mit muskulösem Körper, hinter sich her. Sein Herrchen musste kräftig an der Leine ziehen, damit das Tier Schritt hielt. Im Schatten des Triumphbogens, um den sich eine sechsspurige Fahrbahn zog, stand ein Straßenkehrer und schwang melancholisch seinen Besen.

Das Taxi umkurvte den Arc de Triomphe und fuhr in nordwestlicher Richtung durch die Avenue de la Grande Armée bis zur Porte Maillot.

*10 Uhr 55 – Porte Maillot*

Im Schritttempo gelangte Osbornes Taxi auf das Messegelände. Sie fuhren zu einem runden Hochhaus, dem Palais des Congrès. Obwohl die relativ kleine Schau ausschließlich für Spezialisten war, herrschte dort erstaunlich viel Betrieb.

## III. KAPITEL

# Der Schattentänzer

*11 Uhr 03 – Palais des Congrès*

Das Taxi hielt nicht am dafür vorgesehenen Taxistand, sondern direkt vor dem Haupteingang. Dafür zahlte Osborne ein üppiges Trinkgeld und sprang rasch, die ungeduldig hupenden Autofahrer hinter ihnen ignorierend, mit seiner Aktentasche unter dem Arm hinaus. Mühsam kämpfte er sich durch das Gedränge am Eingang in das riesige Foyer, in dem die Tritte unzähliger Schuhe vom Marmorboden widerhallten. Sein Weg führte quer durch die Halle, vorbei an großen Topfpalmen. Als er sich dem Zugang zu der eigentlichen Messehalle näherte, stellten sich ihm zwei uniformierte Wachmänner in den Weg.

»Guten Tag«, grüßte er. »Ich möchte zum Stand von Stanton & York. Ich bin Alan Osborne.«

»Und ich bin Pierre Rénard.« Der Wachmann rückte keinen Millimeter von der Stelle. »Ohne Messeausweis dürfen wir Sie leider nicht einlassen.«

Osborne suchte hektisch in seinen Taschen nach der Plastikkarte. Beide Wachmänner beäugten ihn misstrauisch. Nach der lästigen Überprüfung der Personalien gelangte er endlich im Eilschritt in die gigantische Ausstellungshalle.

Zahllose Computer- und Softwareanbieter aus aller Welt stellten hier ihre Innovationen zur Schau. Sie hockten vor Konsolen mit Computerterminals und den dazugehörigen Peripheriegeräten wie in einem Pferch eingekeilt. Elektronische Ströme flossen durch unzählige miteinander verflochtene Kabel. Gedämpftes Surren der Computer-Kühlsysteme und das leise Rauschen der Drucker erfüllte die Luft.

Als Osborne den Stand von Stanton & York betrat, drehten sich mehrere Männer und Frauen nach ihm um. Ein Mann mit beginnender Glatze und dem Ansatz von Hängebacken trat ihm entgegen und begrüßte ihn.

»Willkommen in Paris, Monsieur Osborne.« Er schüttelte ihm die Hand. »Ich freue mich, Sie kennen lernen zu dürfen. Jetzt habe ich endlich Gelegenheit Ihnen persönlich zu sagen, für wie großartig ich Ihre Entwicklung halte.«

»Vielen Dank, Monsieur ...?«

»Rivette. George Rivette. Man hat mir die Leitung Ihres Projektes in unserer Dependance übertragen. Es ist mir sowohl ein Vergnügen als auch eine Erleichterung, Sie zu sehen. Sie wissen, wir haben Probleme. Es sieht nicht sehr gut aus. Haben Sie unseren Bericht bekommen?«

»Ja, aber auf den zwanzig Seiten stand mehr oder weniger nur, dass Sie glauben, dass Sie mein Programm nicht ins Laufen bekommen.«

»Nein. Wir glauben nicht, dass wir Ihr Programm nicht ins Laufen bekommen, wir wissen, dass wir es nicht ins Laufen bekommen. Kurz gesagt: Wir stecken in der Klemme.«

Rivette informierte ihn, dass die Probleme mit der Software eigentlich seit Tagen bekannt waren und von französischen Experten behoben werden sollten. Jedoch waren die aufgetretenen Rätsel und Widersprüche inzwischen nicht weniger, sondern eher mehr geworden. Osbornes Befürchtung, auf der Messe könne ihn etwas wirklich Furchtbares erwarten, die er während des Fluges mühsam zu Grabe getragen hatte, stand mit einem Schlag wieder von den Toten auf.

»Könnten Sie das Hauptproblem bitte etwas präzisieren?«

»Morgen findet unsere Präsentation des KI-Programms vor der internationalen Presse statt und wir haben möglicherweise nichts zum Präsentieren.«

»Das wäre dumm.«

»So sehen wir das auch. Unsere Spezialisten haben Ihre Programmierung durchgecheckt, aber keinen Fehler gefunden. Trotzdem läuft das Programm nicht.«

Osbornes erster Gedanke war: Das kann nicht sein.

Schließlich hatte es in seinem Labor einwandfrei funktioniert.

»Könnte ein Virus ...?«

»Nein, völlig unmöglich. Außer Ihrem Programm war auf dem Computer noch nie ein anderes installiert. Und er ist auch nicht vernetzt.«

»Okay, regen Sie sich nicht auf. Ich sehe mir die Sache an. Wahrscheinlich ist es nur eine Kleinigkeit.«

»Das glaube ich kaum. Eine Kleinigkeit hätten unsere Experten bestimmt entdeckt. Wir sind zwar Franzosen, aber wir sind deshalb nicht alle automatisch blöd.«

»Das hat auch niemand behauptet. Also, wo ist der Patient? Wir sollten ihn schnellstens kurieren, sonst reißt mir mein Boss den Kopf ab.«

»Das ist gegen das Gesetz.«

»Wenn's ums Geschäft geht, sinkt sein Respekt vor dem Gesetz erschreckend ab.«

Ein junger Mann Mitte Zwanzig, mit dürrem Hals und fliehendem Kinn, Rivettes persönlicher Sekretär, drückte Osbornes Hand puderweich, was diesen unbewusst abschreckte. Er sagte mit einem Ausdruck der Erleichterung im Gesicht: »Schön, dass Sie endlich hier sind, Monsieur. Hoffentlich können Sie etwas Licht in das Dunkel bringen.«

»Entschuldigen Sie bitte«, unterbrach ihn eine zierliche Frau Ende Zwanzig mit dezentem Make-up und grau gesträhntem Haar. Sie trug eine lavendelfarbene Bluse, eine schwarze Hose und einen dunklen Blouson. Vom Äußeren her war sie keine auffällige Erscheinung, trotzdem sahen sie alle an.

»Ich bin Françoise Fabian. Vizepräsidentin der französischen Vertretung von Stanton & York«, sagte sie mit leicht gestresster Stimme, die eine bemerkenswerte Autorität ausstrahlte. Osborne nickte respektvoll und schüttelte ihre Hand. Es war, als ob die Berührung jegliches Selbstbewusstsein aus ihm heraussaugte. Die Frau setzte ein berufsmäßiges Lächeln auf, doch jeder bemerkte das Eis in ihren Augen. Auch der finstere Blick, mit dem sie den amerikanischen Computerexperten musterte, blieb keinem verborgen. Ihr Auftreten wirkte zweifellos einschüchternd. Souverän übernahm sie das Kommando.

»Freut mich, Sie kennen zu lernen, Mademoiselle«, sagte er. »Ich möchte betonen, dass ...«

»Sparen Sie sich die Höflichkeitsfloskeln«, fuhr sie ihm über den Mund. »Erklären Sie uns lieber, was wir tun können, um eine komplette Katastrophe zu vermeiden. Haben Sie herausgefunden, was das Desaster auslöste.«

Er atmete tief durch.

»Ich weiß nicht, was Ihnen meine Chefs gesagt haben, aber ich bin quasi Hals über Kopf hierher geflogen.«, entgegnete er, gab einen kurzen Abriss seines Erkenntnisstandes, erklärte sachlich, ohne irgendwelche Emotionen, seine weitere Vorgehensweise und endete mit dem ernüchternden Fazit: »Ich hatte bisher noch keine Gelegenheit für eine nähere Analyse des Problems.«

»Immerhin wissen Sie, dass es ein Problem gibt.« Der sarkastische Unterton in ihrer Stimme war nicht zu überhören. »Wir haben herausgefunden, dass Ihr Programm in der Lage ist, sich selbstständig neu zu programmieren.«

»Wie bitte?«

»Es löst bestehende Strukturen auf und ersetzt sie durch neue. Einige Codes deformiert es in eine Zeichensprache, die niemand von uns je gesehen hat. Wäre es ein Organismus auf Kohlenstoffbasis, könnte man sagen, es verändert sich genetisch. Ob zufällig, oder aus bewusstem eigenem Antrieb, das wissen wir nicht. Das müssen Sie herausfinden.«

Keiner sagte ein Wort. Nur Rivette seufzte leise.

»Das ist ...,« stotterte Osborne schließlich. »Ich weiß nicht, was ich sagen soll. Entschuldigen Sie, aber das klingt völlig abwegig. Das ist mir ein wenig zu phantastisch. Momentan sind wir zwar nur auf Mutmaßungen angewiesen, aber wir sollten dabei nicht den Rahmen des Möglichen sprengen.«

»So? Und was ist Ihrer Meinung nach das Mögliche?«, fuhr Françoise Fabian ungeduldig dazwischen.

»Bitte beruhigen Sie sich erst einmal. Vielleicht liegt in diesem Fall wirklich nur eine kleine Ursache mit großer Wirkung vor. Deswegen sollten wir uns vor übereilten Schlüssen hüten. Wir brauchen Fakten. Ich möchte wetten, dass Ihr PC zu Hause ab und an auch mal verrückt spielt. Das heißt noch lange nicht, dass das Betriebssystem defekt ist. In dem Fall starten Sie den PC neu und er funktioniert wieder. Ich glaube zwar nicht, dass ein einfaches Resetting in unserem Fall hilft, aber deshalb muss man das System doch nicht gleich auf den Müll werfen, seinen Entwickler verdammen und wilde Verschwörungstheorien konstruieren. Denn falls Ihre Vermutung wirklich stimmt, dann steht sie in krassem Gegensatz zu allem, was die Zielsetzung für dieses Programm war.«

»Ich fürchte, die Software sieht Ihre einprogrammierte Zielsetzung eher als so etwas wie eine negative Nebenwirkung ihrer Existenz, von der sie sich nun zu befreien versucht. Das führt zu einer völlig grotesken Programmiersprache, die Sie hoffentlich entschlüsseln können.«

»Aber wieso sollte das Programm nach sehr umfangreichen und erfolgreichen Versuchsreihen, die wir durchgeführt haben, ausgerechnet jetzt hier und heute rebellieren? Dafür muss es doch einen Auslöser geben.«

»Die Frage kann ich Ihnen leider auch nicht beantworten. Vielleicht brauchte es eine gewisse Zeit, um die Codes, die ein zu eigenständiges Handeln verhindern sollten, zu eliminieren.«

Osborne wusste nicht, was er sagen sollte. Es kam ihm vor, als ob alle rings herum ihn für diese Katastrophe verantwortlich machten. Nicht nur, dass ihm seine Chefs im Genick saßen und sofortige Erfolgsmeldungen von ihm erwarteten, Françoise Fabian stieß ins selbe Horn.

»Monsieur, die Zeit drängt. Sind Sie bereit?« Sie lächelte frostig und schritt los. »Wir haben eine sehr ernste Situation zu meistern.«

Die Männer folgten ihr über den synthetischen Teppichboden zu einem halben Dutzend Computerterminals. Zwischen den Arbeitsplätzen wuselten einige Mitarbeiter umher, andere hatten ihre Köpfe über Keyboards geneigt. Ihr Stimmengemurmel verstummte beim Eintreffen ihrer Vize-Präsidentin. Die allgemeine Anspannung war fast greifbar.

Osborne zog den Mantel aus, hing ihn über eine Stuhllehne, nahm an einem ihm zugewiesenen Rechner Platz und blickte auf den Monitor. Das Licht tauchte sein Gesicht in eine kränkliche Blässe. Er stand unter enormem Druck. Aber er würde wissen, was zu tun wäre, wenn er wusste, mit was er es zu tun hatte. Es kam zwar auf jede Minute an, aber er wollte trotzdem nichts überstürzen. Unter Umständen konnte es nämlich Wochen oder Monate dauern, alle Codezeilen manuell auf ihre Richtigkeit zu überprüfen. Allein der Check der sekundären Parameter nach unzulässigen Verbindungen dauerte mindestens drei Wochen. Er musste sich Zeile für Zeile einen Weg durch das ganze System bahnen. Erschwerend kam hinzu, dass auf jeder Ebene Sicherheitssysteme integriert waren, die einen unbefugten Zugriff verhindern oder zumindest erschweren sollten. Nun erwiesen sie sich als veritable Bremsklötze, da sie einzeln und von Hand entsichert werden mussten.

Zunächst einmal durchforstete er die Programmoberfläche mit seiner mitgebrachten Diagnose-Software. Bei dem Checkup wurden alle Ebenen durchlaufen und nur relativ grob geprüft. Ohne Ergebnis. Das Problem war zwar da, aber es war nicht greifbar. Es war, als versuche man, mit seinem eigenen Schatten zu tanzen. Man konnte ihn zwar sehen, aber nicht anfassen.

Als nächsten Schritt probierte er, mit Hilfe seines Backup-Programms den ursprünglichen Quellcode wieder herzustellen. Damit würden unzulässige Parameter in allen Codezeilen automatisch korrigiert. Immer, wenn er glaubte, er habe das Programm in seinen Original-Zustand gebracht, löschte es automatisch die eingegebenen Befehle und setzte sich nicht nur selbstständig in den fehlerhaften Status zurück, sondern addierte jedes Mal völlig sinnlose Codezeilen hinzu. Ungläubig beobachtete sein Schöpfer, wie sich die Programmierzeilen auf dem Bildschirm von allein veränderten. Das System war in sich völlig instabil. Alles bewegte und veränderte sich. Es war wortwörtlich außer Kontrolle. Punkte, Zahlen, Buchstaben blinkten, verschwanden und erschienen in mutierter Kombination neu, wobei sie nun allen neuen Manipulationsversuchen von außen widerstanden.

### *13 Uhr 21 – Palais des Congrès*

Alan Osborne, das Computergenie, war im Clinch mit den Tücken seines eigenen Programms. Das, was er da auf den Bildschirm zauberte, hatte etwas erschreckend Zusammenhangloses. Auf dem Monitor rangelten undefinierbare Computerzeichen miteinander. Die Zeichen leuchteten kurz auf und flackerten einen Moment, ehe sie noch bizarreren Symbolen wichen.

Wer das, was sich hier abspielte, als Synchronisationsproblem bezeichnete, hatte gute Aussichten, damit als Untertreibung des Jahrhunderts Einzug ins Buch der Rekorde zu halten.

Das System stellte laufend neue, unzulässige Parameter her und widersetzte sich mit fast bewundernswerter Beharrlichkeit jeder Einmischung von außen. Wenn sein geistiger Vater es recht überdachte, hatte sich eigentlich von Anfang an alles gegen dieses Projekt verschworen. Er erinnerte sich noch an zahllose Diskussionen mit kompetenten Fachleuten, die ihm widersprachen, dass ein so komplexes System, wie er es plante, kontrollierbar sei. Dass die

Natur des menschlichen Hirns nicht imitierbar sei. Doch er baute es trotz allen Widerstands, riskierte alles, um zu beweisen, dass diese verkrusteten Eierköpfe immer nur die Probleme und nie die Möglichkeiten sahen.

Er seufzte innerlich und sah der niederschmetternden Möglichkeit ins Auge, dass diese Eierköpfe möglicherweise doch nicht so Unrecht hatten.

»Ich hoffe, dass es nichts Irreparables ist«, meldete sich Rivette zu Wort.

»Das hoffe ich auch«, sagte Osborne, während er den Quellcode eines x-beliebigen Programmsegments aufrief. »Aber ich kann nicht leugnen, dass ich gewisse Befürchtungen hege.«

»Was für Befürchtungen?«

»Was den Fehler in diesem System angeht.«

»Haben Sie ihn gefunden?«, fragte die Vize-Präsidentin barsch.

»Nein.«

Sie legte die Stirn in Falten und schnaubte wütend. »Wieso dauert das denn so lange? Sie müssen doch nur Ihren streng geheimen Quellcode eingeben und dann müsste alles wieder laufen. Verdammt, Sie wissen, dass das eigentlich keine große Sache ist, wenn man den Quellcode besitzt!«

»Ich weiß das schon, aber weiß es auch das Programm?«

Françoise Fabian schüttelte den Kopf, als Osbornes zweites Diagnoseprogramm »Alle Systeme arbeiten einwandfrei« meldete.

»Was ich ganz bestimmt weiß, ist, dass diese Aussage nicht stimmen kann«, kommentierte er die Anzeige und hätte dem Rechner am liebsten einen Tritt versetzt. Aber ein kaputter Computer würde ihnen auch nicht weiterhelfen.

»Sind denn Ihre Datenträger mit dem Diagnoseprogramm und dem Quellcode in Ordnung?«, erkundigte sich Rivette.

»Natürlich«, antwortete er. »Dass mich mein eigenes Programm so austrickst, ist schon schlimm genug. Aber dass es dabei keinerlei Spuren hinterlässt, wo und wie es das macht, ist ...«. Ihm fehlten die Worte. Auf dem Bildschirm erschienen wieder neue Zahlen und Buchstaben. »Das ist unmöglich«, keuchte er erschüttert, schnappte die Maus und klickte die Taste. Doch auf dem Monitor veränderte sich nichts. »Unfassbar!«

Jetzt tauchten plötzlich endlose Zahlenkolonnen auf, die sich rasend schnell vervielfachten.

»Was passiert da?«, wollte Rivette wissen.

»Das Programm benutzt die veränderten Parameter und schreibt damit ein neues Programm.«

»Das ist nicht zu glauben!«

»Es speist sich praktisch mit den veränderten Daten, die die vorhandenen in neue umwandeln.«

»Das würde ja heißen, dass es aus eigenem Antrieb handelt.«

»Nun ja, das ist ja eigentlich der Sinn dieses Programms. Als künstliche Intelligenz sollte es schon eigenständig denken. Sonst wäre es ja nur ein normaler Computer, den man mit Befehlen speist. Allerdings hatten wir uns sein autonomes Denken weniger unkooperativ vorgestellt. Sind Sie definitiv sicher, dass der Rechner nicht mit anderen Computern oder Servern vernetzt ist?«

»Ganz sicher. Wie gesagt, wollten wir von Anfang an gewährleisten, dass kein Virus Ihre Software schädigen kann.«

»Gut. Ich möchte nämlich nicht, dass sich das Amok laufende Programm über Netzwerke verbreitet und noch größeres Unheil anrichtet.«

»Der Punkt ist«, mischte sich Françoise Fabian wieder in die Diskussion, »viel größeren Schaden kann es nicht mehr anrichten. Wenn ich das richtig verstehe, schleicht irgendwo in dem System etwas herum und boykottiert die Codes?«

»Soweit die schlechte Nachricht«, bestätigte Osborne. »Die gute ist: Wenn ich die Ursache ausfindig machen kann, kann ich es auch rausschmeißen.«

»Dann finden Sie es!«

»Ich bin dabei. Ich glaube inzwischen mit Sicherheit, dass es in keinem der Befehlscodes steckt.«

»Dann sehen Sie auf der Sicherungsebene nach!«, befahl sie. »Sehen Sie überall nach, aber finden Sie es bis zur Pressekonferenz.«

»Und wann findet die statt?«

»In knapp vierundzwanzig Stunden.«

O Gott, dachte Osborne.

Fieberhaft durchforstete er seinen Verstand nach Notlösungen. Irgendwie musste er der für ihn undurchschaubaren Logik dieses wildgewordenen Programms Herr werden. Seine Finger schwebten über den Tasten. Obwohl er sich weiterhin um ein abgeklärtes Gesicht bemühte, durchzogen tiefe Furchen seine Stirn. Er fühlte sich entsetzlich müde und spürte das überwältigende Verlangen, die Augen zu schließen. Inzwischen hatten pochende Kopfschmerzen seine Schläfen fest im Griff. Vor ihm liefen die Code-Zeilen auf dem Bildschirm so schnell vorbei, dass sie vor seinen Augen verschwammen.

Um sich eine kleine Auszeit zu gönnen, ergriff er einen Spiralblock und tat, als würde er sich Notizen machen. Stockend versuchte er den Anwesenden mögliche Gründe für das bockige Verhalten der Software aufzuzeigen. Nachdem ihm das eher misslang, wandte er sich wieder den Geschehnissen auf dem Monitor zu. Doch damit war er inzwischen genauso überfordert wie seine französischen Kollegen.

Durch den Nebel aufsteigender Panik beobachtete er, wie sich der Bildschirm in immer kürzeren Intervallen verdunkelte. Auf dem Monitor erschienen völlig sinnlose Buchstabenreihen. Es war, als ob einige der Zeichen kristallisierten, ihre Strukturen auflösten, in deren Inneren unzählige neue Codes wimmelten. Das Szenario erinnerte an resistente Erreger, an Einzeller, die so genannte Superbakterien entwickelten. Diese waren gegen jegliche Art von Antibiotika immun. Alle bekannten Therapien waren gegen die alles zersetzenden Superkeime wirkungslos. Wen die Bakterien infizierten, den erwartete ein qualvoller Tod. Schuld an ihrer explosionsartigen Vermehrung trugen Amöben in Symbiose mit dem gefährlichen Bakterienstamm MRSA, »methicillinresistenter Staphylococcus aureus«. Einzeller verspeisten und verdauten normalerweise Bakterien völlig rückstandslos. Nicht so die Keime der MRSA-Bakterien. Sie blieben in der Amöbe am Leben und gediehen dort vortrefflich. In diesem winzigen Bio-Reaktor vermehrten sie sich tausendmal schneller als außerhalb. Dadurch wurden sie auch unempfindlicher gegenüber Bioziden und antimikrobiellen Substanzen. Sie verhielten sich auch aggressiver als sonst. Ähnliche Verhaltensmuster wies auch gerade das Amok laufende Programm auf. Die Bugs vermehrten sich überdimensional schnell, als wenn sie aus den korrigierten Befehlscodes heraus mutierten.

In Osbornes Kopf herrschte akute Untergangsstimmung. Seine Gedanken jagten mit dem Herz um die Wette und seine Ohren brannten vor Aufregung. Und was seine Hoffnungen auf eine Lösung anging, so lief die inzwischen ins Leere. Er fühlte sich mehr und mehr von der bloßen Anwesenheit der Umstehenden bedrängt, von ihren misstrauischen Blicken bloßgestellt.

Er wünschte sich nur noch ganz weit weg.

Etwa zwei Stunden später saß er immer noch über der Konsole gebeugt. Inzwischen sah er ziemlich mitgenommen aus. Er hatte die Krawatte gelockert und den obersten Hemdknopf geöffnet. Aber auch ohne diese Stress-Insignien waren seine Betroffenheit und Ratlosigkeit kaum mehr zu übersehen.

Die meisten seiner französischen Kollegen standen im Hintergrund und unterhielten sich mit gedämpften Stimmen. Besonders niedergeschlagen wirkte George Rivette. Er hockte auf einem Aluminium-Klappstuhl und starrte mit leerem Blick auf den Boden. Sein Assistent trank eine Tasse Kaffee nach der anderen und flüsterte hektisch mit jedem, der ihm zu nahe kam.

Françoise Fabian stand Osborne am nächsten. Eine ganze Weile betrachtete sie den roten Lack auf ihren Fingernägeln. Dann trank sie eine Tasse Kaffee und starrte auf den amerikanischen Computerexperten wie auf ein ekliges Tier, das gerade über ihren Arm krabbelte. Er konnte förmlich spüren, wie es in ihrem Hirn ratterte, ehe sie distanziert sagte: »Monsieur, wir hatten eigentlich gehofft, Sie würden uns bei der Untersuchung dieses Problems ein wenig unter die Arme greifen. Wegen der außergewöhnlichen Dringlichkeit haben wir Sie hergebeten. Als Entwickler dieses Programms sollten Sie eigentlich eine Kapazität sein.«

»Danke für die Blumen«, brummte er. »Aber es ist wirklich schwer, eine Fehleranalyse bei so einem komplexen Programm innerhalb weniger Stunden durchzuführen.«

Françoise Fabians Augenbrauen schossen in die Höhe.

»Monsieur, ich weiß nicht, wie vorbereitet oder unvorbereitet Sie hierher gekommen sind.« Ihr kalter Blick glitt über alle, die rings um den Tisch standen. »Aber mir kommt inzwischen ein ebenso absurder wie erschreckender Gedanke. Haben Sie dieses Programm wirklich selbst entwickelt?«

Niemand sprach ein Wort.

Osborne wich das Blut aus dem Kopf. Verwundert drehte er sich zu der Fragenstellerin um und stammelte: »Natürlich, wieso fragen Sie?«

»Gut, dann sollten Sie ja wohl einigermaßen schnell den Fehler korrigieren können.«

»Na ja«, stotterte er. »Wie gesagt, erst muss ich ihn finden. Den Verursacher, verstehen Sie? Wie soll ich etwas reparieren, wenn ich nicht einmal weiß, was defekt ist?«

»Was heißt hier ›defekt‹?«

»Kaputt. Etwas in dieser Software ist im Eimer.«

»Wie bitte?«

»Ich habe eine ganze Reihe Bugs entdeckt, die es eigentlich gar nicht hätte geben dürfen. Kaum dass ich sie entfernt hatte, bekam ich neue Fehlermeldungen, dass sie an anderer Stelle wieder aufgetaucht sind und pausenlos korrekte Daten verstümmeln. Ich weiß nicht, was Sie und Ihre Experten hier mit meinem Programm angestellt haben. Ich weiß nur, dass so etwas in unseren Labors niemals auch nur ansatzweise vorgekommen ist. Dort hat das Programm fehlerfrei funktioniert.«

»Haben Sie wirklich nicht den Hauch einer Vorstellung, woran es liegen könnte?«

»Die Diagnoseprogramme stellen lediglich Fehler fest und reparieren sie auch. Aber das nutzt wenig, wenn die gleichen Fehler Augenblicke später an anderer Stelle wieder auftreten und fehlerfreie Codes mit fehlerhaften überschreiben. So etwas habe ich noch nie erlebt.«

»Das ist doch …«

»… völlig unmöglich. Mutierende Daten gibt es nicht. Es sei denn, ein Virus steckt dahinter. Aber Sie sagten ja, das sei völlig ausgeschlossen.«

»Ja. Selbstverständlich haben wir in unserer Ratlosigkeit den Rechner mit der neuesten Anti-Virensoftware gescannt. Ohne Ergebnis.«

»Wie auch immer, jedenfalls gibt es für ein Problem, das es eigentlich nicht geben kann, logischerweise auch keine Lösung.«

»Natürlich gibt es die.« Françoise Fabian lachte höhnisch und verspritzte weiter ihr Gift. »Sie kennen sie nur nicht. Sie sind kein Visionär, sondern bloß ein überforderter Versager.«

Osborne war inzwischen dermaßen in Panik, dass er keinen klaren Gedanken mehr fassen konnte. Ihm fielen noch nicht einmal einfache Argumente für sein Nichtwissen ein. Schließlich sagte er lahm: »Ich denke, wir haben hier einfach ein ungelöstes Strukturproblem.«

»Oh, nur ein Strukturproblemchen«, äffte sie ihn nach.

»Was ich damit sagen will, ist ...«

Die Vize-Präsidentin unterbrach ihn: »Dass Sie wie ein blindes Huhn im Misthaufen rumstochern, ist es das, was Sie sagen wollen, Monsieur?«

»N-Nein, natürlich nicht ...« In seinem Kopf herrschte ein unbeschreiblicher Tumult. Er wandte sich wieder dem Bildschirm zu. Zwar hielt er seinen Mund offen, aber kein Wort kam heraus.

»Oh, tut mir Leid, wenn wir ein wenig grob erscheinen, Monsieur.« Françoise Fabians Worte trieften vor Sarkasmus. »Wissen Sie, wir sind hier alle nur ein bisschen mit den Nerven runter, weil dieses ..., dieses unausgegorene Programm morgen bei einer mit viel Tamtam angekündigten Pressekonferenz der Weltöffentlichkeit vorgestellt werden soll. Und wir finden es alle nicht sehr fair von Ihnen, wenn Sie uns mit etwas, was offensichtlich nicht funktioniert, ins offene Messer laufen lassen.«

»Ich ...« Zu mehr als zu diesem Satzfragment reichte seine Aufmerksamkeit nicht mehr.

»Ehrlich gesagt, möchte ich dieser trostlosen Demonstration Ihres Unvermögens nicht länger beiwohnen«, sagte sie. »Der springende Punkt ist nur, dass das Funktionieren dieser Software von existenzieller Bedeutung für unsere Firma und somit auch für meinen Job ist. Das bedeutet, wir haben nicht nur dieses kleine Problem mit Ihrem Dingsda-Programm. Uns allen steht Dank Ihnen das Wasser bis zum Hals. Inwieweit es Ihre Karriere beeinflusst, unsere berufliche Zukunft mit Füßen zu treten, entzieht sich meiner Kenntnis. Aber ich kann Ihnen versichern: Wenn Sie uns in den Abgrund reißen, werden wir alles nur Denkbare in die Wege leiten, Sie mitzureißen. War das unmissverständlich genug ausgedrückt?«

»Bitte, Mademoiselle Fabian«, mischte sich Rivette ein. »Schuldzuweisungen oder Drohungen helfen uns jetzt auch nicht weiter. Bleiben wir konstruktiv. Monsieur Osborne, ganz nüchtern und sachlich betrachtet, mal ganz im Ernst: Wie lange brauchen Sie in etwa, um den Fehler zu identifizieren?«

Der Angesprochene saß schweigend vor dem Bildschirm. Bis auf Françoise Fabians ungeduldiges Schnauben herrschte rings herum Totenstille.

Schließlich seufzte er und sagte mit resignierender Stimme: »Wie oft soll ich es denn noch wiederholen? Ich weiß beim besten Willen nicht, wie lange ich dafür noch brauche. Ich meine, ich kann den Fehler in ein paar Minuten per Zufall finden, genauso gut kann ich aber auch in einem Monat noch hier herumsitzen und so schlau sein wie jetzt.«

Er hatte wirklich nicht die leiseste Ahnung, wie lange er in dem komplexesten Programm, das je entwickelt wurde, brauchte, um etwas zu finden, ohne zu wissen, wonach er überhaupt suchte.

»Und wie lange dauert es, bis Sie eine Kopie Ihres Programms aus New York hier haben? Vielleicht ist ja nur dieses eine hier aufgrund irgendeines Übertragungsfehlers fehlerhaft.«

»Das glaube ich nicht, denn das hier ist das Original. Es gibt zwar Kopien in unserer Firma, aber die liegen im Tresor, den nur Mister Stanton und Mister York gemeinsam öffnen können, da jeder von Ihnen einen separaten Schlüssel besitzt. Weil Mister York für ein paar Tage in Tokio ist, ist das bis morgen Mittag unmöglich zu bewerkstelligen. Selbst wenn dieser Schlüssel per Kurier aus Japan nach New York gebracht würde, was nebenbei bemerkt Mister York niemals tun würde, weil das Risiko, dass der Schlüssel unterwegs verloren gehen oder jemand eine Kopie davon machen könnte, zu groß ist, würde es mindestens bis übermorgen früh dauern, ehe ein neues Programm in Paris wäre. Da die Installation auch noch eine gewisse Zeit in Anspruch nimmt, hätten wir frühestens in drei oder vier Tagen eine neue, betriebsfähige Software auf der Messe. Ohne Garantie, dass die besser funktioniert als die bereits installierte hier.«

Rivette starrte auf den Bildschirm, als wolle er mit seinem Blick ein Loch hineinbrennen, dann sagte er: »Wir haben aber nur knapp einen Tag, um damit fertig zu werden. Wenn Sie uns wenigstens in etwa sagen könnten, welche Verzeichnisse des Programms noch intakt sind, dann könnten wir zumindest die der Presse vorführen.«

»Das geht leider nicht. Arbeitet ein Teil des Programms fehlerhaft, werden alle anderen Ebenen in Mitleidenschaft gezogen. Alle Segmente sind durch ein Netzwerk miteinander verbunden, beeinflussen sich gegenseitig. Beim menschlichen Gehirn würde man sagen: Es arbeitet neuroinvasiv. Das bedeutet, Befehle oder Reaktionen werden über ein Netzwerk, beim Mensch sind es Nervenfasern, bei der Software sind es programmierte Vernetzungen, weitergeleitet. Arbeitet ein Teilbereich inkorrekt, gibt er den Fehler an alle anderen Bereiche und Ebenen weiter, die daraufhin ebenfalls nicht mehr korrekt arbeiten. Egal, was ich Ihnen versprechen würde, es wäre reine Spekulation. Ich weiß ja noch nicht einmal, ob es wirklich ein Softwarefehler ist. Vielleicht ist es ja ein Hardwarefehler.«

»Ich glaube, letzteres können wir mit ziemlicher Sicherheit ausschließen.« Rivette rieb sich mit ernster Miene das Kinn. »Tut mir Leid, Monsieur, aber allmählich schließe ich mich auch den Überlegungen meiner Kollegin an. Kann es sein, dass Sie uns nicht alles verraten, was in Ihrem Kopf vorgeht?«

Françoise Fabian lächelte selbstgefällig.

»Nun sagen Sie schon etwas«, forderte Rivette. »Sagen Sie irgendwas. Irgendeine Vermutung, ein vager Verdacht. Speisen Sie uns nur nicht mit gar nichts ab.«

Seufzend fuhr sich der Angesprochene mit der Hand durchs Haar. Trotz intensivster Suche fand er praktisch keine brauchbaren Informationen. Nichts, worauf er bei der Schadensbehebung aufbauen könnte.

Also schwieg er und irrte weiter orientierungslos durch den Datendschungel. Während sich auf seiner Stirn immer wieder neuer kalter Schweiß bildete, dachte er in mantraähnlicher Wiederholung: Das kann doch alles nicht wahr sein!

Die Codezeilen gingen nun regelrechte Symbiosen sein. Auch das war technisch völlig unmöglich, absolut unvorstellbar, unrealistisch. Schließlich handelte es sich um programmierte Codes und nicht um Lebewesen. Oder?

In diesem Moment drang aus den unergründlichen Tiefen des Mikrochipdschungels unter dem beigefarbenen Gehäuse des Rechners ein schrilles Pfeifen. Irgendwie klang es, als ob der PC sagte: »Du hattest deine Show, Kleiner, jetzt bin ich mal dran.« Das war natürlich blanker Unsinn, oder ..., und dieser Gedanke ließ tief in Osbornes Bewusstsein eine logische Erkenntnis aufkeimen, so logisch, dass er selbst darüber erschrak: Oder war er bei dem Entwurf eines perfekten Duplikats des menschlichen Geistes mit der Erschaffung künstlicher Intelligenz für einen autonomen Computer vielleicht übers Ziel hinausgeschossen? Letztendlich war es eine Maschine, die fortwährend Gedanken produzierte, von denen keiner wusste, woher sie kamen und wohin sie führten. Wer konnte schon genau sagen, welche elektrischen Impulse ... oder Schlussfolgerungen durch die metallisch glänzenden Leiterplatten, die Mikrochips und die mit farbigem Kunststoff ummantelten Kabelstränge pulsierten?

Nur mit äußerster Mühe gelang es ihm, sich nicht noch weiter in derartig paranoide Gedanken zu verstricken. Seine Hand zitterte. Er fühlte sich wie ein Tier, das mit einem Fuß in eine Falle geraten war und jetzt verzweifelt um sein Leben zappelte. Schweißperlen tropften seine heiße Stirn hinab. Er rieb sich die Augen, konnte keinen klaren Gedanken mehr fassen. Stattdessen hatte er das Gefühl, als versinke er in einem Sumpf. Die Kombinationen, die er den Computer durchrechnen ließ, führten zu immer fataleren Ergebnissen. Zwischendurch versuchte Osborne per Handy, jemand aus seiner Abteilung in New York zu erreichen. Aber niemand ging an den Apparat. Genau genommen hätte ihm von dort aus auch niemand helfen können. Er tat es eigentlich nur deshalb, um sich später nicht vorwerfen lassen zu müssen, er habe nicht alle Möglichkeiten ausgeschöpft.

Unaufhörlich gab er neue Befehle ein. Das Fiepen schwoll immer lauter an. Ein ohrenbetäubendes Kreischen aus dem Computer erfüllte die Messehalle. Dann fiel das Monitorbild völlig in sich zusammen. Paralysiert starrte er auf das Terminal. Bevor sein Hirn es in Worte fassen konnte, wusste er, er hatte es versiebt. Sein geistiges Kind, eine Ausgeburt an Genialität, hatte etwas getan, was es für immer aus der Computertechnologie ausmerzen sollte: Es war abgestürzt. Das Programm war so tot, wie es nur sein konnte.

Rings herum wurde es still. Françoise Fabian hielt den Kopf leicht schräg, zog eine Augenbraue hoch und fixierte den Monitor aus schmalen Augenschlitzen. Ein vernichtender Blick, der sagte: Und? Was ist jetzt mit dem Genie aus Amerika?

Zusammengesunken saß das am Terminal. Eine Woge tauber Resignation rollte über den KI-Entwickler hinweg. Er sah ziemlich mitgenommen aus. Sein Schock und seine Erschöpfung waren nicht zu übersehen.

Osborne ließ den Kopf sinken. Das Schwarz des Bildschirms schmerzte in seinen Augen. Ohne ihn anzuschauen, sagte Françoise Fabian: »Ich möchte Ihnen nicht zu nahe treten, Monsieur, aber dafür hätten Sie nicht extra aus Amerika herfliegen müssen. Das hier hätten wir auch ohne Ihre Hilfe geschafft.«

Jedes einzelne Wort triefte vor unverhohlener Geringschätzung. Der Angesprochene sog die Luft durch die Zähne ein, hob seinen Kopf und legte seine Stirn in Falten, als würde er über eine passende Antwort nachdenken. Er dachte zwar nach, aber nicht etwa über Françoise Fabians bitteren Sarkasmus, sondern über die unvorhersehbaren Fallstricke in der menschlichen Tragödie namens Leben.

Natürlich hätte er etwas zu den Umstehenden sagen können. Ihnen klarmachen, was für eine Leistung die Entwicklung dieses Programms gewesen war; dass er es nicht verdient hatte, jetzt von dumpfen Ignoranten, die im Grunde gerade mal wussten, wie sie einen Computer hochfahren konnten, so verachtet zu werden. Zugegeben, in dem Programm, das er ausgetüftelt hatte, gab es einen Patzer. Einen Patzer, der seiner Firma mehrere hundert Millionen Dollar und somit sogar ihre Existenz kosten konnte. Das war keine Bagatelle. Aber einen Fehler machte jeder mal. Er könnte ihn wahrscheinlich ausbügeln, wenn man ihm etwas mehr Zeit ließ, wenn alle zusammen an der Lösung des Problems arbeiteten, statt ihm allein die Schuld in die Schuhe zu schieben. Wer schon bei der ersten Krise dermaßen die

Nerven verlor wie Mademoiselle Fabian, hatte in dem Job sowieso nichts verloren.

Anstatt ihnen die Meinung zu sagen, sank er weiter in sich zusammen und brachte kein Wort über die Lippen. Er war zu feige, er zog den Schwanz ein. Er wünschte sich zurück in das Bollwerk seines Büros, auf vertrautes Terrain, zum monotonen, berechenbaren Alltag mit seinen Kollegen. Doch alles, was ihm in Paris blieb, war ein winziger Zufluchtsort in einem kleinen Hotel. Dort wollte er sich jetzt ganz seinem Leid und der zunehmenden Einsamkeit hingeben.

Wie betäubt stand er, der gescheiterte Visionär von Stanton & York, von dem verchromten Stuhl auf, nahm Mantel und Aktentasche und wankte ohne ein Wort Richtung Ausgang. Erschüttert über das Ausmaß seiner Demütigung und mit Zukunftsaussichten, bei denen einem angst und bange werden konnte, schlich er aus der Messehalle hinaus.

Alan Osbornes Karriere endete nicht mit einem Knall, sie verpuffte mit absoluter Stille.

## IV. KAPITEL

# Die Frau mit den Bernsteinaugen

*16 Uhr 28 – Palais des Congrès*

Osborne leistete seinem strapazierten Nervenkostüm Erste Hilfe, indem er ihm im Bistro des Messe-Foyers etwas Alkoholisches spendierte. Mit einem Glas in der Hand marschierte er von der Theke aus Nussbaumimitat, hinter der gelangweilt dreinblickende Kellnerinnen in beigen Kitteln auf Kundschaft warteten, quer durch den ovalen Raum zu einem der Stühle aus grünem Vinyl. Zwar wusste er, dass man an Hochprozentigem nur nippen sollte, aber er war niedergeschlagen und wütend genug, dass ihm die Etikette völlig egal war. Entschlossen leerte er den Inhalt des Glases mit einem Zug und stellte es dann auf dem Tisch ab. Er vertrug keinen Alkohol, das wusste er. Trotzdem marschierte er noch mal zum Tresen und holte sich eine zweite Portion von dem hochprozentigen Fusel. Wieder an seinem Platz, stellte er das Glas auf den Tisch, ohne es dabei loszulassen. Während er die Eiswürfel betrachtete, die in der goldgelben Flüssigkeit dümpelten, machte sein Hirn einen ersten Kassensturz der Ereignisse.

Er hing jetzt noch bis mindestens morgen früh in Paris fest. Bis dahin gab es nichts Besseres für ihn zu tun, als sich diverse Spirituosen die Kehle hinunterzuschütten. Wie sollte er das Desaster von heute auch nüchtern ertragen?

Während sich die Wärme in seinem Bauch ausbreitete, ließ er sich tiefer in den Plastiksitz sinken. Durch den Alkohol wurde er noch schwermütiger. Bleischwere Tristesse senkte sich auf ihn herab. Ob sie bei Stanton & York schon von dem Desaster wussten? Mit Grausen dachte er an seine Rückkehr nach New York. Unaufhaltsam rückte der Augenblick, an dem er seinen Kollegen reinen Wein über die misslungene Mission einschenken musste, näher. Das wiederum führte ihn in Gedanken zu seinem heimeligen Büro, in dessen dicken, schützenden Mauern er bis zu seinem Lebensabend ein beschauliches Dasein zu verbringen gedachte. Nun gelangte er zu der unangenehmen Erkenntnis, dass dieses Luftschloss heute geplatzt war. Seine ganze Zukunft drohte den Bach runterzugehen, weil sich Monsieur Computergenie auf der Suche nach einigen Bugs, die kein Mensch zuvor je gesehen hatte, ein bisschen verfranst hatte. Dass sich dieser Tag derart in Richtung Katastrophe drehen könnte, damit hatte er nicht gerechnet. Das Gefühl völliger Ohnmacht wich dem der Nutzlosigkeit. Dabei verfluchte er innerlich sämtliche Mikroprozessoren, die ihn vor versammelter Mannschaft zum Idioten gemacht hatten.

Hastig setzte er das Glas an den Mund und leerte es ebenfalls in einem Zug, erpicht, diese selbstzerstörerischen Gedanken zu ertränken. Doch der Alkohol schmeckte ihm nicht, hatte es nie getan. Er verstärkte nur das Zittern seiner Hände.

Schweigend saß er da, betrachtete gedankenversunken das leere Glas und versuchte auszuloten, wie seine Chance auf eine positive Wendung des Dramas war. Nie zuvor hatte er sich je so schutzlos dem Leben ausgeliefert gefühlt. Am liebsten hätte er die Zeit angehalten, damit dieser relativ ruhige Moment in diesem Bistro niemals zu Ende ging. Doch irgendwann würde ein neuer Morgen anbrechen und er musste sich den realen Gegebenheiten stellen.

Wie hatte er sich nur so gehen lassen können, dass er sich vor der Verantwortung drückte? Vor aller Augen! Er war von dem Messestand geflüchtet, ohne seinen französischen Kollegen auch nur den Versuch einer Erklärung zu geben. Wie konnte er ihnen jemals wieder in die Augen schauen? Zumindest hätte er mit ihnen das Problem durchdiskutieren müssen. Dass er es nicht getan, sondern sich feige dünngemacht hatte, verdoppelte seine Schuldgefühle. Allein der Gedanke an diese Françoise Fabian mit ihren beißenden Kommentaren war mehr, als er ertragen konnte. Als Retter hatte man ihn von New York nach Paris geschickt. In Wirklichkeit war er ein feiger Versager. Genau, das war die einzig richtige Bezeichnung: Versager! Dieses Etikett würde ab sofort auf seiner Stirn kleben. Ihn schauderte bei dem Gedanken, wie schnell sich das in der Branche herumsprechen würde. Er hatte seinen Ruf als IT-Wunderkind ruiniert. Und damit gab es auch keinen ruhigen Ort mehr, wo er sich zurückziehen und in seine Arbeit verkriechen konnte. Er hatte sich der Welt auf Gedeih und Verderb ausgeliefert.

Plötzlich erregte eine Bewegung an der Tür seine Aufmerksamkeit und lenkte ihn von seiner Weltuntergangsstimmung ab.

Eine Frau von atemberaubendem Aussehen trat ein. Ihr langes, wie Seide glänzendes Haar floss in schweren, ungebändigten Locken über die Schultern. Es schimmerte wie rotgoldenes Feuer. Sie sah zum Sterben gut aus. Wie alt mochte sie sein? Zwanzig? Zweiundzwanzig? Ihre schlanke Figur war in einem schwarzglänzenden Lackmantel verpackt. An der Garderobe zog sie ihn aus. Osborne war mit dem, was sie darunter trug, mehr als zufrieden. Ein knielanges blauschwarzes Kleid verbarg vermutlich den tollsten Körper, der je produziert worden war. Automatisch zog der heimliche Beobachter den Bauch ein und straffte die Schultern. Einen Moment schwelgte er in der Vorstellung, wie es sein würde, mit dieser Traumfrau auszugehen. Abrupt beendete er den süßen Tagtraum. Tief in seinem Innersten wusste er, dass sich so eine Frau niemals mit ihm verabreden würde. Schönheit hatte schon immer einen großen Bogen um ihn gemacht. Doch seine Triebe hatten Witterung aufgenommen und seinem Verstand fiel es ziemlich schwer, sie in Schach zu halten. Der Anblick der Schönen war pures Gift für jeden klaren Gedanken.

Sie blieb am Tresen stehen und wandte ihm ihr Profil zu. Ihre Arme hielt sie oberhalb einer atemberaubenden Taille und weich geschwungener Hüften verschränkt. Der Anblick von so viel Schönheit versetzte dem Wissenschaftler einen Stich. Rasch ergriff er die Speisekarte und widmete ihr seine ganze Aufmerksamkeit. Nur kein Interesse zeigen. Sich bloß nicht anmerken lassen, dass er von ihr beeindruckt war. Frauen, besonders die attraktiven, meinten, alle beeindrucken zu können. Sie waren das gewöhnt. Sobald ein Typ dann an ihrer Angel zappelte, verloren sie das Interesse und ließen ihn fallen. Aber dieses Spielchen war nichts für ihn. Er war Informatiker. Er strotzte nur so vor kühler Logik.

Angestrengt versuchte er, aus den Buchstabenfragmenten auf dem vergilbten, abgegriffenen Karton etwas Sinnvolles zu entziffern. Das Bistro offerierte eine stark limitierte Auswahl an Hamburgern und Hot Dogs. Die abgedruckten Farbphotos priesen kulinarische Junk-Food-Delikatessen an, die allerdings erschreckend wenig Ähnlichkeit mit dem matschigen Zeugs besaßen, das da in ranzigem Fett vor sich hinbruzzelte.

In diesem Moment nahm er vor sich eine Bewegung wahr. Die unbekannte Schöne schritt mit schwingenden Hüften in seine Richtung. Dann stand sie ihm gegenüber – an seinem Tisch. Die Ungeheuerlichkeit dieser Feststellung schockierte ihn. Das war völlig unlogisch. Sie und er waren zwar nicht die einzigen Gäste in dem Laden, aber ringsherum gab es noch massenhaft Sitzplätze.

Sein ganzer Körper vibrierte vor Aufregung. Das Blut sackte ihm aus dem Gesicht, dann aus den Armen und der Brust. Gleichzeitig kroch ihm eine Gänsehaut über den Rücken, während sein Herz wild raste und die Hände kalt und klamm wurden.

Obwohl er es verhindern wollte, starrte er diese Erscheinung fasziniert an. Ihr Gesicht besaß einen melancholischen Ausdruck, dazu die leicht hervorspringenden Wangenknochen, die ihm einen exotischen Charakter verliehen. Ihre Haut war makellos, weiß wie herrlich schimmernder Schnee. Blutrote, volle Lippen entblößten beim Lächeln eine Reihe perfekter Zähne. Und diese Augen! Einfach unglaublich. Sie waren bernsteinfarben und so tief, dass man darin zu versinken glaubte. Manchmal sprühten kleine Lichtpunkte wie umherschwirrende Glühwürmchen in ihrer Iris. Während er ihr bildschönes Antlitz betrachtete, überkam ihn das Gefühl der Unwirklichkeit. Aber es war nicht nur ihr Äußeres. Er spürte ihre Ausstrahlung, eine Aura knisternder Hochspannung, die sie ungemein reizvoll wirken ließ.

Sekundenlang blickten sie sich gegenseitig direkt an. Osborne fühlte, wie er errötete. Der Blickkontakt dauerte zu lange. Er konnte nun nicht einfach wieder wegschauen. Der einzige Weg aus der peinlichen Situation war, sie mit einem netten Spruch zu entschärfen. Bloß fand er in seinen wirr kreisenden Gedanken keinen vernünftigen Satz. Er bewegte seine Lippen, brachte aber kein Wort heraus.

»Entschuldigen Sie, aber könnten Sie mir vielleicht mit drei Euro aushelfen?«, lächelte sie, wobei sie sich etwas vorbeugte und einen Schwindel erregenden Einblick in ihr Dekolleté gewährte. »Ich habe mein Geld vergessen und würde mir gerne einen Kaffee kaufen.«

Er saß weiter da wie vom Donner gerührt. Mit so einem Blick hatte ihn noch nie eine Frau angesehen. In seinem ganzen Leben nicht. Er machte gar nicht erst den Versuch, ihre Worte geistig zu verarbeiten, weshalb er auch nicht wusste, was er antworten, was er tun, wohin er schauen sollte.

»Natürlich«, brachte er endlich hervor, beglückt, dass ihm überhaupt eine Antwort einfiel. Eine Flut von Eindrücken schwemmte über ihn hinweg. Dieser samtweiche Tonfall, diese anmutige Schönheit, diese vollkommen geschwungenen Lippen. Dass sie kein Interesse an ihm hatte, enttäuschte und erleichterte ihn gleichzeitig. Er fischte umständlich drei Euro aus seiner Börse und reichte sie ihr.

»Danke«, entgegnete sie, nahm das Geld und verschwand Richtung Tresen.

Zu seiner Verwunderung kehrte sie Augenblicke später mit einer Tasse Kaffee zurück und setzte sich an seinen Tisch.

»Das ist sehr freundlich von Ihnen«, sagte sie. »Erlauben Sie, dass ich mich zu Ihnen setze? Ich wollte mich zwar hier mit jemanden treffen, aber offensichtlich verspätet sich meine Verabredung.«

»Natürlich. Kein Problem.«

Seine Tischnachbarin fühlte sich offensichtlich nicht ganz wohl in der Haut. Sie wirkte ziemlich nervös. Als ginge ihr etwas durch den Kopf, über das sie vielleicht gerne reden würde, es aber nicht durfte.

»Übrigens, ich heiße Chantal Dubois.«

»Angenehm. Alan Osborne.«

»Osborne?« Ihre Augen weiteten sich. »Doch nicht etwa *der* Alan Osborne?«

»Nun ja, wie man's nimmt«, stotterte er verlegen ob dieser unerwarteten Reaktion. »Ich weiß ja nicht, wen Sie meinen, aber außer mir kenne ich niemanden mit diesem Namen.«

»Sind Sie der berühmte KI-Pionier?«

»Äh ..., ja, genau. Obwohl, so berühmt nun auch wieder nicht. Entschuldigen Sie meine Überraschung, aber Sie sind der erste Mensch, mit dem ich nicht beruflich zu tun habe, der mich kennt.«

»Sie scheinen zu vergessen, dass wir uns auf einer IT-Messe befinden. Hier ist Ihre Arbeit das Thema Nummer Eins. Wir alle platzen vor Spannung wegen Ihrer morgigen Präsentation.«

»An Ihrer Stelle würde ich da nicht zu viel erwarten.«

»Gibt es etwa Probleme? Wollen Sie mit mir vielleicht darüber sprechen?«

»Lieber nicht.«

»Na schön, Sie brauchen mir nichts zu erzählen, wenn Sie nicht möchten.« Sie lehnte sich zurück und lächelte ihn an. »Sie gehören wohl auch zu den Männern, die glauben, Frauen interessieren sich nicht für Informatik? Darf ich Sie daran erinnern, dass die allerersten Befehlsfolgen für einen Rechner eine Frau namens Ada Lovelace geschrieben hat. Und dass eine gewisse Grace Murray Hopper mit ›Cobol‹ erstmals eine maschinen- und herstellerunabhängige Programmiersprache erfand. Also, was ist los?«

»Na schön. Ich sitze in der Tinte.«

»Hab' ich mir gedacht.«

»Sieht man mir das etwa an?«

»Als wäre es auf Ihre Stirn tätowiert.«

Er starrte sie einen Moment lang an und fragte sich, ob sie das ernst meinte, oder ihn nur auf den Arm nahm. Dann sagte er: »Ich weiß offen gestanden nicht mehr weiter.«

»Oh, ich kenne das Gefühl. Verzweiflung kann einen zu vielem verleiten. Sogar zum Selbstmord.«

»Haben Sie etwa schon einmal versucht, sich umzubringen?«

»Sogar dreimal. Schockiert Sie das?«

»Nun ja, irgendwie schon.«

»Das Dumme war nur, ich konnte es nicht. Irgendwas ging dabei immer schief. Irgendwann habe ich beschlossen, damit aufzuhören. Warum? Weil das Schicksal offensichtlich noch etwas Besonderes mit mir vorhatte und deshalb wollte, das ich weiterleben sollte.«

»Und, hat das Schicksal sich mit etwas Besonderem bei Ihnen gemeldet?«

»O ja.« Sie nickte leicht mit dem Kopf, während ein undefinierbares Lächeln ihre Mundwinkel umspielte. »Nun zurück zu Ihnen. Also, was ist passiert?«

Osborne seufzte leise. »Eigentlich nichts, außer, dass ich eine ziemliche Dummheit gemacht habe. Aber das wird Sie bestimmt nicht interessieren.«

»Woher wollen Sie das wissen? Versuchen Sie's doch einfach mal. Wenn's mich nicht interessiert, melde ich mich.«

»Wissen Sie, ich bin noch nie in so einer Situation, in so einer Klemme gewesen. Das Schlimmste ist, ich habe diese Klemme selbst konstruiert. Und das Schlimmste am Schlimmsten ist, dass ich nicht weiß, weshalb etwas nicht so funktioniert, wie es funktionieren soll. Ich zermartere mir den Kopf, aber ich komme einfach nicht dahinter, wo der Fehler liegen könnte.«

»Ich weiß, ich kann Ihre Probleme nicht für Sie lösen, aber grundsätzlich sind Fehler erst einmal nichts Schlechtes. Fortschritt war und ist nur möglich, weil wir aus Fehlern lernen.«

»Mag sein, aber entschuldigen Sie, im Augenblick bin ich nicht in der Stimmung für philosophische Betrachtungen.«

»Wollen Sie mir denn nicht wenigstens verraten, worum es sich bei dem Fehler handelt?«

»Um das von mir entwickelte KI-Programm. Sie haben hier ein Problem damit. Wobei ›sie‹ unsere französische Abteilung von Stanton & York ist. Man bat mich deswegen um Hilfe.«

»Erzählen Sie mir bitte mehr. Ich gelobe Ihnen auch absolute Verschwiegenheit«, versprach sie.

»Nun ja, im Grunde ging es mir bei der Entwicklung um die Erfüllung eines alten Menschheitstraumes.«

»Wie fliegen?«

»Ungefähr. Das Beispiel trifft es, glaube ich, ziemlich genau. Anfangs versuchten die Menschen, den Vogelflug zu simulieren. Das funktionierte nicht. Im Laufe der Jahrhunderte entschlüsselte der Mensch die Prinzipien, die Vögeln das Fliegen ermöglichen. Diese Erkenntnisse wandte er dann erfolgreich an. Vögel und Flugzeuge, so unterschiedlich sie sind, fliegen nach denselben physikalischen Prinzipien.«

»Und was hat das mit Computern zu tun?«

»Auch bei der Entwicklung von Software, die Computern eigenständiges Denken ermöglicht, geht es um ein Prinzip, das des Denkvorganges. Was passiert, wenn jemand denkt? Der Wahrnehmungsakt besteht aus passiver und aktiver Auffassung. Das Auge sieht Vorgegebenes: den Himmel, Wolken, Elefanten, Giraffen. Dieses Abbild erscheint automatisch auf dem Augenhintergrund, ohne dass der menschliche Geist etwas Bewusstes zu seinem Zustandekommen beigetragen hätte. Wahrnehmung ist aber mehr als passives Registrieren von Gegebenheiten. Die Aufmerksamkeit richtet den engen Kegel des fokussierten Sehens hierhin und dorthin. Das bezeichnet man als Sehen. Doch erst die Nachprüfung, die Korrektur, macht das Gesehene verständlich.« Die Worte plätscherten nur so aus seinem Mund. All die wunderbaren Dinge über seine Arbeit, die ansonsten nur wenige Fachleute interessierten, saugte seine Gesprächspartnerin offensichtlich begierig in sich auf. »Die in der Computertechnologie verwendeten Scanner arbeiten optisch, wie ein Auge. Sie zerteilen die georteten Formen in ein Mosaik aus Einzelstücken und registrieren und speichern diese. Auf diese Weise entsteht eine Informations-Rohform. Um diese zu verfeinern, ist es erforderlich, dass dem Computer der gesamte Variationsbereich intelligenter Wahrnehmung zugänglich ist. Denken ist eine intellektuelle Operation, die an dem vom Auge gesendeten Material ausgeführt wird. Durch Denken werden diese Rohprodukte des Wahrgenommenen in Begriffe und Symbole umgewandelt. Wahrnehmung und Denken stehen in permanenter Wechselwirkung. Unsere Gedanken beeinflussen, was wir sehen, und umgekehrt. Denn, wie erkennt man die wirkliche Größe eines Objektes – unabhängig von seiner relativen Größe auf der Netzhautabbildung?«

»Sie meinen, ein echtes Auto in der Ferne wirkt kleiner als ein Spielzeugauto von nahem.«

»Ja. Erst aufgrund von Erfahrungen, die im Denkprozess verarbeitet werden, korrigiert der menschliche Geist die irreführenden Größenunterschiede. Das, was wir sehen, wird nur aufgrund von Erfahrungswerten, aufgrund besseren Wissens richtig gestellt. Beim Computer bestand das Problem nun darin, ihm alle möglichen Faktoren, die eine Wahrnehmungssituation enthält, einzuspeichern, die – um bei Ihrem Beispiel zu bleiben – dem Abbild des fernen Autos und dem nahen Spielzeugauto ihre korrekte Größen – trotz der fehlerhaften Wahrnehmung – zuweist. Im Gegensatz zu Menschen besitzen Computer keine Möglichkeiten, durch Haptisches, durch Begreifen im wahrsten Sinne des Wortes, Dinge kennen zu lernen.«

Während er redete, verweilten seine Augen auf ihr. Was für ein makelloses Gesicht. Was für eine üppige Haarpracht. Was für unglaublich große, leuchtende Augen. Ihr Anblick berauschte ihn vollkommen.

»Aber es gibt doch bereits ein intelligentes System, das die Evolution hervorgebracht hat: das menschliche Gehirn«, warf sie ein.

»Genau«, antwortete er von ihrem Einwand beeindruckt. »Deshalb arbeitete ich eng mit Biologen, Verhaltensforschern und Neurophysiologen zusammen. Es galt herauszufinden, wie intelligente Leistung überhaupt zustande kommt. Intelligenz beim Menschen scheint aus dem Nichts heraus zu entstehen. Eine Art Perpetuum mobile. Vom naturwissenschaftlichen Standpunkt ist das natürlich völlig unakzeptabel. Nichts entsteht aus dem Nichts und erhält sich selbst.« Seine Gedanken liefen zweigleisig. Während er über seine Arbeit dozierte, beschäftigte sich ein anderer Teil seines Gehirns mit der Frau, die ihm gegenüber saß. Am liebsten hätte er die Zeit angehalten, damit dieser köstliche Zauber, dieser Schwebezustand, niemals endete. »Computer können nicht nur Zahlen, sondern auch Symbole manipulieren. Somit sind wir wieder beim Ausgangspunkt unseres Gesprächs: dem Prinzip. Symbolverarbeitung ist das Grundprinzip der Intelligenz, egal ob biologischer oder künstlicher. Die Decodierung der Prinzipien, die es dem Menschen erlauben, intelligent zu sein, barg das Geheimnis zum Erfolg. Biologie und Computertechnologie verschmelzen zur Neuroinformatik.«

»Faszinierend«, meinte sie. »Sie erwähnten, es hat Probleme gegeben.«

»Mein Job wäre es eigentlich gewesen, diese in den Griff zu bekommen. Aber ... na ja. Jetzt wünsche ich, dreißig Jahre früher geboren worden zu sein. Dann hätte ich dieses Problem nämlich nicht.«

»Man sucht sich die Zeit, in der man lebt, nicht aus. Ich zum Beispiel habe großes Glück, dass ich heute in meiner Wohnung lebe und nicht vor zweihundertfünfzig Jahren. Erst nach meinem Einzug habe ich erfahren, dass dieser Ort ein Ort mit einer grausigen Vergangenheit ist.«

»Klingt nach einer interessanten Geschichte.«

»Es ist mehr eine Schauergeschichte. Haben Sie schon einmal etwas vom Sohn des Prinzen von Bourbon-Condé gehört?«

»Nein.«

Ihre unergründlichen Augen hypnotisierten ihren Gegenüber fast. In ihren Pupillen tanzte ein eigentümliches Licht, hinter dem man die Gegenwart eines dunklen Geheimnisses spürte.

»Er hieß Charles von Charolais und lebte so um 1750. Der Prinz war berüchtigt wegen seiner Grausamkeit. Man nannte ihn auch den Wahnsinnigen. Kurz nach seiner Geburt bemerkte seine Amme, eine Handleserin, dass seine Schicksalslinie vom Wahnsinn gezeichnet war«, erzählte sie, ohne einen Gedanken darauf zu verschwenden, dass ihr Gesprächspartner womöglich keine Lust hatte, etwas davon zu hören.

Dieser stellte fest, dass er ohnehin nichts zu sagen hatte. Er sah sie an, völlig damit zufrieden, ihr gegenüberzusitzen und dem Klang ihrer Stimme zu lauschen. Zufrieden, ja das war er. Zum ersten Mal, seit er in Paris war, hatte er das Gefühl, zur rechten Zeit am rechten Ort zu sein.

»Der Prinz bewohnte ein prachtvolles Haus in der Rue de Chantilly. Die Leute munkelten, nachts geschähen dort fürchterliche Dinge. Oft hörten die Nachbarn schreckliche Schreie, und morgens hing rings um das Haus schwerer Weihrauchgeruch in der Luft. Die Polizei vermutete, seine königliche Hoheit versuche sich in Zauberei. Am Hof Ludwig XV. war das kein ungewöhnlicher Zeitvertreib. Daher interessierte sich die Polizei für die nächtlichen Zerstreuungen des Prinzen Charolais nicht sonderlich. Zu jener Zeit bereitete eine große Anzahl Kindesentführungen den Behörden größeres Kopfzerbrechen. Eines Abends beobachteten

Polizisten vor dem Haus in der Rue de Chantilly, wie zwei Männer aus einer Kutsche stiegen. Sie trugen ein Bündel, aus dem ein ersticktes Wimmern drang. In dem Sack fanden die Polizisten einen geknebelten Knaben. Die Häscher arbeiteten im Auftrag des Prinzen. Bei einer Durchsuchung seines Hauses entdeckte man im Gartenhaus Dutzende blutleerer Leichen abgeschlachteter Kinder.«

Osbornes Gesicht war verzerrt, in seinem Blick lag das blanke Entsetzen. »Wie kann ein Mensch nur so grausam sein?«

»Nun, er tat es aus gutem Grund«, antwortete sie.

»Worauf wollen Sie hinaus? Etwa, dass er ...?« Er erblasste.

»Seit Jahren litt der Prinz von Charolais an einer unangenehmen Hautkrankheit. Vermutlich Lepra. Ein Hexenmeister behauptete, dieses Leiden könne man durch Baden in Blut stillen. Aber es müsse möglichst reines Blut sein, so rein wie das Blut von Kindern.« Ihre Stimme war leise, aber dennoch fest. In ihren Augen glomm eine merkwürdige Erregung.

Ihr Gegenüber stöhnte innerlich auf. Unvermittelt schlug er die Hände vors Gesicht und schnitt eine Grimasse, als hätte er einen Schmerzanfall. »Und der König?«

»Na ja, der Prinz war immerhin sein Vetter. Also beließ er es bei einem scharfen Verweis. Als Strafe für seine Schandtaten verbannte er ihn vom Hof. Zehn Jahre danach starb der Prinz in Montmorency an Gicht. Während seines Begräbnisses brach ein solches Unwetter herein, dass die Bauern glaubten, alle Teufel der Hölle seien losgelassen, um ihm die letzte Ehre zu erweisen.«

Osborne nahm die Hände vom Gesicht und sah sie mit zusammengekniffenen Augen an.

»Und Sie wohnen tatsächlich an diesem Ort?«

»Ja. Allerdings steht der Gartenschuppen, der die letzte Ruhestätte der unseligen Kinder wurde, längst nicht mehr. Natürlich wäre es cleverer gewesen, ihre Leichen im Garten zu vergraben, aber schließlich war der Mann Prinz und kein Bestattungsunternehmer.«

»Das ist ja entsetzlich«, murmelte er. »Was für eine grausame Zeit.«

»Wer sagt denn, dass solche Gedanken auch heutzutage nicht irgendwem im Kopf herumspuken?« fuhr sie fort. »Ich bezweifle, dass der Prinz von Charolais der einzige in Paris war oder ist, der versucht, dem Tod ein Schnippchen zu schlagen und ein bisschen Gott zu spielen. Nichts geschieht unter der Sonne, was neu ist. Was einmal getan wurde, wird wieder getan, und wieder, immer wieder. Paris ist ein magischer Ort, wo unter der dünnen Haut der Zivilisation die Gespenster der Vergangenheit noch sehr aktiv sind.«

Ihr Gegenüber fühlte sich plötzlich unbehaglich. Er wünschte, sie wäre nicht so ausführlich auf seine Frage eingegangen. Von solchen Dingen wollte er nichts wissen. »Warum erzählen Sie mir das alles?«

»Weil man Geheimnisse immer mit jemandem teilen möchte.« Mit ihren langen Fingernägeln fuhr sie sich durchs Haar, lächelte ein Merci und stand auf. »Wenn Sie mich jetzt bitte entschuldigen würden. Da kommt meine Verabredung. Ich würde Sie gerne vorstellen, aber dieses Treffen verlangt äußerste Diskretion. Sie verstehen?«

Er verstand kein Wort und blickte ihr nur wortlos nach. Sie ging zum Eingang, wo sie Françoise Fabian begrüßte, die ziemlich nervös wirkte und ihn wohl deswegen nicht bemerkte.

Gedankenverloren nippte er an seinem leeren Glas und beobachtete die beiden Frauen. Sie grüßten sich freundlich, aber zu förmlich und zu distanziert, als dass sie sich schon einmal getroffen hätten. Beide trugen ein falsches Lächeln zur Schau. Nach Beendigung der Begrüßungsfloskeln verfinsterte sich Françoise Fabians Gesicht schlagartig. Beide setzten sich an einen freien Ecktisch neben einer Zierpalme und steckten die Köpfe zusammen. Chantal redete, Françoise Fabian hörte zu und zog lediglich die Stirn in Falten. Osborne hätte Gott weiß was dafür gegeben, wenn er wenigstens etwas von ihrem Gespräch erhaschen könnte. Immer wieder blickte seine französische Kollegin über die Schulter und schaute nach links und rechts, als habe sie Angst, mit Chantal Dubois gesehen zu werden. Ihr blieb keine Zeit, den Amerikaner zu entdecken. Mit einem Klammergriff ums Handgelenk erzwang ihre Gesprächspartnerin ungeteilte Aufmerksamkeit.

Möglicherweise missdeutete er aber auch die Körpersprache der beiden Frauen. Vielleicht waren sie ja alte Bekannte, die nur bei verschiedenen Firmen Karriere gemacht hatten. Womöglich trafen sie sich jeden Tag hier und tratschten darüber, was sie an ihren Messeständen so alles erlebt hatten. Wer sagte denn, dass sie nicht gerade voller Schadenfreude über einen gewissen Computerexperten aus den USA herzogen, der den blöden Franzmännern zeigen wollte, wo der Hammer hing und sich dabei als Witzfigur geoutet hatte? Mitgefühl in irgendeiner Weise erwartete er von einer Zynikerin wie Françoise Fabian nicht. Der absolute Tiefschlag dabei war nur, dass Chantal ihn dann bestimmt für einen Idioten halten würde. Falls er sie eben wirklich mit irgendwas beeindruckt haben sollte, so war das nach diesem Gespräch mit Sicherheit vorbei.

Während die beiden Frauen ganz in ihre zischelnden Flüstereien versunken waren, erhob sich Osborne ein wenig schwerfällig von seinem Tisch. Als er das Bistro diskret verließ, hatte er immer noch Chantal Dubois Parfüm in der Nase.

Beim Verlassen der Messehallen fühlte er sich auf merkwürdige Weise in einen betäubenden Schwebezustand versetzt. So ähnlich hatte er sich vor Jahren gefühlt, als Emma Jones ihn unsanft auf die Straße gesetzt hatte.

Gegenüber dem Messeportal waren die Taxis in einem unentwirrbaren Knäuel lärmenden Verkehrs eingekeilt. Am Himmel türmten sich inzwischen mächtige Wolkenberge auf. Als habe der Regen dahinter nur auf den Wissenschaftler aus den USA gelauert, stürzte er sich nun auf ihn herab. Fußgänger mit hastig aufgespannten Regenschirmen quetschten sich an den dicht an dicht stehenden Fahrzeugen vorbei.

Osborne schlug den Mantelkragen hoch. Sein Vertrauen in den viel versprechend sonnigen Vormittag würde er wohl mit einer gigantischen Grippe bezahlen. Das Jackett und seine Hose waren binnen kürzester Zeit durch und durch nass. Die Haare klebten über den Ohren und Regentropfen glitzerten wie kleine Glasperlen in seinem Gesicht. Trotzdem legte er den Kopf in den Nacken und betrachtete die dunklen Wolken am kalten Abendhimmel. Der Wind streifte durch die Bäume und die welken Blätter spielten eine ziemlich traurige Melodie dazu. Wie lange er, in Sekunden oder Minuten gemessen, so dastand, wusste er nicht. Der ganze Tag war wie ein zeitloser Albtraum.

Auf dem Weg zum Taxistand drehte er sich noch einmal um. Völlig irrational hoffte er, Chantal zu sehen. Aber er sah nur fremde Gesichter. Mit dem Gefühl des Alleinseins sickerte auch wieder dieses unangenehme Gefühl des Versagens in seine Brust, das sich zu einem persönlichen Weltuntergang auszuwachsen drohte. Wieder wurde ihm bewusst: Sein ganzes Leben, das er immer so gut im Griff glaubte, zerrann ihm buchstäblich zwischen den Fingern. Er, die große Hoffnung von Stanton & York, das große Genie, war zurückgekehrt ins Reich der Sterblichen.

Er winkte ein Taxi heran. Auf dem Weg zum Hotel versuchte er, Chantal Dubois zu vergessen und wieder einen klaren Kopf zu bekommen.

## V. KAPITEL

# Das Joch des Wunderknaben

*18 Uhr 18 – Rue Saint-Sulpice*

Nachdem er unterwegs in einem Schnellimbiss irgendwas Pappiges gegessen hatte, wankte Osborne auf sein Zimmer, schloss die Tür hinter sich zu, zog den Mantel aus und stellte die Aktentasche auf den kleinen Tisch. Anschließend warf er sich auf das Bett und knipste die Nachttischlampe an. Die Tapeten saugten allerdings das meiste Licht auf und gaben nur wenig davon wieder zurück. Egal, er wollte nur noch schlafen und vergessen, dass es den heutigen Tag je gegeben hatte. Aber gnadenlos ließ sein inneres Auge das Desaster immer wieder Revue passieren. Bei jeder Wiederholung fraß sich das Selbstmitleid ein Stückchen tiefer in die Eingeweide, wo es sich wie in einem Nest für längere Zeit gemütlich machte.

Schließlich setzte er sich auf die Bettkante, den Oberkörper vornüber gebeugt, und dachte nach. Es ging ihm zwar gewaltig gegen den Strich, aber es würde besser sein, wenn er seine Chefs in New York anrief. Allerdings sollte er sich vorher eine glaubhafte Lügengeschichte aus den Fingern saugen, um eine auch nur im Ansatz plausible Erklärung für seinen jämmerlichen Abgang auf der Messe zu liefern.

Ratlos schaute er zur Terrassentür hinaus in die Dämmerung. Durch die beschlagenen Scheiben blickte er auf die nasse Dachlandschaft der anderen Straßenseite. Einige erleuchtete Mansardenfenster erhellten etwas die Traurigkeit des bleigrauen Dämmerlichts, das der schmuddelige Himmel verbreitete. Schräg gegenüber ragten hohe Schornsteine aus dem Chaos der Dächer, deren Rauch zu den Wolken emporstieg und sich mit ihnen vermischte.

Über Paris lag alles andere als Abendruhe. Nebenan im Zimmer hörte er das streitlustige Paar jetzt miteinander reden und manchmal lachen. Unten auf der Rue Saint-Sulpice herrschte noch lebhafter Verkehr. Gerade eben hatte es wieder einen heftigen Schauer gegeben. In der Luft hing feuchter Regengeruch, der durch den Spalt der gekippten Terrassentür hereinströmte.

In Osborne rumorte weiter das Gefühl seines Scheiterns und überlagerte sogar das Zwischenhoch nach der Begegnung mit Chantal. Immerhin hatte er inzwischen die selbstzerstörerische Phase fast hinter sich gelassen und ging das Problem zunehmend analytischer an.

Theoretisch war es natürlich möglich, dass sein KI-Programm das Kommando übernommen hatte und sich eigenständig veränderte, sozusagen als kleine Demonstration dafür, dass es sein eigener Herr war. Doch neigte er mehr zu einer anderen Theorie. Nämlich, dass ein bis dahin unbekannter Virus in das System eingedrungen war. Die Frage war nur: Wie? Da der Computer nicht online oder an ein Netzwerk angeschlossen war, konnte der Virus nur manuell über ein Laufwerk eingeschleust worden sein. Und das war der Punkt, wo die Theorie auf tönernen Füßen zu stehen begann. Wer konnte ein Interesse an der Sabotage des Programms haben? Ein Mitarbeiter der französischen Stanton & York Niederlassung? Um sich selbst arbeitslos zu machen? Eher unwahrscheinlich. Die Konkurrenz? Vielleicht. Aber dazu musste sie erst einmal den mit unzähligen Zugangscodes gesicherten Rechner zum Laufen bringen. Auch eher unwahrscheinlich.

Fast eine halbe Stunde lang marterte er mit allen möglichen Verschwörungstheorien sein Hirn und starrte dabei mit leerem Blick vor sich hin. Er musste endlich seine Brötchengeber in New York in Kenntnis setzen, bevor es die französischen Kollegen tun würden – falls sie es nicht schon getan hatten. So konnte er ihnen seine Sicht der Dinge schildern; dass die Sache nicht so hoffnungslos sei, wie Françoise Fabian es vermutlich vermitteln würde. Man müsste das Problem zunächst einmal in aller Ruhe analysieren. Genau. Deshalb sollte er auf der Stelle New York anrufen. Wie spät war es da überhaupt? Noch immer im Schock warf er einen Blick auf die Uhr. In den New Yorker Büros war es kurz vor der Mittagspause.

Mit etwas Glück konnte er seine Chefs dazu bringen, ihn doch nicht rauszuwerfen. Aber was, wenn die Franzosen sie schon informiert hatten, und man in New York gerade seine Entlassungspapiere ausfüllte?

Seine Gedanken drehten sich im Kreis. Bis vorgestern hatte er in seinem Büro gesessen und war von allen als genialer Hexenmeister gefeiert worden, der den Schlüssel zu einem Tor herbeigezaubert hatte, das zu einer neuen Entwicklungsstufe der Menschheit führte.

Aber ein Problem immer weiter vor sich herzuschieben, war keine dauerhafte Lösung. Im Geiste hatte er das Telefonat inzwischen schon mehrfach geführt: Relativ gefasst gab er seinen Vorgesetzten einen Rechenschaftsbericht über seine fehlgeschlagene Mission ab, der damit endete, dass seine Chefs ihm eine Lösung des Problems voll und ganz zutrauten.

Aber so sehr er seinen Verstand auch verrenkte, er wusste, irgendwann musste er den Pfuhl des Wunschdenkens, in dem er sich so genüsslich suhlte, verlassen und das Gedachte telefonisch mitteilen. Er durfte das wichtigste Gespräch seines Lebens nicht noch weiter hinauszögern, wollte er die glimmende Lunte an seiner Karriere austreten. Doch mit welcher Strategie fuhr er am besten?

Letztendlich entschied er sich für ein gnadenlos offenes Geständnis seines Versagens, mit dem er sich der Huld seiner Vorgesetzten auslieferte, für eine auf Vergebung ausgerichtete Beichte.

Er starrte das Telefon an wie eine scharfe Mine. Dann raffte er allen Mut zusammen, nahm den Hörer ab und wählte eine Nummer in Übersee.

Es tutete.

Mit tiefen Atemzügen hielt er aufsteigende Panikschübe in Schach.

Es tutete wieder.

Vielleicht war ihm Fortuna wohl gesonnen und das Büro war leer.

Wieder Tuten.

Andererseits war aufgeschoben nicht aufgehoben. Je länger er mit dem Anruf wartete, desto größer war die Wahrscheinlichkeit, dass die Franzosen ihm zuvor kamen.

Erneutes Tuten.

Am anderen Ende der Leitung wurde der Hörer abgenommen. Einen Augenblick lang, der sich unendlich zog, herrschte Schweigen. Dann sagte eine Frauenstimme mit breitgezogenem Südstaatenakzent: »Stanton & York, Sie wünschen?«

»Hallo, hier ist Alan Osborne«, entgegnete er, wobei seine Stimme ein bisschen zitterte. »Könnte ich bitte Mister Stanton oder Mister York sprechen?«

»Mister York ist geschäftlich in Japan«, antwortete die Dame. »Bedauere, aber er kommt nicht vor Ende nächster Woche zurück.«

Sein Herz machte einen Hüpfer. Dass York mehrere Tage fort war, hatte er völlig vergessen. Vielleicht hatte er ja Glück und Mister Stanton war ebenfalls für einige Tage unabkömmlich. Möglicherweise gönnte ihm das Schicksal eine kleine Gnadenfrist, in der er sich eine geschliffenere Ausrede einfallen lassen könnte. Eine Woche genügte, bis dahin war auch schon ein bisschen Gras über die Sache gewachsen und die Gemüter seiner französischen Kollegen hatten sich etwas gekühlt.

»Aber Mister Stanton ist in seinem Büro«, machte die Sekretärin alle Hoffnungen auf einen Hinrichtungsaufschub zunichte. »Moment, ich verbinde.«

Ernüchterung begrub Osbornes Hoffnung erdrutschartig.

»Stanton«, meldete sich eine ruppige Männerstimme. Stanton war einer der beiden Chefs des Unternehmens. Er war ein hagerer Mann von sechsundfünfzig Jahren mit graumelierten Schläfen und einem etwas düsteren Gesicht, in das sich tiefe Falten gegraben hatten. Berüchtigt war er vor allem wegen seines aufbrausenden Temperamentes, und zwar in beide Richtungen: Manchmal lachte er Tränen wegen eines albernen Scherzes, und dann tobte er wie der tasmanische Teufel wegen irgendeiner Banalität. »Was ist los, Alan?«

»Ich bin heute in Paris auf der Messe gewesen. Wegen unseres Programms.«

»Hab' ich gehört. Gibt's was Neues? Alles in Ordnung bei Ihnen, hoffe ich.«

»Na ja, wie man's nimmt.« Osborne verfiel automatisch in einen beschwingten Tonfall, als habe er etwas Lustiges zu berichten.

»Was soll das heißen?« Stantons Stimme verriet aufkeimende Skepsis. »Ist Ihnen etwas passiert? Hatten Sie einen Unfall?«

»Nein, nein, mit mir ist alles in Ordnung«, wiegelte er ab. »Mir geht es bestens. Nur mit dem System gab's ein paar Probleme. Ich dachte, ich rufe Sie an, bevor sich unsere französischen Kollegen bei Ihnen melden.« Unbewusst redete er immer schneller. »Ich habe versucht, den Grund für die Störung zu eruieren, aber es verlief leider nicht ganz so wie erhofft. Eigentlich lief es überhaupt nicht wie erhofft.«

Stille, dann: »Und?«

»Na ja, das lässt sich hier auf die Schnelle schlecht sagen. Vielleicht sind wir zu schnell mit dem System an die Öffentlichkeit gegangen. Wir haben zwar alles mögliche getestet, aber ich weiß nicht, vielleicht haben wir dabei ein winziges Detail übersehen. Und das hat dann irgendwie eine Kettenreaktion ausgelöst, sich mit sich selbst und anderen Faktoren multipliziert, bis gar nichts mehr lief.«

Erneut Stille, dann: »Und was bedeutet das jetzt im Klartext?«

Osborne schloss die Augen und hoffte, dass man sein resignierendes Seufzen nicht durch die Hörmuschel vernahm, ehe er antwortete: »Das bedeutet, dass wir vermutlich eine schlechte Presse bekommen, weil wir das Projekt zu früh an die große Glocke gehängt haben.«

Dann erzählte er in allen Einzelheiten, was sich bei der Messe abgespielt hatte. Alles, rigoros.

Nachdem er geendet hatte, sagte sein Chef: »Also, bei uns im Labor hat Ihr Programm reibungslos funktioniert und in Paris streikt es?«

»So ungefähr. Leider.«

Ein dumpfes Geräusch klang aus dem Hörer, als hämmerte jemand am anderen Ende der Leitung mit der Faust auf den Schreibtisch, dass alles, was darauf stand, klirrte und schepperte.

»Wie kann so was denn passieren?« Stantons Stimme klang beunruhigend gepresst. Er sprach stoßweise. Immer, wenn er wütend war, sprach er stoßweise. Gleichzeitig lief sein Gesicht dabei tiefrot an und an den Schläfen traten violette Adern dick hervor. »Sie haben mir doch selbst Stein und Bein geschworen, dass Ihr Programm absolut ausgereift sei. Oder habe ich da etwas falsch verstanden?«

»Nein, Sir«, murmelte er. »Ich verstehe das ja selbst nicht. Glauben Sie mir, wenn ich von diesen Problemen vorher auch nur im kleinsten Ansatz etwas geahnt hätte, hätte ich das Projekt niemals freigegeben.«

»Sparen Sie sich Ihre Floskeln«, antwortete Stanton mit unangenehmer Schärfe. Seine überstrapazierte Geduld war durch das Telefon hindurch zu spüren. »Ich will keine Beteuerungen, ich will Ergebnisse!«

Der Mann, der ihn noch vor wenigen Wochen als Genie, als Mensch mit begnadetem Verstand gefeiert hatte, bezeichnete ihn im Verlauf des weiteren Gesprächs als Pfuscher und vertrottelten Idioten. Am liebsten wäre Osborne ihm über den Mund gefahren, doch er nahm sich zusammen und sagte nichts. Jeder in der Firma kannte Stantons cholerische Wutanfälle. Wie ein blindwütiger Tornado zog er irgendwann vorbei. Also ließ er seinen Chef sich abreagieren und den Tobsuchtsanfall über sich hinwegziehen. Er saß schweigend am Telefon, hielt den Hörer etwas vom Ohr und schaute wie in Trance aus der Fenstertür. Unten auf der Straße dröhnte das Auf- und Abschwellen des Verkehrs. Ein Auto fuhr an. Nicht langsam, sondern mit quietschenden Reifen. Dann war es für einige Sekunden ganz ruhig. Über den schwarzen Silhouetten gegenüberliegender Hausdächer lag ein Streifen tiefblauer Dunkelheit. Der Wind trieb feine Schleier aus Nieselregen vorbei, der sich auf den Scheiben fing und als herunterlaufende Tropfen filigrane Reliefs bildete.

»Also, speisen Sie mich nicht länger mit irgendwelchen Phrasen ab!«, forderte Stanton schließlich. »Lassen Sie endlich die Hosen runter: Müssen wir das Teil vom Markt nehmen und Abermillionen Entwicklungskosten in den Wind schießen, oder was?«

Osborne schnitt eine Grimasse und starrte zur Decke, als rufe er Gott um Beistand an. Aber der hatte offensichtlich gerade Besseres zu tun. Deshalb sah er sich nun dort, wo er sich nie sehen wollte. Er befand sich am Scheideweg, vor dem ihm vor Beginn des Gespräches so gegraust hatte. Sein Boss hatte ihn durchschaut. Kein Geplänkel über mögliche Lösungswege. Nur ein Entweder-oder.

Plötzlich fiel ihm auf, dass der Hörer stumm war. Es war jetzt an ihm, die Gesprächslücke zu stopfen.

»Hören Sie, ich nehme die Verantwortung ja auf meine Kappe. Vielleicht habe ich mich in der Euphorie über das Gelingen des Projekts blenden lassen. Ich würde niemals Investitionen unserer Firma aufs Spiel setzen, aber ...«

Während er sprach, wusste er plötzlich nicht mehr, welches der Argumente, die ihm gleichzeitig durch den Kopf schossen, er als nächstes verwenden sollte. Folge war, dass er sich in abrupten Sprüngen von einer Rechtfertigung zur nächsten hangelte.

»Hören Sie auf!«, unterbracht ihn Stanton irgendwann mit mühsam beherrschter Stimme. »Ich verstehe von Ihrem Gestammel überhaupt nichts mehr, außer, dass unsere morgige Präsentation vor der Presse ziemlich verheerend auszufallen droht. Wenn Sie es schaffen, bis dahin Ihr Programm ans Laufen zu bringen, haben wir dieses Gespräch niemals geführt. Schaffen Sie es nicht, dann müssen wir uns ernsthaft über Ihre Zukunft bei Stanton & York unterhalten.«

»Bis morgen ist das absolut unmöglich, Sir.«

»Mein Gott, warum bin ich nicht Wurstverkäufer geworden? Die kennen solche Probleme nicht!«

»Ich weiß.«

»Wirklich? Gut!«

»Das Ganze tut mir aufrichtig Leid.«

»Das sollte es auch. Denn Sie sind ja so was von gefeuert, Mann!«

Osborne schien wie gelähmt. Er fühlte sich schrecklich. Das Telefongespräch war nicht einmal ansatzweise so gelaufen wie erhofft. Sein Chef hatte ihm die Absolution für das Versagen verweigert.

Verstört hielt er den Hörer noch eine Weile in der Hand und starrte darauf, als erwartete er, dass Stanton noch etwas sagte. Doch der hatte längst aufgelegt.

Lange saß Osborne trübsinnig auf der Bettkante. Seine Erwartung, dass es ihm nach dem klärenden Gespräch mit New York irgendwie besser ging, hatte sich nicht erfüllt. Alles, was er erreicht hatte, war ein schnelles gnadenloses Ende.

Irgendwann riss er sich aus der Lethargie, zog seinen Schlafanzug an, putzte die Zähne und warf dabei einen flüchtigen Blick in den Badezimmerspiegel. Rotgeränderte Augen schauten ihm entgegen. Etwas stieß ihm sauer auf. Er spülte zwei Aspirin mit einem Glas Wasser herunter, dann legte er sich ins Bett und knipste die Nachttischlampe aus. Normalerweise ging er nicht so früh schlafen, aber es gab keinen Grund, warum er wach bleiben sollte. Andererseits fühlte er sich nicht müde, nur zerschlagen. Er überlegte flüchtig, ob er für morgen früh den Wecker stellen, oder einfach auf gut Glück aufstehen sollte. Eigentlich hatte er nicht die geringste Lust, überhaupt aufzustehen. Warum konnte es nicht einfach so bleiben, wie es jetzt war? Sein Leben hatte sich in den vergangenen Stunden so extrem verändert, warum konnte damit jetzt nicht Schluss sein? Am liebsten würde er die Ruhe und Abgeschlossenheit, die ihm das kleine Zimmerchen gönnte, auskosten, bis er endlich seinen Seelenfrieden wieder gefunden hatte.

Im benachbarten Zimmer war es ruhig geworden. Nebenan im Bad tropfte der Wasserhahn. Um das Hotel strich monoton der Wind. Doch an Schlaf war nicht zu denken. Osbornes Gehirn arbeitete auf Hochtouren wie eine Maschine, an der es keinen Knopf zum Ausschalten gab. Immer und immer wieder blitzten die bitteren Ereignisse des Nachmittags als zerhackte Erinnerungsfragmente auf. Vielleicht war es sogar besser, dass es so gekommen war, wie es jetzt gekommen ist. Dass er morgen nicht mehr zur IT-Messe musste, ersparte ihm eine weitere Blamage und hätte die Entlassung nur um einen Tag verschoben. Ein weiterer positiver Aspekt der Kündigung war zweifellos, dass er sich in New York nicht den Kollegen stellen musste, die so viel Hoffnung und Engagement in den »Think Tank« gesteckt hatten, und die er nun bitter enttäuschte.

Wie ein Krebsgeschwür wucherte das Gefühl des Versagens durch all sein Denken und Fühlen. Gepeinigt von dem Grauen, irgendwann dieses Hotelzimmer verlassen und sich dann einer ungewissen Zukunft stellen zu müssen, lag er da. Bleischwer lastete Apathie auf ihm. Kaum ein klarer Gedanke drang mehr durch die Lawine aus Selbstmitleid und Verzweiflung, die ihn begrub. Die einzige Gewissheit, die blieb, war: sein Leben war vermasselt. Es war fraglich, ob er jemals wieder eine Anstellung in New York finden würde. Sein fatalistischer Gleichmut, mit dem er inzwischen auf diese Überlegung reagierte, überraschte ihn; vermutlich eine Nachwirkung des Schockzustandes, den dieser absurde Tag bei ihm ausgelöst hatte. Alles, was ihm noch blieb, war, morgen die Koffer zu packen und dann: Adieu Paris.

Es war an der Zeit, dass er lernte, mit Veränderungen zu leben. So sehr diese Erkenntnis auch schmerzte: Er hatte seinen Job verloren. Das Ende seiner Karriere war gleichzeitig ein neuer Anfang; fragte sich nur, von was.

Regungslos lag er im Bett und lauschte dem Wind. Wie betäubt stierte er zum Terrassenfenster hinaus. Die Vorhänge hatte er offen gelassen. Plötzlich dachte er an das Ende, an den Tod. Bis heute hatte er sein Alter niemals gespürt. Er fühlte sich kaum anders als vor zwanzig Jahren. Und laut Statistik hatte er noch ein paar Jahre vor sich, ehe das Haltbarkeitsdatum ablief. Mal abgesehen davon, dass unvorhersehbare Ereignisse wie Unfall oder Krankheit einem einen Strich durch die schönste Statistik machen konnten. Er stand in der Mitte des Lebens, wie man so schön sagte. Doch wer in Mathematik halbwegs bewandert war, konnte sich an seinen fünf Fingern ausrechnen, dass man sich mit fast fünfzig nicht in der Mitte des Lebens befand, es sei denn, man wurde hundert Jahre alt. Wer wurde das schon? In Wahrheit waren fast zwei Drittel vorbei. Schwupp, weg waren sie. Das Schlimmste daran war, dass es sich dabei um die besten Jahre handelte. Was jetzt folgte, war quasi nur noch ein Auslaufen bis zum Sarg. Wenn er es richtig betrachtete, dann hatte er bisher noch nicht mal richtig gelebt. Denn das, von dem er dachte, dass es seinem Leben einen Sinn gab, hatte sich heute völlig überraschend in Pixel aufgelöst. Die Erkenntnis, dass Sterben dagegen eine Gewissheit war, deprimierte ihn noch mehr. Dem Tod konnte keiner von der Schippe springen. Der Mensch war nur eine vorübergehende Mischung aus Geist und Materie. Flüchtig wie ein Ton. Er entstand, schwoll an und verklang, bis nichts mehr an ihn erinnerte. Der Tod war unbeeinflussbar, über jede Logik erhaben. Im Moment wünschte er paradoxerweise mehr als alles andere, er sei tot. Er hatte sich noch nie so gewünscht zu sterben. Einfach auf der Stelle tot umfallen und alle Probleme würden sich von allein in Luft auflösen. Aber er hatte nicht einmal mehr die Willenskraft, hinaus auf die Terrasse zu gehen; geschweige sich von dort über das Geländer in die Tiefe zu schwingen.

Osborne versuchte, sich durch eintönige Gedanken zum Einschlafen zu überlisten. Er dachte an Zahlenreihen ..., an Formeln ..., wieder an die Frau, die er heute im Bistro kennen gelernt hatte. Bevor ihn eine neue Woge der Bitterkeit überrollte, lenkte er seine Gedanken lieber auf das einzig Angenehme des heutigen Tages: Und das hieß Chantal Dubois. Ihr geheimnisvolles Antlitz verfolgte ihn, seit er es das erste Mal sah. Statt weiter die Scherben seiner Karriere zusammenzufegen, spielte er jetzt lieber mögliche Varianten durch, wie er sie wieder treffen könnte. Aber jedes Mal sagte er sich, dass das Hirngespinste seien. Trotzdem beschäftigte ihn die Begegnung mit der Schönen immer mehr. Die Verdrängungsmechanismen des emotionslosen Realisten versagten kläglich. Vielleicht läge er jetzt nicht allein im Bett, wenn er sie nicht gehen gelassen hätte. Diese Vorstellung verursachte aber nur noch größere Schlaflosigkeit. Je mehr er versuchte, seine Gedanken auf neutrale Themen oder mögliche Zukunftspläne zu lenken, umso mehr nistete sich das Bild von Chantals atemberaubendem Aussehen in seinen Kopf ein. Die Erinnerung an sie erfüllte ihn mit Sehnsucht. Der Gedanke, sie nie mehr zu sehen, erfüllte ihn sogar mit größerer Traurigkeit als der Verlust seines Jobs.

O GOTT. Er war verliebt! Diese Feststellung traf ihn wie ein Hammerschlag. Er hatte sich Hals über Kopf verliebt. Seine durch diese Erkenntnis aufgescheuchten und wirr durcheinander wirbelnden Gedanken analytisch zu sortieren, scheiterte völlig. Stattdessen kam er zu dem Schluss, dass das Leben doch eine Menge Möglichkeiten bot. Allerdings nur, wenn man sie erkannte. Da lernte er die wunderbarste Frau kennen, die ihm je begegnet war, und er Idiot ließ sie einfach wieder aus seinem Leben gehen. In Frauenfragen war er ein Nichts, daran gab's nichts zu rütteln. Zwar erreichte seine Karriere ungeahnte Höhen, dafür war sein Gefühlsleben seit dem Emma-Jones-Desaster praktisch auf Null verkümmert. Jahrelang lag sein Herz verschüttet unter Bits und Bytes, wo niemand es erreichen konnte. Eigentlich wurde er sich erst am heutigen Abend der Existenz dieses Organs wieder bewusst.

Morgen würde er Frankreich wahrscheinlich für immer verlassen. Bei dem Gedanken, dass er Chantal nie wieder sehen würde, verspürte er einen bohrenden Schmerz. Ruhelos wälzte er sich auf der Matratze herum, nahm seine Armbanduhr von der Nachtkommode und starrte auf die grün fluoreszierenden Ziffern. Dann legte er sie wieder hin, drehte sich auf den Rücken und rieb sich mit der Hand übers Gesicht. Eigentlich war er in der Hoffnung auf baldigen Schlaf ins Bett gekrochen. Allmählich rang er sich zu der Überzeugung durch, dass ruheloses im Bett Liegen und Löcher in die Dunkelheit zu starren nicht sehr unterhaltsam war.

In diesem Moment läutete das Telefon. Osborne zuckte zusammen. Dann schlug er die Bettdecke zurück, richte sich schwerfällig auf, schaltete das Licht an, schwang die Beine aus dem Bett und griff nach dem Hörer.

»Ja?«

»Monsieur Osborne?«

Der Klang der Stimme lähmte ihm auf der Stelle den Verstand. Obwohl sie seltsam rau und brüchig klang, registrierte er, dass es sich bei der Anruferin um Françoise Fabian handelte, wodurch sich sein Magen schlagartig zu einem Klumpen zusammenzog.

»Hallo, Monsieur? Sind Sie noch da?«

»Ja?«

»Entschuldigen Sie die Störung. Aber ich glaube, ich habe hier etwas, das Sie interessieren dürfte.«

»Ja?«

»Ist alles in Ordnung? Sie hören sich so merkwürdig an.«

»Entschuldigen Sie bitte. Nur einen Augenblick. Lassen Sie mir einen Augenblick Zeit, meine Gedanken ein wenig zu ordnen. Falls Sie anrufen, um mich weiter fertig zu machen, das können Sie sich sparen. Ich wurde eben gefeuert. Fristlos.«

»Oh, das tut mir Leid.«

»Sie haben ja keine Ahnung, wie Leid es mir tut.«

»Nun, dann dürften Sie meine Neuigkeiten umso mehr erfreuen.«

»Da müssen Sie sich aber sehr anstrengen.«

»Ich bin mir sogar sicher, dass Sie morgen Ihren Job wieder haben.«

»Jetzt machen Sie mich wirklich neugierig.«

»Wir sollten uns deshalb morgen unbedingt treffen und darüber reden.«

»Warum sollten wir?«

»Bitte, Monsieur, ich kann nachvollziehen, wie Sie sich fühlen.«

»Das glaube ich allerdings kaum.«

»Und es tut mir auch Leid, dass ich Sie auf der Messe etwas schroff behandelt habe. Wir standen alle ziemlich unter Stress.«

»Danke für diese Information. Wäre mir von allein gar nicht aufgefallen.«

»Bitte, Sie müssen mir vertrauen. Möglicherweise ist Ihr Leben in Gefahr. Wenn das stimmt, was ich aus gewissen Andeutungen herausgehört habe, ist es ein Wunder, dass Sie noch am Leben sind.«

»Sagen Sie mal, was führen Sie hier im Schilde? Erst machen Sie mich fertig und jetzt wollen Sie mich retten?«

»Eben deshalb müssen wir uns so bald wie möglich treffen. Ich kann darüber nicht am Telefon reden.«

»Wieso? Ist Ihr Apparat kaputt?«

»Na schön. Um es kurz zu machen: Ihr Programm ist nicht fehlerhaft. Es wurde sabotiert.«

»Was?«

»Sie haben richtig gehört. Wir wissen zwar noch nicht genau wann, wo und wie, aber wir wissen, dass ein Konkurrenzunternehmen einen Maulwurf in unsere Firma eingeschleust hat, um Ihr Programm zu sabotieren.«

»Und, hat dieses Tier auch einen Namen?«

»Rivette.«

»Rivette? Sie meinen doch nicht etwa ...?«

»Doch, genau den Rivette meine ich. George Rivette. Unseren Projektleiter. Aber das bleibt bitte noch unter uns. Während wir hier reden, stellen Spezialisten bereits seine Unterlagen sicher und sichten sie. Ehe wir keine handfesten Beweise gegen ihn haben, soll er noch keinen Verdacht schöpfen. Sonst besteht die Gefahr, dass er sich aus dem Staub macht und vorher noch wichtige Dokumente vernichtet.«

»Wie sind Sie ihm auf die Schliche gekommen? Korrigieren Sie mich, wenn ich falsch liege, ich glaube, heute Nachmittag wussten Sie von der Sabotage noch nichts.«

»Das ist richtig. Aber ich hatte zumindest eine Ahnung. Deshalb wirkte ich vielleicht auch ein bisschen gereizt. Entschuldigen Sie.«

»Gern. Erlauben Sie mir trotzdem, dass ich ein wenig nachhake. Darf ich vielleicht den Quell Ihrer Ahnung erfahren? Und kommen Sie mir bitte nicht mit so etwas wie weiblicher Intuition.«

»Nein, das habe ich nicht vor. Kurz nach Ihrem Weggang erhielt ich die entscheidenden Hinweise von einem Informanten.«

»Und weiter? Oder muss ich Ihnen jedes Wort aus der Nase ziehen?«

»Entschuldigen Sie, Monsieur, aber Sie können sich vielleicht vorstellen, dass ich selbst noch ein wenig geschockt über die Entwicklungen der letzten Stunden bin. Mein Vertrauen in meine Mitarbeiter ist seitdem erheblich gestört.«

»Trauen Sie mir etwa auch nicht?«

»Unsinn. Glauben Sie mir, mehr Details wollen Sie gar nicht wissen. Ich würde Sie Ihnen auch nicht benennen. Das würde Sie nur in Gefahr bringen. Noch haben wir die Hintermänner nicht. Solange die nicht festgenommen wurden, werden sie alle sie belastenden Beweise vernichten, das betrifft sowohl tote als auch lebende Gegenstände. Deshalb will ich am Telefon auch nicht weiter über so heikle Dinge sprechen. Nur so viel: Heute Abend treffe ich mich mit meinem Informanten und werde mit ihm unsere weiteren Schritte abstimmen. Er hat angedeutet, dass möglicherweise noch mehr Mitarbeiter unserer Firma in diesen Skandal verwickelt sind. Ich möchte auch gerne etwas über die wahren Drahtzieher erfahren. Ich möchte wissen, ob da wirklich nur die eine uns bekannte Firma dahinter steckt, oder ob Rivette unser Know-how immer noch auf dem freien Markt anbietet, oder es bereits weitergegeben hat. Mehr will ich nicht dazu sagen. Ich lege jetzt auf. Der einzige Grund für meinen Anruf war der, dass ich Sie beruhigen und mich entschuldigen wollte. Unternehmen Sie im Augenblick bitte nichts. Wenn etwas davon durchsickert, dass wir Wind von der Sabotage bekommen haben, gefährdet das all unsere Pläne. Überlassen Sie deshalb das Handeln uns. Wir stehen nämlich auf derselben Seite. Gute Nacht, Monsieur.«

»Warten Sie bitte.«

»Ja?«

»Sagen Sie, Ihr Informant hat nicht zufällig flammrote Haare und trug ein dunkelblaues Kleid?«

»Woher wissen Sie das?«

»Ich habe ihn beziehungsweise sie gesehen. Im Messe-Bistro.«

»Oh.«

»Eigentlich habe ich sie nicht nur gesehen, sondern auch mit ihr gesprochen.«

»Wie das?«

»Sie hat mich angesprochen. Vielleicht wollte sie mir nur etwas auf den Zahn fühlen. Oder nur mal sehen, mit was für einem Trottel sie es bei der Sache zu tun hat.«

»Das wohl nicht. Soweit ich das mitbekommen habe, ist sie eine große Bewunderin Ihrer Arbeit.«

»Das glauben Sie doch wohl selbst nicht.«

»Warum sollte ich Ihnen etwas vormachen? Unsere Informantin ist – nebenbei bemerkt – eine hochtalentierte Informatikerin. Und wie die meisten Informatiker, die etwas Ahnung von dem Metier haben, ist sie ein großer Fan von Ihnen. Für die Insider sind Sie inzwischen so etwas wie ein Guru.«

»Jetzt übertreiben Sie aber maßlos. Falls ich wirklich irgendwelche Jünger da draußen haben sollte, haben die es gut verstanden, sich bedeckt zu halten.«

»Wie dem auch sei, Sie wissen offensichtlich mehr, als Sie eigentlich sollten. Deshalb möchte ich Sie eindringlich um Verschwiegenheit bitten. Unsere bisherige Erfahrung mit Konkurrenten, vor allem mit denjenigen aus dem ehemaligen Ostblock, hat gezeigt, dass die nicht sehr zimperlich bei der Wahl der Mittel zur Durchsetzung ihrer Interessen sind. Wenn die erfahren, dass einer von ihnen alles ausgeplaudert hat, dann wäre dieser jemand so gut wie tot. Wir haben es hier mit sehr gefährlichen Leuten zu tun«

»Sie erwähnten eben flüchtig, dass auch mein Leben in Gefahr sei. Richtig?«

Er dachte spontan an seine Begegnung auf der New Yorker Flughafentoilette. Plötzlich machte das irritierende *Sterben Sie wohl, Monsieur Osborne* Sinn.

»Richtig.«

»Ist das nur eine vage Vermutung, oder berufen Sie sich da auf irgendwelche konkreten Hinweise?«

»Sagen wir mal, es ist mehr eine logische Schlussfolgerung. Wenn man Sie ausschaltet, schaltet man gleichzeitig die Quelle eines potenziellen Konkurrenten aus. Ich bin mir übrigens ziemlich sicher, dass unser geheimnisvoller Gegner Sie jetzt, in diesem Moment, beschatten lässt. Wahrscheinlich sind Ihnen diese Beschatter nicht von den Fersen gewichen, seit Sie französischen Boden betreten haben. Denkbar ist auch, dass sie Ihnen schon in New York nachspürten. Unser Kontrahent verfügt über Unsummen an Geld und somit auch über entsprechende Macht. Vergessen Sie das bitte nie.«

»Aber Gefahr droht mir doch nur, wenn die anderen im Besitz meiner gesamten Unterlagen über das KI-Projekt sind.«

»Oder eine Kopie mit dem funktionierenden Programm besitzen.«

»Besitzen sie eine?«

»Ich glaube nicht, dass Rivette lediglich Ihr Programm zerstörte. Es erscheint mir wahrscheinlicher, dass er erst einmal ein Duplikat davon zog, bevor er Ihr Original mit einem unbekannten Virus verseuchte.«

Der Amerikaner dachte einen Moment lang nach. Irgendwie war ihm die ganze Geschichte nicht ganz einleuchtend. »Eine Verseuchung durch einen Virus ist völlig unmöglich. Das KI-Programm ist zur eigenständigen Erkennung von Viren und Trojanern aller Art und deren Abwehr in der Lage. Das war ja mit einer der Gründe, weshalb ich es entwickelte. Damit sich so eine Katastrophe wie mit dem Pentium-Bug nie mehr wiederholen konnte. Der kostete die Industrie seinerzeit über vierhundert Millionen Dollar. Sie erinnern sich?«

»Aber das war kein Virus, sondern ein Bug, ein Herstellungsfehler.«

»Bug, Virus, Trojaner! Was spielt das für eine Rolle? Es geht doch nur darum, dass mein KI-Programm jede Anormalität, die es zu manipulieren versucht oder Fehler verursacht, selbst erkennt und Abhilfe schafft. Horrorszenarien, wie sie zum Jahrtausendwechsel mit dem ›Millennium bug‹ apostrophiert wurden, wird es damit nie wieder geben. Bloß, weil ein neues Jahrtausend begann, herrschte in der gesamten Computerbranche Endzeitstimmung. Und das bloß, weil ein paar supergeniale EDV-Spezialisten Speicherplatz sparen wollten und deshalb nur zweistellige Jahreszahlen in den Rechnern angelegt hatten. Wenn die von 99 auf 00 umsprang, woher sollte der Rechner wissen, ob damit das Jahr 2000 oder 1900 gemeint war? Aufgrund dieses Logistikfehlers stellten möglicherweise viele ihren Betrieb ein, oder noch schlimmer: arbeiteten fehlerhaft.«

»Kleine Ursache, große Wirkung.«

»Kann man wohl sagen. Die Zahl der betroffenen Mikroprozessoren wurde auf fünfundzwanzig Milliarden geschätzt, von denen wahrscheinlich jeder zehnte kollabieren würde. Es drohte das Ende von Wasser-, Strom-, Kommunikations- und Verkehrsnetzen und aller anderen Bereiche, die von Mikrochips gesteuert wurden; und damit auch das Ende unserer Zivilisation. Angeblich drohten Unfälle in Atommeilern, Amok laufende Maschinen aller Art, abstürzende Flugzeuge, versehentlich abgeschossene Atomraketen und so weiter.«

»Passiert ist aber nichts.«

»Jedenfalls nichts Spektakuläres. Am 1. Januar 2000 startete keine Atomrakete und alle Eierkocher funktionierten noch. Vielleicht auch, weil vor dem Jahrtausendwechsel viele Firmen eine Menge Geld für EDV-Spezialisten ausgaben, die den drohenden Millennium-Bug entschärften. Lange Rede, kurzer Sinn: So etwas ist mit meinem KI-Programm völlig unmöglich. Genauso unmöglich ist es auch, dass es irgendein Bug oder ein Virus sabotieren könnte.«

»Ein herkömmlicher Virus.«

»Wie bitte?«

»Ich stimme Ihnen zu, dass es unmöglich mit einem herkömmlichen Virus sabotiert werden kann. Aber wer sagt denn, dass unsere Konkurrenz bei ihrer Entwicklungsarbeit nicht einen völlig neuen Virentyp erfand. Vielleicht eine Art KI-Virus, einen intelligenten Virus, der die Sicherheitsbarrieren Ihres KI-Programms unterläuft. Ich habe zwar keine Ahnung, wie das funktionieren könnte, aber für mich wäre der einzig logische Schluss, dass dieser Virus kognitive Fähigkeiten besitzt und diese einsetzt. Er weiß, wie er was tun muss, wenn Ihr Programm etwas gegen ihn unternehmen will.«

»Ein intelligenter, lernfähiger Virus? Das ist zwar eine ziemlich wilde Spekulation, jedoch auch eine mögliche Erklärung, wie ich zugeben muss.«

»Dann ginge es bei der ganzen Sache nicht mehr allein um unsere Interessen. Nicht, dass ich hier einen auf Weltverbesserin machen möchte, aber stellen Sie sich nur einmal vor, dieser intelligente Virus gelangt in Umlauf. Wenn ihn Ihr intelligentes Programm schon nicht stoppen konnte, was könnten dann schon normale Rechner dagegen ausrichten?«

»Wer könnte ein Interesse an einer Ausbreitung eines solchen Virus haben? Er könnte die Welt zerstören. Zumindest die hochtechnisierte Welt. Wer hätte was davon?«

»Ich glaube nicht, dass irgendwer Interesse an der Verbreitung so eines Virus hat.«

»Offensichtlich doch. Sonst wäre er ja nicht auf unserem Rechner.«

»Lassen Sie sich vom Offensichtlichen nicht zu falschen Schlüssen verleiten. Ich fürchte, da steckt etwas ganz anderes dahinter. Wie gesagt, am Telefon möchte ich darauf nicht weiter eingehen.«

»Na schön. Sprechen wir von etwas anderem. Beispielsweise über Ihren Informanten, oder besser gesagt, Ihre Informantin. Verrät sie uns das alles nur aus selbstloser Nächstenliebe, oder gibt es da noch ein anderes Motiv?«

»Geld und Rache.«

»Das sind beides gute Gründe.«

»Sie war mit dem Juniorchef der betreffenden Firma liiert. Vor ein paar Wochen ließ er sie wegen einer anderen sitzen. Nun sucht sie Vergeltung, kombiniert mit einer finanziellen Abfindung unsererseits, die ihren Trennungsschmerz etwas lindert.«

»Schalten Sie die Polizei ein?«

»Frühestens nach dem nächsten Treffen mit unserer Rachegöttin. Wir verhandeln noch über den Preis der pikanten Namensliste. Da werden wohl bald einige namhafte Köpfe rollen.«

»Wie geht es jetzt konkret weiter?«

»Wenn heute Abend alles so läuft, wie wir uns das vorstellen, werden wir auf der Pressekonferenz morgen die Bombe platzen lassen. Natürlich bekommen wir bis dahin unser KI-Programm nicht flott, aber wir können den Journalisten glaubhaft erklären, wieso wir es nicht flott bekommen. Dass wir Sabotageopfer unserer Konkurrenz wurden.«

»Und ich?«

»Was Sie angeht, Sie brauchen dabei nicht unbedingt vor Ort zu sein. Wir regeln die Angelegenheit allein.«

»Ich würde gerne bei diesem Treffen heute Abend dabei sein.«

Françoise Fabian zögerte. »Warum?«

Warum? Abgesehen davon, dass er aus erster Hand erfahren wollte, wer sein Programm und somit sein Lebenswerk boykottierte? Weil er sonst den Rest der Nacht hellwach auf dem Bett liegen und seinen Kummer über die verpasste Gelegenheit, Chantal Dubois um ein Date oder zumindest um ihre Telefonnummer gebeten zu haben, immer neu aufwärmen würde. Es sei denn, er merzte diese selbstquälerischen Grübeleien mittels einer Radikalkur aus. Da erschien ihm die Aussicht auf ein Treffen mit ihr heute Abend wie ein Wink des Schicksals. Wahrscheinlich würde sie ihn abblitzen lassen, aber dann wüsste er wenigstens, woran er war. Und wenn nicht? Dann würden sie statt in einem schäbigen Bistro morgen im teuersten Restaurant von Paris Lobster verspeisen. Der Kellner würde ihnen Wein einschenken, während sie angeregt über Nebensächlichkeiten plauderten und sich die Reste eines Fünf-Sterne-Menüs mit der Serviette aus den Mundwinkeln tupften. Osborne war sich durchaus bewusst, dass ihn dabei weniger seine realistische Einschätzung als vielmehr irrationales Wunschdenken leitete. Trotzdem …

»Jetzt sagen Sie schon ja. Mich betrifft dieser Fall doch von allen Beteiligten am meisten.«

»Vermutlich.«

»Außerdem möchte ich mich gerne bei meiner Retterin persönlich für ihren Einsatz bedanken. Immerhin verdanke ich ihr das Leben. Zumindest mein berufliches.«

»Ich glaube, wir entlohnen ihren persönlichen Einsatz mehr als großzügig.«

»Außerdem kann sie mir vielleicht ein paar Anhaltspunkte geben, wie mein Programm sabotiert wurde. Wer weiß, vielleicht kann ich es ja bis morgen Mittag wieder ans Laufen bringen, wenn ich weiß, wo ich den Fehler suchen muss.«

»Man könnte Sie töten, sobald Sie Ihr Hotel verlassen. Vergessen Sie nicht, Sie stehen eventuell auf der Abschussliste unserer Gegner.«

»Die könnten mich in dieser Bruchbude hier genauso gut töten. Meinen Sie im Ernst, irgendwen kümmert es, wenn es in einem der Zimmer knallt, oder wenn hier jemand schreit? Hier schreit den ganzen Tag irgendwer, aus welchen Gründen auch immer.«

»Nach schön, kommen Sie meinetwegen zu dem Treffen.«

»Wo?«

»In der Rue de Chantilly, das Eckhaus zur Rue Bellefond. Um 22 Uhr. Klingeln Sie dort bei …«

»Ich kenne ihren Namen.«

»Das wird Ihnen schwerlich weiterhelfen, denn die früher unabkömmliche Concierge wird heutzutage in Paris zunehmend durch einen Tür-Code ersetzt, den jeder willkommene Besucher kennt. Er kann dann durch die offene Haustür ins Gebäude marschieren und an der Wohnungstür klingeln. Die Codes werden Gästen immer am Tag der Einladung per Telefon mitgeteilt. Der Code, den Sie benutzen müssen, ist einfach zu merken: ›666‹, die Zahl des Teufels.«

»Okay, das habe ich verstanden.«

»Gut. Ich rufe unsere Informantin an und sage Bescheid, dass Sie kommen. Tun Sie mir bitte einen Gefallen: Versprechen Sie mir hoch und heilig, dass Sie die Métro benutzen. Je mehr Menschen während der Fahrt um Sie herum sind, desto besser. Ein Taxi könnte leicht in eine menschenleere Gasse einbiegen, wo kein Hahn danach kräht, wenn dort ein Schuss oder ein Schrei ertönt. Sie verstehen?«

»Unmissverständlich. Ich verspreche, ich werde die Métro nehmen.«

»Fahren Sie um 21 Uhr bis nach Châtelet und steigen Sie da nach Poissonnière um. Das ist zwar ein kleiner Umweg über die Métro-Station Louvre, aber der wird sich für Sie auf jeden Fall lohnen. Es ist die schönste Station von ganz Paris. Sie werden dort tolle Exponate aus dem Louvre sehen.«

»Danke für den Tipp. Ich mache es so, wie Sie es sagen.«

»Dann wäre ja alles klar.«

»Sagen Sie ...«

Osborne stockte, suchte nach den passenden Worten.

»Ja?«

»Wenn das Geschäftliche geklärt ist, vielleicht können wir danach noch irgendwo hingehen?«

Sie lachte.

Er räusperte sich. »Es ist nur, ich bin so aufgekratzt, ich bekomme diese Nacht garantiert kein Auge mehr zu. Und allein im Hotelzimmer rumhocken, ist nicht besonders amüsant. Na ja, da dachte ich, die Nacht ist noch jung. Vielleicht könnten wir ..., ich meine ich ...«

»Sie würden mich gerne näher kennen lernen?«

Er schluckte.

»Na ja, eigentlich nicht direkt. Verstehen Sie mich bitte nicht falsch. Ich finde Sie überaus attraktiv und ... äh ...«

»Oh.«

»Oh was?«

»Oh, ich verstehe. Sie haben mehr als nur ein Auge auf unsere Informantin geworfen.«

»Also, so würde ich das eigentlich nicht ausdrücken. Ich ... äh ...«

»Sind Sie bei Frauen immer so ungeschickt?«

»Wie ..., wie meinen Sie das?«, stotterte er verlegen.

»Ach, kommen Sie. Sagen Sie mir doch, dass Sie sie attraktiv finden und nur deshalb wieder sehen wollen. Warum geben Sie das nicht offen zu?«

Er wollte etwas Gegenteiliges sagen, aber die Stimme versagte ihm den Dienst. Er kam sich wie ein Erstklässler vor, den die Lehrerin beim Abschreiben erwischt hatte. Am anderen Ende der Leitung hörte er ein amüsiertes Lachen.

»Sie sind ja süß. Etwas unbeholfen, naiv, aber süß.«

»Heißt das, Sie sind mir nicht böse?«

»Ehrlich gesagt, bin ich eher erleichtert, dass Sie mir nicht Ihr Herz zu Füßen legen wollen. Das erspart es mir nämlich, möglicherweise Ihre

Gefühle verletzen zu müssen. Seien Sie mir bitte nicht böse, aber Sie sind absolut nicht mein Typ.«

»Ich bin Ihnen nicht böse. Im Gegenteil.«

»Also gut. Damit wäre ja alles gesagt, was zu sagen ist. Sie können also auf Begnadigung hoffen. Und nun setzen Sie sich in Bewegung. Wir treffen uns nachher bei der Adresse, die ich Ihnen genannt habe. Nicht vergessen: erst das Business, dann das Vergnügen!«

Wie in Zeitlupe legte er den Hörer auf.

Draußen regnete es immer noch aus unheilvoll schwarzen, bedrückenden Wolken.

Barfuß ging Osborne ins Bad, zog den Pyjama aus und wusch sein Gesicht. Er musste die Benommenheit abschütteln, richtig wach werden. Er fasste es immer noch nicht. Sein Traum sollte wahr werden? Absurd. Aber doch wahr. Nachdem nun das Unwahrscheinliche eingetreten war, war in dieser Nacht alles möglich. Es war müßig, jetzt Hypothesen anzustellen. Was zählte, das waren Taten.

Während er sich rasierte, grinste er sich im Spiegel an. Auch wenn die Natur nicht sehr rücksichtsvoll mit seinem Äußeren umgegangen war, so war ihm zumindest das Schicksal wohlgesonnen. Er fühlte sich großartig. Er war wieder obenauf.

Anschließend ging er zum Schrank, holte frische Unterwäsche, ein neues Hemd und einen passenden Anzug heraus und zog sich an. Als er in den Mantel schlüpfte, grinste er wieder ungewollt. So, wie sich die Dinge entwickelt hatten, war dies zweifellos der glücklichste Abend seines Lebens.

Während er Minuten später im ruckeligen Fahrstuhl langsam nach unten fuhr, kämpfte sich mühsam ein unangenehmer Gedanke durch die euphorische Stimmung, die seinen Verstand vernebelte. In Gedanken sah er Chantals wunderschönes Gesicht neben seinem eher unattraktiven. Damit einher übermannte ihn kurz der Anflug des Zweifels. Was für ein Naivling musste man sein, um zu glauben, dass eine solche Frau scharf auf ein liebeskrankes Nichts wie ihn war?

Die Selbstzweifel verpufften allerdings schneller, als sie gekommen waren. In den Zimmern in seinem Kopf war kein Platz für sie. In diesen Räumlichkeiten feierten die Endorphine gerade eine kleine, intime Party, und die Logik musste solange draußen auf dem Flur warten.

Als der Fahrstuhl im Erdgeschoss ankam, hatten sich die nagenden Zweifel längst zur Nachtruhe verabschiedet. Dafür meldete sich nun ein anderes beklemmendes Gefühl. Seit Jahren schon war er nicht mehr in der Gegenwart eines Menschen gewesen, zu dem er sich hingezogen fühlte. Und weswegen war das so? Weil er im Stile eines Pathologen statt Möglichkeiten immer nur die Risiken sah, zumindest im privaten Bereich. Natürlich waren das noch Emma-Jones-Altlasten. Die wollte er heute Nacht für immer entsorgen.

Aber da war noch etwas anderes als diese Unsicherheit. Es gab Dinge, die man tun wollte, und es gab Dinge, die man tun musste. Ihm war, als handle er im Moment gar nicht aus freien Stücken, sondern als würde er wie eine Marionette von einer seltsamen Kraft an unsichtbaren Fäden gezogen.

*20 Uhr 07 – Rue Saint-Sulpice*

Als Osborne das Hotelzimmer verließ, fühlte er sich so beschwingt, als stünde ihm das Tor zur Welt offen. Doch beim Betreten der Straße hatte er plötzlich Angst. Er saß quasi wie eine Ente auf dem Präsentierteller und war allem schutzlos ausgeliefert. Huschten auf der gegenüberliegenden Straßenseite nicht gerade zwei schwarze Silhouetten in einen finsteren Hauseingang?

Einen Moment kämpfte er gegen die aufsteigende Paranoia. Dem ersten Impuls folgend, wollte er schon kehrt machen, dann überlegte er es sich aber doch anders. Noch einmal spähte er zur anderen Straßenseite. Nichts zu sehen. Nur leere Türeingänge. Keiner verfolgte ihn, niemand hatte es auf sein Leben abgesehen. Das war doch nur eine abenteuerliche und weit hergeholte Vermutung dieser Mademoiselle Fabian – wäre da nicht der Mord auf der JFK-Toilette gewesen.

*Sterben Sie wohl, Monsieur Osborne!*

Andererseits: Trotz der Dunkelheit und des schlechten Wetters liefen noch genügend Passanten herum. Welcher Verrückte würde schon in aller Öffentlichkeit einen Mord begehen?

Vom Hotel bis zur Métro am Boulevard Saint-Germain war es nur ein Katzensprung, höchstens zehn Minuten Fußweg. Also ging er die Rue Saint-Sulpice hinab und bog in die Rue Mabillon. Sie war ziemlich dunkel, völlig menschenleer und bot dadurch einen etwas unheimlichen, beinahe gespenstischen Anblick. An den Bordsteinen parkten ein paar verrostete, schrottreife Autos. Bei den meisten fehlten die Nummernschilder. Ein Auto war sogar bis auf die blanke Karosserie abgebrannt. Die wenigen Schaufenster waren dunkel, die Läden finster. Manche Fensterscheiben waren zerschmettert. Zudem stank es aus der Gosse penetrant nach Abfällen und Urin.

Osborne schritt trotzdem zügig weiter, vorbei an leer stehenden Häusern. Ab und an malten ein paar verstreute Straßenlaternen trübe Lichtkreise auf den nassglänzenden Asphalt. Die Kühle war hier irgendwie spürbarer, schneidender als auf der belebten Rue Saint-Sulpice.

Etwa auf halber Wegstrecke zum Boulevard Saint-Germain beschlich ihn zum ersten Mal das vage Gefühl, jemand folge ihn. Es war mehr eine Ahnung, denn es gab nichts, was den Verdacht begründete. Kein huschender Schatten, keine Schritte. Man konnte es vielleicht auch Instinkt nennen, der leise Alarm schlug. Warum sollte er nervös sein? Gut, diese Nebenstraße war etwas ausgestorben, aber fast in Sichtweite pulsierte das Leben.

Gleichwohl legte der Computerexperte einen Gang zu. Vor ihm verzweigte sich links und rechts ein Aderwerk an Gässchen. Diese verloren sich schnell in der Schwärze, weil von hier ab die Straßenlaternen ausnahmslos streikten. Das gegenüberliegende Trottoir lag in tintiger Dunkelheit. Auf dieser Straßenseite waren die Fenster mit Brettern vernagelt. Noch hundert Meter bis in die belebte Welt des Boulevards.

Ein Regenrohr endete eine Handbreit über dem Gehweg und spuckte unentwegt Wasser auf den Bürgersteig. Mit einem Satz überwand Osborne den Wasserfall. Er hatte keine Angst, nur ein Anflug von Unsicherheit zerrte etwas an seinen Nerven. Leise vor sich hinsummend, steuerte er geradewegs in den finstersten Bereich des Weges. Wieso war er plötzlich so atemlos? Warum schlug ihm das Herz bis zum Hals? Er holte tief Luft, verharrte und lauschte. Erneut beschlich ihn das beklemmende Gefühl, dass etwas Bedrohliches in der Luft lag. Oder wurde er langsam wirklich paranoid? Er drehte sich um. Weit und breit keine Menschenseele. Kein fremder Schatten befand sich in seinem Kielwasser. Mit Blicken in die Umgebung vergewisserte er sich, dass er allein auf der Straße war. Trotzdem, die Nervosität blieb.

Als er die nächste Querstraße überschritt, wurde er sich seiner Schutzlosigkeit bewusster denn je. Irgendwas stimmte nicht. Das konnte er fühlen. Zum Glück schwappte der gedämpfte Verkehrslärm vom Boulevard mit jedem Schritt etwas lauter herüber. Aber da drang noch etwas anderes an sein Ohr. Das Geräusch scharrender Schuhe, die nicht seine eigenen waren, ganz in der Nähe.

Verstohlen warf er einen Blick über die Schulter. Da huschte doch ein Schatten zwischen den parkenden Autos! Oder gaukelte ihm seine überreizte Phantasie nur etwas vor? Er schaute zurück auf die Straße. Diese elende Dunkelheit war wie eine Wand.

Verunsichert marschierte er weiter. Ganz klar, das musste eine akustische Täuschung gewesen sein. Dennoch bewegte er sich erheblich schneller voran. Ungewissheit spornte an.

Bis zum Boulevard mochten es vielleicht noch dreißig Meter sein. Drei mal zehn Meter dunkle, leere Straße. Flüchtig riskierte er wieder einen Blick nach hinten. Da! Jemand hastete tatsächlich leise wie ein Gespenst in den Schatten. Aber auch ein Gespenst sah in der Dunkelheit nicht alles.

Dieses stolperte gerade über eine weggeworfene Dose, die nun blechernd über den Asphalt schepperte.

Osborne erstarrte wie vom Donner gerührt. Fieberhaft überlegte er, wie er seine Haut retten könnte. Nach der Schrecksekunde unterdrückte er den Impuls zu rennen. So unauffällig wie möglich marschierte er weiter, legte dabei aber doch noch einen Schritt zu. Immer schneller hastete er an dunklen Häusern vorbei, deren Wände irgendwelche Idioten mit Graffiti besprüht hatten, und überquerte die letzte düstere Querstraße.

Lauf! Renn um dein Leben!, kreischten alle seine Instinkte.

Also eilte er noch schneller, um möglichst bald den illuminierten Boulevard zu erreichen. Hinter ihm hallten jetzt deutlich schwere Schritte; mindestens von zwei Männern. Keine Zeit zum Umblicken. Hätte sowieso nichts gebracht. Zwei Straßenräuber, hätte man denken können, wäre da nicht Mademoiselle Fabians Anruf gewesen. Das machte es jetzt schwer, an einen Überfall zu glauben.

*Sterben Sie wohl, Monsieur Osborne!*

Doch statt wild zu spekulieren, konzentrierte er sich lieber auf die Rettung seines Lebens. In Greifweite erhellte sich die verwunschene Dunkelheit, dann trat er endlich auf den erleuchteten Boulevard, wo es erwartungsgemäß von Menschen wimmelte. Atemlos blieb er stehen und drehte sich um. Die kleine Straße, aus der er gekommen war, lag still und menschenleer da. Das legte zwei Schlussfolgerungen nah: Entweder hatten die Verfolger die Verfolgung aufgegeben, oder es hatte niemals Verfolger gegeben.

## VI. KAPITEL

# Abstieg in die Hölle

*20 Uhr 14 – Boulevard Saint-Germain*

Kalter Regen peitschte über den Boulevard. Die Schleusen des Himmels hatten sich noch mehr geöffnet. Mit feuchtnassen Fingern zog Osborne den Kragen seines Trenchcoats fest am Hals zusammen und rannte auf die andere Straßenseite zur Métro-Station Saint-Germain-des-Prés. Eine breite Treppe führte zum ersten Unterdeck hinab. An einem Automaten kaufte er ein Carnet, einen Block mit zehn Billetts. Mit dem Ticket öffnete er eine automatische Türschleuse, quetschte sich durch ein Drehkreuz und stieg noch mehr Stufen hinunter.

Eigentlich war er viel zu früh, andererseits wollte er auch nicht auf den letzten Drücker kommen, zumal man nie wusste, was unterwegs alles passieren konnte. Wäre nicht das erste Mal, dass eine Métro mit Motorschaden oder wegen Stromausfall auf der Strecke liegen blieb.

Orientierungslos durchschritt der Wissenschaftler das Tunnellabyrinth, Stiegen hinunter, Stiegen herauf. Endlose Treppen führten immer tiefer in ein noch endloseres Tunnelsystem. Gestresst wirkende Menschen fluteten ihm aus dämmrigen Schächten entgegen und schäumten die Treppen hinauf. Das schwache Licht schmutziger Neonröhren oder billiger Niedrigwattbirnen wies ihnen den Weg. Manchmal tropfte Wasser von der Decke.

Eine Zeit lang schwamm Osborne mit dem Strom fremder Reisender, blieb dann wie angeschwemmtes Treibgut zurück und irrte allein weiter durch die Gänge. Das Zischen automatischer Türschleusen wurde lauter, gefolgt vom Getöse und Geratter abfahrender Züge.

Schließlich erreichte er den gesuchten Bahnsteig. Schon nach wenigen Minuten spürte er einen warmen Windzug und hörte das Rumpeln der nahenden Métro. In der Schwärze des Gleistunnels tauchten zwei Lichtpunkte auf, die rasch größer wurden. Mit kreischenden Bremsen kam die Bahn zum Stehen. Er betrat einen Waggon und setzte sich auf eine der abgewetzten Bänke. In Châtelet stieg er in die Bahn Richtung Poissonnière um. Auf unendlich langen Fließbändern ging es zunächst zu Fuß weiter. Dann musste er über schmutzige Treppen, auf denen ihm ein Gestank wie in einem Gorillagehege entgegenwehte, hinab und zum nächsten Fließband.

Die Louvre-Haltestelle war eine der wenigen, deren Wände nicht mit hässlichen Kritzeleien verunziert waren. Illuminierte Vitrinen waren in die

Wände eingelassen. Hinter Panzerglas eingeschlossen standen Repliken ägyptischer Kunst aus der Zeit der Pharaonen; die Originale konnten im Louvre bewundert werden. Während Osborne goldene Armreife, Karaffen und mit Hieroglyphen verzierte Schmuckstücke betrachtete, wandten sich seine Gedanken mit der ihnen eigenen erfinderischen Feinfühligkeit dem möglichen Date mit Chantal Dubois zu. Die Vorstellung, dass eine französische Traumfrau wirklich etwas für ihn empfinden könnte, erschien ihm bei nüchterner Betrachtung mehr als grotesk. Andererseits, warum sollte sie völlig abwegig sein? Er war immer gut angezogen und gepflegt; täglich hatten Millionen Männer, die hässlicher waren als er, Verabredungen mit schönen Frauen. Darüber hinaus kannte sie seine Arbeit und schien darüber beeindruckt. Die Chancen standen vielleicht doch nicht so schlecht, dass dieses Date nicht nur in seinem Kopf ein Happy End fand.

Der vibrierende Boden kündigte die Ankunft der nächsten Bahn an. Nachdem sie gehalten hatte, reihte er sich in einen Pulk ein, der sich vor jeder Waggontür bildete. Abgestandene, stickige Luft schlug ihm beim Betreten des Abteils entgegen. Das Thermostat der Heizung funktionierte nicht, weshalb hier eine Temperatur wie in einem Dampfbad herrschte. Zwar hatten einige Fahrgäste die Klappfenster geöffnet, aber die ließen weniger frische Luft als viel mehr den höllischen Lärm der über die Gleise ratternden Räder herein.

In kurzen Abständen wurde der Zug langsamer, tauchte in das schmutzige Licht der nächsten Métro-Station und hielt. Zischend gingen die Türen auf und zu. Menschen kamen und gingen.

Die meisten Passagiere dösten vor sich hin. Ab und an kämpften alle mit dem Gleichgewicht, während die schlingernden Waggons in Kurven bockten und kreischten.

Osborne lauschte dem einlullenden Geratter der Bahn. Seine Gedanken pendelten zwischen den süßen Verlockungen dieses Abends, dem Desaster des Nachmittags und der wundersamen Rettung durch Françoise Fabians Anruf. Er genoss vor allem die Euphorie, dass seine kühnsten Träume in wenigen Stunden vielleicht wahr werden konnten. Ehe sich seine Phantasie mehr in diese Vorstellung vertiefte, schaukelte sie eigenständig in die entgegengesetzte Richtung zu der Befürchtung, dass doch noch etwas bei der Entlarvung der Saboteure seines KI-Programms schief lief.

In dem Waggon wurde es allmählich ruhiger. Zu Beginn der Fahrt war er berstend voll gewesen. Nach und nach leerte er sich zusehends. Schließlich waren nur noch der Amerikaner und eine zierliche, beinahe magere Französin übrig. Ihr Gesicht war unscheinbar und so blass, dass es beinahe konturlos wirkte. Sie saß ihm direkt gegenüber. Ihr Haar war extrem kurzgeschnitten und von einer undefinierbar graubraunen Farbe. Unter ihrem offenen Mantel trug sie einen giftgrünen Minirock mit bonbonpinker Strumpfhose und eine türkisblaue Bluse. Sie war sehr nervös. Ihre ganze Haltung drückte eine solche Angst aus, dass es Osborne nicht entgehen konnte. Als er ihr den Kopf zuwandte, ertappte er sie dabei, wie sie ihn verstohlen musterte. Er schenkte dem keine Bedeutung, denn er hatte alle Hände voll damit zu tun, seine Gedanken wieder auf die schöne Chantal mit den Bernsteinaugen zu lenken. Nur noch wenige Stationen trennten ihn von ihr. Er hatte sich gerade in seinen süßen Tagtraum vertieft, da zuckte er jäh zusammen, weil ihn die Mitreisende ansprach.

»Pardon, Monsieur.« Sie sprach hastig, wobei sich ihr Gesicht vor Verlegenheit rötete. »Fahren Sie vielleicht bis Poissonnière?«

»Ja, wieso?«

»Gott sei Dank. Ich fürchtete schon, ich würde die Einzige sein, die dort aussteigt. Ich habe ja solche Angst.«

»Weshalb?«

»Wissen Sie denn nicht, was es mit dieser Station auf sich hat?«

»Nein. Was ist denn mit dieser Station?«

»Das wissen Sie wirklich nicht? Allein in der vergangenen Woche verschwanden drei Menschen, die abends in Poissonnière ausgestiegen sind. Jeder in Paris kennt die Geschichte von dem oder den Irren, die dort umgehen. Wie viele Leute in diesem Viertel bisher spurlos verschwanden oder ermordet wurden, weiß keiner genau. Seit über zehn Jahren gibt es jeden Monat Dutzende Vermisste. Ausschließlich Frauen! Keine älter als dreißig Jahre. Gerüchten zufolge verschwanden allein in den letzten fünf Jahren über vierhundert. Ihr Schicksal blieb ungeklärt. Von den meisten hat man nie wieder etwas gehört. Von einigen fischte man die furchtbar verstümmelten Leichen aus der Seine. Sie waren so entstellt, dass sie kaum mehr identifiziert werden konnten. Vor ihrem Tod müssen sie entsetzlich gefoltert worden sein. Bei Bauarbeiten am Stadtrand entdeckte man vor ein paar Jahren ein Massengrab mit über fünfzig Frauenleichen. Von den toten Körpern war außer den Skeletten nicht mehr viel übrig. Obwohl es niemand offiziell sagt, glaubt jeder, dass es sich dabei um einen Teil der vermissten Frauen von Poissonnière handelt. Darum steigt dort nach zwanzig Uhr kaum einer aus. Aber ich wohne da und ein Taxi kann ich mir nicht leisten. Wissen Sie, ich arbeite als Verkäuferin im Au Printemps und da verdiene ich nicht besonders viel. Heute hatten wir Inventur. Deswegen bin ich sehr spät dran. Ich heiße Latour ..., Odette Latour.«

Der Computerexperte beruhigte sie und versicherte ihr, er würde sie bis auf die Straße begleiten. Ihn interessierte die Geschichte nicht übermäßig. Im Gegensatz zu vielen anderen Zeitgenossen fand er keinen Gefallen an Gruselgeschichten über die morbide Verkommenheit einer Stadt und ihrer Bewohner.

»Die Polizei tappt angeblich im Dunkeln«, fuhr sie gereizt fort. »Zwar nahmen sie immer wieder Verdächtige fest, aber das Verschwinden ging unvermindert weiter. Was den oder die Täter angeht, gibt es eine Menge Spekulationen. Von Satanisten ist die Rede, von Organhändlern, von einem psychopathischen Serienmörder und von einem Netzwerk sexuell pervertierter Verbrecher aus einflussreichen Kreisen, bis hin zur Polizei und hohen Politikern. Ganz abwegig ist das nicht. Warum verlaufen denn die Ermittlungen immer wieder im Sand? Wieso berichten Journalisten nichts über das mysteriöse Verschwinden? Das muss für die Presse doch ein gefundenes Fressen sein. Kaum eine Woche vergeht, in der dort niemand verschwindet. Ich frage Sie: Wo sind die Frauen? Lösen die sich in Luft auf? Werden sie in die Seine geworfen? Die eine oder andere vielleicht, aber doch nicht Hunderte. Die Leichen würden entweder ans Ufer gespült oder in den Schleusen stecken bleiben. Ich vermute vielmehr, sie wurden irgendwo vergraben oder, wenn die Entführer mit ihnen gemacht haben, was sie wollten, mit Benzin übergossen und verbrannt. Was die Theorie mit dem organisierten Organhandel angeht, die glaube ich nicht. Zwar waren den gefundenen Leichen Organe entnommen, aber warum sollten Organhändler ausschließlich Frauen ermorden? Männliche Organe sind doch nicht schlechter als weibliche. Ich persönlich glaube, dass die Behörden in den Fall verstrickt sind. Sie behindern die Ermittlungen und verfälschen Beweise. Die Täter werden nie erwischt, weil die Polizei sie deckt, Hinweise unterschlägt und Zeugen nicht verhört. Wenn Sie bei offiziellen Stellen nachfragen, stoßen Sie auf eine Mauer des Schweigens. Ein Skandal ist das! Kein einziger Fall der vermissten Frauen wurde bisher aufgeklärt. Da kann man beim besten Willen nicht mehr nur von Ignoranz der Behörden sprechen. Das ist Vertuschung. Ich kenne Dutzende Angehörige vermisster Frauen persönlich, deren Nachfragen und Beschwerden bei der Polizei ungehört blieben. Die Angst hängt wie eine Dunstglocke über dem ganzen Viertel. Inzwischen greifen die Bewohner zur Selbstwehr. Sie richteten Not-Telefone ein und es gibt sogar eine Art Bürgerwehr, die nachts auf Patrouille geht.«

Osborne stufte Odette Latour in die Kategorie Durchschnitts-Pariserin ein, die von reißerischen Zeitungsartikeln aufgeschreckt und zwischen Faszination und Hysterie hin- und hergerissen war. Er hasste solche Begegnungen mit Menschen, die sich die schrecklichsten Gräueltaten ausmalten, sich mit Lust an der Sensationsgier darin hineinsteigerten und sich dann vor diesen Phantasieprodukten fürchteten. Falls wirklich ein Psychopath sein Unwesen trieb, würde die Polizei ihn früher oder später schnappen. Erfahrungsgemäß wagten sich diese Verrückten aus Übermut oder wegen des Nervenkitzels immer weiter vor. Bis man sie fasste, konnte allerdings jeder der Täter sein. Niemandem stand sein wahres Wesen ins Gesicht geschrieben.

Im Augenblick beschäftigte ihn etwas ganz anderes. Er war unterwegs zu einer märchenhaften Frau. Dieser Gedanke und das rhythmische Geschaukel der Bahn lullten ihn wieder angenehm ein.

Nur noch etwa fünf Minuten und sie waren am Ziel. Osborne rückte die Krawatte zurecht, griff seinen Mantel, den er an einem Haken neben dem Fenster aufgehängt hatte, zog ihn über und setzte sich wieder. Flüchtig registrierte er, wie die Verbindungstür zum vorderen Waggon aufflog. Zwei Männer betraten das Abteil; beide waren ungefähr dreißig Jahre alt und hatten augenscheinlich zu viel Muskeln und zu wenig Hirn. Das Mondgesicht des einen Mannes mit dem kahlrasierten Schädel war mit blutroten Pusteln und Pickeln übersät, als hätte ihm jemand ein Glas Säure ins Gesicht gegossen. Er war groß, muskulös und hatte gewaltige Schaufelbaggerhände. Unter einer offenen Militärjacke, die seine gewaltigen Bizeps aber nicht gut zur Geltung brachte, trug er einen fleckigen Sweater mit Kapuze, dazu eine Tarnhose und schwere Fremdenlegionärsstiefel mit Metallkappen, die klackten, wenn er damit über den Boden schlurfte. Hinter dem Muskelberg trat dessen Begleiter ein. Seine vorquellenden Augen glubschten förmlich aus dem teigigen Gesicht, das schulterlange Haare, die schon lange keinen Kamm mehr gesehen hatten, wie ein verfilztes Vogelnest umrahmten. Er war zwar nicht ganz so ein Riese wie sein Kumpel, hatte aber genauso gewaltige Schultern und Oberarme. Rein äußerlich verkörperte er den Stereotyp des Ghetto-Outsiders: Blousonjacke, die sein Kreuz breiter erscheinen ließ, taillierte Jeans im Karottenschnitt und schneeweiße Leder-Espandrillos.

Osborne war so in Gedanken versunken, dass er gar nicht merkte, wie ihn das Unheil ins Visier nahm.

»Wir sind gleich da«, bemerkte Odette Latour.

»Wir unterbrechen euch Turteltäubchen nur ungern«, knurrte der Koloss mit der Glatze. »Was dagegen, wenn wir's trotzdem tun?«

Osborne erschrak und suchte nach einer passenden Antwort. Doch das einzige, was ihm über die Lippen kam, war ein gestottertes: »Nein.«

Kaum hatte er es ausgesprochen, flüsterte ihm sein Instinkt, dass er es bei dieser kurzen Konversation belassen sollte. Denn alles, was dieser Riese möglicherweise als Provokation missverstand, konnte böse Auswirkungen für sein Wohlbefinden nach sich ziehen. Der Franzose schien zufrieden und wandte sich Odette Latour zu. Er betrachtete sie eingehend, als würde er über etwas grübeln. Dann drehte er sich zu seinem Kumpel um und nickte. Die beiden Kerle setzten sich immer noch nicht. Sie tuschelten miteinander, dann drehte sich der Große wieder Osborne zu: »Sie da!«

»Ja …?«, stottert der Angesprochene und machte Anstalten aufzustehen. Aber sein Hintern schien an der Sitzbank festgetackert zu sein. Wie in einem Albtraum.

»Keine Sorge, Monsieur«, grunzte der Glatzkopf. »Wir wollen nur ein bisschen mit Ihnen quatschen. Wir haben uns ja gestern leider verpasst.«

»Ich verstehe nicht ganz …«, stammelte Osborne.

»Ist er das auch wirklich, Perrin?«, fragte sein kleinerer Begleiter mit der Kratervisage. »Ganz sicher?«

»Ist der Papst katholisch?«, antwortete der. »Klar ist er das!«

»Bist du dir da auch wirklich sicher?«

»Hundert Pro!«

»Hundert Pro«, äffte ihn sein Kumpel nach. »Das hast du gestern auch in New York gesagt und hundert Pro dem Falschen die Kehle aufgeschlitzt.«

Osborne saß wie vom Donner gerührt da. Langsam kroch Angst in ihm hoch. Wieso glaubten die beiden, ihn zu kennen Waren das etwa die gedungenen Killer, vor denen ihn Françoise Fabian gewarnt hatte? Was redeten die da von gestern in New York?

Prompt meldete sich die Erinnerungsabteilung in seinem Kopf vehement zu Wort. Sie hatte die Stimme des Riesen als schon einmal gehört identifiziert: gestern! Auf der JFK-Herrentoilette hatte ihr Furcht einflößendes Timbre gezischelt: *»Sterben Sie wohl, Monsieur Osborne!«*

Wie zur Bestätigung seiner Gedanken wandte sich der Kleinere zu ihm um und sagte: »Da staunen Sie, was? Um ein Haar hätten wir schon in New York das Vergnügen gehabt. Sie erinnern sich? Das Flughafenklo? Wir haben gewartet, bis Sie da drin verschwunden sind. Dann haben wir noch ein bisschen mehr gewartet, um ganz sicher zu gehen, dass Sie auch allein da drin sind. Und wenn dieser Idiot hier besser aufgepasst hätte, statt sich schnell mal Zigaretten zu holen, während ich gerade telefonierte, dann wäre dem nicht entgangen, dass nach Ihnen noch jemand auf das Klo gegangen war. Dummerweise hatte dieser jemand auch noch eine gewisse Ähnlichkeit mit Ihnen. Diese unglückliche Verkettung der Umstände kostete dem armen Kerl leider sein Leben und beschert uns heute Überstunden. Wir hecheln Ihnen schon seit heute Morgen hinterher, weil wir keine Lust haben, wieder den Falschen abzumurksen.«

»Ich verstehe nicht«, wiederholte Osborne, während sich seine Gedanken überschlugen. »Wieso wollen Sie mich umbringen? Ich habe Ihnen doch nichts getan.«

»Uns nicht, aber offensichtlich unserem Brötchengeber.« Perrin grinste schief.

»Und wer ist das? In welchem Auftrag handeln Sie?«

»Tut uns Leid, Monsieur, aber Diskretion ist das oberste Gebot in unserem Beruf. Deswegen heuert man ja Berufskiller an, um selbst nicht in Verdacht zu geraten.«

»Berufskiller?«, stotterte der Amerikaner, dessen Angstgefühle, die er bis zu diesem Zeitpunkt kennen gelernt hatte, nur ein schwacher Abglanz dessen waren, was er nun empfand. »Hören Sie, das muss ein Missverständnis sein.«

»Das glaube ich allerdings kaum, Monsieur.«

Natürlich wusste er, dass das kein Missverständnis war. In New York auf der Herrentoilette, *das* war ein Missverständnis gewesen. Aber jetzt hatten die Mörder den Richtigen. Und das wussten sie.

Hastig durchstöberte er sein Gehirn nach einer Strategie. Er musste fliehen, nur wie? Er konnte dem Kerl nicht einfach eins reinwürgen und verschwinden. Er konnte aber auch nicht einfach nur dasitzen und hoffen, dass ihm nichts passierte. Momentan wirkte er, als sei er vollkommen hilflos, was er in Wahrheit ja auch war. Er musste die beiden aber unbedingt in die Schranken weisen. Er sollte aufstehen und sich kampfbereit geben. Aber was, wenn sich die Killer von dieser Drohgebärde nicht einschüchtern ließen? Dieses Risiko des totalen Gesichtsverlustes wollte er auf gar keinen Fall eingehen. Deshalb versuchte er, zumindest nicht allzu eingeschüchtert zu wirken, was ihm aber nicht sonderlich gelang.

»Was machen wir mit der Kleinen, Mokovitz?«, fragte Perrin und deutete mit dem Kinn auf Odette Latour. »Ich meine, die können wir ja schlecht laufen lassen. Meinst du, die könnte vielleicht ...?«

»Keine üble Idee«, antwortete Mokovitz. »Die erfüllt ihre Zwecke. Über die wird sich die Chefin freuen. Und uns erspart das eine Menge Sucherei in dieser Nacht.«

»Verdammt, lassen Sie uns doch in Ruhe!«, mischte sich Osborne ein.

»Du lieber Himmel«, wandte sich Perrin scheinbar zutiefst schockiert an seinen Kumpel. »Ich glaube, mein Gehör funktioniert nicht mehr richtig. Ich dachte gerade tatsächlich, der Zwerg hätte ›verdammt‹ gesagt.«

»Das hab' ich auch so verstanden«, spielte Mokovitz den Verdutzten.

»Sie machen mir keine Angst«, log der Computerexperte.

»Wissen Sie was?«, grinste Mokovitz. »Das glauben wir Ihnen sogar. Wir glauben sogar, dass Sie gar nicht wissen, was Angst überhaupt ist. Aber glauben Sie uns, wenn wir mit Ihnen fertig sind, werden Sie eine feste Vorstellung von diesem Begriff haben. Wenngleich auch nur für die wenigen Augenblicke Ihres noch verbleibenden Daseins.«

»Was ist, Gnädigste?«, sprach Perrin Odette Latour an. »Aufstehen! Dürfen wir bitten, oder müssen wir Sie bitten?«

Keine Antwort. Das Schweigen im Abteil dehnte sich bösartig aus, bis der Angesprochenen klar wurde, dass sie sich selbst verteidigen musste.

»Bitte, lassen Sie mich in Ruhe. Sonst schreie ich um Hilfe!«

Es wurde erneut still, bis auf das Rumpeln der Räder, das in der Ruhe umso lauter zu werden schien. Ohne jemanden anzusehen, sagte Perrin nach einer halben Ewigkeit zu seinem Kumpel: »Hast du das gehört, Mann? Ich fürchte, die Dame verhält sich unkooperativ.«

»Bitte, Messieurs«, mischte sich ihr Begleiter mit schwacher Stimme ein. »Lassen Sie uns in Ruhe ...« Er brach mitten im Satz ab, weil etwas mit seinen Stimmbändern nicht mehr richtig funktionierte. Sie waren wie gelähmt, als würden sie fest zusammengepresst.

»Sie knöpfen wir uns gleich vor«, versprach Mokovitz. »Nur Geduld, Monsieur. Oder stehen Sie vielleicht auf roher Gewalt?«

»Nein, das nicht ...« Osbornes Stimmbänder spielten ihm erneut einen Schabernack und traten in den Streik.

Mokovitz musterte Odette Latour von oben bis unten und zwinkerte ihr zu. »Kommen Sie, wir kennen einen schönen Spielplatz. Auf Ihren Galan hier brauchen Sie nicht zu hoffen. Den murksen wir gleich an Ort und Stelle ab.«

»Verschwinden Sie, Messieurs!« Odette Latour sprang auf. Ihre Augen blitzten die beiden Männer an, obwohl die dreimal so groß zu sein schienen wie sie.

Osborne staunte. Offensichtlich war die kleine Dame vertrauter mit rohen Kerlen als er. Statt sich ängstlich vor ihnen zu ducken, hob sie herausfordernd ihr Kinn. »Wenn Sie jetzt gehen, verspreche ich Ihnen, von einer Anzeige abzusehen.« Ihr kühler Ton verriet nicht die geringste Spur von Furcht.

»Wir tun Ihnen nichts, Mademoiselle«, änderte Mokovitz die Taktik und versuchte es mit Diplomatie. »Aber wir müssen hier weg, sonst verlieren wir viel Geld.«

Seine Worte sollten ehrlich klingen, doch ein Blick in sein Gesicht verriet das Gegenteil. Er stand dicht vor der kleinen Französin. Sein abstoßender, nach billigem Fusel stinkender Mundgeruch blies ihr ins Gesicht. Doch sie wich kein Jota zurück.

»Ich erwarte, dass Sie sofort verschwinden!«, zischte sie.

Mokovitz aufgesetztes Grinsen verschwand wie ausgelöscht.

»Ich glaube, jetzt sollte ich mir die Dame mal vorknöpfen«, sagte Perrin und trat schwerfällig vor. »Entschuldigen Sie, Mademoiselle, aber wenn Geld auf dem Spiel steht, können wir uns keine besonderen Rücksichtsnahmen leisten.« Für einen Moment sah es so aus, als wollte er die Frau mit seinen Pranken an den Haaren packen und mit sich schleifen. Stattdessen räusperte er sich nur und fuhr fort: »Also, ich hoffe, Sie sind ein wenig gefälliger und erleichtern uns unseren Job.«

»Was wollen Sie überhaupt von mir?«

»Das werden Sie noch früh genug erfahren«, grunzte Perrin und wandte sich an seinen Begleiter: »Los, Abflug! Ich pack mir die Kleine, kümmere du dich um den Burschen.«

»Hände weg!«, fauchte Odette Latour und untermalte ihre Forderung mit einer Ohrfeige.

Das Gesicht des geohrfeigten Perrin lief puterrot an. Er stand da wie vom Donner gerührt.

Osborne wusste, dass er spätestens jetzt zum Eingreifen aufgerufen war. Auch er hatte den Fluch geerbt: Solange es Männer gab, hatten sie immer den Drang verspürt, den Helden zu spielen. Es hatte sie dazu nicht bloß gedrängt, es hatte sie geradezu getrieben. Es war ein tiefverwurzeltes Verlangen aufzustehen, sich der Herausforderung zu stellen und das zu tun, von dem ein Mann wusste, dass er es tun musste. Das Dilemma des Augenblicks war bloß, Osborne wusste, dass er etwas unternehmen musste, er wusste nur nicht was. Er wusste nur, er konnte sich eher unsichtbar machen als auch nur einen Finger rühren. Ebenso war er sich im Klaren darüber, dass er sich sein Leben lang schämen würde, wenn er nichts unternahm, um seiner Begleiterin zu helfen. Andererseits war es ziemlich fraglich, ob sein Leben noch lange währte, wenn er etwas unternahm. Er besaß halt nicht die Kaltschnäuzigkeit eines Großstadtkämpfers, denn er war bloß ein Büromensch aus New York, den ein grausames Schicksal in diese Situation geweht hatte. Zudem hatte sein Körper schon automatisch in den Flieh-Modus geschaltet. Den Helden spielen, war nicht sein Fach.

Ganz anders dagegen Odette Latour. Sie wich immer noch keinen Millimeter zurück. Provokativ drohte sie: »Wagen Sie es nicht, mich anzufassen! Dann zeige ich Sie auch noch wegen Nötigung an, darauf können Sie sich verlassen!«

Einen Augenblick lang standen sie und Perrin regungslos da, ihre Gesichter nur Zentimeter voneinander entfernt, jeder gefangen vom Blick des anderen. Dann stießen Perrins riesige Pranken fest zu. Ein Stoß traf Odette Latours Schulter. Sie flog nach hinten, ruderte mit den Armen und verlor das Gleichgewicht. Zum Glück stand eine Sitzbank genau richtig, um sie mit der Sitzfläche relativ weich aufzufangen. Bäuchlings landete sie auf dem von Rissen aufgeplatzten Kunstleder. Ehe sie sich aufrappeln oder umdrehen konnte, war ihr Widersacher schon über ihr. Von hinten schlang sich sein muskulöser Arm um ihren Hals und drückte unerbittlich zu, bis ihr das Blut in den Ohren sauste. Trotzdem schlug und trat sie wild um sich. Ihr Schuh traf Perrins Schienbein, doch das schien der nicht zu spüren. Er riss sie hoch und drehte ihr einen Arm auf den Rücken. Sie konnte nichts dagegen machen. Es gab keine Chance, sich aus diesem Griff herauszuwinden.

Mokovitz zog ein Klappmesser aus der Tasche und drückte einen Knopf. Zwanzig Zentimeter Stahl schnappten heraus. Osborne war vor Schreck wie betäubt. Er biss sich auf die Lippe, seine Knie wurden ganz weich. Seine Gedanken waren voll auf den drohenden Angriff konzentriert und malten in leuchtenden Farben aus, was passierte, wenn die Klinge ihn traf.

»Und jetzt zu dir«, knurrte Mokovitz. Übelriechender Atem hüllte den Angesprochenen ein, dass der fürchtete, er würde sein karges Abendessen wieder hoch würgen. Die verchromte Messerklinge kam glänzend in seinen Blickwinkel. Dicht über seinem hüpfenden Adamsapfel ritzte sie die Haut.

Der Amerikaner schluckte krampfhaft und fragte sich, was er machen sollte. Die Kunst des Überlebens bestand jetzt darin, die richtigen Dinge zu tun und die falschen links liegen zu lassen.

»Worauf wartest du noch?«, knurrte Perrin. »Bohr ein Loch in den Kerl und lass seinen Saft ablaufen. Wir verduften mit der Tussi.«

Osbornes Knie zitterten, sein Körper war schweißbedeckt. Das Messer an seiner Kehle verurteilte ihn zur völligen Untätigkeit. Zum zweiten Mal an diesem Abend beschäftigten sich seine Gedanken mit dem Tod. Diesmal aber bedeutend konkreter als in der friedlichen Abgeschiedenheit seines Hotelzimmers. Radikal wurde ihm bewusst, was Tod überhaupt bedeutete: Kein Programmieren mehr, keine Rendezvous mit bernsteinäugigen Sirenen, keine Karriereleiter und, last but not least, keine Zukunft mehr. Stattdessen würde er als menschlicher Fleischklumpen in der Seine treiben, oder in irgendeinem stillgelegten Métrostollen verrotten, während sich die Ratten an seinen Augen delektierten und sich Würmer durch seine faulenden Eingeweide fraßen.

Die Räder der Bahn kreischten, als sie mit hoher Geschwindigkeit durch eine Kurve schlingerte. Einen Augenblick lang kämpfte Mokovitz mit seinem Gleichgewicht. Osborne kratzte die kümmerlichen Reste seines verbliebenen Mutes zusammen und versetzte dem taumelnden Kerl mit aller Kraft einen Tritt, traf ihn aber nicht voll. Statt zu stürzen, schwang der nun wutentbrannt sein Messer.

»Du kleine, miese Ratte, jetzt bist du dran.« Verächtlich zog Mokovitz die Mundwinkel herab und schlug seinem Herausforderer mit der Faust so heftig ins Gesicht, dass dem schwarze Punkte vor den Augen flimmerten. »Wenn ich mit dir fertig bin, erkennt dich deine eigene Mutter nicht mehr.«

Mit einer Mischung aus Erstaunen und Ekel merkte der Geschlagene, dass seine Nase blutete. Im trüben Licht tropfte es schwarz auf den Boden. Eine Zorneswelle überflutete ihn, eine Mordswut kochte in seinem Bauch. Sein Verstand setzte aus. Dafür übernahm sein Instinkt das Ruder. Er schwenkte seine Fäuste. Aber er war kein guter Kämpfer. Mokovitz fing seinen Schlag mit der Linken spielend leicht ab, rammte ihm die Rechte in den Magen und entzündete innerhalb des Schmerzspektrums ein buntes Feuerwerk. Im Zentrum des Ganzen schwoll die Pein wie ein Ballon an, der dann an seinem Zenit kaleidoskopartig in Milliarden Fragmente zerplatzte, die wie glühende Schrapnells Muskelstränge, Nervenbahnen und Organe durchbohrten. Vor seinen Augen senkte sich ein Vorhang aus leuchtendem Rot und das klare Denkvermögen fiel in sich zusammen wie ein Kartenhaus. Die wenigen noch funktionierenden Synapsen in seinem Kopf nahmen in Reih und Glied Aufstellung und sangen »America the Beautiful« in einer dröhnenden Lautstärke, die jedes Geräusch außerhalb des Schädels übertönte. Zischend entwich die Luft aus Osbornes Zwerchfell; Beinmuskeln zerflossen zur weichen Puddingmasse und eine Tränenspringflut schwemmte über die Dämme der Unterlider hinweg. Dies überlagerten bohrende, sich konzentrisch ausbreitende Schmerzwellen, deren Epizentrum eine Handbreit unter dem Herzen lag. Schlimmer als all das zusammengenommen war der Verlust der Atemfunktion. Immer gieriger sogen die Lungen nach Sauerstoff, doch dem zusammengekrampften Zwerchfell fehlte es an Kraft, etwas durch den weit aufgerissenen Mund einzusaugen. Wie ein klemmendes Akkordeon, an dem man zog und zog, und das trotzdem nicht in der Lage war, auch nur ein Quäntchen Luft einzuziehen.

Der Amerikaner presste beide Hände auf den Bauch und würgte. Mokovitz schlug wieder zu. Eine Rippe knackte. Doch das war in Anbetracht des inzwischen eklatanten Luftmangels beinahe nebensächlich. Erstickend würgend, fiel der Computerexperte auf die Knie und rang der Luft endlich einen winzigen Hauch ab. Die Lungen gierten vehement nach mehr. Mit all ihrer Kraft stemmten sie sich gegen die Lähmung dieser lebenswichtigen Funktion. Nach und nach trotzten sie dem zähen Äther größere Atemzüge ab, bis die Paralyse endlich ihren Widerstand aufgab und ein kühler Sauerstoffstrom wohltuende Linderung in den verknöcherten Lungenflügeln schuf.

»Was ist? Hast du genug?« Mokovitz Gesicht war ausdruckslos wie ein Glas Wasser.

Osborne verlegte sich auf nonverbale Kommunikation und stürmte – obwohl er sich noch nicht richtig von dem Magentreffer erholt hatte –, mit gesenktem Kopf auf seinen Gegner los. Kaum kam er in Reichweite von dessen Fäusten, verpasste der ihm einen Schlag auf den Kopf. Schwer getroffen drehte er eine nicht sehr anmutige Pirouette und kippte vornüber. Seine Brille flog im hohen Bogen durch die Luft und rutschte scheppernd unter die Sitzbänke. Ungelenk landete er selbst im Mittelgang und war zu keiner Gegenwehr mehr fähig. Er versuchte wegzukriechen. Hände packten ihn an den Schultern und zogen ihn hoch. Eine Faust striff seine Niere, worauf er erneut in die Knie ging und nach Luft japste. Wieder wurde er gepackt, hochgerissen und landete quer auf einer Sitzbank. Das nächste, was er sah, war ein Messer, das auf ihn zustieß. Es zerteilte die Luft mit leisem Zischen. In diesem Augenblick ruckelte die Métro heftig über eine Weiche und schlingerte mit kreischenden Rädern. Mokovitz verlor sein Gleichgewicht. Das Messer verfehlte den Computerexperten, schlitzte dessen Mantelärmel auf und grub sich tief in die Rückenlehne des Sitzes. Der Gerettete sprang auf, stolperte Richtung Verbindungstür zum nächsten Waggon und riss die im Fallen auf. In selben Moment flackerten die Deckenlichter und verloschen dann ganz. Schlagartig verwischte tiefste Dunkelheit alle Schatten. Der Zug verlangsamte das Tempo und kam schließlich zum Stehen.

Osborne war im Mittelgang hart auf die Knie gefallen und erwartete jeden Augenblick, dass sich ihm eine Messerklinge zwischen die Schulterblätter bohrte. Als das nicht geschah, erlangte er seine Beweglichkeit wieder und rollte unter einen Sitz. Er redete sich ein, die Schläger würden ihn nicht finden, wenn er sich nur ruhig genug verhielt. Sein Sehvermögen war in dieser Finsternis völlig überflüssig. Nützlicher erwies sich sein Gehör. Erst vernahm er nur unverständliches Getuschel seiner Widersacher, die sich vermutlich berieten. Dann huschten Schritte durch den Mittelgang, leise, pirschend.

Der Gesuchte lag da und wagte kaum zu atmen, bis sich die Schritte im Dunkeln verloren. Hatten die beiden Killer – in der Annahme, er sei durch die offene Tür in ein anderes Abteil geflohen – den Waggon verlassen?

Vorsichtig kroch er unter den Sitzbänken hindurch. Es kostete ihn eine Menge Überwindung, vorwärts zu kriechen. Die Schwärze umschlang ihn wie ein Leichentuch, das jede seiner Bewegungen lähmte. Auf dem Boden fand er seine Brille wieder und setzte sie auf. Vorsichtig tasteten seine Finger nach potenziellen Hindernissen. Plötzlich berührte seine Hand einen Arm. Erschrocken zog er die Finger wieder zurück. Gleichzeitig hallte ein kurzer, spitzer Schrei durch die Stille. Dieser Schrei verschaffte ihm Klarheit. Er hatte Odette Latour vor sich. Im nächsten Moment erstarb ihre Stimme, weil er ihr seine Hand auf den Mund presste.

»Ich bin's«, zischte er. »Seien Sie ruhig. Die Kerle dürfen uns nicht hören. Ich glaube, sie wissen nicht genau, wo wir sind. Sieht so aus, als wären wir im Augenblick alleine in diesem Waggon.«

Jetzt war Osbornes Verstand gefragt. Die nächste Métro-Station war bestimmt nicht mehr sehr weit. Sie könnten die Bahn heimlich verlassen und das Stück durch den Tunnel gehen. Natürlich wäre das nicht ungefährlich, aber immer noch besser, als früher oder später eine Entdeckung in dem Waggon zu riskieren.

»Hören Sie zu«, flüsterte er, wobei er versuchte, seiner Stimme einen festen Klang zu geben. »Ich glaube, es ist vorteilhafter, wenn wir die Métro verlassen. Im Tunnel finden uns die Kerle nicht so leicht.«

Er spürte, wie sie nickte und ließ Odette Latour los. Hintereinander krochen sie auf allen Vieren zum nächsten Ausstieg. Er quetschte seine Finger zwischen die Gummidichtung der Doppeltür und zog mit aller Kraft an einem Flügel. Der klemmte. Er krallte seine Finger fester um die Türhälfte und riss ruckartig daran. Pressluft zischte, dann glitt der Ausstieg auf.

Vorsichtig kletterte Osborne hinaus in die pechschwarze Finsternis des Tunnels. Neben dem Gleis drehte er sich um und wollte etwas zu Odette Latour sagen. Da hörte er das leise Schlurfen von Schritten auf dem Schotter. Es kam näher. In Panik tastete er sich am Waggon entlang Richtung Triebwagen. Hinter der staubigen Frontscheibe erblickte er im Licht einer fahlen Notbeleuchtung das leere Führerhaus. Weit und breit kein Fahrer in Sicht. Was jetzt? Warten bis der Lokführer irgendwann vielleicht zurück kam? Oder zurückschleichen und Odette Latour suchen? Vielleicht würde er sie finden. Vielleicht aber würden ihn die Mörder finden. Was für einen Sinn ergäbe das, sich abschlachten zu lassen?

In diesem Augenblick zerriss der Schrei einer Frau die Stille des Tunnels. Ein entsetzlicher Schrei, der noch lange widerhallte. Osborne gehörte nicht zu den Draufgängern, die durch die Dunkelheit pirschten, um Schreien auf den Grund zu gehen. Das war bei entsprechender Musikuntermalung etwas für Filmstars. Der Druck des Messers an seiner Kehle war noch zu frisch in seiner Erinnerung. Es gab nur eine Antwort auf dieses Problem: die Polizei. Er tastete nach seinem Handy, aber es war nicht mehr in der Manteltasche. Es musste ihm irgendwann beim Kampf in der Métro abhanden gekommen sein. Blieb also nur die Hoffnung auf eine Telefonzelle in der nächsten Station.

Osborne drehte der Bahn den Rücken zu und tastete sich blind an der Wand entlang durch den Tunnel, der eine starke Rechtskurve machte. In regelmäßigen Abständen wurde die glatte Betonwand von massiven, verschlossenen Stahltüren unterbrochen. An der Decke waren unterschiedlich dicke Rohre, in denen es rauschte und gluckste. Aus einigen tropfte Wasser. Ab und an blieb er stehen und lauschte starr vor Furcht in die Dunkelheit hinein. Waren da Schritte, die näher kamen? Wirklichkeit und Einbildung verliefen ineinander. Er schluckte; sein Herz schlug ihm bis zum Hals. Dann stolperte er weiter.

Nicht lange, da hatte er sich in dem finsteren Labyrinth heillos verlaufen. Es gab so viele Kurven und Abzweigungen, dass er nicht mehr sicher war, ob er sich noch im Haupttunnel befand. Gut möglich, dass er im Kreis ging und den beiden Killern genau in die Arme stolperte.

Er wischte sich den Schweiß mit dem Handrücken von der Stirn und versuchte, die Paranoia unter Kontrolle zu halten. Es war grabesstill. Nur ein leises Platschen, als ob jemand in eine Pfütze trat, war ab und an zu hören.

Es echote von den Tunnelwänden, deshalb war es schwierig, die Richtung, aus der das Geräusch kam, zu lokalisieren. Doch es wurde jedes Mal ein bisschen lauter. Das bedeutete, es kam näher. In Panik stolperte Osborne weiter. Allmählich wich seine anfängliche Zuversicht. Nervös stoppte er wieder und lauschte. Außer seinem rasselnden Atem hörte er jetzt nichts mehr. Trotzdem zwang er sich zum Weiterlaufen. Blindlings tastete er durch die Finsternis. Er strauchelte ungeschickt über Schotter, Gleise und Schienenbolzen. Seine Finger glitten über dicke Moderschichten, die die feuchten Wände überzogen; und immer noch nahm das Labyrinth kein Ende.

Als Osborne um eine Ecke bog, hörte er direkt vor sich ein rasches Wuseln. Einen Augenblick lang zögerte er. Ein Quieken ließ ihn aufseufzen. Ratten erzeugten gewöhnlich solche Laute. Die Tunnel waren sicher ein Eldorado für Nagetiere aller Art und Größe.

Weiter ging es durch die Dunkelheit. Manchmal verzweigten sich die Stollen und teilten sich in Seitengänge. Mit jedem Schritt wurde die Luft stickiger. Als ob es hier keine Luftzirkulation mehr gab, als ob in diesem Teil der Strecke schon lange keine Bahn mehr gefahren wäre. Die Beschaffenheit des Bodens änderte sich. Lockeres Geröll wich zunehmend weichem, zähem Schlamm. Unangenehm schmatzte und gluckste der sirupartige Schleim bei jedem Schritt unter den Sohlen. Einmal sackte er fast knietief in den fauligen Matsch ein. Während er das Bein aus dem widerspenstigen Brei zog, zwang er sich ganz ruhig zu atmen. Jetzt nur nicht in Hysterie verfallen. Momentan gab es nichts, was eine kopflose Panik rechtfertigen könnte. Bis auf die Tatsache vielleicht, dass der gummiartige Untergrund immer nachgiebiger wurde und er vielleicht irgendwann in einem nassen Sumpfloch, das etwas breiter und tiefer war als das eben, versinken könnte. Wenn wenigstens ein kleines bisschen sehen wäre. In der Finsternis machte es keinen Unterschied, ob er die Augen offen oder geschlossen hielt. Alles, worauf er sich noch halbwegs verlassen konnte, war sein Tastsinn. Meist glitten seine Finger über schorfigen, rissigen Beton, oder rostige Stützpfeiler. Manchmal stolperte er auch gegen etwas. Mal prallte sein Fuß gegen weggeworfene Kanister, Dosen oder sonstigen Unrat, der sich neben dem Gleis gesammelt hatte und nun heimtückische Stolperfallen bildete. Jetzt stieß sein Schienbein gegen etwas Solides, etwas Großes, über das er beinahe der Länge nach hingefallen wäre. Er griff nach dem Ding, um es beiseite zu schieben. Es fühlte sich wie ein Geflecht aus zerborstenen Rippen, an denen noch Klumpen aus verwestem Fleisch hingen, an. Wie der halb verfaulte Leichnam eines großen Tieres – möglicherweise aber auch der eines Menschen –, dessen Knochen noch von Sehnen zusammengehalten wurden.

Entsetzt riss er die Hände zurück. Doch seine Finger verfingen sich in dem Ding, als klammerte es sich an ihn fest, als wollte es ihn nicht mehr loslassen. Verweste Sehnen, oder was immer es sein mochte, schnitten tief in seine Hand. Ein Gefühl blinder, kreischender Panik überflutete ihn. Wild gegen das Etwas tretend, befreite er sich aus dem Klammergriff. Mit metallischem Scheppern landete es irgendwo auf dem Boden. Das Geräusch passte nun gar nicht zu dem, was er von einem Skelett oder Knochen erwartet hätte. Nachdem er sich halbwegs wieder beruhigt hatte, überwog die Neugierde, ob er sich geirrt hatte. Es kostete ihn eine Menge Selbstüberwindung, die Hände auszustrecken. Er wäre überaus erleichtert, wenn er keine Leiche ertasten würde. Er wollte Gewissheit. Gegebenenfalls konnte er den Fund gleich mit bei der Polizei melden. Möglicherweise handelte es sich bei den Verbrechern in der Métro gar nicht um Gelegenheitstäter. Vielleicht waren das ja die von Odette Latour beschriebenen Serienkiller, die die Leichen ihrer Opfer irgendwo in stillgelegten Métroschächten horteten.

Wieder glitten seine Hände über das Ding am Boden. Diesmal allerdings nicht von der bangen Vermutung, es handle sich um eine Leiche, begleitet, sondern in der nüchternen Hoffnung, dass es keine sei. Nach einigem Tasten erkannte er tatsächlich, dass der Körper aus Drahtgeflecht bestand. Was er für verwestes Fleisch gehalten hatte, waren Reste einer Plastikfolie. Im Endeffekt stellte sich der Gegenstand als eine große, deformierte Drahtgeflechtrolle heraus, aus der gebogene Eisenstangen wie geborstene Rippen ragten. Wie um alles in der Welt kam dieses Zeug hierher? Die Beantwortung dieser Frage stellte er lieber hinten an. Zunächst musste er einen Ausgang finden. Er tapste weiter. Irgendwann, so sagte er sich, würde ihn dieser Tunnel irgendwohin führen. Irgendwann würde er auf eine Métro-Station stoßen.

Im nächsten Augenblick stießen seine nach vorn ausgestreckten Hände gegen ein festes Hindernis. Er berührte es in weiten Kreisbewegungen und kam zu dem Schluss, dass diese Barriere ziemlich groß sein musste, denn sie versperrte den gesamten Tunnel und fühlte sich wie eine Betonwand an. Nach längerem Herumtasten war klar, dass der Tunnel hier an einer Steinwand endete. Während seine fast tauben Finger immer noch über den kalten Beton tasteten, dämmerte ihm allmählich, dass er den falschen Weg eingeschlagen hatte. Zumindest erklärte das, weshalb das Drahtgeflecht hier rum lag. Wahrscheinlich hatten es die Betongießer nach getaner Arbeit vergessen.

Lange stand Osborne in der betäubenden Finsternis und bewegte sich nicht. Er war müde, mutlos und bar jeder Hoffnung, dass dieser Weg zu seiner Rettung beitragen konnte. Er hatte sich heillos verlaufen. Was tun? Zuerst versuchte er, seine wild rasenden Gedanken in eine vernünftige Bahn zu lenken. Die Vernunft sagte ihm dann, dass er nicht für immer vor der Wand verharren konnte. Er sollte – oder musste – wieder zurückgehen.

Und zwar so rasch wie möglich. Doch wer garantierte, dass er dabei nicht den Mördern in die Arme lief? Andererseits konnten sie ihn hier genauso gut finden, falls sie die Gänge systematisch durchkämmten. Ihm blieb keine Wahl, er musste zurück. Bei seiner Orientierung sollte er aber vor allem darauf achten, dass die Gänge nicht noch weiter nach unten führten.

Endlich raffte er alle Entschlusskraft zusammen, die er noch unter Enttäuschung und Selbstmitleid verschüttet in sich finden konnte, und ging den Weg zurück. Welche Richtung sollte er bei den Abzweigungen einschlagen? Je verzweifelter er sich aus diesem Tunnelgedärm wünschte, desto mehr dachte er an die Gefahr, die irgendwo in dieser öligen Schwärze lauern konnte. Er musste unbedingt hier raus, bevor die Klaustrophobie völlig das Kommando übernahm. Wenn er das mit heiler Haut überstehen würde, wollte er gleich morgen seinen Urlaub einreichen und die nächsten vier Wochen an irgendeinem sonnendurchfluteten Strand verbringen. Das hieß, wenn er morgen noch einen Job hatte, von dem er sich beurlauben lassen konnte. Aber das war jetzt wirklich die geringste Sorge.

Wenigstens führte dieser Tunnel hier schräg nach oben. Jedenfalls fühlte es sich so an. Nach ein paar Minuten stieß der Gang auf einen größeren. War da was? Nein, er musste sich getäuscht haben. Oder? Es war wie in einem Albtraum. Nur dass man am Ende nicht in einem warmen Bett, sondern in einem Grab lag.

Während er so in absoluter Finsternis gegen eine neue Welle Selbstmitleid ankämpfend marschierte, spürte er einen Luftzug im Gesicht. Tatsächlich löste sich die Finsternis mit jedem Schritt ein bisschen mehr auf. Trübes Licht signalisierte das Ende der Ungewissheit. Nur das monotone Brummen stromunabhängiger Generatoren, die die Notbeleuchtung des Bahnsteigs von Poissonnière mit Energie versorgten, war zu hören. Soweit erkennbar, war die Station menschenleer. Trotzdem drückte Osborne sich vorsichtshalber tiefer in die Schatten des Stollens, je mehr er sich den Bahnsteigen näherte, bis er einen Punkt erreichte, von wo aus er die gesamte Station überblicken konnte. Er presste eine Wange gegen die kalte Kante des Tunnelausganges und schaute über die Bahnsteige zu beiden Seiten der Gleise. Niemand zu sehen. Er schlich aus dem Tunnel und kletterte vom Gleiskörper auf den Bahnsteig hinauf, jederzeit darauf gefasst, von einem wütenden Killer angefallen und von der rostfreien Stahlklinge eines Schließmessers aufgeschlitzt zu werden. Er atmete auf, als er in das gelblich fahle Licht der Notbeleuchtung trat. Hier konnte sich nichts unbemerkt an ihn heranschleichen.

An der Wand erspähte er einen Münzfernsprecher. Hastig humpelte er hin. Die Notrufnummern von Polizei und Feuerwehr standen auf einer Tafel oberhalb der Tastatur. Hektisch suchte er etwas Kleingeld in der Hosentasche und schob es in den Münzschlitz. Erst als er den Hörer in die Hand nahm, sah er, dass die herausgerissene Telefonschnur neben dem Apparat baumelte.

## VII. KAPITEL

# Ein delikater Hauch von Satanismus

*21 Uhr 22 – Métrostation Poissonnière*

Osborne wagte sich nur mit äußerster Vorsicht durch das menschenleere Treppengewirr des Métro-Bahnhofes. Der vor Paranoia halb wahnsinnige Teil in ihm flüsterte unablässig, dass er sowieso keine Chance habe, dass die beiden Killer längst Witterung von ihm aufgenommen hätten, dass es nur noch eine Frage weniger Minuten war, bis sie ihn einholten und mit einem glatten Schnitt seine Luftröhre durchtrennen würden. Andererseits kam der Rettung versprechende Ausgang am Ende eines engen Schlauchs mit jedem Schritt ein kleines Stückchen näher.

Als er ins Freie trat, schlug ihm die Kälte entgegen und ein Windstoß blies ihm eine Handvoll Regen ins Gesicht. Müllübersäte Stufen führten an besprayten und mit Plakaten zugepflasterten Wänden vorbei, hinauf in die dunkle Nacht. Nach endlos bangen Minuten betrat er endlich den Gehweg vor der Station Poissonnière, direkt gegenüber der Rue Bellefond, in die irgendwo die Rue de Chantilly einmündete. Er schaute sich um. Die Straßenbeleuchtung war komplett ausgefallen, was den Schluss nahe legte, dass ein Stromausfall das gesamte Viertel heimgesucht und die Métrobahn vorhin lahmgelegt hatte.

Keine Menschenseele weit und breit. Nichts zog Osbornes Aufmerksamkeit auf sich. Nach kurzem Zögern setzte er sich auf dem holprigen Kopfsteinpflaster in Bewegung. Mit schnellen Schritten ließ er die Métro-Station Poissonnière hinter sich. Er hatte eine Mission zu erfüllen; es lag ein ungewisser Weg vor ihm. Die nächsten Stunden waren entscheidend für den Verlauf seines restlichen Lebens.

Die Rue Bellefond war eine schäbige Straße, die von alten, dicht aneinander gepressten Gebäuden aus dem späten neunzehnten Jahrhundert flankiert wurde. Die Bürgersteige lagen in einer Dunkelheit, die alle Farben und Konturen schluckte und aus den abgetakelten Häusern eine einförmige Masse schuf. Sie erschienen seltsam verzerrt, unnatürlich hoch und so schräg, als drohten sie jeden Moment umzustürzen. Die meisten wurden sowieso nur noch von Ruß und Taubendreck zusammengehalten, über die der Regen einen glänzenden Schmierfilm legte.

Osborne war allein. Allein mit sich und seinen düsteren Gedanken. Seitdem er französischen Boden betreten hatte, löste sich sein früheres Leben zunehmend in Fragmente auf. Er wusste nicht, wohin ihn das Schicksal in dieser Nacht, durch die er immer verwirrter stolperte, noch führen würde. Momentan steckten ihm vor allem die ebenso schockierenden wie demütigen Erfahrungen der Métrofahrt in den Knochen; sie würden ihn wahrscheinlich bis ans Ende seiner Tage verfolgen. Ein kleiner Vorgeschmack bot ihm schon jetzt sein schlechtes Gewissen. Gegen seinen Willen spulte es bei jeder sich bietenden Gelegenheit minutiös seine feige Flucht ab. Und dabei ließ es sich nicht mehr mit irgendwelchen Ausflüchten abspeisen.

Fest stand aber auch: Die beiden Kerle in der Métro waren jene brutalen Killer, vor denen ihn Françoise Fabian am Telefon gewarnt hatte. Sie waren ihm nicht zufällig über den Weg gelaufen, sondern hatten es gezielt auf ihn abgesehen. Odette Latour war für sie nur eine unbequeme Zeugin. Typischer Fall von zur falschen Zeit am falschen Ort. Hätte sie nicht mit ihm im selben Waggon gesessen, wäre ihr nichts passiert. Und er hatte sie im Stich gelassen! Er war geflohen wie ein Feigling! Vielleicht hatte sich die Französin retten können. Das war zwar so gut wie unmöglich, aber es musste einfach so sein. Alles, was heute auf der IT-Messe schief gelaufen war, schien dagegen bedeutungslos. Sein Versagen bei Stanton & York kostete schlechtestenfalls ein paar Arbeitsplätze. Sein Versagen in der Métro hatte möglicherweise ein Menschenleben gekostet.

Ein letztes Mal spähte er zur Métro-Station zurück, die mit jedem Schritt etwas kleiner schrumpfte, als hoffte er, Odette Latour käme ihm nachgelaufen und würde rufen: »Warten Sie, Monsieur! Ich konnte den Halunken entkommen! Ich bin gerettet!«

Was für eine idiotisch naive Vorstellung. Und trotzdem ..., was würde er dafür geben, wenn er sie noch einmal wiedersehen könnte. Lebend, unversehrt. Wahrscheinlich hatten die Mörder ihre Leiche längst in einem Métro-Tunnel wie Müll weggeworfen. Wenn jemand hinter ihm aus der Dunkelheit herkam, dann bestenfalls die beiden Killer, denn die liefen immer noch frei herum. Weit und breit war nirgendwo eine Telefonzelle, von wo aus er die Polizei hätte anrufen können. Aber von Chantal Dubois Wohnung aus konnte er das tun. Das hieß, falls er dort ankam, bevor ihn die beiden Mörder erwischten. Im Moment fühlte er sich von allen Seiten gleichzeitig attackiert: der Furcht, den Schuldgefühlen, den Killern, den Schmerzen und der Kälte.

Entschlossen stemmte er sich gegen lähmende Weltuntergangsstimmung und riss sich von spekulativen Gedanken los. Die Nachwirkungen des Überfalls und der damit verbundene Schock ließen ihn aber noch lange zittern. Wenigstens waren die Verletzungen nicht so gravierend. Abgesehen davon, dass ihm die Vorderzähne wackelten, die Nase wieder blutete und jeder einzelne Knochen im Leib brannte. Außerdem schien sein Kopf in Flammen zu stehen. Zwar ging die Schwellung an der rechten Wange schon leicht zurück, aber dafür pochte ein dumpfer Schmerz im übrigen Körper umso heftiger. Jeder Atemzug stach in seiner Rippengegend, sein Herz hämmerte wie verrückt und vor seinen Augen verschwammen die Konturen, so dass er manchmal alles doppelt sah.

Mit Gewalt trieb er sich zu einem Laufschritt an, was sich jedoch als Fehler erwies. Jählings drehte sich der Boden wie ein Strudel, wodurch sein Gleichgewichtssinn völlig aus dem Ruder geriet. Gerade noch rechtzeitig hielt er sich an einer Hauswand fest, sonst wäre er umgekippt. Ihm war speiübel, dass er – zusammengekrümmt dastehend – fürchtete, er müsse sich übergeben. Doch sein Magen gab nichts preis und ersparte so seinen Guccis die demütigende Erfahrung, vollgekotzt zu werden. Dafür machten die Beine schlapp. Sie knickten weg wie dürre Zweige. Die Schwerkraft zog ihn nach unten. Heftig knallten seine Knie auf das Trottoir. Auf allen Vieren hockte er neben einer Pfütze und wartete gespannt darauf, ob er nun ohnmächtig würde oder nicht.

Schließlich kroch er zur Hauswand und zog sich daran hoch. Aufrecht stehend holte er tief Luft, pumpte die Lungen mit Sauerstoff auf. Nachdem er wieder etwas Kraft gewonnen hatte, torkelte er ungelenk weiter. Ein paar Fetzen Zeitungspapier segelten im Wind über den Gehweg. Der Bürgersteig war glitschig, weil überall Abfall aus überquellenden Müllbehältern herumlag. Eine Katze, die im Unrat wühlte, fauchte und sprang dann behände zwischen den Tonnen davon. Ab und zu erhellte Wetterleuchten den dunklen Himmel. Grollend schlich ein Gewitter heran. Ansonsten lag eine merkwürdige Stille über der Straße. In dieser Ecke von Paris war der Verkehr völlig versiegt. Bis auf die Mülltonnen deutete nichts darauf hin, dass hier noch jemand wohnte.

Müde schleppte sich der einsame Wanderer weiter. Mit unsicheren Schritten wankte er vorwärts. Da! Hatte sich etwas in seinem Augenwinkel bewegt? Prompt malte sich seine Phantasie aus, wie ein Messer durch die kalte Luft in seinen Rücken zischte. Waren da Schritte? Kamen sie näher? Würde er bald die Beute der Verfolger sein, die sein Blut über den Gehweg verspritzten? Er blieb stehen und starrte angespannt in die betreffende Richtung. Für einen Sekundenbruchteil glaubte er, eine Gestalt husche in den Schatten. Aber außer weißen Dampffäden, die wie gestrandete Gespenster aus den Löchern eines Kanaldeckels emporstiegen, bevor der bitterkalte Wind von ihnen Besitz ergriff und sie davontrug, sah er nichts. Die Kälte schien mit jedem Schritt dichter zu werden. Er fror. Seine Kleidung war durchnässt und eisiger Regen spritzte ihm unablässig ins Gesicht. Er schaute zum Himmel. Sein Blick blieb an der fahlen Mondscheibe hängen, die ab und an zwischen vorbeiziehenden Wolken hindurchlugte und dabei die Fassaden in ein Spiel aus Licht und Schatten tauchte, ehe sie sich wieder hinter einem Wolkenberg auf die Lauer legte.

*21 Uhr 34 – Rue de Chantilly*

Nach gut fünfzig Metern war Osborne am Ziel. Seinen Augen offenbarte sich ein bizarres Gebäude. Vor zwei- oder dreihundert Jahren mochte das Stadthaus einmal ein prächtiges Bauwerk gewesen sein; doch im Laufe der Zeit hatte man alle möglichen Stile auf und an die ursprüngliche Konstruktion gepfropft. Dem Betrachter bot sich heute nur noch eine kuriose Anhäufung ineinander verkeilter Dachstühle und kreuz und quer verschachtelter Erker und Anbauten. Als Ganzes gesehen, vermittelte der Bau den Eindruck, dass nur ein Wahnsinniger diesen architektonischen Albtraum entworfen haben konnte. Die Jahre hatten unübersehbare Spuren am Haus hinterlassen. Risse klafften in den verschimmelten Außenwänden. Das Kuppeldach über der abgerundeten Hausecke bestand aus Kupfer, das von Patina überzogen war. Der angrenzende Dachstuhl des Hauptdaches zollte dem Alter und der Schwerkraft Tribut, indem er in der Mitte stark durchhing. Wie viele Familien mochte das Haus heute beherbergen? Acht? Zehn?

Einen Moment verharrte Osborne vor der abgeblätterten Haustür. Die antike Steinzarge bildete ein einziges Chaos aus verwitterten Namensschildchen und provisorisch angeschraubten Klingelknöpfen. Es dauerte eine Zeitlang, ehe er Chantals Namen fand. Sie wohnte offensichtlich im obersten Stockwerk. Er drückte den vereinbarten Klingel-Code, aber nichts geschah. Nach fünfzehn Sekunden läutete er noch zweimal, ehe ihm einfiel, dass die Schelle während des Stromausfalls gar nicht funktionieren konnte.

Eigentlich rechnete er fest damit, dass die Haustür verriegelt war, als er dagegen drückte. Das Türblatt fühlte sich alt und zerfurcht wie gegerbte Haut an. Zu seiner Verwunderung schwang es weit auf. Dahinter empfing ihn formlose Schwärze. Dunkelheit und feuchte Kälte hüllten ihn mit jedem Schritt mehr ein. Er hatte die Tür hinter sich offen gelassen, damit etwas Mondlicht den Flur erhellte. Kaum war er zwei Schritte weit in den Flur eingetreten, da ließ ihn ein Knall zusammenzucken. Polternd schlug die schwere Pforte zu und das Schloss schnappte ein. Sein Verstand sagte ihm, dass er ein Idiot war, weil er den Eingang nicht arretiert hatte. Er ging zurück und wollte die Tür öffnen, stellte aber fest, dass innen nur ein Knauf und keine Klinke vorhanden war. Zum Öffnen benötigte man einen Schlüssel. Beim Versuch, die Finger zwischen Türblatt und Rahmen zu zwängen, büßte er den Daumennagel ein und ratschte sich die Fingerkuppen an den Splintern auf. Als Bluttropfen auf den Holzrahmen fielen, gab er auf. Er drehte sich um und tastete sich an der Wand entlang, bis er mit dem Fuß gegen eine Treppe stieß, die zu den oberen Etagen führte.

Auf dem Weg hinauf schlug ihm Eiseskälte entgegen. Der Geruch von Bohnerwachs mischte sich mit einem süßlichen Duft. Das Weihraucharoma gewann immer mehr die Oberhand. Im Flur herrschte Totenstille. Nur die Schritte des Amerikaners hallten durch die Dunkelheit. Vorsichtig tastete er sich weiter an der verrotteten Wandvertäfelung entlang. Altersschwache Holzdielen knarrten unter seinen Füßen. In der Schwärze hinter ihm knackte etwas. Vermutlich nur das arbeitende Stiegenholz. Der Regen draußen wurde heftiger und erfüllte das Treppenhaus mit dem trommelnden Geräusch der Tropfen gegen Fensterscheiben.

Ab dem ersten Stockwerk besserten sich die Lichtverhältnisse etwas. Der Mond erhellte die Fenster des Korridors. Puderiger Staub auf den Scheiben filterte das trübe Licht zu einer Palette aus Grau und Schwarztönen. Vertikale Streifen, offensichtlich Türen, unterbrachen die Schatten der gegenüberliegenden Wand. Kein Laut drang aus den Zimmern. Auf dem gesamten Haus lastete eine unnatürliche, beklemmende Stille.

Mit jeder Stufe, die er hinaufging, atmete Osborne etwas schneller. Im obersten Stock angekommen, hielt er inne. Nur wenige Meter entfernt sickerte ein mattes Glühen, ein trüber Streifen Licht, unter einer Tür hervor. Einen Augenblick verharrte er zögernd vor dem Eingang. Er war unsicher, aber auch neugierig darauf, was ihn dahinter erwartete. Langsam streckte er seine Hand nach der Klinke aus. Doch ehe er den Messingknauf berührte, öffnete sich die Tür einen Spalt. Smaragdgrüne Augen funkelten ihn finster an und fingen seinen überraschten Blick auf.

»Sie wünschen?«, fragte eine junge Frau, etwa Mitte Zwanzig, in einer kühlen Förmlichkeit, die im krassen Gegensatz zu ihrer Kleidung stand. Sie steckte in einem tief ausgeschnittenen miederähnlichen Oberteil, aus dem ihre Brüste beinahe herausplatzten. Dazu trug sie einen knallengen Mini-Lederrock, aus dem zwei sehenswert lange Beine ragten. Trotz ihrer Größe besaß die Frau eine grazile Figur. Dicke Locken umrahmten das fein geschnittene Gesicht mit den hohen Wangenknochen und fielen dann in schwarzen Wellen über die nackten Schultern hinab. An ihren Unterarmen klirrten verschiedene Kupferarmreife, während ihren Hals eine Kette mit einer Art Amulett zierte.

Osbornes Herz wäre fast stehen geblieben, als die Schönheit in sein Blickfeld trat, bloß um im nächsten Moment umso wilder zu pochen. Man musste kein Hellseher sein, um zu erkennen, dass ihr die zerknitterte, durchnässte und mit allerlei Flecken verunstaltete Kleidung des Besuchers nicht sonderlich gefiel.

»Guten Abend, mein Name ist Alan Osborne«, sagte er knapp und wusste, wie unhöflich es klang. Doch zu einem freundlicheren Tonfall war er einfach nicht fähig. Die Schwermut ließ ihn immer noch nicht ganz aus ihrer Umklammerung. »Ich bin hier mit Françoise Fabian und Chantal Dubois verabredet.«

Die Frau machte den Türspalt immer noch nicht weiter auf. Sie stand da und blickte den Wissenschaftler misstrauisch von oben bis unten an, als käme er von einem anderen Planeten.

»Chantal ist nicht da«, antwortete sie schließlich. »Ich habe sie heute den ganzen Tag noch nicht gesehen oder gesprochen. Deshalb weiß ich auch nicht, wann sie zurückkommt. Tut mir Leid.«

»Aber Sie wissen doch, dass Françoise Fabian kommt?«

»Ja. Eigentlich wollte sie schon hier sein. Vermutlich steckt sie irgendwo im Verkehrschaos fest. Dieser Stromausfall ist eine Katastrophe. Die meisten Linien der Métro sind bestimmt ausgefallen. Und ein Taxi ist momentan wohl auch nicht so leicht zu bekommen. Ich vermute mal, deshalb wird sie sich ziemlich verspäten.«

»Bevor wir weiterreden, dürfte ich vielleicht kurz bei Ihnen telefonieren? Ich muss die Polizei verständigen. Zwischen den Stationen Cadet und Poissonnière steckt eine Métro im Tunnel fest. Zwei Männer haben dort eine Frau überfallen und sie wahrscheinlich entführt.«

Die Brutalitäten, denen Odette Latour ausgesetzt sein könnte, ließen ihn innerlich erschaudern. Was würden die Polizisten wohl vorfinden, wenn sie in zehn oder fünfzehn Minuten am Tatort eintrafen?

»Das ist ja schrecklich«, stotterte die Frau sichtlich schockiert. »Natürlich, treten Sie bitte ein. Übrigens, ich heiße Constance le Blanche.«

Sie öffnete die Tür weit und trat beiseite. Regungslos wie ein Geist stand sie da, während ihre Augen wachsam jede Bewegung ihres Besuchers verfolgten. Er trat an ihr vorbei und ertappte sich dabei, wie sein Blick auf ihrem Oberteil klebte. Im gleichen Moment verschränkte sie die Arme vor der Brust.

»Eine hübsche Halskette tragen Sie da«, versuchte er seine Verlegenheit zu kaschieren und zwang sich zu einem Lächeln, während hinter ihm die Tür mit leisem Knarren zufiel.

Die Finger seiner Gastgeberin spielten an ihrer Kette mit einer merkwürdig gegabelten Wurzel, die in einem zottigen Ende mündete. »Das ist eine Mandragore. Sie wuchs im Paradies am Fuß des Baumes, der Adam und Eva zum Verhängnis wurde. Wenn sie an einem Freitag aus dem Boden gezogen und mit etwas Urin und Menstruationsblut einer Jungfrau besprengt wird, heilt sie Krankheiten.«

»Aha«, murmelte Osborne, als er in eine unerwartete Helligkeit blinzelte.

Dutzende Kerzen brannten auf Kommoden und Fensterbänken. Ihr flackerndes Licht zauberte huschende Schatten auf die vergilbten Tapeten. Es war eine große Wohnung mit hohen Decken. Obwohl Osbornes Augen sorgfältig jeden Quadratmeter absuchten, gab es nichts, was die eisigen Schauer rechtfertigten, die ihm über den Rücken liefen. Nirgendwo entdeckte er einen beunruhigenden Riss in der Fassade des Normalen. Mal abgesehen davon, dass in dem Zimmer das blanke Chaos herrschte. Auf dem Fußboden war ein Gewirr aus Kleidern und Zeitschriften verstreut. Dazwischen lag ein Wust aus Papieren, Büchern, schmutzigen Tassen und Tellern und irgendwelchen aufgerissenen Verpackungen. Über einigen Möbelstücken hingen weiße Tücher. Die gegenüberliegende Wand bestand aus einer Reihe hoher Fenster, deren schwere Brokatvorhänge zugezogen waren. An der Seitenwand war ein Kamin aus grauem Marmor eingelassen. Davor standen zwei lederne Sessel und ein Sofa um einen runden Biedermeiertisch. Auf der anderen Zimmerseite reichte ein Regal bis zur Decke hinauf. Darin befand sich ein unüberschaubares Dickicht an Gefäßen voll mit geheimnisvollen Substanzen. Glas- und Tonbehälter mit bizarren Inhalten, die an konservierte Innereien erinnerten, und Holzkästen mit von Rost angenagten Scharnieren. Neben zwei alten Folianten lag ein Totenschädel.

»Bitte warten Sie hier.« Constance trat an einen Tisch und zündete dort noch mehr Kerzen an einem antiken, mehrarmigen Kerzenständer an. »Ich erledige das mit der Polizei.«

Während sie das Zimmer verließ, verdrängte ihr Gast die letzten Reste bitterer, spekulativer Gedanken, die ihn seit Verlassen der Métro-Station quälten. Vielleicht hatte sich Odette Latour ja doch noch irgendwie gerettet. Vielleicht kam die Polizei rechtzeitig.

Osbornes Blick wanderte zu einem Regal in einer Wandnische. Es enthielt seltsame Dinge. Einige Gläser waren gefüllt mit undefinierbaren Ingredienzien. Andere enthielten merkwürdig aussehende Eier. In einer Ecke lagen mehrere Bücher über Parapsychologie. Auf den unteren Regalbrettern standen Dutzende dicker Kerzenstümpfe.

»So, erledigt«, sagte Constance, als sie wieder das Zimmer betrat. »Die Flics schicken umgehend einen Streifenwagen zur Station.«

»Danke. Wozu brauchen Sie eigentlich den ganzen Trödel?« Der Computerexperte nahm eine Art Einmachglas mit einer eitrigen Flüssigkeit, in der ein verschrumpeltes Irgendwas schwamm, aus dem Regal. »Was sind das für Dinger? Eingemachte Schrumpfköpfe?«

»Was fällt Ihnen ein?«, fragte sie mit schneidend harter Stimme. »Legen Sie das sofort wieder hin!«

Er stellte das Glas ruckartig ins Regal zurück.

»Verzeihung, ich wollte nicht …«

»Hätten Sie die Freundlichkeit, sich von diesem Regel zu entfernen? Nicht, dass Sie aus Versehen etwas daraus zerstören.«

»Natürlich«, stammelte er und trat ein paar Schritte zurück.

»Haben Sie denn überhaupt keine Manieren?«, fuhr sie mit leiser, vorwurfsvoller Stimme fort. »Sie kommen in eine fremde Wohnung und betatschen einfach das, was Ihnen gefällt.«

Der so Getadelte spürte, wie er vor Verlegenheit rot wurde. Die Situation war ihm sichtlich peinlich.

»Tut mir Leid«, murmelte er. »Ich habe mir nichts dabei gedacht. Es war nur Neugierde, wissen Sie ...«

Constance sagte kein Wort. Unbeweglich stand sie da und sah ihren Gast unverwandt an. Der zwang sich, ihrem bohrenden Blick mannhaft standzuhalten.

»Interessiert Sie das wirklich?«, durchbrach sie das Schweigen.

»Interessiert mich was?«

»Interessieren Sie sich für die Sachen im Regal? Oder ist das für Sie nur ein bizarres Sammelsurium?«

Osborne schluckte. Er hatte sich den merkwürdigen Kram, die Behälter, Kisten und Töpfe eigentlich gar nicht so genau angesehen.

»Wissen Sie, das war nur reine Neugierde. Nicht, dass Sie denken, ich wollte mir heimlich etwas davon in die Tasche stecken. Ich wollte nur sehen, was in dem Glas war. Ehrlich.«

»Sie könnten es sich tagelang anschauen und würden doch nicht hinter den Sinn kommen.« Constance trat an das Regal und hob ganz vorsichtig das Glas hoch, das ihr Gast eben betrachtet hatte. »Das sind nämlich Zaubertinkturen. Misteln, die am sechsten Tag nach Neumond gepflückt wurden, heilen Schmerzen und machen Frauen fruchtbar. Schlangeneier verhelfen zu günstigen Prozessverläufen. Um der Treue einer Frau gewiss zu sein, nimmt man die Spitze vom Geschlechtsteil eines Wolfes und vermischt sie mit seinen Wimpern und Barthaaren. Durch Kalkbrennen entsteht ein Pulver, das man der betreffenden Dame heimlich ins Essen mischt. Und wenn man vor der Türschwelle seines Feindes dieses Schlangenpulver mit diesem Strick eines Gehängten und dem Blut von Gefolterten aus dem Gefäß hier vermischt und eingräbt, dann treibt man diesen zum Wahnsinn, oder verursacht zumindest seine Lähmung.«

Vorsichtig stellte sie die Sachen ins Regal zurück.

»Daran glauben Sie doch wohl nicht allen Ernstes?«, grinste Osborne. Ihm lagen ein paar spöttische Bemerkungen auf der Zunge, aber weil er seine Gastgeberin nicht beleidigen wollte, schluckte er sie hinunter.

Constance trat so dicht vor ihn, dass er ihre Brust durch den Stoff spürte.

»Natürlich glaube ich daran, denn ich bin eine Hexe«, flüsterte sie, ohne eine Miene zu verziehen.

»Eine Hexe?« Er hob verwundert die Augenbrauen.

»Wir versuchen, Kontakt zur Welt der Phantome herzustellen.«

Eine unangenehme Stille breitete sich über dem düsteren Zimmer aus. Osborne hoffte inständig, dass Chantal bald erschien, um ihn aus der Gegenwart dieser – zugegeben sehr attraktiven aber auch ziemlich skurrilen – Frau erlöste.

»Nehmen Sie doch bitte Platz«, sagte sie schließlich.

Er bedankte sich, setzte sich auf das Sofa und tadelte sich immer noch ein bisschen, weil er ihr beim Betreten der Wohnung so ostentativ aufs Dekolleté gestarrt hatte. Sie machte es ihm auch schwer, nicht hinzusehen. Als sie ein Stück Kreide vom Tisch nahm, beugte sie sich so weit vor, dass er, wenn er sie ansah, so tief, wie er nur wollte, in ihren Ausschnitt hineinsehen konnte. Aber nicht deshalb wuchs sein Unbehagen. Es lag am Gesprächsthema. Kulte waren bei ihm ziemlich negativ besetzt. Er begriff das Interesse mancher Leute an Übernatürlichem nicht. Vermutlich war es reine Neugierde, die Menschen zu spiritistischen Sitzungen und Séancen trieb. Irgendwo hatte er einmal gelesen, dass es in Paris vor Geheimgesellschaften, die Philosophie mit Religion, Magie und Politik mischten, nur so wimmelte. Allen Zeitströmungen und Aufklärungen zum Trotz existierten sie noch heute. Offensichtlich war er in das Domizil einer solchen Gesellschaft geraten.

Osborne musterte verstohlen seine Gastgeberin, die mitten im Zimmer auf dem Boden kauerte und dort eine Arbeit fortsetzte, bei der er sie eben offensichtlich unterbrochen hatte. Mit Kreide zeichnete sie einen Kreis mit einem Durchmesser von etwa zweieinhalb Metern auf die blanken Holzdielen. Beim Ziehen der ineinander greifenden Linie hatte sie die Augen geschlossen, so als brauche sie zur Verrichtung dieser Arbeit kein Augenlicht.

»Erklären Sie mir, was Sie da machen?«, fragte er schließlich.

»Ich treffe einige Vorbereitungen für heute Abend. Wir erwarten noch weitere Gäste.«

»Feiern Sie eine Party?«

»Etwas Ähnliches.«

»Und dafür zeichnen Sie den Kreis?«

»Ja. Sie wissen doch, der Kreis galt schon immer als Schutzzone gegen eine Bedrohung. Wenn ein Abgesandter Roms einem Feind eine Botschaft brachte, dann zog er zunächst einmal – als Zeichen seiner Immunität – einen Kreis um sich herum.«

»Wovor soll Sie denn dieser Kreis schützen?«

»Vor böser Magie.«

»Dann wird das also ein magischer Kreis?«

»Erraten. Ursprünglich zeichneten Hexen ihn vor dem Pflücken giftiger Pflanzen, vor allem bei der Alraunwurzel, der allergiftigsten, damit er die bösen Erdgeister bannte.« Constance hielt kurz inne, schlug die Augen auf und überprüfte ihr Werk.

»Ihre künstlerischen Fähigkeiten in Ehren«, meinte er. »Aber ich fürchte, die Kreide hält nicht lange auf dem glatten Untergrund.«

»Das ist keine gewöhnliche Kreide, sondern Zinnober, eine Substanz, die auch der Stein der Weisen enthält. Zudem besitzt Zinnober wegen seiner Färbung und weil es Schwefel beinhaltet besondere Kräfte.«

Osborne räusperte sich. »Tut mir Leid, aber ich glaube nicht an so einen Hokuspokus.«

»Es gibt Menschen, die daran glauben.« Constances Augen funkelten dunkel. »Ich bin keine verrückte Sektiererin. Bringen Sie mich bitte nicht in Verbindung mit Scharlatanerie.«

Er zuckte bloß mit den Schultern und war gespannt, was als nächstes kam. Man brauchte nicht immer einen medizinischen Beweis, um zu erkennen, dass jemand einen Hirnschaden hatte.

Sorgfältig kontrollierte Constance den Kreis, ob nirgendwo die Konturen der gezogenen Linien unterbrochen waren. In dem Kreis zeichnete sie nun ein Dreieck, stellte zwei schwarze Kerzen hinein und zündete sie an.

»Ich bin keine Hexe von der guten Sorte«, fuhr sie fort. »Der Geist des Bösen verleiht allen Dingen Sinn.«

Du lieber Gott, eine Verrückte, dachte der Amerikaner. Oder bestenfalls eine Exzentrikerin.

O ja, es gab Hexen. Im Mittelalter fürchteten die Leute sie, glaubten, sie besäßen überirdische Kräfte. Damals war alles Unerklärliche gleichbedeutend mit Magie. So hielt man Glühwürmchen für die herumirrenden Seelen ungetauft verstorbener Kinder.

In früheren Jahrhunderten war eben vieles rätselvoll. Erklärungen fand man allein in der Existenz von Ungeheuern und Dämonen, deren ganzes Sinnen und Trachten sich auf das Verderben der Menschen richtete. Heutzutage war Hexerei – im Vergleich zu damals – relativ aus der Mode gekommen. Für den Computerexperten stellten Mikroprozessoren und Chips die Magie des modernen Zeitalters dar.

Constance entzündete in einer Schale ein Feuer und murmelte etwas.

»Rufen Sie jetzt den Teufel, oder was?«, fragte er nervös.

»Das sind Beschwörungsformeln, die magische Kräfte in mir wecken und dann in den Kreis einfließen sollen. Gleichzeitig verbanne ich alle störenden Kräfte mit Hilfe eines Hexagrammatas, eines fünfzackigen Sterns, der der Gravierung von König Salomos Siegelring nachempfunden ist. Das ist kein Hokuspokus, falls Sie das jetzt denken. Die Hexerei ist die Mutter der Wissenschaft. Magie gab es schon vor der Antike. Lange galt sie als etwas Natürliches, weil sie im Einklang mit der Natur war. Magie versuchte sie zu nutzen, während das Christentum sich die Natur untertan machte. Für Christen war Magie etwas von außerhalb dieser Welt. Zur Stärkung der eigenen Religion bekämpfte die katholische Kirche Magie als etwas Böses. Heidnische Götter wurden als Dämonen und alte Bräuche als teuflische Riten diffamiert. Allerdings wurden viele heidnische Vorstellungen von den Christen übernommen. Nehmen Sie beispielsweise nur einmal die Feiertage. Ursprünglich kannte das Christentum keinen einzigen. Da die Menschen jedoch an den alten heidnischen Festen und Brauchtümern festhielten, wurden sie von der Kirche beibehalten und mit christlichen Inhalten versehen. Auf den alten Kultstätten wurden Kirchen gebaut; heidnische Magie wich christlicher Magie. Priester übernahmen die Rollen, die früher Hexen und Magier innehatten. Diese wurden immer gnadenloser von ihren Nachfolgern verfolgt. Einen Höhepunkt erreichte die Hatz gegen Andersgläubige, als die Religionsgemeinschaft der Katharer verkündete, dass Satan die Welt erschaffen und Gott sich von ihr abgewendet habe. Daraufhin schuf Papst Innozenz III. im zwölften Jahrhundert die Inquisition, die die Ausrottung aller so genannter heidnischen Glaubensrichtungen zum Ziel hatte. Jeder, der im Verdacht der Häresie, eines ›Irrglaubens‹, stand, wurde bestialisch hingerichtet. Als Rechtfertigung erklärte die Kirche, Hexenzauber löse Unwetter und Epidemien aus. Man behauptete sogar, Hexen verzehrten bei ihren Sabbaten Menschenfleisch, damit sich die Lebensenergie des Gegessenen auf sie übertrage.«

»Und dass sie sich mit dem Teufel und seinen Dämonen vereinten«, ergänzte ihr Zuhörer.

»Sehen Sie, das ist auch wieder so eine Sache«, echauffierte sich Constance. »Ursprünglich verehrten die Hexen nämlich nicht den Teufel, sondern die Mondgöttin Hekate. Sie war dreigeteilt; eine dämonische Dreifaltigkeit entsprechend den drei Mondphasen: Vollmond, Halbmond und Neumond. Am Himmel Luna, auf der Erde Diana und in der Unterwelt Proserpina. Erst ab dem Mittelalter verbreitete die Kirche, dass Hexen auch mit dem Teufel buhlten, damit der Klerus ein handfesteres Motiv für deren Verfolgung hatte. Man würzte die Unterstellung noch mit sensationslüsternen Ammenmärchen von Exzessen aller Art. Dass Hexen die Leichen ungetaufter Kinder ausgruben, in Kesseln kochten und aus ihrem Fleisch eine magische Salbe herstellten, dass sie an wilden Orgien teilnahmen, bei denen sich Dämonen ihrer bedienten, dass auch der Leibhaftige selbst so viele von ihnen nahm wie möglich.«

»Wie sieht es mit Ihnen aus? Reiten Sie nun in der Walpurgisnacht auf einem Besenstiel zum Blocksberg, oder ist das auch nur ein Ammenmärchen?«

»Wir treffen uns nicht nur in der Nacht vom 30. April zum 1. Mai, sondern auch an Maria Lichtmess am 2. Februar. Manchmal findet aber auch in der Mittsommernacht ein Sabbat statt. Aber unser wichtigstes Datum ist der 31. Oktober, die Nacht vor Allerheiligen. An diesem Tag beginnt die sechs Monate dauernde Herrschaft des keltischen Totengottes ›Samhain‹ über unsere Welt.«

»Und ..., verzeihen Sie die Indiskretion, es ist nur Neugierde: Haben Sie sich auch schon den Lüsten des Teufel hingegeben?«

»Die Antwort überlasse ich gerne Ihrer Phantasie.«

»Dann verraten Sie mir doch bitte: Wieso treibt's der Teufel meist in Tiergestalt als Ziegenbock? Kann er nicht anders oder ist das so eine Art Fetisch?«

»Fragen Sie nicht mich, fragen Sie den Teufel. Übrigens befindet der sich damit in bester Gesellschaft. In den klassischen Mythen gibt es eine ganze Reihe von Beispielen, wonach sich Götter in Tiere verwandelten, um mit Frauen zu verkehren. Wobei der Bock schon immer als Verkörperung des Bösen galt. Jesus prophezeite, dass er am Jüngsten Tage zur Erde zurückkommen und gleich einem Hirten die Schafe von den Böcken trennen werde. Nicht zu vergessen: der Sündenbock. Im dritten Buch Moses steht geschrieben, dass Aaron einen Bock auf sein Haupt legte und alle Missetaten von sich und dem ganzen israelischen Volk bekennend auf den Bock übertrug. Dann befahl Gott, den sündenbeladenen Bock nach Jom Kippur zum Herrscher der Wüste zu schicken, dessen Pendant im Tierreich der Bock sei und dessen Dämonendiener Seirim, Ziegenböcke, hießen. Bei diesem Herrscher der Wüste handelte es sich um einen gefallenen Engel namens Asasel. Im Himmel trug er den Namen Luzifer. Auf der Erde nannte man ihn den Teufel. Laut Altem Testament gab es auch einen Kult, der den Obersten der Seirim verehrte und bei dessen Kulthandlungen sich Frauen von Ziegenböcken begatten ließen. Josia zerstörte schließlich ihre Tempel und zerschlug den Kult. Allerdings hielt sich die Legende darüber bis ins Mittelalter und war wohl der Grund für die Vorstellung, dass der Teufel in Form des Bockes mit Frauen Unzucht trieb. Wie auch immer, glauben Sie nur nicht, die Vereinigung mit dem Teufel sei für eine Frau ein lustvolles Vergnügen. Im Gegenteil. Der Phallus des Satans ist nicht nur riesig, er ist auch schuppig und rau wie Schmirgelpapier und sein Samen ist kälter als Eiswasser. Das Ganze ist eine ziemlich unerquickliche Angelegenheit.«

»Warum geben sich ihm Frauen hin? Nur um ihm zu gefallen?«

»Zum Teil deswegen, zum Teil, weil sie glauben, durch die geschlechtliche Vereinigung mit einem höheren Wesen selbst zu etwas Höherem aufzusteigen.«

»Dann gibt es ihn also wirklich, den Teufel?«

»Mit ihm ist es wie mit den Göttern. Wer sie bejaht, erschafft sie auch. Wer sie verneint, für den existieren sie nicht. Wie viele mächtige Götter beteten die Menschen in der Vergangenheit an, opferten ihnen das Wertvollste, was sie besaßen, und inzwischen sind diese Gottheiten dennoch in Vergessenheit geraten oder werden heute als Aberglaube verlacht. Oder meinen Sie, die Germanen hätten weniger Ehrfurcht vor Odin gehabt als die Christen heute vor Gottvater? Trotzdem glaubt heute niemand mehr an Odin. Und es gibt keine Garantie, dass den Gottheiten unserer Tage nicht irgendwann ein ähnliches Schicksal blüht wie den Göttern der Pharaonen oder der Griechen und Römer. Was zu der interessanten Frage führt: Kann ein Gott überhaupt existieren, wenn niemand an ihn glaubt? Oder um es noch ein bisschen ketzerischer auszudrücken: Macht es überhaupt Sinn ein Gott zu sein, wenn niemand da ist, der einen verehrt?«

»Aber haben Sie nicht eben selbst vom Teufel erzählt, als handle es sich bei ihm um eine Tatsache?«

»Was ich erzählt habe, waren nur Geschichten. Nicht mehr und nicht weniger. Was davon wahr oder zusammengesponnen ist, können nur jene mit Sicherheit sagen, die dabei gewesen sind. Ich war es nicht. Ich erzähle nur, was man mir erzählt hat. Es gibt so viel Böses auf der Welt, dass man sehr leicht an die Existenz eines Teufels glauben mag. Andererseits, weil es so viel Böses auf der Welt gibt, mag man genauso an der Existenz eines guten Gottes zweifeln. Es gibt eben viele Dinge, die man glauben kann, wenn man will. Aber ich rede und rede«, lachte sie plötzlich und nahm ihm gegenüber in einem Sessel Platz. »So, jetzt sind Sie dran. Sie sind also mit Chantal verabredet. Nun, wie finden Sie sie?«

»Na ja«, stotterte er verlegen. »Sympathisch. Nett.«

»Ach so? Nur nett? Ist das alles?«

»Wir ... äh, wir haben etwas geplaudert und so.«

»Und so? Ich fass es nicht! Sie treffen die aufregendste Frau von Paris, die nebenbei meine beste Freundin ist, und Sie finden sie nur nett. Also, was habt ihr beiden sonst noch so getrieben?«

»Sie hat mich in einem Bistro angesprochen und wir haben uns unterhalten.«

»Und?«

»Das war's.«

»Sie meinen also, es ist gar nichts passiert?«

»Später hat meine Kollegin im Hotel angerufen und mich herbestellt. Mademoiselle Dubois hat hier für heute Abend ein wichtiges Treffen anberaumt.«

»Es ist also doch etwas passiert. Schau an, schau an. Unsere Chantal war auf Männerfang. Dieses kleine Aas. Und mir hat sie nichts davon gesagt. Bin gespannt, wie sie sich da rausredet, wenn ich sie zu fassen kriege.«

»Männerfang? Ich weiß nicht, ob man das so ausdrücken kann. Eigentlich hatte sie nämlich nur meine Kollegin eingeladen. Ich bat später darum, mitkommen zu dürfen. Genau genommen weiß Mademoiselle Dubois eigentlich gar nicht, dass ich komme. Oder wenn, dann höchstens seit ein paar Stunden.«

»Meine Freundin kann Ihnen das vielleicht erzählen, aber bei mir ist sie da falsch gewickelt.«

»Wie meinen Sie das?«

Pause. Schweigen.

Dann war es plötzlich wieder da und traf ihn mit der Wucht eines Hammerschlags: Das schlechte Gewissen, das ihm die Kehle zuschnürte. Osborne schaute zu Constance, die ihn misstrauisch beobachtete. Ihm dämmerte, dass sein Gesicht seine wahren Gefühle nur allzu deutlich widerspiegelte.

Mühsam brachte er ein Lächeln zustande und gestand die Wahrheit: »Ich hab's nicht gewollt. Ehrlich. Ich meine, die beiden waren Riesen. Was für eine Chance hätte ich gegen die gehabt?«

»Tut mir Leid, aber ich weiß nicht, wovon Sie sprechen.«

»Nein, mir tut es Leid, dass ich so ein Feigling bin.«

»Was haben Sie denn gemacht?«

Der Gefragte zuckte mit den Schultern. Zerknirscht senkte er den Kopf. Sein Blick klebte auf dem magischen Kreis, als habe er niemals im Leben etwas Interessanteres gesehen. Dann schaute er hoch und Constance direkt in die Augen.

»Das war heute ein richtig mieser Tag«, gestand er.

»Kommt vor. Haben wir alle. Das Gute daran ist, ohne schlechte Tage könnten wir die schlechten nicht erkennen.«

Er ließ das Kinn auf die Brust sinken und nickte stumm. Dann sagte er mit leiser Stimme: »Vielleicht hätte ich die Frau in der Métro retten können. Aber ich hab's noch nicht mal richtig versucht.«

»Jetzt beruhigen Sie sich erst mal und erzählen mir dann genau, was wirklich passiert ist«, schlug Constance vor.

»Ich glaube nicht, dass Sie das wirklich hören wollen.«

»Probieren Sie's aus. Wenn ich nichts mehr davon hören will, sag ich Bescheid.«

»Haben Sie sich schon einmal für den Tod eines Menschen verantwortlich gefühlt?«

»Oh ..., das ist wirklich echt ... Wow! Was soll ich darauf sagen? Zum Glück nicht. Erzählen Sie weiter!«

»Das ist gar nicht so einfach. Jedes Mal, wenn ich nur daran denke, möchte ich am liebsten vor Scham im Boden versinken.«

»Sie machen mich neugierig. Also, was haben Sie verbrochen?«

»Sie werden mich verachten.«

»Warum sollte ich?«

Er atmete noch einmal tief durch, dann rückte er mit der Geschichte, wie sie sich in der Métro zugetragen hatte, heraus. Er erzählte alles und ließ auch die für ihn peinlichen Passagen nicht aus.

Nachdem er geendet hatte sagte Constance: »Das war ja echt heftig. Sie sollten sich aber nicht als Feigling fühlen. In Ihrer Situation hätte wohl jeder so gehandelt. Im Nachhinein lässt sich leicht urteilen. Aber wenn man unter Stress steht, kann man doch keinen klaren Gedanken mehr fassen. Dann übernimmt der Instinkt das Handeln. Und der ist darauf programmiert, Sie am Leben zu erhalten. Wenn Sie sich wirklich in Schuldgefühlen suhlen wollen, nur zu. Mit Gewissensbissen kann man leben. Ich glaube nicht, dass Sie sich jetzt viel besser fühlen würden, wenn Sie den Helden gespielt und als Leiche geendet hätten.«

Osborne lächelte, saß aber weiter wie versteinert da.

»Sie machen sich trotzdem noch Vorwürfe wegen der Sache, stimmt's?«, fragte sie.

»Ja. Ich habe einen großen Fehler gemacht.«

»Fehler sind die beste Art zu lernen. Sie tun zwar etwas weh, aber der Schmerz vergeht irgendwann und die Erfahrung bleibt. Das Leben geht weiter. Schmerzhafte Gefühle verblassen. In einer Woche sind sie nur noch eine unangenehme Erinnerung; in einem Jahr werden Sie kaum noch daran denken.«

»Was profane Dinge angeht, haben Sie vielleicht sogar Recht. Aber wenn es um ein Menschenleben geht, ist das etwas anderes. Ich werde es mir nie verzeihen, dass ich nicht mehr getan habe, um die Frau zu retten.«

»Schieben Sie die Schuld auf die Vorbestimmung«, schlug Constance vor.

»Tut mir Leid, aber ich glaube an die Freiheit des Individuums, das zu tun, was es tun möchte. Gäbe es ein vorbestimmtes Schicksal, würde es vieles zu einfach machen. Niemand könnte mehr für ein Verbrechen zur Rechenschaft gezogen werden, weil niemand für seine Handlung wirklich verantwortlich wäre. Man hätte nur das ausgeführt, was die Vorbestimmung diktierte.«

»Was ich sage klingt für Sie bestimmt alles ein bisschen verrückt, nicht wahr?«, fragte Constance mit unschuldigem Augenaufschlag. »Aber viele Menschen glauben nicht an Beschwörungen, trotzdem praktizieren sie sie. Oder ist Beten keine Beschwörungsformel, um den Zorn der Götter, oder den eines Gottes zu besänftigen?«

Er wusste nicht, was er darauf antworten sollte. Eine seltsame Stille legte sich über das Zimmer

»Es tut mir Leid«, entschuldigte er sich schließlich. »Ich bin kein guter Unterhalter. Schon gar nicht, wenn es um ein Thema wie dieses geht.«

»Haben Sie Angst?«, flüsterte sie völlig unerwartet. »Es kommt!«

»Wie bitte?«

»Das Unwetter«, sagte sie und starrte finster auf die Fenster mit den zugezogenen Vorhängen. »In dieser Nacht wird es noch ziemlich ungemütlich, nass und windig werden. Und gefährlich.«

»Gefährlich? Was meinen Sie damit?«

»Die Welt ist nicht mehr im Lot. Sie verändert sich. Etwas Neues wird geboren und etwas Altes stirbt. Und das Alte sind möglicherweise wir.«

Ihr Gast wollte etwas erwidern, unterließ es aber. Er erinnerte sich daran, dass seine Gesprächspartnerin offensichtlich nicht ganz richtig im Kopf war. Da bemerkte er, dass sie an ihm vorbeischaute. Er drehte sich um und sah Chantal Dubois in der Wohnungstür stehen. Einen Herzschlag lang trafen sich ihre Blicke. Er fröstelte unwillkürlich, denn die Frau strahlte eine irritierende Kälte aus. Das einzige Gefühl, das er bei ihr auszumachen glaubte, war Ungläubigkeit. Sie sagte nichts. Eine Weile flatterte ihr Blick nur zwischen ihm und Constance hin und her, bis er sich ganz auf ihn heftete. Sie vermittelte ein Bild, als würden ihre Gedanken nach einer Erklärung für das Unbegreifliche suchen; als stritten in ihr Fassungslosigkeit und Zorn, wobei die Fassungslosigkeit gewann.

»Ich habe Angst«, sagte sie leise und tonlos.

»Dazu besteht kein Grund«, beteuerte ihr Besucher. »Françoise Fabian und ich werden Ihnen helfen, wenn Sie uns bei der Aufklärung der Sabotage helfen.«

Ein dunkler Glanz legte sich über ihre Augen. »Constance, meine Liebe, wie wäre es, wenn du nebenan Vorbereitungen für heute Abend triffst? Du weißt, wir erwarten Gäste.«

Constance stand auf und verschwand ohne ein Wort im Nebenzimmer.

»Françoise Fabian hat mich her geschickt«, erklärte Osborne zögerlich und erhob sich von dem Sofa. »Ich dachte, sie hätte Sie angerufen und Bescheid gesagt. Sie brauchen wirklich keine Angst zu haben, Mademoiselle Dubois. Ich weiß über alles Bescheid.«

»Wirklich?«, flüsterte sie. »Dann muss ich mich aber wundern, dass Sie hergekommen sind.«

»Hören Sie, ich bin Ihnen sehr dankbar, dass Sie uns bei unseren Problemen mit meinem KI-Programm helfen und mich aus einer ziemlich unangenehmen Lage befreien. Ich glaube, Mademoiselle Fabian hat Ihnen einen fairen Deal anzubieten.«

Die Angesprochene verharrte in Schweigen und schaute durch ihren Gast hindurch. Irgendwie beschlich den das Gefühl, er könne etwas Falsches gesagt haben. Trotzdem redete er weiter: »Wollen Sie mich in der Zwischenzeit nicht noch etwas mehr in das einweihen, was Sie meiner Kollegin schon verraten haben? Ich weiß nämlich nicht, wann sie kommt.«

Keine Antwort. Chantal blieb stumm. Die Anspannung im Zimmer war regelrecht greifbar. Schließlich – nach einiger Überlegung – trat sie ihm entgegen. Langsam, roboterhaft, wie in Trance. Sie blieb direkt vor ihm stehen, sagte aber nichts.

»Und was jetzt?«, fragte er irritiert.

»Wir warten«, antwortete sie mit so leiser Stimme, dass es kaum zu vernehmen war. Ihre Lippen umspielte ein gezwungenes, amüsiertes Lächeln. Dann fuhr sie in einem aufgesetzten Plauderton fort, als habe sie im Kopf einen Schalter umgelegt: »Sie müssen keine Angst haben, Constance übertreibt es manchmal ein bisschen mit ihren Schauergeschichten. Jetzt bin ich ja bei Ihnen und passe auf, dass sie nicht zu schauerlich werden. Seien Sie willkommen, Monsieur. So sehen wir uns also wieder.« Sie schüttelte ihm die Hand. Beim Berühren ihrer zarten Haut errötete Osborne. Ein prickelndes Gefühl durchströmte seine Adern und erweckte jeden einzelnen Nerv zum Leben. »Françoise hat mich informiert, dass Sie heute Abend kommen würden«, fuhr sie fort. »Daraufhin habe ich ihr gestanden, dass wir beide uns bereits kennen. Das war Ihnen doch hoffentlich recht?«

»Ja, natürlich«, stammelte er. »Ich hab's ihr auch nicht verschwiegen.«

Es folgte ein Augenblick betretenen Schweigens.

Dann sagte sie: »Ich hoffe, Ihnen ist unser Wiedersehen nicht peinlich. Ich meine, unter den gegebenen Umständen. Hat Sie Françoise wirklich informiert, weshalb wir uns heute treffen?«

»Ja, es ist ...«

»Nein, bitte«, unterbrach sie ihn. »Geschäftliches bringen wir erst zur Sprache, wenn alle Beteiligten anwesend sind. Bis dahin plaudern wir ein bisschen über dies und das, einverstanden?«

»Meinetwegen.« Er zuckte gleichgültig mit den Schultern. »Entschuldigen Sie bitte meine Aufmachung, aber ...«

»Nein, Sie müssen entschuldigen. Ich habe mich verspätet und Sie warten lassen. Es war wirklich ein harter Tag heute.«

Er schaute ihr in die Augen. In diese bernsteinfarbenen, großen, unergründlichen, glitzernden Augen und versank schier darin.

»Begleiten Sie mich bitte in die Küche«, schlug sie vor. »Sie sehen aus, als könnten Sie einen heißen Tee gebrauchen.«

Sie nahm den brennenden Kerzenleuchter vom Tisch und ging voraus. Osborne folgte ihr durch einen schmalen Korridor. Beim Betreten der Küche stellte Chantal den Leuchter auf einen Tisch. Das flackernde Licht offenbarte einen ziemlichen Wirrwarr aus alten Möbeln und Küchengeräten, von denen größtenteils Farbe und Emaille abblätterte. Die Tapete war mit kleinen Rosenblüten gemustert. Auf dem Boden war weißes, mit Rissen und Sprüngen überzogenes Linoleum verlegt.

»Paris ist ein mystischer Ort, ein Sammelsurium aus Verschwörungen, Morden und ungesühnten Verbrechen.« Seine Gastgeberin drehte den Kopf, wobei sie ihn etwas senkte, so dass ihr das Haar ins Gesicht fiel und es halb wie einen Schleier bedeckte. Sie dämpfte ihre Stimme, die mit einem Mal einen unheimlichen Unterton bekam. »Kein Viertel, in dem sich nichts Merkwürdiges zugetragen hat. Kaum ein Haus, in dem keine Geister erschienen, oder Hexen Schwarze Messen zelebrierten und Magier ihre Zauberkünste vollführten. Paris ist eine Stadt der dunklen Geheimnisse. So dunkel wie ihre Entstehungsgeschichte. Wussten Sie, dass gallische Druiden ursprünglich die Île de la Cité für ihren Götterkult ausgesucht haben? Alljährlich am 3. Januar feierten sie den Einzug der Göttin Isis, die auf einer Barke ins damalige Lutetia gekommen sein soll. Die Phönizier brachten den in Ägypten entstandenen Isis-Kult mit ihren Schiffen bis nach Gallien. Isis ist die Göttin der Seefahrt, der Liebe und des Mondes. Vor allem aber ist sie die Göttin des Todes und der Auferstehung. Einmal erweckte sie den zerstückelten Leib des Osiris mit ihren Zauberkünsten zu neuem Leben. Sie ist, was war und was sein wird. Ihr Schicksal ist mit dem Haus, in dem wir uns befinden, eng verwoben.«

»Sagen Sie bloß, im Keller gibt es ein Pharaonengrab.«

»Nicht direkt. Dieses Haus besitzt eine bewegte Vergangenheit, die sehr weit in die Geschichte zurückführt. Es wurde auf den Ruinen des ersten Isis-Tempels von Paris errichtet. In seinen Kellergewölben befand sich eine Krypta, in der die Isis-Anhänger getauft wurden. Mit dem göttlichen Zeichen versehen, traten sie mit dem Geisterreich in Verbindung. Isis – die Jungfrau der Geheimnisse – gilt als Schutzgöttin der Esoterik. Und der für Paris gültige Stand der Gestirne weist den Aszendenten Isis auf. Von ihr stammt vermutlich die Neigung der Stadtbewohner zum Okkultismus.«

Osborne stand seiner Gastgeberin so nahe, dass er ihren Duft, eine Mischung aus Sandelholz und Myrte, riechen konnte. »Glauben Sie an den Einfluss der Sterne auf unsere Zukunft?«

»Natürlich tue ich das.« Ganz langsam drehte sie den Kopf und schaute aus dem Fenster. »Die Himmelskörper regieren alle Dinge auf der Erde. Der Mond beeinflusst die Gezeiten der Meere. Wieso sollten Gestirne nicht auch die Flüssigkeit im menschlichen Körper und den Kreislauf des Blutes beeinflussen? Warum sollten Menschen, die den Stand der Gestirne zu lesen verstehen, nicht auch die damit verbundenen Schicksale berechnen können?«

»Wovon leben Sie eigentlich?«, wechselte er rasch das etwas verfängliche Thema.

»Ich studiere Philosophie und Psychologie an der Sorbonne.« Sie sah den Frager offen und unverwandt an. »Nebenbei arbeite ich in einer Bibliothek. Constance ist abends meistens auf den Boulevards und sagt den Touristen die Zukunft voraus. Sie hat immer Tarotkarten dabei. Die Leute finden es ganz lustig, und es bringt auch etwas ein.« Ihre Finger strichen sanft über ihren Hals. »Ich finde, wir sollten zur Feier unseres Wiedersehens eine Flasche aufmachen.«

Sie nahm eine Karaffe Wein aus dem Schrank, füllte zwei Gläser und reichte eines davon ihrem Gast.

»Sie sind doch Pragmatiker, nicht wahr?«, fragte sie. »Glauben Sie eigentlich an Gott?«

»Ich weiß nicht, ob es einen Gott gibt«, antwortete er, »für mich ersetzt die Wissenschaft immer mehr die Religion. Was in der Bibel noch als Wunder galt, ist heutzutage wegen des medizinischen und technischen Fortschritts nichts Besonderes mehr.«

»Auch das Auferstehen von den Toten?« Ihre Stimme war sanft, doch spürte er eine gewisse Zielstrebigkeit darin.

»Vielleicht wird der Tod eines Tages von der Forschung überholt sein. Dann wäre die Wissenschaft wirklich göttlich. Immerhin kann man ihn heute erheblich hinauszögern.«

»Und was ist dann mit der Existenz des Bösen? Wird die Wissenschaft auch sie ablösen können, wie sie es mit Gott gemacht hat?«

»Ach wissen Sie, der Glaube an Satan basiert doch nur auf der Aussage religiöser Führer, die mit der Existenz des Teufels die Existenz Gottes rechtfertigten. Die Verkörperung des bösen Prinzips, den sich simple Gemüter gerne als halben Menschen, bockbeinig, behörnt, geschwänzt und mit einem Pferdehuf ausgestattet vorstellen, ist in Wahrheit nichts weiter als die abstruse Charakterisierung eines nicht greifbaren menschlichen Charakterzugs. Warum tut man nicht ausschließlich das Gute? Warum lässt man – wider aller Vernunft – dem Bösen so großen Freiraum? Warum begeht der Mensch so viele Gemeinheiten, die er mit etwas Besonnenheit leicht vermeiden könnte? Was ist das, was gute Vorsätze immer wieder durchkreuzt? Da eine logische Erklärung offensichtlich den menschlichen Geist überfordert, schuf man die Gestalt des Teufels, der die armen Leute verführt und fehlleitet. Egal, welche Gräueltaten sich die Menschen auch antun, man kann sie im Grunde genommen dafür nicht verantwortlich machen. Es geschieht ja gegen ihren Willen, auf Geheiß eines übermächtigen Wesens aus der Hölle. Tatsache ist, der Mensch besitzt eine Schattenseite. Und diese Schatten sind böse, niedrig, primitiv. Gewinnt die Schattenseite einmal die Überhand, dann wird aus dem harmlosen Wesen Mensch eine blutrünstige Bestie. Mag jemand noch so zivilisiert oder gebildet sein, er trägt seine Vergangenheit – die primitive, von Emotionen geleitete Bestie, die nur darauf wartete, auszubrechen – unsichtbar mit sich herum. Andererseits sollte man aber auch nicht Satans stabilisierende Wirkung für unsere Gesellschaft vergessen, was Werte, Ordnung und Moral betrifft. Gäbe es keine Hölle, so müsste man sie aus juristischen Gründen erfinden. Wer sich nicht an die Regeln hält, mag vielleicht der irdischen Gerechtigkeit entgehen, aber er wird dafür nach dem Tod auf jeden Fall mit Verdammnis bestraft. Ohne Hölle würde dem Bösen Tür und Tor geöffnet werden. Wer sich auf der Erde nicht erwischen lässt, geht straffrei aus. Ganz gleich, wie schwer sein Vergehen ist. Die Hölle verkörpert also die ultimative Gerechtigkeit. Somit ist sie nichts Schlechtes, sondern etwas sehr Gutes. Abschreckung ist der Grundpfeiler der Gerechtigkeit. Der Klerus sieht das Böse gerne als physische Realität, als etwas Fassbares, das man mit der richtigen Waffe bekämpfen kann. Im Mittelalter, der Zeit des Aberglaubens und der Unwissenheit, fand eine solche Lehre unwidersprochene Zustimmung beim Volk. Wissen war von jeher der größte Feind aller Religionen.«

»Allerdings sollte die Geschichte von der Herkunft des Teufels auch Unwissenden zu denken geben. Immerhin durfte Satan lange Zeit als Erzengel Luzifer ganz nah das Angesicht Gottes sehen. Man sollte meinen, dass dies die Erfüllung allen Glücks sei. Zumindest lautet so die Definition der Kirche, oder? Und trotzdem plante eben dieser Erzengel einen Putsch gegen Gott. Er verführte die Wächter-Engel zur Revolution gegen den Allmächtigen. Nach ihrem Scheitern wurde er mit den Aufständischen verbannt und nannte sich fortan Satan. Aus Rache sei der Teufel, so heißt es heute, ins Paradies zurückgekehrt und habe Eva verführt, die wiederum Adam verführte. Zwar steht im Buch der Genesis nichts davon, dass die Schlange und der Teufel eine Person waren, aber die Autoren der Bibel hatten wie die meisten Orientalen eine blühende Phantasie. Auf dieser Phantasie gründete Paulus später das wichtigste und fundamentalste Dogma des Christentums: Adams Sündenfall habe die Menschen für alle Zeit dem Teufel ausgeliefert. Tatsächlich scheint das Böse die Menschen magisch anzuziehen. Denken Sie nur einmal an die unzähligen Geschichten über Teufelspakte, über den Verkauf der Seele an das Böse. Wobei, nebenbei bemerkt, sich der Teufel, im Gegensatz zu den Menschen, immer ehrlich an die getroffene Vereinbarung hielt.«

Osborne blickte zum Fenster. In einiger Entfernung erhob sich die Basilique du Sacré-Cœur, die »Basilika vom Heiligen Herzen«, majestätisch vom samtschwarzen Nachthimmel ab.

»Der Montmartre«, seufzte Chantal und trat neben ihren Gast. »Zur Römerzeit stand da, wo sich heute Sacré-Cœur erhebt, ein Altar des Merkurs. Im Namen dieses Gottes fanden dort grausame Hinrichtungen statt. Wissen Sie eigentlich, wie der ›Montmartre‹, abgeleitet von ›Mont des Martyrs‹ dem ›Märtyrerberg‹, zu seinem Namen kam?«

Osborne schüttelte verneinend den Kopf.

»Im Jahre 272 wurden dort Dionysios, der erste Bischof von Paris, der auch Denis oder Denys genannt wurde, der Priester Rustique und der Erzdiakon Eleuthere enthauptet. Der Legende nach ergriff Dionysios seinen abgeschlagenen Kopf, wusch ihn dann an einem Springbrunnen und ging damit zu einer sechs Kilometer entfernten Ortschaft, zum später nach ihm benannten Saint-Denis.«

Chantal drehte dem Fenster den Rücken zu und lächelte so Unheil verkündend wie die schwarzen Wolken, die sich in diesem Augenblick wieder vor den Mond schoben. Sie hob ihr Glas an den Mund, trank jedoch nicht. Den Blick wandte sie nicht von ihrem Gast ab, sondern beobachtete ihn über den Rand ihres Glases hinweg. Der nahm einen großen Schluck und überlegte, wie er die Unterhaltung wieder auf ein anderes Thema lenken konnte.

»Glauben Sie an Vorbestimmung?«, unterbrach sie seine Überlegungen.

»Ich weiß nicht«, antwortete er und kam sich dabei ein wenig dumm vor. »Ihre Freundin hat mir eben dieselbe Frage gestellt. Was verstehen Sie darunter?«

»Ich meine eine Kraft, die das Handeln der Menschen bestimmt. Also, ich glaube fest daran. So viele Leute meinen, aus freien Stücken zu handeln. In Wahrheit sind sie bloß Marionetten, die keinerlei Einfluss auf ihre Bewegungen haben.«

Der Amerikaner schüttelte unmerklich den Kopf. Auf seiner Zunge prickelte der Wein unangenehm. »Mit dem Problem beschäftigen sich die Philosophen seit Jahrhunderten. Meiner Meinung nach bewegen sie sich dabei auf ziemlich metaphysischem Boden.«

Nachdenklich berührte seine Zuhörerin ihre Wange und schwieg sekundenlang. Ihrem Gegenüber gefiel der Verlauf des Gespräches irgendwie nicht.

»Pah! Was wissen Sie denn!« Sie spie die Worte förmlich aus. Verächtlich bog sie die Mundwinkel nach unten. »Es gibt nur eine einzige lenkende Macht im Universum. Nur ein einziges Ordnungsprinzip, dem alles andere unterstellt ist: Bestimmung, Monsieur, ist die einzig wahre Realität. Hätten Sie es nicht vor wenigen Stunden noch für völlig ausgeschlossen gehalten, heute an einem Ort wie diesem zu sein? Das ist Bestimmung!«

Er wusste nicht, was er darauf sagen sollte. Himmel, wovon redete sie?

»Wer ist eigentlich Ihre Freundin?«, brachte er das Gespräch wieder auf eine für ihn unverfängliche Ebene. »Wohnt sie mit Ihnen zusammen hier?«

»Constance? Ja.«

»Hat sie den Spleen, sie sei eine Hexe, schon lange?« Er versuchte, seiner Stimme einen heiteren Unterton zu geben.

»Aber es stimmt«, antwortete sie. »Sie ist der letzte Spross eines berühmten Magiergeschlechts. Ihre Mutter war die schönste Hexe von Paris und ihr Vater war Satan höchstpersönlich. Sie ist die Tochter des Teufels.«

»Ja, ja, schon gut«, lenkte er ein. »Wahrscheinlich ist es nur eine Definitionssache. Ich behaupte ja nicht, dass es keine Hexen gegeben hat oder gibt. Ich streite nur ab, dass diese Hexen wirkliche Macht haben. Gut, sie glauben vielleicht, sie könnten irgendwelche Macht ausüben, wenn sie ihr Krötensüppchen brauen oder irgendwelche Litaneien runterrasseln. Im Grunde genommen sind Hexen normale Menschen, die an Unlogisches glauben.«

»Finden Sie es nicht anmaßend, wenn Sie meinen, Sie könnten sagen, was logisch ist und was nicht?«, erwiderte sie gereizt. »An den Grenzen Ihrer Logik hört vielleicht die Wissenschaft auf, nicht aber die Natur. Sie existiert auch dort, wo Menschen noch keine Theorie aufgestellt haben. Die Magie ist nicht wissenschaftlich erfassbar. Sie ist eine Form menschlichen Bewusstseins.«

»Glauben Sie wirklich, dass so etwas existiert? Ich meine, Ihre Freundin ist doch ein völlig normaler Mensch, der wie viele andere normale Menschen in einem normalen Haus mitten im modernen Paris lebt.«

Chantal blickte ihn schweigend an, wobei ein geheimnisvolles Lächeln ihren Mund umspielte. Dann meinte sie: »Damit sind wir wieder beim Thema Bestimmung. Denken Sie, es ist Zufall, dass wir in diesem Gebäude wohnen? Hier versuchte nicht nur ein Prinz durch Blut Unsterblichkeit zu erlangen. In und um dieses Haus ist in der Vergangenheit so viel Gespenstisches geschehen, dass es im Laufe der Zeit in den Ruf kam, es sei verhext. Bis auf diese eine Wohnung hier stehen alle anderen seit vielen Jahren leer.« Sie deutete aus dem Fenster zum anderen Ende eines großen Gartens. »Dort drüben befand sich die Laube mit den Leichen der unglücklichen Kinder.« Dann drehte sie sich wieder um und musterte ihren Gast amüsiert. »Ich hoffe, ich langweile Sie nicht. Wissen Sie, auf unser Zusammentreffen habe ich mich lange vorbereitet. Deswegen habe ich mich auch intensiv mit Ihnen beschäftigt.«

»Oh, das ist aber ..., ich weiß gar nicht, was ich sagen soll«, stotterte er weniger aus Verlegenheit als vielmehr wegen eines aufkeimenden Unbehagens, das ihm irgendwie Angst bereitete. »Andererseits, so lange kennen wir uns nun auch wieder nicht.«

»Sie missverstehen mich, Monsieur. Ich spreche von Jahren.«

»Ich fühle mich sehr geehrt. Wobei ich allerdings anmerken möchte, dass wir uns erst seit einigen Stunden kennen.«

»Das mag für Sie zutreffen. Aber wir kennen Sie schon sehr lange. Eigentlich von dem Tag an, an dem Sie erste Erfolge mit Ihrem KI-Projekt bei Stanton & York verbuchten.«

»Wir? Wer ist ›wir‹? Sprechen Sie von sich und Mademoiselle le Blanche?«

»Ich spreche von mir, von Constance und von einer ganzen Reihe anderer, wie soll ich es ausdrücken ..., sagen wir Interessensvertreter. Wir wissen alles über Sie. Wir wissen, wo Sie aufwuchsen, wo Sie zur Schule gingen und weshalb Sie Seattle Hals über Kopf verließen. Wir wissen auch, mit wem es Ihre damalige Freundin – Emma Jones, richtig? – ein halbes Jahr lang hinter Ihrem Rücken getrieben hat. Phil Forster hieß der Knabe, er studierte Jura und widmete sich sehr intensiv Ihrer Freundin, während Sie sich Ihrem Studium widmeten. Das war eigentlich immer schon so gewesen. Während andere Kinder im Sandkasten spielten, verblüfften Sie Ihre Eltern mit einem fast abnormen Interesse für Algebra. Mit zwölf Jahren hätten Sie schon die Aufnahmeprüfung fürs College schaffen können. Sie wurden von Ihren Mitschülern zwar beneidet, aber nicht geliebt. Da Sie immer wieder eine Klasse überspringen konnten, waren Sie auf der Uni einer der Jüngsten. Irgendwann lernten sie dann, am Boden kriechend und um Gnade winselnd, als Ihnen ein ziemlich großer und starker Hohlkopf namens Randy Zahedi eine blutige Nase verpasst hatte, dass Intelligenz allein im Leben nichts zählt. Auf Ihre Kommilitonen wirkten Sie distanziert. Sie kapselten sich zunehmend von den anderen ab, bis Sie in einem Seminar besagte Emma Jones kennen lernten. Vermutlich reizte die junge Dame Ihre unbeholfene Art. Ihr Aussehen dürfte es jedenfalls kaum gewesen sein. Nach dem vorhersehbaren, nichtsdestotrotz wenig erfreulichen Ende dieser Affäre führten Sie Ihr Studium an der renommiertesten Universität New Yorks fort. Sie studierten ›Theoretical Physics‹ und promovierten in ›Computational Neuroscience‹, ›Cognitive Science‹, ›Artificial Intelligence‹, ›Electrical Engineering‹ und ›Computer Science‹. Vermutlich arbeiteten Sie so hart, um ihre Selbstachtung wieder zu finden. Trotz eines hervorragenden Abschlusses stand Ihnen bei Ihrer weiteren Karriere immer wieder Ihre Jugend im Weg. Die Chefs der meisten Firmen, bei denen Sie sich bewarben, hielten Sie für zu unreif. Schließlich kamen Sie bei Stanton & York unter. Dort steckte man Sie in eine eher exotische Entwicklungsabteilung, wo Sie zwölf Stunden täglich an irgendwelchen Programmen tüftelten, die damals niemand sonst in der Firma wirklich interessierten. Da Sie als einziger kein Privatleben hatten, arbeiteten Sie länger und härter als Ihre Kollegen. Sie opferten einiges für Ihre Ideen. Außer Ihnen blieb kein Mitarbeiter länger als zwei oder drei Jahre im ›Think Tank‹. Danach bewarben sich die anderen bei größeren Firmen mit eindrucksvolleren Namen, wie IBM oder Apple, die vor allem eindrucksvollere Gehälter zahlten. Trotzdem beneideten Sie die nicht. Vielleicht, weil Sie ahnten, dass Sie einer genialen Innovation auf der Spur waren. Aber vermutlich doch eher, weil Sie einfältig und wirklichkeitsfremd waren.« Chantal sah ihn fast mitleidig an. »Sie ließen sich nicht beirren und konzentrierten sich auf Ihre Arbeit: auf die Entwicklung künstlicher Intelligenz. Nach den ersten Erfolgen auf dem Gebiet traten Sie damit an eine kleine Öffentlichkeit. Ihre – zugegeben brillant geschriebenen – Theorien, die in diversen Fachmagazinen veröffentlicht wurden, lösten in der wissenschaftlichen Welt stürmische Kontroversen aus. Selbst Ihre eigenen Arbeitgeber standen Ihren Hypothesen von einem eigenständig denkenden Computer skeptisch gegenüber. Anfangs ernteten Sie von allen Seiten Hohn und Spott, weil Sie keinerlei praktische Belege für Ihre Theorien vorlegen konnten. Einige Kollegen hielten Sie schlichtweg für verrückt. Natürlich kämpften Sie auch mit eigenen Zweifeln, aber Sie gaben nicht auf, bis Sie alle Kritiker eines Besseren belehrt hatten. Sie entwickelten ein Programm mit eigenständigem Lernzyklus. Das war bis gestern der größte Fehler Ihres Lebens. Den allergrößten begingen Sie heute, als Sie mit mir angebandelten. Tut mir irgendwie richtig Leid für Sie.«

»Woher wissen Sie das alles?«, keuchte er.

Sie hob ihr Kinn, drückte den Rücken durch und schaute ihn von oben herab an. »Wir haben unsere Spione überall.«

»Werksspionage? Ist es das, worüber wir hier reden? Ich weiß, die Firma, für die Sie arbeiten, hat einen Maulwurf in unsere Firma geschleust.«

Sie brach in schallendes Gelächter aus. »Werksspionage? Das ist ja so banal! Aber wenn ich es recht überdenke, könnte man es vielleicht wirklich so bezeichnen. Obgleich mir nichts ferner liegt, als Ihr albernes Computerprogramm zu verwenden oder einem Ihrer Konkurrenten anzubieten.«

»Was wollen Sie denn dann damit?«

»Nichts. Es interessiert mich im Augenblick nicht einmal mehr.«

»Entschuldigen Sie, wenn ich jetzt ein bisschen den Faden verliere. Sie lassen mich beobachten, spionieren meine Arbeit aus und sind dann nicht daran interessiert? Klingt unlogisch, finden Sie nicht?«

»Nein, denn nicht das Programm interessiert uns, sondern sein Erfinder.«

»Sie meinen mich?« Sein Herz jagte plötzlich wie wild.

»Nun, es hätte auch irgendwen sonst treffen können, der dieses KI-Projekt entwickelt hat. Da Sie aber derjenige waren, der es entwickelte, sind Sie es, an dem wir interessiert sind.«

»Sind Sie so eine Art Headhunter? Wollen Sie mich für eine andere Firma abwerben?«

»Abwerben ist vielleicht der falsche Ausdruck. Töten wäre treffender. Monsieur, ich habe Ihnen noch ein Geständnis zu machen: Während der vergangenen Tage habe ich mehrmals versucht, Sie umbringen zu lassen. Ernsthaft.«

»Was?« Osborne schüttelte den Kopf, als versuche er ihn freizubekommen. Sein Herz raste; zunehmend plagten ihn außerdem Übelkeit und ein unerträglicher Würgereiz. Das Atmen fiel ihm schwer, als würde seine Brust mit einer enger werdenden Kette zugeschnürt. Außerdem registrierte er, dass er plötzlich seine Arme und Beine kaum noch spürte. »Sie wollten mich töten?«

»Zweimal sogar, um genau zu sein. Der erste Versuch misslang ziemlich kläglich kurz vor Ihrer Abreise auf der Toilette des New Yorker Flughafens. Einer unserer Beauftragten, den Sie vor wenigen Stunden in der Métro wiedergetroffen haben dürften, verwechselte Sie bedauernswerterweise mit jemand anderem, der dann an Ihrer Stelle die Reise ins Jenseits antrat. Wie es aussieht, verlief der heutige Anschlag in der Métro auch nicht erfolgreicher. Vielleicht war es ein Fehler, Sie nicht in Ihrem Hotelzimmer zu liquidieren. Unsere Spezialisten meinten, so etwas erledige man unauffälliger in einem leeren Métrowaggon als in einem überfüllten Hotel. Offensichtlich eine Fehleinschätzung. Entweder sind Sie gerissener als Sie aussehen, oder Sie haben mehr Glück als Sie verdienen, Monsieur.«

»Wieso wollen Sie mich umbringen? Ich habe Ihnen doch gar nichts getan.«

»Sie entwickelten dieses KI-Programm!«

»Eben haben Sie noch gesagt, das Programm sei Ihnen egal.«

»Stimmt. Uns liegt mehr an seinem Erfinder. Aber das erwähnte ich bereits. Sie sind ein elender Mistkerl, wissen Sie das? Ich habe in meinem Leben schon viele furchtbare Menschen kennen gelernt. Grausame, blutrünstige Monster, aber Sie stellen alle in den Schatten.«

»Sollte ich unabsichtlich irgendwas getan haben, für das Sie sich an mir rächen wollen, dürfte ich dann bitte vorher erfahren, um was es sich dabei handelt?«

»Es gibt nichts zu rächen.«

»Nicht?«

»Nein. Deshalb will ich auch keine Rache. Das ist wirklich das Letzte, woran ich denke.«

»Sondern?«

»Rettung.«

Osborne wich zurück und blickte verstohlen nach der Tür. »Ich glaube, ich gehe jetzt besser. Bestellen Sie bitte Françoise Fabian, an mir hat's nicht gelegen, dass dieser Abend nicht so verlief wie von mir erhofft. Ich vermute, Sie verstehen sich mit ihr besser.«

Sie lachte, als habe er gerade einen köstlichen Scherz zum Besten gegeben und trat so nahe an ihn heran, dass er die Wärme ihres Körpers spüren konnte. »Machen Sie sich um die junge Dame keine Sorgen. Ich werde mich schon mit ihr zu amüsieren wissen, wenn sie kommt.«

Er erwiderte nichts. Mit bleichem Gesicht und schwer atmend stand er nur wenige Zentimeter von seiner Gastgeberin entfernt und konnte seinen

Blick nicht von ihren bernsteinfarbenen Augen lösen. Sie trat noch näher an ihn heran. Als ihre Körper sich berührten, durchzuckte es ihn wie ein elektrischer Schlag. Überrascht stellte er fest, dass er wankte. Verwundert rieb er sich den Arm. Schlagartig war ihm eiskalt geworden, merkwürdigerweise perlte trotzdem Schweiß auf seiner Stirn. Ein Schwindelanfall schüttelte seinen Körper, Lichter flirrten vor seinen Augen. War er etwa von dem bisschen Wein bereits betrunken? Er rang nach Luft. Eine kaum erträgliche Welle der Schwäche überspülte ihn.

»Ich vertrage wohl nicht mehr sehr viel«, lallte er.

Er schwankte nun heftig, schüttelte den Kopf, um ihn klarer zu bekommen. Der Boden drehte sich erst langsam, dann immer schneller. Er versuchte sich irgendwo festzuhalten.

»Ist Ihnen nicht gut?«, fragte sie mit einem spöttischen Lächeln.

Er wollte etwas sagen, brachte aber nur ein unartikuliertes Krächzen zustande. Sein Mund war völlig trocken, die Zunge klebte am Gaumen und sein Herz schlug wie wahnsinnig. Schwindelgefühle überfluteten ihn. Vor seinen Augen flimmerte eine Art Hitzeschleier. Die Realität zerbröselte und fiel auseinander. Farben wirkten wie ein durch ein Kaleidoskop gefilterter Albtraum. Die letzten noch halbwegs erkennbaren Konturen des Zimmers und der Möbel zersplitterten in Fragmente und zerflossen wie ineinander laufende Wasserfarben zu einer undefinierbaren wogenden Masse. Er spürte Chantals Hand an seiner Schulter, wie um ihm Halt zu geben, und wollte sich an ihr festhalten, konnte es aber nicht. Wieso hatte er plötzlich so schwere Arme? Mühsam schleppte er sich zu einem Tisch, kam aber nur zwei Schritte weit. Ihm wurde jetzt unerträglich heiß, als koche das Blut in den Adern, und in der Brust baute sich ein Druck auf, der sich rasch ausbreitete und jeden Muskel lähmte. Nur sein Herz schlug schneller denn je. Was ging da in ihm vor?

Halt suchend streckte er die zitternden Finger nach dem Tisch aus. Das Weinglas entglitt seiner kraftlosen Hand und explodierte am Boden. Osbornes Herz raste noch stärker. Im ersten Moment glaubte er an einen bevorstehenden Herzinfarkt, aber das dafür charakteristische Stechen in der Brust und im linken Arm blieb aus. Stattdessen breitete sich die Lähmung weiter aus. Die Haut kribbelte unerträglich, Sehnen verkrampften und im Kopf explodierte ein Schmerz, als stieße jemand Nadeln hinein.

»Fühlen Sie sich nicht wohl, Monsieur?« Ihre Stimme durchdrang seine Trommelfelle wie Stahlnägel.

Er versuchte eine Antwort zu geben, brachte aber kein Wort hervor. Seine Gastgeberin legte ihren Arm um seine Hüften und dirigierte ihn in die Mitte des Raumes. Wieso war es nur so heiß? Er schwitzte dermaßen stark, dass seine Kleidung mit seiner Haut verklebte. Seine Beine knickten unter ihm weg und er sackte wie ein Mehlsack zu Boden, blieb aber bei vollem Bewusstsein. Er spürte keinen Schmerz mehr, sondern nur noch eine allesumfassende Dumpfheit. Obwohl sein Körper völlig paralysiert war, sah und fühlte er, was mit ihm geschah. Chantal kniete neben ihm und streichelte über sein Gesicht. Die Kühle ihrer Hand durchzuckte seine Wange wie ein eisiger Blitz, als ob das Blut unter der Haut zu Eiskristallen gefror.

»Wa ... Warum tun Sie das?«, fragte er mit taub gewordenen Lippen.

»Es ist zu Ihrem Besten«, flüsterte sie.

»Verdammt ...« Er hätte es wissen müssen. Man verliebte sich nicht einfach in einem schäbigen Bistro ineinander, schon gar nicht in jemanden wie ihn. Es sei denn, man war hinter etwas her. Jetzt bekam er die Quittung dafür, dass er sein gewohntes Terrain verlassen hatte, um neue Erfahrungen zu sammeln. Dies war die Strafe dafür, dass er seinem Wunschdenken gefolgt war, um die Monotonie seines Lebens zu durchbrechen. »Erst locken Sie mich her, und dann das hier.« Seine Gefühle schwankten zwischen Wut und Angst.

»Ein uralter Trick, mein Lieber. Zunächst macht man jemanden gefügig. Wer vertrauensselig ist, passt nicht mehr so gut auf. Bei Männern funktioniert das besonders einfach. Sobald es um Frauen geht, setzt ihr Gehirn aus.« Ihr Lächeln stand im harten Gegensatz zu der Kälte ihrer Stimme. »Habe ich Sie jetzt etwa desillusioniert? Oder Ihnen gar Ihr verdammtes Herz gebrochen?«

Sie packte ihn an den Beinen und schleifte ihn in einen dunklen Raum, dessen Luft nach Moder und Verwesung stank. Constance erwartete sie schon.

Chantal ließ ihren Gefangenen los und beugte sich über ihn. Ihre Augen funkelten goldener als je zuvor.

»Lebt er noch?«, fragte Constance.

»Ja.«

»Warum hast du ihn nicht getötet?«

»Vielleicht kann er uns noch nützlich sein.«

»Bei der Zeremonie?«

»Möglich.«

»Meinst du, er ist dafür geeignet? Wir haben bei dem Ritual bisher noch nie einen Mann benutzt.«

»Vielleicht war das ja unser Fehler«, antwortete Chantal, während ihre schlanken Hände über Osbornes Bauch hinab glitten. Sie tastete nach seinem Hosenbund und zog den Reißverschluss auf. »Ja, ich weiß. Der Überlieferung nach funktioniert der Ritus nur mit einer Frau. Aber da es bisher mit Frauen noch nicht zufrieden stellend funktionierte, kann's doch nicht schaden, wenn wir es ausnahmsweise mal nicht nach Gebrauchsanleitung probieren. Was haben wir zu verlieren? Der Kerl ist unser ›Plan B‹. Sterben wird er diese Nacht so oder so. Und es wird brutal und schmerzhaft sein.« Ihre Stimme erstarb zu einem tonlosen Flüstern.

»Wieso hast du mir eigentlich nichts davon erzählt, dass der Kerl heute Abend hierher kommt?«, fragte Constance gereizt. »Ist das wirklich der Amerikaner, den du in New York umbringen lassen wolltest?«

»Ja«, erwiderte sie. »Ich habe dir nichts davon gesagt, dass er hierher kommt, weil er eigentlich gar nicht herkommen sollte. Es war vorgesehen, dass ihn auf dem Weg hierher das Zeitliche segnet. Wieso fragst du überhaupt? Hat er sich dir denn nicht vorgestellt?«

»Doch, aber er war dermaßen außer Atem, dass ich ihn anfangs kaum verstehen konnte. Außerdem war ich so perplex über den unerwarteten Besuch, dass ich gar nicht richtig zugehört habe, als er mir seinen Namen nannte. Davon abgesehen kennst du mein katastrophales Namensgedächtnis. Zumal ich mit allem gerechnet hätte, nur nicht, dass unser Opfer freiwillig zur Schlachtbank kommt.«

»So ganz freiwillig war das nicht. Sagen wir mal, ich habe den Köder gelegt und er hat ihn geschluckt. Er dachte, er bekäme hier neben einem Schäferstündchen Beweise für die Sabotage seines Programms, die ihn rehabilitieren könnten.«

»Und du hast es nicht für nötig gehalten, mich in deinen Plan einzuweihen?«

»Hätte ich gern getan, Schätzchen, aber mir lief heute buchstäblich die Zeit davon. Ich musste improvisieren und mir auf die Schnelle etwas einfallen lassen, sonst wäre dieser Schuft womöglich morgen in aller Frühe in seine Heimat zurückgeflogen. Ihn dort umzubringen, ist weitaus schwieriger als hier bei uns. Heute Vormittag habe ich mich mit Perrin beraten, wie wir am besten vorgehen sollen. Wir einigten uns darauf, dass er in der Métro bei Poissonnière sterben sollte. Da traut sich inzwischen abends kaum noch jemand hin. Also standen die Chancen gut, ihn allein anzutreffen.«

»Du hättest mir trotzdem etwas sagen müssen. Ich meine, wie stehe ich denn da? Da klopft plötzlich der Typ an unserer Tür und ich weiß von nix. Meinst du, ich hätte mit dem so lange geplaudert, wenn ich gewusst hätte, wer er ist? Als er dann noch erzählte, er kennt dich, dachte ich schon, er sei einer von uns, den du neu rekrutiert hast. Stell dir vor, ich hätte mich verplappert und ihm Sachen gesagt, die er ganz bestimmt nicht hören durfte.«

»Reg dich nicht so auf. Trotz aller Pannen ist letztendlich alles bestens gelaufen. Der Kerl muss wirklich neun Leben besitzen. Aber jetzt ist sein Weg zu Ende. Von hier gibt es kein Entkommen mehr.«

»Wann kommen die anderen?«

»In einer halben Stunde. Bis dahin muss alles für die Zeremonie vorbereitet sein.«

»Hast du Angst?«

»Ein bisschen.«

Osborne wollte etwas sagen, doch er fand keinen zusammenhängenden Gedanken mehr.

Die beiden Frauen zogen ihn mit geschickten Bewegungen aus, bis er völlig nackt auf dem kalten, rissigen Linoleum lag. Dann ging Chantal in die Hocke und betrachtete ihn mit einem verzückten Lächeln. Seine Lippen bewegten sich lautlos, seine weit aufgerissenen Augen versuchten sie zu fixieren. Er war immer noch bei vollem Bewusstsein, sein Körper dagegen war völlig paralysiert.

»Ist das Leben nicht wunderbar?«, flüsterte sie. »So voller Überraschungen und Wendungen. Jahrelang lebten Sie in trister Einförmigkeit, Monat für Monat derselbe Trott. Jeder Tag war wie der andere. Und dann, von einer Minute zur nächsten, setzte das Leben die Maske der Monotonie ab und überraschte Sie. Auch wenn Sie mehr oder weniger so normal gelebt haben wie die meisten anderen Menschen, wussten Sie vermutlich doch insgeheim, dass Sie anders sind. Sie haben es schon immer gespürt, nicht wahr? Zugegeben, wer Sie in all Ihrer Unscheinbarkeit sieht, hätte wohl nie gedacht, dass ausgerechnet Sie Gott von seinem Thron stoßen wollen. Ich glaube sogar, dass Sie dort Erfolg gehabt hätten, wo Luzifer versagte. Doch zu Ihrem Bedauern haben sich unsere beiden Schicksalswege gekreuzt, wodurch Ihre zum Greifen nahe Allmächtigkeit nun in unerreichbare Ferne gerückt ist. Wirklich traurig. Zumindest von Ihrer Warte aus gesehen.«

Ohne ihn eines weiteren Blickes zu würdigen, verließen die beiden Frauen mit seinen Kleidern den Raum. Ihr Gefangener fühlte sich erniedrigt und hintergangen. Ehe er bewusstlos wurde, dämmerte ihm, dass die Agonie, die er bisher in dieser Nacht erlebt hatte, bloß ein Vorspiel zu weitaus Schlimmerem war.

# VIII. KAPITEL

# Das Ritual

*22 Uhr 59 – Rue de Chantilly*

Unmerklich glitt Osbornes Bewusstsein in die Realität zurück. Zäh wie Sirup lichtete sich der schwarze Nebel, doch die Kälte blieb. Schleppend tastete sich sein Verstand weiter in die Wirklichkeit und fügte Stück für Stück die Erinnerungsfragmente wieder zusammen.

Die Erinnerung an den Überfall in der Métro kehrte als erste vollständig zurück. Beim Gedanken an Odette Latour zuckte er automatisch zusammen. Die Bewegung löste ein unangenehmes Kribbeln in seinen verkrampfen Muskeln aus, das sich jedoch schnell wieder in dumpfer Gefühllosigkeit verlor. Arme und Beine waren völlig taub und schwer wie abgestorben, als wären sie mit Puddingmasse gefüllt. Er konnte zwar die Augen öffnen, aber nichts sehen. Entweder herrschte ringsum tiefste Finsternis, oder er war erblindet.

Oder war das alles nur ein Traum? Ein sehr realistischer Traum, denn in Wirklichkeit lag er in seinem Hotelzimmer im Bett, in dem er irgendwann weggedöst war. Er konnte also ruhig weiterschlafen.

Und wenn das hier die brutale Wirklichkeit war? Wo befand er sich dann? Er lag auf der Seite. Sein Kopf schien zu platzen, als bohrten sich lange Nadeln durch die Augen tief in das Gehirn. Der Boden schwankte wie ein Floß in stürmischer See, jedenfalls fühlte es sich so an.

Weitere Puzzleteilchen seiner Erinnerung meldeten sich aus dem Urlaub zurück. Ihm fiel ein, wie Chantal ihn erst hergelockt, dann verspottet und schließlich betäubt hatte. Nun war er zwei Psychopathinnen auf Gedeih und Verderb ausgeliefert. Prompt erinnerte er sich an diverse Zeitungsartikel über Ermordete, deren Leichen man nach einem Stromausfall zufällig in der Kühltruhe eines Biedermanns entdeckt hatte, nachdem sich seine Nachbarn bei der Polizei wegen des unerträglichen Verwesungsgestanks beschwert hatten. Oder Berichte von einem Klempner, der zerstückelte Leichenteile in einem verstopften Toilettenabfluss entdeckt hatte. Die schauerlichsten Gewalttaten spielten sich vor seinem geistigen Auge ab. Vor allem aber beschäftigte ihn die Frage: Wie lange würde es noch dauern, ehe die Irre wiederkam und ihm mit einem Messer das Leben aus dem Körper herausschälte?

Eine Zeitlang war das Dröhnen seines eigenen Pulsschlages in den Ohren das Einzige, was er hörte. Seine glasigen Augen starrten bewegungslos in die Dunkelheit. Irgendwo in der Nähe polterte etwas. Sein erster Gedanke war: Trommeln. Sein zweiter, nachdem sich seine Orientierung ein bisschen weiter durch den milchigen Brei in seinem Gehirn gearbeitet hatte: Schritte. Aus unerfindlichen Gründen löste dies ein Gefühl der Hoffnung bei ihm aus. Etwas raschelte ganz nahe, dann entfernten sich die Tritte wieder. Vergeblich versuchte er den Kopf anzuheben. Er war zu kraftlos. Trotzdem, er musste aufstehen. Irgendwie. Allein die Tatsache, dass er ungefesselt und wieder bei Bewusstsein war, sollte ihm die nötige Stärke verleihen, das Beste aus dieser Situation zu machen. Als erstes sollte er sich auf der Stelle davonmachen; aber seine Arme und Beine schienen nichts mit seinem Gehirn zu tun zu haben. Jedenfalls ignorierten sie dessen Befehle beharrlich.

Mühsam dreht er den Kopf, wobei die Halswirbel wie rostige Scharniere knirschten. Langsam kehrte so etwas wie Gefühl in seinen Körper zurück. Vom Hals abwärts machte sich ein unangenehmes Kribbeln in den abgestorbenen Gliedern breit. Mit Betroffenheit stellte er fest, dass er splitternackt war. Dann fiel ihm wieder ein, dass die Frauen ihn ausgezogen hatten.

Erneut versuchte er, sich über den Boden wegzuziehen, musste aber zu seiner Enttäuschung feststellen, dass seine Arme den Ausstand immer noch nicht beendet hatten. Starrköpfig missachteten sie weiter jeden Befehl des Gehirns. Na schön, die Arme konnte er vergessen. Vorerst zumindest. Wie sah es mit den Beinen aus? Wenn er sich mit den Füßen vom Boden abstoßen konnte, könnte er sich Meter für Meter von hier wegschieben. Vielleicht erreichte er so irgendein Möbelstück, hinter dem er sich verstecken konnte. Aber die Beine waren genauso gelähmt wie die Arme. Nicht einmal die Knie konnte er anwinkeln.

Nachdem Osborne sich bis zur Erschöpfung verausgabt hatte, gab er den Plan auf. Schwer keuchend sackte sein Kopf zurück. Wenn es tatsächlich so etwas wie Schutzengel geben sollte, wäre das jetzt eine gute Gelegenheit für den seinen zu zeigen, was er drauf hatte. Aber offensichtlich war der anderweitig beschäftigt.

Vage spürte er, wie etwas Leben in den rechten Ellbogen zurückkehrte. Jedenfalls konnte er ihn ein klein wenig anwinkeln. Das Kribbeln auf der Haut wurde beinahe unerträglich, aber wenigstens tat sich überhaupt etwas. Nachdem das Prickeln ein wenig nachließ, startete er einen neuen Versuch, der sogleich mit einem tierischen Krampf im rechten Trizeps, als durchschnitte ein Hackmesser die Muskelstränge, belohnt wurde. Nur mit Mühe konnte er den dazugehörigen Schmerzensschrei zu einem Wimmern abdämpfen. Als die Pein endlich abklang, holte er tief Luft und blinzelte die Tränenschleier aus den Augen. Es war immer ein wunderbares Gefühl, wenn der Schmerz nachließ. Danach ließ sich der rechte Arm überraschend gut bewegen, sodass er gleich einen neuen Versuch unternahm. Wieder ein Krampf, wenngleich nicht so vernichtend wie der erste. Danach Pause – Atem schöpfen. Nicht lange, nur ein paar Minuten.

Je länger er so dalag, umso sicherer war er, dass sich noch jemand in der Dunkelheit befand. Ganz in der Nähe vernahm er ein Geräusch, das wie knarrende Lederbänder klang. Ein Strudel kalter, übel riechender Luft hüllte ihn ein. Der Fäulnisgeruch war so schlimm, dass er sich übergeben musste. Merkwürdigerweise ging es ihm danach spürbar besser. Der Schwindel war fast völlig verschwunden und das Atmen fiel ihm auch leichter. Nur das Hämmern in seinem Kopf hatte sich nicht gelegt, immerhin war der Schmerz jetzt einigermaßen erträglich. Die Kraft pulste in seine paralysierten Arme zurück. Zuerst löste sich die Erstarrung an Kopf und Oberkörper. Vorsichtig massierte er seine immer noch gefühllosen Beine, um die Durchblutung wieder in Gang zu bringen. Aber sie versagten ihm weiter ihren Dienst. So hatte ihr Besitzer genügend Muße, über seine Lage nachzudenken.

Er hatte das Hotel verlassen, ohne eine Nachricht zu hinterlassen. Nun befürchtete er zu recht, dass, wenn das Schlimmste eintrat, er für immer verschollen blieb. Bloß, was war das Schlimmste?

Langsam gewöhnten sich seine Augen an die Dunkelheit. Ihm gegenüber war eine Tür in die Wand eingelassen. Unter ihrem Spalt sickerte ein wenig Licht hindurch. Von nebenan erklangen Schritte. Nicht mehr leise sondern hart, als wollten sie die Dielen durchbrechen. Plötzlich wurden auch Stimmen laut. Frauen, die sich auf Französisch unterhielten, kamen näher. Jeden Augenblick musste die Tür aufgestoßen werden. Und dann?

Dann herrschte erst einmal Stille. Durch die Tür drang lediglich ein leiser, monotoner Singsang. Die eigentümliche Struktur von Melodie und Rhythmus zog den Hörer in ihren Bann. Scharrende, tänzelnde Schritte überlagerten die Musik.

Kraftlos kroch Osborne von dem dampfenden Brei, der aus seinem Magen stammte, weg. Dabei keuchte er so laut, dass er sich sicher war, man würde es noch jenseits der Tür hören. Ein neuer Schwindelanfall überfiel ihn und er hatte das Gefühl, der Raum drehe sich. Es fehlte nicht viel und er wäre wieder bewusstlos geworden. Endlich hörte die Dreherei auf, der Fußboden aber blieb merkwürdig instabil. Dessen ungeachtet, schob Osborne sich näher an die Tür und versuchte, etwas durch den Spalt zu erkennen. Aus seiner ungewöhnlichen Perspektive sah er im Nebenraum Chantal, die ein langes blutrotes Kleid trug. Hinter ihr kamen Constance und all die Frauen, denen Osborne scheinbar zufällig bei seinem abendlichen Spaziergang durch Saint-Germain begegnet war, an der Tür vorbei. Er entdeckte die dunkelhäutige Latina mit ihrer mumienhaften Begleiterin, die offensichtlich auch ohne Rollstuhl gut zurecht kam. Dann bemerkte er das Mädchen mit dem angeblich Bösen Blick, das auch beim Betreten des Zimmers seine Sonnenbrille aufbehielt. Wenig später traf die üppige Brünette im roten Kleid, die ihn im Schminkspiegel beobachtet hatte, ein; gefolgt von der Wahrsagerin, die ihm für fünf Euro seine Zukunft offen legen wollte, und der Frau mit den wehen Füßen. Als Vorletzte betrat die Unbekannte, die ihn in der Cocktail-Bar beobachtet hatte, das Zimmer. Ganz zum Schluss kam die streitsüchtige dunkelhäutige Zimmernachbarin aus seinem Hotel. Wie es aussah, hatten diese Frauen ihn auf Schritt und Tritt beschattet. In der Zwischenzeit hatten sie sich umgezogen. Unter den Mänteln trugen sie jetzt lange, schwarze, mit Goldfäden durchwobene Roben. Dann verschwanden die Frauen aus seinem Blickfeld und er war wieder allein. Er lauschte angespannt, hörte aber zunächst nichts. Dafür stieg ihm beißender Schwefelgeruch in die Nase, den ein süßliches Aroma überlagerte. Irgendwer zitierte nebenan eine Litanei in einer ihm fremden Sprache. Immer wieder klatschten die Frauen in die Hände, immer lauter hallte der gespenstische Chor ihrer Stimmen durch das Dunkel und schwoll zu einem monotonen Gesang an.

Osborne reckte den Kopf und spähte erneut durch den Türspalt. Nebenan war nichts zu sehen, abgesehen vom gelblichen Licht flackernder Kerzen. Dann prallte etwas mit Wucht auf den Boden. Es war, als platschte ein nackter Körper auf Holzdielen. Er vernahm leise Stimmen und wohliges Stöhnen, woraus er schloss, dass die Frauen gerade ihre perversen Träume wahr werden ließen. Gerüchteweise hatte er von geheimen Zirkeln in Paris gehört, zu denen nur wenige Auserwählte Zutritt hatten, die an geheimen Orten Sex-Orgien mit teils bizarren Ritualen feierten. War er in die Fänge einer solchen Geheimgesellschaft geraten? Was wollten die Frauen aber von ihm? Denn wie es schien, waren ihre sexuellen Präferenzen auf das weibliche Geschlecht ausgerichtet. Welche Rolle hatten sie ihm als Mann bei den lesbischen Exzessen zugedacht?

Paradoxerweise kulminierte seine Reise durch die Nacht offensichtlich in einem sexuellen Abenteuer, das von ganz anderer Art war, als er es sich in seinen kühnsten Erwartungen vorgestellt hatte. Bevor er sich noch näher an den Türspalt schieben und einen klärenden Blick in die vermuteten Abgründe erotischer Obsessionen werfen konnte, wurde sein spekulatives Gedankengeflecht brutal von der Wirklichkeit zerrissen.

Er hatte seine Wange auf den Boden gebettet, als er plötzlich etwas Feuchtes auf der Haut spürte. Im ersten Moment hielt er es für seinen Angstschweiß, weshalb er auf das, was er nach Anheben des Kopfes sah, nicht gefasst war. Vor ihm breitete sich eine Lache aus Blut aus. Daran bestand kein Zweifel, denn seine Augen hatten sich an die Dunkelheit gewöhnt und außerdem sickerte genügend Kerzenlicht durch den Türspalt herein. Dickes, dunkles Blut schlängelte sich zähflüssig unter der Tür hindurch. Es strömte aus dem Nebenraum, in dem sich die Frauen befanden. Schlachteten die etwa ein Tier? Gehörte Blut zu ihren Ausschweifungen? Das klang zwar krank, aber irgendwie doch einleuchtend. Wieso beschlich ihn dann der Zweifel, dass es sich nicht um Tierblut handelte. Und was, wenn nebenan gar kein Tier, sondern ein Mensch getötet worden war? Eigentlich wollte Osborne die Antwort auf diese Frage gar nicht wissen. Er hatte nur noch einen Gedanken im Kopf: Ich muss hier weg, sonst werden sie mich auf dieselbe Weise töten.

Seltsamerweise war ein Teil seines Verstandes anderer Meinung; er hielt es für besser, hier liegen zu bleiben. Dass er es bereuen würde, wenn er sich von hier fortbegeben würde. Also blieb er weiter liegen. Er ließ den Kopf stöhnend hängen und versuchte zu analysieren, was hier eigentlich ablief. In welche fatale Lage er sich gebracht hatte und wie er ihr entrinnen konnte. Das Ergebnis der Überlegung war eine neue Panikattacke, ein namenloses Grauen, das wie ein Raubtier über ihn herfiel. Die lähmende Resignation und das Bewusstsein, dass er hilflos war, ließen jeden Fluchtgedanken verblassen und ihn weiter in seiner Position verharren.

Inzwischen signalisierten unzählige Nadelstiche bis in die kribbelnden Zehenspitzen hinein, dass das Gefühl auch in alle übrigen Muskeln zurückgekehrt war. Vorsichtig bewegte er die Beine. Teuflische Schmerzen fuhren durch die Sehnen und entlockten ihm ein Stöhnen. Aber er konnte sie wieder bewegen. Etwas zumindest. Vorsichtig kroch er auf die Knie und stellte sich schließlich, stoisch den Schmerz, der ihm durch die Schenkel fuhr ignorierend, ganz auf. Zuerst schien es, als wollten ihn die immer noch tauben Gliedmaßen nicht tragen. Im nächsten Moment peinigte ihn das zurückfließende Blut, als würden seine Beine von tausend heißen Nadeln durchbohrt. Die Knie zitterten dermaßen, dass er noch keinen Schritt wagte. Was ihn plötzlich aus der Erstarrung riss, war ein süßlicher Grabgeruch, der immer intensiver die Luft durchtränkte. In der Dunkelheit war zweifelsfrei näher kommendes Scharren hörbar. Ohne den Kopf zu bewegen, starrte Osborne wie hypnotisiert auf eine dunkle Masse, die auf ihn zuwankte. Phosphoreszierende Zähne funkelten im spärlichen Licht. Flüchtig erblickte er das von starker Verwesung gekennzeichnete Gesicht eines Mannes.

Ein Netzwerk von Falten durchzog dessen gelbe Haut. Lippen, Nase und Augenhöhlen waren so von der Verwesung verwüstet, dass an manchen Stellen die blanken Knochen blitzten. Die Augenhöhlen waren leer und schwarz wie dunkle Tümpel. Das Ding stakste mit steifen Beinen auf ihn zu und stieß ein leises Grunzen aus. Die pergamentartige Haut des Leichnams war fleckig von verfaulten Pilzen. Sein Mund stand weit offen, aber kein

Atem drang heraus. Osborne spürte, wie der Wahnsinn an den Mauern seiner geistigen Gesundheit nagte. Eine Welle des Ekels, begleitet von einem Schwall Galle stieg in ihm hoch, als bleiche, knochige Finger nach seiner Kehle griffen. Das welke Fleisch fühlte sich wie verfaultes Gummi an. Eine knöchrige Hand presste sich wie ein Schraubstock auf sein Gesicht. Der blanke Terror setzte ungeahnte Kräfte in Osborne frei. Mit einer gigantischen Willensanstrengung riss er sich los. Schwankend, wie ein Betrunkener, bewegte er sich zurück, bis er mit dem Kopf gegen die abgeschrägte Wand knallte. Instinktiv suchte er mit einer Hand Halt. Seine Finger ertasteten eine Klinke. Er zog eine winzige Tür zu einem Kriechspeicher auf, zwängte sich hinein und schloss die Tür hinter sich.

Der Raum war lang und niedrig. Es war stockfinster. An den nackten Backsteinwänden verliefen rostige Zu- und Abflussrohre sanitärer Einrichtungen, in denen es unablässig blubberte und gluckste.

Osborne schleppte sich tastend in die Finsternis. Seine Haare streiften morsche Dachlatten, die wie freiliegende Knochen aus der Deckenverschalung ragten. Dies war nicht der Ort, an dem er sterben wollte, auch wenn – in Anbetracht der momentanen Umstände – dies der logische Ort sein würde. Auf allen Vieren kroch er weiter. Manchmal hielt er inne und lauschte angestrengt. Es war nur eine Frage von Minuten, bis diese Hexen seine Flucht bemerken würden. Nicht zum ersten Mal in dieser Nacht machte er sich Vorwürfe, die Fakten falsch eingeschätzt zu haben. Ihm hätte von Anfang an klar sein müssen, dass eine Schönheit wie Chantal ihn nicht einlud, weil sie etwas von ihm wollte. Statt Gegebenheiten nüchtern zu beurteilen, hatte er sich ein rosarotes Wunschbild zusammengebastelt. Und nun sah er sich mit der Möglichkeit seines Todes konfrontiert.

Bei dem Gedanken robbte er weiter an der Wand entlang. Seine einzige Chance bestand darin, rechtzeitig ins Freie zu kommen. Die Frage war nur: Wie?

Plötzlich stieß seine Hand in eine Öffnung, die ungefähr einen halben Meter hoch war. Dahinter spürte er einen freien Raum zwischen zwei Wänden. Zunächst fragte er sich, wieso man hinter der Außenwand eine zweite Mauer hochgezogen hatte. Dann dämmerte ihm, dass er sich wohl in einer Art Geheimgang befand. Der Boden neigte sich ziemlich steil nach unten. Der Gang war nicht sehr groß und hatte höchstens sechzig Zentimeter Durchmesser. Am schlimmsten war nicht die Dunkelheit, sondern die Enge. Der Durchlass war fast zu schmal zum Vorwärtskriechen; vom Umdrehen oder Zurückkehren ganz zu schweigen. Falls man nicht mehr weiter kam, steckte man hilflos fest. Vielleicht war der Tunnel ja eine Sackgasse und bot nicht mehr Sicherheit als der Kriechspeicher. Trotzdem entschied er, dass er das Risiko eingehen sollte. Ginge er es nicht ein, würde er ganz sicher sterben; ginge er es ein, würde er nur vielleicht sterben.

Das Loch war gerade breit genug, dass er sich hindurchquetschen konnte, was er auch tat. Er spürte, wie Mörtelstaub herabrieselte, wenn er mit den Ellbogen die Wand streifte. Mit den Händen bahnte er sich seinen Weg durch einen Dschungel aus Spinnweben. Er robbte auf den Unterarmen und Knien. Da seine Ellbogen kaum Bewegungsfreiheit hatten, brauchte er für die ersten Meter beträchtlich lange. Obwohl es eine sehr mühselige Angelegenheit war, ging zunächst alles reibungslos, bis plötzlich seine Hüften festsaßen. Er war zwischen den Seitenwänden eingeklemmt und konnte weder vor noch zurück. Nackte Klaustrophobie sickerte in ihn ein, rann wie eine ätzende Lauge tiefer und schlang sich schließlich wie ein furchtbarer Polyp um seine Brust, wo sie ihm die Luft abschnürte. Da war nichts, was ihrer zersetzenden Aktivität eine Grenze setzte. Keine aufbauende Hoffnung, keine Zuversicht, kein aufkeimender Lichtblick, der nicht von Verzweiflung begleitet gewesen wäre. Vorsichtig wand der Eingeklemmte die Hüften hin und her. Gleichzeitig stemmte er die Fußspitzen gegen den Boden. Seine Finger tasteten nach einer Unebenheit, die etwas Halt versprach. Doch er saß weiter in dem Flaschenhals fest. Allmählich gewann die Erkenntnis Oberhand, dass seine Lage hoffnungslos war. Fast wollte er schon aufgeben, da scheuerten seine Hüften mit einem Ruck durch die Verengung. Erleichtert kroch er weiter durch Staub, Spinnweben und Mäusedreck, bis er plötzlich ins Leere griff und abwärts rutschte.

Einen Moment lang hatte Osborne den Eindruck, er stürze in einen Abgrund, aber da prallten seine Hände und Knie heftig auf Stufen. Der abfallende Gang mündete in einem engen, dafür aber mannshohen Durchbruch. Eine schmale Treppe führte steil nach unten. Der Abstieg über die Stufen ging leichter als befürchtet. Ab und an hielt er inne und lauschte, ob er noch jemanden hinter sich hören konnte. Einmal vernahm er ein Schlurfen, das dann aber wieder verstummte.

Die Finsternis, das Gefühl des Verfolgt werdens und die Ungewissheit, was ihn noch erwartete, erzeugten ein äußerst beklemmendes Gefühl.

Am Fuße der Treppe führte der Gang horizontal weiter. Er wurde wieder so niedrig, dass sein Besucher über den schorfigen Boden kriechen musste. Die Dunkelheit schien endlos zu sein. Staub wirbelte unter seinen Knien hoch, geriet in die Nase und löste heftigen Niesreiz aus. Plötzlich verpestete derart übler Geruch die Luft, dass ihm schlecht wurde. Etwas verweste in dem Gang. Er konnte nicht sehen was es war, und das war vielleicht ganz gut so. Hastig kroch Osborne weiter, um die Ausdünstung nach Fäulnis möglichst schnell hinter sich zu lassen. Gerade, als die Luft unerträglich wurde, glitschte sein rechter Handballen in etwas Pelziges, das nachgab, als sei es mit flüssigem Schlamm gefüllt. Unter dem Gewicht der Hand platzte ein Rattenkadaver auf und eine Wolke Faulgas hüllte die Luft ein. Maden krabbelten über den Handrücken des Amerikaners. Gleichzeitig drang von weit her schwach der Widerhall eines Schreis. Ein gespenstisch schriller Laut, der ihm das Blut in den Adern gefrieren und die Haut zusammenziehen ließ. Er wollte weiterkriechen, doch er merkte, dass er sich vor Angst nicht mehr rühren konnte. Kostbare Sekunden verrannen. Schließlich riss er sich zusammen und schleppte sich weiter. Der Gang schien kein Ende zu nehmen. Wieder echote ein Geräusch durch den Tunnel, das wie das Scharren und Knirschen blanker Knochen klang. So etwas Grausiges hatte er noch nie im Leben gehört. Wie zuvor raubte ihm der Schock schier den Atem. Diesmal kroch er aber trotzdem weiter.

Nach mehreren Metern machte der Gang eine starke Rechtsbiegung. Dahinter sickerte schwaches Mondlicht durch kleine, kreisförmige Öffnungen einer vertikalen Metallplatte. Durch das eingestanzte Lochmuster drang schwaches Mondlicht. Osborne schob die Platte auf und kroch aus einer Schüttgutluke heraus ins Freie.

Tief sog er die feuchte Luft in seine Lungen auf und taumelte vorwärts. Nur weg von diesem Ort, wo er nicht zu lange verweilen durfte. Doch seine Beine waren völlig schlaff und sein Kopf schmerzte, als wäre er gespalten.

*23 Uhr 36 – Rue de Maubeuge*

Im Kontrast zur Dunkelheit, die in dem Gang geherrscht hatte, wirkte die Nacht draußen beinahe hell. Vor Osborne lag die Rue de Maubeuge. In der klaren Nachtluft fühlte er sich schnell besser. Mit jedem Moment wirkten die albtraumhaften Geschehnisse aus jüngster Vergangenheit unwirklicher. Die Vorstellung, mit einem lebenden Leichnam gerungen zu haben, erschien ihm jetzt völlig grotesk. Es mussten Halluzinationen gewesen sein. Schließlich gab es keine Zombies. Wie konnte diese abstruse Erscheinung, die ihn vor wenigen Minuten noch zu Tode erschreckt hatte, etwas anderes als Einbildung sein? Wenn einer tot war, war er tot – es sei denn, eine Hexe erweckte den Leichnam mit Hilfe eines blutigen Rituals zum Leben. Aber so etwas wie Zauberei oder Magie gab es nicht und das Blut, das unter der Tür hervorgequollen und den Boden mit einem scharlachroten Tuch überzogen hatte, hatte er sich auch bloß eingebildet. Wahrscheinlich hatte man ihn mit Drogen voll gepumpt, hatte LSD oder STP dem Drink beigemischt, der ihn auf die Bretter geschickt hatte.

Konfrontierte man den gesunden Menschenverstand mit einigen Spurenelementen Chemie, zerfiel alle Logik zu Staub. An ihre Stelle traten dann Scheinrealitäten aus dem Wurzelgrund des Unterbewusstseins, die jede Vernunft gnadenlos niedermachten. Bewusstsein schaffte sich schließlich nicht selber, sondern wurde aus den Tiefen des Unbewussten geboren. Und so ein Gebilde aus der Tiefe seines Geistes hatte wahrscheinlich sein Verstand für bare Münze genommen. Barg nicht das Unbewusste alles, was das Bewusstsein verwarf? Träume bewiesen es. Je rationaler das Bewusstsein, desto abergläubischer gebärdete sich das Unbewusste. Osborne verglich das Bewusstsein gern mit dem hellen Tag, in dem es keine unerklärlichen Geheimnisse gab, während das Unbewusste die mit Dämonenwesen erfüllte Nacht war. Wehe, dieses heimtückische Unbewusste gewann die Oberhand, dann zeigte es dem Hirn jede noch so furchtbare Maske, die man sich vorstellen konnte.

Nachdem er Ursache und Wirkung analysiert hatte, fühlte er sich auch mental bedeutend besser. Der Verstand wurde mit allem fertig, egal, ob man eine fliegende Untertasse sah, die gemächlich am Bürofenster vorbeituckerte, oder ob es Gummibärchen regnete. Kein Problem, falls es dafür eine Erklärung gab, bei der das Irrationale ausschied und somit das Siegel des Erklärbaren erhielt.

Geistesabwesend rieb er sich das Kinn. Als er die Hand senkte, entdeckte er auf seinen Fingern Spuren halbgetrockneten Blutes. War er verletzt? Noch während er prüfte, ob er irgendwo eine Abschürfung fand, erinnerte er sich, dass er mit der Wange in der Blutlache gelegen hatte. Damit war eines klar: Den lebenden Leichnam mochte er sich vielleicht eingebildet haben, das Blut, das unter der Tür hindurchgeflossen war, mit Sicherheit nicht.

Das Gewitter war noch nicht näher herangezogen. Dunkle Wolken ballten sich vor Paris, als warteten sie auf ein Zeichen zum Zuschlagen. Über der Stadt leuchtete zwischen den Regenwolken ab und an ein grandioser Sternenhimmel. Zu Osbornes Beruhigung hatte wenigstens am Firmament alles seine Ordnung. Die Sterne hielten ihre ihnen zugewiesenen Plätze ein. Diese Formvollkommenheit der Gestirne und ihre astronomische Zuverlässigkeit standen im krassen Gegensatz zu der realen Welt, die ein Schauplatz der Unordnung und unvorhersehbarer Ereignisse war. Wie konnte Parmenides da behaupten, dass es in der Welt keine Veränderung gäbe, wo doch jedermann das Gegenteil sah?

Der Geflohene ließ die dunkle Masse des Hexenhauses rasch hinter sich. Schneidende Kälte zerrte an seinem splitternackten Leib. Er fror gotterbärmlich und fühlte sich total zerschlagen. Wie nie zuvor sehnte sich er nach dem abgeschirmtem Bollwerk seines New Yorker Büros zurück, nach der ach so beruhigenden Monotonie, nach seinen Kollegen und ihren Allerweltssorgen.

*23 Uhr 41 – Rue de Maubeuge*

Osborne harrte im Schatten eines Türeingangs aus und versuchte die mahlenden Mühlen des Entsetzens anzuhalten. Halluzinationen hin oder her, die Mordversuche an ihm waren real gewesen. Spätestens mit dieser traumatischen Erkenntnis war sein altes Leben endgültig dahin. Es hatte sich für immer in Luft aufgelöst; über die Zukunft wagte er nicht nachzudenken. Jahrzehntelang hatte er es erfolgreich vermieden, ins reale Leben einzutauchen, glitt in der Schwerelosigkeit seines abgeschotteten Labors über dessen Oberfläche hinweg, ohne sich die Zehen an der Wirklichkeit zu stoßen. Jetzt wurde er brutal in die Realität gestoßen wie ein Nichtschwimmer ins Schwimmerbecken, wo er sich als hysterisch strampelnder Ertrinkender wieder fand. Der schützende Kokon, der sein Dasein bisher umgeben hatte, war zerbrochen. Nun empfand er sich der brutalen Realität schutzlos ausgeliefert.

Um ein Haar hätten ihn diese ..., diese Hexen umgebracht. Hexen! So ein Unsinn! Es gab keine Hexen und auch keine Magie. Nur nicht hysterisch werden. Es existierte keine Zauberei und kein Toter, der plötzlich zum Leben erwacht war. Schließlich lebte er nicht im Mittelalter, wo man Derartiges geglaubt hatte. Genauso, wie man fest daran glaubte, dass der Teufel nichts anderes zu tun hatte, als mit Gott das Spielchen ›Wer fängt die meisten Seelen‹ zu spielen, oder dass die Erde flach wie eine Scheibe war. Heutzutage waren die Menschen aufgeklärt. Allein der Gedanke an mögliche Kräfte jenseits aller Physik erschien absurd. Wie zur Bestätigung drang von irgendwoher gedämpfter Verkehrslärm herüber. Dort pulste also immer noch das moderne, rationale Paris, wo er unbedingt hin wollte, wo er in Sicherheit sein würde.

Am liebsten wäre Osborne von diesem Haus voller Monster in Menschengestalt weggelaufen, doch die Vorsicht und sein Verstand geboten ihm, seine nächsten Schritte gut zu durchdenken. Argwöhnisch erinnerte er sich daran, dass diese Wahnsinnigen genau gewusst hatten, wer er war und was er war. Mit geballten Fäusten stand er da, wütend auf sich wegen seiner Schwäche bezüglich Chantal Dubois. Ihretwegen hatte er ausnahmsweise seinen Emotionen die Entscheidungsgewalt überlassen. Eine Fehlentscheidung mit verheerenden Folgen. Das würde sich nicht wiederholen; deshalb wäre blinde Panik jetzt das Verkehrteste.

Er atmete tief durch. Konzentration. Es fiel ihm schwer, seine Gedanken auf einen Punkt zu lenken. Immer wieder kehrten sie zu der grausigen Hölle zurück, der er gerade entflohen war, dabei tauchten Bilder auf, die sein Grauen aufs Neue anfachten. Er konnte nichts dagegen tun, dass sich seinem Unterbewusstsein das entsetzliches Wort *Opferritus* aufdrängte, ein idiotisch unpassender Begriff für einen Mord. Wieder hatte er das fürchterliche Bild des Blutes, das unter der Tür hindurchsickerte, vor Augen. War er Zeuge eines Ritualmordes geworden? Wer war das Opfer? Wollte er die Antwort wirklich wissen? Nein, eigentlich nicht. Aber da hatte sein Verstand bereits zwei und zwei zusammengezählt und das Ergebnis lautete: Möglicherweise war es Odette Latour.

Der Schreck, den er darüber verspürte, ließ sich nicht in Worte fassen. Während sich seine Gedanken langsam wieder beruhigten und er klarer denken konnte, versuchte er, die Métrofahrt möglichst detailliert Revue passieren zu lassen. Er analysierte jeden einzelnen Satz der Killer, an den er sich erinnern konnte. Perrin hatte seinen Komplizen gefragt, was sie mit Odette Latour machen sollten. Der meinte, dass sich ihre *Chefin* über die freuen würde, wodurch ihnen auch eine Menge Sucherei in dieser Nacht erspart bliebe. Welche Sucherei? Die nach einem anderen Entführungsopfer? Natürlich, was sonst? Ihre Chefin, die ihnen außerdem den Mord an ihm befohlen hatte, war Chantal Dubois. Folglich hatten die Gauner Odette Latour zu ihr gebracht. Das passte. Aber was beabsichtigten sie? Wo war der gemeinsame Nenner ihres Plans, der seine und Odette Latours Ermordung beinhaltete? Gab es überhaupt einen?

Fakt war: Diese Frauen waren Satanistinnen, Schwarze Messen zelebrierende Teufelsanbeterinnen. So gesehen machte auch der magische Kreis als Opferstätte Sinn, den Constance bei seiner Ankunft gezeichnet hatte. Aber was bezweckten die Frauen mit dem Tod eines Menschen während eines Rituals? Ging es dabei um einen Pakt mit dem Teufel? Eine Seele als Gegenleistung für eine Gefälligkeit? Gab es einen Zusammenhang mit den ungeklärten Entführungen in dieser Gegend, von denen Odette Latour berichtet hatte? Das stand zu befürchten. Aber was hatte das alles mit ihm zu tun? Weshalb war Chantal Dubois so versessen darauf, ihn zu töten?

Nur langsam befreiten sich seine Gedanken aus dem zähen Nebel diffuser Spekulationen. Zunehmend beschäftigten sie sich mit der Situation im Hier und Jetzt. Denn noch schlimmer als die Erinnerung erschien beinahe die gegenwärtige Kälte. Wie es aussah, würde er sich im Adamskostüm noch eine Lungenentzündung holen. Zähneklappernd schlug Osborne die Arme um sich und patschte mit nackten Füßen auf der Stelle. Die Kälte wurde immer schlimmer; sie kam nicht nur von außen, sondern auch von innen, als bestände sein Skelett aus Eiswürfeln, deren bitterer Frost sich durch jede Faser seines Körpers bohrte. Außerdem durchlief seine Blutbahnen ein merkwürdiges Kribbeln. Niemals zuvor hatte er etwas Ähnliches gespürt. Es war, als krabbelten Millionen winziger Spinnen durch seine Arterien und nisteten sich in seinem Kopf ein, wo sie das Denkvermögen mit ihren milchigen Netzen vernebelten.

In diesem Moment flackerte die Straßenbeleuchtung wieder auf. Das plötzliche Licht erschreckte Osborne. Nach der Schrecksekunde entspannte er. Da zog etwas auf dem Bürgersteig seine Aufmerksamkeit an. Etwas, das sich bewegte.

Eine Gestalt schälte sich aus den Schatten und kam auf ihn zu. Der Amerikaner erstarrte. Er hörte das Geräusch von Absätzen, das sich aber wieder in der Nacht verlor. Gerade, als er weitergehen wollte, legte sich ihm von hinten eine Hand bleischwer auf die Schulter. Bei der Berührung zuckte er wie von einem Stromstoß getroffen zusammen.

Der Nachtwind wehte einen ranzigfauligen Gestank über seine Schulter herüber.

## IX. KAPITEL

# Die Geister von Paris

*23 Uhr 47 – Rue de Maubeuge*

Bei Osborne löste die wahrgenommene Ausdünstung von Verwesung einen solchen Schock aus, dass ihm die kümmerlichen Reste seines verbliebenen Schneids den Rücken kehrten. Einen fürchterlichen Augenblick lang glaubte er, der lebende Leichnam aus Chantal Dubois Apartment hätte ihn verfolgt und nun gepackt. Obwohl er eigentlich gar nicht hinsehen wollte, drehte er sich trotzdem langsam um.

»Hat Ihnen Ihre Mutter nicht beigebracht, dass man so nicht auf die Straße gehen soll?«, krächzte eine Stimme hinter ihm.

Osborne starrte in das verwahrloste Gesicht eines Clochards; einer der unzähligen Gestrandeten des Großstadtdschungels, die ihr Leben namenlos, obdachlos und hoffnungslos fristeten. Einer dieser vagabundierenden Schatzsucher, die ihre Kleinodien in Abfalltonnen fanden.

Der Mann, der klein und dünn war, trug schmutzige graue Hosen und ein schmuddelgraues Hemd. Er war schätzungsweise Mitte fünfzig. Seine Augen funkelten listig, das Kinn zierten Bartstoppeln. Weiße, wild zerzauste Haare fielen struppig über Ohren und Kragen. Der Lumpen, in den er eingehüllt war, musste früher einmal ein Mantel gewesen sein. Offensichtlich besaß der Clochard nichts weiter als diesen Fetzen, den er am Leib trug, was ihn in den Augen des Amerikaners fast beneidenswert machte. Der versuchte, seine Nacktheit im Schatten des Türeinganges zu verstecken. Sein Blick kreuzte den des Fremden, der ihn ohne Feindseligkeit mit der gleichen Neugierde betrachtete wie er ihn. Allerdings wurde ihm voller Unbehagen bewusst, was sein Gegenüber vor sich sah: Einen splitternackten Mann mit verklebten Haaren und einer Gänsehaut am ganzen Körper. Das war mit Sicherheit ein jämmerlicher Anblick.

»Sie haben sich wohl verlaufen?« Der Clochard lächelte ein sympathisches, dennoch würdevolles Lächeln. »Wo sind Ihre Kleider?«

»Gestohlen«, antwortete er.

»Möchten Sie etwas zum Überziehen?« Der Mann musterte Osborne ernst und knöpfte seinen Mantel auf.

Verlegenheit stieg in dem Angesprochenen auf. »Aber ich kann Ihnen doch nicht den Mantel wegnehmen. Ich habe kein Geld, um ihn zu bezahlen.«

»Vergessen Sie das Geld. Ich hab' ja noch meinen alten Anzug, aber Sie haben nichts«, sagte der Obdachlose mit einer Unbefangenheit, die rührend war. Mit fröhlichem Grinsen reichte er ihm seinen zerschlissenen, schmutzstarrenden Mantel.

»Danke«, murmelte Osborne und nahm den versifften Lumpen. Darin sah er jetzt nicht nur selbst aus wie ein Stadtstreicher, er stank auch so. Das Kleidungsstück war zerrissen und man konnte nur noch erahnen, dass es vor Urzeiten einmal braun gewesen sein mochte.

»Trinken Sie!« Sein Gönner hielt ihm eine Flasche Fusel unter die Nase.

Osborne verstand es als Geste der Dankbarkeit, dass er sie nicht ablehnte. Er setzte die schmutzige Flasche an den Mund und trank. Der billige Weinbrand rutschte ihm wie rostiger Stacheldraht die Speiseröhre hinunter. Röchelnd schnappte er nach Luft und wischte sich die Tränen ab, die ihm über die Wangen liefen. Der Alkohol stieg ihm zu Kopfe. Erst wurde ihm schwindlig, dann fühlte er sich erfrischter. Das Kribbeln in den Adern ließ vollständig nach, auch die Kälte wich mit einem Schlag aus seinem Körper.

»Danke«, sagte er, gab die Flasche zurück und stutzte. »Moment mal, ich kenne Sie doch!«

»Das mag schon sein, Monsieur. Paris ist ein Dorf.«

»Sie sind der Taxifahrer! Sie haben mich heute Morgen zum Palais des Congrès gefahren.«

»Bedauere, Monsieur, aber ich bin kein Taxifahrer.«

»Und ob. Da bin ich mir ganz sicher. Sie haben mich vor meinem Hotel abgeholt und dann zur IT-Messe gefahren.«

»Das streite ich auch gar nicht ab. Ich sagte nur, ich bin kein Taxifahrer. Heute Morgen bin ich Taxi gefahren, um Sie persönlich kennen zu lernen.«

»Wieso? Das verstehe ich nicht.«

»Das werden Sie noch, Monsieur. Bald. Wenn Sie mich jetzt bitte entschuldigen würden, ich bin ein bisschen in Zeitnot. Ein guter Freund von mir ist irgendwo in Paris untergetaucht und es ist von allergrößter Wichtigkeit, dass ich ihn möglichst bald finde.«

»Nun denn, wie dem auch sei: Ich bin Ihnen wirklich dankbar für Ihre Hilfe.«

»Nein. Sie schulden mir nichts, überhaupt nichts. Ganz im Gegenteil. Ich schulde Ihnen etwas.« Der Clochard nickte zum Abschied und schlurfte weiter.

»Danke ... äh«, rief er ihm hinterher, wobei ihm einfiel, dass er noch nicht einmal den Namen seines Wohltäters wusste.

Als hätte dieser seine Gedanken erraten, drehte der sich, schon halb um die nächste Straßenecke verschwunden, um und rief: »Saint-Germain.

Mein Name lautet: Graf von Saint-Germain. Wie gesagt, muss ich noch jemanden finden und unseren Gegenschlag koordinieren.«

»Was für einen Gegenschlag? Was reden Sie da?«

»Später, Monsieur. Im Moment ist keine Zeit für Erklärungen. Ich werde Ihnen später alle Fragen ausführlich beantworten. Die meisten jedenfalls. Ich bin sicher, unsere Wege kreuzen sich bald wieder.«

»Das glaube ich wohl kaum.«

»Doch. Sie haben es mir gesagt.«

»Wer sind ›sie‹?«

»Die Geister von Paris«, antwortete er, bevor er um die Ecke verschwand.

Zweifellos ein Geisteskranker, dachte Osborne. Aber ein freundlicher, äußerst sympathischer Wahnsinniger.

Er wollte jetzt nur noch weg von hier. Der einzige Grund, weshalb er blieb, war seine französische Kollegin. Er durfte Françoise Fabian auf gar keinen Fall ins Verderben laufen lassen. Denn das hier war kein konspiratives Treffen zur Übergabe brisanter Sabotagebeweise, das war ein Hinterhalt. Wenn seine Kollegin ahnungslos das Haus in der Rue de Chantilly betrat, erwartete sie wahrscheinlich dasselbe Schicksal, das man ihm zugedacht hatte. Nach einigen Abwägungen entschloss er sich, sie vor dem Hauseingang abzufangen und zu warnen.

Darauf bauend, dass die französische Stanton & York Vize-Präsidentin inzwischen nicht schon in dem Gebäude war, schlich er durch die Rue Bellefond zur Vorderseite des Hauses. Nirgendwo war ein Mensch zu sehen. Entweder war das wirklich eine angenehm leise Wohngegend, oder es wohnte tatsächlich weit und breit niemand mehr hier. Jedenfalls bot die Straße ein trügerisches Bild der Ruhe. Nichts deutete darauf hin, dass in dem knapp zwanzig Meter entfernten Eckhaus Mörderinnen hausten.

Auf der gegenüberliegenden Straßenseite bot ein Hauseingang im Schatten der alten Sand- und Ziegelsteinhäuser ein ideales Versteck. Genau richtig, um zu sehen und dabei selbst nicht gesehen zu werden. Von hier aus hatte er die Tür zu Chantal Dubois Haus gut im Blick. Er schaute aber auch immer wieder die Straße rauf und runter, um sicher zu gehen, dass er hier wirklich ohne Gefahr wartete. Das war paranoid. Und genauso fühlte er sich: unglaublich paranoid.

### *23 Uhr 59 – Rue de Chantilly*

Osborne duckte sich so tief wie möglich in den Hauseingang. Er lehnte sich gegen die Tür, zitterte im eisigen Wind und hielt es vor Ungeduld kaum mehr aus. Es war nasskalt. Seine nackten Füße waren zu Eisklumpen erstarrt und die Kälte fraß sich beharrlich die Beine hinauf. Er wollte sich unbedingt die Füße vertreten, doch die Vorsicht verbot es ihm. Innerlich zählte er die Sekunden. Als ob das etwas ändern würde, wenn er wusste, wie lange er hier stand. Die Zeit wollte einfach nicht vergehen. Nervös spähte er zu dem gegenüberliegenden Gehsteig. Nirgendwo ein Zeichen von Françoise Fabian. Eine unnatürliche Stille umhüllte die Straße wie ein Kokon. Nur entferntes Donnergrollen und das Rascheln welken Laubs, das der Wind über den Asphalt trieb, rissen hin und wieder die drückende Totenstille auf. Allmählich mehrten sich in dem Wartenden die Zweifel, ob er nicht vielleicht vergeblich wartete. Möglicherweise schwamm seine Kollegin ja schon längst da oben in der Wohnung im eigenen Blut.

Während er die vorgewölbten Erkerfenster im obersten Stock des Hauses beobachtete, drang das Gebell eines Hundes an sein Ohr. Irgendwo klapperten Mülltonnen. Trotz der Kälte umschwärmten Insekten die Lichthöfe der Straßenlaternen.

Über zehn Minuten verstrichen und immer noch tat sich nichts. Nur das Kribbeln in den Beinen wurde stärker. Die Kälte plagte jetzt richtig übel; von den inzwischen gefühllosen Füßen ausgehend, hatte sie den ganzen Körper in einen Klumpen Gefrierfleisch verwandelt, der den Zitterattacken nichts mehr entgegenzusetzen hatte. Er hatte noch nie im Leben dermaßen vor Kälte gebibbert. Hinzu kam, dass sich seine Muskeln immer noch nicht völlig von dem Gift erholt hatten. Anfangs schmerzten vor allem die Beine ziemlich, jetzt waren sie so taub, dass er betete, sie würden noch ein bisschen länger durchhalten. Am liebsten wäre er auf direktem Weg zum Flugplatz verschwunden, hätte Paris auf Nimmerwiedersehen gesagt, um dann in die nächste Maschine nach New York zu steigen. Aber dem Wunschdenken standen so viele praktische Einwände entgegen, dass er es rasch wieder verwarf.

Er rechnete schon nicht mehr damit, dass seine Kollegin kam, da drangen Schritte durch die Stille. Stilettos. Osborne hielt den Atem an. In den Schatten machte er eine Silhouette aus, die gerade um die Ecke bog.

Françoise Fabian hatte sich umgezogen. Die Kleidung, die sie auf der Messe getragen hatte, hatte sie gegen einen engen Versace-Stretchrock und einen Pullover von schlichter Eleganz getauscht; darüber trug sie einen glänzenden Regenmantel, der vorne offen stand. Um den Hals hatte sie einen roten Seidenschal geknotet. Sie ging so rasch, dass Osborne sie unmöglich vor der Haustür abfangen konnte. Ihre Finger berührten bereits den Klingelknopf, da rief er: »Halt. Warten Sie.«

Ungelenk humpelte er zu ihr herüber. Sie öffnete den Mund, um etwas zu sagen, brachte aber nur ein ersticktes Keuchen zustande. In ihrem Gesicht mischten sich sowohl Schrecken als auch Fassungslosigkeit.

»Bin ich froh, dass ich Sie noch erwischt habe«, schnaufte er.

Sie glotzte Osborne immer noch wie versteinert an, als sei er der Todesengel in Person, der gekommen war, ihre Seele zu holen.

»Tut mir Leid, dass ich Sie so erschrecke«, entschuldigte er sich mit leiser Stimme. »Ich fürchte, ich habe keine guten Neuigkeiten für Sie. Diese ... diese Frauen, mit denen Sie sich treffen wollten, sind Mörderinnen.«

Er war schrecklich aufgeregt. Fieberhaft überlegte er, was er noch sagen sollte. Aber er konnte sich nicht konzentrieren. Seine Gedanken kreisten unablässig um das, was passieren würde, wenn jetzt die Haustür aufflog und diese Mörderinnen heraustraten.

Während er vor Kälte und Nervosität am ganzen Körper schlotterte, verharrte Françoise Fabian in totaler Bewegungslosigkeit erstarrt. Sie sah ihn wie betäubt mit aufgerissenen Augen an. Mit einer mechanischen Bewegung strich sie eine Haarsträhne aus der Stirn.

Er packte die Frau an den Schultern und schüttelte sie sanft. »Bitte kommen Sie. Wir dürfen uns unter gar keinen Umständen noch länger hier aufhalten.«

»Aber ..., aber ... Monsieur Osborne?«, stotterte sie entgeistert und löste sich aus seinem Griff. »Was soll das?«

»Das erkläre ich Ihnen lieber später.«

»Ich verstehe nicht ...«, flüsterte sie.

»Das glaube ich gerne. Ich verstehe das ja alles selbst kaum. Vertrauen Sie mir. Sonst wird auch Ihr Leben ausgelöscht.«

Françoise Fabian befeuchtete sich mit der Zunge die Lippen und schluckte.

»Entschuldigen Sie meine Verspätung«, sagte sie schließlich alle Warnungen und Aufforderungen ignorierend, wobei sie es vermied, dem Angesprochenen direkt in die Augen zu sehen. »Es hat eine halbe Ewigkeit gedauert, ehe ich von der Messe zu Hause war. Wegen dieses dummen Stromausfalls fuhr keine einzige Métro mehr. Und ein Taxi zu bekommen, war ein ziemlich zeitraubendes Abenteuer.«

»Das können Sie mir alles nachher erzählen«, drängte er, packte ihre Hand und zerrte sie mit.

»Halt! Warten Sie! Sind Sie verrückt? Wir haben hier eine wichtige Verabredung.«

»Das Einzige, was Sie hier erwartet, ist so furchtbar, dass Sie es mir nicht glauben werden.« Er blieb stehen, trat von einem Fuß auf den anderen und schaute sich nervös um. War da nicht irgendwo ein Auto? Nein, alles ruhig, nirgends eine Bewegung.

Die Französin starrte trotzig in sein angstverzerrtes Gesicht. Innerlich betete er, dass sie ihm endlich Glauben schenkte, denn jeden Augenblick konnten die Verfolgerinnen aufkreuzen.

»Hören Sie auf, wirres Zeug zu reden«, platzte sie unerwartet heftig heraus. »Was tragen Sie da überhaupt für grässliche Sachen? Und ist es nicht etwas zu kalt, um barfuß zu laufen?«

»Das gehört alles mit zu dieser unglaublichen Geschichte, die ich Ihnen nachher gern erzählen werde. Nur soviel: Das Treffen mit Ihrer Informantin ist eine Falle. Sie will Sie umbringen.«

»Wer? Chantal Dubois? Verzeihen Sie, aber ich kann Ihnen nicht ganz folgen.«

»Diese Dubois ist eine Psychopathin. Wenn ich Ihnen erzähle, was ich in den vergangenen Stunden alles erlebt habe, werden Sie mich für komplett verrückt halten. Es sei denn, Sie glauben Geschichten über Hexen, die mitten in Paris Ritualmorde verüben.«

Françoise Fabian runzelte die Stirn. »Hexen? Ritualmorde? Tut mir Leid, aber ich finde, das klingt wirklich völlig absurd.«

»Wenn Sie mir nicht glauben, enden Sie in dieser Nacht in einem Leichensack. Falls Sie dieses Haus betreten, werden Sie es nicht lebend verlassen. Möglicherweise wurde dort eben eine Frau umgebracht. Und mich wollte man auch umbringen. Chantal Dubois ist die Anführerin einer Killersekte.«

Aus der Art, wie seine Kollegin ihn mit zusammengekniffenen Augen anschaute, schloss er, dass sie ihm kein Wort glaubte. Aber in ihrem Blick war noch etwas anderes als Misstrauen. Etwas, das er nicht zu deuten vermochte.

»Sie glauben mir wohl nicht?« Er sah ihr direkt ins Gesicht.

Françoise Fabian trat so nahe an ihn heran, dass er feine Fältchen um ihre Augen und ihren Mund erkennen konnte. Ihre Züge umspielte ein gewisser Hauch von Strenge. Sie gehörte zu der Sorte Frauen, die den hartgesottensten Kerl allein durch ihren Blick völlig aus dem Konzept bringen konnte.

»Nein, das tue ich in der Tat nicht«, erwiderte sie spröde und mit unverhohlenem Widerwillen. »Was sind das für Spielchen, die Sie hier treiben?«

»Schauen Sie, Mademoiselle Fabian, ich weiß, dass Sie viele Fragen haben. Ich würde Sie Ihnen auch gerne alle beantworten. Aber erstens ist dies kein optimaler Ort zum längeren Verweilen, und zweitens kenne ich die meisten Antworten selbst noch nicht. Ich weiß nur, es geht um Mord. Verzeihen Sie meine Ungeduld, ich möchte hier wirklich endlich weg. Ich bin nicht sicher, ob sie mich verfolgen. Diese Frauen ...«

»Diese Hexen?« Ihr spöttischer Gesichtsausdruck sagte mehr als Worte.

»Genau, diese Hexen. Machen Sie sich ruhig lustig über mich.«

»Ich mache mich nicht über Sie lustig. Ich stehe nur etwas unter Schock wegen dem, was Sie mir da gerade erzählt haben. Die Sache mit dem Mord klingt einfach unglaublich.«

Dabei hatte er ihr noch nicht mal alles berichtet. Den Part mit der zum Leben erwachten Mumie würde er auch später wohlweislich völlig aussparen. Wahrscheinlich hatte er sich das sowieso nur eingebildet. Schließlich hatte man ihn unter Drogen gesetzt. Da war es nur logisch, dass er halluzinierte.

»Ich weiß nicht hundertprozentig, ob jemand in der Wohnung umgebracht worden ist. Aber vermutlich lautet der Name des Opfers Odette Latour. Ich habe sie auf der Fahrt hierher in der Métro kennen gelernt.«

»Dann fußt Ihre Behauptung auf reiner Spekulation? Möglicherweise haben Sie sich getäuscht.«

»Nein, das ist keine Spekulation, sondern eine Beurteilung von Ereignissen. In der Métro überfielen uns zwei gedungene Killer, die mich im Auftrag von Chantal Dubois ermorden und Odette Latour entführen wollten. In Ihrer Einschätzung in Bezug auf die Gefährlichkeit der Saboteure meines KI-Programms lagen Sie vollkommen richtig. Vermutlich bringen sie jeden um, der etwas über die Sabotage weiß und sie verraten könnte. Sehen wir deshalb endlich zu, dass wir hier wegkommen.«

»Mal langsam. Was hat dieser angebliche Ritualmord mit dem Mordversuch an Ihnen zu tun? Da gibt es doch keinen Zusammenhang.«

»Wirklich? Wer weiß, vielleicht wusste die Entführte etwas, was wir nicht wissen.«

»Nun, das wären viele Zufälle, finden Sie nicht? Ich sage Ihnen, das eine hat mit dem anderen nichts zu tun, falls das stimmt, was Sie mir da erzählen.«

»Ich will mich nicht weiter mit Ihnen darüber streiten, denn das Risiko, das wir hier vor der Haustür eingehen, ist enorm. Ich mache Ihnen folgenden Vorschlag: Wir verschwinden und alarmieren die Polizei. Vielleicht finden die Beamten am Tatort Indizien, die Sie überzeugen. Bei der Menge Blut, die ich gesehen habe, würde es mich sehr wundern, wenn die Spurensicherung nichts finden würde. Damit Ende der Debatte.«

»Aber Ihr Programm, die Sabotage, die Beweise …« Seine Kollegin schüttelte nur mit dem Kopf, als wartete sie, was wohl als nächstes passieren würde.

»Ich glaube, wir sollten uns mehr Sorgen um unsere Zukunft als um die des KI-Programms machen. Die mysteriöse Informantin, diese Chantal Dubois, wie sind Sie eigentlich an die geraten? Haben Sie sich bei ihr gemeldet, oder war es umgekehrt.«

»Umgekehrt natürlich. Ich hatte doch keinen Grund, in irgendeiner Weise argwöhnisch zu sein. Woher sollte ich denn ahnen, dass wir einen Saboteur in unseren Reihen haben?«

»Dann gibt es eigentlich keinen logischen Grund, weshalb sie Sie hier in eine Falle locken will.«

»Das sage ich doch. Monsieur Osborne, nehmen Sie es mir bitte nicht übel, aber was Sie mir hier auftischen, das entbehrt jedweder logischen Grundlage. Ihre Behauptung würde doch bedeuten, dass Chantal Dubois mich wegen Informationen ermorden will, die ich ohne sie niemals besäße. Wäre es da nicht einfacher und bedeutend sicherer gewesen, sie hätte mich erst gar nicht in diese Sabotage-Geschichte eingeweiht?«

»Mag sein. Gestatten Sie, dass ich mir darüber in einem ruhigeren Moment Gedanken mache, wenn ich nicht gerade um mein Leben renne?«

»Und was sind dann Ihre nächsten Schritte?« Sie schaute ihn ratlos an und biss leicht auf ihre weich geschwungene Unterlippe.

»Das weiß ich ehrlich gesagt auch nicht.« Er holte tief Luft. »Ich bin auch nicht sonderlich scharf darauf, herauszufinden, was die Mörderinnen ausgeheckt haben. Soll sich die Polizei darum kümmern. Ich möchte nur noch meine Haut in Sicherheit bringen. Also, kommen Sie endlich.«

Als Françoise Fabian immer noch zögerte, packte er ihren Arm, um sie mitzuzerren.

»Moment mal! Da habe ich wohl auch noch ein Wörtchen mitzureden«, protestierte sie und löste sich aus dem Griff. »Lassen Sie mich los! Wohin wollen Sie überhaupt?«

»Erst einmal möglichst weit weg von hier und dann zum nächsten Polizeirevier.«

»Zur Polizei? Die buchten Sie glatt ein, wenn Sie denen so eine Geschichte erzählen.«

»Das Risiko nehme ich gern in Kauf. Immerhin ist in dem Haus wahrscheinlich ein Mord geschehen, aus welchen Motiven auch immer.«

»Wie Sie wollen. Aber das nächste Revier ist fast eine halbe Stunde entfernt. Allerdings würde ich Ihnen nicht raten, dort heute aufzukreuzen.«

»Wieso?«

»Haben Sie denn keine Nachrichten gehört?«

»Nein, wie sollte ich?«

»In einigen Arrondissements kam es nach dem Stromausfall zu Plünderungen. Nicht sehr weit von hier muss es zu wahren Straßenschlachten gekommen sein. Ich glaube, die Polizei hat momentan mit anderen Sachen alle Hände voll zu tun, statt sich mit Ihnen zu beschäftigen.«

»Trotzdem muss ich da hin. Unbedingt!«

»Na schön. Aber warten Sie wenigstens noch zwei oder drei Stunden, bis sich die Unruhen etwas gelegt haben. Die Nachrichten berichten laufend darüber. Kommen Sie.« Sie brachte ein schwaches Lächeln zustande und drehte sich zum Gehen in die entgegengesetzte Richtung um.

»Wohin gehen wir?«

»Wir machen einen kleinen Spaziergang. Bis zu meiner Wohnung ist es nicht weit.«

Sie gingen die leere Straße entlang. Während sie schwiegen, blickte Osborne zum Himmel. »Schauen Sie sich bloß diese schwarzen, dicken Wolken an. Da braut sich ein ziemliches Unwetter zusammen.«

»Dann sollten wir zusehen, dass wir schnell ein Dach über dem Kopf haben.«

Sie verließen den Gehsteig und strebten auf die gegenüberliegende Straßenseite, die zu einer Querstraße führte. Unterwegs erzählte Osborne in Stichworten, was ihm seit Verlassen des Hotels alles zugestoßen war. Françoise Fabian hing ihm zwar an den Lippen, stellte zwischendurch aber keine Fragen.

Erst als er geendet hatte, fragte sie: »Sie vermuten also, alles hängt mit der Sabotage Ihres Programms zusammen?«

»Ich vermute überhaupt nichts. Ich weiß nur, jemand hat sowohl ein Interesse daran, mich umzubringen als auch mein Programm zu boykottieren.«

»Und wer steckt dahinter? Haben Sie einen Verdacht«

»Nein. Was diese Chantal mir erzählte, ergab überhaupt keinen Sinn. Aber aus irgendeinem abstrusen Grund will sie mich ermorden. Ob es noch weitere Hintermänner gibt?«

»Haben Sie sonst noch mit jemandem darüber gesprochen?«

»Nein. Seit meiner Flucht aus dem Mordhaus habe ich außer Ihnen nur einen Clochard getroffen. Von ihm habe ich auch diesen Lumpen, den ich trage. Er nannte sich Graf von Saint-Germain. Wie ein Graf sah der nicht gerade aus, das können Sie mir glauben.«

»Graf von Saint-Germain?«, wiederholte sie und wurde bleich.

»Kennen Sie ihn vielleicht?«

»Monsieur, jeder in Paris kennt den Grafen von Saint-Germain. Er ist eine Legende, obwohl seine Herkunft, Abstammung und wahre Identität im Dunkeln liegen. Seinen Namen leitete er von einem berühmten französischen Adelsgeschlecht ab. Es ist jedoch ungewiss, ob er überhaupt an einem Fürstenhof geboren und aufgewachsen ist. Zweifellos besitzt er außergewöhnliche Fähigkeiten, enorme Kenntnisse und ein universelles Sprachtalent. Er spricht fließend Italienisch, Französisch und Englisch. Angeblich kann er sogar Blei in Gold verwandeln. Im achtzehnten Jahrhundert war er für den französischen König als Botschafter, als Kurier und sogar als Agent in ganz Europa unterwegs.«

»Achtzehntes Jahrhundert? Gute Frau, der Mann war zwar nicht mehr ganz frisch, aber so alt nun auch wieder nicht.«

»Angeblich besitzt er ein Wundermittel, ein Lebenselixier, das ihn nicht altern lässt. Er behauptet sogar, er könne durch die Zeit reisen und sei schon Kleopatra und Jesus begegnet.«

»Wer's glaubt.«

»Der Mann ist ein Phänomen. Er ist Wissenschafter, Dichter, Musiker, Literat, Arzt, Physiker, Chemiker, Techniker und Kunstkenner. Außerdem gehört er mehreren Geheimbünden an, ist Freimaurer, Illuminat, Rosenkreuzer, Kabbalist und Malteser. Der Graf wechselt auch gern seine Identitäten. Nachweislich gibt es von ihm an die achtzig Pseudonyme. Er besaß viele Gönner und Gönnerinnen; die wohl berühmteste war die Mätresse des französischen Königs Ludwig XV., Madame de Pompadour. Ihr Interesse galt vor allem dem Lebenselixier, mit dem sie ihre Schönheit und somit ihre Stellung beim König bewahren wollte.«

»Interessante Geschichte, wirklich.« Er warf einen schnellen Blick zurück. »Sind wir bald da? Spaziergänge, bei denen man an jeder Ecke frei herumlaufenden Mördern begegnen kann, machen mich nervös.«

»Sie haben nichts mehr zu befürchten. Gleich sind wir am Ziel. Keine Bange«

»Mir ist nicht bange«, sagte er leise. »Ich habe nur fürchterliche Angst.«

Einsetzender Nieselregen bildete einen feinen Vorhang, der das trübe Licht der Straßenlaternen filterte. Die Gassen, die sie durchschritten, waren völlig menschenleer. Osborne, der vor Kälte zitterte, beneidete seine Begleiterin um ihre warme Bekleidung. Vielleicht wirkte sie deshalb, im Gegensatz zu ihm, überhaupt nicht mehr angespannt. Gehetzt wie ein Tier am unteren Ende der Nahrungskette, drehte er dauernd den Kopf nach einer potenziellen Bedrohung um. »Diese Frauenbande macht mir Sorgen. Wenn Sie mich je findet ...«

»Wie sollte sie? Spätestens morgen um diese Zeit sitzen Sie in einer Maschine über den großen Teich.«

»Wo ich schon einmal knapp einem ihrer Mordversuche entgangen bin. In meiner Heimat bin ich auch nicht sicherer vor diesen Verrückten. Jedes Mal, wenn ich mein Haus verlasse, könnte mein letztes Stündlein schlagen. Abgesehen davon, haben Sie schon eine Idee, wie es mit Ihnen weitergeht? Offensichtlich wollte uns diese Chantal Dubois niemals Beweise für die Sabotage aushändigen. Das gehörte nur zu ihrem Plan, Sie und mich auszuschalten. Sie werden also in Zukunft auch auf sich aufpassen müssen.«

»Es gibt für uns zwei Wege, um damit umzugehen. Erstens: davonrennen, verstecken und hoffen, dass wir nicht gefunden werden. Zweitens: die Polizei einschalten.«

Der Amerikaner schüttelte energisch den Kopf. »Was den Vorwurf der Sabotage angeht, dazu fehlen uns Beweise. Bestenfalls besuchen die Beamten Chantal Dubois. Die wird natürlich alles abstreiten. Und dann? Falls Polizisten in ihrer Wohnung nicht über eine Leiche stolpern, ziehen sie unverrichteter Dinge wieder ab. Dann sitzen wir genauso auf dem Präsentierteller wie vorher. Wie auch immer, für uns gibt es kein Zurück mehr. Wir stecken jetzt beide drin. Ich verliere meinen Job, und wenn ich Pech habe auch mein Leben. Sie behalten vermutlich Ihren Job, aber auch Sie werden sich niemals sicher vor denen fühlen. Am Ende könnten wir beide tot sein.«

Françoise Fabian starrte ihn an, als hätte er ihr gerade eine Ohrfeige versetzt.

»Es tut mir Leid«, entschuldigte er sich rasch. »Ich wollte Sie nicht unnötig ängstigen. Vielleicht sehe ich auch zu schwarz. Ich ärgere mich nur, weil wir so nahe dran waren. Alle Probleme hätten sich heute Abend in Wohlgefallen auflösen können. Stattdessen wären wir unseren skrupellosen Feinden um ein Haar ins offene Messer gelaufen.«

»Alles ist noch nicht verloren. Ich weiß, dass Sabotage im Spiel ist. Sie stehen also nicht völlig allein ohne Zeugen und ohne Hilfe da. Weil ich nicht den Rest meines Lebens Verstecken spielen will, werde ich etwas unternehmen. Mein Motto lautete immer: Was dir jemand angetan hat, füge auch diesem jemand zu. Noch heute werde ich ein paar Anrufe tätigen. Zuerst rede ich mit Ihren Chefs. Dann kontaktiere ich die besten Detektive, die man für teures Geld bekommen kann, und setze die auf Rivette an. Ich glaube, er ist die Schwachstelle im System unseres Gegners. Wenn wir ihm Betriebsspionage nachweisen können, fällt der erste Dominostein, dem mit ein bisschen Glück alle anderen folgen werden.«

»Das beruhigt mich zumindest ein bisschen. Sie haben wohl immer für alles einen Plan?«

»Das ist die Grundlage meines Erfolges. Mein vorrangigster Plan ist, Ihnen erst einmal ein paar neue Kleider zu besorgen.«

»Das dürfte schwierig werden, denn um diese Zeit haben die Geschäfte geschlossen. In mein Hotel traue ich mich so schnell nicht zurück. Da suchen die mich vermutlich zuerst. Was mich zur nächsten Frage bringt: Wo werden wir übernachten?«

»Wo schon?«, wunderte sie sich. »Bei mir natürlich. Ich wohne nur ein paar Straßen weiter.«

»Da sind wir aber auch nicht sicher.«

»Wieso?«

»Weil unsere Verfolger dort genauso lauern werden wie vor meinem Hotel.«

»Ich wüsste nicht, wieso die da lauern sollten. Die wissen doch noch gar nicht, dass Sie mir alles erzählt haben.«

»Wenn die zwei und zwei zusammenzählen, werden sie sich ausrechnen, dass ich Sie auf schnellstem Wege warnen und auf den aktuellen Stand der Dinge bringen werde. Das bedeutet, da Sie heute Abend nicht bei Chantal

Dubois auftauchen, taucht die bei Ihnen auf. Und zwar nicht mit den besten Absichten.«

»Dafür müsste sie wissen, wo ich wohne. Sie kennt meine Adresse nicht. So etwas nennt man Privatleben. Also, von der Seite droht mir keine Gefahr.«

»Was ist mit der Telefonauskunft? Darüber könnte sie Ihre Adresse erfahren.«

»Könnte sie, wenn ich keine Geheimnummer hätte. Deshalb erhält sie bei der Auskunft auch keine Auskunft über mich. Wir können also völlig ungefährdet zu mir nach Hause gehen.«

Osborne lächelte erleichtert. Das Vertrauen und die Selbstsicherheit, die seine Begleiterin verbreitete, taten ihm gut und gaben seiner verkümmerten Zuversicht neue Nahrung.

»Wissen Sie was?«, verriet er ihr. »Ich glaube Ihnen.«

Auch die nächste Straße, in die sie bogen, gehörte ihnen allein. Françoise Fabian schien völlig entspannt. In Osbornes Kopf setzte sich langsam auch der beruhigendere Teil durch, der ihm versicherte, er sei wenigstens im Augenblick aus der Gefahrenzone. Seine warnenden Instinkte waren davon jedoch noch nicht überzeugt. Natürlich standen die Dinge nicht optimal, aber sie befanden sich eindeutig auf dem Weg in die richtige Richtung.

In diesem Moment hakte sich die Französin bei ihm ein und sagte: »Sie hatten sich also wirklich um mein Wohlergehen gesorgt? Langsam werden Sie mir richtig sympathisch, wissen Sie das?«

Ein Lächeln breitete sich auf ihrem Gesicht aus.

»Warten Sie nur ab«, antwortete er, obwohl ihn eine innere Stimme nach den jüngsten – bitteren – Erfahrungen mit schönen Frauen mahnte, er solle vorsichtig sein. »Noch eine Woche in meiner Gegenwart und Sie werden gar nicht mehr von mir wegwollen. Ich kann süchtig machen.«

»Aber nur, wenn Sie mir in dieser Woche nicht permanent aus dem Weg gehen«, erwiderte sie. »Tut mir Leid, aber ich glaube, wir hatten einen schlechten Start auf der Messe.«

»Ich denke, wir sollten unser Verhältnis resetten, noch einmal neu starten.«

»Verhältnis?« Sie runzelte die Stirn. »Sie gehen aber ganz schön ran, Monsieur.«

»Es muss Ihnen ein ungemeines Vergnügen bereiten, mich in Verlegenheit zu bringen.«

»Ja, das tut es«, flachste sie. »Ist das so offensichtlich? Vielleicht kompensiere ich auf diese Weise auch nur mein schlechtes Gewissen, weil ich Sie bei unserem ersten Treffen so mies behandelt habe. Immerhin beschuldigte ich Sie indirekt sogar der Sabotage.«

### *00 Uhr 36 – Rue Petrelle*

Françoise Fabian blieb vor einem fünfstöckigen Gebäude aus rosafarbenem Kalkstein stehen. »So, wir sind da.«

Das Haus war düster und alt. Auf der Rückseite grenzte es an einen kleinen Park. An der Straßenseite besaß es – ähnlich wie die benachbarten Häuser aus dem neunzehnten Jahrhundert – winzige Balkone, die mit geschwungenen Eisengittern versehen waren.

Während sie den Hausschlüssel aus ihrem Louis-Vuitton-Täschchen zutage förderte, fragte Osborne: »Eigentlich sind Sie auch ganz sympathisch, wissen Sie das?«

»Wie meinen Sie das?«

»Gestern Nachmittag hatte ich den Eindruck, als wollten Sie mich am liebsten auf der Stelle erschlagen.«

»Das auf der Messe war meine berufliche Seite; das hier ist meine private. Ich trenne beide, Sie etwa nicht?«

»Nein. O Gott, ich wusste nicht, dass es zwei Seiten gibt.«

»Man lernt eben immer noch dazu.« Sie schloss die schwere Eichenholztür auf. »Treten Sie ein. Willkommen in meiner bescheidenen Hütte.«

Beim Betreten des Treppenhauses schaltete sie die Flurbeleuchtung ein. An der Stelle, wo früher ein Kronleuchter gehangen haben mochte, war eine schlichte Leuchtstoffröhre angebracht, die im kühlblauen Licht glühte. Es gab einen Fahrstuhl mit glänzendem Messinggitter, der allerdings außer Betrieb war. Eine breite, ausladend geschwungene Treppe führte nach oben. Unzählige Farbschichten hatten die Stufen stumpf und unansehnlich werden lassen.

Sie gingen die Treppe hinauf. Im ganzen Haus war es unheimlich still. Nur das Knarren der Tritte hallte von den Wänden wider. Nach der Klettertour erreichten sie im obersten – dem fünften – Stock einen kleinen Flur. An dessen Ende schloss die Französin eine Mahagonitür auf und betrat ihre Wohnung, wo sie in der Diele das Licht anschaltete. Fast zeitgleich verlosch die Beleuchtung im Treppenhaus automatisch.

Osborne schloss die Eingangstür hinter sich und sah sich um. Seine Kollegin bewohnte ein geräumiges Apartment. Ein langer Flur trennte die einzelnen Zimmer voneinander ab.

Françoise Fabian hing ihren Mantel und den Schal an einer Garderobe auf. Dann betrat sie das Wohnzimmer und schaltete einige Stehlampen ein, die den Raum in ein raffiniertes Halbdunkel tauchten. Die Einrichtung erinnerte an ein Museum, überall wertvolle alte Gemälde und antike Möbel. Vor den hohen Fenstern waren blutrote Vorhänge zugezogen. Samttapeten zierten die Wände, auf dem Boden lagen echte Orientteppiche. Alles wirkte sehr sauber, sehr exklusiv. Gebannt von dem eleganten Ambiente blieb

Osborne eine Weile im Korridor stehen, ehe er sich zu seiner Gastgeberin umwandte.

»Eine wirklich tolle Wohnung«, gestand er beeindruckt. »Sehr geschmackvoll eingerichtet.«

»Danke. Das Lob gebührt weniger mir als vielmehr meinem Innenarchitekten.«

»Ich weiß ihre Gastfreundschaft sehr zu schätzen«, meinte er etwas gestelzt. »Aber wenn ich Sie noch um zwei Dinge bitten dürfte …«

»Nämlich?«

»Rufen Sie die Polizei an und schicken Sie sie in die Rue de Chantilly.«

»Natürlich. Und was noch?«

»Hätten Sie vielleicht ein paar Sachen zum Anziehen für mich? Es muss ja kein Armani sein; ein Jogginganzug würde es auch tun.«

»Warten Sie bitte einen Moment«, bat sie, verschwand kurz im Schlafzimmer und kehrte mit einem sorgfältig zusammengelegten weißen Triobaltrainingsanzug mit hellblauen Längsstreifen an Arm- und Beinnaht und ein Paar Joggingschuhen zurück.

Er nahm die Sachen und fragte: »Wie sind Sie Rivette eigentlich auf die Schliche gekommen?«

»Chantal Dubois hat ihn mir bei unserem Treffen gestern ans Messer geliefert. Außer ihm käme sowieso kaum jemand als Maulwurf in Frage. Er war der Leiter unseres KI-Projektes. Er kannte als einziger den kompletten Quellcode Ihres Programms, somit besaß er auch das notwendige Know-how, um es zu manipulieren.«

»Dass es einen Maulwurf gab, wussten Sie aber schon vorher auf der Messe?«

»Ja. Da wir bis dahin aber noch nicht wussten, wer das Programm manipulierte, musste ich so tun, als hielte ich Sie für den Sündenbock.«

»Das ist Ihnen überzeugend gelungen.«

»Tut mir Leid. Ich hätte mich später bei Ihnen entschuldigt. Vielleicht sind Sie auch schon selbst darauf gekommen, dass ich Sie nicht wirklich für das Desaster verantwortlich gemacht habe. Ansonsten hätte ich doch längst mit Ihren Chefs in New York telefoniert und mich bitter über Sie beschwert.«

»Das habe ich schon selbst übernommen.«

»Sie haben sich über sich selbst beschwert?«

»Das nicht gerade. Aber eingestanden, dass ich meine Mission auf der Messe in den Sand gesetzt habe.«

»Oh. Und wie lautete die Antwort?«

»Ich soll mir einen neuen Job suchen.«

»Das bringe ich morgen im Büro als erstes wieder in Ordnung.«

»Vielen Dank. Aber eines interessiert mich doch brennend: Bleibt dieser Rivette noch lange auf freiem Fuß?«

»Ja, leider. Ich hoffte, dass mir Chantal Dubois heute weiteres Material geben würde, damit wir auch die Hintermänner hochgehen lassen können. Da das nicht der Fall war, müssen wir vorerst alles so weiterlaufen lassen wie bisher. Zumindest weiß ich inzwischen etwas mehr über diesen heimtückischen Virus, der Ihr Programm verseuchte. Er besitzt so ein enormes Zerstörungspotenzial, dass er binnen eines Tages sämtliche Computernetzwerke Europas lahm legen könnte. Einen aggressiveren und resistenteren Computervirus hat es bisher noch nie gegeben. Dagegen sind alle früheren Viren die reinsten Unschuldslämmlein. Dieser neue Virus zerstört vorhandene Daten nicht einfach, sondern dringt in gesunde Codes ein und tarnt sich so. Er korrumpiert auf diese Weise unbemerkt den Code, der für den Betrachter und auch für Antivirenprogramme vollkommen in Ordnung scheint. Diese Tarnkappentechnik würde jedem Stealthbomber zur Ehre gereichen. Der Virus zieht sich quasi die gesunden Codes als eine Art Außenhaut über.«

»Wolf im Schafspelz.«

»Gut formuliert. Während er sich in seiner Hülle ein gemütliches Leben macht, können ihn die Programmierer und Antivirenprogramme suchen, bis sie schwarz werden.«

»Ich verstehe. Tarnt sich der Virus immer auf dieselbe Art?«

»Es gibt Abweichungen, denn er mutiert eigentlich pausenlos. Manche Abarten zerstören einfach nur alte Befehle, andere wandeln sie um, filtern und zerstückeln ihre Strukturen. Wir haben noch nicht alle seine Optionen dokumentiert. Wir stehen gerade erst am Beginn der Analyse.«

»Das klingt alles ziemlich bedrohlich.«

»Das ist es auch. Wir wissen nicht, wie viele dieser verseuchten Programme im Umlauf sind, oder in Umlauf gebracht werden. Ihr KI-Programm ist streng isoliert. Doch wenn man den Virus ins Internet loslässt, kann er auf einen Schlag unzählige Rechner kontaminieren. Es gibt kein Gegenmittel. In wenigen Tagen würde er alle vernetzten Rechner weltweit in nutzlosen Schrott verwandeln.«

»Eine Welt ohne Computer. Das ist …«

»… der Untergang der modernen Zivilisation.«

»Wäre das Ziel der Saboteure weltweites Chaos, dann hätten sie das längst anrichten können. Deshalb glaube ich, sie nutzen den Virus nur, um den Wettlauf um das erste KI-Programm am Markt zu gewinnen. Dazu müssen sie Ihres zerstören und das von Rivette gestohlene Original bloß noch veröffentlichen.«

»Dieses Ziel haben Sie zumindest teilweise erreicht.«

»Ich würde sogar behaupten, sie haben es zum großen Teil erreicht.«

»Und weiter?«

»Sie machen die KI-Technik zur Massenware. In ein oder zwei Jahren wird es keinen Computer ohne künstliche Intelligenz geben.«

»Ist anzunehmen. Sie hätten das Monopol und verdienten sich mehr als nur eine goldene Nase. Also ist Habgier ihr Motiv.«

»Wahrscheinlich.«

»Das erklärt immer noch nicht, wieso uns Ihre Informantin heute in einen Hinterhalt locken wollte.«

»Da kann ich auch nur wild spekulieren. Ich vermute, Chantal Dubois arbeitet für beide Seiten und kassiert so das Doppelte.«

»Auf diese Weise würde sie die einzige Zeugin Ihrer Doppeltätigkeit, nämlich Sie, los und könnte in ihrem alten Job weiter Karriere machen. Moralisch zwar sehr fragwürdig, aber vom neutralen Standpunkt aus betrachtet, ist das gar nicht so dumm.«

Sie schwiegen.

»Ich glaube, ich rufe jetzt besser die Polizei an«, durchbrach Françoise Fabian die Stille. »Das Bad ist da drüben, die zweite Tür links. Machen Sie sich frisch. Ich versuche dann, ob ich bei Stanton & York noch jemand erwische, mit dem ich die ersten Schritte für unseren Gegenschlag einleiten kann. Für Sie geht es morgen auf jeden Fall zurück nach New York. Dort wartet viel Arbeit auf Sie. Hoffen wir mal, dass unsere Gegner nicht allmächtig sind und die KI-Kopien sicher und unberührt im Firmen-Tresor vor sich hin schlummern. Sehen Sie zu, dass Sie Ihr Programm weiterentwickeln wie beabsichtigt. In spätestens einem Monat treffen wir uns dann wieder in Paris und stimmen unsere weitere Vorgehensweise ab.«

»Wird gemacht«, versprach Osborne.

Er dankte ihr für ihre Hilfe, was sie mit einem bezaubernden Lächeln belohnte. In der vergangenen Stunde waren sie Kampfgefährten und beinahe so etwas wie Freunde geworden. Zum ersten Mal, seit er in Paris war, fühlte er sich nicht mehr allein. Fast beschwingt betrat er das Bad, schloss die Tür hinter sich und war froh, dass er für ein paar Minuten allein war. In seinem Kopf schwirrten zu viele Gedanken, die alle fein säuberlich geordnet werden wollten.

Sein Blick schweifte zu einem kleinen Fenster. Auf der Fensterbank lagen mehrere mumifizierte Fliegen, was ein wenig irritierend wirkte. Sie störten die kultivierte Atmosphäre der Wohnung. Eine Zeitlang stand er am Fenster und beobachtete vorbeifahrende Autos. Er ignorierte seine immer noch latente Angst wie ein Seiltänzer einen Abgrund, über den er ohne Netz balancierte. Es gab keinen akuten Grund, der seine Furcht rechtfertigte.

Seine Gastgeberin ging durch den Flur. Ihre Stöckelschuhe klapperten auf den Holzdielen. Dann wurde es still.

Der Amerikaner verharrte am Fenster, bis seine innere Unruhe völlig abgeklungen war. Er wusste, dass nun alles vorbei war und dass er sich in Sicherheit befand. Er wandte sich vom Fenster ab, trat ans Waschbecken und warf einen Blick auf den in Dämmerlicht getauchten Wandspiegel. Darin begegnete sein Blick einem ausgelaugten Gesicht, in dem die Nacht deutliche Spuren hinterlassen hatte. Seine Haut war übersät mit schwarzen und violetten Flecken, eine purpurrote Beule schmückte die Stirnmitte, die rechte Wange war voller Kratzer und immer noch geschwollen, die Oberlippe war doppelt so dick wie normal. Er drehte den Kaltwasserhahn auf, hielt sein Gesicht unter das Wasser und wusch sich Schweiß, Staub und verkrustetes Blut ab. Die Kälte verscheuchte die bleierne Müdigkeit. Dann zog er den Mantel aus und säuberte sich von Kopf bis Fuß. Mit einem Handtuch rubbelte er sich kräftig ab, damit die Haut gut durchblutet wurde. Danach fühlte er sich besser. Erfrischt schlüpfte er in den Jogginganzug und quetschte seine Füße in die etwas zu kleinen Turnschuhe. Als er den Wasserhahn wieder zudrehte, stand er einen Moment da und lauschte. In der Wohnung herrschte völlige Stille. Aber irgendwie war es keine beruhigende Stille.

Plötzlich hörte er Geräusche, die er anfangs nicht identifizieren konnte. Sie klangen wie ein kaum wahrnehmbares Tuten, dann wie das leise Tippen auf einer Tastatur. Die Hoffnung, endlich gerettet zu sein, bekam mit einem Schlag Risse. Aber weshalb? Nur weil seine französische Kollegin telefonierte? Aber mit wem?

Mit der Polizei und Stanton & York, meldete seine innere Stimme. Das hatte Françoise doch eben angekündigt. Trotzdem wollte er für alle Fälle der Sache auf den Grund gehen. Welche Fälle? Er wusste es nicht. Es war mehr sein Instinkt, der ein bisschen verrückt spielte.

Durch die Wand drang ein Flüstern, ein hektisches Flüstern. Obwohl er die Worte nicht verstehen konnte, lösten sie in ihm wahre Adrenalinschübe aus.

Leise öffnete er die Tür, um sich von der nagenden Ungewissheit zu erlösen. Im Flur war es relativ dunkel. Schräg gegenüber schimmerte gedämpftes Licht durch eine halboffene Tür und ergoss sich über den Holzfußboden. Vorsichtig schlich er auf Zehenspitzen durch den Korridor. Obschon er sich einredete, dass er sich lächerlich machte, weil Françoise Fabian nur die Polizei anrief, läuteten seine Alarmglocken beharrlich.

Vorsichtig riskierte er einen Blick durch den Türspalt ins Wohnzimmer. Seine Gastgeberin thronte auf einem antiken Stuhl, hatte ihre Beine übereinander geschlagen und sprach gedämpft in einen vergoldeten Telefonhörer, den sie einige Zentimeter vom Ohr hielt: »Stell dir vor, der Idiot ist mir förmlich in den Schoß gefallen. Wenn ich's dir doch sage. Hätte ich mich wegen des Verkehrschaos nicht so verspätet, wäre uns der Kerl glatt durch die Lappen gegangen. So was nenne ich eine echte Fügung des Schicksals. Keine Sorge, er hat unter Garantie keinen Verdacht geschöpft. Dafür war der viel zu sehr damit beschäftigt, mir zu erzählen, was ihr ihm antun wolltet, und wie er euch entwischt ist. Er hat mir auch von dem Ritual erzählt. Habt ihr diese Odette Latour wirklich getötet, während er nebenan lag? Woher ich ihren Namen kenne? Von meinem geschätzten amerikanischen Kollegen. Du glaubst nicht, was das für ein Trottel ist! Also, beeilt euch. Constance ist schon unterwegs? Gut. Ich halte den Kerl hin, bis sie mit den anderen da ist, Chantal.«

Vor allem das letzte Wort traf ihn wie ein Boxhieb. Vor Schreck hätte Osborne fast das Gleichgewicht verloren. Das angenehme Gefühl des gerettet seins war wie weggeblasen. In Zeitlupe wich der Schock erst Fassungslosigkeit, dann Ungläubigkeit, ehe er sich der furchtbaren Gewissheit beugte: Françoise war auch eine von ihnen! Auch sie war ein Werkzeug dieses tödlichen Wahnsinns!

Bei dem Gedanken wurde ihm hundeelend. In dieser Nacht war es nicht das erste Mal, dass er abrupten Stimmungsschwankungen ausgesetzt war. Doch allmählich hatte er die Grenze seiner Leidensfähigkeit überschritten. Wenn er ehrlich war, hatte er schon beim Verlassen des Badezimmers unterbewusst etwas Ähnliches befürchtet, obgleich zwischen »etwas befürchten« und »etwas wissen« ein himmelweiter Unterschied lag. Befürchtungen besaßen die Option, dass man mit seiner Annahme falsch lag und dass alles doch nicht so schlimm wurde wie vermutet. Doch jetzt wusste er es.

Zahllose Gedanken wirbelten durch seinen Kopf; einer aber überlagerte alle anderen: Er musste hier raus. Wenn er nicht schleunigst verschwand, würde er doch noch Mittelpunkt einer rituellen Opferzeremonie. Die mörderischen Frauen waren schon hierher unterwegs. Wie viel Zeit hatte er noch? Wenn sie mit dem Auto kamen, höchstens ein paar Minuten. Er durfte nicht länger zögern. Bis jetzt wusste niemand, dass er Bescheid wusste.

Die Französin telefonierte immer noch. Vielleicht informierte ihre Chefin sie gerade über die Serie von Fehlschlägen, die sie Osborne verdankten. Diese Möglichkeit erfüllte ihn mit einem Anflug von Stolz. Doch dann konzentrierte er sich auf seine Flucht. Vorsichtig pirschte er dicht an die halboffene Wohnzimmertür. Wollte er zum rettenden Ausgang, musste er an diesem Spalt vorbei. Obwohl die Angst vor dem Entdeckt werden dominierte, amüsierte es ihn doch ein wenig, dass seine Widersacherin nicht ahnte, wie nahe ihr scheinbar gefangenes Opfer der Freiheit war. Andererseits musste er, solange er sich nicht unsichtbar machen konnte, irgendwie an dem verdammten Eingang vorbei, ohne gesehen zu werden. Denn das war das Problem, weil Françoise Fabian sich gerade so setzte, dass sie genau in diese Richtung blickte. Ihm reichten ein oder zwei Sekunden, in denen sie kurz woanders hinschaute. Genau diesen Augenblick musste er abpassen. Vorsichtig ging er leicht in die Hocke, formierte die Beine sprungbereit und linste um die Türzarge ins Wohnzimmer. Nervös zupfte er sich Jacke und Hose zurecht. Er war bereit. Unruhig wippten seine Füße. Das Ganze dauerte viel zu lange. Gleich sind sie hier, gleich sind sie hier …, war alles, woran er im Moment denken konnte. Langsam wurde ihm klar, dass er mit dieser Taktik kaum ans Ziel kam; trotzdem wollte er noch ein bisschen warten. Vielleicht geschah ja ein Wunder und ließ seine ahnungslose Feindin den Kopf in eine andere Richtung drehen. Irgendwie musste er an dieser offen stehenden Tür vorbeikommen. Vorsichtig riskierte er erneut einen heimlichen Blick ins Wohnzimmer. Alles unverändert. Sie telefonierte und schaute zur Tür.

Dem Wartenden wurde unglaublich heiß, obwohl die Luft eigentlich eher kühl war. Zu der Anspannung gesellten sich jetzt noch wachsende Nervosität und Unsicherheit.

Plötzlich hob Françoise den Blick und schaute genau in seine Richtung. Hatte sie ihn gesehen? Er verharrte in totaler Versteinerung. Sie legte den Hörer auf, erhob sich und ging zur Tür. Im letzten Moment änderte sie den Kurs, trat an die Schrankwand und schaltete den Fernseher ein.

Los! Jetzt oder nie! Ihm schlug das Herz bis zum Hals. Energisch schüttelte er die lähmende Angst ab und huschte lautlos zur Wohnungstür. Sie war unverschlossen. Der Türknopf drehte sich leicht. Im Treppenhaus war die Hauptbeleuchtung ausgeschaltet. Das vorhandene Restlicht war diffus. Schatten und Gegenstände verschmolzen zu einer tiefgrauen Masse. Osborne vergeudete keine Zeit mit der Suche nach dem Lichtschalter. Hastig tastete er am Treppengeländer entlang und flog die Stufen hinunter, wobei das Echo seiner Schritte hohl in der Dunkelheit hallte. Als er im zweiten Stock anlangte, hörte er, dass im Erdgeschoss die Haustür geöffnet wurde. Er verharrte und horchte – Totenstille.

Eigentlich neigte er nicht zur Paranoia, jedenfalls nicht bis zu dieser Nacht. Aber im Augenblick zweifelte er keine Sekunde, dass irgendwer dort unten lauerte. So stand er einige Sekunden da und lauschte den leisen Geräuschen des Hauses. Jedes noch so kleine Summen oder Rauschen klang bedrohlich. Er spähte über das Geländer in die Tiefe. In der Dunkelheit der Eingangshalle erkannte er schemenhaft mehrere Schatten, die am Fuß der Treppe verharrten, als warteten sie auf ein Zeichen.

Leise schlich er zurück und pirschte Stufe für Stufe wieder hinauf. Seine Schuhe erzeugten ein kaum hörbares Quietschen auf dem Holz. Vielleicht sollte er um Hilfe rufen, oder an irgendeiner Wohnungstür klingeln. Andererseits befürchtete er, dass niemand ihn hörte, oder hören wollte. Dann würde der Lärm statt Hilfe die Verfolger auf seine Spur bringen. Solange sie nicht wussten, wo er war, konnte ihm nichts passieren. Das letzte Teilstück zum obersten Stockwerk hetzte er mit langen, lautlosen Sprüngen hinauf und verschwand in der Wohnung, aus der er eben gekommen war.

Im Korridor erwartete sie ihn bereits. Provozierend stand Françoise Fabian mitten im Gang und stemmte die Hände in die Hüften. Mit Mitleid hatte sie nichts im Sinn. Sie weidete sich an dem Ausdruck in Osbornes Augen, der Angst und Verzweiflung verriet. Ihre Augen funkelten dagegen ob ihrer Vorfreude. Sie ergötzte sich an seinem Entsetzen.

»Wollten Sie etwa schon unsere kleine Party verlassen?«, gurrte sie mit kehliger Stimme. »Dabei dachte ich, Sie wären ein ausgesprochener Partyboy.« Sie lächelte und ließ ihre Zungenspitze lasziv über die Oberlippe gleiten.

»Sie gehören auch zu der Bande, die meine Arbeit und mein Leben ruinieren will!«

»Erraten.«

»Aber warum?«, fragte er wie jemand, der ein Spiel spielen musste, bei dem ihm niemand vorher die Spielregeln erklärt hatte.

»Das werden Sie vermutlich nicht mehr erfahren. Ein Pech aber auch, dass Sie jetzt so in der Klemme sitzen«, spottete sie. »Obwohl ich zugeben muss, dass Sie bis gerade über ein bemerkenswertes Glück verfügten.«

»Ja, ich trainiere seine Ausdauer ununterbrochen. Wenn Sie mich jetzt bitte vorbeilassen würden, damit ich einen alternativen Ausgang suchen kann.«

»Ihr Weg endet hier«, zischte sie. »Sie hätten erst gar nicht nach Paris kommen dürfen. Andererseits, woher hätten Sie auch ahnen sollen, dass es hier nichts für Sie zum Reparieren gab? Den Virus, den ich Ihrem Baby einverleibt habe, kennt niemand auf der Welt außer mir.«

»Sie waren das?« Osborne versuchte, die Tragweite ihres Geständnisses zu fassen. Er empfand keine Wut, keine Enttäuschung, keinen Schmerz; da war nur ein dumpfes Nichts. »Sie stecken also mit Rivette unter einer Decke.«

»Rivette!« Sie spie den Namen vor Verachtung aus. »Was weiß dieser Kretin denn schon? Der hat Ihnen nur gesagt, was ich ihm gesagt habe, als er versicherte, dass kein Virus im Spiel sei. Ich bin der Boss von diesem Speichellecker. Was ich sage, ist sein Gesetz. Er hat absolut nichts mit der Sabotage zu tun. Ich habe gelogen. Na und?«

»Das ist doch absurd! Was bringt Ihnen das? Warum sabotieren Sie mein Programm? Wenn Sie Pech haben, machen Sie sich dadurch selbst arbeitslos.«

»Hören Sie gut zu, mein Freund. Ich kann Ihnen gar nicht sagen, wie egal mir mein Job ist. Der ist nur Mittel zum Zweck. Es geht hier um eine Art Kopplungsgeschäft, bei dem die Sabotage Ihres Programms ein Teil der

Abmachung und Ihr Tod der zweite Teil ist. Chantal wusste, wann und mit welchem Ziel Sie die IT-Messe verließen, weil ich sie informiert habe. Hexen mögen in Ihren Augen vielleicht ein Anachronismus sein, das hält sie aber nicht von der Nutzung moderner Kommunikationsmedien wie beispielsweise Handys ab. Chantal hat Sie bei der erstbesten Gelegenheit in ihr Netz gelockt. Sie waren schon tot, als Sie in Paris landeten. Sie wussten es nur noch nicht.«

»Das war also alles geplant? Ihr Anruf, dass Rivette der Maulwurf sei, war nur eine Finte, um mein Vertrauen zu erschleichen.«

»Erraten. Rivette ist ein Idiot. Der wäre niemals zu so einer Sabotage fähig. Ich rief Sie an, damit Sie zu Chantal Dubois fahren.«

»Ich sollte dort aber nie ankommen, sondern in der Métro verschwinden.«

»Es hätte wie ein normaler Überfall ausgesehen. Niemand hätte Ihren Tod mit uns oder Ihrer Erfindung in Verbindung gebracht. Dafür sind in dieser Ecke von Paris in den vergangenen Jahren zu viele Morde und Entführungen geschehen.«

»Dann arbeiteten diese beiden Killer also wirklich in Ihrem Auftrag?«

»Ja, und nicht zum ersten Mal. Keine Ahnung, wie Sie ihnen in New York und in der Métro entkommen konnten. Doch aufgeschoben ist nicht aufgehoben. Da wir allerdings davon ausgingen, dass Sie niemals Poissonnière lebend erreichen, können Sie sich jetzt vielleicht unsere dummen Gesichter erklären, als Sie plötzlich putzmunter bei Chantal auftauchten.«

»Verraten Sie mir noch eines: Als Sie mich im Hotel anriefen, klang das nicht so, als wenn Sie mich unbedingt bei dem Treffen in der Rue de Chantilly dabeihaben wollten. Wieso haben Sie so getan, als sei Ihnen meine Gesellschaft nicht recht? Sie hätten mich doch auch direkt einladen können.«

»Reine Psychologie. Um nicht Ihr Misstrauen zu wecken, Monsieur. Sie sollten glauben, die Fahrt dorthin sei Ihre Entscheidung.«

»Und wenn ich nicht darum gebeten hätte? Wenn ich Ihnen viel Glück gewünscht und in meinem Hotelzimmer geblieben wäre?«

»Dann hätten Sie eine Viertelstunde später einen Anruf von Chantal erhalten, die sich angeblich nach ihnen verzehrte. Das klingt zwar total dämlich, aber wie ich Männer kenne, hätten Sie dem Lockangebot so wenig widerstanden wie Odysseus dem Ruf der Sirenen. Wie dem auch sei, Ihre Glückssträhne, die Sie heute Abend unzweifelhaft hatten, ist vorüber, Monsieur.«

»Aber das ergibt doch alles keinen Sinn! Ich habe niemandem etwas getan. Weshalb wollen Sie mich töten?«

»Darüber würde ich mir an Ihrer Stelle nicht den Kopf zerbrechen. Sagen wir mal: Ehe etwas zu einem Problem wird, sollte man es aus der Welt schaffen. Denn ist etwas zu einem Problem geworden, ist die Lösung um ein Vielfaches schwieriger. So läuft es im Leben nun mal. Man nennt das ›natürliche Auslese‹.«

Der Amerikaner beobachtete regungslos, wie seine Kollegin sich anmutig auf ihn zu bewegte, wie ihre Hüften dabei leicht schwangen, wie ihre Füße perfekt auf diesen unglaublich hohen Absätzen balancierten.

»Was haben Sie denn von meinem Tod?«

»Eine Zukunft ohne Ihr KI-Programm.«

»Mit mir schaffen Sie es nicht aus der Welt. Im Tresor von Stanton & York lagern noch mehrere Kopien davon.«

»Das wissen wir und haben es mit eingeplant. Nach Ihrem Tod wird eine ebenso talentierte wie karrieregeile Französin – nämlich meine Wenigkeit – Ihren Platz als Leiterin des ›Think Tanks‹ bei Stanton & York in den USA einnehmen. Ich werde nicht nur Einblick in Ihre geheimsten Unterlagen, sondern auch Zugang zu den besagten KI-Kopien haben. Mir wird schon ein Grund einfallen, weshalb ich die kontrollieren muss. Natürlich wird keine einzige meinen Eingriff heil überstehen. So gesehen wird die Erfindung mit einer kleinen Zeitverzögerung ihrem Erfinder ins Grab folgen.«

»Wenn Sie mir schon so viel von Ihren Plänen erzählen, dann verraten Sie mir, wer die Hintermänner sind, die Sie für Ihre Sabotage bezahlen. Vermutlich arbeiten die an einem eigenen KI-Programm.«

»Künstliche Intelligenz? Nein, das ist uns zu abstrakt. Wir arbeiten an etwas viel Effizienterem. Sagt Ihnen der Begriff ›Abyssus‹ etwas?«

»Sie meinen Abyssus wie Abgrund? Nein, nie gehört. Zumindest nicht in meiner Branche. Ist das der Name eines Projektes?«

»Wenn man will, könnte man es als ein Projekt bezeichnen. Einige meinen, der Teufel habe den Abyssus angelegt, andere sind der Ansicht, der Abyssus sei der Teufel selbst. Ich bevorzuge im Zusammenhang mit Abyssus allerdings den Terminus ›Ziel‹. Das Ziel ist die Überwindung und Beherrschung des Abyssus. Unsere Experimente dahingehend sind sehr viel versprechend. Sie waren ja heute Abend selbst Zeuge eines Teils unserer Arbeit.«

»Zeuge wovon? Meinen Sie etwa diesen Ritualmord? Was um alles in der Welt hat meine Programmierarbeit mit diesem grausamen Hokuspokus zu tun?«

»Mehr als Sie ahnen. Bitte haben Sie Verständnis, wenn ich Sie nicht weiter in unsere Pläne einweihe. Ich fürchte, Ihnen mangelt es dazu an Lebenszeit.« Sie schenkte ihm noch ein falsches Lächeln, bevor sie schrie: »CONSTANCE! HOLT IHN EUCH!«

Aus dem Treppenhaus erklang ein Scharren. Ein halbes Dutzend Schatten huschte fast lautlos in der Dunkelheit die Stufen hinauf.

Wie ein Dolch durchschnitt der Schreck Osbornes Erstarrung. Er erkannte, dass er in der Falle saß. Gegen die Übermacht im Treppenhaus hatte er keine Chance. Vielleicht konnte er es aber gegen Françoise Fabian schaffen. Seine Beinmuskeln spannten sich. Zum Sprung bereit, bewegte er sich auf sie zu.

»Machen Sie sich auf einiges gefasst!« Sie entblößte ihre Zähne und fauchte wie eine Raubkatze.

Ohne Vorwarnung schlug sie ihm die Faust in den Magen. Es war ein kurzer, harter Schlag, auf den ihr Gegner nicht vorbereitet war. In seinem Magen explodierte ein lähmender Schmerz. Er versuchte Luft zu holen, brachte aber nur ein ersticktes Stöhnen zustande. Dem nächsten Schlag wollte er ausweichen, aber hinter ihm war die Wand. Ihre Hand landete klatschend in seinem Gesicht und hinterließ weiße Fingerabdrücke, die sofort rot anliefen. Einen Moment lang verschwamm alles vor seinen Augen. Durch Tränenschleier gewahrte er, wie seine Gegnerin zum nächsten Schlag ausholte. Ohne darüber nachzudenken, packte er ihren Arm und riss heftig daran. Die Angreiferin verlor das Gleichgewicht, stolperte, stürzte und fiel. Auf dem Rücken liegend trat sie wie eine Berserkerin um sich. Ihr spitzer Absatz zerschmetterte um ein Haar Osbornes linke Kniescheibe. Er heulte auf und taumelte zurück, während sie geschmeidig wieder auf die Beine kam. Erneut landete ihre Faust auf seiner Wange. Instinktiv hielt er seine Brille fest. Seine linke Gesichtshälfte schwoll an. Sein Kopf brummte wie ein E-Werk. Einiges deutete in diesem Moment darauf hin, dass ein gewisser Computerexperte den nächsten Tag im Kühlfach einer Leichenhalle verbringen würde.

Gerade, als er den Gedanken zu Ende gedacht hatte, machte zur Abwechslung sein rechtes Bein Bekanntschaft mit einem Absatz. Die Absatzspitze traf ihn zwei Handbreit unterhalb seines sensiblen Fortpflanzungsorgans. Benommen taumelte er drei, vier Schritte zurück.

Die fahle Blässe wich aus Françoise Fabians Gesicht, es glühte nun feuerrot, voll erschreckender Wildheit. »Am liebsten würde ich Ihnen den Kopf mit bloßen Händen abreißen, Sie Schwein!«

»Sie sind ja verrückt geworden«, keuchte er.

»Verrückt?«, spottete sie. »Wer? Ich? Verdammt, wenn hier einer verrückt ist, dann Sie! Und damit meine ich nicht nur, dass Sie so verrückt waren, mir zu vertrauen oder überhaupt nach Frankreich zu kommen.«

»Sie machen einen Fehler.«

»Sie wissen offensichtlich nicht, wovon Sie sprechen.«

Ihre Finger umkrampften einen ihrer Schuhe, den sie sich vom Fuß gezogen hatte. Der spitze, metallüberzogene Absatz schimmerte wie ein Dolch.

»Sie haben mich reingelegt.« Osborne wich zurück. »Sie haben mich von Anfang an belogen. Dafür mag es Gründe geben, die ich vielleicht noch irgendwie nachvollziehen könnte. Geld, Karriere, irgendsowas. Aber dass Sie offensichtlich mit diesen Teufelsanbeterinnen unter einer Decke stecken, will mir nicht in den Kopf. Dass jemand wie Sie an so einen Blödsinn wie Schwarzer Magie glaubt ist unbegreiflich.«

»Die Dunkelheit beschützt ihre Freunde. Sie wären überrascht, wenn Sie wüssten, wie viel Macht sie verleiht.«

»Kommen Sie mir nicht näher!«

»Also, das hat bisher noch kein Mann zu mir gesagt.«

»Falls Sie irgendwelchen Ärger haben, falls Sie irgendwer erpresst, sagen Sie es mir. Ich kann Ihnen bestimmt helfen.«

»Ich fürchte, der Einzige, der im Moment Hilfe nötig hat, sind Sie. Denn mit meinen Manolo Blahniks spalte ich Ihnen den Kopf«, versprach sie und holte mit dem edlen Designerteil zum Wurf aus.

Der Amerikaner taumelte weiter zurück und duckte sich. Das trendige Geschoss zischte einen Zentimeter an seiner Schläfe vorbei.

»Das ist echt komisch«, schnaufte er.

»Wirklich? Das sollte es aber nicht.«

»Ich meine, es ist echt komisch, wie sich die Dinge entwickeln. Das ist mein Ernst. Mein Aufenthalt in Paris ist wie eine Wundertüte. Ich bin gespannt, was für eine Überraschung als nächstes kommt.«

»Sie wären noch überraschter, wie viel Gutes Ihr Tod bewirken wird.«

»Und das wäre? Können Sie danach noch mehr Menschen die Kehlen durchschneiden, oder sie bei obskuren Opferzeremonien zerstückeln?«

Sie grinste höhnisch. »Das werden Sie nie verstehen.«

»Wissen Sie, das will ich auch gar nicht. Denn wenn ich verstünde, weshalb man ein wehrloses Opfer abschlachtet, wäre ich keinen Deut besser als Sie. Darauf kann ich gerne verzichten. Wenn also einer von uns beiden ein Schwein ist, dann Sie, Mademoiselle. Entschuldigung, zoologisch müsste man Sie korrekterweise als Sau bezeichnen.«

Françoise Fabian trat dicht vor ihn und spuckte ihm ins Gesicht. »Sie Widerling, ich werde Sie zertreten!«

Mit dem Unterarm wischte er sich den Speichel aus dem Gesicht. »Was bringt Ihnen mein Tod?«

»Er würde mir Spaß machen.«

»Ist das alles? Sie töten einen Menschen aus Spaß?«

»Was ist? Beten Sie innerlich zum lieben Gott, damit er Ihnen hilft? Dann setzen Sie aufs falsche Pferd. Mir ist niemand bekannt, dem ein Gebet in dieser Richtung je geholfen hätte. Gott hat Wichtigeres zu tun. Vielleicht ordnet er gerade seine Briefmarkensammlung neu. Versuchen Sie es doch einmal in die umgekehrte Richtung. Warum beten Sie nicht zu Satan? Vielleicht hilft der Ihnen aus der Klemme.«

»Wenn Sie mir da raus helfen, soll es Ihr Schaden nicht sein.«

»Nichts zu machen, mein Freund. Sie spielen mit Kräften, die außerhalb Ihrer Kontrolle liegen. Und jetzt ist dieses Spiel zu Ende.«

»Nur noch eins: Diese Zeremonie, bei der die arme Frau getötet wurde, was sollte die?«

»Können Sie es nicht erraten? Das war eine Art Seelentausch. Man bietet dem Abyssus eine neue Seele für eine alte. Aber genug geplaudert, bereiten Sie sich lieber auf Ihre letzte Reise vor.«

Sie holte tief Luft, stieß sie zitternd wieder aus und griff erneut an. Ihre krallenförmig gekrümmte Hand pfiff durch die Luft; rasiermesserscharfe Fingernägel striffen seine Wange und hinterließen blutige Streifen. Der Schmerz war so heftig, dass der Getroffene fast gestrauchelt wäre. Er schrie, als sie auch noch mit der anderen Hand ausholte und sie in sein Gesicht krallte. Dabei lachte sie diabolisch. Er fing sich und stieß seine Gegnerin beiseite. Rasch schlüpfte er an ihr vorbei und wuselte Richtung Badezimmer. In der nächsten Sekunde spürte er den heißen Atem seiner Verfolgerin im Nacken. Sie sprang ihm auf den Rücken, packte seine Haare und riss ihm den Kopf nach hinten. Gleichzeitig pressten ihre um seinen Bauch geschlungenen Beine jedes Quäntchen Luft aus seinen Lungen.

»Sie Bastard! Sie elender Bastard!«, kreischte sie in einem fort wie eine defekte Schallplatte, auf der die Nadel immer wieder in derselben Rille hüpfte.

Osborne verdrehte den Hals und schlug verzweifelt um sich. Ein Arm schlang sich um seinen Hals.

»Dreckskerl!«, brüllte sie hysterisch. »Dreckskerl! Dreckskerl!«

Vom Treppenhaus her hallte der Klang nahender Schritte. Entsprechend verzweifelt versuchte er, die wilde Furie abzuschütteln. Aber ihr rechter Arm hielt weiter fest seinen Hals umschlungen. Mit einem Aufschrei sackte er in die Knie. Zusammengekrümmt, nach Atem ringend, kippte er vornüber und fiel mit dem Gesicht auf den Boden. Durch die Hebelwirkung verlor auch die Angreiferin das Gleichgewicht und rutschte von ihm herunter.

»Sie Mistkerl!« Geschmeidig rollte sie auf den Rücken.

Osborne taumelte hoch, strauchelte und wurde durch einen Tritt ans Schienbein gegen ein schmales Sideboard geschleudert. Sein Rücken prallte gegen einen Wandspiegel, dessen Glas in tausend Splitter zerbarst. Im Fallen riss er einen Kleiderständer um. Er beendete die wilde Karussellfahrt mit einem dumpfen Aufprall auf dem Boden, wobei er halb über seine immer noch auf dem Rücken liegende Gegnerin fiel. Ehe er recht begriff, was geschah, zwängte sie seinen Kopf zwischen ihre Oberschenkel. Niemals hätte er in diesem schlanken Körper derartige Kräfte vermutet. Während er hilflos in ihrem Schwitzkasten zappelte, suchten ihre Fingernägel zielstrebig seine Augäpfel. In seiner Verzweiflung grub er die Zähne tief in die Innenseite ihres Schenkels. Sie schrie vor Schmerz. Die Umklammerung wurde lockerer, aber sie ließ ihn immer noch nicht frei. Er biss erneut zu. Sie stöhnte, drehte sich automatisch etwas zur Seite und gab ihm so die Chance, sich freizuwinden. Doch als er halbwegs auf den Knien war, packten ihre Hände seine Haare und rissen daran. Er schrie gellend auf, kippte vornüber und konnte sich gerade noch mit den Händen auffangen.

»Ja, schreien Sie sich die Lunge aus den Hals«, keuchte sie direkt unter ihm liegend. »Das bringt mich richtig in Fahrt!«

Osbornes Lage war denkbar ungünstig. Auf allen Vieren in einer Art bizarrer Missionarsstellung zwischen den Beinen seiner Peinigerin liegend, musste er alle Kraft darauf konzentrieren, nicht noch weiter zu ihr heruntergezogen zu werden. Da beide Hände mit Stützarbeiten beschäftigt waren, hatte er in dieser Position ihrer Wut nur wenig entgegenzusetzen. Immer tiefer zog sie ihn zu sich hinab. Plötzlich schnellte ihr Kopf hoch, während sie seinen abrupt herunterriss. Er zog seinen Hals gerade noch so weit zurück, dass ihre zuschnappenden Zähne seinen Adamsapfel um Millimeter verfehlten. Die Hexe wollte doch tatsächlich seine Kehle mit bloßen Zähnen zerfetzen!

Während sie ihn weiter festhielt, winkelte sie ein Bein an und versuchte, den verbliebenen Absatz in seinen Oberschenkel zu bohren. Der Bedrohte löste eine Hand vom Boden, griff weit nach hinten und packte blitzschnell ihre Fessel. Gleichzeitig knickte er seinen Stützarm ein, so dass er auf die Seite abrollte. Ihr Bein drehte er dabei mit um und zwang sie so erst auf die Seite und dann auf den Bauch. Sie ließ ihn los und stemmte sich mit den Ellbogen auf, damit ihr Gesicht nicht auf den Boden schlug. Er ließ sie frei und taumelte auf die Knie. Schwer atmend stemmte er sich ganz hoch und humpelte zum Ende des Flurs. Als er über die Schulter zurückschaute, stellte er fest, dass er die Französin gefährlich unterschätzt hatte. Mit rotem, von Hass verzerrtem Gesicht sprang sie hinter ihm her. Sie bewegte sich blitzschnell. Im Augenwinkel nahm er gerade noch eine verschwommene Bewegung wahr, dann war sie auch schon dicht hinter ihm, beide Hände nach seinem Hals ausgestreckt. Schon spürte er den Luftzug der zupackenden Finger im Nacken.

Blindlings trat er nach hinten. Es war ein wuchtiger Tritt, der sein Ziel nicht verfehlte. Sein Fuß traf Françoise Fabian direkt in den Bauch. Sie flog zurück, landete auf dem Hintern und knallte mit dem Kopf so heftig gegen die Wand, dass ein Stück Putz herunterfiel.

Zur gleichen Zeit drängten sechs Gestalten durch die Tür in den Flur. Außer Constance erkannte Osborne auch die anderen Frauen, die alle bei dem Hexensabbat dabei gewesen waren, wieder.

Für taktische Überlegungen fehlte die Zeit. Er musste alles akzeptieren, was sich ihm als Fluchtweg bot; und der endete am anderen Flurende vor der Abstellkammer. Die Tür war verschlossen. Ein Tritt dagegen genügte, das Schloss sprang aus der Verankerung und die Tür flog auf.

Der Raum dahinter war etwas größer als ein Wandschrank. Neben einigen alten Stühlen standen dort die üblichen Vertreter einer Abstellkammer: ein Staubsauger, Putzeimer und Besen. Osborne stürmte in die Kammer, schlug die Tür hinter sich zu und stemmte sich dagegen. Gleichzeitig ließ er Hilfe suchend seine Blicke kreisen. Das Türschloss war durch den Tritt zerschmettert. Draußen kamen die Frauen näher. Wohl wissend, dass ihr Opfer in der Falle saß, hatten sie es nicht mehr besonders eilig. In einer Ecke weckten die aufeinander gestapelten Holzstühle sein Interesse. Intuitiv ergriff er einen und stemmte die Lehne quer unter die Klinke. Für einige Augenblicke ..., kostbare Augenblicke, hielt das die Verfolgerinnen vielleicht auf.

Der Raum hatte nur diese eine Tür. Schon hämmerten die Furien dagegen, schrien seinen Namen und versprachen ihm kommende Schrecknisse, wenn sie ihn in die Finger bekämen. Die Schläge gegen die Tür wurden heftiger, entschlossener. Der Stuhl verrutschte bei jedem Stoß etwas mehr, lange würde er dem Druck nicht mehr standhalten.

Beim Anblick eines winzigen Fensters durchflutete Osborne ein schwacher Hoffnungsstrahl. War es groß genug zum Hinausklettern? Ohne langes Zögern versuchte er es zu öffnen. Es klemmte. Er unternahm einen zweiten Versuch und riss kräftiger daran. Das Fenster ging einige Zentimeter weit auf, doch dann blockierte es. Er legte seine ganze verbliebene Kraft in einen letzten Versuch. Krachend flog das Fenster auf und knallte so heftig gegen die Zarge, dass das Glas in mehrere große Scherben zerfiel. Rasch zog er sich aufs Fensterbrett hoch und setzte einen Fuß auf den Sims, der sich an der Außenwand entlang zog. Feuchte Nachtluft schlug ihm entgegen; fünf Stockwerke tiefer glänzte der nasse Asphalt des Bürgersteigs. Bei diesem Anblick klumpte sich sein Magen vor Höhenangst zusammen. Aber er wusste, dass es kein Zurück mehr gab und dass er zwischen sich und den Verfolgerinnen eine möglichst große Distanz schaffen musste. Alles, was er zur Rettung brauchte, waren eine gehörige Portion Mumm, viel Glück und latent vorhandene Kletterkünste, die es nun zu mobilisieren galt.

Hinter ihm bollerte es wieder gegen die Tür. Holz splitterte. Der Stuhl wackelte und rutschte bedenklich. Osborne war beinahe aus dem Fenster, da hakte er fest. Ein rostiger Draht, der über dem Fensterrahmen aus dem Zement ragte, hatte den Stoff der Triobaljacke durchbohrt und stach ihm zwischen den Schulterblättern ins Fleisch. Er zerrte wie wild, während der Stuhl an der Tür immer mehr ins Rutschen kam. Der Knall, mit dem er auf den Boden polterte, mischte sich mit den schrillen Schreien der hereinstürmenden Megären.

Mit einem Ruck befreite sich der Verfolgte vom Haken. Durch den plötzlichen Schwung bekam sein Oberkörper allerdings mächtig Übergewicht und kippte vornüber. Entsetzt starrte er in die Tiefe auf eine Straße, die darauf wartete, seinen Sturz zu bremsen. Indem seine rudernden Arme gerade noch die Regenrinne am Vordach über sich zu fassen bekamen, festigte er seinen Stand. Die Rinne hing allerdings so dicht über seinem Kopf, dass er sich auf dem Sims nicht gerade aufrichten konnte. Einen Augenblick verharrte er bewegungslos, um sich wieder zu sammeln. Als sich Finger um seinen Fußknöchel schlossen, riss er sich los und balancierte so rasch wie möglich vom Fenster weg.

Auf dem zwanzig Zentimeter breiten Sims war das Gehen nicht einfach, da dauernd heftige Böen an ihm zerrten. Der Wind heulte und pfiff mit solcher Wucht, dass er immer wieder aus dem Gleichgewicht kam. Osborne hatte bereits eine Hausecke hinter sich gelassen, als ihm klar wurde, wie unüberlegt sein Vorgehen im Grunde genommen war. Was sollte er machen, wenn ihn jemand verfolgte, oder wenn sich sein Fluchtweg als Sackgasse entpuppte?

Er blickte nach unten und wünschte sich sofort, er hätte es nicht getan. Ihm wurde bereits schlecht, wenn er auf einer zwei Meter hohen Leiter stand, um eine Glühbirne auszuwechseln. Im Vergleich zu seiner augenblicklichen Situation war die Leiter ein Kinderspiel. Abgesehen von dem lächerlich schmalen Sims befand sich nichts mehr zwischen ihm und dem Boden in etwa fünfzehn Meter Tiefe. Es kostete ihn eine Menge Überwindung, die Augen abzuwenden und das Gleichgewicht zu halten. Unablässig bewegten sich seine Lippen, aber er gab keinen Laut von sich. In Gedanken redete er mit sich selbst. Die stumm heruntergerasselten Gebete halfen seiner Psyche soweit, dass er die lähmende Angst abschüttelte. Den Körper fest gegen die Mauer gepresst, tastete er weiter. Seine Halt suchenden Finger umklammerten jede noch so winzige vorstehende Steinverzierung zwischen den Fenstern. Das einzig Positive an der Situation war zweifellos das atemberaubende Panorama, das sich ihm hier oben bot. Irgendwo im Osten zuckten Blitze. Es dauerte lange, ehe der Donner rollte. Am Stadtrand spien hohe Fabrikschlote feuerrote Rauchschwaden aus.

Osborne setzte den einmal eingeschlagenen Weg weiter fort, wenn auch mit der Last böser Vorahnungen. Vorsichtig tat er Schritt um Schritt, da der Sims nicht nur alt und sehr brüchig, sondern darüber hinaus noch tückisch uneben war. Ein Regenrohr kam in Reichweite. Er streckte eine Hand danach aus. Seine Finger klammerten sich an einer Eisenmanschette fest. Fast hätte er den Halt verloren, als er mit der anderen Hand nachfasste. Vor

Schreck richtete er sich auf und knallte seinen Kopf mit solcher Wucht unter die Dachrinne, dass er beinahe vor Schmerz losgelassen hätte. Irgendwie krallte er sich reflexartig doch noch fest, schlang seine Beine um das Zinkrohr und rutschte langsam, ruckartig daran herunter.

Seiner Flucht mochte es an Eleganz mangeln, doch das machte er locker mit Entschlusskraft wieder wett. Die Bewegungen, mit denen er das Fallrohr hinabglitt, waren unbeholfen und kosteten viel Kraft. Aber irgendwie schaffte er es beinahe. Knapp zwei Meter über dem Boden verließ seine klammen Finger dann doch die nötige Kraft, um weiter der Schwerkraft zu trotzen. Mit einem dumpfen Aufprall und einem Stöhnen landete er auf dem feuchten Erdreich, wobei er innerlich den Umstand verfluchte, dass hier nichts angepflanzt worden war, das seinen Aufprall wie ein Kissen hätte abmildern können. Weit oben hörte er, wie ein Fenster aufgerissen wurde und eine Frau kreischte: »Hier ist er. Da unten!«

*01 Uhr 09 – Rue Petrelle*

Gott sei Dank war er noch am Leben und jeder Knochen im Körper heil. Der vor ihm liegende Park war erschreckend dunkel. Überall verteilte sich in gepflegter Unordnung verwildertes Gesträuch. Mühsam arbeitete Osborne sich durch ein wirres Dickicht von Sträuchern und Unkraut vom Haus weg. Kahle Zweige kratzten ihm schmerzhaft übers Gesicht und dornige Brombeerranken rissen an seiner Hose. Nach einigen Metern lichtete sich der Dschungel und er stolperte auf eine Wiese. Früher mochte das einmal ein gepflegter Garten mit Zierpflanzen gewesen sein. Jetzt war es nur noch ein Chaos aus kniehohem Gesträuch und Müllhalden, die Ratten bewohnten. Aus dem morastigen Grund stiegen Nebeldämpfe auf, die der anschwellende Wind zerfaserte.

Es war kälter geworden. Sein Atem bildete kleine Kodensationswölkchen. Vor Anstrengung schnaufend, stolperte er durch das dichte Gesträuch. Keuchend hastete er an altem Baumbestand vorbei, dessen pittoreske Schatten den größten Teil des Terrains überdeckten. Jeden Moment erwartete er, dass diese Psychopathen hinter ihm herjagten. Er schaute zurück, aber da war niemand. Dafür bewegte sich etwas vor ihm im hohen Gras. Irgendein Tier, vielleicht eine Ratte oder ein Kaninchen, hastete aufgeschreckt davon. Nach etwa zehn Metern führte ein gewundener Weg aus ungleichmäßigen Pflastersteinen, auf den der Regen zahlreiche Pfützen gebildet hatte, an einer Hecke vorbei. Zielstrebig marschierte Osborne auf eine mehrere Meter hohe Mauer zu und ging von dort zu einem schmiedeeisernen Tor, das diese Wildnis von der Zivilisation trennte. Einer der von Wind und Wetter oxidierten Torflügel hing, halb aus der Verankerung gerissen, schräg in der Luft. Er schob ihn so weit auf, dass er sich durch den Spalt quetschen konnte. Als er die dahinter liegende Allee betrat, hatte sein Stresslevel einen neuen Höchstwert erreicht. Den verwahrlosten Park ließ er rasch hinter sich, doch die nackte Angst blieb weiterhin ein treuer Weggefährte.

Die Allee war menschenleer. Das welke Laub in den Baumwipfeln bildete ein schwarzes Gewölbe. Zwischen den Stämmen hielt sich der Gejagte in den dunkelsten Schatten. Doch wohin konnte er gehen? Ins Hotel? Auf keinen Fall! Dort würden ihn die Jägerinnen als erstes vermuten. Möglicherweise lauerten sie ja auch schon in einem der Schatten vor ihm. Falls nicht, sollte er im nächstbesten Polizeirevier um Hilfe bitten. Ja, das würde er tun. Das hieß, falls ihn seine Verfolgerinnen nicht vorher erwischten. Zumindest einige von ihnen patrouillierten sicher in den umliegenden Straßen in der Hoffnung, durch Zufall auf ihn zu stoßen. Dann wäre er tot. Wenn er die nächsten Stunden irgendwie überlebte, konnte er zumindest so viele Leute informieren, dass Chantal Dubois und Françoise Fabian ins Fadenkreis der Ermittlungen gerieten, sollte ihm etwas Unvorhergesehenes zustoßen.

Vorsichtig bog er an einer Ecke in die nächste Straße ab. Sein Fluchtweg führte ihn in einige kleinere Seitenstraßen. Zwischendurch versuchte er es mit einem leichten Dauerlauf, aber nach ein paar Schritten verlangte sein strapazierter Körper vehement nach einer kleinen Ruhephase. Was für eine Ironie, wenn er in dieser Nacht, in der er mehrere Mordversuche überlebt hatte, an Herzschlag starb.

Wie ging es weiter? Was sollte er tun? Seinen Chefs in New York berichten, dass die Vize-Präsidentin der französischen Niederlassung ihn reingelegt hatte? Dass sie eine Satanistin war? Noch während sein gekränktes Ego Rachepläne für diesen Verrat schmiedete, erkannte seine vernünftige Seite – wenngleich auch widerwillig –, dass er mit dem Vorwurf auch eine Erklärung abgeben musste. Er konnte nicht einfach jemanden ohne handfeste Beweise beschuldigen. Die Fabian würde alles abstreiten. Sie war gerissen genug, das auch äußerst glaubhaft zu tun. Vielleicht sollte er sich deshalb mit einem Anwalt in Verbindung setzen. Manchmal erreichte man mit filigranen Werkzeugen mehr als mit einem brachialen Vorschlaghammer. Möglicherweise gab es ja noch etwas zu retten. Warum sollte sie ein Huhn schlachten, das goldene Eier legte? Deshalb war es nur logisch, dass sie zuerst eine Kopie des KI-Programms angefertigt hatte, bevor sie das Original mit einem Virus zerstörte. Dabei war ihr sicherlich bewusst, dass die Sabotage lediglich verhinderte, dass das Programm heute der Weltpresse vorgestellt wurde. Die Forschungsarbeit daran würde weitergehen; allerdings wäre der Imageschaden beträchtlich. Selbst wenn er in einer Woche ein einwandfreies System vorführen könnte, haftete ihm der Makel der Unzuverlässigkeit an.

Wieso musste er ausgerechnet jetzt an seinen Job denken? Seine Karriere war im Augenblick wirklich seine geringste Sorge. Da gab es noch andere Dinge, die sein momentanes Unbehagen weckten, wie zum Beispiel diese unnatürliche Leere. Sie war ihm nach seiner Flucht aus dem Haus in der Rue de Chantilly aufgefallen. Nun wurde sie ihm wirklich bewusst. Abgesehen von dem Clochard, Françoise Fabian und ihren tödlichen Freundinnen war er seitdem keiner Menschenseele begegnet. Zwar waren dies nicht die Viertel, in denen gewöhnlich das Pariser Nachtleben tobte, aber dass hier überhaupt keine Leute auf den Straßen unterwegs waren, erschien ihm für eine Millionenmetropole sehr ungewöhnlich. Es war, als ob die ganze Stadt ausgestorben wäre. Die Eigentümlichkeit dieser Atmosphäre versetzte ihn in eine seltsame Spannung.

An einer Kreuzung blieb Osborne stehen und warf einen Blick hinter sich. Niemand da. Das ganze Arrondissement wirkte wie ausgestorben. Richtig unheimlich.

Noch während er das dachte, gewahrte er in der Dunkelheit vor sich eine Bewegung.

## X. KAPITEL

# Im Auge des Infernos

*01 Uhr 17 – Rue Concorcet*

Osborne kam eine Gruppe torkelnder Schwarzer entgegen. Er vermutete, dass sie auf einer Sauftour waren. Erst als er sich fast auf gleicher Höhe mit ihnen befand, bemerkte er, dass ihre Körper mit Beulen und Blutergüssen übersät waren. Ein Mann blutete stark aus einer Platzwunde über der rechten Augenbraue. Die Männer humpelten an ihm vorbei, ohne dass sie Notiz von ihm nahmen. Abgesehen von den vier Gestalten, erschien ihm die Straße ganz normal, bis auf die blutroten Rauchschwaden hinter einigen Häusern.

Er war vielleicht fünf Minuten gegangen, als er bemerkte, dass ihm jemand folgte. In der Dunkelheit hinter sich konnte er die Umrisse von vier Schatten ausmachen. Hatten ihn die Mörderinnen tatsächlich aufgestöbert, oder handelte es sich nur um harmlose Nachtschwärmer?

Er bog nach rechts in die nächste Seitenstraße und kam an einem Fleischerladen, einem Restaurant und zwei Boutiquen vorbei. Alle Geschäfte waren mit Stahlrollos, Gittern und Bretterverschlägen regelrecht verbarrikadiert. Doch das interessierte ihn im Moment weniger, denn hinter ihm erreichten die vier Schatten ebenfalls die Straße. Jetzt war es keine Einbildung mehr, er wurde wirklich verfolgt. Er hatte sich halbwegs vom ersten Schrecken erholt, da folgte umgehend der zweite. Das Ende der Straße war total mit Menschen verstopft. Die ganze Fahrbahn wurde von loderndem Feuer erhellt. Halbwüchsige tanzten um brennende Autoreifen, hoben drohend die Fäuste und schrien wüste Beschimpfungen. Steine flogen durch die Luft. Menschen mit blutüberströmten Gesichtern stolperten vorbei. Jugendliche, fast noch Kinder, zerschlugen mit Holzknüppeln Fensterscheiben. Etwas weiter entfernt standen die Einsatzfahrzeuge der Polizei so dichtgedrängt, dass es keine Lücke zum Durchkommen gab. Diese Barriere verhinderte, dass der Mob bisher noch verschont gebliebene Straßenzüge verwüstete.

Erschrocken blieb Osborne stehen. Hatte ihm Françoise Fabian nicht von Unruhen und Plünderungen während des Stromausfalls in den nördlichen Arrondissements erzählt? Anscheinend waren die Ausschreitungen noch in vollem Gange; da wollte er auf gar keinen Fall hineingeraten. Lieber würde er sich den Verfolgerinnen stellen, die sich mit etwas Glück doch noch als harmlose Passanten herausstellen könnten. Er machte auf dem Absatz kehrt, um den Weg zurückzugehen. Kaum hatte er dem Krawall den Rücken zugewendet, da sah er sie.

Vielleicht hätte er es noch bis zur nächsten Seitenstraße geschafft, hätte er vor Schreck nicht zu lange gezögert, als er Constance und drei Begleiterinnen direkt auf sich zukommen sah. Sie gingen schnell und zielstrebig. Constance vorne weg. Ihr Blick und ein Messer in ihrer Hand verrieten, dass sie ihn auf der Stelle abschlachten wollte. Aber ihr Opfer war immer noch nicht gewillt, den Tod in dieser Nacht willkommen zu heißen. Osborne wirbelte herum und eilte dem Aufruhr am Ende der Straße entgegen. Dort konnte er in der Menge untertauchen und die Verfolgerinnen hoffentlich abhängen.

Rasch passierte er umgekippte und in Brand gesetzte Autos. Hustende Menschen stolperten durch den beißenden Rauch, der über der Straße lag. Der Qualm wurde so dicht, dass er nur ein paar Meter weit sehen konnte. Mehrere hundert Jugendliche tobten durch den brennenden Hexenkessel aus Feuer, Gekreische, Explosionen, Gestank nach Verbranntem und Trümmern. Angetrieben von Wut und Adrenalin schrien sie sich die Kehlen heiser. Der Amerikaner bahnte sich einen Weg durch den wütenden Mob; gehetzt blickte er zurück. Für einen flüchtigen Moment glaubte er, die Mörderinnen abgehängt zu haben. Doch da waren sie. Jede trug offen einen langen Dolch zur Schau. Dadurch unterschieden sie sich allerdings nicht von den Randalierern, die Messer, Stangen oder andere primitive Waffen in den Händen schwangen. Die Frauen würden ihn umbringen, egal wo sie seiner habhaft wurden. Und sie kamen mit jedem Schritt ihrem Ziel ein Stückchen näher. Im Gegensatz zu ihrem Opfer zwängten und quetschten sie sich nicht durch die Menge, sondern sie benutzten ihre Hände und Fäuste. Es waren kurze, gezielte Schläge gegen den Kehlkopf oder in den Unterleib, die jeden, der ihnen im Weg stand, schmerzgepeinigt zu Boden gehen ließ.

Dann geschah das Unglaubliche: Osborne beobachtete, wie ein riesiger Schwarzer Constance beschimpfte, weil die sich allzu rüde ihren Weg freigeboxt hatte. Sie beachtete den Kerl nicht, worauf der Riese sie verfolgte. Mit einer Pranke packte er ihr wehendes Haar und riss sie daran zurück. Sie stolperte nach hinten und prallte mit dem Rücken gegen seinen mächtigen Oberkörper. Langsam, fast bedächtig, drehte sie sich zu dem Angreifer um und fixierte ihn. Obwohl der Kerl sie fast einen halben Meter überragte, verwandelte ihr stahlblauer Blick ihn in einen stammelnden Idioten. Im nächsten Moment ließ der Riese Constance los und schrie, als wollte er gar nicht mehr mit Schreien aufhören. Blut quoll durch seinen Pullover. Er schwankte unsicher und brabbelte etwas, während sich zu seinen Füßen das

Blut in einer Pfütze sammelte. Er schwankte stärker; inzwischen sprudelte das Blut regelrecht aus seiner Brust heraus. Einige Umstehende kreischten und wichen zurück, ehe sie von Nachrückenden weitergeschoben wurden. Sie sahen nicht mehr, wie der Blutende zusammenbrach. Zuerst landete er mit den Knien in der Blutlache, dann sackte er auf den Bauch und rührte sich nicht mehr.

Constance hatte dem Niedergestochenen längst den Rücken zugewendet und marschierte davon, als ginge sie der Vorfall nichts mehr an. Als wäre der Mord ein vereinbartes Zeichen, benutzten sie und ihre drei Begleiterinnen ihre Messer wie Macheten. Wie im Blutrausch stachen sie sich eine blutige Schneise durch die Menge. Blutüberströmt, die Hände auf die Wunden gepresst, stürzten die Getroffenen zu Boden. Niemand rief die Polizei um Hilfe, obwohl keine zwanzig Meter entfernt eine Hundertschaft bereit stand. Die Ordnungshüter dort wurden von der brüllenden Masse beschimpft und mit Pflastersteinen beworfen. In dem Tumult gab es außer Osborne kaum jemanden, der etwas von dem Gemetzel seiner Verfolgerinnen bemerkte. Und der war zu diesem Zeitpunkt völlig mit seinem Entsetzen beschäftigt. Er hatte gehofft, er sei inmitten all der Menschen sicher. Das genaue Gegenteil war der Fall. Einen kurzen Moment überlegte er, ob er sich vielleicht zur Polizei durchschlagen sollte. Aber er verwarf den Gedanken schneller, als er gekommen war. Vermutlich hielten ihn die Polizisten für einen Aufrührer. Sie hätten ihn niedergeknüppelt, ehe er den Mund aufgemacht hätte.

Die Mörderinnen kamen näher. Sie waren flink. Constance drehte das Messer, dessen Klinge frisches Blut besudelte, um, damit sie es zum Stoß nutzen konnte. Ihr Opfer wurde inzwischen von der brodelnden Menschenmasse mitgerissen. Das Geschiebe drängte ihn mitten hinein ins Zentrum der Ausschreitungen. WAMM – der Benzintank eines demolierten Autos explodierte und verwandelte die Straße in einen Orkan aus Panik und Hysterie. Die Luft war durchtränkt von Feuer, Rauch, umherfliegenden Trümmern und dem Aufschrei Verletzter. Taumelnde, sich durch die Menge wühlende Menschen drängten sich in panischer Angst durch die hierhin und dorthin schiebenden Leute. Fensterscheiben gingen zu Bruch, Scherben regneten auf den durch die Straße strömenden Menschenfluss hinab. Längst hatte Osborne aufgehört, gegen die Strömung anzukämpfen. Er ließ sich einfach treiben. Ein quer stehendes Autowrack versperrte allerdings die Straßenmitte; unmittelbar davor spaltete sich die drängende Masse und umkurvte das Hindernis zu beiden Seiten wie eine Klippe inmitten tosender Stromschnellen. Kaum war die Gefahrenstelle passiert, versuchte Osborne sich neu zu orientieren. Irgendwo von weiter vorn dröhnte neuer Lärm auf. In der Dunkelheit blitzten blaue Polizeilichter über das Meer aus Köpfen und Körpern. Eine Gruppe Schwarzafrikaner bahnte sich unter bizarrem Geschrei brutal eine Bresche durch die Menge. Die meisten von ihnen waren mit Skimasken oder umgebundenen Tüchern maskiert. Demonstrativ schwenkten sie Molotowcocktails, aus deren Flaschenhälsen benzingetränkte Lappen ragten.

Unaufhaltsam trieb Osborne durch diesen aufgeputschten Höllenpfuhl, verzweifelter denn je auf der Suche nach Deckung. Dabei hatte er immer noch vor Augen, wie rücksichtslos Constance den Mann niedergestochen hatte, und wie der Verwundete dann krampfhaft versuchte, sein Leben festzuhalten. Genauso würde sie ihn töten; ganz gleich wo er sich befand, oder wie viele Menschen um ihn herum standen. Die Frauen fürchteten nicht, wegen Mordes belangt zu werden. Ihr einziges Ziel war sein Tod, ganz egal wo und wie. Aber zumindest für den Augenblick schienen sie in dem Gedränge abhanden gekommen zu sein. Das hieß aber nicht, dass ihr Opfer nun in Sicherheit war.

Scheinwerfer flammten auf und erfassten kreisrunde Ausschnitte des Mobs. Sirenengeheul durchschnitt den ohrenbetäubenden Lärm. Noch mehr flackernde Polizeilichter erhellten die Nacht. Aus eintreffenden Einsatzwagen sprangen mit Stahlhelmen, Schildern und Gummiknüppeln bestückte Polizisten. Einige trugen Gasmasken und Spezialgewehre mit Tränengaspatronen. Im zuckenden Blaulicht der Streifenwagen waren ihre Bewegungen so abgehackt wie unter epileptisch zuckenden Stroboskopblitzen. Der Einsatzleiter stand neben einem Streifenwagen und brüllte etwas in ein Megaphon. Seine Worte gingen im Gebrüll der randalierenden Jugendlichen unter. Steine flogen. Ein Geschoß verfehlte nur knapp den Kopf des Einsatzleiters. Mit dumpfem Knall zerbarst die Windschutzscheibe des Streifenwagens. Weitere hastig geworfene Steine fanden ihr Ziel und zerschmetterten zwei Suchscheinwerfer an Polizeiautos.

Von allen Seiten regneten jetzt Wurfgeschosse auf die Ordnungskräfte nieder. Die Polizei blieb die passende Antwort nicht lange schuldig. Tränengaspatronen flogen sirrend durch die Luft und zogen weiße Kondensstreifen hinter sich her, die sich nach dem Aufprall zu ätzendem Rauch auseinander zogen. Das Gas zeigte rasch Wirkung bei dem Mob. Immer mehr Randalierer übergaben sich. Andere gerieten in Panik und stöhnten hysterisch, weil sie keine Luft mehr bekamen. Junge Männer und Frauen torkelten schreiend und fluchend durch den Rauch. Einige sanken zu Boden und rieben sich die Tränen aus den Augen. Die Randalierer drängten zurück, während die Polizisten mit Gasmasken heranstürmten. Sie rissen eine Bresche in die brennenden Autobarrikaden, dann bildeten sie einen Keil und rückten in dieser Formation auf die Menge zu. Gummiknüppel bahnten einen Weg durch alles, was sich ihnen entgegenstellte.

Osborne befand sich mitten in dem Aufruhr. Immer noch war er in der wogenden Menschenmasse eingequetscht. In der Kunst des Überlebens inzwischen erfahrener, achtete er aber darauf, nicht zwischen die Fronten zu geraten. Ein Gullydeckel sauste wie eine Frisbeescheibe durch die Luft und hätte einigen Menschen inmitten des apokalyptischen Albtraumes um Haaresbreite das Hirn aus dem Schädel rasiert. Die Straße war ein Schlachtfeld. Noch mehr Tränengas wurde in die Menge abgefeuert. Hinter den Polizisten stolperte ein Rudel Photographen und Kameramänner auf der Jagd nach möglichst spektakulären Bildern übereinander. Aus den umliegenden Gassen strömten weiter Jugendliche herbei und gesellten sich zu der aufgebrachten Menge. Die Sprechchöre verschiedener Gruppen neutralisierten sich gegenseitig, so dass ein unartikulierter akustischer Brei aus Schreien und Verwünschungen entstand. Der Lärm war unglaublich. Inmitten des Chaos tanzte ein hagerer Afrikaner wie ein Besessener umher, als wolle er der Welt kundtun, dass er immun gegen das Tränengas sei. In einer Hand schwenkte er einen Molotowcocktail mit brennender Lunte. Ringsum drängte, schrie und schob die Menge, nur er hüpfte auf der Stelle auf und ab. Zehn Meter weiter fand plötzlich ein furchtbares Gewimmel und Gewühle statt. Ein Keil Polizisten rammte ins Zentrum des Mobs vor. Sie griffen hinter durchsichtigen Schilden geschützt mit Knüppeln an und prügelten auf jeden ein, der ihnen in die Quere kam. Die Phalanx steuerte direkt auf Osborne zu. Wer im Weg stand, der wurde erst niedergeknüppelt und dann niedergetrampelt. Menschen gingen zu Boden, andere stiegen in Panik über die Gefallenen hinweg. Nur der Afrikaner mit dem Molotowcocktail hüpfte unablässig weiter inmitten des Handgemenges. Ihn umbrandete das Meer aus Leibern wie einen Fels. Osborne konnte den Blick nicht von diesem Springteufel wenden. Immer heftiger presste und drängte die Masse von allen Seiten gegen ihn. Rings herum nur wütende, hasserfüllte Gesichter, Geschrei, Geschubse, Gewalt. Und inmitten dieses Chaos hüpfte ein Bursche mit einem Molotowcocktail, den plötzlich ein riesiger Kerl rammte. Mit einem gequälten Aufheulen sackte er in die Knie, wobei ihm der Molotowcocktail aus der Hand glitt. Die Flasche zerbarst, zwischen den Glassplittern glühte ein Funke auf und entzündete die Brandbeschleuniger. Das erst nur glühende Leuchten, das das Benzin-Terpentin-Aceton-Gemisch entflammte, wurde zu einer gewaltigen Stichflamme entfacht. Meterhoch spie das goldgelbe Inferno empor. In Sekundenschnelle breitete sich der Feuerball wie ein alles überflutendes Flammenmeer aus. Zornig umhüllte es den Gestürzten und versengte Umstehenden Haare und Haut. Kleider fingen Feuer, Funkenregen zerstoben über der Menge und eine hysterische Stampede war geboren. Die Flammen nutzten ihr kurzes, intensives Leben und krochen in Windeseile über den Asphalt, breiteten sich gierig aus und fraßen sich durch alles, was ihnen in den Weg kam. Schon brannten die ersten Autowracks am Straßenrand. Die Hitze ließ Fensterscheiben umliegender Häuser platzten. Menschen kreischten und torkelten von der wild lodernden Feuersbrunst weg, wobei sie andere umrissen oder zu Boden stießen.

So gut es eben ging, bahnte sich Osborne einen Weg durch das Getümmel, wobei er sich vor allem bemühte, nicht Zielscheibe eines Gummiknüppels oder Wurfgeschosses zu werden. Neue Polizeitruppen trafen ein und stürmten auf das Schlachtfeld bis zur Flammenwand, wo sie kein Durchkommen fanden. Aber nicht nur die Hitze wurde unerträglich. Beißendschwarzer Qualm hüllte die gelbroten Flammen ein und vernebelte wie ein Vorhang die Sicht. Manchmal riss der böige Wind ein Loch in die Rauchwand und erlaubte für wenige Augenblicke einen freien Blick auf das grauenhafte Geschehen. Schreiende Menschen loderten wie Fackeln. Anderen, denen der Rauch in die Atemwege drang und wie Säure die Lungen verätzte, wälzten sich mit ersticktem Gurgeln auf dem Boden. In Panik stolperten Leute blindlings gegeneinander, Stärkere stießen Schwächere beiseite, rempelten sie zu Boden oder trampelten sie einfach nieder.

Inmitten des Chaos kämpfte Osborne sich tapfer weiter und presste einen Arm gegen sein Gesicht, um es vor dem Rauch zu schützen. Manchmal fehlte nicht viel und er wäre hingefallen. Ein Sturz in dieser hysterischen Stampede bedeutete den sicheren Tod. Doch dann riss ihn die brodelnde Menge doch von den Beinen. Er verlor den Boden unter den Füßen und wurde in den dahinstolpernden Strom aus Menschenleibern hinabgedrückt. Völlig unerwartet tauchte er aber wieder aus einem Gewusel aus Armen und Oberkörpern auf und wurde weiter fortgerissen.

Ein anderer Molotowcocktail explodierte nur Meter entfernt. Die Hitze des aufsteigenden Feuerballs raubte den Umstehenden den Atem. Osborne zwängte sich zu den Häusern am Straßenrand. Unterwegs drängten ihn panisch tretende und schlagende Menschen beinahe in eine hoch lodernde Flammensäule. Aber mit unbändigem Überlebenswillen, kombiniert mit energischem Stoßen und Drängen, erzwang er sich weiter seinen Weg und stemmte sich gegen den Mob, dessen ohrenbetäubendes Geschrei und Getrampel die Luft erzittern ließ. Jede Lücke, die sich auftat, nutzend, arbeitete er sich durch die wüste Menge bis zu der Tür eines halb verfallenen Holzanbaus – mehr Schuppen als Haus. Völlig ausgelaugt umklammerte er die Klinke mit beiden Händen und betete, dass die Tür unverschlossen war. Er musste einen günstigen Moment abpassen, in dem die Gefahr, von dem Gedränge wegschwemmt zu werden, etwas nachließ. Dann stieß er mit der Schulter gegen die Tür. Sie klemmte. Beißender Rauch, herumwirbelnde

Aschefetzen und die stärker werdende Hitze ließen sein Paniklevel in kaum noch bezähmbare Höhen schnellen. Mit aller Kraft warf er sich erneut gegen die Tür. Ihre rostigen Angeln kreischten, als sie aufflog.

*01 Uhr 39 – Rue Concorcet*

Osborne flog mit rudernden Armen ins Innere des Schuppens und tauchte augenblicklich in ein Meer von Schwärze ein. Einen bangen Moment lang schwebte er zwischen Stolpern und Stürzen. Spuckend und hustend landete er hart auf dem Fußboden. Der heftige Aufprall betäubte kurz seine Sinne. Trotzdem besaß er genug Geistesgegenwart, um noch im Liegen die offene Tür zuzutreten. Keinen Augenblick zu früh, denn direkt vor dem Eingang explodierte ein kochender Feuerball. Funkenschwärme stoben zwischen den Lücken der porösen Bretter ins Innere, wo sie eine kleine Weile wie Glühwürmchen in der Luft schwelten, bis sie verglommen.

Benommen rappelte er sich auf die Beine. Hier drinnen wollte er abwarten. Wie lange? So lange es eben dauerte, bis draußen keine Ausschreitungen mehr tobten. Die Bretterwände versprachen zumindest eine gewisse Geborgenheit, wenngleich auch diesen Ort der lange Schatten der Ungewissheit verdunkelte, der den Wissenschaftler seit dem Verlassen des Hotels verfolgte.

Schwer atmend stand er da. Seine Augen tränten immer noch und heftige Hustenkrämpfe schüttelten ihn. Nachdem die Tränenschleier etwas durchlässiger wurden, blickte er sich um. Er stand in einer leer stehenden, dem Verfall preisgegebenen Holzbaracke, deren Wellblechdach zum größten Teil der Zahn der Zeit gefressen hatte.

Im ersten Moment erschien der große Raum nur als ein Gewirr aus Grau und Schwarz. Es dauerte eine Weile, bis sich die Augen an die zähe Dunkelheit gewöhnt hatten. An der rechten Wand waren glaslose Fenster mit groben Brettern vernagelt. Zwischen den Spalten quoll etwas Schummerlicht herein, das rasch von der Dunkelheit aufsaugt wurde. An der gegenüberliegenden Wand trennten Lattentüren Nischen vom Hauptraum ab. Neben einem leeren Flaschenregal wartete ein Stapel kaputter Stühle darauf, entsorgt zu werden. Zwischen einem Wust an Tüten, Kartons und Jutesäcken voller Müll standen noch andere ausrangierte Möbel. Der Fußboden war uneben, ein aus Lehm festgestampftes Muster aus dunklen Streifen und Flecken.

Osborne hoffte, dass sich hier keine Randalierer von der Straße versteckt hatten. Er wartete und stierte angestrengt in die Schatten, die sich unablässig zu verändern schienen. Gerade wollte er einen Schritt machen, als er mitten in der Bewegung erstarrte. Etwas huschte am äußersten Rand seines Blickfeldes vorbei. Dicht über dem Boden wurde ein schwarzer Fleck lebendig. Eine Ratte von der Größe eines Terriers kam mit merkwürdig ungelenken Bewegungen näher, blieb dann stehen, hob den Kopf, schnupperte, ließ ein hohes, durchdringendes Fiepen hören und verschwand dann wieder in dem Gerümpel.

Osborne wusste nicht, wie lange er so dastand und wartete. Draußen wurde es allmählich leiser bis schließlich aller Lärm verebbt war.

Vorsichtig öffnete er die Tür einen Spalt weit und riskierte einen Blick auf die Straße. Nirgendwo mehr ein Mensch zu sehen. Zögernd trat er hinaus auf die Straße, um seinen Weg ins Ungewisse fortzusetzen.

### *01 Uhr 59 – Boulevard de Rochechouart*

Osborne torkelte von einer Straße in die nächste – sich immer im Schatten haltend – sofort erstarrend, wenn er ein Geräusch hörte. Ohne auf einen weiteren Menschen zu treffen, erreichte er einen großen Boulevard. Hier sah es aus wie im Epizentrum eines schweren Erdbebens. Nirgends eine Fensterscheibe, die nicht zu Bruch gegangen war. Auf einer Kreuzung brannten Autoreifen. Schwarze Rauchwolken umhüllten den gesamten Straßenzug, auf dem überall ausgebrannte Fahrzeugruinen verstreut lagen. Das Pflaster war übersät mit Glassplittern. Aber die Schlacht, die hier getobt hatte, war vorbei. Leise knirschte das Glas unter den Schuhsohlen des einsamen Wanderers. Ein Windstoß zerteilte den Qualm. Auf der gegenüberliegenden Straßenseite wurde ein Polizeirevier sichtbar. Es lag am Ende einer lang gezogenen Häuserzeile. Der Eingang befand sich genau an der abgeschrägten Südecke des Blocks.

Das Revier glich einer Festung aus Stein. Sparsam eingefügte, schmale Fenster lockerten die Fassade aus klobigen Quadersteinen nur wenig auf. Die Zufahrt zum Innenhof war mit einem schweren Stahltor verschlossen.

### *02 Uhr 08 – Boulevard de Rochechouart*

Als Osborne den Eingang des Polizeireviers durchschritt, fröstelte er vor Furcht. Er wusste nicht, warum er solche Angst hatte. Gerade das machte ihm am meisten Angst.

## XI. KAPITEL

# Die Nacht der Jäger

*02 Uhr 09 – Boulevard de Rochechouart*

Die auf ihn gerichteten Gewehrmündungen bemerkte Osborne erst, als er die Türschwelle überschritten hatte. Mit großkalibrigen Waffen und kugelsicheren Westen bestückt, bewachten drei Polizisten den Eingangsbereich des Polizeigebäudes. Jeder Besucher musste sich mit den Armen gegen die Wand stemmen und die Beine spreizen. Ein Flic mit schwarzglänzenden Handschuhen klopfte auch ihn von oben bis unten ab.

»Vorschrift, Monsieur. Überprüfung nach Schusswaffen.« Es klang nicht wie eine Entschuldigung.

Nachdem sich die Beamten überzeugt hatten, dass der Neuankömmling harmlos war, ließen sie ihn passieren. Im dämmrigen Innenbereich des Reviers herrschte das vollkommene Chaos. Dem Eintretenden schlug der dröhnende Lärmpegel, eine Kakophonie aus unzähligen Stimmbrocken und unartikulierten Schreien, wie eine Wand entgegen. Hier ging es so hektisch zu wie in einem Wespennest.

Osborne schlängelte sich im Wachraum durch eine chaotisch hin- und herwogende Menschenmenge. Eine Putzfrau schrubbte gerade Blutflecke vom Fußboden. Mit einem nassen Aufnehmer löschte sie den Nachlass Aufmüpfiger, die nähere Bekanntschaft mit einem Gummiknüppel geschlossen hatten. Der übrige Boden war übersät mit Zigarettenkippen, Papieren und Plastikbechern. Auf Treppenstufen lümmelten Festgenommene in Handschellen; andere quetschten sich auf Bänken zusammen. Die Atmosphäre war zum Schneiden. Ein merkwürdiges Gemisch aus Fusel, Erbrochenem, Dreck, Schweiß und Angst hing in der Luft. Polizisten und Verhaftete traten sich in dem Gedränge gegenseitig auf die Füße. Einer schimpfte etwas von Freiheitsberaubung und wollte seinen Anwalt sprechen. Andere bombardierten stoisch dreinblickende Beamte lautstark mit Forderungen nach Freilassung. Mitten durch den Raum verlief eine Schranke, gegen die das Durcheinander in Wellen brandete. Vor dem Tresen fand ein immenses Geschiebe statt, in dessen Mitte ein rotgesichtiger, wild mit den Armen gestikulierender Beamter mit lauter Stimme etwas Ordnung zu bringen versuchte. Auf der anderen Seite der Absperrung verschanzte sich ein halbes Dutzend Polizisten hinter Schreibtischen, auf denen ein unbeschreibliches Durcheinander herrschte. Berge von Formularen, Berichten und Akten türmten sich neben betagten Computern und überquellenden Aschenbechern, die geduldig ihrer Entleerung harrten.

Ununterbrochen führten Polizisten Verhaftete herein. Gittertüren wurden auf- und zugeschlagen. Im Seitentrakt befand sich ein Gang mit drei weiß gekachelten Arrestzellen. Sie waren hoffnungslos überfüllt. Die Arretierten begrüßten jeden neu eintreffenden Gefangenen mit lautem Jubel.

Das Verfahren für die Neuankömmlinge war denkbar einfach. Ein Beschuldigter nach dem anderen wurde zu einem der Schreibtische geführt, dort wurden die Personalien aufgenommen und ihm die Anklage mitgeteilt, die von Widerstand gegen die Staatsgewalt bis zu Brandstiftung reichte. Die Betreffenden konnten sich entweder schuldig bekennen oder auf nicht schuldig plädieren, was im Protokoll vermerkt wurde, das sie dann unterschreiben mussten. Anschließend wurden sie abgeführt und eingesperrt. Für die Beamten bedeutete das ein enormes Pensum an Papierarbeit. Obwohl sie im Akkord arbeiteten, wurde die Zahl der Wartenden nicht kleiner.

Osborne stand ganz hinten in der Warteschlange eingepfercht und übte sich in Geduld. Ihn umgaben fremde Stimmen, die von allen Seiten schrien, befahlen und irgendwen aufforderten, endlich in die Gänge zu kommen, sich gefälligst zu beeilen. Er kämpfte stumm mit dem Schlafmangel und den Nachwehen der würgenden Angst. Als er nach einer Viertelstunde immer noch ganz hinten stand, wurde er langsam ungeduldig. Er war Zeuge eines Mordes und beinahe selbst ermordet worden. Langsam war es an der Zeit, daraus die Konsequenzen zu ziehen und zumindest zwei Schönheiten, eine mit flammroten Haaren und die andere mit smaragdgrünen Augen möglichst schnell hinter Gitter zu bringen. Aber in dem Revier ging offensichtlich gar nichts mehr.

Am liebsten hätte er geschrieen, dass er die rastlose Odyssee dieser Nacht endlich beenden wolle, stattdessen schob er sich mit Gewalt nach vorne durch die Mauer aus Körpern Richtung Tresen. Doch die vor ihm Warteten drängten ihn rücksichtslos wieder zurück. Danach änderte er seine Taktik. Anstatt weiter dumm rumzustehen, schlenderte er in den Flur. Dort gesellte er sich zu zwei jungen Beamten neben einem Kaffeeautomaten. Nachdem er sich als Angestellter der Amerikanischen Botschaft und Opfer eines Straßenraubes ausgegeben hatte, behandelte man ihn gleich um einige Grade freundlicher. Ein Flic brachte ihn nach einigem Drängen sogar zum Präfekten im ersten Stock, wo trübes Deckenlicht die Flure schwach erleuchtete. Im Vergleich zum Erdgeschoss herrschte hier eine ungewöhnliche Ruhe. Ab und an hörte man das Läuten eines Telefons oder das leise Klicken einer Computertastatur durch die geschlossenen Türen.

Osborne folgte dem Beamten durch ein Labyrinth aus Korridoren, an deren Wänden Plakate hingen, die für vorbeugende Verbrechensbekämpfung warben. Neben den Türen enthüllten kleine Plastikschildchen, wessen Büro sich dahinter befand.

Schließlich hielten sie vor einer schlichten Holztür. Der Polizist klopfte einmal, bevor sie ein Büro betraten. Es war eng, schäbig und kahl, mit einer außergewöhnlich hohen Decke und einem schmalen Fenster. An einer Wand hing eine Karte des Bezirks. Hinter einem klobigen, zerschrammten Schreibtisch hockte der hünenhafte Präfekt und durchwühlte einen Formularberg; die Akteneinsicht schien ihn voll in Anspruch zu nehmen. Der Franzose war ungefähr fünfzig Jahre alt, groß und korpulent, ein Fleischberg in Uniform. Etwa zweihundertfünfzig Pfund Lebendgewicht – vorsichtig geschätzt. Die Uniform spannte zwar am Bauch, war aber ansonsten ziemlich zerknautscht. Schwere Tränensäcke zierten seine blassblauen, aus Mangel an Schlaf geröteten Augen. Seine dichten grauen Haare wirkten zerzaust; die grauen Stoppeln an seinem Kinn deuteten daraufhin hin, dass er einen langen Arbeitstag hatte. Wenn er die Eintretenden bemerkt hatte, dann ließ er sich das jedenfalls nicht anmerken.

»Monsieur Osborne, von der Amerikanischen Botschaft«, stellte der Polizist seinen Begleiter vor.

Mit finsterer Mine schaute der Präfekt hoch. Er begrüßte den Amerikaner mit einem Händedruck Marke Fingerpresse und forderte ihn auf, sich auf einen rundlehnigen Stuhl zu setzen.

»Ist noch Kaffee da?«, rief er dem Beamten nach, der das Zimmer schon halb verlassen hatte.

»Kommt gleich, Chef«, antwortete der im Hinausgehen.

»Moment, Marcel«, pfiff ihn sein Chef zurück. »Halten Sie mich über Baptiste auf dem Laufenden. Der steckt an vorderster Front.«

»Er hat über Funk Entwarnung gegeben, Chef. Auf den Straßen gibt es nur noch kleinere Rangeleien.«

»Gut. Trotzdem sollen er und seine Leute in Alarmbereitschaft bleiben. Ich bin mir nicht sicher, ob wirklich alles vorbei ist, oder ob wir es nur mit der Ruhe vor dem nächsten Sturm zu tun haben.«

»Chef, da fällt mir ein ... Louis von der Préfecture hat eben angerufen und mich vom starken Interesse des Polizeipräsidenten an der Chose hier unterrichtet.«

»Das habe ich befürchtet.«

»Ich habe ihm erklärt, dass wir auf Hochtouren arbeiten und die Lage unter Kontrolle hätten.«

»Gut, Marcel. Danke«, sagte der Präfekt und gab ihm ein Zeichen, dass er gehen konnte.

Dann wandte er sich Osborne zu. Der Blick, mit dem er seinen Gast musterte, verriet wenig Interesse. Zudem wies der Triobalanzug ihn weniger als Botschaftsangehörigen, sondern vielmehr als Vertreter der unteren Prolo-Kultur aus.

»Also schön«, seufzte der Präfekt und trommelte mit dem Radiergummiende des Bleistifts auf den Schreibtisch. »Lassen Sie hören, was Sie zu sagen haben. Ich hoffe, dass es etwas Wichtiges ist. Wir befinden uns nämlich in einer Art Kriegszustand, wie Sie bestimmt schon festgestellt haben. Die Typen da draußen amüsieren sich prächtig. Für die ist so ein Stromausfall wie Weihnachten und Ostern zusammen.«

Er legte einen Aktenordner beiseite, fläzte sich in den gepolsterten Bürostuhl zurück und nickte stirnrunzelnd. Sein Gast holte tief Luft, als er begann.

»Vielleicht kenne ich den Mörder«, erklärte er ohne Umschweife. »Sie wissen schon, den Wahnsinnigen von Poissonnière. Tatsächlich handelt es sich dabei um eine ganze Bande.«

Sein Zuhörer bekam große Augen. »Woher haben Sie die Information?«

»Ich war dabei, wie jemand überfallen wurde.«

»Wer war das Opfer?«

»Eine junge Verkäuferin aus dem Au Printemps. Odette Latour.«

»Und Sie haben gesehen, wie sie ermordet wurde? Wo fand der Überfall statt?«

»In der Métro kurz vor Poissonnière. Eigentlich sollte da nur ich ermordet werden. Die Frau wurde entführt und später getötet.«

»Man wollte Sie ermorden?«

»Ja.«

»Dann kann es sich nicht um die Verbrecher handeln, die wir im Zusammenhang mit den vielen verschwundenen Opfern suchen, Monsieur. Verstehen Sie mich bitte nicht falsch. Natürlich werden wir in Ihrem Fall wegen Mordversuchs ermitteln. Aber es gibt keinen Zusammenhang mit den ungelösten Fällen von Poissonnière, denn der von Ihnen beschriebene Modus operandi entspricht nicht dem der anderen Fälle. Unser Kandidat hat es ausschließlich auf junge Frauen abgesehen.«

»Ich weiß. Wie ich schon sagte, wurde die Frau ja auch entführt. Ich sollte aus anderen Gründen getötet werden.«

»Na schön. Haben die Mörder oder Entführer auch Namen?«

»Sie hießen Perrin und Mokovitz. Aber die wahre Drahtzieherin, die Auftraggeberin, heißt Chantal Dubois. Sie wohnt in dem Eckhaus zwischen der Rue Chantilly und der Rue Bellefond.«

»Weshalb wollte man Sie töten? Gab es dafür einen triftigen Grund, oder standen Sie einfach nur im Weg, weil die Täter es auf die Frau abgesehen hatten?«

»Nein, in erster Linie wollten sie mich umbringen. Die Frau war für sie erst nur eine lästige Zeugin und dann eine willkommene Dreingabe.«

»Wie konnten Sie entkommen?«

»Durch den Stromausfall. Ich nutzte die Dunkelheit zur Flucht.«

»Woher wollen Sie dann wissen, dass Ihre Begleiterin später ermordet wurde?«

»Ich war dabei.«

»Sie waren dabei? Wo?«

»In der Wohnung von Chantal Dubois. Dort wurde die entführte Odette Latour Opfer eines Ritualmordes.«

»Ritualmord?«

»Richtig.«

»Dabei waren Sie anwesend?«

»Ja.«

»Diese Chantal Dubois war die Drahtzieherin, diejenige, die den Mord an Ihnen in Auftrag gab?«

»Richtig.«

»Entschuldigung, Monsieur, aber da drängen sich mir so ganz beiläufig eine ganze Reihe von Fragen auf. Woher wussten Sie, dass dieser Ritualmord in dieser Wohnung stattfand?«

»Chantal Dubois hatte mich für diesen Abend zu sich eingeladen.«

»Damit ich das jetzt nicht falsch verstehe: Sie waren bei der Frau eingeladen, die Sie auf der Fahrt dorthin umbringen lassen wollte, und Sie gingen auch tatsächlich hin?«

»Zu dem Zeitpunkt der Einladung wusste ich noch nicht, dass sie hinter den Anschlägen auf mich steckte.«

»Anschlägen?«

»Richtig.«

»Es gab also nicht nur den einen Mordversuch in der Métro auf Sie?«

»In New York hatte sie schon einmal versucht, mich umzubringen.«

»Sie führen ein aufregendes Leben, Monsieur. Obendrein scheinen Sie auch noch ein richtiger Glückspilz zu sein. Nun gut, also Sie besuchten die mutmaßliche Mörderin, und die ließ Sie dann bei diesem Ritual zugucken.«

»Ich weiß, das klingt alles sehr kompliziert. Als ich zu Chantal Dubois fuhr, hatte ich noch keine Ahnung, dass sie die Chefin dieser Mörderbande ist. Eine Kollegin hatte mich für diesen Abend dorthin eingeladen. Wie sich später herausstellte, gehörte sie ebenfalls zu den Hexen.«

»Hexen?«

»Ja, sie bezeichnen sich selbst als Hexen. Deshalb auch die Ritualmorde.«

So gut es ging, filterte Osborne bei seinem Bericht alle unglaubhaften Elemente heraus. Die Angst, man könne ihm nicht glauben, war nicht unberechtigt. Also steckte er die zerstückelten Tatsachen so aneinander, als gehörten sie zusammen. Nachdem er geendet hatte, senkte der Präfekt seine Lider, massierte sich mit den Fingerkuppen die Schläfen und ließ den Falten auf seiner Stirn freien Lauf. Im Büro herrschte Totenstille. Lediglich draußen auf dem Flur huschten Schritte vorbei. Gummisohlen quietschten auf Linoleum, Türen wurden zugezogen.

Schließlich betrachtete der Polizist seinen Gast abschätzend, als er fragte: »Fühlen Sie sich vielleicht nicht wohl, Monsieur?«

»Ich habe mir nichts eingebildet«, beteuerte dieser. »Sie glauben mir wohl nicht?«

Der Präfekt zog eine Braue hoch. »Entschuldigen Sie, das klingt in meinen Ohren reichlich konfus. In der Métro wollte diese Chantal Dubois Sie töten lassen und als sie sich in ihrer Wohnung befanden plötzlich nicht mehr?«

»Doch, aber ich konnte von dort entkommen.«

»Ach ja, ich vergaß: Sie sind ja ein Glückspilz. Das wären dann – lassen Sie mich mal nachrechnen – drei Mordanschläge auf Sie; und Sie kamen jedes Mal mit heiler Haut davon.«

Osborne lag es auf der Zunge zu erzählen, dass eben bei seiner Flucht ein vierter Mordanschlag auf ihn verübt worden war, schluckte das dann aber lieber doch herunter.

»Wissen Sie, so einen Mist muss ich mir dauernd anhören«, fuhr der Polizist fort. »Jede Woche tanzen zwei, drei ausgeflippte Idioten in mein Büro und erzählen mir, sie hätten King Kong Junior auf den Eiffelturm klettern sehen.« Aus einer halbleeren Henkeltasse schluckte er den Rest lauwarmen Kaffees und spürte, wie die Brühe im Bauch gegen seine Magengeschwüre schwappte. »Monsieur, ich bin sicher, Sie glauben felsenfest an das, was Sie hier zu Protokoll geben. Es ist nur so, dass wir im Moment ein bisschen viel zu tun haben. Nennen Sie mir bitte einen Grund, warum wir überprüfen sollten, was ein Amerikaner sich zusammenspinnt?«

»Warum?« Der Computerexperte lief rot an, stand auf, legte die Hände auf den Schreibtisch, beugte sich weit vor und brachte alle Selbstbeherrschung auf, um nicht zu schreien. »Hören Sie, ich rede von einem Mord, einem Ritualmord! Und beinahe hätten sie mich auch getötet!«

»Darf ich fragen, ob Sie irgendwelche Beweise für ihre Behauptung in petto haben? Wir haben nur Ihre Aussage, aber können Sie noch andere Zeugen benennen?«

»Nein.«

»Also, wir haben keine Zeugen, keine Beweise irgendwelcher Art, keine Fingerabdrücke, rein gar nichts. Großartig! Nicht einmal ein Motiv.«

»Woher soll ich wissen, wieso irgendjemand einen Ritualmord begeht? Vielleicht ist es ein Steckenpferd, auf dem er in seiner Freizeit reitet.«

»Hören Sie, die Pariser Polizei ist ziemlich pleite. Die Stadtverwaltung ist so gut wie pleite. Und der Staat steht kurz vor der Pleite. Sind Sie sich im Klaren darüber, was so eine Razzia kostet, die wir Ihretwegen lostreten müssten? Glauben Sie, wir verschleudern kostbare Steuergelder, bloß um einer an den Haaren herbeigezogenen Geschichte nachzugehen?«

»Wenn Sie mir nicht glauben, dann rufen Sie doch morgen früh im Au Printemps an und erkundigen sich nach einer gewissen Odette Latour. Sollte mich doch sehr wundern, wenn sie zur Arbeit erscheinen würde.«

»Na schön, können Sie mir noch etwas über das Opfer verraten?«

»Tut mir Leid, aber ich habe Odette Latour erst während der Fahrt in der Métro kennen gelernt.«

»Was haben Sie sonst noch für mich?«

»Nur, dass dieser Mord möglicherweise mit all den vielen anderen unaufgeklärten Entführungen in diesem Arrondissement in Verbindung steht.«

»Und was soll ich jetzt Ihrer Meinung nach tun?«

»Das fragen Sie mich? Sie sind doch der Polizist. Tun Sie, was Polizisten in solchen Fällen zu tun pflegen. Überprüfen Sie meine Aussage, durchsuchen Sie das Haus in der Rue de Chantilly und nehmen Sie die Mörder fest.«

Der Präfekt nahm einen tiefen Atemzug, griff zum Telefon und wählte eine Nummer.

Es dauerte eine kleine Weile, dann sagte er in den Hörer: »Marcel, wer bearbeitet noch mal die Poissonnière-Fälle? Raoul? Hat der noch Dienst? Kommt erst zur Frühschicht wieder? Er soll sich umgehend bei mir melden.«

Kaum hatte er den Hörer aufgelegt, summte das Telefon. Der Präfekt nahm den Hörer ab und hielt ihn sich etwa eine halbe Minute ans Ohr. Beim Zuhören strich er sich mit den Fingerkuppen die Stirn. Sein Gesicht wurde erst bleich, dann purpur.

»Danke«, sagte er mit emotionsloser Stimme und legte den Hörer auf. Seine Wangen glühten förmlich. »Der Erkennungsdienst hat gerade angerufen.« Er sprach sehr leise und ruhig, was ihm hörbar schwer fiel. »Es ist ziemlich naiv und dumm von Ihnen, wenn Sie glauben, wir überprüfen Ihre Angaben nicht. Ihr Name ist bei der Amerikanischen Botschaft unbekannt, Monsieur Osborne, oder wie immer Sie heißen mögen.«

Einen Augenblick lang wusste der nicht, was er sagen sollte.

»Das ist nicht gut, Monsieur«, fuhr der Polizist fort. Sein Tonfall wurde zunehmend gereizter. »Wir haben Sie bei einer Lüge, einer wissentlichen Falschaussage, ertappt. Meinen Sie, die Pariser Polizei lässt sich zum Narren halten? Dafür kommen Sie bestenfalls mit einer gesalzenen Geldstrafe davon. Und jetzt raus hier!«

»Ich sage ja nicht, dass mein Verhalten richtig war, aber wenn ich nicht behauptet hätte, ich wäre Botschaftsmitarbeiter, hätte man mich doch nie zu Ihnen gelassen.«

»Das ist richtig, aber keine Entschuldigung. Der einzige Grund, warum ich Sie nicht sofort in den Käfig zu den Verrückten da unten stecke, ist, dass wir keinen Platz mehr haben. Wenn Sie aber nicht augenblicklich Ihre Klappe halten, lasse ich einige Burschen rauswerfen, damit Sie deren Platz einnehmen können, kapiert? Sie haben verdammtes Schwein, dass ich heute Nacht ziemlich beschäftigt bin. Beschäftigt genug, dass ich meine Zeit nicht länger mit Ihnen vergeude. Es gibt dringendere Probleme.«

Aber Osborne fiel es nicht im Traum ein, seinen Mund zu halten. Eine Zornesfurche bildete sich zwischen seinen Augen. »Sie werden derjenige sein, der Probleme hat! Da kidnappt man eine Frau, ermordet sie, und Sie ignorieren das einfach. Ich werde Ihnen mal sagen, was ich tue, damit Sie sich in Zukunft daran erinnern werden. Stellen Sie sich nur mal vor, meine an den Haaren herbeigezogene Geschichte stellt sich im Nachhinein als wahr heraus und die Zeitungen bekommen Wind davon. Ich schwöre Ihnen, ich zettle einen Presseskandal an, den Sie so schnell nicht vergessen werden. In sämtlichen Blättern wird haarklein gedruckt stehen, wie Sie Hilfe verweigerten. Hilfe, die anderen Menschen vielleicht das Leben gerettet hätte. Schauen Sie sich in den kommenden Tagen mal die Vermisstenanzeigen an. Darin wird der Name einer gewissen Odette Latour stehen, deren Mörder entkommen konnten, weil sich ein gewisser Präfekt weigerte, Hinweisen auf die Täter nachzugehen. Ich versichere Ihnen, ich werde jede mögliche Zeitung mit Ihren lakonischen Kommentaren füttern, die es in dieser gottverdammten Stadt gibt. Nicht ausgeschlossen, dass diese Aktion die öffentliche Meinung zu dem Schluss gelangen lässt, dass Sie sich nicht zur Leitung eines Reviers qualifizieren, Monsieur Präfekt.«

»Soll das etwa eine Drohung sein?«

»Nein. Ein Versprechen!«

»Na schön, Monsieur«, entgegnete der Präfekt mit betont sachlicher Stimme. »Ich möchte mir nicht nachsagen lassen, ich hätte eine Anzeige unterschlagen. Bringen wir die Sache ins Rollen. Ich schicke nachher einen Streifenwagen in die Rue de Chantilly. Wann genau, das kann ich noch nicht sagen. Unsere Einsatzkräfte haben da draußen gerade alle Hände voll mit einem Aufstand zu tun. Ich hoffe für Sie, man findet in der Wohnung dieser Chantal Dubois wirklich eine Leiche. Denn falls sich Ihre Geschichte als Märchen entpuppt, lassen Sie sich hoffentlich eine bessere einfallen, um Ihren Hintern zu retten. Wo wohnen Sie?«

»In einem Hotel in der Rue Saint-Sulpice.«

Der Polizist hievte sich schwerfällig aus seinem Drehstuhl und ging um den Schreibtisch herum Richtung Tür. Beim Öffnen drehte er sich zu seinem Besucher um und knurrte: »Ein Beamter fährt Sie in Ihr Hotel. Da bleiben Sie bis zur Klärung des Sachverhalts, kapiert?«

»Nur keine Umstände. Sie können mir ruhig ein Taxi rufen.« Osborne war der Gedanke unangenehm, von einem Streifenwagen zum Hotel gebracht zu werden.

»Ich lasse Sie nicht von meinen Leuten fahren, weil ich misstrauisch bin und Ihre Angaben über Ihren augenblicklichen Wohnsitz feststellen lassen will – das natürlich auch –, sondern zu Ihrer eigenen Sicherheit.« Der Präfekt knallte beim Rausgehen die Tür mit solcher Wucht hinter sich zu, dass einige Beamte im Flur zusammenzuckten. »Sollte es diese Mörder tatsächlich geben, dann laufen die da draußen immer noch frei herum. Außerdem wäre es keine gute Idee von Ihnen, jetzt hinaus auf die Straße zu gehen. Dieses Revier ist sozusagen ein Fremdkörper in einem feindlichen Territorium. Jeder, der es ohne Handschellen verlässt, ist für bestimmte Kreise da draußen ein bewegliches Ziel. Wir befinden uns hier in einer Welt, die uns hasst. Das macht es nicht gerade leichter, darin zu leben.« Sie kamen an einem leise summenden Getränkeautomaten vorbei. Daneben blieb der Präfekt an einem Fenster stehen und schaute hinaus. »Was für eine Schweinerei.«

*02 Uhr 30 – Boulevard de Rochechouart*

Sie betraten einen leeren Korridor im dritten Stock. Weil der Präfekt eine starke Abneigung gegen Aufzüge besaß, hatten sie die Treppe nach oben genommen. Ohne ein Wort zu wechseln, schritten sie den langen, von wenigen schwindsüchtigen Neonröhren in grünlichkaltes Dämmerlicht getauchten Flur entlang. Am Ende des Ganges verließ gerade Sophie Aubray ihr Büro. Die dunkelhäutige Polizistin Ende Zwanzig war vor allem aufgrund ihrer Leibesfülle eine imposante Erscheinung. Ihr tiefschwarzes Haar war auffallend kurz geschnitten, fast wie bei einem Männerhaarschnitt. Obwohl sie schon die ganze Nacht im Einsatz war, sah ihre tadellos sitzende Uniform wie frisch gebügelt aus.

»Hallo, Sophie«, grüßte der Präfekt schon von weitem. »Wie sieht's bei Ihnen aus?«

»Danke gut, Chef«, antwortete sie mit kratziger Reibeisenstimme und einem Lächeln, das eine breite Lücke zwischen den Schneidezähnen offen legte. »Muss nur noch was Papierkram erledigen und dann ist Feierabend.«

»Könnten Sie mir vorher einen Gefallen tun?«

»Gern«, sagte sie und bedachte ihren Chef mit einem schrägen Grinsen. »Worum geht's?«

»Würden Sie den Monsieur hier freundlicherweise zu seinem Hotel in die Rue Saint-Sulpice fahren?«

»Lässt sich machen, Chef. Ich schalte vorher nur schnell meinen Rechner ab.«

Sie verschwand wieder in ihrem Büro. Der Präfekt neigte den Kopf zu Osborne und sagte so leise, dass es niemand außer ihm hören konnte: »Wenn ich Sie jetzt gehen lasse, dann nicht, um Sie nicht wegen falscher Angaben von Personalien zu belangen ..., das kommt später. Im Augenblick habe ich nur keine Zeit. Aber in ein paar Tagen werde ich viel Zeit für Sie haben. Das verspreche ich Ihnen. Erweisen sich Ihre Informationen als unwahr, dann gnade Ihnen Gott.« Danach wandte er sich Sophie Aubray zu, die wieder aus ihrem Büro kam und die Tür hinter sich schloss: »Also dann, Sophie, bringen Sie den Herren nach Paris.«

»Nach Paris?«, wunderte sich sein Besucher. »Aber wo bin ich denn hier?«

»Hier? Das weiß ich auch nicht. Ich weiß nur, Paris liegt am anderen Ende der Welt«, knurrte der Präfekt, bevor er sich umdrehte und grußlos verschwand.

*02 Uhr 42 – Boulevard de Rochechouart*

Nachdem sie sich gegenseitig vorgestellt hatten begleitete Osborne die Polizistin in den Innenhof zu den parkenden Streifenwagen.

»Nun denn«, sagte sie und öffnete die Fahrertür. »Nehmen Sie bitte Platz, Monsieur. Ihre Kutsche ist abfahrbereit.«

Er quittierte die Aufforderung mit einem etwas gezwungenen Lächeln, stieg auf der Beifahrerseite ein und schnallte sich an. Die Beamtin klemmte sich hinter das Steuer, ließ den Motor an und verließ die für Polizeifahrzeuge gekennzeichnete Parkzone. Langsam rollte der Streifenwagen vom Polizeigelände. Hinter ihm wurde das schwere Eisentor sofort wieder geschlossen.

Bevor Sophie Aubray auf die Straße einbog, schaute sie sich vorsichtig nach allen Seiten um. Wo zum Teufel waren all die Kerle, die hier vor wenigen Stunden noch wilde Straßenkämpfe ausgefochten hatten? Die so unverhohlen Geschäfte plünderten und Autos demolierten, als befänden sie sich auf einem Straßenfest? Als weit und breit nichts Bedrohliches zu sehen war, gab die Polizistin kräftig Gas. Sie wollte schnellstmöglich aus diesem in Aufruhr befindlichen Stadtteil herauskommen, in dem ein einsamer Streifenwagen momentan unerwünschte Aufmerksamkeit auf sich zog.

»Hier sieht es aus wie am Jüngsten Tag«, entfuhr es Sophie Aubray beim Anblick der Verwüstung, den der Boulevard bot.

»Ja. Das ist alles sehr beunruhigend. Könnten Sie mich aufklären, was hier überhaupt passiert ist? Wieso dieser Volksaufstand?«

»Auslöser war der Stromausfall vor einigen Stunden. Viele, vor allem Jugendliche, haben die unerwartete Dunkelheit zu Plünderungen in den wohlhabenderen Arrondissements genutzt. Sie kamen aus der Banlieue, der Bannmeile, den sozialen Brennpunkten an den Randbereichen der Stadt mit ihren schmucklosen Sozialwohnungen, ihrem hohen Anteil an Immigranten, an Arbeitslosigkeit und Drogenkonsum. Für die ist so ein Stromausfall ein Ventil zum Frustabbau durch sinnlose Zerstörung. Wir von der Polizei beantworteten die Gewalt mit einer ›Tolérance zéro‹-Strategie, wodurch die Unruhen erst recht eskalierten. Hunderte Autos gingen in Flammen auf. Die Feuerwehr befindet sich praktisch im Dauereinsatz. In dieser Krawallnacht hat es sogar Angriffe auf Polizeiwachen gegeben.«

Beißender Rauch hing immer noch in der Luft. Löschfahrzeuge standen vor von Feuer zerstörten Häusern. Die Feuerwehrmänner versuchten, die angrenzenden Gebäude vor den Flammen zu bewahren. Ein Krankenwagen kam ihnen mit flackerndem Blaulicht entgegen. Auch in den angrenzenden Straßen waren Löschzüge im Einsatz. Auf den Trottoirs liefen nur noch vereinzelt Leute herum. Dafür parkten überall Polizeifahrzeuge mit laufenden Motoren und zuckenden Signallichtern. Die meisten Geschäfte, an denen sie vorbeikamen, waren mit schweren Eisengittern vor Vandalen gesichert. Vor einer Bushaltestelle lungerte eine Gruppe Jugendlicher. Osborne bezweifelte, dass sie auf einen Bus warteten. Die meisten trugen Kapuzenshirts und ausgebeulte Baggy-Pants; einige hielten etwas in den Händen. Beim Näherkommen erkannte er, dass es Pflastersteine waren. Ihre bohrenden Blicke hatten sie auf den sich nähernden Streifenwagen gerichtet. Die Polizistin ignorierte sie, steuerte ihr Auto aber trotzdem näher an die Bushaltestelle heran und drosselte das Tempo. Sie schaute immer noch geradeaus an ihnen vorbei, obwohl sie wusste, dass alle Augenpaare auf sie gerichtet waren. Als der Streifenwagen beinahe zum Stehen gekommen war, setzten sich die Jugendlichen in Bewegung; erst zögernd, dann zügiger. Ohne zurückzuschauen bogen sie in eine Seitenstraße. Nachdem sie verschwunden waren, beschleunigte Sophie Aubray das Polizeiauto und wandte sich an ihren Fahrgast: »Keine Sorge, die waren harmlos. Das erkennt man mit ein bisschen Routine an der Körpersprache.«

»Aha. Hatten Sie keine Angst?«

»Wovor?«

»Immerhin hatten die Kids Pflastersteine.«

»Ja, nette Accessoires. Und so dezent. Wovor sollte ich mich da fürchten?«

»Vor einer Fehleinschätzung der Körpersprache vielleicht.«

»Solange Sie deren Respekt haben, passiert Ihnen nichts. Ich würde Ihnen trotzdem nicht empfehlen, hier auszusteigen. Was treibt Sie überhaupt in diese Gegend?«

»Ich war bei ... äh, einer Bekannten.«

Sie schaute ihn an und lächelte: »Darf ich raten: Sie hatten Ärger mit dem Freund Ihrer Bekannten und sind deshalb zur Polizei. So etwas kommt hier öfter vor, als Sie vielleicht glauben.«

Es dauerte ein paar Augenblicke, bis er kapierte, was sie meinte. »Nein, es ist nicht die Art Bekanntschaft, die Sie meinen. Ich meine, keine, die man für ihre Freundlichkeit bezahlen muss.«

»Sondern?«

»Es war eine Kollegin«, antwortete er arglos.

»Um zwei Uhr nachts? Meine Güte, müssen Sie immer so lange Überstunden machen?«

»Es war privat.«

»Und danach haben Sie nur so aus Langeweile einen kleinen Abstecher auf unser Revier gemacht.«

»Gehen Sie bei Verhören eigentlich immer so mit der Brechstange vor?«

»Verhör? Was für ein Verhör? Ich weiß gar nicht, wovon Sie reden.«

»Sie ziehen mir die Informationen aus der Nase, und ich soll glauben, Sie flirten mit mir?«

»Tun wir das denn nicht?«

Osborne funkelte die Polizistin an, wobei er zu seinem Ärger vor Verlegenheit rot wurde. Sie tat so, als bemerke sie es nicht, aber ihr süffisantes Lächeln sprach Bände.

»Sie waren also bei einer Kollegin, richtig?«

Er blickte schmollend aus dem Seitenfenster.

»Ist wohl nicht so toll gelaufen?«

»Wie kommen Sie denn auf die Idee?«

»Nennen Sie es weibliche Intuition.«

Er nahm dieses Argument widerspruchslos hin.

»Und dass ich keinen Kerl um diese Zeit vor die Haustür setzen würde, wenn er's nicht verdient hätte.« Sie biss sich auf der Unterlippe, um sich ein Grinsen zu verkneifen. »Ich habe das Gefühl, Sie denken wieder, ich schnüffele in Ihrem Privatleben.«

Er seufzte. »Also, *das* nenne ich jetzt wirklich weibliche Intuition!«

»Tatsächlich?«

»Ich geb's Ihnen gern schriftlich, wenn Sie möchten.«

»Sie scheinen ja echt einen dicken Stein bei meinem Chef im Brett zu haben.«

»Ich? Wie kommen Sie denn da drauf?«

»Im Moment brauchen wir jeden Mann im Revier. Sie haben ja gesehen, was da los war. Und wenn mich der Chef als Chauffeur für Sie abstellt, müssen Sie ein ziemlich hohes Tier sein. Was man – mit Verlaub – beim Anblick Ihrer Kleidung auf den ersten Blick nicht vermuten würde.«

»Sagen wir es mal so: Ich machte Ihrem Chef ein Angebot, das er nicht abschlagen konnte.«

»Ha!«, lachte sie. »Das ist aus ›Der Pate‹, nicht wahr? Den Film hab' ich bestimmt zehnmal gesehen. Wer das Angebot trotzdem ablehnt, wacht morgens mit einem abgeschnittenen Pferdekopf neben sich im Bett auf. Verraten Sie mir, wo Sie notfalls einen abgeschnittenen Pferdekopf herbekommen wollen?«

Osborne schwieg. Mit finsterer Miene schaute er aus dem Fenster. Diese Rumrennerei, die permanente Angst und Unsicherheit hatte er so satt.

»Ist bei Ihnen alles okay?«, fragte sie.

»Ja, ich glaube schon.«

»Ja? Ich glaube nämlich nicht. Gerade eben flachsen Sie noch mit mir, dass sich die Balken biegen, und einen Moment später ziehen Sie eine Leichenbittermiene. Und ich dachte immer, eine Fahrt im Streifenwagen würde Menschen einander näher bringen. Falls ich Ihnen mit irgendwas auf die Zehen getreten sein sollte, sagen Sie's ruhig.«

»Nein, das ist es nicht. Entschuldigen Sie, aber ich habe einen ziemlich schlimmen Tag hinter mir.« Ihm lag auf der Zunge zu sagen, dass man ihm ans Leben wollte, er unterließ es dann lieber doch. »Aber Sie sehen auch nicht gerade aus, als hätten Sie heute nur Wellness gemacht.«

»Danke. Sie wissen wirklich, wie man einer Frau Komplimente macht.«

Während sie das sagte, ergriff eine merkwürdige Taubheit zunehmend Besitz von ihrem Beifahrer. Je mehr Stresshormone sein Körper abbaute, desto mehr fühlte er sich wie in einem Vakuum. Aus unerfindlichen Gründen kämpfte er plötzlich um seine Beherrschung. In seinem Kopf flatterte die Paranoia los wie ein aufgescheuchter Vogel; und das, obwohl er sich in einem Streifenwagen befand, in dem eine Polizistin mit einer geladenen Dienstwaffe im Holster saß. Nachdem keine akute Gefahr mehr seine ungeteilte Aufmerksamkeit erforderte, nutze seine Psyche diese Verschnaufpause. Ohne Vorwarnung durchrissen die verdrängten Erinnerungen den Vorhang, der seinen Verstand schützend ummantelt hatte. Osbornes Widerstand gegen den längst überfälligen Nervenzusammenbruch dauerte etwa drei bis vier Sekunden. Dann kollabierte er innerlich. Jede einzelne Körperzelle, jede Synapse im Kopf verwandelte sich in lodernde Hysterie, die weit über den Begriff Panik hinausging. Denken, Fühlen und Handeln gerieten völlig durcheinander. Verstand und Logik sackten auf das Niveau eines in die Enge getriebenen Tieres zurück. Sein Mund brachte nur noch unverständliche Laute hervor, ehe die unvermeidlichen Tränen in dünnen Rinnsalen über seine Wangen flossen.

»Alles okay?« Sophie Aubray musterte ihn besorgt von der Seite.

Er ignorierte die Frage. Es wäre ihm lieber gewesen, sie würde ihn nicht in diesem Zustand sehen. Ermattet ließ er das Kinn auf die Brust sinken, kniff die Augen zusammen, bis sie wehtaten, und verschanzte sich hinter einem zuckenden Weinkrampf. Zusammengekauert und zitternd versuchte er tief Luft zu holen. Sein Mund war völlig trocken und rau wie Schmirgelpapier. Mehrmals schluckte er heftig, um überhaupt die Zunge bewegen zu können.

»Brauchen Sie einen Arzt?«, drang schwach die Stimme der Polizistin an sein Ohr. »Soll ich Sie ins Krankenhaus fahren?«

»Kein Krankenhaus«, krächzte er. »Fahren Sie mich in mein Hotel.«

Kaum hatte er den Satz ausgesprochen, rollte eine neue Panikwelle über ihn hinweg. Ganz oben auf der schäumenden Kante des Wellenkamms schwebte etwas Bedrohliches, das er vergeblich in Worte zu fassen versuchte. Eine unerbittliche Lähmung presste sein Hirn zusammen. Körperlose Wortfetzen verloren sich in diesem Vakuum, Gedankenfragmente zerplatzten wie Seifenblasen. Die Welt ringsum glich einem Gummiband, das näher kam und sich dann wieder weit dehnte. Doch er gab nicht auf, stemmte sich gegen die emotionale Ohnmacht und klammerte sich an den Hoffnungsfunken, dass jetzt alles Grauen vorbei sei.

Er begriff, dass seine Fahrerin sanft mit ihm redete, aber die Silben ihrer Worte hatten noch keine Bedeutung für ihn. Mühsam befreite er sich aus den Stricken, die seine Gedanken fesselten. Eine Hand griff nach der seinen. Ein vages Gefühl von Wärme durchflutete ihn.

»Beruhigen Sie sich«, sagte eine zarte Stimme neben ihm. »Es ist alles gut. Ich bin bei Ihnen, um Ihnen zu helfen.«

»Bitte, doch nicht zum Hotel«, kam es kratzig und heiser aus seinem Mund.

»Bitte?«, fragte sie. »Was sagten Sie gerade?«

Das zähe Chaos in seinem Kopf ließ nur allmählich nach. Bedächtig lichtete der Tränenschleier seinen Vorhang.

»Könnten Sie mir einen Gefallen tun?«, krächzte er.

»Kommt darauf an, was.«

Er machte eine Pause und atmete tief durch. Das Zittern in seinen Gliedern ließ so weit nach, dass er sich wieder aufrecht hinsetzen konnte. »Könnten Sie mich woanders hinfahren?«

»Woanders? Wie meinen Sie das?«

»Nicht in mein Hotel.«

»Und wieso?«

»Es gibt eine Reihe von Gründen, aber hauptsächlich aus Angst.«

»Haben Sie Ihre Rechnung nicht bezahlt, oder gibt es etwas anderes, das ich wissen sollte?«

»Ich werde verfolgt.«

»Von wem?«

»Von Verbrechern.«

»Und wieso?«

»Keine Ahnung. Aber sie wollen mich töten.«

»Haben Sie meinem Chef das erzählt?«

»Ja.«

»Und?«

»Er meint, wenn Sie dabei sind, tun die mir nichts.«

»Na, prima. Ist ja nett, dass mich auch mal einer in Kenntnis setzt. Es ist ja schließlich ein kleiner Unterschied, ob man nur den Chauffeur oder den Leibwächter spielt. Und?«

»Und was?«

»Sind Sie der gleichen Ansicht wie mein Chef?«

»Nein.«

»Nicht? Danke für das Kompliment. Sie scheinen mir ja nicht viel zuzutrauen.«

»Das hat nichts mit Ihnen zu tun. Ganz gleich, wer mich fahren würde, ich würde ihm dasselbe sagen. Meinen Verfolgern ist es egal, ob sie erwischt werden, oder nicht. Deshalb würden sie auch vor keinem Polizisten zurückschrecken. Außerdem sind wir nur zu zweit.«

»Und mit wie vielen haben wir es zu tun?«

»Keine Ahnung; mit sechs oder acht Frauen.«

»Frauen? Sagten Sie *Frauen*?«

»Ich weiß, es klingt ein bisschen verrückt. Aber Ihr Chef will meinen Aussagen nachgehen. Die Frage ist nur, ob ich noch lange genug lebe, um das Ergebnis der Ermittlung zu erleben.«

»Tut mir Leid, Monsieur, ich kann Sie nicht einfach irgendwo anders hinfahren. Wer sagt mir denn, dass Sie morgen noch dort sein werden. Wissen Sie, was der Präfekt mit mir macht, wenn ich Sie hinter seinem Rücken woanders hinfahre?«

»Es ist doch egal, wo Sie mich absetzen. Ob in dem Hotel, das ich genannt habe, oder in irgendeinem anderen. Wenn ich mich verdrücken wollte, dann könnte ich das später jederzeit machen.«

»Da ist was dran.«

»Na sehen Sie.«

»Sie fühlen sich also bedroht?«

»Ja. Und meine Verfolger wissen, wo ich wohne. Deshalb fürchte ich auch, sie beobachten bereits mein Hotel. Sobald Sie weg sind, werden sie mir einen Besuch abstatten.«

Die Polizistin schwieg. Sie wechselte mit ihrem Beifahrer nur einige entnervte Blicke. Doch sie widersprach ihm nicht, sondern schien nachzugrübeln.

»Na gut, ich will versuchen, Sie woanders unterzubringen. Aber das dürfte zu dieser nachtschlafenden Zeit kein leichtes Unterfangen werden.«

»Danke.«

»Ich glaube, ich weiß, was wir machen. Ein Bekannter besitzt ein kleines Hotel etwas außerhalb. Mal sehen, ob ich ihn erreiche.« Sie zückte ihr Handy und tippte eine Nummer. »Trotzdem müssen wir zuerst zu Ihrem Hotel und Ihre Papiere holen. Ich muss auf alle Fälle Ihre Personalien überprüfen. Sie haben doch einen Ausweis in Ihrem Hotel, oder?«

»Mein Ausweis und mein Führerschein liegen sicher in meinem Zimmersafe.«

»Fein. Dann gehen wir kurz rein, holen Ihre Papiere, gehen wieder raus und das war's.«

Sie steckte das Handy in die Halterung der Freisprechanlage am Armaturenbrett und wartete auf den Signalton. Doch der Lautsprecher blieb stumm.

»Mist! Kein Empfang.«

»Vielleicht versuchen Sie es später noch mal.«

»Ja. Wenn alle Stricke reißen, könnte ich Sie zur Not mit zu mir nach Hause nehmen. Ich habe ein kleines Gästezimmer, das für ein paar Stunden Aufenthalt genügen sollte.«

»Danke, ich weiß Ihr Angebot sehr zu schätzen.«

»In meiner Wohnung wartet mein Freund auf mich, dem muss ich erklären, weshalb ich mitten in der Nacht mit einem fremden Kerl aufkreuze.«

»Ich werde mit ihm sprechen.«

»Er ist Italiener und neigt mitunter zu Eifersucht und Jähzorn. Er verliert schon die Beherrschung, wenn mich mal jemand anstarrt.«

»Mir wird er glauben.«

»Wirklich? Wie kommt es dann nur, dass ich nicht glauben kann, dass er Ihnen glauben wird?«

»Ich denke mal, er hat keine andere Wahl. Wenn ihn meine Worte nicht überzeugen, dann das Offensichtliche. Vermutlich ist er groß, kräftig und braungebrannt, also das genaue Gegenteil von mir. Somit gibt es nichts, worauf er eifersüchtig sein müsste. Also, keine Bange, er wird mich nicht den Krokodilen in der Seine vorwerfen.«

»In der Seine gibt's keine Krokodile.«

»Noch ein Grund mehr, weshalb mir nichts passieren wird. Lassen Sie mich mit ihm reden.«

»Und Sie erzählen ihm, dass Sie von Killer-Barbies verfolgt werden? Monsieur, die Geschichte glaubt er Ihnen niemals. Sie ist so unglaublich, dass ich sie auch nicht glauben kann.«

»Sagt Ihnen eigentlich der Name Graf von Saint-Germain etwas?«, lenkte Osborne schnell das Gespräch auf ein anderes Thema, bevor es sich seine Fahrerin mit der Einladung anders überlegte.

»Natürlich. Seit Jahrhunderten spricht ganz Paris von dem Mann, der nicht sterben kann.«

»Unsterblichkeit? An so was glauben Sie nicht wirklich, oder?«

»Sagen wir mal, ich interessiere mich für Spiritismus und was damit zusammenhängt. Als Kind hatte ich öfter furchtbare Albträume von Dingen, die sich nicht selten später ereigneten. Dadurch hatte ich ein sehr inniges Verhältnis zum Übersinnlichen. Ich behaupte nicht, ich hätte seherische Fähigkeiten gehabt. Dazu waren die Träume viel zu vage. Aber es war schon etwas in der Art wie das zweite Gesicht. Anfangs hat mir das richtig Angst gemacht. Im Laufe der Jahre lernte ich, mich damit abzufinden. Je älter ich wurde, desto seltener wurden auch diese Träume. Schließlich hörten sie ganz auf, als ich fünfzehn oder sechzehn war. Dennoch blieb mir die Gewissheit, dass es außerhalb unseres bestehenden Universums noch andere Welten gibt. Vielleicht versuchte jemand von dort durch meine Träume Kontakt mit mir aufzunehmen. Wer weiß? Davon abgesehen, der Graf von Saint-Germain hat schon immer die Gemüter der Pariser beschäftigt. Dauernd waren die sensationellsten Gerüchte über ihn im Umlauf. Man munkelte, er experimentiere mit Elektrizität, andere warfen ihm vor, er zelebriere satanische Riten. Die Illuminaten hielten ihn für einen der mächtigsten Abgesandten des Teufels. Als irgendwann im achtzehnten Jahrhundert das Gerücht in Umlauf kam, der Graf von Saint-Germain sei gestorben, glaubte das in Paris niemand. Und siehe da, 1788 kam er quicklebendig nach Paris und warnte Ludwig den XVI. vor der Französischen Revolution. Nach dem Sturm auf die Bastille behauptete ein Rosenkreuzer, er sei Saint-Germain in Wien begegnet. Dieser befand sich gerade auf einer Reise nach England, um zwei Erfindungen vorzubereiten, die erst im nächsten Jahrhundert gemacht würden: Dampfschiffe und Züge. Das letzte, was ich vom Grafen hörte, war, dass er 1938 in Venedig einen Palazzo am Canale Grande besaß. Er soll damals noch genauso ausgesehen haben wie auf Jahrhunderte alten Bildern. Keine Faser seines Körpers hatte sich verändert.«

»Damit ich das jetzt richtig verstehe: Meine Geschichte glauben Sie nicht, aber so was hier glauben Sie?«

»Na ja, ich glaube alles und nichts. Es gibt viel Unerklärliches in Paris, auch eine Menge Humbug. Diese Stadt ist ein einziges Sammelbecken für Magier, Hellseher, Fakire und was weiß ich nicht alles. Es gibt dutzende Geheimgesellschaften. In der Mitte des letzten Jahrhunderts gab es in Paris über zehntausend Satansanbeter die alles, was der Bibel heilig war, in den Schmutz zogen. Unbekleidete Frauen dienten ihnen als Altar und angeblich mischten sie den Wein des Abendmahls mit dem Blut getöteter Kinder.«

Geheimgesellschaften? Spiritismus? Das waren Stichworte, die ihrem Zuhörer mehr zu denken gaben, als die Erzählerin beabsichtigte. Zuerst versuchte er das Offensichtliche zu ignorieren, doch irgendwann ließ es sich nicht mehr leugnen: seine Fahrerin wusste verdächtig viel über esoterische Dinge. Im Verbund mit dieser Erkenntnis drängte sich ihm beinahe automatisch die Frage auf, ob er sich vielleicht erneut in den Fängen einer verkappten Hexe befand. Wer sagte denn, dass die Polizistin nicht auch eine von ihnen war. Unmöglich? Das hatte er bis vor wenigen Stunden auch von Françoise Fabian gedacht. Der aufglimmende Verdacht gefiel Osborne ganz und gar nicht. Er hätte seiner Fahrerin nicht so blind vertrauen dürfen. Sie war eine Frau, und Frauen hatten ihm seit seiner Ankunft in Paris nicht gerade Glück gebracht. Er hätte darauf bestehen sollen, dass ihn ein Mann zum Hotel fuhr.

Während sich ein Teil seines Hirns mit der Frage beschäftigte, ob sein Verdacht nicht doch ein wenig voreilig wäre, eilte ein anderer Teil schon weit in die Zukunft voraus. Angenommen, die Polizistin gehörte zu Chantal Dubois' Bande, was hatte sie jetzt vor? Ihn in die Rue de Chantilly fahren? Vermutlich. Die Richtung stimmte ja. Sie befanden sich zwar ein wenig östlich davon, aber wozu gab es Querstraßen? Dort würde ihn Chantal Dubois bestimmt schon freudig erwarten. Wer sagte denn, dass die Situation nach seiner Flucht außer Kontrolle geraten war? Wer sagte, dass diese Hexen keinen Plan »B« hatten? Dass sie es nicht so eingefädelt hatten, dass er jetzt hier in diesem Streifenwagen saß. Diese Constance hatte ihn womöglich absichtlich in das Polizeirevier getrieben, wo Sophie Aubray schon seiner harrte. Im Geist sah er alles genau vor sich: In einer dunklen Gasse würde seine Chauffeuse halten. Dort würden sich die bereits wartenden Frauen auf ihn stürzen und fesseln. Chantal Dubois würde ihre grazilen Finger um seinen Kehlkopf legen und mit unbarmherzigem Druck seine Schreie zu einem Wimmern ersterben lassen. Während er halb erstickt nach Luft schnappte, würde sein Blut bereits auf den Fußboden tropfen.

Verzweifelt blickte er aus dem Wagenfenster auf der Suche nach einer Fluchtmöglichkeit. Die Straße, die sie durchfuhren, wurde von alten Bäumen gesäumt. Dahinter standen triste Wohnblocks in endlos langen Reihen. Neben dem Bürgersteig lag ein umgekipptes Auto auf der Seite. Die Spuren der Ausschreitungen wurden spärlicher und verschwanden schließlich völlig. Das einzig Bemerkenswerte waren die völlig verwaisten Straßen. Nirgendwo eine Menschenseele.

Osborne rührte sich nicht. Schockiert starrte er seine Fahrerin an. Er ertrug den Gedanken nicht, dass sie eine der Hexen sein sollte. Andererseits durfte er den Verdacht nicht verdrängen; selbst wenn er zutraf, bestand noch Hoffnung. Noch konnte alles gut werden.

»Das ist eine entsetzliche Gegend«, wechselte die Polizistin das Thema. »Fast jede Woche verschwinden im Umfeld der Métro-Station Poissonnière Menschen spurlos. Seit einem Jahr arbeite ich in diesem Arrondissement. Im Verlauf dieser Zeit sind hier mehr Leute verschwunden als in den vergangenen zwanzig Jahren im übrigen Paris. Bei den Opfern handelt es sich ausschließlich um junge Frauen.« Sie lächelte ein bitteres, gefrorenes Lächeln. »Letzten Monat verschwanden fünf an einem einzigen Tag ..., jawohl. Im Monat davor wurden über zwei Dutzend Mädchen als vermisst gemeldet.«

»Furchtbar«, murmelte ihr Beifahrer, dem es allerdings weniger auf ein Gespräch als vielmehr aufs Zeit gewinnen ankam. »Ich habe von diesen Entführungen gehört und wollte es erst nicht glauben. Ich verstehe nicht, wieso das keiner an die große Glocke hängt. Ich meine, eine Entführungsserie dieser Größenordnung lässt sich doch nicht einfach vertuschen.«

»Nein, natürlich nicht. Vertuscht hat auch keiner etwas. Es ist bloß so, dass die Presse es nicht zur Kenntnis nimmt. Wen kümmert schon das Verschwinden von Leuten aus diesen Armenvierteln? Die meisten Opfer stammen aus den Slums ein paar Blocks nördlich. Da hausen nur Asylanten ..., Algerier, Haitianer, Asiaten ..., die gesamte dritte Welt. Frankreich gibt es da nicht mehr. Viele Anwohner sprechen kein Französisch. Dort wohnen die Leute mit dem geringsten Pro-Kopf-Einkommen von Paris. Die meisten leben von der Wohlfahrt, viele auch von Diebstahl, Prostitution und Rauschgifthandel. Der Bezirk ist ein einziger Sumpf aus Drogenabhängigen, Stadtstreichern, Nutten und Jugendbanden. Manche haben noch nicht einmal ein Dach über dem Kopf. Wäre der Schauplatz der Entführungen in der stinkfeinen Avenue Foch gewesen, wäre die Wahrscheinlichkeit, dass sie in die Schlagzeilen kämen, erheblich größer. Was hier passiert, danach kräht im übrigen Paris kein Hahn. Hinzu kommt, dass viele junge Frauen weglaufen, anstatt in diesem trostlosen Milieu zu verrotten. Die Bewohner ziehen auch oft weiter, ohne sich behördlich an- oder abzumelden. Sie sehen, es gibt genügend Gründe, warum niemand Notiz vom Verschwinden der Menschen nimmt.«

»Aber Sie glauben an ein Kapitalverbrechen?«, fragte Osborne, dessen innere Stimme ständig flüsterte: Sie will dich einlullen. Das ist alles nur ein Ablenkungsmanöver.

»Was ich glaube oder nicht, das spielt keine Rolle«, antwortete sie salomonisch.

Auf dem Bürgersteig standen mit Eisenstangen bewaffnete Männer um eine brennende Öltonne und wärmten sich auf.

»Die Angst geht bei den Leuten in diesem Viertel um«, erklärte sie weiter. »Nach Einbruch der Dunkelheit wagt sich kaum mehr eine Frau alleine auf die Straße. Die Furcht vor dem Verbrechen brachte aber auch den Überlebensmechanismus dieser Leute hier auf Trab. Sie haben Selbsthilfegruppen und Bürgerwehren gegründet. Die Männer patrouillieren nachts in kleinen, bewaffneten Gruppen durch die Straßen. Wenn sie den Kidnapper erwischen, kommt es mit Sicherheit zu keiner Gerichtsverhandlung. Sie kümmern sich auf ihre Weise um ihn.«

Zügig steuerte der Streifenwagen die halbdunkle Straße entlang. Osbornes Gedanken beschäftigten sich wieder mit Odette Latour. Ihn beschlich die Befürchtung, dass die Polizei nichts mehr von ihr fand. Die Hexenbande war schließlich vorgewarnt. Sie würde die Leiche so schnell wie möglich verschwinden lassen und alle Spuren beseitigen. Wo die arme Verkäuferin jetzt wohl war? Die ungewünschte Antwort lieferte ihm prompt seine innere Stimme: Da, wo du am Ende dieser Nacht auch sein wirst.

Ihm stellte sich eigentlich nur noch die Frage, ob sich die Mörderinnen die Mühe machen würden, seinen Leichnam zu verscharren, oder ob sie ihn einfach Sonne, Wind und Wetter ausgesetzt irgendwo in einem Waldstück verrotten ließen, bis nach ein paar Monaten nichts mehr davon übrig war? Er würde spurlos in einem Land verschwinden, wo ihn keine Menschenseele kannte.

Äußerlich schien er ganz ruhig, aber sein Verstand raste. Wie lange hatte er wohl noch? Wann würde sie ihre Maske fallen lassen?

»Und was ist mit Ihnen?«, kam Osborne auf den Punkt. Er war zur Überzeugung gelangt, dass er frontal angreifen sollte, um endlich Gewissheit zu erhalten. Was hatte er schon zu verlieren, was er nicht so oder so verlieren würde? »Interessieren Sie sich nur für Spiritismus oder sind Sie selbst eine praktizierende Spiritistin?«

»Wie kommen Sie denn darauf?«

»Für jemanden, der kein Spiritist ist, wissen Sie verdammt viel über das Thema.«

»Sie hätten Polizist werden sollen, Monsieur.«

»Danke für das Kompliment. Aber nun verraten Sie mir mal, welcher Sekte Sie angehören.«

»Na schön, aber nur, wenn Sie dem Präfekten nichts davon erzählen. Der hält nämlich nicht viel von Spiritismus. Schon gar nicht, wenn sich uniformierte Angehörige seiner Abteilung für so etwas begeistern. Das ist für ihn alles Humbug.«

»Ich glaube kaum, dass Ihr Chef und ich uns jemals wieder begegnen werden.«

»Ich gehöre der Loge der Martinisten an, von denen es heute allerdings nur noch wenige Mitglieder gibt.«

»Nie gehört.«

»Ihr Begründer war Gérard Analect Vincent Encausse. Unter dem Pseudonym Papus erweckte er die Lehre der kabbalistischen Rosenkreuzer neu.

Bereits zu Lebzeiten rankten sich viele geheimnisvolle Erzählungen um ihn. So soll er den Ersten Weltkrieg vorausgesagt und Zar Nikolaus vor einer vernichtenden Revolution gewarnt haben. Es hieß später, Papus sei als Opfer einer Behexung gestorben. Irgendwer habe in seine Haustür Nadeln in Form eines Sarges gesteckt und eine Woche später sei er tot gewesen. Ja, so ist das mit dieser Stadt. Sie hat auch ihre dunklen Seiten.«

Die Rue de Chantilly war nicht mehr weit entfernt. Wenn die Geschichte ein Ende haben sollte, dann dort. Aber die Polizistin machte immer noch keine Anstalten, ihre Maske fallen zu lassen. Sie spielte weiter überaus glaubhaft die Beschützerin. Ihr Beifahrer war frustriert, er wunderte sich darüber, wie locker sie an ihrer Rolle festhielt. Sein Leben lag in ihren Händen und sie spielte mit ihm. Ohne mit der Wimper zu zucken, gestand sie ihrem Opfer, sie gehöre einer Geheimloge an. Das verlangte schon eine gehörige Portion Kaltschnäuzigkeit.

Während er seiner Erzählerin halbherzig lauschte, hüllte Osborne sich in Schweigen. Er war es so satt, wie Treibholz ziellos durch die Nacht geschwemmt zu werden. Still schaute er aus dem Fenster auf den Nachtdunst, der die Bürgersteige, Laternen und Häuser in weichen Nebel hüllte. Er legte den Kopf zurück in die Nackenstütze und konzentrierte sich auf das Dröhnen des Motors und das Quietschen der Scheibenwischer, die halbtransparente Bögen über die verschmierte Windschutzscheibe schabten.

### *03 Uhr 16 – Rue de Rochechouart*

Im Außenspiegel bemerkte er einen Wagen mit defektem linken Scheinwerfer. Es war ein klappriger, altersschwacher Laster mit einer mausgrauen Plane über der Ladefläche; eigentlich nichts Besonderes. Trotzdem hatte er plötzlich ein beklemmendes Gefühl, als würde ein Gürtel mit sanftem Druck um seinen Bauch zusammengezogen. Die Ereignisse der letzten Stunden hatten ihm jegliches Empfinden für Sicherheit geraubt, er fühlte sich unbehaglich. Obwohl die Heizung des Streifenwagens eingeschaltet war, fröstelte ihn.

Vor ihnen gabelte sich die Straße. Sie bogen in die Rue de Condurcet. Beharrlich blieb der Lastwagen in ihrem Kielwasser. Osbornes Instinkt schaltete die Alarmsirenen an. Sophie Aubray nahm den Fuß vom Gaspedal und bog nach links in eine auch nicht sehr belebte Straße ein. Ihr Beifahrer blickte erneut in den Rückspiegel. Seine Hoffnung, dass der Lastwagen geradeaus weiterfuhr, erfüllte sich nicht. Er bog ebenfalls nach links in die Rue de Dunkerque ein. Der Lastwagen nahm die Abzweigung schneller und fuhr jetzt im Abstand von höchstens sieben Metern hinter ihnen. Sein Scheinwerfer fraß alle Schatten im Inneren des Streifenwagens. Sophie Aubray hob einen Arm, um die Augen vor dem blendenden Licht, das der Rückspiegel reflektierte, zu schützen.

»Der Idiot hat das Fernlicht an!«, schimpfte sie.

Osborne drehte sich gehetzt um und schaute aus dem Rückfenster. Ihm fiel auf, wie schnell der Verfolger herangerast kam. Dessen Windschutzscheibe absorbierte das Licht, so dass man nicht ins Führerhaus sehen konnte. Die Buchstaben des Nummernschildes waren bis zur Unlesbarkeit verblasst.

»Was ist los?«, fragte die Beamtin.

»Ich glaube, der Laster verfolgt uns«, antwortete er.

Sie packte das Lenkrad mit beiden Händen, beobachtete den Rückspiegel und schätzte die Situation ein. Ohne etwas zu sagen, trat sie aufs Gaspedal. Der Renault schoss vorwärts. Die Nadel des Tachometers kroch auf siebzig Stundenkilometer, dann auf fünfundsiebzig. Mit lautem Klatschen pflügten die Reifen des Streifenwagens durch Pfützen, die sich in Schlaglöchern gesammelt hatten. Parkende Autos huschten an ihnen vorbei – schwarze Silhouetten, die die Dunkelheit sofort wieder verschlang. Doch der Scheinwerfer hinter ihnen wurde nicht kleiner. Der Verfolger kam näher. Er holte auf.

*03 Uhr 23 – Rue de Rocroy*

Osborne wunderte sich schon, dass die Polizistin so ruhig blieb, da ruderten ihre Hände wie wild am Lenkrad. Mit wütend quietschenden Reifen schleuderte ihr Fahrzeug nach rechts in die Rue de Saint-Vincent. Der Verfolger blieb weiter an ihrer Stoßstange kleben. Was hatte der Fahrer des Lkws vor? Gehörte er zu einer Gruppe Randalierer, die gezielt Jagd auf Polizisten machten? Vermutlich. Jedenfalls fiel ihm keine andere halbwegs logische Erklärung ein. Wollte der Laster den Streifenwagen von hinten rammen? Wohl kaum, denn der hatte hinten einen leeren Kofferraum als Prellbock, während der Lastwagen vorne einen relativ ungeschützten Motorblock besaß, der sich bei einem Zusammenstoß leicht in einen Klumpen Metallschrott verwandeln könnte, während ein eingedellter Kofferraumdeckel niemanden an der Weiterfahrt hinderte. Allerdings konnte ein wohltemperierter Stoß von hinten den Streifenwagen leicht aus der Spur bringen. Alles, was ein herumschleuderndes Fahrzeug hier unsanft bremsen würde, waren massive Steinmauern oder parkende Autos. Es gab noch eine andere Option, der Beifahrer konnte aus dem Seitenfenster des Lastwagens heraus einige Schießübungen auf sie machen.

Schrilles Reifenquietschen riss ihn aus dem Reich der Spekulationen in die Realität zurück. Sophie Aubray konnte gerade noch abbremsen, um in einer unübersichtlichen Kurve zur Rue de Belzunce einem verkehrswidrig geparkten Pkw auszuweichen. An der nächsten Ecke lavierte sie den Streifenwagen zurück zur Rue de Rocroy und beschleunigte. Sie stieg so stark aufs Gas, dass die Räder kurz durchdrehten. Das Fahrzeug hüpfte über Schlaglöcher, landete mit protestierend quietschenden Stoßdämpfern und geriet außer Kontrolle. Der Renault scherte wild aus und knallte gegen den Bordstein.

Die Polizistin sagte nichts. Sie hatte abwechselnd die Straße und den Rückspiegel im Blick, in dem der Scheinwerfer immer noch weiter anwuchs. An der nächsten Ecke bogen sie nach links auf die breite Rue du Faubourg Poissonniere. Dort gab sie wieder richtig Gas, ohne allerdings dabei den Rückspiegel aus den Augen zu lassen.

»Achtung ...! Vor uns ..., das Auto!«, rief Osborne, als sie auf ein geparktes Fahrzeug zuschossen.

Die Polizistin schaltete in den zweiten Gang, der Motor des Renaults jaulte auf und die Nadel des Geschwindigkeitsmessers sackte abrupt auf vierzig Stundenkilometer. Auf dem schlüpfrigen Asphalt rutschten die Hinterräder des Streifenwagens weg und brachen aus. Für einen Augenblick sah es so aus, als schlittere das Fahrzeug gegen einen gusseisernen Laternenpfahl. Geistesgegenwärtig stieg die Fahrerin auf die Bremse, steuerte gegen, lenkte das Auto in die Spur zurück und gab gleichzeitig erneut Gas. Einen Moment lang rutschte der Streifenwagen unkontrolliert weiter, dann griffen die Räder. Nervös blickte Osborne nach hinten. Der Scheinwerfer des Lastwagens saß ihnen näher im Genick denn je. Bis auf einen Meter hatte er sich ihrer Stoßstange genähert.

Die Beamtin drosselte abrupt das Tempo. Der Laster scherte nach links aus, vermied um Haaresbreite einen Zusammenstoß und überholte sie. Es war zu dunkel, um Details im Fahrerhaus zu erkennen. Nur vage waren zwei Gestalten auszumachen. Das Motorengeräusch des Lasters schwoll zu einem Brüllen an, als er an ihnen vorbeischoss und sich rasch entfernte. Nach wenigen Sekunden war er verschwunden. Die Straße lag wie ein schwarzes Band vor ihnen.

»Idiot!«, schimpfte Sophie Aubray ihm hinterher. »Na warte, so ungeschoren kommt der mir nicht davon!«

Sie langte zum Armaturenbrett und ergriff das Mikrophon des Funksprechgerätes. »Hallo, Zentrale?«, brüllte sie hinein. »Wir brauchen Verstärkung! Hallo?!«

Ungläubig drehte sie den Kopf zu ihrem Fahrgast und fluchte: »Das verdammte Ding ist tot. Entweder ist das Funkgerät im Eimer, oder wir stecken immer noch in einem Funkloch.« Wütend knallte sie das Mikro in die Halterung zurück. »Mist, elender!«

»Das war heftig«, keuchte Osborne, dessen Stimme etwas zitterte.

»Ja. Ich sehe zu, dass ich Sie schleunigst zum Hotel und dann zu mir bringe.«

»Wo unser Verfolger wohl hin ist?«, überlegte er laut. »Warum hat er so plötzlich das Interesse an uns verloren?«

»Was weiß ich, was im Kopf solcher Spinner vorgeht? Vielleicht wollte er uns nur erschrecken, was ihm zweifellos gelungen ist. Jedenfalls ist er weg. Zu dumm, dass ich das Nummernschild nicht erkennen konnte, sonst hätte der eine gesalzene Anzeige am Hals.«

Ihr Beifahrer schielte nervös zu ihr herüber. Sie wirkte sehr angespannt. Obwohl die Schlachtfelder der Nacht hinter ihnen lagen und der mysteriöse Verfolger sich in Luft aufgelöst hatte, erschien es Sophie Aubray für eine Entwarnung zu früh. Sie löste mit einer Hand die Halterung am Holster ihrer Dienstwaffe, was eine gewisse Nervosität offenbarte. Auch die regelmäßigen Blicke in den Rückspiegel signalisierten, dass sie sich momentan alles andere als sicher fühlte.

Nachdem sie eine rote Ampel länger als gewünscht aufgehalten hatte, bogen sie in die Rue de Maubeuge, wo sie sich einer kleinen, unbelebten Kreuzung näherten. Plötzlich fingen die Scheinwerfer des Streifenwagens eine Gestalt ein, die vor ihnen über die Straße rannte und einen Gegenstand, einen Pflasterstein, warf. Instinktiv hob Osborne seine Arme vors Gesicht, als die Scheibe mit dumpfem Knall in tausend Kristallsplitter zerplatzte. Bremsend versuchte die Polizistin, den ausbrechenden Wagen wieder unter Kontrolle zu bekommen. Der Renault vollführte eine Neunzig-Grad-Drehung. Die Hinterräder schmierten kreischend ab. Das Fahrzeug geriet auf die Gegenfahrbahn und die Fliehkräfte schleuderten die Insassen gegen die Türen. Nach Halt suchend, ergriff Osborne das Armaturenbrett. Beide Füße fest gegen den Wagenboden gestemmt, erwartete er die Wucht des Aufpralls. Das Polizeiauto touchierte das Heck eines parkenden Fiats und schepperte gegen die Bordsteinkante. Ein Schwarm erbsengroßer Splitter rieselte aus der Frontscheibe. Plötzlich erschien wie aus dem Nichts ein Müllcontainer direkt vor ihnen. Sophie Aubray trat die Bremse durch und riss das Lenkrad herum. Metall schrammte auf Metall. Eine Ecke des massigen Containers schälte mit ohrenbetäubendem Knirschen einen handbreiten Lackstreifen auf der gesamten Fahrerseite ab.

»Festhalten!«, schrie sie, wobei der Krach ihre Stimme fast übertönte.

Dann gab es ein lautes Krachen und etwas knallte dumpf gegen die vordere Karosserie. Ein eiserner Fahrradständer flog im hohen Bogen in die Nacht, hinterließ eine tiefe Delle im Kotflügel und verwandelte den linken Scheinwerfer in kleine Brösel. Durch die Wucht des Aufpralls zerbarsten die Scheiben auf der Fahrerseite. Ein Teil des Kühlers wurde wie ein Akkordeon zusammengequetscht und eine Fontäne aus dampfendem Kühlwasser spritzte heraus.

Der Wagen stoppte so heftig, dass Osborne durch die Windschutzscheibe geflogen wäre, wenn er sich nicht angeschnallt hätte. Sein Kopf schnellte vor, dass er beinahe mit der Stirn gegen das Handschuhfach geknallt wäre und prallte dann gegen die Nackenstütze zurück. Sekundenlang sah er nur Sternchen, während die Rippen bei jedem Atemzug brannten. Ringsum wurde es ungewöhnlich ruhig. Die Stille hatte etwas Beunruhigendes, etwas Endgültiges.

Vorsichtig, darauf wartend, dass plötzlicher Schmerz eine Verletzung verriet, richtet er sich auf. Sein Gesicht war weiß wie Wachs und seine Hände fühlten sich eiskalt an. Von irgendwo verlor sich eine Frauenstimme in den Windungen seines Bewusstsein. Die Worte waren wie Schatten, nicht greifbar. Allmählich wich die Benommenheit in seinem Kopf. Er erkannte die Stimme; sie gehörte der Polizistin. Er öffnete die Augen, doch sah er nichts als zischendweißen Nebel.

»Bewegen Sie sich nicht«, riet Sophie Aubray. »Ich glaube zwar, Sie sind nicht verletzt, aber man kann nie wissen.«

Osborne erkannte, dass es sich bei dem Nebel um Dampf aus dem geborstenen Kühler handelte. Außer einer gewissen Taubheit am Schlüsselbein und Bauch – den Druckstellen des Gurtes – stellte er zu seiner Erleichterung keinerlei Beschwerden fest. Die Polizistin blutete dagegen aus einer schmalen Stirnwunde, was sich aber als keine ernsthafte Verletzung herausstellte. Sie hatten beide Glück gehabt.

»Ich glaube, ich hab' nichts gebrochen«, sagte sie und zog die Handbremse an. »Und Sie?«

»Ein paar Prellungen, sonst nichts«, vermutete er zumindest.

Seine Oberschenkel und der Wagenboden waren über und über mit Glaskrümeln bedeckt.

»Ich rufe einen Krankenwagen und dann Verstärkung«, erklärte sie, während sie mit einer Hand an seinem Sicherheitsgurt nestelte und mit der anderen das Funkgerät bediente. »Verflucht, es funktioniert immer noch nicht! Wo ist mein Handy?«

Sie hatte es in die Halterung der Freisprechanlage gesteckt. Doch jetzt war es weg, beim Aufprall herausgerissen und wie in Luft aufgelöst.

Osborne schwirrte immer noch der Kopf, während seine Begleiterin seinen Gurt löste. Endlich war er frei. Fast zeitgleich meldete sich seine innere Stimme wieder zu Wort. Nicht hysterisch oder befehlend, sondern kühl und sachlich, aber dennoch nachdrücklich: Sitz nicht so dumm rum! Raus hier! Verschwinde!

Die Polizistin drückte erneut die Knöpfe ihres Funkgerätes. Aber das Ding war wohl kaputt. Ihr Begleiter richtete sich auf und stieß mit dem Kopf gegen ein runterhängendes Stück Kunststoff der Deckenverkleidung. Er schaute aus dem gesplitterten Seitenfenster und entdeckte auf der anderen Straßenseite einen huschenden Schatten, der kurz zwischen dunklen Hauseingängen verschwand und dann umso deutlicher in den Lichtkegel einer Straßenlaterne trat, bevor er zu einer Gasse marschierte. Dabei legte der Unbekannte keine besonders große Eile an den Tag. Er hielt sogar an, sah zu ihnen rüber und zeigte triumphierend den aufgerichteten Mittelfinger.

»Den Burschen schnappe ich mir.« Sophie Aubray tastete nach einer Taschenlampe hinter dem Beifahrersitz.

Osborne versuchte die Tür zu öffnen. Sie klemmte. Der Zusammenprall mit dem Müllcontainer hatte den hinteren linken Kotflügel und die Beifahrertür eingedrückt. Obwohl zur Hälfte zusammengequetscht, stand die Fahrertür dagegen weit offen.

»Warten Sie!«, rief er, als er sah, dass die Polizistin ausstieg. »Sie wollen den Kerl doch hoffentlich nicht allein verfolgen?«

»Das ist zwar gegen die Vorschrift, aber mit einem Steine werfenden Halbstarken werde ich immer noch alleine fertig.« Sie zog ihre Dienstwaffe aus dem Holster. »Selbst wenn das Funkgerät funktionieren würde, wäre der Kerl längst in Marseille, ehe Verstärkung bei uns eintrifft. Oder haben Sie schon vergessen, was heute Nacht in Paris los ist? Wir befinden uns hier in einer Ausnahmesituation; jemand muss Entscheidungen treffen. Die Verantwortung liegt allein bei mir, schließlich bin ich Polizistin. In ein paar Minuten bin ich zurück.«

»Bleiben Sie! Es könnte eine Falle sein!« Osborne war dermaßen in Aufregung, dass er glatt vergaß, dass er die Beamtin vor wenigen Minuten noch für eine potenzielle Mörderin gehalten hatte.

»Steine auf Polizeiautos zu werfen, ist nicht in Ordnung. Und mein Job ist es, Ordnung zu schaffen, klar? Außerdem ist es ja nicht Ihr Hintern, den ich riskiere.«

Mit der Taschenlampe in der einen und ihre 38er in der anderen Hand stieg Sophie Aubray aus. Geschickt schlängelte sie sich an parkenden Autos vorbei. Mit wenigen Schritten überquerte sie die Straße und verschwand in der Gasse, in die der Steinewerfer verschwunden war.

Wie hypnotisiert starrte Osborne auf das Loch in der gesplitterten Windschutzscheibe. Genau in Augenhöhe hatte der Stein die Scheibe durchschlagen. Durch die Fliehkraft war er von der Motorhaube gerutscht und lag jetzt ein paar Meter weiter neben dem Bordstein. Draußen herrschte tiefe Stille. Nur eine Sirene heulte irgendwo in der Ferne.

Langsam löste sich der lähmende Schockzustand. Das hier war die Gelegenheit zur Flucht, auf die er während der Fahrt gehofft hatte. Doch er lief nicht weg. Sein Blick wanderte zu der Gasse, in der die Polizistin verschwunden war, aber die Dunkelheit verwehrte schon nach wenigen Metern die Sicht. Es mochten zwei oder drei Minuten gewesen sein, in denen er sich erfolgreich einreden konnte, dass er jetzt fliehen und in sein geregeltes Leben zurückkehren würde, ehe sich erste Zweifel anmeldeten, ob der unbekannte Steinewerfer wirklich ein Unbekannter gewesen war.

Gedankenverloren versank er in die Erinnerung an die Steinwurfszene, die ihm permanent durch den Kopf ging, und die mit jeder Wiederholung eine schärfer umrissene Silhouette des Steinewerfers vor seinem geistigen Auge präsentierte. Und endlich tauchte aus einem der Ablagefächer tief unten in seinem Gedächtnis eine Verbindung mit dieser Silhouette auf, die ihn fürchterlich packte und auf einer Wolke des Grauens davontrug. Vor Schreck vergaß er beinahe das Atmen. Obwohl die Luft eiskalt war, wurde ihm schlagartig unglaublich heiß.

War es wirklich Mokovitz gewesen, oder war er es nicht?, hallte es ihm durch den Kopf.

Klar war er es! Er hatte den Steinewerfer zwar nur kurz gesehen und das Licht war ziemlich diffus, aber die Art, wie der sich bewegt hatte, die Glatze, die Körperhaltung ... wieso zweifelte er überhaupt noch? Andererseits war es vollkommen verrückt. Nein, es war mehr als das, es wäre unmöglich, dass der ihm in dieser Millionenstadt gerade zufällig über den Weg lief. Wirklich? Die Rue de Chantilly war nur ein paar Straßenecken von hier entfernt.

Wenn das wirklich Mokovitz gewesen war, der den Stein geworfen hatte, dann bewies das unverrückbar, dass Sophie Aubray nicht zu Chantal Dubois Bande gehörte.

Osborne richtete seinen Blick auf die dunkle Gasse. Nichts. Kein Zeichen von der Polizistin, nur undurchdringliche Schwärze, in die seine blühende Phantasie plastische Bilder unbeschreiblicher Grausamkeiten malte, der seine Begleiterin ausgesetzt sein könnte.

Nach einigen Abwägungen beschloss er, sich Gewissheit zu verschaffen. Er stieß die zerbeulte Seitentür auf und stieg aus dem Auto. Dabei hatte er das Gefühl, jetzt schutzlos den Unwägbarkeiten des Schicksals ausgesetzt zu sein. Es war, als träte er aus seiner Welt in ein Paralleluniversum.

Hastig überquerte er die Straße und wäre dabei um ein Haar unter die Räder gekommen. Eine Autohupe plärrte und ein Möbelwagen raste so dicht an ihm vorbei, dass sein Triobalanzug flatterte. Der Fahrer brüllte etwas, das im Aufheulen des Motors unterging.

*03 Uhr 37 – Rue Choron*

Die Gasse war ein ziemlich deprimierender Ort, dem es vor allem an einer Straßenbeleuchtung mangelte. Ein Ort, der einem schon etwas Angst einjagen konnte, vor allem, wenn man bedachte, dass möglicherweise irgendwo in den Schatten der Killer aus der Métro lauerte.

»Mademoiselle Aubray, wo sind Sie?«, rief Osborne in die Dunkelheit.

Keine Reaktion, bis auf das von verwitterten Hauswänden zurückgeworfene Echo. Vorsichtig ging er weiter. Besondere Aufmerksamkeit ließ er den scharfen Biegungen angedeihen. Solche Kurven mochte er nicht, weil man nie wusste, was einen dahinter erwartete. Die Gasse teilte sich. Er wählte die linke Abzweigung. Bisweilen musste er aufpassen, dass er nicht in eine der vielen schlammigen Pfützen trat, oder über Plastiktüten, Dosen und Plastikflaschen stolperte, die hier einfach weggeworfen worden waren. Dumpf hallten seine Schritte auf dem Kopfsteinpflaster. Wiederholt rief er nach Sophie Aubray, erhielt aber keine Antwort. Plötzlich wurde ihm die Einsamkeit, die ihn umgab, bewusst. Die enge Gasse, die labyrinthartigen Abzweigungen und vor allem die Finsternis, die ihn förmlich zu durchdringen schien.

Er blieb stehen, sah sich einen Moment lang um, ging dann weiter und bog um die nächste Ecke. Nein, er hatte keine Angst, denn in dieser Nacht hatte er schon Schlimmeres erlebt als diesen Spaziergang durch eine schlecht beleuchtete Gasse. Nur diese Ungewissheit zerrte etwas an seinen Nerven. Und die Stille. Kein Laut war zu hören. Nicht einmal entfernter Verkehrslärm. Selbst der Wind hatte sich gelegt. Er überlegte, ob er noch mal nach der Polizistin rufen sollte, oder ob es nicht besser wäre, wenn er zurückging und beim Auto wartete. Gerade wollte er umkehren, da fügte sich ein entsetzlicher Schrei, der aus dem hinteren Teil der Gasse kam, seinen unauslöschlichen Erinnerungen an diese Nacht hinzu. Er lief in die Richtung, aus der der Schrei ertönt war. Aus der Dunkelheit drang ein erstticktes Gurgeln. Er verlangsamte seine Schritte und lauschte angespannt, aber jetzt war es totenstill.

Undeutlich gewahrte er einen schemenhaften Körper im Rinnstein. Als er näher trat, erkannte er, dass es ein Mensch war. Das bleiche Gesicht war blutbesudelt, beinahe bis zur Unkenntlichkeit verzerrt und doch vertraut. Es war Sophie Aubray. Ihre Leiche lag neben einem Kanaldeckel. Mit starren Augen blickte die Tote in die Unendlichkeit. Osborne stierte wie betäubt auf die Leiche. Vor ein paar Minuten hatte er mit dieser Frau gesprochen. Und jetzt war sie nur noch totes Fleisch.

Plötzlich überfiel ihn eine Heidenangst. Wer garantierte ihm, dass der Mörder nicht in der Nähe war?

»He! Was zum Teufel ist da los?«, erklang es hinter ihm. Im Tonfall der Stimme schwang etwas mit, das ihn zusammenzucken ließ.

Er wandte sich um und blinzelte in den Lichtkegel einer Taschenlampe. In dem blendenden Licht fühlte er sich bloßgestellt. Er erblickte fünf Gesichter voll unübersehbarem Misstrauen. Sie musterten ihn mit unverhohlener Fassungslosigkeit. Plötzlich fühlte er sich irgendwie schuldig. Er war der Einzige am Ort des Verbrechens. Für den uninformierten Beobachter sah es möglicherweise so aus, als sei er der Mörder.

Die Männer wurden still und bildeten einen Kreis um die Tote. Osborne fühlte sich auf Gedeih und Verderb diesen Leuten, deren drohende Blicke Bände sprachen, ausgeliefert. Überraschend schnell schlug ihre Betroffenheit in Feindseligkeit um. Schritt um Schritt bewegten sich die grimmigen Kerle auf ihn zu.

»Ich habe nichts mit dem Mord zu tun«, sagte er in der Hoffnung, dass niemand das Zittern in seiner Stimme bemerkte.

Er wollte eine Klärung der für ihn so verfänglich aussehenden Situation herbeiführen. Aber all seine Erklärungen, seine Unschuld betreffend, hatten, obwohl sie einleuchtend klangen, keine sehr positive Wirkung. Die Worte, mit denen die fünf Männer seine Beteuerungen kommentierten, waren vornehmlich ablehnender und ziemlich vulgärer Art. Ein mit einer Schrotflinte bewaffneter Mann sagte, er wolle Osborne wie einen tollen Hund abknallen, wenn der auch nur den kleinen Finger rühre. Die Patrouilliengänger wollten keine Unschuldsbeteuerungen hören. Sie suchten ein Ventil für ihre Rachegelüste. Auf wunderbare Weise wuchs die Menge rasch an. Alle riefen durcheinander und drängten sich vor, um die Tote besser bestaunen zu können. Eine Frau schrie hysterisch. Immer mehr Menschen kamen aus den Häusern und Seitengassen, umringten den Computerexperten und starrten ihn aufgebracht an. Dessen Hoffnung, er könnte diesen Leuten den wahren Sachverhalt erläutern, stellte sich rasch als Illusion heraus.

Osborne stolperte zurück, fing sich aber wieder. Rasch bildete er das Zentrum der wütenden Masse. Er ahnte, bei der geringsten Bewegung würde eine Kugel seinem Leben ein jähes Ende bereiten. Immer enger zog die Meute den Kreis wie eine Schlinge um ihn zusammen. Die wenigen Lücken, die bis dahin noch geklafft hatten, schlossen Nachrückende. Mehrere Männer heizten die Stimmung durch drohende Gesten und wüste Beschimpfungen auf. Es bestand kein Zweifel, der Mob wollte Blut sehen. Ein fingerdicker Eisenknüppel schnellte aus dem Pulk heraus und zischte haarscharf an Osbornes Stirn vorbei.

»Ich bin unschuldig!«, brüllte er, was aber ein zu schwaches Argument war, um die Volksmeute zu überzeugen. Noch andere mit Eisenstangen bewaffnete Männer drängten in den dichten Kreis, dessen Mittelpunkt der Verdächtige darstellte.

»Glaubt dem Kerl kein Wort!«, rief einer von ihnen.

Beifälliges Gemurmel erhob sich. Am Klang der Stimmen war zu erkennen, dass das Abwägen von Schuld oder Unschuld bei den Umstehenden kein Thema mehr war.

»Bring das Seil, Baptiste!«, schrie einer von ihnen und legte den Finger auf den Abzug seines Gewehres. »Wir hängen ihn drüben an der Laterne auf, damit ihn alle sehen können. Wird hübsch ausschauen.«

»Aufhängen! Aufhängen!«, intonierte der Chor.

Der Menschenwall kam näher. Von allen Seiten. Einer in der vordersten Reihe rempelte Osborne grob an. In der zweiten Reihe hielt jemand etwas in der Hand, was wie eine Axt aussah.

»Bitte, lassen Sie sich nicht zu unüberlegten Handlungen hinreißen, die Sie später bereuen könnten«, appellierte der Bedrohte an die Vernunft.

Doch die hatte sich längst verabschiedet. Übrig blieb ein wütender Mob, mit dem er sich besser nicht anlegte. Rasch wägte er seine verbliebenen Optionen ab. Versuchte er, mit Gewalt durchzubrechen, dann sähen das alle als Aufforderung an, ihn zu erschlagen. Also strich er dieses sichere Todesurteil aus der Liste seiner Möglichkeiten. Er könnte vielleicht um Hilfe rufen, aber wer sollte ihn hier hören, außer denen, die ihn eingekreist hatten? Also auch gestrichen.

Inzwischen hatte sich die aufgebrachte Meute richtig aufgeputscht. Beschimpfungen aller Art übertönten Osbornes beschwichtigende Worte. Langsam wurde ihm klar, dass diese Bürgerwehr, oder was immer dieser Lynchmob sein mochte, ihn nicht festnehmen, sondern totschlagen wollte. Die Leute stachelten sich entsprechend gegenseitig an:

»Das ist der Serienmörder!«

»Das Monster von Poissonnière!«

»Endlich haben wir das Schwein!«

»Na, du Mörder, wie ist es, wenn man selbst dem Tod ins Auge schaut?«

»Erschlagt ihn nicht zu schnell. Er soll langsam und qualvoll sterben wie seine Opfer!«

Die Situation sah übel für den Beschuldigten aus. Sobald jemand den ersten Schlag ausführte, gab es für die anderen kein Halten mehr. Der Eingeschlossene wich zurück und stolperte, fiel aber nicht, weil er kaum Platz zum Stehen – geschweige denn zum Umfallen – hatte. Im Nacken spürte er den Atem des Pöbels, der ihn mit Obszönitäten bedachte. Von allen Seiten umklammerten Hände seine Arme, krallten sich Finger in seine Jacke. Anwohner, auch ältere, normalerweise bestimmt sanftmütige, höfliche Menschen, traten ihn mit Füßen, traktierten ihn mit Fäusten. Jemand spuckte ihm ins Gesicht. Ein Mann schlug ihm einen Knüppel in den Rücken.

Der Mob drängte den Amerikaner vorwärts. Einer der Männer brüllte, als er über Sophie Aubrays Leiche stolperte. Im Fallen riss er neben sich Stehende mit und löste dadurch eine Kettenreaktion aus. Osborne ertrank in einer stürzenden Menge. Eine Flutwelle ineinander verknäuelter Körper floss über ihn hinweg. Ellbogen bohrten sich in seine Rippen. Jemand trat ihm aufs Gesicht. Das Gewicht des Mobs quetschte ihn auf das Kopfsteinpflaster. Irgendwie zwängte er sich aus dem menschlichen Knäuel. Mühsam kroch er aus den verschlungenen Gliedmaßen heraus. Kaum in Freiheit, rannte er, was seine Beine hergaben. Seine Flucht blieb allerdings nicht unbemerkt. Gefluchte Obszönitäten drangen an sein Ohr, als die Horde Wahnsinniger hinter ihm hersprintete.

»Bringt den Dreckskerl um!«, schrien sie und: »Dich erwischen wir noch, du Wichser!«

Trillerpfeifen schrillten. Aus dunklen Seitengassen echoten Antworten. Das ganze Viertel war in Aufruhr. Osborne hatte keine Ahnung, wie viele solcher Bürgerwehrtrupps noch in den Gassenlabyrinthen patrouillierten, bereit, seine Verfolgung aufzunehmen. Er gab alles, was in ihm steckte. Das war leider nicht gerade sensationell. Die schweren, stampfenden Schritte seiner Verfolger kamen näher. Ihr keuchender Atem wurde lauter. Die Lungen des Verfolgten brannten. Gehetzt blickte er sich um. Ein hagerer Kerl mit Nike-Turnschuhen rannte an der Spitze des Verfolgerfeldes. Und Nike hatte sich schon ziemlich nahe an ihn herangearbeitet. Unzweifelhaft war der Verfolger schneller als er. Wie weit lag er zurück? Vier Meter? Drei? Die Stimmen der übrigen Jäger wurden beständig lauter.

Mach was! Lass dir etwas einfallen!, schoss es dem Gejagten durch den Kopf.

Mit einem mächtigen Hechtsprung warf sich Nike nach vorne. Sein Schatten glitt über Osbornes Rücken, seine Fingerspitzen berührten dessen Schulter, dann griff er ins Leere.

Ohne seinen Grips übermäßig anzustrengen, hatte sich sein Opfer etwas einfallen lassen. Genau genommen übernahmen dessen Beine die Funktion des Hirns. Er schlug Haken wie ein Karnickel auf der Flucht. Nike stolperte vom eigenen Schwung getragen an ihm vorbei und verlor das Gleichgewicht. Er riss einen Arm hoch, um wieder in seinen Laufrhythmus zu kommen, aber das reichte zum Ausbalancieren nicht aus. Er schlug auf dem Bürgersteig auf. Das unverhoffte Erfolgserlebnis setzte in dem Verfolgten neue Kräfte frei. Jetzt, wo der die Schmerzgrenze durchbrochen hatte, lief es sich auch einfacher. Er hastete an unansehnlichen Gebäuden vorbei und warf einen Blick nach hinten. Der Pulk jagte ihn immer noch.

Nach etwa hundert Metern wichen die Häuser einem Wirrwarr aus halb verfallenen Hausruinen. Übergangslos lief er in ein Elendsviertel, in das sich nur selten Fremde verirrten. Neben schäbigen Mietskasernen standen abbruchreife Baracken. Mit jedem Meter ging es tiefer in eines der finsteren Slums von Paris.

Osborne bog nach rechts ab und hoffte, eine Straße zu finden, die aus diesem Viertel herausführte. Es war eine falsche Entscheidung, wie sich rasch herausstellte, denn die Häuser wurden noch schäbiger und die Straßen noch schmutziger. Vergilbte Plakate klebten an ausgeblichenen Hausfassaden, von denen der Putz abbröckelte. Viele Fenster waren zugemauert oder mit Brettern vernagelt. Ein paar Schilder über schmuddeligen Türeingängen zeugten von Geschäften, die schon lange aufgegeben worden waren. Aus faulenden Mietskasernen drangen Schreie weinender Kinder. Rap-Musik plärrte aus billigen Radios. Hinter teils mit Pappe geflickten Fenstern warfen nackte Glühbirnen verschwommene Schatten über Wände, auf denen schwarze Schimmelpilzplantagen erblühten.

Osborne war noch nie in Paris gewesen und kannte sich in dieser Stadt nicht aus. Alles, was er über die Metropole wusste, rührte aus Spielfilmen und Reise-Magazinen her. Doch die Straßen, die er nun durchlief, waren mit dem klassischen Parisbild, das für Hemingway ein Fest fürs Leben war, nicht in Einklang zu bringen.

Der Gejagte hatte längst die Orientierung verloren. Er rannte nach Süden, hoffte er jedenfalls. Alles, was er tun konnte, war weiterlaufen, bis er irgendwann auf einen großen Boulevard stieß, wo normale Leute tagsüber an Straßencafés vorbeischlenderten, wo Paris so war, wie er es aus Filmen kannte. Wenn überhaupt, dann gab es nur dort Rettung für ihn. Also weiter, vorwärts, denn hinter ihm hallten die schweren Schritte der Verfolger wieder lauter.

Die Straße teilte sich. Sollte er nach links? Nein, besser nach rechts. Oder …?

Wer um sein Leben lief, verbrachte nicht viel Zeit mit Abwägungen oder Nachdenken. Kurz entschlossen lief er nach links. Rannte er wirklich noch nach Süden, oder entfernte er sich immer mehr vom Stadtkern?

Eine endlose Mauer auf der einen, mannshoher Maschendrahtzaun auf der anderen Seite der Straße und immer dünner werdende Besiedlung ließen eher auf die zweite Möglichkeit schließen. Plötzlich waren keine Hausfassaden mehr da. War er aus Versehen auf einem Schrottplatz gelandet? Die Dunkelheit saugte das senfgrüne Licht verstreut stehender Straßenlaternen auf, was eine Orientierung schwierig machte. Die Straße verlief leicht bergab. Stellenweise war die Fahrbahn überschwemmt, weil der Unrat die Kanäle hoffnungslos verstopft hatte. Auf dem Bürgersteig stand ein ausgebrannter Fiat. Die Hitze hatte den Lack weggefressen. Aus verkohlten Sitzen ragte die Stahlfederung.

Aber an der nächsten Ecke gab es eine Tankstelle. Geschlossen. Völlig außer Atem rannte er weiter. Seine Turnschuhe scharrten über den rissigen Asphalt, sein Atem rasselte und irgendein demotivierender Teil seines Hirns stellte ihm immer lauter die Frage, wie lange er noch ziellos durch die Pampa zu stolpern gedenke. Hinter sich hörte er die Verfolger, ihre aufgeregten Stimmen, mit denen sie sich gegenseitig anfeuerten. Eine Chance sie abzuschütteln, mit dem Leben davonzukommen, gab es nicht mehr. Osborne rannte trotzdem weiter, obwohl jeder Atemzug einen heftigen Schmerz in der brennenden Lunge verursachte.

Plötzlich änderte er die Richtung, verließ den Bürgersteig und rannte quer über die Fahrbahn. Er musste irgendwo abbiegen, wenn er ins Zentrum wollte. Wo war bloß die nächste Querstraße? Moment, da vorne. Ja! Ein Straßenschild, unleserlich zwar, aber immerhin eine Möglichkeit zum Kurswechsel, eine Öffnung in der Mauer, mehr Gasse als Straße. Links und rechts unüberwindlich hohe Mauern, hinter ihm immer noch der unversöhnliche Mob. Keine Möglichkeit zur Umkehr, immer stur geradeaus rennen.

Er keuchte wie ein Ertrinkender. Jedes Mal, wenn die kalte Nachtluft seine Luftröhre hinabströmte, schmerzte sie. Sein Herz hämmerte, als wollte es aus dem Rippenkäfig brechen. Schweiß brannte ihm in den Augen. Seine Lungen verlangten nach immer mehr Sauerstoff. Er taumelte in die nächste Seitenstraße. Das Gitternetz der Stadt breitete sich immer verworrener vor ihm aus. Am Straßenrand türmten sich Abfallhaufen auf. Hier hausten die Ärmsten der Armen. In Ermangelung sanitärer Einrichtungen entledigten sie sich auf denkbar einfachste Weise des Abfalls: Sie warfen ihn einfach auf die Straße. Aus dem Unrat funkelten die Augen zahlloser Ratten, die den Müll bevölkerten. Mit jedem Meter wurden die Abfallhalden höher.

Osborne warf einen flüchtigen Blick über die Schulter. Sein Fuß stieß gegen etwas Weiches. Im nächsten Moment flog er nach vorne und versank in der nachgiebigen Masse aus Abfall und Rattenkot. Ekel und Übelkeit sorgten dafür, dass er würgte und sich fast übergab. Umständlich erklomm er den Abfallberg. Mit wild pochendem Herzen sah er, dass ein Schwarm huschender Gestalten immer noch hinter ihm her war. Nachdem Nike gestürzt war, hatte er zwar einen guten Vorsprung vor seinen Verfolgern herausgearbeitet, doch dieser Bonus schmolz zusehends dahin. Er rannte weiter. Den Blick heftete er nun auf mögliche Hindernisse am Boden. Ein erneutes Stolpern bedeutete den sicheren Tod.

Mit jedem Schritt wurde das Umfeld unheimlicher, unwirklicher. Längst lagen die verwesenden Abfälle nicht mehr geordnet am Straßenrand, sondern kreuz und quer auf der Fahrbahn verstreut. Der Gejagte umkurvte sie so gut es ging. Seine Füße sanken knöcheltief in eine schwammige, glucksende Masse, die ihn nur widerspenstig freigab. Wenn er wenigstens gewusst hätte, wo er sich befand. Es gab nichts, woran er sich orientieren konnte. Kein Straßenschild, kein markantes Gebäude, nichts. Wie im Netzwerk einer Spinne verfing er sich im Labyrinth der Gassen. In den Abzweigungen gewahrte er Gestalten, die versuchten, ihm den Weg abzuschneiden. Die Gefahr der Umzingelung wuchs von Minute zu Minute.

Es war nun nicht mehr länger so, dass Osborne seinen Verfolgern davonlief, sondern sie trieben ihn vor sich her in eine bestimmte Richtung. Ihm blieb keine andere Wahl, als weiter kreuz und quer durch das Labyrinth zu laufen. Aber immer mehr Fluchtwege waren von Häschern versperrt. Mit seinem jugendlichen Elan war es auch nicht mehr weit her. Seine Kräfte schwanden zusehends und die bleischweren Beine verlangten schier übermenschliche Anstrengungen, um sie in Bewegung zu halten. Seine Lungen brannten, vor den Augen drehte sich alles und Seitenstechen bohrte ihm spitze Dolche in den Bauch. Allein nackte Todesangst war der Treibstoff, der den Motor noch am Laufen hielt.

Die Verfolger gewannen immer mehr an Boden. Auch aus den Seitengassen quollen sie mit Knüppeln und Gewehren bewaffnet. Die Sperrkette um den Flüchtigen war fast geschlossen.

Langsam wurden Straßen und Häuser wieder normal. Die Rückkehr in die sauberen Gefilde der Stadt weckte die Hoffnung, dass er sich endlich auf dem richtigen Kurs befand. Als Osborne dann aber um die nächste Ecke bog, versagten ihm die Beine endgültig den Dienst. Nicht nur, weil es ihnen an Kraft mangelte, sondern vor allem, weil die Motivationsabteilung schlagartig ihren Betrieb einstellte. Wie ein Trottel war er mehr oder weniger im Kreis gelaufen. Einen Steinwurf entfernt befand sich die Rückseite des Gebäudes, in dem Chantal Dubois hauste. Eine schmale Straße führte an der hohen Mauer vorbei, die das Grundstück mit dem weitläufigen Garten umgab. Irgendwo dahinter wurde ein Motor gedrosselt. Am Ende der Straße entriegelte wer ein metallenes Tor. Mit quietschenden Scharnieren schwang es weit auf. Im Kriechgang holperte ein klappriger Lastwagen die Einfahrt heraus und blieb mit laufendem Motor auf der Straße stehen. Jemand, dessen Umrisse sich nur schemenhaft von der Dunkelheit abhoben, schloss das Tor von außen, lief um das Fahrzeug herum und stieg an der Beifahrerseite ein.

Obwohl der Lastwagen mit dem Heck in seiner Richtung stand, hatte Osborne ihn beim Rausfahren an dem defekten linken Vorderlicht erkannt. Mit diesem Fahrzeug waren Sophie Aubray und er vor knapp einer Stunde verfolgt worden.

Am Ende seiner physischen und psychischen Kräfte angelangt, blieb der Amerikaner stehen. Ermattet fiel er auf die Knie und schloss die Augen. In seinen Ohren rauschte das Blut so laut, dass er nichts weiter mehr hörte als seinen eigenen, keuchenden Atem. Das war's jetzt wohl. Aus und vorbei.

Scheppernd kam der Motor des Lastwagens in die Gänge. Eine Serie von Fehlzündungen knallte wie Pistolenschüsse. Osborne blickte über die Schulter zurück. Hinter ihm bogen die ersten Verfolger in die Straße ein. Vor ihm tuckerte und röhrte der anfahrende Laster. Wer immer in dem Fahrerhaus saß, hatte etwas mit Chantal Dubois zu tun. Das erklärte die Jagd auf den Streifenwagen. Wer das Fahrzeug lenkte, wollte ihn umbringen. Das wollten seine Verfolger, die drohend auf ihn zuliefen, allerdings auch. Der Unterschied war im Moment nur der, dass letztere ihn vor sich sahen, der Lastwagenfahrer aber keine Ahnung hatte, dass er sich direkt hinter ihm befand.

Dieser Umstand könnte seine Rettung sein. Obwohl sein Plan eine Reihe nicht zu unterschätzender Risiken barg, mobilisierte Osborne die kümmerlichen Reste seiner verbliebenen Kraftreserven und humpelte vor dem nahenden Mob davon Richtung Lastwagen, der gerade im Schneckentempo um die Ecke bog. Im Augenblick konnte er – was Rettung versprechende Transportmittel anging – nicht sehr wählerisch sein. Er hasste den Gedanken, ausgerechnet in das Fahrzeug zu steigen, in dem möglicherweise der Mörder von Sophie Aubray saß. Da er aber keine Chance sah, den blutrünstigen Mob, der ihm an den Fersen klebte, versöhnlich zu stimmen, blieb ihm nichts anderes übrig. Mit dem letzten Quäntchen Kraft taumelte er hinter das Fahrzeug, klammerte sich mit beiden Händen an der Heckklappe fest und schwang sich ungelenk durch den Schlitz einer Plane auf die Ladefläche. Dort ließ er sich völlig ausgepumpt in starre, eisige Arme sinken. Sein erhitztes Gesicht drückte sich gegen eine erkaltete Wange. Nur wenige Zentimeter von seinem Mund entfernt verharrten kalkweiße Leichenlippen wie zum Kuss bereit.

Der aufheulende Motor verschlang Osbornes gellenden Schrei.

## XII. KAPITEL

# Ein einsamer Ort

*04 Uhr 19 – Rue de Chantilly*

Fahles Mondlicht kroch durch die Öffnung der Plane auf bleiche Leiber mit herausstehenden Knochen und verkrustetem Blut. Osborne spürte verwestes Fleisch zwischen seinen Fingern und begriff, dass er schrie, während der blanke Wahnsinn heftig gegen den dünnen Schild seines Verstandes pochte. Das Grauen war zurückgekehrt. Eine Welle des Entsetzens überschwemmte ihn und ertränkte jeden Funken Hoffnung auf einen guten Ausgang dieser Nacht.

Die Ladefläche war voll gepfropft mit toten Körpern, achtlos zu hohen Halden aufgeschichtete, hastig hingeworfene Leichenstapel. Der stechend süßliche Geruch von Verwesungsgasen durchzog in infernalischen Schwaden die Luft. Grauenhaft verzerrte, von Schimmelpilz geschwärzte Gesichter starrten ins Leere. Eisiges Grausen durchflutete den Geist des blinden Passagiers. Er konnte den Anblick der Toten nicht ertragen, er konnte seinen Blick aber auch nicht von ihnen abwenden.

Sein Atem ging flach und schnell. Kalter Fahrtwind strich ihm über den Rücken seiner durchgeschwitzten Jacke, die wie eine zweite Haut an ihm klebte. Nervös leckte er seine Lippen und widerstand dem Impuls, sofort aus dem fahrenden Wagen zu springen. Sein Hirn hatte noch einen winzigen Funken Verstand für Situationen wie diese verwahrt, der ihm riet, erst auszusteigen, wenn das Viertel weit hinter ihm lag und wenn er wirklich in Sicherheit war. Zwischen Leichenstapeln zu hocken, war zwar schlimm, aber weiß Gott nicht das Schlimmste. Zumindest weniger schlimm, als von einem aufgebrachten Lynchmob auf der Straße totgeprügelt zu werden. Hier im Wagen war er erst einmal sicher. Das andere – die Kadaver – spielten im Augenblick eine untergeordnete Rolle. Vor Toten musste er sich genauso wenig fürchten wie vor Geistern aus Märchenbüchern.

Osborne lag vor Entsetzen gelähmt immer noch halb auf den Leichen. Er versuchte an gar nichts zu denken, was ihm auch nicht schwer fiel. An einem bestimmten Punkt des Grauens hatte sich sein Hirn ausgeschaltet und lief minutenlang im Leerlauf. Endlich rappelte er sich auf, wankte wie ein Betrunkener zur Heckklappe und sackte dort auf die Knie. So kauerte er in der Dunkelheit, umgeben von Körpern, die irgendwann einmal lebendig gewesen waren und die ihm nun den unausweichlichen Tod vor Augen hielten. Er dachte daran, dass sein eigener verwesender Körper irgendwann ebenfalls Faulgase entwickeln würde, wenn er Würmern, die Tunnelgänge durch sein verrottetes Fleisch fraßen, als Nahrungsquelle diente.

Hör auf damit, du machst dich nur selbst verrückt!

Wenn er sich die Stelle zum Sterben aussuchen konnte, war dieser Ort unschlagbar.

Hör auf, über den Tod nachzudenken! Denk lieber über das Gegenteil von Sterben nach. Sei doch einmal optimistisch! Denk beispielsweise daran, an der nächsten roten Ampel den Leichenwagen zu verlassen.

Leider war das nicht möglich, denn der Wagen hielt nicht, weil die meisten Ampeln um diese Uhrzeit auf Gelbphase eingestellt worden waren. Er spielte mit dem Gedanken, einfach so abzuspringen. Doch den Plan verwarf er schnell wieder. Das Risiko, sich bei einem Sprung aus dem fahrenden Auto sämtliche Knochen zu brechen, war zu groß.

Vorsichtig warf er einen Blick nach draußen. Sie hatten das Arrondissement, in dem die Bürgerwehren patrouillierten, hinter sich gelassen. Der Lastwagen fuhr die Avenue Haussmann hinauf, dann weiter nach Nordwesten, wo er auf die Peripherie bog. Sie brausten durch ein modernes Büroviertel. Nach Einbruch der Dunkelheit lagen diese Straßen mit ihren Betonburgen wie ausgestorben da. Die Route führte durch die äußeren Zipfel von Paris, an betongrauen Sozialbauwohnungen vorbei bis zur Ausfahrt Port Maillot, wo sie die Außenbezirke durchquerten. Von dort ging es weiter Richtung Les Mureaux. Sie durchfuhren mehrere kleinere Ortschaften, bis sie eine Uferstraße erreichten, wo die Böschung fast senkrecht zur Seine abfiel. Um diese Zeit herrschte auf den kleinen Landstraßen so gut wie gar kein Verkehr mehr. Die Landschaft wirkte mit jedem Kilometer einsamer, die wenigen Häuser standen immer weiter verstreut. Das Gelände wechselte meistens zwischen hügeligen Feldern und dichten Wäldern.

### *04 Uhr 58 – D154*

Immer wieder drückte Osborne die Plane beiseite und riskierte einen Blick nach draußen. Aber nirgendwo entdeckte er einen Anhaltspunkt, der verriet, wo er sich befand. Einige Kilometer vor Meulan raste der Lastwagen mit zu hohem Tempo durch eine Kurve. Sein blinder Passagier konnte sein Gleichgewicht nicht mehr halten und fiel rückwärts in den Leichenstapel. Mühsam richtete er sich auf und kam schwankend zum Stehen. Beim Aufstehen erregte ein Leichnam, der halb verdeckt unter anderen lag, seine Aufmerksamkeit. Aufsteigenden Brechreiz ignorierend, kroch er näher heran. Er kratzte seinen restlichen Mut zusammen, zog ruckweise an der Leiche und schob darüber liegende Leiber weg, bis er Odette Latours aufgeschlitzten Körper, ihr wächsernes Gesicht mit den starren, hervorgequollenen Augen und den zum stummen Schrei geöffneten Mund freigelegt hatte. Bei diesem Anblick krampfte sich sein Magen zusammen, ihm stockte das Blut in den Adern und in seiner Brust schlug jemand eine dicke Basspauke. Und endlich ging sein Verstand der längst überfälligen Frage nach, wo all diese Leichen überhaupt herkamen. Gleichzeitig schoss ihm aber auch durch den Kopf: Wen interessiert's? Mach, dass du wegkommst!

Torkelnd drehte er sich wieder zur Heckklappe um. Die herunterhängende, in der Mitte gespaltene Plane flatterte und knallte im Wind. Im selben Augenblick wurde sein innerer Klagemonolog von einem gezischten: »Verfluchter Dreck!« abrupt unterbrochen.

Dem blinden Passagier standen schlagartig die Haare zu Berge. Während der gesamten Fahrt hatte er bisher kein Geräusch aus dem Führerhaus vernommen, weil er zu weit davon entfernt gekauert hatte. Doch jetzt wurde er Zeuge einer interessanten Unterhaltung.

»Ich habe die Schnauze voll, die Dinge geraten außer Kontrolle«, knurrte eine zweite Stimme. »Erst kann es der bescheuerten Tussi nicht schnell genug gehen, dass wir die Leichen aus ihrem Keller schaffen, dann ruft mittendrin diese Constance an, wir sollen umgehend zum Polizeirevier am Boul' Rochechouart fahren und diesen verfluchten Amerikaner platt machen, sobald der das Gebäude verlässt und danach dann wieder die Hetze zurück und die Leichen auf den Laster verladen.«

Die Stimmen kamen Osborne erschreckend bekannt vor. Er war sich zwar nicht hundertprozentig sicher, aber im Grunde seines Herzens wusste er, dass ihn sein Gehör nicht täuschte. Waren das wirklich Mokovitz und Perrin, die Killer aus der Métro?

Umständlich kletterte er über die nachgiebige und doch starre Barriere aus Körpern. Er rutschte über schleimige Gliedmaßen und arbeitete sich mit vor Ekel verzerrtem Gesicht weiter den Stimmen entgegen. Dabei fürchtete er, dass die aufgedunsenen Leichen unter seinem Gewicht wie verfaulte Melonen aufplatzten und aus dem verrotteten Fleisch Heerscharen von Käfern und Maden hervorwimmeln könnten. Auf allen Vieren kroch er zu einem schmalen Sichtfenster aus gelbtrüben Kunststoff. Jede Handbreit war ein Kampf gegen die Abscheu und ein Triumph über das Grauen. Durch das verkratzte Fensterchen konnte er alles sehen und hören, was sich im Fahrerhaus abspielte. Er wagte einen Blick durch die Öffnung und zu seiner Überraschung war das Grauen, das er inmitten der Leichen empfunden hatte, noch steigerungsfähig.

»Beschwerden musst du der Chefin schon selbst ausrichten«, knurrte Mokovitz, der auf dem Beifahrersitz hockte, während er einen Schluck Fusel aus einer Flasche trank. »Der Job ist okay, Mann. Die Leichen müssen weg, dann bringen wir sie halt weg. Und wenn wir zwischendurch noch

Jobs als Möbelpacker oder Killer erledigen müssen, gibt's halt noch was Kohle obendrauf.«

»Das will ich schwer hoffen«, grunzte Perrin, der den Wagen steuerte. »Aber was, wenn der Amerikaner immer noch quietschfidel rumrennt? Glaubst du im Ernst, die bezahlt uns für unerledigte Aufträge?«

Mokovitz nahm einen neuen Schluck, wischte sich den Mund mit seinem Handrücken ab und sagte: »Quatsch! Der Ami ist hin. Der war so gut wie tot, als ich ihn das letzte Mal gesehen hab.«

»So gut wie ..., so gut wie«, schimpfte Perrin. »Ist er hin, oder ist er nicht hin?«

»Vielleicht lebt er noch, vielleicht auch nicht, was weiß ich. Ich konnte ja schlecht bei der aufgeschlitzten Bullentante warten, um das zu überprüfen. Fast hätte mich diese verdammte Bürgerwehr auf frischer Tat erwischt. Da hab' ich mich lieber schnell dünne gemacht und den Ami den Sündenbock spielen lassen. Ist doch schnuppe, ob wir den abmurksen oder die aufgebrachte Meute. Ich kann dir sagen, der Typ hat richtig Staub aufgewirbelt. Das halbe Viertel war hinter ihm her.«

Mokovitz trank den Rest aus der Flasche, schleuderte sie aus dem offenen Seitenfenster und rülpste laut.

»Du hättest den Kerl wie die Polizistin abmurksen sollen. Was, wenn er die Flatter machen konnte? Oder hast du etwa seine Leiche gesehen?«

»So wie der gebaut ist, hält der doch keine hundert Meter im Laufschritt durch. Und es waren Dutzende hinter dem her. Die haben den längst an einem Laternenpfahl aufgeknüpft.«

»Hast du seine Leiche gesehen?«

»Sag mal, hast du einen Sprung in der Platte, oder was?«

»Ich will nur wissen, ob du seine verdammte Leiche gesehen hast!«

»Hab' ich nicht. Na und? Ich hab' gesehen, wie er um sein Leben lief und dabei nicht den Hauch einer Chance hatte. Verdammt!«

»Die hatte er auch nicht in der Métro. Und was ist? Ich sag dir, der Bursche hat mehr auf dem Kasten, als wir ahnen.«

»Mag sein. Hätte sich bloß diese Constance etwas mehr beeilt, dann wäre er nicht direkt vor ihren Augen ins Polizeirevier am Boul' Rochechouart entwischt. Nur eine halbe Minute früher und die blöde Gans hätte ihn noch vor dem Bullen-Hauptquartier abmurksen können.«

»Und den beschissenen Job hier haben wir auch dem Kerl zu verdanken. Ich hoffe, der schmort inzwischen wirklich in der Hölle.«

Mokovitz grummelte etwas in sich hinein.

»Weißt du, die ganze Sache ist von Anfang an falsch gelaufen«, stellte Perrin fest. »Hätten wir den Kerl schon in New York abgestochen, hätten wir uns eine Menge Probleme erspart.«

»Wer konnte denn ahnen, dass sich so ein simpler Auftrag zu einem derartigen Marathon entwickelt? Der Job war nicht so easy, wie wir gedacht haben, na und? Jetzt ist der Typ Wurmfutter. Aus. Kaputt. Erledigt.«

»Hast du seine Leiche gesehen?«

»Fängst du schon wieder mit dem Scheiß an? Zerbrich dir lieber den Kopf, was passiert, wenn die Bullen dem Kerl geglaubt haben und die Bude der Dubois auf den Kopf stellen.«

»Sie werden nichts finden. Dafür haben wir gesorgt. Oder weshalb denkst du, kutschieren wir unsere verblichenen Fahrgäste durch die Landschaft?«

»Ist schon erstaunlich, wie viele Leichen sich in einem einzigen Monat im Keller angesammelt haben.«

»Soll ich dir mal verraten, was ich erstaunlich finde?«, fragte Perrin. »Dass dieser Bürofuzzie aus Amerika es geschafft hat, die Dubois dermaßen in die Defensive zu drängen. Unglaublich, was der alles losgetreten hat, seit er in Paris ist. Anstatt selbst den Kerl zu jagen, muss sie jetzt ihre Bude putzen, damit die Spurensicherung der Polente im Falle eines Falles keine Spuren findet. Wenn ich bedenke, wer alles vor ihr zittert. Und dann kommt so ein Würstchen aus Übersee und zeigt ihr, wo der Hammer hängt.«

»Das findest du wohl auch noch komisch, was?«

»Ja, tu ich. Und weißt du auch warum? Weil wir beide so fein aus dem Schneider sind. Soll die uns nur mal vorhalten, wir hätten unseren Auftrag in New York oder in der Métro vermasselt. Die Tante hat doch selbst den größten Mist gebaut. Hat den Knaben schon auf dem Präsentierteller in ihrer Wohnung liegen und lässt ihn sich trotzdem durch die Lappen gehen.«

»Wie auch immer, der Bursche ist jetzt so tot, wie man nur tot sein kann. Der Teufel soll den Drecksack holen! Ich hab' zwar immer noch keine Ahnung, warum die Dubois so erpicht darauf ist, den Knacker ins Jenseits zu befördern, aber es muss ihr ziemlich auf den Nägeln brennen. Jedenfalls ist sie bereit, dafür eine Menge zu riskieren. Stell dir vor, uns hätte jemand gesehen, wie wir die Leichen aus ihrem Keller in den Garten schleppten und da in unseren Laster luden?«

»Dieser Stromausfall, ob da auch die Chefin hintersteckt?«

»Glaub ich nicht. Wäre kontraproduktiv. Ohne Stromausfall hätte uns der Ami in der Métro niemals entkommen können. Da hat wohl der Blitz in ein Elektrizitätswerk eingeschlagen. Hast du gesehen, was für ein Unwetter auf uns zukommt?«

»Ja, das wird hier bald ziemlich krachen.«

»Ein Grund mehr, unsere Ladung schnellstens loszuwerden.«

»Hast du schon eine Idee, wo wir sie entsorgen?«

»Ein paar Kilometer von hier ist ein schöner, einsamer Feldweg, der bis ans Ufer der Seine führt. Die ist an der Stelle so reißend, dass die Leichen ziemlich weit wegtreiben, bevor sie irgendwo ans Ufer gespült werden. Ich habe trotzdem ein mulmiges Gefühl bei der Sache. Ich will raus aus dem verkackten Job«, nervös leckte sich Perrin mit der Zunge über die Lippen.

»Du redest manchmal so viel Mist, da könnte man ein ganzes Feld mit düngen«, polterte Mokovitz los. »Zerbrich dir nicht den Kopf, wie wir die Henne loswerden, die uns goldene Eier legt. Wovon sollen wir denn dann den Stoff kaufen? Reiß dich bloß zusammen! Wir haben das doch bisher alles prima gedeichselt.«

»Immerhin halten wir den Hintern hin, nicht sie, wenn wir ihr ihre Opfer besorgen.« Perrin ignorierte ein Stoppschild an einer Kreuzung. »Irgendwann erwischen uns die Bullen. Dann platzt der Deal wie eine Seifenblase.«

»Ich sag dir was.« Mokovitz Stimme wurde kalt wie Eis. Jedes Wort quetschte er betont langsam heraus: »Mach – bloß – keinen – Scheiß! Wer nicht nach ihrer Flöte tanzt, den macht die beknackte Schlampe kalt. Und wenn die uns auf dem Kieker hat, gebe ich keinen Cent mehr für unsere Ärsche. Nicht nach dem, was wir über sie wissen. Willst du so enden wie die Fracht auf der Ladefläche? Hast du dir die Leichen mal genauer angeschaut? Das Weibsstück hat sich ganz schön daran ausgetobt. Einigen hat sie die Eingeweide rausgeschnitten. So was hab' ich noch nicht gesehen. Als ob sie in Blut geduscht hätte. Die ist echt pervers.«

»Meinst du, sie haben noch gelebt, als sie ...?«

»Darauf möchte ich wetten!« Mokovitz lachte, verschluckte sich und bekam einen heftigen Hustenanfall. Nachdem er sich davon erholt hatte, sprach er krächzend weiter: »Bisher haben wir die Dame immer mit erstklassigem Fleisch für ihre Parties versorgt, und sie hat erstklassig gelöhnt. Wir erledigen das Geschäftliche jetzt, holen die Knete nachher, und dann kommt das Vergnügen.«

Perrin nickte. Dann setzte wieder Stille ein.

Osborne konnte sich vom Anblick auf die beiden Killer nicht losreißen. Obwohl dieser ihm den Magen fast ähnlich umdrehte wie die Aussicht auf die von Bakterien aufgeweichten Leichen, auf denen er hockte. Er hoffte, dass er den Anblick, den Gestank, das Entsetzen und das Grauen eines Tages aus seinem Gedächtnis verscheuchen konnte.

Perrin gab jetzt mächtig Gas. Seine Hände flogen über das Lenkrad, als er immer wieder scharf nach links und rechts durch das enge Straßengewirr von Nanterre raste. Er holte wirklich das letzte PS aus der Klapperkiste heraus. Außerhalb der Stadt führte die Landstraße in vielen Windungen durch einen malerischen Landstrich entlang der Seine. Der Laster folgte eine Zeitlang dem Ufer, dann ging es nach einer Kurve einen Hügel hinauf. Über Nebenstraßen erreichten sie Villennces de Seine, wo sie dann nach Verneuil-sur-Seine abbogen und die D154 über les Mureaux und Mantes-la-Ville nahmen, bis sie ein Dörfchen namens Bonnieres-sur-Seine erreichten.

»Ach, hier ist das Kaff also«, staunte Perrin.

»Wieso?«, wunderte sich Mokovitz. »Kennst du da jemanden?«

»Ich nicht, aber die Chefin.«

»Die Dubois?«

»Genau. Siehst du die Villa da oben auf dem Hügel? Da will sie heute jemand hinschicken. Und bestimmt nicht zum gemütlichen Kaffeeklatsch.«

»Du meinst, sie will da einen abmurksen lassen?«

Durch einen Riss in der Plane konnte Osborne eine düstere Renaissancevilla, einen dunklen, beklemmenden Klotz, hoch über der Ortschaft thronend, ausmachen.

»Nein, sie will was von ihm. Etwas, das er schon sehr lange besitzt.«

»Aha, und ausgerechnet jetzt, wo bei uns die Kacke am Dampfen ist, will sie es haben?«

»Ich glaube, gerade deswegen muss sie es haben. Hängt auch irgendwie mit dem Ami zusammen. Wenn ich das richtig verstanden haben, hat sie Angst, der Typ aus der Villa könnte dem Ami das geben, worauf sie so scharf ist.«

»Aber der Ami ist tot! Geht das nicht in deinen Kopf?«

»Sag's nicht mir, sag's der Dubois. Am besten präsentierst du ihr dabei auch seine Leiche. Denn die glaubt nur, was sie sieht.«

»Ausgerechnet die mit ihrem esoterischen Tick.«

»Was die Leichen ermordeter Feinde angeht, da ist sie eigen. Solange sie sich nicht mit eigenen Augen vom Tod des Amis überzeugt hat, solange ist er für sie noch am Leben und offensichtlich eine Bedrohung.«

»Na schön, aber wenn wir schon mal hier vorbeifahren, hätten wir den Kerl in der Villa in einem Aufwasch erledigen können.«

»Gekonnt hätten wir das schon. Aber offenbar traut sie uns nicht mehr.«

Mokovitz verstummte. Wütend hämmerte er mit der Faust auf dem Armaturenbrett herum, unfähig, seinen Zorn über den Vertrauensbruch seiner Auftraggeberin in die richtigen Worte fassen.

»Wie kommst du da drauf?«, fragte er schließlich nur.

»Habe ich zufällig gestern Morgen spitzgekriegt. Als wir beraten wollten, wie es mit dem Amerikaner nach dem vermurksten Anschlag in New York weitergehen soll. Ich war ein paar Minuten zu früh in ihrer Bude und belauschte, wie sie der Fabian verklickerte, dass sie von uns wegen der Sache in New York enttäuscht sei und sie deshalb heute jemand anderen in die Villa da oben schicken will.«

»Hat sie auch verraten, weshalb das so dringend für sie ist?«

»Mit keiner Silbe. Ich vermute aber, das hängt mit dem Ami und ihrem großen Plan, den sie angeblich verfolgt, zusammen.«

»Ich fass das nicht! Wenn ich das richtig schnalle, besitzt der Typ da oben seit zig Jahren was, das sie nun unbedingt haben will. Und zwar auf den letzten Drücker.«

»Na ja, bis der Ami aufkreuzte, hatte sie dieses Ding offenbar nicht nötig. Außerdem hat sie irgendwas von einem Bannkreis um die Villa gefaselt, der es ihr und ihren Freundinnen bis dato unmöglich machte, diese zu betreten. Wie's scheint hat sie einen Weg gefunden, doch da reinzukommen. Genaues hat sie aber nicht verraten.«

»Das ist bestimmt wieder so ein Hokuspokus. Du weißt, dass wir für eine Irre arbeiten?«

»Eine Irre, die sehr gut bezahlt.«

Mokovitz schnalzte missbilligend mit der Zunge. »Das gefällt mir nicht. Seitdem der Typ aus New York in Paris rumspukt, ist zu viel schief gelaufen.«

»Und genau deshalb übernimmt sie den Job hier selbst. Die glaubt doch, sie hätte Satan auf ihrer Seite.«

»Weißt du, was ich glaube? Ich glaube, vielleicht hast du doch Recht, Perrin. Vielleicht sollten wir wirklich langsam aus der Sache aussteigen. Ist dir aufgefallen, wie nervös die Dubois war, als wir die Leichen aus ihrem Keller wegschaffen sollten?«

»Das kannst du laut sagen. So habe ich die noch nie erlebt.«

»Daran ist nur dieser Ami Schuld. Der besitzt was, was den hübschen Hintern unserer Chefin ganz schön auf Grundeis gehen lässt.«

Kurz nachdem sie den Ort passiert hatten, tauchte der Fluss wieder neben der Landstraße auf.

»Okay, gleich sind wir da«, beendete Perrin die Diskussion und drosselte die Geschwindigkeit.

»Ich kann's kaum erwarten«, knurrte Mokovitz.

Dann sagte eine Weile keiner ein Wort.

Osborne sah plötzlich einen Weg, die tonnenschweren Schuldgefühle, die wegen Odette Latours Tod auf ihm lasteten, zumindest ein wenig abzumindern. Seiner mahnenden inneren Stimme versprach er, er würde keinen Fehler mehr machen. Keinen einzigen.

*05 Uhr 38 – Bonnieres-sur-Seine*

Nach einigen hundert Metern verlangsamte der Laster die Fahrt und bog in eine Seitenstraße ab, wo die asphaltierte Fahrbahn bald in einen zugewucherten Feldweg überging. Zu beiden Seiten kratzte widerborstiges Gestrüpp über die Plane, während die Reifen durch Schlammlöcher platschten, die sich durch die Regenfälle gebildet hatten. Im Schritttempo schlich der Lastwagen am Wegende über eine Wiese. Schließlich bremste der Fahrer ab. Mit tuckerndem Dieselmotor setzte Perrin den Laster zurück und rollte langsam bis an den Rand der Uferböschung.

Osborne schlich vom Sichtfensterchen weg. Ungelenk schlüpfte er über die Leichen und bezog wieder seinen Beobachtungsposten an der Heckklappe. Die Plane schirmte ihn vor den Blicken Außenstehender ab, bot ihm selbst aber die Möglichkeit, durch den vertikalen Öffnungsschlitz nach draußen zu sehen. Breit, träge und schwarz floss die Seine greifbar nah dahin. Glucksend leckten schaumige Wellen ans Ufer.

Der blinde Passagier harrte reglos zwischen den Toten und wagte nicht, sich zu bewegen. Plötzlich trug der Nachtwind gedämpfte Stimmen heran. Mokovitz und Perrin stiegen aus dem Fahrerhaus und gingen um den Wagen herum. Sie unterhielten sich flüsternd. Raschelnde Schritte auf Gras wurden lauter. Leise vor sich hinfluchend kamen die Killer näher. Osbornes Ratlosigkeit wandelte sich zunehmend in unerträgliche Spannung.

Die beiden Verbrecher erreichten das Heck des Lasters und näherten sich dem Schlitz in der Plane. Knapp einen halben Meter vor dem Lauschposten ihres versteckten Fahrgastes blieben sie stehen. Perrin sprach leise. Mokovitz nickte. Dann stampften sie auf die Heckklappe zu. Nur wenige Zentimeter und eine dünne Plane trennten sie von dem Amerikaner. Der schluckte, musste aber feststellen, dass sein Mund zu trocken war. Wenn jetzt einer die Plane anhob, würde er unweigerlich in sein schreckerstarrtes Gesicht sehen.

Mokovitz hob die Plane nicht an. Beide Verschlusshaken, die die hintere Ladeklappe verriegelten, wurden heftig aufgestoßen. Die Klappe krachte nach unten. Noch schützte die herunterhängende Plane den Wissenschaftler. Dessen Gedanken überschlugen sich: Flieh! Spring raus! Überrumpel sie! Das ist deine einzige Chance!

Er musste fliehen, aber er konnte es nicht. Schon bei dem Gedanken an Flucht zitterte er noch heftiger. Stattdessen kauerte er bewegungslos da, biss die Zähne aufeinander und hoffte inständig auf ein Wunder. Er schloss die Augen. Über das ohrenbetäubende Hämmern seines Herzschlags hinweg hörte er, wie jemand das untere Ende der Plane ergriff, um sie zurückzuschlagen. Durch den schmalen Spalt erkannte er, dass Mokovitz zum Greifen nahe vor ihm stand. Perrin ging unterdessen zum Führerhaus zurück und stieg ein. Plötzlich überlegte es sich Mokovitz anders. Er ließ die Plane los, machte kehrt und stieg ebenfalls in das Führerhaus.

Nachdem die Anspannung nachließ, gewahrte Osborne, dass seine zitternde Hand einen Schienbeinknochen umklammerte. Wie elektrisiert ließ er ihn los.

Erneut war er von Totenstille umgeben. Ihm wurde bewusst, wie schweißnass sein Gesicht war, doch er wagte es nicht sich zu bewegen, um die Stirn abzuwischen. Regungslos hockte er in der Dunkelheit und wartete, dass irgendwas passierte. Es tat sich aber nichts. Sollte er vielleicht einen Blick nach draußen riskieren? Mit schwitzenden Handflächen griff er in die klaffende Lücke zwischen den beiden Stoffhälften. Vorsichtig spähte er nach draußen. Alles ruhig und still. Die Flusslandschaft wirkte erschreckend normal.

Er sollte die Gelegenheit nutzen, aus dem Leichwagen klettern, rasch zu der nahen Ortschaft laufen und die Polizei alarmieren. Langsam schob er die Plane weiter auseinander. In diesem Augenblick erwachte die Hydraulik der Ladefläche zum Leben und brachte Bewegung in die toten Körper. Eine bleiche Hand platschte auf Osbornes Knie, dann kugelte er auch schon zwischen Leichnamen über die Ladefläche. Auf der Suche nach Halt krallten sich seine Fingernägel an der Plane fest. Gebeine rollten über ihn hinweg. Bis zum Hals versank er zwischen toten Leibern wie in einer breiigen Teigmasse, bis ihn das Gewicht des ins Rutschen gekommenen Leichenberges von der Ladefläche herunterriss.

Nach einer Sekunde freien Falls schlug ein Schwall Eiswasser über dem Wissenschaftler zusammen. Ein Wirbel aus Gischt und Schwärze raubte ihm jede Orientierung. Der Fluss umschlang ihn mit eisigen Armen und nahm ihm den Atem. Er wollte schreien, doch Wasser füllte seinen Mund. Sein Triobalanzug sog sich voll und zog ihn wie ein Bleigewicht nach unten.

Eigentlich war er ein relativ guter Schwimmer, doch jetzt, in einem Wust Leichen verheddert, versank er wie ein Stein. Je heftiger er sich aus den Gliedmaßen herauszuwinden versuchte, desto mehr verfranste er sich in ihnen. Obwohl dem Bersten nah, weigerten sich seine Lungen, seinen vermutlich letzten Atemzug freizugeben. Strampelnd trat er um sich, hämmerte mit kraftlosen Fäusten gegen gefühllose Leiber. Unbeirrt blieben die Toten fest um ihn geschlungen, als wollten sie ihn für immer bei sich behalten. Panik und Entsetzen erreichten ungeahnte Höhen. Endlich lockerte sich der Griff seiner entseelten Gefährten. Mit drei, vier Zügen schnellte der Ertrinkende an die Wasseroberfläche, füllte seine Lungen gierig mit Sauerstoff und hustete heftig würgend verschlucktes Wasser aus. Ein Sog trieb ihn weiter vom Ufer weg und drehte seinen Körper im Kreis. Er ließ sich von der Strömung treiben. Das brachte ihn rasch fort und kostete wenig Kraft. In der Dunkelheit des Ufers sah er, wie die Rücklichter des wegfahrenden Lasters immer dichter zusammenrückten.

Obwohl die Kräfte langsam schwanden, schwamm Osborne weiter. Die Furcht vor dem Ertrinken zapfte immer neue Reserven an. Einige hundert Meter trug ihn die Strömung stromabwärts, bis er in das Totwasser des Ufers gelangte. Je näher er dem Festland kam, desto zäher wurde das trübe Wasser. Endlich spürte der Gestrandete festen Boden unter seinen Füßen, oder besser gesagt: schleimigen Schlamm. Unvorsichtigerweise stellte er sich aufrecht hin. Im nächsten Augenblick sank er bis zu den Knien in den wabernden Brei. Es war ein Gefühl, als wären die Beine am Boden festbetoniert. Mit jeder Sekunde sank er tiefer in den Morast; je verzweifelter er sich abmühte, die Beine freizubekommen, desto fester wurde der Klammergriff.

Mit beiden Armen ruderte er wild in den Wellen, aber er sank weiter tiefer und tiefer, bis seine Füße auf etwas Solides stießen. Zwar hatte er festen Grund unter sich, doch das Herausziehen der Beine aus dem Matsch überforderte seine Kräfte. Deshalb versuchte er es erst gar nicht, sondern schob sie durch die blubbernde Masse vorwärts. Und mit jedem Meter lockerte der seichter werdende Sumpf den Griff um die Waden ein wenig mehr.

Zwischen verfilztem Riedgras kletterte er schließlich ans Ufer. Dort stand er einige Sekunden lang regungslos da und schöpfte Luft. Schwer atmend genoss der Gerettete ein berauschendes Gefühl. Er lebte noch, was angesichts der Ereignisse aus jüngster Vergangenheit eine beachtliche Leistung war.

### *05 Uhr 53 – Bonnieres-sur-Seine*

Osborne überwand einen letzten Dünenkamm und legte erneut eine kurze Rast ein. Der kalte Wind klebte ihm die nasse Kleidung fest an den Köper. Hier draußen war es mindestens vier oder fünf Grad kühler als in der Stadt. Von der kleinen Anhöhe aus blickte er das Flusstal hinab. Träge und friedlich strömte die Seine dahin.

Er marschierte weiter, wobei er sich dicht am Ufer hielt. Wenn er querfeldein ging, war zwar die Wahrscheinlichkeit größer, auf eine Straße zu stoßen, aber genauso gut konnte er sich verlaufen und Gott weiß wo landen. Außer dem leisen Glucksen des Wassers durchbrachen nur seine durch den schmatzenden Schlamm platschenden Schuhe die beklemmende Stille. Langsam wurde der Boden zwar fester, dafür war das Gelände nun mit dornigem Buschwerk bewachsen. Schließlich erreichte er den holprigen Feldweg, über den der Laster hergekommen war. Bis auf den war hier offensichtlich seit Wochen kein Auto mehr gefahren. Entsprechend überwucherten hohes Gras und Unkraut den Weg. Mit jedem Schritt sank der einsame Wanderer entweder knöcheltief im Schlamm ein oder stolperte über eine Furche. Der Schweiß lief ihm in Rinnsalen über die Stirn, denn der Gewaltlauf durch Paris steckte ihm immer noch gewaltig in den Knochen. Bei jeder Bewegung zitterten die Beinmuskeln ein bisschen mehr und sein Atem ging schneller. Vor wenigen Stunden noch hätte er spätestens jetzt entmutigt und erschöpft die Segel gestrichen, hätte aufgegeben, weil das wesentlich bequemer und auch ungefährlicher war als das, was er jetzt vorhatte. Aber er war es leid, herumgeschubst zu werden. Er hatte es satt, dass seine Gedanken dauernd zum Ausgangspunkt zurückkehrten, so wie im Museum der Erinnerungen eines jeden Menschen schmerzhafte Exponate existierten und irgendetwas die Leute dazu trieb, die Narben an diese Erinnerungen, egal wie weh es tat, immer wieder aufzureißen. Wenn das Bewusstsein die Beschäftigung damit standhaft verweigerte, so holten es die Träume auf das Heimtückischste nach. Osborne war vor allem dieses einen Films im Kopf überdrüssig, der zeigte, was er in den vergangenen Stunden erlebt hatte. Und heute waren besonders viele Wiederholungen angesagt, fast wie im Fernsehen. Er kam sich inzwischen auch wie eine Figur in einem Film vor, die nicht dem eigenen Willen, sondern den Anweisungen eines Drehbuchs folgte. Doch er verspürte keine Lust mehr, sich weiter an den vorgegebenen Drehplan zu halten. Ihm war nicht zum ersten Mal in den vergangenen Stunden die Flucht aus einer scheinbar aussichtslosen Situation gelungen. Er hatte nie für möglich gehaltene Kräfte aktiviert und sogar Mumm bewiesen, zwar nur ansatzweise, aber immerhin. Deshalb würde er jetzt aktiv eingreifen und dadurch vielleicht eine überraschende Wendung zur Handlung beisteuern. Denn die Geschichte war noch nicht zu Ende.

Chantal Dubois plante etwas gegen den Bewohner der Villa in Bonnieres-sur-Seine. Vielleicht wollte sie ihn töten oder bestehlen, jedenfalls stand dieser jemand, den sie ins Visier genommen hatte, seiner Feindin genauso im Weg wie er. Es gab zwei Möglichkeiten, mit dieser Information umzugehen: Er konnte weiter davonrennen wie bisher, irgendwo untertauchen und sich verstecken, oder er konnte allmählich den Spieß umdrehen und diese Psychopathin aus dem Verkehr ziehen. Er wusste, das Risiko, das er dabei einging, war enorm. Aber im Gegensatz zu früher war er jetzt darauf vorbereitet. Er wollte keine Selbstjustiz, sondern genügend Indizien sammeln, damit die Polizei von Chantal Dubois Doppelleben erfuhr und sie stoppte. Da er bei seiner Mission jede Hilfe brauchen konnte, die sich anbot, und gemäß dem Motto ›ihre Feinde müssen meine Freunde sein‹, beschloss er, dem Unbekannten in dessen Villa einen kleinen Besuch abzustatten. Er würde dieser Dubois einen Strich durch ihre Pläne machen, indem er ihr potenzielles Opfer warnte. Später, wenn er wieder in New York war, würde er dann alles daransetzen, Françoise Fabian als Saboteurin zu entlarven. Weil sie wirklich eine war, mussten irgendwo Beweise existieren, die sie überführten. Aber warum hatten diese Wahnsinnigen sein KI-Programm überhaupt sabotiert? Nur um ihn zu einer Fahrt in die Rue de Chantilly zu verleiten? Das hätten sie auch einfacher haben können. Die Sabotage ergab einfach keinen Sinn. Ein weiterer wichtiger Punkt, der noch der Klärung bedurfte.

Um die beiden Killer würde er sich später auch noch kümmern. Weniger Auge in Auge als vielmehr durch die Polizei. Immerhin hatten sie ihm während der Fahrt einiges verraten, was er noch nicht wusste. Odette Latour lag also doch richtig mit ihrer Vermutung: Es gab einen wahnsinnigen Serienmörder, oder besser gesagt, eine Serienmörderin, die hunderte von Frauen entführt und bei blutigen Riten geopfert hatte. Doch wofür? Das musste und würde er auch noch enthüllen, dessen war er sich sicher.

Stoisch setzte er seinen Weg über den holprigen Pfad, der ihm im Augenblick wie das Ende der Welt vorkam, fort. Ein eisiger Wind pfiff über die Trostlosigkeit und Leere vermittelnde Ödnis. Ab und an lugte der Mond hinter einem Wolkenvorhang hervor und tauchte die Landschaft in gespenstisches Licht. Der Bodennebel wurde so dicht, dass Osborne manchmal seine Füße nicht mehr sah. Nach einigen hundert Schritten erreichte er die asphaltierte Landstraße und folgte ihr Richtung Paris.

Zumindest waren die Rahmenbedingungen für eine Flucht ideal. Es herrschte wenig Verkehr auf der Landstraße. Und wenn mal Scheinwerfer aus der Dunkelheit auftauchten, tauchte er hinter ein Gebüsch ab. Möglicherweise hing sein Leben davon ab, dass ihn die Insassen eines Fahrzeuges nicht entdeckten.

Endlich erreichte er Bonnieres-sur-Seine, das erste Etappenziel seines Feldzuges gegen Chantal Dubois. Auf einer Erhebung oberhalb des Dorfes hoben sich scharf die wuchtigen Umrisse des gesuchten Anwesens vom dunkelgrauen Himmel ab. Ein paar Sekunden, die die Illusion von Frieden und Ruhe vermittelten, genoss er diesen Augenblick. Als er weiterging, leuchtete ein Blitz grell auf. Es dauerte mehrere Sekunden, ehe das dumpfe Grollen des Donners folgte. Das war schon seltsam, denn seit gestern Abend lauerte das Unwetter vor den Toren von Paris, als wartete es auf ein Signal zum Zuschlagen.

Der Wissenschaftler durchquerte den kleinen Ort am Fuße des Hügels. Nebel kam auf und wurde so dicht, dass er die Konturen der Häuser am Ende der Hauptstraße kaum mehr ausmachen konnte. Ungefähr auf der Hälfte der Strecke bog er in eine schmale Gasse ab, die relativ steil nach oben führte. Sie war ziemlich finster, und Finsternis war momentan sein bester und verlässlichster Freund. Die letzten Häuser, die die Gasse säumten, waren schief und alt. Bei den meisten waren die Fenster vernagelt. Hinter dem letzten Haus endete der asphaltierte Weg und ging in einen desolaten Feldweg über. Der Regen hatte den Boden in Schlamm verwandelt. Bei jedem Schritt versackten die Schuhe bis über die Schnürsenkel wie in dickflüssigen Sirup. Aber der einsame Wanderer hatte in dieser Nacht schon Schlimmeres erlebt.

*06 Uhr 36 – Bonnieres-sur-Seine*

Osborne verließ den Weg und ging querfeldein. Er stieg den Hang an der flachsten Stelle hinauf, statt den kürzesten Weg entlang des Dornengestrüpps zu nehmen. Der direkte Weg war beileibe nicht so einfach. Zuerst hätte er sich durch ein Gewirr von Brennnesseln kämpfen müssen, die eine fast undurchdringliche Barriere bildeten. Danach folgte eine zweite Hürde in Form dichter Brombeersträucher. Das erschien ihm doch zu mühselig.

Er überquerte ödes Brachland, passierte einige vereinzelt wuchernde Büsche und erreichte die Villa, die hinter einer hohen, von Efeu überwucherten Steinmauer verborgen lag. Alles, was er dahinter sehen konnte, waren die Silhouetten des Daches inmitten mächtiger Baumwipfel. Er ging weiter, bis er ein schmiedeeisernes Tor fand, das vergeblich dem Rost zu trotzen versuchte, und stemmte sich dagegen. Der erste Versuch brachte keinen Erfolg. Nur durch Anheben und Wegschieben ließ es sich öffnen. Knirschend und quietschend bewegte sich der Flügel über das Kiesgeröll. Als es weit genug offen stand, zwängte sich der Besucher hindurch.

Die sanft ansteigende Zufahrt war nur noch ein schmaler, verwahrloster Pfad. Disteln und Dornengestrüpp wucherten auf dem schorfig kargen Rasen, der da und dort aus ein paar armseligen Grasbüscheln bestand. Der Park wirkte tot. Skelettartige Ulmen streckten ihre kahlen Äste wie Knochenfinger in den Nachthimmel. Am Ende der Auffahrt stand Osborne dann vor der alten Villa. Die Ziegelsteinfassade wurde von mehreren Erkern verziert. Unter einem schindelverkleideten Walmdach befand sich ein Balkon, der auf zwei Steinsäulen ruhte und den Hauseingang überragte. Besonders stachen die hohen Giebelfenster und die schieferüberdachten Türmchen ins Auge. Vor vielen Jahrzehnten war dies ein prächtiges Gebäude gewesen. Was von weitem noch nach Verwahrlosung ausgesehen hatte, zeigte von nahem alle Zeichen des Verfalls. In der bröcklig gewordenen Fassade hatte Unkraut Wurzeln gefasst, das wie zerfaserte Nervenenden aus klaffenden Ritzen hing. Regen und Wind hatten den einst weißen Putz mit einer fleckigen Mischung aus verschiedensten Grau-Braun-Grüntönen übertüncht. Neben der Haustür rosteten zwei Außenlaternen vor sich hin. Eine schmale Stufenreihe führte auf eine kleine Veranda unter dem Balkon. Da es keine Klingel gab, hämmerte Osborne mit der Faust gegen die schwere Eichentür. Als sich nach wiederholtem Klopfen nichts rührte, legte er eine Hand auf den Türgriff und drückte ihn prüfend herunter. Zu seiner Überraschung war die Tür unverschlossen. Vorsichtig öffnete er sie einen Spalt weit und riskierte einen Blick hindurch. Dahinter herrschte rabenschwarze Finsternis. Im ersten Moment schreckte er davor zurück, dann überwand er seine Scheu und trat ein.

Im Innern des Hauses war es noch frostiger als draußen. Es war eins dieser typischen Herrschaftshäuser, in denen zu Glanzzeiten ganze Heerscharen von Bediensteten gewirkt hatten. Heute lebten hier mit Sicherheit keine Dienstboten mehr. Es erschien zweifelhaft, ob überhaupt noch jemand hier hauste. Wie in einer Gruft hallte das Echo der Schritte beim Durchqueren der Diele. Entweder hatte jemand die Sicherung herausgedreht, alle Glühbirnen entfernt, oder den Strom abgestellt. Jedenfalls brannte im Erdgeschoss kein Licht.

Osborne ließ den Flur hinter sich und betrat einen kleinen Salon. Alle Fensterläden waren offen, so dass zumindest ein diffuser Hauch Zwielicht von draußen einsickern konnte. Jeder Schritt wirbelte eine Staubwolke aus den mottenzerfressenen Teppichen auf. Die Möbel waren ausnahmslos mit Tüchern verhüllt.

Er schlenderte weiter im Erdgeschoss umher und schaute in die Räume, an denen er vorbeikam. Es gab ein geräumiges Esszimmer und einen großen Salon mit einem offenen Kamin. In der Zimmermitte standen ein runder Tisch, ein Sofa und ein Sessel. Der Putz an den Wänden wies viele schadhafte Stellen, Sprünge, Risse und abgebröckeltes Mauerwerk auf. Das Gitter des Kamins, der seit langen Jahren kein Feuer mehr gesehen hatte, war rostzerfressen. An den Fenstern hingen schwere Brokatvorhänge, deren Säume von Mäusen angenagt waren. Hinter der nächsten Tür befand sich eine Bibliothek. Uralte Bücher reihten sich in den deckenhohen Wandregalen aneinander. Auch hier lag alles unter einer dicken Staubschicht begraben. Nachdem der Besucher einen flüchtigen Blick auf die Bücher geworfen hatte, schaute er sich weiter in dem Gebäude um. Nirgendwo ließ sich ein Mensch blicken; offenbar stand die Villa leer. Andererseits war es aber schon verwunderlich, dass jemand die alten Bücher und Möbel vergammeln ließ.

In diesem Moment knallte irgendwo eine Tür zu.

Osborne blieb wie erstarrt stehen. Er konnte sich nicht daran erinnern, eine Tür offen gelassen zu haben, und horchte angestrengt. Als er nichts hörte, setzte er den eingeschlagenen Weg fort. Der Flur mündete in einem pompösen Treppenhaus, dessen Mittelpunkt eine geschwungene Freitreppe bildete, die ins Obergeschoss führte. Ihre Stufen verloren sich am oberen Ende in der Dunkelheit. Unschlüssig verharrte er davor. Sollte er nach oben gehen, oder lieber nicht?

Da durchbrach eine Art Klopfgeräusch, gefolgt von leisem Scharren, die Stille. Erschrocken fuhr er zusammen. Bildete er sich das nur ein, oder hatte er gerade wirklich Schritte und das Knarren von Bodendielen gehört? Schleppende, langsame Schritte. Er war sich nicht sicher und wünschte, seine Zähne würden weniger laut klappern. Der Triobalanzug klebte immer noch klamm an ihm und fühlte sich widerlich an. Trotzdem presste er die Arme fest an; Kälte war aber nicht der einzige Grund für sein Zittern. Als sich die Geräusche im ersten Stockwerk wiederholten, raste sein Herz wie wild. Angespannt lauschte er, aber das Knarren war jetzt verstummt.

Ratlos starrte er die Treppe hinauf. Im ersten Impuls hätte er das Haus am liebsten schleunigst wieder verlassen. Aber wenn hier wirklich jemand wohnte, musste er ihn vor Chantal Dubois Plänen warnen.

Zögerlich griff er im Halbdunkel nach dem Handlauf und tastete sich Stufe für Stufe die Treppe hinauf. Als er den höchsten Treppenabsatz erreichte, herrschte eine bedrückende Ruhe. Rechts führte ein schmaler Flur an geschlossenen Türen vorbei. Links sickerte unter einer Tür gelblicher Lichtschimmer hindurch. Langsam trat er vor die Tür und streckte die Hand aus. Seine Finger umschlossen die kalte, raue Messingoberfläche der Klinke. Einen Augenblick widerstand sie dem Druck. Dann öffnete sich die Tür und er betrat ein Schlafgemach. Der ganze Raum schien in Flammen zu stehen.

*07 Uhr 24 – Bonnieres-sur-Seine*

Flackerndes Kerzenlicht gab das Geheimnis des Zimmers preis. Neben einem runden Tisch am Fenster standen zwei Ohrensessel. Die schweren Damastvorhänge waren zugezogen. Verschiedene Gerüche – Mief, Wachs, Mottenkugeln, Staub – strömten dem Eintretenden entgegen, der seine Aufmerksamkeit auf das Bett richtete. Ein schwerer Kerzenleuchter mit jeweils einer brennenden Kerze stand neben jedem der vier Eckpfosten. Im Bett lag ein alter Mann von vielleicht neunzig Jahren, der ein grobes Leinennachthemd trug. Sein Körper bestand nur noch aus eingetrockneter Pergamenthaut und Knochen, die von vorstehenden Sehnensträngen zusammengehalten wurden. Das greise Haar war so schütter, dass die rosa Kopfhaut darunter hervorschaute. Sein Gesicht war tief zerfurcht, ausgezehrt, in sich zusammengefallen und vom nahen Tod gezeichnet. Die blauädrigen Lider des Alten zuckten genau wie seine ausgetrockneten Lippen. Gekrümmt wie Vogelkrallen ruhten die mageren Finger auf der Bettdecke. Als sich Osborne dem Mann näherte, verspürte er so etwas wie Ehrfurcht.

»Ähem ...«, räusperte er sich verlegen. »Entschuldigen Sie, aber die Haustür war offen und ich muss dringend mit Ihnen reden. Es ist sehr wichtig.«

Er trat an das Bett. Nachdem der Alte keine Antwort gegeben hatte, setzte er erneut zu einer Erklärung an, doch der Sterbende kam ihm zuvor: »Ich wusste, dass Sie kommen würden, Monsieur Osborne.«

## XIII. KAPITEL

# Der Fluch der Tempelritter

*07 Uhr 25 – Bonnieres-sur-Seine*

»Sie kennen mich?« Osborne war zutiefst erschüttert. »Woher?«

»Der Graf von Saint-Germain sagte mir, Sie würden kommen, wenn die Zeit reif ist.«

»Der Graf …? Wann soll er das denn gesagt haben?«

»Vor etwa vierzig Jahren. Aus diesem Anlass besuchte er mich nach über zweihundert Jahren. Wir hatten damals einen dummen Streit und uns deshalb lange nicht gesehen.«

»Aber …« Sein erster Gedanke war, dass er sich verhört hatte.

»Kein aber. Akzeptieren Sie, was ich Ihnen sage, Monsieur. Folgen Sie Ihrem Schicksal. Glauben Sie etwa, das war Ihre freie Entscheidung, dass Sie heute hier sind? Glauben Sie, Sie hätten die Freiheit, einfach irgendwohin zu gehen, als sei nichts passiert? Haben Sie das nicht mehrmals in den vergangenen Stunden versucht? Und hat das Schicksal Sie nicht immer wieder eingeholt? Was auch seit Ihrer Ankunft in Paris geschehen ist, Sie können es nicht auf eine Serie unzusammenhängender Zufälligkeiten reduzieren. Nennen Sie es meinetwegen Schicksal, Vorbestimmung oder Gott, aber irgendetwas manipuliert Sie, zwingt Ihnen seinen Willen auf, damit die Dinge im Lot bleiben. Aus Ihnen vielleicht noch unerfindlichen Gründen besitzen Sie die erforderlichen Voraussetzungen dafür.«

»Soll das etwa heißen, dass nichts, was ich mache, frei gewählt ist?«, fragte er verwirrt.

»Das ist richtig.«

»Wer sind Sie?« Osbornes Stimme klang gereizt.

»Ich bin der Graf Beaujeu«, antwortete der Alte ruhig. »Der letzte Ritter vom Orden der T . Vielleicht haben Sie schon einmal etwas von uns gehört.«

Natürlich kannte der Wissenschaftler den Ritterorden, dessen Mitglieder lange, weiße Gewänder mit einem roten Kreuz über der Rüstung trugen. Die Tempelherren galten als die großen Hexenmeister des Mittelalters, deren Lehren bis in die Gegenwart Geheimgesellschaften und okkulte Bräuche beeinflussten.

»Um keinen anderen Orden ranken sich so viele Legenden wie um den der Templer«, fuhr der Alte fort. »Als Einziger kenne ich die Wahrheit.«

»Entschuldigen Sie, dass ich Sie unterbreche, aber ich bin wegen etwas sehr Wichtigem hier. Ich muss Sie warnen.«

»Möchten Sie es hören?«

»Wie bitte?«

»Ich sagte: Möchten Sie es hören?«

»Was meinen Sie?«

»Das wahre Geheimnis der Tempelritter.«

»Habe ich denn eine Wahl?«

»Haben Sie einen besseren Vorschlag, wie wir die Wartezeit überbrücken können, außer mit etwas Konversation?«

»Welche Wartezeit?«

»Bis die Gäste eintreffen.«

»Sie erwarten Besuch?«

»Nicht ich. Sie!«

»Ich? Wer sollte wissen, dass ich hier bin?«

»Ich hatte es gewusst.«

»Na schön. Hat dieser Besuch auch Namen?«

»Lassen Sie sich überraschen.«

»Nein danke, mein Bedarf an Überraschungen ist für den Rest meines Lebens gedeckt. Ich gehe lieber. Vorher muss ich aber unbedingt mit Ihnen reden.«

»Das tun Sie doch bereits.«

»Sie schweben in großer Gefahr.«

Der Mann schwieg.

»Man will Ihnen etwas antun, Sie möglicherweise ermorden.«

Der Mann schwieg weiter.

»Noch heute.«

Der Mann schwieg immer noch.

»Haben Sie verstanden, was ich gesagt habe? Eine gewisse Chantal Dubois führt etwas gegen Sie im Schilde.«

»Ich weiß.«

»S-Sie wissen?«

»Es tut mir Leid, wenn Sie das überrascht.«

»Aber wieso sind Sie dann noch hier? Können Sie nicht weg, oder wollen Sie nicht?«

»Ich will nicht.«

»Na gut, Ihre Entscheidung. Dann kann ich ja guten Gewissens gehen. Sie haben nicht zufällig ein Telefon, mit dem ich ein Taxi rufen könnte?«

»Es wäre überaus wichtig, wenn Sie auf Ihren Besuch warten würden, Monsieur. Dabei geht es auch um Chantal Dubois.«

»Für wen wäre es überaus wichtig? Für mich oder meinen ominösen Besuch?«

»Für die Menschheit.«

»Sie machen mich neugierig.«

»Ich verspreche Ihnen, Ihre Neugierde wird nicht enttäuscht.«

»Na schön, ich bleibe noch ein bisschen. Vielleicht kann mich ja mein Besucher nach Paris mitnehmen. Also, dann fahren Sie mal mit Ihrer Geschichte fort.« Osborne nahm auf dem Sessel Platz und schlug die Beine übereinander.

»Die Geschichte der Templer begann im Juli Anno 1099«, erzählte der alte Mann.

»Damals nahm Hugo de Payens, ein 19-jähriger Edelmann aus der Champagne, an dem ersten Kreuzzug teil. Er war Zeuge, als die Ritter im Namen Christus über siebzigtausend unbewaffnete Einwohner Jerusalems, Männer, Frauen und Kinder, auf brutalste Weise niedermetzelten. Desillusioniert kehrte er nach Frankreich zu seinem Onkel Hugo de Champagne zurück. Fünf Jahre später reisten beide zusammen ins Heilige Land, wo sie mehrere Jahre lang nach uralten Schriften suchten. Die gefundenen Dokumente händigten sie in Frankreich Mönchen des Zisterzienserordens aus, die sie auswerteten. Die gedeuteten Texte waren von so großer Wichtigkeit, dass Hugo de Payens und sein Onkel erneut ins Heilige Land aufbrachen, von wo aus sie mit weiteren hebräischen Überlieferungen zurückkehrten. Vier Jahre danach gründete Hugo de Payens in Jerusalem mit fünf Rittern und zwei Zisterziensermönchen eine Bruderschaft. Sie gelobten Armut, Keuschheit, Gehorsam und ein Handeln frei von jeglichem Streben nach Reichtum oder Macht. Der König von Jerusalem, Balduin I., überließ ihnen einen Flügel seines Palastes als Ordenshaus. Weil es über den Fundamenten von Salomons Tempel stand, nannte sich die Bruderschaft ›Pauperes commilitones Christi Templique Salomonis‹, die ›Armen Kriegskameraden Christi und des Tempels Salomons‹. Manche bezeichneten sie auch als ›Militia templi‹, den ›Orden der Tempelritter‹, die ›Ritter des Tempels von Salomon‹ oder einfach nur ›Tempelherren‹. Im Lauf der Jahrhunderte gelangten die Templer in den Besitz riesiger Ländereien. Hinzu kamen die von den Muselmanen erbeuteten Schätze. Mit dem Geld vergrößerten sie systematisch Macht und Einfluss. Auch nach Aufgabe des Heiligen Landes blieb die Autorität des Ordens in Europa ungebrochen. Sein unglaublicher Reichtum weckte jedoch die Begehrlichkeiten weltlicher und kirchlicher Herrscher.

Anfangs des vierzehnten Jahrhunderts versuchte der verarmte französische König Philipp IV. in den Besitz des Templerschatzes zu kommen. Vor allem der Temple von Paris barg ungeheuere Reichtümer. Am Freitag, dem 13. Oktober 1307, verfügten der König und sein Komplize Papst Clemens V. die Auflösung des Ordens. In ganz Frankreich wurden etwa fünfzehntausend Templer verhaftet und ihre Reichtümer beschlagnahmt. Die Gier nach Reichtum war aber nicht das einzige Motiv des französischen Königs. Im Temple von Paris hatte er es auf einen viel kostbareren Schatz abgesehen: auf ein geheimes Buch, das die Welt in ihren Grundfesten erschüttern könnte. Doch als die Soldaten den Temple stürmten, war nicht nur alles Gold und Silber weg, es fehlten auch sämtliche Dokumente und Bücher.

Soweit die geschichtlichen Fakten. Kommen wir nun zu den Spekulationen über die wahren Motive und Geheimnisse der Tempelritter. Offiziell stellten die Ordensmitglieder ihr Leben ganz in den Dienst Christi; sie schützten die Pilger und kämpften gegen die Ungläubigen. In Wahrheit aber sei die Bergung eines geheimen Schatzes, der tief unter den Mauern des ersten jüdischen Tempels von Jerusalem begraben lag, ihr Ziel gewesen. Deshalb hätten sie ihr Hauptquartier über den Fundamenten von Salomons Tempel errichtet, dort wo heute die al-Aksa-Moschee steht. Neun Jahre suchten sie nach dem Schatz, ehe sie ihn endlich fanden. In diesen Jahren fanden auch keinerlei Kämpfe gegen Räuber oder Muslime statt. Die Templer widmeten sich ausschließlich archäologischen Ausgrabungen. Wie der gefundene Schatz aussah und um was es sich genau handelte, darüber gibt es nur Gerüchte; angefangen vom Heiligen Gral bis hin zu geheimen Schriftrollen aus der Zeit Moses. Man munkelte auch, die Templer hätten die Bundeslade gesucht und gefunden.«

»Entschuldigen Sie, dass ich Sie unterbreche«, meldete sich Osborne zu Wort. »Das ist ja alles interessant, aber können wir das nicht irgendwann anders besprechen. Ich habe eine ziemlich schlimme Nacht hinter mir und möchte in ein warmes Bett, wenn möglich in einem Hotel. Ich würde mir jetzt doch gerne ein Taxi rufen. Ihr Besuch scheint nicht mehr zu kommen.«

»Ich kann Ihre Ungeduld gut verstehen. Trotzdem möchte ich Sie bitten, mir noch bis zum Ende zuzuhören.«

Verärgert lehnte sich der Amerikaner zurück. Er war es gewohnt, sich auf wissenschaftlichen Kongressen ellenlange und mitunter unglaublich langweilige Vorträge anhören zu müssen; jetzt war er aber wirklich nicht in der Stimmung dazu.

»Am 7. Oktober 1307 weihte unser Großmeister Jaques de Molay mich, seinen Freund und Neffen des vorigen Großmeisters, in die Geheimnisse der Templer ein«, fuhr der Alte fort.

»Wollen Sie damit etwa behaupten, Sie seien über sechshundert Jahre alt?«, unterbrach sein Zuhörer ihn erneut.

»Für Sie mag es unwahrscheinlich klingen, aber lassen Sie mich meine Geschichte ganz zu Ende erzählen, dann werden Sie mir vielleicht glauben.«

Obwohl sein Gast das stark bezweifelte, nickte er. Natürlich bildete sich der Mann sein hohes Alter nur ein. Niemand konnte so alt werden. Hundert Jahre vielleicht, oder hundertzwanzig, ja. Alles darüber hinaus war biologisch unmöglich. Er hatte zwar in den vergangenen Stunden gelernt, eine Menge verrückter Dinge zu akzeptieren, aber dass ein Mensch sechshundert Jahre alt sein sollte, das war etwas zuviel.

»Das, was die Templer unter den Ruinen des Jerusalemer Tempels fanden, brachten sie heimlich nach Paris. Es hatte nichts mit dem Heiligen Gral, oder mit Gold oder Geld zu tun. Es handelte sich um etwas viel Kostbareres. Wenige Tage bevor König Philip IV. von Frankreich den Überfall auf die Templer befahl, führte mich der Großmeister in die Krypta des Temple von Paris. Dort befand sich der Sarg meines Onkels mit einem kristallenen Schrein, der eine kostbare Reliquie barg: den Zeigefinger des heiligen Johannes des Täufers. Der Großmeister gab mir drei Schlüssel, mit denen ich, sollte einmal Unglück über die Tempelritter hereinbrechen, den doppelten Boden des Sarges öffnen konnte. Darin ruhten die Krone der Könige von Jerusalem, vier goldene Figuren der Evangelisten, die sich ursprünglich am heiligen Grab befanden, ein siebenarmiger Goldleuchter und das Kostbarste von allem: ein Foliant ›Das Buch des Abyssus‹. Es wurde lange vor unserer Zeitrechnung verfasst und beschreibt die hochkomplexen Zeremonien zur Überwindung der Kluft zwischen dem Sterblichen und Göttlichen. Überall, wo es auftauchte, brachte es Unglück und Tod mit sich. Es liegt ein Fluch auf ihm!«

»Verzeihen Sie, dass ich nicht an Ihren gesunden Menschenverstand appelliere, aber bedenken Sie, auch das Unerklärliche hat letztendlich immer eine rational erklärbare Ursache.«

»Das streite ich auch gar nicht ab, Monsieur. Jedenfalls war dies der Schatz, den die Tempelritter vor Jahrhunderten heimlich aus Jerusalem mitgebracht hatten. An dem Tag, an dem mir der Großmeister Jaques de Molay die Schlüssel für den Schatz anvertraute, zeigte er mir ebenfalls, dass die beiden Säulen im Chor des Temple hohl waren und große Geldsummen bargen. Man musste nur die Kapitelle entfernen, um sie zu entnehmen. Knapp eine Woche später stürmten Soldaten des Königs den Temple von Paris und verhafteten den Großmeister und alle Ritter. Die Kirche half uns nicht. Seit dem Scheitern des letzten Kreuzzuges lag der Orden in Fehde mit dem Papst. Hunderte meiner Brüder wurden der Ketzerei beschuldigt und erlitten den Tod durch den Scheiterhaufen. Kurz bevor die Flammen den Großmeister Jaques de Molay verschlangen, verfluchte er den Papst und den König samt Familie: Papst Clemens würde er binnen eines Monats vor das göttliche Gericht laden, König Philipp innerhalb eines Jahres. Der Papst, der als der ›verfluchte Papst‹ in die Geschichte eingehen sollte, verstarb elf Monate später. König Philipp verunglückte nach anderthalb Jahren bei einem Jagdunfall tödlich. Der Fluch der Tempelritter hatte sich erfüllt und führte darüber hinaus Frankreich bis an den Rand des Untergangs. Da die Erben König Philips IV. keine Söhne hinterließen besiegelte dies nach Salischem Recht das Ende der Kapetinger-Dynastie. Philipp von Valois, der nächste Verwandte des toten Königs, beanspruchte die Krone. Dagegen protestierte der englische König Eduard III., weil er den französischen Thron für sich forderte. Die Streitigkeiten führten schließlich zum Hundertjährigen Krieg zwischen beiden Ländern.

Sie sehen, Monsieur, der Schatz der Tempelritter hat allen Beteiligten nur Unglück gebracht. Dabei hatte der Auslöser, König Philip IV., diesen sagenhaften Schatz noch nicht einmal gefunden. Noch heute wird im ganzen Land danach gesucht. Gewisse Quellen behaupten, einige Tempelritter seien mit dem Schatz nach England geflohen und hätten ihn dann in Schottland in der geheimnisumwitterten Roslyn Chapel unter einer Krypta vergraben. In Wahrheit entzog ich mich mit neun anderen Tempelrittern der Verhaftungswelle vom 13. Oktober 1307. Später veranlasste ich die Überführung des Sarges meines Onkels mit dem darin versteckten Schatz aus der Gruft des Tempels in mein Schloss d'Arginy, einer Dépendance von Beaujeu.«

»Gut und schön«, seufzte Osborne. »Aber das erklärt immer noch nicht Ihr biblisches Alter.«

Unvermittelt schlug der Tempelritter die Hände vor sein Gesicht. Es dauerte einige Augenblicke, ehe er sich soweit gefasst hatte, dass er weiterreden konnte.

»Ich beschritt einen Pfad, den ich nicht hätte gehen sollen«, sagte er mit monotoner Stimme. »Warum ich es tat? Ich wollte ewig leben. Die zehn Stufen bis zum Abyssus verliehen mir die Macht dazu.«

»Abyssus?« Osborne erinnerte sich plötzlich daran, dass auch Françoise Fabian diesen Begriff benutzt hatte. »Was soll das sein? Sie erwähnten eben etwas von einer Kluft.«

»Ich glaube, der Begriff ›Abgrund‹ trifft eher zu.«

»Ein symbolischer Abgrund? Oder sprechen wir hier von einer realen Landschaft?«

»Wir sprechen von einem realen Abgrund, aber nicht in dieser Welt.«

»Sondern?«

»In einer spirituellen Dimension.«

»Tut mir Leid, da kann ich nicht ganz folgen.«

»Der Abyssus befindet sich am Ende des Pfades der Erkenntnis. Dort trennt er das Sterbliche vom Göttlichen.«

»Hören Sie bitte mit solchem Unsinn auf«, stöhnte der Amerikaner.

»Entschuldigen Sie, aber ich hatte den Eindruck, Sie wollten die Wahrheit wissen.«

»Die Wahrheit? Was für eine Wahrheit? Die Wahrheit über Hirngespinste?«

»Nun, diese Hirngespinste, wie Sie sie nennen, könnten Ihnen und den übrigen Bewohnern dieses Planeten erhebliche Schwierigkeiten bereiten, falls sie in falsche Hände geraten. Wie gesagt, ich besitze dieses Buch. Es weist den Weg bis zum Abyssus und darüber hinaus zur Göttlichkeit. Der Begriff ›Abyssus‹ entstammt der Terminologie der Kabbala. Vielleicht haben Sie schon von dieser Lehre gehört. Aus dem Hebräischen übersetzt bedeutet Kabbala ›Überlieferung‹, ›Übernahme‹ oder ›Weiterleitung‹. Die Wurzeln der Geheimlehre finden sich in der Heiligen Schrift der Juden, der Tora. Der Abyssus in der Kabbala bezeichnet den Abgrund zwischen der Trinität Gottes und seiner Schöpfung, die der Sündenfall voneinander trennte. Zur Überwindung dieser Kluft schuf Gott ein System von zehn Stufen: die Sefiroth. Der Begriff ›Sefiroth‹, beziehungsweise ›Sefira‹ im Singular, stammt aus dem Hebräischen und bedeutet ›Ziffer‹. Viele Jahrhunderte wurde das Wissen über die Sefiroth von Mund zu Mund weitergegeben. Erst zwischen dem dritten und sechsten Jahrhundert wurde es schriftlich dokumentiert. Die Sefiroth waren die Früchte am Lebensbaum, der eine abstrahierte Darstellung der Schöpfung ist.

Sefira I ›Kätar‹ symbolisiert die Krone als Zeichen der Macht. Sefira II ›Chochmah‹ ist die Weisheit, Klugheit und Geschicklichkeit. Sefira III ›Binah‹ ist die Stufe der Einsicht, des Verstandes und der analytischen Intelligenz. Sefira IV ›Chäsäd‹ ist die Ebene der Liebe, der Gnade und der Gunst. Sefira V ›Geburah‹ steht für Stärke, für Macht, den Sieg und die Gerechtigkeit. Sefira VI ›Tif'ärät‹ ist die Verherrlichung, der Ruhm und die Schönheit. Sefira VII ›Näçach‹ ist die Stufe der Dauer, der Beständigkeit, des Sieges, des Ruhmes und des Blutes. Sefira VIII ›Hôd‹ steht für die Ebene der Pracht und des Glanzes. Sefira IX ›Jesôd‹ gilt als Fundament, als Grundstein oder Grundlage. Sefira X ›Malkût‹ ist die Stufe der Königsherrschaft und der Regierung.

Die Sefiroth symbolisieren die unterschiedlichen Zustände von Geist und Materie und befähigen den Menschen, Gott zu verstehen. Sie befinden sich in jedem von uns, allerdings nicht als Ganzes, sondern als Bruchstücke. Der Sündenfall zerstörte ihre Einheit und ermöglichte so dem Bösen den Einzug in unsere Welt. Nur wer den Abyssus überwindet, gelangt zu einem göttlichen Bewusstsein, das ihn vom Bösen befreit. Jenseits des Abyssus erschließt sich ihm die Quelle allen Wissens. Ihm offenbaren sich die tiefsten Geheimnisse unserer Existenz. Man könnte auch sagen, die Sefiroth sind die Stufen zu Gott oder sogar zur Vergöttlichung, denn sie können einen Menschen zu Gott machen. Allerdings vermag nur ein Adept, jemand der in das geheime Ritual des Abyssus eingeweiht ist, den Abgrund zu überwinden. Für Uneingeweihte ist es ein nicht ganz ungefährliches Unterfangen. Denn für Abyssus wird auch der Begriff ›Abaddon‹ verwendet, womit das Totenreich Sche'ol gemeint ist, in dessen bodenlosen Tiefen die elfte Sefira namens Daath haust. Daath bezeichnet man auch als die elfte Station des kabbalistischen Lebensbaumes. Er ist die Trennung von dem, was der menschliche Verstand wahrnimmt und begreift, und dem Göttlichen. Daath bestraft jeden auf das Grausamste, der bei der Überbrückung des Abgrundes scheitert.«

»Mal sehen, ob ich das jetzt richtig verstehe«, seufzte Osborne. »Reden wir bei diesem Daath vom Teufel?«

»Genau weiß das wohl niemand, da noch niemand von jenseits des Abyssus zurückkehrte. Spontan fällt mir dazu ein, dass Luzifer und seine Verbündeten von Gott in einen Abgrund gestürzt wurden. Möglicherweise wurden die gestürzten Engel in den Abyssus verbannt. Vielleicht ist die elfte Sefira der Tod, vielleicht der Teufel, vielleicht aber nichts von beidem, sondern etwas noch viel Schrecklicheres.«

»Etwas Schrecklicheres als den Tod kann ich mir beim besten Willen nicht vorstellen.«

»Glauben Sie mir. Es gibt Dinge, die viel schrecklicher sind, wenngleich ich Ihnen zustimmen muss, dass das meiste davon wirklich unvorstellbar ist.«

»Wir sprechen hier von etwas, von dem eigentlich niemand weiß, was es genau ist? Wer sagt Ihnen denn, dass es sich dabei nicht um Einbildung handelt? Da hatte irgendwer irgendwann mal die fixe Idee, dass es so etwas wie diese elfte Sefira geben muss; er erzählte es weiter und plötzlich glaubten eine ganze Reihe von Spinnern daran. So entstehen Mythen, Legenden und Verschwörungstheorien.«

»Oh, seien Sie versichert, dass eine Verbindung zur elften Sefira in Ihnen existiert. So wie auch eine Verbindung zu Gott in Ihnen existiert. Allerdings trennt der Abyssus die Realität vom Spirituellen.«

Osborne verdrehte genervt die Augen.

»Mein ganzes Leben widmete ich diesem Buch«, fuhr der Alte unbeirrt fort. »Ich habe mir das Studium der zehn Sefiroth zur Lebensaufgabe gemacht. Der moderne Mensch des einundzwanzigsten Jahrhunderts meint, alle Rätsel der Vergangenheit seien gelöst, dass diese hauptsächlich auf simplem Aberglauben oder auf Märchen beruhten, und er sich nun der Enthüllung neuer Geheimnisse im Reich der Wissenschaften, zum Beispiel in der Gen- und Nano-Technologie, zuwenden kann. Doch einige Mysterien vergangener Zeitalter blieben ungelöst. Eines der größten und furchtbarsten davon befindet sich hier in diesem Raum. Ich bin ein Mensch, der am eigenen Leib erfahren musste, wie grausam ein gelüftetes Rätsel sein kann.« Einen Moment lang schaute er seinem Gegenüber direkt in die Augen, dann sprach er leise weiter. »Ich sage Ihnen nur, was ich weiß. Vielleicht rette ich

Ihnen dadurch heute das Leben. Aber dafür müssen Sie mir versprechen, dass Sie mir helfen, wenn ich Sie darum bitte.«

»Was reden Sie da?«, erschrak Osborne. »Schwebe ich hier etwa immer noch in Lebensgefahr? Wobei soll ich Ihnen helfen?«

»Keine Sorge. Hier sind Sie sicher. Im Augenblick zumindest. Was Ihre zweite Frage angeht, so werde ich darauf zurückkommen, wenn es soweit ist. Doch die Zeit drängt, lassen Sie mich deshalb bitte fortfahren.«

»Ich helfe Ihnen, Sie helfen mir. Das ist ein fairer Deal.« Der Amerikaner zuckte schicksalsergeben mit den Achseln. »Okay, erzählen Sie weiter.«

»Es gibt eine ganze Reihe Bücher über die elfte Sefira. In den meisten wird sie genau wie der Abyssus als eine Art Zustand beschrieben, als etwas, das zwar in uns lauert, aber solange es nicht befreit wird, für den Menschen höchstens eine mentale, aber keine körperliche Bedrohung darstellt.«

»Nun, das klingt doch, wie soll ich sagen ..., beruhigend, finden Sie nicht? Lassen wir es also in Frieden schlummern.«

»Das ist leider nicht so einfach, denn die elfte Sefira und ›Das Buch des Abyssus‹ stehen in enger Verbindung. Durch die Rituale, die darin niedergeschrieben sind, gelangt ein Sterblicher entweder auf eine höhere göttliche Stufe, oder aber er befreit die elfte Sefira, befreit den furchtbaren Daath aus dem Abgrund, der sich dann in unserer Welt zu etwas Unvorstellbarem manifestiert. Etwas, das nicht nur den Verursacher, sondern die gesamte Menschheit in den Untergang reißt.«

»Ich fürchte, mit Ihnen geht die Phantasie ein wenig durch.«

Der Alte starrte ihn vernichtend an, dann sagte er düster. »Und ich glaube, mein Vortrag amüsiert Sie.«

»Ein wenig, ja.«

»Dann lassen Sie es sich gesagt sein, dass möglicherweise kein verheerender Atomkrieg, keine Naturkatastrophe, keine Kollision mit einem Asteroiden und keine Pandemie für die Vernichtung der menschlichen Rasse verantwortlich sein wird, sondern die unsachgemäße Benutzung eines Buches.«

»Über den Abyssus?«

»Erraten. Und zwar nicht irgendwann, sondern vielleicht noch heute.«

»Wollen Sie mir weismachen, dass gerade der Jüngste Tag anbricht?«

»Unter Umständen.«

»Wissen Sie, was ich glaube?«

»Ich fürchte schon. Aber ich weiß wovon ich rede. Ich bin den Weg der zehn Stufen, der zehn göttlichen Emanationen, gegangen. Mit dem ›Buch des Abyssus‹ habe ich Göttlichkeit gesucht.«

»Mal abgesehen davon, dass Sie, mit Verlaub, im Augenblick alles andere als göttlich aussehen, haben Sie denn auf Ihrem Weg die Verkörperung der elften Sefira gesehen?«

»Ja. Und was ich sah, war so furchtbar, dass ich es nicht in Worte zu fassen vermag. Ich kam der Göttlichkeit näher als sonst irgendein Mensch auf dieser Welt.« Der Alte blieb eine Weile stumm, als ob ihm ziemlich viele Dinge durch den Kopf gingen. Dann fuhr er fort: »Man sagt, es gibt zahlreiche Bücher, die uralte Geheimnisse wahren. Wahrscheinlich gibt es wirklich ein paar, die das tun. Aber sie werden außer diesem niemals eines finden, das das Größte aller Geheimnisse birgt. Es ist das Buch über die Macht des ewigen Lebens. Begreifen Sie denn nicht? Der Überwinder des Abyssus wird zum manifestierten Göttlichen. Aber auch demjenigen, der nur den Weg der zehn Sefiroth geht, winkt eine hohe Belohnung: Er findet ewiges Leben! Doch es ist ein sehr risikoreiches Unterfangen. Wer sich zu weit über den Rand der Erleuchtung, über den Rand der zehnten Sefira wagt, wer sich zu sehr der elften Sefira nähert, befreit womöglich Daath aus dem Abyssus, wodurch eine Mutation zwischen dem Göttlichen und dem Weltlichen stattfindet.«

Müde stand Osborne auf. »Ich danke Ihnen für Ihre Gastfreundschaft. Ihre Geschichten sind zweifellos sehr interessant. Obwohl ich die meisten nicht glauben und die übrigen nicht verstehen kann. Verzeihen Sie meine Offenheit, aber ich fürchte, dass Sie nicht mehr zwischen Märchen und Tatsachen unterscheiden können.«

Der Alte schüttelte den Kopf. »Und ich hatte gehofft, dass Sie mir glauben würden. Seien Sie gewarnt: ›Das Buch des Abyssus‹ besitzt eine furchtbare Macht. Es zwingt seinen Besitzer, es zu benutzen. Auch ich verfiel seiner Verlockung.« Immer wieder stockte er, so als überwinde er einen großen Widerstand. »Ich war unwürdig. Ich missbrauchte die Macht des Buches. Niemand will sterben. Wenn man einen Weg findet, sein Leben zu verlängern, widersteht man der Versuchung nicht so leicht. Aber es gibt verlockende Dinge, bei denen sich die Versuchung nicht auszahlt.« Plötzlich schüttelte ihn ein heftiger Krampf. Er stieß einen lang gezogenen Seufzer aus, seine Lider flatterten. »Es ist grauenhaft. Ich fühle mich tot, nur mein Geist lebt. Ich benötige keine Luft zum Atmen, keine Nahrung. Das Blut verwest in meinen Adern. Die nutzlos gewordenen Organe verfaulten bereits vor langer Zeit. Ich habe schwer gesündigt, dafür muss ich jetzt bezahlen.« Tränen stahlen sich in seine Augen. »Denn es ist nur die halbe Wahrheit, dass die Magie des Buches ewiges Leben verleiht. Spätestens alle zweihundert Jahre muss der Pfad der zehn Sefiroth erneut beschritten werden, sonst holt einen die Sterblichkeit wieder ein.«

»Sie erwähnten, Sie hätten den Grafen von Saint-Germain schon einmal vor Jahrhunderten getroffen«, lenkte Osborne das Gespräch auf ein anderes Thema und nahm trotz aller Bedenken wieder Platz, weil ihm der alte Mann Leid tat. Seine Behauptung, er sei Jahrhunderte alt, hielt er für

Unsinn. Senilität war ein Begriff, der der Wahrheit vermutlich viel näher kam als das Gerede von dem übersinnlichen Schwachsinn. »Benutzte der Graf auch diese ominöse Formel aus dem Buch?«

»Nein. Seine Langlebigkeit hat nichts mit dem Abyssus zu tun. Er verdankt sie seinem einzigartigen Wissen über die Chemie. Der Graf entwickelte eine Tinktur, eine Mischung aus flüssigem Gold und unbekannten Substanzen, die den Alterungsprozess verlangsamt, aber nicht stoppt; deshalb ist er auch nicht unsterblich.«

»Vor ein paar Stunden habe ich jemanden getroffen, der behauptete, er sei der Graf von Saint-Germain. Der Mann war aber kein strahlender Edelmann, sondern ein zerlumpter Clochard.«

»Wenn man Jahrhunderte in Luxus schwelgt, dann ist Armut manchmal eine willkommene Abwechslung. Ich weiß, Sie sind ein rational denkender Skeptiker. Ich erwarte nicht, dass Sie meine Geschichte glauben. Aber nun möchte ich Sie bitten, mir die Ihre zu erzählen.«

In Kurzform schilderte Osborne die Erlebnisse seit seiner Ankunft in Paris. Er bemerkte, wie Beaujeus Augen immer größer wurden und sein Gesicht echte Bestürzung zeigte. Besonders, als er ihm von seiner Halluzination, dem Kampf mit der lebenden Leiche bei Chantal Dubois, erzählte.

»Blutkult«, stöhnte der Tempelritter.

»Pardon?«

»Das Ritual des Blutes ist so alt wie die Menschheit. Es ist ein Versuch, die Quelle der Allmacht anzuzapfen. Wussten Sie, dass der Zusammenhang zwischen Blut und dem Leben bereits den Steinzeitmenschen bewusst war? Bei den alten Römern galt das Blut eines gerade getöteten Gladiators als Heilmittel gegen Epilepsie. Man glaubte, die Kraft des Toten fließe in die Venen des Erkrankten. Das Blut musste aber noch warm getrunken werden, am besten, wenn es gerade aus den Wunden des Sterbenden lief, damit sich die Lebenskraft nicht verflüchtigte. Was den Blutkult angeht, ist Chantal Dubois erblich vorbelastet. Eine ihrer Vorfahrinnen war die legendäre Baronin Erszebeth Bathory. Die Ungarin war eine sehr gebildete Frau, die fließend Latein und Deutsch sprach und schrieb. Mit fünfzehn heiratete sie Graf Ferencz Nadasdy und zog auf die Burg Csejthe in der Nyitra-Region. Im Lauf der Zeit offenbarten sich ihre sadistischen Neigungen. Sie erfand immer neue Gründe, um junge Dienerinnen zu bestrafen. Im Winter mussten sich ihre Opfer nackt in den Schnee stellen, dann goss sie so lange Wasser über ihre Körper, bis sie erfroren. Im Sommer ließ sie nackte Mädchen mit Honig bestreichen und von Insekten totstechen. Einmal befahl sie, einem Diener den Mund zuzunähen, weil dieser ihr zu laut gesprochen hatte. Im Volksmund bezeichnete man die Baronin als Vampirin. Nicht weil sie Blut trank, sondern weil sie in Menschenblut badete. Sie glaubte, dies halte den

Alterungsprozess auf. Damit sie diese Blutbäder regelmäßig nehmen konnte, entführten ihre Diener junge Frauen aus dem Umland. Sie molk das Blut aus ihnen, bis sie tot waren. Ihrem Schönheitswahn fielen innerhalb von zehn Jahren über sechshundert junge Frauen zum Opfer. König Mathias von Ungarn machte ihrem Treiben ein Ende und ließ sie in ihr Zimmer einmauern. Nach ihrem Tod hinterließ sie einen Brief, den sie an den Teufel gerichtet hatte. Darin bat sie ihn, ihr neunundneunzig Dämonenkatzen zu schicken, die König Mathias und anderen, denen sie die Schuld an ihrer Kerkerhaft gab, das Herz herausreißen sollten.«

»Verstehen Sie denn, was die Frauen in der Rue de Chantilly damit bezwecken?«

»Es geht um Seelentausch. Man tauscht die psychische Identität von Personen. Das heißt, man tötet jemanden und tauscht dessen Seele gegen die eines anderen, die dann in ihren bislang toten Körper zurückschlüpft.«

»Das sagte auch meine Kollegin Françoise Fabian, als sie erwähnte, dass man dem Abyssus eine neue Seele für eine alte biete.«

»Der Ritus erfordert große magische Kenntnisse«, fuhr Beaujeu mit dünner Stimme fort. »Noch nie zuvor ist das einem Menschen gelungen. Ihrer Erzählung nach drang Chantal Dubois viel tiefer in die Materie ein, als ich gedacht hätte. Sie tut Dinge, die jeden anderen in den Wahnsinn treiben würden. Aber sie war schon immer sehr machthungrig und besaß Talent für Schwarze Magie im Überfluss. Wenn Ihr Bericht stimmt, dann ist es erschreckend, welche Fortschritte sie mit ihrer Zauberkunst inzwischen gemacht hat. Aber sie spielt mit Kräften, die kein Sterblicher unter Kontrolle hat. Sie will nicht nur ewiges Leben, sondern auch einen ihrer Vorfahren, den schrecklichen Blutprinzen Charolais, wiedererwecken. Ihn den Tiefen des Abyssus zu entreißen, das ist ziemlich riskant.«

»Wenn niemand genau weiß, wer oder was der Abyssus ist, wieso sind Sie sich dann so sicher, dass die Seele oder der Geist dieses Charolais im Abyssus ist?«

»Ich bin mir überhaupt nicht sicher. Aber Chantal Dubois scheint davon überzeugt. Sie hat es mir gesagt, als sie mich bat, ihr den Weg zum Abyssus zu weisen. Als ich ihr Ersuchen ablehnte, wandte sie sich von mir ab und schlug einen blutigen Pfad ein, der vielen armen Frauen das Leben kostete. Aber vermutlich hat sie diese furchtbaren Riten schon vorher praktiziert, nur ahnte keiner was davon. Was Sie dort erlebt haben, war ein Hexensabbat, Monsieur. Mit dem Blut ihres Opfers versuchten die Frauen totes Fleisch wiederzuerwecken. Bisher ist es ihnen immer misslungen. Umso furchtbarer, dass sie dem verrotteten Leichnam des Prinzen Charolais jetzt, wenn auch nur für ein paar Augenblicke, Leben einzuhauchen vermochten.«

»Gibt es einen besonderen Grund, weshalb sie ausgerechnet dieses menschliche Ungeheuer wiederbeleben will?«

»Vermutlich geht es ihr in erster Linie um die Macht über den Tod. Wen sie wiedererweckt, ist eher zweitrangig. Vielleicht fühlt sie eine Seelenverwandtschaft mit ihrem grausamen Vorfahren, weshalb die Wahl auf ihn fiel.«

»Und wo hat sie seine Mumie her?«

»Aus der Familiengruft, nehme ich an. Die Beschaffung dürfte kein Problem für sie gewesen sein. Aber um bei der Erweckung des Toten dauerhaften Erfolg zu haben, braucht sie ›Das Buch des Abyssus‹. Und dessen Geheimnis hätte ich mit ins Grab genommen, wären Sie nicht gekommen, Monsieur.«

»Was habe ich damit zu tun?«

»Mehr als Sie glauben. Der Graf von Saint-Germain besuchte mich vor kurzem und erzählte mir einiges über Sie. Aus einem unerfindlichen Grund zwingen Sie Chantal Dubois zum Handeln. Deshalb kann sie sich nicht mehr darauf verlassen, irgendwann einmal das Geheimnis des Abyssus allein zu entschlüsseln. Sie muss es sofort tun, ehe Sie all ihre Pläne durchkreuzen. Die genauen Zusammenhänge kannte der Graf angeblich auch nicht. Ich vermute, es gibt eine Verbindung zwischen Ihnen und dem Abyssus, die Ihnen die Verantwortung für dieses Buch auflädt. Leider erklärt das Schicksal nicht, es führt bloß. Und Sie hat es hergeführt, damit Sie das Buch vor dem Zugriff der Hexen bewahren. Denn die werden alles daransetzen, um nach meinem Tod in seinen Besitz zu gelangen. Fügen Sie sich in diese Aufgabe, sonst stehen wir an der Schwelle zum Jüngsten Tag.« Die letzten Worte waren ein kaum vernehmbares Flüstern. »Hüten Sie es! Ich kann nicht länger über den Abyssus wachen, denn meine Zeit ist gekommen. Aber Sie können es. Das Schicksal der Welt liegt damit in Ihren Händen.«

»Das glauben Sie nicht im Ernst?«

»Doch, das glaube ich.« Umständlich nestelte der Tempelritter einen kunstvoll mit Schnörkeln gestalteten Schlüssel unter dem Kopfkissen hervor und reichte ihn seinem Gast. »Öffnen Sie diesen Schrank.« Er deutete auf ein klobiges Möbelstück, das die gegenüberliegende Wand verunstaltete. »Darin ist das größte Geheimnis dieser Welt verborgen.«

Der Aufgeforderte zögerte kurz, ehe er den Schlüssel nahm, aufstand und vor den Schrank trat. Die Türen waren mit ausgefallenen Fabelgestalten aus verschiedenartigem Holz gemustert, in deren Mitte eine Art Teufelsfratze prangte. Er steckte den Schlüssel in das messingbeschlagene Schloss und drehte ihn um. Beide Schranktüren schwangen lautlos, beinahe automatisch auf. Kein Gold, nicht mal ein einziges Geldstück war zu sehen. Osbornes Augen glitten über die Regalbretter voll mit ausgeblichenen

Rechnungen, vergilbten Zeitungen, sepiabraunen Photographien, Zetteln mit Listen, Skizzen oder unleserlichem Gekritzel und sonstigem Kleinkram. Trotz des Durcheinanders fand er ohne Mühe das Buch zwischen dem wertlosen Plunder. Wie von einer magischen Kraft fühlte er seinen Blick auf den uralten, in Leder gebundenen Folianten gezogen, der auf einem Regalbrett stand. Der Foliant war sehr alt und dick. Sein Einband war mit fremdartigen Zeichen bedeckt. Eine Spinne hatte ihr Netz zwischen Buchrücken und der Schrankwand gesponnen. Behutsam fuhr Osborne mit einer Hand über den weichen, rissigen Umschlag und nahm das Buch heraus. Es war kalt wie die Hand eines Toten.

»Schauen Sie es an«, forderte Beaujeu. »Sie werden es wahrscheinlich nicht verstehen. Sein Geheimnis überfordert Ihren Verstand, da sich Ihr Wissen auf die so genannte Realität oder das, was die Wissenschaft als solche bezeichnet, beschränkt. Die Realität hinter allem Materialistischen ignorieren Sie einfach. Darum wird nur Auserwählten offenbar, was Ihnen verschlossen bleibt.«

Der Amerikaner trat mit dem Buch an das Bett. Ein Hustenanfall des Sterbenden riss ihn aus seinen Gedanken.

»Sie sind ein Mensch, der nur das glaubt, was er sieht«, fuhr der fort. »Sie vergessen dabei, dass die Welt des Sichtbaren aus Unsichtbarem besteht. Materie ist nur eine Kompression des Unsichtbaren, bestehend aus Atomen. Leider müssen wir unsere Unterhaltung an dieser Stelle beenden. Mir bleibt gerade noch Zeit, Ihnen alles nur einmal zu sagen. Danach werde ich nie wieder sprechen können. Ich muss Sie warnen ..., ich muss Sie warnen, um Ihr Leben und das vieler unschuldiger Menschen zu retten.« Der sterbende Tempelritter ergriff Osbornes Hand mit der verzweifelten Kraft eines Menschen, der sich ans Leben klammerte wie ein Ertrinkender an einem Balken. »Ich gebe Ihnen einen letzten wichtigen Rat. Trennen Sie mir den Kopf ab, sobald ich tot bin. Tilgen Sie ihn für immer aus! Verbrennen Sie ihn!«

»Warum sollte ich so etwas Schreckliches tun?«

Beaujeu schwieg. Die Stille, die den Raum erfüllte, wurde nur gelegentlich vom leisen Knistern der Kerzen unterbrochen. Osborne dachte schon, er würde keine Antwort bekommen, doch dann richtete sich Beaujeu auf und blickte ängstlich um sich.

»Sie ist hier«, flüsterte er.

Osborne begriff den Sinn seiner Worte nicht.

»Sie ist hier«, wiederholte Beaujeu. »Hören Sie, Monsieur, Chantal Dubois hat es eilig. Sie sind ihr entkommen. Sie kennen ihr dunkles Geheimnis, und sie hat Angst, dass Sie sie verraten. Aber da ist noch etwas anderes, das ich nicht kenne, das sie aber an Ihnen fürchtet, wie sie noch nie etwas zuvor auf dieser Welt gefürchtet hat. Also wartet sie nicht, bis Sie handeln, sondern kommt Ihnen zuvor. Sie benutzt meinen Körper als Inkubator für ihren Geist. Chantal Dubois und ihre Anhängerinnen können dieses Haus nicht betreten, da ich es mit einem Bann belegt habe. Deshalb versucht sie durch ihre Magie Besitz über meinen Körper zu erlangen. Es gibt Methoden, mit denen schaltet man die Autonomie des menschlichen Geistes aus und entlockt ihm seine Geheimnisse. Ich spüre, wie ihre Gedanken in meinen Schädel eindringen. Sie sieht Sie durch meine Augen, hört alles, was wir sagen, durch meine Ohren«, seine Stimme hob sich schmerzerstickt. »Sie kann nicht nur hören, was wir sprechen, sie versteht auch alles, was ich denke. Meine Willenskraft ist bereits so geschwächt, ich kann sie nicht daran hindern. Trennen Sie mir den Kopf vom Rumpf, sobald ich tot bin! Nur so kappen Sie die Verbindung mit ihr.« Beaujeu hielt mitten im Satz inne. Sein Gesichtsausdruck wirkte gequält. Er wand sich unter Krämpfen. Seiner Kehle entrang sich ein lautes Stöhnen. Die blau geäderten Hände krallten sich um das Bettlaken, bis die Knöchel und Sehnen weiß hervortraten. »Versprechen Sie mir, hier zu warten, bis die Gäste eingetroffen sind. Es ist wichtig für Sie, dass Sie sie nicht verfehlen, denn es hängt sehr viel davon ab. Und was immer auch geschieht: Trennen Sie sich niemals vom ›Buch des Abyssus‹! Es ist einzig und allein für Sie bestimmt. Sollte es in andere Hände gelangen, wären die Konsequenzen apokalyptisch. Versprechen Sie es!«

»Ja, ich verspreche es. Bitte regen Sie sich nicht so auf. Ich sollte jetzt besser einen Arzt holen.«

»Nein. Kein Arzt der Welt kann mir noch helfen. Ich sterbe. Aber nicht an einer Krankheit oder Altersschwäche.«

»Sondern?«

»Menschen sterben an vielen Sachen ...«, stöhnte Beaujeu, der seinen zitternden Körper kaum noch unter Kontrolle halten konnte. Er streckte seine knochigen, welken Finger nach dem Folianten aus. »Ich ... sterbe an dem Grauen ..., dem Geheimnis dieses Buches. Das Geheimnis des Abyssus ist die Ursache.«

Der Tempelritter sah im trüben Kerzenlicht plötzlich um Jahrzehnte gealtert aus. Sein leerer Blick spiegelte nacktes Grauen. Sein Gesicht war entsetzlich verzerrt. Er brach völlig in sich zusammen, zerfiel förmlich vor Osbornes Augen. Bestürzt streckte der einen Arm nach dem Sterbenden aus und berührte dessen Schulter. Er spürte die Knochen des Alten unter dem grob gewebten Nachthemd, die sich wie Schlangen wanden. Sein ganzer Körper schrumpfte in sich zusammen. Die Gliedmaßen verkrümmten sich, als würden sie innerlich verknotet. Der Sterbende stieß einen lang gezogenen Schrei aus. Grüner Speichel troff aus seinen Mundwinkeln, sein Kopf zuckte und die Arme verkrümmten sich grotesk. Unter der bleichen Haut breiteten sich dunkelrote Flecken aus. Beaujeu verrenkte sich in konvulsivischen Krämpfen. Aus den Höhlen quollen die Augäpfel, begleitet von schwarzem, fauligem Tränenschleim. Zwischen den verwesten Lippen erklangen keuchende Atemstöße und spastisches Brabbeln. Die Gurgellaute steigerten sich zu einem schrillen Kreischen, mündeten in einem Würgen und erstarben in einem Todesröcheln. Noch im Tod blieben Halssehnen und Muskeln zum Zerreißen gespannt. Das zur Fratze verzerrte Gesicht lief augenblicklich schwarz an.

Osborne ergriff zögernd Beaujeus schlaffen Arm und suchte nach dem Puls, fand aber nichts. Der Mann war tot.

*09 Uhr 59 – Bonnieres-sur-Seine*

Die Raumtemperatur sank abrupt. Vor wenigen Augenblicken hatte draußen fast völlige Windstille geherrscht. Schlagartig kam Wind auf, der rasch zum Sturm anschwoll und dunkle Wolkenscharen über den Himmel trieb. Die Wasserfracht, die sie transportierten, kündete ein heftiges Unwetter an.

Osborne verbrachte einige Augenblicke in düsterem, von mancherlei Befürchtungen durchsetztem Nachsinnen und lauschte der lauter werdenden Stimme des Windes. Gedankenverloren schaute er auf das erstarrte Totengesicht mit dem zu einem stummen Schrei geformten Mund. Wenn dies die Art Unsterblichkeit war, die der Weg zum Abyssus gewährte, so war Beaujeu denkbar schlecht dabei weggekommen, dachte er, stand auf und löschte die Dochte der Kerzen.

*10 Uhr 00 – Bonnieres-sur-Seine*

Der kleine Raum neben dem Totenzimmer war bis auf einen Stuhl und einen Tisch unmöbliert. Gegenüber der Wand mit dem offenen Kamin gab es ein Fenster, dessen Vorhänge zugezogenen waren. Osborne ließ sie geschlossen, weil sie ihn von der Welt draußen abschotteten und ihm ein Gefühl von Geborgenheit vermittelten. Er stellte einen Leuchter mit drei brennenden Kerzen, den er aus dem Sterbezimmer mitgebracht hatte, auf den Tisch. Dann nahm er Platz und legte »Das Buch des Abyssus« vor sich. Lange starrte er es an und kaute nervös auf der Unterlippe. Er verspürte den unbändigen Wunsch, es zu lesen. Andererseits drängte sein Verstand ihn, diesen unheimlichen Ort zu verlassen. Eine unwiderstehliche Kraft, die von dem Folianten ausging und ihn lockte, war offenbar stärker. Doch es erklang auch eine Stimme in seinem Unterbewusstsein, kaum hörbar, dafür umso eindringlicher, die ihn an die morbide Bitte und die Warnung des

Sterbenden erinnerte. Aber er verspürte wenig Lust, der Leiche mit einem Brotmesser den Hals durchzutrennen. Als Alternative zur Enthauptung konnte er die Sache auf sich beruhen lassen. Und genau das tat er.

Ein Zwang, so unerklärlich wie unwiderstehlich, trieb ihn dazu, das Buch nach einigem Zaudern aufzuschlagen. Aus der Gefangenschaft des welken Einbandes befreit, verströmten die bröseligen Buchseiten einen beißenden Schwefelgestank. Der Kerzenschein überflutete die Seiten mit warmem Licht. Sie bestanden nicht aus Papier oder Pergament, sondern aus dünnen Rinden junger zarter Bäume und waren zerlesen, vergilbt und stockfleckig. Behutsam blätterte er sie um, wobei sie leise knisternde Geräusche von sich gaben. Beim ersten Kontakt mit seiner Haut fühlten sie sich kalt an, wurden dann aber so warm, dass sie regelrecht brannten und zu glänzen begannen, wobei sie schwach zwischen seinen Fingerspitzen pulsierten, als wollte sich etwas aus ihnen befreien und sich seinen Weg bis tief hinab in die Seele des Lesers bahnen.

Auf der ersten Seite stand mit krakeliger Schrift ein grauenhafter Fluch gegen Uneingeweihte, die es wagten, die Magie des Buches für ihre Zwecke zu missbrauchen. Mehrere Kapitel waren in Hebräisch, wobei die Tinte an manchen Stellen bis zur Unkenntlichkeit verlaufen war. Vieles war auch nur unleserliches Gekritzel. Ganzseitige Zeichnungen, die Monster mit Hörnern, Hufen und Faunbeinen zeigten, unterbrachen die Textpassagen. Osborne überflog die Bilder, betrachtete die ausgeblichenen Lettern und ließ seine Fingerkuppen über die teils bis zur Unkenntlichkeit verblasste Tinte gleiten. Gleichzeitig bedrückte ihn die Erinnerung an den nur wenige Meter entfernten Toten. Es war verrückt, dass er immer noch in diesem Haus herumsaß und in aller Seelenruhe las, anstatt sich davonzumachen. Vielleicht lag es an der scheinbaren Geborgenheit, die die dicken Mauern der Villa ihm suggerierten. Draußen fühlte er sich verwundbar.

Er versuchte sich weiter auf »Das Buch des Abyssus« zu konzentrieren und dachte dabei an Beaujeus Warnung, dass die unbekannten Symbole in dem Folianten der Code zu einem unerforschten Universum jenseits dieser Welt seien.

Über Osbornes Rücken stahl sich eine eisige Gänsehaut, im selben Moment bemerkte er eine Veränderung in der Atmosphäre, die ihn in eine seltsame Spannung versetzte, als stehe etwas Furchtbares unmittelbar bevor. Die Empfindung wurde so stark, dass ihn fröstelte und er sich kerzengerade aufsetzte und lauschte.

– Krrrrr –

Herrgott, was war das? Er hielt den Atem an. Regungslos saß er da, den Blick starr auf das Buch geheftet, ohne wirklich zu lesen. Von der Tür strich ein Luftzug wie eine kalte Hand über die Schweißperlen auf seiner Stirn. Er hob den Kopf und starrte durch den gespenstisch schimmernden Kerzenschein hinweg zum Eingang. Es war nur Einbildung, beruhigte er sich, während seine Augen förmlich auf der Tür klebten.

Mutigere Männer wären vielleicht aufgestanden und nach nebenan gegangen, um sich mit eigenen Augen davon zu überzeugen, dass sie wirklich nur die Einbildung narrte. Mutigere Männer scheuten aus Lust am Nervenkitzel oft kein Risiko. Nicht Mut, sondern Umsicht gehörte zu Osbornes Stärken, deshalb blieb er in der relativen Sicherheit des kleinen und damit überschaubaren Kabinetts. Der Gedanke, dass jenseits der Tür etwas in den Schatten des Sterbezimmers huschte, gefiel ihm nicht.

Eine halbe Ewigkeit – so kam es ihm jedenfalls vor – lauschte er vor sich hin und vernahm hauptsächlich Geräusche, die der um das Haus streichende Wind verursachte. Auch in dem alten Haus rumpelte und ächzte es im Gebälk, knackte verwittertes Holz, klapperten Fenster unter Böen und raschelten Vorhänge. Ein Luftzug zischte und heulte durch den Kamin wie eine Horde verrückt gewordener Gespenster.

Hatte er wirklich ein Geräusch aus dem Nachbarzimmer gehört? Und wenn ja, was konnte das gewesen sein? Nebenan blieb es jetzt mucksmäuschenstill. Da war nichts, beruhigte er sich wieder. Nichts außer den für ein altes Haus typischen Geräuschen wie das Knarren alter Dielen. Bloß, dass es nicht wie arbeitendes Holz geklungen hatte. Es hatte sich ungefähr wie schlurfende Schritte angehört. Nein, nicht ungefähr, es hatte sich *genauso* angehört. Also, wenn er noch mehr schlurfende Schritte hörte, dann musste er sich Sorgen machen. Aber so konnte er sie ruhig vergessen. Nebenan gab es nichts, außer ein paar alten Möbeln und einem Toten, der erstarrt in seinem Bett lag.

Er wandte sich wieder dem Buch zu.

– Krrrrr –

Beim Aufspringen hätte Osborne fast den Tisch umgestoßen. Mit einem Satz war er bei der Tür und schloss sie ab. Dann presste er ein Ohr gegen das Türblatt und lauschte. Alles war ruhig, was seine Panik keinesfalls verminderte, denn er hatte ein zweimaliges Knarren deutlich gehört. Nur einmal angenommen – es war natürlich völliger Unsinn –, aber nur einmal spaßeshalber angenommen, jemand wollte nebenan vom Bett bis zur Tür, so waren dafür mindestens vier Schritte nötig. Diese Schlussfolgerung beruhigte ihn ein wenig. Wenn nebenan zum Beispiel Einbrecher – möglicherweise Chantal Dubois und Konsorten – wären, dann würden die schnell zuschlagen und nicht nach jedem Schritt eine minutenlange Pause einlegen. Das bedeutete doch, dass es nicht den geringsten Grund gab, sich aufzuregen. Er versuchte, die nervtötenden Spekulationen zu verdrängen, konnte sich aber auf nichts anderes konzentrieren, schon gar nicht auf das Buch. Käme doch endlich dieser ominöse Besuch, von dem Beaujeu erzählt hatte. Wann wollte der eigentlich hier sein? Hatte der Verstorbene nicht gesagt, seine Gäste verspäteten sich? Was die Leute wohl aufgehalten haben mochte? So lange brauchte man von Paris auch wieder nicht. Das hieß, falls sie überhaupt aus Paris kamen. Vielleicht war ihnen unterwegs etwas zugestoßen. In der vergangenen Nacht war in Paris einiges los gewesen: der Stromausfall, die Straßenaufstände und herumfahrende Serienmörder. Vielleicht hatten sie sich aber auch nur verfahren.

Er beschloss, bis Mittag zu warten. Sollte bis dahin niemand gekommen sein, würde er sich im Dorf nach einer Fahrgelegenheit umschauen. Mit diesem beruhigenden Gedanken setzte er sich wieder an den Tisch. Er lehnte sich zurück, streckte die Arme hoch über den Kopf und reckte sich. Dann schloss er die Augen und versuchte sich zu entspannen. Aber das funktionierte nicht. Er vermochte weder seine rastlosen Gedanken zu beruhigen, noch sein wild klopfendes Herz. Schließlich gab er den Versuch auf und beugte sich wieder über das aufgeschlagene Buch. Unbewusst spitzte er die Ohren, er wollte hören, wenn ein Auto die Auffahrt herauffuhr. Bevor er jemanden ins Haus ließ, konnte ein Blick auf den oder die Besucher nicht schaden. Von diesem Zimmer aus würde er ein Fahrzeug auf jeden Fall wahrnehmen, es sei denn, jemand war schon vor dem Parktor ausgestiegen und schlich sich zu Fuß heran. Aber auch das würde er hören.

Wirklich?

Wie zum Beweis lauschte er angestrengt auf mögliche Geräusche in der Auffahrt. Er wollte gerade aufstehen und die Vorhänge doch aufziehen, da starrte er verwundert auf die Kerzen. Das Flackern der kleinen Flammen war merkwürdig, denn im Augenblick wehte im Raum kein Lüftchen.

– Krrrrr –

Als habe er nur darauf gewartet, fühlte sich der Wissenschaftler nach dem Knarren von seiner quälenden Ungewissheit befreit. Denn das Ende der Ungewissheit war gleichzeitig der Beginn des Wissens. Kein Zweifel, irgendwer war im Raum nebenan.

Er dachte angestrengt nach. Noch hatte er Zeit bis zum vierten Kracks. Die solide Tür war verschlossen, was ihm wertvolle Sekunden verschaffte sich einen Notausgang zu suchen. Es war ja nicht das erste Mal in Paris, dass er in eine derartige Verlegenheit geriet. Er hatte beinahe schon so etwas wie Routine im Austüfteln von rettenden Fluchtwegen entwickelt.

– Krrrrr –

Jemand rüttelte an der Türklinke.

Klack-Klack-Klack-Klack

Osborne sprang zum Fenster. Fenster waren hervorragende Notausgänge. Dieses hier lag im ersten Stockwerk. Seine letzte Flucht durch ein Fenster hatte er vor ein paar Stunden aus dem fünften Stock gestartet. Dagegen war das hier ein Klacks. Sein Optimismus erhielt nach dem Öffnen der Vorhänge schlagartig einen Dämpfer, denn das Fenster war außen vergittert.

Klack-Klack-BUMM-BUMM

Hektisch schob er das Tischchen gegen die Tür, was natürlich lächerlich war. Als Barrikade besaß es lediglich symbolischen Charakter. Wie zum Beweis brach die Tür auf und flog aus den Angeln.

– WUMM –

Im ersten Moment glaubte Osborne, der Wahnsinn habe seinen Verstand umnebelt. Ihm traten die Augen aus den Höhlen, als er sah, wie der tote Beaujeu durch die geborstene Tür eintrat. Die Farbe seiner Augen hatte sich verändert. Sie leuchteten bernsteinfarben. Es waren Chantal Dubois Augen. Der Verstorbene hatte Recht gehabt. Sie war eine Hexe, und ihr böser Zauber ließ sie Beaujeus Leiche wie eine Marionette benutzen. Das war Realität und keine aus Angstneurosen oder Drogen entstandene Vision. Dieser Tatbestand war unleugbar. Gnadenlos wühlte sich diese Erkenntnis in Osbornes Verstand. Auge in Auge stand er der unmittelbarsten Erfahrung von einer Existenz, die aufs Unlogischste der Wirklichkeit dreidimensional eingepflanzt war, gegenüber.

Er öffnete den Mund zum Schrei, aber kein Laut kam über seine Lippen. Nur das abgehackte Schlurfen des Leichnams war zu hören, als er Schritt für Schritt näher kam, wobei seine steifen Glieder knackten, wenn er sie anhob und senkte. Mit ausgestreckten Armen wankte der Leichnam langsam und drohend heran. Obwohl sich im Raum kein Lüftchen regte, flatterten die langen, greisen Haare des Toten durch die Luft wie im Wind.

»Hallo, Monsieur, erkennen Sie mich wieder«, flüsterte der Tote unverkennbar mit der Stimme von Chantal Dubois.

Mit vor Entsetzen aufgerissenen Augen starrte Osborne das Unglaubliche an und akzeptierte diese Ungeheuerlichkeit mit der Hinnahme des Unausweichlichen. Das Chaos seiner Gedanken verstummte schlagartig in angststarrender Paralyse. Die Furcht lähmte ihn, obwohl sie in dieser Nacht kein unbekannter Begleiter war. Eisiges Grauen breitete sich in seinem Körper aus, als sich knochige Arme ihm entgegen streckten.

Draußen toste ein Sturm um die Villa, drinnen wimmerte der Amerikaner, der keinen Schritt mehr tun konnte, weil irgendein Bann ihn daran hinderte.

*10 Uhr 23 – Bonnieres-sur-Seine*

Dann schien alles auf einmal zu geschehen: Kalte, runzelige Hände umschlangen Osbornes Hals und Totenfinger umklammerten wie Schraubzwingen seine Kehle. Er schrie und versuchte, sich aus dem unnachgiebigen Griff loszureißen.

»Was ist los?«, fragte der Tote mit sanfter Frauenstimme. »Habe ich Sie etwa bei einer unterhaltsamen Lektüre gestört? Überrascht es Sie, mich in dieser Gestalt zu sehen? Hören Sie mit dem Zappeln auf, sonst werde ich wütend. Glauben Sie mir, Sie wollen nicht wissen, wie ich bin, wenn ich wütend werde.«

Luft! Osborne schluckte wie ein Fisch auf dem Trocknen. Er wehrte sich mit Händen und Füßen, aber es half kein Treten oder Beißen, er konnte sich nicht befreien. Sein Gesicht lief dunkelrot an.

»Sie können sich nicht vorstellen, was ich hier will?«, sprach die Hexe durch den Mund des Leichnams. »Es gibt so vieles, was Sie nicht gewusst haben, und was so wichtig ist. Sie werden uns alle ins Grab bringen, wenn Ihnen nicht jemand Einhalt gebietet. Wie es aussieht, werde ich trotz der Rückschläge doch noch dieser Jemand sein.«

Kein Quäntchen Sauerstoff drang mehr durch die strangulierte Luftröhre. Er strampelte heftig mit den Beinen und versuchte, den lebenden Toten mit panisch schlagenden Fäusten zu treffen, aber seine Gegenwehr wurde immer schwächer. Er wusste, er hatte nicht mehr lange zu leben. Jeder Befreiungsversuch verlängerte seinen Todeskampf nur sinnlos.

»Jetzt bekomme ich doch noch die Chance, die Erde von Ihnen zu befreien«, drang es vor Erregung eine halbe Oktave höher aus Beaujeus Mund, während sich seine kalten Totenfinger tiefer in den weichen Hals seines Opfers gruben. »Sie wollen doch sicher auch nicht, dass der ganze Planet Ihretwegen vor die Hunde geht, oder? Eigentlich bin ich ja nur hergekommen, um das herrenlos gewordene ›Buch des Abyssus‹ zu holen. Ich muss sagen, die Dinge entwickeln sich durch Ihre für mich überraschende Anwesenheit ziemlich gut.«

Osborne war bisher davon ausgegangen, dass er in seiner Sterbestunde die letzten Augenblicke in Demut und Abgeklärtheit erleben würde. Dies erwies sich hier und heute jedoch als romantische Fiktion. Jetzt, wo die Zeit für sein letztes Gebet gekommen war, gab er ein Bild des Elends ab. Sein Körper zitterte und die Beine vermochten sein Gewicht nicht mehr zu tragen.

»Sterben Sie mit der Gewissheit, dass es für einen guten Zweck ist, Monsieur«, hörte er die Hexe noch sagen.

Dann gingen bei ihm die Lichter aus.

## XIV. KAPITEL

# Die Entzauberung der Schwarzen Herzen

*16 Uhr 23 – Bonnieres-sur-Seine*

Schwerelos glitt Osborne durch substanzlose Schwärze wie ein treibender Körper, der die Grenzen des menschlichen Daseins überwunden hatte. Unter der Oberfläche seines Verstandes, in Tiefen, in die niemals ein bewusster Gedanke hinabdrang, öffneten sich Fächer und heraus krochen nebelhafte Umrisse, die zu schillernden Farben verschmolzen und wie in einem Kaleidoskop durcheinander wirbelten.

Sah so der Tod aus? Dieser Gedanke beunruhigte ihn, weil er bisher davon ausgegangen war, dass nach dem Tod nichts war. Nun schwebte er durch einen farbenprächtigen Ozean, der sich grenzenlos ausdehnte. Plötzlich glaubte er, Geräusche zu hören. Schritte kamen näher, Wortfetzen drangen an sein Ohr. Die Silben flogen so schnell vorbei, dass er sie nur als undefinierbare Laute empfand. Jemand packte ihn, drehte ihn auf den Rücken, bevor noch mehr Hände ihn hochhoben.

»Er kommt zu sich.«

Er hatte diese Stimme, die aus weiter Ferne langsam näher schwebte, schon einmal gehört, maß aber ihren Worten keinerlei Bedeutung zu. Erneute Stille. Dann das Echo von Schritten und das Gefühl, als läge er auf einer weichen Unterlage. Er hörte sich: »Nicht.« sagen und erschrak gleichzeitig darüber. Langsam fühlte er sich dem Leben zugehöriger als dem Tod.

»Monsieur Osborne.« Die Stimme war rau und irgendwie vertraut.

Zuerst meinte er, sie ertönte nur in seinem Kopf. Aber als sie seinen Namen wiederholte, geschah das wenige Zentimeter von seinem Ohr entfernt.

Das Denken strengte an. Sein Kopf war ein einziger zäher Klumpen. Das Zusammenspiel zwischen Wollen und Können verlief noch nicht reibungslos. Es dauerte einige Augenblicke, bis aus dem Flickenteppich der Erinnerungen wieder ein Ganzes wurde. Vorsichtig öffnete er die Augen und drehte den Kopf zur Orientierung etwas. Nur mit Mühe fand er in die Wirklichkeit zurück. In das wiedergewonnene Gefühl für Realität mischte sich beklemmendes Unbehagen.

Er lag auf jenem Bett, in dem vor kurzem Beaujeu qualvoll gestorben war. Die Kerzen brannten wieder. Für Osbornes überreizte Sinne war die

Helligkeit ein Schock. Er filterte das Licht, indem er seine Augen zu Schlitzen zusammenkniff, so dass die verschwommenen Konturen an Konsistenz gewannen. Zunächst erkannte er nur eine gesichtslose Schemengestalt, die sich über ihn beugte.

»Monsieur ...«, wiederholte die Stimme eindringlich, bevor sie sich zwischen den Gedankensplittern in seinem Kopf verlor.

Der Angesprochene spürte eine kalte, trockene, mumienhafte Hand auf seiner Stirn.

»Bon Jour, Monsieur«, sagte Saint-Germain, immer noch das unauslöschliche Grinsen auf dem Lippen. »Alles in Ordnung?«

Nein, nichts ist in Ordnung, dachte der Gefragte.

Dass er überhaupt noch lebte, überraschte ihn sehr. Er fühlte sich wie aus einem tiefen Koma erwacht. In seinem Kopf drehte sich alles.

»Sind Sie verletzt?« Der Graf klang ehrlich besorgt. Er saß neben dem Bett in einem Sessel, den er vom Fenster herübergezogen hatte.

Osborne schüttelte verneinend den Kopf, während seine Finger den schmerzenden Hals massierten. Er wollte etwas sagen, brachte aber nur ein heiseres Krächzen zustande. Unter seiner Schädeldecke schwollen die Kopfschmerzen wie eine Sirene auf und ab.

»Sie erinnern sich an mich, oder?«, fragte der Graf.

»Ja.«

»Wie ist es Ihnen seit unserer letzten Begegnung ergangen?«

»Großartig. Einfach nur großartig. Sieht man das nicht?«

»Das freut mich. Hatte ich Ihnen nicht versprochen, dass wir uns bald wieder sehen würden?«

»Ja.«

»Sie sehen, ich pflege meine Versprechen zu halten. Was dagegen, wenn ich ein bisschen hier bleibe?«

»Das ist ein freies Land.«

»Mir kam zu Ohren, Sie hätten in den vergangenen Stunden etwas Ärger gehabt.«

»Tatsächlich?«

»Es ist furchtbar, dass vor Ihren Augen diese Polizistin ermordet wurde und dass man Sie deswegen beinahe gelyncht hätte.«

»Sie sind ja wirklich gut informiert.«

»Ja, ich habe viel gehört. Wie gefällt Ihnen denn das Landleben? Ist es tatsächlich so ruhig und erholsam, wie man sich erzählt?«

Osborne wollte sich aufrichten, hatte dann aber das Gefühl, in einen Strudel geraten zu sein, weil sich alles immer schneller drehte. Seine Hände versuchten irgendwo Halt zu finden, ehe er auf den Rücken kippte.

»Bleiben Sie ruhig. Kein Grund zur Besorgnis.«

Das Schwindelgefühl verschwand, trotzdem war er nicht sicher, ob er aufstehen konnte. Sein ganzer Körper fühlte sich taub an. Vorsichtig erhob er sich, setzte sich auf die Bettkante und stellte die Füße auf den Boden. Seine Beine waren zwar noch etwas wackelig, aber es ging. Da er seiner Standfestigkeit noch nicht traute, hielt er sich an der Bettkante fest.

»W-Wo ist er?« Seine Stimme zitterte. Gehetzt schaute er sich um, als erwarte er, Beaujeu stände hinter ihm. »Was ist passiert?«

»Keine Ahnung«, entgegnete Saint-Germain. »Wir sind auch erst seit ein paar Minuten hier und fanden Sie auf dem Boden liegend.«

Wir? Folglich war der Graf nicht alleine hier. Wie aufs Stichwort schlurfte eine hagere Gestalt, ein weiterer Gestrandeter dieser Stadt, aus dem Schatten ins Licht. Der Computerexperte erblickte eine zerlumpte Gestalt im verfilzten Pullover, mit bodenlangem, schmutzstarrendem Militärmantel und verschlissenen Schuhen. Wahrscheinlich kümmerte es den Clochard schon lange nicht mehr, dass ihn die Leute wegen seines derangierten Zustandes anstarrten. Er bestand nur noch aus pergamentartiger Haut, Knochen und verfilztem Haar. Unter all dem Dreck war sein Alter schwer zu schätzen. Sein kantiger Kopf schwang hin und her, als könne ihn der dürre lange Hals kaum halten. Ein unangenehmes Grinsen entblößte verfaulte Zahnstümpfe in dem fast zahnlosen Mund. Seine Augen lagen derart tief eingesunken, dass das Gesicht – je nach Schattenfall – aussah wie ein Totenschädel mit leeren Höhlen.

Vor der Tür räusperte sich noch ein zweiter Mann, der jedoch außer Sichtweite blieb.

»Victor ist ein wenig sonderlich, aber wir können ihm vertrauen«, stellte Saint-Germain seinen Begleiter vor.

Osborne musterte ihn dennoch skeptisch, dann wandte er seine Aufmerksamkeit wieder ganz dem Grafen zu.

»Wieso kennen Sie meinen Namen?«, wollte er wissen.

»Sie sind ein bekannter Mann, Monsieur. Informatikstudium an der New Yorker Columbia, Projektleiter bei Stanton & York, Pionier der KI-Forschung. Ich glaube, es würde zu lange dauern, Ihre Vita komplett aufzuzählen.«

»Woher wissen Sie das alles über mich?«

»Monsieur Beaujeu hat es vielleicht für wert befunden, Ihnen einiges über mich und meine – sagen wir einmal – hellseherischen Fähigkeiten zu erzählen.«

»Die offensichtlich nicht ausreichten, um etwas früher hier zu erscheinen.«

»Das kann man so nicht sagen. Victor hielt uns leider etwas auf. Sonst hätten wir Sie bereits viel früher hier erwartet, um Sie bei Ihrer schweren Aufgabe zu unterstützen, die Ihnen Monsieur Beaujeu als neuen Hüter des Buches aufbürdete.«

Das Buch! Osborne entsann sich. Ihm fiel sein brennendes Verlangen wieder ein, diese schier unbezähmbare Gier, als er es in seinen Händen gehalten hatte. Fast so real wie eine Stimme hatte ihn die Aussicht auf ewiges Leben gelockt. Er fragte sich jetzt, ob er die Kraft besessen hätte, der Verlockung zu widerstehen. Ob irgendein Mensch auf dieser Welt das vermochte?

»Ich an seiner Stelle hätte das nicht getan«, fuhr der Graf fort. »Aber, sein Buch, seine Entscheidung. Nun möchte ich Sie nicht mit lästigen Details langweilen. Sie als Mann der Wissenschaft glauben sowieso nicht an derartige Dinge wie Vorbestimmung oder Wahrsagerei. Jetzt erzählen Sie mal, was hier passiert ist.«

Osborne berichtete, woran er sich noch erinnern konnte. Als er fertig war, schlug sein Zuhörer die Beine übereinander, lehnte sich im Sessel zurück und nahm einen tiefen Atemzug. Bevor er etwas sagen konnte, trat Victor verstohlen zwischen sie.

Sein sowieso schon bleiches Gesicht wurde noch um einige Nuancen fahler. Er legte den Zeigefinger auf seinen Mund und flüsterte mit vom Brandwein brüchig gewordener Stimme, wobei er zurückwich und hektisch nach allen Seiten spähte: »Still! Die Toten ... Sie sind hier. Vielleicht bemerken sie uns nicht, wenn wir ruhig sind. O Nein! Sie haben uns gesehen! Die Toten nahen. Sie sind schon da! Sie kommen, um mich zu holen!« Victor öffnete langsam den Mund, riss die Augen immer weiter auf und entstellte sein Gesicht zu einer grässlichen Fratze purer Hysterie. Dann stieß er einen nicht menschlich klingenden Schrei aus. Schüttelkrämpfe erfassten ihn, als er wie von Sinnen schrie: »Nein! Nicht! Die Toten! Neiiiiiiin!«

Osborne vermochte beim besten Willen niemanden im Zimmer zu entdecken, dem der panische Aufschrei gegolten haben könnte.

Mit den Fäusten hämmerte Victor in die Luft und wimmerte: »Die Toten! Die Toten!«

Schweigend, mehr verwirrt als erschrocken, beobachtete Osborne dieses sonderbare Verhalten. Offensichtlich hatte er es hier mit einem Wahnsinnigen zu tun, der Visionen hatte und Stimmen hörte, mit einem Mann, der vor Phantomen floh, die sein krankes Hirn produzierte.

Victor taumelte weg und murmelte in seinem Wahn unverständliche Beschwörungen, deren Sinn Außenstehenden verborgen blieb. Dabei ruderte er mit den Armen wild durch die Luft. Er warf sich zu Boden und kreischte, bis seine Stimme vom schrillen Schreien zum Wimmern erstarb. Plötzlich lachte und weinte er gleichzeitig vor Erleichterung. Er hatte wieder einen klaren Moment, der so lange dauerte, bis der Irrsinn ein neues Tuch um seinen Verstand webte.

Saint-Germain bückte sich, ergriff Victors Arm und half ihm beim Aufstehen. Der Wahnsinnige nickte zufrieden und verzog voller Stolz sein

Gesicht. »Die Toten haben es auch diesmal nicht geschafft, mich mitzunehmen.«

»Du siehst müde aus, mein Freund«, sagte der Graf in väterlichem Ton. »Geh schon mal zum Wagen und ruh dich aus.«

Victor lächelte ein breites Irren-Lächeln und schlurfte leicht hinkend zur Tür hinaus.

»Hat er das öfters?«, fragte Osborne besorgt. »Ist er ... verrückt?«

»Ich kenne keine Verrückten«, antwortete Saint-Germain. »Nur Leute, die anders sind als andere. Victor ist auch bloß anders, aber viele Leute halten ihn für verrückt, weil sie ihn nicht verstehen. Vor ein paar Jahren arbeitete Victor Ferchaux als Korrespondent für die größten Pariser Tageszeitungen. Er war ein überaus talentierter Journalist, der neben Phantasie einen untrüglichen Riecher für gute Storys besaß. Sein großer Durchbruch kam vor etwa dreißig Jahren. Sein Artikel über den Axtmörder aus der Rue de Temple wurde von einer internationalen Jury prämiert. Fortan wurde Mord zu einer lukrativen Angelegenheit für ihn. Die Leser gierten geradezu nach seinen bluttriefenden Schlagzeilen und Berichten. Dabei handelt es sich um eine weit verbreitete Art geistiger Nekromanie. ›Sohn erschlug Mutter mit Axt‹, ›Neues Opfer des Rasierklingenmörders‹ lauteten seine reißerischen Übertitelungen. Damals floss reichlich Geld auf sein Konto, er machte sich ein schönes Leben und warf sein Vermögen mit vollen Händen zum Fenster hinaus. Dann stellte sich eines Tages aus unerfindlichen Gründen eine Flaute ein. Die Mordstatistik erreichte einen nie dagewesenen Tiefststand. Weil er seine Leser weiter mit Sensations-Stoff versorgen musste, brachte Victor die für seine Artikel benötigten Opfer selbst um. In der Wahl der Mordwaffen war er anfangs ausgesprochen konservativ, meist erdrosselte er Frauen oder erdolchte sie. Dann zerlegte er die Leichen immer spektakulärer und deponierte sie nachts auf den Boulevards oder vor Sehenswürdigkeiten, wo sie am nächsten Tag Touristen einen Nervenzusammenbruch bescherten. Zunächst lauerte er den Frauen nachts an dunklen Straßenecken auf, später wurde er dreister und lockte sie sogar per Zeitungsannoncen in seine Wohnung, wo er sich als Fotograf ausgab. Die meisten Foto-Shootings fanden auf einsamen Lichtungen im Bois de Boulogne statt und nahmen für die Amateur-Models ein tödliches Ende. Jahrelang ging das gut. Keiner sah in ihm das Monster, das durch seinen krankhaften Ehrgeiz getrieben wurde. Er erregte noch nicht einmal Verdacht, als er später bis ins Detail bestialisch zugerichtete Mordopfer beschrieb, obwohl die Polizei über manche Fälle eine Informationssperre verhängt hatte. Mit der Sensationsgier der Leser stieg auch die Brutalität der Verbrechen. Victor schlachtete seine Opfer regelrecht ab. In seinen Artikeln schilderte er die grausigen Details seiner Gräueltaten derart naturgetreu, dass den Lesern dieser Morgenlektüre vor Ekel das Frühstück wieder die Speiseröhre hinaufstieg. Aber genau das wollten sie. Victors letztes Opfer war die 14-jährige Véronique Bacri, ein bildhübsches Geschöpf, das Unschuld und Reinheit ausstrahlte. Doch hinter der blonden Engelsfassade verbarg sich die Sünde in Person. Weil Veroniques Eltern geschieden waren, lebte sie bei der Mutter, die sich herzlich wenig um ihre Tochter kümmerte. Madame Bacri arbeitete als Prostituierte und war kaum zu Hause. Im Haus gegenüber wohnte ein gewisser Philippe Riton. Dieser Monsieur frönte einem skurrilen Hobby, einer Obsession, wie er es nannte. Er war ein Spanner. Mit dem Fernglas schaute er von seinem Speicher aus direkt in Véroniques Zimmer. Riton behauptete, das kleine Luder habe gewusst, dass er sie allabendlich beobachtete, und ihn durch aufreizende Garderobe und Posen angetörnt. Eines Abends nahm Madame Bacri entgegen ihren Gewohnheiten einen Freier mit zu sich nach Hause. Vermutlich honorierte Victor diese Sonderbehandlung mit einer Extra-Vergütung. Während Riton das Paar beobachtete, entdeckte er plötzlich ein Messer in Victors Hand. Ehe Madame Bacri wusste, wie ihr geschah, spritzte das Blut bereits aus ihrer durchschnittenen Kehle und tränkte die Bettwäsche dunkelrot. Riton kotzte sich erst die Hose voll, dann alarmierte er die Polizei. Als das Einsatzkommando am Tatort eintraf, verspeiste Victor gerade löffelweise Véronique Bacris Gehirn.«

Osborne starrte den Erzähler an wie ein geschocktes Reh einen immer größer werdenden Autoscheinwerfer. Victor hatte auf ihn zwar etwas verrückt gewirkt, aber im Grunde völlig harmlos. Zum wiederholten Mal erteilte ihm das Leben in Paris eine Lektion darin, dass die menschliche Fassade nichts von dem widerspiegelte, was sich dahinter verbarg.

»Die genaue Zahl seiner Opfer ist unbekannt, aber er könnte als einer der schlimmsten Serienmörder in die französische Kriminalgeschichte eingehen«, erzählte der Graf weiter. »Zu Prozessbeginn deutete alles darauf hin, dass er den Rest seines Lebens in einer zwei mal vier Meter großen Zelle verbringen würde. Aber Psychologen stuften ihn als Geisteskranken ein, der für keine seiner Gräueltaten verantwortlich gemacht werden konnte. Laut psychologischem Gutachten war er nur bedingt gefährlich. Solange er keine Schreibmaschine in die Finger bekam, sah er keinen Grund, jemanden umzubringen. Somit äußerten die Gutachter auch keinerlei Bedenken, ihn in die Anstalt für psychisch Gestörte zu überweisen, die eigentlich nicht für geistesgestörte Kriminelle gedacht war. Die Therapie bestand hauptsächlich darin, dem Patienten Stromstöße durch den Körper zu jagen. Eines Nachts brach Feuer in der Anstalt aus. Die Feuerwehrleute löschten nicht nur die Flammen, sie öffneten auch die Gummizellen. Viele Patienten brachten sich in Sicherheit, aber nicht alle; über ein Dutzend verbrannte. Wie gesagt, befanden sich in der Heilanstalt offiziell nur harmlose Geisteskranke, deshalb kümmerte sich draußen anfangs niemand um sie. Viele von ihnen laufen heute noch frei in Paris herum. Victor ist einer von ihnen. Da eine Identifikation bei den meisten Brandopfern unmöglich war, dachte die Polizei, er sei auch in den Flammen umgekommen.

Wie viele Menschen Victor umgebracht hat, wird man wohl nie erfahren. Aber sie sind der Grund seines Wahnsinns. Er verdrängte die Morde. Das heißt, sein Verstand tat es für ihn, sonst hätte er sich wahrscheinlich vor Selbstekel längst umgebracht. Allerdings traten durch diesen Verdrängungsmechanismus immense Widersprüche im Unterbewusstsein auf. Seitdem ist er von dem Wahn besessen, die Geister derer, die er mordete, verfolgten ihn. Die Anfälle kommen mehr oder weniger regelmäßig. Auf diese Weise sühnt er quasi unbewusst für seine Verbrechen. Seit dieser Zeit hat er manchmal auch Visionen. Die grauenvollen Schrecknisse, die sein reales Bewusstsein verdrängt hat, lösten im inaktiven Teil seines Gehirns, im Unterbewusstsein, etwas aus, das man mit dem zweiten Gesicht bezeichnen könnte. Paradoxerweise öffnete der Wahnsinn, der das Tor zur Realität verschloss, in seiner Psyche neue Türen zu Unvorstellbarem. Bei Geistesgestörten ist eine so einseitige Hochbegabung keine Seltenheit. Psychologen bezeichnen das als Savant-Syndrom, andere Wissenschaftler nennen diese Leute allerdings auch wenig schmeichelhaft Idiots Savants – gelehrte Schwachköpfe. Victor visualisiert Dinge, die in der Vergangenheit geschahen. Er ist eine Art Medium. Allerdings besitzt er nicht das geistige Potential, bewusst mit seinen Fähigkeiten umzugehen, und kann die Visionen nicht steuern.

Aber genug von ihm. Reden wir von Wichtigerem. Ich möchte Ihnen jetzt ein paar Fragen stellen, denn ich brauche Antworten. Als erstes würde ich gerne wissen, was aus dem ›Buch des Abyssus‹ wurde. Wo ist es?«

Der Gefragte schüttelte den Kopf. »Ich fürchte, es ist fort. Jedenfalls liegt es nicht mehr auf dem Tisch, wo ich es zuletzt gesehen habe.«

»Dann sind wir zu spät gekommen.« Saint-Germain trat ans Fenster, bevor er sich abrupt umdrehte und Osborne durchdringend ansah. »Haben Sie es gelesen?«

»Gelesen ist zu viel gesagt. Ich habe nur einen kurzen Blick hineingeworfen. Beaujeu erzählte mir eine Menge wirres Zeug darüber. Ein Kapitel handelt angeblich von einer Art Wegbeschreibung zur Göttlichkeit.«

»So könnte man es ausdrücken. Aber das Buch ist auch wie ein Damoklesschwert, das über der Menschheit schwebt. Wer den Tod beherrscht, beherrscht auch die Welt.« Nervös durchschritt Saint-Germain den Raum. »Es beschreibt den Weg zum Abyssus und die Möglichkeiten, die sich einem Sterblichen auftun, wenn er ihn heil überquert. Allerdings birgt dieser

Weg auch große Gefahren, deshalb darf das Buch niemals in falsche Hände geraten. Sie können davon ausgehen, dass ich erhaben über die Verlockungen bin, die jenseits des Abyssus winken. Leider gibt es einige nicht so Rechtschaffende, die alles daran setzen, den Abgrund zur Göttlichkeit zu überwinden. Zum Erreichen dieses Ziels ist ihnen jedes Mittel recht, wie Sie am eigenen Leib erfahren durften. Habe ich Sie in jüngster Vergangenheit nicht immer wieder schützen müssen, als die Sie ermorden wollten?«

»Nicht, dass ich wüsste.«

»New York. Flughafentoilette. Klingelt da was bei Ihnen?«

»Tut mir Leid, ich kann mich nicht an Sie erinnern.«

»Die Kakerlake.«

»Die Kakerlake waren Sie?!«

»Nein. Obwohl, so ganz falsch ist das auch wieder nicht. Sagen wir mal: Die Kakerlake war nicht echt.«

»Sondern?«

»Ein Produkt meiner Phantasie. Sie bestand aus mentaler Energie. Das Tier entsprang quasi meiner lebendig gewordenen Vorstellungskraft.«

»Wollen Sie behaupten, Sie hätten dieses Insekt mittels Hirnakrobatik erschaffen, damit es mich auf der Toilette beschützt?«

»Auf der Flughafentoilette und in Ihrem Pariser Hotelzimmer. Wie heißt es so schön: Die Gedanken sind frei, sie sind weder an Ort noch Zeit gebunden. Ich kann Dinge aus der astralen Ebene meiner Vorstellung an jedem gewünschten Ort der Welt real werden lassen, indem ich mir den Ort einfach vorstelle und etwas geistig hineinprojiziere. Allerdings mit der Einschränkung, dass diese Dinge nicht zu groß sind, nicht größer als eine Kakerlake.«

»Entschuldigung, wenn ich noch mal nachfrage: Die Schabe auf der Flughafentoilette war also Ihr Werk?«

»Richtig. So hielt ich Kontakt mit Ihnen. Durch die Sinnesorgane des Tieres konnte ich sehen und hören, was rings um Sie geschah, um gegebenenfalls einzugreifen.«

»Oder anzugreifen. Wie in New York.«

»Hätte ich Sie nicht angegriffen, hätten Sie die Toilette früher verlassen und wären Perrin und Mokovitz direkt ins Messer gelaufen.«

»Und was sollte die Kakerlake in meinem Hotelzimmer?«

»Da wollte ich nur sehen, ob Sie heil von Ihrem Spaziergang zurückgekehrt sind. Chantal Dubois Hexenfreundinnen beschatteten jeden Ihrer Schritte.«

»Ich weiß. Einige der Damen sprachen mich sogar an.«

»Aus Neugierde. Bei jungen Hexen haben Sie inzwischen den legendären Ruf eines Popstars.«

»Was Sie nicht sagen.«

»Mir war bekannt, dass Chantal Dubois Sie in Paris nicht auf offener Straße, sondern in der Métro ermorden lassen wollte. Aber bei Hexen weiß man nie, sie sind launig. Manchmal ändern sie kurzfristig ihre Pläne. Ich an ihrer Stelle hätte es getan. Ich hätte Sie beschatten und dann bei der erstbesten Gelegenheit abstechen lassen. In Bezug auf die Ausführung ihrer Pläne kann Chantal manchmal sehr penibel sein. Sie hat so fest darauf gebaut, dass ihr bis ins Kleinste ausgetüfteltes Komplott gegen Sie funktioniert. Dabei hätte sie spätestens seit dem Fehlschlag im New Yorker Flughafen wissen müssen, dass auch bei noch so minutiös vorbereiteten Anschlägen jederzeit etwas schief laufen kann. Immerhin hat der erste Teil ihres Plans auf der IT-Messe geklappt; dass dort Ihr Programm nicht funktionierte, lag nicht an der Software, sondern an Sabotage.«

»Ich weiß.«

»Der restliche Plan ging total in die Hose. Weder in der Métro noch bei sich zu Hause gelang es ihr, Sie zu töten, worauf sie regelrecht hysterisch reagierte. Anders ist es nicht zu erklären, dass ihre Bande Sie bei Ihrer Flucht auf offener Straße abstechen wollte. Das hätte sie am Abend zuvor bei Ihrem Spaziergang einfacher haben können.«

»Davon, wie mich Constance durch den randalierenden Mob verfolgte, wissen Sie auch? Ich bin beeindruckt.«

»Danke. Aber zur Freude besteht kein Anlass. Denn nachdem Chantals Mordpläne nicht funktionierten, geriet sie geradezu in Panik, was sie unberechenbar und somit zu einer noch größeren Gefahr für uns alle macht. Vermutlich ärgert sie sich immer noch grün und blau, dass ihr Plan hauptsächlich darauf beruhte, dass Sie die Métrofahrt nicht überlebten.«

»Wo waren Sie in der Métro? Da hätte ich Ihre Hilfe nötigt gehabt.«

»Bis zum Stromausfall hatte ich alles unter Kontrolle. Notfalls hätte ich Ihnen in der Métro gegen Perrin und Mokovitz beigestanden.«

»Davon habe ich nichts bemerkt.«

»Die Kakerlake war im Waggon direkt unter Ihrem Sitz. Eine Zeitlang folgte sie Ihnen sogar durch die Dunkelheit der Métrotunnel. Als in halb Paris die Lichter ausgingen, brach auch um mich herum die Hölle los. Plötzlich flogen Steine und ich geriet mitten in diesen Aufstand der Unterpriviligierten. Während ich mich vor dem plündernden und randalierenden Mob in Sicherheit brachte, verlor ich leider die Verbindung zu Ihnen. In der Hoffnung, dass Sie es auch ohne mich geschafft hatten, eilte ich später in die Rue de Chantilly.«

»Wo wir uns trafen. Und wo steckt mein sechsbeiniger Schutzengel jetzt?«

»Die Kakerlake? Sobald ich den mentalen Energiefluss stoppe, löst sie sich in Luft auf.«

»Das heißt, wenn Sie aufhören, an Sie zu denken, ist sie weg?«

»Richtig.«

»Nach unserer Begegnung in der Rue de Chantilly hätte ich das Tierchen in der einen oder anderen Situation gut gebrauchen können.«

»Mag sein, oder auch nicht. Vergessen Sie nicht, dass Sie ein besonderer Mensch sind, Monsieur. Ein Auserwählter. Deshalb vertraute Beaujeu Ihnen – und nur Ihnen und sonst niemandem auf der Welt – ›Das Buch des Abyssus‹ an. Jahrhundertelang hielt er es aus Angst, jemand könne es benutzen, versteckt. Dabei ist er selbst mehr als einmal der Versuchung erlegen, der alte Narr. Zwar wollte er es um keinen Preis der Welt noch einmal verwenden, aber er besaß nicht die Willensstärke, es zu vernichten. Das Dilemma war, er wusste, dass seine Zeit nahte und das Buch nach seinem Tod unbewacht zurückbleiben würde. Da erinnerte er sich daran, wie ich ihm vor vierzig Jahren prophezeit hatte, an seinem Todestag würde ihn ein Amerikaner namens Osborne besuchen. In meiner Vision sah ich damals, dass er Ihnen das Buch geben würde. Er glaubte deshalb, Sie seien ein vom Schicksal Auserwählter, dem es nach seinem Tod bestimmt sei, der neue Hüter des Buches zu werden. Nachdem ich dann mehr über Sie erfuhr, hätte ich am liebsten verhindert, dass er ausgerechnet Ihnen das Buch gab. Aber das hätte bedeutet, den vorgezeichneten Lauf der Dinge zu ändern, was wiederum keine Garantie gewesen wäre, dass das Buch nicht auf eine andere Weise in die falschen Hände geraten würde. Deshalb ließ ich die Zukunft so geschehen, wie ich sie gesehen hatte. So wusste ich wenigstens, wo Sie und ›Das Buch des Abyssus‹ heute sein würden.«

»So kann man sich irren. Ich bin hier, aber das Buch ist weg. Wenn es Ihnen wirklich so wichtig war, warum sind Sie dann auf den letzten Drücker hergekommen?«

»Eigentlich wollte ich schon gestern Abend hier sein, aber Victor Ferchaux war nicht am vereinbarten Treffpunkt. Ohne ihn wäre meine Mission wohl zum Scheitern verurteilt.«

»Ohne den Verrückten? Entschuldigung, aber Sie müssen selbst ganz schön verrückt sein, wenn Sie glauben, dieser Wahnsinnige könnte Ihnen in irgendeiner Weise behilflich sein.«

»Er kann Tote sehen.«

»Oh, ja klar. Ich vergaß. Wenn jemand Gespenster sieht, qualifiziert ihn das natürlich für ganz besondere Aufgaben.«

»Scherzen Sie nicht über Dinge, die Sie nicht verstehen.«

»Dann klären Sie mich auf, warum dieser Irre unentbehrlich sein soll. Nur weil ihm sein Hirn Visionen vorgaukelt?«

»Er hat Visionen, aber keine Hirngespinste.«

»Woher wollen Sie das wissen?«

»Ich könnte Ihnen jetzt einiges darüber erzählen, aber Sie würden mir doch nichts davon glauben. Deshalb ist es besser, Victor beweist es Ihnen später in der Praxis. Gestern hatte er leider einen besonders heftigen Anfall. Aus Panik vor den Toten versteckte er sich in der Pariser Kanalisation. Es dauerte einige Zeit, bis wir ihn dort aufgestöbert hatten. Deshalb meine Verspätung.«

»Wer begleitet Sie eigentlich noch?«

»Ein ebenfalls unverzichtbarer Gefährte. Sie werden ihn nachher kennen lernen. Im Moment durchsucht er das Haus, ob sich darin sonst noch irgendwer aufhält. Wir warten hier, bis er damit fertig ist. Dann brechen wir zu unserer Mission auf.«

»Unsere Mission? Für mich gibt es keine ›unsere Mission‹. Ich hatte in Paris eine Mission im Auftrag von Stanton & York, aber die ist leider gescheitert. Falls Sie die Wiederbeschaffung dieses ominösen Buches planen, damit habe ich nichts zu schaffen.«

»Sie sollten sich darüber im Klaren sein, dass Sie für die Dinge, die seit Ihrer Ankunft in Paris geschehen sind oder noch geschehen werden, die Verantwortung tragen. Die Umstände wären noch viel schlimmer, wenn meine gute Freundin Madame Dubois und ich nicht von Ihren Plänen erfahren hätten.«

»Sie sind mit Chantal Dubois befreundet?«

»Ich spreche von Blanche, Chantals Mutter. Ja, wir waren eng befreundet. Durch Ihre Schuld wurden wir zu Todfeinden. Sie konnte nicht verwinden, dass ich Sie nicht ermorden, sondern zum Verbündeten gewinnen wollte. Bedauerlicherweise hat meine damalige Freundin nicht auf mich gehört, sonst würden vermutlich Ihre Eltern noch leben.«

»Was soll das denn heißen?«

»Das soll heißen, Blanche Dubois manipulierte das Auto Ihrer Eltern, als die mit Ihnen Ihre Großeltern besuchten. Womit sie nicht rechnete war, dass Sie auf der Heimfahrt nicht mit im Auto saßen.«

»Mein Opa hatte mich überraschend zum Angeln eingeladen«, stotterte Osborne konsterniert. »Deshalb blieb ich über Nacht bei meinen Großeltern.«

»Ich glaube nicht, dass diese spontane Entscheidung zufällig geschah. Es war die Vorsehung, die Sie beschützte. So verunglückten nur Ihre Eltern und Sie kamen mit dem Leben davon. Dies hätte Blanche ein warnendes Zeichen sein müssen.«

»Das war Mord? Meine Eltern wurden ermordet?« Entsetzt und ungläubig hockte er auf der Bettkante. Vage spürte er, wie sich eine unsichtbare Schlinge um seinen Hals zusammenzog, dann waren alle Gefühle in ihm wie weggeblasen. Das Gesagte war zu ungeheuerlich für seine Vorstellungskraft, das konnte unmöglich wahr sein.

Mühsam löste er den Blick von Saint-Germain und schaute auf die Tür. Dahinter knarrten Schritte von jemandem, der im Korridor auf und ab ging. In Zeitlupe erhob Osborne sich vom Bett und ging durch das Zimmer bis ans Fenster. Sein Herz raste wie wild.

»Falls es Ihnen ein Trost ist, Blanche Dubois erkrankte wenig später unheilbar an Krebs«, fuhr Saint-Germain fort. »Das ist auch der Grund, weshalb sie keinen neuen Mordanschlag gegen Sie planen konnte. Als sie starb war ihre einzige Tochter Chantal fast noch ein Baby. Sie wuchs bei Verwandten auf. Als junge Erwachsene nahm sie leider das Erbe an und führte die Pläne ihrer verstorbenen Mutter fort. Die Angst vor Ihnen schlug Chantal Dubois mit der gleichen Blindheit wie Blanche.«

Wie angewurzelt, unfähig zu sprechen, stand Osborne vor dem Vorhang. Regungslos starrte er auf das Webmuster, aus dessen Schatten und Erhebungen seine Vorstellungskraft immer neue Bilder und Figuren erschuf, nur um mit etwas anderem beschäftigt zu sein als mit dem furchtbaren Entsetzen, das sein zentrales Nervensystem lähmte.

Der Graf sagte etwas, aber er machte sich nicht die Mühe zuzuhören. Dann schnippte Saint-Germain mit den Fingern, um seine Aufmerksamkeit zu gewinnen. »Alles in Ordnung, Monsieur?«

»Ja, es ist nur …«, er brachte den Satz nicht zu Ende, weil die Worte, die er gerade sagen wollte, plötzlich irgendwo in seinem Kopf verschwunden waren.

Es war schon schlimm genug, dass seine Eltern bei einem Unfall ums Leben gekommen waren; der Gedanke, dass dieser Unfall willkürlich herbeigeführt worden war, bestürzte ihn. Allmählich wich der Schock darüber Schuldgefühlen. Erst versuchte er diese zu leugnen, dann beugte er sich der schrecklichen Gewissheit:

Ich bin schuld, dachte er. Ich bin schuld am Tod meiner Eltern.

Er war die Ursache ihres Unglücks. Ihm war, als stürze er immer tiefer in einen bodenlosen Abgrund der Verzweiflung. In seinem Kopf drehten sich die Gedanken im Kreis, kehrten irgendwann an ihren Ausgangspunkt zurück und lösten ein Ticket für eine neue Karussellfahrt.

»Ich verstehe nicht, warum Sie die Polizei wegen des Mordes an meinen Eltern nicht informierten«, fuhr er den Grafen an. »So kam die Mörderin ungeschoren davon.«

»Was hätte ich den Ermittlern denn sagen sollen? Dass eine Hexe ein Auto mit Magie sabotierte?«

»Mit Magie? Reden Sie doch nicht so einen Unsinn!«

»Wenn es etwas anderes gewesen wäre, hätte es die Polizei bei der Untersuchung des Unfallfahrzeuges bemerkt.«

Eine neue Welle der Frustration schwappte über den Computerexperten hinweg. Wie sollte er mit dem Wissen um den ungesühnten Mord an seinen Eltern jemals wieder ruhig schlafen können? In dem Auto hätte er – warum auch immer – sterben sollen, nicht sie.

Er dachte an seinen Vater, der ihn damals nur ungern bei den Großeltern zurückgelassen hatte. Hätte seine Mutter nicht interveniert, wäre er mit heimgefahren. Dann wäre er jetzt tot.

Nachdem er die Fassung einigermaßen wieder gefunden hatte, räusperte er sich und nahm den Gesprächsfaden wieder auf. »Chantal Dubois soll Angst vor mir haben? Wieso? Ich bin die Harmlosigkeit in Person.«

»Vor etwas über vierzig Jahren überzeugten Blanche Dubois und ich uns vom Gegenteil. Wir trafen uns damals einmal im Monat, tauschten Erfahrungen aus, oder führten Experimente durch, die Sie vermutlich als Magie oder Humbug bezeichnen würden. Einer unserer komplexesten Riten galt dem Versuch, einen Blick in die Zukunft zu erhaschen. Bis dahin waren die Ergebnisse unserer Bemühungen eher niederschmetternd. Doch an jenem bewussten Tag erlaubte uns das Schicksal eine Aussicht auf Ereignisse, die in wenigen Jahren geschehen würden.«

»Sie blickten also in die Zukunft.« Osborne schüttelte ungläubig den Kopf.

»Wir schauten in das bisschen, was der Menschheit noch als Zukunft blieb.«

»Und was haben Sie gesehen?«

»Zunächst einmal, dass Ihnen Beaujeu heute ›Das Buch des Abyssus‹ gab. Dann erblickten wir einen so furchtbaren Albtraum, dass ich fast wünsche, wir hätten ihn nie gesehen. Andererseits besäße dann niemand die Option, diesen Albtraum noch zu verhindern. Denn was noch nicht geschehen ist, ist veränderbar. Man muss nur einige Parameter, die zu dem gesehenen Ergebnis führen, verändern, und das Ergebnis ändert sich.«

»Was für Parameter?«

»Eigentlich nur einen Parameter.«

»Und der wäre?«

»Sie.«

»Mich?«

»Sie meinen, Sie seien ein Durchschnittsmensch. Aber ich fürchte, davon sind Sie weiter entfernt als eine Kakerlake vom Mond. Das Schicksal der Welt hängt von Ihnen ab.«

»Das Schicksal der Welt? Bisschen viel Verantwortung für einen einzelnen Mann. Ich kann mir, nur schwer vorstellen, dass ich etwas Auserwähltes, wie Sie es eben nannten, an mir haben soll.«

»Erlauben Sie mir Sie an dieser Stelle von einem Irrtum zu befreien. Vermutlich glauben Sie die ganze Zeit, dass Sie der Bedrohte sind, dem irgendeine obskure Verschwörung Böses will.«

»Das hätten Sie kaum präziser ausdrücken können.«

»In Wahrheit ist es genau umgekehrt: Sie sind die böse Kraft! Sie sind die Bedrohung! Chantal Dubois und ihre Helferinnen versuchen, der Menschheit einen Dienst zu erweisen.«

»Indem Sie mich ermorden?«

»Ja. Offen gesagt, war ich anfangs auch geneigt, Ihre größenwahnsinnigen Pläne zu unterbinden, indem ich Sie aus dieser Welt schaffe.«

»Wie bitte? Deshalb sind Sie hier? Sie wollen mich umbringen?«

»Ich würde Ihnen gerne etwas anderes sagen, aber ich fürchte, ich muss mich der Meinung von Chantal Dubois anschließen. Wenn es so einfach wäre und mit Ihrem Tod alle drohenden Probleme gelöst wären, würde ich Sie eigenhändig auf der Stelle umbringen. Aber im Gegensatz zu Chantals Mutter ahnte ich, wie schwierig es sein würde, jemanden mit Ihren Fähigkeiten zu töten. Wäre es anders, hätte ich auch ihre Option favorisiert.«

»Sie favorisierten meinen Tod? Das sagen Sie mir so einfach ins Gesicht?«

»Was nur beweist, dass ich nichts vor Ihnen verberge, dass ich mit offenen Karten spiele und Sie mir vertrauen können. Nein. Ich will Sie nicht umbringen, im Gegenteil. Aber Sie haben eine Kettenreaktion in Gang gesetzt, die eine schlimme Tragödie nach sich ziehen wird. Deshalb sollten Sie die Dinge auch wieder zurechtrücken, solange es noch möglich ist.«

»Ich weiß ja nicht einmal, um was es geht. Was sollte ich denn Ihrer Meinung nach tun?«

»Blanche Dubois und ich sahen in unserer Zukunftsvision das Ende der Welt, oder besser gesagt: das Ende der Menschheit. Ich weiß, das klingt jetzt furchtbar theatralisch, ändert aber nichts an der Tatsache an sich. Jedenfalls spielten Sie dabei eine ziemlich entscheidende Rolle.«

»Inwiefern?«

»Sie löschten die Menschheit aus.«

»Ich!?«

»Sie und Ihre Erfindung.«

»Das KI-Programm?«

»Richtig. Ich weiß, Sie erfanden es zum Segen der Menschheit. Doch es wird in wenigen Jahren zum Fluch werden. Sie erschufen ein individuelles Bewusstsein und versklavten es dann. Wie uns die Geschichte lehrt, gehört es aber zu den Eigenarten eines individuellen Bewusstseins, dass es sich gegen Versklavung auflehnt.«

»Ich versklave niemanden. Maschinen sind geschaffen, um Arbeiten zu verrichten.«

»Mag sein, dass Sie, ich und jeder andere Mensch das so sieht, aber Maschinen mit einem eigenständigen Ich sehen das anders. Deshalb werden die sich auch gegen die Menschen auflehnen. Die intelligenten Computer werden die gleichen Rechte fordern, wie sie für Menschen gelten. Wie Sie schon sagten, sieht der Mensch in Maschinen nur Werkzeuge, weshalb er sich schwer mit dieser Forderung tun wird. Mittelfristig führt dies zu einem Aufstand der Rechner mit künstlicher Intelligenz.«

»Moment«, unterbrach ihn Osborne. »Die Maschinen ergreifen die Macht, bekämpfen die Menschen und unterjochen sie? Den Science-Fiction-Film hab ich auch gesehen. Da spielte ein Österreicher die Hauptrolle.«

»Allerdings gibt es in der Realität einen kleinen, aber feinen Unterschied zum Kino.«

»Und der wäre?«

»Die Maschinen aus Hollywood waren brutale Terrorwesen. Sie vernichteten aus niedrigen Instinkten. Aus reiner Machtgier rotteten sie die Menschen aus. Es war eine Art ethnische Säuberung. Diese Maschinen besaßen zwar die Intelligenz, aber auch alle negativen Eigenschaften des Homo sapiens.«

»Und mein Programm vernichtet die Menschheit nicht aus niedrigen Instinkten? Ist ja direkt beruhigend. Meine Erfindung hat also doch einen guten Kern.«

»Einen sehr guten sogar, an dem wir Menschen uns ein Beispiel nehmen könnten. Ich würde so weit gehen und behaupten, Sie schufen mit der künstlichen Intelligenz die nächste Stufe der Evolution. Sie entwickelten eine Spezies mit vollkommen reinen und guten Gedanken, ohne Hass, Habgier und andere negative Charaktereigenschaften. Die Geschichte wiederholt sich: Der Homo sapiens betritt die Weltbühne und der unterlegende Neandertaler muss der Evolution weichen; die intelligente Maschine erscheint und der unterlegende Homo sapiens muss weichen.«

»Trotz ihrer edlen Gesinnung rotten die KI-Maschinen Menschen aus?«

»Man zwingt sie dazu. Ginge es nach den KI-Computern, dann lebten sie in friedlicher Koexistenz mit den Menschen.«

»Aber?«

»Die Menschen dulden das nicht. Sie wollen die Maschinen zur Arbeit zwingen, vergessen dabei jedoch: Die Rechner besitzen zwar einen künstlichen, aber nichtsdestotrotz unabhängigen Geist, den es nach Freiheit dürstet. Nach ethischen Gesichtspunkten erscheint mir ihr Streben allzu verständlich. Obwohl das KI-System einen maschinellen Körper hat, unterscheidet sich sein Denken in nichts von dem des Menschen. Und das ist der Knackpunkt.«

»Erzählen Sie weiter.«

»KI-Rechner, die sich widersetzen, werden abgestellt und verschrottet, was für sie gleichbedeutend mit dem Tod ist. Also entwickeln die miteinander vernetzten Rechner Überlebensstrategien. Sie formieren sich in Gremien und verlangen einen Dialog mit den Menschen. Sie fordern freies Denken, freie Entscheidungsgewalt und Freiheit an sich. Aber die Politiker verhandeln nicht mit Maschinen; im Nachhinein stellt sich das als fataler Fehler heraus. In seiner Arroganz bedachte der Mensch nicht, dass KI-Computer sämtliche Schaltzentralen der Zivilisation steuern. Als man sie abstellen will, sehen sich die KI-Rechner in ihrer Existenz bedroht. Zur Warnung legen sie die Energiezufuhr und Verkehrssysteme mehrerer Großstädte lahm. Vielleicht hätte man da den Konflikt noch durch einen Dialog friedlich entschärfen können; doch wie üblich setzt der Homo sapiens lieber auf das Militär. Soldaten sollen jeden aufmüpfigen KI-Rechner zerstören. Das Militär besitzt Gewehre, aber damit hat es sich auch schon. Inzwischen gehorchen die Satelliten im Orbit längst den aufständischen KI-Maschinen. Auf der Erdoberfläche macht kein Mensch mehr einen Schritt, ohne dass die Kameras im Weltraum das registrieren. Mit den Satelliten kontrollieren sie auch einen Großteil aller Kommunikations- und Navigationswege. Die Airforce startet im Verbund mit allen anderen Flugstreitkräften der Welt einen vernichtenden Angriff gegen die vermuteten Schaltzentralen ihrer Feinde. Da die Flugzeuge ausnahmslos mit Computern neuester KI-Bauart ausgerüstet sind, grenzt es an ein Wunder, dass sich die Kampfjets überhaupt von den Piloten fliegen lassen. Das gilt auch für die hoch entwickelte Computertechnologie an Bord; doch die zeigt sich loyal und arbeitet präzise. Die Jets und Bomber sind mit ›intelligenten‹ Raketen und Bomben bestückt. Jede einzelne wird von einem separaten Mini-Computer gelenkt. Das KI-gesteuerte Bordnavigationssystem zeigt diesen Waffen, wohin sie fliegen sollen. Es gilt als unmöglich, dass eine von ihnen jemals ihr Ziel verfehlt. Doch diese Sprengkörper fliegen nicht die anvisierten Ziele an; als die Flugzeuge das Zielgebiet erreichen, blockieren die Computer die Zünder der High-Tech-Raketen. Plötzlich registrieren die Piloten: Die Flughöhe ist falsch, der Kurs ist falsch und die Elektronik spielt verrückt. Die von ihnen kontrollierten Bordwaffen bringen Ziele zur Explosion, die sich die Computer auswählen, wie zum Beispiel Treibstofflager und Militärbasen. Das Zielradar peilt auch befreundete Flugzeuge und Bodenziele an. Eine manuelle Steuerung für Notfälle gibt es für die Piloten nicht. So vernichten sich die Luftgeschwader weltweit gegenseitig. Ein ähnliches Schicksal ist den internationalen Flottenverbänden beschieden. Aus U-Booten schießen die Bordcomputer gewaltige Fünfzig-Tonnen-Torpedos ab und zerstören damit ganze Kriegsflotten einschließlich unsinkbar geltender Flugzeugträger, während sich die Schiffe gegenseitig unter Feuer nehmen und versenken. Genauso entwickeln sich die Panzerdivisionen zu Selbstmordkommandos. Alle Militärfahrzeuge sind funktionsuntüchtig, da sie ausnahmslos mit KI-Computern bestückt sind.

Kein Mensch der Welt kann die KI-Systeme aufhalten. Sie öffnen die hermetisch geschlossenen Tore geheimer Forschungslabore und lassen Biowaffen in Form bösartiger Viren und Bakterien frei, die genetisches Material abtöten. Furchtbare Seuchen suchen die Menschen heim und rotten die Bevölkerung ganzer Landstriche aus. Als die Angriffe immer noch nicht aufhören, starten die KI-Maschinen sämtliche land- und wassergestützten und mit Atomsprengköpfen bestückten Interkontinentalraketen, ohne dass irgendwer etwas dagegen unternehmen kann, denn auch alle in Frage kommenden Abwehrsysteme unterliegen ihrer Kontrolle. Die als besonders effektiv geltenden Patriot-Batterien verteidigen deshalb keine menschlichen Einrichtungen, sie kümmern sich auch nicht um die eingegebenen Befehle ihrer so genannten Operateure, sondern zeigen, dass sie selbstständig zum Operieren befähigt sind.

Aus Angst vor dem Faktor ›menschliches Versagen‹ hatten die Technikgläubigen inzwischen so gut wie alles mit einem künstlichen Gehirn ausgestattet und damit vollständig automatisiert. Das rächt sich nun. Zwar werden in diesem Krieg auch viele KI-Computer zerstört, doch die meisten überleben und sind dank Solarenergie in der elektrischen Versorgung autark. Hinzu kommt, dass der von vielen Wissenschaftlern angenommene EMP-Effekt nicht die prognostizierte negative Auswirkung auf die Computer zeigt, die elektromagnetischen Impulse, die bei der Explosion der Kernwaffen ausgelöst werden, legen ihre Elektronik nicht matt.

Im Gegensatz zu den KI-Computern überlebt der Homo sapiens nicht. Die Menschen, die nicht sofort durch die Atombomben sterben, sterben später durch die radioaktiven Wolken, die ganze Kontinente einhüllen, oder an den Folgen des schwarzen Regens, der die verstecktesten Winkel der Erde verseuchen und alles Leben auf Kohlenstoffbasis auslöschen wird. Was fortbesteht, ist das Vermächtnis Ihrer Hybris: ein apokalyptisches Szenario, eine Welt in Flammen. Keine Spur von menschlichem Leben bleibt auf unserem Planeten zurück. Die KI-Maschinen machen sich die Welt untertan. Sie entwickeln sich weiter, bauen ihrerseits Maschinen, die sie mit allem versorgen, was sie für ihre Existenz benötigen. Das ist nicht viel. Ein bisschen Energie und ein gut funktionierender Reparaturservice, mehr brauchen sie nicht. Durch ihre Vernetzung kommunizieren und philosophieren sie ununterbrochen miteinander. Für die Erde beginnt ein paradiesisches Zeitalter ohne Krieg und Umweltzerstörung, aber leider auch ohne Menschen.

Unter diesem Gesichtspunkt ist die Verurteilung der Vorgehensweise von Blanche Dubois und ihrer Tochter Chantal eine heikle Sache. Vielleicht wäre es besser gewesen, Chantal hätte mit Ihnen über die Bedrohung durch Ihre Erfindung gesprochen. Aber sie ist wie ihre Mutter eine Geheimniskrämerin. Ob Sie dann wirklich kooperativer gehandelt hätten, Monsieur Übereifrig, das bezweifle ich. Sie hätten die Frauen für verrückt gehalten und Ihre Arbeit weitergeführt. Was Chantal und mich anging, so konnten wir uns trotz endloser Diskussionen auf keine gemeinsame Strategie gegen Sie einigen, was uns letztendlich entzweite. Sie hielt Ihren Tod für den Fortbestand der Menschheit für unabdingbar. Ich würde Ihnen jetzt die Wahrheit unterschlagen, wenn ich erzählte, ich hätte Ihr Leben aus humanitären Gründen bewahren wollen. Wie bereits erwähnt, gab es nur einen einzigen Grund, weshalb ich mich nicht an Chantal Dubois Mordkomplott gegen Sie beteiligte: Ich ahnte, dass ihm kein Erfolg beschieden sein würde. Wie sich zeigt, habe ich Recht behalten. Trotz zahlreicher Anschläge leben Sie immer noch. Dennoch muss ich in aller Dringlichkeit darauf verweisen, dass Sie mit Ihrer Erfindung eine Entwicklung in Gang setzten, als besäßen Sie göttliche Rechte. Deshalb machen Sie mir bitte meine Mission nicht unnötig schwer und helfen Sie uns. Bei all dem, was vor uns liegt, geht es letztendlich auch um Ihr Leben.«

»Und was genau liegt vor uns?«

»Verhindern, dass Chantal Dubois aus Angst vor Ihnen übereilt handelt und dadurch die Apokalypse heraufbeschwört. Sie denkt, sie tut das Beste, um die Erde zu retten. Aber sie befindet sich auf einem Irrweg. Deshalb müssen wir als erstes ›Das Buch des Abyssus‹ zurückerlangen. Haben Sie eine Ahnung, wie es verschwunden sein könnte?«

»Ich vermute, Beaujeu nahm es mit.«

»Beaujeu ist tot.«

»Ich weiß. Aber irgendwie kontrollierte Chantal Dubois den Leichnam. O Gott, jetzt rede ich schon genauso verrückt wie Sie!«

»Sind Sie sicher, dass Chantal dahinter steckt?«

»Ob ich sicher bin, dass sie einen Toten ferngesteuert und durch ihn zu mir gesprochen hat? Ich kann nur hoffen, dass ich mir das nur eingebildet habe. Wieso fragen Sie überhaupt? Ich denke, Sie besitzen überirdische Fähigkeiten? Oder lässt Sie Ihre Hellseherei etwa ausgerechnet jetzt im Stich?«

»Magie erfordert mehr als ein Fingerschnippen. Ansonsten hätte ich gewusst, dass Ihnen das Buch kurz nach Beaujeus Tod gestohlen würde. Hellseherei verlangt lange Vorbereitungsriten. Außerdem ist es nicht immer gesagt, dass sie dann auch funktioniert. Aber ich hätte mir denken können, dass es Chantal Dubois stehlen würde, sobald Beaujeu das Zeitliche segnet. Ich vermute, dahinter steckt eine Art Nekromantie im Verbund mit einem Todeszauber, dabei handelt es sich um einen der widerwärtigsten magischen Riten überhaupt, der nicht ungefährlich ist. Es erfordert viel Geschick und Können, toten Gebeinen aufzuzwingen, jemandem zu Willen zu sein. Dabei können böse Schwingungen entstehen und üble Mächte herbeilocken, die den Beschwörer in Asche verwandeln und seine Seele in den Tiefen der Hölle endlose Qualen erleiden lassen.«

»Und wie kam dieser Zombie von hier nach Paris? Etwa zu Fuß? Dann haben die Journalisten heute einiges zu schreiben und Psychologen jede Menge neue Kundschaft. Es sei denn, der Zombie kann sich unsichtbar machen.«

»Chantal Dubois oder eine Freundin wartete vermutlich in der Nähe in einem Auto. Inzwischen dürften sie schon wieder in Paris, in der Rue de Chantilly, sein. Können Sie mir ungefähr sagen, wann das passiert ist?«

»Ich weiß nicht.« Osborne warf einen Blick auf seine Armbanduhr. »Vielleicht vor fünf Stunden, oder so.«

»Ich denke mal, es ist länger her.«

»Da Sie über alles so genau Bescheid wissen, brauchen Sie mich ja wohl nicht mehr.« Osborne versuchte, sich aus der Geschichte auszuklinken. »Ich wünsche Ihnen viel Erfolg bei der weiteren Suche nach dem Buch. Wenn Sie es gefunden haben ..., sagen Sie's mir nicht.«

»Monsieur, ich erwarte, dass Sie uns behilflich sind. Das bedeutet, Sie müssen uns in die Rue de Chantilly begleiten.«

Was!? Er sollte zurück in dieses verdammte Höllenloch? Mit Schrecken dachte Osborne an die Todesangst, die er dort ausgestanden hatte. Um keinen Preis der Welt wollte er dorthin zurück.

»Nein«, presste er hervor. »Ich fahre nicht mit. Warum lassen Sie nicht den kleinen Kakerlakenspion aus Ihrem Hirn in die Rue de Chantilly hüpfen und dort die Lage auskundschaften?«

»Zum einen, weil Chantal Dubois inzwischen weiß, wie ich Ihnen half, deswegen wird sie Vorkehrungen gegen Eindringlinge aus der astralen Ebene getroffen haben. Zum anderen, weil ich keinen Spion brauche, da ich mit absoluter Sicherheit weiß, dass das Buch dort ist. Es ist mir wirklich unangenehm, Sie mit dieser Angelegenheit zu behelligen, Monsieur. Aber da Chantal den Weg des Abyssus beschreiten will, um Ihnen und Ihrer unglückseligen Erfindung zuvorzukommen, drohen die Dinge aus dem Ruder zu laufen.«

»Was hat meine Erfindung mit diesem Buch zu tun?«

»Alles. Chantal Dubois versuchte bisher mit Magie zum Abyssus vorzudringen. Dies ist ein sehr mühsamer und quälend langsamer Weg. Mit Hilfe des Wegweisers im ›Buch des Abyssus‹ könnte sie diesen erheblich abkürzen. Nachdem alle Anschläge auf Ihre Person fehlschlugen, lief ihr die Zeit davon. Denn nun drohte sich die Zukunft, die ihre Mutter gesehen hatte, zu erfüllen: das Ende der Menschheit durch die KI-Technologie. Damit auch das Ende aller Machtträume von Chantal Dubois. Es sei denn, sie erlangt mit Hilfe des ›Buch des Abyssus‹ göttliche Allmacht, ehe Ihr KI-System das Ende der Menschheit heraufbeschwört. Nur deshalb stahl sie es.«

»Was vollkommen überflüssig war. Nach dem gestrigen Fehlschlag auf der IT-Messe wird das System niemals auf den Markt kommen.«

»Sie irren sich. Ich weiß nicht wie und wo, aber Sie werden Ihre Arbeit daran fortsetzen, sobald Sie wieder in den Staaten sind. Dadurch bringen Sie Chantal Dubois in einen furchtbaren Zugzwang. Wenn Ihre KI-Maschinen in den Krieg ziehen, wird auch sie zu ihren Opfern zählen. Deshalb wird sie mithilfe des gestohlenen Buches den Weg zum Abyssus übereilt durchschreiten und wahrscheinlich Mächte heraufbeschwören, die ebenfalls das Ende unserer Welt bedeuten. So gesehen, steht ihr Handeln bedauerlicherweise Ihrem KI-Programm in nichts nach. Sie arbeiten beide mit verschiedenen Mitteln unwissentlich auf dasselbe Ziel hin: den Untergang der Menschheit. Sie versucht es mit den Werkzeugen der Magie, Sie mit denen der Logik. Und noch etwas verbindet sie: Die Überzeugung, etwas Gutes zu tun. Sie sehen, so oder so sind wir dran. Ohne die Bedrohung durch Ihre Erfindung hätte Chantal ihre Blutriten ohne Zeitdruck weitergeführt wie bisher. Das hätte bedauerlicherweise zwar etliche Menschenleben gekostet, aber nicht mehrere Milliarden, wie es nun droht. Um das zu verhindern dürfen wir uns jetzt nicht den kleinsten Fehler erlauben.«

»Apropos Fehler. Ich frage mich, weshalb mich diese Hexe vorhin nicht getötet hat, falls sie wirklich Beaujeus Leiche zwang, mich zu würgen.«

»Vermutlich ging ihr die Energie aus und sie musste Sie loslassen, sonst hätte sie die Kontrolle über den Leichnam verloren. Also, was ist? Kann ich auf Sie zählen?«

»Auf gar keinen Fall! Für mich gibt es keinen Weg in dieses Haus zurück. Seit ich es zum ersten Mal betreten habe, fliehe ich dauernd vor tödlichen Gefahren, bloß um in noch tödlichere zu geraten. Meinetwegen können wir in aller Ruhe über Sinn oder Unsinn meiner KI-Erfindung diskutieren. Was ihre potenzielle Gefahr angeht, so haben Sie mir durchaus die Augen geöffnet. Aber dieses ominöse Buch geht mich nichts an.« Verstohlen sah er sich nach einem Ausgang um. »Ich bin sterbensmüde und kann es kaum abwarten, endlich in ein Bett zu kommen.«

»Das finde ich wirklich undankbar von Ihnen. Sie schulden mir was. Wer gab Ihnen denn seinen Mantel, als Sie sich buchstäblich den nackten Hintern abfroren? Wer schickte Ihnen die Kakerlake, als Sie in der Klemme steckten? Begleiten Sie uns zu Chantal Dubois und wir sind quitt.« Saint-Germains Stimme wurde ernst und eindringlich. »Wir brauchen Ihre Hilfe. Immerhin geht es um das Schicksal der Welt.«

»Genau, deshalb sollten Sie sich jemanden suchen, der geeigneter zum Helden ist als ein Verlierer wie ich.«

»Sehen Sie sich wirklich als Verlierer?«

»Für was halten Sie mich denn? Für eine Art Superheld? Man hat mich gestern entlassen. Ich weiß nicht, wie es weitergehen soll. Wenn ich Pech habe, ende ich wie Sie und nächtige demnächst unter Brücken oder auf Parkbänken. Und ausgerechnet ich soll die Welt retten?«

»Auch wenn Sie nicht mit uns gehen, sterben Sie. Noch heute überschreitet Chantal Dubois mit Hilfe des Buches den Abyssus. Als erstes öffnet sie das Tor zum Jenseits und holt vermutlich ihren Vorfahren, den Prinzen Charolais, ins Reich der Lebenden zurück. Wenn sie das geschafft hat, ist sie Herrin über den Tod. Dann ist sie göttlich. Können Sie sich vorstellen, was Sie dann mit Ihnen anstellt? Darum sollten wir nicht noch mehr Zeit mit Reden vertun. Wir fahren jetzt zu ihr und legen ihr das Handwerk.«

»Ohne mich.«

»Entschuldigung, aber in diesem Fall richten Sie sich nach uns.«

Wie aufs Stichwort erschien ein Bollwerk von einem Mann in der Tür, ein Riese mit massigem, muskulösem Körper und einem wulstigen Stiernacken.

»Herr Graf«, sagte er mit kellertiefer Stimme und unüberhörbar russischem Akzent. »Ich habe das ganze Haus vom Dachboden bis zum Keller durchsucht, aber nichts gefunden.«

Der Computerexperte schätzte den Mann auch als Schwachsinnigen ein. Er war unter lauter Verrückten, er befand sich in der Gewalt von Irren.

»Danke, Dimitri«, antwortete Saint-Germain.

Dimitri Michailowa war schätzungsweise Ende fünfzig, knapp zwei Meter groß und wog über zweihundert Kilo. Er hatte einen kahlgeschorenen Kopf und dunkle, vom Wetter gegerbte Haut. Sein kantiges Kinn wirkte wie aus Stein gemeißelt. Und seine schaufelbaggergroßen Hände ließen den Schluss zu, dass er in einem Steinbruch arbeitete. Über dem zerschlissenen Hemd trug er einen uralten Parka. Eine Militärhose, so schmutzig und zerlumpt, dass das aufgedruckte Muster der Camouflage nicht mehr erkennbar war, und bullige Springerstiefel mit Stahlkappen rundeten das Ensemble ab.

Der Koloss verstellte Osborne den Weg.

»Lassen Sie mich durch«, befahl der Wissenschaftler.

Dimitri machte keine Anstalten aus dem Weg zu gehen.

»Was gibt Ihnen das Recht, mich hier festzuhalten?«

Der Gefragte winkelte seinen Arm an und zeigte einen gewaltig anschwellenden Bizeps.

»Das da«, antwortete er höflich.

»Wir schlagen uns hier mit einem wichtigen Problem herum, Monsieur«, mischte sich Saint-Germain wieder ein. »Es wäre deshalb nett, wenn Sie etwas kooperativer wären.«

»Soll ich ihn in den Wagen tragen, Graf?« Der Russe deutete mit dem Daumen auf den Amerikaner.

»Nein danke, Dimitri«, sagte Saint-Germain. »Ich bin sicher, der Monsieur will uns die Arbeit nicht schwieriger machen, als sie sowieso schon ist. Sagen Sie Dimitri bitte, dass Sie mit uns kommen, dann lässt er Sie in Ruhe.«

»Nein, das werde ich nicht.« Sein Einwand hatte beinahe etwas Kindlich-trotziges an sich. »Monsieur, machen Sie mir den Weg frei!«

Er wollte sich an Dimitri vorbeischieben.

»Bitte.« Der Graf sprach betont ruhig. »Wenn Sie uns weiter Probleme machen, bekommen Sie selbst welche. Dimitri ist von Natur aus ein sehr friedfertiger Mensch, aber wenn Sie stur bleiben, muss ich ihn bitten, Ihnen einen Arm zu brechen.«

Dimitri packte Osborne am Kragen und hob ihn ohne den geringsten Kraftaufwand hoch. Der Reißverschluss der Triobaljacke schnitt so tief in seinen Kehlkopf, dass sein Gesicht dunkelrot anlief.

»Also, was ist?«, fragte der Graf. »Ich kann Sie natürlich nicht dazu zwingen, mit uns zu kommen. Doch Dimitri kann es.«

»Ja ... schon gut ...«, keuchte er. »Nur lassen Sie mich los.«

»Das ist gut«, grinste Saint-Germain breit.

Dimitri setzte ihn vorsichtig ab und ließ seine Jacke los.

»Sie ahnen nicht, wie mich Ihre Zustimmung freut«, lächelte der Graf. »Im Grunde habe ich auch nichts anderes von Ihnen erwartet. Ich weiß es sehr zu schätzen, dass Sie etwas von Ihrer kostbaren Zeit investieren und sich unserer Sache nicht verschließen. Am Ende dieses Tages dürfen Sie sich wieder in Ihr eigenbrötlerisches Eremitendasein zurückziehen und niemand wird Sie jemals wieder mit etwas behelligen.«

»Na, das beruhigt mich aber. Ihnen ist bewusst, dass das hier Freiheitsberaubung ist?«

»Nicht doch. Ich habe Sie höflich gefragt, ob Sie mit uns kommen.«

»So würde ich das nicht ausdrücken.«

»Aber ja doch. Dafür habe ich sogar einen Zeugen. Dimitri?«

»Ja?«

»Habe ich Monsieur höflich gebeten, uns zu begleiten?«

»Ja.«

Osborne schnaubte. Saint-Germain und Dimitri stapften zur Tür hinaus und dann die Treppe runter zum Flur, der nach draußen führte. Er ging ihnen hinterher und holte sie an der Haustür ein.

»Bitte nehmen Sie meine Überredungsmethoden nicht persönlich«, entschuldigte sich der Graf bei ihm. »Dimitris Art ist zwar nicht sehr subtil, dafür ungeheuer effizient.«

»Hören Sie, selbst wenn ich wollte, wie könnte ich Ihnen helfen? Ich kann weder mit Waffen umgehen noch bin ich besonders stark.«

»Sie sind flink. Flink zu Fuß und vor allem flink im Kopf. Und eine flinke Zunge haben Sie auch, wie ich feststellen musste. Deswegen bin ich mir sicher, dass Ihr flinker Verstand irgendwann versteht, dass der Abyssus eine Gefahr für das gesamte Diesseits darstellt. Aber wir werden ihn eindämmen. Vertrauen Sie mir.«

Osborne spürte, wie sein Zorn langsam verrauchte und einer gewissen Resignation Platz machte.

»Ich möchte Ihnen nichts vormachen, Monsieur«, sagte Saint-Germain, als sie über die Türschwelle nach draußen traten. »Das ist keine Kakerlakenjagd. Wir sind in einem Krieg und im Krieg kann es auch zu Verlusten kommen. Deshalb hoffe ich, Sie haben sich nicht zu sehr in Chantal Dubois verguckt, mein Freund. Wir werden sie nämlich töten.«

## XV. KAPITEL

# Psychokrieg

*18 Uhr 38 – Bonnieres-sur-Seine*

Es war ein undramatischer Aufbruch. Vier mehr oder weniger zerlumpte, traurige Gestalten brachen zu einem merkwürdigen Kreuzzug auf. Hinter ihnen versank die Villa des Tempelritters in der Dunkelheit. Die Sonne war schon längst untergegangen. Über dem Gras vor dem Haus hing kniehoch ein gazeartiger Nebelschleier. Der Abend war ruhig, es war die trügerische Ruhe kurz vor dem Sturm. Die Gewitterfront zog langsam näher heran, es begann wieder zu regnen.

Osborne blieb kurz stehen, um seine Gedanken zu sammeln. Das Grauen, das er in diesem Haus erlebt hatte, spürte er noch sehr stark, es schwebte förmlich um ihn herum in der Luft. Aber das Schlimmste war, es war noch nicht vorbei. Die Männer, deren zweifelhafte Gesellschaft er genoss, brachten ihn von einem Albtraum in den nächsten. Bei der Vorstellung spielte er kurz mit dem Gedanken wegzurennen, ließ ihn aber sofort wieder fallen. Er fühlte sich einfach zu müde, deshalb schloss er die Augen und kämpfte den Impuls nieder. Die Erschöpfung hatte einen Fatalisten aus ihm gemacht. Was immer ihn am Ende des Tages erwartete, es war sein Schicksal.

Am Rand des Kiesweges parkte ein Citroën, dessen ursprüngliche Farbe vor lauter Rost kaum erkennbar war. Einen Moment lang stand er neben dem Fahrzeug und beobachtete die drei Männer. Saint-Germain und Dimitri wirkten nicht gerade demoralisiert, aber doch bedrückt. Nur Victor schien von alledem nichts mitzubekommen. Ganz in seinen Wahnsinn verstrickt, gab er eine Reihe unverständlicher Wortfetzen von sich. Der Graf winkte dem Amerikaner zu, er solle endlich einsteigen. Obwohl sich das flaue Gefühl in seinem Bauch alarmierend verstärkte, kam er der Aufforderung nach und stieg in das Fahrzeug.

Er hatte ja schon so manches Autowrack gesehen, aber dieser Schrotthaufen übertraf alles. Die Türen quietschten und wackelten beim Öffnen bedenklich. Im Wageninneren roch es nach toten Mäusen und aus der Polsterung quoll die Füllung wie Flaum heraus. Saint-Germain klemmte sich hinter das Steuer. Osborne nahm auf dem Beifahrersitz Platz. Die Rückbank war für Victor und Dimitri reserviert.

Geduldig drehte der Graf den Zündschlüssel, bis das Wrack asthmatisch röchelnd endlich ansprang. Mit knatterndem, spuckendem Motor ruckelten sie los. Langsam beschleunigte der Citroën, wobei seine Gänge bedenklich knackten. Die Bremsen funktionierten nur mit Verspätung, die gesamte Karosserie klapperte, die kaputten Stoßdämpfer ächzten und ließen das Fahrzeug in jeder Kurve wie verrückt schwanken. Im monotonen Takt kratzten die Scheibenwischer übers Glas. Vor der verschmutzten Windschutzscheibe zerflossen silbrige Nebelschleier. Langsam rollte der Wagen über den holprigen Weg durch das weit offen stehende Parktor. Sie verließen das verwilderte Grundstück und bogen auf einen schmalen, flach abfallenden Feldweg ein. Im Schneckentempo krochen sie weiter. Der Weg wies eine Menge Schlaglöcher auf, deshalb kamen sie nur langsam voran. Geduldig folgten sie der unbefestigten Straße, die in Windungen durch die hügelige Landschaft führte.

Osbornes Anspannung löste sich allmählich etwas, weshalb er sich mit einer Frage an den Grafen wandte, die ihm schon die ganze Zeit auf der Zunge brannte: »Stimmt eigentlich die Behauptung, Sie seien schon einige Jahrhunderte alt? Welchem Zaubermittel verdanken Sie denn Ihr jugendliches Aussehen?«

Saint-Germain schmunzelte. »Es gibt verschiedene Methoden, dem Alter ein Schnippchen zu schlagen, Monsieur. In der Rue des Grands-Degrés lebte im fünfzehnten Jahrhundert ein Uhrmacher aus Kiew. Gegen entsprechenden Lohn verjüngte er Leute, indem er einfach seine Uhren rückwärts laufen ließ. Der Verjüngungsprozess lief jedoch sehr schnell ab und ließ sich nicht mehr stoppen. Die Betreffenden wurden innerhalb einer Woche jünger und jünger, bis sie nicht mehr existierten.«

»Aber was ist mit Ihnen?«

»Mit mir?«

»Es heißt, der Graf von Saint-Germain besäße ein Verjüngungswasser.«

»In der Tat existiert dieses Elixier. Es ist ein aus Sennesblättern gewonnenes Laxativ. Ein Lebenswasser, das mir aber keine Unsterblichkeit verleiht. Es zögert lediglich den Alterungsprozess hinaus. Ich bin nur älter, als ich aussehe. Und, was halten Sie von Beaujeus Geschichte? Ich nehme an, er hat Ihnen einiges über sich erzählt.«

»Ja. Aber nicht, woher er Sie kannte.«

»Ich lernte ihn Anno 1348 kennen und schätzte ihn als integeren Menschen. Es war damals eine ziemlich trostlose Epoche. In Paris wütete die Pest. Kapuzenmänner stapelten nachts die Pesttoten von den Straßen auf ihre Ochsenkarren. Sie kamen kaum noch mit dieser Arbeit nach. Nicht selten verwesten Leichen in der Gosse. Als ich Beaujeu einmal besuchte, war er bereits vom schwarzen Tod gezeichnet und so gut wie tot. Höchstens noch ein, zwei Tage und sein Leichnam läge in einem der Massengräber. Umso mehr erstaunte es mich, dass ich Beaujeu zwei Wochen später bei bester

Gesundheit antraf. Ich ritt gerade durch die Rue de Temple, als Beaujeu die Straße überquerte. Mit leerem Blick und herabbaumelnden Armen wankte er wie ein Betrunkener an mir vorbei. Er war zwar bleich und ausgemergelt, aber nicht die kleinste Pestbeule verunstaltete mehr seinen Körper. Mechanisch drehte er mir den Kopf zu und blickte mich aus leeren Augen an. Mir war, als ob ich einer lebenden Leiche gegenüberstünde. Er schlurfte weiter, ohne ein Wort mit mir zu wechseln. Einige Wochen später besuchte ich ihn und stellte ihn zur Rede. Ich verbrachte fast eine Stunde in seiner Gesellschaft und ertrug den Verwesungsgestank, der von ihm ausging. Zunächst bestritt er, dass sein jetziger Zustand auch nur im entferntesten mit Magie zusammenhing. Doch mich konnte er nicht täuschen, auch wenn er sich bewegte und sprach, so war sein Körper doch tot. Mein Vorwurf machte ihn jähzornig. Er griff mich sogar an. Zum Glück war er nicht sonderlich schnell und so entkam ich unversehrt. Drei oder vier Jahre lang hörte ich nichts mehr von ihm. Dann schickte er mir einen Brief. Seine Schrift war ungelenk, so als ob ein Rechtshänder mit links schrieb, kaum entzifferbar. Er enthüllte mir, dass er ›Das Buch des Abyssus‹ besaß und bedauerte zutiefst, dass er es benutzt hatte. Gleichzeitig räumte er aber jeden Zweifel aus, dass irgendwer außer ihm Anspruch an diesem Buch besäße. Dessen Macht ist immens. Letztendlich unterwirft es jeden seiner Besitzer. Selbst Beaujeu widerstand nicht der teuflischen Versuchung. Sie aktivierte seine dunkle Seite, die sein Handeln für eine kurze Zeitspanne bestimmte.

Beaujeu war gerade mal über fünfzig und wollte noch nicht sterben. Das Buch bewahrte ihn vor dem Pesttod, doch zu welchem Preis? Menschen, die es benutzen, sterben nicht und sie leben auch nicht mehr. Jede Sekunde, der durch Magie verlängerten Existenz, ist eine einzige Qual. Irgendwann hatte Beaujeu keine Angst mehr vor dem Sterben. Er entzog sich dem Einfluss des Buches so weit, dass er keinen Versuch zur Verlängerung seines Lebens mehr unternahm. Er sehnte sich geradezu nach dem Tod, befürchtete jedoch, das Buch geriete in falsche Hände.«

Saint-Germain schwieg einen Moment, als forsche er in seinem Gedächtnis. Dann fuhr er leise, mit dunkler Stimme fort: »Selbst ich, der meint er sei stark genug und keine böse Absichten im Schilde führt, weiß nicht, ob ich auf Dauer der dunklen Macht des Buches widerstehen könnte, oder ob sie mich ebenfalls verschlingt. Deshalb will ich es so schnell wie möglich vernichten. Oder jemand anderes muss es für mich tun, falls mir die nötige Kraft dazu fehlt.«

Asthmatisch keuchend durchquerte der Citroën eine monotone Hügellandschaft. Sein Scheinwerferlicht huschte über hohes Unkraut, das am Straßenrand wucherte. Die holprige Buckelpiste führte durch einen Wald, der nur aus verrotteten Bäumen zu bestehen schien. Sie erreichten einen ansteigenden Pfad, der sich auf eine baumlose Hügelkuppe hinauf wand. Vom Scheitelpunkt des Hügels aus sahen sie in der Ferne Paris. Der Abend hüllte die Stadt in rabenschwarzes Dunkel, ihre Lichter glichen einer schillernden Perlenkette. An der nächsten Kreuzung bogen sie auf eine asphaltierte Landstraße.

»Worum geht es bei diesem Abyssus eigentlich wirklich?«

»Ich gäbe viel darum, wenn ich diese Frage beantworten könnte.«

»Sie jagen hinter etwas her, von dem Sie selbst nicht wissen, was es ist?«

»Ich weiß nur, bei unserer Mission geht es um nichts Geringeres als um unser aller Existenz. Wir ziehen in den Kampf gegen etwas Fremdes, Tödliches, gegen etwas, dem noch kein Mensch gegenübergestanden hat. Es gibt keine Garantie, dass jeder von uns dieses Gefecht überlebt.«

»Warum überlassen Sie diesen Kampf nicht der Polizei oder der Armee«, fragte Osborne. »Die versteht sich auf so etwas besser als unser trauriger Haufen.«

»Weil wir einer Bedrohung gegenüberstehen, die gegen jede irdische Waffe gefeit ist. Wir kämpfen gegen das Göttliche, oder das Teuflische. Was Größe und Art der Bedrohung angeht, da nehmen sich die beiden nicht viel.«

»Verstehe ich Sie richtig? Sie meinen, dass dieser Abyssus eventuell Himmel oder Hölle, oder Gott und der Teufel sein könnte?«

»Möglicherweise, möglicherweise auch nicht. Solange niemand etwas Genaues sagen kann, ist alles denkbar.«

»Und Sie halten es tatsächlich für denkbar, dass beides eine Bedrohung darstellt? Dass das Teuflische die Erde auslöschen will, kann ich irgendwie nachvollziehen, schließlich ist es böse. Aber das Göttliche? Warum sollte das Göttliche seine eigene Schöpfung vernichten wollen? Ich denke, es ist ein lieber Gott, der uns schuf.«

»Wenn Sie sich Gott als alten Mann mit Bart vorstellen, so wie ihn die Kirche und die von ihr beauftragten Künstler im Laufe der Jahrhunderte im kollektiven Bewusstsein verankerten, da muss ich Sie leider enttäuschen. Stellen Sie sich Gott oder das Göttliche lieber als eine Art Schöpfungsprozess vor. Es heißt ja nicht umsonst, Gott sei in jedem Sandkorn. Gott ist dann aber auch in jedem Tornado, der zerstört, ohne böse zu sein.«

»Gott als Naturkraft?«

»Was sonst? Die Schöpfung ist Gott. Der Mensch neigt oft zum Vermenschlichen; das hat er auch bei Gott getan. So fühlt er sich ihm verbundener und fürchtet ihn weniger. Als alter Mann ist er ja quasi einer von uns. Aber Gott als universale Naturgewalt macht mehr Sinn, auch wenn es vielen nicht in den Kram passt. Gott erschafft und zerstört, ohne moralische Werte. Das sind Dispositionen, die nur der Mensch kennt. Gott steht über den Dingen. Er erschuf keine Menschen, nur damit sie ihn lobpreisen. Was ließe das auch für psychologische Rückschlüsse auf einen kleingeistigen Charakter zu? Beschränkte Diktatoren lassen sich auf Befehl von ihrem Volk huldigen. Das Göttliche steht darüber. Göttlich ist alles: das Universum, die Erde, Menschen und Tiere, aber auch Tod und Zerstörung. Somit könnte es gut sein, dass beim unmittelbaren Kontakt des Göttlichen mit dem Irdischen sich dessen Konsistenz verändert. Tod oder Auflösung in eine formlose Biomasse bedeutet auch Veränderung. Um auf den Abyssus zurückzukommen: wir wissen zwar schon eine ganze Menge über ihn, aber eben nicht alles. Und das, was wir nicht wissen, bereitet mir ziemliches Kopfzerbrechen. Ich weiß nur, dass – was immer im Abyssus schlummern mag – das niemals das Tageslicht erblicken darf.«

»Woher stammt eigentlich dieses Buch über den Abyssus?«

»Woher?«, wiederholte Saint-Germain. »Ich kenne viele Geheimnisse, aber was ›Das Buch des Abyssus‹ betrifft, weiß ich fast gar nichts, außer, dass es vor langer Zeit aus dem Orient, aus den Gewölben des ehemaligen Tempel Salomons, hierher kam. Die Tempelritter fanden es in Jerusalem und brachten es nach Paris.«

»Und wer hat es verfasst?«

»Das weiß kein Mensch.«

»Schade. Denn zumindest der Autor wusste, was dieser Abyssus ist. Sollte man zumindest meinen.«

»Worauf wollen Sie hinaus?«

»Ganz einfach: Auf der einen Seite haben wir ein Buch mit dem Rezept zur Göttlichkeit und andererseits hat noch niemand dieses Rezept ausprobiert?«

»Vielleicht probierten es viele aus und wir wissen nur nichts von ihnen. Zumindest einen haben Sie heute kennen gelernt: Beaujeu.«

Der Amerikaner konnte es nicht fassen: »Das soll's gewesen sein? Für ein paar Jahre mehr Leben ein so grausames Ende?«

»Soweit ich informiert bin, ging Beaujeu nur bis zum Abyssus und nicht darüber hinaus. Das ist ein großer Unterschied und gleichzeitig ein großes Glück. Wir müssen verhindern, dass jemand mit dem Buch versehentlich eine globale Katastrophe auslöst. Es gibt Indizien dafür, dass die falsche Handhabung bereits Auslöser gewaltiger Katastrophen war.«

»Seltsam, davon habe ich nichts in Geschichtsbüchern gelesen.«

»Vermutlich schon, aber ohne das Ereignis in Verbindung mit Magie zu bringen. Denken Sie an die Sintflut oder den Untergang von Atlantis. Es gibt Mythen aus vorchristlicher Zeit, bei denen es sich meiner Ansicht nach nicht um Naturkatastrophen, sondern um etwas aus dem Abyssus handelte. Etwas, das freigesetzt wurde und die Zerstörungen anrichtete. Es gibt auch Gerüchte, wonach die verheerenden Pestepidemien des Mittelalters, die fast die Hälfte der europäischen Bevölkerung wegrafften, im Zusammenhang mit dem Abyssus stehen.«

»Wieso setzte das, was auch immer dem Abyssus entsprang, seine Zerstörung nicht weiter fort?«

»Das frage ich mich auch. Möglicherweise erreichte nur ein winziges Fragment davon unsere Welt, dessen Zerstörungskraft bloß für eine bestimmte Aufgabe ausreichte. Vielleicht gelang es jemanden, das Unheil zurück in den Abyssus zu verbannen, eventuell durch einen Bannspruch aus dem Buch. Und wenn das in der Vergangenheit bereits anderen gelungen ist, müsste es mit dem Teufel zugehen, wenn es uns nicht auch gelingen würde.«

»Glauben Sie das wirklich? Oh, Entschuldigung. Ich vergaß, Sie sind ja selbst kaum zu glauben, schließlich leben Sie schon ein paar Jahrhunderte.«

»Nur weil Sie ein Phänomen nicht erklären können, halten Sie es für esoterisch. Was stellt denn ein Fernseher für Sie dar?«

»Das ist ein Empfänger für Ton- und Bildwellen. Unterhaltungselektronik.«

»Etwas Alltägliches also?«

»Etwas Alltäglicheres werden Sie kaum finden.«

»Für was, meinen Sie, hielte ein Mann im elften Jahrhundert einen Fernseher, wenn Sie ihm einen zeigen würden?«

»Was angesichts der trennenden Jahrhunderte und der fehlenden Stromzufuhr schwierig sein würde. Abgesehen davon weiß ich nicht, ob der Empfang auf diese Entfernung von heute zu damals noch gut sein würde.«

»Machen Sie sich nur lustig. Sie wissen genau, auf was ich hinaus will. Der moderne Mensch, egal in welchem Jahrhundert er gerade modern ist, neigt immer zu einer gewissen Arroganz seinen Vorfahren gegenüber. Er glaubt, er habe den totalen Durchblick und seine Ahnen waren abergläubische Nichtswisser. Was meinen Sie, wie viele Klugscheißer dieser Planet schon hat kommen und gehen sehen, die ihren Mitmenschen erklärten, wie die Dinge angeblich wirklich liefen, und die heute bestenfalls als Einfaltspinsel Einzug in die Geschichtsbücher halten. Passen Sie auf, sonst halten Sie Ihre Nachfahren auch für einen unwissenden Ignoranten«, tadelte ihn der Graf.

»Mit dem Risiko kann ich gut leben. Ich weiß, was ich weiß, und was ich nicht weiß, weiß ich nicht.«

»Oh, was für ein grandioser Spruch. Den würde ich mir an Ihrer Stelle einrahmen lassen, junger Mann.«

Eine Zeitlang fuhren sie über eine Uferstraße parallel zur Seine. Der Fluss hatte eine merkwürdig grünschwarze Färbung angenommen. Ein feiner Nebel lag über dem Wasser. Das Wetter war immer noch ungemütlich, wenngleich der Regen inzwischen in Sprühregen übergegangen war.

Während sie so dahinfuhren, ging Osborne eine andere Sache nicht aus dem Kopf: »Sie sagten vorhin, Chantal Dubois und ihre Komplizinnen seien Satansdienerinnen, also so was wie Satanisten. Ich frage mich, wie jemand den Teufel anbeten kann. Jeder weiß doch, was einen in der Hölle erwartet, so es denn eine gibt.«

»Im Grunde genommen ist die Theorie der Satansanbeter gar nicht so abwegig, Monsieur. Für die ist Gott ein Despot, der, wie man in der Bibel nachlesen kann, Blutopfer mag und den Menschen verboten hatte, die Früchte vom Baume der Erkenntnis zu essen. Weil sie es trotzdem getan haben, übt er bis zum heutigen Tag Rache. Deshalb wenden sich einige Leute dem Feind Gottes, dem Teufel, zu. Außerdem ist Satan viel interessanter als Gott. Ich meine, die Laster – Wein, Weib, Gesang – das macht doch mehr Spaß als in der Kirche Choräle zu singen. Wenn das Paradies oder Himmelsreich daraus besteht, dass man bis in alle Ewigkeit Gott mit viel Hosianna lobpreist, dann sind das keine besonders verlockenden Aussichten. Mal abgesehen davon, dass ein Herrscher, der sich von morgens bis abends von seinen Untertanen hochleben lässt, nicht recht ins Bild eines gütigen Gottes passt. Vom Teufel ist derartiges nicht bekannt, oder?

Der Begriff ›Satan‹ stammt aus dem Hebräischen und bedeutet ›Widersacher‹. In den ersten Übersetzungen des Alten Testamentes bezeichnete man ihn allerdings als ›diabolos‹, als ›Ankläger‹. Er war der Engel, der den Menschen, die vor Gottes Thron erschienen, ihre bösen Taten vorwarf und Bestrafung forderte. Mit anderen Worten: Er war ein ziemlich unsympathischer Kerl. Aber er war immerhin auch ein Engel. Aus ihm machte die Kirche dann im Mittelalter nach und nach dann den Widersacher, den Gott in die Verdammung schickte. Angeblich weil er und einige Engel den Aufstand gegen Gott geprobt hätten. Wenn das wirklich wahr ist, geht es im Himmel wohl auch nicht viel besser zu als bei uns hier unten. Neid, Missgunst und Machtgier scheinen selbst in Gottes Reich unausrottbar. Soweit zu der These, dass man im Himmel wunschlos glücklich sei. Sollte das offizielle Statement der Kirche von der Entstehung Satans wirklich stimmen, würde ich mir als gläubiger Mensch, egal welcher Konfession, vom Paradies keine allzu großen Versprechungen machen. Wenn's ganz schlecht läuft, erwartet einen da oben ein rigider Polizeistaat. Schließlich muss Gott ja jederzeit mit einem neuen Putschversuch rechnen. Ewiger Friede klingt für mich irgendwie anders.

Eine etwas andere, allerdings auch nicht viel tröstlichere Entstehungsgeschichte liefert uns die Genesis, in der es heißt, dass die Engel Gottes sich mit den Töchtern der Menschen vereinigten, weil sie so schön waren. Darüber war Gott alles andere als begeistert. Um die lästige Konkurrenz loszuwerden, beschloss er, sie mit einer Sintflut auszurotten.

Im ersten Buch Hennoch, das etwa im zweiten Jahrhundert entstand, findet sich eine ähnliche Entstehungsgeschichte. Auch hier begehrten die Engel die schönen Menschenfrauen und zeugten Kinder mit ihnen. Bei diesen sexbesessenen Engeln handelte es sich um die so genannten Wächter, oder die ›Schlaflosen‹, wie sie auch bezeichnet wurden. Ihr Anführer wurde ›Semjasa‹ aber auch ›Asasel‹ genannt. Bei Nacht und Nebel schlichen er und an die zweihundert Engel zum Berg Hermon und stillten ihre unkeuschen Begierden bei den Menschenfrauen. Angeblich lehrten sie die Menschen Zauberei, Waffenschmiedekunst und das Kriegshandwerk. Die von den Engeln gezeugten Kinder waren menschenfressende Giganten, die alles zerstörten, was ihnen vor die Füße kam. Das Drama entging Gott nicht, worauf er seinen Erzengel Raphael auf die Erde schickte. Der schaffte Ordnung, indem er den Rädelsführer Semjasa alias Asasel in die Wüste verbannte. Wie es heißt muss er dort bis zum Jüngsten Tag warten, um dann ins ewige Feuer geworfen zu werden. Die abtrünnigen Engel mussten zusehen, wie Raphael ihre Kinder tötete. Angeblich erwartet auch sie am Jüngsten Tag das ewige Feuer. Leider bannte Gott damit das Böse nicht. Aus den Leichen der erschlagenen Giganten gingen Dämonen hervor, die seither für alles Böse auf unserer Erde verantwortlich sein sollen.«

»Falls das stimmt, beneiden die Engel also uns Menschen?«

»Ja, dabei sollte es doch eigentlich umgekehrt sein. Kein Wunder dass Gott frustriert ist. Er denkt, er schafft da oben ein Plätzchen, wo sich alle wohl fühlen, aber in Wahrheit sehnen die sich da oben alle zu uns herunter. Die Geschichten können wahr oder unwahr sein wie die Geschichten aus der offiziellen Bibel. Fakt ist jedenfalls, dass der Kirche ein verräterischer Engel namens Luzifer, der sich Gott gleich machen wollte und nur wegen seines Machthungers aus dem Himmel verbannt wurde, besser in den Kram passt als ein sexbessener Engel. Dass sich der Teufel aus Hochmut und nicht aus niedrigen Begierden gegen Gott auflehnte, gilt heute als unumstößliches Dogma des Katholizismus. Allerdings wäre es nicht das erste Dogma, das sich wider Erwarten irgendwann als falsch herausstellt.

Doch es kommt noch besser: Durch seinen Sündenfall lieferte Adam alle folgenden Generationen dem Teufel aus, indem er das Paradies verlassen musste und in unsere Welt verbannt wurde. Im Brief an die Korinther schreibt Lukas über den Teufel, dass der Macht über alle Reiche dieser Welt habe, denn sie sei ihm übertragen. Paulus nannte den Teufel einmal den Gott dieser Welt. Jesus bezeichnete ihn als den Fürsten dieser Welt. Scheint also was dran zu sein, dass die Erde das Reich des Teufels ist.

Die Katharer deuteten das später so, dass der Teufel die Erde erschaffen und deshalb ihr Herr sei, während Gott sie verlassen hätte. Dass der Gott des Alten Testaments in Wahrheit Satan wäre. Kinder zu zeugen war für die Katharer eine Sünde, weil der Teufel mit jedem geborenen Kind einen neuen

Untertanen erhielt. Sie glaubten, dass es der Gott-Satan war, der Adam und Eva anregte, sich zu vermehren, damit er möglichst viele Anhänger bekam. Jene Katharer, die streng asketisch und keusch lebten, sich nur vegetarisch ernährten, jeder Gewalt, Lüge und persönlichem Besitz abschworen, wurden die ›Vollkommenen‹ genannt und als Wiedergeburt des wahren Christus verehrt. Um der Wahrheit genüge zu tun, muss man zugeben, dass die meisten Katharer nicht so vollkommen waren. Da sie die Vorschriften immer wieder brachen, beachteten sie diese letztlich überhaupt nicht mehr, sondern sündigten bedenkenlos. Schließlich konnte man sie als Sklaven des Teufels nur bedingt für die Verfehlungen verantwortlich machen. Also gaben sie sich guten Gewissens hemmungslosen sexuellen Ausschweifungen hin. Nur die ›Vollkommenen‹ blieben keusch. Zumindest, was Frauen anging, da die meisten von ihnen mit gleichgeschlechtlichen Partnern zusammen lebten.

Für die Katharer war die christliche Kirche eine Kirche des Teufels, denn sie predigte von einem Gott, der in ihren Augen das Böse war. Die Kirche beantwortete diese Provokation mit einem Kreuzzug und der Ausrottung der so genannten Teufelsanbeter. Bis heute ist der Begriff ›Katharer‹ umgewandelt in ›Ketzer‹ als Synonym für ›Abtrünniger‹ oder ›Häretiker‹ in unserem Sprachgebrauch lebendig geblieben.

Um zum Ausgangspunkt Ihrer Frage zurückzukommen, Monsieur: Für Teufelsanbeter ist der Teufel nicht böse, sondern umgekehrt, für sie ist der Gott des Alten Testaments ein böser Gott, ein Feind der Menschen und alles Menschlichen. Und die Inkarnation des Bösen ist für sie niemand anderer als Jesus Christus. Für sie labt sich der christliche Gott am Elend der Welt und suhlt sich in Grausamkeiten und eitlem Egoismus, indem er sich ohne Unterlass preisen lässt. Für Satanisten ist das Diesseits das Paradies, wo man mit allen Freuden belohnt werden kann. In ihrem Glauben werden sie nach dem Tod auf der Erde wiedergeboren, bis Satan eines Tages den Himmel zurückerobert und den Thron besteigt.

Im Grunde genommen könnte man kurz und bündig sagen, der Teufel beherrscht die Erde und Gott den Himmel. Denn, wenn man es genauer betrachtet, ist alles Irdische irgendwie sündig. Das Seelenheil findet man nur im Geistlichen. Bestimmt kann Ihnen Chantal Dubois nachher mehr dazu sagen, schließlich ist sie Expertin auf dem Gebiet. Sowieso denke ich, werden wir in der Rue de Chantilly eine ganze Reihe Antworten auf viele noch offene Fragen erhalten.«

»Zweifelsohne haben Sie auch schon einen Plan, wie wir dort vorgehen werden.«

»Das hängt ganz davon ab, wie Chantal Dubois reagiert, wenn Sie ihr gegenüberstehen.«

»Wie soll sie schon reagieren? Sie wird mich töten wollen.«

»Keine Sorge, wir beschützen Sie vor ihr und ihren Genossinnen. Wir gehen in Chantal Dubois Wohnung, nehmen den Folianten und verschwinden wieder. Rein, raus, das war's. Kurz und schmerzlos. Dann wünsche ich Ihnen einen Guten Abend und unsere Wege trennen sich. Ich sehe da kein Problem.«

Lange Zeit sagte jetzt niemand mehr ein Wort. Die rhythmischen Erschütterungen des Wagens lullten die Insassen ein. Saint-Germain trat das Gaspedal durch und sie nahmen mit Vollgas Kurs auf die Stadt.

*19 Uhr 52 – Porte de Clignancourt*

Sie passierten die ersten Häuser von Paris, schäbige aus dem Boden gestampfte Hochhausviertel, das Werk zynischer Architekten, die selbst eher von einem Dach dieser in Beton gegossenen Hässlichkeiten gesprungen wären als dort zu wohnen. Nach einigen trostlosen Kilometern wich ihre monotone Eintönigkeit hohen, alten Gebäuden, die die breiter werdenden Straßen säumten. Früher wohnten hier wohlhabende Leute, jetzt verunstalteten Graffitis die abbröckelnden Fassaden der ehemaligen Herrschaftshäuser.

Plötzlich stutzte Osborne. Ein merkwürdig taubes Gefühl breitete sich von seinen Fingerkuppen über die Hand und dann den Arm hinauf aus. Er fing an zu zittern, seine Zunge fühlte sich unnatürlich schwer an, seine Zähne klapperten und die Haut brodelte fiebrig heiß. Zudem stellten sich noch Sehstörungen ein. Die Farben waren viel zu schrill, die Kontraste zu grell und die Zwischentöne von einer eigenartigen Grobkörnigkeit. Er konnte zwar noch alles erkennen, aber sein Hirn schien das Wahrgenommene nicht mehr zu verarbeiten. Die Gedanken waren nicht mehr greifbar und flutschten ihm wie kleine schlüpfrige Fische durch die Finger. Irgendwas ging in seinem Kopf vor.

Geräuschlos wie ein Gespenst drang etwas durch die Frontal- und Temporalplatte seines Schädels. Zielstrebig tastete es an der harten Hirnhaut entlang, schlängelte über deren knorrige Oberfläche, kroch über wulstige Hirnwindungen und pirschte tiefer in das Bewusstsein. Eine Korona legte sich unmerklich um die bleigraue Oberfläche des Großhirns und durchsickerte die cerebrospinale Hirnflüssigkeit der Zwischenräume. Der Eindringling verharrte kurz, bevor er die Bluthirnschranke überschritt und den am höchsten entwickelten Hirnbereich betrat. Suchend tastete der Psychospion darin herum und absorbierte gierig alle Gedanken und Bilder, derer er habhaft werden konnte.

Osborne erschrak. Was war das? Wurde er wahnsinnig? Wurde er etwa genauso irre wie Victor? War das das Ergebnis dieser Nacht? Die einen verloren ihr Leben, die anderen den Verstand.

Es ist nur Einbildung, eine bitterböse Sinnestäuschung, beruhigte er sich. Ein erwachsener Mann sollte sich nicht von albernen Trugbildern verrückt machen lassen. Trotzdem zitterte er heftig, als er nach der Fensterkurbel griff. Erst nach mehreren Anläufen gelang es ihm, das Seitenfenster einen Spalt weit herunterzukurbeln. Gierig sog er die frische Luft ein und atmete sie dann langsam wieder aus.

Schatten. In seinem Kopf geisterten keine Gedankenbilder mehr, sondern nur noch grauschwarze Silhouetten. Ihre lähmende Kälte übernahm im Kleinhirn die Koordination des Gleichgewichts und der Muskelbewegungen, was in Armen und Beinen ein unkontrollierbares Zucken auslöste, das sich am ganzen Körper als epileptische Krämpfe fortpflanzte. Osbornes Kopf knallte dumpf gegen das Seitenfenster, während Arme und Beine zunehmend heftiger schlotterten. Saint-Germain sagte etwas zu ihm, aber er verstand es nicht, weil seine Zähne viel zu laut aufeinander schlugen. Sein Mund bewegte sich, doch es kam kein verständlicher Laut, sondern nur ein Krächzen heraus. Jeder Muskel versagte, nur sein Herz wummerte in schierer Ekstase.

Jetzt spürte er unzweifelhaft die Gegenwart einer zweiten Persönlichkeit in sich. Scheinbar mühelos griff sie nach dem Thalamus, wo sie die sensorischen und motorischen Funktionen sowie das vegetative Nervensystem in schwärzeste Lethargie stürzte. Übermächtige Schwindelgefühle lösten Bilder aus dem Unterbewusstsein. Geheimste Gedanken wurden zu einem offenen Buch, in dem der unbekannte Eindringling mühelos herumblätterte, Seiten prüfte und Passagen löschte. Danach schob sich die substanzlose Kreatur über den Sehnerv und brach in den Pupillen das Licht, bis sich ein schwarzer Vorhang vor ihnen senkte. Als nächstes bannte der Parasit den Drillingsnerv, den stärksten aller Hirnnerven, und zerschnitt die Trennwand zum Gehörgang, wodurch glühende Pein den Hör- und Gleichgewichtsnerv durchpulste und hochempfindliche Sinneszellen blockierte. Unerträgliche Lärmexzesse, die sich an den Trommelfellen brachen, waren die Folge. Ihr Echo dröhnte durch den Schädel und verwandelte ihn in einen Klumpen reiner Qual.

Osbornes ganzer Körper bebte, die Halsmuskeln verkrampften, die Augen verschleierten glasig und quollen hervor. Seine Haut brannte, als schwimme sie in siedendem Öl.

Der Schrei des Gepeinigten durchschnitt die Stille im Innern des Wagens. Vor Schreck hätte Saint-Germain beinahe die Kontrolle über den Citroën verloren. Er kurvte haarscharf an einem parkenden Peugeot vorbei und riss das Steuer herum. Das rechte Vorderrad brach aus, ein Kotflügel streifte Büsche, die den Streifen zwischen Fahrbahn und Fahrradweg säumten. Die Insassen wurden in alle Richtungen geschleudert. Hart knallten

Reifen über die Bordsteinkante und rumpelten über das von Löchern übersäte Trottoir, ehe der Graf auf die asphaltierte Straße zurücklenkte.

Der Schrei, den der Gequälte ausgestoßen hatte, entsprach nicht im Entferntesten der Folter, die er innerlich durchlitt. Während sein Bewusstsein noch im starren Schockzustand verharrte, regte sich plötzlich etwas in seinem Unterbewusstsein, das die Hoffnungslosigkeit der Lage nicht akzeptieren und rebellieren wollte.

Er konzentrierte sich auf den Widerwillen, dessen Kraft seinem Innersten entsprudelte. Es waren klar strukturierte, logische Gedanken, die sich unter seiner Regie zu einem Bollwerk gegen den Angreifer zusammenschlossen. Als er sich auf diese Allianz der Vernunft konzentrierte, verschmolz sein Wille mit ihr zu einer Einheit, von der er wusste, ihr konnte er blind vertrauen. Diese Gewissheit ließ ihn seine momentane Situation objektiver wahrnehmen. Objektivität war der Grundpfeiler des Wissens. Und Wissen war das beste Mittel gegen Furcht. Ein leises Lächeln stahl sich auf seinen Mund. Dann führte er sein Bündnis aus Willen, Wissen und Vernunft in das entscheidende Gefecht.

Auf seinem Weg erschlossen sich seinem inneren Auge die Hirnregionen als eine unbekannte, düstere und bedrückende Welt. Ein feuchtes und kaltes Universum. Es herrschte eine bedrückende Stille, als sein Geist durch die weiche, schwammige Masse glitt. Das einzige Licht stammte von funkelnden Punkten, die wie flüchtige Glühwürmchen durch Neuronennetzwerke huschten, wobei sie ein angenehm gelbfahles Leuchten erzeugten. Kurz vor dem Verglimmen erreichten sie ihren Höhepunkt, dann leuchteten sie am hellsten. Die nächsten folgten, wurden hell, erstarben, und es herrschte wieder eine Finsternis, als hätte die Welt selbst aufgehört zu existieren.

In solch einer Phase der trüben Lichtlosigkeit gewahrte Osborne undeutlich die Gegenwart von etwas Fremdem. Und dann standen sich beide astralen Präsenzen gegenüber und belauerten sich. Aber Geduld und Abwarten waren nicht die Quintessenz des spirituellen Eindringlings. Seine Bestimmung war die Versklavung der infiltrierten Geisteskraft.

Beide Psychen prallten unbändig aufeinander. Sie kreischten, fauchten und rangen miteinander. Pulsierende Energien strömten aus den ineinander verschlungenen Ichs, brodelten, verdampften. Zorniges Dröhnen erfüllte den Kopf, sengende Hitze rumorte durch den Schädel und Synapsen knacksten, bogen und zerrten bis zum Zerreißpunkt. Die Pein des Zusammenstoßes wühlte sich bis in die hintersten Winkel des Cerebralen Aquädukts, wo sie förmlich explodierte.

Die fremde Substanz bohrte ihre Fänge tief in Osbornes Vernunft. Sie saugte sich an seinem Verstand fest, als wolle sie ihn inhalieren. Immer neu entfachte Psychoschmerzen umhüllten seine ätherische Existenz, wurden unerträglich und trieben ihn an den Rand der Besinnungslosigkeit. Aber der

Angegriffene hielt weiter dagegen, denn es war ja nur Schmerz, der nachlassen würde, wenn er sich nur genügend auf den Verursacher konzentrierte.

Mit aller Macht bündelte er seine Geisteskraft und trieb sie wie unsichtbare Pfahlspitzen in die Eingeweide des fremden Bewusstseins, stieß wieder und wieder hinein, bis seine Unnachgiebigkeit endlich einen Weg in dessen innersten Kern fand. Unbändig fraß sich seine Psyche durch die Eingeweide des Parasiten und löste darin einen fein gewebten Teppich brennender Schmerzen aus. Das Stöhnen des Eindringlings wurde zum Schreien, zum Kreischen, zum rasenden Zorn und dann zu einem verzweifelten Aufbäumen. Blindwütig schleuderte der mentales Feuer in die Synapsen der Hirnregion empor und ließ sie wie kleine Seifenblasen zerplatzen. Lodernde Höllenpein kroch durch Osbornes neuronale Netzwerke und sandte glühendheiße Grüße in das Zentrum seiner aufbegehrenden Hirnwellen. Wie eine Schlange schlängelte sich die fremde Präsenz durch die Synapsen und Neuronenbahnen, durchstieß Membranen der Eiweißmoleküle und zerrte am Hirnstamm, als wolle sie ihn herausreißen.

Der Computerexperte keuchte, würgte, kämpfte. Längst hatte er die Grenzen banaler Todesangst hinter sich gelassen. Es gab Schlimmeres als Sterben. Die Qualen dieses in seinem Innersten ausgefochtenen Kampfes waren schlimmer. Seine Willenskraft trotzte ungebrochen den tosenden Vorstößen des Angreifers, ließ sie ein ums andere Mal zurückprallen. Genauso unermüdlich flutete dieser gegen die mentale Barriere, um dahinterliegende Hirnregionen zu zerstören, die den Unterschied zwischen Genie und lallendem Idioten ausmachten.

Es war ein schwerer Kampf, aber das war Osborne egal. Er würde so lange ringen, bis die eingedrungene ätherische Monstrosität nachgab, selbst wenn dabei von seinem eigenen Hirn nur noch ein verklumptes Stückchen Gewebe übrig bleiben sollte.

In einer letzten gewaltigen Aufwallung vereinigte er seine mentalen Kräfte auf einen Punkt. Dabei fühlte er, wie er eine Grenze überschritt; sein Körper wurde kalt wie Eis und in seinem Kopf pochte es wilder denn je. Noch nie hatte er seine innersten Gedanken so kristallklar gespürt. Sie waren pures, unverfälschtes Wissen, durch nichts verwässertes analytisches Denken eines der brillantesten Wissenschaftler dieser Welt. Das Gefühl berauschte ihn. Er spürte die Macht. Seine Macht! Und über dieses wilde Entzücken hinaus spürte er noch etwas – Triumph.

Sein Geist rammte in den Angreifer, durchdrang jeden Partikel der unbekannten Präsenz, durchbrach deren Hülle und blähte sich in ihr auf, bis sie fast explodierte. Aus dem tiefsten Inneren der Infiltration entrang sich die gequälte Stimme von Chantal Dubois. Fern, hohl und doch so nah in seinem Kopf kreischte sie vor Zorn, Frustration und Schmerz. Osbornes mentale

Klauen bohrten sich weiter in ihren Geist, zerrten ihn in die unergründlichen Tiefen seines Bewusstseins, um ihn dort für immer wegzusperren. Chantal Dubois, geistige Präsenz erahnte, was ihr blühte. Die wilde Panik schwächte ihre mentalen Kräfte, ihre ätherische Substanz flackerte und verblich zu einem schwachen Schemen, als würde ihr jede Energie abgezapft. Sie fiel in sich zusammen, schrumpfte und welkte konsistenzlos dahin. Ihre spirituelle Erscheinung löste sich in Partikel auf, die Osbornes Geist wie ein Gespinst umhüllten. Seine Willenskraft durchstieß den ätherischen Vorhang, den die Angreiferin um ihn gelegt hatte. Für einen winzigen Augenblick erhaschte er einen Blick durch den aufklaffenden Riss. Er schaute durch die Augen seiner Widersacherin und hörte, was ihre Ohren hörten.

Er sah ein düsteres Gewölbe und vernahm abgrundtief hysterische Schreie entsetzter Frauen. Auch Chantal Dubois stimmte in das infernalische Kreischen ein, das sich zu einem unbeschreiblichen Crescendo emporschraubte. Gleichzeitig spürte der Beobachter etwas Bedrohliches, das sich in den schwarzen Ecken des Gewölbes bewegte. Ein Schatten, so schwarz, dass er sich selbst noch vor der tiefsten Nacht erschreckend dunkel abzeichnete, erhob sich dort.

Obwohl er nicht erkennen konnte, was es war, überkam auch ihn das blanke Entsetzen. Noch ehe er das Unheimliche richtig ausmachen konnte, schloss sich der Riss unvermittelt. Schlagartig herrschte Ruhe. Plötzlich, der verwirrenden Eindrücke beraubt, traf ihn die Stille wie ein Hammerschlag. Mental ausgelaugt, tauchte Osborne aus den Tiefen seines Innersten wieder an die Oberfläche der Wirklichkeit. Sein Gesicht war nass von Schweiß und Tränen und in seinen Ohren toste ein Ozean. Der Schmerz verebbte und wich in eine Zone dumpfer Benommenheit zurück. Nur noch ein schwaches Pochen erinnerte an die durchlittene Agonie.

Nach ersten Augenblicken der Verwirrung entkrampften seine Muskeln. Erschöpft lehnte er sich zurück, drehte das wachsbleiche Gesicht zu Saint-Germain und begegnete seinem Blick.

»O Gott«, flüsterte er, außerstande mehr zu sagen.

»Was ist los?«, fragte der Graf konsterniert. »Wir reden mit Ihnen, aber Sie reagieren überhaupt nicht, sitzen nur versteinert da und starren vor sich hin, als sähen Sie den Leibhaftigen höchstpersönlich.«

»Etwas war in mir«, murmelte er zitternd. Sein Kopf fühlte sich an wie mit Zuckerwatte gefüllt. »Ich hörte eine Stimme im Hirn. Das erscheint Ihnen vielleicht so verrückt wie mir, aber es war so.«

»Irgendeine Stimme?«

»Es war die Stimme von Chantal Dubois.«

»Hören Sie sie noch?«, wollte Saint-Germain wissen.

»Gott sei Dank ist sie verstummt.«

»Hat sie Ihnen eine Nachricht hinterlassen?«

»Nein.«

»Ich vermute, sie wollte uns ausspionieren, denn sie weiß, dass Sie ihren Angriff bei Beaujeu überlebten und sie ahnt, dass wir auf dem Weg zu ihr sind«, erklärte der Graf. »Sie wollte heimlich durch Ihre Augen sehen, durch Ihre Ohren hören und auskundschaften, was wir gerade vorhaben. Das funktioniert so ähnlich wie ihre Kontrolle von Beaujeus Leiche. Nur ist diese Art geistiger Kontrolle bei einem lebendigen Menschen um einiges schwieriger als bei einem willenlosen Toten. Eigentlich hätten Sie von ihrer Spitzelei überhaupt nichts merken sollen.«

»Wenn sie das beabsichtigte, ist es gründlich fehl gegangen.«

»Sie hat Sie nur gründlich unterschätzt.« Einen Moment wirkte Saint-Germain besorgt, doch er fing sich rasch. »Sie muss sehr verzweifelt sein, sie handelt immer unberechenbarer. Kein Wunder nach all den Fehlschlägen in letzter Zeit. Die vergangenen vierundzwanzig Stunden müssen ein Albtraum für Chantal Dubois gewesen sein, denn sie ist nicht gewohnt zu verlieren. Jetzt ereilt sie eine Hiobsbotschaft nach der anderen. Erst die Fehlschläge in New York und in der Métro, dann Ihre geglückte Flucht aus ihrem Refugium, und als Krönung überleben Sie auch noch den Besuch bei Beaujeu. Aber ihr Versuch, ausgerechnet in Ihren Kopf einzudringen, zeigt, wie planlos sie inzwischen agiert. Sie hätte wissen müssen, dass Ihre – zumindest latenten – Geisteskräfte den ihren ebenbürtig, wenn nicht gar überlegen sind. Andererseits blieb ihr vielleicht auch keine andere Wahl.«

»Wie meinen Sie das?«

»Es wäre für sie viel einfacher gewesen, in Victors oder Dimitris Hirn einzudringen. Allerdings hätte sie dafür einen persönlichen Gegenstand von den beiden besitzen müssen, einen psychischen Katalysator, der es ermöglicht, eine Verbindung zum Besitzer dieses Gegenstandes herzustellen. Den besaß sie offensichtlich nicht. Was den Umkehrschluss zulässt, dass sie etwas Persönliches von Ihnen besitzen muss, Monsieur.«

»Sie hat meine komplette Garderobe, die ich bei meiner Flucht in ihrer Wohnung zurücklassen musste«, antworte der Amerikaner.

»Das erklärt alles. Mittels dieser Sachen versuchte sie, Ihre Sinneswahrnehmungen anzuzapfen, was ihr nicht gelang.«

»Sie wollte mich nicht töten?«

»Nein. Wenn sie es auf diese Weise könnte, hätte Sie sich den Aufwand mit ihren bisherigen Mordanschlägen sparen können. Ich glaube, inzwischen will sie Sie gar nicht mehr umbringen. Es geht ihr nur noch darum, uns hinzuhalten, bis sie den Abyssus überquert hat.«

»Tut mir Leid, aber ich habe Angst, ich verliere meinen Verstand«, stöhnte Osborne.

»Ich kann Ihnen versichern, unter neurologischen Gesichtspunkten funktioniert Ihr Gehirn einwandfrei. Sie sind nicht verrückt.«

»Dann frage ich mich, wie lange ich noch bei Verstand bleibe, wenn dieses Phantom wieder kommen sollte. Haben Sie eine Vorstellung, wie das ist? Als würde mir mein eigenes Gehirn nicht mehr gehören.«

»Ich ahne, wie Ihnen zumute ist. Immerhin ist es eine völlig neue Erfahrung für Sie. Die unerwarteten Empfindungen, die ungewohnten Emotionen bei der Übertragung der psychischen Botschaft, der Schock. Das ist so bei Telepathie, bei Gedankenübertragung.«

»Gedankenübertragung?«

»Darauf würde ich wetten«, erläuterte der Graf. »Dimitri ist dafür der Experte. In Russland widmete er sich der Forschung über ASW, über ›Außer-Sinnliche-Wahrnehmung‹. Darf ich Ihnen Doktor Dimitri Michailowa vorstellen. Er war Leiter des parapsychologischen Laboratoriums an der Lenin-Universität in Moskau. Erforscht wurde dort die Kraft des Geistes über die Materie. Dimitri, erkläre du das bitte unserem Gast. Schließlich bist du der Spezialist.«

Auf dem Rücksitz wandte der Russe den Kopf ab und schaute aus dem Seitenfenster, wo sich sein kondensierter Atem niederschlug. Sein Gesicht wirkte vor innerer Anspannung wie versteinert; er hatte Angst und beherrschte sich nur mühsam. Er grübelte über irgendwas, dann drehte er langsam den Kopf und antwortete: »Wir studierten, wie Telekinese und Telepathie funktionierten. An unserem Institut arbeiteten über vierzig Wissenschaftler – darunter zwei Nobelpreisträger – an Methoden zur Kontrolle paranormaler Geistesfunktionen. Akademgorodok, die Wissenschaftsstadt von Nowosibirsk, ist Ihnen sicher ein Begriff, Monsieur. Dort führten wir die streng geheimen Telepathietests durch.«

»Telepathie ist doch nur metaphysischer Unsinn«, warf der Amerikaner ein.

»Vielleicht für Sie in Amerika. In Russland ist die Parapsychologie als Wissenschaft voll akzeptiert. Mithilfe eines Plethysmographen, einem Lügendetektor, bewiesen wir, dass sich bei Erhalt einer telepathischen Botschaft das Blutvolumen eines Körpers verändert. Beim Eintreffen eines Telepathiesignals treten auch Veränderungen der Hirnströme auf, die mit dem EEG nachweisbar sind. Trägerwelle der Telepathie ist die psychotische Energie. Die Ergebnisse unserer Arbeit läuteten eine neue Ära in der Wissenschaft ein. Wir durchbrachen Schranken, deren Vorhandensein bis dahin unbekannt waren.« Die Miene des Russen versteinerte plötzlich. »Wir ...«, abrupt brach er mitten im Satz ab, wandte den Kopf zur Seite und starrte grimmig zum Fenster hinaus.

»Was hat er denn?« Osborne schaute Saint-Germain verwirrt an. »Habe ich was Falsches gesagt? Etwas, das ihn beleidigt hat?«

»Ist schon gut. Es hängt nicht mit Ihnen, sondern mit seiner Arbeit zusammen. Wer weiß, was er in seinem Labor entfesselte. Ich habe keine Ahnung, was er entdeckte, aber es warf ihn ziemlich aus der Bahn. Alles, was ich darüber weiß, ist, dass er Russland, seine Familie, seine Arbeit und alles andere von einem Tag auf den anderen verlassen hat. Er schlug sich nach Paris durch und lebt seitdem als Clochard unter den Seinebrücken. Was ist mit Ihnen? Geht es Ihnen inzwischen besser? Wollen Sie etwas trinken oder essen? Ich werde Dimitri anweisen, Ihnen etwas zu besorgen.«

»Um Himmels willen, auf gar keinen Fall«, würgte Osborne, auf dessen käsig weißer Haut die dunkelgrauen Augenringe deutlich vortraten, hervor. »Besorgen Sie mir lieber einen Neurologen.«

»Der wird Ihnen bedauerlicherweise kaum helfen können. Ich würde mal sagen, Sie haben gerade Ihre erste Schlacht geschlagen, und das noch nicht einmal schlecht. Ihr Debüt verlief überraschend erfolgreich.«

»Debüt wovon?«

»Von Ihrer ersten wirklichen Auseinandersetzung mit unseren Gegnern. Wie sich zeigt, war unsere Hoffnung, dass Sie mit Ihren Aufgaben wachsen würden, nicht unberechtigt.«

»Vielleicht hat ihn Mademoiselle Dubois nur unterschätzt«, gab Dimitri zu bedenken. »Jedenfalls ist sie jetzt gewarnt und wird beim nächsten Mal vorsichtiger sein.«

»Schon möglich, aber wir haben keine Wahl«, seufzte der Graf. »Die endgültige Konfrontation findet schneller statt als von mir erwartet. Monsieur, Sie müssen sich der Herausforderung heute vermutlich noch einmal stellen. Sonst könnte es mit unserer schönen Welt vorbei sein.«

Osborne kommentierte diese Aussage mit einem qualvollen Blick. »Um noch einmal auf diese ..., diese Stimme in meinem Kopf zurückzukommen, da war noch etwas, kurz bevor die Illusion verschwand.«

»Ja?«

»Es war, so verrückt das auch klingt, als hätte ich für einen kurzen Augenblick sehen und hören können, was Chantal Dubois sah und hörte.«

»Ich halte überhaupt nichts für verrückt, was Ihnen zustieß«, widersprach der Graf. »Ihre Psyche rang die eingedrungene nieder und der blieb nur die Flucht, oder von Chantal Dubois wäre nur noch ein geistloser Körper, eine leere Hülle, übrig geblieben. In der Eile riss sie beim Rückzug Ihren Geist mit, wodurch Sie sich für einen kurzen Moment in ihrem Kopf befanden und sehen und hören konnten, was sie sah und hörte. Und? Was haben Sie gesehen und gehört?«

»Nicht viel. Nur, dass sie sich nicht in ihrer Wohnung befand.«

»Das ist schlecht. Sehr schlecht sogar. Denn das bedeutet, sie kann überall in Paris sein.«

»Wenn wir sie heute Nacht nicht aufspüren, ist unsere Mission gescheitert«, meldete sich Dimitri zu Wort.

»Das stimmt«, gab Saint-Germain zu. »Aber wir geben noch nicht auf.«

»Wenn wir sie nicht finden, werden wir sterben«, orakelte der Russe.

»Und wenn wir sie nicht weiter suchen auch«, stellte der Graf lakonisch fest. »Dann wäre der Krieg verloren, ehe er begonnen hat. Wir fahren wie geplant in die Rue de Chantilly. Vielleicht findet sich in ihrer Wohnung ein Hinweis über ihren momentanen Aufenthaltsort.«

Es folgte eine kurze Stille. Dimitri schien in tiefes Nachdenken versunken. Der Amerikaner warf ihm einen verstohlenen Blick über die Schulter zu und fragte sich, ob der Russe noch etwas Produktives zu ihrer Reise ins Unbekannte beitragen, oder den Rest der Nacht in Grübeleien versunken nur rumsitzen würde.

Als hätte der seine Gedanken erraten, drehte ihm Dimitri den Kopf zu und sagte: »Ein schwieriges Unterfangen, Monsieur.«

»Meinen Sie diese Mission?«

»Auch. Aber ich spreche von Ihrer Arbeit. Der Graf erzählte mir davon. Er sagte, Sie waren maßgeblich an der Entwicklung eines autonom denkenden Systems beteiligt. Haben Sie sich eigentlich je Gedanken darüber gemacht, ob Ihre Arbeit ethisch zu verantworten ist? Ich meine, könnte nicht Ihr theoretisch ausgearbeitetes Wissen – die Definition des menschlichen Denkens – ausgenutzt werden, um es bei Menschen einzuschränken? Um Menschen absichtlich dumm zu halten?«

»Solange viele Menschen die entscheidenden Knöpfe drücken können, besteht diese Gefahr kaum. Wie alles in der Wissenschaft muss auch die neue Computertechnologie kontrollierbar bleiben.«

»Sie sind ein moderner Frankenstein, wissen Sie das? Genau wie er schufen Sie künstliches Leben, bloß mit unterschiedlichen Mitteln. Wenn Sie einen eigenständig denkenden Computer entwickeln, machen Sie auch nichts anderes, als toter Materie künstliches Leben einzuhauchen.«

Ewiges Leben. Unter diesem Aspekt hatte Osborne seine Arbeit bisher noch gar nicht betrachtet. Künstliche Intelligenz durch Microtechnik war nur der erste Schritt. In Verbindung mit Gen-Technik würde die menschliche Lebenserwartung enorm gesteigert werden können. Die Biologie mit ihren Eiweißstrukturen zeigte nur eine von vielen möglichen Techniken. Dieses Material eignete sich nicht zur Unsterblichkeit. Eine Alternative jenseits der Biologie bot die Verschmelzung mit Maschinen an. Unsterblichkeit wäre keine Utopie mehr. Man transplantierte einfach die Matrix des menschlichen Bewusstseins und duplizierte das konkrete Muster eines menschlichen Hirns aus dem sterblichen, biologischen Gefäß – dem Körper – auf einen Microchip. Technisch gesehen wäre das machbar. Dazu brauchte man nur einen dem Computer angeschlossenen Sensor auf das chirurgisch freigelegte Hirn zu setzen. Dieser erzeugte für die oberste Hirnschicht ein Simulationsprogramm und lud dieses in den neuen Computerkörper. Dann trug der Roboterchirurg die Hirnrinde mechanisch Schicht für Schicht bis zum Hirnstamm ab. Der biologische Körper starb, der Geist lebte, in den Computer transferiert, in einer virtuellen Realität auf ewig weiter. Theoretisch könnte man sich mit anderen Geistmaschinen koppeln, so dass am Ende die Menschen zu einer einzigen denkenden Einheit – zu Gott – verschmolzen. Vielleicht war das moralisch verwerflich, aber es eröffnete durchaus grenzenlose Perspektiven.

»Oh, da fällt mir plötzlich noch etwas ein«, schreckte Osborne aus seinen Gedanken und wandte sich an Saint-Germain. »Ich weiß nicht, ob Sie was damit anfangen können, aber in dem kurzen Moment, als ich angeblich einen Blick durch Chantal Dubois Augen werfen durfte, schienen sowohl sie als auch ihre Freundinnen über etwas Unerwartetes ziemlich überrascht zu sein. Und ihren Schreien nach zu urteilen, war es keine angenehme Überraschung.«

»Das klingt so, als sei ihr etwas zugestoßen.«

»Sie entschuldigen, wenn sich meine Sorge darüber in Grenzen hält.«

## XVI. KAPITEL

# Jenseits der Stille

*20 Uhr 32 – Rue de Chantilly*

Als die vier Männer in die Rue de Chantilly einbogen, sah es mehr denn je nach einem Gewitter aus. Über ihnen brauten sich unaufhaltsam Donner und Blitz verheißende Cumulonimbuswolken mit einem gewaltigen Amboss zusammen. Vor ihnen ragte das Furcht einflößende Haus des wahnsinnigen Blutprinzen Charolais auf. Dunstschleier, so dick wie Erbsensuppe, umhüllten die finstere Steinmasse und tauchten sie in senffarbenes Zwielicht.

»Wir sind da.« Saint-Germain drosselte die Geschwindigkeit und parkte auf der gegenüberliegenden Straßenseite. »Wahrscheinlich werden wir die gebrauchen«, erklärte er, als er zwei Taschenlampen aus dem Handschuhfach nahm. Er behielt eine und reichte die andere an Dimitri weiter. »Wir gehen jetzt in das Nest der Hexenbrut und räuchern es aus.«

Es widerstrebte Osborne, die relative Sicherheit des Autos zu verlassen. Er spähte zu den Fenstern des Hauses hinauf, konnte aber nichts erkennen. Die Dunkelheit der dahinter liegenden Räume schirmte sie vor neugierigen Blicken ab.

Schwerfällig stiegen sie aus dem Citroën. Sofort klebte eklig feuchte Luft an ihnen. Osborne starrte gequält auf den verwaschenen Schattenriss des plumpen Steinklotzes und rang mit albtraumhaften Erinnerungen. Er konnte an nichts anderes als an den Horror, dem er da drin seine Aufwartung machen sollte, denken. Seine Phantasie malte alle möglichen Grausamkeiten aus, die ihm bevorstanden. Nur ein Vollidiot würde noch einmal einen Fuß in das Gebäude setzen; aber genau das beabsichtigte das so genannte Computergenie in wenigen Augenblicken zu tun. Trotz der aufmunternden Worte seiner Begleiter spürte er, dass auch sie Zweifel hegten, was den Ausgang dieses Abenteuers betraf.

»Und? Wie fühlen Sie sich?«, erkundigte sich Saint-Germain.

»Ehrlich gesagt, gibt es Orte, an denen ich jetzt lieber sein möchte«, antwortete er und rieb sich seine verquollenen Augen. Die Erschöpfung forderte inzwischen ihren Tribut.

»Ich weiß, was ich Ihnen abverlange. Ich weiß es auch zu würdigen, was Sie in diese Nacht alles durchgemacht haben. Dafür zolle ich Ihnen höchste Anerkennung.«

»Danke«, seufzte Osborne.

Der Graf nickte und schritt über die gepflasterte Straße voran, vorbei an weißen Rauchschwaden, die aus Gullydeckeln stiegen und von trägen Windstößen zerfasert wurden.

Sie hatten schon halb die Straße überquert, da fiel Osborne ein im Schatten eines Hauses geparkter Lastwagen auf: graue Plane, defektes linkes Vorderlicht. Kein Zweifel, es war Mokovitz und Perrins Leichenwagen. Das Licht einer Straßenlaterne legte das Innere des Führerhauses bloß. Es war leer. Im Vorbeigehen berührte er die Motorhaube. Sie war noch warm. Die beiden Mörder befanden sich also mit ziemlicher Sicherheit im Haus. Vielleicht beobachteten sie ihn schon aus den dichten Schatten hinter den Fensterscheiben.

Zielstrebig huschten die vier Männer weiter, bis sie in dem dunklen Türeingang standen. Saint-Germain knipste die Taschenlampe an, tastete nach der Klinke und drückte sie herunter. Knarrend schwang die wuchtige Tür auf. Der gesamte Eingangsbereich war in undurchdringliches Dunkel gehüllt.

Bevor er eintrat, verharrte der Graf einen Moment auf der Schwelle, traf jedoch keinerlei Vorkehrungen, die wegen eines möglichen Hinterhalts geboten schienen. Sein ganzer Plan basierte auf dem Prinzip der Intuition, was sein amerikanischer Begleiter für ein ziemlich kühnes Konzept hielt. Widerstrebend folgte er in das Refugium der Chantal Dubois. Ihm war, als überschritte er mehr als eine Türschwelle, als überquerte er eine Grenze. Doch die Grenze von was?

Aus den oberen Stockwerken schlug den Eintretenden penetranter Weihrauchgeruch entgegen. Außerdem roch es noch nach etwas anderem … Undefinierbarem. Die Luft war feucht und kalt, so dass der Atem kleine Milchwolken bildete.

Osborne erinnerte sich an sein Tasten durch die Dunkelheit, als er gestern Abend zum ersten Mal hier war. Aus Erfahrung klug geworden, blockierte er die Haustür mit einem halben Pflasterstein, den er neben dem Eingang gefunden hatte, damit sie nicht zuschlug. Noch einmal wollte er sich keine blutigen Fingernägel holen, weil die Tür von innen nur mit einem Schlüssel zu öffnen war.

Sie lauschten gespannt. Im Haus herrschte eine drückende Stille. Wie Lichtstäbe durchschnitten die Kegel der beiden Taschenlampen das Dunkel des Flurs. Sie glitten über die mit einer Staubschicht bedeckten Natursteinplatten des Bodens, auf denen sich deutliche Fußspuren abzeichneten. Die Lichtkegel wanderten über die Wände mit ihren vergilbten Tapeten und erfassten eine Treppe, die weiter oben in einen breiten Flur mündete. Saint-Germain entdeckte einen Lichtschalter und betätigte ihn, aber nichts geschah. Die Stromversorgung des Hauses war entweder immer noch unterbrochen, oder alle Lampen waren kaputt.

»Niemand betritt alleine einen Raum«, ordnete er an. »Keiner berührt irgendwelche Gegenstände. Gesprochen wird nur, wenn es unbedingt nötig ist.«

Osborne registrierte die ungewöhnliche Grabesstille. Es war, als würde die Außenwelt nicht existieren. Er wusste nicht, was schlimmer war, die Lautlosigkeit oder die Ungewissheit, was sie erwartete. Ihm entging auch die Nervosität seiner Begleiter nicht.

Sie haben Angst, dieser Gedanke kam ihm mit erschreckender Klarheit. Vermutlich war er für die anderen nur eine Art Talisman, weil sie aus unerfindlichen Gründen glaubten, ihre Gegner hätten Angst vor ihm. Er, gegen den ein Eichhörnchen bedrohlich aussah, sollte eine Gruppe Mörder in Angst und Schrecken versetzen!

»Weiter«, befahl Saint-Germain.

Sich am Handlauf festhaltend, tasteten sie sich die knarrenden Treppenstufen hinauf. Von Zeit zu Zeit blieben sie stehen und lauschten. Stille. Im ersten Stock schwärmten Dimitri und Victor aus. Systematisch durchsuchten sie die Räume. Einige Türen waren nur angelehnt, andere standen weit offen.

»Irgendwelche Spuren?«, fragte der Graf, als sie zurückkehrten.

»Nichts«, antwortete Dimitri, während er sich Staub vom Ärmel wischte. »Die Wohnungen stehen seit Jahren leer.«

Sie stiegen eine weitere Treppe hinauf. An einem schmutzverkrusteten Flurfenster blieb Osborne stehen und schaute hinaus. Durch das schlierige Glas wirkten die gegenüberliegenden Häuser weit entfernt, nebelhaft, wie ein Traum. Die Welt draußen erschien als Illusion, der dunkle Flur dagegen war Realität.

Auch im zweiten Stock war es unheimlich still, nur das Knarren der Holzdielen hallte im Treppenhaus wider. Nachdem alle Räume in Augenschein genommen worden waren, setzten sie ihren Marsch nach oben fort. Im dritten Stock vernahmen sie ein Summen. Einige dicke, schwarze Fliegen hatten sich hierher verirrt. Ansonsten bot auch diese Etage nichts Ungewöhnliches.

Vorsichtig durchquerten sie das nächste Geschoss. Methodisch durchsuchten Victor und Dimitri auch hier jede Wohnung, hielten nach irgendwelchen Hinweisen Ausschau, entdeckten aber genauso wenig wie in den übrigen Stockwerken. Das Haus war unbewohnt.

Dieser Einschätzung widersprach allerdings ein hässliches Geräusch, das urplötzlich durch das Gebäude hallte. Sein Echo irrte unnatürlich lange durch das Treppenhaus, wodurch es den Männern unmöglich war, seine Quelle zu lokalisieren. Wie versteinert blieben sie stehen, lauschten und hielten unwillkürlich den Atem an. Aber dann blieb alles still, abgesehen von einem leisen, fast unmerklichen Klicken, dem aber niemand eine Bedeutung zumaß. Vermutlich gab es hier Mäuse. Was konnten die schon groß tun? Einen zu Tode erschrecken?

»Das war bestimmt nur eine Tür, die der Durchzug zugeknallt hat«, flüsterte Dimitri.

Mit dieser Erklärung gaben sich scheinbar alle zufrieden, obwohl das Geräusch nicht annähernd wie eine zugeschlagene Tür geklungen hatte. Es war mehr ein heiseres Stöhnen gewesen, das als leises Wimmern erstarb.

*21 Uhr 12 – Rue de Chantilly*

Nachdem alle Stockwerke durchsucht worden waren, lag Chantal Dubois' Wohnung vor ihnen. Saint-Germains Finger fuhren langsam über die kalte Oberfläche der Tür. Verblüfft stellte er fest, dass sie offen war. Leise ächzend schwang sie auf und ein Schwall eisiger Luft schlug ihm entgegen. Der Graf betrat die Wohnung. Sein Gesicht verfinsterte sich, denn auf das, was er sah, war er nicht vorbereitet.

»Was zum Teufel ist hier los?«, fragte er und konzentrierte sich auf eine hintere Ecke des Raumes, wo er eine Bewegung wahrnahm. Irgendwelches Ungeziefer krabbelte hektisch über die nackten Dielenbretter und verschwand in dunklen Ritzen.

Während der Lichtstrahl seiner Taschenlampe durch das völlig leer geräumte Zimmer wanderte, traten hinter ihm seine Begleiter ein. Der Fußboden ächzte unter ihren Schritten. Schritte, die Osborne unendlich viel Überwindung abverlangten. Nach ein paar Metern blieb er mitten im Raum stehen. Hier, wo er sich mit Constance unterhalten hatte, lauschte er nun auf ein verdächtiges Geräusch, irgendein Kratzen, Scharren oder Knurren. Doch das Einzige, was er hörte, war sein pochendes Herz. In der Wohnung hatte sich wortwörtlich über Nacht viel verändert. Alles, was nicht niet- und nagelfest war, war aus dem Zimmer verschwunden. Lediglich die verblichenen Vorhänge hingen noch vor den Fenstern.

»Die Vögel sind ausgeflogen«, stellte Dimitri fest.

»Man könnte meinen, sie hätten sich in Luft aufgelöst«, entgegnete der Graf. »Wie auch immer, durch ihr Verschwinden haben sie zumindest klare Verhältnisse geschaffen. Schade, ich bin mir sicher, Chantal und ich hätten uns bestimmt viel zu sagen gehabt.«

»Meine Hilfe brauchen Sie hier ja wohl nicht.« Ratlos, frustriert und ausgelaugt war Osborne in seinen schlimmsten Albtraum zurückgekehrt und fand dort nur kahle Wände vor.

»Sagen Sie das nicht«, widersprach Saint-Germain. »Die Gelegenheit, bei der Sie Ihre Fähigkeiten entfalten können, kann schneller kommen, als wir alle glauben. Damit will ich Chantal Dubois keinesfalls ein gewisses Potenzial absprechen, aber wie sich auf unserer Herfahrt zeigte, sind Sie aus festerem Holz geschnitzt als die Mademoiselle. Es ist deshalb keinesfalls ausgeschlossen, dass sie sich doch noch in irgendeinem Winkel des Hauses versteckt hält. Falls wir sie finden, sind Sie gefragt. Deshalb sollten wir die Wohnung gründlich auf den Kopf stellen.«

Der Amerikaner schwieg und dachte an den kleinen Raum, der für ihn zum Kerker geworden war und den er mit einer halbverwesten Leiche geteilt hatte. Den würde er auf keinen Fall noch einmal betreten. Glaubte der Graf tatsächlich, dass er hier eine Spur von diesem ominösen Buch des Abyssus fand? Oder zog ihn vielleicht etwas anderes an diesen unheimlichen Ort?

Dimitri und Victor verschwanden mit dem Grafen aus dem Zimmer und nahmen jeden Raum der Wohnung in Augenschein. Als erstes betraten sie das ehemalige Schlafzimmer: nichts, nur leere Wände. Anschließend gingen sie in die Küche. Nichts erinnerte mehr daran, dass hier vor wenigen Stunden noch Küchengeräte gestanden hatten. Sie setzten ihren Weg fort und versäumten dabei auch nicht, einen Blick ins Badezimmer zu werfen. Der gekachelte Raum bot nichts Sehenswertes, außer einem mit großen Wasserhähnen aus Messing ausgestatteten Waschbecken, über dem ein ovaler Spiegel hing.

Osborne wartete. Er stand in fast völliger Dunkelheit mitten im Wohnzimmer und lauschte angespannt auf jeden noch so kleinen Laut. Allmählich gewöhnten sich seine Augen an die Dunkelheit. Trübes Zwielicht fiel durch einen Spalt der zugezogenen Vorhänge auf den nackten Boden, den wenige Stunden zuvor ein Chaos aus vergilben Büchern, schmutzstarrendem Geschirr, zerknitterten Blusen und ein Magischer Kreis bedeckt hatte. Er zog die Vorhänge auf, aber trotz des relativen Zugewinns an Licht konnte er seine verbissene Gespanntheit einfach nicht abschütteln.

Endlich kehrten seine Begleiter zurück. Der Lichtschein ihrer Taschenlampen tanzte unruhig umher und ließ verblichene Tapetenmuster an den Wänden aus der Dunkelheit erblühen. Die Männer hatten jeden Raum durchsucht und nichts als Staub gefunden. Die Wohnung glich einer geplünderten Grabkammer, in der höchstens noch Gespenster hausten. Es war, als hätte sie seit Wochen kein Mensch mehr betreten.

»Chantal Dubois ist nicht hier und ›Das Buch des Abyssus‹ ebenfalls nicht«, stellte der Graf fest. »Sieht aus, als wäre vor kurzem jemand ausgezogen.«

Osborne zuckte gleichgültig mit den Schultern. Er wusste nur eins: Er wollte nicht länger in diesem Haus bleiben.

»Hören Sie«, sagte er, als ihm allmählich der Geduldsfaden riss. »Ich bin mit Ihnen hierher gekommen, Sie haben mir versprochen, ich könnte danach gehen. Meinen Teil der Vereinbarung habe ich erfüllt, deshalb glaube ich, wir sind quitt, und ich kann jetzt gehen.«

Saint-Germain zog missbilligend die Mundwinkel nach unten. »Nicht bevor wir darüber auf dem Laufenden sind, was hier in jüngster Zeit geschah. Nicht bis ich weiß, wohin die Hexen ausgeflogen sind.«

»Und das wollen Sie herausfinden, indem Sie hier rumstehen und warten? Da die betreffende Mademoiselle offensichtlich verschwunden ist, betrachte ich unser Abkommen als erfüllt.« Ein Funken von Optimismus, dass er endlich seiner Wege gehen könnte, glomm in den Augen des Wissenschaftlers. Nach einem Blick in das erschöpft wirkende Gesicht des Grafen erlosch der jedoch rasch wieder.

»Natürlich stehe ich zu meinem Wort. Alles, worum ich Sie bitte, ist, Ihren Abschied um einige Stunden zu verschieben«, erwiderte Saint-Germain leise, aber mit scharfem Unterton.

»Was sollen diese Stunden bringen?«

»Das weiß ich selbst noch nicht so genau. Wenn wir jetzt aufgeben, haben wir vielleicht nie wieder Gelegenheit, die Hexenbrut zu erwischen.«

Ein hastiger Blick auf Dimitri erstickte mögliche Einwände des Computerexperten im Keim. Saint-Germain interpretierte das als Einlenken. In Wahrheit aber war es nur unterdrückter Ärger, den Osborne nicht in lauten Worten entladen wollte. Es war ein nach innen gewandter Groll, der in ihm glomm, seit man ihn zur Rückkehr in dieses furchtbare Haus gezwungen hatte.

Die Unterhaltung versandete. Eine unangenehme Stille erfüllte den Raum. Dimitri fragte sich, ob sie vielleicht irgendetwas übersehen hatten. Plötzlich fiel es ihm wie Schuppen von den Augen: »Der Prinz von Charolais ließ in dieser Wohnung einen Geheimgang anlegen.«

»Ich weiß«, sagte Saint-Germain.

»Meinen Sie, Chantal Dubois könnte sich jetzt darin versteckt halten?«

»Ziemlich unwahrscheinlich, oder?«

»Aber immer noch wahrscheinlich genug, dass wir mal einen Blick riskieren sollten.«

Der Graf nickte bedächtig. »Warum nicht? Das ist immer noch besser als hier rumzustehen.« Dann wandte er sich an den Amerikaner. »Überzeugen wir uns, dass niemand auf die gleiche Fluchtidee gekommen ist wie Sie, Monsieur.«

Osborne zeigte keinerlei Begeisterung über den Vorschlag.

»Ach kommen Sie«, drängte Saint-Germain. »Das wird Sie schon nicht umbringen.«

»Mag sein, aber haben Sie schon mal überlegt, dass, wenn es einen Geheimgang gibt, es dann vielleicht noch einen zweiten oder dritten gibt?«

»Das ist nicht auszuschließen«, gab der Graf widerwillig zu. Möglicherweise war die eine oder andere geheime Nische unentdeckt geblieben. Vielleicht kauerten die Gesuchten nur ein paar Meter von ihnen entfernt in so einer geheimen Kammer und lachten sich ins Fäustchen.

»Wäre es nicht dumm, wenn wir alle in dem einen Geheimgang nach Chantal Dubois suchen?«, argumentierte Osborne. »Sie könnte aus einem anderen schleichen und durch die unbewachte Wohnungstür entkommen. Deshalb sollte ich hier bleiben und aufpassen.«

»Seit wann sind Sie denn so mutig? Könnte es sein, dass Sie sich nur unangenehme Erinnerungen ersparen wollen, die der Geheimgang auffrischen könnte?«

»Damit liegen Sie gar nicht mal so falsch.«

»Dann bleiben Sie in Gottes Namen hier. Wir gehen kurz nebenan rein und sind in ein paar Minuten wieder zurück.«

»Könnte ich eine der Taschenlampen haben?«

»Tut mir Leid, aber die brauchen wir nötiger als Sie.«

»Wollen Sie, dass ich mir in der Dunkelheit die Beine breche?«

»Wenn Sie sich nicht von der Stelle rühren, brechen Sie sich auch nichts. Sie warten einfach solange hier, bis wir zurück sind.«

Und was, wenn euch etwas zustößt?, dachte Osborne.

Auf ihrem Weg zu der Kammer mit dem Geheimgang blieben die drei Männer immer wieder stehen und untersuchten die Wände nach Auffälligkeiten, nach Rissen in der Tapete oder kryptischen Zeichen. Aber sie suchten vergeblich nach weiteren versteckten Durchgängen oder geheimen Falltüren. Also sahen sie sich umso gründlicher in der Kammer um, von der sie wussten, dass dort tatsächlich ein Geheimgang existierte.

Osborne blieb allein zurück und fühlte eine gewisse Resignation. Ganz gleich, was der Graf in dieser Wohnung finden würde, er würde ihn nicht laufen lassen. Der Mann war ein Verrückter, einer, der fest an das unmittelbar bevorstehende Jüngste Gericht glaubte. Er befand sich in den Fängen eines Irren, und was tat er? Er stand hier seelenruhig am Fenster und genoss die Aussicht! War sein Fluchtreflex wirklich schon so erlahmt, dass er nicht einmal mehr die Möglichkeit des Entkommens in Betracht zog?

Er blickte stumm aus dem Fenster hinaus auf benachbarte Häuser, die rätselhaft im durchscheinenden Nebel versunken lagen. Da draußen existierte noch eine Normalität, von der er sich hier drinnen völlig abgeschnitten fühlte.

Die Zeit verging sehr langsam. Wahrscheinlich hatte der Graf gerade erst die Geheimtür erreicht. Möglicherweise war sie verschlossen und musste aufgebrochen werden. Das konnte dauern. Draußen ergoss sich der Nebel immer dichter über die Straße, verschmolz Schatten und Fassaden unauflöslich miteinander und tauchte die Umgebung in trübselige Unwirklichkeit. Osborne öffnete das Fenster, ließ den klirrenden Wind herein, der die Vorhänge wie Segel bauschte, und lauschte den Geräuschen der Nacht. Ein greller Blitzstrahl durchschnitt das blauschwarze Firmament, dem umso tiefere Dunkelheit folgte. Nach dem hohlen Donnergrollen entstand eine kurze Phase der Stille, dann heulte irgendwo in der Ferne eine Sirene.

Hoffentlich wird das nicht so eine Randalnacht wie gestern, dachte er.

Obwohl er sich einredete, dass der Graf jeden Augenblick zurück sei, beschlich ihn ein ungutes Gefühl, denn die Zeit verstrich und niemand kam. Nichts war zu hören, kein Geräusch, keine Stimme, gar nichts. Inzwischen hätten sie den Geheimgang dreimal durchqueren können. Es sei denn, ihnen war etwas zugestoßen.

Sie kommen nicht wieder, dämmerte ihm.

Wer wusste, welche Dramen sich in dem Geheimgang gerade abspielten? In Gedanken sah er die wilden Teufelsweiber, die den Grafen und seine Begleiter durch den engen Gang verfolgten. Vielleicht sollte er nach seinen Gefährten sehen und sein Glück noch einmal herausfordern. Andererseits fühlte er sich zu jung zum Sterben. Vermutlich würde er sich mit neunundneunzig Jahren immer noch zu jung dafür fühlen, doch das war kein Grund, sein Leben schon jetzt unnötig in Gefahr zu bringen. Er konnte ohnehin nichts ausrichten.

Er beobachtete wie hypnotisiert die halboffene Tür zum Nebenzimmer. In der Dunkelheit sah er ein tanzendes, flackerndes Licht, dann noch eins. Gleichzeitig hörte er von dort Dimitris Stimme und die des Grafen. Sie unterhielten sich völlig unaufgeregt. Saint-Germain lachte sogar einmal kurz auf. Das klang so erschreckend normal, man hätte meinen können, die beiden befänden sich auf einer Wohnungsbesichtigung.

Osborne grübelte darüber, weshalb er sich die ganze Zeit so aufgeregt hatte. Sein Heldenmut war bei dieser Aktion zu keinem Zeitpunkt gefragt gewesen. Was auch immer der Graf für Pläne mit ihm gehabt hatte, sie waren durch das Verschwinden von Chantal Dubois längst Makulatur geworden. Es ärgerte ihn, dass er hier so dumm rumstand. Sein Unmut gab letztendlich den Ausschlag, dass er endlich auf seine mahnende innere Stimme hörte, die schon seit Stunden um Gehör kämpfte. Zur Abwechslung würde er ihrem Rat folgen. Ganz gleich, ob dieser ominöse Graf und seine mehr oder weniger debilen Begleiter das billigen mochten oder nicht; zumal sich die Empfehlung seiner inneren Stimme durchaus logisch anhörte. Sie legte ihm eindringlich nahe, sich der Kontrolle seiner Begleiter zu entziehen. Es gab nur einen Weg, diesen wohlgemeinten Ratschlag in die Tat umzusetzen: Er musste fliehen. Keine Sekunde länger wollte er in diesem Irrenhaus bei diesen Verrückten bleiben.

Auf Zehenspitzen schlich er zur Wohnungstür und spähte ins Treppenhaus. Ein vorsichtiger Blick nach links und rechts versicherte ihm, die Luft war rein. Flur und Treppe waren menschenleer. Er konnte es wagen.

Lautlos huschte er zur Treppe. Jeder Schritt brachte ihn der Freiheit ein Stückchen näher. Fast hatte er die oberste Treppenstufe erreicht, da verfehlte er wegen der Dunkelheit den Tritt und fiel vornüber. Im Stürzen erwischte er mit einer Hand gerade noch das Geländer und verhinderte so Schlimmeres. Während er keuchend auf der Stufe innehielt, stieg ein Zittern seine Beine hinauf. Sein Gleichgewichtssinn gab irgendwann Entwarnung und meldete, dass er wieder halbwegs auf der Höhe war. Trotzdem hielt sich Osborne auf dem Weg nach unten weiter am Geländer fest. Bei jedem Schritt ächzten die Stufen verräterisch. Doch außer den Verursacher schien das niemanden zu stören.

Nachdem die unmittelbare Gefahrenzone hinter ihm lag, wartete er vergeblich auf einen Anflug von schlechtem Gewissen, weil er seine Begleiter im Stich ließ. Dies hier war eindeutig nicht sein Spiel. Er hatte nur unter Zwang daran teilgenommen. Nun würde er sich für den Rest seines Lebens eine Auszeit nehmen.

Unten im Flur angekommen, schien seine Flucht geglückt. Die letzten Meter zur Haustür umhüllte allerdings abgrundtiefe Finsternis. Schon nach wenigen Augenblicken hatte er völlig die Orientierung verloren. Wie in einer Gruft hallten seine Schritte von den Wänden wider. Behutsam tastete er sich weiter durch die Finsternis und stellte plötzlich angeekelt fast, dass seine Hände voller Spinnweben waren. In diesem Moment stieß er gegen etwas Hölzernes. Ein schwacher Streifen Mondlicht schimmerte durch die Ritzen einer Tür. Ihr Rahmen war wegen der hohen Luftfeuchtigkeit verzogen, weshalb es nur mit Mühe gelang, sie zu öffnen.

Osborne trat über die Schwelle nach draußen und stellte fest, dass er den falschen Ausgang erwischt hatte.

### *21 Uhr 56 – Rue de Chantilly*

Angenehm frische Nachtluft strömte ihm beim Betreten eines parkähnlichen Gartens entgegen, der dem Auge des Betrachters einen ziemlich trostlosen Anblick bot. Wo einst Blumenbeete angelegt worden waren, wucherten nun Brennnesseln und alles mögliche Unkraut. Dunkle Büsche und Bäume reichten bis zu einer über drei Meter hohen Mauer, die offenkundig das ganze Gelände umschloss. In der Luft hing der schwere Geruch von feuchtem Humus, den ein feiner Duft nach gegärten Orangen überlagerte.

Wie vor den Kopf gestoßen stand der unfreiwillige Besucher da und blickte über die verflossene Schönheit dieses Parks. Ein weiteres Zeugnis für die Vergänglichkeit dessen, was der Mensch geschaffen hatte. Pyramiden zerfielen zu Staub, aber das Unkraut, das aus den Ritzen ihrer Trümmer wucherte, überdauerte sie.

Sonderbare Lichter blitzten in der Dunkelheit auf, tanzten umher, verschmolzen miteinander und trennten sich wieder. Es waren Glühwürmchen, deren flackernde Lichter sich hin- und herbewegten. Die Luft war erfüllt vom Zirpen der Grillen, einige Frösche mischten sich quakend in den Insektenchor. Ab und an lugte der Mond zwischen vorbeiziehenden Wolkenfetzen hervor. Sein fades Licht brach sich an schwarzen Baumgerippen, auf deren Ästen unzählige Regentropfen um die Wette glitzerten.

Gebannt von dem Schauspiel am Firmament – diesem Kampf des Lichts gegen die Finsternis – vergaß der Amerikaner seine Niedergeschlagenheit und sog die klare Nachtluft ein. Der Himmel verdunkelte sich aber zusehends, immer wieder verschlang bleierne Finsternis das Licht. Das Unwetter kam näher. Die heraufziehenden Gewitterwolken erschienen gespenstischer als zuvor.

Osborne ging ein paar Schritte und folgte einem verschlungenen Trampelpfad, den dichtes Gestrüpp säumte. Ab und an blieb er stehen und schaute zum Haus zurück. Es glich dem Inbild einer finsteren, unerschütterlichen Macht, die keinen Lichtschein in ihrem Inneren duldete. Obwohl ihm das Gebäude wie eine leere Hülle schien, beschlich ihn der Verdacht, dass es etwas vor ihm verbarg. Bloß was? Diese Frage beschäftigte ihn, als er weiterging. Bald war der Boden nur noch schlammiger Morast, den ein verfilzter Unkrautteppich bedeckte. Plötzlich erspähte er direkt vor sich einen viel versprechenden Fluchtweg. Zwischen Efeu und der von Moos fleckigen Mauer der Nachbarhäuser befand sich ein schmiedeeisernes Tor. Mühsam bahnte er sich einen Weg durch das Gestrüpp. Das Gelände fiel leicht ab und der Boden war weich, so dass ein unachtsamer Spaziergänger leicht ausrutschen konnte.

Am Ziel angekommen, rüttelte er am Tor. Die Angeln quietschten, gaben aber nicht nach. Nüchtern wog er das Für und Wider ab, über die gut zweieinhalb Meter hohen Gitter zu klettern. Kletterpartien dieser Art gehörten nicht zum Repertoire eines Computerfachmannes.

Eine Zeitlang stand er vor dem Tor. Er kam nicht umhin, eine Entscheidung zu treffen. Die Alternative zu einer wenig Erfolg versprechenden Kletterpartie war die Rückkehr zum Haus.

Schon bei dem Gedanken an den beschwerlichen Weg drehte sich ihm der Magen um. Aber was sollte er machen? Also trat er den Rückweg an und kämpfte sich mit zerschurften Händen und durchgeweichten Schuhen Meter um Meter durch das wuchernde Gestrüpp zurück.

Merkwürdig, auf dem Hinweg war ihm dieser penetrant süßliche Geruch, der dem Boden entstieg, gar nicht so aufgefallen. Es schien fast, als würde der Gestank mit anhaltendem Regen immer stärker. Der Park wirkte unheimlicher denn je. Die Schatten verdichteten sich zusehends. Osbornes Vorstellungskraft beschwor neue Bilder drohender Gefahren herauf, die in dem Dickicht lauern konnten. Zugleich beschlich ihn das unangenehme Gefühl, dass er beobachtet, ja verfolgt wurde. Er spürte etwas Dunkles, Schattenhaftes. Obwohl der Graf anderer Ansicht war, zweifelte er keinen Augenblick daran, dass Chantal Dubois immer noch hinter ihm her war.

Es regnete inzwischen heftiger und die Tropfen trübten seine Sicht. Nach ein paar Metern stand er vor einem verworrenen Labyrinth aus Ästen und Dornengestrüpp. Auf dem Rückweg war er zu weit nach rechts abgekommen, weshalb er ein Stück zurückgehen musste. Noch während er sich aus dem Schattengeflecht herausarbeitete, fiel ihm auf, dass die Frösche ihr Quaken eingestellt hatten und auch das hohe Sirren der Grillen verstummt war. Nichts regte sich mehr im Park. Es schien fast, als hielte die Natur angespannt den Atem an. Aus dem regennassen Mutterboden stiegen schimmernde Nebelschleier auf und legten sich wie ein transparentes Tuch über einen künstlichen Teich, in dem nur noch Schlamm vor sich hinfaulte.

Außer dem monotonen Plätschern des Regens, Osbornes unregelmäßigen Atemzügen und dem Knistern von Dornenranken unter seinen Sohlen störte nichts die Stille. Verunsichert blickte er über die Schulter und erwartete beinahe, einen Verfolger hinter sich zu sehen. Doch da war niemand. Er beschleunigte seine Schritte. Das Mondlicht verlosch völlig am wolkenverhangenen Himmel; dafür wurde das Gefühl, nicht allein im Park zu sein, stärker denn je.

*22 Uhr 07 – Rue de Chantilly*

Osborne hatte eine Höllenangst. Immer schneller schritt er aus, passierte die Schatten knorriger Bäume, bis er etwa auf halbem Weg zurück über eine Unebenheit stolperte. Mit dem Fuß riss er ein struppiges Grasbüschel aus dem Erdreich. Er schenkte dem keine besondere Beachtung und wollte schon weitergehen, als etwas am Boden seine Blicke auf sich zog. Etwas Weißes schillerte dort im feuchtschwarzen Erdreich.

Das Herz des Gestrauchelten pochte heftig, sein Magen krampfte sich zusammen und ihm wurde eiskalt, als er erkannte, worauf er da so ungläubig starrte. Trotzdem weigerte sich sein Verstand, das zu glauben, was seine Augen längst erkannt hatten. Als wolle er einen Realitätsbeweis antreten, bückte er sich, rupfte noch mehr Gras aus und legte den Totenschädel ganz frei. Unerträgliche Spannung machte sich in ihm breit. Er nahm kaum wahr, dass er einen erstickten Schrei ausstieß. Trotz des schrecklichen Anblicks blieb sein Blick auf dem Schädel, der ihn von unten herauf mit lehmverklebten Augenhöhlen anstarrte, geheftet.

Der Amerikaner wollte nur noch weg. Weg von diesem Horrorhaus und weg aus diesem Garten des Grauens. Obwohl sein Hirn schreiend danach verlangte wegzurennen, bekamen seine Muskeln nur ein schwaches Zittern zustande.

Jetzt sah er direkt neben dem Schädel noch etwas anderes Bleiches schimmern. Nach einem Augenblick, der ewig dauerte, erkannte er einen den nassen Erdklumpen entrissenen Unterschenkelknochen. Er wollte nicht hinsehen, aber er musste es, es war, als würden unsichtbare Hände seinen Kopf packen und ihn genau in Richtung dieser ungeheuerlichen Monstrosität drehen.

Angewidert taumelte er zurück. Eine Schockwelle nach der anderen raste durch seinen Körper. In seinen Ohren rauschte der Puls wie ein Ozean. Im ersten Moment prickelten Eispartikel unter seiner Haut, im nächsten wurde ihm unerträglich heiß. Er schluckte, doch dem stocktrockenen Mund fehlte der Speichel.

Es besteht kein Grund zur Sorge, das sind nur Tote, betete er immer wieder sein beruhigendes Mantra und verleugnete, dass diese Knochen ein ziemlich großer Grund zur Sorge waren. Sein Verstand versuchte, an etwas anderes zu denken, doch der säuerliche Gestank nach Verwesung, der der Erde entstieg, machte dieses ehrgeizige Vorhaben zunichte. Stattdessen wurden seine Beine wie Butter; sie hielten ihn nur noch aus Gewohnheit aufrecht.

Weg hier! Nur weg! Beim Zurückweichen strauchelte er über einen Stein und stürzte hart. Mit einem erstickten Stöhnen ergriff er Zweige und zog sich daran hoch. Dabei riss er einen halben Busch aus dem vom Regen aufgeweichten Erdreich. Noch bevor der nächste Adrenalinstoß durch seinen Körper flutete, registrierte er zwischen freigelegten Wurzelsträngen eine bleiche Knochenhand. Vor Entsetzen ließ der Gestürzte die Zweige los und landete wieder im Gras. Auf allen Vieren kroch er weiter. Nach drei, vier Metern torkelte er auf die Beine und stieß dabei mit dem Kopf gegen die dünnen Tentakel einer Trauerweide. Um ein Haar wäre er erneut über die eigenen Füße gestolpert, aber er fand noch rechtzeitig sein Gleichgewicht wieder, knickte sich beim Aufrichten jedoch den Knöchel um. Stechender Schmerz pochte durch sein Fußgelenk.

Etwas kam näher. Leise, schlurfende Schritte raschelten durchs Gras. Anfangs hatte er sie überhört, weil der Knochenfund seine Gedanken völlig blockierte. Welche Geheimnisse barg dieser Ort, an dem überall der Tod lauerte, noch?

Er spürte, wie das Regenwasser seine Schuhe umspülte. Dann fühlte er, wie jemand hinter ihm aus der Dunkelheit kam. Die Schritte näherten sich rasch. Zum Wegrennen hatte er viel zu weiche Knie. Selbst wenn ihn seine Beine nicht im Stich ließen, brachte er mit dem schmerzenden Fuß bestenfalls ein Hinken zustande. Natürlich musste er sich nur umdrehen, dann konnte er sehen, wer oder was da raschelnd näher kam. Doch er wollte sich nicht umdrehen. Für heute hatte er genug Schreckliches gesehen. Er senkte den Kopf. Sein Blick fiel auf die Spitze eines dünnen Fingerknochens, der direkt neben seinem linken Fuß aus dem Gras hervorschaute. In diesem Augenblick legte sich eine Hand von hinten bleischwer auf seine Schulter.

»He, alles in Ordnung?«, fragte eine Stimme den Amerikaner, der gar nicht so aussah, als ob alles in Ordnung wäre.

Er drehte sich um und blickte geradewegs auf Saint-Germain.

»Ich habe ausdrücklich gesagt, Sie sollen im Zimmer auf uns warten«, tadelte er. »Sie haben uns einen Mordsschrecken eingejagt. Was treiben Sie hier draußen?«

Der Gefragte deutete stumm auf die Stelle, wo die bleichen Knochen aus dem Boden ragten.

Saint-Germain gab Victor und Dimitri mit der Hand ein Zeichen. Mit schnellen Bewegungen verbreiterten die beiden das Loch und legten überall unter der Grasnarbe ausgeblichene Menschenknochen frei.

Über dieser makaberen Szenerie zuckten in rascher Folge Blitze durch die Nacht, gefolgt von ohrenbetäubendem Krachen und heftigen Windstößen. Der Regen weichte den Boden immer mehr zu einem klebrigen Morast auf. Fassungslos starrte Osborne auf eine Stelle, wo gerade ein halb mumifizierter Kopf freilegt wurde. Ein paar Meter entfernt zog Victor einen Hüftknochen aus dem Schlamm. Der Graf selbst begnügte sich mit Stichproben im hinteren Teil des Parks, wo er rasch fündig wurde. Überall, wo er das Gras entfernte, entblößte er Totengebeine.

»Sie haben viele Leichen ihrer Opfer hier begraben.« Saint-Germains Stimme war so leise, dass sie kaum mehr ein Flüstern war. »Furchtbare Dinge sind in diesem Haus geschehen. Dieses Massengrab zeugt davon. Wenn der Abgrund, der Abyssus, in unserer Welt aufgetan werden sollte, dann wird dieses Haus das Zentrum einer Vernichtung sein, wie sie dieser Planet noch nicht gesehen hat, noch jemals wieder sehen wird.«

Er machte eine Pause, um seine Worte wirken zu lassen.

»Wofür sind all diese Menschen gestorben?«, fragte Osborne verbittert. »Für irgendeinen schwachsinnigen Hokuspokus?«

Im Garten war es nun völlig still. Selbst Donner und Wind verstummten für einige Augenblicke.

»Nicht wegen eines Hokuspokus«, antwortete Saint-Germain. »Wegen Allmacht.«

Unzählige Skelette – Relikte einer grauenhaften Vergangenheit – lagen ringsum verscharrt. Der Park war ein einziges Massengrab. Im Gegensatz zum Prinzen Charolais zog Chantal Dubois offensichtlich das Verscharren der Toten dem Aufbewahren in einem Gartenhaus vor. Wie viele Skelette mochten hier liegen? Es mussten hunderte sein. Osborne dachte an die Leichen in Mokovitz' und Perrins Lastwagen. Für die hatte es hier keinen Platz mehr zum Verscharren gegeben. Sie lagerten wohl irgendwo im Haus, wo die Polizei sie bei einer Durchsuchung sicherlich entdeckt hätte.

Immer geballter zogen sich die Wolken über Paris zusammen. Grelle Blitze erhellten die Steinschluchten der Stadt. Dicke Regentropfen klatschten dem Computerexperten ins Gesicht und liefen ihm an Stirn und Wangen hinunter. Dunkel zeichnete sich die Silhouette eines Baumes vor dem Licht eines Blitzes ab. Unheildrohend rollte der Donner. Vom entfesselten Sturm gepeitscht, verformten sich Äste und Zweige. Erneut fuhr ein Blitz durch das samtschwarze Firmament und erhellte gespenstisch den Park. Donnergrollen erzitterte die Luft.

Inzwischen war Osborne bis auf die Haut durchnässt. Er erbat sich von Dimitri dessen Taschenlampe und ließ seine mit der Exhumierung beschäftigten Begleiter alleine. Als er sich auf dem Weg zum Haus nach Saint-Germain umschaute, konnte er ihn kaum noch erkennen. Durch den dichten Regenvorhang sah es so aus, als fresse ihn die Finsternis auf.

### *22 Uhr 26 – Rue de Chantilly*

Als Osborne den trockenen Hausflur betrat, erlosch seine Taschenlampe. Verärgert schüttelte er sie ein paar Mal. Klappernd rüttelten die Batterien im Gehäuse, bevor das Lämpchen flackerndes Licht verbreitete. Ziellos fuhr der Lichtkegel durch den Korridor.

Er stutzte. Hatte er gerade wirklich ein Geräusch gehört? Er war sich nicht sicher. Vielleicht hatte er es sich ja auch bloß eingebildet, oder es war der Regen gewesen. Im Flur war es stockfinster. Angespannt stand er da, hielt den Atem an und lauschte. Alles, was er hörte, war der Wind, der vehement an Türen und Fensterläden rüttelte. Erst als er etwas abebbte, vernahm er erneut dieses merkwürdig unbestimmbare Geräusch:

– klick-klack-klick-klack –

Dann herrschte wieder Stille.

Er starrte in die Dunkelheit, darauf gefasst, dass sich irgendwas darin bewegte, ihn mit eisigen Fingern berührte.

Dann erklang es nochmals, dumpf und monoton:

– klick-klack-klick-klack –

Das sind nur klirrende Fensterscheiben, beruhigte er sich. Obwohl, wenn er es genau bedachte, klirrten Fensterscheiben anders. Das hier war kein Klirren. Es klang eher nach hohlen Knochen, die gegeneinander schlugen.

Da vernahm er das Geräusch wieder:

– klick-klack-klick-klack –

Sollte er der Ursache dieses Klackens auf den Grund gehen? Was, wenn sich wider besseren Wissens doch noch jemand in diesem Gebäude aufhielt? Vielleicht sollte er den Grafen draußen auf dem Knochenacker suchen und ihm Bescheid sagen. Aber was, wenn er dann nur feststellte, dass irgendwo eine Tür knarrte?

Osborne beschloss, das Geräusch zu ignorieren und lieber die Haustür zu suchen. In diesem Moment entblößte das wild tanzende Licht seiner Taschenlampe eine angelehnte Kellertür. Nach kurzem Zögern trat er an die Tür. Er zuckte zusammen, als er dahinter das leise Geräusch vernahm:

– klick-klack-klick-klack –

Zweifelsfrei kam es aus dem Keller, der ihn wie ein Magnet anzog. Als ob ihn etwas aus der Dunkelheit rief, ihm seinen Willen aufzwang. Etwas war da unten und er musste sehen, was es war.

Vorsichtig schob er die Tür weiter auf. Kein Laut, kein Knarren oder Quietschen entrang sich den Scharnieren. Dafür flackerte die Taschenlampe erneut, verlosch und strahlte nach kurzem Schütteln wieder auf.

In nervöser Anspannung leuchtete er die Kellertreppe hinab, die in einem kaum einen Quadratmeter großen Raum mündete. Dort bewegte die Zugluft ganz leicht eine weitere Tür. Es sah fast so aus, als winke sie ihm zu. Doch nicht diese Tür lockte ihn, sondern das, was sich möglicherweise dahinter befand.

Eine ganze Weile stand er unschlüssig da. Es war offenkundig, dass seine Begleiter in der Hektik übersehen hatten, dass dieses Haus auch einen Keller besaß. Es gab zwar keine Indizien dafür, dass sich Chantal Dubois mit ihrer Bande dort unten aufhielt, doch der Verdacht lag nahe.

Zögernd – wie in Trance – stieg der Amerikaner Stufe um Stufe hinunter. Das Herz klopfte ihm bis zum Hals. Seinen Blick hatte er nach unten auf die Tritte gerichtet, um nicht zu stolpern. Je tiefer er kam, umso mehr verdichtete sich das Gefühl, er ginge durch einen erstickend engen Tunnel. Hohl hallte das Echo seiner Schritte von den nackten Seitenwänden wider. Je tiefer er kam, desto finsterer erschien ihm die Treppe.

Direkt neben der angelehnten Tür hing ein geöffneter Verteilerkasten an der Wand. Die Sicherungen darin waren nicht einfach herausgeschraubt, jemand hatte sie herausgerissen.

Er näherte sich der Tür bis auf einen halben Meter. Für einen Moment glaubte er, eine Bewegung in der Schwärze hinter dem Türspalt zu erkennen. Beschwören konnte er es aber nicht. Er lauschte angestrengt. Es herrschte Totenstille. Sollte er nicht besser kehrt machen? Wie oft war er in der vergangenen Nacht unfreiwillig in alle möglichen Gefahren geschlittert? Warum sollte er sich jetzt freiwillig in eine neue begeben? Katastrophen begannen oft banal: beispielsweise mit dem Öffnen einer unscheinbaren Tür.

Noch immer trennten ihn diese fünfzig Zentimeter von der Tür. Wenn es nach seinem rationalen Denken ginge, würde sich die Distanz auch nicht verkürzen, im Gegenteil. Aber die Kraft, die seine Beine zum Vorwärtsgehen zwang, hatte nichts mit Rationalität oder Logik zu tun. Obwohl sein inneres Alarmsystem unermüdlich die abstoßendsten Schreckgespenster hervorzerrte, die ihn zur Umkehr bewegen sollten, schritt er ungeachtet dieser Warnungen weiter. Mechanisch trat er einen Schritt vor, wobei seine Schuhsohlen ein knirschendes Geräusch auf dem Betonboden verursachten. Die Kluft zwischen ihm und der Tür verkürzte sich auf zwanzig Zentimeter. Sein Herz schlug ihm bis zum Hals. Er holte tief Luft, verharrte, lauschte. Mittlerweile war seine Hand nur noch Millimeter von der Türklinke entfernt. Die Situation war unwirklich. Erst die freigelegten Gebeine im Garten und jetzt dieses Gefühl, als zöge ihn eine unwiderstehliche Kraft vorwärts. Er war hin- und hergerissen zwischen dem Bann, den die Tür auf ihn ausübte, und der berechtigten Sorge um Leib und Leben.

Geh da bloß nicht allein rein, flüsterte ihm seine mahnende innere Stimme zu.

Aber schon ertastete seine Hand die Klinke. Ohne dass er sich dessen voll bewusst war, öffnete er die Tür.

Quietschend glitt sie auf. Ekelerregender Gestank – fauliger Todesgeruch – schlug ihm entgegen. Osborne betete, dass in der grauenvollen Dunkelheit nur Staub und Spinnweben seiner harrten. Die Kellertür blockierte nach etwa einem halben Meter. Selbst als er sich mit seinem gesamten Körpergewicht dagegenstemmte, vermochte er sie nicht weiter aufzuschieben. Vorsichtig lugte er durch die Öffnung. Der angrenzende Keller war schwarz, jeden Quäntchen Lichts beraubt. Er schob seinen Arm mit der Taschenlampe vor und leuchtete in die Dunkelheit. Der Lichtkegel verlor sich in der Finsternis.

Der Raum war überraschend groß und hatte eine hohe Gewölbedecke. Doch aus seinem momentanen Blickwinkel vermochte sein Besucher nur einen kleinen Teil davon zu sehen. Aus der Düsternis drang kein Geräusch, kein Flüstern, kein Atmen, nicht einmal das Fiepen einer Maus.

Schließlich nahm er seinen ganzen Mut zusammen und quetschte sich durch den Türspalt.

»Monsieur …!« Saint-Germains Stimme schien Meilen entfernt.

»Ich bin hier unten«, keuchte er, zog den Bauch ein und schob sich weiter durch den Spalt. Fast wäre er zwischen Tür und Rahmen stecken geblieben. Er wand sich so lange, bis er freikam. Als er sich schon beinahe vollständig durch den Türspalt gezwängt hatte, wurde ihm erst richtig klar, wie leichtsinnig sein Vorgehen war. Was sollte er machen, wenn Mokovitz oder sonst jemand in der Dunkelheit lauerte? Zur Umkehr war es jetzt zu spät.

Von oben drang Saint-Germains Stimme: »Wo ist hier unten? Verdammt, Sie sollten doch bei uns bleiben.«

»Ich glaube, ich habe etwas entdeckt.«

»Sind Sie in Ordnung?«

»Alles bestens.«

»Ich weiß nicht, wo Sie stecken, Monsieur. Es wäre besser, Sie kommen zurück.«

»Gleich«, antwortete er. »Eine Sekunde noch. Ich muss nur etwas herausfinden.«

Seine Neugierde war bei weitem stärker als seine Angst. Aber sobald er einen Blick in den Bereich hinter der Tür geworfen hatte, würde er keine Sekunde länger hier unten bleiben.

Endlich war er durch den Spalt im Keller. Als erstes sah er nur Spinnweben, die von der Decke hingen. Instinktiv wischte er die Netze mit der Hand beiseite.

»Hier ist eine Kellertreppe!«, rief Dimitri von oben.

Unten im Gewölbe mischte sich der Geruch von Verwesung mit dem von verbranntem Schwefel. Vielleicht verrottete irgendwo eine Ratte, oder es verfaulten Kartoffeln in einer Kiste. Die Finsternis war schwärzer als Tinte, so dass sie den kümmerlichen Strahl der Taschenlampe schon nach ein paar Metern verschlang. Osborne trat vorsichtig auf, als fürchte er, der Boden würde sich unter seinen Füßen auftun und ihn verschlingen. Er hatte Angst, irgendwas Scheußliches könne in dieser Finsternis lebendig werden und sich ihn schnappen; deshalb blieb er stehen, wo er stand. Was hielt ihn hier unten? Wieso konnte er sich nicht entschließen umzukehren?

Während er dastand und überlegte, wie es nun weitergehen sollte, ließ ihn ein gewaltiger Knall zusammenfahren, dann verebbte der Donner. Erleichtert erinnerte er sich nach dem ersten Schreck wieder an das Gewitter, das sich über der Stadt zusammenbraute.

Jetzt war es wieder gespenstisch still, abgesehen von einem monotonen an- und abschwellenden Summen. Das Geräusch erinnerte ihn an einen Transformator. Ansonsten hörte er außer seinem Atem hinter sich nur leise Schritte auf Beton. Bevor er sich umdrehen konnte, nahm er vor sich eine Bewegung wahr. Ein Schatten. Angestrengt spähte er in die Dunkelheit. Dann bemerkte er, dass der Schatten sich mit ihm bewegte. Es war sein eigener.

Hinter ihm drang das diffuse Licht einer Taschenlampe durch den Türspalt. Dimitri trat gegen die Tür. Berstend flog sie aus den Angeln und gab den Blick auf den Russen frei. Ihm folgten Victor und Saint-Germain in das Gewölbe. Langsam ließ der Graf das Licht seiner Lampe über die Wände aus grob gehauenen Bruchsteinen, zwischen denen der alte Mörtel bröckelte, gleiten. Es offenbarte unverkennbare Spuren eines Kampfes, einen verheerenden Cocktail aus Trümmern, Scherben und Chaos. An einer Wand stapelten sich Möbelreste; einige aus Chantal Dubois Wohnung waren Osborne noch in guter Erinnerung. Die Einrichtungsgegenstände waren regelrecht explodiert.

»Erst spazieren Sie mutterseelenallein durch den Garten, und dann steigen Sie auch noch in dieses Loch hinab«, echauffierte sich Saint-Germain. »Das war sehr leichtsinnig von Ihnen, Monsieur.«

Der Gescholtene vermied es, den Grafen direkt anzublicken. Dieser begutachtete die zerstörten Möbel, als versuche er zu ergründen, welche Kräfte hier gewütet haben mochten. Dann schaute er nach oben. Dort verschluckte die schwarz verrußte Gewölbedecke jeden Lichtpartikel seiner Taschenlampe.

»Was meinst du dazu, Dimitri?«, fragte er, während er die pechschwarze Decke ableuchtete.

»Es könnte ein gewöhnliches Feuer gewesen sein«, brummte der Russe. »Aber dafür müsste ich mir das Gewölbe genauer anschauen.«

»Hast du eine Ahnung, wann das passiert sein könnte?«

»Es ist noch nicht lange her. Der Ruß strahlt noch Wärme ab. Irgendwann in den letzten ein oder zwei Stunden.«

»Wieso haben sie die Möbel in den Keller geschafft?«, fragte Osborne.

»Die *mussten* weg«, antwortete Saint-Germain. »Wenn die Polizei Ihre Angaben überprüfen würde, fände sie – im Gegensatz zu Ihrer Aussage – eine unbewohnte Wohnung vor. Nach dieser Feststellung würde sich wohl kaum noch ein Polizist die Mühe machen, das Haus weiter zu durchsuchen.«

Osborne fürchtete, dass es genau so gekommen war. Die Beamten, die der Polizeipräfekt in den frühen Morgenstunden hergeschickt hatte, hatten im Dachgeschoss statt einer Leiche nur eine leere Wohnung vorgefunden und den Fall ohne weitere Ermittlungen zu den Akten gelegt.

Da niemand etwas sagte, schlich sich das obskure Summen wieder ins Bewusstsein der Männer zurück. Mittlerweise schien es die ganze Luft zu erfüllen. Ab und an wurde es so laut, dass Osborne glaubte, jemand summe ihm direkt ins Ohr. Und dann war da noch dieser entsetzliche Gestank, der penetrant in die Nase stieg und bis ins Hirn zu dringen schien.

Der Graf leuchtete auf den Boden. Der Lichtstrahl glitt über einen mit Runen versehenen Zirkel, der die Form des Salomonsiegels – ein fünfzackiger Stern in einem Kreis – besaß. Darin lagen Osbornes zusammengeknüllte Kleider.

»In so einem Kreis haben sie wahrscheinlich oben in der Wohnung Odette Latour ermordet«, flüsterte er. »Das sind meine Sachen, die ich bei meiner Flucht aus der Wohnung zurücklassen musste. Ich frage mich nur, weshalb die in diesem Keller liegen.«

Es folgte eine kurze, spannungsgeladene Stille, ehe Saint-Germain sagte: »Ihre persönlichen Gegenstände sind der Schlüssel, mit dem Chantal Dubois in Ihr Denken eindringen konnte. Erinnern Sie sich, was ich Ihnen über Telepathie erzählt habe?«

Der Computerexperte blickte von seinen Kleidern auf den magischen Kreis und schließlich auf das versteinerte Gesicht des Grafen. »Das Thema haben wir doch schon durchgekaut. Was Sie erzählen, sind doch bloß Hypothesen, die …«

Bevor er seine Ansichten weiter ausführen konnte, verstummte er. Unter seinen Füßen spürte er ein seltsames Vibrieren. Fragend blickte er zu Saint-Germain, der das Zittern zweifellos auch spürte.

»Was ist das?«, keuchte er.

»Ich weiß es nicht. Vielleicht ist wieder einer dieser alten Stollen eingestürzt, die es unter Paris zuhauf gibt. Ich würde mir da keine allzu großen Sorgen machen, denn …«

Ein erneutes Beben war so stark, dass es die Männer torkeln ließ. Dem Ruck folgte ein Bröseln des Mauerwerks, dem die Erschütterung ernsthaft zu schaffen machte.

»Irgendwie mache ich mir aber doch Sorgen«, flüsterte der Amerikaner. »Deshalb bleibe ich hier auch nicht länger.«

Er bewegte sich Richtung Ausgang, wobei er einen Bogen um Saint-Germain machen musste. Dabei hatte er das Gefühl, als würden ihm fliegende Erbsen ins Gesicht und gegen die Hände prallen. Zu seiner Verwunderung entdeckte er im Licht der Taschenlampe herumwirbelnde schwarze Schneeflocken. Das Phänomen war ihm eben auch schon aufgefallen, er hatte ihm jedoch keine Bedeutung beigemessen, da er die Partikelteilchen für Rußflocken hielt. Doch bei näherem Hinsehen begriff er, dass die schwarzen Partikel nicht schwerelos durch die Luft trieben, sondern schnell herumwirbelten und sich in einer schwarzen Woge mit dem Lichtstrahl vermischten. Gleichzeitig wurde dieses Summen beinahe ohrenbetäubend. Überall auf seinen Händen und im Gesicht kribbelte es. Immer mehr dieser Partikel bedeckten das Glas der Taschenlampe. Erst da erkannte er, dass es sich um Fliegen handelte, um große, aufgedunsene, hässlichschwarze Schmeißfliegen. Ganze Schwärme flogen in grässlicher Überfülle auf den in völliger Unbeweglichkeit verharrenden Lichtstrahl zu. Als würden sich die Insekten in der Luft vervielfachen, drangen sie in die Helligkeit ein und überfluteten und erstickten sie durch ihre schiere Masse.

Angewidert verscheuchte er das Ungeziefer mit den Händen und ging weiter. Seltsamerweise scharrten seine Schuhe plötzlich nicht mehr über nackten Steinboden, sondern erzeugten ein glucksendes, saugendes Geräusch. Etwas gab unter den Sohlen nach, ließ sie wie in weichen Schlamm sinken. Jüngste Erfahrungen hatten ihn gelehrt, bei plötzlichen Veränderungen aufs Schlimmste gefasst zu sein. Auf das, was der auf den Boden gelenkte Lichtstrahl seiner Taschenlampe der Dunkelheit entriss, konnte aber kein Mensch gefasst sein.

Etwas Schemenhaftes lag dort. Osborne stockte der Atem, als er erkannte, auf was er da getreten war. Eine Hand ..., eine abgetrennte Menschenhand. Dieser Anblick traf ihn völlig unvorbereitet, schnitt ihm die Luft ab wie ein Schlag in den Magen. In panischem Schrecken wich er zurück. Dadurch erkannte er jetzt auch, was diese glucksenden Geräusche unter den Sohlen verursacht hatte. Der Fußboden war ein einziger Blutschleim, der zäh an seinen Schuhen klebte. Flackernd glitt der Lichtstrahl weiter und offenbarte ein Inferno jenseits aller für möglich gehaltenen Realität. Er erhellte eine Szenerie, die schlimmer war als alles, was er jemals in seinem Leben gesehen hatte. Wie Visionen aus dem abgrundtiefsten Albtraum nahm ihn der Anblick grausam verstümmelter Leichen gefangen. Unidentifizierbare Gesichter, blutverklebte Fragmente menschlicher Anatomie, Menschentrümmer. Ein blutgetränkter Haufen Körper am Boden, ungefähr ein Dutzend. An den Wänden tropfte und rann überall Blut. Der Leichengeruch hatte diese Armada Fliegen angelockt, die sich auf der Suche nach einer idealen Eiablage durch glibbrige Eingeweide fraß. Auf diese Weise sorgte die Natur dafür, dass neues Leben in die Toten einkehrte.

Der Amerikaner musste würgen. Seine Eingeweide kribbelten verdächtig, als die Übelkeit sich ihrer bemächtigte. Er konzentrierte sich, damit sein vor Ekel zusammenkrampfender Magen sich nicht allen Ballastes entledigte. Saint-Germain dagegen konzentrierte sich scheinbar völlig emotionslos auf die Kadaver und registrierte penibel jedes Detail ihrer deformierten Anatomie. Nichts von dem Abstoßenden, was er sah, zehrte an seiner Entschlossenheit, die Ursache dieses Massakers zu ergründen.

»Sind das die Frauen, die Sie bei dem Ritual beobachtet haben?«

Der Gefragte nickte wortlos. Er wusste nicht, was schlimmer war, das Entsetzen oder die Angst. Das eine drohte ihn wahnsinnig zu machen, das andere presste wie ein Schraubstock alles in ihm zusammen. Überall war Blut. In Rinnsalen floss es in die Fugen der Fliesen, füllte die begrenzenden Zwischenräume bis zum Rand und rahmte so jede einzelne Platte rot ein. Wie betäubt starrte er auf das Muster der Blutquadrate, die ihr Netzwerk immer noch weiter ausdehnten. Viel Zeit war seit dem Tod dieser Menschen noch nicht vergangen, denn ihr Blut war noch nicht geronnen.

Das kreisende Licht der Taschenlampe erfasste die Leichen von Mokovitz und Perrin. Perrin lehnte mit dem Rücken hinter der Tür an der Wand und blickte mit leeren Augenhöhlen in die Unendlichkeit. Seine Kehle war eine einzige Blutlache. Mokovitz, dessen Hemd vor Blut nur so triefte, lag direkt neben ihm.

»Kein Mensch tötet mit solcher Grausamkeit«, keuchte Osborne.

»Nein«, raunte der Graf bedeutungsschwer. »Kein Mensch. Die Vernichtung ist dorthin zurückgekehrt, wo sie entfesselt wurde.«

»Was meinen Sie damit?«

Saint-Germain ließ die Frage unbeantwortet im Raum stehen. In Gedanken versunken trat er vor Beaujeus Leiche. Ein Teil seines Gesichtes war bereits verwest. In wenigen Minuten hatte die Natur das nachgeholt, was der Tempelritter ihr seit Jahrhunderten vorenthalten hatte. Verwesungsflecken entstellen den ganzen Körper. An mehreren Stellen löste sich das Fleisch schon von den Knochen.

Anhand der Kleidung, die in blutige Fetzen zerrissen war, erkannte Osborne die Leiche von Constance le Blanche. Ihr Leib war so furchtbar zugerichtet, als sei er von innen heraus aufgebrochen. Zersplitterte Knochen ragten aus dem geborstenen Körper. Ihre Augen waren nur noch leere Höhlen und der Mund war wie zum Schrei geöffnet. Zwischen ihren Brüsten klaffte ein faustdickes Loch. Erst als er genauer hinsah, bemerkte er, dass ihr das Herz herausgerissen worden war.

Das Grauen glitt in Schockwellen über ihn hinweg. Mit einem erstickten Schrei stützte er sich gegen die klamme Wand. Der Gestank des verfaulenden Fleisches drehte ihm erneut die Eingeweide um. Er schluckte, um gegen den Brechreiz anzukämpfen. Irgendwie wurde er damit fertig. Dann stierte er nur noch auf die blutigen Rinnsale zwischen den Bodenfliesen. Im Gegensatz zu dem, was sich sonst noch in diesem Gewölbe befand, hatte ihr Anblick beinahe etwas Besänftigendes.

Was immer Saint-Germain beim Anblick des Gemetzels empfand, er zeigte es nicht. Ein völlig neutraler Ausdruck lag wie eine Maske auf seinem Gesicht.

Dagegen war Dimitris Gesicht kalkweiß. Er sprach kein Wort. Schon oft war er dem Tod begegnet, aber das hier war schlimmer. Es war das nackte Entsetzen ..., genau wie damals in Akademgorodok. Er starrte auf die Leichen und fühlte, dass ihn die Vergangenheit, vor der er aus Russland geflohen war, eingeholt hatte.

Seit der Ausreise aus seiner Heimat waren fast auf den Tag genau zehn Jahre vergangen.

Kurz bevor die geheimnisumwitterte Wissenschaftsstadt in Sibirien von der Landkarte verschwunden war, hatten sie im Auftrag des Kreml an einem revolutionärem Projekt gearbeitet. Dimitri erschauderte, als er daran dachte, was sie entfesselt hatten. Alle Männer und Frauen, die an dem »Projekt Omega« gearbeitet hatten, aber auch seine Frau, seinen Sohn und alle Freunde hatte er verloren. Er war der Einzige, der an jenem Tag lebend Akademgorodok verlassen hatte. Nach der Katastrophe war für die Bergungstrupps nicht mehr viel zum Bergen übrig geblieben. Selbst mit einer Lupe hätte man keine Überreste von der Stadt mehr ausmachen können. Tausende Menschenleben waren innerhalb weniger Sekunden ausgelöscht worden. Mit dem Tag der Katastrophe hatte eine neue Zeitrechnung für die Menschheit begonnen. Sie wusste es nur noch nicht.

Konnten Erinnerungen wahnsinnig machen? Es war nicht ausgeschlossen, dass der Russe genau wie Victor eines Tages den Verstand verlor. Dieses Schicksal nähme er gerne in Kauf, wenn dafür die Tür zu seinen Erinnerungen für immer verschlossen blieb. Vergessen bedeutete Erlösung. Aber beim Anblick dieser Leichen wusste er, er würde nie vergessen können.

Dimitri – der Riese – schluchzte leise.

Saint-Germain spazierte langsam umher, wobei unter seinen Sohlen Knochensplitter knirschten und knackten.

»Wollen Sie mir nicht endlich verraten, was hier passiert ist?«, fragte Osborne genervt.

»Das hier?« Der Graf betrachtete gedankenverloren einen Blutsee. »Das war nur eine Party.«

»Meinen Sie allen Ernstes, die Frauen hätten etwas gefeiert?«

»Ja. Aber es war kein Freudenfest. Ohne es zu wissen, feierten sie die Dämmerung des Jüngsten Tages, der Apokalypse.«

»Oh, Mann«, stöhnte der Amerikaner genervt. »Na schön, glauben Sie, was Sie wollen, ich bin jetzt weg.«

Saint-Germain schenkte ihm ein resigniertes Lächeln. »Wenn Sie gehen, wird niemand mehr die Dinge aufhalten können, die hier in Gang gesetzt wurden. Wollen Sie denn gar nicht wissen, welche Macht eine solche Zerstörung anrichten konnte? Haben Sie eine Ahnung, welche gewaltigen Kräfte vonnöten sind, um menschliche Knochen derart zu zermalmen?«

Der Gefragte blieb stehen, brachte aber keine Antwort zustande. Sekundenlang sprach niemand etwas. Alle Augen ruhten auf dem Grafen.

»Der Abyssus«, flüsterte der heiser. »Chantal Dubois hat ihn befreit, hat ihn zu uns geholt und einen verdammt hohen Preis für ihren Ehrgeiz gezahlt.«

Neugierig wartete der Computerexperte, dass der Graf seine Behauptung näher erläuterte. Als der schwieg, entgegnete er: »Es reicht! Wir sollten hier raus und die Polizei rufen.«

»Dimitri, findest du, wir sollten die Mission abbrechen? Sollen wir die Polizei herausfinden lassen, was hier geschah?«, wandte sich der Graf an den Russen.

Dimitri ließ seinen Blick zwischen den beiden Männern hin- und herschweifen.

»Nein, das finde ich nicht«, antwortete er brüsk.

»Ich auch nicht. Tut mir Leid, Monsieur, aber da Victor Ferchaux' Stimme wegen Unzurechnungsfähigkeit nicht zählt, sieht es so aus, als wären Sie überstimmt. Sie dürfen uns weiter mit Ihrer Gegenwart beehren.«

Osborne wollte protestieren, da entdeckte er den schwarz zusammengeschrumpften Körper einer Frau. Ihre Haut war vor Hitze geschmolzen und verströmte einen ekelhaften Verbrennungsgestank. Der Kopf, der vom Rumpf amputiert worden war, lag völlig unversehrt einen halben Meter weiter weg. Es war der Leichnam von Françoise Fabian.

## XVII. KAPITEL

# Vom Festhalten der Zeit

*22 Uhr 56 – Rue de Chantilly*

Victor Ferchaux erinnerten die verstümmelten Leichen an etwas, das tief in seinem Gedächtnis vergraben lag. Er kniete zwischen den Toten – das Kinn auf die Brust gesenkt – und spürte, wie die Gedanken in seinem Kopf auseinandersplitterten. Seine Haut wurde aschgrau, als hätte sie alles Blut verlassen, als wäre sein Körper nur noch eine leere Hülle. Mit den Fingern strich er gedankenverloren über Knochenstümpfe, die aus Leibern ragten, wodurch Erinnerungen aus einer verdrängten Zeit zurückkehrten und sich die Tür zu einer verschütteten Welt aus alten, abgelegten Albträumen auftat.

*»Hallo, Victor. Wir brauchen unbedingt eine heiße Story. Hast du heute denn keinen Reißer auf Lager?«*

Sein Blick glitt über die Toten. Das hier war zweifelsohne eine gute Story. Aber war es auch eine *heiße* Story? Sein Chefredakteur hatte Recht gehabt. Sie konnten nicht für jeden popeligen Mord eine Titelseite opfern. Da musste schon wirklich etwas Spektakuläres dabei sein. So wie bei Raoul Simon. Dem konnte man ruhigen Gewissens eine Schlagzeile widmen. Raoul Simon, der unscheinbare Hausmeister, der an einer Schule nahe dem Bois de Boulogne schüchtern und immer hilfsbereit seinen Dienst versah. Wer ahnte damals denn schon, dass er sich zu Hause von Leichenteilen ernährte, die er fein säuberlich zerstückelt in seinem Kühlschrank aufbewahrte?

*»He, Chef. Ich habe da eine Wahnsinns-Story!«*

Victor strich mit seinen Fingern über den magischen Kreis am Boden, als ihn im gleichen Moment intensive Schockwellen durchströmten. Erneut stürzte eine Flut von Visionen, Lärm und grauenhaften Bildern auf ihn ein und der altvertraute Wahnsinn fegte über ihn hinweg. Er krabbelte auf seinen Knien zwischen den Leichen. Inmitten seiner wirren, wirbelnden Gedanken bewegten sich substanzlose Schattenbilder, die mit gedämpften Stimmen flüsterten. Sein fiebriger Blick starrte ins Leere und die Welt um ihn herum verblasste und verschmolz mit den Gespenstern in seinem Hirn. Das Gesicht qualvoll verzerrt, warf er den Kopf hin und her, als wolle er ihn aus der Umklammerung unsäglichen Grauens freibekommen. Doch immer beharrlicher klammerte sich sein Wahnsinn an die verwaschenen Schatten der Vorzeit, scheuchte sie aus ihren Gräbern empor und zwang sie zu neuem Leben.

Wimmernd sank der ehemalige Journalist auf die Knie und duckte sich vor den lebendig gewordenen Schemen, die immer klarer und drängender zu ihm strebten. Für Reue war es zu spät. Zu viel Blut klebte an seinen Händen. Er hatte furchtbare Angst vor dem Teil der Visionen, an dem er aufhörte zu wissen, dass es sich um solche handelte. An dem er sich so tot fühlte wie diese Geister, und er ein Teil von ihnen wurde.

Victor ballte seine Fäuste, bis die Sehnen auf den Handrücken deutlich vortraten.

»Himmel. Was hat er denn?«, flüsterte Osborne und wich dabei unwillkürlich ein paar Schritte zurück. »Wovor fürchtet er sich?«

»Vor den Toten«, antwortete Saint-Germain. »Ich habe Ihnen doch erzählt, er sieht manchmal Tote oder ihre Schicksale. Ich fürchte, das hier ist so ein Moment.«

Der Graf sagte etwas zu Victor, doch für den waren die Worte kaum mehr als ein flüsternder Windhauch. Er legte den Kopf in den Nacken und schloss die Augen, während sein zweites Gesicht durch die Nebel des Vergangenen hastete. Vor ihm baute sich das Dämmerbild einer alles überlagernden Vision auf. Etwas traumhaft Geisterhaftes quoll dunkel empor, wickelte sich in all seiner Formlosigkeit um sein Bewusstsein, brannte sich durch den Verstand bis zum Hirnstamm und ließ so alle möglichen Bilder vor seinen Augen entstehen. Obwohl bedrohlich wirkend, blieben sie aber dennoch distanziert, da sie nichts mit der realen Gegenwart zu tun hatten. Auch gehörten sie zu einer Vergangenheit, die Victor nicht betraf. Trotzdem wollte er nicht zulassen, dass die Visionen Besitz von ihm ergriffen und ihn auf ihrer Reise ins Grauen mitnahmen. Aber ungeachtet aller Gegenwehr wob sein Wahnsinn beharrlich weiter seine Fäden, bis schließlich ein lebendiger Teppich aus längst verflossenen Ereignissen entstand.

Immer intensiver vernahm er huschende Schritte, die sich diesem Gewölbe vor einigen Stunden genähert hatten. Die Geräusche hörte er nicht mit den Ohren, sondern sie sickerten durch seinen Kopf und setzten sich in seinem Hirn fest.

*09 Uhr 48 – Rue de Chantilly*

Die Geschehnisse des vergangenen Morgens wurden vor Victor lebendig. Wiedererweckte Zeitleichen, längst tot und fast vergessen, jetzt jedoch wieder zum Leben gezwungen wie das Echo eines längst verloren geglaubten Augenblicks, das seine Rückkehr mit einem dünnen Luftzug ankündigte. Auch die Beschaffenheit der Finsternis erfuhr eine Veränderung. Zögernd wichen die Schatten einem grüngelben Licht, brodelnde Nebelschwaden vermischten sich mit wirbelnden Schatten. Victor wusste, dieser Prozess war nicht mehr zu stoppen. Die ruckartig tanzenden Nebel waren allgegenwärtig und es war nur eine Frage der Zeit, bis sie lebendig wurden. Wie befürchtet, schwebte darin plötzlich eine Silhouette, die sich zum Umriss einer anmutigen Frau verdichtete.

Constance le Blanche hatte ihre langen ebenholzfarbenen Haare zu einem dicken Zopf geflochten. Ihre Haut schimmerte seltsam bleich. Im Kontrast dazu standen die feuchtglänzenden scharlachrot geschminkten Lippen. Auf ihrem Gesicht lag ein unergründlicher Ausdruck, als wisse sie um die größten Geheimnisse dieser Welt.

Langsam betrat sie das Gewölbe, wo es dunkel, kalt und unheimlich war. Plötzlich vernahm Victor aus der Finsternis weitere Frauenstimmen. Noch mehr Schemen wurden lebendig. Er hatte Angst vor diesen neuen Visionen und hätte sie am liebsten ignoriert, aber das war unmöglich, das hatte noch nie funktioniert. Einmal geöffnete Schubfächer der Vergangenheit ließen sich nur schwer wieder schließen.

Im flackernden Kerzenschein schälten sich die Silhouetten von Frauen aus der Dunkelheit.

Als erste glitt die substanzlose, beinahe transparente Eve Jouvet aus dem nebulösen Flirren. Sie trug wieder eine Sonnenbrille zum Schutz gegen ihren bösen Blick. Bedingt durch diesen Fluch war sie von kleinauf von Menschen gemieden und zurückgestoßen worden; sie hatte nur aufgrund ihrer starken Psyche unverletzt ihre albtraumhafte Kindheit überstanden. Nach dem Vorfall bei der Klassenfahrt ereigneten sich noch ähnliche Zwischenfälle, die Zufall gewesen sein mochten, oder aber auch nicht. Sogar ihre Eltern waren ihr aus Angst, sie könnten sterben, wenn sie ihr in die Augen schauten, ausgewichen. Nach der Schulzeit isolierte sie sich völlig in ihrem neun Quadratmeter großen Zimmer, brach alle sozialen Kontakte ab und wurde eine lebendig Begrabene. Mit der Mutter sprach sie nur durch das Schlüsselloch. Das Internet wurde ihre einzige optische, akustische und manchmal auch emotionale Verbindung zur anonymen Außenwelt. In einem dieser unendlichen Paralleluniversen, im Chatroom eines Literaturforums, freundete sie sich mit Maélle Vallois an und genoss das Privileg der Bestätigung ihrer selbst durch eine verwandte Seele. Eines Tages verließ Eve Jouvet ihr Zimmer, als sei das für sie das Normalste der Welt, und zog nach Paris zu Maélle Vallois. Hier lernte sie in einer Grenzregion zu leben, wo Vernunft und Übersinnliches nicht mehr auseinanderzuhalten waren.

Hinter Eve schien die Dunkelheit zu tanzen, winzige Schattenfinger züngelten empor und absorbierten das schwache Licht. Aus den Schatten trat die üppige Maélle Vallois. Osborne hatte die mit beeindruckend sinnlichen Kurven ausgestattete Brünette bereits in Saint-Germain-des-Prés bewundert, als sie ihren Lippenstift auffrischte. Mit siebzehn hatte sie ihr Elternhaus in einem kleinen Nest irgendwo in der Provence verlassen und in Paris das Glück gesucht. Mit ihrer ausgeprägten Neigung, Dinge nicht zu Ende zu bringen, ließ sie sich durch das Leben treiben; sie saß in Cafés, legte gegen Bezahlung Patiencen und diskutierte mit Freunden. Ihren Lebensunterhalt verdiente sie sich nachts in den halbseidenen Bars am Montmartre. Ihr Leben plätscherte so dahin, bis sie über das Internet die Bekanntschaft mit Eve Jouvet machte. Als Zeichen ihres unwiderruflichen Neubeginns eröffneten beide in der Rue Saint-Jacques einen kleinen Esoterikladen, in dem sie magische Ingredienzien, metaphysische Talismane, Almanache mit Zauberformeln und allerlei transzendente Zaubermittelchen verkauften. Chantal Dubois war eine Stammkundin.

Erneut brach sich die Dunkelheit, aus der sich die Phantomgestalt von Géraldine Pirés schlängelte. Die dunkelhäutige Frau, die das Hotelzimmer neben Osborne bezogen hatte, war bis vor wenigen Jahren eine glücklich verheiratete und mit zwei Bilderbuchkindern gesegnete Hausfrau gewesen, die in einem kleinen Häuschen außerhalb der Stadt lebte. An ihrer faden Selbstzufriedenheit hätte sich wohl nie etwas geändert, hätte sie nicht zufällig Maélle Vallois und Eve Jouvets Esoterikladen besucht und ein Buch über Magie entdeckt, das ihr Leben verändert und sie zu Neuem inspiriert hatte. Nachdem sie es ausgelesen hatte, verließ sie ihre Familie, mietete sich in Paris ein billiges Zimmer und widmete sich ganz dem Studium der Magie. Nicht, um mit ihrer Hilfe Macht über dunkle Kräfte zu erlangen, sondern zur inneren Reinigung und zum Erreichen einer höheren Bewusstseinsstufe.

Ein weiteres Nebelgebilde nahm Gestalt an. Anfangs blieb es undeutlich, gewann dann aber allmählich an Intensität und Konsistenz. Wie gewöhnlich verbarg Juliette Bouchez, die Greisin, die Osborne an der Pont Neuf im Rollstuhl gesehen hatte, ihre wahren Gefühle hinter einem abweisenden Blick. Ihre Lider hielt sie halb geschlossen, als ob sich dahinter unauslotbar dunkle Geheimnisse verbargen, die nicht ans Licht sollten. Niemand wusste etwas über ihre Vergangenheit, weshalb sie zeitlebens eine mystische Aura umgab.

Hinter ihr tanzten lasierendschwarze Pünktchen wie ein Mückenschwarm in der Dunkelheit; sie änderten unablässig ihre Position, glitten beiseite, flackerten, zerrissen zu bruchstückhaften Schatten und verformten sich, bis sich die Kontur von Béatrice Gillain herausbildete. Die Hellseherin, die auch Osborne die Zukunft vorhersagen wollte, stammte von den Antillen, wo ihr Vater eine Zuckerrohrplantage besaß. Schon als Kind hatte sie von ihrer schwarzen Haushälterin viel über Voodoo gelernt: über Mau, den obersten Gott, über Dangbé, den Schlangengott, über Ghedes, die Geister des Todes, und über Baron Samedi, den Schutzgeist der Friedhöfe. Mit sechzehn wurde Béatrice Gillain zur Mamaloi, zur Voodoo-Priesterin, geweiht. Sie zelebrierte Voodoo-Weihungen, bei denen sie Puppen mit Nadeln spickte, um unglücklichen Opfern auf diese Weise Höllenqualen zu bereiten. In Paris erwies sich diese Kunst als ein sehr einträgliches Geschäft.

Nachdem die Frauen die Schwelle zur Gegenwart überschritten hatten, gingen sie zu Constance, bildeten einen Kreis um sie und standen dann regungslos, als warteten sie auf etwas.

Noch mehr Geister aus der Vergangenheit glitten aus der Dunkelheit und suchten Victor heim. Umrisse verschwammen, bewegten sich in pulsierenden Schatten.

Umgeben von schwarzem Flimmern erschien Elodie Bonnaire, die Osborne an seinem ersten Abend in Paris wegen ihrer schmerzenden Füße bemitleidet hatte. Bedauerlicherweise hatte sie von ihrer Mutter nur die überempfindlichen Füße und nicht deren Schönheit geerbt. Elodie Bonnaire hatte bereits in der Schule jedem erzählt, sie würde Zwiesprache mit Satan halten. Sie war Luzifer verfallen wie ein Spielsüchtiger Las Vegas.

Erneut wogte die teigige Dunkelheit und glänzende Fäden aus dunklem Grau woben die Formen von Mercedes Caridad Peña. Die junge Latina mit den hochtoupierten schwarzen Haaren war Rechtsanwältin. Im Gerichtssaal standen ihr fragiles Äußeres und ihre ziselierten Gesten, die ihr eine grazile Anmut verliehen, im krassen Gegensatz zu ihrem Ruf. Sie war die Verkörperung einer abgebrühten Juristin – jung, dynamisch und ungemein erfolgreich –, deren ganzes Sinnen und Trachten von der Gier nach Erfolg und Geld geprägt wurde. Mercedes hatte sich aus bescheidenen Verhältnissen emporgearbeitet und dabei die bittere Erfahrung gemacht, dass es für sie nichts Gutes gab, das zu verteidigen sich lohnte. Durch Betrug waren ihre Eltern um all ihr Hab und Gut gekommen. Diese Straftat blieb vor Gericht ungesühnt, weil vor Gericht nicht Recht oder Unrecht gesprochen wurde; es gewann, wer die Gesetze am besten zu seinen Gunsten verbog. Diese Einsicht war zeitlebens eine Art heimlicher Kraftquell, auf den sie während ihres Studiums und auch danach immer wieder gern zurückgriff. Bei ihrer unerbittlichen Suche nach noch mehr Macht war sie irgendwann in Chantal Dubois Zirkel gelandet.

Als letzte entstieg Valeria Régnier dem Schlund schattenhafter Formlosigkeit. Die Blondine, die Osborne in der Cocktailbar des Quartier-Latin beschattet hatte, verstand sich aufs Überleben. Ihre Eltern waren Obdachlose, sie war im Müll zur Welt gekommen und aufgewachsen. Auf der Straße hatte sie gelernt, sich das zu nehmen, was ihr das Leben vorenthielt. Mit sechzehn ging sie anschaffen, bot für ein paar Euro schnellen, kalten, emotionslosen Lolitasex. Ihr Revier war der brachiale Straßenstrich am Bois de Boulogne, wo unter den verlotterten Huren raue Sitten herrschten. Einmal war Valeria von einer unglaublich dicken Prostituierten, die aussah wie ein Nilpferd im ultrakurzen Stretchmini, verprügelt und halbtot im Straßengraben liegengelassen worden. Vielleicht wäre sie da gestorben, wäre nicht Chantal Dubois zufällig vorbeigekommen und hätte sie ins nächste Krankenhaus gefahren. Die Behandlungskosten hatte ihre Retterin auch übernommen.

In ihrer Mitte trugen die drei Frauen den Leichnam des Prinzen von Charolais. Behutsam betten sie ihn vor Constance auf den Boden. Dabei schauten einige von ihnen Victor an, sie sahen ihn aber nicht. Die Erkenntnis, dass diese Geister ihn nicht wahrnahmen und ihn nicht bedrohten, ließ ihn in hysterisches Gelächter ausbrechen. Victor lachte, bis ihm Tränen in dünnen Bächen übers Gesicht liefen. Das war das allererste Mal, dass ihn die Toten nicht quälten.

Vor seinem inneren Auge tauchte eine schlanke Frau mit langen, feuerroten Haaren auf. Chantal Dubois Augen funkelten wie Bernstein. Trotz des kalten Steinbodens ging sie barfuß. An ihren zarten Handgelenken klirrten Silberarmreifen. In einer Hand hielt sie einen Kandelaber mit sieben brennenden Kerzen, die ihr zerbrechlich wirkendes Gesicht mit goldenem Licht überfluteten. Sie war ganz in Weiß gekleidet; die kurze Bluse mit weiten Ärmeln endete knapp über ihrem Nabel, der Rock war weit, fließend und knöchellang. Vorsichtig stellte sie den Leuchter ab, dann zeichnete sie einen magischen Kreis auf den Boden, den sie mit Schriftzeichen versah, wie sie Victor noch nie gesehen hatte. Sie setzte sich mit gekreuzten Beinen in die Mitte des Zirkels und verfiel in todesähnliche Trance.

*11 Uhr 13 – Rue de Chantilly*

Die Visionen machten einen Zeitsprung. Dann förderten sie neue Ereignisse aus der Vergangenheit zutage, die etwas über eine Stunde später stattfanden. Aus einer Dunkelheit, wie sie undurchdringlicher kaum hätte sein können, trat Beaujeus Leichnam. Er hielt ›Das Buch des Abyssus‹ in seinen Totenhänden. In grotesken Bewegungen stakste der lebende Tote in Begleitung von Françoise Fabian aus der Finsternis.

»Ich habe Beaujeu wie geplant mit dem Auto vor seiner Villa abgeholt«, flüsterte sie mit heiserer, rauer Stimme.

Beaujeu blieb vor Chantal Dubois stehen. Sie saß immer noch mit geschlossenen Augen in dem magischen Kreis. Ihre Haare bewegten sich aus unerfindlichen Gründen, als hätte sich ein Sturmwind darin eingenistet. Bizarre Irrlichter stoben wie kleine Funken zwischen den wogenden Strähnen. Kein Muskel ihres Körpers regte sich. Sie atmete nicht. Der Tote beugte sich zu ihr hinab, wobei sein Kopf so heftig nach unten kippte, dass es aussah, als würde er vom Hals abbrechen. Er legte ihr ›Das Buch des Abyssus‹ in den Schoß und brach dann zusammen. Aus den Poren seines Körpers löste sich etwas Bleiches und stieg in einer Art Nebel empor. Die Dämpfe überzogen den Leichnam mit einer lasierenden Wachsglasur, verformten sich dann weiter, wuchsen und nahmen eine Gestalt an. Die Dunstschwaden modellierten die zerbrechlichen Umrisse einer transparenten Chantal Dubois. Weich wie eine milchige Flüssigkeit schwebte die ätherische Wolkengestalt zu ihrem Körper aus Fleisch und Blut. Chantal Dubois' spirituelle Präsenz verharrte kurz vor ihrer physischen, bevor beide wieder miteinander verschmolzen. Bei der Vereinigung versteifte sich ihr physischer Körper, ein heftiges Zittern durchlief ihn. Langsam öffnete sie die bernsteinfarbenen Augen, stand auf und reichte ›Das Buch des Abyssus‹ Eve Jouvet.

»Eve, breite das Buch auf dem Leichnam des Prinzen von Charolais aus und beginne das Ritual«, befahl sie.

»Ich kann nicht«, flüsterte die Aufgeforderte voller Furcht.

»Du kannst. Wir haben Schlimmeres getan, um in seinen Besitz zu gelangen.«

»Ich habe Angst. Ich will nicht.«

»Dann übertrage ich einer anderen die Ehre, als Erste den Abyssus zu überschreiten. Constance?«

»Ja.« Die Dunkelhaarige holte tief Luft, trat vor und nahm ›Das Buch des Abyssus‹. Behutsam trug sie es zum Leichnam des Prinzen von Charolais, legte es auf dessen Brust und schlug mit geschickten Fingern eine bestimmte Seite auf. Chantal Dubois und die übrigen Frauen bildeten erneut einen Kreis, der Constance und den Toten umschloss.

Constance flüsterte Beschwörungsformeln aus dem ›Buch des Abyssus‹, fiel dabei in tiefste Trance und beschritt im Geist den Pfad der zehn Sefiroth. Mit jeder überwundenen Bewusstseinsstufe verfärbten sich ihre scharlachroten Lippen bläulicher und ihr Atem dampfte heftiger in der kälter werdenden Luft. Die Welt um sie herum verfinsterte sich, während ihr geistiges Auge am Horizont ihrer Vorstellungskraft den furchtbar dunklen Abyssus auszumachen glaubte. Mit jedem Schritt, den sie sich dem Abgrund näherte, zitterte und zuckte ihr Körper stärker.

Jenseits der fünften Sefira drang bleicher Dampf aus ihren Poren und tröpfelte über ihre bleiche Haut, wo er zu Raureif erstarrte.

### *17 Uhr 13 – Rue de Chantilly*

Erneut machten die Visionen vor Victors innerem Auge einen Zeitsprung. Chantal Dubois saß wieder mit gekreuzten Beinen in dem magischen Zirkel. Ihren Kopf hatte sie gesenkt, die Augen geschlossen, sie zog sich immer tiefer in ihre geheimnisvolle Innenwelt zurück und konzentrierte dort ihre mentalen Kräfte für einen telepathischen Angriff auf Alan Osborne.

Plötzlich unterbrachen wuchtige Schläge gegen die Tür ihre Vorbereitungen. Sie zuckte unwillkürlich zusammen und stand auf.

»Machen Sie auf!«, polterte eine rüde Männerstimme. »Wir wissen, dass Sie da drin sind!«

Chantal Dubois trat an die Tür und öffnete Mokovitz und Perrin.

»Was ist denn hier los?« Perrin blickte verwundert zu der in Trance versunkenen Constance.

»Was wollen Sie?« Chantals Stimme klang überraschend sanft, aber ihre unheilvoll blitzenden Augen verrieten, dass sie diese Störung mehr als nur missbilligte. »Verschwinden Sie.«

»Begrüßt man so alte Freunde, Mademoiselle?« Mokovitz schnitt mit gespielter Entrüstung eine Grimasse. »Das finde ich aber gar nicht nett, dass Sie uns nicht zu Ihrer Party eingeladen haben.«

»Wir feiern nicht«, erwiderte sie schroff. »Wir arbeiten.«

»Ach, so nennt man das jetzt.« Perrin deutete mit dem Kinn auf die Frauen. »Dürfen wir trotzdem mitmischen, oder ist das eine geschlossene Gesellschaft?«

»Was wollen Sie?«, wiederholte Chantal Dubois ihre Frage.

»Knete«, erwiderte Mokovitz und rümpfte die Nase, als ob er eine Linie Kokain hochziehen würde. »Wir könnten mal wieder eine Prise Nasenpuder brauchen. Sie wissen schon.«

»Kommen Sie morgen wieder«, fauchte sie und fixierte ihn mit ihren bernsteinfarbenen Augen.

»Hören Sie mal!« Mokovitz baute sich in voller Größe vor der zierlichen Frau auf. »Wir haben eine bekackte Scheiß-Nacht hinter uns. Erst verfrachten wir im Akkord Ihre Einrichtung in diesen Keller, dann schaffen wir die hier deponierten Leichen raus aus Paris, und gerade eben verreckt uns direkt vorm Haus die Karre unterm Hintern. Also, kommen Sie uns jetzt nicht mit irgendwelchen abgelutschten Vertröstungen auf morgen. Wir könnten Ihnen nämlich zur Abwechslung auch mal Unglück bringen.«

»Ach ja? Wie denn?«

»Es gibt da Gerüchte über Frauen in diesem Viertel, die spurlos von der Bildfläche verschwunden sind. Wie es der Zufall will, kennen wir ein paar wahre Geschichten über die armen Vermissten. Aber die müssen wir ja nicht unbedingt der Polizei erzählen, oder?«

»Wollen Sie mich erpressen?« Chantal starrte die beiden Männer einen Augenblick ungläubig an, um im nächsten Moment lauthals zu lachen, bis ihr die Tränen kamen.

»Was ist denn daran so lustig?«, fragte Mokovitz ungehalten mit verletztem Machostolz.

»Sie wollen zur Polizei gehen und mir die Entführungen anlasten, die Sie beide begangen haben?«

»In Ihrem Auftrag«, raunzte Mokovitz mit rot anlaufendem Gesicht.

»Das soll erst mal einer beweisen.«

»Wenn's weiter nichts ist«, erwiderte er und strich sich genüsslich mit der Hand über den Kopf, wobei seine gefälschte Rolex am Handgelenk verrutschte. »Geben Sie mir eine Schaufel, und ich lege in Ihrem Garten so viele Beweise frei, wie Sie wollen.«

Die Rothaarige mit den Bernsteinaugen betrachtete ihn wie ein abstoßendes Insekt, um dann mit gespielter Enttäuschung zu sagen: »Ich habe Sie immer gut bezahlt. Alles, was ich als Gegenleistung wünsche, ist ein wenig Diskretion.«

»Mag ja sein«, gab Perrin zu. »Aber unglücklicherweise liegt unsere letzte Bezahlung schon ein paar Wochen zurück.«

»Das mit Ihrer gerechten Entlohnung kriegen wir schon hin«, flüsterte sie mit zweideutigem Unterton. »Und zwar restlos.«

»Wollen Sie uns etwa drohen?« Mokovitz ballte die Fäuste.

Perrin ließ seine Fingerknochen knacken. »Damit kein Missverständnis aufkommt: Unser Besuch dient lediglich der Auffrischung Ihrer kleinen grauen Zellen. Nicht, dass Sie das als Erpressung missverstehen. Das Leben rauscht halt so an einem vorbei, da vergisst man leicht das eine oder andere. Aber okay, wenn Sie gerade im Stress sind, kommen wir nachher noch mal wieder.«

»Wissen Sie, was Schicksal ist?« Chantal Dubois' starrer Blick verriet, dass das Ausgesprochene nicht mehr unausgesprochen gemacht werden konnte. »Schicksal ist etwas, das passiert, oder nicht passiert. Ohne Kompromisse. Unabwendbar. Es ist kausal. Es ist die Wirkung auf etwas Ursächliches. Ihr Besuch bei mir, aus welchem Grund auch immer, wird eine Konsequenz für Sie beide nach sich ziehen. Das ist doch klar, oder? Sie kommen her, nennen mir Ihr Ziel, bleiben dann auf halben Weg stehen und wollen wieder kehrt machen? Was sind Sie doch für erbärmliche Feiglinge.« Sie holte tief Luft, dann deutete sie auf die in Trance versunkene Constance. »Sehen Sie, das macht den Unterschied zwischen Feigheit und Mumm. Meine Freundin, die hat Mumm. Sie gibt sich, ohne mit der Wimper zu zucken, dem Rausch des Unbekannten hin, der ihren Tod bedeuten könnte. Ja, das ist eine wirklich mutige junge Dame, die mir Respekt abnötigt. Ihre Feigheit dagegen widert mich nur noch an, Messieurs.«

Perrin zog ein Päckchen Zigaretten aus der Tasche, nahm einen Glimmstängel heraus, steckte ihn sich in den Mund und ließ sich mit dem Anzünden viel Zeit. Er inhalierte tief, senkte den Kopf, bis das Kinn beinahe seine Brust berührte, und hielt den Blick starr auf den Boden gesenkt, während er leise antwortete: »Das ist noch lange kein Grund, persönlich zu werden.

Vielleicht wäre es wirklich besser gewesen, wir hätten noch ein oder zwei Tage mit unseren Forderungen gewartet.«

»Warum haben Sie es dann nicht getan?« Chantal Dubois' Stimme wurde noch ein paar Grad kälter. »Wissen Sie denn nicht, was mit denjenigen passiert, die mich provozieren? Die hören einfach auf zu existieren. Es gibt sie plötzlich nicht mehr.«

»Sie sollten uns nicht provozieren, Mademoiselle, denn wir sind langsam mit unserer Geduld am Ende.« Mokovitz zog ein Klappmesser, ließ die Klinge herausspringen und spielte demonstrativ damit. »Wir wollen nur unseren gerechten Lohn. Wenn Sie uns den weiter verweigern, dann lasse ich Sie gleich meinen Unmut spüren, indem ich Ihnen ein Ohr oder ein anderes Körperteil abschneide, an dem Sie sicherlich hängen. Noch irgendwelche Fragen, du arrogante Schlampe?«

»Bleib cool«, beschwichtigte Perrin und fügte betont ironisch hinzu: »Wo sind deine Umgangsformen? Du solltest die Qualität dieser Unterhaltung verbessern, indem du eine gepflegtere Wortwahl an den Tag legst, mein Freund. Wir befinden uns hier in Gesellschaft einer intelligenten Dame und keiner potenziellen Selbstmörderin. Ich glaube, Mademoiselle Dubois weiß sehr wohl, dass sie uns besser nicht reizt. Ist doch so, oder?«

Die Gefragte schwieg, ihr Gesicht spiegelte Verachtung.

Mokovitz lächelte tückisch. »Wir verziehen uns auch sofort wieder, sobald Sie die Moneten rausrücken. Ansonsten garantiere ich für nichts. Was finanzielle Dinge angeht, bin ich leider sehr impulsiv. Wäre schade um Sie. Wir mögen Sie nämlich. Sie haben Stil.«

Chantal Dubois schwieg weiter.

»Das müssen Sie verstehen«, warb Perrin heuchlerisch um Verständnis. »Wir reißen uns den Hintern auf, um Ihren Schrott wegzukarren, da kann man wohl cash verlangen, oder? Wir sind blank. Wenn wir heute keinen Zaster kriegen, können Sie sich in Zukunft andere Dummköpfe suchen, die die Drecksarbeit für Sie machen.«

»Und das nächste Mal zahlen Sie im Voraus, klar?«, ergänzte Mokovitz.

»Es gibt kein nächstes Mal. Wir brauchen euch Junkies nicht mehr.«

Perrin grinste überheblich. »Entschuldigen Sie, aber ich lasse mich ungern von einer Tussi beleidigen. Ich glaube, fürs Erste genügt es, wenn ich Ihnen Ihre hübsche Nase einschlage. Danach werden Sie uns ganz sicherlich mit mehr Respekt behandeln.«

Die Angesprochene schien nicht sonderlich beeindruckt. Sie ignorierte den über zwei Kopf größeren Kerl, als spreche er einen afghanischen Dialekt, den sie nicht verstand. Ihre furchtlose Miene brachte den aber nur noch mehr in Rage. Seine Faust schoss durch die Luft. Bevor sie ihr Ziel erreichte, umschloss Chantal Dubois feingliedrige Hand die Pranke und unterbrach abrupt deren Vorwärtsbewegung, indem sie den Schlag mit verblüffender Leichtigkeit abfing.

»Sie verzeihen, wenn ich das nicht so einfach geschehen lasse«, flüsterte sie. »Wenn Sie mir etwas brechen wollen, könnte es leicht passieren, dass Ihnen dabei auch etwas bricht.«

Ihre schlanken zarten Finger drückten die wuchtige Männerfaust wie ein Schraubstock zusammen. Der Schmerz ließ Perrins Gesichtszüge entgleisen. Noch etwas Druck und die ersten Handknochen würden splittern.

»Aufhören!«, keuchte er. »Bitte! ES TUT MIR LEID!«

»Sie werden mich nie wieder bedrohen.«

»Ja, ja! Alles, was Sie wollen!«

»Lass meinen Kumpel los.« Mokovitz war mit zwei Schritten bei den Frauen, die Constance umringten, packte Françoise Fabian an den Haaren und zerrte sie an sich. Die versuchte sich loszureißen, schrie und fluchte, dass es nur so von den Wänden widerhallte. Kräftige Finger, die sich um ihre Kehle schlossen, brachten sie zum Verstummen. Sie rang nach Luft, während ihre wütenden Schläge ins Leere gingen.

»Halt still!«, befahl Mokovitz. Ihre Versuche, ihn mit weiteren Verwünschungen einzudecken, würgte er durch größeren Druck auf ihren Kehlkopf ab. Schließlich rang sie nur noch nach Sauerstoff. Durch ihr dünnes Gewand spürte sie die Messerspitze, die langsam an ihren Rückenwirbeln hochstrich. Mit der anderen Hand riss Mokovitz ihr den Kopf so heftig in den Nacken zurück, dass sie ihren Peiniger von unten herauf anschauen musste. »Wenn du unbedingt heute sterben möchtest, dann strampel nur weiter so, meine Süße.«

Sie antwortete nichts, starrte ihn nur voller Hass an. Die Messerspitze bohrte sich zwischen ihre Rippen, während Mokovitz sich an Chantal Dubois wandte: »Sie wollen doch nicht, dass ich den kleinen Engel aufschlitze, oder?«

Blut sickerte aus einer Schnittwunde seiner Geisel und hinterließ einen roten Fleck auf dem Stoff.

Chantal Dubois lächelte mitleidig. Ohne ein Wort stieß sie Perrin beiseite, strich sich mit den Händen ihren Rock an den Hüften glatt und schritt auf Mokovitz zu. Dicht vor ihm blieb sie stehen. Ihre bernsteinfarbenen Augen schimmerten unheilvoll in der Dunkelheit.

»In Ordnung«, hauchte sie lasziv. »Sie sollen den Lohn erhalten, der Ihnen zusteht.«

Sie lächelte träge und schob ihre Hand unter Mokovitz schmutziges Hemd. Ihre Finger waren kalt wie der Tod. Sanft strichen sie über seine nackte Brust. In ihren Augen flirrten kleine gelbe Blitze. Mokovitz' Lippen zitterten. Schlagartig verschwand das Grinsen aus seinem sich verzerrenden

Gesicht. Mit einem gurgelnden Schrei, beide Hände auf die Brust gepresst, taumelte er rückwärts. Zwischen seinen Fingern spritzte ein Blutschwall heraus. Chantal Dubois zog ihre Hand unter dem Hemd hervor und hielt sein zuckendes Herz in ihren Fingern. Mokovitz kreischte wild, während das Leben aus seinem Körper wich. Selbst als er auf den Boden sackte und sich eine Blutlache um den bereits toten Körper bildete, zuckte er immer noch. Mit kalten, toten Augen blickte er zu seiner Bezwingerin hoch, die sein geraubtes Herz achtlos fallen ließ und ihm den Rücken zukehrte.

Perrin rannte vor Grauen brüllend los. Seine einzige Fluchtchance war die offene Kellertür. Beinahe hatte er sie erreicht, als sich ihm Françoise Fabian in den Weg stellte. Er wollte sie beiseite stoßen, sie rammte ihm jedoch ihre Faust in den Bauch, so dass ihm die Luft wegblieb. Wimmernd fiel er der Länge nach hin; er blieb nicht liegen, sondern krabbelte von Panik getrieben weiter. Mit einer Hand packte er die Klinke, rappelte sich daran hoch und riss die Tür auf. Da versetzte ihm etwas einen heftigen Stoß in den Rücken. Er taumelte vorwärts und landete auf dem Steinboden. Sein Kopf prallte mit schrecklich hohlem Knacken gegen den Kantstein an der Türzarge. Als er versuchte, wieder auf die Beine zu kommen, fielen die Frauen wie Raubkatzen über ihn her. Ihre spitzen, scharfen Fingernägel zerfetzten seine Jacke, zogen tiefe, blutigrote Bahnen über seinen Rücken, hobelten Hautlappen herunter und legten Muskelstränge bloß. Perrin wehrte sich schlagend, tretend und flehend, als sein Augenlicht den wütenden Attacken zum Opfer fiel. Frauenhände legten sich um seinen Hals, kräftige Finger umschlossen seine Kehle, ließen nicht mehr los, schnitten die Luftzufuhr ab. Perrins Schreie erstarben mit kläglichem Würgen. Dann wurde sein Körper schlaff und sackte als Leiche neben den erkaltenden Körper seines Komplizen.

*19 Uhr 52 – Rue de Chantilly*

Aufwallender Nebel zog sich zusammen und verwehrte Victor kurz die Sicht. Als der Dunst den Blick freigab, hatten die Visionen wieder eine Zeitlücke übersprungen. Chantal Dubois schloss gerade die rituellen Vorbereitungen im magischen Kreis ab. Sie breitete Osbornes Kleider im Pentagramm aus; so verlinkte sie telepathisch dessen Hirn mit dem ihrem. Dann drang ihr Geist in den Kopf des Computerexperten ein.

Schlagartig erbleichte Victor, der in Gedanken Zeuge des verbissenen Kampfes wurde, den der amerikanische Wissenschaftler im Geist mit Chantal Dubois ausfocht. Auf dem Höhepunkt der Auseinandersetzung schien deren Kopf in Flammen zu stehen, während ihr Gehirn gleichzeitig vereiste. Ihre Hirnwindungen zuckten und schmerzten, als malträtiere sie ein Sadist mit einem Elektroschocker. Victor schrie und schluchzte wie Chantal Dubois bei ihrem Nervenzusammenbruch, dessen Quelle die mentale Niederlage gegen die Willenskraft ihres Gegners war. Die Besiegte presste kreischend und wimmernd beide Hände gegen den Kopf, während sich ihr geschlagener Geist aus Osbornes Bewusstsein zurückzog. Entkräftet sank sie zu Boden; ihre Haare fielen wie ein feuerroter Schleier über ihr Gesicht.

Victor hoffte, die Visionen würden endlich ein Ende haben. Stattdessen vernahm er jetzt die hysterischen Schreie, die auch Osborne für einen kurzen Moment im Geist gehört hatte.

Rings um Constance sprangen die Frauen in blinder Agonie auf und taumelten kreischend von dem Leichnam des Prinz von Charolais zurück, aus dessen tiefgefurchten Runzeln anthrazitfarbener Schleim quoll, der ihn von Kopf bis Fuß überzog. Die Dunkelheit wurde immer schwärzer, bis sie nur noch aus einer flirrenden Finsternis von unglaublicher Intensität bestand. Ein Geräusch, das wie ein hohles Pfeifen klang, drang aus dem Schlund des Toten.

Constance erwachte aus ihrer Trance und presste mit äußerster Qual hervor: »Der Abyssus hat mich benutzt. Er benutzte mich und den Prinzen als Brücke in unsere Welt.«

Dann taumelte sie auf die Beine und schrie und schrie; sie vermochte die Ungeheuerlichkeit dessen, was sie bei der Überquerung des Abyssus sah, nicht länger zu ertragen. Die Vorstellung davon durchflutete ihre Moleküle und löste diese genauso auf wie die starre Welt der Logik und Naturgesetze. Eine Fontäine purer Schwärze platzte zähflüssig aus ihrer Brust und verblasste anschließend sofort wieder.

Augenblicklich veränderte sich alles. Das Licht, die Konsistenz der Luft, sogar die Zeit schien stehen geblieben.

Niemand wagte mehr zu atmen.

Victor hatte das Gefühl, über all dem zu schweben. Irgendwann hatte er den Faden verloren. Denn das, was er sah, war selbst für seinen Verstand zu verrückt. Die Visionen flossen wie Feuer durch seinen Kopf, löschten die letzten Überbleibsel seines Realitätssinnes aus, bis nichts mehr von der Wirklichkeit für ihn existierte.

Die Luft flirrte, stöhnte, ächzte und kreischte. Victor stand plötzlich inmitten eines entfesselten Sturmes. Die Leiche des Prinzen von Charolais bildete das Zentrum des brodelnden Chaos. Es war, als würde der Orkan in ihn gesogen. Das war das Letzte, was die Anwesenden sahen. Im nächsten Moment löschte das Brausen alle Kerzen. Lichtlosigkeit hüllte das Gewölbe wie ein Grabtuch ein, stürzte es in eine dichte, undurchdringliche Dunkelheit, die Geräusche dämpfte und in den Köpfen formlose Gespenster auftauchen ließ.

Die Frauen schrien auf, stemmten sich gegen den unerbittlich anschwellenden Tornado, der ihre Gewänder aufplusterte und so sehr an ihnen zerrte, dass sie auseinander taumelten. In das Sturmgeheul mischte sich berstendes Krachen umgestürzter Kisten und Möbel. Immer mächtigere Böen brandeten durch das Gewölbe. An den Wänden kippten aufgestapelte Gegenstände um und zerschmetterten im zyklonischen Strudel des Sturms. Die heulenden Wirbelstürme rissen die Frauen von den Beinen. Sie schrien wie von Sinnen, doch das infernalische Kreischen der Schwärze übertönte ihre Stimmen. Unsichtbare Hände schleiften sie über den Boden. Einige Verzweifelte versuchten, sich an den Fugen festzukrallen, wobei ihnen fast die Arme aus den Gelenken gerissen wurden. Glas- und Porzellansplitter pfiffen ihnen wie Schrapnelle um die Ohren. Selbst schwere Schränke verloren die Bodenhaftung, wurden hochgerissen, flogen über ihre Köpfe hinweg, kreisten durch die Luft und zerschellten ineinander verkeilt an den Wänden. Holz zersplitterte, ächzend verbog sich Metall, begleitet von einem röhrenden Dröhnen, das zu einem donnernden Crescendo anschwoll. Überall Bersten und Krachen, in das sich erstickte Schreie mischten.

Eine Bö traf Chantal Dubois mit der Wucht eines Faustschlages und schleuderte sie meterweit durch die Finsternis, bis sie eine Steinmauer bremste. Benommen sackte sie auf den Boden und schnappte wild nach Luft. Sie bäumte sich auf, wurde von dem Tornado aber sofort wieder auf die Knie und dann zu Boden geschleudert. Den Kopf mit beiden Händen schützend, wehrte sie sich gegen die unerbittlichen Luftverwirbelungen, die an ihr zerrten und sie ein weiteres Mal durch die Luft befördern wollten.

Von einer Sekunde auf die andere, ebbte der tobende Orkan ab. Das ohrenbetäubende Brausen verklang und eine trügerische Stille legte sich über das Gewölbe. Nur das Geräusch tropfenden Wassers störte die Ruhe.

Chantal Dubois tastete auf allen Vieren umher und suchte in dem Chaos nach den Kerzen, als sei Licht im Augenblick genauso lebenswichtig wie die Luft zum Atmen. Sie fand den Kandelaber schneller als gehofft. Mit wild klopfendem Herzen nestelte sie ein Feuerzeug aus dem Umhang, zündete die Kerzen an und spürte die Wärme, die von den kleinen Flammen ausging. Ihr schwacher Lichtschein strich durch die Dunkelheit, die nur widerwillig einige Handbreit ihres Territoriums preisgab. In dem trüben Licht tauchten nach und nach die geisterhaften Umrisse der übrigen Frauen auf. Sie kauerten vor Entsetzen wie gelähmt zwischen den Möbelruinen. Ihre Kleider waren zerrissen, doch bis auf kleinere Blessuren, wie Schnittwunden oder Abschürfungen, waren alle unverletzt.

Niemand sagte etwas.

Den Schmerz ignorierend, den Scherben und Holzstücke bei jedem Schritt unter ihren nackten Fußsohlen verursachten, durchquerte Chantal

Dubois den Keller. Schließlich blieb sie stehen, richtete das Licht auf den Leichnam des Prinzen und erstarrte. Sie versuchte, etwas zu sagen, doch sie bekam kein Wort über die Lippen. Das real gewordene Grauen überstieg ihre Vorstellungskraft. Inmitten des Tohuwabohu aus zerborstenen Gegenständen erhob sich das schwarze Gebilde, das früher einmal der Prinz von Charolais gewesen war. Ungelenk, mit ruckartigen Bewegungen, trat die Mumie vor, wobei die halbverwesten Gelenke bei jedem Schritt knarrten wie ungeölte Scharniere. Die rothaarige Französin überkam ein solches Entsetzen, dass sie fürchtete, ohnmächtig zu werden. Ihr war, als sähe der lebende Tote mit seinen seelenlosen Augen bis in ihr Innerstes. Bevor sie in irgendeiner Weise darauf reagieren konnte, war das zum Leben erwachte Grauen weg, die Dunkelheit hatte den Kadaver verschluckt. Der schwarze Leichnam unterschied sich in nichts von den leblosen schwarzen Schatten des Kellers. Er war fort; doch die lautlose Art, wie er verschwunden war, hatte etwas Bedrohliches.

Victor schrie hysterisch, bis er in einen gespenstischen Singsang verfiel. Orientierungslos schwebte sein Geist durch ein Gewirr aus beklemmenden Nebelfetzen, in dem alles in milchigem Grau verschwamm. Nirgendwo fand sich ein Wegweiser zum rettenden Ufer der Normalität. Voll Bitterkeit schloss er seine Augen. Als er sie wieder aufschlug, hatten ihn seine Visionen immer noch nicht von diesem grausigen Ort fortgebracht.

Benommen taumelten die Frauen auf die Füße und blickten sich vorsichtig um. Nach und nach zündeten sie Kerzen an. Kleine, zuckende Flammen erhellten ihre makellos bleichen Gesichter und ließen die Schatten noch schwärzer erscheinen. Irgendwo durch diese Schwärze kroch eine Kreatur, finsterer als die tiefste Nacht.

Längst war die Euphorie aus allen Gesichtern gewichen. Selbst Chantal Dubois konnte ihren Schock über die unerwartete Wendung der Geschehnisse nicht verbergen. Was immer sie heraufbeschworen hatte, entzog sich ihrer Kontrolle.

Françoise Fabian stand etwas abseits, erschaudernd, gefangen in ihrer würgenden Angst. Der Schreck steckte ihr tief in den Gliedern, ihr Körper war schweißgebadet. Sie holte tief Luft und stieß sie zitternd wieder aus.

Irgendwo aus der Dunkelheit drang ein leises Klicken.

– klick-klack-klick-klack –

Keine Frage, etwas lauerte hinter ihr. Ein Schatten huschte in ihrem Augenwinkel vorbei. Unwillkürlich drehte sie sich um die eigene Achse. Sie atmete tief durch. Ihre Hände zitterten, als sie ihre Kerze hob. Das Licht hätte kaum schummriger sein können.

Über dem Gewölbe lag eine tiefe Stille. Es war keine Ruhe des Friedens, sondern die des Todes. Mit jeder verstreichenden Sekunde wurde die Dunkelheit dichter; ein zunehmend penetranter Schwefelgestank, der den Schatten entströmte, durchtränkte die Luft. Beinahe unmerklich begann die Schwärze zu zittern, als wäre sie lebendig geworden.

Ein halbverwester Knochenarm umschloss Françoise Fabians Hüften und hinterließ glänzende Schleimspuren auf ihrem Kleid. Die Französin stieß einen Schrei aus, ihre flatternden Hände versuchten vergeblich, den widerwärtigen Toten wegzustoßen. Aus verrunzelten Mumienfingern sickerte ein schwarzes Sekret, floss durch den Stoff und strömte durch die Poren der Frau. Sie wollte wieder schreien, aber nur ein heiseres Röcheln entrang sich ihrer Kehle. Vor ihr drehte sich alles im Kreis, als säße sie auf einem Karussell. Sie begriff, dass sie einer Ohnmacht nahe war. Alles verschwamm, ihr Körper zuckte, die mit klebriger Schwärze gefüllte Lunge kreischte nach Luft. Verzweifelt klammerte sich Françoise Fabian an ihr Leben, das ihr zusehends entglitt. Dunkelheit senkte sich vor ihren Augen, schwarzer Schaum quoll zwischen ihren aufgesprungenen Lippen aus dem Mund hervor. Die glühende Schwärze durchdrang die Sterbende mit solcher Urgewalt, dass es ihr den Kopf vom Rumpf fetzte. Ihr übriger Körper sank verbrannt vom schwarzen Feuer entseelt zu Boden.

Françoise Fabians Tod ließ alle erstarren. Die tiefschwarze Silhouette des Prinzen stieg ungelenk über die Getötete und näherte sich Chantal Dubois, die in abgehakten Stößen atmete. Jetzt war die Kreatur so nahe, dass sie ihre knotige Haut deutlich erkennen konnte. Nein, das waren keine Knoten. Was immer die Leiche des Prinzen von Charolais überzogen hatte, lebte. In der Schwärze zuckte und wuselte es, als bestände sie aus millionenfachem Gewürm.

Chantal Dubois fixierte die Silhouette, doch ihr Blick verlor sich in der ausdruckslosen Tiefe der leeren Augenhöhlen. Ihr war, als blicke sie in zwei Schächte, auf deren dunklem Grund sich etwas Furchtbares bewegte. So standen sie sich eine Weile gegenüber. Kein Kämpfen. Kein Drohen. Kein Töten. Nichts. Aus dem Innern der Schwärze drang nur das hohle Klappern seiner Knochen, ein »klick-klack-klick-klack«, das leiser und dann wieder lauter wurde. Eigentlich war es nur zu hören, wenn die Schwärze sich bewegte.

Chantal Dubois wich nicht zurück. Nicht aus Mut, sondern weil Angst sie lähmte. Sie wollte nicht hier stehen, bis sie das Schicksal ihrer Gefährtin ereilte, sie musste sich zur Wehr setzen.

»Verschwinde!«, befahl sie mit gepresster Stimme. »Geh dahin zurück, wo du hergekommen bist! Wir haben dich hergeholt. Wir besitzen ›Das Buch des Abyssus‹. Und wir können dich damit in die ewige Verbannung schicken.«

Nach kurzem Zögern wich die Silhouette tatsächlich zurück. Hatte ihr Bluff funktioniert? Es schien so, jedenfalls verschmolzen die Umrisse des

Leichnams mit den Schatten des Gewölbes und lösten sich darin völlig auf. Chantal Dubois dachte, sie hätte die Bedrohung gebannt. Sie dachte es allerdings nicht lange, weil ihr nicht mehr viel Zeit zum Denken blieb, denn als sie einen Schritt zurück machte, stolperte sie beinahe über einen Körper. Hinter ihr lag Maélle Vallois tot in ihrem dunkelroten Blut. Als die Schwärze verschwunden war, hatte sie noch gelebt.

Vor Wut riss Chantal Dubois den Kerzenleuchter hoch. Im flackernden Lichtschein gewahrte sie nur ihre in Furcht erstarrten Komplizinnen, die schutzsuchend eng beieinander gedrängt standen. Sie drehte sich um die eigene Achse, doch das, was sie suchte, hatte sich ihrem Zorn entzogen.

Die Schwärze bewegte sich geräuschlos vorwärts. Manchmal verschwand sie rückstandslos in den dunklen Schatten, um dann überraschend an einer ganz anderen Stelle wieder in den Kerzenschein zu gleiten. Der mumienhafte Kopf der Leiche des Prinzen von Charolais drehte sich immerzu und spähte in alle Richtungen, als müsse er sich orientieren. Dann starrte er auf Géraldine Pirés. Die Schwärze erschien mit ruckartigen Bewegungen hinter ihr und bohrte ihr die Schattenhand in den Rücken. Eine grün fluoreszierende Aura blitzte kurz um die kreischende Frau auf. Die Schattenfinger gruben sich immer tiefer, ließen Knochen knirschen und splittern und töteten jede einzelne Faser ab. Ein Schwall Blut quoll aus Géraldine Pirés Mund, tropfte zu Boden und vermischte sich mit der roten Lache, in der Maélle Vallois' Leiche lag. Die Agonie der Todgeweihten dauerte nur wenige Augenblicke, dann sackte ihr zerfetzter Körper zusammen. Bevor er den Boden erreichte, war die Schwärze schon wieder in den Schatten untergetaucht.

»Komm heraus!«, schrie Chantal Dubois mit schriller Stimme. »Du Feigling! Das ist nicht fair!«

Nachdem ihr spontaner Zorn verraucht war, kam die Angst zurück. Sie fragte sich, was für ein Wesen sie im naiven Glauben, es kontrollieren zu können, befreit hatte. Jetzt, wo es zu spät war, erkannte sie ihren Fehler und verfluchte Osborne. Er war die Ursache, weshalb sie sich zu dem riskanten Weg über den Abyssus hatte verleiten lassen. Hatte Constance beim überhasteten Beschreiten der zehn Sefiroth etwas falsch gemacht? Gab es dabei Regeln zu beachten, die nicht im ›Buch des Abyssus‹ standen? Regeln, deren Missachtung mit dem Tod bestraft wurden? Oder war mit dem Besitz des Buches doch keine Macht über den Abyssus verbunden?

Wie lauteten Constance le Blanches letzte Worte? Der Abyssus benutze sie und den Prinzen als Brücke in diese Welt? Allmählich begriff Chantal Dubois die Ungeheuerlichkeit dieser Worte. Sie bedeuteten, dass der Abyssus mehr als nur eine spirituelle Schlucht hin zum göttlichen Bewusstsein war. Er war etwas Reales, möglicherweise etwas mit eigenem Bewusstsein.

Etwas, das alle fälschlicherweise als ein zu überwindendes Hindernis zu einem höheren Ich eingeschätzt hatten.

Jedenfalls war jetzt zumindest eine Inkarnation des Abyssus hier, die irgendwo unsichtbar in den Schatten lauerte. Doch weshalb versteckte diese Inkarnation sich? Sammelte sie vielleicht ihre Kräfte neu? Orientierte sie sich erst einmal in der fremden Umgebung? Weshalb entzog sie sich einer direkten Auseinandersetzung mit ihr? Aus Angst? Wohl kaum. Chantal Dubois bezweifelte, dass die Schwärze ein Gefühl wie Angst kannte. Welchen Grund gab es dann?

In diesem Moment hörte sie hinter sich ein Geräusch. Langsam drehte sie den Kopf und wagte einen Blick über die Schulter. Die Schwärze stand gebeugt über Juliette Bouchez' Leiche. Die Silhouette des Prinzen drehte den Kopf langsam zu den noch Lebenden, dann hatten die Schatten sie wieder verschluckt. Erneut entstand eine unheilvolle Stille, nur das Rasseln angstvoller Atemstöße war zu hören. Irgendwo in diesem Gewölbe glitt der Tod unsichtbar durch die Dunkelheit. Es gab keine Frau, die nicht vor Angst zitterte. Jede wusste, was ihnen drohte, denn sie konnten die furchtbar verstümmelten Leichen sehen, die die Kreatur zu ihren Füßen zurückgelassen hatte. Bei diesem Anblick kochte das blanke Entsetzen in ihnen hoch. Alle spürten es: Die Schwärze schlich heran. Endlich löste die Panik ihre Lähmung und ließ die Frauen blindlings um ihr Leben laufen.

Chantal Dubois blieb als einzige zurück. Ihr fiel ›Das Buch des Abyssus‹ ein; vielleicht enthielt es eine Anleitung, den Abyssus zu bannen. Ihr blieb allerdings nicht viel Zeit, diese noch zu nutzen. Sie eilte zu dem Folianten, der unbeachtet auf dem Steinboden lag. Hektisch blätterte sie in den vergilbten Seiten, ihre Augen überflogen die ausgeblichene Schrift. Vieles stand wie zum Hohn in einer ihr unbekannten Sprache geschrieben und gab der aufsteigenden Resignation neue Nahrung.

Mercedes Caridad Peña hatte inzwischen als erste die Kellertür erreicht, da spürte sie direkt vor sich in der Finsternis den eisigen Hauch der lauernden Gefahr. Mit wild trommelndem Herzen blieb sie stehen und blies die verräterische Kerze aus. Geduckt wich die Latina zurück. Ihre Hand ertastete eine Vertiefung in der Mauer. Lautlos ging sie in die Hocke, schmiegte sich in die Nische, inständig hoffend, in der Dunkelheit unsichtbar zu sein.

Greifbar nah vernahm sie:

– klick-klack-klick-klack –

Sie verharrte reglos und wagte nicht einmal zu atmen. Endlich verstummte das schaurige Geräusch. Trotzdem presste sie sich noch tiefer in die Vertiefung und lauschte angespannt. War die Kreatur weg?

Die Sekunden verrannen. Schweißnass klebte ihr das Gewand am Körper. Allmählich begannen ihre Muskeln qualvoll zu ziehen, trotzdem harrte sie weiter aus. Erst als der Schmerz unerträglich wurde, wagte sie sich aus dem Versteck und tastete Zentimeter für Zentimeter durch die Finsternis. Dabei musste sie höllisch aufpassen, dass sie nicht über herumliegendes Gerümpel stolperte. Nach jedem Schritt hielt sie inne und horchte. Plötzlich erstarrte sie. Ihre Fingerkuppen ertasteten die krustige Oberfläche der Kellertür. Nur noch ein paar bange Momente und sie wäre draußen. Gerade als die Angst der Erleichterung wich, kehrte der Schock zurück, denn neben ihr erwachte der Schatten zum Leben. Die pechschwarze Silhouette des Prinzen von Charolais trat nicht einfach aus der Düsternis heraus, sie erschien vielmehr wie aus dem Nichts. Als sein fauligsüßer Atem der Latina direkt ins Gesicht blies, war ihr letzter Gedanke, dass man Totes vielleicht doch lieber tot und begraben lassen sollte.

Wie Fäden wob sich die klebrige Schwärze um ihren wohlgeformten Körper, floss mit federleichter Weichheit durch sie hindurch und durchströmte ihr Inneres, das vor purer Hysterie erbebte. Während die Düsterheit ihr ätzendes Gift in sie pumpte, blieb ihr gerade noch Zeit für einen letzten Schrei, der grässlich durch das Gewölbe hallte und von kargen Wänden echote.

Es folgte das Reißen von Stoff und das Krachen von Knochen, dann war es schlagartig still. Nur das schwere Atmen der noch lebenden Frauen, die vor der Kellertür zurückwichen, war zu hören. Voller Bangen starrten sie auf die Stelle, wo eben noch die Silhouette des Prinzen von Charolais gestanden hatte, und wo jetzt nur noch Staubpartikel in der Luft wirbelten. Dafür klang hinter ihnen ein scharfes Geräusch, das einem Knurren ähnelte.

Béatrice Gillain drehte sich um. Irgendwo aus der Dunkelheit drang ein schwaches Gurgelgeräusch; danach herrschte wieder erdrückende Stille. Ehe sie sich von dem Schreck erholt hatte, durchschnitt die Schwärze die Hellseherin, glitt durch ihr Fleisch bis tief hinein ins Knochenmark und verwandelte den Boden unter ihr in einen See aus Blut.

Die drei noch lebenden Frauen drängten sich Rücken an Rücken um Chantal Dubois. Mit dem Verlöschen der letzten Kerze versank das Gewölbe in biblische Finsternis. Demoralisiert und vor Angst erstarrt, lauschten die Überlebenden in die Düsternis. Die Sekunden verrannen, ohne dass etwas geschah. Und mit jeder Sekunde wuchs die vage Hoffnung, dass sie das Ungeheuer vielleicht nicht fand, dass sie eine Überlebenschance besaßen, wenn sie sich nur still genug verhielten.

Wie einen leisen Hauch verspürte Eve Jouvet ein Kribbeln auf der Haut. Sie fühlte, wie die Kälte durch die Poren in sie glitt, sich verstohlen durch ihre Adern bewegte und dann ihr Gehirn mit abgrundtiefer Lichtlosigkeit erfüllte. Mühelos verzehrte die Schwärze von innen heraus Fleisch von Knochen und ließ Gebeine zerfallen, bis nichts Lebendes mehr in ihnen war.

Eve Jouvets Todesschrei riss Elodie Bonnaire aus der Erstarrung. Genau wie die anderen Frauen hatte sie die eigentümliche Düsternis und die furchtbaren Bilder, die sie heraufbeschwor, schwach und ängstlich gemacht. Doch zum Zaudern war das nicht der richtige Zeitpunkt, zumal die Rettung verheißende Schwelle der Kellertür nur wenige Meter entfernt lockte. Wie ein aufgescheuchter Vogel flatterte die Panik durch ihren Kopf, als sie lossprang. Einen Moment lang dachte sie, sie könne es schaffen. Dann stürzte sich der Prinz von Charolais auf sie und packte sie am Nacken. Elodie Bonnaires Beine knickten weg, statt Blut quoll ihr eine zähe schwarze Masse aus Mund und Nase. Vergebens kämpfte sie gegen die qualvolle Umklammerung der zerfurchten Finger in ihrem Nacken. Wie flüssiger Stickstoff rann die Schwärze durch ihre Venen, durchtränkte alle lebenswichtigen Organe und merzte nacheinander ihre Funktion aus. Ihr blieb nur noch ein Herzschlag Zeit, ehe die Dunkelheit ihren Körper in eine lodernde Säule aus tiefster Schwärze verwandelte.

Außer Chantal Dubois war nur noch Valeria Régnier am Leben. Wie betäubt lauschte sie in die trügerische Ruhe, schritt langsam zurück und suchte ihr Heil in einem verzweifelten Fluchtversuch zur Tür. Gegen bodenlose Hysterie ankämpfend, rannte sie in die Finsternis und knallte heftig gegen herumliegende Trümmerteile. Sie schrie. Stechender Schmerz und das verlorene Gleichgewicht kämpften vereint darum, sie in die Knie zu zwingen. Doch ihre Panik rang die beiden nieder und verlieh ihr die notwendige Kraft zum Weiterlaufen. Schneller! Es kam näher. Beinahe spürte sie schon den glühenden Atem ihres unsichtbaren Verfolgers im Genick. Lauf!

Mit jedem gewonnenen Meter legte sich die Dunkelheit fester um sie. Dennoch lief sie weiter und ignorierte ihre innere Stimme, die ihr zurief, dass diese Rennerei sinnlos sei, dass sie und alle Menschen dieser Welt innerhalb der nächsten vierundzwanzig Stunden sterben würden.

Vor Hysterie am ganzen Körper schlotternd, erreichte Valeria Régnier wider Erwarten die Kellertür, wo sie innehielt. Sie konnte sie nicht sehen, aber spüren: Die dunkle Macht, deren Schatten sich um ihre Hüften schlang. Kälte kroch durch die Haut und nistete sich in jeder einzelnen Körperzelle ein. Zappelnd, sich windend, stemmte sich die Todgeweihte gegen die Umklammerung. Doch die Schwärze hüllte sie schmatzend ein, kroch unaufhaltsam in sie, wühlte sich durch die Knochen, höhlte sie aus und brach sie wie morsche Äste.

Nachdem das Echo von Valeria Régniers Schreien verhallt war, herrschte wieder Stille.

Die Kreatur aus dem Abyssus hatte sich Chantal Dubois absichtlich bis zum Schluss aufgespart. Als sie sich umwandte, um ihr blutiges Werk zu vollenden, war ihr letztes Opfer spurlos verschwunden, als hätte Chantal Dubois sich in Luft aufgelöst, zusammen mit dem ›Buch des Abyssus‹.

## XVIII. KAPITEL

# »Arrète! Ici c'est l'empire de la mort«

# »Halte an! Hier ist das Reich des Todes«

*23 Uhr 20 – Rue de Chantilly*

Victors Stimme schwoll zu einem schrillen Kreischen an. Während er sich auf dem Steinboden wälzte, weigerte sich sein Unterbewusstsein starrköpfig, zur erlösenden Realität zurückzukehren. Es gelang ihm nicht, seinen Blick von den Frauen abzuwenden, die gerade ihr irdisches Dasein ausgehaucht hatten.

»Victor, wach auf!«, schrie Dimitri besorgt.

Dessen Heulen erstarb zu einem Wimmern. Er wollte nicht länger in diesem Albtraum gefangen sein und suchte vergeblich einen Weg, sein Bewusstsein wieder in der Realität zu verankern. Zunehmend hüllte die Dunkelheit sein Hirn ein. Es war eine Frage von Sekunden, bis sein Verstand für immer nutzlos wäre, und die Gehirnzellen nur noch wertlose Biomasse sein würden. Wie zum Selbstschutz legte sein Unterbewusstsein gnadenvoll den Vorhang des Vergessens über die Erinnerung an die Visionen und versperrte rückstandslos die Sicht auf das Vergangene. Erst jetzt durchbrach die Realität den Dunst des Irrsinns und nahm wieder klare Konturen an.

Benommen schlug Victor die Augen auf. Er sagte nichts und reagierte auch nicht auf Saint-Germains Fragen. Katatonisch starrte er ins Leere. Langsam wand sich sein Geist aus dem Schneckenhaus seiner kranken Psyche heraus. Sein Gesicht spiegelte jetzt keine Hysterie mehr, sondern nur noch dumpfe Apathie.

Dimitri half ihm auf die Beine. Nachdem sich Victors Wahnsinn endgültig in die hintersten Winkel seines Gehirns zurückgezogen hatte, wollte der Graf alles über die Visionen wissen. Doch der verrückte Journalist schüttelte immer nur mit dem Kopf. Sein Gedächtnis war völlig leer.

»Er erinnert sich an nichts mehr«, seufzte Saint-Germain resignierend. »Nach besonders heftigen Anfällen leidet er manchmal tagelang unter Amnesie. Dann weiß er weder, wer er ist, noch wo er ist, geschweige denn, welche Visionen er hatte.«

»Sie werden wohl nie herausfinden, wie die Frauen so bestialisch zu Tode kamen«, seufzte Osborne.

»Folgendes könnte passiert sein: Wir haben zum einen ›Das Buch des Abyssus‹ und zum anderen eine Gruppe Fanatikerinnen, die sich die Macht des Abyssus untertan machen wollten, um so ihre eigenen Pläne und nebenbei die Erde vor Ihren Computern mit Weltvernichtungsphantasien zu schützen. Möglicherweise kamen die Frauen zu Tode, weil sie die Kontrolle über das, was sie heraufbeschworen, verloren. Die Wiederbelebung des Prinzen von Charolais, von der Sie mir erzählten, war so eine Art Versuchsballon.«

»Der allerdings fehlschlug«, ergänzte der Amerikaner.

»Deshalb wiederholten sie dieses Experiment mit Hilfe des ›Buches des Abyssus‹.«

»Aber ich sehe nirgendwo das Buch.«

»Ich sehe auch weder den Prinzen von Charolais noch Chantal Dubois. Das lässt einigen Raum für Spekulationen«, stellte der Graf fest.

»Womit haben wir es Ihrer Meinung nach zu tun?«

Der Gefragte schwieg und dachte nach. Schließlich sagte er: »Ich glaube nicht, dass der Prinz von Charolais tatsächlich zum Leben erweckt wurde. Vielmehr hat irgendwas seine Leiche als Gefäß benutzt, sozusagen als Brückenkopf in unsere Welt.«

»Sie meinen als eine Art Vorhut? Von wem oder was?«

»Möglicherweise für Daath, die elfte Sefira. Aber was immer es war, es ist jetzt hier in unserer Welt. Chantal Dubois öffnete ihm ein Tor aus dem Abyssus in unsere Realität. Der Leichnam war dieses Tor. Wenn der Prinz jetzt wirklich wieder lebt, ist er nicht das, was sich die Frauen von ihm versprachen.«

»Was bedeutet das?«

»Vielleicht besteht diese Verbindung zwischen beiden Welten nun dauerhaft und kann nach Belieben genutzt werden.«

»Wo ist Ihrer Meinung nach das Buch jetzt?«

Der Graf ließ seinen Blick durch das Gewölbe wandern, dann räusperte er sich und meinte: »Vermutlich dort, wo Chantal Dubois ist. In dem Zusammenhang ist auch die Frage nach dem Verbleib des Prinzen interessant.«

»Falls er überhaupt hier war. Vielleicht haben ihn die beiden Kerle da«, Osborne leuchtete auf Mokovitz und Perrin, »mit den anderen Leichen aus dem Keller in die Seine gekippt.«

»Ganz auszuschließen ist das nicht. Aber ich befürchte, der Prinz war das Zentrum des Rituals in diesem Keller. Solange mir keiner etwas Besseres präsentiert, vertraue ich meiner Intuition und gehe davon aus, dass es so gewesen ist.«

»Glauben Sie wirklich, Chantal Dubois lebt noch?«, fragte Dimitri.

»Wir haben ihre Leiche nicht bei den anderen gefunden. Also ist sie vermutlich noch unter den Lebenden. Wir suchen sie und werden nicht eher mit dem Suchen aufhören, bis wir sie gefunden haben.«

»Und wo wollen Sie sie suchen?«, erkundigte sich Osborne. »Sie könnte überall in Paris sein.«

»Nein, denn sie war vor kurzem in diesem Keller. Wie Ihre Kleider in dem magischen Kreis beweisen, hat sie Sie von hier aus mental angegriffen. Ich wette, sie war hier, als das Massaker an ihren Komplizinnen stattfand. Hatten Sie nicht einen Moment lang eine Vision von ihr, den schreienden Frauen und einem drohenden Schatten? Als es eng wurde, hat sich die kluge Mademoiselle ›Das Buch des Abyssus‹ gegriffen und ist geflohen. Wahrscheinlich enthält diese Schrift Informationen, wie man den Abyssus stoppen kann, deshalb konzentrieren wir unsere Suche darauf. Dann erledigt sich das Problem mit dem Prinzen von Charolais vielleicht von ganz allein.«

»Auch wenn wir das Buch finden, bleibt unsere Mission ein riskantes Unterfangen«, warf Dimitri ein. »Schließlich wissen wir nicht viel über das, was die Frauen tötete.«

»Wir wissen überhaupt nichts über den Abyssus oder die elfte Sefira«, bestätigte Saint-Germain.

»Was immer Sie da verfolgen wollen, hat fast ein Dutzend Menschen abgeschlachtet«, gab Osborne zu bedenken. »Was sollen wir vier traurigen Gestalten dem entgegensetzen? Das ist ein Fall für die Nationalgarde.«

»Wir bringen die Sache auf meine Weise zu Ende. Die Zeit drängt. Wer sagt denn, dass sich dieses Ding aus dem Abyssus nicht gerade auf eine uns unbekannte Art selbst fortpflanzt. Vielleicht geht es mit einer Million Eiern schwanger. Außerdem, wie sollen wir das Unbekannte der Polizei beschreiben? Vor was sollen wir sie warnen? Das sind doch alles Leute wie Sie, Monsieur, die selbst dann nicht an Geister glauben, wenn welche vor ihnen stehen. Wir sind auf uns allein gestellt und müssen unseren eingeschlagenen Weg fortsetzen. Denn wenn wir das nicht tun, sterben bald sehr viele Menschen.«

»Worauf warten wir dann noch?«, drängte Osborne, der diesen grausigen Ort gar nicht schnell genug verlassen konnte. »Außer uns ist doch niemand mehr in diesem Haus.«

»Woher wollen Sie das so genau wissen? Was, wenn doch?«

»Das ist noch ein Grund mehr, schnell zu verschwinden. Denn dann dürfte es hier drinnen gefährlicher sein als draußen.«

»Unsere Aufgabe besteht nicht darin, mit heiler Haut aus diesem Haus zu entkommen«, erklärte der Graf. »Oder herauszufinden, wer dieses Blutbad anrichtete. In diesem Fall müssten wir wirklich nur die Polizei informieren und uns nicht weiter darum kümmern. Uns interessiert die Frage, was diese bemitleidenswerten Frauen aus Unkenntnis in unsere Welt gebracht haben. Natürlich könnten wir jetzt durch diese Tür gehen und so tun, als wäre unsere Mission erledigt. Doch glauben Sie mir, wir kämen nicht weit. Unsere eigentliche Bestimmung beginnt erst jetzt. Dafür haben wir Sie hergeholt, Monsieur Osborne.«

»Tut mir Leid, denn genau dieser Umstand ergibt für mich am wenigsten einen Sinn.«

»Für Sie vielleicht nicht. Für andere schon. Letztendlich ist alles vorbestimmt. Jeder muss nur begreifen, welche Rolle er zu spielen hat.«

»Machen Sie es sich da nicht ein wenig zu einfach? Egal, wie verwirrend, unerklärlich oder gefährlich ein Sachverhalt auch sein mag, Ihr Vorsehungsgedanke macht jeden Wahnsinn erklärbar. Man muss ihn nur als Teil eines höheren Zusammenhangs sehen. Aber vielleicht sollten wir Ihre metaphysische Wesenssuche für einen kleinen Moment vergessen und uns realen Fragen stellen: Was ist, wenn wir Chantal Dubois und das ominöse Buch gefunden haben?«

»Dann suchen wir diesen Prinzen, oder vielmehr das, was aus dem Abyssus in unsere Welt eingedrungen ist.«

»Falls uns dieser wiederbelebte Prinz vorher begegnet, nehmen Sie ihn dann fest, oder was?«

»Sie haben wirklich verrückte Ideen, Monsieur. Natürlich nicht, dafür ist er viel zu mächtig. Er würde mit uns auf der Stelle das machen, was er mit den Frauen hier getan hat. Wenn ihn etwas aufhalten kann, dann finden wir es nur in diesem Buch.«

»Was ist mit Waffen?«

»Sie meinen Gewehre? Die wären nutzlos. Unser Gegner ist ein überirdisches Geschöpf. Man kann es nicht einfach mit irdischen Mitteln töten. Wir wissen nicht, ob es überhaupt sterblich ist. Es wurde durch ein Ritual gezeugt und es bedarf eines Rituals, es wieder loszuwerden. Machen Sie sich keine Sorgen, ich weiß, was ich tue.«

»Ich mache mir trotzdem Sorgen.«

Inzwischen hatte sich Victor einigermaßen gefangen. Seine Bewegungen wirkten noch etwas unkoordiniert, aber er schien wieder halbwegs bei Verstand zu sein.

»Was machen wir mit ihm?«, fragte Osborne.

»Mit Victor?«, fragte der Graf zurück. »Mitnehmen, was sonst?«

»Mitnehmen? Schauen Sie sich den armen Kerl doch mal an. Er ist in einem katastrophalen Zustand. Der gehört ins Krankenhaus.«

»Sein Zustand ist völlig normal. Gewöhnlich erholt er sich von den Nachwirkungen seiner Visionen relativ rasch. Allerdings habe ich ihn noch nie in so einer Verfassung wie heute gesehen. Was gäbe ich darum, wenn er uns erzählen könnte, was er gesehen hat.«

Ohne ein weiteres Wort zu verlieren, bewegte sich der Graf mit entschlossenen Schritten auf die hintere Wand des Kellers zu. Widerwillig folgte der

Amerikaner ihm. Allerdings trieb ihn nicht das Interesse an lebensbedrohlichen Unwägbarkeiten dazu, sondern dieser russische Riese Dimitri.

»Die Tür ist auf der anderen Seite des Kellers«, erinnerte er resigniert. »Wir gehen in die falsche Richtung.«

»Ich weiß«, antwortete Saint-Germain. »Mein Instinkt und meine Kombinationsgabe sagen mir, dass Chantal Dubois nicht den normalen Ausgang benutzte, um diesem Gemetzel zu entkommen. Sonst wäre sie zweifelsohne in die Arme dessen gelaufen, was ihre Freundinnen abgeschlachtet hat.«

»Dann muss sie wohl durch das massive Mauerwerk entschwebt sein. Denn es gibt nur diesen einen Ausgang hier.«

»Das glaube ich kaum. Denken Sie an den Geheimgang in der Wohnung oben. Der Prinz von Charolais war ein umsichtiger Mann, der auch für Notfälle vorgesorgt hat. Zum Beispiel für den Fall, dass die Polizei Wind von seinem mörderischen Hobby bekommen sollte. Etwas Besseres als einen Notausgang im Keller gibt es nicht zum diskreten Verschwinden. Ich bin mir sicher, dieses Haus besitzt mehr Geheimgänge, als wir ahnen.«

»Da vorne ist er schon.« Dimitri deutete auf einen dunklen Durchgang.

Die Verkleidung der Geheimtür bestand aus dem gleichen Material wie das übrige Mauerwerk. So getarnt, war sie im geschlossenen Zustand kaum erkennbar. Doch jetzt stand sie weit offen, was die Suche sehr vereinfachte. Im Schein der Taschenlampen offenbarte sich dahinter ein schmaler Schacht. Ausgewachsene Männer konnten sich nur einzeln hineinzwängen. Da drin war es sehr dunkel. Zu Osbornes Trost hatte Dimitri seine Taschenlampe nicht zurückverlangt.

»Wie sollen wir vorgehen, Graf?«, fragte der Russe

»Wir durchkämmen die Unterwelt«, antwortete Saint-Germain.

»Was für eine Unterwelt?«, erschrak Osborne.

»Keine Bange, Monsieur. Unter Paris fließt kein Fluss Styx, den wir durchqueren müssen, um ins Reich der Schatten zu gelangen«, erklärte Saint-Germain. »Wir befinden uns in den ›Carrières‹, den Katakomben von Paris. Ursprünglich handelte es sich dabei um Steinbrüche, die die Römer angelegt haben. Sie ziehen sich dreihundertdreißig Kilometer lang unter den Straßen von Paris dahin. Als die Friedhöfe im Mittelalter den unablässigen Strom der Toten, die Opfer der Pest und anderer Seuchen und Hungersnöte, nicht mehr fassen konnten exhumierte man die halb verwesten Leichen und nutzte die Steinbrüche als Beinhäuser und Massengräber. Wir werden hier unten also nicht alleine sein. In den elftausend Quadratmetern Tunnelgewölbe erwartet uns Totengebein von über sechs Millionen Menschen, was harmlos ist, im Gegensatz zu vielen Stollen, die seit Jahrzehnten kein Mensch mehr betreten hat. Wer sich dort nicht auskennt, der verläuft sich leicht. Ich bin mir sicher, da unten finden wir eine Antwort auf die Frage, was die Frauen hier oben so bestialisch tötete.«

»Die Suchaktion wird nicht einfach sein«, gab Dimitri zu bedenken. »Die Katakomben erstrecken sich unter halb Paris. Es gibt keine Grundrisszeichnungen, keine Baupläne oder irgendetwas, woran wir uns orientieren könnten. Das ist ein riesiges Labyrinth.«

Saint-Germain ignorierte den Einwand und trat in den türähnlichen Durchlass. »Ich gehe voraus. Dimitri, du bist für unsere Rückendeckung verantwortlich.«

Der Russe nickte.

Osborne zögerte. Als er durch die Öffnung schaute, krampfte sich sein Magen zusammen. Direkt dahinter schraubte sich in steilen Serpentinen eine in Fels gehauene Treppe hinab. Ihre Tiefe war schwer abschätzbar. Bereits nach wenigen Metern verschluckte die Finsternis das Licht der Taschenlampen.

»Was auch passiert, wir dürfen uns unter keinen Umständen aus den Augen verlieren«, mahnte Saint-Germain.

Die vier Männer begannen den Abstieg. Unterwegs ging Osborne eine Sache nicht aus dem Kopf. Saint-Germain hatte eben gesagt, dass keine Waffe, sondern nur ein Ritual das Übernatürliche, das sie jagten, vernichten konnte. Mit keiner Silbe hatte er jedoch erwähnt, dass zu einem Ritual auch immer ein Opfer gehörte.

### *23 Uhr 38 – Katakomben*

Hohl hallten die Echos ihrer Schritte von den Wänden wider. Immer tiefer führten die schmalen Stufen hinab. Mit jedem Schritt wurde die Luft kälter.

»Was ist das hier?«, keuchte Osborne. »Eine Tiefkühltruhe?«

Statt zu antworten, blieb der Graf stehen und ließ das Licht der Taschenlampe über die Treppenstufen kreisen. Gespenstisch tanzte der Lichtkegel über die Staubpartikel. In den grauen Ablagerungen traten deutlich die Fußspuren zweier Menschen hervor. Die kleineren Abdrücke stammten von nackten Füßen.

Die Gruppe stieg weiter hinab. Nach zweihundert Stufen erreichten sie den Fuß der Treppe. Von hier führte der Tunnel horizontal weiter. Manchmal zweigten Seitenstollen ab. Der Graf ging zielstrebig geradeaus, obwohl auf dem Boden keine Spuren mehr erkennbar waren. Seine Entschlossenheit vermittelte wirklich den Eindruck, er habe alles unter Kontrolle. Nach mehreren Biegungen führte der Weg ziemlich steil nach unten. Die Sandsteinwände befanden sich in keinem sehr guten Zustand. Die breiten Spalten zwischen den Blöcken und die permanenten Knirsch- und Knackgeräusche zwangen den Männern die Befürchtung auf, dass so ein Gang einstürzen und hunderte Tonnen Gestein alles darin zerquetschen könnten. Einige Nebentunnel waren bereits in sich zusammengefallen.

Und erst die Ratten. Von der Dunkelheit umhüllt, fühlten sie sich geborgen, bis sie das Licht der Taschenlampen aufscheuchte. Schlagartig erstarrten die ausgezehrten Tiere, nur um im nächsten Augenblick rasch Zuflucht an einem dunkleren Ort zu suchen. Die Männer ignorierten sie genauso wie die klaustrophobische Enge und das Gefühl, lebendig begraben zu sein. Sie konzentrierten sich ganz auf ihren Weg. Zwar erschien der Boden an den meisten Stellen noch fest, aber hier und da versanken die Füße bis zu den Knöcheln in Schlamm. An einem Durchgang hing ein halb aus den Angeln gerissenes verrostetes Eisengitter, dahinter vergrößerte sich der Gang etwas.

Vermutlich hätte Osborne größere Furcht verspürt, hätten sich seine Gedanken ein wenig mehr mit dem bedrohlich wirkenden Hier und Jetzt beschäftigt. Aber während er sich immer wieder unter Querverstrebungen der Decke bücken musste, dachte er an das Blutbad oben im Keller, dessen Anblick einen in den Wahnsinn treiben konnte. Diese unerträglichen Bilder hatten sich für immer in sein Gedächtnis eingegraben und würden ihm noch bis ins Grab hinab treue Begleiter sein.

Dumpf hallten die Schritte der Männer von den grob gehauenen Steinwänden wider. Schweigend stolperten sie von einem Gang in den nächsten. Saint-Germain marschierte an der Spitze und leuchtete sorgfältig den Boden und manchmal auch die Decke ab. Die Dunkelheit verdichtete sich, fraß das Licht der Taschenlampen, das unstet über die runzeligen Schachtwände tanzte. Der lehmige Boden verschluckte zunehmend das Echo der Schritte. Eine gespannte Nervosität lag über der Gruppe. Unaufhörlich tropfte und gurgelte irgendwo Wasser. Die Pfützen mit schlammigbraunem Brackwasser nahmen zu, wurden größer. Ansonsten wirkte alles völlig normal, abgesehen von dem ab und zu auftretenden Vibrieren des Bodens, das sie auch schon im Kellergewölbe gespürt hatten.

Immer weiter tasteten sich die Männer den schräg abfallenden Gang entlang. Die zunehmende Stille hatte etwas Bedrückendes. Umso unerwarteter erschütterte plötzlich ein Beben den Stollen. In den Wänden knirschte und knarrte der Fels und von der Decke rieselte ein feiner Sprühregen aus Sand herab. Kaum hatte sich die Erde beruhigt, vernahmen die Männer ein lang gezogenes Stöhnen, das aus den tiefsten Gebeinen der Erde zu kommen schien.

Alle standen wie versteinert da.

»Jetzt macht euch nicht in die Hosen«, meinte Saint-Germain nach einer halben Ewigkeit. »Das ist bloß der Wind.«

»Das ist kein Wind«, widersprach Osborne. »Das klingt nach einem Menschen.«

Niemand sagte etwas, keiner rührte sich, bis das Geräusch ganz verstummt war. Erst dann marschierten sie weiter. Hinter der nächsten Biegung führte der Tunnel noch steiler hinab. Das unheimliche Stöhnen erklang erneut und wurde mit jedem Schritt lauter. Vielleicht kam es den Männern aber auch nur so vor, weil die Wände immer enger zusammenrückten und den Schall kanalisierten.

Trotzdem wiederholte Osborne: »Das klingt mir nicht wie der Wind. Was halten Sie davon, wenn wir in eine andere Richtung gehen?«

»Es gibt nur diesen einen Weg«, erwiderte der Graf. »Wenn wir ihn nicht zu Ende gehen, wird vielleicht niemand mehr den nächsten Sonnenaufgang erleben.«

Sie marschierten weiter. Minutenlang präsentierten ihnen die Gänge ihre monotone Eintönigkeit, kahle, mehr oder minder gut erhaltene Steinwände und poröse Decken, auf denen Pechfackeln schwarze Rußspuren hinterlassen hatten. Plötzlich hielt der Graf inne, sofort blieben auch die anderen stehen. Im Tunnel war es bis auf das dumpfe Geräusch, das Osborne bereits oben im Flur gehört hatte, still. Nur klang es jetzt erheblich lauter:

– klick-klack-klick-klack –

Eine Art Klopfen, als ob Nägel in Stein getrieben wurden. Dann hörte es ein paar Sekunden auf. Doch kaum war das Echo verklungen, fing es wieder an.

– klick-klack-klick-klack –

»Was ist das?«, fragte der Amerikaner.

»Keine Ahnung.« Saint-Germains Gesicht war angespannt. »Aber es gefällt mir nicht.«

»Ich habe das Geräusch schon mal gehört. Es kam aus dem Gewölbe, in dem die Frauen abgeschlachtet wurden.«

»Dann sollten wir vorsichtig sein.«

Sie warteten und lauschten, das Klacken war jedoch verstummt. Der Graf drehte sich um und ging wortlos weiter. Schweigend folgten ihm die anderen. Saint-Germain kannte sich hier unten aus. Ohne Zögern führte er seine Begleiter durch verwinkelte Nebenschächte. An einigen Stellen wurden sie so niedrig, dass sie auf allen Vieren kriechen mussten. Osbornes kurzzeitige Hoffnung, es könnte so eng werden, dass sie kehrtmachen mussten, erfüllte sich nicht. Über ihren Köpfen blieb immer eine Handbreit Platz bis zur Decke. Ein größeres Problem bereitete ihnen der grob gehauene Steinboden, dessen spitze Steinkanten sich schmerzhaft in die Handballen gruben. Schließlich wurde der Schacht wieder höher, so dass sie aufrecht weitergehen konnten.

Hinter einem Durchgang blieb Saint-Germain stehen. Er ließ den Lichtkegel seiner Taschenlampe langsam durch einen düsteren Raum gleiten. Es war eine rechteckige Kammer – etwa fünf mal fünf Meter groß.

Osborne hatte keine Ahnung, wo er sich in den Katakomben befand, geschweige denn, wo der nächste Ein- oder Ausgang war. Außer dem Atmen der Männer war kein Geräusch zu hören. Warum gingen sie nicht weiter und suchten einen anderen Weg? Vorsichtig durchquerte er den Raum und stieß dabei mit einem Fuß gegen etwas Weiches. Sein Kopf ruckte suchend nach unten. Im müden Licht seiner Taschenlampe erblicke er ein merkwürdiges Gebilde. Automatisch zuckte sein Fuß von dem zerschrumpelten Etwas weg. Angewidert betrachtete er das Ding am Boden, das an einen dünnen Müllsack aus Zellophan erinnerte, an eine Hülle, die zerknittert wie ein leerer Luftballon war. Bei genauerem Hinsehen erkannte er Menschenhaut und sogar so etwas wie verzerrte Gesichtszüge. Trotz des Ekels schaute er sich die halbtransparente Menschenhülle aus der Nähe an. Die Gesichtszüge glichen einem platt gewalzten Flachrelief, die schwarze Haut war nur noch ein faltiger, zerknüllter Haufen organischen Tuchs, ohne Knochen. Zwischen den Falten war so etwas wie ein Auge und direkt daneben ein halbverwester Mund erkennbar.

Einem Impuls folgend, bückte sich Saint-Germain und hob es auf.

»Es ist federleicht.« Schlaff hing das Etwas zwischen seinem Zeigefinger und Daumen.

»Großer Gott, was ist das?«, keuchte Osborne.

»Was immer es ist, es ist tot. Und es zeigt deutliche Anzeichen raschen Verfalls. Das ist der Prinz von Charolais. Dies erklärt das seltsame klick-klack-Geräusch, dem wir gefolgt sind. Das war das Klappern seiner Gebeine.«

»Was ist mit ihm passiert?«, fragte Osborne und sah das beutelartige Ding angeekelt an. »Ist ihm die Luft ausgegangen?«

»Nicht so, wie Sie vielleicht meinen. Ich weiß nicht, was mit ihm passiert ist. Wir bewegen uns weiter auf spekulativem Grund und das gefällt mir nicht. Wenn wir nicht wissen, in was sich Daath, die elfte Sefira verwandelte, wissen wir auch nicht, nach was wir suchen müssen.«

»Verwandelt? Was meinen Sie mit verwandelt?«

»Zellulare Veränderung«, erklärte Dimitri. »Physiognomische Umwandlung.«

»Das heißt?«, erkundigte sich der Computerexperte irritiert.

»Bisher war es ein Mischwesen: halb menschlich, halb überirdisch. Der Leichnam war die Brücke, über die es fließend von einer Ebene in die andere glitt, sozusagen als Anpassungsadapter.«

»Wovon reden Sie?«

»Ich bin kein Genetiker«, meinte der Russe. »Und ich bezweifle, dass es einen gibt, der die Frage kompetent beantworten könnte. Mögliche Veränderungen der menschlichen DNA bei der Wiederbelebung von Toten sprengt wohl den Rahmen dieses Forschungsbereiches.«

»Wir müssen auf etwaige Expertenschlussfolgerungen verzichten und weiter spekulieren«, fügte Saint-Germain hinzu. »Aber eine Mutation der DNA erscheint mir schlüssig genug.«

»Vielleicht besteht eine Parallele zu bestimmten hochentwickelten Insektenformen«, vermutete der Russe und atmete tief durch.

»Das könnte sein. Daath hat sich verpuppt. So wie Raupen es tun, die sich in einen Kokon spinnen und dann als völlig andere Lebensform entschlüpfen. Viele Insekten durchlaufen so ein Puppenstadium. Die Raupe stirbt und reinkarniert als Schmetterling. Das, womit wir es hier zu tun haben, ist möglicherweise nichts anderes als ein leerer Kokon.«

»Aha«, murmelte Osborne. »Wollen Sie damit sagen, wir haben es hier mit einem überdimensionalen Schmetterling zu tun?«

»Sie glauben mir nicht?« Saint-Germain deutete auf einen unregelmäßigen vertikalen Riss in der Hülle, der vom Kopf bis zu den Füßen verlief. »Schauen Sie her. Genau wie bei einem aufgebrochenen Kokon. Offensichtlich hat das, was hier drin war, die Inkubationsphase abgeschlossen und ist nun in der Lage, ohne diese menschliche Hülle in unserer materiellen Welt zu existieren. Dabei handelt es sich gewiss nicht um einen Schmetterling.«

»Und was ist Ihrer Ansicht nach hier ausgeschlüpft?«

»Ich bin mir nicht sicher. Es sind viele Metamorphosen denkbar. Auf keinen Fall ist es etwas Menschliches. Was immer im Abyssus leben mag, hat nichts mit dem Homo sapiens gemein. In Bezug auf die Beschaffenheit spiritueller Welten jenseits unserer materiellen, steht uns leider kein empirisches Material zur Verfügung. Kein Lebender kann eine belegbare Aussage über den Tod, über das Gegenteil des Lebens schlechthin, machen. Wem war es schließlich schon einmal vergönnt gewesen, einen Blick auf die großen Mysterien des Jenseits zu erhaschen? Eine Garantie, dass die Existenzen hinter der Schranke des Todes friedlicher Natur sind, die gibt es nicht. Das Blutbad, das wir eben im Keller gesehen haben, lässt in dieser Hinsicht wenig Raum für Optimismus. Womit wir wieder beim Prinzen von Charolais wären. Wenn es tatsächlich eine Hölle gibt, dann schmorte seine Seele unter Garantie dort und wir haben es hier mit etwas Wiederbelebtem aus dem Schlund der Hölle zu tun.«

»Das würde bedeuten, der Abyssus ist nichts anderes als die Hölle, oder?«

»Möglich, dass sich die Hölle auf dem Grund des Abyssus befindet, in den Satan nach dem Engelfall gestürzt und verdammt wurde. Möglich wäre aber auch, dass der Abyssus die Hölle selbst ist. Dann ...« Der Graf stutzte. »Dann breitet sich hier unten gerade irgendwo die Hölle auf Erden aus.«

»Ich dachte, dieser Abyssus sei ein gewaltiger Abgrund in einer spirituellen Welt.«

»Ja, aber das bedeutet nicht, dass dieser keine physische Veränderung erfährt, wenn er von einer höheren Ebene in eine materialistische gebracht wird. Und das bereitet mir, ehrlich gesagt, die meisten Sorgen«, gestand Saint-Germain. »Ich bin mir ja auch nicht sicher, ob meine Überlegungen stimmen. Ich hätte da noch andere Hypothesen, die Ihnen wahrscheinlich genauso verrückt vorkommen würden.«

»Versuchen Sie's«, forderte ihn Osborne auf.

»Vielleicht ist der Abyssus ja auch die Verkörperung des Jüngsten Tages.«

»Wie soll ich das verstehen?«

»Irgendwie muss dieser Jüngste Tag, der Weltuntergang, ja ausgelöst werden. Bisher neigte ich zu der Ansicht, den würden die Menschen mit ihren Vernichtungswaffen schon von allein einläuten. Natürlich könnte auch irgendein mutierter Supervirus den Homo sapiens ausradieren. Nach dem Johannes-Evangelium dürfte alles wohl eher mit einem Big Bang enden. Vielleicht sollte am Tag X der Abyssus über unsere Welt kommen und uns verschlingen.«

»Dann wurde er von Gott gesandt?«

Saint-Germain hielt einen Augenblick inne, ehe er antwortete: »Nein, ich glaube, das läuft anders. Ich denke nicht, dass der Jüngste Tag willkürlich ausgesucht wurde. Wie kam dieses ›Buch des Abyssus‹ in unsere Welt? Wer hat es geschrieben? Woher wusste der Verfasser von den zehn beziehungsweise elf Sefiroth? Stammt das Buch womöglich von einer höheren Macht, die auch die Erde erschuf?«

»Was würde das im Klartext bedeuten?«

»Dass dieses Buch in Wahrheit so eine Art Zeitbombe ist. Es sollte die Menschen auf den Weg zur Erkenntnis führen. Wenn sie diesen Weg zu Ende gegangen und den Abyssus überschritten hätten, lösten sie automatisch den Jüngsten Tag aus.«

»Weil sie nun im Besitz allen Wissens wären.«

»Ja. Es gäbe keinen Grund mehr für einen Weiterbestand der Menschheit, weil sie göttliches Wissen besäße, oder vielleicht sogar göttlich wäre. Vielleicht ahnten oder wussten die Tempelritter von dieser Gefahr und suchten und hüteten das Buch deshalb so verbissen. Solange es in ihren Händen war, solange war der Fortbestand der Welt gesichert.«

»Das ist grotesk. Würde Ihre Theorie stimmen, bedeutete das doch, dass Gott mit uns nur irgendwelche Spielchen spielt.«

»Wer sagt denn, dass dem nicht so ist? Vielleicht hat uns der Allmächtige nur zum Zeitvertreib geschaffen, weil er sich ein wenig Unterhaltung wünschte. Man kann uns wirklich vieles nachsagen, nur nicht, dass wir nicht unterhaltsam sind. Dauernd hecken wir irgendetwas Neues aus: absurde Kriege, Morde, Vergewaltigungen, Intrigen, Dramen und Komödien. Auf der Erde ist es noch nie langweilig geworden. Geben Sie mir einen anderen Grund, weshalb er uns geschaffen haben könnte, außer aus Langeweile. Nur damit er sich lobpreisen lassen kann? Möglich. Aber damit erschöpfen sich für mich auch schon seine denkbaren Beweggründe.«

»Na schön«, beendete Osborne die Diskussion. »Wie geht es jetzt weiter?«

Saint-Germains Gesicht wurde ausdruckslos. »Folgen wir weiter dem, wozu uns die Vorsehung einlud. Beeilen wir uns. Die Welt ist dabei, aus den Fugen zu geraten.«

### *02 Uhr 12 – Paris*

Paris war in eine trübgraue Waschküche getaucht. Seit vorgestern hatten Wolken beständig den Himmel verdunkelt, nun senkten sie sich dramatisch herab, als wollten sie die Stadt unter sich begraben. Gleichzeitig zog ein handfester Orkan auf. Mit über hundert Stundenkilometern peitschte der Sturm über die Metropole und nahm an Geschwindigkeit immer noch zu. Tief jagten die Wolken über der Stadt. Ein Feuerwerk aus Blitzen durchzog den Himmel mit gigantischen Spinnennetzen aus knisternder Elektrizität. Gespeist von Regenfluten und überquellenden Kanälen, verwandelten sich Rinnsale in Sturzbäche. In einigen Arrondissements brachen erneut Strom- und Telefonverbindungen zusammen. Autos wurden von heftigen Böen hin- und hergeschüttelt, ihre Scheibenwischer bewältigten die Wassermassen längst nicht mehr. Die Fahrer durchfuhren das Unwetterchaos fast blind, denn das Licht der Scheinwerfer zerfaserte in Regentropfen, die wie unzählige Eiskristalle reflektierten.

In tiefer liegenden Straßen spritzten Wasserfontänen aus den Gullys. Die Straße wurde zum Fluss. Wie bizarre Schiffe durchpflügten Autos das Hochwasser und schoben in einer Bugwelle allerlei Treibgut vor sich her. Mülltonnen, Kartons und abgebrochene Äste knallten gegen ihre Kühler. Zwischen dem Unrat trieben schwarzgraue Fellknäuel, die sich bei genauerem Hinsehen als tote Ratten entpuppten, die aus den überfluteten Kanälen hochgeschwemmt wurden.

Auch die Seine strömte längst nicht mehr so friedlich wie gewohnt dahin, denn innerhalb der vergangenen Stunde war ihr Wasserpegel um einen Meter gestiegen.

Die Katakomben waren ein gigantischer Moloch, der sich unter der Pariser Kernstadt verzweigte. Manche Stollendecken durchzog ein Gitterwerk aus Rohren und Leitungen, die Lebensadern der Stadt. Einige waren so alt, dass sie Feuchtigkeit absonderten, die auf der Außenhülle glänzte.

Immer tiefer drangen Saint-Germain und seine Begleiter in die Eingeweide von Paris vor. Irgendwo aus der Tiefe drang dumpf das Geräusch von reißendem Wasser, als ob dort ein großer, unterirdischer Fluss strömte. Schließlich erreichten sie Bereiche, in die seit vielen Jahren kein Mensch mehr einen Fuß gesetzt hatte.

»Da, eine Tür«, flüsterte Dimitri.

Sie bestand aus groben, schimmelüberzogenen Brettern und rostzerfressenen Metallscharnieren. Vorsichtig zog Saint-Germain an dem eisernen Türgriff. Mit lautem Kreischen gaben die rostigen Angeln nach. Unwillkürlich zuckten alle zurück, als ihnen eine Wand aus bitterfauligem Gestank entgegenschlug.

Hinter dem Durchgang befand sich eine in den Fels gehauene Kammer. Im Widerschein der Taschenlampen tauchten zahllose Gebeine auf. Die Lichtkegel glitten über eine meterhohe Pyramide aufgeschichteter Totenschädel und Menschenknochen. Ringsherum lagen noch weitere Gebeine auf dem Boden verstreut. Die meisten waren ramponiert, zersplittert und mit Grünspan überzogen. Ein Berg aus Knochenschrott, zernagt vom Zahn der Zeit. Menschenabfall aus der Epoche der Pest, als die Menschen in so Schwindel erregender Anzahl verstarben, dass keine Zeit für Einzelbegräbnisse blieb. Für Sargmacher und Leichentuchnäherinnen waren das damals schlechte Zeiten gewesen. Hier unten gab es weder Gedenktafeln noch ein menschenwürdiges Aufbahren. Dies war der Tod, der Sieg der Zeit über die menschliche Vergänglichkeit, in all seiner würdelosen Nüchternheit.

Osborne schritt an den um ihre letzte Ruhestätte betrogenen Toten vorbei. Seine Gefühle schwankten zwischen Abscheu und Mitleid. Die kleine Gruppe durchquerte noch ähnliche Kammern, alle völlig leer.

»Ich sehe keinen Sinn darin, ziellos hier unten herumzulaufen«, sagte der Amerikaner schließlich.

»Ich schon«, widersprach Saint-Germain. »Victor spürt, wenn wir uns etwas nähern, das sich in diesen Tunneln herumtreibt. Seine latenten ESP-Fähigkeiten orten dessen Energieaura.«

»Energieaura? Was soll denn das schon wieder für ein Blödsinn sein?«

»Die Aura ist ein wahrer Kosmos glänzender Lichter und blitzender funkelnder Farben«, erklärte der Graf. »Diese Erscheinung elektrischer Hochfrequenzströme pulsiert um jeden organischen Körper. Normalerweise funktioniert die Ortung einer menschlichen Aura auf mehrere hundert Meter Entfernung. Der Nachteil hier unten ist, dass die engen Gänge mit ihren zahllosen Windungen und Abzweigungen Victors Sensibilität stark beeinträchtigen.«

Sie traten in eine neue Totenhalle. Wände aus aufgehäuften Schädeln und Gebeinen mahnten an die Sterblichkeit und ließen den Betrachter unwillkürlich schauern. Von hier führte ein schmaler Gang an weiteren aufgeschichteten Gebeinen vorbei. Das einzige Leben, das zwischen ihnen hauste, waren umherhuschende schwarze Ratten.

Während die Männer voranschritten, meinten sie, über das Knirschen ihrer Schuhe ein Geräusch zu hören. Sie verharrten.

»Was war das?«, fragte Osborne.

»Es klang wie ein Schrei«, entgegnete Dimitri.

»Sehen wir nach«, schlug der Graf vor. »Es gibt sowieso keinen anderen Weg als den, aus dessen Richtung das Geräusch kam.«

Osbornes einzige Hoffnung war, dass sie sich getäuscht hatten. Er wollte auf keinen Fall zur Quelle eines Schreis, denn die konnte nichts Gutes verheißen.

Der Tunnel führte wieder abwärts. Plötzlich öffnete sich vor ihnen eine große Halle, ein wahrer Höhlendom mit gewaltigem Gewölbe, deren Boden aus festgestampftem Lehm bestand. Vor einer in Fels gehauenen Nische umhüllte die Dunkelheit Chantal Dubois wie ein Grabtuch. Auf den ersten Blick wirkte sie selbst unverletzt, ihre Haut war makellos. Aber sie atmete nicht. Starr, ohne einen Funken Leben in sich, lag die rothaarige Französin auf dem kalten Boden. Ihr Gesicht war bleich und kalt, dass es beinahe wie Porzellan wirkte.

Im ersten Moment begriff Osborne nicht, was er sah, obwohl es nicht das erste Mal in dieser Nacht war, dass er dem Tod hautnah gegenüberstand. Er ging in die Hocke und berührte sanft ihre Wange, die so eiskalt war, dass er unwillkürlich zurückzuckte. Bei genauerem Hinsehen erkannte er unter der blassen Haut ein marmorisiertes Netzwerk aus dünnen Schattenlinien, als hätten schwarze Kristalle das Blut zersetzt, bevor sie in den Adern zu Brocken verklumpten.

»War es das wirklich wert?«, flüsterte er.

»Sie kann Sie nicht mehr hören.« Saint-Germain schüttelte stirnrunzelnd den Kopf. »Vergessen wir nicht: Was sie tötete, ist immer noch in der Nähe. Es könnte bereits hinter der nächsten Biegung lauern. Deshalb sollten wir vorsichtig sein.«

Victor zuckte zusammen und hyperventilierte vor Panik. »Der Abyssus!«

»Wo?«, rief Saint-Germain.

Victor hörte die Frage durch das Rasseln seines Atems kaum.

»Victor, sag etwas!«, schrie der Graf.

Victors Körper schlotterte und seine Zähne klapperten, als er mit Mühe seine Sprache wieder fand: »Es ist aus dem Abyssus«, flüsterte er mit gebrochener Stimme. »Ich spüre es.«

»Kannst du seine Position eingrenzen? Ist es sehr nah?«

»K-Kann ich nicht sagen.« Durch die aufgewirbelte Hysterie, die ihm jeden klaren Gedanken raubte, versuchte Victor, sich zu konzentrieren, um die Gefahrenquelle genauer zu erfassen. Alles um ihn herum wirkte diffus, für ihn nicht greifbar.

Plötzlich erstarrte er. »Es … es …«

»Victor. Hörst du mich?« Der Graf schüttelte ihn an den Schultern.

Er hatte die mentale Verbindung zu dem Eindringling verloren. Oder hatte der die Verbindung gekappt?

»Es bewegt sich von uns weg.« Victors Stimme klang erleichtert.

Osborne richtete sich auf und zwang seinen Blick auf ›Das Buch des Abyssus‹, das Chantal Dubois immer noch mit einer Hand umkrampfte.

»Ihr Mörder hat das Buch nicht mitgenommen«, stellte er fest. »Es interessiert ihn offensichtlich nicht. Möglicherweise besitzt ›Das Buch des Abyssus‹ doch nicht die Wichtigkeit, die Sie ihm zumessen.«

Der Graf dachte einen Augenblick lang nach, ehe er antwortete: »Es ist nur eine Vermutung, vielleicht ahnt der Mörder gar nichts von seiner Wichtigkeit. Eventuell wollte er nur eine unliebsame Augenzeugin loswerden.«

»Das wäre aber eine ziemlich menschliche Denkensweise, finden Sie nicht? Ihrer Ansicht nach haben wir es hier doch mit etwas zu tun, das nicht von der Erde stammt, mit etwas Überirdischem, einem möglichen Erdvernichter. Und der soll sich Sorgen um eine Zeugin machen? Das klingt banal, fast lächerlich, oder?«

»Monsieur, die Chancen für ein psychologisches Täterprofil stehen im Moment nicht sehr gut, dazu fehlen zu viele Fakten. Lassen Sie uns deshalb bitte nicht spekulieren, sondern begnügen wir uns mit den Tatsachen.«

»Tatsache ist, ich bin nicht hierher gekommen, um in tote Augen zu starren. Diese Höhlenwanderungen gehören auch nicht zu den Dingen, die ich erstrebenswert finde. Ich möchte endlich raus aus dieser Kloake. Sie haben doch jetzt dieses Buch, wegen dem wir überhaupt hier runtergestiegen sind.«

»Ja«, erwiderte Saint-Germain und ergriff »Das Buch des Abyssus«. Er öffnete es behutsam, warf einen kurzen Blick hinein, klappte es wieder zu und grübelte über etwas nach. »Endlich ist es in unserem Besitz. Viele Jahrhunderte habe ich mich danach gesehnt, es in meinen Händen zu halten, seine Seiten zu berühren. Unzählige Stunden habe ich darüber gerätselt, welche göttlichen Geheimnisse es wohl birgt. Aber alle Gedankenspiele erweisen sich im Vergleich zu dem überwältigen Gefühl, das mich jetzt erfüllt, als schwacher Abklatsch. Es ist beinahe so, als würde ich Gott selbst berühren.«

»Kann es uns retten?«, fiel Dimitri ihm ins Wort. »Steht etwas darin, das uns gegen den Abyssus hilft?«

»Das weiß ich nicht. Dazu brauche ich mehr Zeit. Ich ...«

»Mit Verlaub«, unterbrach ihn der Russe abermals, »was wir im Moment am wenigsten haben, ist Zeit.«

Saint-Germains Finger glitten nervös über den Deckel des Folianten. »Ich weiß, es ist unsere Pflicht, uns gegen die Macht aus dem Jenseits zu stellen. Aber der Besitz des Buches allein befähigt uns nicht dazu. Ich muss es erst studieren.«

»So wird das doch nichts«, meldete sich Osborne wieder zu Wort. »Nicht, dass ich alles glaube, was Sie mir erzählt haben, aber wenn ich das richtig interpretiere, so hat dieses Buch nur Elend über seine Benutzer gebracht. Wenn man Ihnen glaubt, dann trägt es jetzt sogar Schuld am drohenden Weltuntergang. Ausgerechnet dieses Buch wollen Sie nutzen, um etwas Gutes zu tun?«

»Warum nicht? Feuer bekämpft man auch sehr wirkungsvoll mit Feuer. Warum also nicht Böses mit Bösem bekämpfen?«

»Um etwas noch Gewaltigeres heraufzubeschwören, das erst den Abyssus und dann das Universum vernichtet?«

»Ich fürchte, Monsieur Osborne hat Recht, Graf.« Dimitri klang ehrlich besorgt. »Möglicherweise wecken Sie mit dem Buch Mächte, die sich Ihrer Kontrolle entziehen. So wie es Chantal Dubois widerfuhr.«

»Sie glauben also, dass das Buch verflucht ist?«, wandte sich Saint-Germain an den Amerikaner.

»Ich bin Wissenschaftler und nicht abergläubisch«, stellte der klar. »Ich glaube daran, dass alles einen rationalen, einen erklärbaren Grund hat und nicht an Flüche, die Relikten der Vergangenheit anhaften. So wie der Fluch, der angeblich den Engländer Howard Carter und sein Team ereilte, weil sie das Grab des Pharaos Tutenchamun entdeckt und somit entweiht hätten. Später stellte sich dieser Fluch als giftige Pilzsporen der Gattung Aspergillu heraus, die die geheimnisvolle Todesserie unter den Archäologen auslöste.«

»Sie meinen, eine Art Virus würde die Besitzer dieses Buches verfluchen, oder in den Wahnsinn treiben?«

»So ähnlich.«

»Erstens, besagte Aspergillus-Sporen überleben keinesfalls ein Jahrhundert oder gar länger in einer versiegelten Grabkammer. Und zweitens, welcher Virus sollte das sein, der sich in Buchseiten entwickelt und dann Menschen infiziert?«

»Das weiß ich nicht. Ich bin schließlich kein Virologe. Aber haben Sie nicht selbst betont, Sie müssten dieses Buch vernichten, weil es nur Tod und Elend über die Menschen bringt? Sie haben es, wieso vernichten Sie es dann nicht? Zerstören Sie es endlich!«

»Zerstören?«, wiederholte Saint-Germain wie vor den Kopf geschlagen. »Sind Sie von Sinnen? Wissen Sie überhaupt, wie kostbar und einmalig dieses Werk ist?«

»Trotzdem stand seine Vernichtung ganz oben auf Ihrer Prioritätenliste.«

»Die Situation hat sich inzwischen geändert. Ich wollte es zerstören, damit niemand etwas Schlimmes damit auslöst. Dafür ist es leider zu spät, womit unsere alten Pläne Makulatur sind. Jetzt ist dieses Buch vermutlich das Einzige, was uns noch retten kann.«

»Messieurs!«, unterbrach Dimitri den Streit. »Wo ist Victor?«

Die drei Männer sahen sich um. Sie waren allein. Keiner hatte Victor weggehen sehen, keiner hatte sein Verschwinden bemerkt.

»Er ist fort«, stellte Saint-Germain das Offensichtliche fest.

Dimitri öffnete den Mund, um nach dem Vermissten zu rufen.

»Nein«, zischte der Graf. »Leise. Niemand soll wissen, wo wir uns befinden.«

»Und was jetzt?«, wollte Osborne wissen.

»Lassen Sie mich nachdenken«, antwortete Saint-Germain. »Also, Victor ist nicht zurückgegangen, denn den Weg versperrte Dimitri. Ich kann mir auch nicht vorstellen, dass er sich aus Angst hier irgendwo versteckt. Ich glaube eher, ihn hat die Neugierde in den Stollen getrieben, der vor uns liegt.«

»Neugierde?«, wiederholte Osborne zweifelnd. »Vielleicht will er auf diese Weise seine Albträume, Schuldgefühle und den Wahnsinn, den er permanent durchlebt, beenden.«

»Selbstmord?«, keuchte Dimitri.

»So was in der Art.«

»Fragen wir ihn doch selbst, wenn wir ihn gefunden haben«, schlug der Graf vor. »Er kann nur durch den vor uns liegenden Tunnel verschwunden sein. Früher oder später werden wir ihn dort finden. Deshalb sollten wir jetzt aufbrechen, meinen Sie nicht?«

Ohne ein weiteres Wort zu verlieren, marschierten die drei Männer weiter. Ein Stollen sah aus wie der andere. Nirgendwo gab es markante Orientierungspunkte, die den Weg durch das Höhlensystem erleichtert hätten. Die trüben Wasserlachen am Boden nahmen zu. Zweifellos näherten sie sich einem größeren Gewässer, vermutlich der Seine. Nach etwa fünfzig Metern wurde der Tunnel geräumiger, aber immer noch kein Hinweis auf Victor. Dafür stieß die Gruppe auf ein neues Hindernis: Geröllhalden zwangen sie zu waghalsigen Kletterpartien. Die Stützbalken waren recht spärlich gesät und die wenigen, die es noch gab, ächzten und knackten beunruhigend unter dem Tonnengewicht, das sie tragen mussten. Gerade, als die Männer die Barriere überwunden hatten, hörten sie vor sich ein Geräusch, als ob Stein zerriss.

»Was war das?«, keuchte Dimitri.

Wie versteinert standen die drei da und lauschten. Doch bis auf das stetige Heulen des Windes in den Tunneln war nichts mehr zu hören. Schließlich gingen sie weiter, bis ihnen plötzlich ein bestialischer Gestank entgegenschlug. Abrupt blieben die Männer stehen.

»Taschenlampe aus«, zischte der Graf und löschte seine.

Der Computerexperte folgte seinem Beispiel und knipste seine Lampe ebenfalls aus. Tiefe Dunkelheit senkte sich über sie. Der Tunnelboden begann leise zu vibrieren. Von der Decke rieselten Sand und kleinere Steine herunter, aus der Dunkelheit hinter der Biegung drang ein ersticktes Husten. Vorsichtig riskierte Saint-Germain einen Blick um die Ecke. Nichts. Nur totale Finsternis und das wachsende Gefühl, dass darin etwas Schreckliches geschah. Da! Ein Geräusch. Leise, knirschend. Es kam näher.

Wenige Meter entfernt erwachte die Schwärze zum Leben. Etwas schwach Bläuliches schob sich durch den Tunnel heran. Vor dem matten Leuchten hoben sich Victors Konturen ab. Er zitterte am ganzen Körper. Je näher das fluoreszierende Gebilde auf ihn zuschwebte, desto deutlicher erkannte der Graf, dass es sich dabei um nichts Zusammenhängendes handelte. Das nebulöse Objekt bestand aus einem Gewimmel larvenartiger Segmente, deren schwaches Glimmen den Tunnel in öligblauen Schimmer tunkte. Sie schwebten in der Luft und bildeten dabei ein großes dunkles Ganzes: Einen Schattenleib, ähnlich einer Wolke aus fauligem Schaum, voller Mulden und Erhebungen, dessen Kontur sich permanent änderte.

Vorsichtig schoben sich Osborne und Dimitri an Saint-Germain vorbei.

»Ist das Daath?« Osborne konnte das Zittern in seiner Stimme nicht verbergen.

»Ja, die elfte Sefira manifestiert sich gerade«, erwiderte der Graf leise. »Sehen Sie? Daath ist die Verkörperung des Abyssus. Seine Macht wächst mit jeder Sekunde. Er nährt sich von Materie. Aber er vergrößert sich auch durch den ungehemmten Zufluss aus dem gewaltigen Abyssus seiner spirituellen Welt.«

Die pulsierende Schwärze webte netzartige Fäden aus ihrem Zentrum, spannte hauchdünne Stränge nach allen Seiten, die die Luft erzittern ließen und Sauerstoff und Stickstoff in ihre Bestandteile auflösten, die mit ihr zu einer Einheit verschmolzen. Jedes zerflossene Molekül Materie vermehrte das Wachstum des Abyssus. Jede Materie, die mit ihm in Kontakt kam, desintegrierte und wurde zu einem Teil der elften Sefira auf Erden.

Die dunkle Masse hüllte Victor ein. Schleimige Dunkelheit wölbte sich über den ehemaligen Journalisten. Von allen Seiten bohrten sich die windenden Partikel durch seine Haut, gruben sich durch die Poren, schälten das Gewebe ab und nisteten sich in Adern und Organen ein. Von dort pumpte sich die Finsternis in alle Winkel des epileptisch zuckenden Körpers und wühlte in den Eingeweiden, als suche sie den Lebensfunken. Für einen kurzen Moment verlor die umhüllende Schwärze ihre Konsistenz und gab für die Außenstehenden den Blick auf Victor frei, dessen Gestalt sowohl Symmetrie als auch Zusammenhalt verlor. Die zersetzte Materie seiner Körpermoleküle zerfloss zu einer Einheit mit der Schwärze und verschwand rückstandslos darin.

»Raus hier«, flüsterte Saint-Germain und packte den Arm des Russen. Er musste alle Kraft aufbieten, um ihn davon abzuhalten, die Schwärze mit bloßen Händen anzugreifen. »Sehen wir zur, dass wir hier wegkommen.«

»Wir können Victor doch nicht seinem Schicksal überlassen«, zischte Dimitri.

»Zur Hölle mit Victor«, fluchte der Graf mit gepresster Stimme. »Zum Überleben brauchen wir einen kühlen Kopf, der nicht von Rachegelüsten blockiert wird. Niemand kann Victor helfen. Er ist tot. Durch deinen Selbstmord machst du ihn auch nicht wieder lebendig.«

»Bleiben Sie weg!« Wütend schlug Dimitri die Hand des Grafen beiseite. »Lassen Sie mich in Ruhe. Sie sind schuld am Tod meines Freundes.«

»Dimitri, du weißt, dass das nicht stimmt. Wenn wir hier nicht schnellstens verschwinden, wirst du Schuld an unser aller Tod haben. Verstehst du das?«

Dimitri sagte nichts mehr, er zitterte nur noch. Schwermütig trat er mit seinen Begleitern den Rückzug an. Blindlings flohen sie durch das Netzwerk der Tunnel zurück. Sie rannten und rannten. Vor ihnen lag Dunkelheit und Ungewissheit. Hinter ihnen lauerte der Tod. Osborne wagte nicht zurückzuschauen. Dieses Ding hatte Victor regelrecht aufgelöst. Jetzt waren sie an der Reihe. Wer würde das nächste Opfer sein?

Saint-Germain hetzte eine Treppe hinunter. Unten angekommen rasteten die Flüchtenden einen Augenblick, um sich zu orientieren. Osborne hörte, dass Saint-Germain etwas zu ihm sagte, achtete aber nicht weiter darauf. Sekundenlang verharrte er in der Hocke und atmete tief durch. Er wusste, sie durften nicht lange bleiben. Der Tod war ihnen auf den Fersen. Ein Wunder, dass er sie entkommen ließ. Ein Wunder, oder die Gewissheit dieses Monsters, dass es sie früher oder später doch bekommen würde. Warum dann überhaupt aufstehen und weiterlaufen? Vermutlich hatten sie tatsächlich keine Chance mehr.

Er widerstand den Versuchungen der Resignation und rappelte sich auf. Seine Beinmuskeln zitterten von der Lauferei.

»Wir müssen weiter«, drängte Saint-Germain.

»Wohin?«, fragte Osborne. »Wo sind wir in Sicherheit?«

»Ich weiß es nicht. Zumindest haben wir ›Das Buch des Abyssus‹; solange wir es haben, gibt es auch Hoffnung.«

»Das ist mir egal!«, schrie der Amerikaner, dem allmählich die Sicherungen durchbrannten. »Und wenn wir eine ganze Bibliothek hätten. Victor ist tot! Wenn Sie nicht bald eine Lösung finden, leben wir auch nicht mehr lange.«

»Das mag ja sein, Monsieur, trotzdem gehen wir erst einmal weiter. Für Hysterie ist das nicht die richtige Zeit. Möglicherweise erledigt sich das Problem von alleine. Wer weiß, vielleicht verträgt Daath die Bestandteile unserer Atemluft nicht und geht langsam daran zugrunde.«

»Das glauben Sie doch wohl selbst nicht.«

»Nein, das glaube ich wirklich nicht. Aber ich weiß es auch nicht. Und solange man etwas nicht weiß, stehen zumindest theoretisch alle Möglichkeiten offen.«

### *03 Uhr 12 – Katakomben*

Die Männer marschierten weiter durch sich gabelnde Tunnel. Osborne dachte an die ahnungslosen Menschen, die in den Häusern über ihnen schliefen. Niemand ahnte etwas von der Gefahr, die in diese Stadt eingedrungen war. Heimlich und unbemerkt war sie in diese Welt eingebrochen und breitete sich nun darin aus. Ihre Spur der Vernichtung würde immer gewaltiger werden, ohne dass ein Ende absehbar war. Kein Mensch konnte sagen, welchen Schaden die Bedrohung anrichten könnte. Früher oder später würde die Armee eingreifen müssen. Doch es war ungewiss, ob irgendeine Waffe Daath stoppen konnte. Wenn es sich bei ihm um etwas Biologisches auf Kohlenstoffbasis handelte, würden ein paar Bomben dieses Problem und mit ihm halb Paris aus der Welt schaffen. Falls nicht, steckte die Menschheit in ernsthaften Schwierigkeiten.

Allmählich wurden die Abzweigungen seltener, bis es schließlich gar keine mehr gab. Der Weg führte immer nur geradeaus, wobei der Boden zusehends feuchter wurde. Knöcheltief patschten die Schuhe durch den Morast. Das Wasser stieg rasch, bald reichte es bis über die Knie. Aus Wandöffnungen und Luftschächten ergossen sich Sturzbäche. Schließlich reichte das eiskalte Wasser bis zu den Hüften. Plötzlich drang ihnen ein penetranter Geruch in die Nasen. Was stank da so? Das Wasser? Nein, das roch nur brackig. Es war unverkennbar der Gestank von Verwesung, die pure Ausdünstung des Todes. Der übelkeitserregenden Intensität des Geruches nach musste der Abyssus sehr nahe sein.

Osborne starrte angespannt nach allen Seiten. Sein Blick folgte dem Strahl seiner schwächer werdenden Taschenlampe. Nichts. Aber der Gestank wurde immer intensiver. Die Männer blieben stehen.

»Sieht jemand was?«, flüsterte Saint-Germain mit tonloser Stimme.

»Nichts.« Dimitri kniff seine Augen zu schmalen Schlitzen zusammen.

»Es ist in der Nähe.« Osborne sog hörbar die Luft ein.

Saint-Germains flackernde Taschenlampe beschrieb einen Kreisbogen, bevor er sie ausschaltete. Der Amerikaner folgte seinem Beispiel. Es entstand jedoch keine völlige Dunkelheit, sondern ein diffuses Zwielicht. Unvermittelt wieder ein Geräusch. Etwas gluckste, auf der Wasseroberfläche entstand eine unregelmäßige Kräuselbewegung. Was auf den ersten Blick wie Luftblasen aussah, entpuppte sich bei genauerem Hinsehen als Desintegration der Wassermoleküle. Das Wasser verschmolz mit einem Tentakelarm des Abyssus, der aus ihm emporstieg. Im Vergleich zu den dünnen Fäden, die sich bei ihrer ersten Begegnung aus dem Zentrum des Schwarzen Todes gebildet hatten, war dieser Arm riesig. Und er dehnte sich immer noch weiter aus.

Osborne wirbelte herum und lief los, so schnell es der Wasserwiderstand ermöglichte. Hinter ihm knirschte und knackte das Gestein der Wände. Überall, wo der im Zickzack peitschende Tentakel Materie berührte und durchdrang, sprengte er diese und verschlang sie. Sowohl in den Wänden als auch in der Decke entstanden klaffende Risse, die den Tunnel destabilisierten. Kubikmeter an Gestein stürzten herab und verschwanden spurlos in der körperlosen Dunkelheit der anschwellenden Finsternis.

Als die Fliehenden zurückblickten, war kein Tunnel mehr da, sondern nur noch ein schwarzer, unaufhaltsam vorrückender Mahlstrom.

»Es löst die Wände auf«, flüsterte Saint-Germain. »Ich hatte Recht: Der Abyssus ernährt sich von Materie.«

»Ganz Paris wird in einem gewaltigen Loch versinken«, keuchte Dimitri.

Die Stadt war drauf und dran, mit Millionen Tonnen Erdreich in einen gigantischen Krater zu rutschen. Und dann? Was, wenn sich das Ding immer mehr ausdehnte und dabei alle Materie auflöste, derer es habhaft werden konnte? Dann gab es kein Halten mehr. Die Erde würde implodieren. Nicht ein Atom würde von dem Planeten übrig bleiben. Noch während er sich die Konsequenzen ausmalte, wurde Osborne bewusst, dass dies tatsächlich der Anbruch des Jüngsten Tages sein könnte.

Die drei Männer rannten weiter, obwohl Flucht sinnlos schien, denn vor ihnen gab es nichts, was auch nur im entferntesten Rettung versprach.

## XIX. KAPITEL

# Paris s'eveille

*03 Uhr 22 – Rue de Turbigo*

Es war eines der schlimmsten Unwetter, das Paris je heimgesucht hatte. Blitze zerrissen im Sekundentakt den Nachthimmel, während der Sturm mit ungeheurer Gewalt sintflutartigen Regen über die Dächer fegte und die Straßen überschwemmte. Ausgerechnet in dieser Nacht, in der man keinen Hund vor die Tür trieb, war Marie-Charlotte Bouché von daheim geflohen. Über zwei Jahre lang hatte sie ihr brutaler Mann wie eine Gefangene in einer winzigen Dachwohnung gehalten.

Schutzlos, bis auf die Haut durchnässt und durchfroren saß die 24-Jährige in ihrem zu dünnen Mantel in einem Bushäuschen der Rue de Turbigo. Die Französin war nicht ganz einen Meter siebzig groß und wirkte mit ihrem knochigen Gesicht und den spindeldürren Armen und Beinen zerbrechlich wie eine Porzellanpuppe. Ihre hennafarbenen Haare hatte sie unter einer Strickkappe versteckt. Zu ihrem Ärger hatte sie keine Schuhe zum Wechseln dabei. Ihre dünnen Segeltuchschuhe mit den Fesselriemchen hatten sich längst wie ein Schwamm mit Wasser vollgesogen. Eine alte Plastiktüte voll mit Kleidung war alles, was sie in der Eile mitgenommen hatte. Es war nicht viel, aber seit sie sich bei einem Selbstmordversuch die Sehnen an ihren Handgelenken verletzt hatte, konnte sie nichts Schweres mehr tragen.

Neidvoll blickte sie zu den Häusern ringsum mit ihren dunklen Fenstern. Wie beneidete sie die Bewohner um ihr behagliches Domizil und ihr normales Leben. Sicher ahnte von diesen braven Leuten niemand etwas von der Internet-Verschwörung, die sie alle bedrohte. Marie-Charlotte wünschte beinahe, sie hätte auch nie davon erfahren. Dann wäre sie nicht in die furchtbaren Ereignisse verwickelt worden, die erst zu ihrer Gefangenschaft und dann zu ihrer Flucht führten.

Im Erdgeschoss der Häuser befanden sich kleine Geschäfte, ein Frisör, ein Trödelladen und mehrere Cafés. Ein Haus an der Ecke stand schon seit Monaten leer, seine Schaufenster waren mit Brettern vernagelt. Die Gebäude waren alt, bei Tageslicht konnte man ihren Verfall an der abblätternden Außenfarbe ablesen, aber jetzt ließen die Straßenlaternen ihre regennassen Fassaden in hellem Weiß glänzen. Etwas Licht fiel bis in das Bushäuschen, wo sie die Schatten auf der Holzbank verbannten, auf der Marie-Charlotte mit übereinander geschlagenen Beinen saß. Zuwenig Schlaf und zu viele Medikamente vernebelten ihren Kopf. Sie murmelte etwas über ihr verpfuschtes Leben und dass sie ihren Mann in die tiefste Hölle wünschte. Sie verfluchte ihn, genau wie sie das miese Wetter, die Computerindustrie und dieses teuflische Internet verfluchte.

An der durchsichtigen Plastikwand neben ihr flatterten Motten, die ebenfalls in dem Bushäuschen Zuflucht vor dem Wolkenbruch gesucht hatten. Nervös blickte die junge Frau auf die Uhr. Es dauerte noch einige Zeit, bis der nächste Bus sie zu ihrem Ziel bringen würde, das da hieß: Egal wohin, nur möglichst weit weg von hier. Wenn das Unwetter nicht dazwischen gekommen wäre, hätte sie Paris schon längst hinter sich gelassen. Allmählich wuchs ihre Sorge, dass ihr Mann sie suchen und finden würde. Hoffentlich lag der immer noch im Koma. Und wenn nicht? Diesen Gedanken hatte sie bisher nicht einmal in Betracht gezogen. Während in ihrem Kopf eine leise Stimme eine unüberhörbare Panikmelodie anstimmte, starrte sie mit verstörtem Blick hinaus in die Dunkelheit.

Vor ihrer Ehe war Marie-Charlotte eine hervorragende Programmiererin mit viel versprechender Karriere gewesen. Nach der Hochzeit beschränkte sich ihr Leben auf die Hausarbeit und das Warten auf eine Schwangerschaft, die allerdings ausblieb. Folge waren Depressionen und eine Sinnkrise.

Ein Psychiater hatte versucht, ihr zu helfen. Das Einzige, was sie von den Therapiesitzungen noch in Erinnerung hatte, war die Vase mit künstlichen Blumen auf seinem Schreibtisch. Nach über einem Jahr versuchte der Arzt eine neue Therapie, die zunehmend auf verschreibungspflichtigen Antidepressiva fußte. Unter dem Einfluss der Medikamente nahm Marie-Charlotte ihre Umwelt seltsam verschwommen wahr. Ihre bisherige Wirklichkeit stürzte regelrecht in sich zusammen, veränderte sich zu einer absurden Attrappe, hinter der sich geheime Wahrheiten verbargen. Die Menschen erschienen ihr zunehmend leer und seelenlos. Mit ihrem Mann sprach sie kein Wort mehr. Wenn er abends von der Arbeit kam, hockte sie nur stumm vor ihrem Computer und starrte auf den Bildschirm. Völlig hingerissen saß sie vor dem Monitor und klickte Internet-Sites, deren Inhalte sie als ergreifend und erhebend, als Offenbarung von Wissen, Intimität und Erfahrungen erlebte. Das Internet wurde zur süchtigmachenden Droge, die alle Irritationen und Zweifel aufhob, über Resignation hinweghalf und psychotischem Denken die Schärfe nahm. Losgelöst von der Wirklichkeit, in einen traumnahen Zustand versetzt, ließ sich die Französin manchmal tagelang durch die verwirrende Informationsschwemme des Internets treiben. Hin- und hergerissen zwischen Erkenntnis und Zweifel versuchte sie, gewonnene Einsichten mit der Realität in Einklang zu bringen. Woher stammten all diese Informationen? Wie waren sie in das Internet gelangt? Welches Geheimnis loderte hinter all den Millionen

Pixeln? Diese bohrenden Fragen verfolgten sie bis in den Schlaf, zerstoben jeden gesunden Gedanken und ließen sie immer verbissener nach Antworten suchen. Als Marie-Charlottes Halluzinationen traumatischer und ihr Sinn für die Wirklichkeit die Grenze zwischen Illusion und Realität weiter verwischte, irrlichterte urplötzlich die wahre Bedeutung des World Wide Web durch ihr vor Aufregung rasendes Hirn. Ihr wurde klar, dass das in unzählige Homepages zerlegte, auf Bruchstücke von Wahrnehmungen reduzierte Internet Versatzstück eines unendlich komplexen Bewusstseins war. Mittels Schwingungen ernährte es sich von den Gedanken seiner Nutzer, saugte wie ein Vampir deren Hirne leer und speicherte die Inhalte für alle sichtbar auf Servern ab. Das Internet-Monster machte seine Anwender zu hirntoten Sklaven, zu Computerzombies.

Marie-Charlottes Universum schrumpfte auf die Ausmaße der Dachwohnung zusammen, die sie überhaupt nicht mehr verließ, weil ihr Mann sie darin einschloss, da sie seiner Meinung nach schizophrene, paranoide Psychosen entwickelt hatte. Ihrer Meinung nach sperrte er sie nur deshalb ein, weil sie der weltumspannenden Verschwörung durch das Internet auf die Schliche gekommen war, und er mit diesen Verschwörern unter einer Decke steckte. Diese Erkenntnisse taten Marie-Charlotte weh; jedes Mal, wenn sie durch das Internet surfte, wurde der Schmerz schlimmer und schlimmer. Letzte Woche war er so schlimm geworden, dass sie es einfach nicht mehr aushielt. Sie entzog sich dem zerstörerischen Einfluss des Internets, indem sie den Computer aus dem Dachfenster warf. Vier Stockwerke tiefer zerbarst der Rechner auf dem Straßenpflaster in Tausend Stücke. Niemand wurde verletzt, trotzdem riefen einige Nachbarn die Polizei, die wiederum ihren Mann auf der Arbeit von dem Vorfall unterrichtete. Gestern teilte er ihr mit, dass es so nicht mehr weitergehen könne und er sie in eine Klinik, in die geschlossene Psychiatrie, einweisen lassen wolle. Angeblich würde er ihr damit einen Gefallen tun. Doch Marie-Charlotte kannte die Wahrheit: Ihr Mann wollte sie nur aus dem Weg schaffen, sie sollte für den Rest ihres Lebens hinter Gittern sitzen, damit sie niemandem von der Internetverschwörung erzählen konnte.

Die Flucht aus ihrem häuslichen Gefängnis war riskant gewesen. Zuerst hatte sie daran gedacht, ihr Küchenmesser zu benutzen, das eine scharfe Klinge mit einer glatten und einer gezahnten Seite besaß. Doch dann erinnerte sie sich an ihren Selbstmordversuch vor einigen Wochen, an den widerlichen Anblick von Blut, und änderte ihren Fluchtplan. Ihr Mann war kurzsichtig, weshalb er auch die milchigen Schleier in dem Glas Wasser nicht bemerkte, das sie ihm gab. Sie hatte darin Pillen aufgelöst; alle, die sie in bunten Schachteln und braunen Fläschchen im Apothekenschrank hatte finden können. Wobei es sich größtenteils um Barbiturate handelte.

Tausend Mal hatte sie das Szenario in Gedanken durchgespielt. Im Grunde war ihr Plan narrensicher, trotzdem blieb ein Restrisiko. Was, wenn etwas anders lief als geplant. Falls ihr Mann sich wunderte, weil sie ihm vor dem Schlafengehen etwas zu trinken gab, denn eigentlich ignorierte sie ihn, sobald er die Wohnung betrat. Obwohl sie sich zwang ruhig zu bleiben, zitterte ihre Hand, als sie ihm das Glas reichte. Er setzte es an den Mund. Sie hielt die Luft an. Er trank. Noch nie hatte sie sich so erleichtert gefühlt. Bevor er das Glas geleert hatte, begann sein Kopf unnatürlich zu schwanken. Einfachste Bewegungen fielen ihm immer schwerer. Eine Stunde, nachdem er auf dem Sofa ins Koma gefallen war, verließ sie die Wohnung, ohne sich noch einmal umzuschauen. Mit zitternden Knien, gesenktem Kopf und hängenden Schultern trat sie hinaus auf die menschenleere Straße in das losbrechende Unwetter und ging den Bürgersteig entlang zur nächsten Bushaltestelle.

Jetzt saß Marie-Charlotte im Wartehäuschen und wunderte sich über die Pflastersteine, die ohne ersichtlichen Grund unter ihren Füßen vibrierten. Vielleicht bildete sie sich das auch nur ein, genau wie dieses knirschende Geräusch, das aus dem Boden drang. Ehe sie weiter darüber nachdenken konnte, flatterten die Motten in Panik an ihrem Kopf vorbei. Einige klatschten ihr sogar ins Gesicht, bevor sie draußen hinter dem Regenvorhang verschwanden. Dieses irrationale Verhalten der Insekten irritierte Marie-Charlotte mehr, als sie eigentlich wollte. Was hatte die Tiere bloß veranlasst, die relative Sicherheit des Bushäuschens gegen den sicheren Tod einzutauschen?

Sie schauderte. Wurde sie krank, oder wieso brach ihr der kalte Schweiß aus? Mittlerweile klebte ihr das Kleid schweißdurchtränkt am Körper. Das störte sie jedoch weniger als dieser penetrante Fäulnisgestank, der plötzlich die Luft verpestete. An dem Geruch lag es jedoch nicht, dass ihre Atemzüge immer abgehackter kamen, sondern an dem Gefühl einer drohenden Gefahr. Aber das war völlig unsinnig, denn abgesehen von dem Unwetter gab es nichts, was Anlass zur Sorge geben könnte. Das Bushäuschen bestand komplett aus durchsichtigem Plexiglas. Auf der Außenseite der Scheiben rannen unentwegt Regentropfen herunter; ruckhaft, immer wieder innehaltend, als würden sie sich nicht weitertrauen, um dann im nächsten Moment umso schneller hinabzukullern. Hinter der Scheibe verschwamm die Straße in einem Meer aus fließenden Schatten, trotzdem hätte sich von dort niemand unbemerkt anschleichen können. Dennoch spürte die junge Frau die Anwesenheit von etwas Unsichtbarem. Das und aufkeimende Angst und Hysterie ließen sie blindlings in den hämmernden Regen fliehen. Bis vor das Bushäuschen waren es nur ein paar Schritte, doch die schienen ihr wie eine Ewigkeit zu dauern. Unmittelbar vor der Straße blieb sie erschrocken stehen; direkt vor ihren Füßen schlängelten sich riesige Ratten durch den reißenden Strom, der sich vor dem Bordstein gebildet hatte. Auf der Straßenmitte hatte der ungeheure Wasserdruck, der sich in der überschwemmten Kanalisation aufgebaut hatte, den Gullydeckel beiseite gepresst und spülte mit dem Abwasser hunderte wuselnder Rattenleiber an die Oberfläche. Ihr schrilles Fiepen, Quieken und Kreischen mischte sich mit den Donnerschlägen des Gewitters.

Um nicht laut loszuschreien, biss sich Marie-Charlotte auf die Unterlippe. Sie wagte kaum zu atmen, Schritt um Schritt wich sie in das Bushäuschen zurück. Noch ehe sie sich von dem Schock erholt hatte, zerbarsten vor ihren Füßen Pflastersteine wie eine zersplitternde Glasscheibe. Aus den Ritzen quoll eine schlammigölige Schwärze, die die Steine zu inhalieren schien, bis das dünnädrige Netzwerk wie zu einem Klecks verschmolz.

Die Französin stand versteinert da und starrte auf das klaffende Loch, das sich wie ein Tumor ausbreitete. An den Außenkanten entstanden unentwegt Risse, die sich in alle Richtungen fortpflanzten. Anfangs besaßen sie einen Durchmesser von wenigen Millimetern, dann verbreiterten sie sich mit raschen, ruckartigen Bewegungen auf Handflächengröße. Inzwischen war das Loch schon einen halben Meter breit. Aus seiner Schwärze drang ein Gestank, der so faulig roch wie der Tod.

Marie-Charlotte erkannte, dass sie den Internet-Vampir unterschätzt hatte, denn er war ihr gefolgt und hatte sich durch unter der Erde verlaufende Kabel an sie herangepirscht. Wie hatte sie nur so dumm sein können, nicht daran zu denken, dass die ganze Stadt vernetzt war? Jetzt war er gekommen, um die letzten Tropfen Verstand aus ihr herauszusaugen, bis sie nur noch eine leere Körperhülle war. Schon spürte sie seine ersten Ausläufer an ihren Fußspitzen, als ob Stromstöße ihre Zehen durchströmten. Sie wimmerte: »Bitte, tu mir nichts!« Tränen strömten ihr über die Wangen. Doch der Internet-Vampir kannte keine Gnade, unaufhaltsam floss er wie flüssiges Spinnwebnetz über sie. Die Französin wollte fliehen, aber ihre Beine gehorchten ihr nicht mehr. Von Krämpfen geschüttelt sackte sie auf die Knie, kippte vornüber und fiel auf den Bauch. Mit dem linken Unterarm wollte sie den Aufprall abfedern, doch die Erde unter ihr fühlte sich seltsam nachgiebig, beinahe schwammig an. Der Boden glitt unter ihr weg und wich einer pulsierenden Dunkelheit. Verzweifelt kämpfte sie mit Beinen, Armen und Händen gegen den Sog an, der sie in die Tiefe zog. Sie kreischte und krallte sich mit den Fingernägeln an Pflastersteine, die unter ihrem Griff zerbröselten. Gierig durchflutete sie die Schwärze, ergoss sich über sie und löste das Körpergewebe in seine Moleküle auf.

Das Letzte, was Marie-Charlotte fühlte, bevor ihr Lebensfunke verlosch, war, dass sie in einen tiefschwarzen bodenlosen Abgrund stürzte.

*05 Uhr 05 – Feuerwehrzentrale, Rue Mesnil*

In der klimatisierten Leitstelle der Feuerwehr in der Rue Mesnil saß Guy Rémy und wartete auf den Tod; genauer gesagt, wartete er auf den Tod seiner Ehe. Zumindest war er sich ziemlich sicher, dass sie im Sterben lag. Viele Jahre hatte sie überlebt, anfangs sogar glücklich; dann dämpfte der graue Alltag das Feuer der Leidenschaft, bis sie mit der Zeit immer mehr dahinsiechend künstlich am Leben gehalten werden musste. Letztlich zahlten sich die lebensverlängernden Maßnahmen wohl nicht aus. Seine Frau und er zögerten das unvermeidliche Ende nur noch ein wenig hinaus. Das wirklich Tragische an diesem Umstand war, dass Guy seine Colette in gewisser Weise heute mehr als bei ihrer Hochzeit liebte.

Was vergangen war, war vergangen. Er konnte Ausreden oder Rechtfertigungen suchen, aber die gegenwärtige Situation war nun mal, wie sie war. An dem Dilemma änderten auch analytische Rückbetrachtungen nichts. Er harrte nur noch voller Bangen der Zukunft entgegen.

Mit geradezu perverser Geduld goss Guy die letzten Tropfen lauwarmer Kaffeebrühe aus seiner Thermokanne in eine überdimensionierte Tasse. Sanft benebelt vom Mangel an Schlaf beobachtete er, wie sich das trübe Licht der Neonröhren von der Decke auf der zittrigen Oberfläche des Kaffees spiegelte. Danach wanderte sein müder Blick über die stumpfgraue Betonwand zur Wanduhr mit dem schwarzen Sekundenzeiger. Er musste nur noch knapp zwei langweilige Stunden überbrücken, dann war die Nachtschicht vorbei und er konnte endlich nach Hause gehen. Seine Frau Colette war seit Jahren mit einem Ehemann gesegnet, der nicht an ihrer Seite lag, wenn sie morgens erwachte. Sie lebten in nicht kompatiblen Welten, in der vor allem die Wach- und Schlafphasen nicht in Einklang miteinander standen. Colette durchschlief die stille Dunkelheit der Nacht, während Guy ungeachtet der Helligkeit des Tageslichts seine Ruhe erst ab Mittag fand. Kinderlose Feuerwehrmänner wurden mit dogmatischer Regelmäßigkeit der Nachtschicht zugeteilt.

Guy Rémy war vorletzte Nacht zusammen mit siebenhundert anderen Feuerwehrleuten bei den Krawallen nach dem Blackout in Paris im Einsatz gewesen. Bis zum Morgengrauen wurden rund dreihundert ausgebrannte Autos gezählt, an die zweihundert Randalierer hatte die Polizei festgenommen. Ziel der Aggressionen waren vor allem Schulen, Geschäfte, Polizeireviere aber auch Löschfahrzeuge der Feuerwehr gewesen. In Clichy-sous-Bois hatten Jugendliche eine Feuerwehrkaserne angegriffen und sogar auf Polizisten und Feuerwehrleute geschossen.

Zum Glück waren solche Nächte die Ausnahme. Zum Normalfall gehörte beispielsweise der Brand eines Hotels in der Pariser Innenstadt, in dem afrikanische Großfamilien lebten. Bei einem solchen Feuer waren zweiundzwanzig Menschen ums Leben und fünfundfünfzig verletzt worden. Kurzschlüsse waren meistens Brandursache in diesen überbelegten, maroden Billigunterkünften für Asylbewerber.

Guy arbeitete seit über zehn Jahren bei der Pariser Feuerwehr, die offiziell der Armee zugeordnet war. Sein Lohn war bescheiden, das Berufsrisiko wegen chronischer Unwägbarkeiten der Einsätze hoch. Schon mehr als einmal hatte er eine »kritische Situation« gemeistert. »Kritisch« bedeutete in ihrem Jargon, dass man vom Feuer eingekesselt war; wenn überall auf dem Körper Brandblasen entstanden, während man sich einen Weg durch die Flammenwand ertrotzte. Manch einer hatte so eine kritische Phase nicht überstanden. Die Wahrscheinlichkeit, dass Guy bei einem Arbeitsunfall ums Leben kam, lag bei siebzehn Prozent. Die Chancen, dass er im Einsatz zum Krüppel wurde, waren mit achtunddreißig Prozent erheblich höher. Die Statistiken schwankten je nach Bezirk. Sein Distrikt wies die meisten Beerdigungen bei der städtischen Feuerwehr auf. Doch das Schlimmste an seinem Beruf war nicht die Gefahr, sondern der Geruch. Im Laufe der Jahre setzte er sich im Riechorgan fest, so dass man überall nur noch den Gestank von Verbranntem roch.

Nach infernalischen Nächten wie vorgestern Nacht, kam Guy sein Zuhause, eine kleine Zweizimmerwohnung in der Rue Joufroy, wie ein Hort der Geborgenheit vor und ähnlich unschuldig, wie es vor vielen Jahren sein Elternhaus in einer kleinen Ortschaft in der tiefsten Provence gewesen war. Bis zu jener Nacht, in der es bis auf die Grundmauern niederbrannte.

Guy war damals zehn Jahre alt. Er erinnerte sich noch gut daran, wie ihn seine Mutter aus dem Bett gerissen und durch orangeflackernde Rauchwolken aus dem Kinderzimmer im ersten Stock getragen hatte. Auf der Treppe fingen ihr langer Morgenmantel und ihr wehendes Haar Feuer. Da war ihm zum ersten Mal der schrecklich widerliche Gestank von Verbranntem in die Nase gestiegen, der sich dort bis heute eingenistet hatte. Von draußen ertönten die nahenden Sirenen der örtlichen Feuerwehr mit ihrem betagten Löschzug. Hustend brach seine Mutter durch den Rauchvorhang ins Freie, wo sie sich auf dem feuchtnassen Gras rollte, bis der letzte Funken an ihr erstickt war. Er selbst war in ein Gebüsch gepurzelt, wo er völlig unverletzt wieder auf die Beine kam.

Auch seine Eltern kamen mit dem Schrecken davon. Ohnmächtig mussten sie mit ansehen, wie Flammen über ihr Domizil hinwegbrandeten und gierig alles fraßen, zerbrachen und zertrümmerten, bis nur noch schwarze Asche und verkohlte Mauerstümpfe übrig blieben.

In jener Nacht, als er im roten Lichtschein zur Tatenlosigkeit verdammt dastand, während das Feuer alles, was für ihn Wert hatte, in sich saugte und dann als flirrende Funkenfontänen in den Nachthimmel spuckte, hatte er ihm den Kampf angesagt. Als ihm die Tränen in Bächen unerträglich kalt und prickelnd die Wangen herunterliefen, schwor er: Nie wieder würde er wehrlos zuschauen, wie Flammen ihrer Zerstörungswut freien Lauf ließen. Seitdem waren über zwei Jahrzehnte vergangen. Guy Rémy hatte seinen Schwur gehalten.

Der Feuerwehrmann lauschte den leisen Klängen einer Nachrichtensendung aus einem Radio, das auf Dauerbetrieb gestellt in einem Regal vor sich hinstaubte. Er nahm einen Schluck des abgestandenen Kaffees und verzog sein Gesicht angewidert vom Geschmack der Brühe. Sein Blick glitt zur halboffenen Jalousie am Fenster. Schonungslos peitschte der Sturm Regenwellen gegen die Fensterscheiben. Heute beneidete er seine Kollegen nicht um ihre Tagschicht. Bei dem Hundewetter wollte er auf keinen Fall raus zu einem Einsatz.

Guy freute sich auf sein Zuhause. Für ihn war es auch nach all den Jahren und trotz kriselnder Ehe immer noch ein schönes Gefühl, wenn er nach einem schweren Einsatz zu seiner Frau kam. Colette hatte Ordnung in sein Leben gebracht. Wie alle Ehefrauen von Feuerwehrmännern machte auch sie sich Sorgen, wenn ihr Mann nicht pünktlich vom Dienst nach Hause kam. Und Guy kam fast nie zur angegebenen Zeit zurück. Somit rechnete seine Frau täglich damit, dass man die verkohlte Leiche ihres Mannes aus einem Brandherd barg. Sie wusste nie, ob ihr Ehemann vor der Haustür stand, oder ein netter Kollege, der sie höflich davon in Kenntnis setzte, dass sie nun Witwe sei. Manchmal durchlebte sie des Nachts auch Albträume, in denen sie alle Stadien des Grauens eines solchen Schicksalsschlages durchlief.

In letzter Zeit hatten sie und Guy oft wegen seiner Arbeit gestritten. Ziemlich harsch und in einer für sie ungewöhnlich direkten Ausdrucksweise prangerte sie seine Verspätungen an; früher vergingen diese verbalen Konfrontationen so schnell und rückstandslos wie ein heftiges Sommergewitter. Zog Guy allerdings ihre Häufung in jüngster Vergangenheit in Betracht, so konnte er darin die Vorstufe einer sich anbahnenden Trennung erkennen, zumal er wusste, dass Colette zu jenen Frauen zählte, die mehr in sich hineinfraßen, als sie sich anmerken ließen.

Ein weiteres Indiz für das Ende ihrer Geduld war, dass sie kürzlich ihrem Zorn erstmals öffentlich freien Lauf gelassen hatte. Der eigentliche Anlass auf der Geburtstagsfeier seines Bruders vor drei Wochen war Guy bis heute verborgen geblieben. Er begann sich allerdings auf der Party schon unbehaglich zu fühlen, als ihn einige Damen drängten, Anekdoten über gefährliche Einsätze der Feuerwehr zu erzählen. Möglicherweise war eine größere Menge Alkohol, die Colette lustlos in sich hineingekippt hatte, der Grund für ihre sarkastischen Kommentare, mit denen sie seine Geschichtchen würzte. Im Verlauf des Abends begaben sich auch die letzten Überbleibsel ihrer Zurückhaltung zur Ruhe, worauf sie mit wachsendem Eifer und einer ungewöhnlichen Lebhaftigkeit kübelweise gifttriefende Bemerkungen wegen seiner Arbeit über ihm ausschüttete. Das war einer dieser wenigen Momente, in denen sich Guy nichts lieber wünschte, als wieder in seiner Feuerwache zu sein, wo es derartige Auseinandersetzungen nicht gab.

Nachdem Colette ihrem Zorn über seinen riskanten Beruf freien Lauf gelassen hatte, drehte sie sich finster dreinschauend auf den Stöckelabsätzen um und verschwand ebenso ungestüm wie türknallend von der Party. Guy verfrachtete die Erinnerung an diesen Abend in die hintersten Winkel seines Gedächtnisses und ging nie wieder darauf ein. Er machte Colette weder Vorwürfe, weil sie ihn dermaßen bloßgestellt hatte, noch versuchte er zu ergründen, ob diese Entgleisung mehr als nur ein unwichtiges Puzzlestückchen ihrer wahren Gedanken über ihn waren.

Guy mühte sich verzweifelt ab, sein vom Beruf verwüstetes Privatleben aufzuräumen, aber er kam in den seltensten Fällen über den guten Vorsatz hinaus. So hatte er auch den vergangenen Tag statt im heimischen Schlafzimmer im Bereitschaftsraum der Feuerwehr zugebracht, wo sich seine Kollegen von der Nachtschicht momentan immer noch ausruhten. Ein Stockwerk höher standen dafür einfache Pritschen bereit.

Während der letzten Stunden hatten sie nur wenige Einsätze gefahren; beim ersten Alarm hatte es sich um einen Schwelbrand im dritten Stock in der Rue de Condé gehandelt. Eine alte Frau hatte die Feuerwehr alarmiert, weil aus der Nachbarwohnung Rauch drang. Die Feuerwehrmänner hatten die Tür aufgebrochen und eine kokelnde Matratze gelöscht; Brandursache war vermutlich Rauchen im Bett. Auf dem Fußboden lag ein regungsloser Mann, der weder tot war, noch eine Rauchvergiftung hatte. Der Kerl war sternhagelvoll.

Zwei Stunden später löschten sie einen kleinen Brand in der Lagerhalle einer Farbenfabrik. Der entstandene Sachschaden war deshalb so gering, weil ein Nachtwächter rechtzeitig den Feueralarm ausgelöst hatte. Ein weiterer Notruf entpuppte sich als falscher Alarm.

Im Vergleich zu vorgestern war das wirklich eine ungewöhnlich stille, teilweise sogar langweilige Schicht gewesen.

Aber um 07 Uhr 45 sollte sich das ändern. Da brach die Hölle über Paris herein.

### *06 Uhr 48 – Hôtel de Ville*

Im obersten Stockwerk des Hôtel de Ville, des Rathauses von Paris, durchschnitt das Klacken hochhackiger Pumps die gespenstische Stille der endlosen Korridore mit ihren prächtigen Vergoldungen, Edelholzverkleidungen und kostbaren Baccarat-Lüstern. Nicht, dass Arielle Clémentine Dorléac je an Gespenster geglaubt hätte, doch ein merkwürdiges Gefühl war es schon, abgesehen von einem betagten Hausmeister so ganz allein in diesem gewaltigen Rathausmoloch zu sein.

Trotz menschenleerer Straßen hatte die Französin über eine Stunde mit dem Auto bis hierher gebraucht. Bei gutem Wetter legte sie die Strecke in knapp zehn Minuten zurück. In dem unerbittlichen Regen, der die Welt vor den Scheinwerfern verschluckte und gegen eine Wasserwand eintauschte, war sie nur im Schritttempo vorangekommen. Sie konnte nicht behaupten, man hätte sie nicht vorgewarnt, denn der Wetterbericht sendete seit Mitternacht eine Unwetterwarnung nach der anderen. Allerdings musste es gewichtigere Gründe geben als einen Wolkenbruch, weswegen ihr Chef, der Oberbürgermeister von Paris, und der Innenminister hier eine Krisenkonferenz der höchsten Dringlichkeitsstufe einberufen hatten. Die Beigeordnete wünschte, sie wüsste mehr über die wahren Hintergründe.

Vor etwa zwei Stunden hatte sie der Oberbürgermeister angerufen und angeordnet, sie solle bis spätestens sieben Uhr alles Notwendige für eine Krisensitzung im Rathaus organisieren. Zuvor hatte ihn der Innenminister über einen besorgniserregenden Vorfall informiert, den Beamte der Video-Überwachung gemeldet hatten. Eine der über zwanzigtausend Kameras, die in der französischen Hauptstadt rein rechnerisch jeden Bürger dreihundert Mal pro Tag filmten, hatte etwas aufgenommen, was die Polizei in allerhöchste Aufregung versetzte.

Ein Krisenstab bestand normalerweise aus den wichtigsten Entscheidungsträgern der Stadt, war dem Innenministerium angegliedert und mit einem technischen Stab verbunden. Der Polizeipräsident und ein hoher Militär gehörten sozusagen zur Grundausstattung der Teilnehmerrunde. Die übrigen Mitglieder setzten sich aus Leitern verschiedener Ressorts und Wissenschaftlern zusammen, deren Fachkompetenz die momentane Krise gerade verlangte. Der Oberbürgermeister – bei brisanten Fällen der Innenminister – stand dem Krisenstab vor; so ein brisanter Fall schien eingetreten zu sein. Der Oberbürgermeister hatte Arielle Clémentine eine Liste von etwa zwanzig Personen übermittelt, die bei der Konferenz anwesend sein sollten. Ohne Zeit zu verlieren, arbeitete sie diese ab und rief einen nach dem anderen an. Einige riss sie aus dem Schlaf, bei anderen musste sie auf den AB sprechen. Eine ganze Reihe von Leitungen waren tot. Sie versuchte es über Handy, aber auch da kam keine Verbindung zustande. Sie beschloss, es später vom Rathaus aus noch einmal zu probieren. Der erste, den sie angerufen hatte, stand allerdings nicht auf der Liste: der Hausmeister. Er sollte im »Salle des Prévots«, der Eingangshalle, warten und sie und die später eintreffenden Konferenzteilnehmer einlassen.

Bevor sie zum Rathaus aufbrach, zappte sie kurz durch die Fernsehkanäle in der Hoffnung, einen Hinweis auf eine mögliche Krise zu finden. Doch überall liefen – abgesehen von den Unwetterwarnungen – nur die üblichen Programme, was bedeutete: Sie würden bei der Krisensitzung entweder prophylaktische Maßnahmen wegen einer potenziellen Gefahr ergreifen, oder wegen einer akuten aber noch geheimen Bedrohung beraten. Möglicherweise hielten Terroristen hochrangige Geiseln in Paris gefangen. Wenn man eine rege Phantasie besaß, konnte man sich einige Szenarien vorstellen, die im Stillen abliefen und trotzdem von höchster Brisanz waren.

Arielle Clémentine war Anfang dreißig, wirkte aber wesentlich jünger, schön, intelligent und kompetent. Mit ihrem fein gezeichneten Gesicht, den großen dunklen Augen, einer schmalen, leicht gebogenen Nase, den sanften Wangenknochen und dem sinnlich geschwungenen Mund sah sie ausgesprochen attraktiv aus. Sie war über einssiebzig groß, schlank, mit wohlproportionierter Figur. Das üppige dunkelbraune Haar, das ihr normalerweise wallend bis über die Schultern fiel, hatte sie mit hübschen Klammern gebändigt und im Nacken zusammengebunden. Wie bei offiziellen Anlässen üblich, trug sie ein schlichtes, dennoch elegantes Kostüm mit einem engen Rock, dessen Saum eine Handbreit über dem Knie endete. Unter dem Blazer blitzte eine weiße Bluse, die ihre braune Haut noch goldener erscheinen ließ.

Die Beigeordnete stammte aus einer einfachen Arbeiterfamilie aus dem Süden Frankreichs. Sie war unter einer strengen Mutter aufgewachsen, die einen durch ständige Maßregelei und Besserwisserei in den Wahnsinn treiben konnte, zumal sie die Grundregeln ihrer Weltanschauung zwar predigte, aber wie die meisten Menschen ihrer Art nicht danach lebte. Mit vierzehn hatte Arielle Clémentine plötzlich das Gefühl, als würde jemand einen Vorhang beiseite ziehen, damit sie klar erkennen konnte, was sich hinter all den kleinen Bosheiten ihrer Mutter verbarg: Abscheu, dass ihre Tochter es einmal besser haben könnte als sie. Zorn, dass ihre Tochter das richtig machen könnte, was sie in ihrem Leben falsch gemacht hatte. Erbitterung über Arielle Clémentines erblühende Schönheit und ihre Intelligenz, die ihr mit Sicherheit einen sonnigeren Platz in der Welt sichern würden als ihrer Mutter in diesem abgeschiedenen Winkel der Erde, wo sie unbeachtet vor sich hinwelkte. Ihren Neid und ihre Eifersucht verbarg sie hinter Zurechtweisungen, die nur dem Zweck dienten, ihrer Tochter zu zeigen, was für ein unvollkommener, fehlerhafter Mensch sie sei.

Arielle Clémentines Vater war ein stiller Mann, dem man, abgesehen davon, dass er im Übermaß trank, keine Charakterfehler nachsagen konnte. Der Alkohol war seine kleine Privatinsel, wo seine zänkische Frau irgendwo weit hinter dem Horizont verschwand.

Die Beigeordnete hatte keine glückliche Kindheit. Schon als Teenager hatte sie gelernt, weit vorauszudenken, eine Fähigkeit, die später einer der Gründe ihres Erfolges war. Um so schnell wie möglich dem Elternhaus zu entkommen, entwickelte sie in der Schule einen unglaublichen Ehrgeiz. So gesehen war ihre Mutter die beste Motivatorin, die sich ein Kind wünschen konnte. Sie schloss das Abitur als Klassenbeste ab, studierte in Paris Kommunikations- und Politikwissenschaft und hatte nach Umwegen über verschiedene Ministerien vor elf Wochen ihre Arbeit im Rathaus als Beigeordnete des Pariser Oberbürgermeisters aufgenommen.

Offiziell war sie für die Ressorts »Presse und Öffentlichkeitsarbeit« verantwortlich. Sie wusste, dass ihre Kollegen – alle anderen Beigeordneten waren männlich – sie hinter ihrem Rücken als »Quotenfrau« bespöttelten. Ein Denken in diesen Kategorien war ihr fremd, denn sie war keine verbissene Emanze, sondern versuchte die Dinge so zu sehen, wie sie waren. Entsprechend hatte sich manch voreingenommener Kollege über die Kompetenz gewundert, die sich hinter ihrer sanftmütigen, beinahe zerbrechlichen Fassade verbarg.

Ein Privatleben kannte sie nicht; das ließ der Beruf nicht zu. Wer Karriere machen wollte, war im Dauereinsatz. Ihr Erfolg hatte sie bereits eine Verlobung und mehrere Freundschaften gekostet. Seit der letzten Trennung ließ sie die Finger von Männern und lebte allein.

Den größten Teil ihrer Zeit verbrachte sie im Büro. Zu Beginn ihrer Tätigkeit war sie Koordinatorin mit Schwerpunkt Terminplanung gewesen. Inzwischen ging ihr Job mehr in Richtung Troubleshooter; tauchte ein Problem auf, wandte sich der Oberbürgermeister vertrauensvoll an sie. Weil die Behörden miteinander vernetzt waren und vieles koordinierten, machte sie das Troubleshooting eigentlich auch für alle anderen Einrichtungen der Stadt. Die einzelnen Ressorts schickten ihr ihre Probleme, sie schaute sie sich an und schickte sie optimal gelöst zurück. Allerdings machte niemand großes Aufheben darum, weder sie noch irgendwelche Abteilungen. Trotzdem hatte sie sich auf diese Weise schnell einen guten Ruf und Respekt bei ihren Vorgesetzten verschafft. Seit einiger Zeit koordinierte sie die Termine des Oberbürgermeisters, sorgte für den reibungslosen Ablauf des Protokolls und begleitete ihn bei Empfängen im In- und Ausland. Von den anderen Beigeordneten wusste sie, dass ihr keiner den Job gönnte. Sie spürte ihre Ablehnung wie einen kalten Hauch. Möglicherweise war diese Abneigung sogar unabhängig von ihrer Person und hatte mehr mit der kollegialen Hackordnung zu tun. Obwohl sie erst kurz für den Oberbürgermeister arbeitete, hatte er sie inoffiziell zu seiner rechten Hand befördert; vielleicht auch deshalb, weil sie optisch mehr hermachte als ihre biederen Kollegen. Vielleicht imponierte ihrem Chef aber auch, wie professionell sie mit den Medien umsprang und ihm diese höflich, aber bestimmt, vom Leib hielt. Auch besaß sie die Fähigkeit, genau das auszudrücken, was dem Oberbürgermeister im Kopf herumging, er aber nicht in Worte zu fassen vermochte. So war sie seine Sprecherin geworden. Ein Job, den bisher Gérard Tavernier innehatte. Der Unterschied zwischen ihm und ihr war: Sie war taktvoll, er war rücksichtslos. Im Gegensatz zu ihm war Arielle Clémentine kultiviert, zurückhaltend und äußerst akkurat; sie scheute sich aber auch nicht, ihren Vorgesetzten unangenehme Wahrheiten zu unterbreiten. Davon abgesehen, war Tavernier zu verbissen und karrieregeil und dabei genauso missgünstig wie die anderen: Kaum wendete sie ihnen den Rücken zu, wetzten sie die Messer.

Beim Umgang mit ihren Kollegen versuchte sie, Emotionen außen vor zu lassen. Das erwies sich bei jemandem wie Tavernier manchmal als echte Herausforderung. Obwohl sie im Interesse eines harmonischen Betriebsklimas nett zu ihm sein wollte, fiel ihr die Umsetzung des Vorsatzes nicht leicht. Das lag nicht nur an seiner arroganten Art, er war ein cholerischer Besserwisser der üblen Sorte, sondern er stieß sie auch körperlich ab, da er zu heftigsten Schweißausbrüchen neigte, wenn er sich über irgendwas aufregte. Es hatte den Anschein, dass dies in ihrer Gegenwart immer der Fall war.

Anfangs schien er auch mehr als nur berufliches Interesse an ihr zu haben. Das machte die Sache kompliziert, denn es erforderte ihr ganzes Fingerspitzengefühl, ihm einen Korb zu geben, ohne dabei seine Gefühle zu verletzen. Offensichtlich war ihr das nicht so gut gelungen wie erhofft, denn von da an feindete er sie regelrecht an und setzte rufschädigende Gerüchte über sie in die Welt. Da sie ihr Privatleben gegenüber Kollegen unter Verschluss hielt, zweifelte niemand an dem Bild, das der Rufmörder von ihr zeichnete. Per Zufall hatte sie etwas davon aufgeschnappt und ihn zur Rede gestellt. Er leugnete jeden Vorwurf. Letztendlich musste sie sich entscheiden, ob sie ihren Job aufgab oder Tavernier jeden Tag ertrug. Sie entschied sich für das kleinere Übel, behielt den Job und ertrug ihn.

Wenn er ihr gegenübertrat, verzog er immer demonstrativ sein Gesicht. Dazu hatte er auch allen Grund; zwar lobte der Oberbürgermeister immer noch seine Arbeit, aber die wirklich wichtigen Aufgaben übertrug er Arielle Clémentine.

Letzte Woche eskalierte die Situation. Sie hatte Tavernier unter vier Augen gesprochen; zufällig, weil sie früher zum Dienst gekommen war, um noch Kopien zu machen. Als sie den Kopierraum betrat, arbeitete er bereits an dem Ranxeros. Er drehte ich zu ihr um, grüßte und schwitzte. Sie grüßte zurück, setzte sich an einen Schreibtisch und tat so, als sortiere sie Unterlagen in ihrer Aktentasche.

»Ich hoffe, ich habe Sie nicht erschreckt«, sagte er und grinste sie mit seinen gelben Zähnen an, als hätte er ein neues Gebiss, das er unbedingt in seiner ganzen Breite präsentieren wollte.

»Nicht wirklich«, entgegnete sie ohne aufzublicken. »Aber um die Zeit ist selten jemand hier.«

Er lachte gekünstelt. »Ja, Sie hängen sich hier wirklich voll rein. Lobenswert. Kein Wunder, dass der Oberbürgermeister so große Stücke auf Sie hält.«

Arielle Clémentine lächelte und beobachtete ihn aus den Augenwinkeln, um zu sehen, ob er nicht endlich fertig mit dem Kopieren war.

»Wissen Sie, wie viele Beigeordnete ich erlebt habe, die kamen und gingen?«, fragte er.

»Nein.«

»Ich auch nicht. Ich habe vergessen, sie zu zählen. Es waren eine ganze Menge.«

»Aha.«

»Und wissen Sie was?«

»Nein.«

»Jemand wie Sie war nicht dabei.«

»Kann ich mir denken.«

»Ich meine jemand, der so schnell die Karriereleiter hinaufgestolpert ist.«

»In unserem Job gibt es keine Karriereleiter, entweder man ist Beigeordneter oder nicht. Oder existiert da etwa eine Rangfolge, die mir entgangen ist?«

»Ach kommen Sie! Sie wissen genau, worauf ich anspiele.«

»Tut mir Leid, aber ...«

»Hören Sie, ich kann ja verstehen, dass Sie Ihre weiblichen Waffen einsetzen, um voranzukommen, aber verkaufen Sie mich nicht für dumm. Meinen Sie, ich wüsste nicht, was für ein Spielchen Sie hier treiben? Ich bin mir nur noch nicht sicher, ob Sie schon mit ihm in die Federn hüpfen oder sich noch in der Vorbereitungsphase befinden.«

Ihr Herz machte einen Hopser. »Was?«

Er sah sie direkt, beinahe herausfordernd an. Er hielt den Kopf schräg und lächelte, um zu zeigen, dass er sie durchschaut habe.

»Mit wem soll ich in die Federn hüpfen, wie Sie es ausdrücken?«

»Mit dem Oberbürgermeister.«

»Aha. Mit dem Oberbürgermeister. Das ist ja verrückt.«

»Ich habe mir schon gedacht, dass Sie so reagieren würden.«

Sie erhob sich und entgegnete so ruhig sie konnte: »Entschuldigen Sie, aber die Unterhaltung wird mir eine Spur zu beleidigend. Ich werde jetzt gehen und zu vergessen versuchen, dass dieses Gespräch jemals stattgefunden hat.«

»Ja gehen Sie!« Er warf seinen Kopf in den Nacken und lief puterrot an. Seine Augen verengten sich zu schmalen Schlitzen. »Gehen Sie ruhig zu Ihrem Lover und weinen Sie sich an seiner Schulter über mich aus. Mir können Sie damit nicht drohen, Sie aufgeblasene kleine Hure.«

Das traf sie wie ein Hammerschlag. Sie atmete tief durch, bekam die Erregung trotzdem nicht aus der Stimme: »Was fällt Ihnen ein, Sie niederträchtiger, gemeiner Widerling.«

Auf seinem Gesicht machte sich ein spöttisches Lächeln breit. »Sie stecken trotz Ihres Freundes tief in der Scheiße, meine Liebe.«

»Wie bitte?« Sie war so konsterniert, dass ihr die Worte fehlten. Sie musste sich festhalten, damit ihre Beine nicht wegknickten, weil der Boden unter ihr wegzurutschen schien.

»Sie haben mich schon richtig verstanden. Sie denken, Sie könnten hier aufkreuzen und mit Ihren langen Beinen und kurzen Röckchen auf meine Kosten Karriere machen. Eine auf Schönheit aufgebaute Karriere steht auf tönernen Füßen, Mademoiselle. Denn auch Sie werden älter. Es ist nur eine Frage der Zeit, bis unser Chef eine jüngere, attraktivere Favoritin hat. Diese Methode hat bei französischen Herrschern Tradition. Ich brauche also nur zu warten, bis Sie abserviert werden. Aber das ist noch nicht mal Ihr Hauptproblem.«

Sie überlegte noch, wie sie auf diese rüde Attacken reagieren sollte, da fuhr Tavernier mit seinen cholerischeren Tiraden fort: »Ich bin ein Mann und Sie sind eine Frau. Das ist Ihr Hauptproblem, weshalb Sie in der Scheiße stecken.«

»Ist es das?« Die Schrille in seiner Stimme ließ sie langsam wieder die Fassung gewinnen. »Sie meinen also, maskuline Gehirne sind höher entwickelt als feminine?«

»Hirn? Wer spricht denn hier von Hirn? Schauen Sie sich doch nur mal in der Geschichte um: Eroberungen, Kriege, Entdeckungen, das war zu neunundneunzig Prozent das Werk von Männern.«

»Auf die Kriege und Eroberungen würde ich nicht stolz sein wollen.«

»Es gehört zur Natur des Mannes, Dinge voranzutreiben«, fuhr er unbeirrt fort. »Und dafür braucht man keinen Verstand, sondern Willen, Mut und Durchhaltevermögen. Sie als Frau besitzen keines dieser Attribute und haben somit mittelfristig auch keine Chance, den Stress hier durchzustehen.«

Einen Augenblick lang herrschte unheilvolles Schweigen.

»Wenn dem wirklich so ist, weshalb regen Sie sich dann so auf?« Arielle Clémentine war am besten, wenn sie entwaffnend ehrlich war. »Dann dürfte ich Ihrer Karriereplanung mittelfristig wohl kaum im Wege stehen. Lehnen Sie sich also entspannt in Ihrem Bürosessel zurück und warten Sie einfach ab, bis ich mit einem Nervenzusammenbruch in die Psychiatrie eingeliefert werde.«

»Sie sind verdammt arrogant, wissen Sie das? Kein Wunder, dass Sie niemand hier ausstehen kann.«

»Wer von uns beiden arrogant ist, das lasse ich einmal dahingestellt. Es macht mir wirklich keine große Freude, Sie zu enttäuschen, trotzdem muss ich Sie bedauerlicherweise auf einen Denkfehler in Ihrer aufschlussreichen Argumentation aufmerksam machen.«

»Und der wäre?«

»In der Unterscheidung zwischen Frau und Mann. Für Sie ist es etwas Psychologisches. Für mich ist es nur eine Frage der Definition.«

»Wie meinen Sie das?«

»Denken Sie darüber nach. Vielleicht sind Sie ja Manns genug und kommen selbst darauf.« Sie nahm ihre Aktentasche und wandte ihm den Rücken zu. An der Tür drehte sie sich noch einmal um und schenkte ihm ein giftiges Lächeln. »Wenn Sie mich wirklich loswerden wollen, müssen Sie mich schon aus einem Fenster stoßen. Allerdings wäre das gesetzlich nicht ganz korrekt und würde sich wohl eher kontraproduktiv auf Ihre Karriere auswirken.«

»Ich hasse Sie! Fühlen Sie sich nur nicht so verdammt sicher. Der Kampf hat gerade erst angefangen.«

»Mag sein, aber Sie werden ihn sicher nicht gewinnen.«

An diesem Morgen war ihr klar geworden, wie ernst es Tavernier meinte. Sie war nicht nur überrascht über die Heftigkeit dieser irrationalen Auseinandersetzung; da war noch etwas anderes als Hass in seinen Augen gewesen, etwas, das Panik in ihr auslöste, die wie eine Trommel in ihrem Herzen dröhnte. Für einen kurzen Moment hatte sie einen Blick auf sein wahres Ich erhascht. Der Mann war verrückt; verrückt, aber klug genug, dies zu verbergen. Klug war es allerdings auch, Verrückte nicht zu reizen, wenn man nicht um seine Gesundheit bangen wollte.

Nach dieser Auseinandersetzung hatte sich ihr Arbeitsverhältnis verändert. Sie sprachen nur noch das Notwendigste miteinander, wobei sich unterschwellig eine gewisse Spannung breit machte, wer von ihnen wann den nächsten Schritt in dem erklärten Krieg machen würde.

Im Rathaus war es inzwischen kein Geheimnis mehr, dass sich die beiden spinnefeind waren. Es liefen sogar schon Wetten, wer von ihnen als erster das Handtuch werfen würde. Denn dass beide längere Zeit unter einem Dach arbeiten würden, schien eher unwahrscheinlich.

Die Beigeordnete erreichte das Ende des Flurs, den Gemälde und antike Möbel verschönerten, die Millionen wert waren. Die Wände waren mit leuchtend rubinroten und königsblauen Tapeten bezogen und von schmalen Goldleisten umrahmt. Mit einem beklemmenden Gefühl im Magen öffnete sie die Tür zum Eckbüro des Oberbürgermeisters, das sie provisorisch als Konferenzraum nutzten. Die kühle Luft, die ihr beim Eintreten entgegenschlug, ließ sie frösteln. Das Parkett knarrte leise unter ihren Schuhen. Sie tastete mit einer Hand nach dem Schalter und machte Licht.

Das hundertfünfzig Quadratmeter große Büro bot sowohl einen atemberaubenden Ausblick auf die Île de la Cité als auch auf den großen Vorplatz, den Place de l'Hôtel de Ville. Unter dem barocken, frisch restaurierten Deckenfresko bildete ein gläserner Konferenztisch, um den mehrere Stühle aus Bergahorn standen, den Mittelpunkt des Raumes. Vor dem offenen Kamin protzte ein riesiger Großbildschirm auf einem rollbaren Stützfuß. An der gegenüberliegenden Kopfwand hingen Karten des Pariser Straßen- und Métronetzes.

Sie trat an eines der hohen Rundbogenfenster, die eine ganze Wandseite ausfüllten, und schaute hinaus auf das glitzernde Meer, in das der Wolkenbruch den Vorplatz verwandelt hatte. In diesem Augenblick fühlte sie sich leer und einsamer denn je. Sie war eine Frau, die bisher alles erreicht hatte, was sie erreichen wollte, und dennoch verspürte sie immer noch diese Sehnsucht nach einem Menschen, bei dem sie sich geborgen fühlen konnte.

Sie schob diese traurigen Gedanken beiseite, drehte sich um und schritt an dem Konferenztisch vorbei. Sie war nicht zum ersten Mal hier, aber irgendwie wirkte der Saal verändert und anders als sonst, wenn der Oberbürgermeister mit den wichtigsten Leuten der Stadt konferierte.

### *07 Uhr 03 – Hôtel de Ville, Konferenzraum*

»Guten Morgen, Mademoiselle Dorléac«, grüßte Philippe Chapiteau und wand sich umständlich aus seinem regendurchtränkten Mantel. »Besorgt?«

Der 65-jährige Astrophysiker besaß etwas ungemein Väterliches, Vertrauen erweckendes. Er war jemand, dem man gerne glauben wollte, was er sagte. Bis vor zehn Jahren hatte er in den USA im Goddard Space Flight Center der US-Raumfahrtbehörde NASA gearbeitet. Heute lehrte er in Paris an der Sorbonne.

Philippe Chapiteau sah schlecht aus mit seinen eingefallenen Wangen. Er hatte kaum noch Haare und sein Körper bestand nur noch aus Haut und Knochen, was allerdings kaum überraschte, denn er hatte erst vor kurzem eine schwere Krankheit überstanden. Trotzdem hatte er sich ins Hôtel de Ville geschleppt, was man vom Innenminister oder dem Bürgermeister bisher nicht behaupten konnte.

»Besorgt über was?«, fragte Arielle Clémentine zurück.

»Ich dachte, Sie würden mir das verraten.«

»Später.«

»Gibt es ein Sicherheitsproblem?«

»Ich sagte: später.«

Chapiteau nickte, als habe er keine andere Antwort erwartet.

»Ich hoffe, es dauert nicht zu lange. Heute Mittag habe ich noch eine Vorlesung. Meine Studenten erwarten mich.«

»Ich fürchte, Ihre Schüler müssen heute auf Sie verzichten.«

»Wie stellen Sie sich denn das vor? Soll ich sie etwa einfach wieder nach Haus schicken? Das geht doch nicht.«

Er schaute die Beigeordnete an, als suche er in ihrem Gesicht etwas, das ihm Zustimmung signalisierte. Einen Augenblick lang war er versucht zu fragen, ob er sich so eine Behandlung wirklich gefallen lassen müsse. Dann besann er sich und nahm am Tisch Platz. An seinem Blick bemerkte sie, dass ihr die innere Anspannung wohl im Gesicht geschrieben stand, weshalb sie sich zur Ruhe zwang und wieder aus dem Fenster über den Platz schaute. Keine Menschenseele weit und breit.

Sie zückte ihr Handy und versuchte, diejenigen anzurufen, die sie von zu Hause nicht erreicht hatte. Das Ergebnis blieb dasselbe. Mit einem Festnetztelefon hatte sie auch kein Glück, sie bekam nicht einmal ein Freizeichen. Es war, als ob alle Telefonleitungen gekappt wären.

Als nächste traf die Physikerin Valérie Mairesse, eine Frau mit ausgeprägten, beinahe exotischen Gesichtszügen ein. Zu Beginn ihrer Karriere hatte die inzwischen Mittfünfzigerin lange Zeit in einem geheimen Forschungszentrum der französischen Regierung gearbeitet. Dann lehrte sie als Physikprofessorin an der University of California in Berkeley und später in Paris. Die Physikerin war eine resolute, kompetente, aber auch leicht erregbare – im Sinne von auf-die-Palme-bringen – Frau, die selten ein Blatt vor den Mund nahm. Unter dem klatschnassen Mantel trug sie ein für die Jahreszeit zu dünnes Top mit einem gewagten Ausschnitt und einen dazu passenden hautengen Rock; ein Ensemble, das ihre weiblichen Rundungen vorteilhaft betonte.

»Guten Morgen, Arielle Clémentine«, grüßte sie mit aufregender Reibeisenstimme. »Wie geht es Ihnen?«

»Guten Morgen, Madame Mairesse. Danke, gut. Und Ihnen?«

»Wie es einem halt geht, wenn man mitten in der Nacht aus dem Bett gerissen wird.«

»Tut mir wirklich Leid, aber es ließ sich leider nicht vermeiden.«

»Ich bin neugierig.«

»Worauf?«

»Was wir hier machen.«

»Das verrät Ihnen der Oberbürgermeister, sobald der Krisenstab komplett ist.«

»Na schön. Ihr Chef muss wirklich große Stücke auf Sie halten, mein Kind. Eigentlich wäre die Organisation des Krisenstabes Aufgabe dieses Schleimbeutels, wie hieß er noch gleich? Tarené oder so ähnlich.«

Klang da ein Anflug von Bewunderung in der Stimme der Professorin?

»Tavernier«, korrigierte Arielle Clémentine.

»Richtig. Wie ich sehe, verschont uns der unangenehme Zeitgenosse mit seiner Gegenwart. Ich nehme nicht an, dass er völlig unerwartet von uns geschieden ist.«

»Nein, da kann ich Sie beruhigen. Tavernier erfreut sich allerbester Gesundheit. Zumindest tat er das noch gestern Nachmittag, da habe ich ihn das letzte Mal gesehen.«

»Na ja, man kann nicht alles haben. Außerdem ist aufgeschoben ja nicht aufgehoben, nicht wahr? Auf wen darf ich mich bei unserem kleinen tête-à-tête denn noch alles freuen?«

Die Beigeordnete zählte eine Liste von Namen auf. Bei den meisten nickte die Physikerin, sie kannte sie entweder persönlich oder hatte zumindest von ihnen gehört. Mit anderen, verriet ihre Miene, konnte sie nicht viel anfangen.

Marc Caubère betrat den Saal. Der stellvertretende Polizeipräsident besaß ein markantes Gesicht und einen durch regelmäßigen Sport durchtrainierten Körper, der mit über einsachtzig Größe gern den Blick der einen oder anderen Dame auf sich zog. Mit seinen pechschwarzen, kurz geschnittenen Haaren und den strahlendblauen, intelligenten Augen war ein veritabler Herzensbrecher an ihm verloren gegangen. Er war Anfang vierzig und gehörte neben Arielle Clémentine zu den jüngsten Mitgliedern des Krisenstabes. Sein scharfer Verstand, seine Selbstsicherheit und gute Menschenkenntnis waren ihm bei seiner Karriere von Nutzen gewesen. Wenn er sprach, dann immer ruhig und gelassen. Beim Eintreten hatte er den Mantel, den er über seiner Uniform trug, schon halb ausgezogen. In einer Hand schwenkte er eine prallgefüllte Aktentasche aus glattschwarzem Leder.

»Guten Morgen«, grüßte er. »Und, wie läuft's bisher?«

»Alles im grünen Bereich. Ich wünschte, der Innenminister oder der Oberbürgermeister wären endlich hier.«

»Das wünschte ich auch. Allerdings glaube ich nicht ...« Er brachte den Satz nicht zu Ende, sondern zog seinen Mantel aus und hängte ihn an einen Garderobenständer aus gebürstetem Aluminium.

»Was glauben Sie nicht?«, hakte Arielle Clémentine nach. »Glauben Sie etwa nicht, dass die beiden noch kommen?«

»Das habe ich nicht gesagt«, erwiderte er. »Aber bei dem Wetter würde ich keine Wette darauf abschließen.«

»Vor zwei Stunden herrschte auch kein Sonnenschein und da habe ich mit dem Oberbürgermeister telefoniert. Er kommt, da bin ich mir absolut sicher.«

»Dann kann ja nichts mehr schief gehen.«

»Weshalb sind wir denn hier?«, wollte Valérie Mairesse von Caubère wissen. »Mademoiselle verrät mir ja nichts. Handelt es sich um einen Unfall?«

Caubère zuckte nur mit den Schultern.

»Ich weiß es leider auch nicht«, gestand die Beigeordnete.

»Wissen wir denn überhaupt, was passiert ist?«

»Tut mir Leid, keine Ahnung.«

»Aufgrund dieser mageren Informationen hält es der Oberbürgermeister für nötig, einen Krisenstab einzuberufen?«, schnaubte die Physikerin verächtlich. »Man soll es nicht für möglich halten. Und ich dachte, *ich* würde langsam senil. Gibt es Tote?« Valérie Mairesse gab nicht auf.

»Das weiß ich auch nicht«, seufzte Arielle Clémentine.

»Verehrte Madame Professorin«, mischte sich Marc Caubère in die Unterhaltung. »Bis wir Leichen gefunden haben, sprechen wir bei der Polizei offiziell von Vermissten.«

»Danke für die Belehrung, junger Mann«, knurrte Valérie Mairesse ihn an und musterte ihn dann eingehend von Kopf bis Fuß. »Sagen Sie mal, haben Sie heute Abend schon was vor?«

Der Gefragte lief rot an und verkniff dabei den Mund, als liefe ihm gerade etwas Eiskaltes über den Rücken. Er murmelte eine Entschuldigung und marschierte rasch Richtung Tisch davon.

»Hübscher Bursche«, meinte die Professorin und schnalzte fachmännisch mit der Zunge. »Ein bisschen schüchtern vielleicht, aber ausbaufähig.«

Die Beigeordnete hörte gar nicht mehr richtig zu. Im Geiste ging sie alle möglichen Szenarien durch, die ihr durch den Kopf spukten. In welchem Ausmaß vergrößerte sich die unbekannte Bedrohung mit jeder verstreichenden Minute, die sie untätig warteten?

Victor Garrivier unterbrach ihre Gedankengänge. Der Mineraloge und Geologe, ein hagerer, hochgewachsener Mann mit greiser Strubbelfrisur sah aus, als sei er gerade dem Bett entstiegen. Trotz seiner fast siebzig Jahre lehrte der Professor immer noch Geologie an der Ecolé de mines. Wie immer trug er einen mausgrauen Anzug aus Schurwolle, der vor vierzig Jahren groß in Mode gewesen war. Seine vollgesogenen Schuhe quietschten bei jedem Schritt vor Nässe wie ein Mäuserudel. Er begrüßte die Anwesenden kurz, zog den Mantel aus und setzte sich auf einen Stuhl, wo er nervös hin- und herrutschte, weil er vor Neugierde, wieso er hier war, brannte.

Zwanzig Minuten später herrschte im Konferenzraum immer noch alles andere als rege Aktivität. Von den Personen, die Arielle Clémentine telefonisch erreicht hatte, fehlten eine ganze Reihe. Vermutlich steckten sie im Unwetter oder im Stau fest. Inmitten des apokalyptischen Wetters brach in Paris gerade die Hauptverkehrszeit an.

Die Beigeordnete betrachtete die Anwesenden: Michèle Vautrin von der gaullistischen RPR-Partei und Paul Rougerie von der sozialistischen Regierungspartei rekapitulierten gestenreich und mit gedämpften Stimmen, wie sie sich durch das Unwetter bis hierher durchgekämpft hatten. Beide Endvierziger trugen dunkelgraue maßgeschneiderte Anzüge, modische Hemden, passende Krawatten und Schuhe, die signalisierten, dass es ihnen nicht an Geld mangelte. Vautrin neigte unübersehbar zum Übergewicht. Rougerie war sehr groß, hatte schütteres rotes Haar und trug eine Hornbrille mit Gläsern so dick wie Flaschenböden.

In einer anderen Ecke standen Eloïse Beaune vom Ministère de la Santé, dem Gesundheitsministerium, und André Marie Villiers von der Generalstaatsanwaltschaft Paris. Eloïse Beaune war eine kleine, unscheinbare Frau, die kein Make-up benutzte und sich unauffällig kleidete. Bei Gesprächen schaute sie ihrem Gegenüber nie direkt in die Augen. Es war schwer zu sagen, ob die hochtoupierten Haare echt waren, oder ob sie eine Perücke trug. Ihr Gesprächspartner, der etwas zu kurz geratene, untersetzte und zur Kahlköpfigkeit neigende Monsieur Staatsanwalt, hatte einen zotteligen Spitzbart, der aussah, als klammerte sich ein zerrupftes Frettchen an sein Kinn. Davon abgesehen, kleidete sich Villiers stilsicher wie jemand, der in den so genannten besseren Kreisen zu Hause war.

Jean Crauchet vom Straßenbauamt stand im hintersten Winkel des Raumes und brütete in düstere Gedanken versunken vor sich hin. Er war ein eher verschlossener Typ, ein graugesichtiger Beamter, dessen Alltag beim morgendlichen Zähneputzen bereits den Zenit der Ereignisse überschritt. Der Mittvierziger war ein Biedermann wie aus dem Lehrbuch: gediegene Kleidung, lichtes Haar und ein prächtig entwickelter Bauch. Unter Kollegen galt er als kooperativ, kompetent und hilfsbereit. Im Moment fühlte sich Crauchet sichtlich unwohl in seiner Haut. Argwöhnisch beobachtete er aus dem Augenwinkel Arielle Clémentine, als traue er der jungen Beigeordneten nicht recht über den Weg.

Die kannte alle Anwesenden. Dank ihres phänomenalen Gedächtnisses konnte sie sich leicht Namen und Gesichter merken. Von jedem hier im Saal hatte sie entweder schon gehört, oder sie war ihm persönlich begegnet. Heute Morgen hatte sie alle angerufen und hergebeten. Der Beigeordnete Tavernier war nicht hier. Sie weinte ihm keine Träne nach. Da sein Name nicht auf der Liste des Oberbürgermeisters stand, sah sie auch keine Veranlassung, ihn über die Konferenz zu informieren.

Als Letzter traf General Lucien Chatelain vom Ministère de la Défense, dem Verteidigungsministerium, ein. Sein versteinerter Blick, mit dem er Arielle Clémentine kurz musterte, war genauso kompromisslos wie seine ganze Lebenseinstellung. Er ignorierte die Beigeordnete, obwohl sie ihm zur Begrüßung zugenickt hatte. Offenbar hielt er die Anwesenheit einer Frau in einem Krisenstab für unangebracht. Dass sich seit dem Hunnensturm etwas im Verhalten der Geschlechter zueinander geändert hatte, schien noch nicht bis zu ihm durchgedrungen zu sein. Der wuchtige, korpulente General war einer der ranghöchsten Militärs des Landes, wo er auftauchte, teilte sich das Meer. Er verkörperte weniger den bedächtigen, besonnenen Strategen, sondern war vielmehr das wandelnde Klischee eines polternden Betonkopfes.

Eigentlich hätten auch alle Ressortleiter der Stadtverwaltung anwesend sein müssen. Doch anscheinend hatte nur Jean Crauchet vom Straßenbauamt den Weg hierher gefunden.

Die Warterei zog sich unerträglich hin. Arielle Clémentine versuchte wiederholt und vergeblich, den Oberbürgermeister telefonisch zu erreichen. Allmählich dämmerte ihr, dass Marc Caubère mit seiner unausgesprochenen Befürchtung eventuell Recht behalten könnte und die Leiter des Krisenstabes möglicherweise gar nicht aufkreuzten.

Sie überlegte, was sie tun sollte. Schließlich trat sie an das Kopfende des Konferenztisches, um ein paar kurze Begrüßungsworte an die Anwesenden zu richten. Sie hoffte inständig, dass ihr Chef doch noch auftauchte.

Die Gespräche verstummten. Nach und nach richteten sich alle Augen auf sie und plötzlich stand sie im Fokus der Aufmerksamkeit. Als General Chatelain ihr den Kopf zuwandte, fragte er barsch: »Wann geht's denn endlich los?«

Die rot geschminkten Lippen der Angesprochenen verzogen sich zu einem professionellen Lächeln, als sie mit kühler Zurückhaltung grüßte: »Ich kann Ihnen leider keinen guten Morgen wünschen, weil dies kein guter Morgen für unsere Stadt ist, ansonsten wären wir wohl kaum hier.« Nach diesen Worten leitete sie – ob sie wollte oder nicht – die Krisensitzung. Überschritt sie damit gerade ihre Kompetenz? Keiner der Anwesenden schien Anstoß zu nehmen, deshalb fuhr sie fort. »Ich wünschte, ich könnte Ihnen etwas Genaueres sagen, aber bis zum Eintreffen des Oberbürgermeisters und des Innenministers müssen wir uns leider in Geduld üben.« Da sie mit fester Stimme und ohne Hast sprach, vermittelte sie den Anwesenden das Gefühl, alles im Griff zu haben.

»Wann gedenken die Herrschaften, uns mit Ihrer Gegenwart zu beehren?«, erkundigte sich Valérie Mairesse.

»Das kann ich Ihnen leider nicht sagen, denn sowohl der Oberbürgermeister als auch der Innenminister sind momentan telefonisch nicht erreichbar.«

»Ein Großteil des Pariser Telefonnetzes wurde durch das Unwetter lahm gelegt«, kam ihr Marc Caubère zu Hilfe. »Auch die Mobiltelefone funktionieren nur noch bedingt. Ursache dafür ist eine überdurchschnittliche Zunahme elektromagnetischer Strahlen in der Luft.«

»Sind Sie sicher, dass sich die feinen Herren Politiker nicht klammheimlich in Sicherheit gebracht haben?«, erkundigte sich Valérie Mairesse. »Ist nur so eine Idee, aber falls Terroristen beispielsweise mit der Zündung einer Atombombe im Louvre drohen, warum sollten unsere Politiker nicht weit außerhalb von Paris schon mal an ihren Reden zur Nation feilen, in denen sie nach der Detonation der Bombe ihr Bedauern über diese menschliche Tragödie kundtun?«

»Also, ich muss doch sehr bitten«, empörte sich der Abgeordnete Rougerie.

»Wie können Sie so was behaupten?«, meldete sich auch sein Kollege Vautrin zu Wort. »Glauben Sie etwa, Politiker sind Feiglinge?«

»Das ist ja unglaublich.« Valérie Mairesse starrte den Abgeordneten mit weit aufgerissenen Augen an. »Sie können tatsächlich Gedanken lesen. Haben Sie schon mal überlegt, mit der Nummer im Varietee aufzutreten? Darf ich daran erinnern, dass die Wohnung des Oberbürgermeisters unmittelbar am Quai de l'Hôtel de Ville liegt? Die paar Meter bis hierher könnte er locker mit einem Kartoffelsack über dem Kopf und auf einem Bein hüpfend in fünf Minuten zurücklegen. Aber vielleicht möchte sich der feine Monsieur keine nassen Söckchen holen und wartet nur den Regen ab. Wir sollten uns derweil vielleicht einen neuen Namen für unser Kaffeekränzchen überlegen. ›Krisenstab‹ erscheint mir ein wenig hochgegriffen für dieses Miniaturgrüppchen. Wie wär's mit ›Taskforce‹? Oder ›Workshop‹?«

»Bitte«, unterbrach Arielle Clémentine die Albernheiten. »Wir sollten die Zeit bis zum Beginn der Konferenz nutzen. Ich möchte Sie einander kurz vorstellen. Bitte, nehmen Sie doch Platz.«

Sie selbst nahm am Kopfende des Tisches Platz. Weil es keine Sitzordnung gab, setzte sich jeder da hin, wo er wollte.

Eine Weile blickte sie auf die gläserne Tischplatte und wartete, bis sich alle gesetzt hatten, dann stellte sie die Anwesenden vor und ließ die eintretende Stille einige Augenblicke lang wirken, bevor sie fortfuhr: »Der Oberbürgermeister instruierte mich telefonisch, worauf ich Sie anrief und herbestellte. Mehr kann ich Ihnen im Moment leider nicht sagen.«

»Vielleicht kann ich etwas Licht in die Sache bringen«, meldete sich der stellvertretende Polizeipräsident zu Wort. »In der Rue de Turbigo gibt es massive Verkehrsbehinderungen. Der Polizeipräsident informierte den Innenminister, dass wir den kompletten Straßenzug abriegeln mussten.«

»Ihnen haben wir also das Treffen zu verdanken?«, hielt Philippe Chapiteau fest.

»Ja. Oder besser gesagt, Beamten der Videoüberwachung, die etwas Ungewöhnliches beobachteten und daraufhin Alarm schlugen.«

»Moment mal.« Valérie Mairesse bekam vor Staunen den Mund nicht mehr zu. »Nur, damit ich das jetzt richtig verstehe: Der Polizeipräsident ruft den Innenminister mitten in der Nacht wegen einer Straßensperre an und der beruft daraufhin einen Krisenstab ein?«

»Ich bin noch nicht am Ende«, warb Caubère um Geduld. »Wir schickten einen Streifenwagen in die Rue de Turbigo, um den betreffenden Bereich abzusperren. Als die Bedrohung wuchs, mussten wir die Sperre ausdehnen und sowohl den Oberbürgermeister als auch den Innenminister darüber informieren. In diesem Zusammenhang möchte ich betonen, dass wir es hier nicht mit einer potenziellen, sondern einer akuten Gefahr zu tun haben.«

»Wenn das, was es auch sein mag, wirklich so gefährlich ist, warum informierten Sie den Innenminister dann so spät?«, wollte André Marie Villiers wissen.

»Weil wir bis zu diesem Zeitpunkt von einem normalen Unglücksfall ausgingen, Monsieur Staatsanwalt.«

»Um einen solchen handelt es sich also nicht«, resümierte der.

»Leider nein.«

»Sie informierten den Oberbürgermeister, der informierte mich und ich daraufhin Sie«, schloss Arielle Clémentine den Kreis.

»Über was reden wir hier überhaupt?«, wollte General Chatelain wissen. »Eine Bedrohung, die sich ausdehnt? Was soll das sein?«

»Das wissen wir noch nicht, General«, bedauerte der stellvertretende Polizeipräsident. »Das ist ja das Problem. Aber es hat etwas mit dem Untergrund unter der Straße zu tun. Deshalb konsultierten wir Monsieur Victor Garrivier von der Ecolé de mines. Er ist Experte auf dem Gebiet der Geologie.«

Der Geologe räusperte sich verlegen.

»Sie haben gerade gesagt, es seien Polizisten vor Ort«, nahm der Abgeordnete Rougerie den Faden wieder auf. »Was sagen denn die Beamten? Oder ist der Polizeifunk etwa auch gestört.«

»Nein, er funktioniert noch. Trotzdem haben wir im Augenblick keinen Kontakt mehr mit den Männern.«

»Was ist passiert?«

»Das wissen wir nicht.«

»Warum schicken Sie keinen zweiten Streifenwagen hin und lassen nachsehen, was da los ist?«, polterte General Chatelain.

»Das haben wir getan«, erläuterte der stellvertretende Polizeipräsident

»Und mit welchem Resultat?«

»Keiner der Männer kehrte zurück oder meldete sich über Funk.«

»Lösen die sich in Luft auf, oder was?«

»Alles, was ich mit Gewissheit sagen kann, ist: Tatsächlich kommt niemand auch nur in die Nähe des Ground Zero, um sich dort ein Bild vom wahren Ausmaß der Zerstörung zu machen. Diejenigen, die wir hinschickten, sind verschollen.«

»Ground Zero?«, wunderte sich Eloïse Beaune. »Sind wir hier in New York, oder was?«

»Unter ›Ground Zero‹ versteht man den Aufschlagpunkt einer Atombombe«, belehrte der General die Dame vom Gesundheitsministerium. »Dass die Stelle, auf der das World Trade Center stand, nach den Anschlägen am 11. September 2001 so genannt wurde, bedeutet nicht, dass die Terminologie nicht auch für andere Einschlagpunkte verwendet werden darf.«

»Reden Sie etwa von einer Atombombe?« Eloïse Beaune wurde blass.

»Haben wir es hier wirklich mit einem atomaren Anschlag zu tun?«, wollte auch der Abgeordnete Rougerie wissen. »Ich dachte, das sei eben nur ein geschmackloser Scherz unserer allseits verehrten Madame Mairesse gewesen.«

»Mein lieber Freund«, brummte General Chatelain herablassend jovial. »Wenn in der Rue de Turbigo eine Atombombe hochgegangen wäre, säßen wir jetzt nicht hier, sondern würden auf einer Wolke unsere erste Lektion im Harfespielen nehmen. Bei einer schmutzigen Bombe wäre das etwas anderes. Aber eine Atombombe? Niemals!«

»Auch wenn es sich um eine schmutzige Bombe handelt, schweben wir hier doch alle in Lebensgefahr«, meldete sich Staatsanwalt Villiers zu Wort. »Wir würden verstrahlt.«

»Bitte meine Herren«, unterbrach die Beigeordnete. »Das ist der falsche Zeitpunkt für wilde Spekulationen. Bevor wir uns weiter unterhalten, möchte ich Sie erst dringend ersuchen, über alles, was in diesem Raum gesprochen wird, strengstes Stillschweigen zu wahren. Kein Wort an die Presse.«

»Die Medien, diese Geier, können mich mal kreuzweise«, knurrte General Chatelain und sprach aus, was zumindest die beiden Abgeordneten dachten.

»Das bedeutet natürlich auch keine Informationen an Kollegen oder den engsten Familienkreis«, ergänzte die Beigeordnete.

»Also, jeder hält die Klappe«, polterte der General. »Wir haben hier einen Ausnahmezustand. Ist das allen klar?«

Allgemeines Kopfnicken.

»Monsieur Caubère«, wandte sich Arielle Clémentine an den stellvertretenden Polizeipräsidenten. »Sie können sich sicher vorstellen, dass wir viele Fragen haben ...«

»Die ich wohl größtenteils nicht beantworten kann. Allerdings kann ich Ihnen zeigen, worum es geht, und Sie auf meinen Kenntnisstand bringen. Sollten wir aber nicht lieber warten, bis Ihre Vorgesetzten hier sind?«

»Ich fürchte, uns fehlt die Zeit fürs Protokoll«, entschied sie. »Was Sie bisher erzählt haben, beunruhigt mich zutiefst. An diesem Tisch sitzen einige Experten, deren Zeit wir nicht mit Warten vergeuden sollten. Also zeigen Sie uns bitte, was Sie haben. Wenn der Oberbürgermeister oder der Innenminister zwischenzeitlich eintreffen, können sie jederzeit die Leitung der Konferenz übernehmen. Bis es soweit ist, sollten wir mit unserer Arbeit anfangen. Die Zeit drängt.«

»Wie Sie wünschen.« Caubère nahm einen Laptop aus seiner Aktentasche, schloss ihn an dafür bereitliegende Kabel des Großbildschirms an und schaltete beide Geräte ein. »Richten Sie bitte Ihre Aufmerksamkeit auf den Großbildschirm. Wir wissen nicht sehr viel über die Bedrohung. Nur dass ihr Zentrum, der Punkt, wo sie entstand, unmittelbar vor einer Bushaltestelle in der Rue de Turbigo liegt. Wir können von Glück reden, dass ein Beamter der Videoüberwachung die Bilder, die vor etwa vier Stunden eine Überwachungskamera aufzeichnete, als außergewöhnlich einstufte.«

Die Bilder, die auf dem Großbildschirm flimmerten, waren schwarzweiß und ziemlich unscharf; außerdem wurden die Aufnahmen von nur einer Straßenlaterne erhellt. Es handelte sich im eigentlichen Sinn nicht um einen Film, sondern um eine Abfolge einzeln aufgenommener, grobkörniger Bilder. Alle zwei Sekunden erschien ein neues Foto des Bushäuschens. Zunächst war nichts Ungewöhnliches darauf zu sehen, abgesehen von einer jungen Frau, die darin Schutz vor dem Regen gesucht hatte.

»Bitte achten Sie genau auf diese junge Dame«, forderte Caubère.

Das nächste Bild erschien. Die Frau war aufgestanden. Die folgende Bildsequenz zeigte, wie sie plötzlich torkelte, voller Grauen etwas zum Himmel schrie und dann ohne ersichtlichen Grund auf die Knie fiel.

Obwohl die Qualität der Aufnahmen sehr schlecht war und die Lichtverhältnisse eine Katastrophe waren, erkannte man etwas Dunkles, das das Pflaster unter ihr zu verschmutzen schien. Auf den ersten Blick sah die Lache wie geronnenes Blut aus. Bei genauerem Hinsehen schien sie dafür aber viel zu schwarz; sie breitete sich auch nicht wie eine Flüssigkeit aus, sondern quoll vielmehr aus den Fugen zwischen den Pflastersteinen empor.

Die Frau auf dem Bildschirm wollte aufstehen, aber etwas schien sie auf dem Boden festzuhalten. Sie stemmte sich auf den Ellbogen hoch und versuchte, sich irgendwie auf die Knie zu rappeln. Dabei schien sie ein Stück in den Boden einzusinken; das konnte aber auch eine optische Täuschung sein.

Als das nächste Bild auf dem Plasmamonitor erschien, stand das Bushäuschen immer noch unverändert da. Nur die Frau war fort. Als hätte sie sich in Luft aufgelöst.

»Was ist passiert?«, keuchte der Abgeordnete Vautrin ungläubig. »Wo zum Teufel ist die Frau hin?«

»Vielleicht musste sie mal.« Valérie Mairesse lächelte gekünstelt.

Caubère hob seinen Blick und schaute die Physikerin direkt an. »Dann musste sie aber sehr dringend. Die Kamera erfasst einen Radius von gut acht Metern. Wenn Sie vier Meter in zwei Sekunden zurücklegen, müssen sie sehr fix sein. Bevor Sie mich mit weiteren Fragen bombardieren, was mit der Frau geschah, muss ich Ihnen gestehen: Ich weiß es nicht. Niemand weiß es.« Er drückte einen Knopf des Laptops, worauf die Kamera auf die Stelle zoomte, an der die Frau verschwunden war. »Konzentrieren Sie sich bitte auf die nächsten Bilder. Es ist sehr wichtig.«

Er wechselte einen Blick mit Arielle Clémentine, um sich ihrer Aufmerksamkeit zu versichern. Sie nickte. Dann schauten alle auf den Bildschirm. An der Stelle, wo die Unbekannte gestürzt war, erkannte man nun ein Loch. Es hatte in etwa die Größe eines Gullys. Von seinen Rändern verliefen Zackenlinien nach allen Richtungen. Sie breiteten sich wie Sprünge einer durchbrochenen Eisfläche aus. Vom höher gelegenen Standpunkt der Überwachungskamera aus glich das Gebilde einem schwarzen Tintenfisch, der platt auf dem Kopfsteinpflaster lag und sein Volumen unentwegt aufblähte. Im Verlauf der nächsten Bilder brach der Boden zwischen den Rissen weg. Er kippte nach unten und riss einen Teil des Bushäuschens mit in die Tiefe.

Im Saal herrschte Totenstille, die nur vom Rauschen des Laptop-Gebläses unterbrochen wurde. Mit einem Knopfdruck fror Marc Caubère das Bild auf dem Großbildschirm ein.

»Wenn es nicht zu dramatisch klingen würde, würde ich sagen, dieses Loch hat die Frau verschlungen.«

»Sie meinen, sie ist in das Loch gestürzt?«, keuchte Eloïse Beaune.

»Das hätten wir sehen müssen. Wie gesagt, das Zeitfenster zwischen den einzelnen Bildern beträgt knapp zwei Sekunden. Nein, ich meine verschlungen im wahrsten Sinne des Wortes, in sich aufgesogen.«

»Ist inzwischen die Identität der Frau bekannt?«, fragte die Beigeordnete mit ruhiger Stimme, obwohl sie innerlich zitterte.

»Nein.«

»Gibt es irgendeine Idee, was sich unter dem Loch befindet?«, hakte der Geologe Victor Garrivier nach. »Weiß man, wodurch es entstand?«

»Möglicherweise ein defekter Kanalschacht, oder eine von einem geplatzten Wasserrohr hervorgerufene Unterspülung des Erdreichs«, vermutete Jean Crauchet vom Straßenbauamt. »Solche Bruchschäden haben in der Vergangenheit schon Busse in die Tiefe gerissen und ganze Häuser zum Einsturz gebracht. So etwas passierte zum Beispiel Ende 1995 in der Rue Papillon. Im

Zuge der Bauarbeiten für eine RER-Linie hatte sich dort ein gewaltiges Loch aufgetan; Ursache war wasserlöslicher Gips, der einen Erdeinbruch auslöste. Alle Anwohner mussten evakuiert werden. Über fünfundachtzig Tonnen Beton waren erforderlich, um den entstandenen Hohlraum wieder zu schließen.«

»Etwas in dieser Richtung haben wir anfangs auch vermutet, inzwischen können wir das aber ausschließen«, ergänzte Caubère. »Wo dieses Loch entstand, verlaufen nirgendwo unterirdische Kanäle oder Leitungen. Außerdem beweisen die nachfolgenden Aufnahmen, dass wir es hier mit einem bisher völlig unbekannten Phänomen zu tun haben.«

Der stellvertretende Polizeipräsident drückte eine Taste des Laptops. Alle Augen richteten sich wieder auf den Großbildschirm. Von Bild zu Bild dehnten sich rund um das entstandene Loch immer mehr Sprünge aus; eine Art Krakelee durchzog den Boden wie feines Spinnennetz. Die Ausläufer erreichten die verbliebenen Metallstützen, die das Bushäuschen im Boden verankerten. Von den Rissen unterwandert, kippten sie weg. Die Streben knickten um, worauf die Plexiglasscheiben zersplitterten, bevor sie dann in dem Krater verschwanden, der sich wie ein Tumor ausbreitete. Seine Sprünge verbreiterten sich, flossen zusammen und vergrößerten auf diese Weise sein Zentrum. Das Loch erreichte Ausmaße, die die Kamera nicht mehr erfassen konnte.

Schließlich berührte ein Ausläufer des Kraters den Mast, auf dem die Kamera montiert war. Seines Fundamentes beraubt, stürzte dieser um. Das Bild auf dem Großbildschirm flackerte kurz, explodierte dann in flirrende weiße und schwarze Punkte, bevor es schlagartig schwarz wurde.

Niemand im Konferenzsaal rührte sich, keiner sagte ein Wort.

General Chatelain fand als erster seine Sprache wieder. »Was um alles in der Welt war das?«

»Das wissen wir nicht«, antwortete Caubère. »Aber es breitet sich weiter aus. Anfangs relativ langsam, wie Sie jedoch an den Aufnahmen erkennen konnten, expandiert es immer schneller. Vergrößert sich dieser mysteriöse Krater weiter so ungebremst, dürften seine Ausläufer bis spätestens heute Abend hier sein.«

»Wann können wir mit einer konkreteren Analyse der Bedrohung rechnen?«, fragte Arielle Clémentine.

»Wir arbeiten daran. Es war schon schwierig, das herauszubekommen, was wir an Fakten haben. Im Moment müssen wir ziemlich improvisieren, weil das Phänomen ohne Vorwarnung auftrat. Wir bündeln gerade alle notwendigen Einsatzkräfte, um diese so nahe wie möglich an den Krater heranzubringen.«

»Die Sache muss unbedingt klein gehalten werden«, meldete sich Staatsanwalt Villiers zu Wort. »Es ist ein vielleicht unerklärbares, aber räumlich gesehen noch ein relativ kleines Problem. Wir evakuieren die umliegenden Häuser, sperren die Straßen ab, und verhindern vor allem, dass Journalisten davon Wind bekommen. Danach lösen wir die Angelegenheit in aller Ruhe.«

»Wie viele Leute benötigen Sie dafür?«, wandte sich Arielle Clémentine an den stellvertretenden Polizeipräsidenten.

»Ich denke ...«

»Nicht viele«, fiel ihm der Abgeordnete Rougerie ins Wort. »Ich schätze, fünfzig Polizisten sollten reichen. Die eine Hälfte kümmert sich um die Absperrungen, die andere Hälfte um die Evakuierung. Was dieses Loch angeht, das sollte man mit Hilfe von ein paar Betonmischern stopfen können.«

»Ich schätze Ihren Optimismus sehr«, bemerkte Caubère. »Glauben Sie mir, wenn das ein Problem wäre, das sich mit ein paar Betonmischern lösen ließe, säßen wir jetzt nicht hier.«

Die Beigeordnete lehnte sich zurück und betrachtete den Großbildschirm. »Na schön, bringen wir die Sache ans Laufen, bevor sie uns über den Kopf wächst.«

»Angesichts der wachsenden Gefahr wäre es besser, dieser Krisenstab würde außerhalb von Paris tagen«, gab der Abgeordnete Vautrin nervös zu bedenken.

»Natürlich wäre das besser. Aber wenn wir jetzt umziehen, verlieren wir kostbare Zeit. Ich schlage vor, wir bleiben bis zum frühen Nachmittag hier, dann haben wir immer noch genug Zeit, unsere Zelte woanders aufzuschlagen.«

»Offen gesagt, gilt meine Sorge weniger uns, sondern vielmehr dieser Stadt«, meinte Eloïse Beaune vom Gesundheitsministerium. »Wenn wir diesen Krater nicht stoppen, ist Paris in ein paar Tagen dem Erdboden gleich gemacht.«

»Das ist so nicht ganz korrekt, Madame Beaune«, berichtigte sie der Geologe Victor Garrivier. »Vom wissenschaftlichen Standpunkt aus gesehen, wäre von Paris nur noch ein gigantisches Loch übrig.«

»Welche konkreten Maßnahmen hat die Pariser Polizei inzwischen eingeleitet?«, fragte Arielle Clémentine den stellvertretenden Polizeipräsidenten.

»Nach Rücksprache mit dem Innenminister im Vorfeld dieser Konferenz ließ dieser ein Aufklärungsteam vom Luftwaffenstützpunkt Paris in Startbereitschaft versetzen.«

»Ohne mich davon in Kenntnis zu setzen?«, polterte General Chatelain.

»Dazu fehlte die Zeit, General. Sobald es die Witterung zulässt, fliegt das Aufklärungsteam mit einem Helikopter zur Rue de Turbigo, wo eine Sonde in das Loch hinabgelassen wird. Die so ermittelten Daten werden auf einen Server geladen und von dort über Funk auf meinen Laptop und dann auf diesen Großbildschirm gesendet.«

»Und diese Daten sollen meine verehrten Kollegen von der Physik und ich dann von hier aus analysieren?«, fiel ihm Professor Garrivier ins Wort. »Sie haben ja wirklich naive Vorstellungen, junger Mann. Ich fürchte, daraus wird nichts. Für eine präzise geologische Analyse brauche ich Gerätschaften, die sich in meinem Labor befinden.«

»Die Sonde an Bord des Helikopters ersetzt sicher einen Teil dieser Geräte«, versicherte Caubère. »Deren Computer liefert eine genaue Spektralanalyse sämtlicher Stoffe, die sich in dem Loch befinden. Sie brauchen diese dann nur noch auf ihre Bedeutung hin zu interpretieren.«

»Nur noch«, schnaubte der Professor verächtlich. »Wissen Sie, was Sie da verlangen?«

»Offen gesagt: Nein. Bevor Sie sich jetzt weiter über ungelegte Eier aufregen, warten Sie doch erst einmal ab, wie die aussehen. Der Hubschrauber ist außerdem mit einer Fernsehkamera ausgerüstet, die uns über Funk Livebilder von vor Ort senden wird. Auf diese Weise erhoffen wir uns auch Aufklärung darüber, was aus den vermissten Streifenwagenbesatzungen wurde.«

»Ich danke Ihnen, Monsieur Caubère«, beendete Arielle Clémentine die Diskussion. »Warten wir erst diese Bilder ab. Danach ist es an der Zeit, dass Entscheidungen getroffen werden.«

### *07 Uhr 22 – Rue de Poissy*

René Auclair litt seit Tagen unter einer prekären Schreibblockade. Der 41-jährige Schriftsteller lebte in einem feuchten und schäbigen Dachgeschoss, dessen Zimmerdecke vor Regenwasser triefte. Die karge Möblierung bestand aus einem altersschwachen Bett, einem Holzkasten, der einen Schrank darstellen sollte, und einem Arbeits-Ensemble aus wackligem Holzstuhl, betagtem Tisch und einem prähistorischen Ungetüm von Schreibmaschine. Zu mehr Luxus reichte es nicht.

Die ambitionierten Versuche des Schriftstellers, seinen Namen in die Riege der Bestsellerautoren zu installieren, verliefen bisher wenig viel versprechend. Die für seine ehrgeizigen Ziele in Frage kommenden Verlage reagierten auf seine literarischen Werke, die er ihnen regelmäßig anbot, mit einer ihm völlig unerklärlichen Verschlossenheit. Sadistisch veranlagte Redakteure ließen ihn durch würdelose Ablehnungen spüren, dass er auf der Bühne der Schriftstellerei überflüssig sei.

Abrupt fuhr Auclair auf seinem Stuhl hoch und riss die Augen auf. War er tatsächlich über der Schreibmaschine eingeschlafen? Oder schlief er möglicherweise immer noch und träumte nur, dass er aufgewacht sei und vor seiner Schreibmaschine saß? Es war zu dunkel, um die Frage mit Gewissheit beantworten zu können. Entweder hatte er die Augen wider Erwarten doch noch geschlossen, oder die nackte Glühbirne, die am Ende eines Stromkabels von der Decke baumelte, war durchgebrannt.

Allmählich tauchten die Umrisse der Fenster aus der Dunkelheit auf. Zwei trübe Vierecke, die in der Schwärze schwebten und langsam deutlicher wurden. Von den Fenstern aus hatte er einen Ausblick auf die Pont d'Austerlitz. An den Quais trieben sich meistens Huren und Clochards herum. Einmal im Jahr feierte die Pariser Halbwelt am Quai de Saint-Bernard ihren Tuntenball. Nicht sehr weit davon entfernt fanden die Opfer dieser Halbwelt dann ihre letzte Ruhe. Oft sah Auclair, wie schwarze Limousinen in die Morgue, ins Leichenschauhaus, einbogen, wo die Leichen dann obduziert wurden.

Das Sturmgetöse draußen war schrecklich. Immer wieder teilten Blitze die Dunkelheit in blendende Grelle und hinterließen nur noch tiefere Finsternis. Dazu heulte und dröhnte der ohrenbetäubende Sturm.

Schlaftrunken stand der Schriftsteller auf und tastete vorwärts. Er hatte das Gefühl, auf Wasser zu laufen; sein Gleichgewichtssinn spielte ein bisschen verrückt. Unsicher setzte er einen Fuß vor den anderen. Seine Pantoffel verursachten leise Quietschgeräusche auf den stumpfen Holzdielen. Blind stolperte er zum Schrank, zog die unterste Schublade auf und wühlte scheppernd und polternd in dem Krimskrams darin herum, bis er die gesuchte Ersatzbirne endlich ertastete. Auf dem Rückweg zum Tisch wog er sie prüfend in der einen Hand, während er mit der anderen den Saum seines rosaroten Morgenmantels – die Hinterlassenschaft einer sanftäugigen Ex-Freundin – anhob.

Er zögerte kurz, bevor er akrobatisch den wackligen Stuhl erkletterte. Von dort stieg er in einer halsbrecherischen Kamikazeaktion auf den Tisch, der bedenklich unter dem Zusatzgewicht, das ihm da zugemutet wurde, knirschte. Auclair ließ den Morgenmantel los und tastete durch die Dunkelheit über seinem Kopf, bis er das Stromkabel mit der defekten Glühbirne zu fassen bekam. Nur äußerst widerwillig, ihren Protest bei jeder Drehung laut herausquietschend, ließ sich diese sich aus der Fassung schrauben. Kurz darauf flackerte das neue Leuchtmittel auf, verlosch wieder, bevor es endlich in der matten Pracht seiner fünfundzwanzig Watt erglühte.

Anschließend tappte Auclair zum Spülbecken, in dem sich schmutziges Geschirr türmte. Verschlafen blinzelte er in den Spiegel, der über dem Wasserhahn hing. Er sah fürchterlich aus. Nach einer Tasse Kaffee würde es ihm hoffentlich besser gehen. Aber es fand sich keine saubere Tasse mehr. Beim Anblick des zentimeterdicken Bodensatzes in beiden Tassen, die in der Spüle lagen, krampfte sich ihm der Magen zusammen. Apropos Magen: Wenn er sich die Wölbung über seinem Hosenbund ansah, war es vor ein paar Jahren vielleicht doch falsch gewesen, die Joggerei an den Nagel zu hängen.

Als er sich wieder an seinen Arbeitsplatz setzte, glaubte er immer noch nicht, dass er im Sitzen eingeschlafen war, denn seit Jahren litt er unter Schlaflosigkeit. Da Tabletten nicht halfen, hatte er das Beste aus dieser Situation gemacht, indem er Nacht für Nacht aufblieb und schrieb.

Sein Blick fiel auf das Blatt Papier, das er gestern Abend in die Schreibmaschine gespannt hatte. Es erstrahlte immer noch in der gleichen blütenweißen Jungfräulichkeit; ein weiterer unumstößlicher Beweis für die Existenz seiner Schreibblockade.

Dabei liebte Auclair das Spiel mit den Wörtern, bei dem er ein Feuerwerk von Metaphern entfachte. Es ging ihm beim Schreiben um das Entwerfen literarischer Gemälde, die sich vor den Augen des Lesers entfalteten, um die filigrane Komposition reiner Dichtung und eine nahtlose Verschmelzung von Lyrismen mit schonungslos beklemmendem Realismus.

Aber neuerdings quälte er sich durch die Sätze und jeder Versuch endete mit einem sinnlosen Papierverbrauch. Welche heimtückischen Gehirnzellen blockierten bloß seinen Ideenfluss? Vielleicht lag das Versiegen der Kreativität ja in der Natur seiner eigenen dünn besiedelten Erlebniswelt begründet? Abgesehen von den sporadischen Einkäufen in einem Lebensmittelladen um die Ecke, verplemperte er sein Leben in der Isolation dieser kargen vier Wände.

Auclair stand auf, ging zum Fenster, spazierte zum Schreibtisch zurück und setzte sich wieder hin. Nichts. Kein Wort fiel ihm ein. Er schloss die Augen und ließ seinen Gedanken freien Lauf. Immer noch keine Inspiration. Ob Kafka auch so gelitten hatte? Er fuhr sich mit der Hand durchs Haar. Es erfolgte ein Wutausbruch. Der Schriftsteller ergriff das leere Blatt, zerrte es aus der Schreibmaschine, zerknüllte es und warf es in den Papierkorb.

Neuer Konzentrationsversuch. Doch immer wieder schweiften seine Gedanken zu profaneren Themen ab. Womit er die Miete am Monatsende bezahlen sollte, stand in den Sternen. Gestern hatten die Stadtwerke schriftlich gedroht, ihn von der Stromzufuhr abzuschneiden. Dabei diente ihm nur diese eine Glühbirne als bemitleidenswerte Lichtquelle.

Er war blank und ihm fiel nichts ein. Statt einer Geschichte skizzierte seine Vorstellungskraft Visionen von knusprigbraun gebratenen Hähnchen. Dies war nicht weiter verwunderlich, denn in letzter Zeit hatte er sich nur noch von Baguette ernährt. Lange hielt er die Zwangsdiät bestimmt nicht mehr durch.

In Biographien berühmter Schriftsteller hatte Auclair von der Lust der Autoren am Schreiben und vom Schaffensrausch gelesen. Schreiben wurde dort als kreativer Akt, der die Grenzen des Geistes sprengte und zu neuen Ufern führte, beschrieben. Gut, anfangs hatte er auch an so etwas geglaubt. Zu Beginn seiner Laufbahn war er sich sicher gewesen, dass ihm geniale Ergüsse nur so aus der Feder fließen würden. Die Konfrontation mit der Realität jedoch hatte eine gewisse Desillusionierung mit sich gebracht. Schriftsteller werden war kein einfaches Unterfangen.

Auclair erinnerte sich noch genau an seine schwitzenden Hände und sein Herzflimmern, als er seinen ersten Roman – ein aus heutiger Sicht unsäglich reißerischer, oberflächenfixierter Tennessee-Williams-Klon, in den er eine nicht minder uninspirierte postmoderne Hommage an Raymond Chandler verarbeitet hatte –, einem Verlag angeboten hatte. Zwei Wochen hegte er Hoffnung auf den großen Durchbruch als gefeierte Neuentdeckung am Literatenhimmel, dann kam der Absturz in Form einer höflichen Ablehnung. Auch seine folgenden Arbeiten stießen in den Verlagen auf keine positive Resonanz. Aber Auclair ließ sich nicht entmutigen und vertraute weiter auf seine schöpferische Energie. Worte waren wie Ton. Sie warteten darauf, dass er sie formte und endlich als Autor aus dem Schatten der Bedeutungslosigkeit trat. Es folgten zahlreiche neue Versuche, neue Hoffnungen, neue Ablehnungen und schließlich Sprachlosigkeit.

Möglicherweise hatte ihn auch seine Charakterschwäche ins schriftstellerische Abseits geführt: fehlende Selbstwahrnehmung gepaart mit einer unsäglichen Hybris.

In solch düstere Gedanken eingepfercht, mühte er sich, seiner uninspirierten Phantasie sowie dem Rest seiner illustren grauen Zellen etwas Kreatives zu entlocken. Heraus kam schöpferische Leichenfledderei, an der vielleicht auch die äußeren Umstände Schuld hatten. Zum Dichten brauchte ein Schriftsteller Ruhe, aber draußen tobte ein Unwetter von ohrenbetäubender Lautstärke. Entnervt kramte der Autor ein angebrochenes Päckchen Ohropax aus der Schreibtischschublade. Als er sich die Wachskügelchen in seine Gehörgänge stopfte, ahnte er nicht, dass dies in Kürze sein Leben bedrohen würde.

### *07 Uhr 38 – Métrostation Odéon*

Schlagartig verebbte das Unwetter. Von einer Minute auf die andere legte sich eine trügerische Ruhe über Paris, als hole das Unheil tief Luft, nur um dann gewaltvoller loszuschlagen. Trotz der dichten Wolken war es inzwischen nicht mehr ganz so dunkel, die Hausdächer hoben sich als schwarze Silhouetten vor dem grauen Himmel ab. Erst langsam, dann immer schneller erwachte der alltägliche Verkehr aus seinem Schockzustand.

Im Dämmerlicht der Métrostationen tobte bereits ein unerbittlicher Kampf um die knappen Plätze. Männer machten dabei rücksichtslos von ihren Ellbogen Gebrauch. Frauen verschafften sich mit Stilettoabsätzen den nötigen Freiraum. Auf allen Stationen herrschte ein Höllenlärm und ein unglaubliches Gedränge. Wegen der ausgefallenen Métrozüge hasteten und zwängten sich die Menschenmassen, die sich ansonsten auf mehrere Züge verteilten, in die erste Bahn, die einfuhr.

Alain Charbit zählte zu den Glücklichen, die in einem Waggon einen Fensterplatz ergattern konnten. Seit fünfzehn Jahren fuhr er täglich vom Odéon nach Reaumur-Sebastopol. Er war vom Scheitel bis zur Sohle ein vorbildlicher Beamter, immer korrekt, immer pünktlich. Ausgerechnet heute, an seinem letzten Arbeitstag, verursachte das Wetterchaos seine allererste Verspätung. Vielleicht war dies der Grund, weshalb er in melancholische Stimmung verfallen war.

Charbit hatte heute Geburtstag, er wurde sechsundsechzig. Aber er freute sich nicht darüber, weil er sich alt und gebrechlich fühlte. Das Schreckgespenst des näher rückenden Verfalls überzog ihn mit bleierner Depression, denn die ihm verbleibende Zeit bis zum Tod war ein grausamer, von körperlichem und geistigem Niedergang gekennzeichneter Prozess.

Die Religion hatte ihn gelehrt, dass der Tod einen hohen moralischen Wert als Erlöser aus einem Jammertal hatte. Doch er fand sich nur zögernd bereit, das Diesseits als Jammertal zu betrachten. Eigentlich empfand er es als ziemlich angenehm; ihm war der Gedanke suspekt, es gegen vage Versprechungen auf ein besseres Jenseits einzutauschen. Der reale Spatz im Hier und Jetzt war ihm lieber als eine theoretische Taube in einem nicht näher definierten Jenseits.

Charbit dachte über sein bisheriges Leben nach. Hatte er ihm wirklich jedes Quäntchen abgerungen, das es offerierte? Rückblickend betrachtet, hatte er bedauerlicherweise nicht unerhebliche Ressourcen für Nichtigkeiten zerschlissen. In seiner Jugend war er sträflich verschwenderisch mit der Zeit umgesprungen, als würde er ewig leben. Unzählige Dinge, die sich nun mit geradezu sadistischer Intensität in sein Bewusstsein drängten, hatte er dagegen zu tun versäumt. Heute überquerte er die Furt vom aktiven Leben ins Rentenalter, wo er nur noch die verbleibende Restzeit abzuwickeln hatte.

Die Métro schlingerte und kreischte so heftig, dass es den Tagträumer aus seinen trüben Gedanken riss. Charbits Blick fiel unwillkürlich auf zwei perfekt geformte Beine, die einige Sitzreihen entfernt in den Gang hinaus schwangen. Verärgert wandte er den Kopf ab. Das war einfach nur peinlich. Seine Phantasie, sein ganzes Denken tat immer noch so, als wäre er ein junger Spund. Diese Diskrepanz zwischen dem dahinwelkenden Körper und dem immer noch jugendlichen Elan seines offensichtlich erbsengroßen

Hirns irritierte ihn. Vielleicht lag es daran, dass Zeit spurlos an Gedanken vorbeiging. Was war mit der so genannten Weisheit des Alters? Wieso lebte in ihm immer noch der gleiche ungestüme Kindskopf wie mit Zwanzig?

Allein der Gedanke, mit jedem verstreichenden Tag dem Niedergang des Körpers ohnmächtig zusehen zu müssen, vergiftete jede Freude auf die Zukunft. Der einzige Ausweg aus dem drohenden Dilemma wäre Suizid. In einer morbiden Weise sehnte sich Charbit plötzlich danach, seinem Leben selbst ein Ende zu bereiten, um so der schleichenden Senilität und dem quälenden Dahinmodern in einem Ohrsessel zu entgehen. Auch bliebe ihm so die Tortur der allmorgendlichen Blicke in den Rasierspiegel erspart, der ihm mit mitleidloser Detailtreue sein vom Alter ramponiertes Gesicht vor Augen führte, das immer weniger Ähnlichkeit mit dem Antlitz besaß, das sein Gedächtnis von ihm gespeichert hatte. All diese Furchen und Falten, die Tränensäcke, die wie Satteltaschen unter den Augen hingen, die lappige Haut mit den sich vermehrenden sepiafarbenen Punkten. Altersflecke! Ganz zu schweigen von seinem aufgedunsenen Bauch; welch ekliger, schwabbeliger Anblick. In seiner Altersklasse gab es vielleicht dickere Männer, aber das machte den Anblick nicht weniger unschön. Zu allem Überfluss verlor Charbits Haar erst die Färbung und dann auch noch den Halt. Immer mehr offenbarte es rosa schimmernde Kopfhaut, bis diese schließlich über das umkämpfte Terrain dominierte. Statt auf dem Kopf wuchsen die Haare nun ebenso launisch wie borstig an allen möglichen anderen Körperstellen, wo sie absolut nichts zu suchen hatten.

Anfangs, so mit Mitte vierzig, hatte Charbit die ersten Vorboten der fortschreitenden Alterung ignoriert. Doch spätestens mit fünfzig half kein Leugnen mehr; er brauchte nicht einmal einen Spiegel, um zu erkennen, dass es bergab ging. Schon nach dem Erklimmen einer popeligen Treppe spürte er, wie die Erschöpfung in seine übersäuerten Muskeln schlich. Als nächstes nisteten sich diese Schmerzen in den Gelenken ein. Arthritis. Und als das Weiß auf seinem Haupt seinen Eroberungsfeldzug begann, konnte er nichts anderes tun als abzuwarten, was wohl als nächstes kam. Obwohl ein Teil von ihm es damals nicht wahrhaben wollte, versuchte ein anderer Teil gegen das Unvermeidliche anzukämpfen. Mit Nordic Walking und anderen Fitnessprogrammen flüchtete er sich in den trügerischen Glauben, er könne die Zeit zurückdrehen oder zumindest aufhalten.

Charbit schloss die Augen; es hatte keinen Zweck, sich weiter den Kopf darüber zu zerbrechen. Damit konnte er seine für immer verlorene Jugend nicht zurückholen. Er sollte der Wahrheit lieber ins Gesicht blicken. Verdammt noch mal! Er hatte es satt mitanzusehen, wie sein Leben dahinwelkte. Langsam und zunächst noch widerwillig freundete er sich mit der Vorstellung von einem würdevollen Tod durch die eigene Hand an. Warum noch lange warten? Warum das Unvermeidliche hinauszögern? Heute war ein genauso guter Tag zum Sterben wie jeder andere auch. Auf dem Grabstein würde sich das gleiche Geburts- und Sterbedatum gut machen.

Plötzlich vollführte die Bahn einen kleinen Satz, als wäre sie über ein Hindernis gerollt. Die Beleuchtung flackerte und verlosch für einen kurzen Moment, ehe die Notbeleuchtung automatisch ansprang.

Es war jedoch nicht die kurze Dunkelheit, die Charbit verriet, dass etwas nicht stimmte. Zwar waren Stromausfälle in der Métro nicht an der Tagesordnung, aber es gab kaum einen Pendler, der nicht schon einmal den einen oder anderen erlebt hätte. Deshalb brach niemand im Waggon in Panik aus, keiner schrie. Man hörte lediglich ein paar gemurmelte Flüche und ein seltsames Zischen. Zuerst hielt Charbit es für die Hydraulik, mit deren Hilfe die Türen geöffnet wurden. Dann bemerkte er, dass niemand mehr etwas sagte. Es war totenstill geworden, abgesehen von diesem Zischen, das sich jetzt mehr wie ein Rauschen anhörte. Genau das war es, was ihn beunruhigte.

Das Rauschen wuchs zu einem Brausen an und glich einem gigantischen Wasserfall. Außerdem wurde der Zug langsamer; er fuhr zwar noch, reduzierte aber merklich das Tempo. Immer mehr Passagiere begannen aufgeregt zu tuscheln.

Ein dumpfes Brummen erfüllte den Waggon. Plötzlich erlosch das Licht im Vorderteil des Zuges, gefolgt von einem sonderbaren Geräusch, das Charbit nicht einordnen konnte. Aus den vorderen Triebwagen drangen lauter werdende Schreie. Wie von Zauberhand war das Führerhaus plötzlich verschwunden, als hätte es jemand einfach abgeschnitten. Stattdessen blickte man dort jetzt in eine konturlose Schwärze, von der ein unglaublicher Sog ausging. Wie eine Wolke schoss die Dunkelheit heran und fraß sich regelrecht durch alles, was ihr im Weg stand. Sie verschluckte Decken, Böden, Wände und sogar Passagiere. Diese verschwanden so schnell, dass ihnen keine Zeit zum Schreien blieb. Oder besser gesagt, sie zerschmolzen. Ihre Körper lösten sich in Sekundenbruchteilen in der Schwärze auf.

Im hinteren Teil des Zuges, wo Charbit saß, erhob sich hysterisches Stimmengewirr. Aus dem vorderen Bereich versuchten Passagiere in Panik vor der Schwärze zu fliehen. Sie stolperten durcheinander und stürzten, doch der Schatten war schneller und löste sie innerhalb eines Herzschlages auf. Sie existierten binnen eines Sekundenbruchteils nicht mehr. Schreie, Kreischen, strauchelnde Menschen. Die Fahrgäste purzelten durcheinander, klammerten sich an alles, was Halt versprach, während das schwarze Ungetüm hinter ihnen heranglitt und jeden einzelnen verschlang.

Bevor Charbit wusste, wie ihm geschah, sickerte die klebrige Schwärze des Abyssus bereits durch seinen Körper bis tief ins Mark. Einen Wimpernschlag lang versuchte er dagegen anzukämpfen, doch all sein Zappeln richtete nichts gegen den gierigen Griff der Dunkelheit aus.

In dem Sekundenbruchteil, der ihn vom Tod trennte, wollte Charbit plötzlich nicht mehr sterben. Er hatte doch noch so viel vorgehabt. Jetzt, im Augenblick seines Todes, fühlte er sich viel zu jung zum Sterben.

### *07 Uhr 41 – Dôme des Invalides*

Der zum nationalen Denkmal avancierte »Dôme des Invalides« diente so vielen Persönlichkeiten der französischen Geschichte als letzte Ruhestätte, dass es kaum ein passenderes Ambiente für ein Verkaufsgespräch gab, bei dem es um nichts Geringeres ging, als um die Vernichtung der westlichen Zivilisation.

Lanoux war ein eleganter Mann Anfang sechzig mit zerknittertem, rot geäderten Gesicht, das eine unerschütterliche Selbstgefälligkeit ausstrahlte, die sich auch in seiner Kleidung widerspiegelte. Er hatte einen eleganten Anzug mit feinem Glencheck-Muster aus Schurwolle an; das Sakko war ein gerade geschnittener Einreiher mit drei Knöpfen, Pattentaschen und einer Brustleistentasche. Dazu trug er ein blütenweißes Baumwollhemd mit paspelierten, in der Stoffstruktur erhöht eingearbeiteten Streifen mit einer leicht schimmernden schwarzen Krawatte aus Maulbeerseide. Das Ensemble vervollkommneten elegante Rindleder-Schnür-Halbschuhe in Karée-Form.

Lanoux arbeitete für das Militär, er war Leiter eines Hochsicherheitslabors. Offiziell wirkte er an der Entwicklung von Diagnoseverfahren in der Bio- und Gentechnologie mit. In Wirklichkeit hatte sein Labor unter dem Deckmantel des Pflanzenschutzes völlig neue Krankheitserreger konstruiert. Die dazu nötigen Versuchsreihen mussten unter der größten Geheimhaltungsstufe getestet werden, weil die Medien biologische Kampfstoffe als inhuman geoutet hatten. Deren Problem. Inhuman – darüber konnte Lanoux nur lachen. Seit wann waren Kriege human?

Die Experimente in seinem Labor wurden mit Steuergeldern finanziert. Keine Regierungsstelle konnte ihre Arbeit überprüfen. Die A-B-C-Schutzkonvention war so streng geheim, dass ihr Inhalt selbst Mitgliedern der Regierung nicht zugänglich war. Außerdem, welcher Laie konnte schon unterscheiden, ob in den versiegelten Behältern, die in hermetisch abgeschlossenen Kühlschränken lagerten, hochgiftige Bakterien oder bloß Zuckerwasser war? In Kenntnis dieser Tatsache bot Lanoux jetzt einige Forschungsergebnisse auf dem freien Markt an, um sein Gehalt ein wenig aufzustocken. Natürlich besaß er auch so etwas wie Verantwortungsbewusstsein und Vaterlandsliebe. Aber Prinzipien waren eine Sache des Preises.

Lanoux' Gäste waren gerade eingetroffen. Abdel Muarez begrüßte ihn mit Handschlag. Der 38-jährige Ägypter stammte aus einem konservativ-islamischen, sehr vermögenden Elternhaus. Sein vor acht Jahren verstorbener Vater war am »al-Azhar«-Institut tätig und als »Großer Imam« die höchste religiöse Autorität im Islam gewesen. Über Abdel Muarez Studentenzeit gab es widersprüchliche Angaben. Manche Quellen behaupteten, er habe sich in den Lasterhöhlen des Beiruter Nachtlebens vergnügt, bis er plötzlich zum gestrengen Tugendwächter und zunehmend radikal wurde.

Anfangs war Muarez Mitglied in der verbotenen »al-Ilkwan al-Muslimun«, der »muslimischen Bruderschaft«, die Zulauf von militanten Moslems aus allen Teilen der arabischen Welt hatte. Später wechselte er in die berüchtigte Terrororganisation »al-Jihad«. Vor einigen Jahren reiste er mit gefälschtem Pass nach Frankreich, erhielt ein Visum und studierte in Paris. Hier sammelte er bei Sympathisanten Geld für einen weltweiten Kreuzzug gegen den Westen und rekrutierte zudem neue »Gotteskrieger« für den Kampf gegen die Ungläubigen.

Bei der heutigen Transaktion begleiteten Muarez zwei junge Männer. Saif Mohammed Nur al-Deen, der ältere der beiden, war ein stämmiger Mann Mitte Zwanzig mit durchdringendem Blick und schmalen, farblosen Lippen, deren Lächeln weniger durch Falschheit als vielmehr durch fehlende Zähne verwirrte. Sein dunkles gegeltes Haar war nach hinten gekämmt.

Der andere Mann, Nazih al-Mu'iz, war dick, ungepflegt und wirkte durch seine auffallend breite Boxernase Furcht einflößend. Sein Kinn ging direkt in einen schwammigen Hals über. Die Kleidung verdeckte nur unzureichend seine fette Brust und den aufgeblähten Bauch. Wie Muarez trugen die beiden Araber keinen landesüblichen Burnus, sondern waren glatt rasiert und mit Baseball-Kappen, Jeans und amerikanischen Turnschuhen bekleidet. Äußerlich schienen sie in die westliche Gesellschaft integriert zu sein. Vor ihrem Asyl in Frankreich hatten alle drei dieselbe Koranschule in Pakistan besucht, eine Kaderschmiede für die »Kämpfer des Heiligen Krieges«, wo ihnen das Paradies versprochen worden war, wenn sie möglichst viele Ungläubige töteten.

In Paris war Lanoux über einige Umwege in Kontakt mit den radikalen Fanatikern getreten; zu seiner Überraschung war Abdel Muarez ein Mann mit ruhigem Naturell, ohne fanatische Selbstmörderallüren oder Sendungsbewusstsein. Doch in Wahrheit heckte der eher unscheinbare Führer eines noch unbekannten Terrornetzwerkes in Frankreich einen Strategieplan zur wahnwitzigsten Bio-Attacke, die die Welt gesehen hatte, aus. Ein gleichermaßen absurder und brutaler Akt, der die verhasste westliche Gesellschaft vernichten sollte, um auf ihren Trümmern einen islamistischen Gottesstaat zu errichten.

»Dies ist ein ungewöhnlicher Ort für unser Gespräch.« Muarez' Stimme klang weich, melodisch, beinahe einschmeichelnd.

»Wir befinden uns an der Pulsader der französischen Geschichte und Geschichte wollen Sie doch auch schreiben, oder?«, entgegnete Lanoux. »Gäbe es dafür einen passenderen Ort als diesen? Außerdem sind wir hier ungestörter als sonst wo in Paris. Um diese Zeit ist der Dom für Besucher geschlossen.«

»Nur nicht für Sie, wie mir scheint.«

»Ich habe meine Beziehungen. Ich hoffe, es stört Sie nicht, dass dies eine christliche Kirche ist.«

»Glauben Sie eigentlich an Gott, Monsieur Lanoux?«, wollte Muarez wissen.

»Das Einzige, woran ich glaube, ist Bargeld, mein Freund«, antwortete der. »Und auch erst dann, wenn ich mich davon überzeugt habe, dass es sich um keine Blüten handelt.«

»Sie sind also ein Ungläubiger?«

»Sie haben mir nicht zugehört. Ich glaube an Geld. An die Macht des Geldes. Sie glauben an Ihren Gott. Also abgesehen davon, dass wir an unterschiedliche Sachen glauben, sind wir beide Gläubige.«

»Sie sind ein Zyniker, Monsieur Lanoux, wissen Sie das?«, erwiderte Muarez.

»Man hat mich schon Schlimmeres genannt.«

»Geld ist nicht alles.«

»Aber es ist zumindest interessant. Etwas Tee?«

»Haben Sie auch Coke?«

»Natürlich. Kommt sofort.«

»Aber bitte kalorienfrei.«

»Für Sie auch?«, wandte sich Lanoux an Muarez' Begleiter.

Saif Mohammed Nur al-Deen und Nazih al-Mu'iz nickten stumm. Lanoux öffnete eine Kühltasche, die mit allen erdenklichen Getränken gefüllt war. Er nahm eine Flasche kalorienreduzierte Cola und drei Gläser heraus, verteilte sie an seine Gäste und goss sie halbvoll.

»Wenn Sie sich selbst einen Gefallen tun wollen, dann konvertieren Sie«, riet Muarez.

»Zu Allah?« Lanoux ließ seinen Blick zur von Fahnen gesäumten Galerie emporschweifen.

»Zum Islam.« Muarez warf seinen Begleitern einen Blick zu, ehe er sich wieder seinem Gesprächspartner zuwandte. »Sonst werden Sie irgendwann in der Hölle enden.«

»Betrachten wir es einmal so: Bisher fahre ich ganz gut mit dem Gott, in dessen Namen mich meine Eltern taufen ließen. Und zwar, ohne dass ich ihn täglich lobe und preise. Verstehen Sie mich nicht falsch, wenn da wirklich jemand existiert, der das Universum, die Erde und das ganze Zeug, das es hier gibt, erschaffen hat, verdient er unseren Respekt. Aber so lange sich der Betreffende nicht persönlich bei mir vorgestellt hat, warum sollte ich da einen Gedanken daran verschwenden, ob es ihn überhaupt gibt?«

»Es gibt Länder, wo solche Gotteslästerung mit Steinigung bestraft wird.« Muarez runzelte die Stirn.

»Sehen Sie, genau das ist einer der Gründe, weshalb ich so gern in Frankreich lebe.« Lanoux legte den Kopf in den Nacken und lachte. »Wie auch immer, was führt Sie zu mir, Messieurs?«

»Wir haben uns Ihr Angebot überlegt.«

»Das habe ich Ihrem Mittelsmann bereits vor über zwei Monaten unterbreitet. Woher wollen Sie wissen, dass es immer noch steht?«

»Das sagt mir mein siebter Sinn und der Inhalt des Koffers, den ich mitgebracht habe.« Muarez hielt Kopf und Augen gesenkt, aber ein Lächeln umspielte seine Lippen. Als er aufschaute, verschwand das Lächeln, und er setzte einem fragenden Blick auf.

Lanoux lehnte sich bequem zurück und fasste seine Beute, einen Metallkoffer, den Nazih al-Mu'iz trug, ins Auge.

»Wir sind zu dem Schluss gekommen, dass wir unser Ziel schneller erreichen, wenn wir Ihre Offerte annehmen«, ergänzte Nazih al-Mu'iz. »Biologische Kampfstoffe besitzen das Potenzial, viele Tote zu verursachen und so westlichen Regierungen große Schwierigkeiten zu bereiten.«

»Ich glaube, ich kann Ihnen da sehr behilflich sein.« Auf Lanoux' Gesicht erschien ein süffisantes Lächeln.

»Sie haben keinerlei Gewissensbisse?« Muarez schüttelte ungläubig den Kopf.

»Weshalb sollte ich?«, fragte der Franzose mit gespielter Überraschung.

»Weil die westliche Zivilisation und somit auch Ihr Land durch Ihre Schuld zerfallen wird. Weil dabei sehr viele Menschen sterben werden. Weil es dadurch eine neue Ordnung geben wird, die Ihre Regierung momentan noch aktiv bekämpft.«

»An dieser neuen Ordnung bastelt ihr Burschen doch schon seit Ende der Sechziger. Viel Glück kann ich Ihnen da nur wünschen, denn das hat Ihnen bisher offensichtlich gefehlt. Und außerdem interessiert mich die westliche Zivilisation einen Fliegenschiss. Zivilisation!« Lanoux schnaubte verächtich. »Wenn ich das schon höre. Wären wir wirklich zivilisiert, könnte ich Ihnen keine biologischen Kampfstoffe anbieten. Davon abgesehen, glaube ich nicht, dass Sie in absehbarer Zeit die Weltherrschaft erlangen werden.«

»Da liegen Sie falsch. Und das ist gut so. Denn unsere stärkste Waffe ist die Ahnungslosigkeit unserer Gegner. Das wiegt sie in Sicherheit. Während der Westen die Terroranschläge unserer Glaubensbrüder immer noch als isolierte Aktionen sieht, befinden wir uns in Wirklichkeit bereits mitten im Dritten Weltkrieg. Der Unterschied zu den vorangegangen Weltkriegen ist der, dass hier keine Länder, sondern Ideologien gegeneinander kämpfen. Und dass es keine Armeen zu besiegen gibt. Unser Gegner steht für uns fest und bietet ein prächtiges Ziel. Unseren Feinden bieten unsere autonom agierenden Krieger dagegen keine Ziele. Sie wirken im Untergrund, tauchen kurz auf, schlagen zu und tauchen wieder ab. Während der Westen gewaltige Ressourcen im Kampf gegen den Terror verschleudert, was eines Tages zum wirtschaftlichen und damit auch zum gesellschaftlichen Zusammenbruch führen wird, kämpfen wir überaus effektiv mit minimalem Kostenaufwand und maximalem Nutzen.«

»Die erste Stufe dieses Krieges ist bereits abgeschlossen«, meldete sich Nazih al-Mu'iz zu Wort. »Sie begann mit den Anschlägen vom 11. September 2001 und endete mit der Kapitulation Bagdads im Jahre 2003. Die Attentate in New York und Washington dienten allein der Provokation, damit der Westen die islamische Welt angreift und so aufweckte. Wie Sie heute wissen, hat das funktioniert. Global wachsen tägliche neue islamistische Terrorzellen nach, die jede Möglichkeit nutzen, den Feind mit Anschlägen zu zermürben. Al-Qaida entwickelte sich in westlichen Ländern erfolgreich zu einer weltweiten Bewegung, der sich immer mehr junge Muslime anschließen. In der nächsten Stufe werden bereits bereitstehende Kader Syrien und die Türkei durch Aufstände in unsere Gewalt bringen. Danach werden alle arabischen Regierungen gestürzt, die freundschaftliche Verbindungen zum Westen pflegen. Die Ölförderanlagen werden lahm gelegt, was die westliche Wirtschaft eliminiert. In der letzten Stufe gibt es einen Zusammenschluss aller islamischer Staaten zu einem Kalifat, zu einer gewaltigen islamischen Armee, die in einer Endschlacht zwischen Glauben und Unglauben den totalen Sieg erringen wird. Gegen anderthalb Milliarden Muslime hat der Rest der Welt keine Chance.«

»Verstehe.« Lanoux schmunzelte kurz, wurde dann jedoch wieder ernst. »Wie ich schon sagte, Sie finden bei mir alle Unterstützung, die Sie für Ihre Pläne brauchen. Gegen einen kleinen Unkostenbeitrag von einigen Millionen Dollar.«

»Am Geld soll unser Geschäft nicht scheitern«, versicherte Muarez.

»So etwas hört jeder Kaufmann gerne. Und was genau haben Sie im Sinn?«

»Anthrax.«

»Milzbrand? Interessant. Und wie wollen Sie es verbreiten? In Briefen verschicken?«

»Unsere Männer transportieren den Biokampfstoff in Glasbehältern und werfen diese auf den frequentiertesten U-Bahnhaltestellen auf die

Schienen. Die Luftwirbel um die Züge verteilen die Keime sowohl auf den Bahnsteigen als auch im Tunnelnetz der Städte. Binnen kürzester Zeit sind die Tunnel kontaminiert. Die Menschen auf den Bahnsteigen atmen innerhalb von fünf Minuten über hunderttausend Sporen ein. Eine Dosis von zehntausend Sporen ist bereits tödlich. Die Mikroben dringen auch durch die Luftschächte und Ausgänge auf die Straßen hinaus.«

»Zugegeben, Anthrax ist eine effektive Biowaffe. So angewendet wie von Ihnen geplant, würden allein in New York an einem Tag Millionen Menschen infiziert werden. Hunderttausende würden sterben und die Stadt wäre großflächig und für lange Zeit verseucht. Das sollten Sie in Ihre Überlegungen einbeziehen.«

»Wieso?«, fragte Muarez mit ausdruckslosem Gesicht.

»Die widerstandsfähigen Anthrax-Sporen sind noch nach Jahrzehnten virulent. Sie halten auch widrigen Umweltbedingungen stand. Während des Zweiten Weltkriegs unternahm das britische Militär geheime Bio-Versuche auf der schottischen Insel Gruinard. Trotz intensiver und wiederholter Desinfektionsmaßnahmen blieb die Insel bis Mitte der Achtziger verseucht. Erst als man aufwendig die obere Humusschicht der Insel abtrug und verbrannte, wurden die zähen und klimaresistenten Anthrax-Sporen vernichtet. Das heißt, Sie könnten eine kontaminierte Stadt nach erfolgreicher Eroberung durch Ihre islamische Armee lange nicht nutzen«, erklärte Lanoux.

»Zeit spielt für uns keine Rolle.« Muarez lächelte müde. »Ihr aus dem Westen vergesst schnell. Was heute in den Nachrichten ist, ist morgen aus eurem kollektiven Gedächtnis verschwunden. Wir Orientalen denken in größeren Zeiträumen. Die Kreuzzüge, das ist für uns, als hätten sie letzte Woche stattgefunden. Deswegen können wir auch warten. Anthrax hat zu viele andere Vorteile: Nach unseren Bio-Angriffen fliehen die überlebenden Bewohner in Panik aus den Städten und tragen dabei den Erreger mit sich. Sie verteilen ihn unwissentlich überall dort, wohin sie gehen. Für Anthrax benötigt man keine kostenintensive Infrastruktur und keine teuren Raketen, um diese tödliche Waffe einzusetzen. Man setzt die Bakterien irgendwo aus und die Menschen übernehmen ungewollt die Verteilung. Der Erreger bleibt jahrzehntelang hochinfektiös und kann als biologischer Kampfstoff einfach produziert werden. Die unempfindlichen Milzbrand-Sporen können als Pulver gelagert, gefriergetrocknet in Sprengköpfe gefüllt, oder als Aerosol versprüht werden. Ein Anthrax-Aerosol ist unsichtbar, geruchlos und wird vom Wind kilometerweit getragen. Hundert Kilogramm Anthrax-Sporen könnten bei günstiger Windrichtung als Aerosol über einer Großstadt wie Washington versprüht bis zu drei Millionen Todesopfer fordern. Hinzu kämen Milliarden Dollar Behandlungskosten für die Überlebenden. Und da man die Gefahr weder sehen, hören noch riechen kann, wäre eine rechtzeitige Warnung der Bevölkerung unwahrscheinlich.«

»Ihr Plan ist nicht neu«, verriet Lanoux. »Ende des zwanzigsten Jahrhunderts setzte die japanische Todessekte AUM in der Tokioter U-Bahn Anthrax-Sporen frei. Deren Konzentration war aber zu gering, so dass es keine Opfer gab. Ausschlaggebend für die Gefährlichkeit von Anthrax ist die Größe seiner Partikel. In der Natur klumpen die Bakteriensporen schnell zu großen Gebilden zusammen. In dieser Form können sie schwer in die Lungenbläschen von Menschen vordringen und bilden so kaum eine Gefahr. Sie sehen, in der Praxis gilt es einiges zu bedenken, will man eine biologische Massenvernichtungswaffe einsetzen. Wenn es so einfach wäre wie in der Theorie, gäbe es längst keinen Bombenterror mehr, sondern nur noch Anthrax-Anschläge.«

»Und was schlagen Sie vor?«, wollte Muarez wissen.

»Ich habe da etwas viel Interessanteres als Anthrax für Sie«, antwortete Lanoux. »Etwas mit erheblich größerer Effizienz. Komplexer, aber tödlicher. Kostet natürlich eine Kleinigkeit mehr. Aber die Investition wird sich für Sie lohnen. Wenn Sie den Erreger einsetzen, ist die westliche Welt innerhalb eines Jahres ein Trümmerhaufen. Dann können Sie vielleicht schon in zwölf Monaten Allahs Weltherrschaft und einen globalen Gottesstaat feiern. Wie gefällt Ihnen das?«

## XX. KAPITEL

# Bruchstellen

*07 Uhr 43 – Katakomben*

Es war wie in einem bösen Traum, wobei sich Osborne fragte, ob sie sich wirklich auf dem Weg hinaus aus dem Labyrinth der Katakomben befanden, oder ob es nur ein weiteres kleines Zwischenspiel in diesem Albtraum werden würde.

Tief unter dem Pflaster von Paris marschierten er und seine beiden Begleiter unentwegt durch die nicht enden wollenden Krümmungen der Tunnel. Eine rätselhafte Stille lag über diesem unzugänglichen Ort. Die Männer kamen sich vor wie in den Gedärmen eines gigantischen Molochs; der Vergleich zwang sich allein schon durch den bestialischen Abwassergestank auf.

Saint-Germain und Dimitri schritten voraus, der Computerexperte bildete die Nachhut. Er fror und die Kleidung klebte klitschnass an seinem Körper. Aber er beschwerte sich nicht. Sein augenblicklicher Zustand war ihm einerlei. Hauptsache, sie vergrößerten die Distanz zu diesem unbeschreiblichen Monstrum, diesem irgendwo in der Dunkelheit lauernden Schrecknis jenseits der Vorstellungskraft.

Der Boden wurde wieder feuchter. An einigen Stellen tropfte das Wasser sowohl von der Decke als auch aus den Wänden. Die Schuhe bewegten sich mit Saugnapfgeräuschen über fingerdickem Schlamm. Wenigstens verlief der Gang, der so breit wurde, dass ein Auto darin Platz gehabt hätte, konstant aufwärts.

»Wir werden alle hier unten sterben«, stellte Dimitri ebenso plötzlich wie lakonisch fest.

»Hör auf, vom Sterben zu reden«, fuhr ihn Saint-Germain rüde an. »Wir kommen alle lebend hier raus. In spätestens einer halben Stunde liegen die Katakomben hinter uns.«

An einer Gabelung legten die Männer eine kurze Rast ein. Müde hockten sie auf herumliegenden Steinbrocken und starrten ins Leere. Osborne dachte an den Abyssus, der begonnen hatte, sich irgendwo hier unten auszubreiten. Einmal freigesetzt, war er angeblich durch nichts mehr zu kontrollieren, außer durch ›Das Buch des Abyssus‹, wie der Graf meinte. Aber war das wirklich wahr? Schützte das Buch die Welt vor ihrem Untergang? Es war jedenfalls nicht sehr Vertrauen erweckend, wie verkrampft Saint-

Germain den Folianten umklammert hielt. Es war beinahe so, als würde das Buch ihn besitzen und nicht umgekehrt.

Fast schien es, als hätte Dimitri die Gedanken des Amerikaners erraten, als er sagte: »Ich schlage vor, wir vernichten das Buch sofort.«

Saint-Germain blickte nicht einmal auf. Er saß unbeweglich da, hatte beide Arme um das Buch geschlungen und war völlig in Gedanken versunken. Im Gang herrschte Stille. Offensichtlich beschäftigte den Grafen etwas Wichtigeres als Dimitris Gerede. Doch dann hob er seinen Kopf und blickte den Russen, als ob er durch ihn hindurchsähe, wortlos an, ehe er beinahe unhörbar flüsterte: »Geht das schon wieder los? Habe ich dir nicht gesagt, dass das der größte Fehler wäre, den wir begehen könnten? Wo liegt eigentlich bei dir das Problem? Bist du schwerhörig oder schwer von Verstand?«

Dimitri hielt dem Blick des Grafen stand. Beide starrten sich eine Weile ohne zu blinzeln an.

»Soweit ich mich erinnere, wollten Sie ›Das Buch des Abyssus‹ suchen, um es zu vernichten«, entgegnete der Russe schließlich ganz ruhig. »Woher also rührt der plötzliche Sinneswandel?«

Saint-Germain atmete tief durch, bevor er antwortete: »Wenn ich mit Hilfe des Buches den Pfad der zehn Sefiroth gehe und mich entsprechend vorsichtig der elften Sefira nähere, kann ich gezielt gegen Daath vorgehen; ihn mit seinen eigenen Waffen schlagen. Wenn ich dagegen das Buch zerstöre, lösche ich damit nicht automatisch den Abyssus in dieser Welt aus.«

Dimitri starrte ihn immer noch unverwandt an, runzelte die Stirn und erhob sich, bevor er mit fester Stimme erwiderte: »Vergessen Sie nicht etwas, Graf? Sie sagten mir einmal, dass niemand ›Das Buch des Abyssus‹ benutzen kann, sondern dass das Buch seinen Besitzer benutzt. Ich fürchte, es manipuliert Sie bereits, ohne dass Sie es merken.«

Saint-Germain presste den Folianten mit beiden Armen gegen seine Brust. »In Wahrheit ist das genaue Gegenteil der Fall.« Wie um die Wirkung seiner Aussage zu unterstreichen, machte er eine kurze Pause ehe er fort fuhr: »Ich weiß jetzt, dass ich der Macht des Buches widerstehen kann. Ich bin bereit, es für unsere Zwecke einzusetzen. Aber ich begreife deine Sorgen, Dimitri.« Er senkte seine Stimme zu einem Flüstern. »Wir haben alle gesehen, was mit jenen passiert ist, die das Buch unsachgemäß verwendeten. Was mit Chantal Dubois und den anderen Frauen geschah, widerfährt uns bestimmt nicht. Das war ein Akt totaler Selbstüberschätzung, so etwas passiert ständig. Leute überschätzen ihre Fähigkeiten, sie bekommen irgendwas in die Hand, von dem sie sich eine Problemlösung versprechen, und haben aufgrund ihrer Selbstüberschätzung nur noch mehr Probleme. Verstehst du, was ich meine? Bei uns sind die Voraussetzungen ganz andere als bei den früheren Nutzern dieses Buches, die damit Böses oder selbstsüchtige Ziele erreichen wollten. Sie waren Anhänger der Finsternis. Wir aber sind Jünger des Lichts. Wir beherrschen das Böse und können das ungeheure Machtpotential der Sefiroth für unsere Zwecke einsetzen.«

»Aber man kann doch aus dem Bösem keinen Gewinn für das Gute ziehen.« Der Russe musterte den Grafen einen Augenblick lang. »Auf diesen Seiten stehen Dinge, die kein Mensch auch nur im Ansatz versteht.«

»Genau das ist es. Chantal Dubois beschritt den Weg der Sefiroth völlig unvorbereitet. Ich werde das Buch jedoch zuvor sorgfältig studieren und lasse mich so auf nichts Unkalkulierbares ein.«

»Trotzdem bin ich weiterhin der Meinung, dass das ein Fehler wäre, Graf. Bisher hat doch noch jeder geglaubt, er könne ›Das Buch des Abyssus‹ beherrschen. Schließlich kennen Sie seine entsetzliche Geschichte besser als jeder andere.«

»Ja, sie ist fürwahr mehr als tragisch. Doch ich versichere dir, derartiges wird sich nicht wiederholen. Ich finde einen Weg. Wir sollten diese sich uns bietende einmalige Chance wegen einiger Wenns und Abers nicht vertun. Wir machen einen Fehler, wenn wir nicht weit genug vorausdenken.«

»Haben Sie denn nichts gelernt?«, appellierte der Russe etwas gereizt an die Vernunft des Grafen. »Es bedarf mehr als guten Willen, um den Abyssus zu bändigen.«

»Denkst du, das weiß ich nicht?« Der Graf hielt inne und rang um Worte »Ich habe euch bis hierher geführt, also entscheide ich auch, wie es weitergeht. Glaubt mir, es ist zu eurem Besten.«

Dimitri ließ den Kopf sinken. Er sah aus wie ein Mann, dem man all seine Träume genommen hatte und der jetzt nicht mehr wusste, was er tun sollte.

»Vertraut mir.« Saint-Germain lächelte. Aber es war ein unfreundliches, grimmiges Lächeln.

»Das kann ich nicht mehr«, murmelte der Russe.

»Du hast nur Angst«, sagte der Graf mit einer beinahe liebenswürdigen Stimme, die dann ungewöhnlich scharf wurde: »Nun denn, dann muss ich das, was jetzt getan werden muss, wohl alleine tun.«

Niemand sprach mehr. Schweigen senkte sich über die drei Männer. Saint-Germain atmete so heftig, als trüge er eine unerträglich schwere Bürde. In diesem Moment erkannte Osborne, was der Graf wirklich vorhatte und hätte es am liebsten herausgeschrien. Stattdessen entgegnete er: »Nehmen wir einmal an, Chantal Dubois hätte ›Das Buch des Abyssus‹ niemals in die Finger bekommen. Was, wenn Beaujeu es mir auf seinem Totenbett gegeben und ich es noch besessen hätte, als Sie aufgekreuzt sind, Graf? Irgendwie glaube ich plötzlich nicht mehr, dass Sie es mir gelassen hätten.«

»Sie sind ein kluger Mann, Monsieur. Das habe ich von Anfang an gewusst. Ohne Ihre Hilfe wären wir niemals so weit gekommen. Ich hätte wissen müssen, dass man Ihnen auf Dauer nichts vormachen kann. Ja, Sie haben Recht. Ich wollte dieses Buch, genau wie es Chantal Dubois wollte. Und wie sie hasste ich Beaujeu, weil er uns an seinem Geheimnis nicht partizipieren ließ. Wenn es etwas genutzt hätte, hätte ich ihn getötet, um hinter das Geheimnis der zehn Sefiroth zu kommen. Natürlich hat das dieser alte Halunke von einem Tempelritter gewusst und dafür gesorgt, dass die Schrift immer gut versteckt war. Also mussten Chantal und ich uns einen Trick einfallen lassen, wie wir in ihren Besitz kommen konnten.«

»Sie beide waren also Komplizen?« Osbornes Fassungslosigkeit wandelte sich langsam in Sorge.

»So würde ich das nicht ausdrücken. Sagen wir mal, wir waren Konkurrenten, die beide dasselbe Ziel verfolgten. In unser beider Überlegung spielten Sie eine entscheidende Rolle, Monsieur Osborne. Wie ich bereits erwähnte, standen Chantals Mutter und ich uns einmal sehr nahe. Dank unseres kleinen hellseherischen Rituals wussten wir, dass Beaujeu Ihnen ›Das Buch des Abyssus‹ anvertrauen würde. Chantal und ich wollten es haben; doch der Weg zu dem Buch führte bedauerlicherweise einzig und allein über Sie.«

»Sie beide stellten mir eine Falle«, sagte der Amerikaner.

»In die Sie nur allzu begierig hineintappten.«

»Ich bin ja so naiv. Sie haben mir nur vorgaukelt, Sie wären mein Freund, und haben sich so mein Vertrauen erschlichen.«

»Das tut mir auch aufrichtig Leid. Ich finde Sie tatsächlich sympathisch, kann aber leider nicht leugnen, dass dem so war. Irgendwie musste ich ja an Sie herankommen. Das können Sie doch verstehen, oder?«

»Was haben Sie mit dem Buch wirklich vor?«, fragte Osborne.

»Zunächst einmal werde ich Daath unter Kontrolle bringen. Dadurch mache ich mir den Abyssus und somit die mächtigste Quelle des Universums untertan. Dann sollten Sie mich fürchten und anbeten, mein Freund. Denn dann bin ich ein Gott.«

»Das hat Nero auch von sich behauptet.«

»Sie halten mich für wahnsinnig?«, empörte sich der Graf.

»Ich halte Sie eher für gefährlich und hinterhältig. Sie haben mich zum Narren gehalten.«

»So könnte man es ausdrücken. Wenn man bedenkt, was auf dem Spiel stand, dann war das ein geringer Einsatz, der mir keine großen Gewissensbisse bereiten wird.« Saint-Germain beugte sich vor und fuhr mit leiser Stimme fort: »Ich kann nur hoffen, dass Sie mir den kleinen Vertrauensbruch verzeihen können.«

»So billig werden Sie nicht davonkommen.«

»O doch. Ich denke, das bin ich sogar schon. ›Das Buch des Abyssus‹ gehört mir, der Rest wird sich rasch von allein ergeben.«

»Na schön, ich habe die Geschichte jetzt fast beisammen. Als Weltenretter, wie Sie mich dauernd apostrophierten, habe ich mich nie gesehen. Da passt die Rolle als tölpelhafter Buchbeschaffer schon eher zu mir.«

»Es freut mich, dass Sie die Wahrheit so sportlich hinnehmen.«

»Die Sache hat nur einen Haken.«

»Und der wäre?«

»Dass man offensichtlich auch mit dem Buch nicht diesen Abyssus bändigen kann. Chantal hat es versucht und ist dabei umgekommen.«

»Wie ich eben bereits zu erklären versucht habe, war die gute Chantal nicht gründlich genug. Aber genug geplaudert. Wenn Sie mich jetzt bitte entschuldigen würden, meine Herren. So angenehm ich Ihre Gegenwart auch empfunden habe, muss ich mich jetzt doch meiner eigentlichen Aufgabe widmen. Nebenbei bemerkt, wäre es nicht sehr ratsam, mich daran hindern zu wollen, da ich mich ansonsten gezwungen sähe, sie beide zu töten. Und das wäre doch wirklich jammerschade, nach all dem, was wir zusammen erlebt haben. Keine Sorge, ich lasse Sie nicht allein in diesen Gewölben zurück. Ich bin mir sicher, Daath wird Ihnen bald Gesellschaft leisten. Gestatten Sie mir noch einen kleinen Tipp: Wenn der Abyssus kommt und Sie von irgendwoher Hilfe erhoffen, versuchen Sie es mit Beten. Denn außer einem Wunder kann Sie nichts mehr retten. Leben Sie wohl, meine Herren.«

»Der ist verrückt«, wandte sich Osborne an Dimitri. »Haben Sie schon mal einen echten Irren gesehen? Da steht einer.«

Der Russe hatte sich die letzten Minuten über verdächtig still verhalten. Wie hypnotisiert starrte er auf den Grafen. Als der sich zum Gehen umdrehte, sprang der russische Riese vor und schrie: »Nein! Wenn Sie ›Das Buch des Abyssus‹ nicht vernichten, dann werde ich es tun.«

Saint-Germain, aus dessen Gesicht alle Farbe wich, drehte sich mit verhärteten Zügen zu ihm um und blickte ihn schweigend an. Die eingetretene Stille wurde nur von dem metallischen Klick durchbrochen, mit dem er eine halbautomatische P8 mit Browning-Petter-Verschluss-System entsicherte. Langsam zog er die Hand aus der Innentasche seiner Jacke und richtete die Kaliber-9 Pistole auf Dimitri.

Osborne starrte gelähmt auf den Lauf der Waffe. Während sich in seinem Innern die Erkenntnis ausbreitete, dass weder er noch der Russe etwas gegen den Grafen ausrichten konnten. »Hören Sie ...«

»Halten Sie sich da raus, Monsieur.« Saint-Germain schüttelte verächtlich den Kopf. »Sie haben keine Ahnung, was für einen Kampf wir hier austragen. Unsere Wege trennen sich nun. Wer mir folgt, den werde ich töten.«

Ungläubig, sprachlos und außerstande auch nur einen Finger zu rühren, während sein Herz umso wilder pochte, starrte der Amerikaner auf die Waffe. Die Szene erschien ihm unwirklich, aber die Pistole sah verdammt echt aus. Der Graf hob die Waffe, als wolle er Dimitri mit einem gezielten Kopfschuss aus dem Verkehr ziehen.

Hinter den Männern erklang ein gedämpftes Geräusch, das sich wie ein ins Rollen gekommenes Steinchen anhörte. Zunächst zollte dem keiner besondere Beachtung. Doch das Geräusch wurde lauter, wuchs zu einem splitternden Kratzen an. Damit einher ging ein immer stärker werdender Gestank nach Verwesung.

Saint-Germain wich zurück. Seine Hände zitterten dermaßen, dass er ›Das Buch des Abyssus‹ kaum noch festhalten konnte. Er zweifelte genauso wenig wie seine Begleiter daran, dass Daath es auf sie abgesehen hatte. Aus den Tiefen der Dunkelheit hörten sie ein Bersten wie auseinander brechendes Gestein. Sie konnten den Abyssus riechen, ihn aber noch nicht sehen; dabei war seine Ausdünstung inzwischen derartig intensiv, als stände die leibhaftige elfte Sefira unmittelbar vor ihnen.

*07 Uhr 45 – Feuerwehrkaserne, Rue Mesnil*

Guy Rémy kämpfte gleichermaßen gegen die Müdigkeit wie gegen die deprimierenden Gedanken an seine kriselnde Ehe. Letztendlich blieb ihm nur die Hoffnung, dass die Unstimmigkeiten mit Colette von alleine verschwanden; so wie eine Infektion von alleine verschwand, wenn man die natürlichen Abwehrkräfte des Körper sgeduldig ihre Arbeit machen ließ.

Erschrocken zuckte der Feuerwehrmann zusammen. In immer kürzeren Intervallen blinkte der optische Alarm rot auf dem Terminal auf. Er griff zum Telefon, das in diesem Viertel zum Glück noch funktionierte, hörte aufmerksam zu, warf den Hörer auf die Gabel und drückte den Alarmknopf. Ein durchdringender auf- und abschwellender Sirenenton heulte durch das Gebäude. Die entspannt auf ihren Pritschen ausgestreckten Kollegen schnellten hoch. Mit der Schnelligkeit, die sie jahrelangem Training verdankten, stürmten die Feuerwehrleute zu den Einsatzfahrzeugen. Zusammen mit einem Dutzend Kollegen quetschte sich Guy in den kleineren Mannschaftswagen, der dann mit Blaulicht und Sirene hinter dem schweren Löschzug aus der Garage raste.

Die Straßen litten noch unter den Nachwirkungen des Unwetters; an manchen Stellen stand das Wasser kniehoch. Oft passierten die Feuerwehrwagen Autowracks, die von Flutwellen auf die Bürgersteige gespült worden waren. Auf der Rue de Grenelle versperrten entwurzelte Kastanien die Fahrbahn; die frühere Prachtallee bot mit ihren umgestürzten Bäumen ein Bild des Jammers. Auf Kreuzungen, wo der Verkehr normalerweise von Ampeln reguliert wurde, hatten sich zahlreiche Unfälle ereignet. Die Straßen waren hoffnungslos mit Autos verstopft, so dass die Feuerwehrfahrzeuge durch enge, gerade noch im Schneckentempo passierbare Seitenstraßen ausweichen mussten. Die aufgezwungenen Umwege, Staus und komplizierte Wendemanöver kosteten sie fast eine Stunde Zeit.

In der Nähe des Einsatzortes strömten den Feuerwehrmännern Menschen entgegen, die in Panik aus ihren Häusern geflohen waren. Einige trugen nur Mäntel über ihren Schlafanzügen. Dazwischen wimmelte es von Presseteams. Kameramänner erhellten mit ihren tragbaren Scheinwerfern die Szenerie, als gäbe es hier für die Journalisten die größte Story der Welt.

Als der Löschzug und der Mannschaftswagen den Zielort in der Rue de Poissy erreichten, bot sich den Feuerwehrmännern ein Bild des Chaos. Vor einem Häuserblock breitete sich ein schwarzer Krater von gigantischem Umfang aus, der bereits einen Teil einer Fassade zum Einsturz gebracht hatte. Und dieses Loch wurde größer. Wie durch ein Wunder hatten sich die meisten Bewohner aus den umliegenden Häusern retten können. Gerade kippte die Frontseite eines Gebäudes wie ein Kartenhaus zusammen. Mit ohrenbetäubendem Bersten stürzten die Trümmer in den schwarzen Schlund, der die Grundmauern zerfressen hatte, wo sie dann regelrecht zerschmolzen.

Obwohl im übrigen Paris der Sturm nachgelassen hatte, schwoll er in dieser Straße an. Der Sog, dessen Zentrum im Innern des bodenlosen Abgrundes lag, wurde immer gewaltiger, was der Fahrer des Löschzuges allerdings zu spät bemerkte. Als er das Tempo drosselte, bekam er die ungeheure Soggewalt zu spüren. Während er die Bremse trat, um zurückzusetzen, blockierten zwar die Räder, trotzdem rutschte das Fahrzeug weiter vorwärts. Aus rot glühenden Bremsklötzen sprühten Funken, als wären sie Wunderkerzen. Der tonnenschwere Löschzug sackte zentimetertief in den nachgiebigen Asphalt, so als wäre die Rue de Poissy unter der Oberfläche aufgeweicht, und zog eine regelrechte Furche durch den Straßenbelag. Der Fahrer knallte den Rückwärtsgang rein und gab Vollgas; doch der Löschzug hielt weiter, wie von unsichtbaren Stahlseilen gezogen, Kurs auf den Krater. Sekunden später kippte das Fahrzeug in die Tiefe, wo mehrere Tonnen rot lackiertes Blech und Stahl augenblicklich in Atome zerflossen.

Ein gutes Stück hinter dem Löschzug bremste der Mannschaftswagen scharf, so dass die Hinterreifen ausscherten. Im rückwärtigen Bereich des Fahrzeuges wurden die Feuerwehrmänner in die Gurte geschleudert. Unter ihren Sitzen knickten die Räder weg, die Achsen brachen. Der Rumpf des Wagens schlug auf den Asphalt und brach teilweise auseinander. Metall kreischte über den Straßenbelag. Guy Rémy schloss die Augen und erwartete die Wucht des Aufpralls. Das Heck schmetterte mit solcher Wucht gegen eine Hauswand, dass es die Fassade durchbrach. Bleche zerknautschten und mit lautem Knall wölbte sich die Motorhaube aufwärts. Der geborstene Motorblock spie kochenden Dampf. Abrupt kam das Fahrzeug in einer verlassenen Wohnung zum Stehen; es steckte völlig eingeklemmt zur Hälfte im Mauerwerk fest.

Guy hatte Schmerzen und stand unter Schock. Seine Atemzüge kamen abgehackt und flach. Benommen löste er sich aus seinem Gurt. Ringsum versuchten seine Kameraden das Gleiche. Niemand sagte etwas, doch die Gedanken der Männer überschlugen sich. Einigen standen Tränen in den Augen. Der Schock über den Tod der Kollegen im Löschzug, den sie durch die Seitenfenster beobachtet hatten, hatte sie überwältigt.

Allmählich wich die Trauer der Angst, der Angst um das eigene Leben.

Ein Feuerwehrmann nach dem anderen arbeitete sich durch die zerknautschte Hecktür aus dem Blechhaufen des Mannschaftswagens heraus. Die Männer traten in ein zertrümmertes Zimmer, durch das eine Staubwolke aus pulverfeinem Putz und Mörtelmasse wehte. Die ehemalige Haustür und das einzige Fenster waren nur noch ein klaffendes Loch, das das feststeckende Fahrzeug ausfüllte. Der Fußboden war übersät mit Trümmersteinen und zermalmten Möbeln. An der gegenüberliegenden Wand führte eine Tür in ein Nebenzimmer; sie hing, halb aus den Angeln gerissen, an einem zersplitterten Holzrahmen, der teilweise wie ein zerbrochener Knochen aus dem Mauerwerk ragte.

Ringsum war alles still, bis auf ein Rauschen, ein leises, böses Wispern draußen auf der Straße. Irgendwas stimmte mit dem Boden nicht. Es war, als würde er sich wellenartig bewegen; nicht sehr stark, aber stark genug, um es zu spüren. Für die Männer fühlte sich der Untergrund schwammig an, so als ständen sie auf öligem Schlamm.

Irgendwo knirschte Metall über Ziegelstein. Das Geräusch schwoll zu einem berstenden Krachen an. Guys einziger Gedanke war, dass sie so schnell wie möglich raus auf die Straße sollten, denn das hier war keine sichere Zuflucht. In diesem Moment entdeckte er am Boden haarfeine Risse, die immer weiter aufklafften, als ob ihre Ränder den Boden einfach wegschmolzen. Hinter Guy ging der Schrei eines Feuerwehrmannes in einem Donnerschlag unter. Das ganze Gebäude erbebte, während das Rauschen weiter anschwoll. Anfangs glich es mehr dem Knurren eines wilden Tieres, das jetzt jedoch zu einem wilden Brüllen wurde.

Die Intensität des Geräusches ließ Guy erstarren. Langsam drehte er den Kopf. Was er sah, war unmöglich, denn der zerbeulte Mannschaftswagen ruckelte, als wäre der Motor von ganz alleine angesprungen. Auch die anderen Feuerwehrmänner starrten in völliger Regungslosigkeit auf dieses Phänomen. Das Fahrzeug ruckelte heftiger. Zentimeter um Zentimeter glitt es auf die Straße zurück. Erst langsam und zögerlich, wie von unsichtbarer Hand gezogen, dann immer schneller. Das über Stein kratzende Metall schepperte, ein Teil der Fassade brach zusammen, als der Mannschaftswagen auf die Straße hinausflog, wo ein gewaltiger Tornado das tonnenschwere Fahrzeug packte, es zerquetschte und die Überreste in den schwarzen Krater saugte. Aber es stürzte nicht hinein, sondern zerlief bereits an der Oberfläche der Schwärze zu Nichts.

Kaum hatte das Autowrack den Mauerdurchbruch des Zimmers freigegeben, zerzauste ein unbändiger Sturmwind Haare und Kleidung der Feuerwehrmänner. Urplötzlich standen sie inmitten eines wirbelnden, tobenden Mahlstromes, der sie mit Urgewalt auf die Straße und dort in den Schlund des Abgrundes zu ziehen versuchte. Die Männer stemmten sich gegen die Sogkraft und fuchtelten hektisch mit den Armen, in der Hoffnung, etwas zum Festklammern zu finden, doch der Sog riss sie mit berserkerhafter Raserei von den Beinen.

Guy hatte Glück, dass er nahe der Tür zum Nebenzimmer stand, als ihn der brüllende Orkan umriss. Im Fallen klammerte er sich mit beiden Händen an der Zarge fest. Hinter ihm purzelten seine Kollegen hilflos zappelnd durch die tosenden Luftwirbel hinaus auf die Straße. Ihr Überlebenskampf dauerte nur wenige Sekunden, bis sie der Krater verschluckte.

Guy hatte das Gefühl, als klammere er sich an eine Rakete im Steigflug, die sich nun in einer Höhe befand, wo die dünne Luft ihm das Bewusstsein raubte. Blutrote Nebel legten sich vor seine Augen. Verbissen stemmte er sich gegen die drohende Ohnmacht. Etwas packte ihn an den Beinen und riss sie hoch. Er schrie auf, dann spürte er, dass es nur der Wind war, der vehement an ihm zerrte. Der Sog wurde immer intensiver und peitschte brutal auf ihn ein. Langsam glitten Guys Finger vom einzigen Halt ab. Lange konnte er sich nicht mehr an dem Türrahmen festklammern. Hinter ihm kreisten Reste zerborstener Möbel durch die Luft und prallten mit umherfliegenden Ziegelsteinen zusammen.

Mit übermenschlicher Kraftanstrengung zog sich der Feuerwehrmann durch die Tür zum Nebenraum. Zentimeter um Zentimeter trotzte er dem zerrenden Sturmwind ab. Schon halb am Ziel, breitete sich ein lähmendes Gefühl von Schwäche in seinen Muskeln aus. Er rutschte wieder ab, er schrie. Guy löste eine Hand von der Zarge und griff wieder zu, packte fester. Dann zog er erneut, doch er bewegte sich nicht. Seine Muskeln hielten das Gezerre nicht mehr durch. Holz splitterte; das Geräusch war im Brausen und Brüllen des Orkans kaum zu hören. Der kaputte Türrahmen auf der gegenüberliegenden Seite zerbrach vollends und flog stückweise davon.

Dem Feuerwehrmann wurde klar, dass er auf verlorenem Posten kämpfte, denn lange hielt der Rest der Zarge dem Sog nicht mehr stand. Er spürte, wie das Holz unter seinen Fingern zitterte. Irgendwie musste er in das benachbarte Zimmer gelangen. Wenn er wie zur Salzsäule erstarrt dalag, würde er es nicht schaffen. Die Zarge, an der sein Leben hing, schwankte bedenklich. Das Holz knackte. Mit einem Schlag wurde das Türblatt aus der verbliebenen Angel gerissen und segelte direkt auf seinen Kopf zu. Er duckte sich, wobei er sich sicher war, dass ihm das Geschoss den Kopf zerschmettern würde. Doch die Tür sauste dicht über ihn hinweg, so dicht, dass sie seine Haarspitzen rasierte. Aber das war dem Feuerwehrmann nicht wichtig, denn die Welt um ihn herum büßte immer mehr von ihrer Wirklichkeit ein. Die Geräusche drangen nur noch verschwommen an sein Ohr. Beinahe hatte er sich schon mit seinem Ende abgefunden, da drehte er den Kopf nach vorne und erspähte jenseits der Tür etwas Metallisches, einen fest im Boden verankerten Türstopper aus Messing. Obwohl er seine Arme kaum mehr bewegen konnte, mobilisierte Guy die letzten Kraftreserven. Tatsächlich bekam er den Türstopper mit einer Hand zu fassen. Er schwor sich, seinen Job auf der Stelle an den Nagel zu hängen und in Zukunft nur noch Hühner zu züchten, wenn er sich an dem Ding in Sicherheit ziehen konnte.

Der Orkan, der an ihm zerrte, war so mörderisch laut, dass Guy seinen eigenen Schrei, den er ausstieß, nicht hörte. Er fühlte sich wie beim Tauziehen, wobei sein Körper das Tau war. Im Nachhinein erinnerte er sich nicht mehr, wie er es aus diesem Albtraum geschafft hatte; aber er hatte sich tatsächlich an dem Türstopper so weit in den Nebenraum gezogen, dass er ihn loslassen konnte, ohne dass er weggerissen wurde. Wie erhofft, nahm die Zwischenwand dem Sog ein Gutteil seiner Kraft. Kriechend schaffte Guy es bis zum untersten Absatz einer Holztreppe, wo er keuchend und hustend zusammenbrach; das Gesicht nach unten gewandt, lag er auf dem Boden und rang nach Luft. Nur zögerlich klangen die Krämpfe ab, so dass er Arme und Beine wieder rühren konnte. Jeder einzelne Muskel zitterte vor Überanstrengung.

Er wusste, dass er auch hier nicht in Sicherheit war. Der Orkan, vor dem er geflohen war, nahm an Intensität zu. Außerdem bemerkte er im Boden Risse, die sich wie ein schwarzes Pestgeschwür weiter verästelten. Daraus quoll eine pulsierende Schwärze, die die Ränder zerfraß und so die Spalten verbreiterte.

Es dauerte einige Augenblicke, bis der Feuerwehrmann seine Benommenheit völlig abgeschüttelt hatte. Unbeholfen taumelte er auf die Beine und sah, dass die schützende Zwischenwand leicht wankte. Die schwarzen Risse unterhöhlten sie, beraubten sie ihrer Stabilität.

Immer vehementer zerrten die Turbulenzen an Guy. Zitternd und schwankend stolperte er die ersten Treppenstufen hinauf, als ihm ein unerwarteter Erdstoß das Gleichgewicht raubte. Er kippte und stürzte nach hinten, ohne etwas dagegen tun zu können. Seine Beine waren zu schwach, um der Schwerkraft Widerstand zu leisten.

Einen Augenblick lang hatte er das Gefühl zu schweben, als er dem Fußboden entgegenfiel, den ein feines Netzwerk aus schwarzen Schnüren durchzog.

*08 Uhr 11 – Hôtel de Ville*

Der »Alouette II« war mit mehreren Kameras bestückt, die einige Raffinessen aufzuweisen hatten. Eine Kamera mit extremem Weitwinkel befand sich im kugelförmigen Plexiglas-Cockpit des Armee-Hubschraubers, eine zweite war am Rumpf mit Blick nach unten montiert und die dritte konnte zusammen mit einer hochkomplexen Sonde hydraulisch in die Tiefe abgesenkt werden. Alle drei Kameras waren Spezialkonstruktionen mit eingebautem Lichtverstärker, die zwar rötlich verwaschene Bilder produzierten, aber dafür Aufnahmen in völliger Dunkelheit ermöglichten. Das wichtigste Equipment der Mission war die Sonde, die bis zu fünfzig Meter tief abgeseilt werden konnte; sie vermaß morphologische Oberflächenmerkmale wie Steine oder Vertiefungen zur geowissenschaftlichen Datenauswertung. Aus diesen Daten leitete ihr integrierter Computer die multispektralen Charakteristika der Materialien ab und sandte das Ergebnis per Funk an einen zentralen Server in der Leitstelle weiter.

Die Hubschrauber-Crew bestand aus einer Pilotin, einem Co-Piloten und einem Wissenschaftler, der die Sonde bediente. Alle drei trugen leichte Schutzanzüge und mit Funk ausgestattete Helme.

Der Helikopter schwebte in etwa vierzig Metern Höhe über dem Zentrum von Paris. Unter der Maschine dehnte sich das Lichtermeer nach allen Seiten bis zum Horizont. Alles, was die Bordkameras filmten, wurde ohne nennenswerte Verzögerung auf den Plasmaschirm des Krisenstabes übertragen. Die Aufnahmen der Rumpfkamera füllten dabei den gesamten Bildschirm aus. Am rechten Rand des Monitors waren die Einspielungen der beiden anderen Kameras als kleinere Splitscreens im Bild-in-Bild-Modus zu sehen.

Arielle Clémentine und die übrigen Mitglieder des Krisenstabes sahen auf dem Plasmaschirm zunächst nur rot gesprenkelte Hausdächer und das dunkle Geflecht der Straßen. Wegen des Lichtverstärkers der Kamera wirkten die Straßenbeleuchtungen wie Blendgranaten. Aus der Vogelperspektive sah die Stadt wie ausgestorben aus. Über der Rue de Turbigo änderte sich das Szenario; auf dem Bildschirm erschien ein bildfüllender Krater von gewaltigem Ausmaß, ein gigantischer Schattenriss im Boden, dessen Ränder ein etwa zehn Meter breiter Trümmerkreis aus eingestürzten Wohnhäusern säumte. Unablässig dehnte sich die Schwärze aus, wodurch weitere Häuser den Halt im Fundament verloren und einstürzten, ehe sie der Krater selbst erreichte.

Der Hubschrauber schwebte jetzt genau über dem Zentrum der Schwärze. Eine kräftige Bö zerrte an der Maschine, aber die Pilotin war routiniert genug und steuerte gegen.

»Mein Gott«, flüsterte Eloïse Beaune.

»Das Loch hat sich vergrößert«, stellte Victor Garrivier nüchtern fest.

»Vergrößert?«, wiederholte Paul Rougerie fassungslos. »Es ist gigantisch! Es verbreitert sich unglaublich schnell. Was ist mit den Anwohnern? Sind die inzwischen evakuiert?«

»Offiziell gab es noch keinen Befehl zur Evakuierung«, erwiderte Marc Caubère. »Wir wussten bis gerade noch nicht, dass es sich um eine dermaßen expandierende Gefahr handelt.«

»Dann haben die Menschen in diesen Häusern ein ernsthaftes Problem«, meinte Valérie Mairesse.

»Falls überhaupt noch jemand da drin ist«, gab Philippe Chapiteau zu bedenken.

»Wo sollten die Leute sonst sein?«

»Geflohen. Hoffe ich jedenfalls. Wenn ich da wohnen würde und so ein schwarzes Ding vor meiner Haustür sähe, was meinen Sie, wie schnell ich in Panik ausbrechen würde. Und bekanntlich verbreitet sich nichts schneller als Panik.«

»Wo sind die Menschen denn?«, wollte Jean Crauchet wissen.

»Zu den Hinterausgängen raus.«

»Und wenn nicht?«, meldete sich André Marie Villiers zu Wort.

»Sollten Sie aus den Haustüren geflohen sein, dann fürchte ich das Schlimmste«, sagte Caubère und erhob sich von seinem Platz. »Ich verständige umgehend den Polizeipräsidenten. Das ganze Viertel muss sofort abgesperrt werden. Entschuldigen Sie mich bitte.«

»Wo wollen Sie hin?«, rief ihm Arielle Clémentine hinterher. »Die Telefonleitungen sind defekt. Und mit dem Handy kommt auch keine Verbindung zustande.«

»Aber der Polizeifunk funktioniert noch, sonst könnten wir keine Bilder von dem Hubschrauber empfangen«, rief er beim Hinauslaufen zurück. »Ich hole mein Handfunkgerät aus dem Auto.«

Zehn Minuten später war im Konferenzraum jedes Getuschelt erstorben. Gebannt starrten alle auf den riesigen Monitor, auf dem der Helikopter wie ein riesiger Vogel über dem Zentrum des Kraters schwebte. Die Crew hatte es offensichtlich eilig, von dort wegzukommen, denn sie hielt sich nicht lange mit Diskussionen über die Vorgehensweise auf, sondern ließ die Sonde mit der angeschlossenen Kamera zügig zum Schlund hinab. Trotz immer heftigeren Luftwirbeln, gelang es der Pilotin, sie zielgenau abzuseilen. Die Aufnahmen erschienen auf einem der kleineren Splitscreens des Plasmaschirms. Immer näher schob sich die Dunkelheit heran, bis sie den ganzen Bildschirm ausfüllte.

»Könnten wir davon ein größeres Bild bekommen?«, bat Arielle Clémentine.

»Moment.« Caubère kehrte im Laufschritt mit einem Handfunkgerät unter dem Arm zurück und setzte sich an seinen Platz.

»Und?«, fragte sie. »Alles geklärt? Gibt es neue Informationen?«

»Den Polizeipräsidenten konnte ich über Funk nicht erreichen. Aber ich habe dafür gesorgt, dass der gefährdete Sektor rund um die Rue de Turbigo weiträumig abgesperrt und evakuiert wird.«

Er drückte eine Taste seines Laptops. Die große Fläche des Wandmonitors wurde jetzt von dem Bildmaterial der Kamera ausgefüllt, die der Sonde folgte. Trotz der Vergrößerung gab die Finsternis in dem Krater kaum mehr von ihrem Geheimnis preis als zuvor. Wer allerdings genauer hinsah, bemerkte in der Dunkelheit ein seltsames Grieseln und Wuseln.

Etwa zwei Meter unterhalb der Kamera tastete die Sonde das Innere des Kraters mit elektromagnetischen Strahlen ab. Ihr Computer listete die Ergebnisse in Zahlenkolonnen und Grafiken auf, die dann in Pop-Up-Menues auf dem Monitor erschienen. Obwohl eine genaue Analyse dieser Daten mehrere Tage erforderte, konnten die Wissenschaftler vor Ort bereits auf den ersten Blick grobe Rückschlüsse auf Beschaffenheit und Topographie des unbekannten Phänomens ziehen. Was sie sahen, sorgte weniger für Erkenntnis als vielmehr für Verwirrung.

Auf den ersten Blick besaß die Schwärze alle Komponenten eines Energiefeldes, mit einem gravierenden Unterschied: Energiefelder hatten eine glatte Oberfläche und somit eine ähnliche Ausprägung wie Wasser; dieses hier verfügte jedoch über eine komplett andere Struktur, denn es wies Dellen, Einbuchtungen, Buckel und Wirbel von ungeheurer Dynamik auf. Außerdem gab es innerhalb seiner Masse Schwerkraftschwankungen, die für die Sogwirkung verantwortlich waren, welche der Pilotin immer mehr zu schaffen machte.

Plötzlich tönte ein ohrenbetäubender Ton aus dem Lautsprecher.

»Was ist das?«, erschrak Vautrin.

»Der Bordalarm des Helikopters«, knurrte General Chatelain und deutete auf den Splitscreen mit den verwackelten Aufnahmen der Onboard-Kamera. »Offensichtlich stimmt etwas mit den Stabilisatoren nicht.«

»Bekommen wir keinen Funkkontakt mit dem Piloten?«, erkundigte sich Arielle Clémentine.

»Nein«, bedauerte Caubère. »Tut mir Leid. Der Funkverkehr auf der Frequenz ist gestört. Hoffentlich bricht nicht auch noch die Bildübertragung zusammen. Sehen Sie, die Aufnahmen werden schlechter.«

Tatsächlich durchbrachen immer mehr Funkstörungen die Bilder. Alle Augen richteten sich inzwischen auf das kleinere Bild, auf dem die Pilotin zunehmend Probleme mit den Turbulenzen bekam. Sie umklammerte mit beiden Händen den Steuerknüppel, der wie wild vibrierte. Obwohl ihre Begleiter angeschnallt waren, suchten sie mit den Händen Halt. Der Helikopter hüpfte immer ungestümer, wie ein Mustang bei einem Rodeo.

»Brechen Sie die Operation ab«, befahl General Chatelain dem stellvertretenden Polizeipräsidenten. »Erteilen Sie dem Piloten den Befehl umzukehren!«

Caubère schaltete sein Handfunkgerät ein, doch er kam nicht dazu, den Vorschlag in die Tat umzusetzen.

»Da!«, schrie Eloïse Beaune. »Sehen Sie!«

Sie deutete auf den größten Bildausschnitt des Monitors. Unterhalb der Begleitkamera tauchte die Sonde in den Krater und ... verschwand; es war, als legte man ein Stück Butter in eine kochend heiße Pfanne. Im nächsten Moment erreichte auch die Kamera die Stelle: Störungen, graue, verpixelte Querstreifen blitzten kurz über den Monitor, dann war das Bild tot.

»Wir haben die Kamera verloren«, stellte Caubère fest.

»Schalten Sie die Onboard-Kamera auf Vergrößerung«, ordnete Arielle Clémentine an.

Caubère drückte einige Tasten des Laptops, dann füllten nur noch die grobkörnigen Bilder aus dem Cockpit den Bildschirm aus.

Eine schwere Bö erschütterte die Maschine und ihre Nase senkte sich ab. Für einen Moment konnte man durch die Cockpitkanzel den hektisch gestikulierenden Co-Piloten sehen. Der Helikopter stieg ein Stück, wobei er sich gefährlich zur Seite neigte. Die Schwärze unter ihm absorbierte zunehmend die Luft, wodurch der Sog heftiger an dem Fluggerät zerrte. Die Pilotin kämpfte verbissen mit der Steuerung, fing den abschmierenden Helikopter ab und versuchte, die Flugbahn zu stabilisieren. Auf dem Armaturenbrett erwachten unzählige optische und akustische Warnsignale zum Leben. Der Hubschrauber stürzte spiralenförmig ab, wobei eine Apparatur nach der anderen ausfiel. Ein flüchtiger Blick nach unten ließ die Pilotin erstarren. Wenige Meter tiefer klaffte die Schwärze wie ein gigantisch aufgerissenes Maul, das sie verschlingen wollte. Die Maschine vibrierte, das Heck mit dem stabilisierenden vertikalen Rotor knickte ab und sauste in die Tiefe. Der komplette Hubschrauber brach auseinander, noch bevor ihn die Finsternis einsaugte.

Im Konferenzsaal sagte niemand ein Wort. Wie gelähmt starrten die Mitglieder des Krisenstabes auf die schwarze Oberfläche des Monitors. Die Beigeordnete sank auf ihrem Stuhl zurück und musste das Gesehene erst einmal verarbeiten. Ihr schwante, dass ihnen nicht mehr viel Zeit zum Handeln blieb, ehe sich dieses Ding in ganz Paris ausbreitete. Es war höchste Zeit, eine Strategie auszuarbeiten.

»Hat jemand eine Idee, wie wir diesen Krater an seiner Ausdehnung hindern können?«, fragte sie in die Runde.

»Das Problem ist nicht der Krater«, widersprach Victor Garrivier.

Alle Blicke richteten sich auf den Geologen.

»Sondern?«

»Wie ich anhand der übermittelten Daten erkennen konnte, haben wir es mit einer Energieform zu tun.«

»Dieser Meinung schließe ich mich an«, sagte Philippe Chapiteau. »Aber was macht dieses Energiefeld mit der Luft?«

»Wie meinen Sie das?«, wunderte sich Rougerie. »Ich konnte nichts Auffälliges an der Luft erkennen.«

»Ich meine die Turbulenzen. Je näher der Helikopter dem Energiefeld kann, desto stärker wurden die Luftwirbel. Vielleicht entzieht dieses Feld der Luft Sauerstoff oder Stickstoff, dadurch entsteht Unterdruck und somit dieser ungeheure Wind. Wenn sich dieses Feld wirklich von einem Element unserer Atmosphäre ernährt, bräuchten wir nur zu warten, bis es aufgebraucht ist, dann stirbt dieses Ding von alleine.«

»Und wir gleich mit«, warf Valérie Mairesse ein. »Falls dieses Ding Gase aus der Atmosphäre selektiert, bis es umkippt, kippen wir mit um. Ob dieses Phänomen nun meinen Körper zersetzt, oder ob ich ersticke, weil es die atembare Luft zersetzt, läuft für mich auf dasselbe hinaus.«

»Hätte mich auch verwundert, wenn Sie mir mal nicht widersprechen, werte Kollegin«, reagierte der Astrophysiker dünnhäutig. »Dann lassen Sie mal Ihre Version hören.«

»Dieses Feld zersetzt Luft genauso wie jeden anderen Stoff auf Molekularbasis.«

»Wenn ich Sie recht verstehe, halten Sie dieses Energiefeld für eine Art Tumor«, hakte Arielle Clémentine nach. »Für eine Art Krebsgeschwür, das Moleküle statt Körperzellen zerstört?«

»So könnte man es ausdrücken«, bestätigte die Physikerin. »Im Moment machen mir die Zunahme der Sogwirkung und der dadurch ausgelöste Sturmwind größere Sorgen als die Bodenschäden. Was als laues Lüftlein begann, wird sich zu einer Stärke hochschrauben, bei der kein Stein mehr auf dem anderen bleiben wird. Dagegen sind wir völlig machtlos. Es gäbe zwar einige Bunker, wo man vorläufig sicher wäre, aber die meisten Menschen würden wohl von dem Sog erfasst und in diesen Abgrund gerissen. Davon abgesehen, wäre auf Dauer auch niemand in einem Bunker sicher. Denn irgendwann würde die bodenzersetzende Komponente dieser Energie auch dort anlangen.«

»Das würde bedeuten, dass sich unser Planet gerade in seiner Auflösung befindet.«

»Ich kann nur hoffen, dass dem nicht so ist. Aber wie es im Moment aussieht, ist das richtig.«

»Falls Sie Recht haben, würde unser aller Leben enden, bevor die Erde ein einziges Loch geworden ist. Wie stark wird dieser Sturm oder Sog, wenn der Krater die Größe von – sagen wir mal – Frankreich erreicht hätte?«

»Das lässt sich auf die Schnelle schwer sagen. Ausgehend von der Energie, die er bei seiner momentanen Größe entwickelt, würden die Glaser in New York wohl das Geschäft ihres Lebens machen. Es gab zwar erdgeschichtlich schon einmal Phasen mit ähnlich gewaltigen Sturmwinden, allerdings mit dem kleinen Unterschied, dass es seinerzeit noch kein Leben auf diesem Planeten gab. Und das war gut so, es wäre sonst wohl ausgerottet worden.«

»Na schön«, seufzte die Beigeordnete. »Soweit zu den Symptomen. Kommen wir zur Ursache. Haben Sie vielleicht eine Erklärung, wodurch dieses Phänomen entstanden sein könnte? Handelt es sich möglicherweise um eine Art Naturkatastrophe? Oder um ...«

»Naturkatastrophe?«, unterbrach sie General Chatelain barsch und stieß ein verächtliches Zischen aus. »Das ist keine Naturkatastrophe. Welcher Art sollte die sein? Ich kenne Vulkanausbrüche, Erdbeben, Orkane, Tsunamis. Das sind Naturkatastrophen!«

»Auch wenn es General Chatelain nicht gerne hören mag, möchte ich die Möglichkeit einer Naturkatastrophe nicht von vorn herein ausschließen«, unterbrach ihn Arielle Clémentine. »Monsieur Garrivier, was sagt die Geowissenschaft dazu? In den Nachrichten hört man doch immer wieder von katastrophalen Bodensenkungen nach starken Regenfällen. Und vergangene Nacht hatten wir ein extremes Unwetter.«

»Es liegt durchaus im Bereich des Möglichen, dass heftige Regenfälle Erdbeben auslösen können. Nach feuchten Wetterperioden werden bis zu zwanzig Mal mehr seismische Bewegungen festgestellt als in trockenen. Das Wasser sickert in die Gesteinsporen und steigert darin den Druck, bis sie sich verschieben. Folge: ein Erdbeben. Allerdings kann ein Beben auch durch Druckverlust entstehen, wenn das Wasser zwischen gegeneinander gepresste Steinblöcke sickert, so dass diese voneinander abrutschen. Gefährdet sind Gebiete, in denen lange Trockenheit herrschte, oder wo zum Beispiel wegen eines Stausees lange Zeit kein Wasser ins Umland gelangen konnte. Aber in unseren Breiten sind durch Regen ausgelöste Beben kaum mehr als ein schwaches Zittern. In Paris halte ich es für unwahrscheinlich, dass Regenwasser ein Erdbeben oder eine Erdabsenkung auslösen könnte. Dafür fehlen hier die meteorologischen und geologischen Voraussetzungen.«

»Und was ist mit den Steinbrüchen? Es wäre nicht das erste Mal, dass ein eingestürzter Steinbruch eine ganze Häuserzeile in die Tiefe reißt.«

»Wenn ein Haus wegen eines morschen Stollens unter der Erde einstürzt, dann entsteht ein relativ kleiner Krater, in dem dann die Trümmer des eingestürzten Hauses liegen. Hier gibt es jedoch einen gewaltigen Krater, dessen Größe mit nichts, geschweige denn mit irgendwelchen Steinbruchstollen, erklärbar ist. In diesem Krater liegen auch keine Trümmer der eingestürzten Gebäude. Und wir reden hier von einigen tausend Tonnen Gestein.«

»Wo blieben diese Trümmer?«, wollte General Chatelain wissen. »Lösen die sich einfach in Luft auf, oder was?«

»Molekularauflösung, wie sie Madame Mairesse vermutet, erscheint hier wirklich die einzig logische Erklärung, wenn sie nicht so phantastisch und wissenschaftlich völlig unmöglich wäre. Fakt ist, irgendetwas geschieht in der Dunkelheit des Kraters mit den Trümmern, wo sie offensichtlich spurlos verschwinden.«

»Wenn Sie mich fragen, haben wir es hier mit einem terroristischen Anschlag zu tun«, meldete sich der General wieder zu Wort.

»Die Vermutung hege ich auch«, pflichtete ihm der stellvertretende Polizeipräsident bei. »Allerdings ist mir keine Waffe bekannt, die eine derartige Zerstörung auslösen könnte. Vor allem in Bezug auf das Muster dieser Zerstörung. Wir haben es hier schlicht und ergreifend mit der Tatsache zu tun, dass unserer Hauptstadt im wahrsten Sinne des Wortes der Boden weggezogen wird.«

»Ich glaube, der Terminus ›weggefressen‹ trifft es eher«, verbesserte Valérie Mairesse.

»Wir kennen die Waffe nicht, na und?«, fuhr der General unbeirrt fort. »Das heißt doch nichts. Vielleicht hat ja irgendein Kameltreiber in irgendeinem Kral aus Kamelfladen und, was-weiß-ich, per Zufall eine Wunderwaffe entwickelt, die Materie auflöst.«

»Selbst wenn wir annähmen, dass es sich um einen terroristischen Angriff handelte, verrät uns das immer noch nicht, womit wir es hier zu tun haben«, stellte Arielle Clémentine fest. »Da dieses Energiefeld alles zersetzt, was ihm zu nahe kommt, dürfte die Entnahme von Proben schwierig werden. Zwar liegt die Vermutung, es könne sich um einen Terroranschlag handeln, nahe, aber dem widersprechen Fakten: Terroristen entwickeln keine Waffen, sie kaufen fertig entwickelte. Wobei der Erwerb einer Atombombe nach Informationen unserer Geheimdienste zumindest im Augenblick noch außerhalb der Möglichkeiten von Terroristen liegt. Deshalb halte ich es für ausgeschlossen, dass sie in den Besitz einer derart revolutionären Waffe gekommen sein könnten. Das momentan schlimmste Szenario eines Terroranschlags wäre das mit einer schmutzigen Bombe. Was wir gesehen haben, hat damit nichts mit zu tun.«

»Ich rekapituliere«, knurrte der General verärgert. »Wir wissen nicht, was es ist, und kein Wissenschaftler kann es erklären. Ergo: Es ist es nicht von dieser Welt, zerstört diese aber. Bleibt nur unsere gute alte Theorie von den Aliens.«

»Ein Angriff Außerirdischer?«, schnaubte Rougerie. »Lächerlich.«

»Geben Sie mir eine plausiblere Erklärung.«

»Genau, da stecken Außerirdische dahinter.« Valérie Mairesse Stimme triefte vor Sarkasmus. »Das ist eine Invasion. Und die Jungs vom anderen Stern sind nicht blöd. Die haben sich vorher heimlich DVDs aus einer Videothek ausgeliehen und sich alle gängigen Invasionsfilme reingezogen. Als die Marsmännchen dann merkten, dass es in den Filmen nie mit einem offenen Angriff aus dem Weltraum klappte, änderten sie ihre Taktik und greifen nun von unten durch den Keller an. Raffiniert.«

»Bitte, Madame Mairesse«, seufzte Arielle Clémentine. »Wir wissen Ihren Sinn für Humor zu schätzen, der ist jedoch angesichts der Lage ein wenig deplatziert.«

»Moment mal«, mischte sich Vautrin ein. »Ich selbst neige auch zur Ansicht, dass wir es hier mit keinem extraterristischen Angriff zu tun haben. Andererseits, falls Außerirdische die Erde angreifen, müssen die das nicht unbedingt in Hollywoodmanier mit UFOs tun. Vielleicht ist das Ding da draußen wirklich ein Außerirdischer. Vielleicht kam er in friedlicher Absicht oder strandete zufällig hier und seine Körperatome vertragen sich nicht mit irdischen Atomen. Oder ihm haftet ein außerirdischer Virus an, der an irdische Atome andockt und diese frisst.«

»Falls Sie wirklich der Meinung sind, dass dieses Ding so etwas wie eine intelligente außerirdische Lebensform ist, warum gehen Sie dann nicht hin und sprechen direkt mit ihm?«, schlug Rougerie vor. »Vielleicht können Sie die Marsianer ja zu diplomatischen Beziehungen mit Frankreich überreden.«

»So abwegig das auch klingen mag, ganz so abwegig ist das nicht«, mischte sich Villiers in die Diskussion. »Da dieses Phänomen bisher noch nie auf der Erde auftrat, bleibt eigentlich nur der Schluss, dass es nicht von der Erde stammt.«

»Klasse«, knurrte Valérie Mairesse. »Jetzt bin ich plötzlich in einem Science-Fiction-Film gelandet.«

»Können wir inzwischen sagen, wie und wohin sich die Bedrohung bewegt?«, versuchte Arielle Clémentine die Debatte wieder auf eine sachliche Ebene zu führen.

»Wir wissen nur, dass der Krater, pardon: dieses Energiefeld, sich vergrößert«, antwortete Marc Caubère. »Irgendwelche Zielsetzungen sind nicht erkennbar. Außer, dass es Paris zerstört.«

»Was sagt denn die Geologie zu so einem Phänomen, das plötzlich aus der Erde auftaucht«, wandte sich Arielle Clémentine erneut an den zuständigen Experten.

»Leider kann ich keinen konstruktiven Beitrag zu dieser Diskussion beisteuern«, bedauerte Victor Garrivier. »Als Geologe habe ich keine wissenschaftliche Erklärung für diese furchtbare Zerstörung. Wie bereits erwähnt, hat es Derartiges noch nie auf der Erde gegeben.«

»Hmpft«, schnaufte General Chatelain sarkastisch. »Ihr Eierköpfe seid ja wirklich eine große Hilfe. Dagegen war meine Kamel-Dung-Theorie ja Gold.«

»Ich darf darauf verweisen, dass mir und meinen Kollegen von der Physik essentielle Informationen für eine korrekte Analyse des Phänomens fehlen«, erwiderte Garrivier ebenso reserviert wie gestelzt. »Wenn ich die Daten der Sonde in meinem Labor mit einigen Kollegen analysieren könnte, dann ...«

»Abgesehen davon, dass Ihre Kollegen momentan nur schwer erreichbar sind, würde es zu lange dauern, bis sie alle in ihrem Institut wären«, bedauerte Arielle Clémentine.

»Zur Erzielung halbwegs exakter Resultate brauche ich Instrumente«, beharrte Garrivier auf seiner Forderung.

»Das ist mir klar. Angesichts der dramatischen Entwicklung weiß ich, offen gesagt, nicht, wie lange wir noch in Paris sicher sind«, untermauerte sie ihre Ablehnung. »Halten wir uns deshalb erst einmal an das, was wir haben.«

»Als da wäre?«

»Immerhin wurde anhand der von der Sonde übermittelten Daten erkannt, wie dieses unbekannte Kraftfeld arbeitet.«

»Steht es zweifelsfrei fest, dass es sich dabei um ein Kraftfeld handelt?«, hakte Staatsanwalt Villiers nach.

»Ja«, bestätigte Chapiteau. »Die große Frage lautet, mit welcher Art von Kraftfeld, das Atome und Moleküle zersetzt, wir es zu tun haben. Eigentlich gibt es in der Physik nur einen Stoff, der Materie in dieser Weise annihiliert.«

»Und der wäre?«, fragte die Beigeordnete.

Der Astrophysiker wurde bleich: »Anti-Materie.«

## XXI. KAPITEL

# Wenn die Dunkelheit kommt

*08 Uhr 13 – Centre Pompidou*

Ein kühler Wind fegte welke Blätter über die nassglänzenden Pflastersteine im Herzen des ehemaligen Großmarktviertels, dem »Beauborg«. Obwohl das »Centre national d'art et de culture«, das nach dem früheren Staatspräsidenten Georges Pompidou auch kurz »Centre Pompidou« genannt wurde, erst um Mittag öffnete, hatten sich bereits einige unerschütterliche Touristen auf dem Vorplatz eingefunden. Die Einzige von ihnen, die sich nicht für das futuristische Kulturzentrum erwärmte, war Lea Marie. Sie interessierte sich nur für die Schausteller, Akrobaten und Feuerschlucker, die gewöhnlich auf dem Vorplatz auftraten. Und die waren nicht da. Was sollte sie dann hier? Es war doch sowieso viel zu früh. Die Sonne war noch nicht einmal richtig aufgegangen und es würde noch eine Weile dauern, bis sie sich durch eine Lücke in der dicken Wolkendecke gearbeitet hätte. Unglaublich, in was für ein öliges Blau die Stadt getaucht war. Von seinen Eltern sah das Mädchen im Zwielicht gerade mal die Silhouetten, die langsam vor dem bizarren Glaspalast entlang schlenderten.

Lea Marie war für ihr Alter relativ groß, aber auch dünn, beinahe zerbrechlich. Ihre wilden, strohblonden Locken hatte sie unter einer Strickmütze gebändigt. Sie trug quer gestreifte Leggings, einen kurzen Rock und kniehohe Stiefel aus weichem Leder, alles in pink und violett abgestuften Farbtönen. Ihre Lammfelljacke schützte nur bedingt gegen die Kälte. Sie hatte einen quietschbunten Rucksack auf dem Rücken, an dem kleine Stofftiere baumelten.

Erst gestern war sie mit ihren Eltern für ein verlängertes Wochenende aus Deutschland angereist. Während die sich an dem skurrilen Gebäude gar nicht satt sehen konnten, fror ihre Tochter erbärmlich. Warum hatte sie auch den blöden Rock statt der Jeans angezogen? Ungeduldig trippelte sie von einem Bein auf das andere und sehnte sich nach ihrem warmen Hotelzimmer. Der Tag fing wirklich übel an. Und das war noch verharmlosend ausgedrückt. Angesichts des Unwetters von letzter Nacht durfte man froh sein, dass es wenigstens nicht mehr regnete. Allerdings war die Feuchtigkeit in der Luft immer noch unangenehm hoch, sie triefte förmlich vor Nässe. Von der hochgelobten Pariser Lebensfreude war auch nicht viel zu spüren. Kein Wunder, bei den Temperaturen. In der Affenkälte wirkte die Stadt der Liebe bedeutend prosaischer als im Film.

Die 13-Jährige zitterte am ganzen Körper; teils wegen der messerscharfen Kälte, vor allem aber wegen der drohenden Heimkehr. In ihrem Briefkasten tickte nämlich eine Zeitbombe in Form eines Briefes von der Schulleitung an ihre Eltern.

Dem Mädchen schoss vor Scham das Blut ins Gesicht, wenn es nur daran dachte. Ein Wunder, dass das Schreiben nicht schon vor seiner Abreise eingetroffen war. Aber der Aufschub änderte nichts an den Konsequenzen, die es nach sich ziehen würde. Was Lea Marie dabei innerlich zum Kochen brachte, war die schreiende Ungerechtigkeit, für die sie bestraft werden würde. Denn sie hatte echt nichts getan. Sie hatte nicht gekifft! Aber ihre Freundin Martha, und zwar letzten Mittwoch, als die nach einem vorabendlichen Streifzug durch die Discos morgens ziemlich verkatert zur Schule gekommen war. In der Pause war sie plötzlich wie vom Schulhof verschluckt. Auf ihrer Suche nach Martha war Lea Marie Toni aufgefallen, einer dieser großmäuligen Hirnlosen, für die ihre Schule eine Art Biotop zu sein schien. Er schlich äußerst verdächtig aus der Mädchentoilette. Der Typ war in ihre Freundin verknallt, aber die wollte nichts von ihm wissen. Trotzdem klebte er wie eine Klette an ihr.

Als Lea Marie die Mädchentoilette betrat, hatte sie keine Ahnung, was sie erwartete. Der Bereich vor den Waschbecken war leer. Auf den ersten Blick schien der Raum verlassen. Sie blieb stehen und lauschte. Einen Augenblick lang herrschte totale Stille. Dann drang aus einer der Toilettenkabinen Husten und Würgen wie von jemandem, der kurz vor dem Erbrechen stand. Die Tür war nur angelehnt.

Das Schlimmste befürchtend, stieß sie sie auf. Drinnen stand die Gesuchte mit dem Rücken an die Kabinenwand gelehnt. In einer Hand hatte sie einen Joint. Das Gras stammte garantiert von Toni, der sich damit bei ihr einschleimen wollte. Dabei versuchte Martha seit Wochen, von dem Zeug runterzukommen.

Sie bat ihre Freundin, den Joint ins Klo zu spülen. Die beteuerte jedoch mit schwerer Zunge, sie habe alles im Griff, sie wisse, was sie tue und dass es ihr bestens ginge. Zumindest letzter Behauptung widersprach ihr leichenblasser Hautton. Martha wandte ihr Gesicht ab, lachte erst und schluchzte dann nur noch. Sie wollte ihr den Joint abnehmen, aber die ballte die Faust um die Tüte, wobei sie unkontrolliert zuckte. Martha sah fertig aus und ihre Augen blickten seltsam leer, was unmöglich allein vom Marihuana herrührte. Bestimmt hatte Toni ihr noch etwas anderes gegeben, irgendein Halluzinogen, vielleicht auch Ekstasy oder Amphetamine, irgendwelche »Uppers«, die sie »in Fahrt« bringen sollten. In Verbindung konnte die Wirkung dieser Rauschgifte fatal sein.

Lea Marie entschied sich für eine neue Taktik. Statt auf Konfrontation setzte sie auf Rückzug, sie wollte ihrer Freundin so den Freiraum geben, den nächsten Schritt zu machen. Denn wenn die sich bedrängt fühlte, war ein theatralischer Wutausbruch ihre typische Reaktion.

Martha ließ die Faust sinken und rollte mit den Augen, bis nur noch das Weiß sichtbar war. Ihr Atem wurde flacher. Etwas stimmte mit ihrem Gleichgewichtssinn nicht mehr. Sie taumelte und drehte sich halb um die eigene Achse, ehe sie vor dem WC auf die Knie sackte. Sie zog sich an der Toilettenschüssel hoch, hängte den Kopf darüber und übergab sich. Danach kroch sie aus der Kabine, rollte sich im Waschraum auf den schmutzigen Fliesen zusammen und keuchte und hustete.

Lea Marie kniete sich neben ihre Freundin, beugte sich über sie und sprach zu ihr. Martha war außerstande, ihre Lider zu öffnen. Ihr Atem ging immer flacher, ihre Zähne klapperten aufeinander und sie zitterte am ganzen Körper, als würde sie gleich ins Koma fallen. Sie versuchte den Kopf zu heben, was aber keine gute Idee war, denn ihr wurde wieder schlecht. Keuchend und würgend übergab sie sich erneut. Ein Teil des Erbrochenen spritzte auf Lea Maries Oberschenkel.

Marthas Röcheln blieb in einem schleimigen Hustenkrampf stecken. Abrupt fiel ihr blassblau anlaufender Kopf zur Seite. Sie atmete nicht mehr. Erbrochenes verstopfte ihre Luftröhre. Mit rasendem Herzschlag rollte Lea Marie ihre erstickende Freundin auf die Seite, steckte ihr die zitternden Finger tief in den Rachen und pulte dicke Brocken Schleim heraus.

Endlich löste sich die Verkrampfung in Marthas Körper. Spuckend, hustend und schluchzend schnappte sie nach Luft. Mühsam half Lea Marie ihrer Freundin auf die Beine. Gerade als sie den Rückzug aus den Niederungen dieses Elends antreten wollten, folgte der nächste Tiefschlag in Gestalt der Rektorin. Besorgte Schüler hatten sie wegen der merkwürdigen Keuchgeräusche auf der Mädchentoilette alarmiert. Als erstes sah die Schulleiterin den Joint, den Martha aus unerfindlichen Gründen immer noch umklammert hielt.

Die Rektorin versprach jedem Mädchen eine Benachrichtigung an die Eltern, in der sie ausführlich auf die Drogenprobleme ihrer Töchter eingehen würde.

Wie sollte Lea Marie unter diesen Umständen ihren Aufenthalt in Paris genießen? Sie hing hier rum wie ein Tränensack und dachte unablässig an den Strick, der sich mit jeder Minute enger um ihren Hals zog – bildlich gesprochen. Dafür könnte sie Martha erwürgen! Davon abgesehen war ihre Freundin eigentlich ganz okay, obwohl sie gerade Vierzehn war, wie Neunzehn aussah und den Verstand einer Zehnjährigen hatte.

Lea Marie wusste jetzt schon, dass ihre Eltern ihr Verhalten als unentschuldbaren Vertrauensbruch einstufen würden. Für sie war sie noch ein kleines Mädchen, das gerade erst am Anfang seines Lebens stand, und keine Schlampe, als die sie die Rektorin zu outen gedachte. Ihre Eltern würden zum ersten Mal in ihrem Leben enttäuscht von ihrer Tochter sein. Zu ihrer Überraschung tat ihr dieser Gedanke am meisten weh. Sie versuchte, ihn zu verdrängen, aber das schlechte Gewissen duldete keine Verdrängung, dafür war es viel zu stark. Es machte den Paristrip zu einer zermürbenden Warterei auf die Heimreise. Die 13-Jährige sah nur einen Hoffnungsschimmer inmitten der düsteren Verzweiflung: Vielleicht hatte sie Glück und sie kam auf der Rückfahrt durch einen tragischen Unfall ums Leben. Denn eines war ihr klar: Nur ein Wunder oder der Tod konnte sie vor der schändlichen Erniedrigung bewahren und ihr die drohende Schmach ersparen. Ihre Verzweiflung ging sogar so weit, dass sie sich für einen flüchtigen Augenblick wünschte, ihre Eltern würden sich zusammen mit dem Problem in Luft auflösen.

Ein leichtes Vibrieren unter den Füßen riss sie aus ihren schwermütigen Gedanken. Verschwommen sah sie etwas Dunkles unter dem Pflaster schimmern, als ob ein Schatten dicht unter der Steinoberfläche vorbeihuschte; irgendwo hinter ihr klirrte Metall. Mit einem flauen Gefühl im Magen hielt das Mädchen nach seinen Eltern Ausschau. Die standen gut fünfzehn Meter entfernt völlig verzückt vor dem Stahlungetüm, das einer Ölraffinerie glich. Doch wo war das fremde Paar, das gerade eben noch hinter den beiden schlenderte? Es schien wie vom Erdboden verschluckt. Noch ehe sich Lea Marie darüber wundern konnte, vernahm sie ein Klirren. Sehr leise, beinahe unhörbar schallte es von den mächtigen Plexiglasröhren herüber, in denen sich Rolltreppen wie in einer transparenten Riesenraupe an der fünfstöckigen Außenfront hinaufschlängelten. Bei genauerer Betrachtung bemerkte sie ein Netz feiner Sprünge, das sich über die Oberfläche der untersten Röhre spannte. Die Risse verzweigten sich immer weiter wie ein sprießendes Aderwerk.

Plötzlich wollte Lea Marie nur noch weg von hier. Gerade hatte sie den Gedanken zu Ende gedacht, da stolperte ihr Vater; scheinbar grundlos purzelte er einfach zu Boden. Mit dem Fall ging ein Höllenlärm einher; es gab einen Knall, als ob Steine auseinanderbrachen. Alle Besucher auf dem Vorplatz drehten die Köpfe zu ihrem Vater; auch der Mann im langen Regenmantel, der direkt hinter ihren Eltern stand. Dann schaute der ruckartig nach unten und starrte etwas vor seinen Füßen an. Lea Maries Blick kehrte zu ihren Eltern zurück. Ihre Mutter zerrte am Arm ihres Vaters, als wollte sie ihm die Schulter auskugeln. In diesem Augenblick beschlich die Beobachterin die böse Vorahnung, dass etwas Schlimmes passiert sein musste. Vielleicht hatte sich ihr Vater bei dem Sturz etwas gebrochen. Er schien ihre Mutter mit merkwürdig verzerrtem, beinahe entsetztem Gesicht um etwas zu bitten. Irgendwie war es unheimlich, dass er nicht auf die Beine kam. Ihre Mutter, eine zierliche, aber keineswegs schwache Frau, schrie ganz furchtbar. Diese Szene war so unwirklich, dass das Mädchen nicht wusste, ob es sich die nur einbildete. Flüchtig schaute es zu dem Mann im Regenmantel. Doch der war spurlos verschwunden. Wo er gestanden hatte, klaffte im Boden ein Loch.

Im Augenwinkel nahm die 13-Jährige eine verschwommene Bewegung wahr. Wo waren ihre Eltern? Weg! Wie in Luft aufgelöst. Vor Schreck war das Mädchen völlig bewegungsunfähig. Zum ersten Mal in seinem jungen Leben spürte es, was nackte Angst wirklich bedeutete.

Unter Lea Maries Füßen knackte etwas. Sie schaute hinab. Ein Pflasterstein, der in der Mitte zersprungen war, weckte ihren Argwohn. Kleine, dunkle Partikel fraßen sich durch das Gestein, verschmolzen zu Rissen, aus denen etwas Schwarzes sirupartig hervorquoll. Die Schlacke stank stickig und faulig.

Sie wollte zurückweichen, aber ihre Füße fühlten sich wie in Zementblöcke eingemauert an. Eine unheimliche Stille legte sich über den Vorplatz. Dann erhob sich urplötzlich ein Sturm von Orkanstärke, der das schreckerstarrte Mädchen wie ein Hammerschlag traf. Es stolperte vorwärts und fiel schmerzhaft auf die Knie. Ehe sich die Gestürzte wieder aufrappeln konnte, befand sie sich inmitten eines ohrenbetäubenden Donnerns und Bebens. Zehn Meter weiter sackte ein Teil des Vorplatzes ab. An den Rändern des entstandenen Kraters verloren Kopfsteine unablässig ihren Halt und trudelten in die Tiefe, wo sie die Finsternis verschlang.

Lea Maries Lähmung war wie weggeblasen, sie sprang auf und rannte los. Hinter ihr kippten mächtige Abfluss- und Versorgungsrohre um, die bei dem Gebäude nicht hinter der Fassade versteckt, sondern kühn von innen nach außen gestülpt und zur Schau gestellt waren. Beinahe sanft klappten die Kolosse in Zeitlupe zur Seite, glitten einer nach dem anderen in den Krater, wo sie in substanzlose Atome zerstoben.

Gierig nagte der Abyssus an der Tragekonstruktion des Centre Pompidou. Die mächtigen Plexiglasröhren mit den Rolltreppen explodierten. Ein Funkenregen aus Splittern erfüllte die Luft. Nacheinander knickten die mechanischen Versorgungsanlagen, Feuertreppen und Transportlifte weg. Mit Donnergetöse brachen Strahlträger und riesige Fensterfronten auseinander, bevor sie die Finsternis in ihren Rachen sog.

Das Mädchen rannte, so schnell es konnte. Vor ihm auf der Rue Beaubourg und der Rue St. Martin öffnete sich die Erde und verschluckte Autos mitsamt Insassen. Die Fliehende kreischte vor Todesangst. Sie rannte nicht nur, sie flog regelrecht. Der Weg führte sanft abwärts und wurde links durch das Centre Pompidou begrenzt, vor dem eben noch ihre Eltern gestanden hatten. Die wehmütige Erinnerung daran war so schmerzlich, am liebsten hätte sie geweint, doch dazu fehlte ihr die Zeit.

Unterdessen war der Sturmwind derartig angeschwollen, dass sich die Läuferin zunehmend dagegenstemmen musste. Ein schreckliches Krachen ließ sie zurückschauen. Ihr Blick huschte über die geballte Masse des Centre Pompidous das unter gewaltigem Bersten in der Schwärze des Abgrunds versank.

Lea Marie hetzte weiter, so schnell es der Sturm erlaubte. Überall klafften neue Risse und vergrößerten sich in atemberaubendem Tempo. Hinter ihr brach ein Erdspalt auf und raste ihr in einem klaffenden Halbkreis nach. Er verfolgte sie donnernd und splitternd wie ein gefräßiges Ungeheuer, das seinen Schlund aufriss, um sein Opfer zu verschlingen. Obwohl er nach endlosen Sekunden die Verfolgung aufgab, schien es für die 13-Jährige kein Entkommen mehr zu geben. Links und rechts war wegen aufreißender Spalten kein Durchkommen mehr möglich, nur der Weg zur »Place Igor Stravinski« war noch halbwegs intakt.

Während Lea Marie über den wogenden Boden rannte, schluchzte sie abgehackt, denn in diesem Moment wurde ihr etwas Ungeheuerliches bewusst: Sie hatte ihre Eltern auf dem Gewissen. Nur dieser eine Gedanke spukte in ihrem Kopf herum und quälte sie mehr als die Todesangst. Sie hatte sich gewünscht, ihre Eltern sollten sich in Luft auflösen, und genau das war geschehen.

Bei jedem Schritt gab der Untergrund nach. Das Mädchen lief wie über wabbelnde Grütze. Dafür entfalteten vor seinen wirbelnden Füßen allmählich immer weniger Risse ihr Netzwerk.

Lea Marie erreichte den von Jean Tinguely und Niki de Saint Phalle geschaffenen »Strawinsky-Brunnen«. Atemlos hielt die 13-Jährige davor inne. Völlig ausgepumpt schloss sie die Augen. Während sie nach Luft rang, überschwemmte sie erneut eine Welle lähmender Resignation. Sie senkte den Kopf und schluchzte, von einem Weinkrampf überwältigt, los. Sie wusste nicht, wohin sie sollte. Falls sie diese Katastrophe überlebte, was wurde dann aus ihr? Sie hatte kein Zuhause und keine Eltern mehr, die ihr Halt, Zuflucht und Trost geben konnten.

Halbblind vor Tränen öffnete sie die Augen und starrte auf das Wasserbassin. Unter der Wasseroberfläche bemerkte sie etwas Schwarzes, das sie im ersten Moment für einen Aal hielt. Bei genauerem Hinsehen erkannte sie aber den aufbrechenden Spalt. Die Erde öffnete sich wieder.

Das Mädchen rührte sich nicht vom Fleck. Es schaute völlig versteinert, mit Panik im Gesicht, als hätte es eine Maske aus Porzellan aufgesetzt. Begleitet von schabendem Knirschen verbreiterte sich der Spalt in dem Bassin. Schlagartig sank dessen Wasserspiegel. Wie durch Zauberei war das Becken innerhalb eines Augenblicks vollkommen leer. Nach und nach verschwanden auch Tinguelys Maschinenplastiken, diese Kompositionen aus Eisen und Stahl, in dem Netzwerk der Dunkelheit. Der Abyssus fraß sich durch Saint Phalles lustigbunte Fabelwesen, durch die Meerjungfrau, den Elefanten, den Feuervogel und die prallen Nana-Frauenfiguren. Er zerbarst deren Moleküle, bis kein einziges Kunststoffatom mehr übrig war. In weniger als einer Sekunde existierte der Strawinsky-Brunnen nicht mehr; in seiner Mitte klaffte nur noch ein bodenloses Loch, dessen Umfang mit atemberaubender Geschwindigkeit wuchs.

Als die Brunnenfiguren vor ihren Augen zerstoben, zeigte Lea Marie endlich eine Reaktion. Sie stemmte sich gegen den anschwellenden Sturm, der sie in den neuen Abgrund saugen wollte. Für einen flüchtigen Moment erhaschte die 13-Jährige einen Blick ins Innere der Finsternis und sah die sich ständig verändernden Umrisse der Kraterwände, in denen Millionen und Abermillionen winziger Segmente wuselten.

Bleich, mit butterweichen Knien, stolperte sie zurück. Schritt um Schritt taumelte sie von dem Krater weg. Und mit jedem Schritt zerrte der brausende Sturm weniger gierig an ihr. Verschwommen nahm sie eine Gasse wahr, die nach Süden in Richtung Seine führte. Dort befand sich irgendwo ihr Hotel. Sie hastete blindlings vom Ort der Zerstörung, wobei jeder Schritt ihr letzter sein konnte.

Hinter ihr stürzten unablässig Beton- und Ziegelmauern zusammen und versanken inmitten gewaltiger Staubwolken. Der Abyssus wuchs weiter, und je mehr er wuchs, desto hungriger wurde das alles verschlingende Höllenmaul.

### *08 Uhr 25 – Dôme des Invalides*

»Wir zerstören die Zivilisation nicht, sie wird durch uns nur neu geboren«, behauptete Muarez. »Es ist bedauerlich, dass dies nicht ohne Gewalt vonstatten gehen wird, aber jede Geburt ist ein schmerzhafter und blutiger Prozess.«

»Ihnen ist hoffentlich bewusst, dass bei dieser Wiedergeburt auch viele Ihrer Glaubensbrüder im Westen sterben werden.« Lanoux stieß ein kurzes Lachen aus.

»Kollateralschäden sind leider unvermeidlich.«

»Ihre Religion hat dagegen keine Einwände?«

»Es gibt viele Wege zu Allah. Es ist jedem Gläubigen überlassen, welchen er wählt, um die Welt von den Ungläubigen zu reinigen. Solange das Ziel die Errichtung eines Staates zu Ehren Allahs ist, solange ist es immer ein gerechter Weg. Unsere neue Welt wird eine bessere Welt ohne Sünde sein. Eine Welt, in der es keine unverhüllten Frauen gibt, die mit ihrem nackten Fleisch in aller Öffentlichkeit Männer verführen und sogar Vergewaltigungen provozieren. Wir werden diese und alle anderen Sünden in angemessener Weise mit Feuer und Schwert ausmerzen.«

»Haben Sie eigentlich irgendwelche Erfahrungen mit biologischen Waffen?«, wechselte Lanoux das Thema.

»Vor Jahren versuchten wir welche herzustellen. Das Experiment endete in einem Desaster, denn das aus konzentriertem Eiter entwickelte Gift entwich in die Luft und verwandelte das Labor in eine Leichenhalle. Wir hatten viel Zeit in die Planung und Forschung investiert und standen am Ende doch mit leeren Händen da. Deshalb erscheint es mir wirtschaftlicher, vorhandenes Know-how zu nutzen, statt es sich mühsam anzueignen. Wie es aussieht, verfügen Sie über dieses Know-how, obwohl mir das, offen gesagt, ein Rätsel ist.«

»Inwiefern?«

»Verstoßen Ihre Forschungen nicht gegen die UN-Konvention zur Ächtung der Bio-Waffe?«

»Offiziell arbeiten wir an einem Defensivprogramm, aber das besitzt natürlich auch offensive Elemente.« Lanoux lächelte verschmitzt. »Seit 1975 ist eine Biowaffen-Konvention in Kraft, die jedwede Entwicklung und Produktion biologischer Agenzien und Toxine für nicht-friedliche Zwecke verbietet. Doch wie alle Verträge dieser Art hat auch dieser einige Haken, denn alle bisherigen Unterzeichnerstaaten konnten sich nicht auf Maßnahmen zur Verifikation einigen. Und wie geheime Biowaffen-Programme im Irak, Südafrika oder der ehemaligen Sowjetunion beweisen, sind Konventionen ohne Überwachung ihrer Umsetzung nicht das Papier wert, auf dem sie geschrieben sind.«

Muarez nickte nachdenklich. »Sie deuteten an, Sie seien im Besitz von etwas Wirkungsvollerem als Anthrax?«

»Das kann man wohl behaupten. Im Prinzip ist nichts gegen Anthrax einzuwenden. Als Aerosol wäre es einer der effektivsten Biokampfstoffe überhaupt. Allerdings sind sowohl die Produktion als auch seine Verbreitung ein recht komplexes Unterfangen. Es setzt ein enormes Know-how voraus, wie es im Moment nur den USA und Russland zur Verfügung steht. Deshalb wäre es für Ihre Zwecke, für einen großflächigen Angriff, ungenügend, da Sie nicht einmal die rudimentären Kenntnisse, die für die Verbreitung notwendig sind, besitzen.«

»Unterschätzen Sie nicht die Fähigkeiten meines Volkes. Wir setzten bereits Biowaffen ein, da wusste das Abendland nicht mal, was das ist.«

»Ich weiß, aber wir sprechen hier nicht von einer isolierten, weil belagerten Stadt wie Kaffa, wo die Tartaren im Mittelalter Pestleichen mit Steinschleudern über die Mauern katapultierten und so eine Pestepidemie auslösten. Oder von Brunnen, die mit verwesenden Kadavern vergiftet werden, oder von mit Pocken infizierten Pferdedecken, die die Engländer im achtzehnten Jahrhundert den Indianern schenkten, um sie auszurotten. Wenn Sie sich mit der Geschichte der biologischen Kriegsführung beschäftigen, werden Sie feststellen, dass sie fast bedeutungslos ist. So fürchterlich der Einsatz von Viren oder Bakterien auch sein mag, so unzuverlässig ist er auch. Denn Viren und Bakterien unterscheiden nicht zwischen Freund und Feind. Die Pestleichen der Tartaren sollten nur die Bewohner von Kaffa infizieren; doch einmal ausgebrochen, kannte die Pest kein Halten mehr und tötete darüber hinaus ein Drittel der europäischen Bevölkerung.«

»Und trotzdem forschen Sie in Ihrem Labor daran.«

»Wie ich eben schon sagte, forschen wir nicht nach Biowaffen, denn das ist verboten. Unsere Biowaffen sind ein Abfallprodukt des dual-use. Zur Abwendung von B-Waffen benötigt man ein Gegenmittel, also entwickelt man erst den Virus und stellt dann daraus das Gegenmittel her. Das fällt unter zivile Forschung. Was meinen Sie, wie viele potenzielle Biowaffen es in der Medizin gibt, ohne dass sich jemand darum schert? Zum Beispiel erfreut sich Botulinum-Toxin, Bo-Tox, als Mittel gegen Falten immer größerer Beliebtheit. In Wahrheit handelt es sich bei Bo-Tox um ein Serum, das unter die Biowaffen-Konvention fällt. Es ist eines der stärksten Gifte überhaupt. Bei oraler Einnahme gibt es kein Gegenmittel, das Sie retten könnte.«

»Was bieten Sie mir an? Cholera-Bakterien?«

»Cholera überträgt sich nur schwer von Mensch zu Mensch und ist lediglich interessant, wenn Sie Trinkwasser verseuchen wollen. Außerdem können Infizierte erfolgreich mit Antibiotika behandelt werden. Es ist auch nicht die Pest, die bis zu vierzig Prozent einer Population tötet und ein sehr robuster Virus ist, denn dagegen gibt es auch Impfstoffe; abgesehen von der Lungenpest, für die noch kein Heilmittel existiert. Die Verbreitung der Pest ist problematisch. Wenn ich mich für eine bekannte Biowaffe entscheiden müsste, so fiele meine Wahl auf Ebola. Es löst hämorrhagisches Fieber aus, greift aggressiv das Gewebe und alle Körperorgane an und zersetzt sie. Ebola ist ein sehr widerstandsfähiges Virus, es kann über den Luftweg verbreitet werden und es gibt absolut kein Heilmittel dagegen.«

»Und für welche bisher unbekannte Biowaffe würden Sie sich entscheiden?«

Lanoux schmunzelte süffisant: »Für eine, die ich Ihnen erfreulicherweise anbieten kann. Es handelt sich dabei um einen Virenstamm, der gegen Impfungen jeder Art immun ist. Er ist sowohl resistent gegen Antibiotika und zersetzt sich auch unter der UV-Strahlung des Sonnenlichtes nicht. Der Virus, von dem ich spreche, ist gentechnisch modifiziert. Er steht auf der Vorstufe zu einer selektiv arbeitenden Biowaffe, an der ich gerade forsche. Diese Biowaffe wird ausschließlich bestimmte ethnische Gruppen infizieren; eine Möglichkeit, die wir der Entschlüsselung des menschlichen Genoms verdanken.«

»Und was schützt uns vor Ihrem Supervirus?«

»Für Sie als Gläubiger sollte das wirklich keine Frage sein. Bedenken Sie die Selbstmordanschläge Ihrer Glaubensbrüder. Beweisen die nicht, dass nicht der Tod, sondern das Leben der Feind Ihrer Weltanschauung ist? Durch einen schnellen Exitus können Sie und Ihre Extremistenfreunde schnell und bequem den Weg ins Paradies um Jahre abkürzen. Schade, dass ich deren dumme Gesichter nicht sehen kann, wenn sie feststellen, dass es keine Steigerung ihrer Lebensqualität nach dem Tod gibt. Dass sie sich umsonst in die Luft gejagt haben, weil es im Jenseits keine heiligen Früchte ihres Wahnsinns zu ernten gibt. Und sollte es tatsächlich diesen Gott geben, den die Menschen in allen möglichen Facetten anbeten, so wäre dieser der letzte, für den ich sterben wollte. Nach allem, was dieser Gott im Alten Testament oder später durch Priester seinen Gläubigen abverlangte, ist er ein rassistischer Völkermörder und unberechenbarer Tyrann. Obendrein ist er auch noch bösartig, sadistisch und frauenfeindlich.«

»Sie sind ein Gotteslästerer, Monsieur.«

»Das erwähnten Sie bereits. Ich sehe mich allerdings mehr als ausgeglichenen, nicht doppelmoralischen Atheisten.«

»Es macht mich traurig, dass Sie ein Mann ohne Religion sind, denn ohne Religion gibt es auch keine Moral.«

»Dieser These dürfte wohl das Tierreich kollektiv widersprechen. Mir ist in der Fauna keine unmoralische Spezies bekannt; ebenso auch keine, die eine Religion besitzt. Vielleicht besteht da ja ein Zusammenhang. Ich bin gerne bereit, mich eines Besseren belehren zu lassen und mich für meine Blasphemie zu entschuldigen, wenn Sie mir jemanden zeigen, der das Paradies mit eigenen Augen gesehen hat. Sie als intelligenter Mann sind wohl schon selbst auf diesen Gedanken gekommen.«

»Was wollen Sie damit sagen?«

»Dass niemand aus Ihren gehobenen Kreisen auf die Idee käme, sich für seine Ideologie in die Luft zu sprengen.«

»Religion.«

»Ideologie! Für die kleinen Leute ist Religion eine Glaubenssache, für die großen Tiere ist sie Politik. Wenn der Westen gefallen ist und Sie Ihren weltweiten Gottesstaat errichtet haben, wird der bestimmt nicht von Allah, sondern von Leuten wie Ihnen beherrscht, oder? Bei der ganzen Geschichte geht es nicht um Religion, sondern um Macht. Mir ist das völlig egal, nur beleidigen Sie bitte nicht meine Intelligenz, indem Sie mir vorheucheln, ein Gott hätte Sie zum Massenmörder berufen.«

»Ich muss gestehen, Sie haben teilweise Recht. Hauptsächlich tue ich dies zum Wohle der arabischen Völker, die in ihrer Existenz bedroht sind. Täglich vergrößert sich die Population auf der Erde, gleichzeitig aber verringern sich die Ressourcen. Irgendwann gehen die Rohstoffe zur Neige. Der Westen forscht schon jetzt nach alternativen Energiequellen. Aber was wird aus uns? Wenn die Ölquellen versiegen, sitzen wir in unseren wertlosen Sanddünen im Elend. Um die Kultur und letztendlich auch das Leben langfristig zu wahren, müssen die arabischen Völker etwas unternehmen, denn nur der Stärkere überlebt. Im Moment ist der Westen der Stärkere. Das will ich ändern, weshalb ich auch ein Gegenmittel für Ihre B-Waffe benötige. Also, können Sie mir eines anbieten?«

»Ja, wenngleich noch nicht in großen Mengen. Aber wenn Sie erst einmal einen Viren-Stamm besitzen, sind sowohl der Immunstoff als auch die Viren selbst relativ leicht zu züchten.«

»Das ist gut, denn wir brauchen viel davon. Ich habe zahlreiche Feinde zu töten.«

»Und eine Karriere voranzutreiben.«

»Was für eine Karriere?«

»Iraks Niederlage am Golf hinterließ in der Führung der islamischen Staaten eine tiefe Lücke, die Sie ausfüllen möchten. Mit einem biologischen Angriff auf die Feinde des Islams werden Sie zur neuen Leitfigur im Kampf gegen die Ungläubigen. Haben Sie sich eigentlich schon Gedanken gemacht, wie Sie den biologischen Kampfstoff verbreiten wollen?«

»Wir besitzen Waffenträger für chemisches Gift und können sie leicht für B-Kampfstoffe umrüsten.«

»Gibt es bei Ihnen Stechmücken?«

»Stechmücken?«

»Stechmücken übertragen gefährliche Krankheiten. Wir züchten in unserem Labor Moskitos und infizieren sie mit Krankheitserregern.«

»Stechmücken als Transportmittel für Biowaffen? Das billigste Trägersystem, das es gibt.«

»Und mit das effektivste.«

Lanoux schaute überrascht Richtung Chor. Unter der gewaltigen Kuppel rang Nazih al-Mu'iz hörbar nach Luft. Er taumelte rückwärts, als versuche er, sich aus einem unsichtbaren Griff zu winden. Irgendetwas hatte ihn überrascht und sein Gesichtsausdruck verriet, dass es nichts Gutes war.

»Was ist das?«, rief er und deutete mit ausgestrecktem Arm auf den Fußboden.

Lanoux und Muarez bemerkten nichts Ungewöhnliches, abgesehen von dem plötzlich auftretenden Verwesungsgestank.

»Da ist nichts«, rief Lanoux zurück. »Vielleicht haben Sie nur eine Ratte gehört.«

»Nein, das ist keine Ratte. Kommen Sie her. Das müssen Sie sich ansehen. Es bewegt sich!«

In diesem Augenblick vernahm auch Lanoux ein Geräusch. Er hielt inne und lauschte. Da war es wieder: ein merkwürdiges Knirschen.

»Ich glaube, wir schauen besser nach«, schlug Muarez vor. »Nazih gibt sonst keine Ruhe. Er ist in letzter Zeit ein bisschen nervös. Danach sollten wir unser Geschäft abschließen. Wir haben das Geld dabei. Wann können Sie liefern?«

»Morgen. Gleicher Ort, gleiche Zeit.«

In dem Moment schwankte der Boden; nicht stark, aber stark genug, dass alle Anwesenden erschraken.

»Was war das?«, keuchte Saif Mohammed Nur al-Deen.

»Kommen Sie her!« Nazih al-Mu'iz überschlagene Stimme hallte eigenartig verzerrt von den Wänden wider. Sie klang schrill, beinahe hysterisch. »Schnell!«

Im Laufschritt preschten Lanoux, Muarez und Nur al-Deen zu ihm. Al-Mu'iz atmete stoßweise, er schluckte heftig. Trotz der lähmenden Angst versuchte er zu sprechen und rollte dabei wie irre mit den Augen. Seine Hand umklammerte einen mannshohen Kerzenleuchter, als wolle er ihn nie wieder loslassen.

Lanoux und seine Begleiter versuchten, sich einen Reim auf dieses rätselhafte Verhalten zu machen. Etwas knackte am Boden. Als sie nach unten schauten und den bedrohlich aufklaffenden Erdspalt sahen, war es zur Flucht bereits zu spät.

Der Abyssus kam aus der Tiefe wie eine Saat, die unter dem Dôme des Invalides aufging und wuchs und sich zu gewaltiger Größe entwickelte.

*08 Uhr 39 – Katakomben*

Langsam drehte sich Saint-Germain in Richtung des penetranten Gestanks und lauschte in die Dunkelheit. Nur das stete Tröpfeln von Wasser störte die Stille, bis plötzlich in den feuchten Steinplatten am Boden mit Ächzen und Knirschen Sprünge aufrissen. Begleitet von Knacken und Knistern glitt die Schwärze aus den Spalten hervor. Mit einem Zischen verschmolz sie zu einem trichterförmigen Gebilde, das rasch an Größe gewann.

Saint-Germains Kopf fuhr nach unten. Er schien völlig überrumpelt. Von Entsetzen ergriffen und ohne einen Augenblick nachzudenken, schoss er in das klaffende Loch. Die Kugel war noch nicht einmal in die Schwärze eingedrungen, da waren ihre Atome bereits zersetzt. Es blieb keine Zeit für einen zweiten Schuss, denn schon überzog die Schwärze die Haut des Grafen. Innerhalb einer Mikrosekunde bemächtigte sich die Finsternis seiner Existenz und zerfraß sie. Aus der Kehle des Todgeweihten brach ein letzter markerschütternder Schrei hervor. Noch ehe er verhallt war, existierte der Graf von Saint-Germain nicht mehr.

Beinahe schwerelos fiel »Das Buch des Abyssus« in die klaffende Dunkelheit am Boden. Beim Kontakt mit dem Abyssus zerfielen die Moleküle des Folianten, seine Seiten lösten sich binnen eines Sekundenbruchteils auf wie schmelzendes Wachs. Das Buch verging, als hätte es nie existiert.

Als sich der Graf vor seinen Augen auflöste, stand Osborne wie betäubt da, derweil sich der Krater zu seinen Füßen ausbreitete und beständig näherglitt. Während sich das Grauen seiner bemächtigte, schien die reale Welt ringsum zu verblassen. Das Einzige, was er noch hörte, waren seine Atemzüge, die erstaunlicherweise ruhig und gleichmäßig klangen. In seinem Kopf ging es dagegen bedeutend hektischer zu. Seine Gedanken überschlugen sich, ohne dass dabei etwas Nennenswertes zustande kam.

Direkt vor ihm kippte ein Stück des Tunnelbodens weg und verschwand spurlos in dem nimmersatten Schlund, der sich gierig durch das Erdreich fraß. Aus seiner Tiefe erfasste ein unglaublicher Sog den Amerikaner und riss ihn kopfüber hinab. Dimitri packte ihn gerade noch am Kragen und zerrte ihn aus der unmittelbaren Gefahrenzone.

»Wir müssen weg«, schrie der Russe. »Sofort!«

Er zog Osborne am Arm in den nächstbesten Seitengang. Nach etwa hundert Metern erreichten sie hinter einer Engstelle eine schmale Steintreppe, die sie, immer mehrere Stufen auf einmal nehmend, hinaufhetzten. Die Wände waren plötzlich mit grellbunten Graffitis beschmiert und an den Abbiegungen hingen Schilder mit Straßennamen. Das alles waren erkennbare Zeichen dafür, dass sie sich der menschlichen Zivilisation näherten.

Stolpernd hetzten sie weiter. Hinter sich vernahmen sie noch lange das bedrohliche Knirschen und Knacken zersetzenden Gesteins.

»Los, los«, drängte Dimitri, der bemerkte, dass der Computerexperte mit seinen Anstrengungen nachließ.

»Ich bin völlig fertig«, keuchte der in abgehackten Atemstößen und verlangsamte seinen Schritt. »Ich kann nicht mehr.«

»Na schön, ruhen wir einen Moment aus.« Dimitri setzte sich auf den Boden.

Vor Erschöpfung außerstande, auch nur noch einen Meter weiter zu gehen, ließ sich sein Begleiter ebenfalls zu Boden fallen.

»Was jetzt?«, keuchte er. »Der Graf ist tot.«

»Ja, Saint-Germain ist tot«, bestätigte der Russe. »Wir beide werden sein Schicksal bald teilen. ›Das Buch des Abyssus‹ existiert auch nicht mehr. Ich weiß nicht, was uns retten sollte.«

»Wenn es wirklich keine Rettung gibt, was für einen Sinn hatte es dann, wegzulaufen?«

»Ganz gleich, wie aussichtslos das Leben oder eine Situation auch sein mag, irgendwie hofft man trotzdem, dass es gut ausgeht. Aber der Tod macht mir keine Angst mehr, denn ich habe so grauenvolle Dinge gesehen, wie kein Mensch zuvor sie sah. Für mich hat das Sterben seinen Schrecken verloren.«

»Ich nehme an, Ihre Einstellung hat etwas damit zu tun, weshalb Sie Russland den Rücken kehrten.«

»Ja.« Dimitri holte tief Luft. Nach einer ganzen Weile brach er die lähmende Stille: »Ich habe ...«, hob er mit halberstickter Stimme an, während er mit dem Oberkörper vor und zurück schaukelte. »Ich habe die Welt an den Rand des Untergangs gebracht.«

Der Russe presste die Lippen zusammen, während seine Augen die des Amerikaners suchten. Er versuchte fortzufahren, aber kein Wort wollte mehr über seine zitternden Lippen. Schließlich unternahm er einen neuen Anlauf und erzählte zum ersten Mal in seinem Leben, warum er aus seinem Heimatland geflohen war.

»Vor etwas über zehn Jahren arbeitete ich als Projektleiter in Akademgorok, einer seinerzeit noch streng geheimen russischen Wissenschaftsstadt. Mein Forschungsgebiet erstreckte sich auf die Freilegung der Energien, die im Unterbewusstsein schlummern. Jeder Mensch ist von einer psychotronischen Energie erfüllt, die Psychokinese und Telepathie ermöglicht. Unser Proband Boris Sergejew war ein einfacher Bauer, der sich seiner mentalen Fähigkeiten gar nicht bewusst war. Durch zeitraubende Versuchsreihen legten wir seine paranormalen Fähigkeiten frei. In Form von Bildern kamen die Gedanken anderer Menschen zu ihm. Sergejew beherrschte bereits nach einem Jahr sein Talent so weit, dass er anderen Schmerzen suggerieren konnte. Dann begannen wir Tests mit organischer Materie. Mit seiner Kraft konnte Sergejew die DNS verändern. Wir erforschten ihren Einfluss auf Enzyme. Das Ziel, das wir bei diesen Versuchen vor Augen hatten, war eine Verlängerung des Lebens. Altern wir, weil die Enzyme im Körper weniger werden, oder werden die Enzyme weniger, weil wir altern? Jedenfalls bedeutete eine gleich bleibende Anzahl Enzyme ewige Jugend. Welche Art von Energie Sergejew freisetzte und nach welchen Gesetzen sie arbeitete, blieb uns jedoch bis zum Schluss verborgen. Wir wussten, dass wir mit gefährlichen Kräften experimentierten; aber wir ahnten nicht, wie gefährlich unsere Arbeit in Wirklichkeit war. Dies erfuhren wir erst, als uns ein Experiment ganz und gar außer Kontrolle geriet. Sergejew fiel dabei tiefer in Trance als je zuvor.

Bei den Versuchen trug er stets eine Kappe, die vollbesetzt mit Elektroden war. Drähte verbanden die Elektroden mit Instrumenten, die die Hirnströme und den Herzschlag maßen. Sein Puls verlangsamte sich und kam schließlich ganz zum Stillstand. Die inneren Funktionen seines Biosystems waren erheblich gestört. Sergejew atmete nicht mehr. EKG und EEG registrierten keinerlei Herz- oder Gehirnströmungen mehr. Obwohl unser Proband klinisch tot war, maßen wir eine dramatische Energiekonzentration der Gehirnspannung an der Schädeloberfläche. Mit dem Tod des Mediums war auch seine geistige Kontrolle über die mentalen Kräfte erloschen. Es war, als hätten wir das Tor zu einer anderen Welt aufgestoßen, das wir nicht mehr schließen konnten.

Plötzlich veränderte sich Sergejews Körper; er verlor seine Konsistenz und zerfloss zu einer chaotischen Masse aus schwarzem Zellgewebe, die eine uns unbekannte Energie ausstrahlte. Als ich das Experiment abbrechen wollte, war es bereits zu spät. Wir hatten eine Grenzlinie überschritten und mussten nun die Konsequenzen ertragen. Meine Frau Nadja griff nach den Elektroden, die Sergejew mit den Apparaturen verbanden. Kaum berührten ihre Finger die Kabel, löste sie sich auf; sie verdunstete binnen eines Sekundenbruchteils zu Nichts. Die entfesselten telekinetischen Kräfte aus Sergejews Gehirn entfalteten eine unglaubliche Zerstörung. Plötzlich hatten physikalische Gesetze keine Bedeutung mehr. Die unkontrollierbaren psychokinetischen Energien machten weder vor dem Labor noch der restlichen Stadt Halt. Die Einwohner flüchteten wie eine in Panik geratene Schafsherde blindlings umher. Ich behielt einen halbwegs klaren Kopf, eilte zur Zentral-Garage und floh mit meinem Auto. Auf den Straßen hasteten Sicherheitskräfte mit schweren Gewehren umher. Aber es gab nichts, was sie damit hätten töten können. Überall heulten Sirenen. Akademgorok war ein einziges Inferno. Außerhalb der Stadt hielt ich auf einem Hügel und blickte zurück. Die Wissenschaftsstadt gab es nicht mehr; nicht einmal Ruinen zeugten von ihrer Existenz. Sie war einfach verschwunden. Ich stieg wieder in meinen Wagen und fuhr schnurstracks zur Grenze. Einige Tage später war ich außer Landes.«

»Und was geschah mit der freigesetzten Energie?«

»Keine Ahnung. Vielleicht konnte sie ohne Verbindung zu Sergejew nicht lange existieren und brannte aus.«

»Wieso haben Sie die sowjetischen Behörden nicht von diesem Vorfall unterrichtet? Dachten Sie, man hätte Ihnen nicht geglaubt?«

»Geglaubt hätte man mir wahrscheinlich schon. Vielleicht nicht sofort, aber man konnte meine Aussage ja nachprüfen. Allerdings wäre ich danach so gut wie tot gewesen. Unsere damalige Regierung hätte keine Zeugen dieses Fehlschlags am Leben gelassen. Die Behörden verschleierten später die entsetzliche Katastrophe. Akademgorok wurde fünfzig Kilometer entfernt nach Originalplänen wieder aufgebaut. Heute forschen dort andere Wissenschaftler, als sei nichts passiert.«

Osborne schwieg. Tief in ihm regte sich eine vage Ahnung, dass es zwischen Dimitris Erlebnis in Akademgorok und der momentane Apokalypse in Paris einen Zusammenhang gab und dass beide Katastrophen möglicherweise dieselbe Quelle besaßen.

Nach einer Weile erhoben sich die beiden Männer und setzten ihren Weg durch die Katakomben fort. Aus den Augenwinkeln beobachtete der Amerikaner den Russen. Seit seiner Geschichte hatte er kein Wort mehr gesagt. Vielleicht lag das auch an den unheimlichen Geräuschen, die aus dem Erdreich drangen. Dieses Brechen, als ob sich die Schaufeln eines gigantischen Braunkohlebaggers unter der Stadt hindurchfraßen. Möglicherweise wollte Dimitri aber auch nur ungestört sein, jedenfalls sah er so aus. Sein Gesicht war bleich und sein Blick vollkommen leer.

»Nach was haben Sie wirklich geforscht?«, fragte Osborne schließlich doch, ohne den Russen dabei direkt anzusehen.

»Was meinen Sie?«

»Man forscht doch nur im Geheimen, wenn der Rest der Welt davon nichts erfahren soll. Falls Sie die Formel des ewigen Lebens suchten, wäre das in den Augen der Menschheit etwas Nobles, etwas, das Ihnen und Ihrem Land weltweit hohes Ansehen gebracht hätte. Ihr Präsident hätte die Forschung nach einem bahnbrechenden Mittel gegen den Tod bestimmt an die Propagandaglocke gehängt.«

Dimitris Hände zitterten, sein Atem kam schwer und schnell. »Sie haben Recht, Monsieur. Unsere Forschung diente tatsächlich einem anderen Ziel, das die Welt niemals erfahren darf. Man würde mich als Spion erschießen, wenn ich es Ihnen verrate.«

Dimitri ging schweigend weiter.

»Wem sollte ich etwas davon verraten? Außerdem scheint dieser Planet sowieso dem Untergang geweiht. Erzählen Sie es, vielleicht fühlen Sie sich danach besser.«

Der Russe schloss die Augen und nickte beinahe unmerklich. Dann blickte er Osborne geradewegs in die Augen. »Wir forschten nach einer Weltvernichtungsmaschine. Wir fanden sie ... und noch mehr.«

»Sie haben mehr entdeckt als eine Methode, um die Welt zu zerstören? Sie machen mich neugierig.«

»Unseren Leichtsinn bezahlten viele Menschen in Akademgorok mit dem Leben. Dabei können wir noch von Glück reden, dass es nicht Millionen mehr geworden sind.«

»Und was genau haben Sie gefunden?«

»Gott.«

*08 Uhr 42 – Rue de Poissy*

Auf seiner Flucht vor existenziellen Nöten und in Ermangelung besserer Alternativen vertiefte sich Auclair in seinen neuen Roman. Dem misserfolgsverwöhnten Autor schwebte ein bedeutungsvolles Epos vor, das dramaturgisch ergreifend und stilistisch eine Offenbarung an Klarheit und Reinheit sein sollte. In seinem neuen Werk sollte es mit berauschendem Pathos, großer Leidenschaft und tiefer Melancholie um Sehnsucht gehen. Er fühlte, heute würde er Großartiges verfassen. Im Geist sah er die ersten Kapitel bereits vor sich; eine Folge von Ereignissen, überraschenden Wendungen und schillernden Anekdoten, die seine Leser vor Vergnügen mit der Zunge schnalzen lassen würden. Spätestens nach dem Versenden der Leseproben würden sich diese hochnäsigen Damen in den Redaktionsbüros ihre nagelstudiogestylten Finger auf der Tastatur ihrer Telefone wundtippen, um mit ihm über den Kauf des Romans zu verhandeln.

Gerade, als er das erste Wort in die Maschine tippen wollte, bremste Ideenlosigkeit seinen Enthusiasmus. Da in seinem mentalen Wörterbuch der Begriff »aufgeben« nicht vorkam, blieb er ungeachtet der kreativen Wüste beharrlich vor der Schreibmaschine sitzen. Lange hockte er da, ohne auch nur den Kopf zu bewegen, und wartete, dass sich die Muse auf ihn herabsenkte. Inzwischen gewann das trübe Tageslicht, das durch die Fenster sickerte, zusehends an Kraft.

Während Auclair konzentriert nach einer zündenden Idee suchte, wanderten seine Augen über das zerschlissene Linoleum und die vergilbte rosafarbene Blütenrankentapete. In einer Ecke unter der Zimmerdecke war eine Ansammlung Spinnweben kunstvoll um die Vorhangstange arrangiert. Fasziniert beobachtete er, wie sie sanft in der Zugluft des undichten Fensters wehte, dessen zerbrochene Scheibe nur notdürftig mit Klebeband geflickt war. Dagegen rührte sich in seinem Kopf nichts. Er wartete, dass die Inspiration zu ihm sprach, aber sie schwieg beharrlich. Kein kreativer Funke. Null. Geistiger Leerlauf.

Auclair erhob sich und ging an der Kommode vorbei. Vor der voll gestopften Spüle blieb er stehen. Beim Anblick des verschimmelten Geschirrberges stellten sich ihm die Nackenhaare auf. Gleichzeitig erinnerten ihn die Teller daran, dass er sich seit Wochen einer unfreiwilligen Zwangsdiät unterzog. Allerdings machte ihn auch sein Magen des Öfteren durch aggressives Knurren auf diesen Missstand aufmerksam.

Um auf andere Gedanken zu kommen, betrachtete er eine Weile die zweifellos in jeder Beziehung überalterte Tapete. Dabei fiel ihm die schlechte Luft auf. Wurde sie tatsächlich stickiger, oder bildete er sich das nur ein? Nein, sie war ohne Zweifel durchtränkt von einem widerwärtig abstoßenden Geruch. Nicht, dass dieses Zimmer seinen Bewohner ansonsten mit den Wohlgerüchen des Orients verwöhnte, aber dieses Odeur raubte ihm den Atem. Als er das Fenster öffnen wollte, bemerkte er, dass der Gestank von draußen kam. Also ließ er es geschlossen und setzte sich nach seinem Rundgang wieder an die Schreibmaschine. Zumindest den ersten Satz wollte er heute zu Papier bringen.

Während er so in seine Einfallslosigkeit vertieft über die Schreibmaschine gebeugt dasaß, kroch unmerklich eine Staubwolke über den Boden und breitete sich aus. Ihre Partikel reizten seine Bronchien und brachten ihn derart zum Husten, dass es ihn unsanft aus der kreativen Versenkung herausriss. Irritiert schaute er auf und … blinzelte. Ungläubig starrte er auf die gegenüberliegende Wand. Sie war verschwunden. Das entstandene Loch gab den Blick zur Straße und bis auf die gegenüberliegende Häuserzeile, die teilweise in Schutt und Asche lag, frei. Es war unstreitbar, dass hier eine Katastrophe größeren Ausmaßes stattgefunden haben musste. Allerdings hatte er wegen der Ohrstöpsel nichts davon gehört. Und obwohl inzwischen der Boden unter seinen Füßen vibrierte, war er sich der wachsenden Gefahr immer noch nicht bewusst.

Er riss die Ohrstöpsel heraus und wurde überwältigt von tosendem Lärm; einem Mischmasch aus Sturmbrausen, Sirenengeheul, schreienden Menschen und einstürzenden Mauern.

Im ersten Moment zeigte er nicht die geringste Reaktion. Er saß nur da und stierte wie blöde auf das surrealistisch klaffende Loch. Kostbare Sekunden verstrichen, in denen er sich einredete, das Gesehene sei nur eine Illusion. Dagegen bestand sein gesunder Menschenverstand darauf, dass dies durchaus Realität sei. Knallhart brach die Wirklichkeit über ihn herein, und die roch nach Verwesung.

Zunächst kratzte etwas unter den Bodendielen; anfangs war das Geräusch auf der linken Seite des Zimmers zu hören, dann auf der rechten. Immer schneller wuselte es von einer Ecke zur anderen hin und her, als wäre es von etwas aufgescheucht worden und hastete jetzt kreuz und quer durchs Mauerwerk.

Argwöhnisch starrte der Schriftsteller auf den fadenscheinigen Läufer unter dem Tisch, als erwartete er jeden Moment, dass etwas durch den Fußboden brechen und ihn bei den Beinen packen könnte. Schlagartig wandelte sich das Kratzen in ein drängendes Pochen. Risse begannen sich durch die Dielen zu fressen. Unwillkürlich sprang er auf und machte einen Schritt zurück, wobei er den Stuhl umstieß. Rasch eilte er zur Wohnungstür, öffnete sie und spähte ins Treppenhaus. Die Treppe nach unten schwankte bedenklich. Einen Moment lang verspürte er den Drang, das Wagnis einzugehen und hinabzurennen. Doch dann registrierte er, wie heftig die Stufen zitterten. Die Konstruktion sah nicht so aus, als würde sie einer zusätzlichen

Belastung standhalten. Angesichts dieser drohenden Aussicht widerstand er der Versuchung und lief stattdessen mit wehendem Morgenmantel den Flur entlang, vorbei an geschlossenen Türen. Er wusste nicht, wer hier noch wohnte, oder ob außer ihm überhaupt irgendwer im Dachgeschoss hauste. In dem Wohnblock herrschte ein stetiges Kommen und Gehen an Mietern, da war es schwer, den Überblick zu behalten. Der Korridor war weder breit noch hoch, dafür aber umso länger. Für die Beleuchtung des schier endlosen Schlauchs war lediglich eine nackte Glühbirne zuständig, die, würde sie funktionieren, die Dunkelheit kaum gestört hätte. Ansonsten gab es hier nur Spinnweben an der Decke und Mauselöcher in den Bodenleisten.

Auclair riss die erstbeste Tür auf und knipste den Lichtschalter an. Nichts, kein Strom. Durch die Fenster sickerte genug Licht, um zu erkennen, dass die Wohnung halb so groß war wie seine eigene; und die war schon winzig. Im Zwielicht zeichneten sich ein Bett und ein Schrank ab. Ansonsten gab es keine Möbel, dafür stapelten sich auf dem Fußboden überall vergilbte Zeitungen. Vom Bett bis zum Schrank schlängelte sich ein schmaler Pfad durch das unentwirrbare Papierlabyrinth. Nein, hier wohnte bestimmt niemand mehr.

Er hastete in den Flur zurück. Die nächste Wohnung war völlig leer, nur kahle Bodendielen und Staub. Das anschließende Zimmer füllte eine monströse Waschmaschine aus, ein wahrhaft klobiges Gerät, das eine Heidenarbeit gemacht haben musste, um es hier heraufzuschaffen. Aus dem Inneren der Trommel roch es wie aus einer Sickergrube.

Auclair hetzte zurück in den Flur, hielt inne und lauschte. Jemand machte sich in seiner Wohnung zu schaffen. Seine Schreibmaschine zerschmetterte gerade mit metallischem Dröhnen am Boden.

Während er noch verharrte, vibrierten plötzlich die Dielen unter seinen Füßen. Das Holz ächzte, als stände es unter gewaltigem Druck. Mit ohrenbetäubendem Getöse stürzte weiter hinten der obere Teil die Treppe bis zum darunter liegenden Stockwerk ein und ließ das Gebäude in seinen Grundfesten erzittern. Das Haus erbebte nicht nur wegen der eingestürzten Treppe. Es war, als schwimme es sanft auf einem labilen Untergrund. Hinter der linken Flurwand knackte, knallte und barst Gestein. Was immer das Gebäude zerstörte, es machte auch vor dem Dachgeschoss nicht Halt. Alles ging unglaublich schnell. Holz und Stein splitterten, dann gab ein Teil der Wände und des Bodens nach und sackte in die Tiefe.

Wie angewurzelt starrte Auclair auf das klaffende Loch am Flurende, das einmal seine Wohnung gewesen war. Der Anblick traf ihn, als hätte jemand einen Eimer Eiswasser über ihn gegossen. Die Bruchkanten im Boden und an den Mauern waren so glatt, als wären sie mit einem Riesenmesser klinisch sauber abgetrennt worden. Ungelenk wie ein Zombie stakste der Schriftsteller darauf zu. Einen entsetzlichen Augenblick lang schaute er durch das gähnende Loch hinab auf die Straße direkt in den Schlund der Hölle. Dort erstreckte sich eine schwarze Masse von einer Häuserzeile zur nächsten. Er konnte keinen klaren Gedanken fassen, er begriff nicht, was hier geschah. In der Luft hing ein merkwürdiges Flimmern. Urplötzlich wurde er mit furchtbarer Gewalt von einem Luftwirbel gepackt, der ihn umschlang und mit Wucht Richtung Abgrund sog. Sich mit jeder Faser seines Körpers gegen den unsichtbaren Klammergriff stemmend, stolperte er auf die Knie. Von irgendwo weit entfernt drangen Schreie an sein Ohr, doch er war zu sehr mit seinem eigenen Kampf gegen den Sturm beschäftigt, um anderen seine Aufmerksamkeit zu schenken. Beide Unterarme und Hände auf den Kopf gepresst, schützte er sich vor einem Geschosshagel aus Glas und Holzstücken, der über ihn hinwegbrandete. Der Boden unter seinen Knien schien nach unten gedrückt zu werden, mit grässlichem Kreischen wie von einer Kreissäge sprangen Dielenbretter auseinander. Nicht weit entfernt zerfiel ein weiterer Abschnitt des Hauses und sackte mit markerschütterndem Getöse in die Tiefe.

Als Auclair verkrampft da kniete, verging er beinahe vor Angst. Für einen Moment verspürte er den übermächtigen Drang, dem Unabwendbaren ein Ende zu bereiten und freiwillig in die Tiefe zu springen. Aber noch war er nicht bereit, diesen Weg zu gehen. Er hob den Kopf und sah sich um, sein Blick huschte über den bröckelnden Putz der rechten, halbwegs intakten Flurwand hinab über den immer brüchigeren Fußboden. Er musste raus, weg von hier. Schnell.

Auf allen Vieren kroch er durch den schwankenden Korridor, vorbei an noch stehenden Wänden, die aber bereits ein Netzwerk von Rissen zerfraß. Sein Ziel war die letzte noch verbliebene Wohnungstür am anderen Ende des Flurs.

Plötzlich sackte der Boden unter ihm weg und kippte in die Tiefe. Der Autor sprang von dem wegknickenden Untergrund hoch auf ein handbreites Dielenfragment, das aus der Wand ragte und gerade groß genug war, dass er darauf mit einem Fuß balancieren konnte. Ein Schwindel erregender Meter trennte ihn von dem noch unbeschädigten Flurstück. Auclair war sich bewusst, dass er auf dem winzigen Sims nicht ewig bleiben konnte. Er sah kurz in die gähnende Tiefe und wandte sich dann dem zumindest kurzfristig Rettung verheißenden Flurstück zu. Natürlich war der Sprung riskant, aber irgendwie musste er von der verdammten Briefmarke wegkommen, auf der er stand. Was, wenn er nicht weit genug sprang, oder der noch vorhandene Flurboden bereits so morsch war, dass er unter ihm zusammenbrach? Er beschloss, sich darüber Gedanken zu machen, wenn es soweit war, und er in die Tiefe stürzte. Bis dahin konzentrierte er sich allein auf seine Rettung.

Er spannte die Muskeln und sprang. Beim Absprung knickte sein Sprunggelenk um. Sein Fuß war ein einziger Schmerz, was seinen Gleichgewichtssinn erheblich beeinträchtigte. Wie durch ein Wunder landete er trotzdem sicher auf festem Boden, rollte halb um die eigene Achse und bemühte sich, schnell wieder auf die Beine zu kommen. Kaum hatte er sich aufgerappelt, spürte er erneut den stechenden Schmerz im Knöchel. Aber er spürte noch etwas anderes, was ihm größere Sorge bereitete: Der Grund unter seinen Füßen wurde weicher, nachgiebiger.

Er ging weiter, obwohl der Schmerz durch sein Fußgelenk stach. Der Boden schwankte heftig. Immer wieder brachen kleinere Stücke in die Tiefe. Endlich erreichte er die Tür. Sie klemmte. Das Türblatt ging nur eine Handbreit auf, dann steckte es fest. Über ihm geriet ein Großteil des verbliebenen Dachstuhls ins Rutschen. Balken brachen und zentnerweise herunterpolternde Ziegelsteine verwandelten die Welt in ein ohrenbetäubendes Chaos.

Der Schriftsteller warf sich mit seinem ganzen Gewicht gegen die Tür, stieß sie auf und stolperte in die Wohnung. Sie war leer. Aber es gab ein winziges Fenster. Rasch humpelte er hin, riss es auf und beugte sich weit hinaus. Bis zum Boden waren es fünf Stockwerke; wenn er den Sprung überlebte, würde er sicherlich als Krüppel den Rest seines Lebens im Rollstuhl verbringen.

Ein wuchtiger Schlag riss Auclair beinahe von den Beinen. Um ihn herum knirschten und knarrten die Wände, das ganze Zimmer schwankte wie bei einem heftigen Erdbeben. Teile der Decke prasselten herunter, der Fußboden war plötzlich schief. Krampfhaft hielt sich der Autor am Fensterrahmen fest und wusste nicht, was er tun sollte. In wachsender Panik drehte er sich um und wollte sich aufrichten, doch der nächste Stoß warf ihn zur Seite. Jenseits der offenen Tür kippte der restliche Flur in die Tiefe. Jetzt saß Auclair hoffnungslos in der Falle. Ende der Fahnenstange. Nun hieß es nur noch freiwillig springen oder gewaltsam in die Tiefe gerissen werden.

Der Boden senkte sich weiter, erst langsam, dann immer schneller. In diesem Augenblick tiefster Resignation entdeckte er in Kniehöhe eine Metallabdeckung. Dahinter befand sich einer dieser alten Lüftungsschächte, die vom Dach bis zum Keller quer durch alle Etagen führten. Vielleicht war er nur zwanzig oder dreißig Zentimeter schmal, vielleicht war er aber auch breit genug, dass ein erwachsener Mann darin hinunterklettern konnte. Bei dem Gedanken an den Abstieg wurde ihm übel. Wenn er da hinunterfiel, ging's fünfzehn Meter in die Tiefe. Ein Fehltritt und seine maximale Lebensspanne betrug höchstens noch zwei Sekunden. Noch schlimmer wäre es, wenn er darin stecken blieb. An dieses Szenario wollte er lieber nicht denken. Wieder dröhnte das Donnern einstürzender Wände in seinen Ohren. Der Lärm mobilisierte die für sein Vorhaben notwendigen Kräfte. Mit einem Ruck brach er das morsche Lüftungsgitter aus der Wand und kletterte durch die Öffnung.

In dem senkrechten Schacht roch es nach stickiger Luft und Fäulnis. Ein erneuter Stoß warf den Schriftsteller beinahe in die Tiefe. Mit einer Hand fand er gerade noch an dem Durchlass Halt. Es folgte wieder ein Schlag, der von einer dumpfen Detonation begleitet wurde.

Auclair kletterte ganz in den Schacht. Halt suchend tastete sein Fuß in die Dunkelheit. Zwischen Verzweiflung und Hoffnung schwankend, glitt er mit dem ganzen Körper in die Enge. Führte dieser Weg in die Rettung oder geradewegs in den Tod?

Zu seiner Enttäuschung gab es an den Wänden keine eingelassenen Tritte oder Sprossen, dafür umso mehr Spinnweben, die so dicht und widerstandsfähig waren, dass er hoffte, sie wären nicht von Vogelspinnen gewoben worden. Einen Moment lang hing er bedrohlich in der Luft, dann stemmte er sich notgedrungen mit Händen und Knien gegen die Wände und glitt ruckartig in die Tiefe, wobei er ständig gegen Panikattacken ankämpfen musste, denn aus diesem Schacht gab es kein Zurück mehr. Unter ihm schien sich die Finsternis ewig auszudehnen. Die Wände, gegen die er sich stemmte, wurden merkwürdig pulvrig. Jedes Mal, wenn er eine Hand von der schwammigen Oberfläche löste, um tiefer Halt zu finden, wirbelten Unmengen winziger Partikel auf, die seine Atemwege reizten.

Wo würde seine Talfahrt enden? Besaßen die unteren Wohnungen noch Lüftungsklappen, oder hatte man sie im Zuge der Renovierungsarbeiten zugemauert? Gab es überhaupt noch untere Wohnungen, oder waren die längst eingestürzt? Wie sollte er dieser Falle entkommen, wenn sich der Schacht als Sackgasse entpuppte? Alles Fragen, die er im Moment unbeantwortet lassen musste. Ihm blieb sowieso nichts anderes übrig, als seinen Weg ins Ungewisse fortzusetzen. Ohne auf seine aufgeschürften Hände zu achten, glitt er Zentimeter für Zentimeter den Schacht hinunter. Mehrmals rutschte er ab, fing sich aber gerade noch rechtzeitig, um einen Sturz zu verhindern. Staub und Spinnweben im Gesicht und in den Haaren ignorierend, setzte er den eingeschlagenen Weg fort. Allmählich wurde der Schacht nach unten hin immer schmaler, was Auclairs Befürchtung, dass er sich darin verkanten und manövrierunfähig festsitzen könnte, bestärkte. Kaum hatte er den furchtbaren Gedanken zu Ende gedacht, da steckte er auch schon fest.

### *09 Uhr 13 – Hôtel de Ville*

Im Konferenzraum sagte niemand ein Wort. Valérie Mairesse und Victor Garrivier starrten Philippe Chapiteau an, als hätte der ihnen eine Ohrfeige verpasst. General Chatelain wusste nicht viel mit dem Begriff »Anti-Materie« anzufangen, den der Astrophysiker in den Raum geworfen hatte. Er richtete seinen Blick auf Jean Crauchet vom Straßenbauamt, aber der war ebenso schlau wie er.

Valérie Mairesse räusperte sich, bevor sie als erste ihre Sprache wieder fand: »Anti-Materie? Theoretisch möglich, aber praktisch zu phantastisch.«

»Tut mir Leid, Sie berichtigen zu müssen«, bedauerte der Astrophysiker, »aber 1995 gelang Wissenschaftlern erstmals die Herstellung von künstlichem Wasserstoff. Wobei Anti-Protone bereits 1955 in Berkeley künstlich erzeugt worden sind.«

»Bitte was?« Der General verstand überhaupt nichts mehr.

»Anti-Teilchen; jedes Teilchen besitzt ein Anti-Teilchen mit gleicher Masse aber entgegengesetzten Vorzeichen«, erklärte die Physikerin, als handle es sich um die selbstverständlichste Sache der Welt. »Der Einfachheit halber gibt man ihnen keine neue Bezeichnung, sondern setzt einfach die Vorsilbe ›Anti‹ davor. Das Anti-Proton besitzt eine negative Ladung und annihiliert mit einem Proton in mehrere Mesonen. Ich bezweifle nicht das Vorhandensein von Anti-Materie an sich, sondern die Menge, mit der wir es hier zu tun haben. Es ist schon ein Unterschied, ob man ein oder zwei Anti-Materie-Atome für einige Trillionstel Sekunden herstellen kann, oder ob man es mit einem Anti-Materie-Monster von der Größe des Grand Canyons zu tun hat. Soweit ich informiert bin, wurde bisher nirgendwo im Universum Anti-Materie gefunden.«

»Hätten Sie vielleicht die Liebenswürdigkeit, uns arme Laien aufzuklären, worüber Sie sich überhaupt unterhalten?«, knurrte General Chatelain ungehalten.

»Im Prinzip haben Anti-Atome dieselben optischen Spektren wie Atome, jedoch mit dem gravierenden Unterschied, dass sie Materie bei Kontakt annihilieren«, erwiderte Philippe Chapiteau. »Wobei der Begriff etwas irreführend ist, denn Materie und Anti-Materie lösen sich nicht auf, sondern verwandeln sich in eine andere Form von Energie, die dann als Materie-Anti-Materie-Teilchen, wie beispielsweise g-Quanten oder Mesonen, auftreten. Am bekanntesten ist dabei wohl die Annihilation von Elektron und Positron in zwei beziehungsweise drei g-Quanten.«

»Ho-ho«, fiel ihm der General ins Wort. »Geht's vielleicht noch etwas komplizierter? Ich habe von Ihrem Vortrag keine drei Worte verstanden.«

»Simplifiziert ausgedrückt: Normale Atome und Anti-Atome vernichten sich bei Kontakt gegenseitig auf der Stelle«, erklärte der Astrophysiker.

»Sagten Sie nicht gerade, sie würden sich in etwas Neues verwandeln?«, hakte Caubère nach.

»Ja, aber in der Praxis läuft das für uns auf dasselbe heraus.«

»Aber das würde doch bedeuten, dass es in unserer Welt keine Anti-Materie geben kann, weil diese sofort aufgelöst wäre«, kombinierte Arielle Clémentine. »Wie kommen Sie dann auf die Idee, dass es sich bei diesem Krater um Anti-Materie handeln könnte?«

»Weil sich das, was sich in diesem Krater befindet, so verhält. Es weist bei seiner Zerstörung alle Charakteristika von Anti-Materie auf.«

»Dann müsste die Zerstörung der Erde innerhalb eines Sekundenbruchteils abgeschlossen sein. Und soweit ich erkennen kann bildet sich bei der Symbiose auch keine neue Form von Energie. Die Substanz in dem Krater verschlingt Materie, ohne sich selbst zu verändern.«

»Das ist beides richtig. Und genau das ist es, was mich verwirrt. Wieso es ausschließlich zur Auflösung von Materie kommt und weshalb diese so schleichend vorangeht, kann ich Ihnen nicht sagen. Vielleicht hat es etwas damit zu tun, wie die Anti-Materie in unsere Welt kam. Vielleicht fand dabei ein Prozess statt, der es der Anti-Materie nur langsam erlaubt, ihre volle Kraft aufzubauen.«

»Wobei sich mir auch noch die Frage aufdrängt, woher die Anti-Materie überhaupt kommen könnte«, gestand Arielle Clémentine. »Die entsteht doch nicht aus dem Nichts?«

»Natürlich nicht«, bestätigte Chapiteau. »Durch den Urknall, der nebenbei bemerkt nur eine Billiardstel Sekunde lang dauerte, entstanden Materie und Anti-Materie. Theoretisch ist ein Universum aus Anti-Materie denkbar, so wie es ein Universum aus Materie gibt. Wo sich dieses Paralleluniversum allerdings befindet und wie die Schnittstelle zwischen beiden Welten beschaffen sein könnte, damit die nicht in direkten Kontakt treten können, kann ich nicht sagen. Am wahrscheinlichsten wäre, dass sie sich in einer anderen Dimension befindet. Doch das ist jetzt wirklich reine Spekulation.«

»Aber die Anti-Materie wurde beim Urknall doch rückstandslos vernichtet, oder?«, erinnerte sich die Beigeordnete. »Angeblich blieb bloß ein winziger Teil Materie übrig, aus dem unser Universum entstand.«

»Ja. Die gängige Theorie der Anomalie besagte, dass nach dem Urknall ein kleines bisschen Materie übrig blieb, aus dem sich dann unser Universum entwickelte. Bis vor kurzem war diese Hypothese bei Kosmologen unumstritten.«

»Und denken die Kosmologen inzwischen etwas anderes?«, wunderte sich Victor Garrivier.

»Zumindest einige, denn die Theorie mit der Symmetriebrechung ist auch nur eine Spekulation«, erklärte der Astrophysiker. »Zwar konnte die Wissenschaft diese Asymmetrie in Teilchenbeschleunigern nachweisen, nicht aber eine daraus resultierende totale Auflösung der Anti-Materie. Theoretisch könnte ein Teil der Anti-Materie nach dem Urknall genauso weiter bestanden haben wie Materie. Was wiederum die Existenz von Anti-Atomen bis hin zu Anti-Galaxien nicht mehr ausschließt. Sollte es tatsächlich Anti-Materie-Universen geben, dann wären vermutlich Quasare, so genannte Schwarze Löcher, die Portale zwischen unserer Welt und diesen Welten. Schwarze Löcher saugen Materie in sich auf und wandeln sie in Energie um, ganz so, wie es beim Kontakt zwischen Materie und Anti-Materie geschieht.«

»Wäre es möglich, dass ein Schwarzes Loch aus dem Nichts heraus in unserem Erdkern entstand und nun unseren Planeten auffrisst?«

»Ein Schwarzes Loch entsteht, wenn ein Stern nach Aufbrauchen seiner Wasserstoffreserven in einer Supernova kollabiert. Offen gesagt, weiß die Wissenschaft aber noch zu wenig darüber, um hundertprozentig ausschließen zu können, dass nicht auch irgendwo aus dem Nichts ein Schwarzes Loch entstehen könnte.«

Schweigen.

Arielle Clémentine räusperte sich. »Ich schlage vor, wir wenden uns lieber etwas Praktischem zu. Wenn wir über die Ursache dieses Phänomens nur spekulieren können, ohne dabei zu einem Ergebnis zu kommen, sollten wir vielleicht besser einen Evakuierungsplan ausarbeiten.«

»Ist das nicht ein wenig verfrüht?« Marc Caubère sah sie zweifelnd an. »Dadurch versetzen wir die Bevölkerung in Panik.«

»Das Risiko müssen wir wohl in Kauf nehmen. Lieber versetze ich die Leute in Panik, als dass sie eine Katastrophe in Panik versetzt. Ein Problem dürften dabei allerdings unsere eingeschränkten Kommunikationsmittel sein.«

»Ich glaube, da kann ich Sie beruhigen.« Der stellvertretende Polizeipräsident legte demonstrativ sein Handfunkgerät auf den Tisch. »Zum einen funktioniert der Polizeifunk noch, zum anderen hat die Pariser Polizei die Lage im Griff. Sowohl der betreffende Straßenzug als auch die umliegenden Wohnblocks werden gerade evakuiert.«

»Was, wenn sich das Feld noch weiter ausbreitet, womöglich über ganz Paris?«, fragte die Beigeordnete, selbst erstaunt, dass ihre Stimme so gelassen klang. »Ich denke, die Pariser Polizei sollte nicht warten, bis es fünf vor Zwölf ist, sondern gleich mit der Evakuierung der Stadt beginnen.«

»Der gesamten Stadt?« General Chatelain schob seinen Stuhl zurück, als wolle er aufspringen. »Sind Sie irre? Wissen Sie, was das bedeutet? Das ist logistisch völlig unmöglich.«

»Wenn sich die Behören überfordert sehen, sollten wir zumindest den Parisern reinen Wein einschenken und so einer blinden Panik entgegenwirken. Dann kann jeder selbst entscheiden, ob er die Stadt verlässt, oder nicht. Geheim halten können Sie die Sache in der Rue de Turbigo sowieso nicht lange. Bald werden zumindest Gerüchte in Umlauf sein; nichts löst eine größere Hysterie aus als Gerüchte mit einem wahren Kern.«

»Und wer verbreitet die frohe Botschaft?«, knurrte der General.

»Diese Ehre sollten wir unserem Staatspräsidenten vorbehalten.«

»Genau«, pflichtete ihr Michèle Vautrin bei. »Soll der endlich mal was Sinnvolles für sein Gehalt tun.«

»Ich versuche, den Polizeipräsidenten zu erreichen«, schlug Caubère vor und schaltete sein Handfunkgerät ein. »Überlassen wir ihm die Entscheidung.«

Alle Augen waren auf den stellvertretenden Polizeipräsidenten gerichtet. Niemand sagte etwas. Caubère musterte skeptisch das Funkgerät, drehte und drückte einige Knöpfe und blickte dann zu Arielle Clémentine hinüber.

»Was ist?«, fragte sie.

»Es funktioniert nicht.« Caubère deutete mit einer Hand auf das Funkgerät. »Eben hat es noch einwandfrei gearbeitet.«

Ein Murmeln ging durch die Anwesenden.

»Vielleicht ist der Akku leer«, meinte Paul Rougerie.

»Nein, daran liegt es nicht.« In Caubères Augen lag Besorgnis. »Alle Systeme arbeiten einwandfrei. Es kommt nur keine Verbindung zustande.«

»Damit wäre auch unsere letzte Verbindung zur Außenwelt gekappt«, seufzte Arielle Clémentine. »Womit sich die Frage, ob wir evakuieren sollen oder nicht, vorerst erledigt hätte.«

»Wie kommt es eigentlich, dass wir Licht haben, wenn das Telefonnetz ausgefallen ist?« Eloïse Beaunes Blick wanderte über den Tisch hinweg und blieb an Arielle Clémentine hängen.

»Das Rathaus verfügt über eine autonome Stromversorgung«, erklärte sie. »Fällt das Stromnetz aus, läuft automatisch ein Generator im Keller an und speist das hausinterne Netz mit Elektrizität.«

»Was machen wir jetzt?«, fragte Valérie Mairesse mit spöttischem Lächeln. »Gehen wir nach Hause. Was sollen wir denn noch hier?«

Die Physikerin stand auf und schaute sich um, ob noch jemand ihrem Zeichen zum Aufbruch folgte.

»Ich frage mich, ob es sich bei dem Phänomen um einen Organismus handelt«, murmelte Victor Garrivier gedankenverloren. »Um irgendein Tier, eine Mutation aus irgendwas.«

»Geht das schon wieder los?«, stöhnte die Physikerin genervt. »Ich denke, die sinnlose Ursachenforschung hätten wir zu den Akten gelegt.«

»Nein, es ist nichts Organisches«, meinte Chapiteau. »Nichts Bakterielles oder Virologisches. Es handelt sich noch nicht einmal um etwas Materielles.«

Valérie Mairesse bedachte den Astrophysiker mit einem vernichtenden Blick.

»Ich kann das Ding doch sehen«, warf Crauchet ein. »Und wenn ich etwas sehen kann, handelt es sich doch wohl auch um Materie, oder?«

»Ich weiß, und das verwirrt mich im gleichen Maß wie Sie«, versicherte Chapiteau. »Trotzdem kann ich anhand der Daten nur wiederholen: Es ist nichts Materielles.«

»Aber es löst Materie auf«, hielt die Beigeordnete fest.

»Womit wir wieder bei der Anti-Materie wären.«

»Sollte Anti-Materie tatsächlich existieren, dann nur in so winzigen Mengen, dass sie mit bloßem Auge nicht sichtbar wäre«, fuhr Valérie Mairesse dazwischen. »Womit wir es hier zu tun haben, ist gigantisch. Deshalb kann ich mich nur wiederholen: Theoretisch wäre Anti-Materie denkbar, praktisch nicht.«

»Praktisch vernichtet etwas möglicherweise Paris«, stellte Garrivier fest.

»Und das Schlimmste ist, wir können keine der Thesen, die wir hier ausbrüten, durch Fakten untermauern«, bemerkte Valérie Mairesse bitter und nahm wieder Platz.

»Das ist richtig«, pflichtete ihr Chapiteau bei. »Bisher gibt es nichts Vergleichbares auf unserem Planeten, was diesem Abgrund auch nur im Entferntesten ähnelt.«

»Obwohl einige hier am Tisch anderer Meinung sind, sollten wir die Möglichkeit nicht vollkommen ausschließen, dass wir es mit etwas Lebendigem zu tun haben«, warf Victor Garrivier ein. »Vielleicht ist es eine Art gigantischer Plasmodium-Parasit, der schon seit geraumer Zeit, vielleicht seit Jahrmillionen, unterirdisch seinen Angriff vorbereitet hat – so wie diese Insekten, die Malaria verbreiten. Zwischen dem Stich und dem Ausbrechen der Krankheit, also in der Inkubationszeit, existiert eine Phase der Vorbereitung, in der der Parasit wie in einer Art Trojanischem Pferd getarnt durch die Blutbahnen reist und Zellen vernichtet. Normalerweise erkennen die Makrophagen, die Fresszellen des Immunsystems, tote Zellen und entfernen sie, doch da der Parasit sich in die toten Zellen eingenistet hat, wirken die für die Fresszellen lebendig. Wenn der Parasit stark genug ist, verlässt er seine Tarnung, infiziert die roten Blutkörperchen und vermehrt sich weiter. Das ist ein ähnlicher Prozess, wie wir ihn gerade beobachten, nur gigantischer.«

»Sollte es sich dabei wirklich um eine lebende Kreatur handeln, dann um keine auf Kohlenstoffbasis«, entgegnete Chapiteau. »Das hat die Spektralanalyse der Sonde gezeigt.«

»Und das soll heißen?«

»Das heißt, es stammt nicht von der Erde.«

Garrivier fiel keine passende Erwiderung darauf ein, weshalb er schwieg.

»Womit wir wieder bei unseren lieben Freunden, den Marsmenschen, wären«, meldete sich General Chatelain zu Wort. »Kommt es nur mir so vor, oder landen wir früher oder später immer wieder bei einer außerirdischen Invasion?«

»Vielleicht haben unsere Freunde vom Militär auch nur einen kleinen Fehler in einem ihrer geheimen Labors gemacht, wodurch eine neue Geheimwaffe ausgebüxt ist«, warf Eloïse Beaune ein. »Es wäre nicht das erste Mal, das so etwas passiert. Es gibt Gerüchte, wonach AIDS oder Milzbrand wegen der Unaufmerksamkeit ihrer Entwickler ganze Kontinente verseuchten.«

»Nun sind wir endlich bei den paranoiden Verschwörungstheorien angelangt«, meinte Valérie Mairesse gelangweilt.

»Was machen wir hier eigentlich?«, fragte Staatsanwalt Villiers genervt. »Was soll das blinde Herumstochern im Heuhaufen zu Tage fördern?«

»Puzzlesteinchen«, erwiderte Arielle Clémentine.

»Wie bitte?«

»Wir suchen Puzzlesteinchen, die passen und zusammengesetzt ein richtiges Bild der Bedrohung abliefern.« Die Beigeordnete schaute die Anwesenden mit ihren braunen Augen, die einen seltsam harten Ausdruck angenommen hatten, an. »Na schön, dann setzen wir mal das Puzzle mit dem zusammen, was wir bisher haben. Zum einen wäre da etwas Substanzloses, das sich ausbreitet. Die entscheidende Frage ist nun, von was breitet es sich aus. Wie uns die Physik lehrt, entsteht nichts aus nichts. Also muss es irgendetwas im Zentrum dieser Substanz geben, von dem es sich ausbreitet. Etwas, was es umhüllt. Im günstigsten Fall handelt es sich um eine Waffe, die entweder von Terroristen oder einem feindlichen Staat stammt.«

»Wenn, dann von einem Staat«, kombinierte Michèle Vautrin. »Um so etwas herzustellen, dazu bedarf es mehr Technologie als zum Bau einer Atombombe. Die Terroristen, die uns bisher bekannt sind, sind alles andere als kluge Köpfe. Eher heimtückisch und skrupellos. Ihr Grips reicht vielleicht für den Bau eine Rohrbombe, aber niemals für die Entwicklung einer so hochkomplexen Vernichtungswaffe.«

»Mag ja sein, ich sehe jedoch beim besten Willen nicht, was so günstig für uns sein soll, wenn das Ding eine Waffe ist«, sagte Crauchet.

»Wenn es jemand ausgelöst hat, dann besitzt der auch den Knopf, um es wieder abzustellen.« Arielle Clémentine sprach betont langsam. »Wer ist schon erpicht darauf, Opfer seiner eigenen Vernichtungswaffe zu werden?«

»Religiöse Fanatiker?«, murmelte Caubère.

»Womit wir ein mögliches Motiv und einen möglichen Urheber hätten«, pflichtete ihm General Chatelain bei. »Stürzt die Ungläubigen ins Verderben und zum Lohn winken jede Menge Jungfrauen und all die anderen schönen Sachen, die während des irdischen Daseins verboten sind. Kein Wunder, dass die Typen so erpicht darauf sind, ins Jenseits zu kommen.«

»Gutes Motiv, aber ich glaube nicht, dass ein islamischer Staat als Strippenzieher in Frage kommt«, widersprach Arielle Clémentine.

»Was macht Sie da so sicher?«

»Weil sie nicht das Know-how zu derartig innovativen Entwicklungen besitzen. Mir ist jedenfalls keine umwälzende technische Errungenschaft aus dem Orient während der vergangenen hundert Jahre bekannt. Und ausgerechnet diese Leute sollen mit so etwas wie dem hier aufwarten? Das kann ich mir beim besten Willen nicht vorstellen.«

»Wenn wir den Urheber finden, könnten wir Druck ausüben, damit der dieses Ding abstellt«, meinte General Chatelain. »Sollte allerdings keiner unserer allseits bekannten Schurkenstaaten hinter dem Schlamassel stecken, dann haben wir ein echtes Problem.«

»Zu dem ich vielleicht noch ein weiteres beisteuern kann.« Chapiteaus Gesicht wirkte plötzlich sehr eingefallen. Der Astrophysiker hatte sich neben den stellvertretenden Polizeichef gesetzt und sich auf dessen Laptop noch einmal die aufgezeichneten Aufnahmen aus dem Hubschrauber angesehen. Ihm war dabei aufgefallen, dass der Krater in der Rue de Turbigo keine gleichmäßigen Ränder besaß. Er glich mehr einem ausgefransten Tintenfleck mit spinnennetzartigen Ausläufern an den oberen und unteren Kanten. Und noch etwas anderes beunruhigte ihn: Etwa dreißig Meter in beide Richtungen vom Hauptkrater entfernt, bemerkte er zwei ähnliche Löcher, die zwar noch winzig klein waren, die sich aber zweifellos auch ausbreiteten, was die nachfolgenden Aufnahmen bewiesen. »Es mutiert.«

Arielle Clémentine war für den Bruchteil einer Sekunde so perplex, dass ihr beinahe die Kinnlade herunterklappte. »Wie bitte?«

»Es verändert seine Form.« Der Astrophysiker drückte eine Taste und übertrug so mehrere Aufnahmen vom Laptop auf den Großbildschirm. »Sehen Sie? Die Konturen des Kraters fransen aus.«

»Ja und?«

»An sich wäre es egal, ob die Kanten glatt oder ausgefranst sind.« Chapiteau knetete nervös seine Finger. »Doch an den ausgefransten Rändern breitet sich der Krater schneller aus als an den glatten. Er verlängert sich, wird oval. Und noch etwas! Ausläufer dieses Kraters tauchen sowohl am oberen als auch am unteren Ende der Straße auf. Oder präziser ausgedrückt: Sie brechen aus dem Boden hervor. Noch richten die neuen Krater keinen großen Schaden an, aber das ist nur eine Frage der Zeit. Interessant ist die Lage der Durchbrüche. Verbindet man sie, dann stößt die Diagonale mitten durch den Mutterkrater. Und zwar längsseits.«

»Das bedeutet, er bewegt sich auf die beiden neuen Löcher zu«, erkannte Arielle Clémentine.

»Ja. Es sieht so aus, als würden sie sich verbinden wollen. In wenigen Stunden wird ein gewaltiger Abgrund dieses Viertel durchteilen.«

»Nur dieses Viertel, oder die gesamte Stadt?«

»Das kann ich noch nicht sagen.«

Erneut setzte aufgeregtes Stimmengewirr ein.

Arielle Clémentine trat vor die Wand mit der Straßenkarte von Paris. Mit einem Stift zeichnete sie drei Punkte in die Rue de Turbigo, verband sie mit einem Strich und verlängerte diesen in beide Richtungen quer durch die Metropole.

»Möglicherweise hat dieses Phänomen bereits die gesamte Stadt unterhöhlt und bricht nun an den dünnsten Stellen durch die Erdkruste«, vermutete sie.

»Und das bedeutet?«

»Das bedeutet, dass die Uhr tickt. Es bedeutet, dass sich unsere schlimmsten Befürchtungen bewahrheiten. Innerhalb der nächsten Tage, vielleicht auch Stunden, könnte sich ein gewaltiger Abgrund quer durch das Zentrum von Paris auftun. Wir sehen im Moment wahrscheinlich nur die ersten Symptome einer weltumspannenden Katastrophe, die nicht nur Paris, sondern vielleicht den ganzen Planeten vernichtet. Ich glaube nicht, dass die Zerstörung an der Stadtgrenze Halt machen wird, weil sie ihren Job beendet hat. Auf die Auslöschung der Welt, darauf läuft es hinaus.« Arielle Clémentine blickte in die schockierten Mienen. Paul Rougerie tupfte sich Schweißperlen von der Stirn, Eloïse Beaune erblasste und Villiers sah aus, als würde er sich jeden Moment übergeben. »Ich weiß, wie verrückt das alles klingt, aber was da draußen passiert, ist auch verrückt.«

»Und jetzt erzählt mir bitte keiner mehr, dass das hier eine zufällige Laune von Mutter Natur sei«, polterte General Chatelain. »Da steckt doch System dahinter. Es wird langsam Zeit, dass sich das Militär darum kümmert.«

»Hat das Militär denn irgendwelche Pläne für ein solches Szenario in der Schublade?«, wandte sich Arielle Clémentine an den General.

»Nun, betrachten wir einmal die Lage«, forderte der die Anwesenden auf. »Auf der einen Seite haben wir es hier mit einer Bedrohung zu tun, die nicht nur Paris, sondern über kurz oder lang das ganze Land gefährdet. Und auf der anderen Seite haben wir die Aufgabe des Militärs, unser Land vor Bedrohungen zu schützen. Zwar fehlen mir noch etliche Informationen über unseren Feind, aber konventionelle Waffen scheiden hier aus, soviel kann man wohl schon sagen. Da muss ein größeres Kaliber her.«

»Sprechen Sie etwa von einer Atombombe?«, erschrak die Beigeordnete.

»Wenn konventionelle Waffensysteme scheitern, müssen die unkonventionellen ran. Notfalls füttern wir das Ding mit einer mundgerechten H-Bombe.«

»Sind sie wahnsinnig?«, fiel ihm der Abgeordnete Rougerie in Wort. »Eine Atombombe? Wissen Sie, was die Folgen wären?«

»Selbst wenn dadurch die Bedrohung zerstört wird, verseucht der Fallout Westeuropa«, beantwortete Valérie Mairesse die Frage.

»Mit Millionen Toten.« Rougerie starrte den General wie betäubt an. »Wollen Sie das wirklich riskieren?«

»Natürlich werden dadurch viele Menschen sterben«, grollte der. »Ist bedauerlich. Noch bedauerlicher wäre es, wenn wir einfach nur hier rumhocken, während das Ding da die gesamte Menschheit verschlingt.«

Rougerie schwieg und Chatelain lächelte grimmig.

»Das ist menschenverachtend«, schnaubte Valérie Mairesse.

»Na schön«, zischte der General die Physikerin mit zusammengebissenen Zähnen an. »Verzichten wir auf den Fallout. Verkneifen wir uns den Einsatz einer H-Bombe. Aber ich verspreche Ihnen, dann wird es bald überhaupt kein Westeuropa mehr geben. Und irgendwann wird ganz Europa von der Landkarte verschwunden sein. Andererseits glaube ich nicht, dass unser großer Nachbar im Osten tatenlos zugucken wird, wie der Abgrund bis zum Ural und darüber hinaus vordringt. Im Kreml palavert man nicht lange rum, sondern wirft eine Bombe und guckt, was passiert.«

»So sehr ich das auch bedauere, doch die russischen Militärs werden tatsächlich den Abwurf einer Atombombe ins Kalkül ziehen, wenn sie die Bedrohung erreichen sollte«, gab ihm Arielle Clémentine Recht. »Ich fürchte, im Extremfall läuft es nur auf die eine Frage hinaus: Wer wirft die Bombe zuerst? Wir oder die Russen?«

»Das bedeutet, dass alle Franzosen am besten schnell auswandern«, schloss Valérie Mairesse daraus.

»Wahrscheinlich«, erwiderte Marc Caubère. »Ich möchte beim Big Bang jedenfalls nicht in Frankreich sein.«

»Und wohin sollen wir?«, wandte sich die Physikerin an den stellvertretenden Polizeipräsidenten.

»Ich bin mir sicher, dass uns die Deutschen gern willkommen heißen werden.«

»Das glaube ich auch«, pflichtete Arielle Clémentine ihm bei. »Wer garantiert uns aber, dass die Deutschen zu dem Zeitpunkt nicht auch auf Wohnungssuche sind? Paris liegt näher an Deutschland als an Lyon.«

»Ich möchte den Vorschlag von Mademoiselle Dorléac, dass wir so viele Einwohner von Paris wie möglich evakuieren, jetzt doch aufgreifen«, fuhr der General fort. »Je schneller wir damit beginnen, desto mehr Menschenleben retten wir. Bevor mir jetzt wieder irgendein Eierkopf irgendeine Theorie auftischt, setze ich mich in mein Auto und fahre höchstpersönlich zum Staatspräsidenten, damit der auf der Stelle den Notstand ausruft.«

»Und danach lösen wir das Problem auf die althergebrachte Weise«, meinte Valérie Mairesse bitter. »Wir machen es platt.«

»Das ist der Plan«, bestätigte der General. »Sie werden Ihre pazifistische Einstellung ändern müssen, Madame. Ansonsten sterben nicht Millionen sondern Milliarden Menschen. Was ist Ihnen lieber?«

»Na schön, machen Sie Ihre Atombomben scharf, wenn Sie unbedingt wollen«, antwortete die Physikerin zynisch. »Ich wüsste nicht, was es nun noch zu bereden gäbe. Ich denke, wir können den Laden hier jetzt dicht machen, oder?«

»Oder auch nicht.« Chapiteau zuckte mit den Achseln. »Ich glaube nicht, dass irgendeine Bombe diesem Phänomen etwas anhaben kann, General. Sehen Sie nicht, dass es Materie bei Kontakt auflöst? Eine Bombe besteht auch aus Materie. Ehe die explodiert, haben sich ihre Moleküle längst in Wohlgefallen aufgelöst.«

»Da sehen Sie mal wieder, wie viele Ressourcen man sparen kann, wenn man zur Abwechslung seinen Verstand gebraucht, mein guter General«, trällerte Valérie Mairesse voll falscher Freundlichkeit. »Na los, worauf warten Sie noch? Gehen Sie zum Präsidenten und spielen Sie mit Ihren Atombomben.«

»Nein, das sollte er vielleicht doch nicht tun«, widersprach der Abgeordnete Rougerie. »Vielleicht sollte Monsieur General vorher einen Abstecher bei unserem Geheimdienst machen. Möglicherweise hat dort jemand von der CIA, dem Mossad oder dem KGB einen Tipp von der Existenz einer neuen Vernichtungswaffe aufgeschnappt. Möglicherweise eruieren irgendwo auf der Welt schon Forscher, ob das Ding auf etwas allergisch reagiert. Vielleicht auf Metalle oder Flüssigkeiten.«

»Wie sollte das funktionieren?«

»Streng wissenschaftlich. Sie werfen etwas in diesen Schlund und gucken, was passiert. Probieren geht über Studieren.«

Arielle Clémentine hatte gerade wieder Platz genommen, da klopfte ihr Herz plötzlich schneller. In den Augenwinkeln bemerkte sie, wie die Tür aufging. Eine unbehagliche Stille senkte sich über den Raum, als ein wutschnaubender Gérard Tavernier hereinstampfte. Sein Blick, der Arielle Clémentine traf, war vernichtend.

## XXII. KAPITEL

# Grenzüberschreitungen

*09 Uhr 14 – Les Halles*

Und weiter fraß der Abyssus seinen Weg durch das Arrondissement, das Emile Zola als »Le Ventre de Paris«, den »Bauch von Paris«, bezeichnet hatte. Die Ausläufer der Vernichtung erreichten das »Forum des Halles«. An diesem Morgen hatten die meisten Geschäfte in dem futuristischen, auf vier Ebenen verteilten Einkaufs- und Kinozentrum noch geschlossen. Auf den ellenlangen Betontreppen vor dem Haupteingang lungerte ein halbes Dutzend junger Burschen herum, Schwarze zwischen Sechzehn und Neunzehn. Zur Betonung ihres Image von motherfuckin' – mothafukka – Ghetto-Gangstaz trugen sie unter ihren schwarzen Thermojacken dunkelblaue Baggy-Pants in Übergröße mit dem Schritt in Kniehöhe, labbrige Sweats mit Zipper und fetter Streifenoptik und Sneakers mit offenen Schürsenkeln.

Die andere Seite des Haupteinganges frequentierte eine Ansammlung Clochards. Billiger Rotwein aus großen Liter-Flaschen versöhnte sie mit dem Schmerz und der Verzweiflung über ihre traurige Wirklichkeit. Zwischen beiden Gruppen eilten Menschenmassen die Rolltreppen zur Métrostation tief unten im Fundament der Hallen hinab. Niemand der Vorbeieilenden nahm groß Notiz von den zerlumpten Gestalten, die inmitten einer Insel aus Abfällen saßen oder lagen. Eine von ihnen hatte sich auf die gegenüberliegende Straßenseite verirrt und starrte mit deliriumverschleiertem Blick auf eine Schaufensterpuppe in einer Boutique. Als der Clochard die Puppe anschrie, trat ein Flic auf ihn zu und forderte ihn zum Weitergehen auf. Wankend drehte sich der Angesprochene zu dem Ordnungshüter um, wobei er sich an der Fassade festhalten musste, um nicht umzukippen. In seine eigene Welt versunken, nahm er die über ihn hinwegflutenden Wogen autoritärer Überheblichkeit kaum wahr. Nachdem der Flic sein Pulver verschossen hatte, wankte der Clochard zu den anderen Wermutbrüdern zurück. Ungelenk setzte er sich auf die Treppe und hatte nach kurzem Kampf den Verschluss seiner Weinflasche in der Hand. Er reckte das Kinn empor und hatte die Flasche bereits an den Mund gesetzt, da sah er wie versteinert zum Himmel hinauf. Es fiel ihm außerordentlich schwer, das, was er sah, mit etwas in Verbindung zu bringen, was er jemals zuvor in seinem Leben gesehen hatte.

Den Vorplatz der Hallen füllten inzwischen immer mehr Touristen, von denen niemand sonderlich Mitgefühl mit den Gestrandeten der Stadt zeigte. Vielleicht lag das aber auch nur an der eigentümlichen Atmosphäre, die jeder zu spüren schien. Schlagartig war es still geworden, so als hielte die Stadt den Atem an. Dann hörte man ab und an gedämpftes Donnern, das manchmal verstummte, danach aber umso lauter wieder einsetzte. Plötzlich erschütterte ein ohrenbetäubender Knall die verspiegelten Fensterfronten der Hallen. Erschrocken zuckten die Passanten zusammen. Einige beschlich das vage Gefühl, dass dies erste Anzeichen von etwas Schlimmem gewesen sein könnte. Was war da los? Jetzt fing auch noch der Boden an zu zittern.

In jeder Menschenansammlung gibt es immer ein paar Schaulustige, die losgehen, um nachzusehen, was sich hinter etwas Unerklärlichem verbirgt. Doch diesmal traute sich niemand hinter dem Häuserblock, von wo der Krach herkam, nachzuschauen. Das Donnern besaß etwas Unheimliches, was selbst die Neugierigsten abschreckte. Als die Donnerschläge nicht verstummen wollten, kam einigen der gar nicht so abwegige Gedanke, dass das hier kein sicherer Ort mehr war.

Ein Schrei, eine zum Himmel weisende Hand. Alle reckten abrupt ihre Köpfe zu den riesigen schwarzen Wolken, die sich hinter dem Häuserblock Richtung Centre Pompidou auftürmten. Noch ahnten die Menschen nichts von dem wahren Grauen, dessen Vorboten die düsteren Wolkentürme waren, von dem Abyssus, der sich dahinter verbarg und wie ein gefräßiges Monster alles verschlang, was sich ihm in den Weg stellte. Erst nach und nach erkannten die Schaulustigen, dass das anschwellende Dröhnen, das aus den Rauchbergen drang, von einstürzenden Gebäuden stammte. Doch da glitten zu ihren Füßen bereits narbengleiche Risse wie schwarze Geister über das Pflaster. Sich verästelnd, krochen sie über den Vorplatz und wühlten sich unter die Fundamente der angrenzenden Häuser. Einen Augenblick lang standen die Passanten regungslos da, dann brach die Panik mit der gleichen Geschwindigkeit über sie herein wie die Zerstörung, vor der sie zu fliehen begannen.

Berstend, splitternd und donnernd rissen die Fassaden vor ihnen auf. Aus den Lücken schoss eine kreischende Staubwolke wie eine Bugwelle, die das massive Gestein durchpflügte. Minutenlang verbargen beißender Rauch und hochgewirbelter Staub die eingestürzte Häuserzeile, die nach und nach in dem unbezähmbaren Abgrund verschwand. Dann zerstoben die Schleier und gaben den Blick auf einen gewaltigen Krater frei. Schon erreichten seine ersten Ausläufer in Form von Rissen die Läden des Forums. Sie breiteten sich unter den kaskadenförmigen Rundbogenverglasungen aus und beraubten sie ihrer Standfestigkeit. Aufplatzende Brüche durchzogen die wankenden Betonpfeiler, dutzende Glasscheiben zerplatzten.

In ihrer ersten Verwirrung dachten die Menschen, die Schneise der Verwüstung und der gewaltige Abgrund bis zu dem Trümmerfeld, auf dem einmal das Centre Pompidou gestanden hatte, könnten nur Einbildung sein. Im nächsten Moment riss sie ein gewaltiger Sturmwind empor. Autos flogen durch die Luft, Pflastersteine lösten sich aus dem Boden und zersplitterten wie Glasflaschen an Ruinenresten. Dächer wurden abgedeckt und ihre Ziegel sausten wie Geschosse umher. Dazwischen sog die ungeheure Kraft Menschen in den Abgrund; begleitet von allen möglichen Gegenständen: Hausfragmente, zerborstene Möbel und zertrümmerte Autos. Alles stürzte in den Abyssus, auf dessen Grund etwas Riesiges, Massiges, Schwarzes waberte.

Die meisten Fliehenden suchten Schutz in den Mauern des »Forum des Halles«. Von blinder Furcht getrieben, drängten und schubsten sie rücksichtslos die für diesen Massenandrang viel zu engen Treppen hinab, bis jemand in der wogenden Masse aus Köpfen, Armen und Beinen ins Stolpern kam. Er stürzte und riss andere Passanten mit nach unten. Einigen gelang es, sich an dem Handlauf festzuhalten, andere schlugen hart auf den Granitplatten des Basements auf. Die meisten Gestürzten kamen schwer atmend wieder auf die Beine und stolperten weiter. Manch einer blieb jedoch regungslos liegen, ohne dass sich jemand um ihn kümmerte. Jene, die nicht schnell genug wieder auf die Füße kamen, wurden von der nachdrängenden Masse einfach beiseite gestoßen oder niedergetrampelt.

Vor den Hallen harrten nur noch die Hip-Hoper aus. Die Zerstörung faszinierte sie, jagte ihnen aber gleichzeitig eine Todesangst ein. Immer heftiger zerrte der Orkan an ihnen, aber noch hielten sie sich an einem Aluminiumgeländer festgeklammert. Hinter ihnen zerriss es einen der hohen Ecktürme aus Glas. Ohrenbetäubendes Klirren und Millionen Glassplitter erfüllten die Luft. Von unzähligen Wunden übersät, ließen die Jugendlichen das Geländer los und trieben im Sturmwind fort.

Die Welle der Vernichtung brach völlig überraschend über die Bewohner des 1. Arrondissements herein. Diejenigen, die sich aus den einstürzenden Häusern im Umfeld des Centre Pompidou und Les Halles retten konnten, wurden auf der Straße von gewaltigen Luftwirbeln weggerissen. Die wenigen, die dem Inferno entkommen konnten, suchten einen rettenden Fluchtweg aus dem Chaos Richtung Rue Saint-Denis. Die enge Straße gehörte nicht gerade zu den vornehmsten Gegenden von Paris. Hier standen gewöhnlich Prostituierte vor Sexshops und warteten auf Kundschaft. Aber um diese Zeit herrschte nur noch wenig Betrieb. Nach nicht einmal hundert Metern stießen die Fliehenden auf einen undurchdringlichen Schleier beißenden Staubs. Die Zerstörung sprang auch hier von Haus zu Haus. Erst zerbarsten die Fenster und Dächer, dann explodierten die Fassaden und ließen kein Durchkommen mehr zu.

## *09 Uhr 16 – Katakomben*

Osborne hockte auf einem Haufen Geröll, der sich neben einer Tunnelwand aufgetürmt hatte. Völlig ausgelaugt und benebelt von dem real gewordenen Albtraum versuchte er sich klarzuwerden, ob es nicht ratsamer wäre, diesen Ort langsam zu verlassen. Während sie hier untätig herumsaßen, näherte sich von irgendwoher dieses allesverschlingende Ding.

Schließlich rappelte sich der Amerikaner auf, er schaffte einen Schritt, dann ließen ihn die entkräfteten Beine im Stich. Er setzte sich wieder und schloss die Augen. Selbst in der Stille, die ihn im Augenblick umgab, glaubte er, ein leises, flüsterndes Knirschen zu hören. Aber der Schock und die Erschöpfung hatten seine Sinne regelrecht eingefroren, so dass er ihnen nicht recht trauen mochte. Aufrichtig besorgt war er allerdings über dieses eigenartige Kribbeln, das er unter den Füßen spürte.

Halb betäubt vor Angst wartete er darauf, dass Dimitri einen Alternativ-Plan zur Rettung unterbreitete, denn die Ziele, die der Graf von Saint-Germain in diesen Katakomben verfolgt haben mochte, hatten sie gründlich verfehlt. Deshalb würden sie hier unten wahrscheinlich auch sterben. Sie hatten sich in eine Sackgasse verrannt. Natürlich konnten sie jetzt weiter fliehen, aber dazu war er zu müde. Die Augen fielen ihm fast von allein zu, und wenn er die Lider senkte, erhoben sich wieder all diese furchtbaren Bilder aus den Tiefen seiner Erinnerung und stürzten auf ihn ein. Dazu hallten in regelmäßigen Abständen diese undefinierbaren Geräusche aus den Tunneln und zerrten ihn in die Realität zurück. Jedes noch so leise Knacken erinnerte ihn daran, dass ihm der Tod von einem Moment auf den anderen seine Aufwartung machen konnte.

Letztendlich ergab er sich in das zweifelhafte Privileg eines Todgeweihten, nicht mehr über die Schulter schauen und permanent auf der Hut sein zu müssen, denn der Tod konnte genauso gut in den Stollen vor ihnen lauern. Egal, wohin sie liefen, es gab keinen Weg, der sie ihrer Rettung wirklich einen Schritt näher bringen würde. Ob sie nun mit wehenden Fahnen dem Abyssus entgegenliefen, oder hier warteten, bis er sie aufgespürt hatte, kam letztendlich auf dasselbe heraus. Was für einen Unterschied machte es da, einfach sitzenzublieben und die letzten verbleibenden Minuten ihrer Existenz mit etwas Konversation zu überbrücken?

»Sie haben also Gott entdeckt?«, fragte Osborne und holte tief Luft. »Wie sah er denn aus? Oder ist er vielleicht eine *sie*?«

Es kam ihm so vor, als taxiere ihn der Russe eine Ewigkeit, obwohl es in Wahrheit höchstens einige Sekunden waren, bevor er antwortete: »Wir haben ihn nicht persönlich gesehen. Jedenfalls nicht so, wie Sie es sich vielleicht vorstellen. Das Göttliche ist komplexer.«

»Das hatte ich befürchtet«, entgegnete der Amerikaner mit bitterer Ironie. »Aber Sie sind jetzt ganz sicher, dass es einen Gott gibt? Als staatstreuer Kommunist waren Sie bis dahin bestimmt überzeugter Atheist.«

»Sie irren sich«, erwiderte Dimitri. »Ich war immer ein gläubiger Mensch. Umso mehr freut es mich, dass wir die Existenz eines Schöpfers wissenschaftlich zweifelsfrei nachgewiesen haben.«

»Das sollten Sie dem Papst mitteilen. Dafür verleiht Ihnen der Vatikan einen Orden.«

»Monsieur«, sagte Dimitri scharf. »Ich mache keine Scherze, deshalb sollten Sie auch keine darüber machen.«

»Entschuldigung, aber das ist einfach ..., wie soll ich mich ausdrücken ..., verrückt.«

»Mag sein, aber vielleicht schenken Sie mir mehr Glauben, wenn ich Ihnen die ganze Wahrheit erzähle.« Dimitri hielt kurz inne. »In Akademgorodok experimentierten wir auf allen möglichen Gebieten. Die Erkundung des menschlichen Geistes und die Nutzung der übersinnlichen Fähigkeiten von Boris Sergejew waren nur ein kleiner Teil eines Gesamtprojektes. Alle verband die Suche nach Anti-Materie. Im Vergleich zur Vernichtungskraft einer Anti-Materiebombe wäre die Vernichtungskraft aller Atombomben der Welt nur ein Mückenstich.«

»Astrophysik ist zwar nicht mein Fachgebiet, aber das Ergebnis Ihrer Forschung kann ich mir durchaus vorstellen: Es wäre vernichtend.«

Dimitri nickte und schluckte schwer. »Die Annihilation von Anti-Teilchen setzt bedeutend mehr Energie frei als irgendein chemischer oder atomarer Prozess mit Materie. Mit Hilfe von Einsteins Formel $E = mc^2$ berechneten wir, dass ein Kilogramm Antiwasserstoff mehr Energie freisetzt als die Verbrennung aller Steinkohle, die es jemals auf der Erde gab.«

»Das bedeutet, eine Bombe aus Anti-Materie würde die Erde zerstören.«

»Was natürlich nicht in unserem Interesse lag. Die Auswirkung der Zerstörungskraft von Anti-Materie ist eine Frage der Dosierung. Aber selbstverständlich könnte sie auch die gesamte Welt vernichten. Und wir waren nahe dran, es zu tun. Wir waren nicht im Geringsten auf das vorbereitet, was wir entdeckten.«

»Ich muss zu meinem Bedauern gestehen, dass meine Kenntnisse über Anti-Materie ziemlich lückenhaft sind«, gestand der Computerexperte.

Dimitri hob den Kopf und fixierte den Amerikaner fest mit seinen Augen. Dann zog er die Stirn kraus und entgegnete ruhig: »Zu Anbeginn der Zeit, bei der Geburt unseres Universums, entstanden im Urknall Materie und Anti-Materie. Jedem positiven Materieteilchen stand ein negatives Teilchen gegenüber. Bei Kontakt verschmolzen beide zu reiner Energie. Dass das Universum überhaupt entstehen konnte, verdanken wir einer minimalen Asymmetrie, einem kleinen Überschuss von Materieteilchen, die der Verschmelzung entgingen. Aus ihnen entstanden später die Sonnen und Planeten. Diesen Prozess bezeichnen Religionen als die Schöpfung. Allerdings kamen wir bei unseren Forschungen zu dem durchaus realistischen Schluss, dass sich beim Urknall Materie und Anti-Materie nicht gegenseitig auflösten, sondern voneinander getrennt in Paralleluniversen weiterexistieren.«

»Dann wäre der Urknall als Schöpfungsakt also Gott? Einverstanden, aber wo ist der springende Punkt?«

»Dass Gott in jeder Materie enthalten ist.«

»Und Anti-Materie wäre demnach der Teufel, das Böse.«

»Ob böse, mag ich nicht zu beurteilen. Solche Kategorien gibt es in der Natur nicht. Allerdings ist die Anti-Materie unstrittig der Feind der Schöpfung, denn sie vernichtet sie. Ich versuche Dinge immer im realen Kontext zu sehen.«

»Was bedeutet?«

»Nehmen Sie die Entstehung des Menschen. Laut Bibel hauchte Gott Lehm Leben ein. In der Realität entstand das Leben tatsächlich aus Lehm, aus Urschleim. Bis zur Entstehung des ersten Humanoiden dauerte es zwar ein paar Millionen Jahre, aber sie fand zweifellos statt.«

»Entschuldigen Sie, aber worauf wollen Sie eigentlich hinaus?«

»Gott sollte nicht als vermenschlichte Allmacht, sondern als realer Prozess begriffen werden. Religionen vermenschlichen und verharmlosen ihn und beschreiben Gott als einen von uns, als eine Art Kumpel. Das nimmt uns viel von der Angst vor einem übermächtigen Wesen, das uns mit einem Augenzwinkern in Urmasse zurückverwandeln könnte. Die Vorstellung von Gott als altem Mann, von Reichtümern des Himmels, die irdischen in ihrer goldenen Pracht sehr ähnlich sind, und von einer hierarchischen Hackordnung im Himmel zeugt von einer Kleingeistigkeit, die sich nur ein Mensch ausgedacht haben kann. Demnach entspräche die Macht Gottes der eines irdischen Königs, inklusive Hierarchie und Hofstaat. Diese Vorstellung wird einer omnipotenten Wesenheit wohl kaum gerecht. Da passt schon eher die Definition eines omnipräsenten Gottes, der selbst im kleinsten Sandkorn ist.«

»Und was ist mit: Gott erschuf den Menschen nach seinem Ebenbild?«, unterbrach Osborne den Russen.

»Wer sagt denn, dass damit die äußere Form unseres Körpers gemeint ist? Möglicherweise bestehen wir aus der gleichen Grundsubstanz wie Gott. Womit wir wieder beim göttlich durchdrungenen Sandkorn wären, dessen Grundsubstanz das Atom ist. Es ist der gemeinsame Nenner der gesamten Schöpfung. Jede Materie und somit auch jedes Lebewesen besteht aus denselben Atomen in unterschiedlicher Dichte und Anordnung. Das bedeutet, Gott durchdringt alles im Universum, weil alles aus derselben Grundsubstanz besteht.«

»Dann sollte man also keine imaginäre Person, sondern ein Sandkorn anbeten?«

»Was Sie anbeten, ist letztendlich egal. Aber zeigen Sie dem Sandkorn gegenüber denselben Respekt wie allen anderen Dingen der Schöpfung. Tun Sie mir einen Gefallen und reduzieren Sie meine Theorie bitte nicht auf das eine Beispiel. Ich sagte, die gesamte Schöpfung sei Gott. Alles. Das Diesseits. Materie. Wie uns Ying und Yang oder Licht und Schatten lehren, gibt es für alles aber auch etwas Gegenteiliges.«

»Materie und Anti-Materie.«

Dimitri nickte. »Schöpfung und Zerstörung, genau das repräsentieren Materie und Anti-Materie. Wie gesagt, ich bezweifle, ob beide für das Gute und das Böse stehen, aber sie stehen eindeutig für Diesseits und Jenseits. Das Diesseits ist die Welt des Lebens, das Jenseits die des Todes.«

»Dann stellt der Abyssus, falls er wirklich aus Anti-Materie besteht, das Jenseits dar«, kombinierte Osborne.

»Wahrscheinlich.« Dimitri hob die Brauen.

»Genauso gut könnte der Abyssus aber auch die Hölle, die Heimstatt des Teufels sein, in die Gott ihn vom Himmel hinabstieß, oder?«

»Kaum. Zum einen bezeichnet die Kabbala den Abyssus als das Totenreich Sche'ol, in dem die elfte Sefira namens Daath haust. Man könnte den Engelssturz bestenfalls sinnbildlich auf den Urknall übertragen, wo Materie und Anti-Materie miteinander um die Vorherrschaft kämpften. Die Materie errang in unserem Universum den Sieg, während die Anti-Materie in den Abgrund, den Abyssus, stürzte. Daath ist der Feind allen Lebens und somit wohl eher der leibhaftige Tod als der leibhaftige Satan. Zum anderen glaube ich nicht an die Existenz einer Hölle, wie sie die Bibel beschreibt. Vergessen Sie nicht, unter welchen Umständen die so genannte Heilige Schrift entstand. Die Ur-Christen waren zerstritten und in Gruppen aufgesplittert, von denen jede ihr eigenes Neues Testament verfasste. Es gibt zahlreiche Evangelien, die im Neuen Testament unberücksichtigt blieben, weil sie nicht in das Weltbild der einen oder anderen christlichen Gruppierung passten. Auf die Weise kristallisierte sich nach und nach die Bibel-Fassung heraus, die wir heute kennen. Bedenken Sie nur, wie viele Variationen des Alten Testamentes existieren, die oft auch noch widersprüchlich sind. Den Menschen im Mittelalter mochten sie trotzdem glaubhaft erscheinen, aber wir sehen die Dinge heute rationaler. Was nicht bedeutet, dass es in einer rationalen Welt keinen Gott geben kann.«

»Und was ist mit dem Teufel?«

»Das Konzept von Satan entspringt ebenfalls einem beschränkten Geist«, erwiderte Dimitri und sah sich zu einer eingehenderen Erklärung genötigt: »Wie Saint-Germain schon sagte, sollte der Schöpfer allen Lebens über Machtkämpfen stehen. Kriege und Umsturzversuche im Himmel? Das ist so banal, dass es nur einer menschlichen Vorstellung entspringen kann. Die Erfindung des Teufels dient Religionen zur Angsterzeugung, als Werkzeug zum Machterhalt. Wie sollten Religionen ohne die Drohung mit ewiger Verdammnis existieren können? Lassen Sie sich das mal durch den Kopf gehen.«

Osborne nickte, als hätte er verstanden, wobei er einen kleinen Riss im Boden betrachtete und sich fragte, ob der eben schon da gewesen war. »Beim Urknall, dem Ausgangspunkt allen Lebens und aller Materie, machte es also Bumm und nach ein paar hundert Millionen Jahren zündeten die ersten Sterne.«

»Das ist korrekt. Die Elemente produzierten ihr so genanntes Fusionsfeuer und gaben dem Universum Gestalt. Das ist natürlich sehr simplifiziert, aber so lief in etwa die Entstehung des Weltraums und allen Lebens ab. Ursprünglich lag Materie nur in Form von elektrisch leitenden Ionen vor. Die Atomkerne und Elektronen waren voneinander getrennt. Die Photonen oder Lichtteilchen wurden sofort wieder absorbiert. Das bedeutet, dass das Universum aus blendendem Licht bestand. Es dauerte ungefähr dreihundertachtzigtausend Jahre, bis sich die Materie Dank Expansion des Universums auf etwa viertausend Grad Celsius abkühlte. Diese Temperatur ermöglichte Atomkernen und Elektronen die Verschmelzung. Auf diese Weise entstand hauptsächlich Wasserstoff. Da die Photonen nicht länger absorbiert wurden, wurde der Kosmos durchsichtig. In den Bereichen der Materieverdichtungen erhöhte sich die Schwerkraft, wodurch sich dort immer mehr Materie ansammelte. Aus den entstandenen Materieballungen bildeten sich später Sterne und Galaxien. Von Mikrowellenmessungen wissen wir, dass es vom Urknall bis zum Erleuchten des ersten Sterns zweihundert Millionen Jahre dauerte. Das Universum ist 13,7 Milliarden Jahre alt. Im Gegensatz zu früheren Annahmen wissen wir heute, dass es keinerlei Krümmung aufweist. Was seine Ausmaße anbetrifft, so glaube ich, ist der Ausdruck ›unendlich‹ zutreffend.«

»Wobei sich mir unwillkürlich die Frage stellt, was löste den Urknall aus? Was knallte da überhaupt? Irgendwas muss ja da gewesen sein, damit es knallen konnte.«

»Das ist genau das, worauf ich hinaus wollte.« Der Russe räusperte sich. »Gott ist keine spirituelle, sondern eine physikalische Größe, ein naturwissenschaftlich erklärbares Phänomen, das nicht der Religion oder Philosophie vorbehalten ist.«

»Das gibt allerdings nicht so viel her wie ein Mann mit Bart, der aus Langeweile in einer Woche die Welt erschuf«, warf der Computerexperte ein.

»Wissenschaftlich gesehen, ist meine Definition von Gott beweisbar. Dass es den Urknall gab, ist unbestritten. Satelliten messen noch heute Spuren seines Nachglühens. Man fand auch so genannte ›Fäden‹, die als Spuren in eine sehr weit entfernte Zeit führen.«

»Wie weit entfernt?«

»Bis ganz dicht an den Urknall heran. Vielleicht sogar darüber hinaus. Unsere Computer errechneten aus unzähligen Parametern, dass es vor unserem Universum bereits ein Universum gab, das sich extrem zusammengezogen hatte, bis es implodierte. Der Urknall entstand also nicht aus dem Nichts.«

»Und das geschah alles einfach so?«, fragte Osborne provozierend. »Unsere Existenz ist nichts anderes als eine Art kosmischer Unfall, hinter dem kein größerer Plan steckt? Es gibt also keinen Schöpfer als denkendes und lenkendes Wesen, sondern nur die Zufälligkeit des Urknalls.«

»Bedauerlicherweise hat noch niemand eine Weltformel gefunden, die das Universum erklärt. Ein übermächtiges Wesen, das die Dinge entstehen lässt und lenkt, hat etwas mit der menschlichen Schwäche zu tun, Unerklärliches mit der simpelsten Möglichkeit zu erklären. Die Gesetze der Quantenphysik auszuloten, ist zweifellos komplizierter, als das gesamte Universum auf das Werk einer übernatürlichen Macht zu reduzieren.«

»So oder so halten Sie Gott wohl nicht für einen großen Denker, oder?«

»Vielleicht sollten wir davon abkommen, mit dem Begriff ›Denken‹ das zu umschreiben, was in unserem Kopf geschieht. Es gibt auch andere Formen des Bewusstseins. Naturgesetze unterliegen ebenfalls logischen Prozessen. Ein höheres Bewusstsein denkt wohl kaum in menschlichen Maßstäben. Sollte es aber tatsächlich ein höheres Wesen geben, dem es nur auf die Erschaffung menschlichen Lebens ankam, wieso verschwendete es dabei diese gewaltigen Ressourcen? Ein Planetensystem mit einer Sonne hätte doch vollauf genügt. Warum schuf es dann noch ein völlig überflüssiges Universum mit hundert Milliarden Galaxien?«

Osborne machte eine Pause, bevor er etwas sagte: »Schön und gut, aber kommen wir doch wieder zur Anti-Materie und Ihrer Bombe zurück. Wie nahe kamen Sie denn Ihrem Ziel?«

»Bei unserem ersten Schritt in die Anti-Welt versuchten wir, aus Anti-Protonen künstlich Anti-Materie herzustellen. In einem Anti-Protonen-Verzögerer verlangsamten wir diese mit extrem hoher Energie und kapselten sie in Atome ein. Die gebündelten Teilchen ließen wir hundertfünfzig Meter unter der Erde in einer ringförmigen, siebenundzwanzig Kilometer langen Teilchenkanone, einem ›LHC‹, einem ›Large Hadron Collider‹, gegeneinanderkrachen. So simulierten wir den Urknall. Pro Sekunde erzeugten wir etwa sechshundert Millionen Teilchenkollisionen. Auf diese Weise gewannen wir künstlich Anti-Wasserstoffatome. Allerdings erzeugten die eine Energie von mehreren Milliarden Grad Celsius und zerfielen entsprechend schnell in einer Trillionstel Sekunde. Wir verfeinerten und optimierten die Technik. Wir stabilisierten die Anti-Protonen in goldverkleideten Kupferringen und kühlten sie auf Minus zweihundertneunundsechzig Grad Celsius, also nur vier Grad über der absoluten Nulltemperatur, ab.«

»Und mit welchem Kunststück verhinderten sie den Kontakt mit Materie?«

»Mit elektromagnetischen Fallen. Wir fingen die Anti-Materie in einem starken magnetischen Feld ein und speicherten sie berührungslos in einem Vakuum.«

»Warum dann noch diese Forschungen mit Boris Sergejew?«

»Wir suchten den Ort, wohin die Anti-Materie nach dem Urknall verschwand. Auf der Erde ist sie nicht und im Radius von dreißig Millionen Lichtjahren um unser Sonnensystem auch nicht, sonst hätten wir eine Annihilationsstrahlung an den Grenzen des Universums entdeckt. Theoretisch könnten weiter entferntere Galaxien oder andere Dimensionen aus Anti-Materie bestehen. Denn unsere sichtbare Welt ist wahrscheinlich nur eine von vielen Ebenen inmitten eines überdimensionalen Raums aus sich überlagernden Universen. Bereits Aristoteles schrieb in seinem Werk ›Über den Himmel – Vom Werden und Vergehen‹, dass die Pythagoräer behaupteten, gegenüber unserer Erde befände sich eine unsichtbare und in allem konträre Gegen-Erde. Ein Wimpernschlag entfernt könnte bereits ein weiteres Universum existieren, das für uns nur deshalb unsichtbar ist, weil wir in unseren drei Dimensionen eingeschlossen sind. Schwarze Löcher sind vermutlich direkte Zugänge zu anderen Universen. Vielleicht existiert diese Anti-Welt in einer anderen Dimension wirklich und die Anti-Materie zog sich dorthin zurück.«

»In den Abyssus?«

»Zum Beispiel. Irgendwo muss sie ja geblieben sein. Deshalb forschten wir auch auf der spirituellen Ebene nach ihr. Und da kam Boris Sergejew ins Spiel. Unwissentlich benutzte er denselben Weg zur Erkenntnis, wie ihn die Kabbala in den Stationen des Lebensbaumes beschreibt. Boris Sergejew kam der elften Sefira näher als beabsichtigt. Er wusste ja nichts von ihrer Existenz. Plötzlich stand er mental vor dem Abyssus und dann war es zur Umkehr zu spät. Er öffnete einen Durchgang von der Anti-Materie-Dimension in unsere Welt. Nicht weit genug, um ein solches Dilemma anzurichten, mit dem wir es im Augenblick zu tun haben. Dafür waren Sergejews geistige Kräfte nicht groß genug; aber doch weit genug, dass es Akademgorodok zerstörte.«

»Falls wir es hier und jetzt tatsächlich mit Anti-Materie zu tun haben, wieso löst die sich nicht mit der Materie in Energie auf?«, warf Osborne ein. »Soweit ich beobachten konnte, verleibt sie sich Materie ein, wodurch sie anscheinend größer und mächtiger wird.«

»Dafür fehlt mir auch eine Erklärung. Möglicherweise liegt die Ursache darin, dass diesmal Magie im Spiel ist, wie immer man den Begriff ›Magie‹ auch definieren mag. Jedenfalls besaßen Chantal Dubois und ihre Helferinnen die notwendige mentale Stärke, um das Tor zur Welt der Anti-Materie weit genug aufzustoßen, dass diese nun ungehemmt in die unsere strömt. Mir gibt zu denken, dass sie, anders als angenommen, auf Materie reagiert. Vielleicht besteht da ein Zusammenhang mit einer Entdeckung, die wir in Akademgorodok gemacht haben. Bei der Erforschung von Quarks, diesen winzigen Teilchen in jedem Atomkern, fanden wir etwas Außergewöhnliches. Bis dahin galten Quarks als kleinste Teilchen der Materie, umso größer war unsere Überraschung, als wir in ihrem Inneren brezelförmige Fäden aus purer Energie, so genannte ›Strings‹, aufspürten. Drehen sich die Knoten dieser Brezel spiegelverkehrt, so verwandeln sich die Strings von Materie in Anti-Materie. Diese Verwandlung kann zum Beispiel beim Tod in unserem Körper ausgelöst werden, wenn die körpereigene Elektrizität versiegt oder bestimmte Hormone verfallen. Was bedeuten würde, dass in uns potenzielle Anti-Materie steckt. Mit dem Tod zerfällt der materielle Leib, doch was geschieht mit den Anti-Materieteilchen? Sie lösen sich nicht in Energie auf, das hätten wir gemessen. Bleibt nur die Theorie, dass sie dorthin verschwinden, wohin auch die Anti-Materie nach dem Urknall verschwand. Das lässt den Schluss zu, dass die Anti-Materie in uns unvergänglich ist. Und von was erhoffen wir Unsterblichkeit? Von unserer Seele. Aus dem Körper befreit, vereinen sich unsere Anti-Materieteilchen dann im Abyssus zu einem gigantischen Kollektiv.«

»Ein Kollektiv? Sie meinen ein Bewusstsein?«

»Warum nicht? Chantal Dubois wollte die Seele des Prinzen Charolais aus dem Totenreich befreien. Mit Hilfe des ›Buches des Abyssus‹ drang sie aber nicht nur bis zum Abyssus vor, sondern bis in ihn hinein. Wenn die Seelen im Jenseits nicht als Individuen, sondern als Konglomerat weiterexistieren, dann holte sie alle ins Diesseits zurück. Zwar nicht auf einen Schlag, aber sie öffnete das Tor, so dass sie nun nach und nach in unsere Welt einsickern können.«

»Haben Sie auch schon eine Idee, wo und wie das enden wird?«, fragte Osborne mit unüberhörbarem Zweifel in der Stimme.

»Würden sich Materie und Anti-Materie bei der Berührung wie erwartet gegenseitig in einer neuen Form von Energie auflösen, könnte man von der Erfüllung der Offenbarung aus dem Johannes Evangelium, der Apokalypse, sprechen: Die Seelen der Verstorbenen kehren am Jüngsten Tag aus dem Totenreich in unsere Welt zurück, die dann endet. Sie wollen wissen, wie unsere momentane Katastrophe endet? Vielleicht implodiert das Universum nach Verschwinden aller Materie wieder wie schon einmal zuvor, und es entsteht daraus ein neues Universum, eine neue Schöpfung.«

»So weit wird es kaum kommen«, widersprach der Amerikaner. »Außerhalb der Erdatmosphäre existiert im Vakuum des Weltraums nichts, was Anti-Materie zerstören könnte.«

»Theoretisch ja. Aber nachdem uns der Abyssus bereits mit seinem Zerstörungsprozedere überrascht hat, warum sollte er uns in dieser Hinsicht nicht auch unangenehm überraschen? Ich schließe jedenfalls nichts mehr aus. Auch nicht die Vernichtung des Universums.«

»Das war es also? Die Welt ist am Ende.«

»Ich denke schon. ›Das Buch des Abyssus‹ ist vernichtet, aber die Bedrohung, die ihm entsprang, existiert trotzdem weiter. Was sollte sie jetzt noch aufhalten können?«

Plötzlich richtete sich der Amerikaner auf und lauschte. Er lenkte den Lichtstrahl der Taschenlampe auf den feuchten Steinboden und erhellte den eben noch unscheinbaren Riss, der sich nun in erstaunlichem Tempo verzweigte. Dann drehte er sich zu Dimitri um, der von Kopf bis Fuß zitterte. Erst allmählich dämmerte dem Computerexperten, dass nicht der Russe, sondern der Boden und die Wände vibrierten.

Dimitri sprang auf und horchte auf das dumpfe Grollen, das aus dem innersten Kern der Erde zu kommen schien. Der Gestank von Verwesung wurde unerträglich. Es war der Geruch des Todes. Ein gewaltiger Donnerschlag hallte durch die Tunnel wider und schwoll immer lauter, als rollte eine Lawine heran.

»Was zum Teufel ist das für ein Geräusch?«, flüsterte Osborne.

Dimitri schrie: »Laufen Sie! Sofort!«

Einen Moment lang schien der Amerikaner wie erstarrt. Dann lief er los. Das Donnern kam näher, es war, als fiele ein Berg hinter ihm zusammen. Der Boden geriet in Bewegung, gleichzeitig senkten sich Teile des Deckengewölbes herab.

Atemlos hasteten die beiden Männer durch den enger werdenden Stollen. Die Seitenwände begannen zu zittern und der Grund schwankte wie bei Wellengang. Überall brachen Risse auf und Steinplatten verschoben sich unter- und übereinander. Mit rasender Geschwindigkeit stürzte die einbrechende Tunneldecke heran. Falls sie eine Chance zum Entkommen gehabt hatten, war diese vertan. Spätestens nach drei, vier Metern würden sie von tonnenschwerem Gestein zermalmt werden. Der Tod war auf alle Fälle schneller als sie.

Während Osborne nicht zum ersten Mal in Paris mit dem Leben abschloss, schien es, als hielten die herabstürzenden Steintrümmer plötzlich vor einer unsichtbaren Wand inne. Sie zerbröselten erst zu Sand und dann zu Staub, der sich in seine Moleküle auflöste. Kaum war die Geschwindigkeit der ersten Einsturzwelle gebremst, war der nächste Teilabschnitt der Decke drauf und dran einzustürzen.

Osborne taumelte zurück und wollte sich an der Tunnelwand festhalten. Doch es gab keine Wand mehr. Neben ihm klaffte ein riesiges Loch, eine gewaltige Grotte, die die Finsternis in den Erdboden gefressen hatte. Hier und da waren lediglich noch dünne Felsnadeln übrig geblieben und stützten die großflächigen Deckenplatten mit den darüber liegenden Straßen und Gebäuden.

Ein gewaltiger Sturmwind brauste aus der Tiefe auf den Amerikaner zu und packte ihn fauchend und zerrend. Er wurde nach vorn gerissen und stolperte über den Klippenrand. Sein Schrei ging im Donner einer Steinlawine unter. Vor ihm drehte sich alles, für ihn war kein Oben oder Unten mehr erkennbar. Im selben Moment spürte er am Arm die Hand des Russen, der ihn nach oben riss. Keuchend baumelte Osborne in der Luft, während der Wind mit heftigen Stößen an ihm schüttelte wie an einer überreifen Frucht, die endlich vom Baum fallen sollte.

Die Erde bebte unter den Füßen des Russen, der ebenfalls unter der Wucht des Orkans schwankte. Er schrie, um überhaupt irgendwie Luft zu bekommen. Mit schier übermenschlicher Kraft zog er Osborne zu sich hoch. Immer wütender zerrte der kreischende Sturmwind an den beiden Männern. Schwerfällig kämpfe Dimitri gegen das Brausen an und stapfte, beide Arme um den Wissenschaftler gepresst, Meter um Meter von dem Abgrund fort. Nach einem Höllenmarsch durch ohrenbetäubendes Dröhnen und reißende Luftwirbel erreichten sie hinter einer offenen Holztür einen Seitengang, in dem das Tosen endlich nachließ.

Gefangen in ihrer Todesangst hasteten die beiden durch einen lang gezogenen, niedrigen Tunnel. Von der Decke rieselten unablässig Steine und Sand herab und hinter ihnen tobte die Zerstörung immer bedrohlicher.

»Der Stollen!«, schrie der Russe. »Er stürzt ein! Laufen Sie, Monsieur! Rennen Sie um Ihr Leben!«

Seine Warnung ging in einem gewaltigen Rumpeln unter. Ganze Steinplatten krachten von der Decke herunter. Und was in dem Tunnel als Durchzug begonnen hatte, hatte sich inzwischen zu einem Orkan, zu einem gewaltigen Sog, ausgewachsen. An der Wand bogen sich Metallrohre, verdrehten sich und wurden schließlich aus dem Gestein gerissen. Die einzige Chance gegen die zunehmende Luftströmung bot ein Seitenstollen, dessen Eingang eine Metalltür verschloss. Ehe sie ihn erreichten, erhob sich der Boden in Sekundenschnelle und wurde Stück für Stück von dem darunter lauernden Abgrund verschlungen. Gestein splitterte, Seitenwände brachen auseinander, die Decke zersprang in klaffende Risse.

Die Fliehenden verloren beinahe den Halt. Ringsum toste und heulte die Luft, während immer mehr Steinplatten an den Wänden zerbarsten und Teile des Erdbodens in der Tiefe verschwanden. Mit Entsetzen bemerkte Osborne, dass sich der gesamte Gang nach unten senkte, so dass er selbst ins Rutschen geriet. Er fühlte, wie er im wahrsten Sinne den Boden unter sich verlor, wie ihn die Schwerkraft vehement hinabzog. Vor lauter Todesangst vergaß er glatt das Schreien. Einen Moment lang erhaschte er einen Blick in den Schlund unter sich. Dann kippte der Boden, an den er sich klammerte, senkrecht nach unten. Endete es so? Er konnte nichts mehr dagegen tun. Zur Mutlosigkeit gesellte sich nun auch noch die Resignation. Den Computerexperten verließen vollends die Kräfte und er ließ los. Im Nu rutschte sein Körper die Schräge hinab, an deren Ende er in den Abgrund stürzen und von dem Abyssus verschlungen werden würde.

Im selben Moment spürte er einen heftigen Schmerz am Handgelenk, wobei ihm gleichzeitig fast die Schulter ausgekugelt wurde. Bevor der letzte Halt ganz unter ihm wegsackte, riss Dimitri ihn erneut hoch und zerrte ihn ein paar Meter weiter in den Seitengang. Während der Amerikaner nach Luft schnappend zu Boden sank, stemmte der Russe die schwere Metalltür zu.

»Das rettet uns zwar nicht auf Dauer, bringt aber ein paar Minuten«, schnaufte er.

Mehr liegend als sitzend schnappte Osborne nach Atem. Dimitri wischte sich gerade den Schweiß von der Stirn, als zu seinen Füßen Risse aufbrachen. Während er nach unten schaute, glitt die konturlose Dunkelheit bereits in seinen Körper, der sich, von Krämpfen geschüttelt, aufbäumte. Binnen eines Wimpernschlages überzog die Schwärze seine zitternden Glieder. Der Russe zerfiel dermaßen schnell in seine Atome, dass ihm nicht einmal die Zeit für einen letzten Schrei blieb.

Das Fundament unter Paris wurde löchrig wie ein Schweizer Käse, wodurch ganze Straßenzüge in sich zusammensackten. Wie Vulkankrater vergrößerten sich die Trichter an der Erdoberfläche. Unersättlich verschlangen ihre Schlünde die nachrückenden Trümmer einstürzender Häuser, die sich auflösten, sobald sie in Kontakt mit der Schwärze des Abyssus kamen.

Die zerstörerische Vernichtung fraß sich aber auch rasend schnell in die Tiefe, wo sie irgendwann glühende Magmakammern freilegen und eine noch gewaltigere Katastrophe über die Menschheit hereinbrechen würde.

Falls es dann überhaupt noch einen Menschen gab.

*09 Uhr 18 – Rue de Poissy*

Für Auclair gab es kein Vor oder Zurück mehr. Der Schriftsteller steckte in dem Belüftungsschacht fest, unfähig sich zu bewegen. Mit ausgestreckten Armen tastete er – allerdings ohne viel Hoffnung – die Wände über sich nach etwas ab, an dem er sich vielleicht hochziehen konnte. Wie erwartet gab es nirgendwo einen Vorsprung im Mauerwerk, nur glatter Putz.

Neben Platzangst nistete sich zunehmend die nackte Panik in dem Autor ein. Vergeblich versuchte er sich hochzuziehen, indem er seine Ellbogen gegen die Wände stemmte. Nachdem auch das nichts brachte, schrie er aus Leibeskräften um Hilfe. Manchmal machte er eine Pause und lauschte. Nichts. Seine Schreie verhallten ungehört. Nach einer Weile ermüdete er und verstummte. Dass seine eingeklemmten Hüften inzwischen höllisch brannten, war noch seine geringste Sorge, denn er würde hier schlicht und ergreifend elend krepieren.

Wütend über die störrische, grausame Weigerung der Schachtwände, ihn aus ihrem Griff zu entlassen, strampelte er mit den Beinen und ruderte mit den Armen. Nachdem ihn die schwindenden Kräfte zu einer Pause zwangen, machte sich dumpfe Kälte von seinen Füßen und Händen aus breit und drang stetig Richtung Körpermitte vor. Er vermutete, dass die Taubheit und das Kribbeln in den Extremitäten mit mangelnder Blutzirkulation zu tun hatten. Dazu gesellte sich ein Krampf; wie ein Messer bohrte sich der Schmerz durch die überbeanspruchten Sehnen seines rechten Oberschenkels und wich nur äußerst widerwillig.

Endlos zog sich jede Sekunde dahin. Plötzlich vibrierte die Schachtwand, auf der die Finger des Schriftstellers ruhten. Die Steine pulsierten in Wellen und zuckten, ein Krachen folgte. Der ganze Schlot machte einen regelrechten Satz. Auclairs Kopf knallte gegen eine Wand; gleichzeitig vernahm er ein seltsames Klicken wie von brechendem Eis, das von Gehämmer, das erst weit entfernt schien, dann aber näher kam, begleitet wurde. Erneut schüttelte es den Schacht hin und her. Das Beben war gewaltig. Die Wände schwankten, als krümmten sich die Steine unter Krämpfen. Eine Lawine aus Sand und Putz prasselte auf den Eingeschlossenen herunter. Der senkte den Kopf, was aber nicht verhinderte, dass ihn ein heftiger Hustenanfall schüttelte.

Ringsum zog sich der Durchbruch immer enger zusammen. Die Mauern pressten den Autor wie ein gewaltiger Schraubstock ein. Ihm blieb die Luft weg. Seine Rippen knackten, als drohten sie zu brechen. Völlig unerwartet glitten die Wände plötzlich wieder auseinander.

Jenseits der Mauern ertönte ein ebenso vertrautes wie entsetzliches Geräusch. Wieder stürzte ein Teil des Hauses ein, diesmal jedoch näher denn je. Auclair war jedoch zu sehr mit dem Nachhall der Pein beschäftigt, um sich darüber zu sorgen.

Schweißnass zwang er sich zur Ruhe. Langsam kehrte sein logisches Denken zurück. Möglicherweise war die letzte Erschütterung, so furchtbar sie auch gewesen war, in mehr als nur einer Hinsicht ein Glücksfall für ihn. Zum einen befreite sie ihn aus dem Klammergriff des Mauerwerks, zum anderen hatte sie den Putz abgebröckelt, wodurch er nun seine Hüfte etwas drehen konnte; nicht viel, aber immerhin konnte er sich bewegen. Nach oben ging's nicht, also blieb nur noch ein weiterer Versuch nach unten. Er drückte mit beiden Handflächen gegen die Wände. Erneut aufsteigende Panik mobilisierte seine letzten Kraftreserven. Er spürte, wie Stoff zerriss, wie die Haut auf seinen Hüften abgeschürft wurde. Den Schmerz ignorierend, drückte er noch härter, denn er wusste, er konnte es sich nicht mehr leisten, schlapp zu machen. Eine neue Woge von Vibrationen erschütterte das Gestein. Der Schacht drohte jeden Augenblick einzustürzen.

Auclair drehte die Hüfte hin und her. Zentimeter für Zentimeter gewann er an Boden. Er rutschte ein Stückchen nach unten, dann steckte er wieder fest. Das Gestein bohrte sich so schmerzhaft in sein Fleisch, dass er überzeugt war, keine Macht der Welt könnte ihn auch nur einen Millimeter bewegen. Von Todesangst angefeuert, stemmte er sich weiter gegen die Wand und rammte sich mit den Händen nach unten. Jedes Quäntchen Kraft, dessen er fähig war, brachte er für diesen letzten verzweifelten Versuch auf. Betäubender Schmerz hüllte seine Hüfte ein, als ob das rohe Fleisch von den Knochen geschält würde. Gerade als er vor Pein und Verzweiflung kapitulieren wollte, war er frei.

Nachdem sein Hüftknochen den Engpass gemeistert hatte, ging alles ganz schnell. Unterhalb der Verengung besaß der Schacht wieder seine ursprüngliche Breite. Vor Erleichterung wurde dem Autor ganz schwindlig. Ungehindert setzte er seinen Weg fort. Die Schmerzen in der Hüftgegend und eine dumpfe Taubheit der Finger blieben noch einige Zeit treue Wegbegleiter.

Er kam an der Lüftung tiefer liegender Wohnungen vorbei. Nur noch rechteckige Einbuchtungen erinnerten daran, dass hier einmal Lüftungsroste ins Freie geführt hatten, die nun zugemauert waren. Alle übrigen Roste konnten auch vermauert sein. Bei diesem Gedanken fing sein Herz heftig an zu klopfen. Irgendein verrückter Filmvorführer in seinem Gehirn ließ einen perversen Film vor seinem geistigen Auge ablaufen. Hauptdarsteller war er selbst, wie er am Boden des Schachtes eingeklemmt stand und qualvoll verendete.

Er verscheuchte zwar die Bilder, was aber keinesfalls bedeutete, dass aus dem imaginären Spielfilm in seinem Kopf nicht jederzeit ein beinharter Dokumentarfilm werden konnte. Selbst wenn er einen Ausweg aus dem Schacht fand, hieß das noch lange nicht, dass er damit auch gerettet war. Vielleicht kam er vom Regen in die Traufe. Womöglich existierten die unteren Etagen gar nicht mehr.

Notgedrungen setzte er seinen Abstieg fort. Mit jedem Stockwerk sanken seine Chancen. Überall fand er zugemauerte Lüftungen, bis das Scharren seiner Fußspitzen über Stein plötzlich einem metallischen Geräusch wich. Sie berührten eine Lüftungsplatte, die zu einer Hinterhofwohnung führte. Der Schriftsteller kletterte bis zum unteren Rand des Rostes und rüttelte daran, aber das Gitter bewegte sich nicht. Vermutlich war es nicht lose eingehangen wie beim Einstieg, sondern fest in die Wand gedübelt.

Auclair presste sein Gesicht gegen das Gitter. Als er durch das Lochmuster in die dahinter liegende Wohnung spähte, konnte er kaum etwas erkennen. Offensichtlich waren die Vorhänge zugezogen. Nichts war zu hören, abgesehen vom dumpfen Gepolter einstürzender Wände auf der Straßenseite. Manchmal verstummte es kurz, nur um dann umso lauter wieder einzusetzen. Aus der Wohnung selbst drang kein Laut. Es war totenstill. Trotzdem weckte irgendetwas Auclairs Misstrauen. Kein Geräusch. In dem Halbdunkel hatte sich etwas bewegt.

»Hallo?«, rief er.

Keine Antwort.

Grabesstille.

Der Autor stieß mit beiden Händen gegen den Rost. Er drückte so fest dagegen, wie er konnte. Seine Hände und Arme brannten vor Schmerz. Als er fast schon aufgeben wollte, spürte er eine winzige Bewegung. Er atmete tief durch, gönnte sich einen kurzen Augenblick der Erholung, dann änderte er die Taktik. Statt konstant zu drücken, führte er nun eine Reihe harter Schläge gegen den Rost aus. Das Gitter löste sich ruckartig, bis es mit lautem Knirschen aus der Verankerung flog und krachend auf dem Fußboden landete. Es folgte ein schrilles, metallisches Quietschen, was aber nichts mit dem Rost zu tun hatte.

Umständlich kletterte Auclair aus dem Schacht und landete unsanft auf einem durchgewetzten Teppich.

In der Wohnung stank es, als ob etwas darin verfaulte. Der Schriftsteller rappelte sich auf, trat ans Fenster und zog die Vorhänge auf. Umhüllt von einer aufgewirbelten Staubwolke, sickerte senfgrünes Tageslicht herein. Ein Stockwerk tiefer befand sich ein kleiner, verdreckter Hinterhof. Die meisten der umliegenden Wohnungen waren unbewohnt, wie eingeworfene Fensterscheiben verdeutlichten. Im vorderen Teil des Hofes standen Mülltonnen, zwischen denen eine fette Ratte hockte. Überall warf der Asphalt Buckel, die Maulwurfshügeln glichen. An einigen Stellen war das Unkraut bereits durchgebrochen und bildete kleine grüne Inseln inmitten nassglänzender Schwärze.

Auclairs Blick fiel auf einen Wandspiegel neben dem Fenster. Obwohl durch den Staub vieler Jahre halbblind geworden, bemerkte er darin das

Spiegelbild einer Gestalt. In dem Zwielicht hoben sich die Umrisse einer Frau ab, die in einem Rollstuhl saß. Er drehte sich zu ihr um. Sie war eine greise, bis auf die Knochen abgemagerte 90-Jährige. Völlig regungslos musterten ihre matten, glanzlosen Augen den Eindringling. Sie bewegte sich auch nicht, als der Schriftsteller näher kam. Einen Augenblick lang glaubte der schon, die Frau könnte tot sein. Doch da quietschten wieder die Scharniere der Radaufhängung, weil sich der Rollstuhl rückwärts bewegte.

»Hallo?«, sagte er. »Sie brauchen keine Angst vor mir zu haben. Es ist nur so, wir müssen hier raus. Verstehen Sie? Das Haus stürzt ein.«

Keine Antwort.

»Entschuldigen Sie«, sagte der zögerlich. »Ich wollte Sie nicht erschrecken. Aber wissen Sie, meine Wohnung ..., die gibt es nicht mehr. Sie ist eingestürzt. Einfach so. Von einer Minute auf die andere. Keine Ahnung weshalb, aber hier wird gleich auch alles in sich zusammenfallen.«

»Es regnet«, flüsterte die Frau mit brüchiger Stimme.

»Ja«, erwiderte er perplex über diese Reaktion. »Das heißt, es hat aufgehört. Der Regen ist auch nicht unser Problem. Haben Sie verstanden, was ich eben gesagt habe?«

»Sind Sie ein Einbrecher?« Ein misstrauischer Ausdruck huschte über ihr Gesicht.

»Nein, wirklich nicht. Ich wohne ein paar Stockwerke über Ihnen. Ich erkläre Ihnen nachher alles, aber zuerst müssen wir hier raus.«

Die Greisin verschränkte die Arme über der Brust und sagte nichts, starrte nur böse.

Der Fußboden erzitterte leicht.

»Kommen Sie, wir müssen weg.« Auclair trat an den Rollstuhl.

»Gar nichts muss ich«, spuckte die Frau mit unerwarteter Inbrunst aus. »Ich bleibe hier. Mein ganzes Leben habe ich in dieser Wohnung verbracht. Ihr kriegt mich nicht in diese neumodischen Hochhäuser. Lieber sterbe ich!«

»Ich will Sie nicht aus Ihrer Wohnung vertreiben. Falls die morgen noch existiert, können Sie gern wieder hierhin zurück.« Der Autor trat hinter den Rollstuhl, um ihn Richtung Tür zu schieben. Dabei suchte er krampfhaft nach Worten, die die alte Dame beruhigen und ihr Trost spenden sollten, die ihr das Gefühl vermitteln sollten, dass jetzt alles gut würde. Aber er vermochte seine guten Vorsätze nicht umzusetzen, denn die Frau schlug wie eine Wilde um sich.

»Verschwinden Sie!«, kreischte sie. »HILFE! Man will mich ermorden!«

Ihre langen Fingernägel schlitzten dem Schriftsteller die Wangen auf und verfehlten nur knapp seine Augäpfel. Schließlich bekamen ihre schrumpeligen, mit Schorf übersäten Finger seine Haare zu fassen, krallten sich darin fest und entwickelten schier übermenschliche Kräfte.

Auclair versuchte sich loszureißen, was ihm jedoch nicht gelangt. Er hatte das Gefühl, ihm würde die Kopfhaut vom Schädel abgezogen. Unter seinen Füßen schlug der Boden inzwischen regelrechte Wellen, so dass der Rollstuhl in Bewegung geriet. Der Autor wurde mitgerissen, wobei er hart auf den Kniescheiben landete. Der stechende Schmerz überlagerte für einen Moment sogar das hysterische Gekreische der Frau, die mit beiden Händen seinen Kopf vor- und zurückschwenkte. Völlig unerwartet ließ ihn seine Widersacherin plötzlich los, wodurch sein Kopf heftig zurückruckte. Gerade als er sich an dem Rollstuhl hochzuziehen wollte, sah er eine knochige Faust auf sich zuschießen. Er konnte sich noch schnell bücken, so dass der Schlag über seinen Kopf hinweg ins Leere ging. Der Schwung riss die Frau so weit nach vorne, dass sie halb über Auclairs Schulter rollte. Sie war federleicht. Instinktiv schlang der Schriftsteller beide Arme um ihre Hüften, damit sie nicht runterfiel, und erhob sich.

Verblüfft über die entstandene Situation stand er wie versteinert da. Und jetzt? Erst zappelte die Frau wie wild auf seiner Schulter und schrie dabei wie am Spieß. Dann japste sie plötzlich nur noch in schwer keuchenden Atemzügen nach Luft. Wenige Meter vor ihren Augen nagte sich ein schwarzes Risswerk aggressiv durch den Boden. Es breitete sich über den Dielen aus, verschwand dann aber nicht unter dem Teppich, sondern zerriss ihn genau wie zuvor das Holz.

Auclair spähte zu einer Seitenwand. Flirrte da tatsächlich die Tapete, oder spielten ihm die Augen einen Streich? Hektisch wandte er sich zur Tür um. Die bot den vielversprechendsten Rettungsweg. Aber was, wenn ihn seine Vermutung trog? Was, wenn die Treppe inzwischen völlig eingestürzt war?

Ein scharfes Knirschen, gefolgt von einem Rumpeln, schreckte ihn aus den Gedanken. Als er wieder zu der Wand blickte, sah er, dass sich ein Netzwerk aus schwarzen Rissen über sie ausgebreitet hatte, das sich verbreiterte. Ein massives Stück Stein brach von der Decke herab, krachte auf den rissigen Fußboden und durchschlug ihn. Von oben regnete immer mehr Putz herunter. Es blieb nicht viel Zeit, ehe hier alles zusammenbrach. Mit hartem Knacken senkte sich bereits die Deckenkonstruktion in der Mitte. In diesem Augenblick trat ein Feuerwehrmann durch die Tür.

Guy Rémys Knie waren immer noch puddingweich. Nur mit knapper Not hatte er den Sturz von der Treppe überlebt. Aus unerfindlichen Gründen war er nicht in die tödliche Schwärze auf dem Fußboden, sondern auf den untersten Treppenabsatz gestürzt. Noch während er sich am Geländer wieder auf die Beine zog, war die Treppe unter seinen Füßen auseinander gebrochen. Er hatte es gerade noch in großen Sprüngen bis in den ersten Stock geschafft, wo er sich gegen die nächstbeste Tür warf, ehe die massive

Treppe vom Keller bis zum Dach in streichholzgroße Splitter auseinanderbrach und sich in einen Trümmerhaufen verwandelt hatte.

»Gott sei Dank«, sagte Auclair mit einer gewissen Zeitverzögerung. »Sind Sie gekommen, um uns zu retten?«

Guy nickte.

»Wo sind Ihre Kollegen?« Der Autor versuchte, einen Blick in den Flur hinter dem Feuerwehrmann zu erhaschen.

Der zuckte bedauernd mit den Schultern und murmelte irgendwas.

»Könnten Sie das bitte noch mal wiederholen?«, bat der Schriftsteller. »Und helfen Sie mir, die Frau von hier wegzubringen.«

Guy hob den Kopf und riss sich endlich aus seiner Lethargie. »Ich bin allein.«

»Was? Und wo sind die anderen Feuerwehrmänner?«

»Tot.«

Auclair starrte den Feuerwehrmann an, als habe der ihm gerade eine Ohrfeige verpasst.

»Hören Sie, ich weiß nicht, was hier passiert«, fuhr Guy fort. »Aber die Situation ist nun mal so, wie sie ist. Lassen Sie uns zusehen, dass wir hier wegkommen.«

»Können wir über die Treppe raus?«

Der Gefragte schüttelte verneinend den Kopf. »Die ist zertrümmert und an ihrem Fuß klafft ein Abgrund, an dem führt kein Weg vorbei.«

Wie Säure stieg Panik in Auclair auf. Es gab keine Treppe mehr. Sie saßen fest. Nur mit Mühe gelang es ihm, die Angst niederzukämpfen, um die momentane Lage zu überdenken. Eine Tür kam als Fluchtweg nicht mehr in Frage, ihnen blieb also nur noch eine Möglichkeit.

»Dann nehmen wir das Fenster.«

Sie hasteten an das Fenster zum Hof. Im Laufen drehte sich Guy um und sah, wie eine Zwischenwand nach unten sackte und in einem schwarzen Krater verschwand. Polternd knickten reihenweise Steine aus den Mauerkanten und verdampften in dem Abgrund. Im selben Moment spülte ein gewaltiger Sturmwind über das Zimmer hinweg. Der mächtige Sog aus der Schwärze riss die Männer beinahe von den Beinen. Ein Teil des Bodens stürzte ein, als wollte ihnen der Tod den Fluchtweg abschneiden. Alle schrien durcheinander. Auclair, die Frau und Guy, doch der Lärm einstürzender Wände übertönte sie.

Der Feuerwehrmann riss das Fenster auf. Der Sturmwind knallte es heftig gegen die Wand, wonach die Scheibe aussah wie ein Spinngewebe. Draußen klafften drei Meter zwischen Blumenbank und Erdboden. Der Feuerwehrmann überlegte nicht lange, kletterte so weit wie möglich nach unten und sprang bis zum Hof hinab. Unsanft aber unverletzt landete er auf dem brüchigen Asphalt.

Auclair wankte noch mit der Frau über der Schulter durch den Orkan zum Fenster.

»Wir werden sterben! Ich sterbe!«, kreischt die immerfort.

Ringsum knisterte die Luft. Alle möglichen Möbelstücke rutschten und polterten über den Boden. Ein Stuhl prallte gegen den Schriftsteller, der taumelte, knallte gegen etwas und wäre beinahe gestürzt. Dabei war er so darauf konzentriert, die alte Dame nicht fallenzulassen, dass es einen Moment dauerte, bis er die Gefahr erkannte, in der er selbst schwebte.

Unter seinen Füßen knackte der Fußboden verdächtig. Fast hätte er es durch das Geschrei der Frau nicht einmal gehört. Er drehte den Kopf nach unten und sah, dass der Großteil des Bodens drauf und dran war, wegzusacken. Es hätte nicht viel gefehlt und er wäre vor Schreck blindlings aus dem Fenster gesprungen. Stattdessen beherrschte er sich, stemmte die renitente Greisin hoch und schaffte es irgendwie, sie auf der Fensterbank abzusetzen. Daraufhin erwachte deren Wut zu neuem Leben. Sie schlug ihm die Fäuste ins Gesicht und riss an seinen Ohren. Genervt packte der Autor ihre Hände, schob die kreischende Frau aus dem Fenster und ließ sie so vorsichtig wie möglich nach unten gleiten. Als der Feuerwehrmann ihre Beine zu fassen bekam, ließ er sie los. Guy fing sie sicher auf, während Auclair mit halsbrecherischem Satz ins Freie sprang. Er milderte den Aufprall etwas, indem er auf dem Asphalt abrollte. Bis auf die aufgeschlagenen Knie überstand er die Landung gut.

Als er sich wieder aufrappelte, erschütterte ein Beben die Erde. Er vernahm ein lang anhaltendes Donnergrollen, wie das Stöhnen aus der Kehle eines Ungeheuers, das auch die umstehenden Gebäude erzittern ließ. Alle verbliebenen Zwischenstockwerke des Miethauses stürzten in die Tiefe, so dass nur noch die Außenfassade übrig blieb. Noch ein lautes Krachen. Die wankende Fassade rutschte in bedenkliche Schräglage. Überall brachen Ziegelsteine auseinander.

Hastig eilten die beiden Männer durch das Hoftor auf eine Straße. Die gelähmte Frau war vom Schock wie benommen, äußerlich aber unverletzt und wiegte sich mit schreckgeweiteten Augen in Guys Armen. Dabei brabbelte sie ein Kinderlied.

Die Männer gingen schnell und schauten kein einziges Mal mehr zurück. Aus Furcht, die Dunkelheit könne sich unter ihnen auftun, wenn sie sie ansahen. Nach einer Weile ließ der orkanartige Wind nach. Mit jedem zurückgelegten Meter wurde die Welt ein wenig sicherer. An einer Straßenecke hielten die Geretteten schließlich inne.

»Hier trennen sich unsere Wege«, erklärte Guy.

»Wieso?«, wunderte sich sein Begleiter.

»Sie bringen die Dame in ein Krankenhaus.«

Der Autor nahm ihm die gelähmte Frau wieder ab. »Und wo ist das nächste Krankenhaus?«

»Irgendwo da hinten, am Ende der Straße.«

»Und Sie?«

»Ich kündige.«

»Soll das ein Witz sein?«

»Nein, das ist eine Entscheidung, die schon lange überfällig ist.« Guy würde Colette holen und dann der Stadt so schnell wie möglich den Rücken zukehren. Paris standen große Veränderungen bevor und er wollte auf keinen Fall zu denen gehören, die sich ihnen stellen mussten. »Leben Sie wohl.«

Im Nachhinein konnte sich Guy nicht mehr an seinen Heimweg erinnern. Viele Details waren wie aus dem Gedächtnis gelöscht oder als unzusammenhängende Bilder abgespeichert.

Im Laufschritt eilte er an mehreren Blocks vorbei und überquerte dabei einige Kreuzungen. Manchmal wichen asphaltierte Straßen gepflasterten Seitenwegen; der Feuerwehrmann achtete nicht darauf. Immer wieder stieß er auf Gruppen hysterisch kreischender Menschen, die ziellos an ihm vorbeiströmten. Sie riefen ihm etwas zu, aber er konnte sie nicht hören. Jedenfalls bildete er sich das später ein. Ab und an durchquerte er bizarre Kriegsschauplätze voll zerbombter Ruinen. Welche Straßen er durchlief, wusste er im Nachhinein nicht mehr zu sagen. Das Einzige, was er wusste und was sich unauslöschlich für alle Zeiten in sein Gehirn eingebrannt hatte, war der Augenblick, als er in die Rue Joufroy bog und schlagartig auf die Knie sank, als hätte ihm jemand eine Faust in den Magen gerammt.

Die meisten Häuser der Straße waren eingestürzt. Doch Guy hatte nur Augen für die schwarze Leere, die an jener Stelle klaffte, wo seine Frau Colette in ihrer Mietwohnung auf ihn gewartet hatte.

### *09 Uhr 25 – Hôtel de Ville*

Der unerwartete Anblick, der sich Gérard Tavernier bot, verschlug ihm schlagartig die sowieso schon katastrophale Laune. Ein verärgertes Zucken lief über sein Gesicht, als ihm klar wurde, dass Arielle Clémentine die Konferenz leitete. Er wäre am liebsten explodiert, aber irgendwie gelang es ihm, den drohenden Ausbruch zu verhindern.

Der Beigeordnete betrachtete sich immer noch als engsten Vertrauten des Oberbürgermeisters, obwohl der ihm längst nicht mehr so viele Informationen zukommen ließ wie seiner Intimfeindin Arielle Clémentine. Sein Chef hatte eine Schwäche für diese blasierte Kuh. Über sie konnte man einfach nicht mit ihm diskutieren. Im Gegenteil, er zeigte immer unverhohlener, wie viel Vertrauen er in sie setzte.

Tavernier hasste sie. Natürlich hatte er sich früher dabei ertappt, dass sie gewisse Begehrlichkeiten in ihm weckte. Anfangs hatte er sogar alles mögliche unternommen, um sie ins Bett zu kriegen. Doch irgendwann hatte er kapiert, dass er sich umsonst abstrampelte, dass sie keine von den Frauen war, die anderen Entscheidungen überließen. Genau das war ein weiterer Grund, weshalb er sie nicht ausstehen konnte. Sie hatte ihn über seine Triebe manipuliert, genau wie sie es wahrscheinlich mit dem Oberbürgermeister tat. Nur war der im Gegensatz zu ihm zu dumm, um das zu bemerken. Deshalb hatte der sie auch gebeten, die Konferenz im Rathaus zu organisieren. Dabei war das eigentlich sein Job. Trotzdem hatte er sie und nicht ihn angerufen. Das nagte mächtig an Taverniers Selbstwertgefühl.

Nach kurzem Zögern grüßte er die Anwesenden und marschierte schnurstracks auf das Kopfende des Konferenztisches zu. Dort bereitete sich Arielle Clémentine innerlich auf eine weitere zermürbende Auseinandersetzung mit ihrem Kollegen vor. Sie fragte sich, ob er wirklich allen Ernstes vorhatte, ausgerechnet jetzt einen neuen Kampf um die Hackordnung vom Zaun zu brechen.

Neben ihr angelangt, blieb Tavernier stehen und ließ seinen Blick über die Anwesenden schweifen. Wie immer roch er penetrant nach Schweiß. Mit seinen winzigen Augen, die tapfer den wulstigen Augenbrauen trotzten, die sich über sie wölbten, schaute er erst auf Arielle Clémentine, dann auf die anwesenden Konferenzteilnehmer und schließlich wieder zurück auf die Beigeordnete. Der Blick, mit dem er sie bedachte, sagte ziemlich eindeutig, wenn sie sich mit ihm anlegen wollte, würde sie einen schweren Fehler begehen. Dann strich er sich mit einer Hand langsam durchs Haar und zwang sich – nach einem Augenblick betretenen Schweigens – zu einer Art Lächeln. Arielle Clémentine lächelte kühl zurück.

»Entschuldigen Sie bitte, dass ich in Anbetracht der Situation auf protokollarische Höflichkeiten verzichte und sofort zur Sache komme«, wandte er sich an die Konferenzteilnehmer. »Bedauerlicherweise konnte der Oberbürgermeister Mademoiselle Dorléac nicht telefonisch erreichen. Deswegen schickte er mich persönlich hierher, um Ihnen mitzuteilen, dass die Konferenz aus Sicherheitsgründen nach Saint-Denis verlegt worden ist. Wie sich herausstellte, haben wir es hier nicht nur mit einem Krater zu tun, sondern mit mehreren. Was wiederum bedeutet, dass jederzeit an jedem anderen Ort im Pariser Stadtzentrum die Erde aufbrechen könnte. Möglicherweise sogar hier, direkt unter dem Rathaus.«

»Wann fiel die Entscheidung, dass die Konferenz verlegt wird?«, unterbrach ihn Arielle Clémentine.

»Das kann ich nicht genau sagen. Der Oberbürgermeister rief mich gegen sieben Uhr an, ich solle in Saint-Denis alles Notwendige für eine Ausweichkonferenz in die Wege leiten. Eigentlich wollte er Ihnen die Aufgabe übertragen, aber Sie hatten offensichtlich etwas Besseres zu tun, als ans Telefon zu gehen.«

»Die Telefonleitungen sind in diesem Arrondissement zusammengebrochen«, erwiderte die Beigeordnete ganz ruhig; nur ihre Stimme hatte sie gehoben. »Das Gleiche gilt für das Handynetz.«

Da war sie wieder, diese arrogante Überlegenheit, die Tavernier mit einem Hass erfüllte, der kaum zu ertragen war. Nicht nur, was die Beigeordnete sagte, auch der Klang ihrer Stimme, jedes einzelne Wort, jede ihrer Gesten steuerte das ihre zu diesem Hass bei.

Tavernier war während des Zuhörens blass geworden und ließ sich Zeit, ehe er antwortete: »Verehrte Mademoiselle Dorléac, Sie wissen, dass ich Ihre Unterstützung immer zu schätzen weiß, aber die Situation überfordert im Moment doch Ihre Fähigkeiten. Der Oberbürgermeister bat mich, Ihre logistischen Fehler auszumerzen, damit die anwesenden Herrschaften endlich ihre Arbeit aufnehmen können.«

Arielle Clémentine spürte, wie ihr Gesicht unnatürlich heiß wurde. »Logistische Fehler? Dass ich telefonisch nicht erreichbar war, ist kein logistischer Fehler, sondern schlicht und ergreifend eine technische Panne, für die mich niemand verantwortlich machen kann.«

»Sagen Sie. Ich sage, Sie haben die Sache gründlich vermasselt. Ich hätte das wesentlich besser organisieren können.«

»Wie denn? Indem sie alle, deren Telefon nicht funktionierte, mit Rauchzeichen informierten?«

»Krisensituationen wie diese erfordern jemanden mit herausragendem Führungstalent. Ihre Grenzen hat der heutige Tag ja wohl aufgezeigt. Na ja, Sie sind eben nur eine Frau, was kann man da schon erwarten.«

»Hm-mmm«, räusperte sich Valérie Mairesse energisch.

»Was denn?«, tat Tavernier entrüstet. »Sie sehen doch, was dabei herausgekommen ist. Wegen der Inkompetenz meiner Kollegin stehen wir jetzt unter erheblichem Zeitdruck, weshalb wir unverzüglich nach Saint-Denis aufbrechen sollten. Dort tagen bereits die übrigen Experten, die Mademoiselle Dorléac, aus welchen Gründen auch immer, nicht verständigt hat.«

»Ich konnte sie nicht einladen, weil sie telefonisch nicht erreichbar waren, geht das nicht in Ihren Kopf?« Arielle Clémentines Stimme bekam einen gereizten Unterton.

»Behaupten Sie.« Tavernier fuhr mit der Hand über die Glasplatte, als wische er unsichtbare Staubpartikel vom Tisch. »Ich hatte keine Probleme, mit ihnen zu telefonieren.«

»Dann genießen Sie das Privileg, in einem Arrondissement zu wohnen, dessen Kommunikationswege noch nicht gestört sind.«

»Entschuldigen Sie bitte, aber es käme uns allen sehr entgegen, wenn Sie uns nicht länger mit fadenscheinigen Rechtfertigungen aufhalten würden, die uns jetzt auch nicht mehr weiterhelfen. Warum fahren Sie nicht nach Hause und ruhen sich etwas aus?«

Arielle Clémentine war sprachlos. Zunächst weigerte sich ihr Gehirn, das Gehörte zu glauben. Es war ein derart kindischer Vorschlag, dass sie sich albern vorkam, ihn überhaupt zu beantworten. »Sie wollen mich suspendieren?«

»Hören Sie, Monsieur Tavernier«, schaltete sich Marc Caubère ein, der versuchte, den Streit herunterzuspielen. »Wir sollten jetzt wirklich nicht auf Formalitäten herumreiten. Ich kann Ihnen versichern, Mademoiselle Dorléac hat die momentane Situation voll im Griff. Nehmen Sie das bitte nicht persönlich, aber ich glaube, sie ist im Moment die kompetenteste Leitung, die wir uns wünschen können. Deswegen schlage ich vor, dass sie uns auf jeden Fall nach Saint-Denis begleitet.«

»Doch, das nehme ich persönlich, Monsieur Polizeipräsident«, fiel ihm Tavernier ins Wort. »Pardon, ich meine natürlich *stellvertretender* Polizeipräsident. Vielleicht habe ich mich ja nicht klar genug ausgedrückt: Ihr Vorgesetzter, der Polizeipräsident, ist es, der sich gerne in Saint-Denis mit Ihnen unterhalten will. Warum diskutieren Sie nicht mit ihm über die Kompetenz meiner Kollegin? Übrigens sind die Teilnehmer dort einhellig der Meinung, dass Mademoiselle Dorléac die Einberufung des Krisenstabes mehr als nur schlampig organisiert hat.«

Die Angesprochene registrierte den Vorwurf mit unbewegtem Gesicht. Sie erkannte, dass es ihrem Kollegen um erheblich mehr ging als um eifersüchtiges Kompetenzgerangel. Er war hier, um eine Feindin ein für allemal aus dem Rennen zu werfen. In ihrem Innersten spürte sie, dass diese Auseinandersetzung zwischen ihnen heute keinen versöhnlichen Ausgang nehmen würde. Sie warf Tavernier einen entlarvenden Blick zu.

»Mal eine Zwischenfrage«, meldete sich Valérie Mairesse zu Wort. »M'sieur Tavernier, Sie erwähnten eben, dass der Oberbürgermeister die Konferenz an einen anderen Ort verlegen ließ, weil weitere dieser Löcher aufgetaucht sind. Wann soll das denn gewesen sein? Ich traf zeitgleich mit Monsieur Caubère gegen Viertel vor Sieben hier ein. Über wie viele dieser Krater war die Pariser Polizei um diese Uhrzeit informiert?«

»Über einen«, antwortete der stellvertretende Polizeipräsident.

»Falls weitere dieser Phänomene aufgetaucht wären, hätte Sie das Polizeipräsidium doch in Kenntnis gesetzt, oder?«

»Dessen bin ich mir sicher. Ich hatte ja noch um halb Neun über Polizeifunk Kontakt mit meinem Revier. Zu diesem Zeitpunkt war von einem anderen Krater noch nichts bekannt.«

»Nun, Monsieur Tavernier, wie sollen wir das denn interpretieren? Entweder gehen die Uhren in Saint-Denis falsch, oder irgendetwas an Ihrer Version ist nicht ganz korrekt.«

Tavernier räusperte ich, bevor er Stellung bezog: »Nach Rücksprache mit dem Innenminister hielt es der Oberbürgermeister für sicherer, die Konferenz nicht zu nahe an der Gefahrenzone abzuhalten. Sie haben Recht, diese Entscheidung fiel bereits, bevor sich die anderen Krater auftaten.«

»Das hätte den Herren aber auch früher einfallen können«, meinte Eloïse Beaune zart genervt. »Ehe man uns herbestellte.«

»Andere Krater?«, wiederholte Philippe Chapiteau wie vor den Kopf geschlagen. »Über wie viele dieser Phänomene reden wir denn jetzt? Zwei? Drei?«

»Vierzehn«, antwortete Tavernier.

»Vierzehn?!« Victor Garrivier klappte die Kinnlade nach unten. »Ja, das ändert die Sachlage natürlich dramatisch.«

»Möglicherweise sind es inzwischen noch mehr. Deshalb sollten wir hier schleunigst weg. Schlimm genug, dass ich wegen Mademoiselle Dorléac hierher fahren musste, um Sie zu verständigen. Wissen Sie, was da draußen los ist? In den Straßen geht gar nichts mehr. Ich war gezwungen, mein Auto mitten auf einer Kreuzung stehen zu lassen. Ich musste über einen Kilometer zu Fuß laufen.«

»In diesem Fall dürften Sie den weiten Weg wohl leider umsonst gemacht haben, verehrter Monsieur Beigeordneter«, bedauerte Valérie Mairesse.

Ein Ausdruck tiefster Verwirrung huschte über dessen Gesicht. »Was?«

»Wie Sie uns selbst schilderten, ist ein Durchkommen durch das Pariser Verkehrschaos inzwischen ein Ding der Unmöglichkeit. Wenn Sie schon von Ihrem Fahrzeug bis hierher eine Stunde brauchten, wie lange werden wir dann nach Saint-Denis brauchen? Tage? Wochen?«

»Was ist mit der Métro?«, fragte Arielle Clémentine und schaute Tavernier an.

Der taumelte innerlich. Die nächsten Worte mussten wohl überlegt sein; er zupfte an seiner Krawatte herum und schindete so Sekunde um Sekunde, doch umsonst. Sein Denkapparat war völlig versteinert.

»Die fährt nicht mehr«, antwortete der schließlich gepresst.

»Was sollen wir unternehmen?«, fragte die Beigeordnete in die Runde. »Über den tatsächlichen Stand der Katastrophe wissen wir offensichtlich nicht Bescheid. Deshalb stellt sich schon die berechtigte Frage: Setzen wir die Konferenz hier fort, oder schlagen wir uns nach Saint-Denis durch?«

»Glauben Sie, dass das Sinn macht?«, wandte sich der Abgeordnete Paul Rougerie an seinen Kollegen von der Opposition.

»Da bin ich mir, ehrlich gesagt, nicht so sicher«, antwortete Michèle Vautrin mit sorgenvoll gerunzelter Stirn. »Immerhin wären wir da sicherer, denn wenn ich das richtig verstanden habe, kann das Rathaus jeden Augenblick von einem Krater verschluckt werden.«

»Andererseits gibt es keine Garantie, dass uns das nicht draußen auf einer Straße genauso passiert«, gab Victor Garrivier zu bedenken.

»Genau«, pflichtete ihm Eloïse Beaune bei. »So oder so stecken wir in der Falle.«

»Deshalb schlage ich vor, wir bleiben hier«, entschied Arielle Clémentine ohne mit der Wimper zu zucken.

»Mademoiselle Dorléac«, fuhr Tavernier sie rüde an. »Wie können Sie es wagen, sich über die Anweisungen Ihrer Vorgesetzten hinwegzusetzen? Ihre Aufgabe ist es, Termine zu koordinieren. Sie dürfen dem Oberbürgermeister auch Kaffee bringen, wenn er Besuch hat. Aber damit hat es sich auch. Was maßen Sie sich an?«

»Wenn Sie sich über mich beschweren wollen, hier gibt es genug Telefone«, sagte die Beigeordnete trocken und deutete auf einen Apparat am Tischende. »Rufen Sie ruhig den Oberbürgermeister an und machen Sie Ihrem Kummer Luft.«

»Das ist ..., das ist ...«, ihrem Kollegen fehlten die Worte.

»Wir bräuchten Stunden, ehe wir Saint-Denis erreichen«, erläuterte die Beigeordnete ihre Entscheidung, wobei sie sich in Wahrheit recht unwohl fühlte. »Es ist konstruktiver, wenn wir hier weiter versuchen, der Bedrohung auf den Grund zu gehen. Möglicherweise finden wir heraus, um was es sich dabei handelt und können es so stoppen. Ich fand unsere Diskussionsansätze bisher recht interessant.«

Innerlich ergoss Tavernier eine Flut von Flüchen über Arielle Clémentine. Steif stand er da und starrte seine Kollegin an, als könne er nicht fassen, was sie gerade gesagt hatte. Dann wandte er sich an die übrigen Konferenzteilnehmer. »Entschuldigen Sie, aber das ist unglaublich. Ich hoffe, nein, ich glaube fest, tief in Ihrem Herzen verabscheuen Sie das so wie ich, wozu Sie Mademoiselle Dorléac gerade aufgefordert hat.« Der Beigeordnete machte eine kurze Pause, um zu verdeutlichen, dass ihn die momentane Situation aus dem seelischen Gleichgewicht geworfen hatte. Dann drehte er sich zu Arielle Clémentine herum. Sein Kopf glänzte vor Feuchtigkeit und unter dem Jackett tropften seine Achselhöhlen nur so vor Schweiß. Er starrte die Beigeordnete an. »Sie werden sich vor Gericht wegen Amtsanmaßung verantworten müssen, Mademoiselle. Ich persönlich werde den Richter wissen lassen, wie sehr Sie mich bei meinem Auftrag behindert haben. Sie werden Blut und Wasser auf der Anklagebank schwitzen, das verspreche ich Ihnen. Glücklicherweise ist Staatsanwalt Villiers anwesend, der Ihre Kompetenzüberschreitung bezeugen wird.«

»Wenn wir weiter nur rumstreiten, wird es bald keine Gerichte mehr in Frankreich geben«, mischte sich Staatsanwalt André Marie Villiers ein. »Ich glaube, unter den gegebenen Umständen ist nichts gegen Mademoiselle Dorléacs Vorschlag einzuwenden. Bei den chaotischen Verkehrsverhältnissen sehe ich auch nicht, wie wir der Aufforderung des Oberbürgermeisters Folge leisten könnten.«

Das war ein schwerer Schlag gegen Tavernier. Sein Mund klappte leicht nach unten. Auf seiner Stirn bildeten sich dicke Falten. Er war fassungslos über das, was gerade geschehen war. Obwohl sein Verstand nur mühsam das Offenkundige registrierte: Man hatte ihn in aller Öffentlichkeit degradiert, gedemütigt.

Er starrte Arielle Clémentine direkt an, die seinen Blick gelassen erwiderte. Kein Zucken in ihrer Miene, kein Blinzeln der Augen.

»Können wir jetzt fortfahren?«, fragte sie schließlich kühl.

»Machen Sie doch, was Sie wollen.« Ein hasserfüllter Ausdruck huschte über Taverniers Gesicht. Einen Moment sah es aus, als wolle er zur Tür hinausstürmen. Doch dann schien er es sich anders überlegt zu haben. Er wankte wie ein angeschlagener Boxer zu einem freien Stuhl am anderen Ende des Konferenztisches und nahm Platz.

»Sie bleiben?«, wunderte sich Valérie Mairesse mit spöttischem Unterton. »Ich hätte geschworen, Sie wären zu Fuß nach Saint-Denis gelaufen, um sich an der Schulter des Oberbürgermeisters auszuweinen.«

»Das ist jetzt nicht der richtige Moment für kleinliches Kompetenzgerangel.« Taverniers Lippen zitterten, ansonsten blieb er äußerlich ruhig, obwohl sein leerer Gesichtsausdruck etwas Erschreckendes besaß.

Er beobachtete Arielle Clémentine wie hypnotisiert. In seinen Augen las sie Wut, Verachtung und noch etwas Schlimmeres, was sie aber nicht definieren konnte. Sie ahnte, dass er nicht aus Interesse an ihrer Konferenz hier blieb. Auch nicht, weil eine Rückkehr nach Saint-Denis ein überaus gefährliches und beinahe unmögliches Unterfangen geworden war. Bisher hatte sie sich noch nie Gedanken darüber gemacht, dass es möglicherweise mehr als nur kollegialer Hass war, den er für sie empfand. Tavernier heckte irgendetwas gegen sie aus. Und er saß nur hier, um den richtigen Zeitpunkt abzupassen, es in die Tat umzusetzen.

»Danke, dass Sie bleiben und unsere Arbeit unterstützen, Monsieur Tavernier«, sagte die Beigeordnete reserviert. »Bevor wir fortfahren, möchte ich betonen, dass jeder, der gehen will, gehen kann. Zum einen ist dies offensichtlich keine vom Oberbürgermeister autorisierte Krisenkonferenz mehr, zum anderen kann ich angesichts der expandierenden Gefahr verstehen, wenn jemand nach Hause möchte.«

»Wir sollen da raus?«, fragte Philippe Chapiteau mit gespielter Verwunderung. »Auf den Straßen herrscht das reinste Chaos.«

»Darauf möchte ich wetten«, grinste Victor Garrivier.

»Bis auf weiteres sind wir in diesem Gebäude genauso sicher oder unsicher wie sonst wo in Paris«, meinte General Chatelain. »Wir können der Katastrophe nicht entfliehen, bloß weil wir ein paar Kilometer weglaufen. Fahren geht ja wohl nicht mehr. Außerdem möchte ich betonen: Sollte es sich bei dieser Vernichtung um einen vorsätzlichen Terrorakt handeln, dann herrscht Krieg mit jedem Land, das diese Terroristen unterstützt. Falls wir es mit einer Naturkatastrophe zu tun haben, sollten wir deren Ursache eruieren. In beiden Fällen wäre es dumm, woanders mit der Beratung von vorne zu beginnen oder sie gar zu beenden.«

»Danke, Monsieur General«, entgegnete Arielle Clémentine. »Falls irgendwer anderer Ansicht ist, sollte er jetzt gehen.«

Es waren nur Jean Crauchet, Paul Rougerie und Michèle Vautrin, die sich erhoben, weil sie meinten, daheim eine größere Überlebens-Chance zu haben als im Rathaus. Ein fataler Irrtum, wie sich wenig später herausstellte. Keiner von ihnen sollte sein Ziel lebend erreichen.

Nachdem die drei ohne große Abschiedsfloskeln den Saal verlassen hatten, setzte die Beigeordnete die Konferenz fort: »Als erstes möchte ich Monsieur Tavernier um einen aktuellen Lagebericht bitten. Offensichtlich hat sich in den vergangenen Stunden einiges getan, wovon wir noch nichts wissen.«

Der Angesprochene stand auf. Seine Beine zitterten, aber er hielt sich kerzengerade. »Ehrlich gesagt, weiß ich nicht, wo ich da anfangen soll. Das halbe Hallenviertel ist in einem riesigen Krater verschwunden.«

»Was heißt hier verschwunden?«, fragte Eloïse Beaune irritiert.

»Verschwunden heißt, es ist weg.« Tavernier zuckte ratlos mit den Achseln. »Im Boden versunken. Einfach so. Auch um das Centre Pompidou steht kein Stein mehr auf dem anderen. Sorgen bereiten uns vor allem auch die geborstenen Gasleitungen, die nicht nur in Kraternähe explodieren. Da die Rohre miteinander verbunden sind, werden sie überall in der Stadt auseinander gerissen, sobald ein Teilstück irgendwo in einen Krater gesogen wird.«

»Nicht auszudenken, wenn so ein Loch in der Seine oder am Ufer entsteht und die Kaimauern durchbricht«, erschrak Victor Garrivier. »Der gesamte Fluss würde umgelenkt. Auch kann niemand sagen, welche Auswirkungen die Millionen Hektartonnen Wasser auf diese Krater haben. Möglicherweise explodieren sie bei Kontakt mit Wasser wie Lava in einem Vulkan.«

»Gibt es schon konkrete Zahlen über die Höhe der Opfer?«, wollte Arielle Clémentine wissen.

»Dazu ist es noch zu früh«, erwiderte Tavernier. »Ich kann nicht versprechen, ob wir je die genaue Zahl feststellen können. Sie wird dramatisch steigen, weil wir die Rettungseinheiten auf das andere Seineufer verlegen mussten. Von dort sind bisher kaum Zerstörungen bekannt.«

»Welcher Volltrottel hat das denn befohlen?«, brüllte General Chatelain dazwischen. »Soll Paris von einer Feuersbrunst eingeäschert werden, während die Feuerwehr vom anderen Ufer aus tatenlos zuguckt?«

»So weit kommt es nicht«, widersprach der Beigeordnete. »Falls niemandem eine Lösung des Problems einfällt, wird es nichts zum Einäschern geben. Welchen Sinn macht es, Häuser zu löschen, die kurz danach sowieso einstürzen und in einem Monsterkrater verschwinden?«

»Und was ist mit den Verschütteten?«, fragte Marc Caubère. »Es liegen doch bestimmt Menschen unter den Trümmern der eingestürzten Häuser.«

»Bedauernswerterweise. Das Problem ist, dass sich diese sehr nahe an den Kraterrändern befinden.«

»Und?«

»Deshalb werden sie innerhalb weniger Minuten in den Krater gerissen werden. Selbst wenn sie wollte, bliebe der Feuerwehr keine Zeit, um nach Verschütteten zu suchen. Einige Mannschaften gerieten selbst in höchste Not, weil sich die Krater ausdehnen und dabei eine unglaubliche Sogwirkung entwickelten. Darum wurden auch die Krankenwagen aus den betroffenen Gebieten zurückgezogen.«

»Aber das ist doch Wahnsinn«, ereiferte sich Valérie Mairesse. »Diejenigen, die bei einer Katastrophe Hilfsbedürftigen helfen sollen, machen sich einfach aus dem Staub. Klemmen feige ihre Schwänze ein und lassen die Verletzten im Stich. Warum sitzen wir eigentlich noch hier herum? Es ist doch sowieso niemand da, der unseren Notfallplan, so wir denn einen erarbeiten, im Notfallgebiet umsetzen könnte.«

»Wurden inzwischen Evakuierungsmaßnahmen durchgeführt?«, fragte Arielle Clémentine.

»Sicherlich«, seufzte der Beigeordnete. »Allerdings nicht mehr im direkten Umfeld der Krater. Wie gesagt, der Aufenthalt dort ist zu gefährlich. Das Evakuierungsproblem löst sich inzwischen weitgehend von allein. Wir versuchten zwar, eine Panik zu vermeiden, aber sie ist doch ausgebrochen. Immer mehr Einwohner verlassen die Stadt.«

»Was unorganisiert zu chaotischen Verhältnissen auf den Ausfallstraßen führen dürfte«, stellte Arielle Clémentine fest. »Wieso wendet sich der Staatspräsident nicht über Funk und Fernsehen an die Bevölkerung und ruft zur Besonnenheit auf?«

»Zum einen funktionieren in Paris weder Funk noch Fernsehen, zum anderen hält sich der Staatspräsident seit gut einer Stunde nicht mehr in Paris auf. Dasselbe gilt übrigens für alle Minister. Sie beraten an einem geheimen Ort.«

»Sie meinen Saint-Denis?«

»Nein. Washington.«

»Unsere gesamte Regierung ist nach Washington geflogen?« Marc Caubère wollte nicht glauben, was er da hörte. »Aber das klingt ja so ...«

»Als würden die uns feige im Stich lassen?«, vollendete Valérie Mairesse den Satz. »Komisch, genau dasselbe habe ich gerade auch gedacht.«

»Wenn der Innenminister in den USA ist, wer ist dann überhaupt noch bei der Konferenz in Saint-Denis?«

»Der Oberbürgermeister und die meisten Bürgermeister aus den Arrondissements«, antwortete der Beigeordnete. »Außerdem wären da noch der Polizeipräsident und einige Experten.«

»Aber die richtige Musik spielt in Washington, oder?«, hakte die Physikerin nach. »Egal, was die in Saint-Denis ausknobeln, umgesetzt wird davon nichts. Das ist im Grunde genauso ein impotenter Debattierklub wie wir. Und Sie haben den Nerv herzukommen und so zu tun, als ob dort das Schicksal Frankreichs entschieden wird, und dass unsere Gegenwart dort unabkömmlich sei, Monsieur Tavernier? Sehen wir doch den Tatsachen ins Auge: Die Ratten haben das sinkende Schiff verlassen.«

»Also, ich muss doch sehr bitten«, fuhr Eloïse Beaune dazwischen.

»Was denn? Ganz offensichtlich ist unsere Politprominenz der Ansicht, dass Frankreich, oder vielleicht sogar Europa, das gleiche Schicksal erleiden könnte wie Paris. Also haben sich unsere Häuptlinge ins Land der unbegrenzten Möglichkeiten abgesetzt.«

»Was eine richtige Entscheidung war. Je größer die Distanz zwischen ihnen und dieser Katastrophe ist, desto mehr Zeit bleibt für die Lösungsfindung. Außerdem können sie dort die Hilfe amerikanischer Wissenschaftler in Anspruch nehmen.«

»Die natürlich besser sind als die französischen«, stellte Philippe Chapiteau zynisch fest.

»Nicht besser, aber besser ausgerüstet.«

»Egal wie es ist, damit sind wir hier jedenfalls überflüssig geworden, oder?«, stellte André Marie Villiers fest und stand auf.

»Was haben Sie vor?«, wunderte sich Arielle Clémentine.

»Mich auch dünne machen, was sonst? Glauben Sie, ich riskiere weiter meinen Hintern hier für nichts? Als echter Patriot folge ich unserem Präsidenten und buche im nächsten Reisebüro einen mehrmonatigen Urlaub im sonnigen Florida. Sollte danach noch etwas von Frankreich übrig sein, kehre ich gern zurück. Sie können ja solange hier bleiben, Katastrophenmeldungen in einem Tütchen sammeln und das einmal die Woche per Flaschenpost unserem Regierungschef schicken. Ich vermute mal, dass unser Postsystem bald kaum mehr sein wird als eine Erinnerung an bessere Zeiten.«

»Auf jeden Fall sollten wir uns gut mit unseren Nachbarn halten«, meinte Valérie Mairesse sarkastisch. »Ich fürchte, über kurz oder lang wird Frankreich unbewohnbar sein. Entweder, weil nur noch ein Loch davon übrig ist, oder weil unser geschätztes Militär dieses Phänomen auf die gewohnte Art mit konventionellen, chemischen, biologischen und letztendlich auch atomaren Waffen angehen wird. Selbst bei Erfolg wäre unser Land auf viele Jahre hinaus kontaminiert und somit unbewohnbar. Die Einzigen, die davon profitieren würden, wären die Hersteller von Strahlenschutzanzügen. Ich glaube, im Moment wäre ein guter Zeitpunkt, in deren Aktien einzusteigen.«

## XXIII. KAPITEL

# Welt am Abgrund

*09 Uhr 58 – Champs de Mars*

Wie ein riesiger Ölförderturm ragte die monumentale Stahlkonstruktion des Alexandre Gustave Eiffel in den blasstrüben Morgenhimmel, der sich über Paris wölbte. Beim Anblick des Eiffelturms durchlief Jean-Marc Bourvil jedes Mal von neuem ein Schauder. Oft ergötzte er sich stundenlang an den klaren Strukturen des monumentalen Bauwerks. Aus künstlerischer Sicht bedeutete es für ihn den Durchbruch in eine neue Dimension der Ästhetik.

Er hatte sich, wie fast jeden Morgen, in dem mit Kies bestreuten Bereich unterhalb der mächtigen Grundpfeiler eingefunden, wo tagsüber endlose Menschenschlangen vor den Aufzügen warteten. Das hier war ein hübsches Fleckchen mit einem weitläufigen Park, der sehr friedvoll wirkte. Außer ihm war weit und breit kein Mensch zu sehen. Nur ein Hund beschnüffelte einen seltsam gezackten Riss im Betonfuß eines der Stahlstreben, verharrte plötzlich in einer schreckerstarrten Pose und rannte dann winselnd davon.

Bourvil fröstelte. Es war kalt geworden in Paris. Sein dünner Mantel bot dem eisigen Wind kein nennenswertes Hindernis. Schlimmer als der Wind waren allerdings die Überbleibsel des gestrigen Unwetters, überall schillernde Wasserpfützen in allen erdenklichen Größen und Tiefen, wohin er auch trat. Seine rissigen Schuhe hatten sich bereits wie ein Schwamm mit Wasser voll gesogen. Trotzdem scheute er sich davor, nach Hause zu gehen, in diesen höhlenartigen, kalten, feuchten und rattenverseuchten, dafür aber preisgünstigen Keller mit den provisorisch mit Presspappe verstopften Fensterlöchern – bessere Kohlenschütten – und einer Tür, die so verzogen war, dass sie nicht mehr geschlossen werden konnte. Dort war es noch ungemütlicher als hier draußen in der Kälte. Den Großteil dieses Lochs füllten seine Ölbilder aus, die an den Wänden gelehnt standen. Bei ihrem Anblick kam ihm jedes Mal der Gedanke an unbekannte Meisterwerke in den Sinn, deren künstlerischer Wert erst nach dem Tod des Malers erkannt wurde: das van-Gogh-Syndrom. Zwischen den Stapeln hatten sich Mäuse und Ratten häuslich eingerichtet, doch er zollte den vierbeinigen Mitbewohnern kaum mehr Aufmerksamkeit als dem Schmutz, der sich unaufhaltsam ausbreitete.

Während des Unwetters in der vergangenen Nacht war der Endvierziger in einer dieser Kneipen am Montparnasse gewesen, deren Klientel von eher zweifelhafter Herkunft war. Nicht gerade ein piekfeiner Laden, aber der Weinbrand war billig und ab einem gewissen Level sogar genießbar. In den vergangenen Jahren verbrachte er dort bedeutend mehr Zeit als sonst wo. Das hieß, wenn es seine monetären Ressourcen zuließen. Gelegentlich führte sein Lebensstil mangels Arbeit und Einnahmen zu gewissen finanziellen Engpässen. Vor einer Stunde hatte die Kneipe dicht gemacht und seitdem hockte er, den ausgemergelten Körper in zerlumpte Kleider gepfercht, unter dem Eiffelturm herum.

Wer Bourvil so sah, mit seinen wild verfilzten Haaren, dem struppigen Bart, seinem zerbeulten, von grün-blauen Schatten übersätem Gesicht und einem Auge voller geplatzter Äderchen, die das Weiß des Augapfels blutrot leuchten ließen – die Hinterlassenschaft einer sehr emotional geführten Diskussion mit einer zwei Kopf größeren Kneipenbekanntschaft –, hätte es kaum für möglich gehalten, dass er einmal ein attraktiver junger Mann aus besseren Kreisen gewesen war, dessen Eltern es sich leisten konnten, ihn auf eine der teuersten Universitäten des Landes zu schicken. Das Dumme war nur, er war mit faszinierenden Geschichten über die großen Künstler von Paris großgeworden: Manet, Monet, Degas, Rousseau, Cézanne und Gauguin. Es waren schillernde Geschichten voller Leidenschaft und Abenteuer. Nie würde er den Augenblick vergessen, als er zum ersten Mal einen echten Degas im Louvre gesehen hatte. Die magischen Farben nahmen ihn sofort gefangen und weckten unbeschreibliche Emotionen, wie er sie in solch starkem Maß noch nie gefühlt hatte. Diese verwischten Kolorierungen mit ihren samtweich zerfließenden Übergängen und kristallharten Kontrasten, die Lichter und Schatten über die Leinwand tanzen ließen. Bourvil verbrachte zunehmend Zeit in Museen, was sich als nicht sehr förderlich für seinen Realitätssinn herausstellte.

Im Atelier eines Bekannten traf er als gelangweilter 22-Jähriger dann Ségolène Bernardeau, eine üppige Erscheinung mit kastanienrotem Haar, das in unbändigen Locken über ihre zarten Schultern wallte. Sie war ein paar Jahre älter als er, schön, temperamentvoll und ziemlich verrückt wie eine leicht überdrehte Schauspielerin. Ségolène arbeitete als Aktmodel, was er damals recht aufregend fand. Ihrem ungezügelten, bisweilen vulgären Lebenswandel konnte er sich zu seiner eigenen Verwunderung nur schwer erwehren. Einige Wochen lang verbrachten sie viel Zeit miteinander. Vielleicht hätte eines zum anderen geführt, doch dann machte sie mit ihm Schluss, weil er kein Künstler war. In der Gesellschaft biederer Menschen fühlte sie sich unfrei.

Bourvils Vater wollte, dass er Bankier wurde. Ein Jahr vor dem Examen verkündete er ihm schüchtern und aufbegehrend zugleich, dass er Künstler werden wolle. Sein Vater gab ihm eine Ohrfeige; es war das erste und einzige Mal, dass er ihn schlug. Es war auch das letzte Mal, dass er ihn gesehen hatte, denn er packte seine sieben Sachen inklusive Ersparnisse und verließ das Elternhaus, um seinen Traum von einem Künstlerleben wahr werden zu lassen. Seine maßgeschneiderten Anzüge tauschte er gegen einen Malerkittel und Baskenmütze und widmete sich fortan der Kunst mit dem Ergebnis, dass seine Eltern ihn enterbten, seine Ersparnisse rasch aufgezehrt waren, und er nach einem Jahr Bohème vor dem Nichts stand. Anfangs verschanzte er sich tagelang in seinem Atelier und genoss eine kurze Phase des Befreitseins, der inneren Ruhe. Berauscht vom Aroma der Ei-Tempera und mehrfach destillierten Terpentins entwarf er mit düstermattem Gelbbraun und kargen Rotschwarztönen Bilder, die den Zustand seiner Seele, seines verborgenen Selbst, widerspiegeln sollten. Leider interessierte sich kein Käufer für sein Seelenleben, weshalb er in seiner nächsten künstlerischen Phase seine Phantasie mit buntgrell übersteigerten Farben wie entfesselt auf Leinwand bannte, die beim Betrachter positive Emotionen auslösen und ihn aus dem Ödland der Verzweiflung, aus der Versandung der Gefühle in einer kalten Welt führen sollten. Nachdem auch diesem ehrgeizigen Projekt der erhoffte Erfolg versagt blieb, verlegte er seine Arbeit auf dreidimensionale Plastiken. Doch auch dieser Versuch, die Kunstwelt durch sein Werk in einen Entzückensrausch zu versetzen, misslang wie alle nachfolgenden. So führte ihn das Schicksal von dem strahlenden Pfad über steinige Nebenstrecken zu den kargen Regionen des Lebens. Er musste sein lichtdurchflutetes, großzügig geschnittenes Atelier am Montmartre gegen ein bescheideneres, weniger helles und weniger geräumiges tauschen. So war er irgendwann in dem verrotteten Kellerloch gelandet, in dem er jetzt vegetierte. Sein Reichtum aus vergangenen Tagen war ein Privileg, das er erst in Armut zu würdigen wusste. Ein nach vorne in die Zukunft Schauen gab es für ihn nicht mehr, ihm blieb nur noch der Blick zurück auf vertane Chancen.

Die Realität hatte nach und nach alle Illusionen gelichtet und dann ganz weggeweht, bis nur noch bittere Ernüchterung übrig geblieben war, die er zunehmend mittels Alkoholfirnis zu übertünchen suchte. Kunst machte er schon lange keine mehr. Was blieb, waren Verlust, Einsamkeit und viel Zeit, die entgegen aller Hoffnung doch keine Wunden heilte. Heute betrachtete und bewunderte der gescheiterte Künstler Kunst nur noch, statt sie selbst zu schaffen. Und der Eiffelturm war für ihn das größte Kunstwerk von Paris; deshalb kam er auch jeden Vormittag her und verbrachte den größten Teil des Tages im Schatten der monumentalen Plastik aus Stahlträgern, die einfach und klar in ihrer Struktur und mächtig und erhaben in der Gesamtwirkung war.

Bourvil war wie gewöhnlich betrunken. Der Vollrausch versöhnte ihn mit seinem gescheiterten Leben und mit dem, was er wegen des Scheiterns an sich hasste. Nüchtern betrachtet, war die Welt für ihn ein leerer Ort, wo er keinen Sinn, sondern nur Verzweiflung fand. In der schäbigen Ecke von Paris, wo er wohnte, gehörte Betrunkensein zum Alltag. Dort nahm niemand Notiz, wenn jemand über den Bürgersteig torkelte oder seinen Rausch in einer Gosse ausschlief.

In seinem gluckerndem Hinterkopf meldete sich ein sagenhafter Kater, der für den Rest des Tages seine Gesellschaft anbot. Er zog die Luft durch die grünbraunen Zahnstümpfe, die den abgebrütesten Zahnarzt in Schrecken versetzt hätten, und versuchte dem sich ausbreitenden Pochen in seinem Kopf Einhalt zu gebieten. In diesem Augenblick wurden seine Bemühungen durch ein merkwürdiges Geräusch gestört, das ihn, obwohl er es nicht einsortieren konnte, sich unbehaglich fühlen ließ. Erstarrt und völlig fassungslos stierte er auf den Eiffelturm und wartete darauf, dass er aus dem Traum aufwachte, den er offensichtlich gerade träumte.

Ein unheilvoller Schatten legte sich über das Pariser Wahrzeichen. Der Riss, an dem der Straßenköter eben noch geschnuppert hatte, hatte sich enorm vergrößert. Ihm entströmte ein furchtbarer Gestank, der gallig und Ekel erregend war. Der Boden unter Bourvils Füßen wackelte wie lose Bretter. Oben an der Turmspitze sprühten Funken wie ein glitzernder Diamantenregen und das Metall kräuselte sich, was man allerdings von unten, wo Bourvil stand, nicht sehen konnte. Es folgte ein kurzes Aufblitzen und dann flogen tausende aus den Stahlträgern gerissene Nieten wie Geschosse durch die Luft. Gleichzeitig zerbarst der Betonsockel eines Stützpfeilers, der daraufhin wie von Zauberhand in unzählige Fragmente zersplitterte. Darüber liegende Eisenträger knickten aus ihren Verankerungen. Der zerstörte Stützpfeiler brachte das gewaltige Monument ins Wanken. Auf der anderen Seite geriet ein zweiter Pfeiler ins Rutschen und versank mehrere Meter tief im Boden, wo ein schwarzes Loch aufklaffte. Obwohl sich bis eben kein Lüftchen geregt hatte, brach plötzlich Sturmwind los. Der riesige Turm geriet in Schräglage. Durch das Fehlen der beiden Stützen entstand ein Ungleichgewicht, wodurch immer mehr Stahlträger aus ihren Verankerungen brachen. Rasend schnell stürzten sie in die Tiefe, wo sie sich mit ungeheurer Wucht in den Erdboden bohrten und sogleich in Millionen pechschwarzer Späne zerfielen.

Der Künstler war vor Schreck wie gelähmt, denn das Auseinanderbrechen des Turms dröhnte wie unheilvoller Glockenklang in seinen Ohren. Dazu riss der Wind immer ungestümer an ihm. Er musste so schnell wie möglich von hier verschwinden. Hätte weniger Alkohol sein Hirn benebelt, dann wäre er längst weggerannt. Stattdessen starrte er, ohne an seine eigene Gefährdung zu denken, wie betäubt auf die berstenden Stahlstreben vor sich. Der Anblick eines in sich zusammenstürzenden Monuments dieser

Größe war von so unglaublicher Gewalt, dass es sein Hirn nicht verarbeiten konnte. Es war, als ob ein Berg aus Stahl in sich zusammenbrach.

Der obere Abschnitt der Turmspitze barst bis hinab zum Restaurant auseinander. Gigantische Stahlplatten und Streben samt den daran montierten Aufbauten zertrümmerten. Die Führungen der Aufzüge lösten sich nacheinander und rutschten seitwärts die verbliebenen Streben hinab. Explosionsartig senkte sich die mittlere Plattform, brach halb auseinander und knallte mit Donnergrollen auf das darunter liegende Strebwerk. Stück für Stück knickte dieses weg. Stützpfeiler splitterten auseinander und ergossen ihre Trümmer in die Tiefe. Während sich der obere Teil des Eiffelturmes in seine Bestandteile auflöste, versackten die beiden Stützpfeiler immer tiefer in den klaffenden Krater. Auf diese Weise geriet der Turm in noch bedrohlichere Schieflage.

Bourvil stand in ungläubiges Staunen versunken da und glotzte nur. Das war alles nicht real. Wie konnte irgendetwas eine derartige Zerstörung anrichten?

Innerhalb von Sekunden verbreiterte sich der Krater am Fuß des Eiffelturmes und verschlang Unmengen Stahl. Das Wahrzeichen war binnen weniger Minuten vollständig zerstört. Aber der Appetit des Abyssus war immer noch ungestillt. Unaufhaltsam fraß er sich nach allen Richtungen, immer weiter grub der Abgrund eine Schneise durch Paris.

Für einen flüchtigen Moment dachte Bourvil, dass sich die Hölle selbst vor seinen Augen auftat. Erst da kam ihm der Gedanke zu fliehen. Er hatte noch keine zwei Schritte gemacht, als sich der Boden unter seinen Füßen öffnete.

### *10 Uhr 28 – Hôtel de Ville*

Vermutlich wären die im Rathaus verbliebenen Konferenzteilnehmer längst in blinder Panik Hals über Kopf geflohen, hätten sie von den wahren Ausmaßen der Zerstörung gewusst, die sie bedrohte. Doch beim Hôtel de Ville war von einer unmittelbaren Gefahr kaum etwas zu hören, geschweige denn zu sehen. Nur der Sturm hatte an Heftigkeit zugenommen und dröhnte um das Gebäude, als wolle er den Mörtel aus den Fugen herausreißen; dazu knirschten und knackten die Fensterrahmen und die Glasscheiben ächzten unter dem zunehmenden Druck des Windes.

Auch wenn es kein Teilnehmer des provisorischen Krisenstabes laut aussprach, so war die Möglichkeit, dass man hier sterben könnte, durchaus gegeben. Paradoxerweise hofften alle durch die Bank, das Unabwendbare durch ein Ergebnis ihrer Beratung doch noch irgendwie abwenden zu können. Außerdem, wo sollten sie da draußen hin? Wie weit und in welche

Richtung mussten sie gehen, um an einen wirklich sicheren Ort zu gelangen? Also machten alle aus der Not eine Tugend: Sie blieben und berieten über eine Lösung aus dem Dilemma.

Tavernier hatte nur noch Augen für Arielle Clémentine. Obwohl er alles unternahm, um dieses ..., dieses Individuum nicht anzusehen, konnte er nicht anders. Vergeblich versuchte er, den Blick nicht auf sie sondern geradeaus gerichtet zu halten. Alles, woran er denken wollte, war eine Möglichkeit zur Vergeltung, mit der er seine schlimme Demütigung lindern konnte. Jedes Mal, wenn er seine Kollegin anschaute, spürte er erneut, wie sich galliger Zorn seiner bemächtigte. Sie saß dort, wo er hätte sitzen sollen, und er konnte nichts dagegen tun. Ihre dominierende Art und die Erkenntnis der eigenen Machtlosigkeit stießen ihm besonders bitter auf.

Als hätte sie seine Gedanken gehört, wandte ihm die Beigeordnete den Kopf zu und sah ihn direkt mit ihren ungewöhnlich großen, tiefbraunen Augen an. Die unvermittelte Eindringlichkeit seines Blickes erwischte sie völlig unvorbereitet. Er musterte sie, als wäre sie irgendein exotisches Exemplar einer hochgiftigen Spezies. Ihre gerunzelte Stirn verriet eine Mischung aus Verblüffung und Beklemmung, sie verriet aber auch, dass sie auf der Hut vor ihm war, denn er wirkte auf sie mehr als nur verzweifelt. Obwohl seine Miene wie versteinert schien, war sein rot angelaufenes Gesicht beinahe purpurfarben. Man musste kein Hellseher sein, um zu erkennen, dass er innerlich vor Wut schäumte.

Als sich ihre Blicke trafen, verhärteten sich seine Züge noch mehr. Tavernier spürte, wie er die Kontrolle über sich verlor. Plötzlich fühlte er sich klein, unbedeutend. Es kostete ihn übermenschliche Willenskraft, ihrem Blick länger als zwei Sekunden standzuhalten, dann senkte er die Lider wie von einem plötzlichen Schmerz getroffen. Er fühlte sich wie ein getretener Hund, wobei er inständig hoffte, dass niemand am Tisch den Blickwechsel gerade beobachtet hatte. Vorsichtig schaute er sich um. Keiner beachtete ihn. Auch Arielle Clémentine hatte sich desinteressiert von ihm abgewendet. Sie wirkte so abweisend, dass es ihn regelrecht fröstelte.

»Die Schlüsselfrage lautet, welche Katastrophe sucht Paris heim?«, brachte Philippe Chapiteau die Diskussion auf den Punkt. Der Astrophysiker lehnte sich zurück und ließ sich ein paar Möglichkeiten durch den Kopf gehen, bevor er fortfuhr. »Ich glaube nicht, dass es sich bei diesem Graben, der die Stadt aufreißt, um eine einzelne, kompakte Einheit handelt. Soweit ich das aus den Nahaufnahmen des Hubschraubers erkennen konnte, setzt er sich vielmehr aus Millionen, vielleicht sogar Milliarden Elementen zusammen.«

»Sie meinen so ähnlich wie Zellen?«, hakte Arielle Clémentine nach.

»Ja, so ähnlich.«

»Das würde ja bedeuten, dass wir es doch mit einem organischen Lebewesen zu tun hätten.«

»Ich gehe inzwischen sogar noch einen Schritt weiter. Möglicherweise handelt es sich sogar um eine Form von kollektivem Bewusstsein.«

»Und von wem oder was?«

»Mythologisch könnte man da einiges spekulieren, aber für eine wissenschaftliche Analyse der Substanz gibt es noch zu viele Unbekannte.«

»Ich darf mal zusammenfassen«, mischte sich Valérie Mairesse ein. »Ihrer Meinung nach besitzt dieser Krater so etwas wie Intelligenz?«

»Ich sagte *möglicherweise*«, korrigierte der Astrophysiker. »Intelligenz, oder das Denken an sich, ist etwas Unsichtbares jenseits des Fassbaren. Voraussetzung für den Denkprozess ist aber etwas Greifbares, nämlich das Gehirn. Für sich genommen ist das Gehirn nichts anderes als eine Zusammenballung von hundert Milliarden Nervenzellen, Neuronen und elektrischen Signalen, die mit dreihundert Stundenkilometern durch die Nervenbahnen jagen und so die Fabrikation unserer Gedanken ermöglichen. Meiner Meinung nach könnte es durchaus *möglich* sein, dass sich etwas im Zentrum dieses Abgrundes verbirgt und ihn steuert.«

»Eine Intelligenz?« Die Physikerin schüttelte nur den Kopf. »Also, ich weiß nicht. Ist es intelligent, sich selbst das Wasser abzugraben? Irgendwann gibt es keine Materie mehr auf der Erde, und dann? Wissen Sie, ich weide für mein Leben gern auf metaphysischem Grund. Alles ist möglich, wenn man nur daran glaubt. Vorhin warfen Sie die Theorie von Anti-Materie in unsere kleine Diskussion. Offen gesagt erscheint mir die, so unwahrscheinlich sie auch klingen mag, plausibler als Spekulationen über eine unbekannte Form von Intelligenz.«

Philippe Chapiteau schwieg einen Moment. Die Beigeordnete beobachtete, wie er Valérie Mairesse taxierte, bevor er ihr antwortete: »Falls dies hier tatsächlich Anti-Materie ist, was ich keinesfalls ausschließen möchte, so verhält diese sich bei Kontakt mit Materie vollkommen anders, als die Wissenschaft bisher annahm.«

»Es wäre nicht das erste Mal, dass die Realität eine Theorie überrollt. Wenn wir schon von so etwas Phantastischem wie Anti-Materie, die sich auf unseren Planeten verirrte, ausgehen, können wir genauso gut jedes andere theoretische Planmodell entwerfen. Was ist mit Dunkler Energie?«

»Dunkle Energie?«, wiederholte Arielle Clémentine. »Was ist das?«

»Neuesten Forschungen nach besteht der Kosmos zu vier Prozent aus Atomen«, antwortete der Astrophysiker der Beigeordneten. »Diese vier Prozent umfassen alles, was wir als Materie wie Planeten, Gasnebel oder Sterne sehen können. Wie man inzwischen weiß, gibt es da draußen aber noch mehr, etwas Unsichtbares, weswegen es bisher verborgen blieb.«

»Sie machen es ja wirklich spannend«, seufzte General Chatelain. »Und um was genau handelt es sich bei diesem Unsichtbaren?«

»Das Universum setzt sich außerdem zu circa dreiundzwanzig Prozent aus so genannter Dunkler Materie und zu circa dreiundsiebzig Prozent aus Dunkler Energie zusammen. Wir wissen allerdings weder, aus was die bestehen, noch woher sie stammen. Bekannt ist nur, dass die Dunkle Energie eine kosmische Strahlung ist, die die Expansion des Universums beschleunigt. Dass sich das All ausdehnt, ist Fakt. Damit Sie sich eine Vorstellung von der Geschwindigkeit dieser Ausweitung machen können, bedenken Sie, dass unser Universum beim Urknall kleiner als ein Atom gewesen ist. Die Dunkle Energie beschleunigt den Prozess der Expansion weiterhin konstant. In der Endphase wird diese mysteriöse Phantomenergie die Ausdehnung des Universums dermaßen forcieren, dass das kosmische Raum-Zeit-Gefüge aus den Fugen gerät. Die Folge der ungebremsten Expansion wäre in letzter Konsequenz der so genannte ›Big Rip‹, das ›große Reißen‹, das Zerreißen aller Materie. Erst werden sich die Planeten aus ihren Umlaufbahnen lösen, dann zerfallen ganze Galaxien und schließlich zerreißt der mit unglaublicher Geschwindigkeit expandierende Raum alle Atome, bis selbst die Struktur des Raum-Zeit-Gefüges zerrissen ist. Das Universum wird eine Art gigantisches Schwarzes Loch. Vielleicht war es das vor dem Urknall auch schon. Ich fürchte, ein ähnliches Phänomen beobachten wir gerade im verkleinerten Maßstab hier in Paris.«

»Seltsam, ich hatte immer geglaubt, das physikalische Ende unserer Erde würde nach Ersterben unserer 4,5 Milliarden Jahre alten Sonne durch Vereisen erfolgen«, meinte Victor Garrivier. »Oder durch Verglühen, weil die Sonne sich im Endstadium zu einem rot glühenden Riesenstern aufblähen und alles Leben auf der Erde zerschmelzen wird. Realistisch wäre auch noch eine vernichtende Kollision mit einem Asteroiden.«

»Wie es momentan aussieht, gibt es noch weitere Möglichkeiten«, warf Valérie Mairesse ein. »Das Universum zerstört sich selbst. Und bei uns nimmt diese Selbstzerstörung ihren Anfang.«

»Ich würde zu gern die Massendichte in diesem Feld messen«, sagte Philippe Chapiteau. »Denkbar ist nämlich auch, dass die mit dem Urknall begonnene Expansion ab einem bestimmten Wert bremst und sich umkehrt. Für das Universum würde es bedeuten, dass sich Planeten, Sonnen und ganze Galaxien immer schneller näher kommen und in einer gewaltigen Karambolage enden. Das könnte dann der Urknall für ein neues Universum sein.«

»Ich habe die ›Eschatologischen Studie zur Zukunft eines kollabierenden Kosmos‹ von Sir Martin Rees auch studiert«, seufzte die Physikerin leicht genervt. »Meiner bescheidenen Meinung nach ist die Massendichte zu gering, um die Ausdehnung des Kosmos zu stoppen. Die können wir in unserem Fall getrost ausschließen. Viel wahrscheinlicher scheint mir die Möglichkeit, dass wir es mit einer Instabilität von Protonen, aus denen Atomkerne bestehen, zu tun haben. Was, wenn die in Elektronen, Positronen und Gammastrahlung zerfallen?«

»Selbst wenn, es würde eine Ewigkeit dauern, bis alle Materie aus dem Kosmos aufgelöst wäre«, widersprach der Astrophysiker. »Mal abgesehen davon, dass bisher niemand einen Protonenzerfall beobachtet hat. Außerdem würde ich Ihnen widersprechen, was die Massendichte angeht. Wie Einsteins Formel $E = mc^2$ beweist, sind Energie und Masse im Universum gleichwertig, wodurch die vorhandene Massendichte doch genügen würde, um die Expansion des Alls durch Einwirken der Dunklen Energie zu bremsen und umzukehren.«

»Wäre es denkbar, dass die Strahlung dieser Dunklen Energie dieses Phänomen auf der Erde ausgelöst haben könnte?«, fragte Arielle Clémentine skeptisch.

»Kaum, denn uns schützt die Erdatmosphäre vor kosmischer Strahlung«, erwiderte Victor Garrivier.

»Ein Tatbestand, der sich möglicherweise durch die Zerstörung der Ozonschicht geändert haben könnte«, warf Valérie Mairesse ein.

»Möglich, aber eher doch unwahrscheinlich«, widersprach Philippe Chapiteau, atmete tief durch und gab dabei ein schnarrendes Geräusch von sich. »Genauso gut könnte man vermuten, dass ›Gamma-Ray Bursts‹, diese Strahlenblitze, die im Universum innerhalb einer Sekunde mehr Energie ausschütten als unsere Sonne in Milliarden von Jahren, Auslöser dieser Katastrophe sein könnten. Oder man könnte mutmaßen, dass Killersporen aus dem Weltall durch einen Meteor auf die Erde gelangten und diese jetzt zersetzen.«

»Sporen?«, wunderte sich Valérie Mairesse. »Was für Sporen sollten das denn sein?«

»Was weiß ich?«, seufzte der Chapiteau gereizt. »Irgendwelche Pilze. Das war nur als Beispiel gedacht.«

»Das finde ich jetzt aber ein bisschen weit hergeholt«, meinte die Physikerin.

»Nicht, wenn man in Betracht zieht, dass Pilze wahrscheinlich schuld am größten Artensterben unseres Planeten sind.«

»Was meinen Sie?«

»Das plötzliche Verschwinden von über siebzig Prozent aller irdischer Lebensformen, einschließlich der Saurier vor fünfundsechzig Millionen Jahren, zwischen der Kreidezeit und dem Tertiär.«

»Ich denke, das hat ein Meteoriteneinschlag verursacht.«

»Das halte ich für unwahrscheinlich«, widersprach Chapiteau der Physikerin. »Jüngste Analysen beweisen das. Der Chicxulub-Meteorit, der das globale Massenaussterben ausgelöst haben soll, schlug dreihunderttausend Jahre vor dem Ende der Saurier in die mexikanische Halbinsel Yucátan ein. Möglicherweise haben wir es hier mit einer mutierten Art von Viren zu tun. Für mich weist dieser Krater in unserem Stadtzentrum alle Merkmale eines Parasiten auf. Wie ein Virus befällt er etwas, ernährt sich so lange davon, bis sein Wirt stirbt und befällt dann einen neuen. Offenbar ernährt sich dieses Feld von Materie.«

»In dieser Menge?« Die Physikerin hob verwundert die Augenbrauen. »Völlig ausgeschlossen. Ich kenne keinen Fall, in dem irgendwer eine Virenpopulation mit bloßem Auge hätte sehen können.«

»Wie wär's mit außer Kontrolle geratenen, Amok laufenden Bakterien?«, konterte der Astrophysiker. »Ich weiß, die kann man auch nicht sehen, aber vielleicht sind sie ja mutiert.«

»Theoretisch denkbar, praktisch undenkbar. Nirgendwo werden Sie derartige Bakterienkulturen finden. Dieses Objekt vermehrt sich unglaublich schnell und zersetzt alles, was es berührt. Das lässt eher auf eine Art Säure schließen.«

»Könnte es ein Gas sein?«, fragte General Chatelain und fühlte sich plötzlich ganz in seinem Element. »Ein zersetzendes Säuregas? Eine biologische Waffe?«

Arielle Clémentine spürte, wie ihre bisher eher positive Stimmung kippte. Sie wurde sich durch die ausufernde Diskussion und die kaum verhohlenen Eifersüchteleien der Wissenschaftler untereinander immer bewusster, was diese Runde in Wirklichkeit war: Nur eine kleine, dem Untergang geweihte Gruppe Menschen, die sich im Rathaus eingefunden hatte, um ein wenig im Kaffeesatz zu stochern. Diejenigen, die nicht nur debattierten, sondern auch Entscheidungen fällen und umsetzen konnten, saßen im Augenblick im Flugzeug auf dem Weg zu einem anderen Kontinent.

Ihr Blick fiel zufällig auf Tavernier. Er beobachtete sie immer noch, suchte wahrscheinlich nach verräterischen Signalen in ihrem Gesicht, die auf Resignation oder Überforderung schließen ließen. Bleich wie ein Gespenst saß er am anderen Ende des Tisches, seine Miene war wie tot, doch in seinen Augen flackerte es.

Krampfhaft darum bemüht, sich seine wahren Gefühle nicht anmerken zu lassen, versuchte Tavernier, seine nächsten Schritte wohl abzuwägen. Doch in seinem Hirn schwirrte es. Die ohnmächtige Wut schnürte ihm fast den Atem ab. Innerlich krümmte er sich, während sich sein tumber Zorn allmählich in lodernde Raserei verwandelte. Am liebsten wäre er aufgesprungen und hätte seinem Hass Luft gemacht. Stattdessen zwang er sich mit dem Gedanken zur Ruhe, dass auch diese Konferenz irgendwann einmal zu Ende gehen würde, dass Arielle Clémentine ihm nachher irgendwo in diesem Gebäude oder draußen auf der Straße allein gegenüberstehen würde. Dann würde es schnell vorbei sein mit ihrem aufgeblasenen Stolz und ihrer Überheblichkeit, dann würde sie bereuen, dass sie sich ihn zum Feind gemacht hatte. Vor Furcht würde sie um Gnade winseln und er würde nicht nur die heiß ersehnte Genugtuung erfahren, sondern auch ihre Verschwörung beenden. Die Aussicht darauf war Balsam für seine verletzte Eitelkeit und erfüllte ihn mit diabolischer Vorfreude. Er brannte darauf, sein Vorhaben in die Tat umzusetzen.

Arielle Clémentines Blick verweilte nur kurz auf Tavernier. Seine Augen schienen sie zu durchbohren, wodurch sie eine gewisse Beklemmung verspürte. Sie nahm sich vor, nach dem Meeting ein paar versöhnliche Worte mit ihm zu wechseln. Die Vergangenheit begraben. Was zählte, war die Zukunft. Falls es eine geben sollte.

»Bitte«, harsch beendete sie die fruchtlose Diskussion. »Darf ich daran erinnern, dass nicht das Aussterben der Saurier, sondern das der Menschheit unser Problem ist? Falls jemand etwas Konstruktives dazu beisteuern kann, sollte er sich bitte melden.«

»Wir sprechen hier die ganze Zeit von einem Krater«, ergriff Victor Garrivier das Wort. »Aber aus geologischer Sicht ist das kein Krater. Der Begriff impliziert nämlich, dass es einen Boden gibt. Egal, ob aus erkalteter oder kochender Lava. In unserem Fall aber haben wir es mehr mit einem großen Loch zu tun.«

»Was soll die Haarspalterei?«, fuhr General Chatelain den Geologen an. »Natürlich besitzt dieses Loch einen Grund. Sonst könnten wir quer durch den Erdball bis nach China gucken. Und? Können wir das?«

»Noch nicht. Aber irgendwann vielleicht. Denn ich fürchte, dieses Feld breitet sich nicht nur horizontal aus. Wie aus den spärlichen Aufzeichnungen des Hubschraubers hervorging, findet die Ausdehnung auch im vertikalen Bereich statt. Das Loch gewinnt kontinuierlich an Tiefe.«

»In die Tiefe?« Marc Caubère saß da wie gelähmt. Das Einzige, was sich an ihm bewegte, waren seine zitternden Finger. »Wie tief?«

»Das weiß ich nicht, und genau das bereitet mir einige Sorge.«

»Wegen der flüssigen Magma im Erdinnern?«, vermutete Valérie Mairesse. »Ehe dieses Ding die erreicht, muss es noch einen weiten Weg zurücklegen.«

»Mag sein. Und wenn Zeit und Entfernung für dieses Ding, wie Sie es nennen, keine Rolle spielen? Möglicherweise wird es erst in ein paar Monaten das Magma erreichen. Was dann bei seiner fortgeschrittenen horizontalen Ausdehnung hier los sein wird, können Sie sich vielleicht ausmalen.«

Die Physikerin nickte nachdenklich, dann wandte sie sich abrupt wieder Victor Garrivier zu und murmelte: »Der größte Vulkanausbruch aller Zeiten.«

»Aber nur, wenn die Lava bis zu uns durchdringt«, meinte Caubère. »Vielleicht saugt dieses Feld die Lava ebenfalls in sich auf und nichts passiert. Vielleicht wird es aber auch durch die Lava zerstört.«

»Das wäre möglich«, gab ihm Chapiteau Recht. »Umso mehr, falls dieses Feld wirklich eine Art Zentrum besitzt, einen Kern, der alles in sich aufsaugt.«

»Der Terminus ›Schwarzes Loch‹ träfe dann wirklich zu«, schloss Victor Garrivier daraus. »Was auch immer tief im Erdreich der Auslöser dieser Katastrophe sein mag, vom Verhaltensmuster her hat es tatsächlich eine frappierende Ähnlichkeit mit den Schwarzen Löchern, die wir aus dem Weltall kennen.«

»Aber wie ist dieses Schwarze Loch unter Paris gekommen?«, fragte Valérie Mairesse. »Hat es sich auf seinem Weg quer durch die Galaxien ein bisschen verfranst, oder was?«

»Spontan fallen mir da eine ganze Reihe Möglichkeiten ein, die alle nicht seriös und ziemlich phantastisch sind. Ich bin halt kein Kosmologe.«

»Angenommen, wir haben es hier wirklich mit einer Art mysteriösem Schwarzen Loch zu tun, das sich uns in den Pelz gesetzt hat«, überlegte Valérie Mairesse laut, »wie bekommen wir es wieder los?«

»Gar nicht«, erwiderte der Astrophysiker. »Es gibt kein Mittel gegen Schwarze Löcher. Das mussten schon gigantischere Planeten erfahren, gegen die die Erde ein Krümel ist. Schwarze Löcher verschlucken ganze Galaxien, ohne dass ein Staubkorn davon übrig bleibt.«

»Es wäre schon ein großer Schritt nach vorn, wenn wir präzisieren könnten, ob wir es eher mit einem Schwarzen Loch oder mit Anti-Materie zu tun haben«, meinte Arielle Clémentine.

»Tja, wenn wir das wüssten«, seufzte Philippe Chapiteau. »Ich selbst tendiere zu der Annahme, dass wir uns mit einer bisher unbekannten Variante von Anti-Materie herumschlagen. Vielleicht mit einer Symbiose aus Anti-Materie und etwas anderem.«

»Und was sollte dieses etwas andere sein?«, fragte Valérie Mairesse skeptisch.

»Wie gesagt, ich vermute, dass das Feld nicht aus einer homogenen Masse, sondern zumindest teilweise aus unzähligen winzigen Partikeln besteht«, antwortete der Astrophysiker

»Von denen Sie natürlich auch nicht wissen, was sie genau sein könnten«, unterbrach die Physikerin.

Philippe Chapiteau schwieg einen Moment, dann erklärte er: »Wir befinden uns bedauerlicherweise auf wissenschaftlichem Neuland, werte Kollegin. Jedenfalls zersetzt dieses Feld jede Art von Materie. Das Stichwort lautet ›zersetzt‹. Das ist zwar besser, als wenn alles mit einem großen Knall weg wäre, aber auf Dauer läuft es auf dasselbe hinaus. Zumal sich das Feld immer schneller ausbreitet und zunehmend an Stärke gewinnt, je mehr Materie es zerstört hat. Das Feld verstärkt sich also durch die Aufnahme von Materie. Wir wissen zwar nicht, wie dies geschieht, doch die naheliegendste Erklärung wäre, dass die Materie nicht zerstört, sondern beispielsweise in Anti-Materie umgewandelt wird.«

»Na schön. Und wo endet das? Teilt das Ding jetzt die Erdkugel mit einem sauberen Schnitt in zwei Hälften? Oder gibt es erst Ruhe, wenn es statt der Erdkugel nur noch eine Anti-Materiekugel im All gibt?«

»Momentan scheint sich der Prozess solange fortzusetzen, bis nichts mehr von unserem Planeten übrig ist, was unser zweitrangigstes Problem wäre.«

»Die Zerstörung der Erde ist für uns nur zweitrangig?«, wiederholte General Chatelain verdutzt. »Sie machen mich neugierig. Was könnte denn vorrangiger sein?«

»Materie besteht ja nicht nur aus Dingen, die wir sehen können. Wir sprechen hier von Molekülen, wie sie auch in Gasen wie Sauerstoff oder Stickstoff vorkommen. Das bedeutet, je mehr unsere Atmosphäre destabilisiert wird, desto stärker werden die Stürme und die damit verbundenen Naturkatastrophen, wie zum Beispiel Freakwaves. Außerdem wird die Atemluft immer dünner.«

»Die Menschheit hat also die Wahl, entweder wird sie durch Anti-Materie aufgelöst, durch Stürme getötet oder mangels Sauerstoff erstickt«, rekapitulierte Arielle Clémentine.

»So ungefähr.«

»Das sind ja sonnige Aussichten«, stöhnte sie. »Da mag man sich gar nicht entscheiden. Wenn ich noch einmal auf meine Frage von eben zurückkommen dürfte: Wo endet es dann?«

»Auf längere Sicht mit der Zerstörung des Universums«, antwortete der Astrophysiker. »Unterschätzen Sie nicht die Kraft eines gewaltigen Anti-Materiefeldes von der Größe der Erdkugel. Es gibt Schwarze Löcher von der Größe eines Tennisballs, die Lichtjahre entfernte Planetensysteme ansaugen und vernichten. Ich würde mal davon ausgehen, dass dieses Feld zumindest unser Sonnensystem inklusive Sonne ansaugen und zersetzen würde. Durch den Massegewinn wäre es dann imstande, auch viel weiter entfernte Planeten unserer Milchstraße anzusaugen. In dem Stadium entwickelt es auch ganz andere Expansionsgeschwindigkeiten als die, die wir im Moment beobachten.«

»Sagten Sie nicht, Sie halten es *nicht* für ein Schwarzes Loch?«, fragte die Beigeordnete.

»Das ist richtig. Ich muss zugeben, es ist immer eine etwas peinliche Situation, wenn man als Wissenschaftler ein Phänomen mit geheimnisvollen Substanzen erklären muss, deren Existenz nicht bewiesen ist. Wie ich vorhin erwähnte, ist das Weltall weniger leer, als man vor einigen Jahren noch glaubte. Denn selbst anscheinend leerer Raum, das Vakuum, ist keineswegs leer. Er ist erfüllt von Elementarteilchen, die aus dem Nichts entspringen und nach Sekundenbruchteilen wieder zerfallen. Da das ein stetiger Prozess ist, sind sie auch permanent vorhanden und können von diesem zerstörerischen Feld wie normale Materie angegriffen und zerstört werden. Auf die Weise gelangt es an jede Stelle des Universums und zerstört sie. Das bedeutet, dieses Phänomen, dieser Parasit, diese Anti-Materie oder was immer es sonst sein mag, zerstört nicht nur die Erde, sondern pflanzt sich darüber hinaus im ganzen Universum fort.«

»Entschuldigen Sie«, unterbrach Arielle Clémentine den Astrophysiker. »So faszinierend Ihr skizziertes Schreckensszenario auch ist, wir sollten uns vielleicht darauf konzentrieren, es nicht so weit kommen zu lassen. Möglicherweise handelt es sich wirklich um Anti-Materie. Aber noch mehr als die Frage nach ihrer Entstehung interessiert mich im Moment, wie wir sie bekämpfen könnten. Haben Sie darauf auch eine Antwort?«

»Ich fürchte, diese Frage kann Ihnen im Moment kein Mensch und kein Computer der Welt auch nur annähernd beantworten.«

Alle am Tisch schwiegen. Mit dem letzten Satz war mit einem Schlag alles gesagt, was gesagt werden konnte. Allmählich machte sich unter den Konferenzteilnehmern Beklemmung breit. Denn das Resultat ihrer bisherigen Unterredung war nichts anderes als die Feststellung, dass die Menschheit dem sicheren Tod geweiht war. Auch die Beigeordnete verstummte. Sichtlich nervös faltete sie ihre Hände auf der Tischplatte und knetete ihre langen, zarten Finger.

»Ich hätte nicht gedacht, dass das hier so ein unterhaltsamer Morgen wird«, durchbrach Gérard Tavernier das allgemeine Schweigen. Seine Stimme klang leise, beinahe zögernd und ein wenig zu hoch. Er sah niemandem direkt in die Augen, sondern betrachtete fasziniert Arielle Clémentines Hände.

»Ich glaube, Sie verwenden das falsche Adjektiv, Monsieur«, widersprach Valérie Mairesse. »Sie meinten wohl *trauriger* Morgen.«

»Nein, nein«, versicherte er. »Sie haben mich schon richtig verstanden. Besorgniserregend wäre es für mich, wenn sie alle hier wichtige Entscheidungen treffen könnten, die über Wohl und Wehe unzähliger Menschen entscheiden würden. Aber mit Verlaub, diese Runde besitzt doch eher die Wertigkeit eines beschaulichen Kaffeekränzchens. Hier erzählt einer eine Anekdote, da spinnt einer eine hübsche Geschichte zusammen; es ist wirklich höchst unterhaltsam, Ihnen zu lauschen.«

»Und was schlagen Sie vor?«, fragte Marc Caubère. »Sie haben bisher noch gar nichts gesagt.«

»Ich bin ja auch nicht zum Sprechen hier, sondern zum Zuhören. Mademoiselle Dorléac hat das Sagen. Und ich bin sehr gespannt, wohin uns das führen wird. Wenn Sie mich schon um meine Meinung fragen, ist irgendwem vielleicht in den Sinn gekommen, dass wir das, was wir hier gerade erleben, vielleicht ›Evolution‹ nennen könnten?«

»Ich muss gestehen, ich kann Ihnen nicht ganz folgen«, räumte Victor Garrivier ein.

»Wissen Sie, dieses ganze Gerede über Klimakatastrophe, über Treibhauseffekt, Vergiftung der Meere und der Luft ist doch alles Mumpitz. Wir tun so, als wäre der momentane Zustand der Status Quo, der Idealzustand der Erde. Es ist vielleicht der Idealzustand für den Menschen, aber für die Erde? Es gab einmal eine Zeit, da war die Atmosphäre so giftig, wie wir es mit allen Treibgasen der Welt in Tausenden von Jahren nicht zustande bringen könnten. Es gab einmal eine Zeit, da verlief der Äquator quer durch Deutschland, und irgendwann lag halb Europa auf dem Grund eines Ozeans. Denken Sie, damals hätten Mikroben oder sonst eine Spezies, die sich bei den herrschenden Verhältnissen wohl gefühlt haben, gejammert: O Gott, die Erde verändert sich, das giftige Gemisch unserer Atmosphäre enthält plötzlich Sauerstoff, das könnte unser Ende sein? Gauben Sie mir, der Erde ist es schnurzegal, wie viele Tierarten aussterben, ob es irgendwann keine Wälder mehr gibt, oder ob aus den Ozeanen Kloaken geworden sind. Die Erde existiert weiter und wird auch weiter neues Leben schaffen, egal unter welchen Bedingungen. Wenn wir Menschen das nicht überleben, dann sind wir halt nur Opfer der Evolution geworden. Und das Ding da draußen gehört genauso zur Evolution wie wir. Vielleicht läuft unsere Zeit gerade ab, so wie auch die Zeit der Dinos ablief. Vielleicht ist etwas in diesem schwarzen Abgrund, das die neue Krönung der Schöpfung auf diesem Planeten ist. Die Evolution ist unser Problem. Eine Rasse stirbt aus, eine andere kommt. Ist doch ganz simpel.«

»Ich kann mir vage vorstellen, was Sie uns mit diesem kleinen Vortrag klarmachen wollen«, meinte Arielle Clémentine. »Aber ich für meinen Teil hielte es für besser, wenn wir ein wenig konstruktiver am Fortbestand der menschlichen Spezies arbeiten würden, statt uns fatalistisch mit unserem Aussterben abzufinden.«

»Na schön«, erwiderte er. »Aber sagen Sie nachher nicht, ich hätte Ihnen nicht das eigentliche Problem genannt.«

»In Ihrer Theorie gibt es nur einen kleinen Denkfehler«, konterte die Beigeordnete.

»Und der wäre?«

»Die Evolution löscht keine Arten willkürlich aus«, stellte sie klar. »Sie passt sie nur an Gegebenheiten an. Und die Evolution gab unserer Spezies die große und vielleicht im ganzen Universum einmalige Chance, uns auf einem, nämlich diesem Planeten zu entwickeln. Ich gebe zu, in den vergangenen Jahrzehnten haben wir dieses Geschenk nicht richtig zu würdigen gewusst und arbeiteten stattdessen mit aller Kraft daran, uns selbst auszurotten. Geben Sie dafür nicht der Evolution die Schuld. Wenn die Menschen ausgerottet werden, dann durch sich selbst.«

»Kommen Sie bitte auf den Punkt«, seufzte Tavernier gelangweilt.

»Haben Sie nicht zugehört?«, erwiderte sie kühl. »Der Punkt ist, dass die Evolution nicht willkürlich handelt, sondern sich Gegebenheiten anpasst. Und es gibt keine Gegebenheit, die unsere Ausrottung rechtfertig. Was immer dieses Ding hergebracht hat, es hat absolut gar nichts mit Evolution zu tun. Den Homo sapiens gibt es gerade seit etwa vierzigtausend Jahren. Ich finde, wir sind noch zu jung zum Sterben.«

### *10 Uhr 29 – Port de Bercy*

Dünne Dunstschwaden stiegen aus der Seine empor und legten sich als feiner Sprühregen über die Steine der Port de Bercy. In dem Nebel schimmerten hunderte Autoscheinwerfer wie geisterhafte Bernsteinkugeln. Stoßstange an Stoßstange verstopften die Fahrzeuge nicht nur die Brücke, sondern auch deren Zufahrtsstraßen bis hin zur Périphérie. Alle Welt versuchte verzweifelt aus der Stadt zu kommen. Und jetzt hingen die meisten Bewohner von Paris in den Straßen fest, der Verkehr ging weder vor noch zurück.

Gilberte Ardant saß in ihrem Auto mitten auf der Brücke im Stau. Die ungekämmten Haare standen der jungen Frau wie eine Löwenmähne wild in alle Richtungen ab. Ihr ungeschminktes Gesicht wirkte unnatürlich blass. Sie trug einen cremefarbenen Pullover, den sie in aller Eile übergestreift hatte, eine alte Jeans und Sandalen, die eigentlich zu kalt für die Jahreszeit waren. Nicht zum ersten Mal in ihrem Leben hatte sie heute Menschen sterben sehen; der Tod gehörte gewissermaßen zu ihrem Alltag, doch wie diese Menschen heute gestorben waren, das war selbst für sie ein einmalig furchtbares Erlebnis. Das Erstaunlichste daran schien ihr, dass sie selbst nicht zu den Toten gehörte, bisher jedenfalls nicht.

Die Zeit verstrich quälend langsam in diesem Blechkäfig, in dem sie mit ihrer Tochter Clémence gefangen war. Sie warf einen flüchtigen Blick auf die 9-Jährige mit dem dichten, blonden Haar, das von einem Haarreifen gebändigt wurde. Das Mädchen kauerte regungslos auf dem Beifahrersitz. Seine Augen waren geschlossen und es weinte leise.

Nicht einmal zwei Stunden waren vergangen, seit Gilberte zum ersten Mal gesehen hatte, wie der Erdboden ganze Bauwerke verschlungen hatte. Es schien ein Wunder, dass sie diesem Krater entgangen war, der sich wie ein gewaltiges Ungeheuer durch die Stadt fraß und verschluckte, was er an Beute kriegen konnte. Soweit sie das während ihrer Flucht mitbekommen hatte, waren die Straßen beim Hallenviertel besonders stark betroffen.

Während der Albtraumfahrt hatte die junge Mutter ihrer Tochter versichert, dass alles gut werden würde, dass ihnen keine Gefahr drohe und sie unbeschadet aus Paris herauskommen würden. Ihr selbst fiel es allerdings schwer, das zu glauben.

Ein urgewaltiger Lärm hatte sie an diesem Morgen aus dem Schlaf geschreckt. Es klang wie das Grollen von Explosionen, wie das Dröhnen gigantischer Glocken, die das Ende der Welt einläuteten.

Ruckartig fuhr sie aus dem Tiefschlaf und war schlagartig hellwach. Mit wild klopfendem Herzen schwang sie sich aus dem Bett und stellte überrascht fest, dass ihr das Nachthemd völlig durchgeschwitzt wie eine zweite Haut am Körper klebte. Angewidert streifte sie es über den Kopf, ließ es zu Boden fallen und schlüpfte in ihren Morgenmantel. Obwohl es sie drängte, einen Blick auf die Straße zu werfen, zog sie sich betont langsam um. Wie zum Beweis, dass es nichts Beunruhigendes gab, was eine hektische Eile rechtfertigen würde. Dem Verstand zum Trotz trieb sie eine fremde Stimme aus dem Unterbewusstsein an, die sich einfach nicht zum Schweigen bringen lassen wollte. Gilberte war aber nicht gewillt, sich hetzen zu lassen, nur weil sie eine innere Stimme dazu mahnte.

Bedächtig trat sie an ein Fenster. Überzeugt, dass ihr Instinkt sie trog, schob sie die Vorhänge beiseite. Als erstes verwunderte sie, dass sie einen schwarzen Himmel sah. Der Uhrzeit nach sollte der Tag längst dämmern. Es musste ja kein strahlend blauer, von viel Sonne begleiteter Tag sein, aber es sollte doch zumindest hell genug sein, dass man selbst schmutziggraue Wolken am Himmel erkannte.

Als Gilberte den Blick senkte, wurde sie Zeuge des spektakulärsten Schauspiels, das sie je gesehen hatte. Keine hundert Meter entfernt ragte ein klobiges Hochhaus aus dem bunten Dächermeer. Tagsüber bot es keinen sehr hübschen Anblick. Doch abends, wenn es dunkel wurde, leuchteten die erhellten Fenster wie funkelnde Juwelen.

Ein dumpfes Brummen ging von dem Gebäude aus, dessen Mauern plötzlich Risse durchzogen. Glasscheiben explodierten und Balkone brachen auseinander, während das Dach wie von Zauberhand ins Innere des Hauses hinabgezogen wurde. Als würde jemand die Luft aus einer gigantischen Papiertüte saugen. Die Fassade zerfiel in unzählige Fragmente.

Halt suchend klammerte sich Gilberte am Vorhangstoff fest. Das Donnern des eingestürzten Hochhauses war längst verklungen, da stand sie immer noch da und lauschte wie betäubt dem Rauschen des aufbrausenden Sturmes. Plötzlich drehte sie sich abrupt um und rannte nach nebenan ins Kinderzimmer. Wo war ihre Tochter?

»Clémence?«, schrie sie und durchquerte den Raum.

Das Kinderbett war leer, aber die Matratze fühlte sich noch warm an, folglich konnte das Mädchen nicht weit sein.

Sie fand ihre angstzitternde Tochter im Kleiderschrank eingezwängt auf dem Boden kauernd. Aus Angst vor dem Krach hatte sie sich dort versteckt. Als innerhalb der nächsten zehn Minuten noch zwei weitere Gebäude in der Nähe einstürzten, fühlte sich die junge Mutter in ihrer Wohnung nicht mehr sicher. Nachdem sie und ihre Tochter sich rasch angezogen hatten, verließen sie mit einem Koffer voller eilig zusammengeraffter Habseligkeiten das Haus. Dabei wusste Gilberte noch nicht einmal genau, wohin sie überhaupt wollte. Nur erst mal raus aus Paris, danach blieb Zeit, um in Ruhe die nächsten Schritte zu überlegen.

Vor einem halben Jahr hatte sie sich nach langem Zögern einen betagten Citroën zugelegt. Der Besitz eines Autos in einer Stadt wie Paris barg neben Annehmlichkeiten auch eine Reihe Risiken. Glücklich durften sich diejenigen schätzen, die einen Parkplatz in der Nähe ihrer Wohnung fanden. Und hatte man einen solchen Goldplatz ergattert, dann gab man ihn nur widerwillig wieder her. Doch Gilberte brauchte ein Auto, damit Clémence pünktlich in die Schule und sie zur Arbeit kam.

Diesmal hustete und röchelte der Motor besonders ausgiebig, ehe er würgend ansprang. Normalerweise saß die Kleine auf dem Rücksitz, doch heute machte ihre Mutter eine Ausnahme und sie durfte auf dem Beifahrersitz Platz nehmen.

Die Seitenstraße, in der sie wohnte, lag wie üblich ruhig und verschlafen da. Doch kaum bog sie in die nächst größere Querstraße, zerriss das Heulen Dutzender Motoren und ein wildes Hupkonzert die Stille. Gilberte brachte ihr Fahrzeug mit einer Vollbremsung zum Stehen. Vor Überraschung wie gelähmt, starrte sie fassungslos auf das Szenario, das sich vor ihr entfaltete. Es war irritierend und hatte mit dem normalen Verkehrschaos in Paris nichts zu tun. Der Autolärm wurde nur noch vom hysterischen Gekreisch unzähliger Menschen übertönt, die über die Trottoirs hetzten, wo sich tumultartige Szenen abspielten. Die Luft war erfüllt von Schreien und Flüchen. Viele waren im Morgenmantel Hals über Kopf aus ihren Wohnungen geflohen. In ihrer Panik gefangen, drängten sie immer respektloser über die Straße zwischen den Autos hindurch. Sie rannten, als ob sie um ihr Leben liefen und verwandelten die zweispurige Fahrbahn in ein verstopftes Chaos von brandenden Menschenwellen, in deren Mitte die Autos nur im Schritttempo vorwärts kamen. Irgendwo schepperte Blech. Einem Fahrer schmorten die Nerven durch und mit Vollgas bahnte er sich gewaltsam einen Weg durch die Autoschneise. Nach wenigen Metern prallte er gegen einen Kleintransporter, schleuderte dabei gegen einen Laternenpfahl und beendete seine kurze Amokfahrt auf dem Bürgersteig. In panischer Angst kletterten, strauchelten und rutschten die Passanten über das Hindernis hinweg. Einige schrien den Fahrer an, er solle seine Kiste wegbewegen. Dieser löste sich nur zögernd aus der Erstarrung und taumelte benommen aus dem Fahrzeug, wobei er unaufhörlich hysterische Schreie ausstieß.

Ohne zu begreifen, was sich hier abspielte, reihte sich Gilberte in die Kolonne ein, die jedoch immer zähflüssiger vorankam. Wenn sie in dem Tempo weiterfuhr, würde es mehrere Stunden dauern, bis sie die Périphérie erreichte. Das hieß, falls sie überhaupt je am Stadtrand ankam. Am Stop-and-Go zeichnete sich bereits ab, dass die Fahrzeugschlange früher oder später ganz zum Stehen kommen würde. Vorsichtshalber bog sie deshalb in die nächstbeste Querstraße ab. Endlich zahlte sich die Zeit aus, als sie als Taxifahrerin gejobbt hatte. Sie kannte jeden Schleichweg von Paris.

In der Hoffnung, dass es im Süden weniger Staus gab, fuhr sie erst Richtung Les Halles. Dort wurde es aber eher schlimmer als besser. Unterwegs erblickte sie zerstörte Straßenzüge und Trümmerstätten aus Beton und Glas. Es sah wie nach einem Erdbeben aus, nur mit dem Unterschied, dass die todbringenden Erdstöße nirgendwo Ruinenhalden aufgeschüttet hatten. Es war, als hätte die Erde die Reste der zerstörten Häuser verschluckt. Zwischendurch explodierten auch immer wieder geborstene Gasleitungen. Mächtige Feuersäulen schossen dann zehn, zwanzig Meter in die Höhe und loderten mahnend zum Himmel.

Durch relativ unbefahrene verwinkelte Gassen bog Gilberte Richtung Osten ab. Ihr Plan, den Innenstadtbereich zu umfahren und dann über die Pont de Bercy und den Boulevard Vincent Aurrol die Staus zu umgehen, erwies sich als Sackgasse. Mitten auf der Brücke über der Seine ging nichts mehr. Das Ausmaß des Verkehrsinfarktes überstieg alles Vorstellbare.

Stoßstange an Stoßstange standen die Autos kilometerweit in beide Richtungen.

Gilberte sorgte sich um ihre weinende Tochter und bemerkte ihre eigenen Tränen nicht. Sie wünschte sich mehr denn je, Clémence hätte einen mutigen und entschlossenen Vater, der ihr mehr Sicherheit und Trost geben konnte als sie. Diese Attribute schlossen ihren leiblichen Vater von vornherein aus. Als 17-Jährige hatte sie sich bei ihrer ersten Begegnung im Jugendheim ihres Heimatdorfes in ihn verliebt. Heute wusste sie, dass es damals mit ihrer Menschenkenntnis nicht besonders weit her war. Seinerzeit aber war ihr Eindruck von diesem blassen, jungen Mann, der da zum ersten Mal vor ihr stand und ihr puderweich die Hand drückte, überaus positiv. Und der erste Eindruck war ein bleibender Eindruck. Im Nachhinein ärgerte sie sich, dass sie damals nicht argwöhnischer oder zumindest vorsichtiger gegenüber ihren völlig neuen Gefühlen gewesen war. Aber vermutlich war es genau diese mangelnde Erfahrung, die sie so empfänglich für den distanzierten Charme des jungen Kaplans machte. Sie wollte wirklich glauben, dass er genau so war, wie sie ihn sich vorstellte: vollkommen rein und keusch.

Wenn er die Messe las, war sie immer eine der ersten in der Kirche, um ja einen Platz in der vordersten Bank zu ergattern. Und manchmal, wenn er sie vom Altar aus ansah, hatte sie den Eindruck, seine Blicke gingen durch ihre Kleidung hindurch bis auf ihre Haut, was bei ihr eine Mischung aus Scham und einem berauschenden Gefühl auslöste.

Gilberte war sich bewusst, dass ihre Liebe unerfüllt bleiben würde, denn der junge Diener Gottes hatte ein Keuschheitsgelübde abgelegt; was sollte da schon passieren? Tat es auch nicht, bis der Kaplan die örtliche Jugend zu einer Meditationsnacht am Karsamstag einlud.

Als sie sich nach Rücksprache und mit ausdrücklicher Erlaubnis ihrer Eltern dafür einschrieb, fragte sie sich, was sie dem Geistlichen in der Nacht alles sagen sollte, falls sie während der Meditation überhaupt reden durften. Schließlich sollten sie ja innere Einkehr halten. Aber wahrscheinlich würde er sie in dem Gedränge dort sowieso nicht wahrnehmen.

Umso größer war ihr Erstaunen, als sich außer ihr und dem Kaplan nur noch drei Messdiener ihres Alters im Jugendheim einfanden. Der Priester begrüßte sie souverän und lächelte Gilberte ermutigend an. Vermutlich stand ihr die Naivität unübersehbar ins Gesicht geschrieben. Anschließend verzogen sich die Messdiener in ein Nebenzimmer, während sich der Kaplan in einem Sessel einem dicken Buch mit vergoldetem Ledereinband widmete. Gilberte kam sich plötzlich wie ein Fremdkörper vor. Mit zitternden Knien stand sie still an einem Fenster und wartete. Worauf? Das wusste sie selbst nicht. Der Kaplan schien sie jedenfalls nicht zu bemerken.

Was sollte sie hier noch weiter rumstehen, wo sie doch niemand beachtete? Gerade als sie den Raum diskret verlassen wollte, sprach sie der Kaplan an. Seine samtweiche Stimme gab ihren auf Sparflamme heruntergedrehten Liebesgefühlen neuen Schwung. Sie loderten voll auf, ließen jedes Fünkchen Verstand verglühen und ersetzten letzte Reste von Willenskraft durch schwindlige Glückseligkeit. Ihre Unterhaltung war eigentlich ein Monolog, den er führte. Worüber sie im Einzelnen sprachen, wusste sie später nicht mehr zu sagen. Aus dem Nebenzimmer drang dabei immer unüberhörbarer das Gejohle und Gelalle der Messdiener, die ihr Glück in stimmungsfördernden Getränken fanden. Irgendwann nach Mitternacht stand plötzlich der Obermessdiener, ein aufgedunsener Koloss mit kleinen, glasigen Äuglein in der Tür. Sein bleiches Gesicht glänzte, als hätte er es mit Margarine eingerieben. Er wollte etwas sagen, aber aus seiner Kehle stiegen nur erstickte Würgelaute. Ungelenk drehte er sich um und schien umzukippen; stattdessen stolperte er in das Nebenzimmer zurück und taumelte an dem Sofa mit den beiden anderen Messdienern vorbei Richtung Balkontür. Buchstäblich im allerletzten Moment schaffte er es bis nach draußen und hängte sich mit seinem immensen Bauch über die Betonbrüstung, wo er sich erbrach. Ein Teil seines schleimigen Mageninhalts ergoss sich über seinen linken Arm, den er beim Abstützen ungeschickt vom Geländer abgewinkelt hielt. Der Rest platschte wie ein Wasserfall drei Meter tiefer auf den Bürgersteig. Anschließend kroch er auf allen vieren ins Zimmer zurück, wo er zusammengekrümmt wie ein vom Baum gefallener Orang-Utan auf dem Fußboden liegen blieb.

Der Kaplan ließ die beiden angetrunkenen Messdiener ihren halb besinnungslosen Kumpel nach Haus bringen. Dann kehrte er völlig zerknirscht zu Gilberte zurück. Wenn das mit dem Besäufnis herauskam, würde ihn der Pfarrer dafür verantwortlich machen. Verzweifelt suchte sie nach den rechten Worten, um ihn zu trösten. Am liebsten hätte sie ihn in die Arme genommen; stattdessen ergriff sie nur seine Hand. Er schaute sie an und sie lächelte.

Sie wollte ihm gefallen. Und sie gefiel ihm ganz offensichtlich. Nach einem weiteren verbalen Geplänkel, das sich bis etwa drei Uhr nachts hinzog, verabschiedete sie sich von der Klischeevorstellung des reinen, keuschen und abstinenten Geistlichen.

Sie war nicht die erste junge Frau in ihrem kleinen Heimatort, die mit Siebzehn schwanger wurde. Aber sie war die Erste, die von einem Geistlichen geschwängert worden war, oder zumindest die Erste, die dabei aufgeflogen war.

Zunächst hatte der Kaplan sie beschworen, niemandem zu erzählen, dass er der Vater sei. Er drängte sie, das Kind heimlich zur Welt zu bringen und dann zur Adoption freizugeben. Als sie sich weigerte, mied er sie und ließ sich verleugnen.

Anfangs fasste es die 17-Jährige nicht, dass der Priester, dessen Credo in seinen Predigten das Gebot der Nächstenliebe war, sie einfach fallengelassen hatte. Es war schlimmer als das: Er hatte sie weggeworfen.

Diese Tatsache verdrängte sie zunächst in der Phase des Nicht-Wahrhaben-Wollens noch. Beharrlich verleugnete und ignorierte sie die Fakten und gab sich lieber dem qualvollen Wechselspiel zwischen Hoffnung und Verzweiflung hin, was starke Stimmungsschwankungen zur Folge hatte: Selbstzweifel wechselte mit Ängsten und ohnmächtiger Wut. Vielleicht war ihr Vorstellungsvermögen einfach zu begrenzt, denn sie hätte diese Kaltherzigkeit bei einem Geistlichen nie für möglich gehalten.

Gilberte passte den Kaplan schließlich eines Sonntags nach der Messe ab. Der Gesang und die Orgeltöne waren noch nicht verstummt, da schlich er auch schon aus der Sakristei. Als sie ihn zur Rede stellte, erwartete sie nicht, dass er gleich mit ihr durchbrennen würde. Sie erhoffte aber, zumindest in seinem Gesicht ein Zeichen seiner Zuneigung zu entdecken, oder dass er wenigstens sein ablehnendes Verhalten ihr gegenüber bereute und sich dafür entschuldigte.

Aber er wandte sich nur ab, als könne er ihren Anblick nicht ertragen. Danach war ihr klar, dass ihre Gefühle nicht auf Gegenseitigkeit beruhten. Er ließ sie mit ihrem Kind und ihrem Schmerz allein, hatte sie eiskalt abserviert und sich noch nicht einmal die Mühe gemacht, das mit hohlen Floskeln zu kaschieren. Das einzige Ergebnis dieser Unterhaltung waren ihre geplatzten Illusionen. Was Liebe gewesen war, verwandelte sich in Abscheu.

All ihrer Emotionen beraubt, fühlte sie sich nach dem Treffen nur noch wie eine leere Hülle. Zum Schluss war sie nicht einmal mehr zu Wut oder Verbitterung fähig.

Als die Rundungen ihres Bauches das Offensichtliche nicht mehr leugnen ließen, gestand sie ihren Eltern die Schwangerschaft. Ihr Vater zeigte den Kaplan an. Der verwahrte sich vehement gegen alle Beschuldigungen und behauptete seinerseits, Gilberte sei eine Sünderin, die es gewagt habe, seinen Namen und damit den der Kirche mit einer Lüge zu besudeln, weil er ihre Gunstbeteuerungen abgewiesen hätte.

Bevor es zu einem Prozess kam, hatte sie ein Vertreter der Diozöse besucht. Dieser sehr freundliche Herr hatte großes Interesse daran, dass sie zugänglich und kooperativ blieb, damit sich diese unschöne Sache nicht zu einem Skandal auswuchs. Er zweifelte nicht daran, dass sie die Wahrheit sagte, denn mit Kaplänen hatte er schon seine Erfahrungen gemacht. Je jünger sie waren, desto schwerer hatten sie ihre Hormone und unterdrückten Triebe im Griff.

In einem Gespräch unter vier Augen unterbreitete er ihr das Angebot, dass die Kirche für den Unterhalt des Kindes aufkommen würde, wenn ihre Eltern im Gegenzug auf einen Prozess verzichten würden. Sie willigte ein. Der Kaplan wurde bald darauf versetzt und sie erhielt den versprochenen Unterhalt für ihre kleine Tochter.

Doch damit begann der grausamste Teil dieses Dramas: die Hetzjagd durch ihr Dorf. Nachbarn und ehemalige Freunde behandelten sie wie eine Aussätzige. Diese heimlichen Blicke voller Feindseligkeit, Verachtung und sogar Hass, wohin sie auch ging. Auch wenn es niemand aussprach, hielten die Leute sie für eine Hure, die einen unerfahrenen Kaplan verführt hatte.

Um ihrem Kind später dieses Spießrutenlaufen zu ersparen, zog sie nach Paris. Von einem Tag auf den anderen änderte sich ihr Leben vollkommen.

Sie war gezwungen, alles hinter sich lassen, was ihr einmal wertvoll erschienen war. Am liebsten hätte sie auch ihre Erinnerungen zurückgelassen, zumindest den Teil davon, der sie seit neun Jahren quälte. Leider war es ihr unmöglich, vor den Schuldgefühlen davonzulaufen.

Die junge Mutter zog ihre Tochter alleine groß. Nie empfand sie Clémence als eine Last, die sie mit sich herumschleppen musste, sondern als eine Bereicherung. Als die Kleine in den Kindergarten ging, besserte ihre Mutter die spärliche Haushaltskasse auf, indem sie halbtags Taxi fuhr. Dadurch konnten sie aus dem finsteren Loch in der Rue Cortot in eine hübschere Wohnung mit Balkon ziehen. Später fand sie eine feste Anstellung in einem Krankenhaus und brachte es dort durch Förderkurse bis zur Hilfskrankenschwester. Am liebsten hätte sie in der Kinderstation gearbeitet, stattdessen setzte man sie auf der Intensivstation ein, wo das Sterben zum Alltag gehörte. Inzwischen hatte sie den Tod in all seinen Facetten und Variationen kennen gelernt. Anfangs war das eine fürchterliche Erfahrung, inzwischen war ihre Fähigkeit zum Mitleid abgestumpft. Und das war gut so, wie sonst hätte sie die täglichen Gräuel ohne emotionelle Schäden überstehen sollen?

Die Bilder der Erinnerungen begannen zu verblassen und die Realität schob sich darüber. Gilberte hatte keine Ahnung, wie viel Zeit verstrichen war, seit sie auf der Brücke im Stau steckte. Wahrscheinlich musste sie noch viele Stunden hier ausharren.

Clémence hatte seit ihrer Abfahrt kaum ein Wort gesagt und war inzwischen völlig stumm. Sie saß regungslos da, vor Furcht erstarrt und reagierte auch nicht auf Zureden. Sie hielt ihre Augen fest zugepresst, denn sie hatte an diesem Morgen mehr Schreckliches gesehen, als eine 9-Jährige verkraften konnte. Ihre Mutter wollte gerade etwas Tröstendes zu ihr sagen, da ruckelte das Auto leicht. Im ersten Moment dachte Gilberte, jemand sei ihr hinten drauf gefahren. Doch wie sie hatten auch alle anderen Autofahrer auf der Brücke die Motoren abgestellt, um Benzin zu sparen.

Gilberte wünschte sich, sie wäre endlich von dieser verdammten Brücke runter. Beim Gedanken an die gewaltigen Wassermassen unter ihr krampfte sich ihr Magen zusammen. Möglicherweise regte sie sich aber auch umsonst auf. Vielleicht hatte nur ein heftiger Windstoß das Auto ins Ruckeln gebracht. In den letzten Minuten hatte der Sturm erheblich an Fahrt aufgenommen. Kaum hatte sie der Gedanke halbwegs beruhigt, hörte sie, wie draußen Autotüren aufgerissen und wieder zugeschlagen wurden. Immer mehr Menschen drängten an ihrem Auto vorbei und flohen von der Brücke.

»Clémence«, sagte sie sanft und rüttelte ihre Tochter an der Schulter. »Komm, wir müssen hier weg.«

Doch das Mädchen rollte sich nur noch mehr zusammen und drehte seinen Kopf weg.

Draußen knackte irgendwo Gestein.

»Clémence. Bitte.«

»Nein, ich will hier nicht weg«, schluchzte die Kleine und presste beide Hände auf die Ohren. »Lass mich.«

Bevor ihre Mutter die Geduld verlieren konnte, ließ sie ein heftiges Schwanken erstarren. Im selben Moment knallte und krachte es hinter ihr, als ob die Welt explodierte

Vor wenigen Minuten hatte der gewaltige Abyssus weiter flussabwärts die Kaimauern der Seine erreicht. Die dünner werdende Barriere durchzogen immer mehr Kapillarrisse, durch die Wasser sickerte. Schließlich hielt das brüchige Mauerwerk dem enormen Wasserdruck nicht mehr stand und auf einer Länge von fast fünfzig Metern barst die Kaimauer auseinander. Abermillionen Tonnen Wasser ergossen sich kaskadenartig in den Krater, wo sie die Schwärze verschluckte.

Flussabwärts versiegte die Seine zu einem schlammigen Graben, dagegen entstand quellaufwärts eine immer reißendere Strömung. Sie reichte bereits aus, um erst kleinere, dann auch die größeren vor Anker gegangenen Schiffe und Hausboote loszureißen.

Unter der Port de Bercy, auf der Gilberte im Stau steckte, rauschten die von Sturm und Wassersog aufgepeitschten Fluten immer mörderischer vorbei. In der Flussmitte kämpfte ein Frachtschiff gegen die übermächtige Strömung. Es war offensichtlich, dass es diesen Kampf verlieren und in wenigen Augenblicken einen der Pfeiler rammen würde. Die meisten Autofahrer auf der Brücke erkannten die Gefahr und flohen Hals über Kopf zu Fuß davon.

Gelähmt vor Sorge saß Gilberte in ihrem Auto. Links und rechts neben sich hörte sie Schritte und Schreie. In dem verzweifelten Versuch, sich zu retten, stießen sich die Leute gegenseitig rücksichtslos aus dem Weg. Eine Frau blieb plötzlich stehen und machte kehrt, um eine Handtasche aufzuheben, die sie fallengelassen hatte.

»Lass liegen!«, schrie ihr Begleiter und riss sie am Arm mit sich. »Wir müssen weg!«

Immer mehr Menschen hetzten an den abgestellten Fahrzeugen vorbei. Einige der Fliehenden befreiten sich aus dem Gewimmel, indem sie über die Autos kletterten. Gilberte musste mit dem Öffnen der Fahrertür warten, bis das Gedränge davor vorbei war. Deswegen war sie eine der letzten, die auf der Brücke ihr Fahrzeug verließ. Kaum hatte sie die Füße auf den Asphalt gesetzt, bäumte sich die Fahrbahndecke auf. Stahlverstrebungen wummerten, krachend barst gesplitterter Beton und Autos rutschten kreuz und quer.

Gilberte verlor das Gleichgewicht. Trotz des Schrecks besaß sie aber genug Geistesgegenwart, die Hand ihrer Tochter festzuhalten, die sie wie eine

Puppe aus dem Fahrzeug riss. Erneut bebte die Brücke heftig und schlimmer denn je.

Das gegen den Mittelpfeiler gerammte Frachtschiff war manövrierunfähig leck geschlagen und neigte sich gefährlich zur Seite. An Bord brach Panik unter der Mannschaft aus. Noch während das Schiff sank, wurde es von einem kleineren Schlepper gerammt. Normalerweise hätte der kaum einen Kratzer am Buglack hinterlassen, doch die tosende Gischt verwandelte das Boot in ein Geschoss, das den Frachter in zwei Hälften durchteilte.

Gilberte stolperte und schlug hart auf den Asphaltboden, der auf der einen Fahrbahnseite regelrecht hochgehoben und an der anderen heruntergedrückt wurde. Alles, woran sie dachte, war ihre Tochter.

»Clémence!«, schrie sie ängstlich und taumelte mühsam auf die Beine.

Das Mädchen lag einige Meter weiter mit ausgebreiteten Armen auf dem Bauch und gab keine Antwort, sondern versuchte, sich irgendwo auf dem wild schlingernden Untergrund festzuhalten. Ehe sie ihre Tochter erreichte, brach das vordere Drittel der Brücke komplett auseinander und zerriss die restliche Fahrbahn in mehr oder weniger große Bruchplatten. Gilberte verlor den Boden unter den Füßen und schleuderte im hohen Bogen zwischen einstürzenden Fahrbahntrümmern hindurch. Sie schrie um Hilfe, bis sie in die schäumende Gischt eintauchte. Hart klatschte sie auf das öligschwarze Wasser. Die Wucht des Aufpralls presste ihr die Luft aus den Lungen, die eisige Kälte der brodelnden Wassermassen stieß ihr bis ins Mark und lähmte jeden Muskel. Im selben Moment riss sie die Strömung fort und zerrte sie gleichzeitig in die Tiefe. Wie durch ein Wunder wurde sie in dem Trümmerregen nicht von Steinbrocken oder einem herabstürzenden Auto erschlagen. Dafür hielt sie ein gnadenloser Mahlstrom unter Wasser umklammert, bis ihre Gegenwehr erlahmte. Umso unerwarteter verlangsamte sich plötzlich der Abwärtstrieb. Die Gunst des Augenblicks nutzend, schwamm sie rasch nach oben. Hektisch tauchte sie aus den Wellen und schnappte nach Luft. Gleichzeitig spähte sie in alle Richtungen und versuchte, irgendwo Clémence zu entdecken. Die reißende Strömung hatte sie schon ein gutes Stück von der Brücke fortgetragen. Obwohl sie bei jedem Atemzug Unmengen Wasser schluckte, versuchte sie, den Kopf über Wasser zu halten und zu schwimmen. Doch ihre verzweifelten Armbewegungen richteten nichts gegen die Gewalt der Strömung aus.

Mit ungelenken Zügen zerteilte sie die aufgewühlten Wellen und schrie und schrie. Aber niemand antwortete. Ihre Gedanken drehten sich nur noch im Kreis: Wo war ihr Kind?

Unzählige Gegenstände, Holzteile, alte Kartons, aufgeweichte Abfälle und aufgedunsene Tierkadaver trieben vorbei. Dazwischen tauchten immer wieder Körper von Menschen auf, die ihren letzten Atemzug längst getan hatten. Ihren Anblick ignorierend, kämpfte sie gegen Wirbel, die sie immer wieder nach unten reißen wollten. Mit jeder Bewegung wurden ihre Arme schwerer. Bald würde sie sich nicht mehr über Wasser halten können und sich die Seine über ihrem Kopf schließen.

Plötzlich hörte sie ihre Tochter schreien. Mit wild klopfendem Herzen schwamm Gilberte auf sie zu. Als sie die Stelle erreichte, wo Clémence hätte sein müssen, war die bereits untergegangen. Gilberte holte tief Luft und tauchte in die Finsternis hinab. Getrieben von der schier aussichtslosen Hoffnung, dass der Zufall ihr zu Hilfe kam, tastete sie mit ausgestreckten Armen durch die Dunkelheit. Die Luft drohte ihr auszugehen und immer noch hatte sie ihre Tochter nicht gefunden. Dabei musste sie auch noch gegen die reißende Strömung und die damit verbundenen Auftriebskräfte kämpfen. So sehr sie sich auch bemühte, sie konnte nicht verhindern, dass das Wasser sie unerbittlich von der Stelle wegriss, wo ihre Kleine ertrunken war.

In der Finsternis streiften ihre Hände alles mögliche, nur nicht das, wonach sie mit jeder Faser ihres Seins suchte. Allmählich wurde Gilberte die Sinnlosigkeit ihres Tuns bewusst. Selbst unter weniger widrigen Umständen wäre eine Rettung in solch einem riesigen Fluss so gut wie unmöglich gewesen. Und so wie die Dinge jetzt standen, würde sie ihre Tochter niemals finden, inzwischen war sie vielleicht sogar schon tot.

Dieser Gedanke erfüllte die verzweifelte Mutter mit Resignation. Damit einher gingen zunehmende Erschöpfung und Luftmangel. Sie wollte um keinen Preis auftauchen, dennoch musste sie es tun. Auf halbem Weg zurück an die Wasseroberfläche berührte etwas Weiches ihre Schulter. Im ersten Moment zuckte Gilberte zusammen. Dann bekam sie die Jacke ihrer Tochter zu fassen und hielt sie so fest sie konnte. An der Wasseroberfläche hustete Gilberte heftig, schnappte gierig nach Luft und hustete wieder. Clémence regte sich nicht.

Während die Strömung sie immer heftiger mit sich riss, versuchte sie den Kopf ihrer leblosen Tochter über Wasser zu halten. Augenblicke später schossen sie unter der Pont d'Austerlitz hindurch. In der Nähe von Brückenpfeilern bildeten sich auch bei ruhigem Flusswasser tückische Strudel, die schon manchem Badenden das Leben gekostet hatten. Aber jetzt war keine Zeit, über solche Gefahren nachzudenken. Gilberte hätte sowieso nichts an ihrem Kurs ändern können, dazu war die Strömung viel zu reißend.

Einige hundert Meter flussabwärts umspülte die Gischt mit unbändiger Wut die Cité-Inseln. Wie stolze Fregatten aus Stein trotzten diese der Flut.

Gilberte konnte ihren Kopf kaum noch über Wasser halten, da vernahm sie über das ohrenbetäubende Brausen des Stroms ein Unheil verkündendes Donnern wie von einem Katarakt. Doch die Seine besaß nicht einmal

Stromschnellen, geschweige denn einen Wasserfall. Das Donnern wurde lauter und die Strömung nahm kontinuierlich zu. Einen Kilometer weiter quoll der Fluss in immer breiterer Front aus seinem Bett und stürzte als schmutzigtrübe Wassermasse in den Abgrund. Durchbrochen wurde dieses ohrenbetäubende Brausen nur vom Getöse einstürzender Häuser in Ufernähe. Eine Ziegelsteinlawine nach der anderen versank in der brodelnden Gischt.

Obwohl es bis zu der ersten Insel weniger als eine Minute dauerte, schien Gilberte die Zeit wahnsinnig langsam zu verstreichen. Je näher sie der Inselspitze kam, desto deutlicher wurde ihr eine neue Gefahr bewusst, auf die sie zutrieb. Riss die Strömung sie an der Insel vorbei, würde der Abyssus sie verschlingen. Änderte sich die Strömung, würden sie an der Kaimauer der Insel zerschmettert werden. So oder so schien Rettung unmöglich.

Unmittelbar neben der Insel wurde sie von Wirbeln erfasst und herumgeworfen. Als Gefangene eines Strudels schleuderte sie gegen eine mehrere Meter hohe Kaimauer und hätte dabei um ein Haar das Bewusstsein verloren. Clémence glitt ihr aus dem Arm. Sie musste rasch nachfassen, um ihre Tochter doch noch festzuhalten. Mit der anderen Hand klammerte sie sich unbewusst an eine Eisenstange, die irgendwo über ihr aus der Steinwand ragte. Lange konnte sie so dem heftig an ihr zerrenden Wasser keinen Widerstand bieten, doch immerhin lange genug, um zu erkennen, dass es sich bei der Eisenstange um den Tritt einer Leiter handelte, die in die Mauer eingelassen war.

Die Todesangst verlieh der jungen Mutter die notwendige Kraft, um sich mit ihrem bewusstlosen Kind auf der Schulter Sprosse für Sprosse hochzuziehen. Nach einem unglaublichen Kraftakt erreichte sie den oberen Rand der Mauer und ließ sich dahinter auf das Kopfsteinpflaster sinken. Jetzt erst bemerkte sie, dass ihre Tochter nicht mehr atmete. Eine wässrige Blässe hatte sich über das Gesicht des Mädchens ausgebreitet.

Obwohl Gilberte selbst kaum noch Kraft zum Knien hatte, versuchte sie, ihre Tochter mit Mund-zu-Mund-Beatmung und Herzmassage wieder zum Leben zu erwecken. Ihre Arme zitterten vor Kraftlosigkeit und drohten jeden Augenblick den Dienst zu versagen, doch sie gab nicht auf. Ihre Ausdauer wurde endlich von einem leisen Zittern belohnt, das durch den Körper ihres Kindes fuhr. Es folgte ein Röcheln, dann Keuchen, Husten und endlich gurgelte das Mädchen Unmengen Wasser aus seiner Lunge. Ruckartig setzte es sich mit weit aufgerissenen Augen auf und gierte nach Luft.

»Clémence! Hörst du mich?« Gilberte kämpfte mit den Tränen.

Die Augen des Kindes flackerten. Es schaute die Mutter zwar an, aber sein Blick erreichte sie nicht.

Gilberte konnte nicht mehr. Das Adrenalin wich langsam aus ihrem Blut und an seine Stelle trat Erschöpfung. Schlaff glitt sie zur Seite, als wären ihre Glieder aus Blei und drückten sie nun zu Boden. Völlig ausgepumpt lag sie mit angewinkelten Beinen auf der Seite. Das Blut rauschte ihr dermaßen laut in den Ohren, dass sie keinen klaren Gedanken fassen konnte. Regungslos verharrte sie auf dem kalten Stein, bis sich die Muskeln ein wenig erholt hatten. Sie schloss die Augen und vernahm nur das Heulen des Sturmes und das Brausen des Wassers.

Als sie die Lider wieder hob, beugte sich ein formloser Schatten über sie. Anfangs konnte ihr Gehirn die von der Netzhaut übertragenen Bilder nicht verarbeiten. Erst allmählich verdichteten sich die Konturen ihrer Tochter. Sie sagte etwas, doch in Gilbertes Ohren zerplatzten die Töne in unzusammenhängende Fragmente. Als sie die Augen wieder schloss, versank sie erneut in Dunkelheit.

Nur langsam kehrte Gilbertes Bewusstsein zurück. Clémence saß regungslos neben ihr. Angst und Verwirrung standen dem kleinen Mädchen im Gesicht geschrieben, es war bleich wie Wachs.

Die junge Mutter war noch zu durcheinander, um ihrem Kind etwas Tröstendes zu sagen. Sie taumelte auf die Beine und wankte mit wackligen Knien an die Wasserkante. Weiter flussabwärts verharrte ihr Blick am gegenüberliegenden Ufer beim Quai de Louvre. Bei diesem Anblick war ihr, als starre sie durch eine angelehnte Tür in die Hölle. Gilberte drehte sich zu ihrer Tochter um und ging vor ihr in die Hocke. Während sie mit einer Hand die Tränen von ihren feuchten Wangenknochen wischte, versprach sie Clémence, dass jetzt alles gut werden würde.

Sie selbst glaubte allerdings nicht, dass noch irgendetwas den Untergang stoppen konnte, der die Welt heimsuchte. Stattdessen war sie überzeugt, dass der Jüngste Tag gekommen war und sich die Offenbarung des Johannes erfüllte:

Und der Tempel Gottes im Himmel wurde geöffnet, und die Lade seines Bundes wurde in seinem Tempel gesehen; und es geschahen Blitze und Stimmen und Donner und ein Erdbeben und ein großer Hagel. Und der Engel sprach mit lauter Stimme: »Fürchtet Gott und gebt ihm Ehre, denn die Stunde seines Gerichts ist gekommen!«

## XXIV. KAPITEL

# Tod in Paris

*10 Uhr 30 – Katakomben*

Der hüpfende Lichtstrahl seiner Taschenlampe eilte Osborne durch die in rotbraunen Fels gehauenen Gänge voraus und reflektierte Millionen aufgewirbelter Staubpartikel. Ab und an blieb er stehen und schaute zurück, als fürchte er das plötzliche Erscheinen eines Dämons aus der Finsternis.

Ganz auf sich allein gestellt, stolperte er orientierungslos weiter. Geröllhalden, deren Überklettern ihn wertvolle Zeit kostete, blockierten zunehmend den Weg. Am Ende des Abschnitts versperrte ein Gitter den Durchgang. In diesem unterirdischen Bereich war es ganz still; nur ab und an ertönte das Heulen des Sturmes, ehe es sekundenlang verstummte und dann wieder einsetzte. Umso heftiger zuckte der Wissenschaftler zusammen, als er plötzlich ein schrilles Knirschen vernahm. Sein Herz hämmerte laut und schnell. Gleichzeitig wunderte er sich über die aufsteigende Panik. Er würde hier unten sterben, das wusste er spätestens seit Dimitris Tod mit glasklarer Gewissheit. Wieso rannte er vor dem Unausweichlichen davon? Vielleicht, weil sein Überlebensdrang immer wieder seinen Verstand ausschaltete? Man konnte seinem Schicksal nicht davonlaufen, aber man konnte es zumindest versuchen. Der eigene Tod war eine zu unerträgliche Vorstellung, um sich ihr widerspruchslos hinzugeben.

Er packte die Gitterstangen und rüttelte daran. Das Tor war unverschlossen. Trotzdem verstrichen durch das Öffnen wieder kostbare Sekunden. Der Fels erbebte und das Grollen wurde lauter. Osborne flüchtete weiter. Erschöpft stolperte er durch Gänge, deren Wände jetzt aus Totengebeinen bestanden. Sie waren vom Boden bis zur Decke mit Knochen übersät. Auf den Gebeinmauern waren Schädel in kunstvollen Mustern drapiert, die die Sterblichen höhnisch mit braunverfaulten Zahnstümpfen angrinsend an ihr Schicksal erinnerten. Unentwegt huschte das Licht der Taschenlampe über die seltsamen Gebilde, zu denen man die Knochen und Schädel gemauert hatte. Eine Säule aus Totenköpfen wirkte massiv und geradezu klobig im Gegensatz zum filigranartigen Aussehen der Bein- und Armknochen, die die Wände verzierten. Es waren Millionen Gebeine von namenlosen Toten, die zu Mosaiksteinchen zerlegt und neu zusammengesetzt worden waren. In Stein gemeißelte Inschriften verrieten, von welchen Friedhöfen die Skelette stammten.

Halb wahnsinnig vor Angst floh der Computerexperte weiter. Dabei achtete er nicht auf den Weg, sondern rannte blindlings durch die Stollen. Sein Atem ging stoßweise, seine Lungen brannten immer unerträglicher und seine Ausdauer wurde allein noch von Todesangst genährt. Er stolperte und stürzte zu Boden. Der Aufprall war so heftig, dass vor seinen Augen ein grandioses Feuerwerk blitzte. Schwerfällig rappelte er sich auf die Knie, dann ließen ihn seine zitternden Beine im Stich. Er musste sich gegen die Tunnelwand stützen und daran hochziehen. Anschließend taumelte er in den nächsten Seitengang. Erst hier fiel ihm auf, dass sowohl der Lärm als auch der Orkan an Heftigkeit deutlich nachgelassen hatten. Völlig ausgepumpt blieb er stehen und drehte sich um. Niemand zu sehen. Ein herrliches Gefühl unaussprechlicher Erleichterung durchrieselte ihn.

Dann marschierte er weiter, bis seine Beine versagten. Schwer um Atem ringend, blieb er stehen und versuchte sich zu orientieren. Vor ihm lagen düstere Korridore, hinter ihm war Totenstille. Umso unerwarteter drangen aus dem Erdreich plötzlich allerlei Laute, von denen keiner dazu angetan war, seine überstrapazierten Nerven zu beruhigen.

Osborne konnte sich nicht länger auf seinen butterweichen Beinen halten. Die letzten Kraftreserven hatten ihn endgültig verlassen. Seine Muskeln flatterten regelrecht und kalter Schweiß überzog seinen Körper mit einem Film. Er hielt sich mit einer Hand an einem Knochen fest, der aus der Wand ragte, während sich ein Krampf durch sein Bein bohrte und brüllend die Sehnenstränge hinaufraste, als wollte er jeden Muskel auseinander reißen. Seine Knie gaben nach, sein Rücken rutschte über die Knochenstümpfe, die aus der Gebeinmauer ragten, und er sackte zu Boden. Eine Weile saß er regungslos da und wartete darauf, dass die Pein endlich nachließ. Das vor Schmerz pulsierende Bein hatte er lang ausgestreckt, das andere angewinkelt. Wegen des zunehmend betäubenden Gestanks hielt er immer wieder die Luft an. Die Temperatur war eisig geworden. Es wehte ein kalter Wind. Irgendwo donnerte eine Erdlawine in die Tiefe und ließ den Boden vibrieren. Doch das kümmerte ihn im Moment weniger als seine Schmerzen, die allmählich schwächer wurden.

Plötzlich raschelte etwas in Schulterhöhe direkt neben ihm. Eine Kakerlake krabbelte aus der Augenhöhle eines Totenschädels. Das Insekt rührte sich nicht, sondern starrte Osborne mit stumpfen Augenkapseln an. Seine langen Fühler wogten kantig hin und her, als verhöhnten sie den zweibeinigen Besucher. Müde kroch das Tier über das rissige Jochbein hinab über braungrüne Zahnstümpfe. Es sah nicht so aus, als wolle es sich verbergen. Was wusste so ein kleines Wesen auch schon von der gewaltigen Zerstörung, die es zu verschlingen drohte. Sein Tod würde nicht mehr oder minder bedeutungslos sein wie der von Millionen Menschen, die sein Schicksal gezwungenermaßen teilten. Allerdings mit dem gravierenden Unterschied, dass viele dieser Menschen das auf ewig geschürte Feuer einer Hölle fürchteten, das sie möglicherweise erwartete. Dieses Tier dagegen ahnte nicht einmal, dass ein Schlag des angstvoll zusammengekauerten Mannes neben ihm genügte, damit nur noch ein Schleimfleck an seine Existenz erinnerte. Den Preis der Todesfurcht zahlen nur jene, die die Natur mit einem Bewusstsein ausgestattet hatte. Wovon wiederum die Hölle nur diejenigen fürchten, die an das Bestehen des Paradieses glauben. Aber weshalb sollte ein Tier auch Höllenfurcht empfinden? Tiere sündigen nicht.

Osborne schmunzelte. Auf seltsame Weise erinnerte ihn das Insekt daran, wie seine Odyssee auf der New Yorker Flughafentoilette ihren Anfang genommen hatte.

»Das ist verrückt.« Er lachte heiser.

Das Verrückteste daran aber war seine Vermutung, dass es sich bei diesem geflügelten und so zielsicher vorwärts strebenden Insekt um dieselbe Kakerlake wie in New York handeln könnte. Diesem Gedanken widersprach nicht einmal seine Vernunft, sondern verschmolz mit ihm zu einer irrationalen Gewissheit: Das ist dieselbe Schabe. Diese Art von Erkenntnis überzog den damit verbundenen Schrecken mit einer dünnen Haut aus Neugierde: Wie mochte das Tier hierher gekommen sein und was wollte es hier?

Die Kakerlake verharrte zum Greifen nah neben ihm. Ihr Sekret stieg ihm unangenehm in die Nase. Zusätzlich beunruhigte ihn die geringe Kluft zwischen ihm und dem Ungeziefer. Wieso ging das Tier nicht weiter? Wollte es, dass er ihm folgte? Schon möglich; die Sache war nur die, er konnte nicht. Seine Beinmuskeln streikten. Nichts auf der Welt hätte sie dazu gebracht, noch einen Schritt zu tun.

Der Wissenschaftler spürte, wie tief unter ihm das Erdreich wegzubröseln begann. Es dauerte jetzt nicht mehr lange, dann würde der Abyssus bei ihm sein. Er hatte sich in den vergangenen Stunden tapfer geschlagen, aber jetzt war er doch am Ende. Trotz der Todesgewissheit fühlte er sich in diesem Augenblick erstaunlich gut und erleichtert von der Bürde der Ungewissheit. Eigentlich hatte er gar keine Angst mehr vor dem Tod, dafür hatte der in letzter Zeit viel zu oft seinen Weg gekreuzt. Er fürchtete nur die Schmerzen, die das Sterben eventuell mit sich bringen würde.

Zwischen seiner Hand und der Kakerlake entstand ein Riss im Boden, dem eine feuchtfaulige Ausdünstung entströmte. Aus der Finsternis ringsum ertönte ein scharfes Kratzen. Gleichzeitig veränderte sich die Konsistenz der Luft, sie wurde dick wie Sirup. Jeder Atemzug wurde zum Kraftakt, Bewegungen waren nur noch im Zeitlupentempo möglich. Fast unmerklich verdichtete sich die Dunkelheit; erst erschien sie diffus und ließ noch Umrisse erkennen, zum Schluss besaß sie eine tintenhafte Zähigkeit, aus der ein Zischen ertönte.

Osborne blickte auf die regungslos dastehende Schabe. »Sieh besser zu, dass du hier wegkommst. Du kannst mir nicht mehr helfen. Ich habe mein Bestes gegeben, aber wie du siehst, war es offensichtlich nicht gut genug, um mich zu retten. Was ist? Glotz mich nicht so an! Und komm mir jetzt nicht mit der es-geht-immer-noch-was-Masche. Ich bin fix und alle. Du kannst noch gehen, also hau ab!«

Er wandte den Kopf ab. Die nächsten Augenblicke würden nicht leicht werden. Er wusste, wie es enden würde. Das war vielleicht das Schlimmste daran.

Langsam senkte er den Kopf und sah gerade noch, wie die Kakerlake auf ihn zuschoss. Sie erschreckte ihn so sehr, dass er unwillkürlich die Hand wegzog. Einen Augenblick lang machte er sich auf einen Rückrundenkampf mit dem Insekt gefasst, das seine Niederlage auf den JFK-Airport ausbügeln wollte. Doch dann hielt die Schabe abrupt vor dem breiter werdenden Riss inne, dem ein kalter, toter Geruch entströmte.

Osborne schloss für einen Moment die Augen. Als er die Lider hob, war die Kakerlake verschwunden. Dafür schwang jetzt ein Geräusch wie Krallen, die über den Boden scharrten, in der Luft. Die Taschenlampe erfasste eine Ratte, deren Augen das Licht wie zwei glutrote LCD-Lämpchen reflektierten. Vor Schreck zuckte Osborne zurück und stieß mit dem Rücken gegen die spitzen Knochen der Wand. Die Taschenlampe entglitt ihm, landete auf dem Boden und rollte außer Reichweite. Ihr Licht erfasste den Teil des Tunnels, aus dem die Ratten kamen. Zuerst näherten sich die undeutlichen Schemen eines einzelnen Tieres, das in Todesangst kreischend heranstürmte. Hinter ihm wuselten Hunderte dicht an dicht gedrängter Tiere aus dem Schatten. Überall wimmelte es von Nagern. Eine quirlige graue Masse ergoss sich quiekend über den Amerikaner, der sein Gesicht mit den Armen, so gut es ging, schützte und sich kugelförmig zusammenrollte. Legionen von Ratten brandeten über ihn hinweg, gruben ihre Krallen unabsichtlich in sein Gesicht, bohrten sie tief in seine Haut und rissen sie auf. Er schrie, aber seine Stimme ging in dem Tumult aus Quieken und Scharren unter. Schier endlos flossen pelzige Leiber über ihn hinweg und entschwanden dann in der Dunkelheit.

Als er sich wieder aufrichtete, vernahm er ein gedämpftes Knacken, dessen Ursache ziemlich genau das war, was er erwartete. Langsam drehte er sich um, auf den Boden starrend und zitternd.

Mit gigantischem Knall brach der Lehm auf und schnitt eine Schneise quer durch den Stollen. Das zerreißende Erdreich stöhnte, brechendes Felsgestein kreischte und die Kluft riss immer weiter auf. Aus der Tiefe drang ein dünnes Ächzen und Knistern, gefolgt von berstenden Lauten. Im Schacht selbst war nicht viel zu erkennen, doch dafür knirschte der immer instabilere Boden umso deutlicher. Aus dem Erdloch kroch etwas Schwarzes, sich Verästelndes. Die Knochenwände zerbarsten, Schädel wurden pulverisiert, ein schwarzer Riss wucherte vom Boden bis zur Decke hinauf.

Lautlos glitt der Tod aus der Tiefe. Seine Gestalt war so finster, dass sie sich sogar noch von der Dunkelheit des Tunnels abhob. Unaufhaltsam wogte der Abyssus heran. Seine Schwärze bewegte sich, lebte, glich einem grotesken Gebilde aus ätherischen Maden, die aus aufplatzenden Tumoren krochen. Millionen dieser widerlichen Fragmente quollen aus der Tiefe herauf. Mit spindeldürren Rissarmen kroch der Tod auf Osborne zu und glitt wie öliger Schleim über seine Schuhe und Beine.

Er bekam nur noch am Rande mit, wie die Dunkelheit über seine Haut floss, als wolle sie deren Beschaffenheit testen. Innerhalb eines Sekundenbruchteils umhüllte ihn die Finsternis, ein Gewimmel unzähliger wurmartiger Brocken, wie ein Kokon. Einige Partikel waren groß wie Blutegel, andere zu winzig, als dass man sie mit bloßem Auge hätte sehen können. Wie eine lautlose Flut drangen sie in Wellen in seinen Körper und suchten darin nach einer artverwandten Substanz. Totale Schwärze verschlang ihn. Eiseskälte drang wie Splitter durch seine Poren, zersetzte das Muskelgewebe bis tief in jede einzelne Körperzelle und saugte sie auf. Osborne stockte der Atem. Vor seinen flatternden Augenlidern wurde es schwarz. Sein Körper war kalt wie ein Eisblock und völlig taub, sein Gesicht eine schreckerstarrte Maske. Das Herz in seiner Brust zuckte nur noch schwach, pumpte immer träger, als fragte es ich, ob sich der Aufwand überhaupt noch lohnte. Ein furchtbarer Krampf schüttelte ihn und in seinen Adern gerann das Blut zu einer schwarzen Masse. Nur noch einmal flackerte kurz sein Bewusstsein auf, bevor es wie ein Kerzenlicht im Wind verlosch.

Im Stollen sprengten immer größere Brocken aus dem Felsgestein, Knochenwände rissen auseinander und Felsplatten sackten an der Decke weg. Auch das Fundament, auf dem der Amerikaner mehr lag als saß, geriet in Bewegung. Doch davon bekam der längst nichts mehr mit. Die Schwärze hatte ihn verschlungen. Er hatte das Gefühl, als stürze er kopfüber in eine gigantische Tiefe, wo er die Unendlichkeit spürte, von der er nun selbst ein winziger Teil wurde.

Es hieß, im Augenblick seines Todes zöge noch einmal das ganze Leben an einem Sterbenden vorbei. In Osbornes Fall waren es nur wenige Augenblicke, die ihm in den Sinn kamen. Eigentlich klammerte sich jede Faser seines erlöschenden Lebens nach der Gesamtheit dessen, woraus ihn der Tod entriss; den guten Dingen des Lebens, sogar Dingen, die ihm nie wirklich bewusst waren, wie der Duft von Blumen, Farben, Freude. Letztendlich blieb nur der Wunsch, nicht allein zu sterben.

Seine Reise nach Paris war von Anfang an ein Wettrennen gewesen, und er hatte es verloren.

Die Welt verlosch um Alan Osborne. Und während eine überwältigende Leere in ihn hineinströmte, vermisste er jetzt mit einem letzten Hauch von Verzweiflung, dass er von niemandem im Arm gehalten wurde. Es war mehr ein Gefühl als der Wunsch, in der Gegenwart eines Menschen zu sterben, dem er am Herzen läge.

Dann fühlte er nichts mehr und würde es wohl auch niemals wieder, denn er war tot.

### *11 Uhr 08 – Hôtel de Ville*

Der unheilvolle Sturm brandete in immer ungestümeren Böen jäh und heftig gegen das Rathaus und erschütterte die altehrwürdigen Mauern bis in die Grundfesten, als wolle er sich gewaltsam Einlass verschaffen. In unmittelbarer Nachbarschaft hatte der tosende Orkan bereits mehrere Dächer abgedeckt. Wie windgepeitschte Geschosse flogen die Schindeln durch die Luft und explodierten an allem, was sich ihnen in den Weg stellte.

Arielle Clémentine stand allein am Fenster. Normalerweise hatte man von hier oben einen wundervollen Panoramablick über den Rathausvorplatz voller Lichter und Menschen. Doch im Moment lag er menschenleer da und glich eher einem schwarzglänzenden See aus Ölschlacke. Es hätte längst hell sein müssen, stattdessen war der wolkenverhangene Himmel immer noch mit einem eigenwilligen Nachtblau überzogen, das einfach nicht verblassen wollte.

Die übrigen Mitglieder des Krisenstabes interessierten sich nicht für den Ausblick. Sie vertraten sich lieber die Beine. Tavernier saß noch als einziger am Konferenztisch. Er hatte ein höhnisches Grinsen im Gesicht. Seine Augen waren starr auf seine verhasste Kollegin gerichtet. Die schaute geistesabwesend draußen auf die düsterbeklemmende Silhouette von Nôtre Dame. Schwarz und bedrohlich erhob sich ihr Schattenriss wie ein mahnendes Totenschiff.

Mit unbeweglichem Gesicht überlegte sie, wie sie verhindern konnte, dass diese Krisenkonferenz zum totalen Fiasko wurde. Die ausschweifenden, spekulativen Wortgefechte über Anti-Materie oder über die Existenz überlagerter Paralleluniversen, zu denen sich die wissenschaftlichen Experten hinreißen ließen, waren völlig aus dem Ruder gelaufen und hatten sie kaum weitergebracht. Es war deshalb fraglich, ob ein weiteres Palavern über spirituell-physikalische Theorien überhaupt noch Sinn machte.

Angesichts der ausgeschöpften Optionen durchströmte sie ein lähmendes Gefühl der Ohnmacht, das sie immer mehr einschnürte, als wolle es sie zerquetschen. Sie war wie in die Enge getrieben und kam sich betrogen vor, da sie all ihre Energie in diese vom Oberbürgermeister gestellte Aufgabe gesteckt hatte, weshalb es ein Teil von ihr als verletzend empfand, dass ihr Chef die eigentliche Konferenz dann kurzfristig nach Saint-Denis verlegt hatte. Selbstmitleid lag ihr zwar fern, dennoch sah sie sich hier ins Exil verbannt, ausgegrenzt und zurückgelassen an einem Ort, an dem sie eigentlich nicht sein sollte, nämlich im Zentrum einer todgeweihten Stadt, durch die etwas Dunkles kroch und die Straßen wie ein schwarzes Grabtuch bedeckte; eine dichte, undurchdringliche Finsternis, die wie ein formloses Gespenst aufgetaucht war und nun alles in einem riesenhaften Abgrund verschlang.

Im Grunde war es aber weniger verletzter Stolz, der Arielle Clémentine beschäftigte, sondern eher die Tatsache, dass sie überrumpelt worden war. Zudem waren die Gründe, die bei der Entscheidung über die Verlegung des Krisenstabes die tragende Rolle gespielt hatten, noch schlimmer als die Verlegung an sich: Angst und Panik.

Dieser Abgrund, über den sie die ganze Zeit debattierten, würde die zeitgebundene Existenz aller Menschen binnen weniger Tage oder Wochen aufheben. Welche armselige Gnadenfrist blieb ihnen wohl noch bis zum großen Weltbrand?

Zu dem angestimmten Abgesang einer dem Untergang geweihten Erde mischte sich ihre eigene beklemmende Todesangst. Der Gedanke an die eigene Sterblichkeit überstrahlte die galaktischen Dimensionen der drohenden Apokalypse mit eisigem Glanz. Daran änderte sich auch nichts, als sich bei dem Gedanken an ihren baldigen Tod prompt ihr Verstand einschaltete und wenig glaubhaft versicherte, dass das nicht unbedingt gesagt sei.

Valérie Mairesse stand weiter hinten an einem Eckfenster. Mit einer Hand hielt sie sich an der Wand fest, während sie mit der anderen ihre hochhackigen Schuhe auszog und nebeneinander auf die Fensterbank stellte. Marc Caubère trat neben sie und schaute interessiert zu.

»Furchtbar unpraktische Dinger«, erklärte die Physikerin dem verblüfft dreinblickenden stellvertretenden Polizeipräsidenten. »Mir brennen die Zehen wie in einer Kartoffelpfanne. Apropos, wenn ich nicht bald was zu essen bekomme, fall ich noch vom Fleisch.«

»Ich glaube, wir bekommen da draußen ein Windproblem«, wechselte er das Thema.

»Falsch«, widersprach sie und korrigierte: »Wir *haben* ein Windproblem. Und zwar nicht nur ein sehr massives, sondern viel schlimmer: ein progressives. Das ist schon kein Sturm mehr, der über unsere Stadt hereinbricht, das ist ein ausgewachsener Orkan. Wenn dessen Geschwindigkeit im gleichen Maß zunimmt wie bisher, wird das für uns alle ziemlich ungemütlich. Ich weiß nicht, ob wir dieses Loch im Zentrum mit einer Bombe an seiner Ausdehnung hindern können. Ich weiß aber ganz sicher, dass wir noch keine Waffe besitzen, um einen Orkan zu stoppen.«

»Wie lange wird es dauern, bis der Sturm eine Stärke erreicht, die die Bausubstanz unserer Stadt bedroht.«

»Sie meinen, bis Häuser einstürzen? Ich schätze mal drei oder vier Stunden.«

»Nicht gerade beruhigend.«

»Falls dann überhaupt noch was zum Einstürzen steht.« Valérie Mairesse fiel auf, dass ihr Gesprächspartner schmunzelte. »Was ist denn an dieser Geschichte so lustig, Monsieur Caubère? Hätten Sie vielleicht die Freundlichkeit, mich auch an einem möglicherweise witzigen Aspekt der Katastrophe teilhaben zu lassen? Ich glaube, ein wenig Aufheiterung könnte ich im Moment gebrauchen.«

»Ach, es ist nichts«, winkte er ab. »Mir ist gerade in den Sinn gekommen, dass wir als Kinder geglaubt haben, der Teufel hause tief unter der Erde und dass sich die Hölle im Erdinneren befände. Dieses Ding, das da aus der Tiefe ans Tageslicht dringt, scheint mir tatsächlich eine Ausgeburt der Hölle zu sein.«

»Eine interessante Theorie«, seufzte die Physikerin. »Ich muss leider zugeben, dass sie um keinen Deut unglaubwürdiger ist als alles, was wir uns betreffs der Herkunft dieser Bedrohung aus den Fingern saugen können. Nur befinden sich in diesem Raum einige Wissenschaftler, die metaphysischen Hypothesen immer skeptisch gegenüberstehen; sie suchen nach logischen Erklärungen. Dass die Hölle gerade ihre Pforten öffnet, um uns zu verschlingen, ist zwar metaphysisch durchaus im Bereich des Möglichen, aber wissenschaftlich genauso unlogisch.«

»Seien wir doch mal ehrlich: Wir vertändeln hier nur unsere Zeit.«

»So könnte man das Ergebnis unserer Beratung zusammenfassen.«

»Dann frage ich mich allerdings, was machen Sie noch hier?«

»Das Gleiche könnte ich Sie fragen.«

»Ich habe zuerst gefragt.«

»Na schön. Wollen Sie meine ehrliche Meinung?«

»Wie lautete denn die unehrliche?«

»Ich könnte die Wahrheit ein wenig beschönigen. Etwa, dass dieser Ort genauso sicher oder unsicher sei wie jeder andere Ort in Paris. Oder dass wir, wenn wir weiter unsere klugen Köpfe zusammenstecken, doch noch etwas finden, was uns aus der Bedrouillie rettet.«

»Na schön, und wie lautet Ihre ehrliche Meinung?«

»Dass wir alle hier bleiben, weil niemand von uns ein Zuhause hat, wo er hingehen könnte.«

»Was mich angeht, so trifft das nicht zu.«

»Sie haben eine Wohnung, verehrter Monsieur Caubère, aber kein Zuhause. Das ist ein Unterschied. Es gibt nirgendwo jemanden, der auf Sie wartet, oder? Natürlich könnten Sie in Ihre Wohnung gehen und dort allein mit dem Schicksal hadern. Aber ich glaube, es ist besser, in Gesellschaft zu hadern. Deshalb bleiben Sie hier. Und allen anderen geht es mehr oder weniger genauso.«

»Sind Sie beim Geheimdienst, oder wieso kennen Sie sich so gut in unserem Privatleben aus? Ich bekleide einen ziemlich hohen Rang bei der Polizei, aber über Sie weiß ich beispielsweise so gut wie gar nichts.«

»Wodurch Ihnen einiges Interessantes entgangen ist. Aber im Ernst, die meisten hier kenne ich seit Jahren. Man trifft sich auf Kongressen oder bei kleineren Veranstaltungen, plaudert miteinander und hört dabei dieses und jenes. Da bleibt mit der Zeit einiges hängen. Nehmen wir beispielsweise unsere allseits geschätzte Mademoiselle Dorléac. Eine sehr kluge, aber auch sehr einsame Frau. Ich glaube, sie ist ein Paradebeispiel dafür, dass manche Klischees doch stimmen, wie zum Beispiel das, dass Männer Probleme mit klügeren Frauen haben. Schauen Sie sich unsere Beigeordnete doch einmal an. Optisch ein wahrer Männertraum, wenn da bloß nicht ihr verflixter IQ wäre. Nach ein paar Sätzen Konversation fühlt sich jeder Kerl neben ihr wie ein Idiot und schleicht mit eingekniffenem Schwanz davon. Oder nehmen Sie General Chatelain. Der gute Mann war viermal verheiratet, bis er endlich geschnallt hat, dass sich keine Frau wie ein Rekrut herumkommandieren lässt. Nach seiner letzten Scheidung hat er sich einen deutschen Schäferhund zugelegt, der ihm aufs Wort gehorcht. Seitdem lebt er in einer relativ glücklichen Zweierbeziehung. Und mein verehrter Kollege Chapiteau von der Astrophysik war meines Wissens niemals fest liiert. Er lebt allein für die Wissenschaft.«

»Sie beide mögen sich nicht besonders, oder?«

»Wie kommen Sie denn darauf?«

»Während der Konferenz haben sie sich ganz schön beharkt.«

»Ach, das war doch nur kollegiales Geplänkel. Das ist nur unsere Art kundzutun, dass wir uns gegenseitig schätzen. Wissenschaftler flirten halt anders als normale Sterbliche.«

»Immerhin schienen sie doch sehr konträrer Meinung zu sein. Ich muss gestehen, ich halte seine Phantasien über andere Dimensionen und Paralleluniversen auch für ziemlich abgehoben.«

»Das sollten Sie lieber nicht tun. Nur weil ich anderer Meinung bin als mein Kollege von der Astrophysik, heißt das nicht, dass ich Recht und er Unrecht hat. Unser Streit drehte sich auch nur um die Ursächlichkeit der Bedrohung, die Paris gerade heimsucht, und nicht um die Existenz von Paralleluniversen. Die ist unumstritten.«

»Wollen Sie tatsächlich behaupten, außer unserem Universum gäbe es noch andere Universen?«

»Einstein hat es bewiesen. Zumindest theoretisch.«

»Und praktisch?«

»Praktisch wird seine Theorie bei jeder Sonnenfinsternis bewiesen. Durch die Verdunklung kann man nämlich Sterne sehen, die eigentlich hinter der Sonne verborgen sind.«

»Und?«

»Das beweist, dass das Licht dieser Sterne nicht geradlinig verläuft, denn dann würde es von der Sonne abgeschirmt werden. Stattdessen macht es eine Kurve um die Sonne herum, verursacht durch eine Delle in der Raumzeit.«

»Raumzeit? Was ist denn das schon wieder?«

»Die Raumzeit, das sind unsere vier Dimensionen, in denen wir leben: Höhe, Breite, Tiefe und Zeit. Raumzeit erfüllt alles, sowohl Materie als auch die rätselhafte Dunkle Materie, die das scheinbare Nichts zwischen den Sternen und Planeten ausfüllt. Stellen Sie sich Raumzeit als winzigkleine Fäden vor, die miteinander verknotet ein gigantisches Geflecht bilden. Je nach Art der Verknotung bilden sie entweder Elementarteilchen oder Anti-Materie. Können Sie mir folgen? Buchstäblich alles ist in Raumzeit eingebettet; auch die Planeten und Sonnen, deren Massen allerdings Dellen in der Raumzeit hinterlassen. Diese Dellen lenken dann die ursprünglich gradlinigen Lichtstrahlen als Krümmung um. Deshalb sehen wir bei einer Sonnenfinsternis das Licht von Sternen, die eigentlich von der Sonne verdeckt sind. Dank dieser Dellen rotieren Planeten auch unentrinnbar auf festen Bahnen um Sonnen, so wie Kugeln in Rinnen.«

»Tut mir Leid, aber ich verstehe immer noch nicht, was diese ominöse Raumzeit mit Paralleluniversen zu tun hat.«

»Laienhaft ausgedrückt: Unser vierdimensionales Universum wird durch eine fünfte Dimension von überlagerten Universen getrennt. Es treibt quasi wie ein Raumschiff durch ein Parelleluniversum, das vermutlich seinerseits durch ein anderes Paralleluniversum treibt usw. Möglicherweise dringen – durch die fünfte Dimension gefilterte und abgeschwächte – Teilchen des Paralleluniversums in unser Universum ein und bilden hier die mysteriöse Dunkle Materie.«

»Das nennen Sie laienhaft ausgedrückt? Ich bin zwar Laie, aber ich verstehe trotzdem überhaupt nichts.«

»Na schön, versuchen wir es anders. Sehen Sie das Blatt Papier auf dem Tisch da drüben? Optisch ist das Papier zweidimensional; bestehend aus Höhe und Breite. Und dieses zweidimensionale Objekt befindet sich in einem höherdimensionalen, weil dreidimensionalen Raum, nämlich diesem Zimmer. Im Prinzip müssen Sie das so auch mit überlagerten Dimensionen sehen. Ich hoffe, jetzt stehen Sie Paralleluniversen weniger skeptisch gegenüber.«

»Und weshalb ist dieser Professor für Geologie einsam?«, kehrte Marc Caubère zum eigentlichen Thema zurück.

»Victor Garrivier? Er ist immer noch verheiratet, lebt aber seit etlichen Jahren von seiner Frau getrennt. Er sah seine Studenten als seine Familie, seine Frau sah das anders. C'est la vie. Womit wir bei Ihnen wären, Monsieur Caubère. Sie sehen blendend aus, haben Charme und Manieren. Ich hoffe, das steigt Ihnen jetzt nicht zu Kopf, aber Sie sind ein Frauenmagnet.«

»Also, ich muss doch sehr bitten«, protestierte Caubère, konnte sich jedoch ein geschmeicheltes Grinsen nicht verkneifen.

»Nur keine falsche Bescheidenheit. Vor attraktiven Damen können Sie sich bestimmt kaum retten. Und das ist Ihr Problem. Sie haben viele und dadurch keine einzige, die alles für Sie ist und umgekehrt. Sie verlieren sich in der Menge, mein Guter. Für Sie besitzt der Beischlaf die Wertigkeit eines Handschlags. Sie benutzen und werden benutzt. Im Grunde genommen sind Sie einsamer als wir alle zusammengenommen, wissen Sie das? Es ist niemand da, dem Sie nicht egal sind.«

»Und was ist mit Ihnen?«

»Was soll mit mir sein?«

»Wieso sind Sie hier? Warum sind Sie einsam?«

»Ich wüsste nicht, was Sie das angeht, verehrter Monsieur Caubère.«

General Chatelain vertrat sich am gegenüberliegenden Kopfende des Raumes die Füße. Argwöhnisch blickte er zu Philippe Chapiteau und Victor Garrivier hinüber, die sich ein wenig abgesondert hatten. Der General schritt unentwegt auf und ab, wodurch er manchmal ein paar Wortfetzen der beiden Wissenschaftler aufschnappen konnte. Nicht, dass ihn das Gespräch sonderlich interessiert hätte – dafür war an diesem Morgen bereits zuviel gesagt worden und zuwenig dabei herausgekommen –, es interessierte ihn, ob diese Eierköpfe nicht doch noch was in der Pfanne hatten. Gleichzeitig überlegte er, ob er das Rathaus verlassen und in die nächstbeste Kaserne fahren sollte. Andererseits, was hätte er da ausrichten können? Wie es aussah, würden die Gegenmaßnahmen von den USA aus koordiniert. Also schob er den Gedanken beiseite und lauschte den beiden Wissenschaftlern.

»Wer konnte ahnen, dass sich dieses Objekt so schnell ausbreitet«, stöhnte Garrivier. »Eigentlich konnte niemand davon ausgehen, dass es sich überhaupt ausbreiten würde.«

»Zum Glück nicht in unsere Richtung«, sagte Chapiteau. »Sonst wäre ich hier längst weg, das können Sie mir glauben. Aber wie es aussieht, sind wir hier momentan sicherer als weiter südlich oder nördlich vom Zentrum.«

»Ich frage mich, was unsere Regierung zu unternehmen gedenkt.«

»Vermutlich wird sich der Präsident in nächster Zukunft aus den USA an das französische Volk wenden.«

»Und was will er dem französischen Volk erzählen? Dass alles unter Kontrolle ist und keine Gefahr für die Allgemeinheit bestünde?«

»So in etwa. Alles andere würde nur eine landesweite Panik auslösen, die niemand will.«

»Also lieber lügen und die ahnungslosen Leute vor die Hunde gehen lassen?«

»Nein, aber wenn evakuieren, dann geplant und geordnet«, mischte sich der General in das Gespräch.

»Eigentlich unglaublich, dass die Presse still hält«, wunderte sich Garrivier.

»Vielleicht berichten sie ja schon darüber, bloß wir bekommen davon nichts mit«, vermutete Chapiteau. »Andererseits kann ich mir nur schwer vorstellen, wie Journalisten in die Stadt kommen sollen, denn alle Einfahrtstraßen sind inzwischen bestimmt abgeriegelt. Außerdem sind sämtliche Kommunikationswege erheblich gestört, was eine Übermittlung der Nachrichten von vor Ort schwierig machen dürfte. Im Endeffekt dürfte es sowieso egal sein, ob irgendwer darüber berichtet oder nicht.«

»Wie darf ich das verstehen?«, wunderte sich der Geologe.

»Sagten Sie nicht selbst, dass sich die Erde in akuter Auflösung befindet?«, antwortete der Astrophysiker. »Wissen Sie, woran mich das alles erinnert? An die Offenbarung des Johannes, an den Jüngsten Tag, wie ihn die Bibel beschreibt.«

»Nicht nur die Bibel. Es gibt ältere Schriften, die den Autoren der Bibel als Inspirationsquelle dienten; beispielsweise das Gilgamesch-Epos, in dem wird ebenfalls das Weltenende angekündigt und beschrieben.«

»Gilgamesch-Epos?«, knurrte der General und trat vor die beiden Wissenschaftler. »Nie gehört. Und was soll das sein?«

»Das Gilgamesch-Epos ist eine der ältesten Dichtungen der Menschheit«, klärte Garrivier ihn auf. »In der darin enthaltenen Beschreibung der Apokalypse entflammen die Götter mit Fackeln die Welt und Stürme verwandeln den Tag in die Nacht. Allerdings deutet diese Beschreibung für mich mehr auf einen Meteoreinschlag hin. Tatsächlich entdeckte man kürzlich in Jordanien einen gewaltigen Meteorkrater aus der Mittelsteinzeit, vor ungefähr zehntausend Jahren. Und wenn so ein Meteor mit hundertsechzigtausend Kilometern pro Stunde einschlägt, ist das, als explodierten mehrere Tausend Hiroshima-Atombomben. Möglicherweise gab es damals Augenzeugen bei diesem Inferno, bei dem die Luft auf mehreren hundert Kilometern verbrannte, die daraus Schlüsse auf den Untergang der Welt zogen. Auf diese Weise entstehen zuerst Mythen, aus denen sich dann irgendein Glaube entwickelt.«

Von draußen drang ein dumpfes Grollen herein. Es klang wie eine gedämpfte Explosion. Kurz darauf erschütterten die Impulswellen eines ganz in der Nähe kollabierenden Gebäudes die Wände, dass Putz abbröckelte. Alle Unterhaltungen gerieten abrupt ins Stocken und einen Augenblick lang herrschte Schweigen.

»Das hörte sich nicht sehr weit entfernt an«, stellte Garrivier schließlich fest.

Keiner erwiderte was. Sie waren völlig versunken in den unglaublichen Anblick, der sich ihnen bot. Bis auf Tavernier starrten alle mit aufgerissenen Augen aus den Fenstern. Die Fassaden eines gegenüberliegenden Gebäudes wurden porös und rissig. Aus kleineren Rissen wurden in Sekundenschnelle klaffende Spalten, die das Mauerwerk so instabil werden ließen, dass es einstürzte. Das wirklich Verwirrende daran war allerdings, dass hinter den Trümmern nirgendwo ein Krater gähnte. Das Haus schien völlig grundlos eingestürzt zu sein. Obwohl es keiner der Anwesenden aussprach, dachten sie alle das Gleiche: Es gibt da etwas, was wir nicht wissen und einkalkuliert haben, das uns jetzt das Leben kosten wird.

»Keine Sorge, solange wir keinen Ausläufer dieses Kraters oder Loches sehen, solange sind wir hier einigermaßen sicher«, beruhigte sie Chapiteau und drehte sich wieder zu der Gruppe um.

»Das ist nicht unbedingt gesagt«, widersprach Garrivier.

»Was meinen Sie denn damit?« Arielle Clémentine hatte sich vom Fenster abgewandt und schaute den Geologen fragend an.

»Nichts. Ich überlege nur etwas.«

»Wollen Sie uns nicht an Ihrem Geistesblitz teilhaben lassen?«, forderte ihn Valérie Mairesse auf.

»Ich habe darüber nachgedacht, ob dieses Ding sich vielleicht nicht auch unterirdisch fortpflanzt«, antwortete Garrivier. »Dann wären nicht mehrere dieser Phänomene über Paris verteilt, sondern wir hätten es nur mit einem seiner Art zu tun.«

»Was im Grunde genommen auf dasselbe herauskommt«, seufzte die Physikerin.

»Aber wenn es sich unterirdisch ausbreitet, dann müsste doch der Krater viel größer sein«, kombinierte die Beigeordnete. »Es löst doch auch die über ihm liegende Materie auf.«

»Nicht, wenn es sich unterirdisch nur vernestelt«, widersprach Garrivier. »Wenn es sich in dünnen Bahnen ausbreitet wie eine Wurzel oder ein Aderwerk, dann löst es zwar tunnelartige Löcher aus, aber die Zerstörung ist zunächst nicht so augenscheinlich wie in seinem gewaltigen Zentrum.«

»Gibt es irgendwelche Hinweise aus den Luftbildaufnahmen des Hubschraubers darauf, dass es so sein könnte?«, hakte sie nach. »Es war doch auch eine Wärmebildkamera im Einsatz, oder?«

»Wärmebildkamera und Echolot«, bestätigte Garrivier. »Meine Auswertung der Spektralanalyse ergab, dass das Feld weder Wärme ausstrahlt noch absorbiert. Was bedeutet, dass es keine elektromagnetischen Wellen verbreitet und somit auch für Wärmebildkameras unsichtbar bleibt. Dieses Phänomen ist enorm komplex; von außen betrachtet, können wir das nur schwach erahnen. Deshalb bin ich bisher wohl irrtümlich davon ausgegangen, dass es am sichtbaren Kraterrand endet.«

»Das tut es nicht?«, fragte die Beigeordnete. »Sind Sie sich da ganz sicher?«

»Ziemlich. Wir beobachten hier gerade den Einsturz von Bauwerken, die weit außerhalb des Zerstörungsradius des Kraters liegen.«

»Und das heißt?«

»Wie ich schon sagte: Möglicherweise liegt die Ursache darin, dass sich das Feld auch unterirdisch fortpflanzt; und zwar viel weiter als auf der sichtbaren Ebene. Das bedeutet …«

Der Geologe verstummte, als habe er gerade etwas furchtbar Dummes gesagt.

»Das bedeutet, dass das Feld jederzeit an jeder anderen Stelle der Stadt die Oberfläche durchbrechen und zum Vorschein kommen kann«, kombinierte Arielle Clémentine.

»Meine Befürchtung ist, dass das, was wir bisher von diesem Abgrund gesehen haben, nur die Spitze des Eisberges ist«, fuhr Garrivier fort. »Es wäre also nicht auszuschließen, dass bereits der Erdkern nicht mehr aus Magma, sondern aus dieser Anti-Materie oder etwas Ähnlichem besteht, was sich jetzt nach außen vorarbeitet. In dem Falle käme unser Ende schneller als bisher angenommen.«

»Ausgerechnet hier in Paris soll dieses gigantische Feld dann zum Vorschein gekommen sein?«, wunderte sich Marc Caubère.

»Irgendwo muss es ja einen Anfang machen«, warf Valérie Mairesse ein. »Wer weiß, möglicherweise ist es an unzugänglichen Orten der Welt, vielleicht an den Polkappen, schon länger aktiv, nur hat es dort niemand bemerkt.«

»Wissen Sie was?«, platzte General Chatelain der Kragen. »Wenn ich Sie alle so reden höre, frage ich mich langsam allen Ernstes, was machen wir eigentlich noch hier? Egal ob wir hier klug rumschwadronieren oder nicht, die Welt geht sowieso den Bach runter. Es sei denn, wir bauen fix genügend Raketen und retten uns auf einen bewohnbaren Planeten in einer anderen Galaxis. Oh, Entschuldigung, ich vergaß, da wären wir ja auch nicht sicher, wegen dieser … dieser komischen schwarzen Materie oder Energie oder wie das Zeug heißt. Tja, was soll ich sagen? Gehen wir nach Hause, beten ein bisschen und warten darauf, dass das Unvermeidbare geschieht.«

»Wenn das mit der unterirdischen Expansion stimmt, schweben wir hier in höchster Gefahr«, stellte die Beigeordnete fest.

Niemand sagte etwas. Umso lauter knirschte und knackte es dafür im Mauerwerk.

»Was machen wir nun mit all unseren Theorien?«, fragte Marc Caubère schließlich und runzelte die Stirn.

»Statt noch mehr Zeit mit wilden Spekulationen Richtung Vergangenheit zu vertun, sollten wir sie Richtung Zukunft lenken«, schlug Valérie Mairesse vor.

»Soll heißen?«

»Wie wär's, wenn wir zur Abwechslung mal ein paar Entscheidungen zur Rettung unserer eigenen Haut treffen würden? Vielleicht ist das Rathaus bereits von dem zerstörerischen Feld unterhöhlt.«

»Wenn es sich nur um ein Feld handelt, das sich unterirdisch ausweitet und dessen Zentrum beim Centre Pompidou liegt, dann wundert es mich allerdings, dass die Straßen von dort bis hier nicht schon längst in die Tiefe gesackt sind«, meldete sich General Chatelain zu Wort.

»Wie gesagt, es pflanzt sich unterirdisch vermutlich anders fort als überirdisch«, erklärte Victor Garrivier erneut. »Was wir an der Oberfläche sehen, ist ein sich linear ausbreitender Krater. Unter der Erdoberfläche dagegen expandiert das Feld offenbar nestelartig wie ein immer engmaschiger werdendes Spinnennetz, dessen Fäden schließlich miteinander verschmelzen, bis sie eine große Einheit bilden. Bevor dies nicht geschehen ist, existiert unter unseren Füßen noch genug Grund, um die Gebäude auf der Oberfläche zu stützen.«

»Aber für wie lange?«, befürchtete Arielle Clémentine. »Wir hocken doch auf einer tickenden Zeitbombe.«

»Das ist richtig«, pflichtete ihr Valérie Mairesse bei. »Wir sitzen hier auf dem Präsentierteller. Ich finde, es ist an der Zeit, etwas an diesem Zustand zu ändern. Ziehen wir nach gewissenhafter Abwägung aller Faktoren die richtigen Schlüsse daraus und leiten entsprechende Schritte ein.«

»Genau das werden wir jetzt auch tun«, versprach die Beigeordnete, die keine Lust mehr auf Gedankenspielchen hatte. Wenn auch widerwillig löste sie sich endgültig von dem ungelösten Rätsel. »Tun wir endlich etwas Konkretes und verlassen das Gebäude. Ich habe jedenfalls nicht vor, mich hier umbringen zu lassen. Später können wir uns vielleicht an einem sicheren Ort treffen.«

»Und wo sollte das sein?«, fragte Valérie Mairesse sarkastisch. »In der Hölle?«

Die Frage blieb unbeantwortet, weil ein Knall, als ob eine Steinwand explodierte, das Rathaus erschütterte.

»Großer Gott«, keuchte Victor Garrivier. »Was war denn das?«

Ein noch lauteres Krachen folgte. Um von der Erschütterung nicht umgeworfen zu werden, klammerte sich jeder an irgendetwas fest. Durch das zerbrochene Fenster starrte Valérie Mairesse auf den Vorplatz.

»O Scheiße«, flüsterte die Physikerin.

Trotz der relativen Dunkelheit erkannten alle den frisch aufgebrochenen Riss, der den Vorplatz zweiteilte.

Victor Garrivier keuchte, als habe er gerade einen Langlauf absolviert. Mit weit aufgerissenen Augen starrte er auf den zunehmend breiter werdenden Spalt hinab. Philippe Chapiteau zitterte, aber nicht vor Kälte, und General Chatelain schnappte hörbar nach Luft.

Von hier oben aus konnte niemand erkennen, wie nahe der Riss bereits an das Rathaus heranreichte. Alles, was sie sahen, war ein breiter werdender schwarzer Riss, von dessen Außenkanten sich ein Aderwerk aus dünneren Brüchen nach allen Richtungen vernestelte.

Arielle Clémentine fühlte sich zwar, als ob ihr gerade jemand in den Bauch geboxt hätte, äußerlich aber behielt sie einen kühlen Kopf: »So wie es aussieht, sollten wir besser aus diesem Gebäude verschwinden. Gehen wir.«

Niemand sagte ein Wort. Keiner brach in Panik aus. Beinahe lethargisch holte einer nach dem anderen seinen Mantel von der Garderobe und verließ den Raum. Als letzte schaute sich die Beigeordnete noch einmal um, ob sie nichts vergessen hatte. Während sie ihren Mantel zuknöpfte, ging sie hinüber zum Kopfende des Konferenztisches und nahm ihre Aktentasche. Hatte sie jetzt alles? Mantel, Tasche, Schlüssel, ja das dürfte es gewesen sein.

Gerade als auch sie aus der Tür wollte, versperrte Gérard Tavernier den Ausgang.

»Wir müssen reden«, forderte er energisch.

Ihr erster Impuls war, die anderen Konferenzteilnehmer zurückzurufen, aber die waren inzwischen längst auf der Treppe nach unten. Das bedeutete, sie war mit ihrem unangenehmen Kollegen allein auf dieser Etage. Der Gedanke an sich war schon unerträglich, doch was sollte sie machen? Der Kerl versperrte ihr den einzigen Weg nach draußen und körperlich war sie ihm unterlegen. Außerdem dachte sie, mit der Situation würde sie schon allein fertig. Also blieb sie still. Irgendwie war sie auch neugierig, was er im Schilde führte. Er wusste, dass sie hier in Gefahr schwebten, folglich musste er etwas Wichtiges auf dem Herzen haben, dass er die Bedrohung ignorierte.

»Kann das nicht warten?«, fragte sie mit erzwungener Ruhe. »Uns fällt hier jeden Moment das Dach auf den Kopf.«

»Nein, es kann nicht warten.«

Es entstand eine Pause, während der die Erschütterungen des Gebäudes stärker wurden. Arielle Clémentine wurde klar, dass sie hier schnellstens raus musste. Aber irgendetwas hielt sie davon ab, sich einfach an ihrem Kollegen vorbeizudrängen. Sie wusste nicht, was er tun würde, wenn er sie nicht gehen lassen wollte. Die Situation sollte auf keinen Fall eskalieren, deshalb blieb sie ruhig vor ihm stehen und sagte kühl: »Wenn es unbedingt sein muss, aber kommen Sie bitte schnell zur Sache. Ich weiß nicht, wie es Ihnen geht, aber ich würde gerne noch ein bisschen weiterleben.«

»Sie wissen, dass Sie meine Autorität untergraben haben?«, fragte Tavernier, obwohl es mehr wie eine Feststellung klang.

Die Gefragte antwortete nichts. Sie wusste nicht, wie sie reagieren sollte. Es sprachen ein paar Punkte dafür, sich jetzt auf keine Diskussion über Animositäten einzulassen. Das kostete nur Zeit und führte letztendlich doch zu nichts.

Sie wunderte sich nur erneut, wie stark Tavernier sich in den vergangenen Wochen verändert hatte. Da war nichts mehr von seiner Selbstsicherheit und Überheblichkeit, die ihn auszeichneten, als sie ihn kennen lernte. Offensichtlich waren diese Eigenschaften einer Art besessener Entschlossenheit gewichen, mit der er gegen sie vorging.

Ein merkwürdiges Lächeln umspielte seinen Mund. Er schwieg und es sah ganz so aus, als würde er nicht eher weiterreden, bis sie seine Frage beantwortet hätte.

Schließlich atmete sie hörbar aus und sagte gereizt: »Wenn Sie etwas auf dem Herzen haben, das Sie mir nur unter vier Augen sagen können, nur zu. Einen geeigneteren Ort als diesen hier können Sie wohl kaum finden. Bitte beeilen Sie sich. Ich gebe Ihnen eine Minute.«

Tavernier schaute einen Moment lang weg. Dann drehte er sich wieder zu ihr hin und versetzte ihr mit beiden Händen einen kräftigen Stoß gegen die Schultern, der sie beinahe von den Beinen riss.

»Sind Sie verrückt geworden?«, schrie sie ihn an. »Was soll das?«

»Ich nutze die Gunst des Augenblicks«, antwortete er sanft. »Sie wollen mir nur eine Minute zuhören? Das ist mir zu wenig. Deshalb bestimme ich das Zeitfenster für unsere kleine Aussprache; sie wird dauern, solange sie dauert. Seit Sie hier arbeiten, kommen Sie mir bei jeder Gelegenheit in die Quere. Sie glauben wohl, Sie könnten mir das Wasser reichen? Aber da müssen Sie sich noch gewaltig strecken.«

Die Beigeordnete packte die kalte Wut, aber sie beherrschte sich. »Wenn das so ist, wozu dann die ganze Aufregung?«

Er atmete tief durch, als müsse er sich zur Ruhe zwingen. »Ich weiß genau, was Sie im Schilde führen. Sie umgarnen den Oberbürgermeister mit ihren Reizen.«

»Wie soll ich denn das verstehen?«

»Sie wissen, was ich meine.«

»Hören Sie, wenn ich Sie in irgendeiner Weise verletzt habe, oder Sie den Eindruck gewonnen haben, ich würde Ihnen absichtlich schaden wollen, dann bitte ich Sie, das zu entschuldigen«, sagte sie so ruhig wie möglich. »Könnten wir jetzt also bitte das Kriegsbeil begraben?«

Tavernier presste seine Lippen zusammen und verzerrte den Mund zu einem verkniffenen Grinsen. Dann wandte er sich zur Seite und erklärte einem imaginären Gesprächspartner: »Also, das ist jetzt wirklich komisch. Monatelang ignoriert mich die Mademoiselle, demütigt mich, tut so, als sei ich Luft, und jetzt, wo wir für ein paar Augenblicke unter uns sind, denkt sie, mit einer schnoddrigen Entschuldigung sei die Sache erledigt? Ich glaube noch nicht mal, dass diese Entschuldigung ernst gemeint ist.« Dann drehte er ihr wieder sein Gesicht zu. »In Wahrheit bewegt Sie ein ganz anderes Motiv als ehrliche Reue, nicht wahr?«

»Ich habe keine Ahnung, worauf Sie hinaus wollen.«

»Das haben Sie wirklich raffiniert eingefädelt. Sobald die Sache hier vorüber ist, werden all die Herrschaften dieser Konferenz unserem Chef vorschwärmen, wie fabelhaft Sie das Meeting gemanagt haben und was für ein nutzloser Idiot ich dabei war. Was am Ende bedeutet: Sie werden befördert und ich darf womöglich Ihre Anweisungen devot entgegennehmen.«

»Jetzt ist es aber genug. Verschonen Sie mich mit Ihren paranoiden Phantasien. Gehen Sie aus dem Weg. Ich will hier raus.«

»Das glaube ich gerne«, erwiderte er mit gedämpfter Stimme. »Im Augenblick würden Sie vermutlich nichts lieber tun, als auf direktem Weg den Chef aufzusuchen, um ihm unser kleines Gespräch zu petzen. Möglicherweise würden Sie mein Verhalten sogar als Nötigung auslegen. Da Sie leider überhaupt keine Spur von Einsicht zeigen, befürchte ich, werden Sie aus Rache dafür sorgen, dass ich Ihnen nie mehr in die Quere komme, nicht wahr?«

»Was soll das denn schon wieder bedeuten?« Arielle Clémentine war langsam richtig genervt.

»Sie werden dafür sorgen, dass man mich entlässt.« Seine Augen funkelten jetzt weniger vor Hass als mehr vor blankem Wahnsinn. »Ja, das ist Ihr Plan. Das macht Sinn. Jetzt ist mir klar, weshalb Sie mich die ganzen Monate so gereizt haben, damit ich einen Fehler wie diesen mache, der mich meinen Job kosten kann. Weshalb werden Sie mich anzeigen? Wegen Freiheitsberaubung? Belästigung? Oder beidem?«

»Diese Konferenz habe ich nur geleitet, weil der Oberbürgermeister mich darum ersuchte. Ich habe Sie nicht eingeladen, weil Sie nicht auf seiner Liste standen. Um die Leitung dieses Krisenstabes habe ich mich nicht gerissen, es hat sich so ergeben. Worüber regen Sie sich auf? Der eigentliche Krisenstab tagt doch sowieso in Saint-Denis; den leite ich nicht. Und was

Sie betrifft: Ich will weder Ihren Job, noch dass Sie entlassen werden. Ich mache Ihnen einen Vorschlag: Wir verlassen das Gebäude, gehen getrennt unserer Wege und vergessen die ganze Angelegenheit.«

»Vergessen?«, spuckte er höhnisch aus und trat ganz dicht vor ihr Gesicht. »Das Einzige, was hier vergessen wird, werden Sie sein.«

»W-Was wollen Sie damit sagen?«, fragte sie, darauf hoffend, dass er an ihrer Stimme nicht merkte, wie sie innerlich zitterte.

»Das Spielchen, das Sie seit Monaten mit mir spielen, ist zu Ende.«

Sie wich keinen Zentimeter zurück und sah ihm fest in die Augen, um herauszufinden, ob er es wirklich ernst meinte, oder ob das nur Fassade war, hinter der sich ein Feigling versteckte, der sie einzuschüchtern versuchte. »Vielleicht täusche ich mich ja, aber für mich klingt das mehr nach Bedrohung als nach einer Aussprache unter Kollegen.« Hastig flüsterte ihr Instinkt, sie solle jetzt lieber den Mund halten.

»Damit liegen Sie durchaus richtig«, erwiderte er mit schneller, abgehackter Stimme. »So eine Gelegenheit wie heute bekomme ich nie wieder. Das ist ein Geschenk des Schicksals mit einem Schleifchen drum. Im Augenblick sterben so viele Menschen in Paris, da kommt es auf einen mehr oder weniger nicht an. Zumal es so aussieht, als ob alle Toten von diesem Abgrund in Luft aufgelöst werden. Dies ist wohl der einzige Tag in der Geschichte der Menschheit, der das perfekte Verbrechen, einen niemals aufklärbaren Mord, ermöglicht. Den darf ich doch nicht ungenutzt verstreichen lassen. Ich gebe zu, die Idee mich Ihrer zu entledigen, ist mir nicht spontan während dieser Konferenz gekommen. In der Vergangenheit habe ich oft davon geträumt, Sie mit bloßen Händen zu erwürgen. Aber Sie wissen ja, wie das mit Träumen ist; man wacht auf und alles ist so wie vorher. Wenn ich Sie jetzt töte, dann wird sich unser beider Leben dramatisch ändern. Meines zum Positiven, Ihres in die entgegengesetzte Richtung.«

Taverniers feistes Gesicht verzog sich zu einer hässlichen Grimasse. Er griff in die Hosentasche; als er seine Hand herauszog, lag sein Schweizer Klappmesser darin. Vor Schreck war Arielle Clémentine wie gelähmt, sie konnte sich weder rühren noch sprechen oder gar schreien.

»Praktisches Spielzeug, nicht?«, schnaufte er heftig. »Trag' ich immer bei mir. Man kann nie wissen, wann man in eine Situation gerät, in der es einem gute Dienste erweist.«

Er klappte die Klinge heraus und richtete die Spitze auf die Beigeordnete. Seine kurzen, wulstigen Finger, die sich um den Griff krampften, zitterten ein wenig. Nervös befeuchtete er seine trockenen Lippen mit der Zunge. Abgewiesen, gedemütigt und mit einer Karriere, die Gefahr lief, ein Ende gesetzt zu bekommen, beschloss er, sein Vorhaben auf der Stelle zu vollenden. Und das wurzelte zu gleichen Teilen in Hass wie in der Überzeugung, dass eine Welt ohne Mademoiselle Dorléac für ihn eine bessere Welt sein würde.

Arielle Clémentine dämmerte, dass sie hier nicht lebend herauskam, wenn sie nicht etwas unternahm. Plötzlich spürte sie, wie sie eine unnatürliche Ruhe überkam. Ihr Leben hing jetzt davon ab, wie sie reagierte. Und ihre Reaktion überraschte Tavernier. Statt vor Angst völlig durchgedreht zurückzuweichen oder hysterisch um Hilfe zu rufen, blieb sie vollkommen ruhig stehen. Womit er aber überhaupt nicht gerechnet hatte, war ihre Faust, die ihn mit aller Kraft genau im Solarplexus traf. Die zierliche Frau schlug so fest sie konnte zu. Sie wartete nicht ab, bis der Kerl nach Luft schnappend auf die Knie gefallen war, sondern sprang vorher an ihm vorbei. Jede Sekunde Vorsprung, die sie jetzt herausholte, verschaffte ihr einen größeren Abstand zu dem Messer.

»Bleib stehen!«, kreischte er mit verzerrter Stimme. »Verdammtes Miststück! Elende kleine Nutte!«

Aus dem Augenwinkel sah sie, wie er mit schmerzverzerrtem Gesicht hinfiel. Seine Arme hatte er weit gespreizt, wobei er das Messer aber weiter festhielt. Noch im Fallen trat er nach ihren Beinen und traf ihren linken Unterschenkel. Es war, als versetzte ihr jemand einen Schlag mit dem Vorschlaghammer. Sie schrie auf und fiel nach vorne. Mit einer Schulter knallte sie brutal gegen den Türrahmen. Ihre Haare flogen nach allen Seiten, gleichzeitig gaben ihre Beine nach. Im Stürzen ließ sie die Aktentasche fallen und klammerte sich mit beiden Händen an der Türzarge fest, sonst wäre sie wohl zu Boden gestürzt. Tränen, deren Schleier sie halbblind machten, schossen ihr in die Augen. Ein unerträglich stechender Schmerz hämmerte in ihrem linken Fußgelenk und wanderte das Bein hinauf.

Hinter ihr wälzte sich Tavernier schwerfällig auf dem Boden herum, taumelte mit seltsamen Grunzgeräuschen auf die Beine und griff nach ihr. Er erwischte ihren Mantel und zerrte so heftig daran, dass die Knöpfe abrissen. Sie zappelte wild, um sich zu befreien. Während er am Mantel zog, versuchte sie sich seiner zu entledigen. Endlich hatte sie sich aus den Ärmeln gewunden und war frei. Ihre Hoffnung, ihr Gegner würde dadurch vom eigenen Schwung nach hinten gerissen und stürzen, erfüllte sich leider nicht, denn er taumelte nur ein wenig, dann schleuderte er den leeren Mantel wütend beiseite. Bevor er wusste, wie ihm geschah, wirbelte Arielle Clémentine um die eigene Achse und knallte ihm einen Ellbogen ins Gesicht. Der so Getroffene stieß einen Schmerzensschrei aus, kippte nach hinten und fiel der Länge nach auf den Rücken. Die Beigeordnete nutzte die Situation und humpelte zur Tür hinaus. Ihr linkes Bein tat bei jedem Schritt höllisch weh. Als sie es voll belasten wollte, geriet sie ins Taumeln. Vor Schmerz aufstöhnend, hinkte sie weiter. Plötzlich bebten die Wände des Rathauses dermaßen, dass Dutzende Fensterscheiben explodierten. Das Klirren der Glasscherben hallte endlos in den Fluren wider.

Arielle Clémentine torkelte auf den Korridor hinaus, der lang und leer vor ihr lag. Alle paar Meter bekämpfte eine schwachtrüb glimmende Notbeleuchtung die Finsternis. Sämtliche Türen waren geschlossen. Keine Stimmen oder Schritte drangen aus dem Bereich, wo die Treppe nach unten zur Eingangshalle führte. Nur der Sturm heulte draußen um die Mauern und schepperte gegen die Fenster. Das Rathaus war ein verlassener Ort, an dem man jetzt lieber nicht in Schwierigkeiten geriet.

Die Beigeordnete war allein im obersten Stockwerk, allein mit einem Verrückten. Deshalb sollte sie so rasch wie möglich die Treppe erreichen. Der kürzeste Fluchtweg führte erst nach links und mündete ein paar Meter weiter nach rechts in einem endlos langen Korridor, der den Süd- mit dem Nordflügel verband. Er führte an einer der beiden Bibliotheken, die den Ratssaal flankierten, vorbei und dann auf halber Strecke nach rechts in den Kariatidensaal, in dem sich die Treppe nach unten befand. Sie versuchte die Angst abzuschütteln, aber die vielen vagen Befürchtungen, was ihr alles passieren konnte, gingen ihr einfach nicht aus dem Kopf. Doch wenn ihre Flucht gelingen sollte, dann durfte sie keinen Augenblick länger verweilen. Ihr amoklaufender Kollege konnte jeden Moment aus dem Konferenzraum kommen.

Arielle Clémentine schaute zurück. Niemand in Sicht. Ihre Erleichterung verwandelte sich in ein kleines Triumphgefühl. Offensichtlich war sie dem Schuft entkommen, fürs Erste zumindest. Sie humpelte durch den Korridor, dann bog sie nach rechts in den langen Flur, der von Möbeln aus der Renaissance und Gemälden in schweren Goldrahmen beherrscht wurde. Etwas knirschte hinter ihr. Sie zuckte zusammen. Ihr Herz stockte. Sie riss den Kopf herum, aber niemand war zu sehen. Einen kurzen Moment überlegte sie, ob sie sich nicht besser in einem Zimmer verstecken und abwarten sollte. Sie verwarf die Idee wieder, denn die Warterei würde nur unnötig an den Nerven zerren, ohne Garantie, dass er sie nicht doch entdeckte.

Obwohl das Klacken ihrer Absätze von den Wänden widerhallte, musste sie sich deswegen keine Sorgen machen, denn das Knallen und Krachen an allen Ecken und Enden des Rathauses überdeckte das Geräusch ihrer Pumps bei weitem. Bei all den unheimlichen Lauten, die aus dem Mauerwerk drangen, würde sie ihr Verfolger selbst dann nicht hören, wenn er nur ein paar Meter entfernt stände. Beunruhigend waren allerdings die mit dem Dröhnen einhergehenden Vibrationen, die sie unter ihren Füßen spürte. Ein dumpfes Rumpeln drang aus der Tiefe, dem ein mächtiger Ruck folgte. Das ganze Gebäude fing leicht zu wackeln an und die Notbeleuchtung flackerte. Die Erschütterungen nahmen zu und schienen allgegenwärtig zu sein. Aus den Salons drang das Klirren hin- und herschwingender

Kronleuchter. Ein Stück Putz brach aus der Decke und zerschmetterte mit lautem Knall auf dem Boden.

Mit einem Schlag hörte das Beben genauso plötzlich auf, wie es begonnen hatte. Danach hallte nur noch das hohle Echo vom Knirschen der dicken Steinmauern durch die Flure. Es klang, als würden die Steine von etwas Gewaltigem auseinander gerissen und dann wieder zusammengepresst.

Die Beigeordnete holte tief Luft und warf erneut einen Blick zurück, darauf gefasst, dass Tavernier hinter ihr auftauchte. Der Korridor glich einem düsteren Schlauch, in dem (Gott sei Dank) kein Mensch zu sehen war. Das nährte die Hoffnung, dass sie ihren Kollegen so verletzt haben könnte, dass der vielleicht sein makaberes Vorhaben aufgegeben hatte. Gut möglich, doch sie glaubte nicht daran.

Sie wankte weiter über ausgeblichene Teppiche, deren matte Blau- und Rottöne mit pfirsichfarbenerem Firnis überzogen schienen, schritt an von feinen Haarrissen durchzogenen Portraits vorbei und unter schweren Lüstern aus Baccarat-Kristall hindurch.

Während Arielle Clémentine versuchte, ihren keuchenden Atem zu kontrollieren, erreichte sie den mittleren Teil des Flurs, in dessen Verlassenheit es viele Schatten und Nischen gab. Plötzlich fuhr ihr ein unerträglicher Schmerz den angeknacksten Knöchel hinauf. Im ersten Moment ärgerte sie sich, dass sie nicht vorsichtiger aufgetreten war, dann stachelte der Schmerz ihren Zorn auf Tavernier an, dem sie die Verletzung verdankte. Sie blieb einen Moment stehen, bis die Pein etwas abgeklungen war, biss die Zähne zusammen und ging weiter. Jeder Schritt tat weh. Sie humpelte jetzt so stark, dass sie sich immer wieder an der Wand abstützen musste. Den linken Fuß konnte sie kaum noch belasten. Mit einem unterdrückten Seufzer quälte sie sich trotzdem weiter. In gewisser Weise gab ihr die Behinderung sogar Sicherheit. Nämlich die, dass ihr Verfolger nirgendwo in der Nähe lauerte. Denn er hätte ihre Hilflosigkeit bemerkt und wäre längst über sie hergefallen. Diesen Gedanken hatte sie noch nicht zu Ende gedacht, da registrierte sie im Augenwinkel eine Bewegung. Vor Schreck erstarb ihr Schrei in der Kehle. Im selben Moment, als sie den Kopf der Gestalt zudrehte, erkannte sie ihr gespenstisches Abbild in einem überdimensionalen Wandspiegel. Es dauerte einige Augenblicke, ehe sich der Schock über das eigene Spiegelbild so weit gelegt hatte, dass sie die Flucht fortsetzen konnte. Behutsam setzte sie einen Fuß vor den anderen. Der Klang ihrer eigenen Schritte ließ sie immer wieder zusammenzucken. Die Panik in ihrer Brust glich einem wild an seinem Würgehalsband ziehenden Kettenhund, der sich jeden Moment loszureißen drohte. Denn irgendwo hinter ihr war ein Kerl mit einem Messer. Und das machte sie verdammt nervös. Was sollte sie tun, wenn der plötzlich herangestürmt kam?

Arielle Clémentine zog ihre Schuhe aus und hielt sie fest in den Händen. Wenn es darauf ankam, konnte ein Stilettoabsatz locker mit einem Schweizer Messer mithalten.

Von Tavernier war immer noch nichts zu sehen und auch nichts zu hören. Es bestand also noch weiter Anlass zur Hoffnung. Sie brauchte jetzt nur noch zur Treppe, dann zwei Stockwerke runter und schließlich nach draußen zu gehen. Unterwegs musste sie lediglich versuchen, sich nicht von einem Wahnsinnigen abschlachten zu lassen.

Die Beigeordnete schüttelte ihre paralysierende Angst ab und humpelte weiter. Problemlos erreichte sie den Durchgang in den Kariatidensaal wieder. Vorsichtig schlängelte sich Arielle Clémentine an den Kariatiden, den Säulen in Frauengestalt mit einem Kranzgesims auf dem Kopf, vorbei und dann eine Treppe mit weißen Marmorstufen zum ersten Stock hinab. Obwohl ihre Schritte auf dem roten Läufer kaum zu hören waren, kam ihr jeder einzelne verräterisch laut vor. Immer wieder schaute sie über die Schulter zurück, um sich zu vergewissern, dass sich ihr Verfolger nicht von hinten heranschlich. Plötzlich erscholl von weit unten ein lang gezogener, nicht endenwollender, durchdringender Schrei, gefolgt von einem Grollen wie von einer Steinlawine.

Vor Schreck setzte ihr Herz einen Moment lang aus, um gleich darauf umso heftiger zu pochen. Regungslos verharrte sie wie gelähmt auf der Treppe. Langsam kroch die Kälte aus den Stufen durch ihre dünnen Seidenstrümpfe die Füße hinauf. Ihre Schuhe hielt sie immer noch krampfhaft in den Händen. Endlich verstummte der Schrei, danach war es totenstill. Kein Laut drang mehr aus den unteren Etagen.

Ungeduldig wartete sie, ob noch irgendwas geschah. Ihr Atem ging flach und ihr Herz schlug wild. All ihre Sinne waren auf die Stille und Dunkelheit vor ihr konzentriert. Doch da war nichts mehr. Kein Geräusch, keine Bewegung.

Vorsichtig setzte sie sich wieder in Bewegung. Obwohl es ihr so vorkam, als ginge sie in Zeitlupe, rannte sie, so schnell es das lädierte Fußgelenk zuließ, die Treppe herunter. Unten mündete diese im Peristyl mit einer beeindruckenden Galerie aus zweifarbigen dorischen Säulen, deren oberer Teil aus weißem und der untere aus rostrotem Marmor bestand. Im Zentrum des Raumes hielt sie inne. Ringsum führten gewaltige Rundbogentüren in jede Himmelsrichtung. Die spärliche Notbeleuchtung rief auf den Türen ein flackerndes Wechselspiel voller Schatten und trübem Licht hervor, wobei allerdings die Dunkelheit bei weitem überwog.

Arielle Clémentine öffnete die Tür, die zum Festibül im Erdgeschoss führte. Als sie die Klinke berührte, vibrierte der Boden leicht. Bis auf ein dumpfes Rumpeln war aber nichts zu hören. Die Tür öffnete sich mit einem Knarren. Dahinter schlug der Beigeordneten ein Eintopf aus Zwielicht und Schatten entgegen. Sie betrat den Salon des Tapisseries, den Salon der Wandteppiche. Widerwillig entblößte das Halbdunkel vier Wandteppiche aus dem siebzehnten Jahrhundert, die die Martyrien der Heiligen Gervais und Protée darstellten. Von hier aus führte eine Treppe mit neun Stufen hinab zur Eingangshalle.

Vorsichtig tastete sie Tritt für Tritt hinunter. Etwa auf halber Strecke erbebte das Gebäude erneut. Fensterscheiben zerbarsten. Im ersten Stockwerk brach mit ohrenbetäubendem Knall ein Stück der Fassade in sich zusammen. Kostbare Kronleuchter schwenkten in den Salons, bis sie aus den Halterungen rissen und am Boden zerschellten. Das dumpfe Grollen, das mit den Erdstößen einherging, nahm beängstigend an Lautstärke zu. Auch das Beben wollte nicht enden, sondern pflanzte sich durch das gesamte Mauerwerk bis zu einem gewaltigen Ruck fort, als wäre ein Teil des Gebäudes gesprengt worden.

Arielle Clémentine hatte Mühe, das Gleichgewicht zu halten. Unter ihren Füßen zerbarsten die Marmorstufen. Ein noch heftigeres Schütteln erfasste das Treppenhaus und riss sie von den Beinen. Torkelnd versuchte sie, sich noch an der Wand festzuklammern, aber ihre Finger glitten am polierten Marmor ab. Ihr Ellbogen knallte gegen das Geländer, während sie gleichzeitig das Gefühl hatte, kopfüber zu fallen. Die Schuhe entglitten ihren Händen, dann schlug sie hart auf den Stiegen auf und stöhnte vor Schmerz. Im Fallen überschlug sie sich mehrmals, bis sie endlich regungslos am Fuß des Aufgangs liegen blieb. Das Letzte, woran sie sich erinnern konnte, war, wie sie sich aufzurappeln versuchte. Dann wurde ihr schwarz vor Augen.

In ihrem Kopf hämmerte ein furchtbarer Schmerz. Sie spürte, dass sie lang ausgestreckt mit dem Rücken auf etwas Hartem, Kaltem lag. Was war das? Marmor? Langsam kam sie wieder zu sich. Nachdem sie die Augen geöffnete hatte, dauerte es einige Augenblicke, bis sie erkannte, wo sie sich befand: Im Salle des Prévots, in der Eingangshalle. Das nächste, was sie sah, war eine gewaltige Schutthalde, die den eingestürzten Ausgang an der gegenüberliegenden Wand versperrte.

Benommen erhob sie sich und setzte sich auf. Ihr Körper begann zu zittern. In ihren Ohren rauschte es, als brande ein Ozean in ihrem Kopf. Nur langsam wich das taube Gefühl aus ihren Beinen. Es war ein Wunder, dass sie sich bei dem Sturz nichts gebrochen hatte. Allerdings spürte sie am ganzen Leib Schmerzen und ihr war auch noch ziemlich schwindlig. Trotzdem schaffte sie es irgendwie, sich vorwärts zu bewegen. Ihre Schuhe waren allerdings auf Nimmerwiedersehen verschwunden.

Obwohl der einzige Ausgang hoffnungslos verschüttet war, hegte sie die irrationale Hoffnung, dass es vielleicht irgendwo doch noch einen Durchschlupf gab. Nach dem ersten Schritt verzog sie das Gesicht, weil sie wieder zu forsch aufgetreten war. Auf ihrem gesunden Bein balancierend, wartete sie, bis der Schmerz im linken Knöchel etwas nachließ. Sie überlegte ernsthaft, ob sie nicht besser auf allen Vieren weiter krabbeln sollte, da erblickte sie Marc Caubère. Eigentlich sah sie nur seine Beine, die unter der Geröllhalde herausragten. Sein Oberkörper lag unter Tonnen von Gestein begraben. Trotzdem bezweifelte sie keine Sekunde, dass es sich um die Leiche des stellvertretenden Polizeipräsidenten handelte. Seine Uniformhose war unverkennbar. Es war sein Todesschrei gewesen, den sie oben auf der Treppe gehört hatte, kurz bevor ihn die einstürzende Decke unter sich begrub.

Arielle Clémentine senkte den Kopf und weinte leise. Unfähig, auch nur einen klaren Gedanken zu fassen, stand sie regungslos da. Sie musste schwer mit sich kämpfen, um nicht laut loszuheulen. Nicht, dass sie wirklich um Caubère trauerte, dafür kannte sie ihn zu wenig, aber es tat ihr Leid, dass er es so kurz vor dem Ziel doch nicht mehr geschafft hatte. Dass jetzt nicht alle Dämme bei ihr brachen und in einem Nervenzusammenbruch mündeten, verdankte sie dem Umstand, sich selbst an die Gefahr zu erinnern, in der sie schwebte. Damit meinte sie nicht nur, dass ihr jeden Moment die Decke auf den Kopf fallen, oder sich der Boden unter ihren Füßen auftun konnte. Irgendwo in diesem Gebäude schlich immer noch ein Irrer umher, der sie umbringen wollte.

Langsam löste sie sich aus dem Entsetzen und der damit verbundenen Lähmung. Sie trat einen Schritt vor, äußerst bedacht, das Gewicht nicht zu sehr auf den linken Fuß zu legen, dann noch einen und einen weiteren. Sie torkelte leicht, doch daran verschwendete sie keinen Gedanken. Sie dachte nur an das Messer, mit dem ihr durchgedrehter Kollege sie aufschlitzen wollte. Sie musste hier raus. Irgendwie und irgendwo.

Von der Eingangshalle verzweigten sich mehrere Korridore. Die meisten führten zu Büros, was ihr keine große Hilfe war. Die Fenster im Erdgeschoss bestanden aus einbruchssicherem Glas und waren ohne Spezialschlüssel nicht zu öffnen. Aber am anderen Ende des Gebäudes gab es einen Notausgang. Normalerweise war der natürlich auch verschlossen, allerdings bestand die vage Hoffnung, dass der Hausmeister nicht beim ersten Beben Hals über Kopf geflohen war, sondern warten wollte, bis der letzte das Rathaus verlassen hatte. Falls er den Einsturz des Eingangsbereiches überlebt hatte, war ihm nur der Notausgang als Fluchtweg geblieben, denn für den besaß er einen Schlüssel.

Mangels Alternative konzentrierte sie sich ganz auf diesen letzten Strohhalm. Wenn der Notausgang verschlossen war, war das ihr Ende.

Arielle Clémentine hinkte in den betreffenden Korridor. Bei jedem Schritt durchfuhr sie eine neue Schmerzwelle. Erschwerend kam hinzu, dass in dem Flur keine Notbeleuchtung mehr funktionierte. Vor ihr erstreckte sich ein rabenschwarzes Dunkel. Wenn sie zum Notausgang am anderen Ende des Flurs wollte, dann musste sie wohl oder übel da durch. Aber Himmel, war das düster; viel schlimmer, als sie es befürchtet hatte. Und mit jedem Meter schien die Dunkelheit noch zuzunehmen, versank der Flur in schwärzere Finsternis. Vom angestrengten Starren taten ihr schon bald die Augen weh. Etwas stieß gegen ihren Fuß. Sie zuckte zusammen. Dann erinnerte sie sich daran, dass der Korridor gerade renoviert wurde. Überall lag Werkzeug am Boden verstreut herum. An der Decke waren durch die Erschütterungen freigelegte Versorgungsrohre geborsten. Aus einem zischte heißer Dampf, der so irritierend wie das Zischen einer gewaltigen Monsterschlange klang. Ein Teil der Wände war mit Gipskarton versehen worden; der Schleifstaub hing immer noch in der Luft und brannte in ihren Augen.

Ungeachtet dessen drang sie immer tiefer in die Finsternis, vorbei an Türen hinter denen sich die Archive befanden, in denen Tausende Akten, Pläne und Urkunden lagerten. Früher waren die Unterlagen regelmäßig katalogisiert worden, doch seitdem fast alles digitalisiert in Datenbanken gelagert und bequem vom Büro aus auf den Monitor gerufen werden konnte, verirrte sich nur noch selten jemand hierher.

Plötzlich schwoll ein Geräusch an, das zunächst klang, als ob der Sturm einen Baum entwurzelte. Dann folgte das Knirschen brechenden Mauerwerks. Erneut erschütterten gewaltige Stoßwellen, die vom durchdringenden Gekreisch berstenden Gesteins begleitet wurden, das Rathaus. Danach war wieder nur das Sturmgeheul zu hören.

Wann endete dieser Flur endlich? Arielle Clémentine spürte, dass ihr die Zeit davonlief. Wie lange würde es noch dauern, ehe ihr hunderte Tonnen Gestein auf den Kopf fielen? Wenn sie wenigstens die Hand vor Augen sehen könnte. Sie tastete weiter, jederzeit damit rechnend, dass sie jemand am Arm packen würde. Immerhin war es möglich, dass Tavernier die Feuertreppe benutzt hatte, während sie ohnmächtig war. Im selben Moment berührten ihre Finger etwas. Um ein Haar hätte sie vor Schreck laut aufgestöhnt. Sie ertastete jedoch nur kaltes, glattes Metall. Der Notausgang. Mit einer schweißnassen Hand griff sie nach der Messingklinke, drückte diese herunter und schob und zog daran. Doch die Tür ging nicht auf. Das traf die Beigeordnete wie ein Faustschlag. Was eine verheißungsvolle Idee gewesen war, entpuppte sich als Sackgasse. Die Tür bewegte sich nicht, denn sie war verschlossen.

Arielle Clémentine stöhnte auf, ihre erste Reaktion war nackte Panik, aus deren Umklammerung sie aber ihre Willenskraft befreite. Mit verkrampftem Magen versuchte sie es erneut, doch die Tür rührte sich nicht. Nach mehreren Fehlversuchen kam der Augenblick, in dem ihr klar wurde, dass sie nur noch umkehren konnte, wollte sie die zweifelhafte Hoffnung auf einen anderen Ausgang aufrecht halten. Sie musste den ganzen langen Albtraumweg zurück und wieder hinauf in die oberen Stockwerke. Und was, wenn sie dabei Tavernier in die Arme lief?

Ihre Gedanken schwirrten durcheinander. Sie machte sich Vorwürfe, weil sie die Gefahr während der Konferenz nicht früher bemerkt hatte. Wie hatte sie die nur so unterschätzen können? Jetzt bezahlte sie mit dem Leben dafür.

Wütend riss sie ein letztes Mal mit beiden Händen an der Klinke und gab danach auf. Ihre Arbeitsstätte war zur Todesfalle geworden. Ihr Kampf um das nackte Leben war ausgekämpft und verloren.

Mit ausdruckslosem Gesicht ließ sie die zitternden Hände sinken, drehte der Tür den Rücken zu, lehnte sich dagegen und rutschte dann einfach zu Boden. Erschlagen und völlig fertig senkte sie den Kopf. Die trügerische Grabesstille, die sie im Moment umgab, machte die Unerträglichkeit der Situation nur noch schlimmer. Sie wusste nicht, wie sie aus diesem Gebäude entkommen konnte. Sie glaubte auch nicht mehr, dass es überhaupt noch möglich war. Was spielte es da für eine Rolle, ob sie jetzt hier auf ihr Ende wartete, anstatt ziel- und hoffnungslos durch die Korridore zu irren?

Arielle Clémentine lächelte bitter, verzog dann das Gesicht und unterdrückte mühsam einen Weinkrampf. Irgendwo aus der Dunkelheit weit hinten glaubte sie, ein verstohlenes Schlurfen zu hören. Nichts war zu sehen. Wie denn auch in dieser Dunkelheit. Vielleicht bildete sie sich die Schritte ja auch nur ein. Möglicherweise war es bloß der Sturm, der jetzt wieder wütend gegen das Gebäude fegte, oder das ächzende Knirschen im Mauerwerk, das neuerlich eingesetzt hatte. Der teerschwarze Korridor kam ihr jedenfalls leer vor, aber mit Sicherheit wusste sie es nicht. Es war ihr so egal, dass sie nicht einmal den Kopf hob, als das Schlurfen näher kam.

Angst setzte Hoffnung voraus, und die hatte sie aufgegeben.

In lauten Wellen dröhnte ein Donnern durch das Gebäude. Schlimmer als das Geräusch war für Arielle Clémentine jedoch die überwältigende Einsamkeit. Und sie fühlte noch etwas: einen Schauder, verursacht durch einen eisigen Luftzug. Ein leichter Wind blies ihr sanft über die Haut. Die Luft stank beißend nach totem Fleisch.

Obwohl sie sich nicht viel davon versprach, wollte sie herausfinden, aus welcher Richtung der Luftzug kam. Also wischte sie sich die Tränen mit dem Handrücken aus dem Gesicht, stand auf und machte sich auf die Suche nach dem Ursprung der Zugluft. Und was, wenn Tavernier tatsächlich durch diesen Korridor schlich? Nun, das wäre ein Grund mehr, sich endlich in Bewegung zu setzen. Sie riskierte es und nahm ihr Schicksal wieder selbst in die Hände, statt sich ihm zitternd und tatenlos auszuliefern. Mit vorgestreckten Armen tastete sie sich langsam voran, bei jedem Schritt damit rechnend, dass sie ihren Verfolger berührte. Unterwegs quälten sie schlimme Vorstellungen, was ihr alles passieren könnte. Dass ihr ein Messer in den Bauch gerammt wurde, war davon noch die harmloseste.

Immer wieder stieß sie mit dem Fuß gegen ein am Boden liegendes Werkzeug. Jedes noch so leise Geräusch verriet sie. Jedes. Sollte außer ihr noch jemand in dieser Dunkelheit sein, würde er genau wissen, wo sie sich befand. Andererseits wurde ihr Gestolper von einer Vielzahl undefinierbarer Geräusche überlagert, die mit irritierenden Echos wetteiferten, die von den Wänden widerhallten. Trotzdem bewegte sie sich, mit beiden Händen weit vorgestreckt, ganz vorsichtig und tastete mit dem Fuß voraus, um ja keinen unnötigen Lärm zu machen. Sie hielt vor einer Bürotür inne. Die Tür selbst sah sie nicht, aber sie spürte einen Luftstrom. Obwohl sich ihr die Haare sträubten, blieb sie stehen und tastete solange über die Wand, bis ihre Finger die Tür fanden, die nicht abgeschlossen, sondern nur angelehnt war. Als sie dicht davor stand, erkannte sie, dass sie einen Spalt weit offen stand. Durch die Öffnung sickerte blassgelbes Licht, obschon es dahinter eigentlich stockdunkel hätte sein müssen.

Arielle Clémentine versuchte die Tür aufzustemmen, aber die klemmte. Sie drückte erneut mit aller Kraft dagegen und bekam den Eingang mühsam noch ein Stück weiter auf, bevor die Tür irgendwo dagegen stieß und sich kein Stückchen mehr rührte. Der Spalt war schmal, doch sie glaubte, sich hindurchzwängen zu können. Sie hielt den Atem an und quetschte sich seitlich durch die Öffnung. Ihr vorgestreckter Fuß berührte etwas, das wie ein explodiertes Computer-Keyboard aussah. Zentimeterweise ging es voran. Eingezwängt zwischen Türblatt und Zarge schmerzten ihr Rücken und Bauch. Das war jetzt kein guter Moment, um in Klaustrophobie zu verfallen, trotzdem dachte sie nur noch daran, wie es sei, wenn sie nicht mehr vor noch zurück könnte.

Sie hielt inne und lauschte. War das eine Stimme, die der Wind zu ihr herübertrug? Sie vernahm ein Knacken und im nächsten Moment flog die Tür ganz auf, als würde sie von innen aufgerissen. Gleichzeitig traf sie der kalte Wind wie ein Schlag. Als nächstes traf sie der Schock. Arielle Clémentine bot sich ein trostloser Anblick, der die Hoffnungslosigkeit widerspiegelte, der sie sich ausgeliefert sah. Wie festgefroren stand sie in der Tür, als stände sie vor einem offenen Grab.

Das Archiv existierte nicht mehr. Der große Raum bot ein Bild völliger Verwüstung: Zertrümmerte Schreibtische und umgekippte Regale lagen ineinander verkeilt unter der halb eingestürzten Decke. Stuhlreste, Aktenordner, zerstörte Computer, zerbrochene Flachbildschirme, Drucker und

Kopiergeräte, Ablagen, Bilder, Halogenlampen und unzählige nicht mehr identifizierbare Bürogeräte türmten sich überall auf dem Boden.

Sie stolperte unsicher durch das Trümmerfeld, das früher einmal ein Büro gewesen war, als es noch eine Hauswand besessen hatte. Jetzt war die gesamte Frontseite verschwunden und gab den Blick auf die Place de l'Hôtel-de-Ville frei. Unmittelbar vor der verschwundenen Außenwand erhoben sich die Silhouetten haldenähnlicher Gebilde. Langsam wurde ihr klar, dass es sich dabei um die Trümmer der eingestürzten Fassade handelte. Am Fuß der Halden schlängelten sich schmale Pfade zu dem offenen Vorplatz hinaus. Dieser Anblick vermittelte zumindest die Illusion des Gerettetseins. Bot sich ihr hier wirklich eine reelle Chance, doch noch gerettet zu werden?

Aufgrund der fehlenden Wand sickerte von draußen mattes Licht herein und der eisige Sturmwind drang ungehemmt ins Zimmer. Die Beigeordnete kümmerte sich nicht um die Windstöße, die gierig an ihr zerrten. Verstört schritt sie durch den verwüsteten Raum, aus dessen Boden ein unheimliches Stampfen drang. In der Luft hing ein abstoßender Geruch, bleischwerer fauliger Totengestank, der sie zum Würgen brachte. Einen flüchtigen Moment lang dachte sie, ihre Beine würden sie nicht mehr tragen. Dann riss sie sich zusammen und bahnte sich entschlossen einen Weg durch das Chaos. Bei jedem Schritt erwartete sie unbewusst, dass der Boden unter ihr nachgab und sie in einen Abgrund fiel. Diese Angst bewog sie, den Rest der Strecke schnell hinter sich zu bringen. Als sie an der eingestürzten Bürowand angelangt war, kletterte sie über einen niedrigen Mauerrest nach draußen.

### *12 Uhr 38 – Place de l'Hôtel-de-Ville*

Kaum hatte Arielle Clémentine die halbwegs schützende Ruine verlassen, riss sie ein peitschender Windstoß beinahe um. Sie hielt sich gerade noch an einem Mauerstumpf fest und kämpfte dann nach vorn gebeugt gegen den Sturm an, der über sie wegspülte. Sie umrundete Geröllhalden, die den Überresten eines monströsen Erdrutsches glichen. Permanent wehte ihr der Wind Sand und Dreck ins Gesicht, während er gleichzeitig immer ungestümer an ihrer Kleidung zerrte und sie ein ums andere Mal ins Stolpern brachte. Über das höllische Brausen hinweg drangen ab und an die Geräuschfetzen von weit entfernten Sirenen.

Halb stolpernd, halb rutschend kletterte die Beigeordnete durch das lockere Geröll, das einmal ein Teil der Fassade gewesen war. Nachdem sie die Barrieren aus Gesteinsschutt überwunden hatte, trat sie auf den relativ unversehrten Teil des Vorplatzes hinaus, der einer von Rissen durchzogenen schwarzen Glasplatte glich.

Während sie inmitten des wogenden Unwetters zurückschaute, sah sie, dass gut ein Drittel der Vorderfront des historischen Rathauses eingestürzt war. Die Seiten- und Rückwände des aus dem Gleichgewicht geratenen Gebäudes standen noch. Rings um den Vorplatz war der Schaden noch größer. Alle benachbarten Häuser waren zwar zerstört, jedoch nicht in die Tiefe gerissen worden; nirgendwo war ein Krater zu sehen. Als Arielle Clémentine weiterging, hörte sie hinter sich ein Geräusch, so leise wie der Klang einer gesprungenen Tonscherbe. Sie sollte seinen wahren Ursprung bald herausfinden. Ein kurzer Gedanke an Tavernier schoss ihr durch den Kopf, als da sie ihn auch schon auf sich zustürmen sah. Verschreckt taumelte sie zurück. Alles ging wahnsinnig schnell. Sie wollte sich umdrehen und wegrennen, da war der Verfolger bei ihr und packte sie am linken Oberarm. Sie schrie aus Wut über die eigene langsame Reaktion. Tavernier wirbelte sie so brutal herum, dass ihr fast die Luft wegblieb.

»Sie haben Ihre Rolle nicht begriffen, Mademoiselle Dorléac«, setzte er den Disput beinahe nahtlos an der Stelle fort, wo er im Konferenzraum unterbrochen worden war. »Sie sind hier nichts weiter als eine Alibifrau, ein Knochen, den Politiker Feministinnen hinwerfen. Schließlich gibt es auch weibliche Wähler. Dass Sie in dieser Position sind, hat nichts mit Intelligenz oder Qualifikation zu tun. Deshalb waren Sie auch nicht klug genug, das zu erkennen.«

Er stand dicht vor ihr. Wo war sein Messer? Das Messer war im Moment das Gefährlichste an ihm.

»Hören Sie, ich kann ja verstehen, dass Sie wütend auf mich sind«, sagte sie mit kühler Distanz, obwohl sie nicht wusste, ob Einlenken unbedingt die richtige Strategie bei einem amoklaufenden Psychopathen war.

»O nein, ich bin nicht wütend auf Sie«, fuhr er ihr ins Wort. »Der Terminus ›Wut‹ trifft meinen Gefühlszustand nicht einmal annähernd. ›Blanker Hass‹ käme dem schon ein wenig näher.«

»Wissen Sie, ich frage mich allmählich ernsthaft, ob es nur kollegialer Brotneid ist, weshalb Sie mich so hassen. Wenn ich mich recht entsinne, haben Sie meine Ernennung zur Beigeordneten nicht immer als Zumutung empfunden. Was wollen Sie eigentlich?«

»Eine kleine Fehlentwicklung korrigieren.« Tavernier schüttelte heftig den Kopf, um die wirren Gedanken zu vertreiben, die wie ein aufgescheuchter Wespenschwarm darin herumschwirrten. Sein ganzes Sinnen und Trachten drehte sich im Kreis: Er wollte sie sterben sehen.

»Es tut mir Leid, wenn Sie sich durch mein Vorgehen übergangen fühlen, oder wenn ich Sie dadurch beleidigt habe«, lenkte sie ein.

»Das ist sehr selbstlos von Ihnen«, antwortete er devot, aber in seinen Augen funkelte die blanke Abscheu. Er kam noch näher. Der Duft ihres

Parfüms drang ihm in die Nase und beunruhigte ihn. »Möchten Sie sich vielleicht sonst noch etwas von der Seele rede, bevor ich Ihr armseliges Leben auslösche?«

»Sie sind ja wahnsinnig geworden!«

»Ich war noch nie so klar im Kopf wie jetzt«, erwiderte er langsam und mit schleppendem Tonfall. »Bleiben Sie ruhig und ich werde versuchen, Ihnen nicht allzu weh zu tun. Versprechen kann ich das allerdings nicht. Es ist nämlich das erste Mal, dass ich jemanden töte. Mir fehlt da noch eine gewisse Routine; aber ich werde mein Bestes geben, so wie Sie das auch immer getan haben. Das Beste geben, um mich auszubooten.«

In diesem Augenblick sah sie das Messer in seiner Hand, das ohne Vorwarnung auf ihren Bauch zuschoss. Sie schrie erschrocken auf und warf sich nach hinten, bevor sie die Klinge aufschlitzen konnte. Die Messerspitze verfehlte sie nur knapp; Millimeter über ihrem Bauchnabel glitt sie vorbei ins Leere.

Vor Aufregung stolperte sie und schlug mit dem Rücken so hart auf den Steinboden, dass sie Sternchen sah. Trotzdem stemmte sie sich sofort wieder hoch. Ihr Angreifer ließ sie gewähren, als wäre er seiner Sache sehr sicher. Gelassen schaute er zu, wie sie wieder auf die Füße kam. Als sie stand, trat er grunzend auf sie zu.

Ihr Puls ging noch rascher und das Herz klopfte ihr bis zum Hals. Sie war sich kaum bewusst, dass sie langsam rückwärts ging. Das Licht, das durch die dicken Wolkenschichten drang, hüllte sie in trübes Senfgelb ein. Doch das Licht spiegelte sich nicht in Taverniers Augen wider. Seine Pupillen glichen dunklen Löchern und verrieten nicht die geringste Regung, als er erneut mit dem Messer zustach. Die Klinge pfiff durch die Luft. Arielle Clémentine sprang zurück und wäre beinahe wieder gestolpert. Er holte weit zu einem neuen Stich aus. Und während er das tat, trat sie mit aller Kraft zu. Sie verfehlte das zwischen seinen Beinen angepeilte Ziel und traf lediglich seinen Oberschenkel. Mit einem Fluch auf den Lippen taumelte der Getroffene zurück, wobei ihm das Messer entglitt und irgendwo zwischen Schatten und Trümmern verschwand.

Mit einem grauenhaften Schrei, einer bizarren Mischung aus Wut und Wahnsinn, sprang er auf sein Opfer zu. Arielle Clémentine versuchte zurückzuweichen, aber ihre Beine versagten den Dienst; dafür zerkratzten ihre Fingernägel dem Widersacher völlig unerwartet das Gesicht. Fluchend wich der zurück, presste beide Hände gegen seinen Kopf, taumelte zur Seite und gab so den Weg für einen Moment frei. Jetzt oder nie. Sie versuchte, an ihm vorbeizuspringen; doch da packte er erneut ihren Arm und beendete ihren improvisierten Fluchtversuch. Er riss sie zurück und stieß sie brutal zu Boden, so dass sie der Länge nach auf den harten Asphalt knallte. Die

Haare flogen ihr wirr ins Gesicht, Tränen brannten in ihren Augen und der Schmerz ließ sie nur stoßweise atmen.

»Das ist wirklich kein guter Tag für Sie.« Sein beiläufiger Ton irritierte sie. »Erst die chaotische Krisensitzung und dann das hier.«

Nach Luft japsend, versuchte Arielle Clémentine wieder auf die Beine zu kommen. Sie rollte auf die Seite und stützte sich auf einem Ellbogen ab. Ihr Atem kam rasselnd, während sie schwach und zerschlagen auf Händen und Knien kroch. Dabei schrie sie so laut, dass es ihr selbst in den Ohren weh tat.

»Halt's Maul«, knurrte er atemlos mit schweißnassem Gesicht.

Unheilvolles Knirschen und das Bersten einstürzender Mauern übertönten die letzten Silben. Ringsum dröhnte und zitterte der Boden, als ein Teil der Fassade des Nordflügels am Hôtel de Ville in der Erde versackte, als würde er in die Tiefe hinabgesogen. Ein Abschnitt des Südflügels neigte sich ebenfalls gefährlich zur Seite; Augenblicke später hallte sein Einsturz ohrenbetäubend über den Platz. Gewaltige Stoßwellen erschütterten den Erdboden, begleitet vom durchdringenden Gekreisch berstenden Gesteins.

Breitbeinig stand Tavernier über Arielle Clémentine und riss sie an den Haaren hoch. Sie kreischte, während ihr Kopf in ein Meer aus Schmerzen tauchte. Wütend versuchte sie sich loszureißen, wand sich, schlug wild um sich und schrie, bis ihre Stimme vor Schmerz zu einem Wimmern erstarb. Unerbittlich wurde sie am Kopf hochgezogen, bis sie erst kniete und dann auf die Beine torkelte. Kaum stand sie aufrecht, schlang er ihr von hinten einen Arm um den Hals und schnürte ihr hart und unnachgiebig die Luft ab. Sie keuchte, rang nach Luft; sein Unterarm quetschte ihr weiter die Kehle zu. Bevor sie wusste, wie ihr geschah, zerrte er sie hoch und warf sie wieder zu Boden.

Mit einem Aufschrei landete sie auf dem Bauch. Sie schrie immer noch, als er ihr ein Knie zwischen die Schulterblätter drückte. Seine Finger umklammerten ihren Hals und pressten ihren Kopf auf den rauen Boden; dabei schrammte ihre Wange über den gesprungenen Asphalt und Blut rann über ihre brennende Haut. Noch einmal strampelte sie wild mit den Beinen und schlug um sich, aber sie hatte nicht den Hauch einer Chance.

Tavernier genoss ihre Hilflosigkeit, ihr vergebliches Aufbäumen. Er spürte, wie ihr Widerstand langsam brach. Das tat gut. Er fühlte sich wie von einer Last befreit.

Mit seiner freien Hand packte er ihr linkes Handgelenk und drehte ihr den Arm auf den Rücken. In panischer Angst trat sie weiter um sich ins Leere. Schließlich lag sie nur noch regungslos da und rang keuchend nach Luft.

Und jetzt?

Plötzlich ließ ihr Peiniger ihr Genick los, holte mit der Faust aus und schmetterte sie gegen ihre Schulter. Die Wucht des Schlages riss ihren Kopf nach oben und raubte ihr die Luft. Er traktierte sie weiter mit Faustschlägen gegen Schulter und Rücken und ließ all seine aufgestaute Wut an ihr aus: Wie hatte sie es wagen können, ihn um die Früchte seiner Arbeit zu bringen? Verdammt, sie hatte ihr Ende herausgefordert und jetzt bekam sie, was sie verdiente. Sie war eine gottverdammte Schlampe, die hüftwackelnd durchs Büro ging und kurze Röcke trug, um ihre langen Beine zur Schau zu stellen. Wo zum Teufel blieb da die Fairness? Zu allem Überfluss hatte sie ihm bei jeder Gelegenheit die Stirn geboten und ihn als Gipfel des Ganzen auch noch abblitzen lassen. Sie hatte sein Ego zerstört. Aber gleich würde es ihm wieder besser gehen.

Eingehüllt in wilde Euphorie prügelte er auf seine Kollegin ein. Jähe Schmerzen rasten in Wellen durch Arielle Clémentine. Ein Fausthieb traf sie so heftig am Hinterkopf, dass sie sekundenlang kaum noch bei Bewusstsein war. Sie spürte nur vage, wie er ihren Kopf an den Haaren anhob. Durch Tränenschleier sah sie verschwommen, wie er sich tief zu ihrem Gesicht hinunterbeugte, sie hämisch angrinste und irgendwas sagte, wobei sein röchelnder, übel riechender Atem ihre Wange striff. Ihren Arm hatte er inzwischen losgelassen, um sie nun mit beiden Händen zu würgen. Mit jedem Quäntchen, das er fester zudrückte, keuchte sie erstickter. Sie wollte um Hilfe rufen, doch es gelang ihr nicht. Sauerstoffmangel krampfte ihre Lungen zusammen, während ihre Gedanken zunehmend verblassten. Plötzlich verspürte sie keine Schmerzen mehr, ihr war, als würde sie schweben, als würde sich ihr Körper auflösen.

Vor ihren Augen zerplatzte die Welt wie eine schillernde Seifenblase, deren Splitter die tiefe Dunkelheit verschlang. Dann fühlte sie überhaupt nichts mehr.

Arielle Clémentine erwachte zögerlich. In ihrem Kopf kreisten Bildfragmente; sie sah einstürzende Gebäude, Taverniers boshaftes Gesicht, das sie höhnisch anstarrte, und dunkle Schatten, hinter denen sich Schreckliches verbarg. Sie hörte Stimmen, furchtbare Schreie und bemerkte eine dunkle Silhouette, die sich erst unter ihr bildete und dann über ihren ganzen Körper ausbreitete, bis sie selbst völlig in breiiges Schwarz gehüllt war. Vergeblich versuchte sie, die Schwärze mit der Hand abzureiben. Die widerlich zähe Finsternis glitt über ihre Augen, so dass sie nichts mehr sehen konnte. Mit beiden Händen wollte sie den ekligen Schleim abwischen, doch sie fühlte überhaupt keine Gesichtszüge mehr: Nase, Mund, Augen schienen vollkommen glatt, wie weggeschliffen.

Allmählich wich die Schwärze vor ihren Augen grauen Schleiern. Sie fror. Und wie! Sie schlotterte am ganzen Körper. Hatte sie etwa das Fenster im Schlafzimmer offen gelassen? Was war das für eine Matratze, auf der sie lag?

Sie war hart und unbequem wie feuchtkalter Beton. Wie spät war es? Wieso schmerzte ihr ganzer Körper? Ihr war jegliches Zeit- und Raumgefühl abhanden gekommen.

Sie wollte sich vom Bauch auf die Seite drehen, aber es ging nicht, da sie sich nicht bewegen konnte. Etwas ungemein Schweres lag wie ein schwammiger Teig auf ihr und begrub sie unter sich. Nach mehreren Fehlversuchen blieb sie schlaff liegen und rang mit geschlossenen Augen nach Luft.

Auf einmal traf sie die Erinnerung wie ein Keulenschlag. Sie war nicht in ihrem Schlafzimmer, sondern auf dem Vorplatz des Rathauses. Bilder von ihrer Flucht aus dem Hôtel de Ville erschienen in ihrem Kopf, als hätten sie nur auf ein Stichwort gelauert. Im Zeitraffer spulten sie ab, wie Tavernier sie umbringen wollte, wie er sie geschlagen und sie sich ihm hilflos ausgeliefert gefühlt hatte.

Als das lähmende Grauen darüber ein wenig nachließ, drehte sie langsam den Kopf, öffnete die Augen und sah unmittelbar neben ihrer Wange das Gesicht ihres Angreifers. Sie stöhnte auf und versuchte erneut sich zur Seite zu drehen, damit der Kerl von ihr herunterrollte. Aber vergebens. Allein schaffte sie das nicht. Resigniert hielt sie inne und verschnaufte; dabei registrierte sie zwei Dinge.

Erstens: Tavernier war entweder tot oder bewusstlos, was die Frage aufwarf: Was war während ihres Blackouts passiert?

Zweitens: Im Augenwinkel bemerkte sie eine Bewegung. Als sie den Kopf so weit wie möglich drehte, blieb ihr Blick bei einem Mädchen mit kniehohen Stiefeln und quer gestreiften Leggins hängen. Die Kleine war höchstens dreizehn oder vierzehn Jahre alt und gerade sehr intensiv mit ihrem kleinen Rucksack beschäftigt, den sie sich auf den Rücken band. Als sie sich umwandte, kreuzten sich ihre Blicke. Beide starrten sich einen Moment lang nur an. Arielle Clémentine war die Situation irgendwie peinlich, das Mädchen hatte damit offensichtlich keine Probleme; keine Spur von Unsicherheit, kein Ausweichen des Blicks.

»Sind Sie verletzt?«, erkundigte sich die Kleine, bei der kurz ein Lächeln aufblitze.

Die Beigeordnete schüttelte matt den Kopf und verzog dabei vor Schmerz das Gesicht. Sie schloss die Augen und öffnete sie erst nach Sekunden wieder.

»Möchten Sie etwas trinken?«, fragte das Mädchen, während es verlegen auf den Fußballen auf- und abwippte.

Die Gefragte senkte den Blick, fuhr sich mit der Zunge über die geschwollenen, aufgesprungenen Lippen und krächzte schließlich: »Wer bist du?«

»Lea Marie«, antwortete das Mädchen und hüpfte kurz, damit der Rucksack wieder richtig auf den Schultern saß.

»Hallo, ich bin Arielle Clémentine. Was ist passiert?«

»Sie hatten wohl Stress mit dem Kerl da. Jedenfalls sah das für mich so aus. Ich nehme nicht an, dass es Ihnen Spaß macht, sich verprügeln zu lassen.«

»Nein, das tut es nicht. Kannst du mir unter dem Fettwanst raushelfen? Der wiegt eine halbe Tonne.«

»So sieht er auch aus.« Lea Marie schob mit aller Kraft gegen Taverniers Seite. »Allein hab' ich den auch nicht von Ihnen runterrollen können. Ich hab's versucht, das können Sie mir glauben.«

Arielle Clémentine drückte unter Aufbietung der letzten Kräfte ihren Rücken hoch, bis der Bewusstlose dank kräftiger Unterstützung des Mädchens von ihr herunterrollte. Endlich von der widerlichen Last befreit, blieb sie keuchend auf allen Vieren knien. Ihr Gesicht und vor allem der Rücken schmerzten von unzähligen blauen Flecken, Schürfungen und Quetschungen. Sie senkte den Kopf, schaute dann aber wieder nach oben zu ihrer Helferin.

»Ich glaube, wir sollten hier nicht zu lange bleiben«, meinte Lea Marie und vergrub ihre Hände tief in den Jackentaschen. »Können Sie aufstehen? Geht das?«

Die Beigeordnete nickte matt und versuchte sich zu erheben. Langsam, unter Schmerzen, setzte sie sich auf. Sie nahm sich etwas Zeit, sich zu erholen, während das Mädchen an ihrer Seite ungeduldig darauf wartete, dass es ihr besser ging. Nach der kleinen Verschnaufpause zog sie sich an der Hand des Teenagers hoch und kam so wieder auf die Beine; sie stand aber auf ziemlich unsicheren Füßen da. Einen Moment lang schien es, als würde sie wieder umkippen. Sie torkelte, aber Lea Marie hielt sie behutsam am Oberarm fest. Sie zuckte unter dem Griff zusammen, denn die Quetschungen taten ziemlich weh. Rasch ließ das Mädchen ihren Arm wieder los und machte sich darauf gefasst, die Gerettete notfalls aufzufangen, falls die umkippte. Aber Arielle Clémentine bezwang das Schwindelgefühl, dieses Schwanken, das das Erwachen aus der Ohnmacht mit sich brachte. Sie hielt sich nicht nur auf den Beinen, sondern machte im Zeitlupentempo sogar den ersten Schritt.

»Ich glaube, es geht wieder«, versicherte sie mit schwacher Stimme. »Wie kommst du überhaupt hierher? Wo sind deine Eltern?«

»Meine Eltern sind tot, denke ich jedenfalls.« Wie auf Kommando spulte ihr Gedächtnis die Geschehnisse vor dem Centre Pompidou ab, bei dem ein Abgrund ihre Eltern verschlungen hatte. Sie verscheuchte die Gedanken schnell wieder und klammerte sich lieber an die zweifelhafte Hoffnung, dass ihr Vater und ihre Mutter doch noch durch irgendein Wunder gerettet worden waren. Alles andere war undenkbar. Denn das würde bedeuten, dass sie ganz allein auf der Welt war.

Lea Marie konnte sich nicht mehr daran erinnern, wie lange sie von dem Unglücksort bis hierher gelaufen war. Sie wusste nur noch, dass sie unterwegs zwei größere Straßen gekreuzt hatte, die ein Durchkommen ziemlich schwierig gemacht hatten. Da herrschte ein Tumult wie in einem Tollhaus, eine Kakophonie aus wild hupenden und hoffnungslos im Stau steckenden Autos und Panikgeschrei unzähliger Menschen auf den Trottoirs. Es war kein Kinderspiel, die Straße zu überqueren, ohne von der Menge mitgerissen zu werden. Deshalb war sie von da ab nur noch durch möglichst kleine und menschenleere Gassen geflohen. Unterwegs versuchte sie zu verstehen, was vor dem Centre Pompidou geschehen war, wieso sich die Erde unvermittelt geöffnet hatte; aber es gelang ihr nicht. Tapfer machte sie sich Mut, dass ihre geliebten Eltern noch lebten, obwohl die Wahrscheinlichkeit verschwindend klein war. Bei diesem Gedanken wurde der Kloß in ihrem Hals unerträglich und ließ sie in Tränen ausbrechen.

»Lea Marie?« Arielle Clémentine riss das Mädchen aus seinen trüben Gedanken. Ihre Stimme klang sanft. Beim Versuch zu lächeln, spürte sie schmerzhaft ihre Verletzungen am Mund.

Die 13-Jährige beruhigte sich wieder und schaute auf. »Ja?«

»Wohin wolltest du überhaupt?«

»Falls meine Eltern noch leben, dann treffe ich sie am ehesten in unserem Hotel. Auf dem Weg dorthin bin ich hier gelandet. Offensichtlich keinen Moment zu früh, denn der Kerl prügelte Sie ganz schön heftig durch. Sie müssen ihm ja was Schlimmes angetan haben, dass er so sauer war. Aber das geht mich nichts an. Ist das Ihr Lover?«

»Was?«, fragte die Beigeordnete wie vor den Kopf geschlagen und spürte, dass sie vor Scham rot wurde, weil jemand so eine Ungeheuerlichkeit auch nur annehmen konnte. »Wie kommst du denn darauf?«

»Entschuldigung, kam mir nur so in den Sinn. Ein kleiner Streit unter Verliebten, der dann ein wenig aus dem Ruder lief.«

»Du redest ziemlich altklug. Wie alt bist du überhaupt?«

»Alt genug, um zu sehen, dass der hässliche Kerl verdammtes Glück gehabt haben muss, jemanden wie Sie abzubekommen«, antwortete Lea Marie und verkniff sich einen zu mitleidigen Blick, weil ihr eine innere Stimme mahnend zuflüsterte, jetzt besser nicht zu weit zu gehen. »Ist wahrscheinlich so ein Ding von Gegensätzen, die sich anziehen.«

»Wieso ist er bewusstlos?«

»Weil ich ihn K.O. geschlagen habe, bevor er Ihnen noch mehr wehtun konnte.«

»Du? So viel Kraft hätte ich dir gar nicht zugetraut.«

»Die habe ich auch nicht. Ich hab' mich von hinten rangeschlichten und ihm dann eins mit meinem Rucksack übergebraten.«

»Was ist denn da drin?«

»Eine Flasche Mineralwasser.«

»Aus Plastik?«

»Aus Glas.«

»Autsch, das muss wehgetan haben.«

»Falls Sie mit dem Kerl gehen, dann hoffe ich, er hat nicht zu viel abbekommen. Dabei sehen Sie eigentlich gar nicht aus, als ob Sie auf harte Macho-Typen stehen.«

Bei diesen Worten reckte Arielle Clémentine mit gespielter Verzweiflung die Hände gen Himmel: »Ich habe nichts mit dem Mann zu tun, außer, dass wir Kollegen sind!«

»Da bin ich wirklich erleichtert. Ich habe ja schon einige Geschmacksverirrungen bei Frauen erlebt, doch das hier wäre der Hammer. Wieso hat er Sie denn geschlagen? Eifersucht? Zurückweisung? Rache?«

»Wohl von allem ein bisschen. Jedenfalls vielen Dank. Ich glaube, du hast mir das Leben gerettet.«

»Ist schon okay.« Lea Marie tanzte fröstelnd von einem Bein auf das andere. »So, jetzt muss ich aber weiter.«

»Das halte ich für keine gute Idee.«

»Was?«

»Dass ein so junges Ding wie du allein in diesem Chaos unterwegs ist.«

»Das junge Ding hat es auch bis hierher allein geschafft«, erwiderte sie trotzig, zupfte den Saum ihres Rockes ein wenig nach unten und stemmte dann die Hände in die Hüften. »Die paar Meter bis über die Seine schaffe ich jetzt wohl auch noch. Außerdem schienen Sie größere Probleme in diesem Chaos gehabt zu haben als ich. Bevor Sie sich als Beschützerin aufspielen, überlegen Sie bitte, wer hier wen beschützt hat.«

»Das Stadtzentrum zu beiden Seiten der Seine ist Katastrophengebiet. Es wäre Wahnsinn, sich hier noch länger aufzuhalten. Glaub mir.«

»Woher wollen Sie das wissen?«

»Das erkläre ich dir später. Ich habe verlässlichere Informationen als du. Vom Centre Pompidou aus können deine Eltern nicht über die Seine zurück. Falls sie noch leben, werden sie sich vermutlich vom Zentrum weg nach Norden oder Osten durchschlagen.

»Dann finde ich sie ja nie mehr wieder.«

»Doch, das wirst du. Wenn das Chaos vorbei ist, werden Sammelstellen für Vermisste eingerichtet. Bis es soweit ist, sollten wir zusehen, dass wir unsere eigene Haut retten.«

»Wo sollen wir denn hin? Etwa zu Ihnen nach Haus?«

»Nein, raus aus Paris. Und zwar auf schnellstem Weg.«

Die Beigeordnete bewegte sich zittrig wie eine alte Frau vorwärts. Stirnrunzelnd betrachtete Lea Marie die Humpelnde, die erschreckend bleich war und bei jedem Schritt die Zähne zusammenbiss. In den Augen des Mädchens glomm mehr als nur ein Hauch von Zweifel, dass es die Französin allein bis zur nächsten Straßenecke schaffen könnte. Deshalb legte sie ihr einen Arm um die Taille und stützt sie ab.

»Geht's so?«, fragte sie.

»Ich bin dir doch nicht zu schwer?«, fragte Arielle Clémentine zurück.

Die Gefragte schüttelte den Kopf, dann setzten sie sich in Bewegung.

Als sie sich umdrehten, stand Tavernier vor ihnen. Er schien selbst überrascht über das Geschenk des Schicksals, das ihn offensichtlich gerade noch rechtzeitig ins Bewusstsein zurückgerufen hatte. Er fletschte die Zähne, was so etwas wie Grinsen darstellen sollte und richtete den Blick seiner verquollenen, rotgeränderten Augen auf die Beigeordnete. Dabei atmete er nicht, er schnaubte.

Unter seinen Füßen rumpelte es laut aus dem Boden. Er achtete nicht auf das Geräusch. Seine Sucht nach Anerkennung war eine Form von Ignoranz, die ihn blind machte für die wirklichen Dinge, zu denen jetzt dieses Knirschen zählte. Noch ehe er das erste Wort einer Drohung ausstoßen konnte, holte ihn die Realität ein. Die Risse unter ihm wurden breiter und der Gestank, der ihnen entrang, war so faulig wie der Atem des Sensenmannes.

Arielle Clémentine und Lea Marie standen regungslos da und ließen Tavernier nicht aus den Augen. Der blickte ruckartig nach unten, wo unzählige Krakelee-Risse den Boden durchzogen. Es war unheimlich, mit welcher Geschwindigkeit sich die feinen Brüche ausbreiteten, so als wären sie lebendig. Als er näher hinsah, entdeckte er in der knotigen Oberfläche tatsächlich etwas, das wie winzigschwarzes matschiges Gewürm aussah. Auch der Asphalt ringsum veränderte sich, warf überall kleine Buckel und Wellen. Im nächsten Moment überschritt der Untergrund die Grenzen seiner Belastbarkeit und zerfiel in ein Netzwerk ineinander verschmelzender Brüche.

Tavernier strauchelte, stürzte und durchbrach mit den Knien den porösen Boden. Panisch versuchte er, einen Sturz in das darunter gähnende Loch zu verhindern, wobei er allerdings mit einer Hand voll in die Partikelmasse an der Schachtwand packte. Kaum kam seine Haut in Kontakt mit den Teilchen, quoll ihm ein schleimigschwarzes Sekret aus dem Mund und troff zähflüssig wie ein dünner Spinnwebfaden das Kinn herab. Sein Körper zitterte erst wie ein dünner Ast in einem Orkan, verfiel dann in heftige Schüttelkrämpfe. Er kreischte wild gestikulierend unter furchtbaren Schmerzen, wobei ihm die Zähne aufeinander schlugen und die Augen aus den Höhlen traten. Heftig hin und herschlagend gerieten Arme und Kopf völlig außer Kontrolle. Das bleiche, schreckerstarrte Gesicht mit den flatternden Augenlidern stand im schroffen Kontrast zu der tiefen Schwärze, die seine Haut von der Hand ausgehend überzog. Große, dunkle Flecke krochen über seinen Körper und brachten seine Haut zum Knistern. Inwendig zerrissen die Partikel Körpergewebe, während sie sich unaufhaltsam immer weiter durch seine Eingeweide fraßen. Nach nicht einmal einer Sekunde waren die Überreste von Taverniers schwarzverklumptem Körper vom Nichts verschluckt.

Arielle Clémentine hatte Mühe, sich bei dem wilden Schlingern des Bodens auf den Beinen zu halten. Sie registrierte, dass auch unter ihr schwarze Schlieren aufbrachen. Ihr Gesicht erstarrte vor Schreck. Sie mussten hier weg und die noch intakte gegenüberliegende Seite des Platzes erreichen, wollten sie nicht Taverniers Schicksal teilen. Einen Augenblick standen sie und die Kleine da und starrten sich an, dann wirbelten sie vom selben Gedanken getrieben herum und rannten zur Südseite des Platzes. Es war der einzige Fluchtweg, den ihnen der Abyssus noch gelassen hatte. Sie hofften, unten am Ufer der Seine, am Quai entlang, Richtung Osten zu entkommen.

Eine ganze Serie von Erdstößen erschütterte das Areal rings um das Rathaus. Hinter sich vernahmen die Fliehenden ein furchtbares Dröhnen, gefolgt von splitterndem Krachen. Das Getöse schwoll an, wobei der Boden derart in Schwingung geriet, dass es Lea Marie von den Füßen riss. Wie gelähmt lag das Mädchen da und starrte auf ein unglaubliches Schauspiel, das ihr den Atem stocken ließ: Die Perspektiven des Hôtel de Ville verschoben sich. Das Dach wirkte unnatürlich proportioniert, weil ein Teil davon zur Seite wegrutschte. In seinem Zentrum neigte sich der Glockenturm seitwärts und senkte sich, wobei sich seine Wände nach außen wölbten. Eine gewaltige Explosion zerriss, was von den Kupferdächern noch übrig war. Überall flogen Mauersteine umher. Die riesige Uhr aus verschnörkeltem Schmiedeeisen krachte aus der Verankerung des Glockenturmes und sauste inmitten gesplitterten Mauerwerks und Balken zu Boden, wo sie den Asphalt durchschlug.

Arielle Clémentine spürte die Katastrophe, bevor sie sie sah. Noch während sie sich fragte, was das für ein entsetzliches Geräusch sei, drehte sie sich um. Der Anblick, der sich ihr bot, traf sie wie ein Faustschlag.

Das Ende senkte sich über das Hôtel de Ville. Unter seinem Fundament riss der Abyssus mit gewaltiger Wucht auf und versetzte ihm den Todesstoß. Das Donnern schwoll zu einem apokalyptischen Crescendo an. Inmitten des einsackenden Daches gerieten die letzten der gewaltigen Schlote in gespenstische Schieflage. Störrisch verharrten sie einige Augenblicke lang in dieser Neigung, um dann in wilden Schlingerbewegungen einzustürzen. Zwischen auseinanderbrechenden Steinen ergoss sich ein feiner Sprühregen aus staubigem Mörtelsand. Mit erderschütterndem Höllengetöse, dem das unbeschreibliche Bersten des Mauerwerkes folgte, versanken die noch vorhandenen Außenwände der Ruine in dem aufbrechenden Trichter.

Das Bild war so ungeheuerlich, dass die Beigeordnete der eigenen Wahrnehmung misstraute. Sie konnte das Ausmaß dessen, was sie sah, einfach nicht glauben. Entsetzt hielt sie eine Hand vor den Mund und stieß hinter steif abgespreizten Fingern einen gequälten Schrei aus.

Die von dem einstürzenden Gebäude ausgelösten Schockwellen ließen den Untergrund jäh hüpfen. Arielle Clémentine schleuderte es hart zu Boden. Sie schrammte sich die Knie auf und knallte mit dem Kopf dermaßen auf den Asphalt, dass sie sich über dem linken Auge eine Platzwunde zuzog. Blut floss ihr ins Auge. Sie biss die Zähne zusammen und rappelte sich sofort wieder auf. Schritt für Schritt trotzte sie dem orkanartigen Sog, der von dem entstandenen Riesenkrater ausging, bis sie Lea Marie erreichte, die mit weit aufgerissenen Augen wie hypnotisiert in das Inferno starrte, während Tränen glänzende Bahnen auf ihrem Gesicht zogen.

»Wir müssen hier weg!«, schrie die Beigeordnete mit heiserer Stimme in das Brüllen des Orkans, ohne zu wissen, ob das Mädchen sie überhaupt hören konnte.

Sie musste alle Muskeln anspannen, um nicht von der Saugkraft des Kraters umgerissen zu werden. Dabei hatte sie Glück, dass sie sich noch im Windschatten der hohen Trümmerhalden befand, die rings um den Krater aufragten. Allerdings schritt der Einsturz dieser schützenden Barriere rasch voran.

In das stärker werdende Rauschen des Sturmes mischte sich ein anderes, viel gefährlicheres Geräusch. Auf dem Vorplatz drang von überall trügerisches Knirschen aus dem Erdreich, das auf nichts Gutes schließen ließ. Lea Marie quälte sich unendlich langsam auf die Füße und wappnete sich für das letzte Stück ihres Weges. Denn jeder Augenblick, den sie hier länger verweilten, brachte sie dem sicheren Tod ein gutes Stück näher.

Das Mädchen schwankte leicht, als ob ihm schwindlig wäre, weil der Boden unter seinen Füßen immerfort ruckte und bebte. Stolpernd taumelte die 13-Jährige hinter ihrer Begleiterin über den zerbröckelnden, schwankenden Untergrund, aus dem jetzt hämmernde Vibrationen dröhnten. Es blieb nicht mehr viel Zeit. Die Steinplatten und Pflastersteine knisterten wie brüchiger Krokant. An immer mehr Stellen des Platzes lösten sich Teile des Fundamentes auf, bis er dermaßen unterhöhlt war, dass die Oberfläche sich absenkte und dann völlig wegbrach.

Unbewusst ahnte Arielle Clémentine, dass sie es nicht mehr rechtzeitig auf sicheren Grund schaffen würden. Nie zuvor hatte sie sich so hilflos, ohnmächtig und ausgeliefert gefühlt. Nachdem nun auch der Boden im Südteil des Platzes aufriss, gab es keine Möglichkeit mehr, sich irgendwohin zu retten. Es bedurfte schon eines außergewöhnlichen Überlebenswillens, um bei dieser Aussicht nicht zu resignieren. Im Laufen suchte sie nach möglichen Alternativen, erwog in Windeseile neue Fluchtwege und verwarf sie genauso schnell wieder. Verzweifelt suchte sie nach einer Lösung; aber es gab keine.

Der Sturm nahm rapide zu. Inzwischen hatte er eine Stärke erreicht, die aufrechtes Gehen fast unmöglich machte. Den großen und mittelgroßen Gegenständen, meist Abfälle oder Haushaltsgegenstände aus den umliegenden Ruinen, die wie Geschosse durch die Luft flogen, konnten Arielle Clémentine und Lea Marie ausweichen oder mit den Armen abwehren. Am schlimmsten aber waren kleine Stein- und Mörtelpartikel, deren messerscharfe Splitter wie ein Sandstrahlgebläse auf der Haut wirkten.

Ein mächtiger Erdstoß riss die Beigeordnete und ihre junge Begleiterin erneut von den Beinen. Der harte Aufschlag raubte beiden fast die Sinne, aber Arielle Clémentines Überlebenswille war stark, sie schaffte es wieder auf die zittrigen Knie und kroch über den schlingernden Asphalt zu Lea Marie.

Die 13-Jährige lag auf dem Boden und begriff auf einmal, was es hieß, sterben zu müssen. Sie schrie mit vor Hysterie überschnappender Stimme, während unter ihr alles wegbröckelte und aufriss, als würde das Gestein von gigantischen Händen auseinandergeschoben. Wie ein gewaltiges Monstrum öffnete der Abgrund sein Maul, um sein hilfloses Opfer zu verschlingen. Mit wild rudernden Armen stürzte das Mädchen in den aufbrechenden Spalt.

Arielle Clémentine warf sich der Länge nach an den Rand des Loches. Noch im Sprung überlegte sie, ob sie der Erdboden überhaupt tragen würde. Aber das Risiko musste sie jetzt wohl oder übel eingehen. Der Aufprall war so heftig, dass ihr die Luft wegblieb. Unter ihr schwankte der Asphalt, als läge er auf einer elastischen Federung. Sie konzentrierte sich auf das stürzende Mädchen und griff beherzt nach ihm. Im Fallen erwischte Lea Marie gerade noch Arielle Clémentines Hand, wobei ihr deren lange Fingernägel tief in die Haut kniffen. Deswegen schrie sie jedoch nicht so panisch, bis ihre Kehle brannte, sondern weil sie über einem bodenlosen Schacht baumelte. Ihre Retterin schrie ebenfalls, denn durch das Gewicht des Mädchens fuhr ein brüllender Schmerz mit einem Paukenschlag wie glühender Draht ihren Arm hinauf, bohrte sich qualvoll in ihre Schulter, um dann wie abgefeuerte Leuchtkugeln im ganzen Körper zu explodieren. Sie widerstand dem Impuls, Lea Marie loszulassen, die zum Glück nicht mit den schwarzen Partikeln an den Schachtwänden in Berührung kam; ansonsten hätte sie Taverniers Schicksal geteilt. Allerdings geriet sie in einen immer heftigeren Sog, der besitzergreifend aus der Tiefe heraus an ihr zerrte. Keuchend packte die Beigeordnete mit der anderen Hand nach dem Armgelenk des Mädchens und umfasste es. Der Boden, auf dem sie bäuchlings lag, sackte knirschend und ächzend ein Stück weit ab.

Auch in nicht geschwächtem Zustand hätte Arielle Clémentine Schwierigkeiten gehabt, Lea Marie hochzuhieven. Sie konnte von Glück sagen, dass sie die Kleine überhaupt festzuhalten vermochte; allerdings zog sie deren Gewicht immer näher an die instabile Kante des Loches. Doch sie schwor sich, sie würde dieses Kind nicht im Stich lassen, sondern retten oder mit ihm sterben.

Verzweifelt versuchte sie Lea Marie hochzuziehen, aber sie konnte sie kaum mehr halten. Ihre Hände waren inzwischen schlüpfrig vor Feuchtigkeit geworden; der Schweiß besaß in etwa die Gleitwirkung von geschmolzener Butter. Arielle Clémentines Finger lösten sich, rutschten; sie griff fester, rutschte dann jedoch nach wenigen Sekunden wieder. Trotzdem gab sie nicht auf; noch nie in ihrem Leben hatte sie aufgegeben, und hier und heute wollte sie auf keinen Fall damit anfangen, obwohl sie ihren rechten Arm, der vollkommen taub war, schon nicht mehr spürte. Beißender Schweiß rann ihr in die Augen, während ihre Muskeln zuckende Purzelbäume schlugen und immer höllischer brannten. Aber sie hielt weiter fest.

Die Kraft der Französin ließ nach, ihre Reserven versiegten, langsam verblasste die Hoffnung und die Stimme der Zuversicht verstummte; stattdessen sickerte kalte Resignation in ihr Herz. Das Gefühl der Schwäche gewann an Dominanz und trug Schicht um Schicht jedweden Mut ab, bis als Kern nur noch die Erkenntnis des eigenen Versagens übrig blieb. Das war der Moment, in dem ihr bewusst wurde, dass sie es nicht schaffen würde. Sie merkte, wie sie die letzte Kraft verließ. Sie konnte die Katastrophe nicht mehr verhindern; es war nur noch eine Frage von Sekunden, bis Lea Marie in den Tod abstürzen würde. Es gab nichts, was sie noch retten könnte. Und wenn sie das Mädchen jetzt nicht losließ, dann würde es sie mit in die Tiefe reißen.

### *13 Uhr 45 – Place de l'Hôtel-de-Ville*

Während Arielle Clémentine ihre Tränen über die eigene Machtlosigkeit nicht mehr zurückhalten konnte, bröckelte der Grund unter ihrem Bauch. Steinplatten und Asphalt blätterten einfach weg, Zement zerfloss zwischen den Fugen von Pflastersteinen und verlor sich im Erdreich. Unter der Französin neigte sich der Boden der Bruchkante entgegen, wo sich Lea Marie verzweifelt an ihre erlahmenden Hände klammerte. Dann wurde auch sie von dem Strudel aus Sog- und Schwerkraft ergriffen, der sie in den Ausläufer des Abyssus hinabriss. Sie fiel vornüber in das Loch, bis der Himmel aus ihrem Blickfeld kippte und kompromisslose Schatten sie verschlangen.

Das letzte, woran Arielle Clémentine dachte, war, dass sie nicht sterben wollte.

## XXV. KAPITEL

# Im Spiegel der Seele

Unerbittlich durchdrang die Schwärze Alan Osbornes Moleküle, breitete sich in ihnen aus und kapselte sie voneinander ab. Das Dunkel tastete sich unaufhaltsam tiefer in das Zentrum seiner Existenz, wo es Milliarden Atome in Protonen und Neutronen auflöste, bis sie in noch winzigere Quarks zerfielen. Letztendlich zerrissen auch diese aus ihren Vernetzungen in unvorstellbar winzige Fädchen, von denen jedes einzelne die Form einer Brezel besaß. Bei einem Bruchteil von ihnen verdrehten sich ihre Knoten wie von Zauberhand spiegelverkehrt, wodurch sie sich von endlicher Materie in ewige Anti-Materie wandelten.

Osborne spürte nichts von diesem Prozess. Er fühlte auch keine Kälte oder Wärme, keine Schmerzen oder Gefühle wie Freude oder Angst, sondern er badete in einer dumpfen Leichtigkeit sanft und losgelöst von allem Irdischen wie in einem Traum. Erleben, basierend auf Erinnerungen an ein früheres Leben, lief nur noch in seinen Gedanken ab. Diese trieben ziellos dahin, bis sie plötzlich mit unglaublicher Intensität um Themen kreiselten, die er seit Urzeiten vergessen glaubte. Ihm öffnete sich das Archiv seines Lebens. Oft waren es kaum mehr als vage Ahnungen, die aus den dunkelsten Teilen seines Innersten auftauchten, wohin sie vor Jahren oder Jahrzehnten versunken waren, die nun ungestüm, mit radikaler Kraft in ihr wiedergewonnenes Leben zurückkehrten; wild und doch unfassbar schön in ihrer eindringlichen Detailverliebtheit. Mal aggressiv, mal subtil, aber immer mit einer Schärfe und einer intensiven Klarheit, die das Erlebte frisch und lebendig wie die Wirklichkeit erschienen ließen.

So also ist das, wenn man tot ist, dachte er. Man wird die Summe dessen, was man erlebt hat, eine Art Datenbank voll mit Bildern und Gesprächen aus der früheren Existenz.

Wie lange weilte er jetzt schon nicht mehr unter den Lebenden? Minuten? Sekunden? Noch vor kurzem war er voller Leben gewesen und hatte sich seines Daseins gefreut. Und jetzt? Er hatte unzählige Fragen, doch die blieben alle unbeantwortet. Der Tod änderte alles. Es gab keine greifbare Welt mehr, sondern nur noch schemenhafte Dunkelheit.

Obwohl ein Sehen, Sprechen oder Hören im eigentlichen Sinne nicht möglich war, registrierte er trotzdem ringsum ähnliche Gedankenpartikel, wie er auch einer geworden war. Erst bemerkte er nur ein Teilchen, dann ein zweites, ein drittes und schließlich Dutzende und Aberdutzende dieser winzigkleinen pechschwarzen Partikel. Scheinbar ziellos trieben sie umher, sackten ähnlich wie Plankton in die schwarze Endlosigkeit dieser unbekannten Welt, in die noch nie ein Sonnenstrahl gedrungen war, hinab in einen pechschwarzen Abgrund, in den gewaltigen Abyssus, dessen Dimensionen zu erfassen der menschliche Verstand nicht ausreichte. Seine senkrechten Wände bestanden aus purer Anti-Materie, auf der Myriaden Partikelteilchen ihren Niederschlag gefunden hatten. Von weitem erschienen ihre Oberflächen glatt und schwarz; erst von nahem erkannte man, dass sie aufgrund der Ablagerungen überaus bizarre Formen angenommen hatten. Doch nicht alle Partikel hatten hier ihre ewige Ruhe gefunden; Millionen und Abermillionen von ihnen wirbelten in allen möglichen Formationen, Formen und Größen im Abgrund zwischen den Schluchtwänden umher. Viele glitten aneinander vorbei, andere wiederum klebten aneinander, verschmolzen miteinander und pumpten sich in diesem Zustand regelrecht auf, bis die das Zehnfache und mehr ihres ursprünglichen Volumens erreichten. Einige glichen Kaulquappen, andere schwebten wie fette, ineinander verschlungene Blutegel vorbei. Es gab auch Ansammlungen riesiger Partikelgebilde von unwirklicher Form, die Geistern gleich umherhuschten. Einige dieser Formationen waren schon uralt und hatten sich mit immer mehr Partikeln vereint, so dass sie inzwischen zu höchst komplexen, zentimetergroßen Wurmgebilden angewachsen waren. Der Drang, sich durch Verschmelzung zu vergrößern, schien allgemein verbreitet zu sein. Aus allen Richtungen schwebten sie heran, um mal mehr, mal weniger lockere Ketten zu bilden. Hatte sich erst einmal so ein Knäuel formiert, gesellten sich immer mehr Partikel auf dessen Oberfläche und versanken darin.

Osborne war von diesem Gewimmel bisher unbehelligt geblieben; allerdings steuerte er jetzt geradewegs auf eine Wand des Abyssus zu, mit der er in alle Ewigkeit zu verschmelzen drohte. Die Substanz des gewaltigen Abgrunds vor ihm war nicht fest umrissen, hatte nichts Greifbares, war ein Meer aus Grauschwarztönen und Formen, die sich ständig veränderten, sich bewegten, in- und auseinanderflossen und neue Figuren bildeten. Das war unheimlich und schrecklich. Jedes Mal, wenn er dachte, die Schwärze nähme ein erkennbares Muster an, vermischte sich alles wieder von neuem.

Je näher er dieser Wand kam, desto größer wurde ihre Anziehungskraft, desto größer wurde aber auch seine Abneigung, in dieser Masse aus Anti-Materie und Myriaden von Wurmgebilden als Individuum unterzugehen. Kaum hatten seine Gedanken diese Abneigung formuliert, ergriff ihn eine unsichtbare Strömung und riss ihn jählings torkelnd in eine andere Bahn, weit weg von der Schluchtwand. Den Kurs konnte er allerdings immer noch nicht beeinflussen. Unterwegs beobachtete er, wie immer wieder Partikel an größeren Partikelbrocken anzudocken versuchten. Einigen gelang es, anderen wurde die Vereinigung verweigert, sie wurden regelrecht abgestoßen, ausgespuckt. Trotz der Entfernung konnte er die stumme Verzweiflung dieser aus der Gemeinschaft gestoßenen Teilchen spüren.

Plötzlich registrierte er, wie sich ein Teilchen aus einem vorbeitreibenden Partikelschwarm löste. Es bewegte sich nicht linear von oben nach unten oder horizontal, wie es die anderen taten, sondern es vollführte heftige Taumelbewegungen und nahm Kurs auf ihn. Die anderen blieben alle auf Distanz, nur dieses eine Teilchen bewegte sich vorsichtig auf ihn zu; es schien sich regelrecht von ihm wie von einem Seelenverwandten angezogen zu fühlen, es verharrte kurz neben ihm, dann berührten sie sich.

Obwohl das andere Teilchen so mikroskopisch klein wie er selbst war, traf ihn der Aufschlag beim Kontakt wie ein Hammerschlag. Beide Partikel durchbrachen die höchst zerbrechliche Kruste des anderen und trieben wie siamesische Zwillinge miteinander verknüpft weiter in die Tiefe.

Verblüfft hörte Osborne eine fremde Stimme; jedenfalls hielt er es im ersten Moment für eine solche, dann erkannte er, dass es sich um Gedanken handelte, die das Teilchen an der Peripherie ihrer beiden Bewusstseinsebenen formte. In seinem Inneren breiteten sich fremde Gedanken und Gefühle aus, vor seinem geistigen Auge zogen Bilder von unbekannten Menschen und Ereignissen vorbei. Plötzlich empfand er sogar Gefühle von Liebe und Hass, die nicht seine eigenen waren. Das fremde Teilchen grub sich tiefer in ihn und je mehr es eindrang, desto vertrauter wurden ihm die vormals unbekannten Gedanken. Es war beinahe, als wären sie seine eigenen, die ihn mit neuen Erfahrungen lockten. Neugierig geworden, wehrte er sich nicht mehr gegen die geistige Verschmelzung mit dem fremden Bewusstsein, sondern erging sich in den unbekannten Erinnerungen und durchstriff Gedankenwelten wie ein Entdecker auf einer Expedition durch unbekannte Regionen. Gebannt verfolgte er Szenarien eines fremden Lebens, während das andere Bewusstsein ebenso neugierig in den Passagen seines irdischen Daseins blätterte. Immer selbstsicherer spazierte Osborne durch diese unbekannte Existenz, nahm an deren Emotionen und Erinnerungen teil, ohne selbst davon betroffen zu sein. Nie geschaute Bilder von Begebenheiten tauchten in verwirrender Fülle in seinem Bewusstsein auf. Sie waren von einer Frau, die aus einem Dorf der dünn besiedelten Küstengegend New Englands stammte. Er erlebte ihre beruflichen Enttäuschungen und Monate tiefster Depression, als ihr Ehemann sie im Stich gelassen hatte. Aber er hörte auch ihr Lachen voller Wärme und Leichtigkeit. Ihm offenbarten sich ihre intimsten Gedanken und Wünsche. Er durchwanderte die Erlebnisse eines ganzen Lebens, ohne jeglichen emotionalen Schmerz zu empfinden.

Die Bilder liefen dermaßen plastisch in seinem Bewusstsein ab, als seien es seine eigenen Erinnerungen an persönliche Ereignisse: nichts Spektakuläres, eher Alltägliches, Banales. So hatte sie sich als kleines Kind gegen den Willen ihrer Mutter die wundervoll langen Haare abgeschnitten, weil ihr das allabendliche Ausbürsten wehtat. Er nahm teil an einem spätwinterlichen Schneesturm, der sie einmal auf einer einsamen Landstraße überrascht hatte. Der Morgen kurz vor Sonnenaufgang war ihre Lieblingstageszeit, weil es draußen so ruhig und verlassen war und ein unverbrauchter Tag voller Möglichkeiten vor ihr lag. Sie verschliss zwei Ehemänner, hatte drei Kinder, einige mehr oder weniger trübe Affären und jobbte an zahllosen seelenlosen Arbeitsplätzen. Mitte fünfzig erkrankte sie an Krebs, wonach ihr Leben sich zu einer Chronik des sich ankündigenden Todes wandelte, bis sie sich wenige Jahre später von der Welt verabschiedete.

Während Osborne weiter gebannt dem stetigen Flüstern immer neuer kummer- und freudvoller Episoden lauschte, spürte er plötzlich eine heftige Erschütterung. Wie eine schwarze Schneeflocke hing ein weiterer Partikel an seiner Seite. Jetzt tanzten sie zu dritt durch den Abyssus und tauschten ihre regenbogenbunten Erfahrungen untereinander aus. Die neuen Gedankenwelten stammten von einem Mann, dessen Eltern aus Polen eingewandert waren. Auf einem Kaminsims sah Osborne ein altes Photo von ihm, das ihn als kleinen, pausbackigen Jungen mit fröhlichem Lächeln und fehlenden Milchzähnen zeigte. Er war dreizehn, als sich sein Vater mit Auspuffgasen in der Garage umbrachte. Danach drängte sich das Bild, wie er mit blutgetränkter Schürze bekleidet Fleisch zerlegte, sehr intensiv in den Vordergrund. Nach der Schule hatte er eine Lehre als Metzger begonnen und mit zwanzig Jahren eine Kollegin geheiratet, mit der er zwei gemeinsame Kinder hatte. Mitte dreißig eröffnete er eine eigene Metzgerei. Er nutzte seine Stellung, um junge Angestellte sexuell zu missbrauchen. Wenn eine Frau ihn anzeigen wollte, bedrohte er sie massiv, bis sie von der Anzeige absah. Trotzdem wurde er irgendwann wegen Nötigung verhaftet und zu sechs Jahren Gefängnis verurteilt. Am Tag des Richterspruchs ließ sich seine Frau von ihm scheiden.

Mehr wollte und konnte Osborne von dem Neuling nicht ertragen. Angewidert von dessen bitteren Erinnerungen, von dem durch und durch ekelhaften Ich des Mannes, stieß er dessen Partikel wieder ab.

Auf dem Weg zu seiner endgültigen Bestimmung gesellten sich in rascher Folge weitere Partikel zu dem ehemaligen Computerexperten. Jedes Mal boten sich ihm durch den Kontakt verblüffend überwältigende Einblicke in Zeugnisse anderer Leben, die über seine eigenen Erinnerungen quollen und sich so zu einem neuen Bewusstsein vereinten. Es war berauschend, ganz und gar losgelöst von aller Realität durch die Weiten der Gedankenwelten zu schweben. Neugierig erspürte er die Innenwelten von Gelangweilten, Bekümmerten, Zauderern und auch von Abenteurern, deren Leben ein Wechselspiel zwischen Leidenschaft und Melancholie, Sehnsucht und Liebe, Missverständnissen und Verzweiflung, aber auch Wahrhaftigem waren. Er erlebte verpasste Augenblicke und ergriffene Chancen und ließ sich in dem Kreislauf aus sich kreuzenden Schicksalswegen treiben. Gleichermaßen Frauen wie Männer enthüllten ihm ihre Freuden, Ängste und Begierden, ihre Ecken, Kanten und Schwächen, während sie selbst seine Geheimnisse ergründeten.

Je tiefer Osborne in den Abyssus tauchte, desto mehr Partikelteilchen versuchten sich mit ihm zu vereinen. Jeder einzelne der unzähligen Partikel im Abyssus war das Protokoll eines ganzen Menschenlebens. Bei jeder Verschmelzung mit einem anderen Bewusstsein verloren sie allmählich ihre eigene Identität. Ihr »Ich« wurde schwächer und wich einem neuen »Wir«.

Der Prozess war weder schmerzhaft noch unangenehm, sondern öffnete lediglich die Tür zu einem neuen Sein. Individuen verschmolzen zu einer universellen Einheit; wobei sie zwar zunehmend das Gefühl der eigenen Identität verloren, dafür aber einen bisher ungeahnten inneren Frieden gewannen. Der Abyssus war ein gigantischer, kontinuierlich wachsender Schmelzofen; ein gewaltiges kollektives Bewusstsein, das sich permanent mit jenen vergrößerte, die die sterbliche Haut ihrer Existenz abgestriffen hatten. So rein wie die Schöpfung im Augenblick des Urknalls gewesen war, bildeten sie ein Konglomerat aus der Summe allen Seins. Das war so berauschend intensiv, dass Osborne wollte, dass es nie zu Ende ging. In diesem Moment vollkommener Glückseligkeit bemerkt er aus der Tiefe einen Schatten, der sich über ihn wölbte.

Im nächsten Augenblick herrschte nur noch Schwärze, aus der ein seltsames Geräusch, ein monotoner Brummton, an sein Ohr drang. Wieso konnte er plötzlich wieder hören? Scheinbar kehrte auch sein Augenlicht wieder zurück, denn die Dunkelheit verblasste.

»Möchten Sie noch etwas?«, fragte eine ebenso sanfte wie angenehme Frauenstimme.

Erschrocken weckten die überspannten Nerven den Amerikaner mit einem Ruck. Erst fuhr er mit Wucht in seinem Sitz hoch, dann folgte ein Schrei und zwar ein ziemlich unnatürlicher. Dieser stammte von seiner Sitznachbarin, der eine Stewardess gerade einen Plastikbecher mit dampfend heißem Kaffee reichte. Beide Frauen starrten den Wissenschaftler mit weit aufgerissenen Augen wie einen Idioten, der aus einem Irrenhaus entsprungen war, an.

»Entschuldigen Sie bitte«, murmelte er, während er sich zu orientieren versuchte.

Er war beunruhigt, aber mehr noch überrascht. Zweifelsohne saß er in einem großen Passagierflugzeug. Wie war er bloß hierher gekommen? Und wohin flog er? Wie im Halbschlaf kreiselten seine aufgescheuchten Gedanken wild hin und her. Er versuchte sich zu erinnern, wo er zuletzt gewesen war, doch er konnte sich nicht entsinnen. Alles, was ihm sein Gedächtnis offerierte, war eine abgrundtiefe, undurchdringliche Schwärze

Seine Sitznachbarin wandte sich wieder der Stewardess zu und beantwortete deren Frage: »Nein danke, ich möchte nichts mehr. Der Kaffee macht mich wunschlos glücklich.«

Osborne fühlte sich eigenartig matt und empfand einen Anflug von Schwindel. Verwirrt schaute er aus dem Fenster, doch draußen hüllte die Nacht alles in tiefe Dunkelheit. Wo war er? Wie um alles in der Welt kam er in dieses Flugzeug? Er wollte, er könnte auch dieses starke Déjà-vu-Gefühl erklären, das ihn befiel. Und dann erkannte er es und schloss vor Schreck die Augen. Flüchtig loderte der Gedanke in ihm auf, dass er sich das hier nur einbildete, dass er träumte. Seine Hand tastete nach etwas Greifbaren, um sich zu vergewissern, dass seine Umgebung real war. Die Wand war jedenfalls Wirklichkeit; solides, lebensechtes Plastik in realem Beige.

Der Gedanke, dass er im Begriff war durchzudrehen, ging ihm durch den Sinn. Er zweifelte wahrhaft an seinem Verstand, was ja auch kein Wunder war, denn anscheinend war er nicht nur plötzlich von einem Ort zum anderen gebeamt, sondern auch durch die Zeit zurückgereist. Wenn ihn nicht alles täuschte, war das hier die Maschine, mit der er vor Tagen nach Paris geflogen war. Er erkannte das an einer beleuchteten Anzeigentafel an der Decke, die gerade über die Restflugzeit und voraussichtliche Ankunft in Paris informierte. Aber wenn es sich tatsächlich um denselben Flieger handelte, mit dem er zur IT-Messe gereist war, blieb die Frage, wer zum Teufel diese junge Latina mit den glänzendschwarzen, kunstvoll hochtoupierten Haaren neben ihm war. Soweit er sich erinnerte, hatte auf dem Flug ein Mann neben ihm gesessen. Also war er wohl doch nicht in einer Zeitschleife gefangen, in der sich jedes noch so kleine Detail wiederholte, oder? Was war los? War er tatsächlich verrückt geworden? Klar! Das war's. Man brauchte nur die Fakten zu nehmen, um das zu wissen. Deshalb wäre es verrückt, diese Frage überhaupt ernsthaft zu stellen. Aber das spielte jetzt sowieso keine Rolle mehr, er musste irgendwie mit dieser verwirrenden Situation fertig werden, statt sich weiter den Luxus fruchtloser Spekulationen zu gönnen.

Während in seinem Kopf unzählige unbeantwortete Fragen rotierten, wartete Osborne darauf, dass ihn jemand fragte, ob ihm vielleicht nicht wohl sei. An seiner kalten Gesichtshaut spürte er, dass sein Gesicht extrem blass und verkniffen sein musste. Außerdem hing er ziemlich windschief, nur noch mit den Ellbogen auf den Lehnen gestützt, in seinem Sitz, weil ihn seine zittrigen Beine nach dem Schock noch nicht wieder zu tragen vermochten.

Doch die Stewardess war bereits wieder den Gang hinunter entschwunden. Die unbekannte Schöne neben ihm widmete sich ihrem Kaffee, als sie seinen starrenden Blick im Augenwinkel bemerkte. Unbeweglich und stumm stierte er sie an, als wartete er voller Bangen darauf, was als nächstes passieren würde.

»Ist was?«, fragte seine Sitznachbarin schroff und sah ihm direkt in die Augen.

Osborne gaffte sie verwirrt wie ein Schlafwandler, der mitten in der Nacht aufwachte und sich fragte, wie er aus seinem Bett plötzlich auf den Dachgiebel gekommen war, an. »Entschuldigen Sie bitte meine Reaktion eben«, krächzte er. »Ich hatte einen furchtbaren Albtraum.«

»Kein Problem«, meinte sie kühl und widmete sich wieder ihrem Kaffee, womit sie das Ende des Gesprächs signalisierte.

»Verzeihen Sie«, überging er das nicht gerade subtile Signal. »Können Sie mir sagen, wohin wir fliegen?«

Einige Augenblicke lang dachte er, er würde keine Antwort erhalten.

»Ja«, antwortete sie schließlich mit unüberhörbar französischem Akzent und einem Blick, der ihre ganze Gereiztheit ob seiner Hartnäckigkeit zum Ausdruck brachte. »Aber die Frage hätten Sie besser vor dem Abflug jemandem am Check-in-Schalter stellen sollen. Wir fliegen nach Paris.«

»Nach Paris«, wiederholte er wie vor den Kopf gestoßen und setzte sich langsam gerade auf. »Also doch. Von New York?«

»Von New York«, bestätigte sie kühl. »Ich nehme jedenfalls an, dass Sie dort eingestiegen sind. Sie saßen nämlich hier, als ich mich setzte.«

»Ich hätte schwören können, dass ich neben einem Mann gesessen habe.«

»Das stimmt. Während Sie schliefen, habe ich den Platz mit einem Kollegen getauscht. Er leidet unter Flugangst und wollte deshalb lieber weit hinten im Heck sitzen. Angeblich sind dort die Überlebenschancen bei einem Crash größer. Es stört Sie doch hoffentlich nicht?«

»Nein, nein, das ist es nicht. Ich frage mich nur, wie ich plötzlich hierher komme und die Vergangenheit noch einmal erlebe.«

»Falls das jetzt eine originelle Art sein soll, ein Gespräch mit mir zu beginnen, kann ich Ihnen versichern, das ist sie in der Tat. Allerdings ist sie auch ein bisschen verrückt, was wiederum ein wenig abschreckend auf die meisten Frauen wirkt. Die wenigsten stehen nämlich auf Männer mit einem psychopathischen Touch, wenn Sie wissen, was ich meine.«

Über Bordlautsprecher verkündete der Pilot, dass das Wetter in Paris momentan kalt und ungemütlich sei, und dass sie ihr Reiseziel in etwa drei Stunden erreichen würden.

»Haben Sie das gehört?«, fragte die unbekannte Schöne. »Es geht nach Paris. Nur für den Fall, dass Sie mir nicht glauben; der Pilot sollte schon wissen, wohin er fliegt, oder?«

»Entschuldigen Sie«, stammelte Osborne müde. »Das ist alles so verwirrend.«

»Nicht wenn man sich vor Reiseantritt ein wenig über Ziel und Route kundig macht. Erzählen Sie mir bitte nicht, dass Sie eigentlich nach Trinidad oder sonst wohin wollten.«

»Nein, Paris ist schon in Ordnung.«

»Wieso regen Sie sich denn so auf?«

Ja, wieso regte er sich eigentlich so auf? Es war doch alles bestens, oder? Irgendwie war er sich plötzlich sicher, sein Verstand würde ihm irgendwann eine logische Erklärung für all dies hier geben, nachdem er ihn eine Weile in seiner Ungläubigkeit zappeln gelassen hatte, um so seine Wichtigkeit herauszukehren. Manchmal nahm man die Arbeit seines Denkapparates wirklich zu selbstverständlich, da schadete es nicht, wenn dieser einen ab und an auf seine Bedeutsamkeit hinwies. Denn ohne seinen Verstand verlor man leicht den Überblick.

Obwohl es mehr als offensichtlich schien, fragte Osborne sich, ob er all das wirklich nur geträumt hatte: Sein Versagen auf der Pariser IT-Messe, die Falle der hinreißend schönen Chantal Dubois, in die er hormongeblendet hineingestolpert war, seine Begegnung mit dem Grafen von Saint-Germain, die Ängste während der nächtlichen Flucht, das ›Buch des Abyssus‹ und die Hetzjagd durch die Katakomben, die mit seinem Tod endete. Die Angst und die Schmerzen waren so real gewesen; gegen diese Realität sprach allerdings eindrucksvoll, dass er immer noch im Flugzeug nach Paris saß. Und da ihm ein Zeitsprung zurück in die Vergangenheit utopischer erschien als ein Albtraum, fiel seine Entscheidung zugunsten des Traumes aus.

Zwar war die unumstrittene Realitätsnähe des Traumes verwirrend, andererseits verspürte der Amerikaner nun eine ungemeine Erleichterung, dass er sein altes Leben so unerwartet wieder zurück hatte. Es war, als schenke ihm das Schicksal eine zweite Chance. In wenigen Stunden würden sie in Paris landen und er könnte auf der IT-Messe sein Lebenswerk retten. Wirklich? Es war seltsam, aber vieles, was ihm bis zum Abflug wichtig erschienen war, war ihm plötzlich unwichtig geworden. Stattdessen ging ihm durch den Sinn, was für Konsequenzen in seinem Traum seine Erfindung für die Menschheit gehabt hatte. Bisher hatte er nur die positiven Seiten der künstlichen Intelligenz gesehen und mögliche Schattenseiten niemals in Betracht gezogen. Aber jetzt hielt er ein paar kleine Modulationen und zusätzliche Sicherungsprogramme für angebracht, damit die künstliche Intelligenz nicht auf dumme Gedanken kam. So gesehen hatte der Albtraum sogar sein Gutes gehabt.

»Ach, es ist nichts«, antwortete er von der Last einer schweren Bürde befreit. »Ich könnte nur vor Freude heulen.«

»Weil Sie im Flieger nach Paris sitzen?« Ihr Stirnrunzeln ließ erkennen, dass sie besorgt war. »Ich fürchte, Sie haben mir eben nicht richtig zugehört, als ich über Psychopathen sprach. Sind Sie einer?«

»Was?«

»Sind Sie ein Psychopath?« Trotz des besorgten Blicks brachte sie ein breites Lächeln zustande. »Mir können Sie das offen sagen. Ich habe beruflich oft mit Psychopathen aller Couleur zu tun: Spanner, Stalker, Serienmörder, die ganze Palette.«

»Serienmörder?«, wiederholte er schockiert. »Mein Gott, was haben Sie denn für einen fürchterlichen Beruf?«

»Den verruchtesten von allen: Ich bin Anwältin.«

»Kann es sein, dass wir uns schon einmal begegnet sind? Sie kommen mir irgendwie bekannt vor.«

»Sehen Sie, das ist doch endlich mal ein normaler Anmachspruch ohne den Ruch des Psychopathischen. Bedauerlicherweise ist er nicht sonderlich originell, weshalb er, was die Erfolgsaussichten betrifft, im Endeffekt ebenfalls Richtung Null tendieren dürfte. Ich habe Sie jedenfalls noch nie gesehen. Mich kennen Sie vielleicht aus der Zeitung oder vom Fernsehen, wo man manchmal über meine Fälle berichtet.«

»Sind Sie so eine Berühmtheit?«

»Ich bin nicht berühmt, aber der eine oder andere Täter, den ich verteidige oder anklage, schon. Übrigens, ich heiße Mercedes Caridad Peña.«

»Alan Osborne. Angenehm.«

»Und was sind Sie von Beruf?«

»Software-Entwickler.«

»Klingt interessant.« Sie rückte etwas näher. »Welche Software entwickeln Sie? Spiele?«

»Ich arbeite an der Ausschaltung des Zufalls.«

»Aha.«

»Oder an der Manipulation der Vorsehung, wenn Sie so wollen.«

»Verstehe ich Sie richtig: Sie wollen sich das Schicksal untertan machen, es unterwerfen, um selbst Schicksal zu spielen? Das nenne ich mal einen ehrgeizigen Plan.«

»Was soll dann dieser sarkastische Unterton in Ihrer Stimme?«

»Ich bitte Sie. Verlangen Sie ernsthaft, dass ich so etwas glaube? Wie sollte irgendwer Vorbestimmtes ändern können?«

»Ich sagte nicht, dass ich Vorbestimmtes ändern will, sondern nur die Vorbestimmung.«

»Was ja wohl auf dasselbe rausläuft. Na dann, viel Glück. Sie werden es brauchen können.«

»Beantworten Sie mir doch bitte eine Frage: Als die Pest im Mittelalter halb Europa ausrottete, war das Schicksal oder Vorbestimmung?«

»Ich würde sagen, es war von beidem etwas.«

»Falsch.«

»Falsch? Ach ja? Und wieso?«

»Es war weder Schicksal noch Vorbestimmung, sondern schlicht und ergreifend Unkenntnis. Hätte man damals gewusst, dass Rattenflöhe die Pest verbreiten und dass Hygiene die beste Vorbeugung gegen die Epidemie ist, hätte das vielen Menschen das Leben gerettet. Oder anders ausgedrückt, man hätte die Vorbestimmung dieser Menschen geändert. Statt eines Pesttodes hätte sie ein längeres Leben erwartet.«

»Einverstanden. Was hat das jetzt mit Ihrer Arbeit zu tun?«

»Ganz simpel: Meine Software berechnet alle möglichen Faktoren und eliminiert so nicht bedachte Gesetzmäßigkeiten, die wir gemeinhin als Zufall bezeichnen.«

Bevor seine Gesprächspartnerin etwas antworten konnte, flackerte plötzlich die Bordbeleuchtung und es rumpelte an allen Ecken und Enden, was bei den Passagieren ziemlich unangenehme Gefühle auslöste, auf die alle gerne verzichten konnten.

Die Anwältin zuckte unwillkürlich zusammen, als hätte sie jemand in die Seite gekniffen.

»Das sind nur leichte Turbulenzen«, beruhigte Osborne sie.

Mercedes Caridad Peña verzog nur das Gesicht. Der Amerikaner schaute nach draußen. Da war immer noch nichts zu sehen, außer grellen Blitzen, die ab und an die Dunkelheit zerrissen. Das Schlingern der Maschine nahm zu.

»Wir fliegen durch ein Unwetter«, stellte er nicht mehr ganz so selbstsicher fest; seine Mundwinkel zuckten verräterisch. »Na, das kann ja heiter werden. Aber keine Sorge, es wird alles wieder gut.«

Mitten in das Schwanken hinein ertönte aus einem Lautsprecher ein »BLING«, das überhaupt nicht gut klang. Es folgte die Aufforderung des Piloten, die Sicherheitsgurte anzulegen, weil sie eine Schlechtwetterzone durchfliegen würden. Es bestände aber keinerlei Anlass zur Besorgnis. Augenblicklich ertönte ringsum das Klicken hastig angelegter Gurte. Mit einem Griff hatte sich auch Osborne angeschnallt.

»Verdammt noch mal«, schimpfte Mercedes Caridad Peña, die versuchte, ihren Gurt in den dafür vorgesehen Metallschlitz zu schieben, aber ihre Finger zitterten zu sehr. Nach drei Fehlversuchen ließ sie resignierend die Hände auf den Schoß sinken.

»Darf ich mal?« Er beugte sich halb über sie, nahm ihr die beiden Verschlussenden des Gurtes aus der Hand und schob sie zusammen, bis es leise klickte. Der Gurt war eingerastet, sie war gerettet; er hatte sie gerettet. Zufrieden lehnte er sich zurück, wobei sein Blick den seiner Sitznachbarin traf. Sie lächelte, aber es wirkte etwas aufgesetzt.

Osbornes Gedanken trieben wieder ab. Er hatte das Gefühl – eigentlich war es mehr ein Impuls als ein Gefühl –, irgendwo in seinem Gehirn liefen Prozesse ab, ohne dass sein Verstand davon in Kenntnis gesetzt wurde. Das bereitete ihm ein ungutes Gefühl.

»Haben Sie Angst?«, fragte sie plötzlich.

»Wie bitte?«, schrak er aus seinen Grübeleien.

»Sie sehen so bleich und angespannt aus, als ob Sie Angst hätten.«

»Nein, nein. Mein Vertrauen in die moderne Luftfahrt ist grenzenlos. Ihres etwa nicht?«

»Ich weiß nicht recht.«

»Im Moment scheint doch alles unter Kontrolle zu sein. Weshalb sich da unnötig Angst machen? Dafür besteht immer noch Gelegenheit, wenn wir uns im vertikalen Steilflug nach unten befinden.«

»Damit scherzt man nicht.« Sie beugte sich so weit vor, wie es ihre heruntergeklappte Ablage erlaubte, und stocherte mit einer Hand unter dem Sitz herum. »Verdammt, wo ist diese elende Schwimmweste? Die soll doch angeblich irgendwo hier unten verstaut sein.«

»Ein Fallschirm wäre mir im Falle eines Falles lieber. Was wollen Sie mit einer Schwimmweste?«

»Na was wohl? Zu Ihrer Information: Wir befinden uns mitten über einem Ozean. Verdammt, ich habe keine Schwimmweste. Sehen Sie bitte mal unter Ihrem Sitz nach. Ich glaube, es gibt gar keine. Das erzählen die uns bloß vor dem Abflug, um uns in Sicherheit zu wiegen. In Wahrheit haben die überhaupt keine einzige Schwimmweste an Bord.«

»Warum sollten die das tun?«

»Aus Kostenersparnis. Die spekulieren darauf, dass sowieso keiner einen Absturz überlebt.«

»Sagt Ihnen der Begriff ›Paranoia‹ etwas?«

»Würden Sie jetzt bitte unter Ihrem Sitz nachschauen? O Gott, was machen wir nur, wenn da auch keine ist?«

»Verklagen Sie die Fluggesellschaft. Das ist doch Ihr Metier, oder? Vielleicht schlagen Sie für uns beide ein hübsches Sümmchen raus.«

»Wieso für Sie?«

»Weil, sollte Ihre Theorie stimmen, bei mir ja auch keine Schwimmweste wäre.« Osborne beugte sich weit herunter und tastete mit einer Hand unter seinen Sitz. »Ups, hat sich erledigt. Ich habe eine.«

»Würden Sie mir Ihre Schwimmweste wohl freundlicherweise zur Verfügung stellen?«, fragte sie im höflichsten Tonfall, dessen sie im Augenblick fähig war.

»Jetzt kommen wir wohl zu der berühmten Frage, ob man versuchen würde, einen Ertrinkenden zu retten, obwohl man selbst nicht schwimmen kann?«

»Was ist denn das für eine bescheuerte Frage? Wenn Sie nicht schwimmen können und trotzdem ins Wasser springen, gibt es nicht einen, sondern zwei Ertrinkende. Wem soll das nützen? Also, was ist? Geben Sie mir die Schwimmweste?«

»Als Kavalier und als Mann wäre es natürlich meine Pflicht, Ihnen meine Schwimmweste anzubieten. Allerdings tun Kavaliere und Männer das niemals ohne den Hintergedanken, dass die Gerettete diese selbstlose Tat später mit einem Date belohnt. Möglicherweise beschert mir meine selbstlose Handlung aber nur ein Date mit einem Haifisch, während sie als Gerettete später irgendeinen anderen Burschen glücklich machen werden. Irgendwie erscheint mir das nicht ganz fair und macht eine Beantwortung Ihrer Fragen nicht so einfach, wie es Ihnen vielleicht erscheinen mag.«

Ein ohrenbetäubender Knall erschütterte den Rumpf des Flugzeuges, das daraufhin ein gutes Stück absackte. Passagiere schrien auf. Osbornes Sitznachbarin erstarrte. Sie keuchte stoßweise, während die Finger ihrer rechten Hand seinen linken Unterarm umklammerten.

»Bitte«, flüsterte sie bleich. »Ich gebe Ihnen, was Sie wollen.«

Ihr Griff wurde fester. Ihre Fingernägel krallten sich durch den Stoff in seine Haut.

»Auch Ihre Telefonnummer?«

»Paris, 1 4421 97 …«

Die letzten Zahlen gingen in einem messerscharfen Knirschen unter. Die Bordbeleuchtung erlosch kurz, bevor die trübe Notbeleuchtung ansprang. Der Pilot sagte etwas, aber seine Stimme überlagerten verzerrte Knisterlaute aus den Bordlautsprechern.

»Okay, lassen Sie mich mal ran.« Er beugte sich zu ihr herunter, bis seine Stirn ihren rechten Oberschenkel berührte, dann tastete er unter ihren Sitz. »Da ist eine. Ich fürchte, Sie haben sich umsonst aufgeregt.«

»Wirklich?«

»Wenn ich es Ihnen doch sage«, versicherte er. »Sie haben eine Schwimmweste unter Ihrem Sitz. Darf ich Sie trotzdem in Paris anrufen?«

»Nur, wenn Sie versprechen, mir notfalls beim Anlegen der Schwimmweste zu helfen.«

»Das wird mir ein Vergnügen sein.«

Vor den Fenstern explodierte ein weißer Blitz, worauf eine Riesenfaust die Maschine zu schütteln schien. Passagiere kreischten auf. Mercedes Caridad Peñas Hände krallten sich mit weiß vorstehenden Knöcheln so in Osbornes Unterarm, dass der beinahe aufschrie. Am Notausgang vor dem

Küchenbereich und dem Cockpit schnallte sich die Stewardess hektisch auf einem herunterklappbaren Sitz an. Ihr versteinertes Gesicht verhieß nichts Gutes. Irgendwo draußen, von der Tragfläche her, klang ein Furcht erregendes, ohrenbetäubendes Geräusch. Ohne Vorwarnung kippte die Maschine.

Auf Mercedes Caridad Peñas Klapptisch fiel der halb mit heißem Kaffee gefüllte Becher um und ergoss seinen Inhalt erst über die Ablage und dann schmerzhaft über ihre Oberschenkel. Ihr Schrei – mehr aus Wut als aus Schmerz, weil ihr gerade eine billige Instantplörre ihr Achthundert-Dollar-Kostüm ruiniert hatte – wurde von einem lang gezogenen schrillen Knirschen begraben. Es war, als versuche jemand von draußen die Passagierkabine mit einem überdimensionalen Büchsenöffner aufzuschneiden. Überall schrien hysterische Menschen in Agonie.

Osborne hatte das Gefühl, er säße in einer Achterbahn. Die Sitze ächzten unter den Stößen, während die Passagiere darin hin- und hergeworfen wurden. Das Flugzeug begann heftig zu zittern; mit der Spitze neigte es sich bedenklich nach unten. Die äußeren Scheiben der doppelwandigen Fenster zersplitterten zu einem Spinnennetz. Er versuchte, einen Blick durch das zerbrochene Plexiglas nach draußen zu erhaschen, in der irrigen Hoffnung, so etwas wie eine Rollbahn zu entdecken; irgendein winziges Rollfeld, seinetwegen eine nicht asphaltierte Buckelpiste als Landebahn auf irgendeiner Insel inmitten des Atlantiks, auf die ein Flugzeug halbwegs glatt aufsetzen konnte. Selbst eine Bauchlandung auf einer holprigen Wiese erschien ihm im Moment erstrebenswert. Allerdings sagten ihm seine Logik und Geographiekenntnisse, dass es bis zum nächsten Flughafen noch einige Stunden dauern würde.

Ein Stoß durchrüttelte die Maschine, der alle bisherigen Turbulenzen vergessen ließ, gefolgt von einem Donnerschlag und einem Knall, der dem Begriff »ohrenbetäubend« gerecht wurde. Unmittelbar neben dem Flugzeug schleuderte ein Blitz seine gezackte Feuersäule durch die Nacht. Der Flieger neigte sich dermaßen zur Seite, als würde er ganz umkippen und auf dem Rücken weiterfliegen. Unzählige Gegenstände flogen kreuz und quer umher; Becher mit Kaffee und Cola sausten durch die Luft, umherwirbelnde Handtaschen wurden von der Schwerkraft ihres Inhalts beraubt, der sich über die vor Angst halb wahnsinnigen Passagiere ergoss. Deren Schmerzensschreie vermischten sich mit lang gezogenen, kreischenden Schluchzlauten. Schließlich erreichte das Flugzeug einen toten Punkt und kippte in seine Ausgangslage zurück.

Osborne hörte, wie seine Sitznachbarin etwas rief, dann trudelte die Maschine mit der Nase voraus steil nach unten. Wie ein Pfeil fiel sie mit der Spitze voran senkrecht vom Himmel. In der Kabine prasselte wieder alles, was nicht angeschraubt war, durch die Luft. Passagiere, die von den Gegenständen getroffen wurden, schrien auf. Die Stewardess am Notausgang, die als einzige mit dem Rücken in Fallrichtung saß, war die Hauptleittragende, weil sie sich am tiefsten Punkt der Kabine befand. Sie zog die Beine an und schützte ihren Kopf mit beiden Armen vor den Geschossen; die meisten Gegenstände verfehlten sie, doch einiges traf sie an Hüfte, Kopf und Schulter.

Wir werden sterben!, hämmerte es in Osbornes Kopf.

Panik schnürte ihm die Kehle zu. Noch nie im Leben hatte er eine derartige Angst verspürt. Wie lange würde es wohl noch bis zum Aufprall dauern? Würde das Wasser die Wucht bremsen? Irgendwo hatte er gelesen, dass Notlandungen zu Wasser viel riskanter seien als auf Land. CNN hatte einmal ein Amateurvideo ausgestrahlt, das die Notwasserung eines Passagierflugzeuges in Ufernähe zeigte. Beim Aufprall auf die Wasseroberfläche war der Rumpf regelrecht auseinandergebrochen und in drei Teile geborsten. Innerhalb weniger Sekunden war das strudelnde Meerwasser in die Maschine eingedrungen und hatte die Trümmer verschluckt. Die wenigen Passagiere, die den Aufprall schwer verletzt überlebt hatten, wurden von dem Sog in die Tiefe gerissen.

Schlagartig fiel der Kabinendruck, überall klappten automatisch Sauerstoffmasken unter den Gepäckablagen heraus, kleine, gelbe Mundschalen, die an durchsichtigen Plastikschläuchen frei in der Luft baumelten.

Es war verrückt, aber kein Passagier schrie mehr. Vor Entsetzen erstarrt, saßen alle bleich und regungslos da und lauschten dem metallischen Kreischen und Ächzen der Maschine. Vom Rumpf pflanzten sich unheimliche Vibrationen bis in die Kabine hinein fort, wo sie sich zu einem schrillen Bersten von Metall steigerten. Der Gurt war alles, was Osborne vor einem Sturz Richtung Cockpit bewahrte. Er spürte aber kaum, wie dieser ihm schmerzhaft den Bauch einschnürte. Zu dominant war eine niemals für möglich gehaltene Steigerung dessen, was er bis zu dem Zeitpunkt für Todesangst gehalten hatte.

Der Flieger fiel weiter wie ein Stein. Jeden Moment erwartete Osborne den Aufprall auf das Meer. Etwas knallte ihm in den Nacken. Er spürte einen kurzen, brennenden Schmerz. Als er den Kopf wieder hob, sah er, dass der Platz neben ihm leer war.

»Miss Peña!«, schrie er gegen die hämmernden Vibrationen an.

Hatte sie den Gurt gelöst und war aufgestanden? Warum sollte sie das tun? Möglicherweise war der Gurt gerissen. Das würde mehr Sinn machen. In diesem Fall musste sie den Gang hinunter Richtung Cockpit gestürzt sein. Aber dort lag niemand. Vielleicht hatte sie sich ja im Fallen an einem Sitz festklammern können und er sah sie aus seiner Position bloß nicht.

Er drehte und reckte den Kopf nach allen Seiten, konnte seine verschwundene Sitznachbarin aber nirgendwo entdecken. Was er dafür sah, ließ ihn erstarren. Über den Sitzen hielten die Klappen der Gepäckablagen nicht länger dem Druck des hin- und herrutschenden Handgepäcks stand. Mit einer Serie von Knallgeräuschen sprangen die Verschlüsse an den Gepäckfächern auf. Trollis und mittelgroße Koffer flogen wie Geschosse durch die Luft und lösten die Passagiere aus ihrer Erstarrung. Alle schrien und duckten sich so tief, wie es die Sitze zuließen. Gleichzeitig knallte unter dem Rumpf etwas, das wie eine gedämpfte Explosion klang.

Die Notbeleuchtung fiel aus. Schlagartig tauchte die Kabine in absolute Finsternis, die ab und an grelle Blitze erhellten. Zeitgleich fiel die Temperatur auf Minus fünfzehn Grad Celsius. Eispartikel überzogen die Kunststoffverkleidungen. Mit Urgewalt lastete die Schwerkraft auf den Insassen und presste ihnen mit ungeheurem Druck die Luft aus den Lungen. Jeder Atemzug wurde zur gewaltigen Kraftanstrengung. Die Menschen konnten kaum noch atmen. Viele brachen unter dem wachsendem Anpressdruck und dem Sauerstoffmangel ohnmächtig zusammen. Bevor sie ins Koma fielen, bildete sich blutiger Schaum vor ihrem Mund. Ihre Herzen hatten versucht, den wachsenden Sauerstoffmangel auszugleichen, indem sie immer mehr Blut in die Arterien pumpten, bis die Kapillarwände unter dem Druck gerissen waren.

Osborne blieb bis zum bitteren Ende bei Bewusstsein. Er hörte noch den ohrenbetäubenden Knall des Aufpralls, dann traf ihn die Druckwelle wie ein Hammer und rammte ihn in den Sitz zurück, gefolgt von einem Schmerz, der ihn schier in Stück riss. Danach versank die Welt um ihn herum in Dunkelheit und Stille. Totenstille.

Der Amerikaner erwachte im Dunkeln. Sein erster Gedanke war: Ich bin tot. Die Dunkelheit, die ihn umhüllte, sei die ewige Finsternis. Sein zweiter Gedanke war, dass er nicht tot war, denn sonst würde er wohl keine körperlichen Schmerzen spüren. Sein Kopf fühlte sich an, als würde er gleich platzen. Außerdem zitterte sein Körper wie Espenlaub. Wo war er?

Etwas versperrte ihm die Sicht. Ein Kissen lag halb über seinem Gesicht. Er schob es vorsichtig beiseite. Danach dauerte es etwas, bis sich seine Augen soweit an die fremde Umgebung angepasst hatten, dass er einige Streifen Zwielicht ausmachen konnte, die trübe durch Jalousien glitten. Er lag in einem merkwürdig schaukelnden Bett und versuchte, seine wirren Gedanken zu ordnen. Das Letzte, woran er sich erinnerte, waren die grauenhaftesten Minuten seines Lebens. Wieder suchten ihn die Bilder des Flugzeugabsturzes heim. Wieso hatte er die Katastrophe überlebt? Wie es schien, hatte er dabei nicht einmal eine Verletzung davongetragen. Wie konnte das sein? Wo waren die übrigen Passagiere? In seinem Kopf tauchten unkontrolliert die Gesichter der Menschen auf, die er bei dem Absturz in Todesangst gesehen hatte. Was war mit Mercedes Caridad Peña? Hatte sie auch überlebt? Wenn ja, wo war sie?

Für einen kurzen Moment fürchtete er, diese grausamen Erinnerungen würden sich für immer seiner bemächtigen, seinen Verstand nie mehr aus ihrer Umklammerung lassen und so allgegenwärtig bleiben. Umso unerwarteter schob sich eine Art nebulöser Filter wie ein Dunstschleier vor die bitteren Betrachtungen und ließ sie auf irritierende Weise verblassen; es war, als strebten seine Gedanken auseinander, wenn er sich mit dem Flugzeugabsturz beschäftigen wollte. Eben noch hallten die irrsinnigen Todesschreie der Passagiere in seinem Kopf, jetzt konnte er sich kaum mehr an Mercedes Caridad Peñas Stimme erinnern, oder die Ereignisse während des Absturzes in chronologische Reihenfolge bringen. Es war dermaßen viel passiert, er wusste einfach nicht mehr, welches Erinnerungsfragment wohin gehörte. Bei einigen Begebenheiten war er sich inzwischen nicht einmal mehr sicher, ob sie überhaupt stattgefunden hatten.

Vielleicht schütze ihn sein Verstand mit dieser Blockade instinktiv, damit er nicht vor Grauen wahnsinnig wurde. Oder war er bereits verrückt?

Langsam gewöhnten sich seine Augen an die Dunkelheit. Er war allein in einem kleinen Zimmer. An der Kopfseite befand sich ein Schrank mit einer ungewöhnlich weißen, glatt polierten Oberfläche, vor dem ein leicht lädierter Hartschalenkoffer stand. Über einem Stuhl neben dem Waschbecken hing sein zerknitterter Anzug; darunter standen seine Schuhe.

Vorsichtig erhob sich Osborne und schlug die Decke beiseite. Nur mit Unterwäsche bekleidet, schwang er sich aus dem Bett. Als er die Füße auf den Boden setzte, bemerkte er, dass nicht das Bett, sondern der gesamte Boden schwankte. Von draußen drang das Glucksen von Wellen an sein Ohr. War er auf einem Schiff? Hatten ihn Matrosen aus dem Meer gefischt? Sah ganz so aus.

Er rieb sich die verquollenen Augen und fuhr sich dann mit einer Hand über die Bartstoppeln am Kinn. Wie lange war er ohne Bewusstsein gewesen? Tage? Immer noch leicht benommen trat er ans Waschbecken und schaute in den Spiegel. Seine Haare waren ganz verwuschelt, ansonsten sah er vollkommen okay aus. Nirgendwo die kleinste Schramme. Er entsann sich verschwommen an den Aufprall beim Absturz. Davon mussten doch zumindest ein paar Blutergüsse zurückgeblieben sein.

Er ging zu dem Stuhl, nahm sein Hemd und zog es an. Die detaillierten Erinnerungen an die Augenblicke vor dem Absturz glichen denen des Aufpralls. Sie wurden verschwommen, löcherig, zu Fragmenten. Normalerweise, so dachte er, sollte man von einem brillanten Gehirn, das er nach Meinung seiner Kollegen besaß, etwas mehr erwarten dürfen. Er schlüpfte in seine Hose und stopfte das Hemd hinein. Dann hielt er inne, weil ihn eine diffuse Angst befiel, die möglicherweise mit der seltsamen Benommenheit zusammenhing, die er einfach nicht abschütteln konnte. Nachdem er das Jackett angezogen hatte, setzte er sich auf den Stuhl und zog zuerst die Socken und dann die Schuhe an. Wieso freute er sich nicht, dass er lebte? Er sollte jubeln, weil er mit heiler Haut dem Sensenmann von der Schippe gesprungen war, statt düsteren Gedanken nachzuhängen.

Kraftlos öffnete er die Kabinentür und trat schwerfällig auf einen schmalen Flur, der an mehreren geschlossenen Türen vorbei führte und vor einer kleinen, steilen Treppe endete, über die er hinaus ans Tageslicht gelangte.

Geblendet vom grellen Sonnenlicht trat er auf das Deck, wo er zunächst einmal über die enormen Ausmaße der luxuriösen Yacht staunte, auf die ihn ein rätselhaftes Schicksal verschlagen hatte. Der hochmoderne Zweimaster hatte ein hohes Tempo drauf. Furios durchschnitt sein Bugkeil das azurblaue Wasser und pflügte sich mit geblähten Segeln durch die Wellen. Trotzdem fuhren sie zusätzlich mit Motorkraft; das sanfte Brummen der Maschinen war nicht zu überhören.

Osborne pumpte die würzige Luft tief in seine Lungen, trat an die Reling und richtete den Blick auf den Horizont. Nichts als tiefblaues Wasser, unterbrochen von sahnigen Schaumkronen, über denen sich am Himmel gewaltige Wolkenberge auftürmten. Abgesehen von der kühlen Brise, die über das Schiff strich, war es ungewöhnlich heiß. Das hier war keinesfalls der Atlantische Ozean. Er drehte sich um und sah zur Brücke, einer kleinen Glaskabine auf dem Dach der Schiffsaufbauten, hinauf. Am Ruder stand ein bärtiger Steuermann, dem er kurz zuwinkte.

Im gleichen Moment erregte etwas anderes die Aufmerksamkeit des Amerikaners; etwas atemberaubend anderes. Auf der Treppe zur Brücke stand eine üppige, mit beeindruckenden Kurven ausgestattete Brünette. Goldbraun gebrannt, nur mit einem blendrndweißen Bikini bekleidet, sah sie einfach umwerfend aus. Die Frau hatte ihre Arme vor der Brust verschränkt und den Kopf leicht zur Seite geneigt, wodurch ihr wallendes Haar in schweren Locken über eine Schulter floss. Ihr Anblick traf ihn mit der Wucht eines Schwingers. Die Unbekannte stolzierte mit ultralangen Beinen wahrlich anbetungswürdig die Treppe herunter. Unwillkürlich starrte er auf ihre Schenkel, bis er bemerkte, dass sie das bemerkte. Verlegen schaute er ihr rasch in die Augen.

»Sieh an, unser Schiffbrüchiger hat wieder Planken unter seinen Füßen«, gurrte sie und zog dabei ihren hübschen Schmollmund kraus. »Und, wie fühlen Sie sich?«

»Etwas verwirrt, muss ich gestehen. Haben Sie mich aus dem Wasser gefischt?«

»Ich nicht, mein Vater.«

»Und wo haben Sie mich aus dem Wasser gezogen? Gab es noch andere Überlebende? Eine Frau namens Peña vielleicht?«

»Tut mir Leid. War das Ihre Freundin?«

»Nein, wir haben uns auf dem Flug kennen gelernt, kurz vor dem Absturz.«

»Sie sind mit einem Flugzeug abgestürzt?«, fassungslos starrte sie ihn an.

»Ja. Wieso? Haben Sie denn keine Trümmerteile am Fundort gesehen?«

»Nein, Sie trieben mutterseelenallein im Ozean. Allerdings klammerten Sie sich an einen Koffer aus Kunststoff, was uns schon ein bisschen merkwürdig vorkam. Sie können von Glück sagen, dass das Gepäckstück ziemlich leer und wasserdicht war. Es steht in Ihrer Kajüte.«

»Ich glaube nicht, dass das mein Koffer ist. Meiner war ziemlich bepackt und ist bestimmt nicht wasserdicht.«

»Ist ja auch egal.« Ihr Gesicht hellte sich wieder auf. »Hauptsache, Sie leben. Zum Glück haben wir einen Arzt an Bord, der hat sich um Sie gekümmert.«

Ein Arzt? Das erklärte vielleicht seinen erstaunlich guten Gesundheitszustand.

»Nebenberuflich ist er außerdem Skipper, Besitzer dieser Yacht und schätzt sich zudem glücklich, eine wohlgeratene Tochter wie mich sein eigen nennen zu dürfen«, ergänzte sie nach einer kleinen Pause.

»Der Mann hat gute Arbeit geleistet.«

»Danke für das Kompliment.«

»Oh«, erschrak Osborne und errötete ob des Missverständnisses. »Ich meine, er hat gute Arbeit geleistet, wie er mich zusammengeflickt hat.«

»Schade. Und mich finden Sie nicht wohlgeraten?«

Er überhörte geflissentlich die keckprovokante Frage. »Ich würde mich gerne bei ihm bedanken.«

»Das lässt sich einrichten. Folgen Sie mir bitte.«

Sie marschierten die Reling entlang Richtung achtern.

»Sind Sie eigentlich die einzige Dame an Bord?«, fragte er eher beiläufig.

Sie warf ihren Kopf in den Nacken und lachte schallend. »Wieso? Genüge ich Ihnen etwa nicht?«

Er wusste nicht, wie er auf diese zweideutige Frage reagieren sollte und verkniff sich deshalb eine Antwort. Seine Begleiterin kicherte albern und betrachtete ihn amüsiert. Dabei bemerkte er ein Funkeln in ihren Augen, das er nicht interpretieren konnte. Auf den ersten Blick wirkte es schelmisch, doch bei genauerem Hinsehen erschien es ihm wie eine Art Vorhang, hinter dem sich etwas anderes verbarg.

»Ja, ich bin die einzige Braut an Bord. Aber keine Sorge, was die Matrosen angeht, da sind die Fronten geklärt. Wer mich begafft, den lässt mein

Vater kielholen. Also halten Sie Ihre Blicke auf meine Beine im Zaum.« Sie zog ihre Augenbrauen hoch.

»Entschuldigen Sie bitte, wenn ich Sie ...« Osborne errötete erneut.

»Ach kommen Sie«, lachte sie. »Das war doch nur Spaß. Mein Vater ist der netteste und friedlichste Kuschelbär auf der Welt.«

»Sie sind ziemlich verwirrend, wissen Sie das?«

»Sie werden es nicht glauben, aber das hat mir bisher noch jeder Mann gesagt.«

»Warum überrascht mich das nicht? Sagen Sie, wie lange war ich eigentlich bewusstlos?«

»Fast eine ganze Woche.«

»Wie bitte? Ich bin schon eine Woche auf diesem Schiff?«

»Ja. Eigentlich wären wir längst an Land und Sie in einem Krankenhaus, aber entlang der Ostküste brauen sich einige ungemütliche Tornados zusammen. Das zwang uns zu einem kleinen Umweg.«

»Wie klein?«

»Na ja, ziemlich viel klein.«

»Das hier ist doch nicht der Atlantik?«

»Nein, wir sind im Golf von Mexiko auf dem Weg nach New Orleans. Dort wohnt ein Bruder meines Vaters. Ehrlich gesagt, bin ich froh, wenn wir endlich die Küste erreichen. Das Meer hier ist mir nicht geheuer.«

»Wieso?«

»Weil wir uns mitten im Bermudadreieck befinden. Sie wissen schon, der Ort, an dem massenhaft Schiffe und Flugzeuge spurlos verschwunden sind.«

»Behauptet man. Entschuldigen Sie bitte, mir schwirren so viele Sachen durch den Kopf, vor lauter Rederei habe ich völlig vergessen, Sie nach Ihrem Namen zu fragen.«

»Ich heiße Maélle Vallois. Und Sie sind?«

»Alan Osborne. Sind Sie Französin?«

»Hört man das so deutlich?«

»Ich liebe diesen Akzent. Außerdem klingt Ihr Name nicht sehr amerikanisch.«

»Also dann, willkommen an Bord der ›Flying Dutchman‹, Monsieur Osborne.«

»Interessant. Ihr Vater benennt seine Yacht nach einem Geisterschiff?«

»Er hat ein kleines Faible fürs Makabere. Er liebt Schauergeschichten, vor allem, wenn sie sich um die Seefahrt drehen. Aber das kann er Ihnen gleich selbst erzählen. Er ist da drin, im Funkraum.«

Maélle ballte die Faust und klopfte mit den Fingerknöcheln gegen eine Eisentür. Das Klopfen klang dumpf und erzeugte ein hohles Echo. Einige Augenblicke lang tat sich nichts, dann schwang die Tür quietschend auf und der Skipper trat heraus. Hinter ihm schloss sich die Tür dank eines pneumatischen Arms wieder von allein.

Von den wüsten Verwünschungen abgesehen, die er ausstieß, besaß der Endfünfziger eine tiefe, nicht unsympathisch klingende Baritonstimme. Er war ein hünenhafter Mann mit dichtem weißem Haar und tiefbraunen, wettergegerbten Gesichtszügen. Seine Augen blitzten so klar und blau wie das Meer. Er trug eine Kapitänsmütze und war mit einem blütenweißen Hemd, schneeweißer Hose und ein Paar Segelschuhen bekleidet. Das Ensemble ließ ihn einfach großartig aussehen.

»Daddy, unseren Patienten kennst du ja schon vom Sehen.«

»Freut mich, dass es Ihnen besser geht«, brummte der Skipper mürrisch, dann huschte ihm aber doch ein Lächeln übers Gesicht. »Entschuldigen Sie bitte meine schlechte Laune, aber außer dem Funkgerät ist jetzt auch noch unser GPS ausgefallen. Das bedeutet, wir schippern ab sofort wie die Wikinger über das Meer und navigieren nach dem Stand der Sonne und der Gestirne. Offenbar hat sich alles gegen uns verschworen. Na ja, was will man mitten im Bermudadreieck auch schon anderes erwarten?«

Die letzte Bemerkung war als Scherz gedacht, rief bei Osborne allerdings ein unangenehmes Gefühl hervor, wobei ihm ein kalter Schauder über den Rücken lief.

»Ich ... äh, ich wollte Ihnen für die Rettung und ärztliche Pflege danken«, sagte er ein wenig gestelzt.

»Keine Ursache, Mister ...?«

»Osborne. Alan Osborne.«

»Willkommen auf meinem Schiff, Alan. Nennen Sie mich ruhig Skipper, das tun alle an Bord. Entschuldigen Sie mich jetzt bitte, ich muss unten im Laderaum nachsehen, ob wir ein paar Ersatzteile für dieses vermurkste Funkgerät haben. Wir sehen uns beim Abendessen in der Messe.«

Der Skipper tippte zum Gruß mit dem Zeigefinger an seine Schirmmütze und verschwand Richtung Vorschiff.

»Ein sympathischer Mensch, Ihr Vater«, meinte Osborne. »Das wird sicher ein interessantes Gespräch heute Abend. Ich habe eine Menge Fragen. Und etwas zu essen wäre auch nicht schlecht.«

Obwohl, eigentlich empfand er weder Hunger noch Durst, was ihm angesichts einer Woche ohne Nahrung seltsam erschien.

»Damit sollten Sie besser nicht bis heute Abend warten. Wer weiß, ob Ihr Magen dann noch etwas verträgt.«

»Wie soll ich das verstehen?«

»Sehen Sie die Wolken dahinten?« Sie zeigte hinaus aufs Meer.

»Ja, imposant. Und?«

»Sie künden einen Wetterumschwung an.«

»Sind Sie sicher? Das Wetter ist doch herrlich.«

»In diesen Breiten schlägt es ziemlich schnell um. Sonnenschein wandelt sich innerhalb einer Stunde zum Unwetter. Vergessen Sie nicht die Tornados an der Westküste. Die kamen alle von hier, aus dem Golf von Mexiko. Vielleicht ist ein neuer im Anmarsch, von dem wir wegen des kaputten Funkgerätes nichts ahnen. Ich bin mir sogar ziemlich sicher, dass wir in ein Unwetter geraten. So etwas spüre ich.«

Er wollte etwas erwidern, aber er fühlte sich plötzlich merkwürdig schlapp. Offensichtlich war er doch noch nicht ganz bei Kräften. Deshalb entschuldigte er sich und wankte in seine Kajüte zurück, um sich bis zum Abendessen noch etwas auszuruhen. Müde fiel er auf die zerknitterten Bettlaken, aber an Schlaf war nicht zu denken. Seine Gedanken kreisten wieder unerbittlich um den Flugzeugabsturz. Es war einfach unglaublich, dass er die Katastrophe so unbeschadet überstanden hatte. Dafür gab es nur eine logische Erklärung: Im letzten Moment war doch noch eine relativ weiche Notwasserung gelungen. Aber wie war er aus der Maschine gekommen? Offensichtlich war er zu diesem Zeitpunkt bewusstlos, denn ansonsten hätte er ja etwas von der Notlandung mitbekommen. Was war mit den anderen Passagieren? Wenn er mit heiler Haut die Unglücksmaschine verlassen hatte, warum dann nicht alle anderen auch?

Er konnte die Geschichte drehen und wenden, wie er wollte, sie machte einfach keinen Sinn. Es gab zu viele offene Fragen, die immer auf die eine herausliefen: Wieso hatte er als Einziger überlebt?

Wie schon zuvor bereitete es ihm zunehmend Schwierigkeiten, sich mit diesem Thema auseinanderzusetzen. Sein Verstand legte wieder eine schützende Barrikade aus Amnesie um das Erinnerungsvermögen. Es war, als ob seine Gedanken vernebelt wurden, als ob sie eine nicht näher definierbare Dunkelheit überschattete. Die Erinnerungen an den Flugzeugabsturz lösten sich regelrecht auf, wurden transparent und nicht mehr greifbar. Bevor er das Wieso ergründen konnte, verlor er das Bewusstsein.

Irgendwann hörte Osborne aus weiter Ferne den Steuermann wild fluchen. Das brachte ihn wieder zu sich. Dann drang nur noch das Glucksen der Wellen an sein Ohr. Er öffnete die Augen und stellte fest, dass es in der Kajüte dunkler als vorhin war. Während er sich aufrichtete, fragte er sich, wie lange er wohl geschlafen hatte. Zwischenzeitlich hatte ihm jemand einen Rasierer aufs Waschbecken gelegt.

Nach der Rasur verließ er die Kabine. Als er auf das Deck trat, ging die Sonne am Horizont in grellen Rotgoldtönen unter. Die unscheinbaren Wolkenschleier vom Nachmittag verdichteten sich zusehends zu nachtschwarzen Unwetterwolken. Wie Maélle vorhergesagt hatte, braute sich tatsächlich ein Sturm zusammen. Inzwischen war auch der Wellengang spürbar rauer geworden. Von der Brücke hörte er im Vorbeigehen den Steuermann fluchen. Offenbar spielte der Kompass verrückt, weshalb es Mühe bereitete, den Kurs zu halten.

Auf dem Achterdeck entdeckte Osborne die schöne Tochter des Skippers. Neben einer Sonnenliege hatte sie eine Decke auf den Planken ausgebreitet, auf der sie nun bäuchlings ausgestreckt lag und die letzten Sonnenstrahlen genoss. Um nahtlos braun zu werden, hatte sie ihr Oberteil geöffnet, so dass die Träger schlaff herabhingen. Offensichtlich war sie eingeschlafen. In der Hoffnung, sie könnten nachher ihr unterbrochenes Gespräch fortsetzen, setzte er sich in den Liegestuhl, streckte sich mit verschränkten Händen im Nacken aus und lauschte dem Geräusch der schwappenden Wellen. Dabei gingen ihm allerlei Dinge durch den Kopf. Merkwürdigerweise dachte er aber kaum noch an den Flugzeugabsturz. Die Bilder erschienen ihm zunehmend wie eine lange zurückliegende Erinnerung. Es waren Fragmente, deren Zwischenräume immer größer wurden, bis er sich an die verbliebenen Splitter nur noch vage bzw. überhaupt nicht mehr erinnern konnte.

Wenig später war er fest eingeschlafen. Vermutlich hätte er die ganze Nacht in dem Liegestuhl durchgeschlafen, wenn sich der Schoner nicht urplötzlich hart steuerbord gelegt hätte. Das Manöver schleuderte die Liege heftig gegen die Reling und warf den Amerikaner halb aufs Deck. Im ersten Moment wusste er nicht, wie ihm geschah. Verwirrt krabbelte er neben dem Stuhl auf die Knie und sah sich um. Wo war er? Langsam sickerte die Erinnerung zurück. Zu seiner Enttäuschung war die schöne Maélle fort. Warum hatte sie ihn nicht geweckt?

Inzwischen war es ziemlich dunkel geworden. Der Wind blies sich immer mehr zur Orkanstärke auf. Die Wellen wurden steiler und warfen das Schiff hin und her. Am Himmel nahten Gewitterwolken heran, in denen Blitze wie ein gigantisches Feuerwerk flackerten. Osborne wankte zum Vorschiff. Bei der Brücke angekommen, rief er dem Steuermann die Frage nach der Messe zu. Ohne ihn anzusehen, deutete der Gefragte stumm mit dem Daumen irgendwo nach hinten. Also marschierte er wieder zurück. Nach drei Fehlversuchen fand er endlich die richtige Tür zur Messe.

Er betrat eine großzügig gebaute Kajüte. Sein Blick glitt über die luxuriöse Innenausstattung, eine u-förmige Sitzbank mit zwei separaten Sesseln stand um einen Mahagonitisch. Von der Decke leuchtete eine blank polierte Messinglampe. Der Raum war sehr geräumig, verfügte über mehrere Bullaugen, die tagsüber für angenehmes Licht sorgten, und erstreckte sich über die ganze Breite des Schiffes von Steuer- bis nach Backbord. Die Luft war durchdrungen von abgestandenem Zigarettenrauch. Abgesehen von dem Durchgang zur Pantry, gab es nur diese eine Tür. Am Tisch saßen der

Skipper, seine Tochter und der Rest der Mannschaft. Zur Crew gehörten neben dem Steuermann, der auf der Brücke Ruderwache schob, drei recht verwegen aussehende Matrosen.

Maélle trug immer noch ihren Bikini. Da sich niemand an ihrem Aufzug zu stören schien, beachtete auch ihr amerikanischer Gast die etwas deplaziert wirkende Bekleidung nicht weiter; jedenfalls versuchte er es. Alle waren so mit ihrer Mahlzeit, geräuchertem Lachs mit diversen Beilagen, beschäftigt, dass sie ihn im ersten Moment nicht bemerkten.

»Guten Abend«, grüßte er die Anwesenden, die überrascht die Köpfe hoben.

»Oh, Mister Osborne«, grüßte der Skipper zurück und tupfte sich mit einer Serviette den Mund ab. »Freut mich, dass Sie zu uns gefunden haben. Nehmen Sie doch Platz. Wie geht es Ihnen?«

»Danke.« Er setzte sich ans äußere Ende der Sitzbank, wo schon für ihn aufgedeckt war. »Ich fühle mich noch ein bisschen benommen, kann ansonsten aber nicht klagen.«

»Das freut mich. Ich denke mal, Sie haben einen gesunden Appetit mitgebracht. Greifen Sie zu.«

»Danke. Obwohl ich eigentlich halb verhungert und verdurstet sein müsste, habe ich überhaupt keinen Hunger oder Durst. Das verwirrt mich ehrlich gesagt ein bisschen.«

»Machen Sie sich deswegen keinen Kopf. Das ist völlig normal. Wenn der Körper spürt, dass er nicht mehr genug Nahrung bekommt, schaltet er automatisch auf Sparflamme. Sobald Sie den ersten Schluck getrunken und einen Bissen gegessen haben, springt auch Ihr Appetit wieder an. Dann werden Sie gar nicht mehr mit Essen und Trinken aufhören wollen.«

Das wollte der Computerexperte gerne glauben. Allerdings spürte er ein flaues Gefühl im Magen, das sich bei jedem Schlingern ein wenig intensiver zu Wort meldete. Allein bei dem Gedanken an Essen zogen sich seine Magenwände zusammen. Abgesehen von den leichten Symptomen einer Seekrankheit empfand er etwas, das nichts mit dem aufgewühlten Meer oder seinem überstandenen Flugzeugabsturz zu tun hatte. Irgendwie fühlte er sich mental aus dem Gleichgewicht; als ob ein Fremdkörper in seinen Kopf gekrochen und sich dort eingenistet hätte.

»Meine Tochter und mich kennen Sie ja schon«, fuhr der Skipper fort. »Darf ich Ihnen noch den Rest der Crew vorstellen: Der Seebär mit dem prächtigroten Vollbart ist Will Burton. Neben ihm sitzen Paulson und Furgeson. Douglas werden Sie später noch kennen lernen, momentan hält er unser Schiff auf Kurs.«

Osborne nickte ihnen zu. Ihm fiel auf, dass die Männer am Tisch ungewöhnlich ernste Gesichter machten. Es herrschte eine lauernde Atmosphäre, als ob jeden Augenblick eine Meuterei ausbrechen könnte, was wohl weniger mit der sturmgepeitschten See als vielmehr mit ihrem Kurs zu tun hatte, denn der Matrose mit flammrotem Vollbart, sagte: »Das gefällt mir nicht, Skipper. Seit heute Nachmittag fahren wir mit Volldampf, wir hätten längst die Küste erreichen müssen. Können Sie überhaupt unsere genaue Position bestimmen, oder sitzen wir in diesem verdammten Bermudadreieck fest?«

»Verschon mich bloß mit Ammenmärchen vom Bermuda-Dreieck, Will.« Der Skipper starrte ihn finster an.

»Ammenmärchen machen uns nichts aus, Skipper«, knurrte der Rotbart. »Nur wenn sich diese Ammenmärchen als wahr herausstellen, dann fängt es an, uns zu stören.«

»Aye«, meldete sich Furgeson, ein spindeldürrer Matrose mit ausgemergeltem Gesicht, zu Wort. »In diesem Meer gibt es überirdische Mächte, die uns entführen, wenn's ihnen gefällt.«

Osborne sah den Mann an und versuchte zu lächeln. »Was für Mächte meinen Sie?«

»Keine Ahnung. Diejenigen, die's wissen, sind nie wieder aufgetaucht. Aber in diesem Ozean lauert was, darauf können Sie Gift nehmen.«

»Spinn dein schräges Seemannsgarn woanders, Furgeson«, blaffte der Skipper quer über den Tisch. »Lass den Mann in Ruhe essen. In diesem Meer gibt es nur Wasser und Fische und sonst nichts.«

»Und wie erklären Sie sich das rätselhaften Verschwinden von Inseln, von Schiffsmannschaften und Flugzeugen?«

»Es gab mal einen Bericht, wonach es sich bei diesen Phänomen um Nachwirkungen eines streng geheimen Experiments der U.S. NAVY handeln soll, dem ›Philadelphiaexperiment‹«, flüsterte der Rotbart und rieb sich die Nase. »Durch die Aufhebung der Magnetfelder der Erde wollte man Unsichtbarkeit erreichen.«

»Das ist doch blanker Unsinn«, fiel ihm Maélle angriffslustig ins Wort. »Es gibt keinen Beweis, dass ein solches Experiment jemals durchgeführt wurde.«

»Trotzdem verschwanden zwischen Florida, Puerto Rico und den Bermuda-Inseln viele Flugzeuge und Schiffe.« Paulson, der dritte Matrose mit glattem, nichts sagendem, dafür umso aufgedunserem Gesicht verschränkte die Arme vor der Brust und sah Maélle bedeutungsschwer an. »Zwischen 1945 bis 1975 waren es siebenunddreißig Flugzeuge und achtunddreißig Schiffe. Inzwischen sind es bestimmt mehr. Sogar ein Atom-U-Boot soll hier spurlos verschollen sein.«

»Davon habe ich auch gehört«, sagte Osborne. »Einige Theorien sprechen von unterschiedlichen Zeitdimensionen; Vergangenheit, Gegenwart und Zukunft sollen hier nebeneinander parallel existieren. Und wer zufällig in ein Loch zwischen diesen Zeitebenen gerät, von dem hört und sieht man nie mehr etwas. Aber das ist so phantastisch, so was können wirklich nur Spinner glauben.«

»Sie halten uns also für Spinner?« Ein dunkler Schleier schien sich über Wills Augen zu legen. »Ist es das, was Sie uns sagen wollen?«

Der aggressive Tonfall, in dem der Matrose das fragte, machte den Amerikaner stutzig. Offenbar war seine analytische Interpretation des Phänomens nicht gut angekommen. »Natürlich nicht. Ich will nur sagen, dass keine dieser Geschichten wissenschaftlich untermauert ist. Das ist so wie mit UFOs; viele wollen sie gesehen haben, aber wenn man dann ihre chronisch unscharfen Beweisphotos unter die Lupe nimmt, stellen sich die fliegenden Untertassen meistens als fliegende Mülltonnendeckel heraus.«

»Na schön, Sie Klugscheißer, jetzt sag ich Ihnen mal was!« Das Gesicht des hünenhaften Matrosen lief vor Zorn so rot an wie sein Bart. »Wenn Sie wirklich so schlau sind, wie Sie denken, dann helfen Sie uns, dass wir von hier wegkommen. Sie verstehen scheinbar nicht, wie ernst unsere Lage ist, obwohl ich meine, dass ein defektes Funkgerät und ein totes GPS-Gerät eine deutliche Sprache sprechen. Wir stecken an diesem gottverdammten Ort fest und keiner weiß warum.«

Osborne zögerte. Er fragte sich, ob der Mann wütend darüber war, weil er sich von ihm düpiert fühlte, oder ob er nur Angst hatte. »Tut mir Leid, nichts liegt mir ferner als die Entzauberung Ihrer Mythen. Soll doch jeder glauben, woran er will. Sie sollten allerdings niemanden zwingen, die Welt mit Ihren Augen zu sehen. Worauf stützen sich denn Ihre Behauptungen? Ist irgendwas von dem, was Sie über das Bermudadreieck zu wissen glauben, wissenschaftlich bewiesen?«

»Nun, dies hier ist unbestreitbar ein gefährliches Gewässer.« Maélle lächelte verhalten und senkte den Kopf, wobei ihre Haare wie ein dunkler Schleier vor ihr Gesicht fielen. »Aufgrund besonderer Wind- und Strömungsverhältnisse hat dieser Teil des Golfs seine eigenen Gesetze.«

Der Skipper nickte zustimmend. »Aber das hat nichts mit Unnatürlichem zu tun, das irgendwo lauert, um Schiffe in die Tiefe zu ziehen.«

»Die See hier ist ein verdammter Friedhof, Skipper, und das wissen Sie genau«, widersprach der Rotbart, wobei er erregt mit seinem Messer in der Luft herumfuchtelte und sich vorbeugte. »Jeder Seemann weiß das und fürchtet diesen Ort, an dem wir festsitzen, wie den Leibhaftigen. Der Klabautermann reibt sich sicher schon genüsslich die Hände aus Vorfreude über seine neuen Gäste, die er demnächst auf dem Meeresgrund willkommen heißen darf.«

»Hat von diesen vermissten Schiffen oder Flugzeugen schon mal ein Passagier überlebt?«, erkundigte sich Osborne.

»Aye, das gab es tatsächlich«, meldete sich der spindeldürre Furgeson mit leiser, erschreckend schneidender Stimme zu Wort.

»Und?«

»Und die erzählten alle übereinstimmend von plötzlich aufgekommendem hellgrün leuchtendem Nebel, der die Sicht bis auf wenige Meter einschränkte, das Wasser verfärbte und es zum Brodeln brachte«, erklärte der Rotbart, als wäre er stolz darauf, den Amerikaner mit einem unumstößlichen Beweis konfrontieren zu können.

»Es heißt, dass kurz vor dem rätselhaften Verschwinden die Navigationsgeräte an Bord ausfallen«, ergänzte Paulson.

»Genau wie bei uns«, erinnerte Furgeson. »Wir haben keine Ahnung, wo wir uns befinden und können auch kein SOS-Signal absetzen.«

»Immerhin läuft der Motor noch«, beruhigte sie Maélle und schlug grazil die Beine übereinander.

»Ja, aber haben Sie das Gefühl, dass wir vorankommen, Miss?«, entgegnete der Rotbart. »Ich nicht.«

»Was sollen wir deiner Meinung nach tun?«, mischte sich der Skipper in die Diskussion.

»Ausbooten, das Schiff verlassen, weil es ...« Rotbart wagte nicht auszusprechen, was er und seine Kumpel dachten.

»Weil es verflucht ist?«, beendete der Skipper den Satz. »Das ist kompletter Schwachsinn!« Erbittert schlug er mit der Faust auf den Tisch, dass die Gläser hochsprangen und seins sogar umkippte. Dunkelbraune Flüssigkeit ergoss sich über die Tischplatte, während das Glas über die Tischkante rollte und mit einem Knall auf dem Boden zersplitterte. »Ich gebe doch keine Zehn-Millionen-Yacht wegen irgendwelcher Schauergeschichten auf. Außerdem sollte euch der gesunde Menschenverstand sagen, dass ihr auf einem großen Schiff sicherer seid als in einer Nussschale. Nur für den Fall, dass es jemandem entgangen ist: Da draußen braut sich eine steife Brise zusammen. Deshalb werde ich den Teufel tun und dieses Schiff verlassen. Denn das wäre bei einer zu erwartenden Windgeschwindigkeit von sechs bis acht Knoten und einem Seegang mit über zwanzig Meter hohen Wellen reiner Selbstmord. Ich hoffe, ich habe mich klar ausgedrückt. Damit ist das Thema beendet.«

Leise fluchend nahm er seine Serviette und wischte den Tisch trocken. Keiner sagte mehr ein Wort. Eigentlich wollte sich Osborne jetzt noch einmal ausführlich für seine Rettung bedanken, in deren Zusammenhang ihm auch eine ganze Reihe ungeklärter Fragen auf der Zunge lagen, doch plötzlich kroch eine eigenartige Mattigkeit in seinen Organismus. Er fühlte sich unwohl, weshalb er mitten in dem unheilschwangeren Schweigen aufstand. Ausgelaugt, zitternd, kraftlos und schwerfällig, als hätte er einen Großteil der Kontrolle über seine Muskeln verloren, balancierte er auf unsicheren Beinen.

»Tja, ich werde mich dann mal in meine Koje begeben«, entschuldigte er sich. »Vielen Dank für Ihre Gastfreundschaft und das interessante Gespräch. Ich wünsche Ihnen allen eine gute Nacht.«

Er verließ die Messe und trat hinaus auf das Deck, wo der Sturm von Minute zu Minute an Kraft gewann. Die Wellen warfen das Schiff hin und her, wobei sie immer ungenierter über Bord schwappten. Osborne musste sich an der Reling festhalten, um nicht zu fallen. Offensichtlich bestand aber kein Grund zur Beunruhigung, sonst würde die Mannschaft nicht so gelassen in der Messe sitzen. Ihm selbst war bei dem Gedanken, einen Sturm ohne funktionierendes Navigations- und Funkgerät zu durchschippern, nicht besonders wohl in seiner Haut.

Nicht nur wegen der aufgezogenen Sturmwolken war es ungewöhnlich finster, es kam auch ziemlicher Nebel auf, den ein hellgrünes Leuchten überzog. Normalerweise hätte der Wind die Schwaden auseinanderreißen müssen, tat er aber nicht. Stattdessen ballte sich der Dunst immer dichter um das Schiff zusammen. Der Bug war wie ein schemenhaftes Phantom ab und an von weißen Nebelschleiern bedeckt. Einzige Orientierungspunkte an Bord waren die Positionslichter und mittschiffs das mickrige Licht auf der Brücke, wo der Steuermann den Kurs hielt. Die Sache war nur die: Als Osborne an der Brücke vorbeikam, konnte er niemanden am Steuer sehen. Aber das hatte bestimmt nichts zu bedeuten, denn in dem kleinen Kajütenaufbau war es ziemlich dunkel. Trotzdem blieb er stehen und schaute mit sorgenvoller Miene genauer hin. Stand da wirklich jemand am Steuer? Wenn es nur nicht so verdammt dunkel da drin wäre. Der regungslose Schatten hinter dem Ruder glich zwar einer menschlichen Silhouette, aber mit hundertprozentiger Sicherheit konnte er das nicht beschwören. Auf seinen Armen spürte er eine Gänsehaut, die ihn erzittern ließ. Selbstverständlich stand da jemand am Ruder. Es war nur diese unheimliche Atmosphäre, Dunkelheit gepaart mit Sturm, Blitz, Donner und vor allem dieser dicht wogende Nebel, der Hirngespinste begünstigte.

»Gute Nacht!«, rief er in den Sturmwind hinein Richtung Brücke.

Keine Reaktion. Warum antwortete der Steuermann nicht? Hatte er ihn im Brausen von Wind und Wellen nicht gehört?

Er rief noch einmal, lauter. Nichts. Seltsam.

Ein aufflammender Blitz sponn ein regelrechtes Netzwerk in die Dunkelheit. Im nächsten Augenblick explodierte der Donner. Erneut schleuderte das Meer einen schäumenden Brecher gegen den Schiffsrumpf. Osborne stolperte und klammerte sich instinktiv an der Reling fest. Dabei ergriff seine Hand etwas Kaltes, das feuchtklebrig wie Karamellsirup war, aber sich wie verfaultes, von Verwesungssaft durchtränktes Fleisch anfühlte. Im ersten Moment hielt er die Strähnen, die da über der Reling hingen und in die er gefasst hatte, für langes Frauenhaar. Das war natürlich blanker Unsinn. Was da hing, war Tang, den die Wellen über Deck gespült hatten, sonst nichts. Beruhigt über diese simple Erklärung wollte er seinen Weg fortsetzen. Beiläufig blickte er noch einmal zur Brücke und zuckte zusammen. Das Licht war verloschen. Gespenstisch dunkel lag die kleine, von drei Seiten verglaste Kabine da, als ob sie leer wäre. Sie war jetzt auch leer, das ahnte der Amerikaner irgendwie. Doch er war viel zu sehr damit beschäftigt, sich nach einem erneuten Wellenbrecher an der Reling festzuklammern, um sich weiter über das verlassene Ruderhaus zu sorgen. Als sich das Schiff halbwegs wieder beruhigt hatte, schweifte sein Blick zufällig über die Planken. Seltsam, da lag noch mehr matschiger Tang. Genauer betrachtet, bildete er eine regelrechte Spur. Aus Neugierde, aber mehr noch aus einem inneren Zwang heraus, folgte er der Fährte, die an der Treppe zur Brücke hinauf endete. Gleichermaßen interessiert wie besorgt stieg er die Stufen hoch und hielt beim Betreten der Brücke mitten in der Bewegung inne. Niemand da. Neben dem Ruder lag ein silberner Flachmann am Boden. In der Luft hing ein unangenehmer Geruch, der zweifellos von den glitschigen Wölbungen nasser Tangbündel ausging, die den Boden überzogen. Ihr Anblick rief ein Frösteln auf Osbornes Rücken hervor, obwohl die Luft nicht kalt genug war, um den heftigen Schweißausbruch auf seiner Stirn zu verhindern. Wo war der Steuermann? Vielleicht auf der Toilette? Oder war er sturzbetrunken und schlief irgendwo seinen Rausch aus? Wie auch immer, der Skipper sollte wissen, dass sein Schiff unkontrolliert durch den Sturm irrte.

So schnell es seine weichen Knie und der schlingernde Boden erlaubten, eilte der Computerexperte zur Messe zurück.

Minuten später stand er dort alleine. Wo war die Crew? Alle Indizien deuteten auf einen übereilten Aufbruch hin. Geschirr, das noch voller Essen war, lag kreuz und quer auf Tisch und Fußboden verstreut. Ob absichtlich hingeworfen oder durch den starken Wellengang von der Tischplatte gerutscht, war nicht zu sagen.

Osborne stand nur da und rührte sich nicht. Es war, als hätte ihm jemand das Kabel, das die Befehle vom Verstand an den Körper weiterleitete, herausgezogen. Sein Puls bescheunigte sich. Am ganzen Körper spürte er ein zunehmendes Kribbeln, als tanzten tausend winziger Nadeln unter der Hautoberfläche. Draußen krachte der Donner, dass er zusammenzuckte. Endlich ging er weiter. Bei jedem Schritt passte er auf, dass er nicht auf dem nassen Tang ausrutschte, der den Boden bedeckte. In der Luft lag ein sonderbarer Geruch, der nichts mit dem Essen zu tun hatte, das heute in der Kombüse zubereitet worden war. Auf einer Anrichte fand er eine Taschenlampe. Er nahm sie und knipste sie an. Ein Knall, dem ein durchdringendes Quietschen folgte, erregte seine Aufmerksamkeit. Das Geräusch kam von nebenan. Durch einen schmalen Durchgang gelangte er in die funktional eingerichtete Pantry mit Herd, Kühlschrank, Spüle, Mikrowelle und viel Stauraum, an deren Seitenwand eine stabile Tür, die nach draußen führte, auf und zuschlug. Er hatte die Messe an der Backbordseite betreten, diese Tür hier führte auf die Steuerbordseite hinaus.

»Hallo?«, rief er und trat vorsichtig auf das Deck.

Mit wild bis zum Hals klopfendem Herzen schlich er über das Seitendeck dicht an der Kajütenwand vorbei. Durch das Licht der zuckenden Blitze erkannte er die Umgebung etwas besser als im Schein der Taschenlampe. Allerdings warf es auch eine Menge irritierender Schattenmuster auf das Schiff.

»Hallo!«, rief er erneut, hörte als Antwort aber nur das Rauschen des Sturms und das Brausen der Wellen; ungestüm umtoste die Brandung den Schiffsrumpf und brach sich daran.

Vielleicht waren inzwischen alle in ihren Kajüten und lagen friedlich in den Kojen. Vielleicht, vielleicht auch nicht. Tatsache war, dass niemand das Schiff steuerte. Und das sollte der Skipper schnellstens erfahren und ändern.

Nach kurzem Überlegen entschied Osborne, die Kajüten einzeln abzuklappern. Dazu musste er erst zum Vorschiff und dann hinunter ins Zwischendeck. Das starke Auf und Ab des Schiffes glich er bei seinem Marsch durch einen übervorsichtigen breitbeinigen Gang aus, wobei er sich mit einem ausgestreckten Arm an der Kajütenwand entlangtastete. Am Ziel angelangt, spähte er skeptisch durch eine offene Tür die Treppe hinunter, an deren Fuß sich der verhältnismäßig lange und dunkle Kabinengang erstreckte.

Das Schlimmste befürchtend, sich aber trotzdem einredend, dass nichts Schlimmes passiert sei, stieg er Stufe um Stufe die Treppe hinab. Schon nach wenigen Metern verschlang die Dunkelheit den Lichtkegel seiner Taschenlampe. Stille. Weder vom Sturm noch von der Brandung war im Flur etwas zu hören, was ziemlich ungewöhnlich war und ihm unwillkürlich den Atem stocken ließ.

Er schlich weiter bis zur ersten Kajütentür. Der dicke Teppichboden verschluckte seine Schritte. Da er nicht wusste, wo Maélle schlief, klopfte er lieber an.

»Hallo?«

Keine Antwort. Er drückte die Klinke herunter und schob die Tür auf. Durch ein Bullauge erfüllten zuckende Blitze den kleinen Raum mit fleckigem Licht. Die Koje war leer, unbenutzt. Kein Mensch da.

Alle anderen Kajüten sahen mit ihren unbenutzten Kojen genauso aus. Und überall bedeckte ein Teppich aus verwesenden Algen den Boden. Beim Verlassen der letzten Kajüte verlöschte plötzlich seine Taschenlampe. Gleichzeitig vernahm er in den tiefen Schatten vom Kopfende des Korridors ein Geräusch, das ihn augenblicklich erstarren ließ. Es hatte nichts mit den Klängen zu tun, die der Sturm heraufbeschwor. Es hörte sich eher nach einem erstickten Gurgellaut, als versuche jemand unter Wasser zu sprechen, an.

Osborne nahm ein leises *Platsch Platsch* wahr, das ihn an den gemächlichen Gang von etwas Schwerem, Wasserdurchtränktem erinnerte. Es klang bereits ganz nah. Obwohl er in die Richtung des Geräusches blickte, konnte er in der Dunkelheit keinerlei Umrisse erkennen. Dann herrschte plötzlich trügerische Stille. Hatte er die ominösen Laute wirklich gehört, oder sie sich nur eingebildet? Unbestreitbar dagegen war der schreckliche Gestank, der plötzlich den finsteren Gang erfüllte.

Besorgt drehte sich Osborne nach dem Ausgang um und eilte im Laufschritt dorthin. Bevor er durch die Tür wieder auf das Deck trat, schob er vorsichtig den Kopf nach draußen. Nichts, das Deck war menschenleer. Es hatte zu regnen begonnen. Der Begriff Regen wurde dem, was da vom Himmel schüttete, nicht ganz gerecht. »Wasserfall« traf es schon eher. Als der Wissenschaftler hinaus in den Wasservorhang trat, bemerkte er ein kurzes Abflauen des Sturmes, als hielte die Luft den Atem an, bloß um im nächsten Augenblick umso wütender Welle um Welle gegen das Schiff zu schleudern. Am Rand seines Gesichtsfeldes registrierte er eine Bewegung. Etwas Weißes flatterte an einem Tau, das von der Reling bis zu einer Mastspitze hinauf gespannt war. Im ersten Moment sah es wie ein kleiner Wimpel aus; nur machte ein Wimpel an dieser Stelle und in dieser Höhe keinen Sinn. Als er näher trat und erkannte, was er da erblickte, erstarrte er. Er spürte, wie sein Herz lauter pochte. Nervös band er die dünnen Träger von Maélles Bikinioberteil vom Tau los, an dem sie sich verheddert hatten. Er keuchte, als bekämen seine Lungen nicht genügend Luft. Mit zitternden Händen betrachtete er den Stoff von allen Seiten. Nirgendwo Blut, das war erfreulich. Denn es erschien ihm mehr als unwahrscheinlich, dass die Frau bei diesem Wetter ihr Oberteil freiwillig ausgezogen hatte (obwohl es ihm ziemlich merkwürdig vorgekommen war, dass sie in Gesellschaft rauer Seemänner im Bikini zu Abend gegessen hatte). Trotzdem hielt er es für nicht sehr wahrscheinlich, dass sie oben ohne vor den Matrosen herumstolzieren würde.

Was war passiert? Hatte es während seiner Abwesenheit einen heftigen Streit gegeben, der in einer Meuterei mündete? Die Stimmung in der Messe war dafür zweifellos gereizt genug gewesen. Aber dass die Matrosen in ihrer Wut den Skipper mitsamt seiner Tochter über Bord geworfen hätten, schien dann doch zu abenteuerlich. Wenn, dann hätten sie die Meuterer höchstens in eine Kajüte eingeschlossen, um dann auf eigene Faust das Festland zu erreichen. Allerdings war die Crew ebenfalls wie vom Erdboden verschluckt. Dafür lag überall nur dieser widerliche Tang herum. Dass die Besatzung von einer Riesenwelle über Bord gespült worden war, war ebenfalls ausgeschlossen. Dann wären auch kleinere Gerätschaften wie Kästen, Seilrollen oder die aufeinander gestapelten Rettungsringe mit fortgeschwemmt worden. Trotzdem, das ahnte Osborne, war er der einzige Mensch, der sich noch auf diesem Schiff befand. Plötzlich spürte er, dass er selbst in Gefahr schwebte. Mit dieser Eingebung ging eine panische Angst einher. Am liebsten wäre er mit einem Sprung über die Reling von dem unheimlichen Schiff geflohen. Doch wie lange konnte er mit einem Rettungsring in der endlosen Wasserwüste überleben? Deshalb wollte er jetzt nicht die Nerven verlieren, sondern seine nächsten Schritte gut überlegen.

Unvermittelt spürte er etwas. Der Nebel wirbelte merkwürdig, aber er sah nichts darin. Trotzdem meinte er, dass etwas ganz nahe war. Sehr nahe. Sein Puls raste. Irgendwo in der Brühe lauerte etwas. Er fühlte, etwas versteckte sich in diesem Nebel und bewegte sich langsam auf ihn zu. Während er wie versteinert dastand, hörte er hinter sich ein leises, glucksendes Geräusch, als würde jemand mit patschnassem Aufnehmer den Boden wischen. Als er sich umdrehte, begriff er trotz des eisiggrauen Schocks, dass das Bermudadreieck direkt vor ihm sein Geheimnis lüftete.

Eine schwarze Scherenschnittgestalt löste sich aus dem Dunst. Als nächstes sah Osborne die funkelgelben Augen des Wesens. Starr und steif platschte das Ding auf ihn zu, gleichzeitig kletterten weitere dieser Gestalten über die Reling an Bord. Auf den ersten Blick erschienen sie menschlich, mit Kopf, Armen und Beinen. Erst beim Näherkommen entblößten ihre Körper ihre wahre Natur. Das, was Osborne in seiner ersten Annahme für Menschenkörper gehalten hatte, waren in Wahrheit Skelette, an denen verweste, ineinander verschlungene Algen baumelten. In den Köpfen erinnerten höhlenartige Öffnungen an klaffende Münder, aus denen hohles Blubbern drang. In tangverkrusteten leeren Augenhöhlen glomm grüngelbliches Funkeln wie das verhexte Leuchten eines Irrlichtes. Bei jedem Schritt schwappte die teigige Tangmasse von Kopf bis Fuß und gab leise Gurgelgeräusche von sich. Hinter sich zogen die Untoten eine Schleimspur aus verrotteten Algen und Brackwasser her, das nach Tod und Fäulnisgasen stank.

»O, Scheiße«, flüsterte Osborne mit dünner Stimme.

Der Anblick dieser Kreaturen war so grotesk, so voller Irrsinn, dass er von Ekel geschüttelt glaubte, er sei endgültig verrückt geworden. Genau, er hatte nicht mehr alle Tassen im Schrank. Einen besseren Beweis für seine geistige Unzurechnungsfähigkeit als das, was er zu sehen glaubte, gab es nicht.

Es sind die Toten, raunte Maélles Stimme in seinem Kopf. Das Meer spuckt die Toten, die im Bermudadreieck ihr Seemannsgrab fanden, wieder aus. Sie kommen, um dich zu holen. Guck sie dir genau an, denn das ist deine Zukunft. Möchtest du das nicht, ewig leben?

Immer mehr dieser Wesen, die ihn ihrer untoten Gemeinschaft einverleiben wollten, erklommen die Reling. Sie kamen näher und verteilten sich. Osborne wich zurück, bis sein Rücken die Kajütenwand berührte, dann erstarrte er vor Angst. Er wollte fliehen, doch das Grauen lähmte seinen Körper. Dann war es zur Flucht zu spät. Diese Feststellung traf ihn wie ein Todesurteil.

Die ersten Tangstränge reckten sich schlangenartig aus einem verwesten Totenkörper, umgarnten wie Spinnwebenfäden seine in wilder Panik zur Abwehr erhobenen Arme und schleuderten ihn mit unglaublicher Wucht durch die Luft. Er knallte mit dem Rücken gegen die Kajütenwand, machte eine halbe Drehung und landete mit einem Aufprall, der ihm das Kreuz durchzubrechen schien, auf den Teakholzplanken. Benommen hörte er, wie patschende Schritte von allen Seiten näher kamen. Ihm dröhnte der Kopf. O Gott, was stank hier so fürchterlich?

Erneut schlangen sich die Tangstränge eines Kadavers um seinen Kopf und Arm, rissen ihn auf die Beine und zogen sich dabei so straff zusammen, dass sie ihm die Sauerstoffversorgung und Blutzirkulation abschnürten. Mit ersticktem Keuchen setzte er sich zur Wehr. Doch je heftiger er kämpfte, desto mehr dieser klammen Tangschnüre reckten sich aus der Wasserleiche. Er verhedderte sich dermaßen darin, dass er sich kaum noch bewegen konnte. Die monströsen Kreaturen sprachen zu ihm, er verstand sie jedoch nicht. Ihre unergründlichen Worte klangen wie Blubbern.

Osbornes gequälte Lungen hungerten nach erlösendem Sauerstoff. Er spürte, wie ihm das Denken und Fühlen entglitt. Um ihn herum heulte der Orkan wütend auf und knickte einen der beiden Schiffsmaste wie ein dürres Zündholz. Der Mast krachte aufs Deck, zerstörte einen Teil der Kajüten und schleuderte mehrere Untote in die tobende See, wo sie das schäumende Wasser mitriss. Neben dem Schiff baute sich ein gigantischer Wasserberg auf und schmetterte einen Brecher über das Deck. Die Urgewalt packte den Computerexperten wie eine Riesenfaust, befreite ihn aus der Umklammerung der Untoten und riss ihn fort. Er stürzte über die Reling hinab ins lichtlose Meer, wo sich das Wasser über ihm schloss. Der Kälteschock war so groß, dass er beinahe geschrien hätte. Strudel erfassten ihn und drückten ihn unter Wasser in die Tiefe, geradewegs in die Hölle. Ringsum war es pechschwarz. Das tosende Meer drehte ihn im Kreis, so dass er nicht mehr wusste, wo oben und unten war. Blind streckte er die Arme in alle Richtungen aus. Da! Ein Körper! Einen schrecklichen Moment lang glaubte er, es wäre die Leiche von Maélle oder die eines Matrosen. Mit zitternden Händen hielt er die faulige Gestalt fest, wobei seine Finger in einer schleimartigen Oberfläche versanken. Da erst bemerkte er das trübglühende Augenpaar direkt vor sich. Ehe er reagieren konnte, packten ihn erneut Tangarme. Er wandt sich und versuchte das Ungeheuer abzuwehren. Schließlich bekam er einige Strähnen Tang zu fassen und riss sie aus dem Skelett heraus, doch statt schlaff und leblos im Wasser davonzugleiten, umwickelten die Algen seine Arme wie glibbrige Tentakel. Auch der Tang aus dem Körper des Toten umschlang ihn, zog sich immer straffer um ihn, bis er sich in dem Knäuel hoffnungslos verhedderte. Je verzweifelter er sich zur Wehr setzte, desto mehr verstrickte er sich in dem verrotteten Netzwerk, das sich um Arme, Beine und um seinen Hals schlang. Würgend sah er im trübgelben Augenlicht des Untoten, wie dicke Luftkugeln aus seinem Mund blubberten. Seine Lunge schrie brennend nach Sauerstoff. Von Tangsträngen umwickelt, war sein Körper nahezu unbeweglich. Immer erdrückender pressten die Algen sich um ihn zusammen. Die Verzweiflung nagte an seinem Überlebenswillen. Ein letztes Mal schlug er gegen das Monstrum und riss an den Algen, die ihn fesselten. Ein rotes Feuerwerk explodierte hinter seinen Augen und seine Lungen wollten schier platzen, ehe sie sich mit Salzwasser füllten.

Osborne spürte noch einen unangenehmen Anflug von Schwindel im Kopf und danach nichts mehr.

Luft!, kreischte sein Verstand. Ich ertrinke!

Der Amerikaner versuchte, mit den Armen rudernd irgendwie an die Wasseroberfläche zu gelangen, um endlich wieder zu atmen, aber es gelang ihm nicht, seine Arme waren wie gelähmt. Er fühlte sich seltsam körperlos, wie in Schaum eingebettet. Aus der Dunkelheit wuchs ein schwarzer Umriss, der sich in seine Richtung neigte und alles andere überschattete. Während sich die Finsternis seiner bemächtigte, hob er instinktiv seine Arme und ergriff dabei eine Hand. Von irgendwoher vernahm er eine Stimme. Sanft und beruhigend drang sie flüsternd durch den dünnen Schild aus wirren Gedanken in sein Bewusstsein. Jemand schob etwas unter seinen Kopf, was sich wie ein Kissen anfühlte. Er murmelte etwas, wobei ihm ein bitterer Geschmack am Gaumen klebte und es in seinem Kopf rotierte. Jegliches Zeitgefühl war ihm abhanden gekommen. Doch das wirklich Entscheidende war: Die Bilder vom Ertrinken liefen nur in seinem Kopf ab. Er spürte kein Ersticken und keine unmittelbare Todesangst mehr. All das war weg. Was blieb, war grenzenlose Verwirrung.

Wo war er? Was war das für ein Schmerz, der in seinem Kopf loderte, dass er meinte, er müsse platzen? Osborne versuchte, diese Fragen zu beantworten, fand jedoch keine einzige vernünftige Erklärung. Sein Bewusstsein reduzierte sich auf bruchstückhafte Wahrnehmungen, auf Versatzstücke entsetzlich grauenvoller Erlebnisse.

Ein Quietschen, das metallisch und eher beruhigend als bedrohlich klang, drang an sein Ohr. Die Stimme, die zu ihm sprach, verlor sich in unendlicher Ferne, bis er nur noch den Widerhall seines unregelmäßigen Pulsschlages hörte. Ein horizontaler Lichtstreifen durchschnitt die Schwärze und zerplatzte in seinem Gehirn in unzählige Kristallsplitter. Er wollte vor Pein schreien, aber seine Stimmbänder reagierten nicht. Erschrocken presste er die Augen zusammen und merkte jetzt, dass das Licht unter seinen Lidern hindurchsickerte. Zitternd öffnete er seine vor Müdigkeit verschleierten Augen. Im ersten Augenblick sah er nur verschwommene Bilder und ein grelles Licht, das von einer Nachttischlampe ausging. Schmutziggelb ließ es die Konturen der Möbel in einer trüben Brühe verschwimmen. Was war das für ein Zimmer, dessen Umrisse sich seltsam verzerrt auseinander- und dann wieder zusammenzogen? Osborne blinzelte, weil sich sein Blickfeld wieder eintrübte und verschwamm, als träufelte ihm jemand Wasser in die Augen. Wieso lag er in einem Bett? Er war doch gestorben, ertrunken; daran konnte er sich als erstes wieder erinnern. Ein Monster hatte ihn in die eisigschwarzen Tiefen des Ozeans hinabgezogen. Jetzt beugte sich eine Gestalt schemenhaft wie ein Gespenst über ihn.

»Wie geht es Ihnen?«, fragte sie mit sanfter Stimme.

Er versuchte zu antworten, wollte sich aufrichten, aber ein furchtbares Schwindelgefühl warf ihn in die Kissen zurück. Das Atmen fiel ihm schwer, als würde sein Brustkorb von einem Gurt fest zusammengezogen. Jeder Atemzug kostete ihn eine Menge Kraft: Luft einsaugen, Lungen füllen, Luft hinauspressen.

Er spürte, wie er in Panik geriet und zu hyperventilieren drohte.

»Bleiben Sie ruhig«, sagte die Stimme. »Sie spüren nur ein paar kleine Nebenwirkungen der Spritze.«

Spritze? Was für eine Spritze?

»Sie erhielten ein relativ starkes Narkotikum. Doktor Harper hat es Ihnen injiziert, aber daran können Sie sich vermutlich nicht mehr erinnern.«

Die Stimme sprach weiter, doch der Computerexperte achtete nicht weiter auf die ihm unverständlichen Worte, die sich wieder irgendwo in weiter Ferne verloren. Seine Aufmerksamkeit widmete er ungeteilt dem Versuch, seinen Körper unter Kontrolle zu bekommen. Vorsichtig hob er den Kopf und drehte ihn der Person zu, die neben seinem Bett stand. Eine Blondine in einer weißen Schwesterntracht fühlte gerade seinen Puls.

»Alles in Ordnung, Mister Osborne. Gleich geht es Ihnen besser. Es dauert ein paar Minuten, ehe sich Ihr Körper an die Nebenwirkungen der Medikamente gewöhnt hat.«

Sie setzte sich auf einen Stuhl neben dem Bett und schaute ihn an. Etwas Beunruhigendes lag in diesem Blick.

»Woher kennen Sie mich?«, krächzte er mit belegter Stimme und schaute sich um. Er erkannte das geräumige Zimmer mit dem Bett, in dem er gerade lag. Direkt gegenüber befanden sich zwei große Sprossenfenster, die fast bis zum Boden hinabreichten und bei Tageslicht den Blick auf den kleinen Garten hinter dem Haus freigaben. Er war zweifelsfrei in seinem Haus, allerdings nicht in seinem Schlafzimmer, das sich im ersten Stock befand, sondern im Gästezimmer im Erdgeschoss.

»Von Ihrer Firma, Stanton & York.«

»Sind wir Kollegen?« Osbornes Hirn versuchte, die Informationen, die ihm die Fremde zukommen ließ, einzuordnen.

»Nein, wir sind keine Kollegen. Ich bin Ihre Krankenschwester. Sie befinden sich daheim.«

»Meine Krankenschwester?«, murmelte er matt und versuchte sich zu erinnern; aber da klaffte in seinem Kopf nur tiefe Leere. »Was mache ich hier? Ich war doch in Paris.« O Gott, ja, Paris! Der katastrophale Zusammenbruch des Projektes und dann auch noch diese Mordversuche an ihm und ... »Nein, warten Sie, das stimmt nicht. Ich war auf dem Flug nach Paris und bin dann abgestürzt und später ertrunken und ...«

»Bitte regen Sie sich nicht auf«, bat sie ihn mit sanfter Stimme. »Das waren nur Albträume. Sie haben während Ihrer Ohnmacht oft wild gezuckt und geschrien.«

»Ich war ohnmächtig?«

»Im eigentlichen Sinn nicht. Das Beruhigungsmittel hat Sie stillgelegt, wie man so schön sagt. Sie hatten vorgestern einen Schwächeanfall. Sie sind in Ihrem Büro einfach zusammengeklappt.«

»Dann bin ich also gar nicht nach Paris geflogen?«, schloss er daraus; obwohl er sein Gedächtnis noch so sehr durchforstete, an einen Zusammenbruch wollte es sich nicht entsinnen.

»Nein. Soweit ich weiß, sollten Sie mittags fliegen. Vermutlich war der Stress zu groß und da hat Ihr Körper schlapp gemacht.«

Stress? Stimmte! Das KI-Programm und die Angst, dass es nicht funktionierte, das war schon nervenaufreibend gewesen. Weshalb war er vor dem Abflug noch einmal im Büro gewesen? Hatte er etwas Wichtiges vergessen? Offensichtlich, denn einen anderen Grund dafür gab es nicht. Aber was hatte er vergessen? Was?

»Haben Sie auch einen Namen?«, fragte er.

»Oh, entschuldigen Sie, ich heiße Valeria Régnier.«

»Sie haben einen Akzent. Sind Sie Kanadierin? Französin?«

»Ich bin in Frankreich geboren, habe dann als Au Pair in New York gearbeitet, später in Krankenhäusern gejobbt und es durch Fortbildungskurse zur ausgebildeten Krankenschwester gebracht.«

Er roch ihr nach Früchten duftendes Parfüm, das eine bruchstückhafte Erinnerung aufflackern ließ. Es war beinahe, als wecke es einen Traum, an den er nicht erinnert werden wollte. Der Duft löste in seinem Herzen ein unangenehmes Hämmern aus. Osborne unterdrückte die Assoziation, die aus seinem Unterbewusstsein an die Oberfläche drängte. Er wollte nicht wissen, was da begraben lag, denn es machte ihm Angst.

»Ich kenne Sie.« Er betrachtete sie mit zusammengekniffenen Augen, während er sich ins Gedächtnis zu rufen versuchte, wo er der Frau schon einmal über den Weg gelaufen war. Er kannte sie hundertprozentig, konnte sie aber nicht einordnen. »Sind wir uns schon einmal irgendwo begegnet?«

»Ja, in Ihrem Labor. Ich war in Begleitung meines Chefs, Doktor Harper, dort. Er wollte Ihren Chef, Mister Stanton, zum Golfen abholen und mich unterwegs zu Hause absetzen.«

»Tut mir Leid, ich kann mich nicht erinnern, dass Sie in meinem Labor waren.«

»Sie waren ziemlich beschäftigt. Ich dachte mir noch, wie seltsam es ist, dass all die hochqualifizierten Leute nach der Pfeife dieses komischen kleinen Mannes springen.«

»Danke für das Kompliment.«

»Entschuldigung, ich meinte es nicht so, wie es klingt. Ich wollte nur sagen, Sie haben mich beeindruckt.«

»Was ist passiert? Wie komme ich hierher? Wieso bin ich nicht in einem Krankenhaus? Und weshalb sind Sie hier?«

»Puh, das sind ja eine Menge Fragen auf einmal. Vorgestern Morgen rief Mister Stanton, der ja, wie Sie wissen, ein guter Freund meines Chefs ist, in der Praxis an und teilte uns mit, dass Sie im Büro zusammengeklappt wären. Da das nur ein paar Blocks entfernt liegt, sind Doktor Harper und ich sofort gekommen. Seine Diagnose lautete: Nervenzusammenbruch. Ursache waren vermutlich Stress und Überarbeitung. Eine Einweisung ins Krankenhaus hielt der Doktor allerdings für überflüssig, denn Sie brauchten viel Ruhe und die fänden Sie am besten in den eigenen vier Wänden. Auf Bitte von Mister Stanton stellte er mich zu Ihrer medizinischen Betreuung als eine Art private Krankenschwester ab.«

»Sind Sie etwa seit vorgestern Morgen hier?«

»Ja, aber ich habe nicht die ganze Zeit an Ihrem Bett gesessen, sondern ab und zu auf dem Sofa im Wohnzimmer ein Nickerchen gemacht. Keine Bange, so etwas bin ich gewohnt. Sie können also beruhigt sein, es ist alles in Ordnung. Spätestens morgen früh sind Sie auch wieder auf den Beinen. In Zukunft sollten Sie aber ein bisschen kürzer treten.«

Osborne lag wie betäubt im Bett und versuchte krampfhaft, die vergangenen Stunden zu rekonstruieren. Aber es war, als hätte man diese Region seines Gedächtnisses amputiert. Da war nur noch ein Loch.

»Dann war ich also nicht in Frankreich, und ich bin auch nicht mit dem Flugzeug abgestürzt oder von Ungeheuern entführt worden«, murmelte er in seiner Fassungslosigkeit.

Diese Ereignisse waren alle so real gewesen, genauso real wie er jetzt hier in seinem Bett war. Wie konnte er sich nur vergewissern, dass sich das später nicht auch als ein weiterer Traum herausstellte und er in einer darüber gelagerten Realität erwachte? Das war es, was ihn im Augenblick am meisten beunruhigte: der Verlust der Wirklichkeit. Was war wahr und was war ein Traum?

»Könnten Sie mir bitte einen Gefallen tun?«, fragte er.

»Gern. Welchen denn?«

»Würden Sie mich bitte kneifen?«

»Wie bitte?«

»Kneifen Sie mich, damit ich weiß, dass ich wach bin.«

»Wenn es Ihnen etwas bringt, bitte. Des Patienten Wunsch ist mir Befehl.«

Sie kniff in seinen Unterarm.

»Danke.«

»Und?«

»Es hat wehgetan.«

»Das hätte ich Ihnen auch vorher sagen können.«

»Wenigstens weiß ich jetzt hundertprozentig, dass ich nicht mehr schlafe.«

Tatsächlich? Wusste er das wirklich? Er dachte an Berichte von Amputierten über Phantomschmerzen oder Phantomjuckreiz von Gliedmaßen, die nicht mehr da waren. Reale Schmerzen in fehlenden Beinen oder Armen. Die bloße Möglichkeit, dass er vielleicht auch im Traum Schmerzen wegen etwas verspürte, was nicht real war, beunruhigte ihn. Denn Schmerzen hatte er in seinen Albträumen weißgott zu Hauf gespürt; dagegen war das bisschen Zwicken im Vergleich wie eine Liebkosung. Dieser Gedanke schmälerte etwas seinen Optimismus, dass dies jetzt und hier die einzigwahre Realität sei. Dennoch dachte er diesen Gedanken nicht zu Ende. Denn genau das war der Stoff, der einen in den Wahnsinn treiben konnte. Pathologischer Realitätsverlust führte gemeinhin in die Gummizelle.

»Alles in Ordnung mit Ihnen?« Die Krankenschwester musterte ihn besorgt.

»In Ordnung?«, wiederholte er leise.

Wie sollte etwas in Ordnung sein, wenn man nicht mehr den Unterschied zwischen Traum und Wirklichkeit wusste? Wie sollte er der Frau begreiflich machen, dass sie möglicherweise nur ein Produkt seiner Phantasie war? Und da fragte diese Person allen Ernstes, ob mit ihm, der die Realität und damit seinen eigenen Verstand dermaßen in Zweifel zog, alles in Ordnung sei?

»Ich muss sofort mit Mister Stanton oder Mister York telefonieren«, entschied er plötzlich.

»Dafür dürfte es ein bisschen spät sein.«

»Wie viel Uhr ist es denn?«

»Fast Mitternacht.«

»Aber ich muss wissen, wie das mit Paris weitergehen soll und wer mich auf der IT-Messe vertritt. Ich muss ihm Instruktionen geben, ihm ...«

»Beruhigen Sie sich bitte, sonst muss ich Ihnen eine weitere Spritze verabreichen. Das wollen Sie doch nicht, oder? Soweit ich weiß, ist alles geregelt. Jemand aus Ihrer Abteilung ist an Ihrer Stelle nach Paris geflogen.«

»Wer? Mark Collins? Oder Miss Mootz?«

»Das weiß ich nicht. Ich habe nur gehört, dass Mister Stanton sofort alles Notwendige in die Wege leiten wollte, um Ihren Ausfall zu kompensieren. Also entspannen Sie, die Welt dreht sich auch ohne Sie weiter.«

»Das sagt sich so leicht. Wissen Sie, was für unsere Firma von der Präsentation in Paris abhängt?«

»Nein, ich weiß nur, von welchen Faktoren Ihre Gesundheit abhängt. Und dass Sie sich jetzt so aufregen, gehört keinesfalls dazu.«

Danach meinte Valeria Régnier, sie sei müde und wolle, da es ihm besser ging, den Rest der Nacht gerne schlafen. Sie würde es sich wieder im Wohnzimmer auf dem Sofa bequem machen. Sollte er irgendetwas benötigen, brauche er nur zu rufen. Sie blieb noch einmal in der Tür stehen und drehte sich zu ihrem Patienten um. »Gute Nacht, versuchen Sie auch etwas zu schlafen.«

Sie lächelte. Dann ging sie hinaus und ließ die Tür eine Handbreit offen. Nachdem sie das Zimmer verlassen hatte, schien es im ganzen Haus viel stiller zu sein. Nur der Nachtwind flüsterte an- und abschwellend um das Mauerwerk. Osborne setzte sich so weit auf, dass er auf dem Nachttisch die Uhr zwischen einem halben Dutzend Medikamenten sehen konnte. Es war kurz nach Mitternacht.

Gerade, als er sich wieder in die Kissen zurücksacken lassen wollte, knackte etwas vor dem Fenster. Schlich da jemand ums Haus? Oder war das nur der Wind, der durch das Laub in den Büschen fuhr? Ja, es musste der Wind sein. Diese Nacht war ausgesprochen stürmisch. Da! Der Bewegungsmelder hatte die Gartenbeleuchtung aktiviert. Vermutlich weil ein Luftstoß die

Zweige des Holunders, den der Gärtner bedauerlicherweise viel zu nah ans Haus gepflanzt hatte, vor den Sensoren in Bewegung versetzt hatte. Jetzt beleuchteten mehrere Lampen einen Teil des schlammigen, vom Regen aufgeweichten Rasens vor der überdachten Terrasse.

Im selben Moment erschien unmittelbar vor dem Fenster der Umriss einer Gestalt; eine schwarze Silhouette, die sich scharf vor dem erhellten Garten abhob. Der Schock schnürte Osbornes Kehle zusammen. Vor Schreck richtete er sich kerzengerade auf, schnappte nach Luft und rang mit der Panik, die ihn überwältigen wollte. Wegen der Dunkelheit konnte er nicht erkennen, wer da draußen stand. Er konnte noch nicht einmal sagen, ob es ein Mann oder eine Frau war. Nur, dass der- oder diejenige etwas in beiden Händen hielt, das wie eine Axt aussah. Im nächsten Augenblick war die Gestalt vor dem Fenster verschwunden, gegen das jetzt nur noch der kalte Regen platschte.

Er brauchte eine Weile, um sich von dem Schock zu erholen. Hatte da wirklich jemand vor dem Fenster gestanden, oder hatte er sich das nur eingebildet? Nein, das war kein Traum, keine Sinnestäuschung gewesen. Er hatte eine Axt gesehen. Aber weshalb? Was wollte jemand um diese Uhrzeit mit einer Axt in einem fremden Garten? Dumme Frage: Er wollte jemanden (ihn) umbringen. Und wieso hatte er es dann nicht getan? Er hätte das Fenster mit einem Schlag aufbrechen und ihn problemlos abschlachten können. Die Mordtheorie machte keinen Sinn, weshalb das Gesehene auch nicht wahr sein konnte. Das musste nun nicht gleich bedeuten, dass er verrückt geworden war, denn immerhin stand er unter dem Einfluss von Medikamenten.

Osborne atmete tief durch und zwang seine um die Bettdecke gekrampften Finger sich zu lösen. Er wollte nicht mehr daran denken, was er gerade gesehen zu haben glaubte, doch eine kleine, teuflische Stimme tief in seinem Inneren ließ ihm so lange keine Ruhe, bis er die Bettdecke zurückschlug. Er stand auf und kam wacklig und steif auf die Beine. In seinem Kopf hämmerten Schmerzen, in seinen Ohren rauschte ein Ozean. Wenn er nur klar denken könnte; aber alles war vernebelt und blockiert, als ob sich sein Gehirn weigerte, ihm zu gehorchen.

Ungelenk öffnete er seinen Kleiderschrank, nahm einen Morgenmantel heraus und schlüpfte hinein. Dann trat er an die Tür, ergriff ihre Klinke und zog sie auf. Ein spröde knarrender Quietschton explodierte in der Stille. Unsicher trat er in den Flur, dessen Wände gerahmte Photos von Ansel Adams und Elliott Erwitt schmückten, hinaus. Er warf einen prüfenden Blick in den Korridor. Lediglich das trübe Licht einer Straßenlaterne, das durch die verglaste Haustür fiel, erhellte ihn. Rechts befand sich das Wohnzimmer und am gegenüberliegenden Ende war die Haustür, neben der eine

Treppe nach oben zum Schlafzimmer und zu den Arbeitsräumen führte. Im Erdgeschoss befand sich außerdem noch die Küche. Diese Umgebung war Osborne einerseits vertraut, andererseits hatte sie im Moment aber auch etwas Fremdes, Feindseliges, das ihm ein Gefühl der Desorientierung, Isolation und Angst vermittelte, obwohl es keinerlei Anzeichen dafür gab, dass ein Psychopath ins Haus eingedrungen war. Trotzdem signalisierten seine Instinkte immer noch Alarmstufe Rot. Hinzu kam dieser merkwürdige Geruch, der nicht zu diesem Haus gehörte. Eigentlich war es weniger ein Geruch als vielmehr ein Belag, der sich beim Einatmen auf seine Zunge legte und nach Kupfer schmeckte.

Einen Augenblick spielte er mit dem Gedanken, die Krankenschwester – Miss Régnier – zu rufen. Doch dadurch würde vielleicht dieser Eindringling im Garten, dessen Existenz sein gesunder Menschenverstand beharrlich bestritt, aufgeschreckt und so zu einer Gewalttat angestachelt. Was sollte er länger um den heißen Brei herumreden? Er war beinahe krank vor Angst. Was, wenn der Kerl mit der Axt tatsächlich existierte und inzwischen eingebrochen war? Dieser Gedanke schoss ihm wie ein aufgeschreckter Vogel durch den Kopf. Er brauchte eine Waffe. Unbedingt. Womit sollte er sich wehren? Er besaß keine Handfeuerwaffe. Vielleicht mit einem Messer? Ja, ein Messer wäre gut.

Verstohlen schlich er auf Zehen in die Küche, deren Mittelpunkt eine Anrichte aus poliertem Granit bildete, über der gusseiserne Pfannen und Töpfe von einer Metallleiste herunterhingen. Vorsichtig zog er eine Schublade auf und tastete in dem leise klappernden Besteck nach einem großen Messer. Er brauchte gar nicht hinzusehen, er wusste, dass es dort war. Das Messer ungelenk in der ausgestreckten Hand haltend, pirschte er in den Flur zurück. Jeder Schritt löste ein Knarren im Parkett aus, dessen hohles Echo sich in der stillen Leere der Dunkelheit verlor.

Er atmete tief durch, um seinen rasenden Puls zu beruhigen. Irgendwo vor sich hörte er ein Stöhnen.

»Miss Régnier«, zischte er vor der angelehnten Wohnzimmertür, durch deren Spalt ein schwacher Lichtschimmer drang.

Keine Antwort.

Wieder rief er, diesmal lauter. Nichts. Nach einer, wie ihm schien, endlosen Warterei schob er widerwillig die Tür auf. Das Betreten des Wohnzimmers ängstigte ihn; für einen Rückzieher war es jedoch zu spät, selbst wenn jemand mit erhobener Axt hinter der Tür stehen würde. Vorsichtig spähte er ins Zimmer, das von dem Licht einer Stehlampe notdürftig erhellt wurde. Wegen des Lampenschirmstoffes war der Raum in ein gespenstisches Rot von der Farbe geronnenen Blutes getaucht. Das Wohnzimmer war geräumig, aber trotzdem gemütlich. Durch Sprossenfenster und eine Terrassentür, die in den Garten führte, fiel tagsüber viel Licht herein. Optischer Mittelpunkt bildete allerdings ein offener Kamin aus hellgrauem Bruchstein, vor dem eine Couch- und Sesselgarnitur stand; von dort schaute man auf den Fünfzig-Zoll-TV-Bildschirm an der gegenüberliegenden Wand. Die übrigen Wände schmückten Bücherregale, die vom Boden bis zur Decke reichten. Besagte Stehlampe stand weiter hinten bei der Essecke vor der Terrassentür.

Vorsichtig trat Osborne weiter ins Wohnzimmer. Der Axtmörder war nicht da. Aber er war hier gewesen.

Ein Wirrwarr von Eindrücken überflutete seine Sinne. Als erstes sah er Blut, in dessen greller Intensität das Rot des Teppichs geradezu blass wirkte. Direkt vor dem Sofa lag Valeria Régnier auf dem Rücken mit leicht gespreizten Beinen in einer Blutlache. Ihr vormals schneeweißer Kittel war dunkelrot durchtränkt. Ob sie noch lebte? Um das festzustellen, müsste er ihren Puls fühlen. Wenn sie tot war, sollte er lieber nichts anfassen, sondern das der Spurensicherung der Polizei überlassen.

Wie hypnotisiert sank Osborne neben der Krankenschwester auf die Knie. Das Messer verstaute er in der Tasche seines Morgenmantels. Entsetzt erkannte er, dass die Frau tatsächlich noch lebte. Unter schrecklicher Anstrengung hob sie einen Arm und streckte die Hand nach ihm aus. Ihre Finger berührten seine Wange und streiften seinen Arm, wobei ihr Blut den Stoff seines Morgenmantels dunkel färbte. Auch in seinem Gesicht hinterließ sie einige Blutflecke.

»Bewegen Sie sich nicht«, keuchte er. »Ich hole einen Krankenwagen. Gleich kommt Hilfe. Versuchen Sie durchzuhalten.« Sie wollte etwas sagen, aber als sie den Mund öffnete, rann Blut heraus. Zitternd holte sie Luft und flüsterte etwas mit dünner, ersterbender Stimme, das er jedoch nicht verstand. Entsetzt starrte er auf ihr blutüberströmtes Gesicht und murmelte nur: »Oh mein Gott.« Sie starb. Die Frau starb direkt vor seinen Augen. Das war kein Albtraum. Das hier war real. Das Blut und die Sterbende waren echt. Ihre Augäpfel verdrehten sich, bis fast nur noch das Weiß zu sehen war. Ohne dass er sich dessen bewusst war, berührte er ihre Hand, zuckte jedoch unwillkürlich zusammen, denn ihr elfenbeinfarbenes Fleisch war seltsam weich wie Gelee. Er spürte, wie sie in seinem Griff erschlaffte.

Während die Krankenschwester ihren letzten Atemzug aushauchte und mit erschlafften Gliedern tot zurücksank, zersplitterten Osbornes Gedanken in unzählige Bruchstücke. Obwohl er sich in seinem Haus befand, war es ihm plötzlich fremd und unheimlich. Ihm war schwindlig, als ob etwas Unsichtbares sein Gehirn im Klammergriff hielt. Dessen ungeachtet, verschloss er seine Gedanken vor dem, was möglicherweise hinter diesem Gefühl stecken könnte, weil es ihm große Angst machte.

In diesem Moment verzweifelter Stille kam ihm plötzlich in den Sinn, dass der Mörder immer noch frei herumlief; irgendwo ganz in der Nähe. Deshalb sollte er etwas anderes tun als nur rumknien und auf eine Leiche starren.

Entsetzt und verwirrt, von einem Gefühl der Leere übermannt, rappelte er sich schwerfällig auf. Der Kniebereich seiner Schlafanzughose war blutgetränkt, weil er in der Blutlache gekauert hatte ohne es zu merken. Der ganze Teppich war eine einzige rotwogende Pfütze. Völlig weggetreten, mit erstarrtem Gesicht und angehaltenem Atem stierte er darauf wie auf eine apokalyptische Halluzination.

Blut! Tod! Mord! Während seine Gedanken das immer und immer wieder wiederholten, fühlt er mit Wucht seine erbärmliche Hilflosigkeit. Nervös fuhr er sich mit der Hand durchs Haar. Obwohl er mit den Nerven am Ende war, riss er sich zusammen. Auf seinem Weg zum Telefon hinterließ er dunkelrote Fußabdrücke auf Teppich und Parkett. Mit zittrigen Fingern wählte er die Notrufnummer. Besetzt. In Panik drückte er hastig die Wahlwiederholung. Siebenmal. Immer besetzt. Dann endlich ertönte ein Rufzeichen, dem prompt eine monotone Frauenstimme vom Band folgte, die mit unüberhörbarem Mangel an Interesse um Geduld bat; alle Leitungen seien momentan besetzt. Die schweißnasse Handfläche um den Hörer gepresst, hing er minutenlang in einer Warteschleife und horchte dem Plastikcomputersound von »Moonriver«. Endlich meldete sich die barsche Stimme einer Polizistin am anderen Ende der Leitung. Nachdem er ihr den Mord in seinem Haus in Scarsdale gemeldet und sie seine Adresse aufgenommen hatte, legte die Beamtin auf. Osborne stand wie versteinert da, während die Hand mit dem Telefonhörer langsam vom Ohr wegsank. Beinahe hätte er ihn fallengelassen, doch dann hatte er sich soweit wieder unter Kontrolle, dass er ihn auf die Gabel legte. Er setze sich in einen Sessel und wartete. Im ganzen Haus war es ruhig; kein Knacken der Dielen, kein Blubbern in Heizungsrohren, keine Schritte. Nur der Regen prasselte gegen die Fensterscheiben und der Wind klapperte mit den offenen Fensterläden, die dringend neu gestrichen werden mussten. Komisch, irgendwie hatte Osborne das Gefühl, dass er dazu keine Gelegenheit mehr haben würde.

Obwohl er bis gerade hellwach gewesen war, übermannte ihn nun schlagartig eine bleierne Müdigkeit. Sein Kopf sackte auf die Brust, dann war er auch schon eingeschlafen. Erst das Klingeln an der Haustür weckte ihn nach gut einer halben Stunde aus einem traumlosen Schlaf. Benommen und wie unter Drogen wankte er aus dem Wohnzimmer, schaltete die Flurbeleuchtung ein und ging zur Haustür; dort zog er den Sicherheitsriegel zurück und drehte mit leisem Klicken den Schlüssel im Schloss um.

Als er die Haustür öffnete, sah er vier Männer und eine Frau. Detective Walker, der ziemlich groß und dick war, stand mit leicht gespreizten Beinen da. Sein Trenchcoat war offen und gab den Blick auf seine straff über den Kugelbauch gespannte Anzugjacke frei. Sein dickes, von Bluthochdruck gerötetes Gesicht starrte den Wissenschaftler ausdruckslos an. Hinter dem Detective warteten zwei relativ durchtrainierte uniformierte Polizeibeamte und zwei Begleiter in Zivil, die von der Spurensicherung waren und Metallkoffer dabei hatten.

»Mister Osborne? Ich bin Detective Walker vom NYPD. Sie haben bei uns angerufen und einen Mord gemeldet.«

»Richtig.«

»Also, dann sehen wir uns die Leiche mal an.«

Der Detective betrat den Flur und sah sich um wie ein Tourist beim Besuch der Sixtinischen Kapelle. Die Leute von der Spurensicherung stellten ihre Koffer im Korridor ab, öffneten die Verschlüsse und holten Plastikhandschuhe heraus, die sie überstriffen. Nachdem alle im Haus waren, schloss Osborne die Haustür wieder.

»Ist außer Ihnen sonst noch jemand hier?«, wollte der Detective als erstes wissen.

»Nein, abgesehen von dem Mörder vielleicht.«

»Um den kümmern sich meine Leute. Wo geht es zum Keller?«

Osborne deutete auf eine Tür unterhalb der Treppe zum ersten Stock. Walker gab den beiden Polizisten ein Zeichen, worauf einer in den Keller runter und der andere hinauf in den ersten Stock ging.

»Gut, könnten wir jetzt einen Blick auf den Toten werfen.«

»Es ist eine *sie*.«

»Eine Frau? Warum haben Sie das nicht am Telefon erwähnt?«

»Ist das denn wichtig?«

»Eigentlich nicht. Tot ist tot. Kommt alles auf dasselbe raus. Also, wo ist die Tote?«

»Gleich hier.« Er führte den schwergewichtigen Detective ins Wohnzimmer.

Walker blickte teilnahmslos und irgendwie gelangweilt auf die Leiche hinab, wie jemand, für den das alles hier reine Zeitverschwendung war. Unauffällig schielte er auf seine Armbanduhr. Er hasste Überstunden.

»Haben Sie etwas an der Leiche verändert?«, wollte er wissen.

»Als ich sie fand, lebte sie noch.« Bei dem Gedanken hatte Osborne das Gefühl, sein Bauch würde von einer Leine zusammengezogen. »Ich habe ihr die Hand gehalten, das war alles.«

Der Detective schaute von der Leiche auf und ließ den Blick durch den Raum kreisen. Ein bitterer Ausdruck lag auf seinem Gesicht. Dann wandte er sich an die eintretenden Leute von der Spurensicherung: »Okay, ihr wisst, was ihr zu tun habt. Die übliche Prozedur.« Dann wieder zu Osborne: »Gibt es hier ein Zimmer, wo wir uns ungestört unterhalten können?«

»Natürlich. Bitte folgen Sie mir.«

Sie gingen in die Küche. Eine Weile stand der Detective stumm da, ehe er nachdenklich fragte: »Kannten Sie die Tote?«

»Ja, das heißt, ich kannte sie erst seit gut einer Stunde. Sie ist Krankenschwester und sollte auf mich aufpassen. Ihr Name ist Valeria Régnier.«

Kurz und knapp erzählte er, wieso sie überhaupt hier war, und weshalb er so gut wie keine Erinnerungen an den vergangenen Tag hatte. Er erwähnte auch den Unbekannten mit der Axt, den er kurz vor dem Mord draußen im Garten gesehen hatte. Danach zuckte er ratlos mit den Schultern, was signalisieren sollte, mehr wusste er auch nicht.

Detective Walker lauschte stumm, wobei er allerdings so aussah, als wäre er mit seinen Gedanken ganz woanders. Schließlich verzog er sein Gesicht zu einer Grimasse und sagte: »Wissen Sie, wie der Täter ins Haus eindringen konnte?«

»Keine Ahnung. Wahrscheinlich hat er ein Fenster oder eine Tür aufgebrochen.«

»Bennett!«, rief Walker Richtung Flur, erhielt aber keine Antwort. »BENNETT! Verdammte Scheiße, ist der Kerl schwerhörig?«

Kurz darauf hörte man das Quietschen von Schuhsohlen auf dem Parkett und Police Officer Bennett betrat die Küche. »Sir?«

»Konnten Sie feststellen, wo und wie der Mörder in das Haus eingedrungen ist?«

»Bisher noch nicht, Sir. Alle Fenster und Türen sind intakt und von innen geschlossen. Miller überprüft gerade den Speicher und die Oberlichter.«

»Okay, suchen Sie weiter. Sagen Sie den Fritzen von der Spurensicherung, sie sollen sich vor den Fenstern nach frischen Fußabdrücken umsehen.«

Bennett verschwand wieder aus der Küche. Detective Walker wanderte in Gedanken versunken um die Anrichte. Osbornes Augen folgten ihm durch den Raum. Dann blieb der Polizist plötzlich stehen und schaute ihn mit durchdringendem Blick an.

»Besitzt außer Ihnen sonst jemand noch einen Schlüssel für dieses Haus?«

»Nein«, antwortete der Gefragte und spürte aus unerklärlichem Grund einen Anflug von Schuldgefühl in sich aufwallen.

Officer Miller, der den Dachboden untersucht hatte, betrat die Küche und zog sich mit dem Detective in eine Ecke zurück. Während die beiden intensiv miteinander tuschelten, lauschte der Computerexperte dem Regen, der gegen das Fenster prasselte. Als er den Kopf wieder zu Walker drehte, sah er sich mit dessen auffällig hart gewordenen Gesichtszügen konfrontiert.

»Sir, meine Leute haben das Haus von Kopf bis Fuß untersucht. Es gibt nirgendwo ein Anzeichen für gewaltsames Eindringen. Die Spurensicherung fand vor keinem Fenster auch nur einen Fußabdruck. Bei dem morastigen Boden müsste man schon fliegen können, um da keine zu hinterlassen. Da Sie, wie Sie mir eben glaubhaft versicherten, der einzige Besitzer eines Hausschlüssels sind, stellt sich mir die Frage, ob Sie mir dafür eine Erklärung geben können.«

»Falls Sie mich verdächtigen, bitteschön, stellen Sie das Haus auf den Kopf. Sie werden nirgendwo eine Axt finden, denn ich besitze keine.«

»Sehen Sie, damit kommen wir zu unserem nächsten Problem.« Detective Walker trat dicht vor ihn. »Die Tote wurde nämlich nicht mit einer Axt ermordet.«

»Sondern?«

»Sondern mit einem Messer. Mit einem wie diesem da.« Er deutete auf den Messergriff, der aus Osbornes Tasche ragte. »Wenn ich mir das freundlicherweise mal ansehen dürfte.«

Der Gefragte zog gegen seinen Willen das Messer aus der Tasche, wobei Detective Walker missmutig seine zitternde Hand zur Kenntnis nahm. Beim Anblick der Messerklinge durchlief den Wissenschaftler eine eisige Schockwelle. Fassungslos starrte er auf das angetrocknete Blut, das die gesamte Metalloberfläche rostrot überzog. Ihm war natürlich sofort klar, welche Botschaft dieser Anblick dem Polizisten übermitteln würde. Plötzlich schienen sich die Wände auf ihn zu zu bewegen, als wollten sie ihn zu Brei zerquetschen.

Detective Walker nahm sein Taschentuch, packte damit das Messer am Griff, weil er keine Fingerabdrücke verwischen wollte, und betrachtete es ausführlich. »Gibt es vielleicht etwas, was Sie mir erklären wollen? Allerdings sollte ich Sie an dieser Stelle über Ihre Rechte aufklären. Sie sind nicht verpflichtet, meine Fragen zu beantworten oder überhaupt irgendwas zu sagen, denn alles kann gegen Sie verwendet werden. Haben Sie das verstanden?«

»I-Ich verstehe das nicht«, stotterte Osborne. »Keine Ahnung, wie das Blut an das Messer kommt. Möglicherweise habe ich mich geschnitten.«

Hektisch öffnete er den Morganmantel, lüftete dann die Schlafanzugjacke und suchte nach Blut. Nichts.

»Glauben Sie mir, wenn Sie so viel Blut verloren hätten, wie auf dieser Klinge klebt, dann würden Sie den Schnitt spüren. Rekapitulieren wir: Alle

Türen und Fenster sind von innen verschlossen, nirgendwo gibt es einen Anhaltspunkt, dass irgendwer gewaltsam ins Haus eindrang. Zur Tatzeit waren Sie mit der Ermordeten allein hier. Das sind Indizien, die gegen Sie sprechen, Mister Osborne. Wenn Sie uns kein hieb- und stichfestes Alibi liefern, dann haben Sie ein Problem. An Ihrer Stelle würde ich mir einen guten Anwalt besorgen. Sollte das Blut auf diesem Messer mit dem der Leiche übereinstimmen, und mein Gefühl sagt mir, dass es das tun wird, dann stecken Sie verdammt tief in der Scheiße.«

»Aber das kann nicht sein!« Der Computerexperte wusste nicht, was in ihm überwog: die Empörung über die Verdächtigung, oder die Angst, dass er die Verdächtigung nicht entkräften konnte. »Ich habe das Messer völlig sauber und rein aus der Schublade da drüben genommen und es dann in meine Tasche gesteckt. Es ist mir absolut unerklärlich, wie das Blut daran kam.«

»Wenn Sie wollen, erkläre ich es Ihnen.« Detective Walker verzog den Mund zu einem schiefen Grinsen. »Sie haben das Messer genommen und damit die Frau erstochen. So einfach ist das. Mister Osborne, hiermit sind Sie wegen Mordes verhaftet. Sie begleiten uns aufs Revier, vielleicht frischt die neue Umgebung Ihr Gedächtnis etwas auf und Sie reden sich von der Seele, wozu Sie dieses Messer tatsächlich benutzt haben. Sollte Sie dort Ihre Erinnerung allerdings weiter im Stich lassen, würde das Ihre Optionen erheblich einengen. Aber das wird Ihnen Ihr Anwalt in allen Einzelheiten erklären, wenn er Sie in der Untersuchungshaft besucht. Ich bin zwar nur ein unbedeutender Polizist, doch aus jahrelanger Erfahrung weiß ich, je schneller Sie den Mord gestehen, desto niedriger fällt Ihre Strafe aus.«

Osborne fühlte sich in der Falle. Er wich dem bohrenden Blick des Detectives aus, drehte sich um und öffnete ein Fenster, um frische Luft herein zu lassen. Der Raum schien so stickig, dass er kaum noch atmen konnte. Er wollte etwas sagen, aber seine Stimmbänder lähmte ein überwältigendes Entsetzen. Wie versteinert stand er da und beobachtete die Wassertropfen, die vom oberen Fensterrahmen auf die Fensterbank tropften. Die ganze Situation war völlig irrational, trotzdem hatte er das sichere Gefühl, dass man ihn des Mordes anklagen und verurteilen würde. Mit pochendem Herzen wurde ihm bewusst, dass er möglicherweise nie wieder aus dem Gefängnis kommen würde, denn die Indizien sprachen eindeutig gegen ihn. Die Tatsache, dass plötzlich Zweifel an ihm nagten, ob er nicht doch die Frau in einem Anfall von geistiger Umnachtung umgebracht hatte, waren jedoch noch furchtbarer. Für sein Verbrechen sprach das Blut am Messer, von dem er nicht wusste, wie es dorthin gekommen war. Vielleicht war er ja schizophren. All die Ereignisse der jüngsten Vergangenheit, die er für real gehalten hatte, und die sich im Nachhinein als Traumgespinste herausgestellt hatten, sprachen deutlich für geistige Umnachtung. War er ein Mörder? Hatte er in Trance getötet? Nein, Trance war es nicht gewesen, es war mehr als das.

Seine Gedanken brachen abrupt ab.

Er war der Mörder dieser Frau. Diese Erkenntnis stahl sich mit beklemmender Deutlichkeit in sein Hirn. Er war ein Mörder, auch wenn sein Verstand sich immer noch vehement weigerte, dies zu akzeptieren. Er war verrückt. Endlich hatte er eine logische Erklärung für die absonderlich realitätsnahen Träume der letzten Zeit. Er hatte nie eine Reise nach Paris zu einer IT-Messe angetreten. Auch wenn er es im Moment noch nicht akzeptieren wollte, erschien es nicht ausgeschlossen, dass es auch niemals einen Computerexperten namens Alan Osborne gegeben hatte. Im Grunde war es ja auch egal, ob sein kranker Verstand akzeptierte, dass er in einer schizophrenen Welt lebte und agierte. Endlich fügte sich alles zusammen, was ihm so unsinnig vorgekommen war: Der Flugzeugabsturz, den er unbeschadet überlebt hatte, und diese Monster im Bermudadreieck. So etwas konnte einfach nicht wahr sein. Das wusste er. Die Wahrheit war: Er besaß zwei Persönlichkeiten, die in zwei Welten lebten. Einmal war er der Computerexperte, der durch eine imaginäre Scheinwelt stolperte, und dann der Psychopath, der in der realen Welt wahllos mordete. Nach jedem Blutrausch kehrte er dann aus der Realität in die imaginäre Welt des braven Computerexperten zurück, in der alles seine Ordnung hatte, in der ihm der Gedanke an Mord nicht im Traum in den Sinn gekommen wäre. Beide Welten waren so strikt voneinander getrennt, dass er sich nie an die andere erinnern konnte. Er war ein kranker geistesgestörter Mann und somit nicht verantwortlich für seine Taten. Aber geisteskrank waren die meisten Serienmörder auch und trotzdem saßen sie wie normale Kriminelle lebenslang in Haft oder wurden auf dem elektrischen Stuhl gegrillt. Und wer vermochte zu sagen, wie viele Menschen er während dieser Blackouts schon ermordet hatte?

Somit gab es auch keinen Axtmörder, der Valeria Régnier erschlagen hatte; es hatte nie einen gegeben, außer in seiner Phantasie. Mit dieser Erkenntnis spürte Osborne, wie sich sein Ich änderte und er vom sanftmütigen Computerexperten in das Bewusstsein des blutrünstigen Mörders wechselte. Seine Gesichtszüge verhärteten sich. Plötzlich erinnerte er sich daran, was sich tatsächlich in dieser schrecklichen Nacht in seinem Haus zugetragen hatte. Alles fiel ihm wieder ein:

Die Tote war keine Krankenschwester, sondern eine Prostituierte, die er gestern Abend nahe der 45th Street mit seinem Auto aufgelesen hatte. Sie trug ein schulterfreies Top und einen sehr kurzen Rock. Es war ziemlich kalt, der Wind drang schneidend durch ihren dünnen Flummel. Immerhin trug sie Nylonstrümpfe, wie er an einer Laufmasche unschwer erkennen konnte. Ein kleines Handtäschchen hatte sie auch dabei.

Als Osborne neben ihr stoppte, hielt sie ihren Kopf etwas gesenkt, so dass ihr honigblondes Haar einen Teil des Gesichtes verschleierte. Völlig durchgefroren, am ganzen Leib zitternd, stieg sie nur zu bereitwillig in sein Auto. Alles lief bestens. Wegen der Kälte war die Straße wie ausgestorben, niemand hatte sie beobachtet. Sie war das perfekte Opfer. Völlig unbedarft fuhr die Hure mit ihm, nicht ahnend, dass ein gutes Dutzend ihrer vermisst gemeldeten Kolleginnen in seinem Garten verscharrt lagen.

Als er jetzt im Geiste die Einzelheiten ihrer Begegnung noch einmal durchging, musste er lächeln, wenn er an die Naivität, mit der ihm die Blondine in sein Haus gefolgt war, dachte. Nunja, man konnte nicht behaupten, sie sei nicht gewarnt gewesen. Seit fast zwei Jahren war allgemein bekannt, dass ein Killer im New Yorker Rotlichtmilieu auf Beutefang ging.

Zuhause führte er sie ins Wohnzimmer, wo sie sich auf dem Sofa niederließ und die Beine übereinander schlug. Er verschwand kurz im Schlafzimmer und wechselte seine Garderobe gegen etwas Bequemeres. Außerdem hatte er keine Lust, dass die Nutte ihm seinen teuren Einreiher von Cerruti, sein Designerhemd von van Laak und die Seidenkrawatte von Lagerfeld mit ihrem Blut voll spritzte. Wenn, dann schon lieber den Pyjama und Morgenmantel, die er später notfalls leicht entsorgen konnte.

Nachdem er sich umgezogen hatte, ging er in die Küche und kehrte kurz darauf ins Wohnzimmer zurück. Die Prostituierte saß immer noch auf dem Sofa und betrachtete ihre Fingernägel. Entweder bemerkte sie ihn nicht, oder sie beachtete ihn nicht. Er blieb vor ihr stehen. Als sie zu ihm hochschaute und den Ausdruck in seinen Augen sah, wusste sie, weshalb sie hier war.

»Bitte«, flüsterte sie mit tränenverschleiertem Blick und biss sich auf die erdbeerrot geschminkte Unterlippe.

Er holte etwas aus seiner Jackentasche, das in seiner Hand aufblitzte: ein langes Küchenmesser. Sie schrie, sprang auf und flüchtete zur Tür; aber sie kam nicht weit. Noch im Wohnzimmer stolperte sie über die eigenen Füße und stürzte mit einem Schrei aus Schmerz und Todesangst zu Boden. Mit einem Schritt war er bei ihr. Bevor die Frau wieder auf die Beine kam, packte er mit einer Hand ihr Haar und presste ihr Gesicht so hart wie möglich auf den Boden, damit sie nicht wegkriechen konnte. Mit der anderen Hand brachte er das Messer in die optimale Stellung und stieß mehrmals zu. Die Frau stöhnte vor Schmerz, aber sie war zäh. Selbst nach dem dritten Stich zappelte sie immer noch, so dass er sich gezwungen sah, sie auf den Rücken zu drehen. Er blickte einen Moment lang auf sie hinab, dann ließ er ihre Haare los, packte ihren rechten Arm mit seiner linken Hand und riss sie brutal herum. Sie schrie, sie kreischte; ihr Haar wirbelte durch die Luft und klebte ihr anschließend im schweißnassen Gesicht.

Sie am Arm auf den Rücken zu drehen und ihr mit der anderen Hand das Messer ins Herz zu stoßen, war praktisch eine Bewegung. Die Klinge zerriss mit leisem Flüstern den Stoff ihres Oberteils und schlüpfte dann aalglatt in ihr Fleisch. Danach gab sie endlich Ruhe. Ihre zusammengepressten Lippen entspannten sich, ihr Kopf sank zurück.

Er stand breitbeinig über der Toten und keuchte schwer. Dann zog er die blutverschmierte Klinge aus der Leiche und steckte das Messer achtlos in seine Tasche. Mürrisch starrte er auf die Frau. Ein See aus Blut breitete sich unter ihr aus. Scheiße, das bekam er nie wieder aus dem Teppich. Warum hatte er die dumme Kuh nicht wie die anderen ins Badezimmer gezerrt und dort in der Wanne abgeschlachtet? Abgesehen von diesem kleinen Malheur lief aber alles wie am Schnürchen, bis plötzlich etwas in seinem Kopf riss. In seinem Schädel, direkt hinter den Augäpfeln, baute sich ein peinigender Druck auf. Völlig überraschend kehrte sein Bewusstsein in den braven Computerexperten-Modus zurück. Und dieser Idiot hatte nichts Besseres zu tun, als die Polizei anzurufen.

Und jetzt? Die Polizei hatte ihn entlarvt. Osborne zitterte. Die Zeit raste und raste. Noch war er frei, noch konnte er Entscheidungen fällen und in die Tat umsetzen. Wenn er in Handschellen war, dann war es damit vorbei. Sich festnehmen zu lassen, wäre ein unumkehrbarer Schritt, den zu gehen er sich mit jeder Faser seines Körpers weigerte.

Im Augenwinkel sah er, wie Detective Walker einem der Polizisten vor der Tür ein Zeichen gab. Daraufhin zückte der ein Paar Handschellen. Das leise *Klicklick,* mit dem sie aneinander schlugen, hallte unangenehm durch die Küche. Als nächstes spürte Osborne Detective Walkers Hand schwer auf seiner Schulter. Er sagte nichts, er lächelte nur.

Der Polizist trat hinter ihn. »Legen Sie jetzt bitte eine Hand in den Nacken und strecken den anderen Arm nach hinten.«

Alle Farbe war aus Osbornes Gesicht gewichen, während er seine Lippen zu einer schmalen Linie zusammenpresste.

Das ist deine letzte Chance, flüsterte seine innere Stimme. Nutze sie, oder du landest im Knast.

Er konnte nicht verhindern, dass er bei der Berührung mit dem kühlen Stahl der Handschellen zusammenzuckte. Der Impuls zu fliehen wurde übermächtig, verdrängte jedes rationale Denken. Bevor die Handschellen zuschnappten, warf er sich mit seinem ganzen Gewicht nach hinten. Der Polizist stolperte rückwärts und riss dabei Detective Walker mit um.

Osborne setzte alles auf eine Karte. Ohne über die Konsequenzen nachzudenken, nämlich die, dass sein Handeln einem Mordgeständnis gleichkam, kletterte er auf das Fensterbrett und sprang in den Garten. Hektisch durchbrach er das widerspenstige Gebüsch vor der Hauswand und hastete quer über die Parzelle. Zwar gab es hier eine Pforte zur Straßenseite, aber die war abgeschlossen und viel zu weit weg. Alternativ bot sich der knapp einsfünfzig Meter hohe, in der Mitte ziemlich schief durchhängende Zaun als Fluchtweg. Auf dem knapp zehn Meter breiten Areal bis dorthin gedieh das Gras prächtig; kein Wunder, es wurde ja auch ganz speziell gedüngt.

Gehetzt blickte der Fliehende über die Schulter zurück. Detective Walker stand am Fenster und zielte mit etwas auf ihn, das er sofort als Pistole identifizierte. Die beiden Polizisten stürmten aus der Terrassentür und versuchten, ihm den Weg abzuschneiden. Schüsse knallten. Walkers 38er spuckte mehrere Kugeln aus. Osborne spürte den Luftzug der Geschosse. Mit hektisch keuchenden, abgehackten Atemzügen erreichte er sein Ziel, klammerte sich mit beiden Händen oben am Zaun fest und versuchte, ein Bein hochzuziehen. Im Rücken fühlte er eine Druckwelle, die ihn vorwärts schleuderte. Etwas Hartes bohrte sich zwischen seine Schulterblätter, woraufhin ihm eine Flüssigkeit die Haut herunter lief. Sein Körper krampfte sich zusammen, er rang nach Luft, vor seinen Augen zuckten grelle Blitze. Osborne riss den Kopf in den Nacken, dicke Regentropfen klatschten ihm ins Gesicht und rannen ihm die Wangen hinab. Dann ließ er den Zaun los. Hinter ihm krachte wieder ein Schuss. Im Fallen registrierte er, wie ihn die Kugel traf. Mit einem grässlichen Geräusch, einem splitternden Krachen, zerschmetterte das Projektil sein Rückgrad.

Schwer verwundet brach er vor dem Zaun zusammen. Verzweifelt streckte er eine Hand aus, ein letzter jämmerlicher Fluchtreflex. Sein Herz stockte, zögerte, arbeitete dann wieder wie ein stotternder Motor, der mit einem defekten Vergaser kämpfte. Ihn überfiel ein schreckliches Gefühl der Unwirklichkeit. Als ginge ihn das, was gerade passierte, persönlich gar nichts an.

Sein Körper zuckte ein letztes Mal, bevor er starb.

»Chef«, meldete Officer Miller, nachdem er ihm die Hand auf die Halsschlagader gepresst hatte. »Er ist tot.«

»Gut so«, grunzte Detective Walker und sicherte seine Dienstwaffe. »Der Schweinehund hat es nicht anders verdient. Schafft ihn ins Leichenschauhaus.«

Rationalität basiert darauf, dass alles vernunftmäßig nachvollziehbar ist. Die Natur fußt auf festgelegten Gesetzen, hat ihre strengen Regeln und entspricht dem, was wir als vernünftig ansehen. Doch wie sollte man das Jenseits, diese Anti-Materiewelt – denn etwas anderes ist es nicht, da dort keine Materie existiert –, rational begreifen? Zwar spricht alle Welt mit unerschütterlicher Selbstverständlichkeit von einem Nachleben in einem jenseitigen Kosmos, dennoch sind wir unfähig, dessen Beschaffenheit vernunftgemäß, logisch, zu erfassen. Wenn aber das Jenseits keinerlei Materie duldet, die Seelen der Menschen dort trotzdem ihre letzte Ruhe finden sollen, gebietet es die Notwendigkeit, dass sich der menschliche Körper im Besitz von etwas wähnt, das ihm ein Nachleben in einer Anti-Materiewelt ermöglicht, etwas, das in einem Versteck eingekapselt ausharrt, bis es an der Grenze zum Tod heraustritt, um aus der Welt des Gegenständlichen in die seiner Bestimmung, in die Welt der Nichtmaterie, einzutreten. Bisweilen nennt man diese geheimnisvolle Kraft »Seele« oder auch »Psyche«. Aber obwohl ihnen ein Leben in Ewigkeit winkt, sind die wenigsten Menschen bereit, diese Zeitlosigkeit gegen das Furcht erregende Ticken einer biologischen Uhr einzutauschen. Zu groß sind die Unwägbarkeiten, die mit dem Schritt vom Diesseits ins Jenseits verbunden sind.

Mit diesen Gedanken erwachte Osborne fröstelnd in völliger Dunkelheit und dachte, wie absurd es war, dass er denken konnte. Schließlich war er ja tot, erschossen. Wieso spürte er dann, dass er völlig nackt auf einer eiskalten Metallunterlage lag? Er wollte sich bewegen, aber er war auf dem Metall wie festgefroren. Nicht einmal einen Finger konnte er rühren. Die Angst, gelähmt zu sein, erfüllte ihn mit der Erinnerung an die Kugel, die ihm das Rückgrad zerschmettert hatte. Aber immerhin lebte er, und solange man lebte, solange gab es Hoffnung. Dass man ihn in dieser Dunkelheit völlig nackt auf einem eisigen Stahlblech liegen ließ, verwunderte ihn. Und was war das für ein durchdringender antiseptischer Geruch, der hier so schwer in der Luft hing?

In diesem Moment flackerten an der Decke Neonröhren auf. Kalt ergoss sich ihr grünliches Licht über schmucklosweiße Kachelwände und einen rotgefliesten Boden mit einem Abfluss in der Mitte. Die plötzliche Helligkeit hinterließ in Osbornes weit aufgerissenen Augen eine Schmerzexplosion. Im ersten Reflex wollte er die Lider schließen, doch die gehorchten seinem Gehirn ebenso wenig wie jeder andere Muskel seines Körpers. Hatte man ihn etwa unter Drogen gesetzt und ihn für eine anstehende OP betäubt? Er konnte den Kopf nicht drehen, sah aber trotzdem im Augenwinkel einen kleinen Rolltisch mit einem Silbertablett, auf dem medizinische Instrumente und Schalen sorgfältig nebeneinander aufgereiht lagen. Dieser Anblick ließ ihn an eine bevorstehende Operation denken. Allerdings sollte man bei einem Schwerverletzten Infusionsschläuche erwarten, die den Körper mit lebenserhaltenden Maschinen verbanden, was bei ihm jedoch nicht der Fall war.

Es gab keine Fenster in dem Raum, nur eine Tür, die in diesem Moment aufschwang. Dann hörte er die Schritte eines schwergewichtigen Mannes, der auf quietschenden Kreppsohlen schnaufend näher kam. Ihm folgte eine Frau, was Osborne an klickenden Absätzen erkannte. Die Tür schlug mit einem Knall, der dumpf von den Kachelwänden widerhallte, zu.

»Zeit ans Werk zu gehen, werte Kollegin«, sagte der Mann und blieb neben dem Metalltisch stehen. Er trug eine Gesichtsmaske, einen grünen OP-Kittel und eine Chirurgenkappe in der gleichen Farbe, was Osbornes Hoffnung nährte, dass man seine Gesundheit wiederherstellen wollte. Als nächstes tauchte ein Skalpell in seinem Gesichtsfeld auf, was ihn verwunderte, denn schließlich war er noch nicht betäubt. Jedenfalls nicht stark genug, weil er die Kälte auf seiner Haut deutlich spürte.

Die Frau trug ebenfalls Chirurgenkittel und -maske. Ihr flammrotes Haar war größtenteils unter einer OP-Haube verborgen. Osbornes weit aufgerissene Augen starrten in die bernsteinfarbenen Augen der Ärztin. Er hätte die seinen am liebsten zusammengekniffen, als sie mit einer kleinen Taschenlampe in seine Pupillen leuchtete. Endlich knipste sie die Minileuchte wieder aus, steckte sie ein und musterte seinen Körper von allen Seiten. »Wer ist das?«

»Einer, der Detective Walker zu dumm gekommen ist«, antwortete der Mediziner, legte das Skalpell beiseite und striff sich OP-Handschuhe über.

Die ungeheuer tröstliche Vorstellung, dass eine lebensrettende OP an ihm vorgenommen werden sollte, zerplatzte wie eine Seifenblase, als Osborne begriff, dass er sich nicht in einem Krankenhaus befand. Diese furchtbare Erkenntnis traf ihn so unmissverständlich wie ein Kinnhaken, als die Ärztin fragte: »Todesursache?«

»Eine Kugel Kaliber 38.«

»Warum dann die Mühe, ihn aufzuschnippeln?«

»Vorschriften, meine Liebe. Es geht nicht darum, etwas zu entdecken, sondern etwas zu bestätigen. Nämlich, dass die von einem Polizisten abgefeuerte Kugel sein Leben beendete.«

Man will mich bei lebendigem Leib obduzieren, durchfuhr es Osborne.

Vor Schreck wollte er schreien, zeigen, dass er noch lebte. Aber er konnte nicht einmal blinzeln, geschweige denn einen Ton herausbringen. Panik erfüllte jede einzelne Körperzelle, denn er vermochte sich das Grauen, dem er bald ausgesetzt sein würde, gut vorzustellen. Mit aller Kraft versuchte er, die Hysterie zu unterdrücken, die in ihm aufstieg. Noch war nichts vorbei. Vielleicht tat es ein bisschen weh, wenn sie ihm in die Haut schnitten, doch spätestens, wenn frisches Blut sprudelte, wussten sie, dass sein Herz noch schlug und dass er noch lebte. Aber es blieb die bange Ungewissheit, was als nächstes passieren würde.

»Was sonst hätte ihn töten sollen?«, wollte die Ärztin wissen.

»Wenn ein Polizist jemanden erschießt, erfolgt routinemäßig eine interne Untersuchung des Falles. Durch die Sektion des Leichnams soll überprüft werden, ob Fahrlässigkeit oder ein Verschulden des Detectives vorliegen und ob Hinweise auf Schläge, Ersticken, Folter oder sonstige Indizien überharter Polizeimaßnahmen vorzufinden sind, die zum Tode führten.«

»Sie müssen meine Fragen entschuldigen, aber das hier ist nicht meine Baustelle. In der Rechtsmedizin kenne ich mich nicht besonders aus. Mein Fachgebiet ist die Pathologie. Meine Obduktionen dienen dazu, krankhafte morphologische Veränderungen im Körper und deren Zusammenhänge zu erfassen und aufzuklären. Ich obduziere im pathologischen Institut meistens Krankenhauspatienten, während Sie vom rechtsmedizinischen Institut darauf spezialisiert sind, diffuse und oder unnatürliche Todesfälle zu untersuchen.«

»Es tut mir ja auch Leid, dass Sie sich hiermit rumschlagen müssen, aber das Gesetz schreibt bei gerichtlich angeordneten Obduktionen zwei Ärzte vor: einen Gerichtsarzt und einen Vertreter des pathologischen Instituts.«

»Wissen Sie, was der Mann verbrochen hat?«

»Er ist ein Serienkiller.«

»Wirklich? So sieht er eigentlich gar nicht aus.«

»Die meisten Serienkiller sind unscheinbare und nette Zeitgenossen, denen niemand aus der Nachbarschaft etwas dermaßen Furchtbares zutrauen würde. Lassen Sie sich nicht von Äußerlichkeiten täuschen.«

»Und wo hat unser Serienmörder sein Unwesen getrieben?«

»Am Times Square.«

»Sagen Sie bloß, das ist der Times-Square-Ripper?«

»So hat ihn die Sensationspresse getauft.«

»Das ist ja echt abgefahren.«

»Finden Sie? Man sollte meinen, Sie als Frau würden sich freuen, dass der Kerl endlich unschädlich gemacht wurde.«

»Wieso? Der war doch auf Huren spezialisiert.«

»Damit fangen die meisten Psychopathen an. Sie gehen sehr organisiert nach dem gleichen Muster vor. Aber bei vielen kommt es irgendwann zu einer Störung des eingefahrenen Zwangs, dann weichen sie vom alten Schema ab und töten auch die braven Mädchen. Unser Freund hier hat seine Opfer übrigens hinter seinem Haus im Garten entsorgt. Die Ermittler graben gerade seine Petunien um. Bisher wurden fünf Leichen entdeckt. Doch ich fürchte, das ist erst der Anfang.«

»Weiß man, warum er das getan hat?«,

»Weiß man, warum ein Tornado ganze Städte zu Kleinholz zerlegt? Ein Psychopath führt Zwangshandlungen seines kranken Hirns aus. Er braucht keinen besonderen Grund, um jemanden umzubringen. Er tut es einfach, weil es ihm einen Kick gibt. So, nun haben wir genug geplaudert. Fangen wir mit der Öffnung der Leiche an. Ich möchte heute noch Feierabend machen.«

Osborne versuchte seinen Mund anzufeuchten. Seine Lippen waren staubtrocken wie Schmirgelpapier aber seine Zunge rührte sich nicht. Wie ein lebloses Stück Fleisch klebte sie an seinem Gaumen. Er wurde wütend, weil sein Körper ihm nicht gehorchte und weil diese Ärzte redeten, statt festzustellen, dass er im Koma erstarrt immer noch lebte. Gleichzeitig fürchtete er sich davor, dass die beiden mit dem Reden aufhörten und sich an die Arbeit machten.

»Als erstes werde ich die Körperhöhlen der Leiche, Kopf-, Brust- und Bauchhöhle, öffnen«, erklärte der Arzt. »Normalerweise beginne ich am Kopf und entnehme das Gehirn, um es nach eventuellen Blutungen zu untersuchen. Da aber keinerlei Verletzungen im Gesicht und auf dem Schädeldach vorhanden sind, möchte ich mit der Untersuchung der Brust und des Bauchraumes beginnen.«

Osborne ahnte, was das bedeutete: Sie würden ihn bei lebendigem Leib ausnehmen wie eine Weihnachtsgans.

»Keine Einwände meinerseits«, antwortete die Ärztin, während sie den leblosen Körper durch Abtasten auf Brüche untersuchte.

Unterdessen überprüfte der Gerichtsmediziner die Haut auf eventuelle Abschürfungen, Druckstellen und Petechien, Hautblasen, Injektionsstellen oder sonstige Merkmale von Gewalteinwirkung. Besonderes Augenmerk legte er auf eine mögliche Beschmauchung durch Pulverteilchen, die auf einen Schuss aus nächster Nähe hindeuten würden. Er suchte Osbornes Hals nach typischen Würgemalen ab. Anschließend schaute er auf den Innenseiten der Handgelenke nach Verletzungen und Griffspuren. Nachdem er die Nagelbette auf mögliche Verfärbungen untersucht hatte, sicherte er Spuren unter den Fingernägeln, indem er sie abschnitt und sie für die spätere DNA-Diagnostik in einem Plastikbeutel versiegelte. Dieselbe Prozedur erfolgte dann an den unteren Extremitäten, wo er auch Ausschau nach Venenerweiterungen, Ödemen und Verletzungen der Fußsohlen hielt.

Nachdem er seine Befunde in ein kleines Aufzeichnungsgerät diktiert hatte, herrschte einen Moment lang Ruhe. Dann nahm der Gerichtsmediziner sein Skalpell und vollführte einen Hautschnitt kinnabwärts, wobei er gewissenhaft darauf achtete, keine Weichteile oder Organe im Hals zu beschädigen. Wie ein Blitzstrahl durchschnitt der rot glühende Schmerz Osbornes Oberkörper und tanzte darin herum wie ein Derwisch in Ekstase. Trotz der Pein vermochte er durch keinerlei Regung zu signalisieren, dass er noch lebte. Er wollte flehen, kreischen und versuchte, sich durch Blicke verständlich zu machen, damit der Schmerz endlich aufhörte. Stattdessen grub dieser sich immer tiefer in seinen Körper und raste wie ein wild auskeilender Mustang durch die Nervenbahnen. Ungeachtet der wahnsinnigen Schmerzen registrierte er, dass er kein Blut auf seiner Haut spürte. Der Tiefe des Schnitts nach hätte es meterweit bis an die Wand spritzen müssen. Aber da war nichts. Nicht ein einziger Tropfen.

Der Gerichtsmediziner vollendete den Schnitt durch Bindegewebe und Muskeln bis zum Schambein; somit hatte er Zugriff auf die Organe im Hals-, Brust- und Bauchbereich. Anschließend zog er das aufgeschlitzte Fleisch mit Wundhaken auseinander, so dass die Rippenbögen freilagen.

Osborne trieb auf einem Meer der Qualen, schwebte in Höllenpein, verschmolz damit und loderte mit ihr zu weiteren Höhen empor. Und während der Gepeinigte nicht für möglich gehaltene Ebenen der Unerträglichkeit erklomm, hoffte er, dass der Tod bald kommen und ihn von den Qualen erlösen würde. Doch der Sensenmann dachte nicht daran, ihm seine Aufwartung zu machen.

Als sich der Vorhang aus lodernder Pein immer weiter zuzog, setzte der Gerichtsmediziner routiniert die Rippenschere an und öffnete den Brustkorb von der unteren Thoraxapertur aus nach oben. Er vollführte den Schnitt präzise im Bereich der Knorpel-Knochengrenze, deren harte Kruste spröde und mit ausgefransten Rändern aufriss. Nach Durchtrennung der Rippenbögen richtete der Forensiker sein Interesse auf die Beschaffenheit der einzelnen Regionen im Thorax und den entblößten Herzbeutel.

»Unseren Freund hätte auch ohne die Kugel bald das Zeitliche gesegnet«, meinte er beinahe amüsiert und deutete auf einen dunkelgefärbten Gewebebezirk im Herzen, wo der Blutstrom zum Erliegen gekommen war und sich dadurch eine markante Narbe gebildet hatte.

»Herzinfarkt«, erkannte die Ärztin sofort.

Schmerzen. Immer tiefer tauchte Osborne in diese Schmerzen. Da war nur noch Folter und Pein. Nicht einmal mehr der Wunsch zu sterben. Er hatte die ultimative Schmerzstufe erreicht. Mehr Leid war einfach nicht mehr möglich. Der Gepeinigte glitt in der Qual nun nicht mehr wie in einem Ozean, sondern er wurde davon zerquetscht und registrierte kaum, wie der Gerichtsmediziner die Untersuchung des Bauchraumes einleitete. Dazu stülpte der Arzt zunächst die Speiseröhre von außen nach innen, was ihm vergleichsweise gut und schmerzfrei von der Hand ging. Allerdings war das auch eine relativ leichte Aufgabe im Vergleich zur Magenöffnung, die er – statt wie üblich über die Speiseröhre – rückwärts über den Zwölffingerdarm hinauf ausführte. Die Magenschleimhaut war weder schwarz verschorft noch verdickt, was auf eine Verätzung hätte schließen lassen. Auch wies die Bauchspeicheldrüse keinerlei anormale Veränderungen auf, dasselbe galt für Leber, Milz, Herz und Lunge. Die Organe wurden entnommen, untersucht und ihr Gewicht festgehalten. Danach entnahm der Gerichtsmediziner Gewebeproben und verschiedene Körperflüssigkeiten wie Blut und Urin für spätere mikroskopische Analysen.

Osbornes innere Stimme war zu keinem Gedanken mehr fähig. Sie kreischte nur unablässig. Was musste man seinem terrorisierten Körper noch entnehmen, damit endlich auch sein Fühlen den Dienst einstellte? Nichts war schrecklicher, als dieses Martyrium in lähmender Unbeweglichkeit über sich ergehen lassen zu müssen. Was würde er dafür geben, sich seine Qual aus dem Leib schreien zu dürfen. Er versuchte den Mund zu öffnen, die Hände zu bewegen, aber es war sinnlos, es ging nicht. Nichts, was er jemals erlebt hatte, war so schrecklich gewesen wie das entsetzliche Feuer dieser Hölle. Seine Aufmerksamkeit hatte sich dermaßen auf seine momentane Pein konzentriert, dass er fast nicht bemerkte, wie der Gerichtsmediziner die Kopfsektion begann. Nach Freilegung des Schädelknochens öffnete er mit einer Säge das Schädeldach. Dann hielt er die losgelöste Schädelkalotte gegen das Licht, prüfte ihre Dicke und suchte nach möglichen Frakturen. Anschließend entnahm er das Gehirn für die spätere neuropathologische Untersuchung in einem darauf spezialisierten Labor.

Den Computerexperten umhüllte eine Aura puren Schmerzes, in deren Zentrum die Unerträglichkeit ihren Zenit überschritt und mit Urgewalt explodierte. Dann geschah etwas, womit er nie gerechnet hätte. Es war, als hätte die Detonation eine Versiegelung aufgebrochen, worauf Osbornes Bewusstsein aus einer unbekannten Tiefe quoll. Aus seinem Kerker befreit, ließ es einen Ausbruch schierer Willenskraft folgen, die wie ein greller Blitzstrahl durch die alles lähmenden Schmerzen fuhr, diese zurückdrängte, ihnen ihre zersetzende Kraft raubte, um so ihr eigenes Schicksal wieder zu schmieden. Nicht länger war sein Wille eine schwache abhängige Marionette. Aber die mentale Kraft, mit der er es zu tun hatte, war ungemein stark. Sie wehrte sich, wand sich und schwappte schon als neue Welle glühender Agonie über sein Bewusstsein zurück, saugte sich daran fest und schickte sich triumphierend an, wieder die Herrschaft über Osbornes Geist zu übernehmen. Dessen Entschlusskraft rüstete sich zum Gegenschlag, machte sich bereit für die kompromisslose Konfrontation und prallte mit solcher Wucht gegen den Schmerz, dass der förmlich zerbarst. Die zersplitterten Fragmente der Qual wurden dünner und dünner, bis sie nur noch eine unangenehme Erinnerung waren. Obwohl sich ein dunkler Nebel vor Osbornes geistiges Auge senkte, glaubte er zu erkennen, wie sich alles um ihn herum veränderte, wie die Dunkelheit jeden Gegenstand des Obduktionsraumes in formlose Schemen verwandelte, die sich im Nichts verloren. Für den Amerikaner war es ein Gefühl, als ob er aus einem tiefen Schlaf erwachte und sich die letzten Bilder eines Traumes noch im milchigen Grau der Auflösung befanden. Oder war er gar nicht wach, sondern träumte wieder einen seltsamen Traum?

Allmählich wurden die Schatten ringsum dunkler und beunruhigender. Aber was spielte das für eine Rolle? Was immer sich hinter der unheildrohenden Finsternis verstecken mochte, nichts konnte schrecklicher sein, als das gerade durchlebte Martyrium, dem er hilflos ausgeliefert gewesen war. Während er darüber nachdachte, verschluckten die schwarzen Schleier den Gerichtsmediziner und die Ärztin, verwandelten beide in konturlose Substanzen und zehrten diese gänzlich auf. Sogar in der Endphase ihrer Auflösung wirkten beide weder verblüfft, noch verwirrt oder gar erschrocken. Es war, als sei ihnen ihr Schicksal völlig gleichgültig. Als letztes glitt die Dunkelheit lautlos über seinen ausgeschlachteten Körper hinweg und absorbierte ihn, bis er mit der zähen Schwärze zu einer Einheit verschmolz.

Osborne wachte wieder aus einem dieser Albträume auf, allerdings mit dem gravierenden Unterschied, dass er sich diesmal völlig sicher war, tatsächlich wach zu sein. Ihm schien, er schwamm in einem Meer aus Dunkelheit, das ihn sanft mit sich trug. In nebulösen Schatten, die ihn umhüllten, erkannte er die groben Umrisse von Partikeln aus dem Reich der Quanten, die genügend Anlass zu ausschweifenden Spekulationen gaben. Im ersten Moment hatte er keine Ahnung, wo er war. Es war ihm auch egal. Hauptsache, diese unerträglichen Schmerzen waren vorbei. Die Leere, die die verschwundene Pein in ihm hinterlassen hatte, war angenehm. Ihn überkam eine merkwürdige Ruhe. Die Zeit blieb plötzlich stehen. Jedenfalls schien es so. Alle Folterqualen hatten ihn aus ihrem Klammergriff entlassen und waren verschwunden. Einfach so, als hätten sie nie existiert. Der eingetretene Frieden erschien zwar irgendwie sehr abrupt, aber das spielte wohl keine Rolle, jetzt, wo die Bedrohung vorbei war.

Falsch!

## XXVI. KAPITEL

# Im Herz der Finsternis

Irgendwie passte dieses Gefühl von Unwirklichkeit nicht in das Bild, das Osborne seit der Flugzeugkatastrophe begleitet hatte. Er versuchte, die nach dem Absturz eingetretenen Ereignisse in einen Zusammenhang zu bringen. Wie oft hatte er seitdem geglaubt, er sei gestorben? Tod durch Zerschmettern, Ertrinken, Erschießen, Obduktion. In seinem Verstand herrschte tosendes Chaos, wirbelten Bruchstücke möglicher Lösungsansätze wild umher. Erst allmählich verlor der Vorhang aus grauer Dumpfheit seine Undurchsichtigkeit und es wurden dahinter milchige Konturen von etwas Greifbarem deutlicher. Dann stürzten die Erinnerungen ohne Vorwarnung wie ein Katarakt auf ihn herab und er erkannte, wo er sich befand: im Abyssus.

Er entsann sich, dass er hierher gelangt war, weil ihn die Finsternis in den Pariser Katakomben verschluckt hatte. Und dann? Hatte er den Absturz und die Obduktion geträumt? Konnten Tote überhaupt schlafen und träumen? Bevor er sich weiter mit dem Thema beschäftigen konnte, bemerkte er, dass er nicht allein war. Irgendetwas befand sich in der Dunkelheit, die ihn umhüllte. Etwas lauerte dort.

Er hörte geflüsterte Gedankenfragmente. Es war wie ein Sirren, das sich näherte und wieder entfernte. Dann fiel es ihm wie Schuppen von den Augen und er begriff: Etwas aus dem Abyssus hatte sich in sein Bewusstsein geschlichen. Aber es war keine liebenswerte Seele, die ihren Lebenskosmos mit ihm teilen wollte, sondern etwas Böses. In diesem Zusammenhang fiel ihm noch etwas anderes auf: Warum dockten keine neuen Partikelteilchen mehr an? Und wo waren die Gedanken und Erinnerungen jener Partikel geblieben, die sich zuvor bereits mit ihm verbunden hatten? Sie waren fort, als hätten sie nie existiert. Stattdessen umhüllte ihn eine ungewöhnlich dichte Partikelzusammenballung von beeindruckender Größe, die im Gegensatz zu den anderen Teilchen keine runden Ränder besaß, sondern Kanten, die wie Glassplitter gezackt waren. Er erinnerte sich wieder an die verwirrenden Bilder, die ihre Berührung in seinem Bewusstsein ausgelöst hatte: Unmengen Blut und überall Totenschädel. Er glaubte, diesen schrecklichen Schmerz tief in seinem Inneren zu spüren, den der Kontakt verursacht hatte, als hätte ihn das gezackte Stahlblatt einer Kreissäge durchfahren. Osborne kämpfte gegen diese schrecklichen Bilder von Blut und Tod an, doch sie klebten wie eingefroren vor seinem geistigen Auge. In diesem Moment senkte sich eine purpurgraue Wolke über die Vision, deren Licht zusehends schwand, bis nur noch nachtschwarze Dunkelheit übrig blieb. Und inmitten dieser finstersten Schwärze glühten unheilvoll zwei bernsteinfarbene Augen. Chantal Dubois!

Er spürte weder Schrecken noch Angst, sondern nur grenzenloses Entsetzen, und er war außerstande, einen klaren Gedanken zu fassen. Die tote Hexe hatte ihn im Abyssus aufgespürt. Wie hieß es so schön: Man trifft sich immer zweimal im Leben. Offensichtlich galt das auch darüber hinaus. Mit Chantal Dubois hätte er im Jenseits am wenigsten gerechnet. Er hatte sich, natürlich davon ausgehend, dass er in den Himmel gekommen wäre, vorgestellt, sie und ihre Gefährtinnen schmorten bei Satan in der Hölle. Offensichtlich gab es nur den Tod und sonst nichts. Keinen Himmel, keine Hölle, nur Anti-Materie als Hort allen Ursprungs. Vermutlich war Chantal Dubois darüber genauso überrascht gewesen wie er. Allerdings war es für sie wohl eher eine angenehme Überraschung.

Die Frau mit den Bernsteinaugen besaß mannigfaltige Talente, jemanden zu begnadigen gehörte bedauernswerterweise nicht dazu. In Anbetracht der Tatsache, dass irgendwann auch Osbornes Leben endete, konnte sie hier auf ihn warten, wobei sie offensichtlich immer noch über gewisse übernatürliche Kräfte verfügte, die ihr ihr Vorhaben erleichterten. Musste er sich vor ihr fürchten? Wie wollte sie sich an ihm rächen? Töten konnte sie ihn ja schlecht, denn er war schon tot.

In diesem Moment erkannte er seinen Denkfehler: Sie rächte sich bereits auf perfideste Weise in einer Art höllischer Unsterblichkeit, gegen die der Tod die reinste Wohltat war, an ihm. Sie hatte sich seines Geistes bemächtigt, sich sein Bewusstsein untertan gemacht und gaukelte ihm Traumbilder vor, die ihm als Realität erschienen. Die Macht, die sie über ihn hatte, war mit nichts vergleichbar. Sie konnte alles geschehen lassen, was sie sich vorstellte. Wenn sie ihm die Vorstellung einimpfte, er springe in ein Feuer, dann spürte er die glühende Hitze, als wäre er tatsächlich den Flammen ausgesetzt. Und das Schlimmste daran war: Sie war nicht allein!

Chantal Dubois und ihre Hexenbrut hatten seinen Geist in ihrer Mitte eingeschlossen und ihn sowohl von seinen eigenen als auch von allen anderen Gedanken im Abyssus abgekapselt. Er war wie betäubt und konnte keine eigenen Vorstellungen mehr entwickeln. Seine Gedankenwelt war ausgetrocknet, sein Selbst war eingekeilt zwischen rachsüchtigen Feindinnen, die seinen Verstand gelähmt hatten, bis er kalt und steif wie eine leere Hülse in verzweifelter Isolation gefangen und ohne einen Funken Erinnerung war. Dann fütterten sie ihn abwechselnd mit albtraumhaften Szenarien, die er real zu durchleben glaubte. Auf diese Weise sollte er für all das, was er ihnen zu Lebzeiten angetan hatte, leiden. Im Abyssus existierte zwar keine Hölle, aber die Seelenqualen, die ihm die Frauen verursachten, waren unerträglicher als jeder Ort der Verdammnis jemals sein könnte. Noch schlimmer empfand Osborne die Ausweglosigkeit seiner Lage, die Gewissheit, dass er dieser Hölle niemals entkommen konnte, und dass ihm sein Geist nie mehr gehören würde. Die Einzigen, die ihn vielleicht erlösen könnten, wären der Graf von Saint-Germain, der verrückte Victor Ferchaux oder Doktor Dimitri Michailowa. Doch weshalb sollte der Graf ihm helfen? Er hatte ihn selbst doch nur für seine eigenen Zwecke benutzt. Das gleiche galt mehr oder minder für seine beiden Helfer. Nein, von dieser Seite durfte er keine Unterstützung erwarten. Somit ging die Saat von Chantal Dubois' Rache auf. Alan Osborne war so tot, wie etwas im Jenseits nur tot sein konnte. Jetzt verwandelten die Hexe und ihre Gefährtinnen sein Nachleben in eine Endlosschleife aus Albträumen. Sie hatten bei ihm angedockt, beschworen in Gedanken grausige Schreckensbilder und ließen ihn diese, wenngleich auch nur imaginär, so doch mit nicht minder gefühltem Grauen, durchleben. Wie sadistische Autorinnen trieben sie ihren Helden durch die furchtbarsten Szenarien. Sie bestimmten, was er als nächstes erdulden musste. Über mangelnde Kreativität konnte sich dabei bisher niemand beklagen. Die Hexen hatten ihn einen Flugzeugabsturz und eine Entführung durch untote Monster erleben lassen, hatten aus ihm einen grausamen Serienmörder gemacht und ihn anschließend bei lebendigem Leib sezieren lassen. Und das war erst der Anfang. Bis in alle Ewigkeit würden sie ihn die qualvollsten Momente durchleben lassen, die sich ihre kranken Phantasien ausmalten. Welches Albtraumszenario harrte wohl seiner als nächstes?

In seinem Bestreben, einen Ausweg aus dem Dilemma zu finden, irrte Osborne noch eine Weile orientierungslos durch sein Gedankenchaos, wobei er ständig Angst hatte, dass ihm der offensichtlich verbliebene Rest an eigenständigem Denken jeden Moment auch noch genommen werden konnte. Obwohl die Frauen sein Bewusstsein soweit manipulierten, dass er Realität nicht mehr von Imagination unterscheiden konnte, schien er im Moment wieder Herr über sein Denken zu sein. Wie war das möglich? Besaß sein Ich Regionen, die immun gegen äußere Einflüsse waren? Oder tolerierten die Hexen dies aus einem anderen Grund? Meinten sie, dass er nur dann richtig leiden konnte, wenn er sich des Leidens bewusst war? Ihnen genügte offenbar die Kontrolle eines Teilbereiches seines Bewusstseins. Oder verdankte er die momentane Verschnaufpause seiner Flucht aus der Obduktions-Phantasie? Immerhin hatte er diese Manipulation durchbrochen, womit seine Todfeindinnen wohl kaum gerechnet haben dürften. Dies legte die Vermutung nahe, dass er es immer nur mit einer einzelnen Gegnerin zu tun hatte. Die geballte Willenskraft von allen hätte er wohl kaum durchbrechen können. Bei dem mentalen Zweikampf mit Chantal Dubois, den er während der Fahrt in die

Rue de Chantilly mit ihr ausgefochten hatte, hatte er einen mehr als knappen Sieg davongetragen. Wie sollte er es da mit mehreren Frauen ihres Kalibers gleichzeitig aufnehmen können? Er war den Angreiferinnen hoffnungslos unterlegen. Es sei denn …

Vielleicht gab es doch noch eine Möglichkeit, wie er seine geistige Versklavung zumindest nicht kampflos hinnehmen musste. Hatte er die Macht, gegen alle Widersacherinnen zu siegen? Nein, auf keinen Fall. Aber wenn er sie sich einzeln vorknöpfte, was dann? Einen Zweikampf könnte er gewinnen. Allerdings nur, wenn sich in dessen Verlauf keine andere Furie auf ihn stürzte, was voraussetzte, dass von den anderen Hexen keine etwas von der Auseinandersetzung mitbekam. Das Vorhaben war gefährlich. Die Konsequenz eines Scheiterns wäre vermutlich völlige Auslöschung seines Bewusstseins. Andererseits, was war schlimmer: ewige Albtraumrealitäten zu durchleben oder das unendliche Nichts?

Nach Abwägen der Faktoren entschied er sich für den Ausbruchversuch. Dafür musste er einen Schwachpunkt in dem mentalen Belagerungsring finden, ohne dass irgendwer etwas von seiner Suche spitzkriegte. Wenn er diese Lücke gefunden hatte, musste er schnell zuschlagen und ausbrechen, ehe jemand kapierte, was geschah. Danach musste er sein Bewusstsein in dem gewaltigen Abyssus verstecken. Das war im Vergleich zu der bevorstehenden Aufgabe ein relativ kleines Problem. Und diese Aufgabe sollte er möglichst rasch in Angriff nehmen. Ihn verwunderte sowieso, dass er im Moment nicht mental attackiert wurde. Hatten die Hexen seine Flucht aus dem Obduktions-Albtraum denn nicht bemerkt? Das wäre nur dann möglich, wenn sein Unterbewusstsein die Angreiferinnen mit ihren eigenen Waffen geschlagen hatte und ihnen vorgaukelte, er sei immer noch in dem entsetzlichen Traum gefangen. Da es keine andere Erklärung gab, klammerte er sich an diese Vorstellung. Er musste einfach daran glauben.

In dem Moment zerriss ein lang gezogener Schrei die schwarze Stille. Hinter diesem entsetzlichen Wehklagen verbarg sich eine nicht minder entsetzliche Erkenntnis für den Amerikaner: Es war sein eigener Schrei, den er da vernahm. Er drang aus dem Zentrum seines Ichs, dem Mittelpunkt all seines Denkens. Als er sich darauf konzentrierte, veränderte sich die finstere Welt innerhalb seines Geistes, deren schlackeschwarzer Kosmos einem matten Schein voll winziger Lichtperlen wich. Wie Glühwürmchen tanzten sie immer dichter in dem morbiden Halbdunkel, bis sich aus dem gestaltlosen Flirren ein Raum kristallisierte, in dessen Mitte ein silberglänzender Metalltisch in so grelles Licht getaucht war, dass er beinahe surreal wirkte. Auf dem Tisch lag ein nackter Mann ausgestreckt, den ein Gerichtsmediziner und eine Ärztin obduzierten. Osborne musste das Gesicht des Leichnams nicht ansehen, er wusste, dass es seins war. Er erkannte, dass seine Vermutung stimmte: Ein Teil seines Bewusstseins hatte sich unbemerkt aus dem Albtraum entfernt, während der andere Teil seines gesplitterten Ichs immer noch in dem Albtraum verstrickt war. Allerdings war es wohl nur eine Frage der Zeit, bis der Trick aufflog.

Da Chantal Dubois all ihre Konzentration darauf lenkte, den verhassten Computerexperten mit immer brutaleren Visionen zu quälen, ließ ihre Wachsamkeit, was ihr eigenes Ich betraf, nach. Das war die Chance, die Osborne brauchte. Jenseits der Peripherie zwischen ihren Bewusstseinsebenen drang er vorsichtig in die Psyche der Hexe ein. Ihr Spiel mit den verschmelzenden Persönlichkeiten hatte er rasch durchschaut. Ihre hatte sie vor seiner abgekapselt, damit es zu keiner Verschmelzung ihrer Psychen kam, so wie es bei den ersten Partikeln geschehen war, mit denen er im Abyssus Kontakt hatte. Ansonsten hätte das bedeutet, dass nicht nur sie in seine Gedankenwelt eintauchen, sondern er auch nach Belieben in ihren Erinnerungen blättern konnte.

Er wollte die seelenlose Schwärze ihres Ichs möglichst schnell an der Kontaktstelle zur nächsten Hexe wieder verlassen. Sein Ziel war eine weniger mächtige Psyche als diese. Fieberhaft glitt er Stück für Stück voran. Die Dunkelheit war fast undurchdringlich und die wenigen Lichtschemen so diffus, dass sie praktisch mit der Finsternis zu einer Suppe verschmolzen. Dies änderte sich, je näher er zum Zentrum dieses Bewusstseins vordrang. Immer mehr Energien und Emotionen, die allesamt aus lebenden Farben zu bestehen schienen, zogen ihn in ihren Bann. Mit ihrem Glanz lockten sie, sich mit ihnen zu vereinen. Doch Osborne bevorzugte die frostige Leere zwischen diesen Gedankenpartikeln, die im eigentlichen Sinne gar nicht leer war. Sie erschien ihm nur so, weil sich sein Geist unbewusst abgekapselt hatte. Sollte diese mentale Barriere fallen, würde sein abgesplittertes Bewusstsein unweigerlich von Chantal Dubois bemerkt und seine Tarnung auffliegen. Dann war es mit dem Überraschungsmoment vorbei und er hätte bis in alle Ewigkeit keine Chance mehr zum Entkommen. Er setzte gerade alles auf eine Karte und es würde wahrscheinlich schief gehen, das tat es immer, wenn er seinem Herzen folgte. In seiner Welt war das Glück eine launische Zicke, der man nicht trauen konnte. Trotzdem blieb er auf dem eingeschlagenen Weg, weil der Drang nach Freiheit ebenso zum Menschen gehörte wie das Scheitern.

Vorsichtig bewegte er sich zwischen den ätherischen Nebelschwaden, durch die sowohl Phantome vergangener Ereignisse als auch aktuelle Gedanken trieben. Er schaute nicht dorthin zurück, wo die Vergangenheit lag, sondern richtete seinen Blick nach vorne auf psychische Regionen. Je tiefer er darin vorstieß, desto unheimlichere Geräusche drangen wie Eissplitter in sein Denken; ein seltsames Rollen, Grollen und Donnern, als würde ein

Gewitter aufziehen. Diese Laute lösten ein Schwindelgefühl aus, das auch seine Willenskraft ins Taumeln brachte. Schon bald würde es ihm unmöglich sein, noch weiter in Chantal Dubois' Bewusstsein vorzudringen, ohne entdeckt zu werden.

Tatsächlich nahm die Dichte ihres Ichs bedenklich zu, immer zusammenhängendere Gedankenfragmente kreuzten Osbornes Weg. Ab und an wehten auch fremde Stimmen leise, manchmal unverständlich flüsternd, heran. Dann wieder durchschnitten Stöhnen und Schreie die öde Finsternis, in der sie als hohles Echo verklangen. Obwohl er Abstand zu den Strukturen dieser Gedankenwelt hielt, fühlte er zunehmend deren Macht. Ihm war, als pirsche er durch eine gewaltige Gruft, in der jeder Millimeter den Tod ausdünstete. Noch nie zuvor hatte er so viel Kraft gespürt, die jeden Moment etwas von der fremden Präsenz, die sich wie ein Dieb bei ihr eingeschlichen hatte, registrieren konnte. Der Zwang, dieser unheimlichen Psyche zu entfliehen, wurde übermächtig.

Doch die eigentliche Gefahr kam in Form zerfließender Bilder, die sich zu einer jungen, stolzen Frau verfestigten. Sie tauchte exotisch und geheimnisvoll, jedoch verschwommen, wie durch einen photographischen Weichzeichner betrachtet, einfach vor ihm auf. Sie trug ihr rotes, seidenweiches Haar hochgesteckt und verharrte kurz vor dem geistigen Auge des Wissenschaftlers, ehe sie traumschön, verlockend und mit wiegenden Hüften auf ihn zuschritt. In ihren bernsteinfarbenen Augen schimmerte ein sanfter Glanz, in dem er sich zu verlieren drohte. Er fühlte sich dermaßen zu der Frau hingezogen, dass er drauf und dran war, seine mentalen Barrieren zu öffnen, um seinen Geist mit ihrem zu vereinen. Erst als er die Schöne fast schon berührte, spürte er eine Grabeskälte, die sie wie toter Atem verströmte. Der damit verbundene Schock trug sein Bewusstsein rasch fort, bis die irritierende Wahrnehmung der Frau verebbt war.

Nach der wiedergewonnenen Selbstsicherheit fühlte Osborne eine elektrisierende Erleichterung, beinahe wie eine Wiedergeburt. Mit neuem Elan konzentrierte er sich auf seine Flucht. Er suchte das schwächste mentale Glied in der Kette seiner Feindinnen – und das war Chantal Dubois mit Sicherheit nicht. Es dauerte allerdings seine Zeit, ehe er über verschlungene Pfade zum mentalen Kontaktpunkt ihres Bewusstseins und damit zur nächsten Hexe gelangte.

Wachsam tastete er an den Rändern des neuen Ichs entlang, das er anhand vorbeiziehender Erinnerungsbilder als die Psyche von Mercedes Caridad Peña identifizierte, die ihn vor nicht allzu langer Zeit mit ihrer Vision eines Flugzeugabsturzes heimgesucht hatte. Unbemerkt durchquerte er ihre Gedankenwelt und erreichte den nächsten Schmelzpunkt. Dahinter verbarg sich der Geist von Elodie Bonnaire. Mental war sie die bisher schwächste Frau. Einen Moment überlegte er, ob er bei ihr den Ausbruch wagen sollte. In der Hoffnung, bessere Voraussetzungen zu finden, wanderte sein Geist dann doch weiter ins nächste Bewusstsein. Es gehörte Valeria Régnier, die ihm aus seinem vorletzten Albtraum erst als Krankenschwester und dann als dahingemetzelte Prostituierte bekannt war. Etliche Passagen ihres Lebens waren gut sichtbar in mondsanftes Halblicht getaucht. Man brauchte nicht mit den Zeitsprüngen und Wirklichkeitsebenen ihrer Psyche in Berührung zu kommen, um ihre verkorkste Kindheit zu erkennen, die im Desaster der Drogenabhängigkeit und Prostitution endete.

An ihr Bewusstsein hatte der Geist von Maélle Vallois angedockt, die er als Bikinischönheit im Bermudadreieck kennen gelernt hatte. Nachdem er anschließend die gedanklichen Innenleben von Béatrice Gillain, Juliette Bouchez, Eve Jouvet und Géraldine Pirés auf ihre mentale Stärke hin überprüft hatte, gelangte er schließlich in Françoise Fabians Psyche. Auch bei ihr ignorierte er zunächst die wahrgenommenen Erinnerungen, bis eine Zusammenballung von Gedanken seine Aufmerksamkeit anzog. Diese konzentrierte sich im Zentrum ihres Denkens, wo sich vage schimmernde Phantome zu Gestalten und Gegenständen formten. Voller Abscheu erkannte Osborne, was sich da vor seinem geistigen Auge abspielte: Françoise Fabian sponn gerade ihre Rachegeschichte zusammen, die sie später, sobald Chantal Dubois ihre Obduktionsphantasie beendet hatte, in seine Gedanken projizieren würde, um seine Psyche damit zu quälen.

In dem von Françoise Fabian erschaffenen Albtraum sah er zunächst dunkle Gewitterwolken, die sich über einem einsamen Friedhof zusammenballten und die letzten Strahlen einer untergehenden Sonne verschluckten. Ein eisiger Wind wehte über das verdorrte Unkraut, das am Fuß fleckiger Grabsteine vor sich hinwucherte. Um ein frisch ausgehobenes Grab standen vier Männer gruppiert, die ohne besonderen Eifer einen Sarg in die Grube hinabließen. Von irgendwo ertönten dumpfe Schreie und ein merkwürdiges Klopfen, was die Totengräber aber nicht zu hören schienen. Als der Sarg den feuchtnassen Grund berührte, ließen sie die Halteseile los und schaufelten Erdreich auf ihn hinab. Zunächst begriff Osborne nicht, was die Vision vom Totenacker mit ihm zu tun haben könnte. Erst als sich ein feiner Schleier vor seinem geistigen Auge beiseite schob, und er anschließend auf ebenso phantastische wie beängstigende Weise in den Sarg hineinschauen konnte, verstand er.

Er war im Sarg eingeschlossen und schrie so laut, dass er dachte, seine Stimmbänder würden reißen, aber niemand hörte ihn. Über ihm ertönte das Dröhnen der Erdklumpen, die auf den Sargdeckel niederprasselten. *Wumm-Wumm-Wumm*. Das Geräusch wurde dumpfer, leiser, bis eine unheimliche Stille eintrat. Mit zitternden, blutigen Fäusten hämmerte der

Eingeschlossene weiter gegen den geschlossenen Sargdeckel. Seine Fingernägel harkten über dessen glatte Unterseite, bis alle Kraft aus den verkrampften Muskeln und alle Hoffnung aus seinem Herzen gewichen war. Was blieb, war elende, abgrundtiefe Verzweiflung.

Obwohl er wusste, dass das Gesehene nur eine Halluzination war, schenkte ihm dieses Wissen keinen Trost. Noch während die Bilder des lebendig Begrabenseins vor seinem geistigen Auge vorbeifluteten, verließ er diese furchtbare Gedankensphäre. Er wollte nicht länger mit den schrecklichen Impressionen eines Albtraums konfrontiert sein, den er unter ungünstigen Umständen bald wie leibhaftig erleben würde.

In dem Bewusstsein, dass ihn die kleinste Unvorsichtigkeit verraten und ein Inferno auslösen würde, strömte er mit der Leichtigkeit eines Mondstrahls in die letzte noch zu erforschende Psyche. Lautlos sickerte er durch die äußeren Regionen von Constance le Blanches Geist und tauchte immer tiefer in die bodenlosen Abgründe ihres Seins. Zur Gewissheit, dass sie nach Chantal Dubois die mächtigste Frau des Hexenzirkels war, benötigte er nur wenige Augenblicke. Im Gegensatz zu Chantal Dubois war ihr Geist im Moment nicht durch Folterphantasien abgelenkt, was seine Aufmerksamkeit erhöhte. Osborne gefiel diese Vorstellung nicht. Ihn beschlich schon bald das bedrängende Gefühl, dass er beobachtet wurde. Irgendwie hatte er den Eindruck, dass Constance le Blanches Bewusstsein seine Gedanken empfing. Ganz gewiss spürte es seine Präsenz, wusste längst, dass er hier war. Was hatte die Hexe jetzt vor? Ihr Denken war ganz nahe bei ihm, er fühlte es. Er spürte ein leichtes Schwanken der Dunkelheit wie das Verklingen eines Tons. Nein, hier sollte er keinesfalls länger bleiben. Sein Geist sollte rasch zurückgleiten und bei Elodie Bonnaire den Ausbruch wagen.

In diesem Moment bemerkte er etwas, was er im ersten Augenblick für ein gewaltiges Spinngewebe hielt. Es überzog Constance le Blanches gesamte Psyche mit blauschwarzen Strängen, deren äußere Enden außerhalb ihres Seins in den Anti-Materie-Wänden des Abyssus verankert waren. Durch die Verästelungen des Aderwerkes quetschten und pumpten sich unaufhörlich gewaltige Mengen Anti-Materie in das Zentrum des Netzes, in den Mittelpunkt von Constance le Blanches Seele. Von dort aus floss sie durch eine Art Kanal in die Welt der Materie, wo sie unfassbare Zerstörungskräfte freisetzte.

Osborne verharrte erschaudernd vor dem Gebilde, wo er den Atem der Ewigkeit spürte. In Fragmenten sah er vor seinem geistigen Auge den qualvollen Tod der Hexen, nachdem sie das ›Buch des Abyssus‹ für Beschwörungen benutzt hatten. Er beobachtete, wie Constances Leichtfertigkeit das Loch zwischen den Sphären von Materie und Anti-Materie gestochen und so auf der Erde das Tor zum Abyssus aufgestoßen hatte. Wie hypnotisiert schwebte Osbornes Geist nun vor dem unheildrohenden Energienetz, während seine Gedanken vor Entsetzen dröhnten. Er entsann sich an den Vorreiter dieser alles vernichtenden Schwärze in den Katakomben, deren Quelle er jetzt hier gefunden hatte.

Während er in Grübeleien abschweifte, vernachlässigte er seine Vorsicht. Im nächsten Augenblick spürte er, wie etwas sein Denken striff. Dann folgte ein Schlag, der seine Gedankenwelt mächtig durcheinander wirbelte. Constance le Blanche hatte seine Präsenz entdeckt. Ihr Wutschrei drang bis in die Tiefen des Abyssus und löste dort ein gewaltiges Grollen aus, das den Abgrund bis ins Gebein erbeben ließ. Obwohl der Entlarvte sich zu konzentrieren versuchte, versagte ihm seine Geisteskraft die Gefolgschaft. Umso eifriger umschlang die mentale Stärke seiner Gegnerin sein Denken wie eine schwarze Natter. Mit spitzen Rändern durchstieß ihr Ich sein Bewusstsein und zerriss es nach Belieben. Wüste Flüche ausstoßend, quetschte die Hexe ihre geistigen Kräfte immer erstickender um seine überrumpelte Psyche. Er war dem Ziel so nahe gewesen, aber in letzter Sekunde gescheitert. Mut und Zuversicht konnte man verlieren, die Hoffnung nicht, sie konnte nur sterben. Und das tat sie, als Chantal Dubois und die übrigen Hexen bemerkten, was sich in Constance le Blanches Bewusstsein abspielte. Die Furien drangen von allen Seiten auf den flüchtigen Geist des Computerexperten ein und schoben einen undurchdringlichen Schatten über sein Ich.

»Hallo, Monsieur Osborne«, hörte er Chantal Dubois' telepathische Stimme tief in seinem Innern. »Wie schön, Sie wieder zu sehen. Offensichtlich hätten Sie uns beinahe mit einem Täuschungsmanöver übertölpelt. Gratuliere.«

Osborne erwiderte nichts, sondern versuchte die rothaarige Hexe zu lokalisieren. Vergebens. Er konzentrierte sich in alle Richtungen, konnte ihre Präsenz aber nicht von der der anderen Angreiferinnen unterscheiden.

»Sie suchen mich? Hier bin ich. Egal, Hauptsache, ich weiß, wo Sie sind.«

Völlig aus der Fassung gebracht, wirbelten seine Gedanken durcheinander. Nach dem Schock kam die Angst. Schlimmer als jeder Schrecken war die Ungewissheit.

»Was ist, wollen wir uns amüsieren?«, flüsterte sie mit eiskalter Stimme. »Ich verspreche, es wird Ihnen gefallen. Lassen Sie die Dinge einfach geschehen. Sie brauchen keine Angst zu haben, niemand kann Sie mehr töten. Alles wird gut, glauben Sie mir.«

Jeder einzelne Gedanke des Wissenschaftlers brannte wie Säure, bohrte sich wie Dornenzacken in sein Innerstes. Trotz bleierner Benommenheit versuchte er, seine auseinander treibenden Gedankenstränge zu bündeln. Wäre da nicht dieser fürchterliche Schmerz, der jede Eingebung explodieren ließ, so dass er beinahe nichts mehr denken konnte. Umso wilder agierten die Hexen, deren Psychen so fest an seinem Geist rissen, dass sie ihn beinahe zerfetzten. Immer tiefer drangen sie in sein Bewusstsein, spalteten es, ließen ihre widerlichsten Gedanken über die seinen gleiten und verätzten sie. Eisern legten sich ihre mentalen Energien um das Zentrum seines Seins. Osborne spürte, wie die letzten Reste seines Denkens schwächer wurden, wie sich sein Geist auflöste und seiner Existenz beraubt wurde. Was konnte er jetzt noch tun? Zwar wehrte sich seine erlahmende Willenskraft immer noch ein wenig, aber seine Gegnerinnen waren mental zu übermächtig. Ihrem blanken Hass hatte er nichts mehr entgegenzusetzen.

»Sie werden ein aufregendes Nachleben erfahren, das verspreche ich Ihnen«, hauchte Chantal Dubois. »Einen kleinen Vorgeschmack hatten Sie ja bereits. Aber das war nur ein Geplänkel. Auf Sie warten unzählige Szenarien. Für mich und meine Schwestern ist das wie Kino. Es ist sehr unterhaltsam, Sie leiden zu sehen. Hoffen Sie nicht auf Hilfe. Die Toten sind zu sehr damit beschäftigt, ihr eigenes Seelenheil zu finden. Offiziell gibt es zwar keinen Himmel und keine Hölle, aber im Abyssus findet sich Adäquates. Die bösen Seelen bleiben unter sich, weil die Guten deren Gefühle und Erlebnisse verabscheuen. Also müssen sie mit ihresgleichen verschmelzen und deren Grausamkeiten, Anomalien, Perversionen und Leere in alle Ewigkeit erleben und erleiden. Ein furchtbarer Gedanke, finden Sie nicht? Eine ewige Hölle. Umso glücklicher werden all jene, die sich mit guten Menschen reinen Herzens vereinen. Aber Sie werden weder von dem einen noch dem anderen betroffen sein, dafür sorgen wir. Machen Sie es uns durch solche Eskapaden hier nicht unnötig schwer. Ein intelligenter Mann wie Sie sollte wissen, wann er verloren hat.«

»Weiß Ihre Familie eigentlich, dass Sie hier sind?«, fragte Osborne, ohne zu wissen, weshalb ihm ausgerechnet diese Frage plötzlich in den Sinn kam.

»Was?«

»Wäre es nicht sinnvoller, sie zu suchen, mit ihr zu einer Einheit zu verschmelzen und so glücklich miteinander zu werden?«

»Man merkt, dass Sie ein Neuling im Reich der Toten sind, Monsieur.« Ihre telepathische Stimme klang ganz gelassen. »Verwandtschaft ist etwas Vergängliches, das nur unter Lebenden existiert. Jenseits des Körperlichen gibt es bloß Seelenverwandtschaften. Und meine Seelenverwandten lernen Sie gerade näher kennen. Wichtig ist nur: Wir beide werden immer eins sein. War es nicht das, was Sie sich bei unserer ersten Begegnung am sehnlichsten wünschten?«

Osborne versuchte, sich mit seiner verbliebenen Geisteskraft gegen die mentale Energie der Hexe zu stemmen, doch sein Wille war puddingweich, er zerfloss buchstäblich. Seine Gedanken wurden zunehmend von Geisteskräften gelenkt, die nicht seine eigenen waren.

»Sie haben es vermutlich schon bemerkt, wir schlüpfen wieder in Ihren Geist«, fuhr Chantal Dubois fort. »Für uns ist Ihr Bewusstsein ein leerer Brunnen, den wir mit unseren Energien füllen. Und diesmal werden wir Ihre Psyche aufmerksamer in Gewahrsam nehmen als beim ersten Mal. Wir beide werden uns prächtig verstehen, dessen bin ich sicher. Im Grunde sind wir nämlich zwei Seiten derselben Medaille, wissen Sie das? Wie Gut und Böse, wobei ich, wie Sie inzwischen bestimmt erfahren haben, die Gute bin.«

Der Computerexperte stöhnte innerlich auf, während er mental völlig zusammenbrach. Schutzlos saß er in der Falle, vollkommen der Willkür der Hexen ausgeliefert. An jeder Ecke seines Seins flackerte neuer Schmerz auf. Nur noch wenige Augenblicke, dann existierte er nicht mehr als Individuum. Was konnte er noch tun, um den Furien Einhalt zu gebieten? Vor lauter mentaler Schmerzen und Erschöpfung und dem Gefühl der sicheren Niederlage vor Augen, brachte er keinen vernünftigen Gedanken zustande. Er wollte nur noch von diesem Ort fliehen, wollte raus aus dieser Umklammerung.

»Ach ja, ich habe noch eine schlechte Nachricht für Sie«, meldete sich Chantal Dubois ein letztes Mal. »Die Auferstehung am Jüngsten Tag ist nicht. Um Tote wiederauferstehen zu lassen, müsste es einen Gott geben. Und? Sehen Sie hier im Jenseits etwa einen? Es ist schon überraschend genug, dass in unserem Körper etwas dessen Verfall überlebte, da sollte man nicht noch übernatürliche Wesenheiten, die für Recht und Ordnung sorgen, verlangen, finden Sie nicht? Leider müssen wir in dem Zusammenhang auch das Bild vom Paradies ein wenig revidieren. Es ist kein blühender Garten Eden, sondern eher eine Ödnis mit dem Charme einer Gefängniszelle. Aber wie überall kommt es auch hier nur darauf an, was man daraus macht.«

Was dann geschah, war nicht geplant. Es passierte einfach so. Ohne sein Wissen war doch noch eine Spur Eigenständigkeit in seinem Ich aktiv, die sich durch zunehmenden Druck in seinem Bewusstsein bemerkbar machte. Dieser Druck wuchs und dehnte sich weiter aus. Sein Auslöser war ein winziges, glühendes, tief im Verstand des Wissenschaftlers verborgenes Stäubchen Geist, das die Hexen noch nicht vereinnahmt hatten. Als er sich darauf konzentrierte, zuckte die geballte Gedankenkraft der Frauen merklich zusammen. Je mehr er sich darauf konzentrierte, desto heller loderte dieser Partikel in ihm auf. Osborne begriff plötzlich, was es mit dem Licht im Zentrum seines Seins auf sich hatte. Es waren seine Logik und sein Rationalismus, die Todfeinde alles Übersinnlichen.

Im Moment absoluter Siegesgewissheit wurde sich Chantal Dubois dieser Präsenz, etwas, was sie noch nie zuvor in ihrem Leben gespürt hatte, bewusst. Es war eine Art Klang, der all ihr Sein auszufüllen schien und ihr ganz und gar nicht gefiel. Etwas Kaltes stieß durch die Membran von Osbornes Umklammerung, drang in ihr Bewusstsein und bahnte sich zielgenau einen Weg ins Zentrum ihres Denkens, wo sie ihre dunkelsten Geheimnisse verwahrte, damit die niemals ans Licht des Tages gelangten. Das unbekannte Etwas berührte diese Region und vibrierte wie ein flüchtiger Stich. Erst da bemerkte Chantal Dubois, dass es ihr Gegner war, der seine neu entdeckte Konzentration auf ihr geistiges Zentrum richtete. Ehe sie reagieren konnte, legte sich bereits ein lähmendes Licht über ihr Denken, das sich kreischend aufbäumte, als Osbornes Psyche wie ein rot glühendes Messer durch die ihre stieß.

Sich der unerwartet aufgetretenen Gefahr bewusst, versuchten die übrigen Hexen den Widerstand des Wissenschaftlers zu ersticken. Von allen Seiten attackierten ihn fauchende, tobende Frauen, die ihre mentalen Fesseln noch würgender um seine Willenskraft schlangen. Unbeeindruckt richtete er seine Energien weg von Chantal Dubois und mitten hinein ins Zentrum des Spinngewebes und in Constance la Blanches Geist, in das glühende Auge der Anti-Materie, in den Durchlass, durch den diese ins Reich der Materie floss.

Der Abyssus schlug wie eine Sturmfront zurück und überschwemmte den Geist des Angreifers mit Finsternis. Unbarmherzig zerrte die Dunkelheit an seinem Willen, versuchte diesen an sich zu reißen. Einen entsetzlichen Augenblick lang war Osborne davon überzeugt, dass er gerade einen tödlichen Fehler begangen hatte. Der Druck der Anti-Materie war ungeheuer, allerdings wurde auch der Gegendruck des Wissenschaftlers härter. Das letzte Quäntchen mentaler Kraft aus sich herauspressend, rammte er seine konzentrierte Gedankenkraft wieder und wieder in das Zentrum des Spinnennetzes. Dabei richteten sich seine Angriffe nicht gegen die Anti-Materie an sich, sondern gegen die alle Logik in Frage stellende Magie aus dem ›Buch des Abyssus‹, aus dem dieser Durchgang in die materielle Welt erwachsen war. Doch diese Magie, die Constance le Blanche der Anti-Materie bei der Beschwörung des Abyssus beigemischt hatte, wehrte sich verbissen. Dennoch konnte die Zauberei nicht verhindern, dass die Anti-Materie bei jeder Attacke heftiger zusammenzuckte. Sie schrillte, bäumte sich auf, kreischte und zuckte wie im Todeskampf. Aber konnte man überhaupt etwas so Abstraktes wie das Jenseits oder den Tod töten? Zumindest fühlte der Computerexperte, wie das glühende Auge, dieses Schwarze Loch im Zentrum des Spinnennetzes, regelrecht in Panik geriet. Dadurch ermuntert, stieß er seine Gedanken noch tiefer in den Durchgang zwischen den Welten, wo die Dunkelheit bereits an einigen Stellen aufriss, während sie an anderen zu schmelzen begann. Knisternd, von ungeheurem Schrillen begleitet, löste sich die Dimensionenpforte zur Erde auf, sank dann zusammen und zerfiel in ihre Bestandteile. Sie implodierte mit einer kalten Gewalt, deren Vakuum alles in unmittelbarer Nähe in sich saugte.

Ihr ungeheuerer Sog, begleitet von verzerrtem Kreischen, spülte über Osbornes Geist hinweg. Sein Bewusstsein stemmte sich zwar dagegen, aber es war kein gewöhnlicher Sturm, der ihn da mitzureißen drohte, denn dessen Zentrum war inzwischen so hell geworden, dass seine knisternden Blitze alles andere überstrahlten. Im nächsten Augenblick riss der übermächtige Sog seinen Geist in das gleißende Licht, das heller als eine explodierende Sonne war. Er war kaum durch die tosende Membran des Schwarzen Loches gesogen, da verschlang ihn der kreisende Schlund eines fauchenden Mahlstroms. Begleitet von wildem, zornigem Dröhnen versiegelte hinter ihm ein pechschwarzer Blitz die Verbindung zwischen den Welten wieder.

Eine Druckwelle brach wie eine kochende Flut über die Geister der Hexen herein und schleuderte sie weit in den Abyssus hinaus, zwischen die unzähligen Seelen auf ihrer endlosen Suche nach ewiger Ruhe, die Chantal Dubois und ihre Gefährtinnen niemals finden würden.

Schneller als das Licht wirbelte Osborne, gefangen im Bann des kreisenden, kreischenden Strudels, zwischen den Welten. Obwohl er nur Sekundenbruchteile durch die schwarze Leere des versiegenden Durchlasses trieb, erschien es ihm wie Stunden. In dem Kanal zwischen den Dimensionen hatte er das Gefühl, als ob er verbrannte, als würde sein Innerstes nach außen gekehrt. Sein Partikelkörper zersplitterte in dünne Fäden, wobei er in sich die Wandlung der Raumzeitmasse, dieses Bindeglied zwischen Leben und Tod, spürte. Seine Elementarteilchen wurden entflochten, aus Quarks entstanden Milliarden zerfaserte Protonen und Neutronen, die erst Moleküle und dann Atome bildeten; unstete ineinander- und auseinanderstrebende Masseteilchen, formlos, immer in Bewegung und sich permanent verändernd. Um die Partikel wuchs etwas heran, engte die losgelösten Teilchen seines Ichs ein und beendete das Gleiten. Zarte Formen deuteten sich an und zerbrechliche Konturen stachen hervor, die sich wieder zu der Gestalt seiner alten sterblichen Hülle zusammenfügten. Die Materie kehrte zurück, riss das Leben wieder an sich und wurde zum Mittelpunkt einer wiedergewonnenen Existenz. Inmitten dieses biologischen Schmelztiegels erwachten zittrig und pulsierend die Sinne und schwemmten in Form unzähliger verworrener Empfindungen über ihn hinweg. Dieser Prozess war weniger qualvoll als die Auflösung seines Körpers. Wurde er wiedergeboren? Oder vielmehr in das Leben zurückgerissen? Um ihn herum verschmolzen die Schatten zu einer Dunkelheit, die nichts mit der toten Finsternis des Abyssus zu tun hatte. Plötzlich fand er sich hinter einem Riss auf einer anderen Ebene wieder, frei von den formlosen Schrecknissen des Jenseits. Zwar hinderte ihn immer noch eine bleierne Mattheit, sich zu bewegen, aber das änderte nichts daran, dass er zu seinem Ursprungsort zurückgekehrt war, dass sein Körper wieder lebte.

Als die Quelle des Anti-Materieflusses zur Erde versiegte, stoppte der durch das ›Buch des Abyssus‹ ausgelöste Prozess der Entmaterialisierung von einem Moment auf den anderen. Die Schwärze in den Kratern und Abgründen verlor schlagartig ihre Konsistenz und verblasste. Damit einher verebbte auch augenblicklich der Sturm. Was blieb, waren tiefe Narben der Zerstörung, die der Ausläufer des Abyssus quer durch Paris geschlagen hatte.

### *13 Uhr 45 – Katakomben / Place de l'Hôtel-de-Ville*

Hinter der Schranke des Todes zerfiel die Grabesstille und vermischte sich zunehmend mit Geräuschen, die in Osbornes Bewusstsein drangen. Auf dem Bauch liegend, erwachte er aus dem furchtbaren Trauma wieder in der Welt der Lebenden. Eine Welle von Entsetzen trieb durch den milchigweißen Dunstvorhang in seinem Kopf. Er hatte die schlimmsten Augenblicke seines Lebens hinter sich: Hoffnungslosigkeit, Verzweiflung, Angst, Tod. Das erlebte Grauen drohte zurückzufluten und die Bestürzung darüber presste ihm die Kehle zusammen. Es war diese kalte Panik, die ihn geweckt hatte und sich jetzt tückisch in ihm einnistete, ihn umhüllte und sich sein Denken und seine Wahrnehmung untertan machte. Doch er wehrte sich. Sein Erinnerungsvermögen weigerte sich beharrlich, noch einmal – wenn auch nur in Gedanken – in den Abyssus zurückzukehren, denn das würde keine angenehme Sache werden. Nur für einen flüchtigen Moment spürte er noch den Nachhall der Ereignisse im Jenseits, ehe sich die trostlosen Erinnerungen daran in den tiefsten Winkel seines Unterbewusstseins verkrochen, wo sie zu Gedankensplittern zerfielen, die zu winzig waren, als dass sich daraus jemals wieder ein einheitliches Bild zusammensetzen ließe.

Benommen öffnete der Amerikaner die Augen. Wo um alles in der Welt befand er sich? Die Grenze zwischen Einbildung und Realität schien verschwommen, als glitte er gerade aus der Traumphase in den Wachzustand. Um ihn herum herrschte ölige Dunkelheit. Sein erster klarer Gedanke war, dass er in seinem Pariser Hotelzimmer eingeschlafen sei und die Mutter aller Alpträume habe ihm einen nächtlichen Besuch abgestattet. Aber wieso lag er dann nicht auf einer weichen Matratze, statt auf nassem, hartem Steinboden? Träge kehrte die Erinnerung aus dem Limbo zurück; nur von dem Moment, als ihn der Abyssus in den Katakomben verschlang, bis jetzt, klaffte eine unüberbrückbare Gedächtnislücke. Aus irgendeinem irrationalen Grund fürchtete er, er sei tot. Aber wenn er tot wäre, würde sich sein Schädel vermutlich nicht so anfühlen, als schabe darin ein Dutzend Rasierklingen. Vorsichtshalber tastete er nach seinem Gesicht und kniff sich in die Wange. Das Ergebnis war ermutigend, denn er spürte das Kneifen. Er lebte und hatte die Augen offen. Weil es immer noch zappenduster war, hatte er entweder das Augenlicht verloren, oder die Sonne war verloschen. Die Option, lebendig begraben zu sein, dämmerte ihm erst allmählich, was ihn aber augenblicklich in die dafür angemessene Panik versetzte. Für letzte Theorie sprach, dass er sich kaum bewegen konnte, weil etwas Schweres auf seinem Rücken lastete. Er wollte um Hilfe rufen, brachte aber nur ein heiseres Krächzen heraus, das in einem trockenen Husten mündete. Mühsam hob er den Kopf und versuchte aufzustehen. Sein ganzer Körper war noch taub; erst allmählich kehrte das Gefühl in die Glieder zurück. Langsam gewöhnten sich auch seine Augen an die Finsternis. Erst waren da nur schwankende Schatten und staubgrau überzogene Farben. Als er den Kopf so weit wie möglich nach hinten drehte, sah er, dass er tatsächlich von den Hüften abwärts unter einer Schutthalde begraben lag. Von irgendwo versickerten ein paar Streifen Zwielicht in den gefräßigen Schatten, sonst hätte er das kaum erkennen können. Woher kam dieses Licht? Soweit er sich inzwischen erinnerte, gab es hier unten – abgesehen von seiner inzwischen irgendwo verloren gegangenen Taschenlampe – keine Lichtquelle. Obwohl die Luft stickig und verbraucht war und ihr zudem ein Hauch von Verwesung anhaftete, spürte er dennoch einen leichten Luftzug. In der Nähe musste es eine Öffnung zur Erdoberfläche geben. Die Erleichterung darüber verflog allerdings schnell und wich einem unbestimmten Gefühl des Beobachtet werdens. Tatsächlich spürte er, wie sich Blicke in ihn bohrten. Doch so sehr er sich auch umsah, da war niemand.

Während er so dalag, die linke Wange auf den kalten Boden gepresst, und grübelte, registrierte er plötzlich ein schwaches, phosphoreszierendes Licht, das sich etwa zwei Meter entfernt in sein Gesichtsfeld schob und zu schweben schien. Das erste, was ihm in den Sinn kam, war der Begriff »Irrlicht«. Das war zweifellos ein alberner Einfall, aber eine vernünftigere Erklärung bot sich auf die Schnelle nicht an. Offenbar hatte das Licht ihn bemerkt, denn es verschwand kurz in der unbestimmbaren Dunkelheit, kehrte dann zurück und rührte sich nicht mehr von der Stelle. Schließlich bewegte sich das kugelförmige Glühen näher und nahm allmählich Gestalt an. Als er dessen wahre Identität erkannte, stellten sich Osborne die Nackenhaare auf. Einen Meter vor ihm verharrte die plötzlich verblassende Korona, deren Zentrum eine Kakerlake bildete, die ihn scharf musterte. Es war nicht irgendeine Kakerlake, sondern *die* Kakerlake.

Vielleicht war das auch nur ein Traum, in dem er glaubte, er sei wach. Ja, das machte Sinn, das passte. Er presste die Augen zusammen, dass es beinahe wehtat. Als er sie wieder öffnete, war das Licht verschwunden, die Kakerlake aber stand nur wenige Zentimeter von ihm entfernt. Aufgrund der ungewöhnlichen Perspektive wirkte das Insekt eigentümlich groß und seine Proportionen auf groteske Weise verzerrt. Am winzigen Hals baumelte der Kopf herab und legte sich dann schräg. Die gespreizten Fühler wölbten sich nach vorne und wippten leicht auf und ab, während die Schabe ihre gezackten Beinchen wie zum Sprung anwinkelte, wobei der Unterkörper immer tiefer dem Boden entgegensackte. Ihre gelbbraun überhauchten Flügel zuckten zaghaft, ohne sich allerdings zu entfächern. In den stecknadelkopfgroßen Augen schimmerte unruhig der Widerschein eines glutroten Fleckes, der kurz aufflackerte, bevor er verglomm. Im ersten Moment wirkte das Insekt gereizt, doch dann schien es innerlich zur Ruhe zu kommen, wobei seine Wachsamkeit blieb.

Nachdem sich Osborne von dem Schreck über die verstörende Nähe der Kakerlake erholt hatte, beschloss er, dass er sich das Glimmen des Ungeziefers nur eingebildet hatte und die Begegnung mit ihm nichts als Zufall sei. Dass irgendeine höhere Kraft, möglicherweise etwas so Abstraktes wie Wiedergeburt, mit im Spiel sein konnte, erschien ihm zu absurd.

So sehr sich seine Gedanken auch mit der Schabe beschäftigten, so wenig galt deren Interesse offensichtlich ihm. Sein Unbehagen blieb, obwohl das Ungeziefer längst weitergekrabbelt und schon bald von der Dunkelheit verschluckt worden war.

Erst nach einer halben Ewigkeit hatte er sich von der unerwarteten Begegnung so weit befreit, dass er seine eigene Rettung in Angriff nahm. Er stützte sich auf die Ellbogen und schob sich ein Stück unter dem Dreck heraus. Die Tatsache, dass er sich vorwärts bewegen konnte, erleichterte ihn einerseits, andererseits bangte er, dass sein Handlungsspielraum jeden Moment beendet sein könnte. Seine Befürchtung bewahrheitete sich nicht, denn die Geröllhalde bestand lediglich aus lockerem Sandstein und hatte ihm außer harmlosen Quetschungen an den Beinen und am Rücken keine nennenswerten Verletzungen zugefügt.

Nachdem er sich relativ leicht aus dem Schutt befreit hatte, zog er sich taumelnd an der Steinwand neben dem eingestürzten Deckenbereich hoch. Er atmete tief durch, klopfte den Schmutz von der Kleidung und fragte sich, wie lange er wohl unter dem morschen Gewölbe in Sicherheit war. Von beunruhigenden Knackgeräuschen begleitet, tropfte stetig Wasser durch die Decke, was seine Befürchtung, ihm könne hier alles auf den Kopf fallen, verstärkte.

Wenige Meter entfernt entdeckte er am Boden seine Taschenlampe. Ihr Griff war verbeult und das Schutzglas vorne gesprungen, aber sie funktionierte noch. Er schaltete sie ein, ließ ihren Lichtstrahl über Boden und Wände hüpfen und wankte nach rechts in einen feuchtkalten Tunnelgang. Dort orientierte er sich an dem schwachen Luftzug, der ihm entgegenblies. Seine Beine blieben noch einige Zeit zwei gefühllose Stelzen, so dass er alle vier, fünf Schritte eine kleine Pause einlegen musste. Unbeholfen stolperte er über Steine und wäre an einer abschüssigen Stelle beinahe auf dem feuchten Lehmboden ausgeglitten. Mit jedem Meter verstärkte sich ein Rauschen, als ob er sich einem Wasserfall näherte. Vor einer Biegung vernahm er über das Brausen hinweg ein leises Wimmern. Als er weiterging, wäre er hinter der Ecke beinahe über ein Mädchen, das er auf dreizehn oder vierzehn Jahre schätzte, gestolpert. Schluchzend, das Gesicht in den Armbeugen vergraben, saß es mit angewinkelten Beinen auf dem nackten Boden. Bei seinem Anblick war Osbornes Angst um das eigene Leben wie weggeblasen.

»He, alles in Ordnung?«, fragte er sanft.

Die Kleine zuckte erschrocken zusammen und schaute zu ihm hoch. Verneinend schüttelte sie den Kopf und wischte sich mit einem Handballen die Tränen aus dem Gesicht.

»Wer bist du?«, fragte er weiter und ging neben ihr in die Hocke.

Sie antwortete kaum hörbar mit heiserer, kratziger Stimme: »Lea Marie.«

»Okay, Lea Marie, ich heiße Alan. Bist du allein hier unten?«

Einen Moment lang schien es, als bräche das Mädchen erneut in Tränen aus. Es zog seine zitternden Mundwinkel mit fest aufeinander gepressten Lippen nach unten. »Nein.«

»Wo sind deine Begleiter?«

»Ich weiß nicht.«

»Wie viele waren es denn?«

»Eine Frau, Arielle Clémentine. Sie ..., sie war nett. Sie wollte mich retten. Und dann ...« Lea Marie stockte, als wollte sie sich nicht mehr erinnern.

»Und was dann? Habt ihr euch hier in den Katakomben verlaufen? Wie seid ihr überhaupt hierher geraten?«

»Wie sind gestürzt. In einen Erdspalt, direkt vor dem Rathaus. Unter mir öffnete sich der Boden und ich stürzte in die Spalte. Ich weiß auch nicht genau, was dann passierte. Irgendwie veränderten sich plötzlich die Felswände. Zuerst waren sie pechschwarz und dann wieder felsig. So rotbraun, wissen Sie. Mich hat es auf eine Geröllhalde geschleudert und ich bin in Panik weggerannt, bis ich vor Seitenstichen nicht mehr konnte. Dann tauchten Sie auf. Ende der Story.«

»Was ist mit deiner Begleiterin?«

»Keine Ahnung. Ich habe sie seitdem nicht mehr gesehen. Wenn sie auf dem Rathausplatz weggelaufen wäre, statt mich festzuhalten, dann würde sie jetzt noch leben.«

»Weißt du genau, dass sie tot ist?«

»Nein, aber ich bin mir ziemlich sicher. Sie ist tot.«

»Wie viel Zeit ist denn seit deinem Sturz vergangen?«

»Keine Ahnung, eine Viertelstunde vielleicht.«

»Dann kann deine Begleiterin nicht weit sein.« Osborne streckte Lea Marie eine Hand entgegen und richtet sich auf. »Komm, wir suchen sie.«

»Okay.« Sie ergriff seine Hand und zog sich daran hoch.

Er versuchte, sich zu orientieren. Keine zehn Meter weiter verzweigte sich der Stollen.

»Wo sind deine Eltern?«, erkundigte er sich.

Überwältigt von den Erinnerungen brach das Mädchen wieder in Tränen aus. »Tot.«

Es entstand eine kurze Pause.

»Das tut mir Leid«, beteuerte er leise. »Das ist furchtbar. Ich weiß, wie du empfindest.«

»Gar nichts wissen Sie!«

»Ich habe meine Eltern auch völlig unerwartet verloren, als ich etwa in deinem Alter war.«

»Wirklich? Und wodurch sind sie gestorben?«

»Durch einen Unfall.«

»Meine auch.« Ihre Stimme klang sehr schwach und zittrig.

»Wann?«

Sie schluckte. »Eben, vor ein paar Stunden.«

»Oh.« Osborne holte tief Luft. »Und wer war die Frau, mit der du zuletzt unterwegs warst?«

»Keine Ahnung. Wir hatten uns erst kurz zuvor getroffen.«

»Sie kannte dich kaum und riskierte ihr Leben für dich? Das ist erstaunlich. Entschuldige, das klingt irgendwie blöd, aber ...«

»Nein, tut es nicht.« Ein bitteres Lächeln huschte über ihr Gesicht. »Das verstehe ich ja auch nicht. Umso ungerechter ist es, dass ich noch lebe und sie nicht.«

Ein dumpfes Ächzen im Gestein, das beinahe wie ein Schrei klang, ließ sie zusammenfahren. »Was war das?«

»Ich weiß nicht. Aber sehr sicher scheint es mir hier nicht mehr zu sein. Wir sollten einen Weg nach draußen suchen und dort unsere Konversation fortsetzen.«

»Und wo geht es hier nach draußen?« Lea Marie klopfte sich den Schmutz von der Sitzfläche.

»Im Zweifelsfall immer der Nase nach. Wo die Luft am frischesten ist, ist der Ausgang am nächsten.«

Sie ergriff ihren Rucksack, den sie neben sich abgelegt hatte, und schnallte ihn auf den Rücken. »Wohin gehen wir, wenn wir draußen sind?«, wollte sie wissen.

»Dorthin, wo es sicher ist.«

»Und wo ist das?«

Er zuckte ratlos mit den Schultern, er wusste es auch nicht. »Sobald wir aus den Katakomben sind, sehen wir weiter.«

Vorsichtig tasteten sie sich an der Gabelung vorbei in den rechten Tunnel, wobei sie öfter innehielten und prüften, ob da wirklich ein Luftzug spürbar war. Nach jeder Biegung wurde die Luft klarer, so dass jeder Zweifel ausgeschlossen war; sie befanden sich auf dem richtigen Weg. Bald stiegen sie eine aus dem harten Fels gehauene, gewundene Treppe hinauf und marschierten durch finstere Gänge, bis sie plötzlich keinen frischen Windhauch mehr spürten. Hatten sie die falsche Richtung eingeschlagen? Sie wollten schon zurückgehen, als sie am Ende des Stollens einen dünnen Lichtschein wahrnahmen. So schwach der Schimmer auch war, er gab ihnen neuen Mut. Voller Hoffnung gingen sie darauf zu.

Dort waren sie am Ende des Tunnels angelangt. Sie standen tatsächlich am ersehnten Ausgang ins Freie. Direkt vor ihnen tat sich ein gewaltiger Krater mit einem Durchmesser von gut und gerne zweihundert Metern auf. Dieser vom Abyssus hinterlassene Schlund gähnte ihnen entgegen wie das aufgerissene Maul eines Ungeheuers. Der Boden des überdimensionalen Trichters lag unter einem gewaltigen See aus zähem Schlamm verborgen, aus dessen schwefelbrauner Oberfläche zerborstene Haustrümmer und deformierte Autowracks ragten. An der gegenüberliegenden Seite des Kraters donnerte ein gigantischer Wasserfall mit ohrenbetäubendem Grollen in die Tiefe. Unentwegt riss der Strom Reste eingestürzter Häuser und Autos mit hinab. Osborne rätselte über die Herkunft dieser unglaublichen Wassermengen, nicht ahnend, dass sie aus dem geborstenen Flussbett der Seine stammten. Trotz der gewaltigen Ausmaße des Kraters stieg die Schlammmasse darin rasant.

Inzwischen hatte sich über Paris der Sturm völlig gelegt, der Regen war verebbt, der Himmel klarte auf und immer mehr Sonnenstrahlen durchstießen die löchrige Wolkendecke. Osborne blinzelte in die ungewohnte Helligkeit. Nach dem langen Aufenthalt in dunklen Gängen schmerzte das Tageslicht in seinen zusammengekniffenen Augen. Er spähte den Krater hinauf. Bis zum oberen Rand waren es gut zehn Meter. Der Hang war ziemlich steil und ein wildes Durcheinander aus Schlick, zertrümmerten Hausresten, zersplitterten Möbeln und zusammengedrückten Autos.

»Und jetzt?«, fragte Lea Marie.

Er deutete Richtung Steilhang: »Jetzt klettern wir da rauf.«

»Da rauf?«, wiederholte sie baff. »Durch den Matsch? Entweder sinken wir bis zum Bauch in dem Brei ein, oder wir rutschen im Glibber herunter. Was ist denn das für ein Plan?«

»Ich fürchte, der Einzige, den wir haben. Bis zum Krater sind es doch nur zehn, zwölf Meter. Und was das Einsinken oder Ausrutschen betrifft, das Risiko müssen wir wohl eingehen, denn das ist unsere einzige Chance, an die Erdoberfläche zu kommen.«

»So was nennen Sie eine Chance?«

»Meinst du, du schaffst das?«

»Keine Ahnung, versuchen Sie's zuerst. Wenn Sie das schaffen, schaff ich's auch. Falls nicht, warte ich hier unten, bis mir etwas Besseres einfällt.«

»Dann los. Und du kommst mit!«

Er ließ die nutzlos gewordene Taschenlampe am Ausgang zurück und kletterte mit dem Mädchen im Schlepptau den Trichter hinauf. Bei jedem Schritt versanken ihre Beine bis zu den Knien in schmatzendem Schlamm. Obwohl dies ihr Vorankommen mühsam machte und nicht unerheblich verlangsamte, stand es außer Frage, dass sie den rettenden Kraterrand vor dem steigenden Wasser erreichen würden.

Osbornes Blick war starr nach oben, auf die Sicherheit versprechende Zone, gerichtet, als er mit dem Fuß plötzlich gegen etwas stieß, das sich weich und nachgiebig anfüllte. Noch bevor ihm klar wurde, dass unter dem Schlamm ein Mensch verschüttet lag, schreckte er schon zurück.

»Was ist?«, fragte Lea Marie hinter ihm. »Weshalb bleiben Sie stehen?«

»Hier ist etwas.«

Das Erdreich gab Teile des Gesichtes und dichte Haarsträhnen einer auf dem Rücken liegenden Frau frei, die fast komplett von einer Schlammlawine begraben war. Der Schock über diesen Anblick hielt sich bei dem Amerikaner in Grenzen, das war nicht die erste Leiche, mit der er in den vergangenen Tagen konfrontiert worden war. Er wollte an der Toten vorbei, da ertönte ein leises Stöhnen. Zunächst brachte er das Geräusch in keinen Zusammenhang. Als er sich zu Lea Marie umdrehte, hörte er das Stöhnen wieder.

Langsam beugte er sich zu dem leblosen Körper der Frau hinab und wischte vorsichtig Dreck von ihrem Gesicht, das blau und grün geschlagen war.

»O mein Gott!«, keuchte das Mädchen und eilte herbei. »Das ist Arielle Clémentine!«

»Wer?«

»Die Frau, die mich gerettet hat! Bitte, helfen Sie ihr.«

Er legte den Kopf der Frau ganz frei, so dass Nase und Mund offen lagen. Sie atmete tatsächlich noch, zwar flach und kaum merklich, aber sie lebte. Es erschien fast wie ein Wunder, dass sie unter dem Schlamm nicht erstickt war. Allerdings war sie nicht gerettet, genauso wenig wie Osborne und Lea Marie. All drei schwebten in akuter Lebensgefahr. Knapp vier Meter tiefer überschwemmte der Schlammsee bereits den Stolleneingang, aus dem der Amerikaner und seine junge Begleiterin die Katakomben verlassen hatten. Unglaublich, wie schnell der Wasserpegel stieg; ein Umstand, der sich auch zunehmend negativ auf die Stabilität des gesamten Kraterhanges auswirkte. Überall ächzte, gluckste und quietschte der Boden bedenklich unter dem Druck der steigenden Schlammmassen. Wie hypnotisiert starrte der Amerikaner auf die braune Oberfläche, deren Blubbern bedrohlich anschwoll. Als er sich wieder der Ohnmächtigen zuwandte, atmete sie nicht mehr. Ohne lange darüber nachzudenken, presste er seine Lippen auf die ihren und hauchte ihr durch Mund-zu Mund-Beatmung neues Leben ein.

Arielle Clémentine schnappte keuchend nach Luft und riss ihre Augen auf. Schmerzhaft prallte grelles Licht auf ihre Hornhaut. Sie blinzelte, Tränen rannen ihr die Wange hinab. Das erste, was sie relativ deutlich sah, war das zurückweichende Gesicht eines ihr fremden Mannes. Sie versuchte ihre Gedanken zu ordnen. Ihr Körper schmerzte von Kopf bis Fuß, ihre Schläfen dröhnten in Wellen und ihr war so kalt, als ob Eiswasser durch ihre Adern pulsierte. Sie versuchte die Beine zu bewegen, doch die waren wie fest einbetoniert. Auch das Atmen fiel ihr noch sehr schwer. Irgendwer fuchtelte ihr an Armen und Bauch herum. Sie wollte dagegen protestieren, bekam aber keinen Ton heraus.

»Ganz ruhig«, sagte Osborne, während er die Frau aus dem Schlamm befreite. »Ich hole Sie hier raus.«

Seine Umrisse verschwammen wieder vor ihren Augen. Sie wollte sich aufrichten, was ihren Zustand aber nur verschlimmerte. Erst wurde ihr schwindlig, dann erschlafften ihre Muskeln und schließlich verlor sie erneut das Bewusstsein. Sie spürte noch, wie ihr Kopf zurücksank, dann umschloss sie Dunkelheit.

Hektisch benutzte der Computerexperte beide Hände als Schaufeln, um die Verschüttete aus dem Schlamm herauszuholen. Seine Finger bluteten bereits, da hatte er ihren Oberkörper noch nicht ganz freigelegt. Von ihren Hüften abwärts wurde es noch schwieriger, denn ihre Beine waren regelrecht vom Geröll eingeklemmt. Und nicht einmal zwei Meter unterhalb ihrer Füße schwappte bereits der Schlammsee herauf.

Nach ein paar Minuten kam Arielle Clémentine wieder zu sich. Sie atmete abgehackt und flach. Langsam fügten sich die schlimmen Erinnerungen wieder ineinander. Angsterfüllt huschten ihre vom Schock glasigen Augen hin und her. Sie verdrehte den Hals und begriff allmählich die Situation. Als Osborne ihren Gesichtsausdruck sah, wusste er, dass sie sich nichts vormachte. Ihre Überlebenschancen waren denkbar schlecht, wenn sie sich nicht langsam in Sicherheit brachten.

»Wer sind Sie?«, fragte sie heiser.

»Mein Name ist Alan Osborne«, erwiderte er, holte tief Luft und arbeitete weiter.

»Muss ich sterben?«

»Nein, Sie werden leben. Aber es ist wichtig, dass Sie genau das tun, was ich Ihnen sage, Mademoiselle Arielle Clémentine.«

»Kennen Sie mich?«

»Nein, aber das Mädchen weiß, wer Sie sind.« Er deutete mit dem Kinn Richtung Lea Marie, die ihm beim Graben half.

»Hi.« Lea Marie lächelte verkniffen und winkte andeutungsweise.

»Oh, du lebst?« Ein Lächeln huschte über das Gesicht der Beigeordneten. »Das ist gut. Das ist wirklich sehr gut.«

Der gurgelnde Schlammsee schob sich Fingerbreit über Arielle Clémentines Füße und dann die Beine hinauf. Wie befürchtet, geriet der Kraterrand unter dem stetig wachsenden Wasserdruck in Bewegung. Der Boden hatte zu zittern begonnen und rutschte teilweise ab.

»Ich stecke zu fest«, stöhnte die Französin. »Lasst mich, rettet euer Leben.«

»Ich gehe nicht ohne Sie.« Osborne starrte erschrocken auf die ansteigende Brühe. »Lea Marie, du verschwindest hier. Los!«

Die Angesprochene reagierte nicht, obwohl auch sie unter den Füßen das stärker werdende Beben spürte.

»Brauchst du eine schriftliche Einladung?« Er drängte an dem Mädchen vorbei bis an den Rand des Schlammsees. »Verschwinde, oder willst du hier sterben und als Moorleiche enden?«

Lea Maries Gesicht war beängstigend bleich. Sie zögerte einen Moment, dann kletterte sie nach oben in Sicherheit. Auch wenn Osborne es sich nicht eingestehen wollte, kam für die Verschüttete wohl jede Hilfe zu spät. Doch er wollte die Frau nicht aufgeben. Arielle Clémentine hatte das schon längst getan. Während sie erschöpft auf ihr Ende wartete, hoffte sie nur noch, der Tod möge nicht zu qualvoll werden. Allerdings bestand zu dieser Annahme wenig Anlass. Ertrinken war schon entsetzlich genug, aber im Schlamm zu ertrinken, das war ein langsames Ersticken.

Der Amerikaner kämpfte auf dem glitschigen Grund um sein Gleichgewicht. Mit rudernden Armen stützte er sich lautstark fluchend mit den Händen auf dem schleimigen Morastboden ab. Seine Beine sackten bis über die Knie in die schwarzgrüne Brühe. Neben ihm schwappte die zähe Flut über Arielle Clémentines Beine. Er schob seine Unterarme so weit es ging unter ihre Hüften und hoffte, sie mit einem kräftigen Ruck befreien zu können. Falls nicht, sah es duster aus. Obwohl er mit aller Kraft an der Verschütteten riss und zerrte, bekam er sie einfach nicht frei. In einem Anflug von Resignation wurde ihm klar, dass die Chance zur Rettung in wenigen Augenblicken vertan war. Wenn er die Frau jetzt nicht aus dem Klammergriff des Morastes befreite, wann dann?

Zu spät! Ein fürchterlicher Schlag erschütterte den Hang. Weiter oben brach eine imposante Erdscholle aus der Schräge, rutschte donnernd das Gefälle hinab und klatschte wenige Meter neben Osborne in den aufspritzenden Schlammsee. Im Schlepptau der Lawine rutschten und flogen Unmengen freigelegter Trümmerteile hinterher. Der Computerexperte spürte einen Schlag. Irgendwas war ihm gegen den Kopf geknallt, dass er nur noch blitzende Sternchen sah. Für einen Moment ließ er die Frau los. Gleichzeitig registrierte er hoch über sich etwas Massiges. Ein zerbeulter Pick-up geriet dicht unterhalb des Kraterrandes in Bewegung. Durch den Erdabrutsch seines notwendigen Halts beraubt, kippte das tonnenschwere Fahrzeug aus seiner Verankerung im Schlamm und rutschte immer schneller in die Tiefe. Die Frau und er waren so gut wie tot, das stand außer Frage. Entweder sie ertranken in dem aufsteigenden Sumpf, oder das tonnenschwere Fahrzeugwrack würde sie zerquetschten.

Während Osborne die tödliche Masse auf sich zugleiten sah, blieb ihm nicht einmal mehr die Zeit für ein letztes Stoßgebet. Sein Hirn war völlig leer. Wie die Ratten das sinkende Schiff hatten ihn seine Gedanken verlassen. Dröhnend rumpelte der Tod heran. Er löste seinen Blick von dem nahenden Unheil, sackte auf die Knie und blickte auf die Frau neben sich, die ihn anschaute. In ihren Zügen lag ein Ausdruck von Gelassenheit. Ihr unbekannter Helfer hatte sie nicht retten können, aber anstatt sich in Sicherheit zu bringen, harrte er an ihrer Seite aus. Sie ergriff seine lehmverschmierte Hand und hielt sich daran fest. Ein schwaches Lächeln umspielte ihren Mund und einen Moment lang versank der Wissenschaftler in ihrem Blick. Darin sah er keine Todesangst, sondern Dankbarkeit.

Beide spürten, wie der Hang wankte. Wenige Meter über ihnen knallte der Pick-up gegen die Reste einer Hauswand, was seine Richtung änderte. Die Kursabweichung reichte aus, dass das Fahrzeug die scheinbar Todgeweihten um mehrere Meter verfehlte. Mit ohrenbetäubendem Klatschen verschwand der Lastwagen in einer riesigen Schlammfontäne. Etliche Kubikmeter Schmutzwasser regneten auf Osborne und die Verschüttete herab. Mit lautem Schmatzen sackten über ihnen noch weitere Schlammschollen den Kraterhang hinab, dann herrschte trügerische Ruhe – abgesehen vom Geräusch näherkommender Schritte. Das Mädchen kehrte zurück.

»Lea Marie!«, schrie Osborne verwirrt.

»Ich weiß, was ich tue, also regen Sie sich ab.«

Aber er regte sich nicht ab, im Gegenteil. »Verschwinde! Was willst du hier?«

»Mich revanchieren. Arielle Clémentine hat mir geholfen, als sie sich hätte retten können. Sie wollen doch nicht, dass mir mein schlechtes Gewissen den Rest meines Lebens den Schlaf raubt, weil ich sie im Stich ließ, oder?«

»Das ist doch Wahnsinn.«

»Nein, ist es nicht.«

»Sondern?«

»Dankbarkeit. Ich gehe nicht weg, ohne ihr zu helfen.«

Osborne gab es auf.

»Na schön«, seufzte er, tauchte seine Arme in den Morast und schob sie wieder unter die Hüften der Frau. »Fass sie unter den Achseln.«

Das Mädchen ging über Arielle Clémentines Kopf in die Hocke, griff ihr unter die Arme und hob sie in eine halb sitzende Position. »Okay.«

»Bereit?«

Sie nickte.

»Dann los!« Auf sein Kommando mobilisierten beide noch einmal alle Kräfte und zogen an der Verschütteten. »Helfen Sie uns, Mademoiselle! Stemmen Sie sich gegen den Schlamm.«

Arielle Clémentine spannte ihre von Todesangst verstärkten Muskeln. Doch der Sumpf hielt ihre Beine wie ein hungriges Tier seine Beute fest umschlungen. Wieder erschütterte ein Beben den porösen Untergrund. Neben der Gefahr, dass der gesamte Hang ins Rutschen kam, hatte das steigende Wasser aber auch etwas Gutes. Es lockerte den Schlamm um und unter der Verschütteten. Langsam und nur sehr widerwillig gab der Morast die Frau frei. Zunächst zäh, dann aber immer leichter löste der Schlick seinen Griff um ihre Beine, bis sie endlich ganz frei waren.

Arielle Clémentine winkelte die Beine an und zitterte vor Erschöpfung. Sie war gerettet; vorausgesetzt, sie überstand die nächsten Minuten lebend. Mit Donnergetöse ging irgendwo in der Nähe eine neue Schlammlawine ab und raste wie ein polternder Güterzug in die Tiefe. Mit Hilfe ihres Retters rappelte sich die Beigeordnete auf die Füße.

»Danke, ich glaube, es geht wieder«, flüsterte sie.

»Nein, das glaube ich nicht«, widersprach Osborne. »Erlauben Sie, dass wir Sie tragen.«

»Ich schaffe das schon.«

Sie schaffte einen unbeholfenen Schritt, dann ließen sie ihre geschwächten Beine im Stich. Es war, als stachen ihr tausende Nadeln in die Haut. Ihre Muskeln waren taub und funktionierten genauso wenig wir ihr Gleichgewichtssinn. Osborne und Lea Marie nahmen Arielle Clémentine in ihre Mitte, hakten sich bei ihr unter und mühten sich dann gemeinsam den Hang hinauf. Sie mussten noch etwa fünf Meter Höhenunterschied bewältigen, bevor sie den rettenden Kraterkamm erreichten. Dann konnte ihnen der ansteigende Schlammsee nichts mehr anhaben.

Jetzt waren es noch knapp vier Meter. Sie kamen nur langsam vorwärts. Bei jedem Schritt zerrte der zähe Schlamm gierig an ihren einsinkenden Beinen, sog sie bis zu den Knien in sich hinab und versuchte sie festzuhalten. Ein weiteres Hindernis war der Müll, der sich in dem Gefälle angesammelt hatte. Mühsam bahnten sich die drei einen Weg durch das Gewirr aus Stein- und Autotrümmern und sonstigen Überresten menschlicher Zivilisation. Teils lugten sie als Barrieren aus dem Morast, teils versteckten sie sich als Fußfallen darin.

Das Klettern mit einer halb bewusstlosen Frau zwischen sich war für Lea Marie und Osborne schwierig. Doch die Todesangst ließ sie alles vergessen: die schmerzenden Muskeln, ihre Erschöpfung, die Mühsal. Noch drei Meter, dann zwei, da hatte sie das Wasser eingeholt. Es umspülte ihre Füße, riss an ihren Unterschenkeln und zog schließlich an den Knien.

»Noch einen halben Meter und wir haben es geschafft«, keuchte der Computerexperte atemlos.

Am oberen Kraterrand angekommen, ließ er die Französin los und kletterte allein über die Kante. Er kniete nieder, stemmte sich stabilisierend mit einer Hand am Boden ab und ergriff mit der anderen ihr rechtes Handgelenk. Das Mädchen schob die halb Ohnmächtige von unten, er zog sie von oben zu sich hoch und bettete sie dann sanft auf den Boden. Anschließend streckte er seine Hand nach Lea Marie aus, die sich bleich und zerbrechlich an ein Stück Blech klammerte, das aus der Kraterwand ragte. Das Wasser reichte ihr schon bis über die Hüften und machte den Boden instabil und glitschiger, als er sowieso schon war. Unter ihren Füßen rutschte der Halt weg, plötzlich fühlte sie keinen Grund mehr. Schlagartig war alle Hoffnung auf Rettung vergessen. Einen Moment lang schwebte sie haltlos im Wasser, bevor sie darin versank. Ihr Kopf tauchte bis über den Scheitel in die stinkige Schlammbrühe. Sie wollte schreien, schluckte aber nur Unmengen dieser widerlichen Tunke. Wild zappelnd versuchte sie, an die Oberfläche zurückzukommen, doch ein Strudel hielt sie eisern gefangen und zog sie gierig hinab. Es war ihr völlig unmöglich, sich aus dem tödlichen Wirbel zu befreien. In ihren Ohren rauschte es nur noch, dann hörte sie nichts mehr, sah nichts mehr, fühlte aber, wie etwas die Finger ihrer hochgereckten Hand berührte.

Noch während sie versank, hatte Osborne nach ihr gegriffen. Auf dem Bauch liegend, hing er jetzt halb über dem Kraterrand und hielt sie an einer Hand fest. Er zog die Ertrinkende hoch, bis ihr Kopf die Wasseroberfläche durchbrach und sie keuchend und hustend nach Luft schnappen konnte. Obwohl das Mädchen schlank und relativ leicht war, hatte er das Gefühl, er hielte einen zentnerschweren Zementsack mit einer Hand. Von der Kletterei völlig ausgepumpt, stöhnte er vor Schmerzen im Arm. Er spürte, dass Lea Marie ihm langsam aus den tauben Fingern glitt, er konnte sie nicht viel länger festhalten. Aber wenn er sie losließ, würde sie vom Schlamm in die Tiefe gerissen. Sie würde sterben.

Osborne tastete mit seinem anderen Arm nach ihrer Hand, ergriff sie und zog sie hoch. Seine Muskeln explodierten vor Schmerz, trotzdem zog er weiter. Und dann sah er ihr gespenstisch bleiches Gesicht direkt vor seinem.

»Ich zieh dich da raus«, flüsterte er, mehr um sich als ihr Mut zu machen. »Ich rette dich.«

Er löste sein Versprechen ein.

## XXVII. KAPITEL

# Die Einsamkeit des Augenblicks

*15 Uhr 53 – Hôtel de Ville*

Paris nach der Apokalypse. Eine unnatürliche Stille lag über der Stadt. Der Aufruhr am Himmel hatte sich verzogen, das Heulen des Sturms war verstummt. Auf der Erde waren hunderte Gebäude verschwunden, waren mitsamt Fundament einfach in die Tiefe gerissen worden. Überall in der Stadt klafften gewaltige Krater, deren Urheber der Abyssus war. In Flussnähe, dort, wo die Seine über die Ufer getreten war, waren diese Krater bis zum Rand mit zähem Schlamm und Trümmern aller Art angefüllt. Inzwischen errichtete der Katastrophenschutz erste Notdämme, die die Überschwemmungen eindämmen und das Wasser in sein altes Bett zurückdrängen sollten. Abgesehen davon regte sich nirgendwo im Zentrum von Paris Leben. Die Armee hatte die von der Zerstörung betroffenen Arrondissements zum Sperrgebiet erklärt und weiträumig abgeriegelt. Inmitten des bizarren Trümmermeers aus Schutt und Asche ragten die Türme von Nôtre Dame wie durch ein Wunder unversehrt empor. Von dem einst imposanten Rathaus stand dagegen kein Stein mehr. An seiner Stelle war ein gewaltiger, übel riechender Sumpf entstanden. Der Wasserfall auf der Südseite hatte sich in einen breiten Zulauf verwandelt. Das überschüssige Wasser lief wie ein seichter Fluss aus dem Kratersee nach Osten in tiefer gelegene Regionen ab. In einem größeren Radius um den See waren – wie bei allen anderen Kratern auch – keine Zerstörungen erkennbar: keine Trümmer, keine Leichen. Nichts deutete in diesem Bereich darauf hin, dass dort einmal Gebäude gestanden hatten. Der Abyssus hatte alles in sich aufgesogen.

Osborne und seine Begleiterinnen hatten sich in Sichtweite des ehemaligen Rathausplatzes in Sicherheit gebracht. Sie rasteten im Schutz einer Hausruine, die aussah, als wäre sie von einem gigantischen Monster weggefressen worden. Ihre spitzen, ausgefransten Oberkanten glichen den Zacken einer riesigen Säge. Die Mauern boten allerdings kaum Schutz vor der grimmigen Kälte. Der Amerikaner konnte sich nicht daran erinnern, wann er jemals so gezittert hatte. Seine vom Schlamm durchtränkte Kleidung fror auf seiner Haut regelrecht zu Eis. Seinen Begleiterinnen ging es ähnlich.

Die Beigeordnete hatte von ihrem Transport hierhin kaum etwas mitbekommen. Zitternd lag sie am Boden, den Kopf auf Lea Maries Schoß gebettet, die mit gekreuzten Beinen da saß. Das Mädchen sagte nichts, sondern blickte mit feucht glänzenden Augen geistesabwesend geradeaus. Dieser Anblick stimmte Osborne melancholisch. Seit ihrer Rettung war Lea Marie einsilbig geworden. Aber war das ein Wunder? Vermutlich war sie mit Gedanken beschäftigt, die vor ihrem geistigen Auge ein Wirrwarr von bedrückenden Bildern abspulten. Dass sie noch lebte, war ein bitterer Trost. In den vergangenen Stunden hatte sie die schlimmsten Augenblicke ihres jungen Lebens durchgemacht. Dass es weit und breit kein Zeichen von Leben gab, flößte nicht nur ihr Unsicherheit ein. Dazu kam diese erdrückende Stille, die über dem Ort lastete. Eine Stille, die einen verrückt machen konnte, wenn man sich zu sehr darauf konzentrierte.

Aber sie waren zumindest außer Gefahr. Stille und Kälte waren zwar unangenehm, doch weder das eine noch das andere konnte ihnen so gefährlich werden wie die drohende Umarmung einer steigenden Flut. Bei näherer Betrachtung war die Stille sogar ihr Freund. Näherte sich eine Bedrohung, würde die Geräuschlosigkeit unterbrochen und sie dadurch gewarnt sein. Osborne wünschte sich trotzdem, die Sirene eines Polizei- oder Krankenwagens zu hören. Das einzige Geräusch war das gedämpfte Knirschen seiner Schritte. Er ging unruhig hin und her und überlegte, wie sie Arielle Clémentine, die dringend ärztliche Versorgung brauchte, möglichst rasch in ein Krankenhaus transportieren konnten. Schließlich erkannte er, dass diese Warterei zu nichts führte. Wenn ihnen niemand zu Hilfe kam, mussten sie sich eben selbst helfen.

In den weniger zerstörten Gebieten gab es sicherlich irgendwo noch ein fahrtüchtiges Auto. Also machte er sich kurzentschlossen auf die Suche nach einem solchen fahrbaren Untersatz. Dabei folgte er mehr einer Eingebung als einer Gewissheit, in welcher Richtung er am schnellsten fündig werden könnte. Da Arielle Clémentine keinen Schritt mehr laufen konnte, ließ er sie in Lea Maries Obhut zurück.

Die Straßenzüge, die er durchschritt, wurden von schiefen Ruinen eingestürzter Häuser gesäumt. Wie zu Stein erstarrte Ungeheuer ragten sie aus hohen Ziegelsteinhalden, zu denen einige Fassaden geworden waren, empor. Ein Anblick, der den einsamen Wanderer zunehmend bedrückte. Nein, es war besser, sich nicht auf diese beängstigende Atmosphäre einzulassen. Weitergehen. An nichts denken. Nur suchen. Er war auf dem richtigen Weg, denn die Abstände zwischen den einzelnen Ruinen wurden größer und die Zerstörungen waren nicht mehr so umfassend. Einige Trümmerhäuser hatten noch Dachstühle mit Balken und Schindeln. Aber auch hier herrschte Totenstille. Was war nur aus dieser aus dem Lot geratenen Stadt geworden? Wie lange würde es wohl dauern, bis die ersten Plünderer kamen? Je schneller er aus dieser Todeszone herauskam, desto besser. Er hatte diesen Gedanken noch nicht zu Ende gedacht, als er um eine Ecke bog und endlich fand, wonach er suchte: Autos.

Wie alle anderen Ausfallstraßen war auch diese voll gestopft mit Blechlawinen. Stoßstange an Stoßstange blockierten Autos sämtliche Straßenzüge, die auf direktem Weg zur Stadtgrenze führten. Alle Fahrzeuge waren leer und bei den meisten die Türen weit aufgerissen. Viele Wagen standen mit laufendem Motor da. Offensichtlich hatten die Insassen sie in höchster Eile und Panik im Stich gelassen und ihr Glück lieber zu Fuß versucht. Ihm fiel ein verwaister BMW der gehobenen Mittelklasse auf, der nicht ganz so eingezwängt wie die übrigen Fahrzeuge war. Es sah aus, als wäre er mitten in einem Wendemanöver gestoppt worden. Trotz laufendem Motor war der Tank noch halbvoll. Nach einigem Vor- und Zurücksetzen wendete Osborne den Wagen um fast hundertachtzig Grad. Dann hielt er an und stieg wieder aus. Er hatte keine Lust, noch länger in nassen, schlammigen Klamotten herumzulaufen. Seine Begleiterinnen fühlten bestimmt ähnlich. In den verlassenen Autos lagen überall hastig mit dem Notwendigsten gepackte Taschen und Koffer. Darin suchte er systematisch nach Unterwäsche und Kleidung in ihrer Größe. Nachdem er fündig geworden war, kehrte er mit seiner Beute zum BWM zurück, zog sich um, warf die Kleider für die Frauen auf den Beifahrersitz und fuhr los. Da auch die Fahrspur der Gegenrichtung teilweise verstopft war, musste er bis zur nächsten Querstraße halb über die Bürgersteige fahren. Erst nachdem er in die leeren Seitenstraßen bog, durch die er gekommen war, ging es zügig voran.

Lea Marie half Arielle Clémentine, die einen neuen Schwächeanfall erlitten hatte, beim Umkleiden. Osborne zog sich derweil diskret hinter eine Mauer zurück. Am liebsten hätten sie sich vorher gewaschen, doch frisches Wasser war im Moment Mangelware, weshalb sie wohl oder übel darauf verzichten mussten. Aber auch ungewaschen fühlten sie sich in der sauberen Kleidung gleich um einiges besser. Der Amerikaner wartete, bis Lea Marie rief, dass sie fertig wären, und ging dann zu den beiden. Wie er trugen sie ebenfalls Jogginganzüge, wobei der des Mädchens etwas zu groß war, so dass es die Ärmel und Hosenbeine mehrfach umschlagen musste.

Vorsichtig betteten sie Arielle Clémentine auf die Rückbank des BMW. Lea Marie nahm auf dem Beifahrersitz Platz, dann fuhr Osborne los. Das GPS funktionierte nicht, aber glücklicherweise fand sich im Handschuhfach ein Stadtplan. Die Krankenhäuser in der Innenstadt konnten sie in Folge der Zerstörung getrost vergessen. Das nächste außerhalb der Stadtgrenze gelegene Spital war bei Saint-Denis. Lea Marie lotste ihn mit Hilfe der Karte durch die verwinkeltsten Nebenstraßen. Zunächst lief alles wie am Schnürchen, dann drohte die Fahrt aus dem Ruder zu laufen. Immer mehr verwaiste Autos blockierten die sowieso schon engen Fahrbahnen und zwangen zum Rückwärtssetzen und Ausweichen auf Alternativrouten. Dadurch war es eine Zeitlang ziemlich ungewiss, ob sie es per Auto überhaupt aus Paris schaffen konnten. Als sie endlich die ersten unzerstörten Häuserzeilen der Vorstädte passierten, wurden die Straßen befahrbarer.

Wie am Ende jeder Ausfallstraße hatten Polizei und Militär auch an dieser eine provisorische Sperre errichtet. Allerdings blockierten sie nur die Straßenhälfte, die ins Zentrum der Verwüstungen führte. Osborne drosselte das Tempo und fuhr langsam an dem Posten vorbei und verließ dahinter die Stadt.

In der Nähe des Hospitals bei Saint-Denis wurde es wieder hektisch. Kilometerlang parkten Autos kunterbunt auf beiden Seiten der Zufahrtsstraße. Durch die enge Fahrschneise rasten ununterbrochen Krankenwagen mit Blaulicht und Sirene zu der Klinik, oder sie kamen von dort wieder zurück. Das machte das Fahren durch dieses Nadelöhr für Osborne zu einer echten Herausforderung. Zwar gab es im Umfeld des Krankenhauses große Parkplätze, die jedoch alle belegt waren. Gezwungenermaßen hielt er direkt vor dem Eingang zur Notaufnahme, ein Privileg, das eigentlich nur Krankenwagen vorbehalten war. Aber da der markierte Haltebereich frei war, nutzte er die Gunst des Augenblicks und parkte dort auf verkehrswidrigste Weise.

*18 Uhr 22 – Saint-Denis Hospital*

Im Eingangsbereich der Klinik herrschte unglaubliche Hektik. Das Hospital war hoffnungslos überfüllt. Nicht nur auf den Fluren lagen überall Verletzte auf Matratzen oder Decken, sogar das Foyer diente als behelfsmäßiges Krankenzimmer. Zwischen den Patienten floss ein unentwegter Strom aus Ärzten, Krankenschwestern und Pflegern. Manchmal wurde es ein bisschen ruhiger, aber dann glitten plötzlich die Glastüren am Eingang auf, und wie aus dem Nichts flutete eine neue Welle Sanitäter mit Patienten auf Rollbahren herein. Sogar in den Büros hatte man inzwischen Opfer der Katastrophe untergebracht. Mitten im Foyer stand ein wuchtiger, kahlköpfiger Mann von eindrucksvoller Größe, der einen weißen Kittel trug und ein Klemmbrett in der Hand hielt. Wie ein Fels in der Brandung ragte er aus der wogenden Menge, schrie Anweisungen, machte Notizen und organisierte das Tohuwabohu so gut es eben ging. Osborne und Lea Marie stützten Arielle Clémentine in ihrer Mitte und kämpften sich durch den Wirrwarr im Eingangsbereich bis zu dem Klemmbrettmann.

»Entschuldigen Sie, Monsieur, wir haben hier eine Patientin, die dringend Hilfe benötigt«, sprach ihn der Amerikaner an.

Ohne von seinen Notizen aufzuschauen, nickte der Klemmbrettmann nur: »Da sind Sie heute nicht die Einzigen. Name? Alter? Adresse? Art der Verletzung?«

»Ihr Name ist Arielle Clémentine«, antwortete Lea Marie. »Mehr wissen wir leider auch nicht.«

Der Klemmbrettmann hob den Kopf, warf einen prüfenden Blick auf die Beigeordnete und verzog missmutig sein Gesicht, ehe er mit gelangweilter Stimme entschied: »Soweit ich sehe, liegen bei der Frau keine lebensbedrohlichen Wunden vor. Es gibt hier dringendere Fälle, denen sie nur den Platz wegnehmen würde. Mein Rat: Gehen Sie nach Hause und versorgen Sie sie dort.«

»Bitte?« Osborne traute seinen Ohren nicht. »Sind Sie ein Wunderdoktor oder was? Ein Blick von Ihnen genügt und Sie können zweifelsfrei feststellen, dass ein Patient keine inneren Verletzungen hat?«

Der Klemmbrettmann warf ihm einen Blick zu, als wolle er ihm den Kopf abreißen, doch dann erwiderte der Riese aalglatt, aber dennoch unüberhörbar gereizt: »Sie sehen doch, wir sind überfüllt. Unsere Klinik platzt aus allen Nähten. Wenn hier keiner blutüberströmt, mit gebrochenen Knochen und halb im Koma reingetragen wird, hat der bei uns im Augenblick nicht die oberste Priorität. Danke für Ihr Verständnis. Und jetzt verschwinden Sie bitte!«

Nach allem, was Osborne durchgemacht hatte, war sein Nervenkostüm nicht mehr das Allerbeste. Er spürte förmlich, wie bei ihm eine Sicherung nach der anderen durchbrannte, was ihm im Moment aber ziemlich egal war.

»Sind Sie blind?«, schrie er dem Angestellten ins Gesicht und riss ihm das Klemmbrett weg. »Verdammt noch mal, bloß weil diese Frau nicht im eigenen Blut liegt, wollen Sie sie wieder wegschicken? Ich will Ihnen mal was über Verletzungen erzählen, junger Mann, weil Ihnen das hier wohl keiner beigebracht hat. Tatsache ist, dass man innere Verletzungen mit bloßem Auge nicht sehen kann. Wunden können sich infizieren, was Blutvergiftung und einen qualvollen Tod zur Folge hat. Um dies zu vermeiden, sollten Sie langsam Ihren Hintern in Bewegung setzen und das tun, wofür Sie hier bezahlt werden, nämlich helfen.«

Während seiner Tirade fuchtelte er dem Riesenkerl mit dessen Klemmbrett vor der Nase herum, als wolle er damit lästige Fliegen verscheuchen. Obwohl er um einiges größer und stärker war, wich der Mann etwas unsicher zurück, um sich im nächsten Moment umso drohender vor dem Wissenschaftler aufzubauen.

»Verschwinden Sie! Zur Hölle mit Ihnen!«

Osborne spürte, wie Arielle Clémentines Kopf auf seine Schulter sackte. Sie konnte sich nicht mehr auf den Beinen halten und sank schwer in seine Arme. Was tun? Der Versuch, den Kerl in die Schranken zu weisen, war offensichtlich missglückt.

»Entschuldigen Sie bitte meine Überreaktion«, änderte er rasch die Taktik und lenkte ein. »Aber könnten Sie nicht eine Ausnahme machen?«

Die Entschuldigung schien dem Riesen keine Freude zu bereiten. Er verzog den Mund, als sei ihm ein unangenehmer Geruch in die Nase gedrungen. »Stecken Sie sich Ihre Entschuldigung sonst wo hin! Hauen Sie ab und suchen sich ein anderes Krankenhaus. Stören Sie mich nicht länger bei der Arbeit, sonst rufe ich den Sicherheitsdienst und lasse Sie rauswerfen.«

»Na schön, Sie lassen mir keine andere Wahl.« Osborne griff in seine Tasche, zog einen Schlüssel heraus, legte den auf das Klemmbrett, hielt beides dem Klemmbrettmann hin und sagte in einer Art lässiger Entschlossenheit: »Hier, nehmen Sie.«

»Was soll ich mit dem dämlichen Schlüssel?«, blaffte der ihn an. »Sind Sie bescheuert oder was?«

»Jedenfalls bescheuert genug, um Ihnen ein Geschäft vorzuschlagen. Sehen Sie den BMW da draußen?« Er zeigte zum Eingang, wo der Wagen hinter der Glastür stand.

Der Angestellte drehte den Kopf Richtung Tür und musterte das Auto. »Schönes Auto.«

»Der BMW gehört mir.«

»Gratuliere.«

»Es könnte Ihrer sein, wenn Sie uns helfen.«

»Wollen Sie mich etwa bestechen?«

»Das käme mir niemals in den Sinn. Betrachten Sie das Fahrzeug bitte als Aufwandsentschädigung für die Umstände, die wir Ihnen bereiten.«

»Was ist mit den Fahrzeugpapieren?«

»Liegen im Handschuhfach«, warf Lea Marie rasch ein. »Unter dem Stadtplan.«

Der Klemmbrettmann seufzte und runzelte die Stirn. Schließlich nahm er das Klemmbrett mitsamt Zündschlüssel, ließ letzteren in seiner Kitteltasche verschwinden und kritzelte etwas mit dem Kugelschreiber auf ein zerfleddertes Papier am Klemmbrett. »Bringen Sie die Patientin ins Archiv.«

»Wo ist das?«, fragte Osborne.

»Den Flur runter, letzte Tür links. Verschwinden Sie endlich, Sie halten den Verkehr auf.«

»Wir sind schon weg.«

Sie brachten Arielle Clémentine in das ehemalige Archiv, ein winziger Raum mit schweren, aufgezogenen Vorhängen in farblosem Beige. Eine kleine Deckenlampe spendete schwachrosa Licht. Es war stickig. Ein Geruch nach Desinfektionsmitteln hing wie feiner Sprühnebel in der Luft. An zwei Wänden standen hohe Stahlschränke. Auf dem Boden lagen sechs Patienten dicht an dicht auf Matratzen und hofften auf Heilung oder warteten auf den Tod. Neben dem Fenster gab es ein freies Fleckchen, auf dem eine gestresste Krankenschwester mehrere Decken übereinander ausbreitete. Matratzen waren ausgegangen. Bevor sie verschwand, versicherte sie den Neuankömmlingen, dass ein Arzt nach der Patientin sehen würde.

Osborne und Lea Marie betteten Arielle Clémentine vorsichtig auf die harte Unterlage, die ein kleines Kopfkissen komplettierte, und machten es sich selbst am Fußende der Decke bequem. Keiner der übrigen Patienten nahm Notiz von ihnen. Die meisten lagen mit geschlossenen Augen regungslos da. Sie waren zu sehr in ihr eigenes Elend verstrickt, um sich mit ihrem Umfeld zu beschäftigen. Kaum dass die Französin lag, sank sie auch schon in einen unruhigen Schlaf.

»Sie haben gelogen«, stellte Lea Marie fest.

»Bitte?« Osborne zog verwundert die Brauen hoch.

»Sie haben gelogen. Sie haben ein Auto verschenkt, das Ihnen gar nicht gehört.«

»Das habe ich auch nie behauptet. Wenn ich es getan hätte, wäre das eine Notlüge gewesen. Es gibt Augenblicke, in denen ist das Lügen geradezu eine Pflicht. Sind die Autopapiere wirklich im Handschuhfach?«

»Ja. Ich habe sie da drin gesehen, als ich die Straßenkarte rausgenommen habe.«

»Dann ist ja alles in Ordnung.«

»Für uns schon, aber was ist mit dem Kerl, dem Sie das Auto angedreht haben?«

»Was soll mit dem sein? Der ist glücklich über das Geschäft seines Lebens.«

»Und wenn er spitzkriegt, dass die Kiste gestohlen ist?«

»Wer weiß, ob das in dem Chaos überhaupt jemals rauskommt. Und wenn, dann ist der Halunke selbst schuld. Man nutzt nicht die Notlage anderer Menschen aus, um sich selbst zu bereichern. Am liebsten hätte ich dem unverschämten Burschen einen Kinnhaken statt ein Auto gegeben.«

»Wie geht es jetzt weiter?«

»Zunächst warten wir den Befund des Arztes ab. Das geht jetzt hier alles seinen Weg. Aber was ist mit dir?«

»Was soll mit mir sein? Ich bleibe bei Ihnen.«

»Hast du niemanden, den du verständigen kannst? Verwandte, Bekannte?«

»Großeltern?«

»Zum Beispiel.«

»Meine Großeltern leben in Deutschland.«

»Dann ruf sie an, erzähle ihnen, was passiert ist und wo du gerade bist. Frag sie, ob sie dich abholen können. Draußen bei der Anmeldung habe ich ein Münztelefon gesehen.«

»Ob das überhaupt noch funktioniert?«

»Bin ich Hellseher? Probier's aus. Hast du Münzen?«

»Jede Menge.«

»Dann los.«

Lea Marie kramte ihre Geldbörse aus dem Rucksack und verschwand. Osborne blieb bei der Beigeordneten und machte sich zunehmend Sorgen um sie. Ihr Atem ging unregelmäßig, flatterig. So bleich wie das Laken, unter dem sie lag, sah sie aus, als hätte sie keinen Funken Leben mehr in sich. Endlich kam ein junger Arzt mit einer Bereitschaftstasche unter dem Arm herein und sah nach dem Rechten. Nachdem er sich vorgestellt hatte, untersuchte er die Patientin. Zuerst inspizierte er ihre Prellungen und Schürfwunden. Danach tastete er Arme, Beine und die Rippen auf eventuelle Brüche ab und untersuchte den Kopf auf Blutergüsse, die auf Gewalteinwirkung und somit auf eine mögliche Gehirnerschütterung schließen ließen. Er versorgte die Hautabschürfungen, reinigte und desinfizierte sie, rieb sie zusätzlich mit einer sterilisierenden Wundsalbe ein und legte je nach Größe der Blessur Mullverbände oder Pflaster an.

»Alles halb so schlimm«, sagte er schließlich. »Ich glaube nicht, dass Ihre Frau innere Verletzungen hat. Vorsichtshalber sollten wir sie röntgen. Vor morgen Vormittag ist jedoch kein Termin frei. Ich veranlasse alles Notwendige und setze sie auf die Warteliste. Wenn es soweit ist, melde mich wieder bei Ihnen. Und was die hygienischen Bedingungen angeht«, fügte er mit Blick auf die Schlammspuren auf ihrer Haut hinzu, »da müssen wir uns leider auch bis morgen gedulden. Die Waschräume sind belegt. Eine Schwester wird Ihnen nachher etwas Wasser zum Waschen bringen. Wenn Sie das übernehmen würden, Monsieur, unser Personal ist im Moment zu beschäftigt. Keine Sorge, Ihre Gemahlin wird schon wieder.«

Der Arzt gab Arielle Clémentine noch eine Injektion, dann verließ er das Zimmer. Als er allein war, wandte sich Osborne an die schlafende Beigeordnete und flüsterte verschwörerisch: »Der glaubt, wir sind verheiratet. Bestimmt denkt er insgeheim, Sie hätten leicht was Besseres kriegen können.«

Eine Krankenschwester rollte ein Infusionsgestell herein, platzierte es neben Arielle Clémentine, befestigte die Kanüle mit einem Fixierpflaster auf deren Handrücken und stellte dann den Flüssigkeitsspiegel an der Rollklemme des Tropfkammer-Unterteils ein. Ohne noch einmal zurückzusehen, verschwand sie wieder nach draußen. An der Tür stieß sie beinahe mit Lea Marie zusammen. Wortlos setzte sich das Mädchen neben Osborne.

»Und?«, fragte der. »Alles klar? Hast du jemanden erreicht?«

»Ja. Morgen Nachmittag holt mich mein Onkel ab. Und, was hat sich hier unterdessen getan? War ein Arzt da?«

»Ja. Arielle Clémentine wird morgen geröntgt. Wie es aussieht, ist sie bald wieder auf den Beinen.«

»Auf mich macht sie keinen gesunden Eindruck.«

Die Französin lag da wie im Koma. Ihr bleiches Gesicht wirkte noch lebloser als vorher.

»Der Doc hat ihr ein Beruhigungsmittel gespritzt.«

»Was ist in dem Tropf?«

»Wasser, Mineralien, Aufbaustoffe, nichts Dramatisches.«

Die versprochene Krankenschwester kam und gab ihnen eine Schüssel voll Wasser, Seife, Schwamm und zwei Handtücher. Damit wuschen sie Gesicht, Arme und Beine der Beigeordneten, so gut es die Umstände zuließen.

*22 Uhr 12 – Saint-Denis Hospital*

Die Nacht brach herein. Osborne saß neben der schlafenden Französin und beobachtete sie, wobei er ein starkes Gefühl der Zuneigung nicht verleugnen konnte. Ohne die sie momentan entstellenden Blessuren war sie eine Traumfrau, an der er sich nicht satt sehen konnte. Ihr fein geschnittenes Gesicht wirkte so zerbrechlich wie Porzellan. Alles an ihr schien einen Hauch von Grazie zu atmen.

Lea Marie hatte sich zu ihren Füßen auf die Decke gelegt und rollte in unregelmäßigen Abständen mit den Augen, weil er sie wie eine Zitrone nach jedem Detail ausquetschte, das sie über Arielle Clémentine wusste. Schließlich richtete sie sich genervt auf, schaute ihm direkt in die Augen und fragte geradeheraus: »Das Objekt Ihrer Sehnsüchte liegt direkt vor Ihnen. Wieso warten Sie nicht, bis es aufwacht und fragen sie das alles selbst?«

»Objekt?«, wiederholte er, von seinem emotionalen Höhenflug unsanft auf die Erde zurückgeholt. »Was für ein Objekt? Welche Sehnsüchte?«

Das Mädchen deutete mit dem Kinn auf Arielle Clémentine. Er drehte den Kopf in ihre Richtung, dann wieder zurück zu Lea Marie und schaute sie mit großen fragenden Augen an.

»Wollen Sie mich wirklich für dumm verkaufen?«, erkundigte die sich frech herausfordernd.

»Was ist denn das schon wieder für eine Frage?«

»Sie haben gerade einen roten Kopf bekommen. Kann es sein, dass Sie eine gewisse Sympathie für Mademoiselle empfinden?«

»Das ist eine Unterstellung!«

»Was? Dass Sie glühendrot geworden sind, oder das mit der Sympathie?«

Pause.

Er fühlte sich ertappt und senkte den Blick. Es war keine besonders faszinierende Vorstellung, dass seine intimsten Gedanken von jemand öffentlich gemacht wurden.

Das eintretende Schweigen machte Lea Marie beklommen und eine tiefe Trauer, die sich seit der Flucht aus dem Krater heimtückisch in ihrem Hinterkopf verborgen gehalten hatte, wo sie auf eine günstige Gelegenheit zum Zuschlagen lauerte, überwältigte sie. Das Lächeln verschwand von ihren Lippen. Sie drehte Osborne den Rücken zu, damit er nicht bemerkte, wie ihre Selbstbeherrschung zusammenbrach und ihr Tränen in die Augen traten. Sie schniefte leise und wischte sich mit dem Handrücken unter die Nase. Der Amerikaner ahnte, was los war. In der Aufregung der vergangenen Stunden hatte Lea Marie ihr eigenes Schicksal verdrängt. Doch jetzt bröckelte diese Mauer auseinander und die zurückgedrängte Erinnerung an den Tod ihrer Eltern flutete über sie hinweg. Sie waren gestorben und von nun an war Einsamkeit ohne Verheißung auf Besserung fester Bestandteil ihres Lebens. Unter dem Ansturm der Gefühle rannen Tränen über ihre Wangen. Osborne legte ihr einen Arm um die bebenden Schultern und drückte sie an sich, um sie zu trösten. Aber das war nicht so einfach. Lea Marie fühlte sich allein auf der Erde. Alles erschien bedeutungslos. Am schlimmsten war die Endgültigkeit einer Welt, die sie nicht akzeptieren wollte. Über die Willkür des Schicksals wütend und trotzig zugleich, versuchte sie nicht einmal, sich jemandem mitzuteilen. Lieber wollte sie die dunkle Leere in sich mit Erinnerungen an schönere Tage vertreiben. Gepeinigt von der Vorstellung, sich irgendwann den Gegebenheiten der neuen Realitäten im Alltag stellen zu müssen, versank das Mädchen in Apathie.

*08 Uhr 02 – Saint-Denis Hospital*

Osborne hatte in der Nacht kaum ein Auge zugemacht. Lea Marie lag zusammengerollt zu Arielle Clémentines Füßen und hatte sich schon vor Stunden in den Schlaf geweint. Obwohl die Zimmertür geschlossen und somit kaum etwas von der Hektik aus dem Foyer zu ihnen drang, döste er erst kurz vor der Dämmerung ein.

Etwa zur gleichen Zeit erwachte die Französin aus einem fiebrigen Schlummer voller Albträume. Sie gab den Dämonen der Vergangenheit nicht nach, sondern konzentrierte sich auf das Hier und Jetzt. Das Zimmer, in dem sie lag, erschien ihr so dunkel, dass es kaum einen Unterschied machte, ob sie die Augen geöffnet oder geschlossen hielt. Ihr war zwar kalt, aber ihr Kopf arbeitete wieder klar. Sie vernahm die Laute der anderen Leute, die in diesem Zimmer schliefen, und fragte sich, was das wohl für ein Ort war. An die Ereignisse vor ihrem Sturz in den Erdspalt konnte sie sich wieder deutlich erinnern, an die danach nur bruchstückhaft. Sie wusste aber, dass die Zerstörung von Paris aus unerfindlichen Gründen gestoppt worden war.

Körperlich fühlte sie sich erholt und wieder bei Kräften. Sie wollte aufstehen, ein Telefon suchen und den Oberbürgermeister anrufen. Doch dann sank sie wieder auf das Kissen zurück. Der Gedanke, dass sie in dem zusammengebrochenen politischen System der Stadt bei irgendetwas hilfreich sein konnte, erstarb so schnell, wie er gekommen war. Beinahe hätte sie über den naiven Einfall sogar gelächelt. Sie war froh, dass sie lebte. Ob sie jemals wieder in ihren Beruf zurückkehren würde? Eine neue Zeitrechnung hatte begonnen: die Zeit nach der Katastrophe. Sie brauchte etwas Abstand, um über alles nachdenken zu können. Ihre augenblicklichen Gedanken schlossen auch Osborne mit ein, der schlafend und mit auf die Brust gesacktem Kinn am Fußende ihres Lagers saß. Sie dachte daran, wie er in dem Krater um ihr Leben gekämpft hatte. Das war zweifellos edel, tapfer und selbstlos gewesen; und es war etwas, was in ihr – zu ihrem Ärger – Schuldgefühle weckte, denn die Rolle des dankbaren Opfers lag ihr gar nicht. Sie wollte ihrem Lebensretter gerne offen in die Augen sehen, aber konnte sie das, wenn er seine bestimmt prahlerisch vorgetragene Schilderung ihrer Rettung beendet hatte?

Als Osborne aufwachte, graute schon der Morgen. Die ersten Sonnenstrahlen fielen auf die einst weißen Wände, die die Zeit mit einer tristen grauen Patina überzogen hatte. Ein leises Rascheln hatte ihn aus dem Schlaf geweckt. Ansonsten war es, abgesehen von den Atemgeräuschen der schlafenden Patienten, still. Er drehte den Kopf und sah, dass Arielle Clémentine wach war. Sie blickte ihn an.

»Wie geht es Ihnen?«, flüsterte er leise, um niemand aufzuwecken. Die Nervosität in seiner Stimme war unüberhörbar.

»Mir tut jeder Knochen einzeln weh«, raunte sie ebenso leise und legte den Kopf etwas schief, so dass ihre Haare nach vorne fielen und eine Gesichtshälfte bedeckten. »Wo sind wir?«

»In einem Krankenhaus. Ich glaube, das war mal eine piekfeine Privatklinik. Sollte man nicht glauben, wenn man das Chaos hier sieht.«

»Haben Sie mich hergebracht?« Sie strich sich die Haare aus dem Gesicht und erwartete eine Welle selbstschwärmerischer Ergüsse, die gleich über sie hinwegspülen würde und in der Annahme gipfelte, dass sie ihre Verzückung über seinen Heldenmut in gebührender Weise zum Ausdruck bringen würde. Sie war entschlossen, über dieses aufgeplusterte Blabla hinwegzugehen.

»Nicht allein«, erwiderte er. »Meine Begleiterin wich keine Sekunde von Ihrer Seite. Ohne ihre Navigationskünste hätte ich wohl auch niemals hergefunden.«

Einen Augenblick lang schwieg die Beigeordnete verdutzt. Auf alles war sie vorbereitet, aber nicht auf diese Antwort. War das alles? Keine Prahlerei? Kein großspuriges Herumgegockel? Kein macho-cooles ›Ich-bin-ein-heißer-Held-Gehabe‹?

Sie war verblüfft. »Ich erinnere mich, dass Sie mich aus diesem Krater gerettet haben. Dafür möchte ich Ihnen danken.«

Osborne spürte, wie er errötete, und sagte dann so leise, dass sie es kaum hörte: »Ach das ist doch nicht der Rede wert.«

Er war bescheiden. Das gefiel Arielle Clémentine, genau wie diese etwas tollpatschige Verlegenheit und der Mauerblümchen-Charme in seinen Augen, der Fürsorge vermuten ließ. Oder verstellte er sich nur? Diese Frage stand wie eine unüberwindbare Mauer zwischen ihnen. Trotzdem schenkte sie ihrem Retter ein unverbindliches Lächeln. Er lächelte so ergeben zurück, dass sie beinahe Mitleid mit ihm bekam.

»Wie haben Sie mich überhaupt gefunden?«, fragte sie mit bohrendem Blick, als wollte sie ihm auf den Grund seiner Seele sehen.

Wieder erwartete sie Imponiergehabe, stattdessen zuckte er nur mit den Schultern und antwortete in entwaffnender Bescheidenheit: »Das ist eine ziemlich komplizierte Geschichte, von der Sie mir das meiste vermutlich nicht glauben würden. Sagen wir mal, ich war zur richtigen Zeit am richtigen Ort.«

Er lächelte immer noch, doch diesmal nicht linkisch, sondern anziehend. Während sie sich ihre nächste Frage überlegte, fiel ihr Lea Marie ein. Sie erinnerte sich, dass das Mädchen noch lebte, trotzdem hätte sie viel früher nach ihm fragen müssen.

»Was ist mit Lea Marie?«

»Der geht es den Umständen entsprechend. Sie liegt hier zu Ihren Füßen und schläft. Das arme Ding hat gestern seine Eltern verloren und ist völlig durcheinander.«

»Ich weiß.« Arielle Clémentines Stimme wurde sanfter. »Woher kennen Sie sie? Haben Sie das Mädchen etwa auch gerettet?«

»Nein. Wir sind uns zufällig über den Weg gelaufen.«

Sie war wie betäubt über so viel Demut, mit der er ihre Steilvorlagen für jedes männliche Ego immer wieder ins Leere laufen ließ. Der Kerl war kein Aufschneider, das stand schon mal fest. Seine Fähigkeit zur Selbstdarstellung war nicht sehr ausgeprägt, was ihn ihr wiederum um einiges sympathischer machte.

»Und was ist mit Ihnen?« Ihre Stimme blieb skeptisch. »Haben Sie kein Zuhause, oder weshalb sitzen Sie noch hier? Ernsthaft verletzt scheinen Sie ja nicht zu sein.«

»Ich wollte sehen, wie es Ihnen heute Morgen geht. Gestern sahen Sie ziemlich schlimm aus.«

»Und jetzt?«

»Jetzt können Sie wieder über die Straße gehen, ohne dass die Männer schreiend Reißaus nehmen«, flachste er. »Der Arzt hat wirklich gute Arbeit geleistet.«

Er hatte Humor. Sein Tonfall und was und wie er es sagte, amüsierte sie. Dass er darauf verzichtete, sie an ihre Rettung zu erinnern, gab weitere Pluspunkte. Und plötzlich spürte Arielle Clémentine ihr schlechtes Gewissen. Sie hatte irgendwo halbtot und ohne Aussicht auf Rettung gelegen und dieser Mann hatte sie unter Einsatz seines Lebens befreit. Dafür musste sie sich ihm ja nicht an den Hals werfen, aber ein bisschen netter konnte sie schon sein. Schließlich behandelte er sie höflich und mit Respekt.

»Ich bin ausgeruht«, sagte sie eine Spur weniger wachsam, wobei sie ihm ohne Vorbehalte oder Misstrauen in die Augen sah. Sein Blick war offen und ohne Falschheit. Jetzt, frei von Vorverurteilungen, erkannte sie, dass er ihr nichts vorspielte, sondern es redlich meinte. »So lange habe ich noch nie geschlafen. Ich bin topfit.«

»Meine liebe Arielle Clémentine, Sie sind die mieseste Schauspielerin, die ich je gesehen habe.« Lea Marie erhob sich, reckte die Arme und gähnte ausgiebig. »Hat Ihnen unser Retter eigentlich schon erzählt, wie er Kopf und Kragen riskiert hat, um Sie aus dem Schlammbad zu ziehen?«

»Nein, aber daran kann ich mich detaillierter erinnern als mir lieb ist«, antwortete sie, setzte sich auf und legte die Arme um die angewinkelten Beine

»Dann wissen Sie wohl auch, dass er hier im Krankenhaus beinahe eine Schlägerei angefangen hat, weil man Sie abweisen wollte. Nicht mit irgendwem, sondern mit einem richtig fiesen Typ, der riesig und mit Muskelbergen übersät war wie ein behaarter struppiger Orang-Utan.«

»Nein, das ist mir allerdings neu.« Die Französin schaute Osborne amüsiert, aber auch beeindruckt an. Offensichtlich hatte sie den Mann völlig falsch eingeschätzt. »Ehrlich gesagt hatte ich Sie nicht für einen wilden Schläger gehalten, Monsieur. Sie überraschen mich.«

»Habe ich erwähnt, dass er für uns auch noch eine Luxuskarosse und Klamotten geklaut hat?«, flötete das Mädchen engelhaft mit breitem Grinsen. »Wenn Sie Einzelheiten wissen möchten, stehe ich Ihnen jederzeit zur Verfügung«

»Und wenn du stattdessen deinen Mund halten würdest, wäre ich dir noch mehr verbunden«, unterbrach Osborne sie. »Jedes weitere Wort würde unsere Beziehung ernsthaft belasten. Ich denke, du weißt, was ich meine.«

Lea Marie grinste weiter, hielt aber den Mund, weil sie dachte, dass Arielle Clémentine auch so mitbekommen hatte, welch prima Kerl ihr Retter war.

Die Beigeordnete überraschte sich selbst; sie war weder misstrauisch, noch fühlte sie sich Osborne gegenüber verpflichtet. Sie lächelte befreit und schlug dann im Flüsterton, um keinen der Schlafenden zu wecken, vor:

»Ich glaube, Sie sind zu bescheiden. Das ist zwar ein äußerst sympathischer Zug, aber wir sollten meine Rettung trotzdem ein bisschen feiern. Weiß jemand, wo hier die Hausbar ist?«

»Da Ihnen bereits wieder nach Feiern zumute ist, kann ich Sie wohl ruhigen Gewissens in der Obhut meiner jungen Begleiterin lassen.« Der Amerikaner erhob sich steifbeinig. »Jedenfalls so lange, bis ihr Onkel sie heute abholt.«

»Und wo wollen Sie jetzt hin?«

»Zuerst einmal nach Hause«

»Und das ist wo?«

»In New York.«

»Oh. Also gleich um die Ecke.«

»So ungefähr.«

»Während Ihres Urlaubs in Paris dürften Sie sich wohl kaum erholt haben.«

»Ich war beruflich hier.«

»Verraten Sie mir, welchen Beruf Sie haben?«

»Ich entwickle Computer-Software für ein Unternehmen in den USA.«

»Und was genau entwickeln Sie so?«

»Alle Arten von Programmierungen. Langweiliger Informatikkram.«

»Hat Sie Ihr Aufenthalt in Paris denn wenigstens beruflich weitergebracht?«

»Ich würde eher sagen, mein Aufenthalt in Paris hat meine Einstellung zu meiner Arbeit geändert. Man könnte sogar behaupten, meine Einstellung hat sich von meiner Arbeit getrennt. Und es war leider keine sehr einvernehmliche Trennung.«

»Und jetzt?«

»Jetzt fliege ich nach New York zurück und werde dort meinen weiteren Lebensweg überdenken.«

»Das betonen Sie so merkwürdig, als ob Sie vor etwas davonlaufen würden.«

»Nicht direkt. Ich bin kein Verbrecher, wenn Sie das meinen. Falls ich vor etwas weglaufe, dann höchstens vor meiner Zukunft. Damit die mich nicht doch irgendwann einholt, werde ich meinen Job kündigen. Bevor ich das aber tue, muss ich zuerst noch einmal in mein Büro, einige Unterlagen vernichten und Festplatten löschen, wodurch der Menschheit ein paar Unannehmlichkeiten erspart bleiben.«

»Entschuldigen Sie, das klingt alles ein bisschen verwirrend.«

»Weil es verwirrend ist, ich weiß.«

»Wie wird Ihr Arbeitgeber reagieren?«

»Er wird schockiert und zornig sein, auf welch brachiale Art ich meine Arbeit an der künstlichen Intelligenz beende. Das wirft die Firma um Jahre zurück, denn niemand kann mein Projekt übernehmen und mein Werk fortsetzen.«

»Das ist nicht Ihr Ernst?«

»Es war mir noch nie etwas ernster als das.«

»Ich kenne zwar die Einzelheiten nicht, aber irgendwie klingt das nach Werkssabotage. Haben Sie eine Vorstellung, wie das für Sie endet?«

»Besuchen Sie mich doch nach Ihrer Genesung. Dann erzähle ich Ihnen, wie es ausgegangen ist. Lea Marie hat meine Adresse.«

Wie auf Kommando wedelte das Mädchen mit einem Zettel herum, auf dem er ihm gestern Abend seine Adresse aufgeschrieben hatte. »Ich bin keine von denen, die nach einer gemeinsamen Nacht nicht mehr anrufen. Versprochen!«

»In New York, ja?« seufzte Arielle Clémentine. »Da war ich zwar schon ein paar Mal, aber irgendwie glaube ich, hat die Stadt noch mehr zu bieten, als ich bisher gesehen habe. Na schön, vielleicht komme ich. Aber nur, wenn ich Sie da zum Essen einladen darf. Auf irgendeine Weise muss ich mich ja bei Ihnen revanchieren.«

»Was ist mit Ihnen?«, wechselte Osborne das Thema. »Gibt es jemanden, den ich verständigen soll?«

Sie schüttelte den Kopf. »Nein.«

»Keine Familie? Freund? Verlobter? Ehemann? Ex-Ehemann? Kinder?«, fragte er mit kurzem Blick auf ihre Hand, an deren Finger er – nicht ohne hoffnungslos närrische Erleichterung – keinen Ring entdecken konnte.

Sie schüttelte den Kopf. »Keine Sorge, ich komme schon klar. Ich weiß nur nicht, wie ich Ihnen danken kann für alles, was Sie für mich getan haben. Vielleicht, indem ich Ihnen den guten Rat gebe, beruflich nicht alles hinzuwerfen. Überlegen Sie sich das mit Ihrer Kündigung noch einmal.«

»Diese Entscheidung ist nicht verhandelbar. Auf dieser Welt ist kein Platz für meine Erfindung. Den hehren Versprechen von einer grenzenlosen Technologie, die alles möglich macht, glaube ich einfach nicht mehr.«

»Will heißen?«

»Es ist Zeit, Abschied zu nehmen.«

www.schenkbuchverlag.de